INTRODUCTION

A LA SCIENCE

DES

MÉDAILLES.

INTRODUCTION
A LA SCIENCE
DES MÉDAILLES,

POUR SERVIR A LA CONNOISSANCE
DES DIEUX,
DE LA RELIGION,
DES SCIENCES, DES ARTS,

ET DE TOUT CE QUI APPARTIENT A L'HISTOIRE ANCIENNE;

AVEC LES PREUVES TIRÉES DES MÉDAILLES.

Ouvrage propre à servir de Supplément à l'*ANTIQUITÉ EXPLIQUÉE*, Par DOM MONTFAUCON.

Par DOM *THOMAS MANGEART*, *Religieux Bénédictin de la Congrégation de S. Vanne & S. Hidulphe, Antiquaire, Bibliothécaire & Conseiller de Son Altesse Royale Monseigneur le DUC CHARLES DE LORRAINE, &c. &c. &c.*

A PARIS,

Chez D'HOURY, Imprimeur - Libraire de Monseigneur le DUC D'ORLÉANS, rue de la Vieille Bouclerie.

Et se trouve aussi chez { DAVIDTS, & TILLIARD, } Libraires, Quai des Augustins.

M. DCC. LXIII.

AVEC APPROBATION ET PRIVILÈGE DU ROI.

A SON ALTESSE ROYALE
MONSEIGNEUR
CHARLES - ALEXANDRE
DE LORRAINE,

ADMINISTRATEUR DE LA GRANDE
MAÎTRISE EN PRUSSE,
GRAND MAÎTRE DE L'ORDRE
TEUTONIQUE EN ALLEMAGNE ET EN ITALIE,
DUC DE LORRAINE ET DE BAR,
MARCHIS, DUC DE CALABRE, DE GUELDRES,
DE MONTFÉRRAT ET DE TESCHEN EN SILÉSIE;
PRINCE DE CHARLEVILLE,
MARQUIS DE PONT-A-MOUSSON ET DE NOMMÉNY,
COMTE DE PROVENCE, DE VAUDEMONT, DE BLANCKENBERG,
DE ZUTPHEN, DE SAARVERDEN, DE SALM, DE FALCKENSTEIN,
SEIGNEUR DE FREUDENTHAL, ET D'EULEMBERG, &c. &c.
MARÉCHAL DES ARMÉES DU SAINT EMPIRE ROMAIN, ET DE CELLES DE SA
MAJESTÉ L'IMPÉRATRICE REINE APOSTOLIQUE DE HONGRIE ET DE BOHÉME,
COLONEL DE DEUX RÉGIMENS D'INFANTERIE,
LIEUTENANT, GOUVERNEUR ET CAPITAINE GÉNÉRAL DES PAYS-BAS AUTRICHIENS, &c. &c.

*M*ONSEIGNEUR,

L'Ouvrage que j'ai l'honneur de présenter à
VOTRE ALTESSE ROYALE, lui

appartient à toutes sortes de titres : c'est à
l'ombre de ses bienfaits que j'en ai conçu le
projet : ses lumières m'ont guidé dans l'exécution, & l'envie de lui offrir ce juste tribut
de ma reconnoissance y a mis la dernière
main.

Protecteur par goût des Sciences & des
Arts, votre Palais en devient aujourd'hui
l'asyle : leurs productions s'y trouvent réunies
aux plus riches trésors de la Nature, & le
temps semble n'avoir respecté plusieurs Chef-
d'œuvres de l'Antiquité, que pour orner la Collection savante d'un Prince si juste appréciateur
du mérite. Mais un amusement aussi noble
ne se borne pas à la simple curiosité : des vues
plus étendues se développent : on voit déja sortir
de ce Cabinet précieux, rassemblé par les ordres de VOTRE ALTESSE ROYALE,
un germe d'émulation qui anime également

l'Etranger & le Citoyen, le Savant & l'Artiste. Quelles reſſources, MONSEIGNEUR, ſur-tout pour l'inſtruction d'une Jeuneſſe ſi chère à la Patrie? L'eſprit & le cœur y trouvent les plus grands modèles: ce qui peut être échappé à l'Hiſtoire ſe reproduit dans les Monumens de toutes eſpèces, avec d'autant plus d'avantage que l'idée des vertus ſe préſente ſous la forme des Héros.

Quoique ce point de vue m'ait toujours paru aſſez intéreſſant pour déterminer le genre d'étude que j'ai embraſſé, je n'aurois pu m'y livrer, MONSEIGNEUR, ſans les bontés dont VOTRE ALTESSE ROYALE n'a ceſſé de m'honorer juſqu'à préſent : c'eſt y mettre le comble que de permettre à mes réflexions de paroître ſous ſes auſpices.

Puiſſent les vœux les plus ardens contribuer à la conſervation d'un Prince né pour la gloire

de l'État, & pour le bonheur des Peuples sou-
mis à son Gouvernement : ce sont ceux que
forme .

MONSEIGNEUR,

DE VOTRE ALTESSE ROYALE,

Le plus humble, le plus respectueux

& le plus fidèle Sujet,

Dom **M**ANGEART.

PRÉFACE.

E Titre d'un Livre en forme le Précis, lorfqu'il en fait entrevoir l'objet & l'utilité. Il eft à l'ouvrage ce que les femences & le germe font aux plantes & aux fruits ; c'eft-à-dire, qu'il doit préfenter avec jufteffe l'idée de tout ce qu'il renferme ; idée dont le déve⸗ loppement remplit l'attente & de l'Écrivain & du Lecteur.

L'Auteur de ce Traité fur les Médailles fe flatte d'avoir rempli fes obligations à cet égard : le Public fera aifément en état d'en juger, s'il prend la peine de voir quels ont été les motifs qui l'ont engagé à travailler, & de jetter un coup d'œil fur le plan de fon Ouvrage.

Jaloux de fe rendre utile, fur-tout à la Jeuneffe pour laquelle on ne doit jamais fe laffer de travailler, il a cru qu'il importoit également d'infpirer à tous les rangs & à tous les états du goût pour l'Hiftoire, & de l'amour pour ce qui conduit à la connoiffance des Sciences & des Arts. Cet attrait pour l'étude remplira avec agrément & utilité un vuide qui n'eft que trop fouvent la fource malheureufe du dés- ordre. Il fera trouver dans la lecture, aux Princes & à la Nobleffe, aux Grands & aux Petits, des modèles de vertus & de fentimens. Chacun y découvrira par quelle route les Héros ont marché au Temple de Mémoire, & par quels moyens on peut parvenir à la célébrité.

Rien de plus efficace pour porter la Jeuneffe à fe livrer à l'étude que de lui en montrer les avantages & les charmes : bientôt elle fera forcée de convenir, par une heureufe expérience, qu'il n'y a pas de plaifir plus pur & plus flatteur que celui qu'on puife dans le fein des Sciences & des beaux Arts: fous fes pas naîtront à chaque

inftant de nouvelles fleurs & de nouveaux objets de curiofité. La
Religion des Anciens, leurs mœurs & leurs coutumes, les Sciences
& les Arts qu'ils ont inventés & cultivés, lui préfenteront par-tout
l'agréable réuni à l'inftruction. Les Guerres, les Combats, les
Victoires, les Trophées, les Triomphes, les Jeux, les Prix, les
Récompenfes, tout contribuera à animer les jeunes Militaires, &
à enchanter les jeunes Amateurs. Avec quelle fatisfaction & quelle
forte d'enthoufiafme ne retrouveront-ils pas fur les Médailles les
traits des Princes, & les événemens remarquables de leur règne
tracés avec cet Art qui enlève à jufte titre l'admiration.

Telle eft l'étude qui conduit à la connoiffance de la Numifmatique. Les faits les plus intéreffans de l'Hiftoire, foit facrée, foit
civile, foit militaire font confignés dans ces précieux Monumens
de l'Antiquité : on y trouve les principes les plus certains de la
Mythologie, de la Chronologie, de la Géographie & des autres
Sciences des temps les plus reculés. Quelles reffources n'offre-
t-elle pas aux Artiftes de toute efpèce pour le coftume, le deffein,
la reffemblance?

Nous ne manquons pas de Livres approfondis & utiles fur cette
matière; mais malheureufement les uns n'ont que trop de prolixité,
tandis que les autres deviennent obfcurs par leur trop grande précifion; double écueil qu'il faut éviter lorfqu'on veut inftruire fans
ennuyer : on ne peut donc réuffir à former des Lecteurs animés
du défir de s'éclairer, qu'en mettant fous leurs yeux les tableaux,
les principes & les inftructions qui en font comme les conféquences
naturelles; but auquel on ne peut fe flatter d'atteindre, qu'en raffem-
blant pour ainfi dire tout ce qu'il y a de plus utile & de plus intéreffant dans les autres Ouvrages.

C'eft la règle que j'ai fuivie, & je me croirai heureux fi mes
recherches font agréables au Public : fans m'attribuer le mérite de
l'invention, je ne lui préfente cet Ouvrage que comme un extrait
raifonné de plufieurs Traités & Mémoires donnés par d'Illuftres
Antiquaires fi juftement eftimés dans la République des Lettres.
Leurs productions ont été pour moi de riches mines, où, enrichi
de leurs dépouilles, je n'ai fait comme l'abeille que raffembler fous
un nouvel ordre, & préfenter fous un point de vue fimple tout ce
qui peut faciliter la connoiffance des Médailles : en deux mots
voici l'efquiffe de cet Ouvrage. Après avoir traité de tout ce qui
regarde les Médailles en général, c'eft-à-dire, de leur fabrique, de
leur matière, de leurs modules, de leurs faces, de leur antiquité,
&c. j'ai rapporté à différentes claffes ces mêmes Monumens & tout
ce qui peut y avoir quelque rapport.

Afin de donner à mes Lecteurs une idée juste de la Mythologie ancienne, j'ai commencé par les Médailles qui regardent les Divinités des Anciens, leurs Sacrifices, leurs Autels, & tout ce qui est rélatif à la Religion.

Après les Médailles qui regardent les Divinités & leur culte, je donne celles qui ont rapport aux Sciences & aux Arts. On trouvera dans plusieurs Chapitres tout ce que les Anciens nous ont transmis sur les Types des Monnoies, soit au sujet du Globe Céleste, du Soleil, de la Lune, des Etoiles, du Temps, des Saisons, &c., soit par rapport au Globe Terrestre, aux trois Parties du Monde connues de leurs temps, aux Provinces, aux Villes, aux Animaux, aux Plantes, aux Edifices, & à ce qui sert d'ornement à la Terre, &c., soit enfin concernant la Mer, les Fleuves, les Rivières, les Animaux & les Poissons qui les habitent.

De ces différens objets je passe aux Médailles qui regardent les Jeux des Anciens, leurs Spectacles, leurs Danses, leurs Exercices, leurs Guerres, leurs Armes, leurs Victoires, leurs Trophées, leurs Triomphes, leurs Couronnes, leurs Récompenses, leurs Habillemens, &c.

Je donne ensuite tous les noms & les titres, les marques des Dignités, des Charges & des Emplois sacrés, civils & militaires dont les Médailles grecques & latines font mention. C'est là où les Curieux apprendront ce que les Romains entendoient par les titres de Pontife, de Prêtre, de Prêtresse, de Vestale, d'Augure, d'Empereur, de Consul, de Censeur, de Tribun, d'Édile, de Préteur, de Préfet, &c., & ce que signifient ceux d'Archonte, de Stratégos, de Pritanes & autres chez les Grecs. Ils verront quels étoient les habillemens & armes des uns, & les marques de dignité, d'autorité, de puissance & de distinction des autres. On aura soin d'expliquer les termes d'Allocution, de Départ, d'Adoption, de Libéralité, de Remises, de Concorde, d'Alliance, d'Indulgence, que l'on trouve dans les Légendes des Médailles.

Je finirai enfin par quelques réflexions sur l'utilité & les avantages que l'on peut tirer de l'étude de la Numismatique : · · · · · · · prévenir les jeunes Amateurs contre les fraudes de certains Marchands de Médailles, j'ajouterai le détail des moyens que l'on met en usage pour tromper les nouveaux Connoisseurs, comme de ceux que l'on peut employer pour se garantir de leurs ruses & de leurs supercheries.

J'aurois bien voulu pouvoir mettre à chaque page sous les yeux du Lecteur les Médailles relatives aux instructions qu'il trouvera dans l'Ouvrage, ce qui lui auroit évité la peine de les chercher ; mais cet arrangement n'étoit guère pratiquable par rapport à la partie typographique ; ce qui a déterminé à renvoyer toutes les Planches à la fin du Volume. J'aurai soin d'indiquer dans le corps de l'Ouvrage le numero de la Planche en chiffre romain, & celui de la face ou du revers des Médailles en chiffre arabe, afin que l'on puisse aisément confronter les descriptions avec les figures.

TABLE

DES CHAPITRES, ARTICLES ET SECTIONS

Contenus dans ce Volume.

Sect.

TABLE.

xv

Fin de la Table des Chapitres.

INTRODUCTION

INTRODUCTION
À LA SCIENCE
DES MÉDAILLES.

CHAPITRE PREMIER.

Définition du Nom de Médaille, avec son Explication.

ARTICLE UNIQUE.

Ce que c'est qu'une Médaille en général.

IL y a peu de personnes qui paroissent jalouses d'apprendre ce que c'est qu'une Médaille. La plûpart de ceux mêmes qui la connoissent & la montrent, ne peut souvent la définir. L'on verra néanmoins, dans la suite de cet ouvrage, qu'il est nécessaire d'en donner la Définition, avec une Explication propre à la faire connoître dans toutes ses parties, & à se rendre intelligible lorsqu'on sera obligé de parler de chacune d'elles en particulier. Commençons par la Définition.

Définition d'une Médaille.

Une Médaille est une piéce de métal à deux faces, sur chacune desquelles sont ordinairement imprimés un type & une légende. Cette définition s'étend également aux monnoies, & aux Médailles. On verra, dans la suite, s'il y a de la différence entre les unes & les autres, & en quoi elle consiste.

Explication de la Définition.

Pour mettre cette explication dans tout son jour, il faut rendre d'abord la manière dont on a fabriqué les monnoies ou les Médailles, *depuis qu'on*

A

leur a donné deux faces. On verra bientôt pourquoi on ajoute ces derniers mots, *depuis qu'on leur a donné deux faces.*

1°. Pour fabriquer une monnoie ou une Médaille, on prépare deux morceaux d'acier de la trempe la plus forte & la plus dure. Ces morceaux font ordinairement de trois ou quatre pouces d'épaisseur, de forme quarrée, & d'une largeur ou face proportionnée à la grandeur du module des piéces que l'on veut fabriquer.

2°. L'on grave fur chacun de ces morceaux d'acier, que l'on appelle *quarrés*, à caufe de leur forme, & *coins*, par rapport à leur deftination, les têtes, les figures, les lettres, les chiffres, & tout ce qu'on fouhaite repréfenter fur la piéce que l'on va frapper.

3°. Si l'on veut que la Médaille, ou la monnoie repréfente en relief, on grave les coins ou les *moules* en creux. Au contraire ces coins, ou ces *moules* doivent être gravés en relief, quand les Médailles ou monnoies doivent repréfenter en creux ; ce qui n'eft guère d'ufage.

4°. L'on prépare deux poinçons auffi d'acier, dont on applique une des extrémités, qui doit être la plus polie, fur les quarrés qui font gravés, pour en tirer l'empreinte fous le balancier.

5°. Ces poinçons ayant pris en relief, pour l'ordinaire, l'empreinte de tout ce qui avoit été gravé fur les quarrés, ou les coins, on s'en fert pour communiquer & tranfmettre encore, par le moyen du balancier, à d'autres quarrés, ou coins auffi d'acier, la même empreinte en creux.

6°. Ces derniers coins, qui ont été faits fous le poinçon, portant l'empreinte, l'un de la face, & l'autre du revers de la piéce, pour la fabrique de laquelle on les a préparés, doivent être placés, l'un deffus l'autre fous le balancier, de façon que la gravure foit en dedans, & que celle de la face réponde parfaitement à celle du revers. On gliffe enfuite la piéce de métal, qui doit être frappée pour fervir de monnoie ou de Médaille, entre les deux coins : cette piéce s'appelle flan ou flaon. Alors on laiffe tomber le balancier fur le tout, & ce flan devient une monnoie ou une Médaille, en recevant l'empreinte d'un des coins fur une de fes faces, & celle de l'autre fur la feconde face ; ce qui fe fait par le poids & l'effort du balancier, qui, par un ou plufieurs coups, comprime ce flan, qui eft d'un métal plus tendre, entre les deux coins, qui font d'un métal plus dur, & qui, par-là, force le flan à remplir exactement le vuide qui fe trouve entre ces deux coins, comme la cire fe prête à tout ce qui peut être gravé dans un moule, fur lequel on l'applique avec quelque effort.

7°. Lorfque c'eft par la fonte du métal qu'on veut fabriquer des Médailles, on raffemble les deux coins, dont l'un porte la gravure de la face, & l'autre celle du revers ; on les ferre l'un contre l'autre, de telle forte qu'il n'y ait qu'une petite iffue, pour faire couler le métal fondu & liquéfié entre ces deux coins, que l'on appelle matrices en ce cas. De cette manière le métal remplit, dans l'entre-deux, le vuide que la gravure y a laiffé, prend l'empreinte de cette gravure, & forme une Médaille ou une monnoie, qu'il faut limer & arrondir lorfqu'elle eft fortie du moule. Il eft même très-fouvent néceffaire d'y retoucher, non feulement pour la polit, mais encore pour réparer des défauts prefque inévitables dans cette forte de fabrique.

8°. On fent bien que, fi l'effort du balancier a été trop foible, fi fon coup a porté à faux, fi l'un des coins a gliffé lorfque ce balancier eft tombé deffus, fi le flan s'eft trouvé déplacé, fi on l'a remis une feconde, ou même une troiſième fois entre les deux coins par l'inadvertance du Monnétaire, nommé *ſuppoſtor* chez les Romains, ſi, en le remettant entre les coins, on l'a placé de façon que le peu d'empreinte qu'il avoit reçu, ne réponde point à la gravure des coins, entre leſquels elle devoit ſe perfectionner, l'on ſent, dis-je, que dans tous ces cas, il ne peut ſortir d'entre les quarrés qu'une piéce fort imparfaite, peu ou mal gravée, ou ſurchargée de tant de marques qu'on n'y pourra rien diſtinguer. On en voit pluſieurs de cette ſorte, qui ſont la plûpart ſi peu reconnoiſſables, qu'elles perdent tout leur prix, & ne méritent aucune place dans les Cabinets.

9°. La Médaille étant ſortie d'entre les coins, ou du moule, préſente deux côtés ; l'un s'appelle la face, peut-être parce qu'ordinairement on y voit la tête de celui pour qui la piéce a été frappée, ou ſon nom, qui quelquefois tient lieu de tête ; le ſecond côté s'appelle le revers de la Médaille, parce qu'il eſt oppoſé à celui qu'on nomme la face.

10°. On appelle *champ* de la Médaille, la ſuperfice plate & polie de chacun des deux côtés, où il n'y a rien de gravé, & qui ſert de fond aux types, &c.

11°. Les types ne ſont autre choſe que les ſujets que la gravure préſente aux yeux, comme ſeroient une divinité, un homme, une femme, une bataille, un trophée, une Ville &c.

12°. Les lettres qu'on voit ſur le champ d'une Médaille, ſe nomment *inſcription*; celles du contour s'appellent *légende*; celles de l'exergue retiennent le même nom de légende, & l'on dit la légende de l'exergue. Nous appellons *exergue* cette petite place qui, au bas d'une Médaille, eſt ſéparée du reſte du champ, par une ligne tirée directement d'un bord à l'autre.

13°. Les points qui ſont ſur le champ de la Médaille, & qui forment un cercle ſur l'extrémité du *contour*, s'appellent le *grenetis* de la piéce. La légende principale eſt ordinairement placée en dedans de ce grenetis ; elle y forme ſouvent un demi cercle, & quelquefois un cercle entier, ou preſque entier.

14°. Le contour, ou plutôt la tranche de la piéce, qui en montre l'épaiſſeur en dehors, eſt quelquefois chargée ſur cette épaiſſeur de figures ou de lettres. Ces figures ſont une eſpéce de type, & ces lettres une légende, que l'on nomme type & légende du contour, ou de la tranche.

Voilà la deſcription de la Médaille en général, & de toutes ſes parties, avec celle de la fabrication tant des Médailles que des monnoies, ſur-tout depuis qu'on les a frappées ſous le balancier, & qu'on a voulu leur donner deux faces. Voyez à la fin de ce volume la planche VIe. La repréſentation des deux coins eſt aux numeros 34 & 35 ; celle du balancier au 38e, & celle de la machine à marquer la tranche au 37e.

Nous avons dit que telle étoit la façon de fabriquer les monnoies & les Médailles, *depuis qu'on a voulu leur donner deux faces*, ou un type ſur chacune des deux faces. Car il faut remarquer qu'anciennement, & dans le berceau de la fabrique des monnoies, on ne leur dònnoit qu'un ſeul type : on ne repréſentoit que ſur une des deux faces, & on laiſſoit l'autre ſans aucun type. Alors la façon de les fabriquer étoit toute différente. C'eſt ce que M. l'Abbé Barthelemi a très-bien expliqué dans un Eſſai de *Paléographie Numiſmatique*, que l'on trouve au 24e tome des Mémoires de l'Académie des Inſcriptions & Belles-lettres, pages 30e & ſuivantes, dont nous ne pouvons nous diſpenſer de donner ici le précis.

D'abord, dans le prélude, ce ſavant Auteur nous dit, que les Villes de

A ij

la Gréce & de l'Afie ont eu l'ufage des monnoies long-temps avant Alexandre ; qu'on ne fçait fi ce Prince exigea que toutes, celles qui auroient cours dans fon Empire, fuffent frappées en fon nom ; mais que les Romains ayant voulu que certaines Villes ne miffent fur les monnoies d'autre nom, que celui du Prince qui les gouvernoit, & ayant permis à d'autres au contraire de n'y mettre que leurs noms, fans celui du Prince, ou d'y affocier le nom du Prince avec celui de la Ville, il étoit arrivé de là que l'on peut compter trois fortes de Médailles grecques, & en compofer trois fuites différentes ; fçavoir celle des Rois, celle des Villes Impériales grecques, & celle des Villes grecques, ou des Villes autonomes.

Il fait fentir que toutes ces fuites fourniroient mille connoiffances utiles pour la Géographie, pour les ufages & pour la Religion des peuples, pour la forme de leur gouvernement, fi on y trouvoit toujours des époques, ou les grands événemens de l'hiftoire, ou fi, au défaut de ces deux moyens, on en avoit quelqu'autre pour fixer le temps de leur fabrique. Après avoir fait entrevoir quelques-uns de ces moyens, en général, & comme en perfpective, il conclut que, pour en donner le détail, il feroit néceffaire de former une paléographie numifmatique qui les indiqueroit, & qui en apprendroit l'ufage. L'Auteur préfente l'idée la plus flatteufe d'un ouvrage, dont on fent d'avance toute l'utilité, & dont on ne peut s'empêcher de défirer l'entiére exécution. M. l'Abbé Barthelemi la promet, & il la donne en ce qui regarde une de fes parties, qui apprend, entre autres chofes bien intéreffantes, à connoître l'époque de la fabrique de certaines monnoies à certaines marques, à certains types, à certaines empreintes qui l'indiquent.

Dans la première fection de la première partie de cet ouvrage, qui eft tout ce que nous en avons jufqu'à préfent, l'Auteur convient, avec tous les Antiquaires, qu'on n'eut d'abord pour monnoies que des piéces de métal informes, groffières, fans types & fans légendes, auxquelles on donnoit une valeur proportionnée à leur poids, & qu'on fut obligé dans la fuite d'y imprimer une marque, tant pour empêcher de les contrefaire, que pour remédier aux erreurs qu'introduifent dans le commerce la diverfité des poids de différens Pays ; mais il prétend, contre l'opinion commune, que, quand on commença à mettre une empreinte fur les monnoies, on n'y mit qu'un feul type, & fur un feul côté.

Pour appuyer fon fentiment, il dit que toutes les Médailles, à l'exception dequelques-unes des Impériales, dont la deftination eft douteufe, ne furent que de pures monnoies ; que les Grecques, fur-tout celles qui font antérieures à l'Empire Romain, n'ont jamais été frappées pour tranfmettre à la poftérité les actions des Héros, les bienfaits des Princes, ou la magnificence des Villes ; qu'elles n'étoient deftinées qu'à faciliter le commerce, & à fervir à l'utilité publique ; que par-conféquent on dut choifir, & que l'on choifit en effet les voies les plus fimples pour parvenir à ce but. La preuve qu'il en donne, c'eft que dans les plus beaux fiécles de la Gréce, les types des monnoies des plus grands Princes, des plus grands Conquérans, comme celles d'Alexandre le Grand, n'ont aucun rapport fenfible avec leurs conquêtes, ni avec les traits les plus éclatans de leur vie. Dans ces temps-là les ftatues des Dieux que l'on adoroit, les productions du climat que l'on habitoit, quelques fingularités tirées de la pofition des lieux, fourniffoient aux Monnétaires des types qu'ils répétoient fouvent, & qui devenoient communs à plufieurs Princes & à plufieurs Villes. Quelques Médailles de Mithridate, par exemple, repréfentent le cheval Pégafe, parce qu'elles furent frappées dans la Ville d'Amifus : l'on voit une aigle éployée fur prefque toutes celles des Rois d'Egypte ; & fi l'on trouve quelquefois une Victoire fur celles d'Alexandre, ou un char de triomphe fur celles de quelques autres Princes, ces types, dit notre Auteur, n'y font expliqués par aucune légende ; ce qui donne lieu de croire qu'ils étoient copiés d'après d'autres monumens, ou du moins qu'ils n'étoient pas deftinés à perpétuer le fouvenir des actions, auxquelles ils femblent avoir quelque rapport.

Si donc on avoit alors des raifons pour imprimer une marque fur les monnoies, on n'en avoit aucune qui obligeât à la mettre des deux côtés ; il fuffifoit que l'on apperçut le fceau de l'autorité publique, & il n'étoit pas néceffaire qu'il fût répété pour produire l'effet qu'on en attendoit. Enfin de même qu'à la naiffance de l'Imprimerie, on fe contenta d'imprimer fur un feul côté de chaque feuillet, il eft à préfumer que dans l'origine de la gravure des monnoies, on n'employa qu'un feul type, qu'une feule empreinte.

Cette conféquence fi fimple & fi naturelle, continue l'Auteur, eft encore confirmée par un genre de Médailles, dont aucun Antiquaire n'a parlé, & qui cependant mérite toute notre attention. D'un côté ces Médailles offrent un type en relief, & l'autre une empreinte en creux, à laquelle on donne le nom d'aire, du mot latin *area*. Cette aire prefque toujours quarrée, eft divifée en quatre parties, fur les Médailles d'Abdère, d'Acanthus, & de Lébos (Voyez n. 1. de la planche. XXXV.): fur celles qu'on attribue à la Ville d'Egium, l'aire eft compofée de cinq parties inégales (Voyez n. 2. de la même planche): on en voit huit fur celles de Méthymna, & fur quelqu'autres, qu'on peut attribuer au Péloponèfe (Voyez n. 4).

Enfin fur celles de Pylos & de Chalcédoine, ce font quatres triangles, dont les fommets fe réuniffent au centre de la Médaille (n. 5). Toutes les monnoies, dans les commencemens, avoient ainfi une empreinte en creux fur un de leurs côtés.

Si on en cherche la caufe, l'Auteur la trouve dans la méthode que l'on fuivoit alors, qui étoit bien différente de celle qu'on fuit aujourd'hui, pour frapper des monnoies. Aujourd'hui on fe fert de deux coins d'acier, repréfentans chacun un côté de la monnoie, ou de la Médaille qu'on veut frapper. Pour éviter entr'autres inconveniens celui qui réfulteroit de la mobilité du flan, ou de la piéce de métal, qu'on met entre ces deux coins, afin de recevoir en relief l'empreinte qu'on y a gravée en creux, mobilité qui pourroit la faire gliffer & la déplacer quand elle reçoit les fecouffes violentes & réiterées du balancier, on a pris dans différens temps & Pays, diverfes précautions afin de l'arrêter & de la fixer entre les coins. Mais la méthode qu'on fuit aujourd'hui eft extrêmement fimple : elle confifte à adapter autour du flan un cercle de fer, qu'on appelle *virole*, & qui, par fon épaiffeur, embraffe, & ferre étroitement ce flan & les deux coins : par-là ces trois piéces font tellement affujetties qu'elles ne fçauroient varier. Cette précaution n'eft point néceffaire pour les jettons, qui n'ont prefque point de relief, & auxquels il ne faut qu'un coup de balancier.

Les premiers Monnétaires ne connurent point l'ufage de cette *virole* : on peut s'en convaincre par l'infpection des piéces qu'ils ont frappées ; leurs bords ne font point unis, ce qui provient de ce que la matière du flan qu'ils frappoient, fe trouvant comprimée entre les coins, s'étendoit & débordoit irréguliérement par les côtés, où elle ne trouvoit aucun obftacle qui la retînt.

Il falloit donc à ces anciens Monnétaires quelqu'autres moyens pour fixer le flan entre les coins ; & cela étoit d'autant plus néceſſaire, que c'étoit au marteau qu'ils frappoient leurs monnoies, & que, par conſéquent, il falloit beaucoup plus de coups pour former l'empreinte d'une piéce. Ce moyen fut de graver un des coins en creux, & l'autre en relief ; le premier pour former le type de la monnoie ; le ſecond pour la fixer. Ce relief du coin, qui étoit pour aſſujettir & retenir le flan entre les coins, étoit ſouvent diviſé en pluſieurs parties, qui étoient ou également, ou inégalement ſailliſſantes, ſelon que les graveurs le jugeoient à propos.

Cette méthode imparfaite de l'enfance de l'art, ne laiſſa pas de ſubſiſter très-long-temps dans les Villes Grecques. Il eſt aiſé de le prouver par quantité de Médailles de bronze, frappées après Alexandre, & même du temps de l'Empire, ſur leſquelles paroît un petit creux, qui n'a pour l'ordinaire qu'une demie ligne de profondeur. Il eſt placé au milieu de la Médaille, tantôt ſur un ſeul côté, tantôt ſur les deux (Voyez n. 9 & 10). On le voit ſur preſque toutes celles des Rois d'Egypte, ſur quelques-unes des Rois de Syrie, ſur pluſieurs d'Antioche, de Tripoli, & de Séleucie en Syrie, de Tyr, de Cyſique, de Byſance, de Corinthe, de Lacédémone & de beaucoup d'autres Villes. Comme ces creux ne paroiſſent que ſur les Médailles de bronze, M. l'Abbé Barthelemi conclut de là que les anciens Monnétaires avoient trouvé quelques autres moyens plus parfaits pour l'or & l'argent, moyens qui nous ſont inconnus, & dont on ne voit aucune trace ſur les Médailles fabriquées avec ces deux métaux.

L'art du monnoyage ſe perfectionnant de jour en jour, on s'apperçut que les aires, dont il eſt ici queſtion, étoient ſuſceptibles d'ornemens, & on y mit au milieu tantôt une tête, tantôt d'autres Symboles : telle fut l'origine du double type ſur les Médailles ; on en voit un exemple ſur un Médaillon d'argent, frappé à Syracuſe (Voyez n. 8), qui repréſente d'un côté une figure dans un char, & de l'autre une aire en creux, diviſée en quatre parties, au milieu deſquelles eſt une petite tête en relief.

L'uſage du double type étant une fois introduit (c'eſt toujours le même Auteur qui parle), on ſe contenta quelquefois de laiſſer, ſur un des coins, quatre petites élévations quarrées, placées ſur un des bords, qui produiſoient ſur un côté de la Médaille quatre petites cavités ; c'eſt ce qu'on voit ſur quelques Médaillons, entr'autres, ſur un de la Ville de Cnoſſus (Voyez n. 7) : ces cavités y ſont très-profondes, & comme il n'en paroît aucun veſtige de l'autre côté, il eſt viſible qu'elles n'ont pas été faites après coup, &, par une conſéquence néceſſaire, qu'on avoit laiſſé ſur un des coins des parties fixes & relevées, propres à s'engager dans la Médaille, ou la monnoie.

Quand on eut trouvé de nouveaux moyens pour retenir le flan ſous le marteau, on ne donna plus tant de relief au coin qui ſervoit principalement à cet ouvrage ; mais on lui conſerva long-temps une forme quarrée ; c'eſt ce que prouvent pluſieurs Médailles d'Athènes, d'Enos, d'Argos, de Barcé, de Thèbes, de Cnide, de Cnoſſus, de Colophon, de Cragus, des Craniens, de Ciſique, de Cos, de Lariſſa, de Lampſaque, des Locres, de Maronea, d'Olympe en Lycie, de Pella, des Villes de Rhodes, de Rhodie dans la Lycie, de Solium, de Pharſale, &c.

Les aires en creux, qui paroiſſoient autrefois ſur les Médailles, prirent inſenſiblement des formes différentes, qui cependant indiquent toutes leurs origines ſur quelques Médailles de Clazomène, d'Abdère, d'Héraclée, &

d'Alexandre, premier Roi de Macédoine : on voit un quarré divifé en quatre parties, & enfermé dans un autre quarré, fur lequel on a mis la légende (Voyez n. 12).

On fe contenta quelquefois de divifer le champ de la Médaille par deux lignes, qui fe coupoient perpendiculairement. On en a des preuves fur les Médailles de Syracufe, de Marfeille & d'Acanthus (Voyez n. 4). D'autres fois on mit fimplement le type au milieu d'un quarré, formé par quatre lignes ; c'eft ce qu'on voit fur les Médailles d'Abdère (Voyez n. 1 3), d'Eleuthernæ, de l'Ifle de Thafos, des Teffaliens, de Cyrène, de Cos, de Lesbos, de Lyttus, de Maronea, de Mende, de Myrina, de Mytilène, de Naples, de Rhodes, de Soli, de Syracufe, de Ténédos, de Chalcis & de plufieurs autres Villes. Je cite à deffein cette foule d'exemples ; mais avant que d'en faire ufage, j'obferverai en général que les différentes formes, que les aires en creux ont prifes fur les Médailles, paroiffent quelquefois fur celles d'une même Ville ; ce qui fert à prouver le rapport qu'il y a des unes aux autres. J'obferverai plus particuliérement que fur les plus anciennes Médailles d'Acanthus & d'Abdère, on voit une aire en creux, & fur celles d'un temps poftérieur, un type dans un quarré formé par quatre lignes (Voyez n. 1 3), ou un fimple quarré divifé en quatre lignes (Voyez n. 1 4).

De tous ces exemples que l'Auteur a cités & choifis, entre un bien plus grand nombre d'autres qui tendent au même but, il tire plufieurs juftes confé-quences ; la première c'eft que les quarrés diverfifiés en tant de manières, ne font qu'une fuite de ces anciennes empreintes en creux, que le befoin avoit introdui-tes, & que l'art perfectionna ; la feconde c'eft qu'avant qu'on ait donné quelque ornement, quelque perfection à ces quarrés & à ces empreintes en creux, les Médailles ou monnoies ne repréfentoient que des aires informes, qui avoient été produites par un coin deftiné à retenir le flan ; la troifième conféquence, c'eft que lorfque l'on commença à graver des types fur les Médailles, on mit une empreinte en creux fur toutes celles qu'on fit frapper ; la quatrième con-féquence, c'eft que la coutume que l'on avoit d'abord de graver cette aire en creux, & enfuite de l'orner, donna lieu aux ouvriers Monnétaires de varier, felon leur goût, les empreintes en creux, les quarrés & leurs orne-mens. Les uns gravèrent une tête fur le quarré, comme on le voit fur un Médaillon de Syracufe (repréfenté au n. 8); d'autres divifèrent le quarré en quatre parties, & chargèrent chacune d'elles d'un ornement qui s'y éleva en forme de petite pyramide, comme on le voit fur un Médaillon de la Ville d'Acanthus (au n. 1 5); d'autres repréfentèrent une torche allumée au milieu d'une vafe ou baffin, dans un quarré formé par une bande affez large, & qui a beaucoup de relief, comme on le voit fur un Médaillon d'Amphipolis en Macédoine (repréfenté au n. 1 6) ; enfin la cinquième conféquence, qu'on tire de tout ce qui a été dit, c'eft que l'on ne peut prétendre, comme certains Auteurs, d'ailleurs très-favans & très-refpectables, l'ont prétendu, que ces quatre parties du quarré de la Médaille de Syracufe, aient été gravées pour repréfenter les quatre parties de cette Ville, & qu'un feul cheval gravé dans le quarré d'une Médaille d'Archélaüs, y ait été mis pour donner un plan de la Macédoine, qu'on dit avoir la forme d'un parallélogramme, puifque ces creux, ces quarrés, ce cheval &c., fe trouvent fur les Médailles de plufieurs autres Villes, Provinces ou Régions, dont la forme ne fut ni quarrée, ni parallélogramme, & puifque d'ailleurs ces Médailles ne font que rappeller l'an-cien ufage d'une opération de fabrique indifpenfable dans les premiers temps.

Notre Auteur part de ces principes, pour expliquer tout simplement plusieurs types à peu près semblables, que d'autres ont trouvés énigmatiques. Si sur quelques Médailles de Chio on voit un quarré divisé en quatre autres plus petits, ou par deux bandes fort larges, & sur lesquelles est ordinairement le nom du Magistrat, c'est que l'ouvrier a jugé à propos de faire ces bandes plus larges sur la piéce que nous donnons ici (au n. 20), que d'autres n'ont cru le devoir faire sur deux Médailles d'argent plus anciennes, qui sont représentées (aux nn. 17 & 18), dont l'une a d'un côté une aire en creux toute simple, & la seconde représente, au lieu de ces deux bandes larges, deux simples lignes qui se coupent perpendiculairement, & qui divisent le champ de la Médaille de Cnossus (n. 7), de celles de Corcyre, de Dyrrachium, & d'Appolonie en Epire (dont deux aux nn. 21 & 22), qui représentent d'un côté un quarré chargé d'ornemens, & divisé en deux parties égales : ce sont là des opérations de nécessité & de fantaisie, que les Monnétaires y ont mis, & pour fixer le flan entre les coins, & pour orner une empreinte & un creux, qui, sans cela, n'avoient rien qui put plaire aux yeux. Il ne faut pas chercher là l'idée de l'enclos, des compartimens, & des ornemens des Jardins d'Alcinoüs, Roi des Phéaques, Peuples de l'Isle de Corcyre, & Prince fort amoureux de l'agriculture.

M. l'Abbé Barthelemi finit cette première section par une observation, qu'il est bon de mettre ici. Il dit qu'il y a encore une autre sorte d'empreinte en creux, qu'on apperçoit sur les plus anciennes Médailles de la grande Gréce, & principalement sur celles de Colonia, de Crotone, & de Métapontum. Ces Médailles, dit-il, ont deux types, l'un en relief, & l'autre en creux ; & par-là elles ont quelque ressemblance avec les Médailles incuses, avec lesquelles néanmoins il ne faut pas les confondre. Nous avons montré plus haut que ces Médailles incuses ne doivent qu'au hazard, & à l'inadvertance des ouvriers Monnétaires, la singularité qui les caractérise. Il n'en est pas de même de ces autres Médailles, dont on parle ici : c'est à dessein qu'on leur a donné un type en relief & un en creux : ces types sont souvent différens l'un de l'autre. Quelques Médailles de Métapontum ont d'un côté la tête d'un taureau, & de l'autre une épi de bled ; sur celles de Crotone, c'est quelquefois une aigle éployée, au revers d'un trépied ; sur une de Colonia, on voit d'un côté un oiseau, dont il ne paroît aucun vestige sur le côté opposé (Voyez n. 23 & 24), & ce qui est de plus frappant encore, le mot de ΚΑΥΛΟ, abrégé de *Colonia*, y est en relief de chaque côté. Il s'ensuit de là que ces Médailles étoient frappées avec deux coins différens, dont l'un étoit gravé en creux, & l'autre en relief ; ce qui est une suite de l'usage où l'on étoit, de frapper la monnoie de la sorte, tant pour retenir plus aisément le flan entre les deux coins, que pour épargner la matière, qui se trouve bien moindre, pour les Médailles où il y a un relief, & un creux, que pour celles où les deux types, sont en relief.

Notre Auteur promet, après cette observation, de faire voir que les Médailles qui ont des airs en creux, sont communément antérieures à l'an 400, avant l'Ere vulgaire, & de tacher d'indiquer en quel temps elles ont commencé. Il donne ensuite l'explication des Médailles qu'il a choisi parmi grand nombre d'autres, qui ont des empreintes en creux, pour les faire servir de preuves à ce qu'il a dit dans cette partie de son mémoire, sur la fabrique des monnoies. Voyez l'explication qui est à la fin du Chapitre troisième.

Dans la description que nous avons donnée ci-dessus de la Médaille & des méthodes différentes que l'on peut observer dans la fabrique des monnoies,

nous

nous avons parlé de moules, & nous avons dit qu'on s'en fervoit auffi bien que du marteau & du balancier, pour en fabriquer. Il eſt donc à propos de faire connoître au Lecteur ce que c'étoit que ces moules, & de quelle manière on s'en fervoit autrefois. Pour cela, nous copierons ici ce que M. Mahudel nous a donné fur la matière, la forme & l'uſage des moules, dans les réfléxions qu'il communiqua à l'Académie des Inſcriptions & Belles-Lettres, en 1716, à l'occaſion de quelques-uns que l'on venoit de trouver fur le penchant de la montagne de Fourvières, où étoit autrefois fituée la plus belle partie de la Ville de Lyon.

OBSERVATIONS de M. MAHUDEL, fur l'uſage de quelques moules antiques de Monnoies Romaines découverts à Lyon, tirées du 3ᵉ. volume des Mémoires de l'Académie des Inſcriptions, &c. page 218 & fuivantes.

» La matière de ces moules eſt une argille blanchâtre cuite : leur forme eſt
» plate, terminée par une circonférence ronde, d'un pouce de diamètre :
» leur épaiſſeur eſt de deux lignes par les bords, & eſt diminuée dans cet
» eſpace de l'un ou des deux côtés du moule, qui a été cavé par l'enfoncement
» de la pièce de Monnoie, dont le type eſt reſté imprimé. On dit, *de l'un ou*
» *des deux côtés du moule*, parce que la plupart ont d'un côté l'impreſſion
» d'une tête & de l'autre celle d'un revers, & que quelques-uns ne font
» imprimés que d'un côté feulement.

» Chacun de ces moules a un endroit de fon bord ouvert par une entaille
» ou *crénelure*, qui aboutit au vuide formé par le corps de la pièce imprimée ;
» & comme la forme plate & l'égalité de la circonférence de tous ces moules
» les rendent propres à être joints enſemble, dans un arrangement relatif des
» types & des têtes, à ceux du revers dont ils ont conſervé l'impreſſion, &
» dans une diſpoſition où toutes ces entailles fe rencontrent, on s'apperçoit
» d'abord que le fillon continué par la jonction de ces *crénelures* fervoit de
» jet au grouppe, ou rouleau, formé de l'aſſemblage de ces moules, pour la
» fuſion de la matière deſtinée aux Monnoies.

» Ce grouppe, qui pouvoit être plus ou moins long, felon le nombre des
» moules à double type dont on le compoſoit, fe terminoit à chaque extrê-
» mité par un moule imprimé d'un côté feulement ; & il eſt facile de juger
» par le reſte de terre étrangère encore attachée aux bords de quelques-uns
» de ces moules, que la terre leur fervoit de lut pour les tenir unis, & pour
» fermer toutes les ouvertures par leſquelles le métal auroit pu s'échapper ;
» ce lut étoit aiſé à féparer de ces moules fans les endommager lorſqu'après
» la fuſion la matière étoit refroidie.

» L'impreſſion des types des têtes de Septime-Sévère, de Julia-Pia &
» d'Antonin leur fils, furnommé Caracalla, qui s'eſt conſervée fur ces moules,
» rend certaine l'époque du temps de leur fabrique, qui eſt celui de l'Em-
» pire de ces Princes, dont les Monnoies doivent être très-abondantes à Lyon,
» puiſque le premier y avoit féjourné aſſez de temps après la victoire qu'il
» y remporta fur Albin, & que cette Ville étoit le lieu de la naiſſance du
» fecond.

» Un lingot de billon, dont la rouille verdâtre marquoit la quantité de
» cuivre qui dominoit fur la portion d'argent qui y entroit, trouvé en même
» temps, & au même lieu que ces moules, ne laiſſe aucun lieu de douter
» qu'ils n'aient fervi à jetter en fable des Monnoies d'argent plutôt que d'or,

» Il paroît, par cette defcription, & par l'ufage que les Anciens faifoient
» de ces moules, que leur manière de jetter en fonte étoit affez femblable à
» la nôtre, & que ce qu'ils avoient de particulier étoit la qualité du Sable
» dont ils fe fervoient, qui étoit fi bon & fi bien préparé, qu'après 1400 ans,
» leurs moules font encore en état de recevoir plufieurs fufions.

» La bonté de ces moules, & le grand nombre qu'on en avoit déja trouvé
» du temps de Savot, dans la Ville de Lyon, qui étoit une des plus confidé-
» rables Préfectures de Monnoies de l'Empire, ont fait croire à quelques
» Antiquaires que les Romains jettoient quelquefois en moule leurs Mon-
» noies d'argent. M. Mahudel, perfuadé qu'on les frappoit avec le marteau
» ou avec une machine équivalente, rapporte, pour prouver ce fentiment,
» les principales preuves dont d'autres s'étoient déja fervi avant lui ; mais il
» y en ajoute de nouvelles.

» La première & la plus ordinaire de ces preuves fe tire de la fignification
» des termes *cudere*, *ferire*, *percutere*, & *fignare*, défignants tous l'action de
» frapper ; termes communément employés dans les Loix Monnétaires chez
» les Hiftoriens, les Grammairiens & les Poëtes anciens, & fur les Monnoies
» mêmes du I. & IV. Siécles de l'Empire, tant dans les contre-marques, &
» les légendes des unes, que dans les exergues des autres.

» La feconde fe tire de la netteté de l'empreinte fur le métal, laquelle
» ne peut jamais fortir fi vive du moule que de deffus le coin.

» La troifième, du défaut de revers qui s'obferve dans ce grand nombre
» de piéces antiques, qu'on appelle incufes, défaut qui ne peut arriver
» avec l'ufage des moules, & qui fuppofe néceffairement le coup ou du
» marteau ou d'une machine équivalente.

» La quatrième, de l'empreinte double d'une même légende, qui fe voit
» fouvent dans un même côté de quelques Monnoies Grecques & Romaines ;
» ce qui n'a pu être qu'un effet ou de la vacillation de la pièce fous le coin,
» ou de la répétition du coup de marteau.

» La cinquième, de l'inégalité de la circonférence de la plupart de ces
» Monnoies, dont les bords font bifcornus, & de l'inégalité d'étendue du
» volume de plufieurs pièces de même poids, de même type, de même
» temps & de même fabrique ; inégalité qui n'a d'autre caufe que le plus ou
» le moins de force & de véhémence de celui qui a appliqué le coup ; ce
» qui auroit été impoffible, fi la pièce avoit eu pour bornes le tour du moule.

» Malgré la force de ces preuves, la difficulté de comprendre comment,
» fans balancier & avec le marteau feul, on auroit pu ,fur un métal auffi dur
» que le cuivre, imprimer des têtes d'un relief auffi gros que le font celles
» de la première forme & des Médaillons, a donné occafion à Fréher & à
» Savot d'avancer que, pour en faciliter l'impreffion, on jettoit les matières
» dans des moules, où elles prenoient feulement l'épaiffeur & le contour du
» relief, & qu'après cette ébauche, on faifoit recuire au feu ces pièces, &
» qu'on les ajuftoit toutes rouges fur les matrices ou quarrés, entre lefquelles,
» par la violente impreffion du marteau, elles recevoient leur dernière
» perfection.

» Ce qui a induit les Antiquaires à recevoir cette opinion, c'eft l'ufage du
» creufet figuré dans le revers d'un denier d'argent de la famille Carifia, au
» côté oppofé duquel eft la tête de la Déeffe de la Monnoie ; & c'eft encore
» l'explication qu'ils donnent au mot *flando*, qui, dans les qualités des
» Trium-virs Monnétaires, précéde celui de *feriundo*, & fe trouve

» employé dans quelques loix anciennes de même que celui de *conflare*.
» M. Mahudel contredit par trois raisons cet usage prétendu.

» La première est que le creuset, dont la figure se voit sur le denier consu-
» laire, dont on vient de parler, servoit à la vérité dans les Monnoies,
» comme il y sert aujourd'hui pour la fonte des métaux ; mais seulement pour
» les jetter en lingots, qui étant bien battus & étendus en lames, se divisoient
» en parcelles arrondies appellées *flans*, & dès-là propres à être placées entre
» deux quarrés pour y recevoir l'impression. (*Voyez la planche seconde,*
» *N. 21 & 22*).

« Quel auroit été, sans cela, l'usage de ces grands *cisoirs* marqués sur
» ce denier avec les autres instrumens de Monnoies ? Si ce n'est pour couper
» ces *flans* de la grandeur destinée aux pièces qu'on vouloit fabriquer ; & cet
» usage confirmé par ce vers de Juvenal, qui définit la Monnoie, un métal
» coupé en petites pièces, sur lesquelles sont imprimées des têtes & des
» titres, n'exclut-il pas le jet en sable qu'on suppose ?

Concisum argentum in titulos, faciesque minutas.

» La seconde raison est que dans la variété des Offices attachés aux Hôtels
» de Monnoie & des anciens Officiers spécifiés dans diverses Inscriptions, on
» trouve les noms de *signatores, suppostores, malleatores Monetæ Cæsaris,*
» qui tous ont rapport à la fabrication par le marteau, & aucun à celle par
» le jet en sable.

» La troisième, est que les éclats qui se voient si fréquemment dans tant
» de pièces de tous métaux & de toutes grandeurs, qui sont étoilées, ne
» sont point l'effet du moulage, mais de la violence du marteau qui fait plutôt
» fendre & entre-ouvrir une pièce déja battue pour prendre la forme de flan,
» qu'une pièce fondue, puisque l'expérience apprend que l'effet d'un tel coup
» (au moins sur l'argent) est de rapprocher les parties du métal raréfié par
» la fusion.

» Mais la difficulté de l'exécution de cette méchanique, supposée même
» par Fréher & par Savot, devient encore une nouvelle preuve contre ce
» systême ; car enfin, comment pourra-t-on comprendre que l'Officier qu'on
» appelloit *Suppostor*, qui est le même que nous appellons Monnoyeur, dont
» la fonction auroit été de mettre les pièces ébauchées entre les quarrés, eût
» été assez adroit pour les disopser de manière que chaque partie du relief
» moulé entrât exactement dans le creux qui lui répondoit, & où elle devoit
» se perfectionner ? Et quand cet Officier auroit eu cette adresse, comment
» le temps qu'il auroit fallu pour cet arrangement, auroit-il pu suffire pour
» la quantité prodigieuse de Monnoies de grand volume qu'on devoit frapper,
» puisqu'on en trouve encore, même en assez grand nombre, des Empereurs
» qui ont le moins régné.

» Enfin comment, dans ce systême, répondra-t-on à la preuve d'impossi-
» bilité qui se tire de la quantité des Monnoies Grecques & Romaines fourrées
» qui subsistent encore ? Comment les deux métaux, dont elles sont com-
» posées, n'ayant point été liés, puisque le plus précieux couvre celui qui
» l'est le moins, auroient-ils pu avoir été jettés en sable, avant que d'avoir
» été présentés sous le coin, quelque considérable que soit le relief de ces
» pièces, sur-tout dans les Médaillons Grecs d'argent, parmi lesquels il s'en
» trouve des fourrés ?

B ij

» On dira qu'en fait de Monnoies antiques, la fourrure est une marque
» de fausseté du temps même des usages ; mais c'est de cette fourrure dont
» M. Mahudel tire la conséquence, que si les faux Monnoyeurs anciens avoient
» l'art de frapper en cachette ces pièces sur un métal encore plus dur que le
» cuivre, puisque parmi les fourrées il s'en trouve de fer, & que si ils leur
» donnoient tant de relief & de vivacité, sans avoir pu les jetter auparavant
» en moule, à plus forte raison en auroit-on usé de même avec encore plus
» de facilité dans les Hôtels des Monnoies, où il étoit de l'intérêt du Prince
» de se servir du moyen par lequel on auroit pu en fabriquer davantage,
» & en moins de temps.

» La vraie manière de fabriquer les Monnoies chez les Anciens étant donc
» rendue sensible sans l'usage de ces sortes de moules, que doit-on juger de
» ceux-ci, sinon qu'ils ont servi d'instrumens à des faux Monnoieurs, du
» genre de ceux qui joignoient à la contre façon par le jet en sable, la corrup-
» tion du titre, en augmentant considérablement l'alliage du cuivre avec
» l'argent ; ce qui paroît par la qualité du lingot qui a fait partie de la dé-
» couverte, & qui se rapporte à ce caractère de fausse Monnoie que le Code
» Théodosien désigne en ces termes ; *si quis nummum falsâ fusione forma-*
» *verit, universas ejus facultates fisco addici præcipimus ut in Monetis tantum*
» *nostris cudendæ pecuniæ studium frequentetur.*

» Delà vient cette différence notable de titre qu'on observe assez souvent
» dans beaucoup de pièces d'argent, de même revers & de même époque,
» sous un même Empereur. Cette manière de falsifier la Monnoie avoit
» prévalu sur la fourrure dès le temps de Pline, qui remarque qu'elle se pra-
» tiquoit avec tant d'adresse, *qu'il étoit alors si difficile de distinguer une pièce*
» *fabriquée en Monnoie, d'une jettée en sable par un habile Faussaire, que*
» *cette connoissance étoit devenue un art particulier, & qu'il y avoit de ces*
» *pièces si bien imitées, que les Curieux en donnoient souvent beaucoup de vraies*
» *pour en acquérir une fausse.*

» La décadence de la gravure, qui, sous Septime-Sévère étoit déja consi-
» dérable, & l'altération qu'il avoit introduite dans le titre des Monnoies,
» favorisoient de plus en plus les Billoneurs & les Faussaires, en rendant leur
» tromperie plus facile ; ensorte que la quantité de ces moules, qu'on a décou-
» verts à Lyon en différens temps, fait assez juger qu'il devoit y avoir un
» grand nombre de ces Faussaires. Ce nombre devint depuis si prodigieux dans
» les Villes mêmes, où il y avoit des Préfectures de Monnoie, & parmi les
» Officiers, & les Ouvriers qui y étoient employés, qu'il fut capable de
» former à Rome, sous l'Empereur Aurelien, une petite Armée, qui, dans
» la crainte du châtiment dont il les menaçoit, se révolta contre lui, &
» lui tua dans un choc sept mille hommes de troupes réglées ; d'où l'on peut
» juger combien ce gain illicite a séduit les hommes dans tous les temps.

Par tout ce qu'on vient de voir dans ce Chapitre, il paroît que dans la
plus ancienne manière de frapper des Médailles ou des Monnoies, on se servit
du marteau, & qu'ensuite on inventa le balancier ; que les moules ne furent
mis en usage que par les faux Monnoyeurs ; qu'après les Monnoies informes,
grossières & sans types, qu'on donnoit au poids, vinrent les Monnoies avec
un seul type & d'un seul côté ; qu'on trouva moyen de fixer entre les deux
coins les flans destinés à former ces Monnoies ; & qu'enfin l'art étant venu
à un certain dégré de perfection, on orna & on enrichit les deux faces des
Monnoies ou Médailles, de types ou de choses tenant lieu de types & de

légendes. Après ces réflexions, nous allons passer aux métaux & matières, dont on s'est servi pour la fabrique des Monnoies & Médailles.

CHAPITRE II.

Des métaux & des matières dont on s'est servi pour la fabrique des Médailles & des Monnoies.

L'Or, l'argent, le cuivre, le bronze, le potin, le fer, le plomb, le cuir, le carton, la terre, le bois, les coquilles & les amandes sont les matières dont on s'est servi pour faire de la Monnoie ; mais de toutes ces matières il n'y a jamais eu que les métaux qui aient été employés pour la fabrique des Médailles ; encore parmi ces métaux on ne s'est guère servi que de l'or, de l'argent, du bronze, & du potin. Voici ce qu'il y a de plus important sur ce qui regarde la matière employée pour les Monnoies & pour les Médailles.

1°. Aſchine & Ariſtide nous apprennent que les Carthaginois firent de la Monnoie avec du cuir. Les Romains mêmes, avant le Roi Numa, avoient des morceaux de cuir arrondis, qui leur tenoient lieu d'or & d'argent, & qui avoient pour sceau, une petite marque d'or : *formatos è coriis orbes auro modico signaverunt.*

2°. Les Romains employèrent encore la terre cuite & le bois au même usage, avant Numa, avec la même précaution de les marquer d'un peu d'or, ou de quelqu'autre manière pour leur donner une certaine valeur, & en fixer le prix dans le commerce.

3°. Pendant les sièges des Villes qui traînoient en longueur, ou quand les Aſſiégés étoient surpris, on convertiſſoit quelquefois le carton en Monnoie, faute de métaux. On donnoit auſſi une certaine marque à ces morceaux de carton, afin d'en fixer le prix pour ces temps de misère. On en voit dans la plupart des Cabinets. Ce sont-là des Monnoies qu'on appelle *Monnoies obſidionales* : on en a fait de plusieurs autres matières, comme on le verra dans la suite.

4°. Les Voyageurs nous aſſurent, dans leurs relations, qu'il y a des coquilles qui servent de petite Monnoie dans l'Amérique, & dans certaines Provinces de l'Aſie, comme à Surate & à Cambaie. Ils disent auſſi qu'on emploie des amandes au même usage, aux Maldives & dans plusieurs endroits des Indes. On choiſit pour cela des amandes d'une espèce ſi amère, que les enfans ne peuvent les manger. Apparemment qu'on en fixe le prix au nombre ou par quelque marque.

5°. On ne peut douter que l'on n'ait frappé des Monnoies & des Médailles sur le plomb ; car il s'en trouve de véritables antiques auſſi bien que des modernes, dans les Cabinets de l'Europe.

6°. Le Pere Jobert inſinue, dans son livre de *la Science des Médailles*, qu'on s'est servi de Monnoies de fer dans quelques Villes de la Gréce, & dans quelques Contrées de la Grande Bretagne.

7°. Mais de tous les métaux il y en a quatre qui ont été le plus ordinairement employés à la fabrique des Monnoies & des Médailles ; ſçavoir, l'or, l'argent, le cuivre, ou le bronze, & le potin. Tout le monde ſait ce que c'est que l'or, l'argent & le bronze. A l'égard du potin, c'est une espèce de métal moins connu ; il eſt formé par l'alliage du cuivre, du plomb, du laiton & de l'étain, avec un peu d'argent.

8°. Les Médailles d'or, ſoit Grecques, ſoit Latines, Conſulaires ou Impériales ont toujours été frappées ſur l'or fin : il n'y a guère que pour les Gothiques qu'on ait employé de l'or de bas aloi ; ainſi il faut ſe défier de toutes les autres Médailles que l'on préſente à vendre, quand elles ſont d'un or altéré.

9°. L'argent dont on ſe ſervoit à Rome pour frapper des Monnoies du temps de la République, & même ſous les Empereurs, juſqu'à Didius-Julianus, fut auſſi très-fin & de bon aloi. C'eſt cet Empereur qui le premier en altéra le titre, pour remplir, par cet expédient dangereux, le tréſor qu'il avoit épuiſé pour acheter l'Empire, après la mort de Pertinax. Cette altération ne fit qu'augmenter ſous les règnes ſuivans, ſinguliérement ſous celui de Septime-Sévère, d'Alexandre, des Gordiens, des Philippes, de Gallien & autres, juſqu'à Claude le Gotique.

10°. Depuis Claude le Gotique juſqu'à Dioclétien, on ne donna pour argent que des pièces de cuivre ſaucées dans l'étain, ou couvertes d'une feuille d'étain que l'on battoit enſemble ; les Antiquaires appellent ces pièces *Nummi tincti*. Il faut pourtant obſerver que cette régle générale ſouffre quelque exception, par l'exiſtence de quelques pièces ou Monnoie d'argent fin, frappées depuis Didius-Julianus juſqu'à Dioclétien ; mais elles ſont extrémement rares, & méritent l'examen le plus ſcrupuleux, avant d'en faire l'acquiſition.

11°. Dioclétien rétablit les choſes dans leur premier état, quant à la Monnoie d'argent, qu'il fit frapper ſur le fin ; mais cela n'empêche pas que ſous ſon règne, & celui de ſes Succeſſeurs, on ne rencontre encore en grand nombre des Monnoies ſaucées.

12°. M. le Marquis de la Baſtie, dans ſes *Réfléxions ſur la Science des Médailles du P. Jobert*, aſſure que M. l'Abbé de Rothelin avoit amaſſé une ſuite conſidérable de pièces de potin ; ſon exemple a été ſuivi par pluſieurs Amateurs, qui en ont pouſſé le nombre beaucoup plus loin. On en avoit frappé ſous l'Empereur Auguſte, & on en trouve parmi les Médailles Grecques de ce Prince. Il y en a de ce métal qui pourroient paſſer pour de petits Médaillons.

13°. Quant aux Médailles qu'on prétend être de cuivre de Corinthe, M. de la Baſtie ſoutient qu'il n'en a jamais exiſté. Cette compoſition, que le hazard forma par la fonte de pluſieurs métaux dans l'incendie de Corinthe, ſervit à la magnificence des Romains qui en firent faire des ſtatues & des vaſes ; mais jamais, à ce qu'on croit, on ne l'employa dans la fabrique des Monnoies.

14°. Les Monnoies ou Médailles faites de cuivre, de quelque qualité ou couleur qu'il puiſſe être, s'appellent toujours Monnoies & Médailles de bronze chez les Antiquaires. Ce métal a été communément & conſtamment employé par les Grecs & les Romains, dès les premiers temps de la fabrique, & l'uſage s'en eſt perpétué juſqu'aujourd'hui.

CHAPITRE

CHAPITRE III.

De la Forme, du Module, & des Noms différens des Monnoies & Médailles.

CE Chapitre fera divifé en deux articles ; dans le premier on traitera de la forme & du module des Monnoies & des Médailles ; dans le fecond on donnera les différens noms qu'elles ont tirés ou de leurs métaux, ou de leurs modules, ou de quelques autres caufes.

ARTICLE I.

De la Forme & du Module des Monnoies ou Médailles.

Il y a des Monnoies & des Médailles de plufieurs formes & de différens modules. Quant à la forme, on en voit qui font d'un quarré parfait, d'autres d'un quarré oblong, & qui font comme des lofanges ; telles font entre autres plufieurs Monnoies obfidionales. On en trouve auffi qui font ovales ; mais pour l'ordinaire elles font parfaitement arrondies ; telles font les Confulaires, les Impériales, celles des Colonies, celles des Villes, & prefque toutes les Monnoies ou Médailles antiques Grecques & Latines.

Les Monnoies & Médailles font auffi de différens modules : cette différence fe tire de leur grandeur ou de leur épaiffeur.

Les plus grandes font celles que nous appellons *Médaillons* : il y en a de plus grands & de plus épais les uns que les autres. On verra à la fuite de ce chapitre les réfléxions de M. Mahudel, fur le caractère & fur l'ufage des Médaillons.

Après les Médaillons, les Médailles fe divifent, par rapport à leur module, en grand, moyen, & petit bronze.

Le module des Monnoies ou des Médailles antiques d'or & d'argent eft ordinairement affez femblable à celui du petit bronze, dans le haut Empire : celles qui font fenfiblement plus grandes ou plus épaiffes s'appellent *Médaillons* ; celles au contraire qui font plus petites & moins épaiffes s'appellent *Quinaires*. Comme cette divifion par moitié, a également lieu dans les Médailles d'or, elles empruntent la même dénomination des Médailles d'argent, quoiqu'elle paroiffe convenir particuliérement à ces dernières, à caufe de la différence de valeur du Quinaire au denier.

Outre les Quinaires, il y a une efpèce de Médailles qu'on appelle *Bracteates*, dont on donnera à la fin de ce Chapitre l'idée & la defcription d'après M. Schæfplin.

ARTICLE II.

Des Noms différens que l'on donne aux Monnoies & aux Médailles.

Les Médailles doivent être confidérées fous différens rapports, qui leur font prendre autant de différens noms. Il faut les regarder 1°. par rapport à leur âge, ou au temps de leur fabrique ; 2°. à leur matière ; 3°. à leur forme &

à leur grandeur ; 4°. à la manière dont elles font gravées & marquées ; 5°. aux Princes, aux Peuples, aux Nations qui les ont fait frapper ; 6°. aux perfonnages qu'elles repréfentent ; 7°. aux occafions ou aux raifons pour lefquelles on les a frappées ; 8°. Enfin par rapport même à leurs défauts, & aux Officiers Monnétaires qui les ont frappées. Entrons dans le détail de toutes les dénominations que ces différens rapports ont fait donner aux Médailles.

1°. Les Médailles confidérées par rapport à leur âge, & au temps de leur fabrique ne reçoivent que deux noms ; fçavoir, celui d'Antiques, & celui de Modernes. Les Antiques font toutes celles qui ont été frappées jufqu'au Régne de Pofthume, ou de Conftantin.

Il faut avouer néanmoins qu'à cet égard les fentimens font partagés. Les Curieux ont donné plus ou moins d'étendue à l'âge des Médailles antiques, felon différens fyftêmes qu'ils fe font faits pour les collections, dont ils avoient envie de former leurs Cabinets. En ufant de la même liberté, nous ferons defcendre l'âge de l'Antique jufqu'à la ruine de l'Empire de Conftantinople, en 1453, par les Turcs, fous Mahomet II. après avoir défait Conftantin furnommé Paléologue, qui en fut le dernier Empereur. Nous regarderons, en conféquence, toutes les Médailles frappées après cette fameufe & trifte époque, comme des Médailles modernes, dont il ne fera point queftion, ou du moins très-rarement, dans cet ouvrage.

2°. Nous avons déja vu que les Médailles confidérées par rapport à leur matière, s'appellent Médailles d'or, d'argent, de bronze, de potin, de plomb, &c. ; mais elles tirent encore deux autres noms des métaux employés à leur fabrique ; fçavoir, Médailles *faucées*, & Médailles *fourrées*.

Les Médailles *faucées* font celles qui font véritablement de bronze, mais que l'on a ou couvertes d'une feuille d'étain, ou trempées & faucées dans l'étain.

Les Médailles *fourrées* font celles que les faux Monnoyeurs ont fabriquées pour tromper le Public, & s'attribuer un profit beaucoup au-delà de ce que l'autorité & la puiffance légitime en tiroient dans la fabrique des Monnoies. Elles font faites d'une pièce de bronze ou de fer couverte d'une feuille d'or ou d'argent qui étoient frappées enfemble ; par ce moyen, cette feuille eft tellement inhérente à la pièce de bronze ou de fer, qu'on ne peut, à la vue, diftinguer une pièce fourrée d'avec celle qui eft véritablement d'or ou d'argent, quand elle eft bien confervée : ce n'eft guère qu'au poids, ou par la piquure d'un poinçon qu'on peut découvrir la fraude, comme on le dira dans le dernier Chapitre de ce Traité.

3°. Les noms que les Médailles reçoivent, par rapport à leur forme, font ceux de *Médaillons*, de *Médailles* & de *Quinaires*, pour l'or & l'argent ; & ceux de *Médaillons* encore, de *grand*, *moyen*, & *petit bronze* pour ce métal, comme on l'a déja vu plus haut. Ces modules ont varié, & ont été ou plus grands ou plus petits, fous différens Empereurs ; mais quand on trouve des Médailles plus petites fous un Empereur que fous un autre, pourvu que leur module foit de quatre différentes grandeurs notables & fenfibles, elles retiennent toujours les noms de Médaillons, ou de grand, moyen & petit bronze, ou de Médaillons, de Médailles & de Quinaires en or & en argent. Les différences de modules ne roulent ordinairement que depuis un demi pouce jufqu'a trois de diamètre, & depuis une demi ligne jufqu'a deux pour l'épaiffeur.

Outre

Outre ces noms de formes, on donne celui de *dentelées* à certaines Médailles, dont on fit effectivement denteler ou créneler les contours, pour parer à la fraude des faux Monnoyeurs, qui se multiplioient sur la fin de la République Romaine. Par cette disposition on avoit un moyen sûr pour distinguer les Monnoies qui étoient entièrement d'argent, d'avec celles qui étoient fourrées de fer ou de bronze.

4°. Les Médailles sont gravées ou en relief ou en creux ; leur relief est grand ou petit : elles sont gravées sur une des faces seulement, ou sur les deux ; ou enfin elles sont en relief d'un côté & en creux de l'autre. De cette variété dans la gravure il résulte des noms différens pour les Médailles. Celles qui sont gravées en relief retiennent simplement le nom de Médailles : on pourroit les appeller *Médailles en relief*, par opposition à celles qui sont en creux, quand la gravure en a été préparée & frappée à dessein ; car autrement, ce sont des pièces défectueuses : elles ne méritent point de nom.

Il faut remarquer ici qu'il y a des Médailles qui sont en creux d'un côté, & en relief d'un autre : il y en a aussi qui sont en creux des deux côtés : enfin il y en a d'autres qui n'ont de gravure & de type que sur une des faces, le tout en creux ; mais tout cela ne vient que de l'inadvertance des Officiers Monnétaires ou du Suppôteur, *Suppostor*, qui étoit chargé de glisser le flan, ou le métal préparé sous le balancier, & de l'en retirer après que le coup étoit frappé. Si ces Officiers n'ont mis qu'un seul coin sous le balancier, les pièces ne reçoivent qu'un type, & l'un des côtés reste uni & sans impression ; s'ils ont placé les deux coins & qu'ils aient oublié de retirer d'entre deux la pièce qui a été frappée, alors le nouveau flan qu'ils glissent sous le balancier reçoit deux types, l'un du coin sur lequel il est posé, l'autre de la pièce qui répond au métal ; le premier type est en relief, si le coin est gravé en creux, & en creux, si le coin est en relief ; le second type a le même sort, c'est-à-dire, qu'il est en relief, si la pièce qui est restée est en creux, & en creux si elle représente en relief. On sent assez qu'en pareil cas les deux faces de la nouvelle pièce peuvent être gravées, l'une en creux & l'autre en relief, ou même toutes les deux en relief ou en creux, lorsque l'impression qu'elles ont reçue est en creux ou en relief. Ces sortes de pièces s'appellent *Médailles incuses*.

5°. Les Médailles sont nommées *Contorniates*, d'un certain cercle en creux, qui se trouve substitué au grénetis, & qui règne sur le contour de la Médaille aux deux faces, ensorte qu'il sépare, pour ainsi dire, par une rainure, le champ d'avec les bords. Les *Contorniates* sont ordinairement d'un mauvais travail & d'un relief fort mince. Nous verrons à la fin de cet article les observations de M. Mahudel sur cette espèce de Médaillons.

Il ne faut pas les confondre avec d'autres Médailles qui sont composées de plusieurs bronzes enchâssés & soudés ensemble par la fabrique, de façon que souvent les lettres de la légende mordent sur les différens métaux.

Ces dernières pièces sont infiniment plus belles & plus précieuses que les Contorniates. Il y en a de différens modules, & plus de celui des Médaillons que de tous les autres. Ces pièces pourroient bien être du nombre de celles que l'on frappoit, & que l'on ornoit de la sorte, pour les distribuer en présens & en largesses.

A ces deux premières espèces j'en ajouterai une troisième, que l'on appelle *Médailles encastillées* ; dénomination qu'elles tirent d'un cercle antique, plus ou moins large, dans lequel une Médaille se trouve enchâssée comme dans

C

un cadre. Cette dernière efpèce, ainfi que la précédente, fe range fans difficulté au nombre des Médaillons : ces pièces peuvent bien auffi avoir été
tirées du nombre de celles qui, felon M. Mahudel, avoient été frappées pour
avoir cours comme véritables Monnoies, afin de les orner de la forte & de
les mettre, par cet ornement, dans un état encore plus convenable pour être
données en préfent aux Ambaffadeurs & à d'autres perfonnes de diftinction,
ou en largeffe au Peuple.

6°. Les Médailles ont encore plufieurs noms par rapport aux différens
Peuples qui les ont fait frapper. Les *Médailles Grecques*, proprement dites,
font celles qui ont été frappées chez les Grecs. On les regarde comme les plus
Anciennes. On appelle auffi Médailles Grecques celles qui ont été fabriquées
par les Romains & par les Latins, avec des légendes Grecques en tout ou
en partie. Par la même raifon on donne le nom de *Médailles Latines* à celles
qui ont été frappées chez les Peuples Latins, & en langue Latine. En général
les Médailles ont reçu une dénomination de la langue & des caractères dont
on s'eft fervi pour leurs légendes : ainfi on nomme *Puniques* celles qui ont
été frappées en langue *Punique*; *Samaritaines*, *Phéniciennes*, *Gothiques*,
Germaniques, *Hébraïques*, *Arabefques*, *Françoifes*, &c. celles qui ont été
fabriquées par les Samaritains, les Phéniciens, les Goths, les Germains, les
Hébreux, les Arabes, les François, &c. & qui ont leurs légendes formées de
ces différentes langues.

7°. Les Médailles tirent encore une dénomination des noms, titres &
qualités de ceux qu'elles repréfentent, ou qui les ont fait graver, même du
lieu de leur fabrique. La divifion la plus ordinaire de ces noms eft, en Médailles des *Rois*, des *Familles*, ou *Confulaires*, *Impériales*, des *Colonies*,
des *Peuples*, & des *Villes*.

On appelle *Médailles des Rois*, celles fur-tout qu'on a fabriquées dans
la Gréce, à l'honneur des Rois qui en ont gouverné les différens Etats ; telles
font les Médailles des Rois de Syrie, appellés *Séleucides*, celles des Rois
d'Egypte, appellés *Ptolémaïdes*, celles des Rois Parthes, appellés *Arfacides*,
celles des Rois de Bofphore & de Bithynie, appellés *Achéménides* chez M.
Vaillant, & celles des Rois de Macédoine, de Thrace, de Cappadoce, de
Paphlagonie, d'Arménie, de Numidie, d'Ofrhoë & de la Bactriane: on peut
encore ajouter celles des Rois Goths, & autres Rois, appellés Barbares.

Les Médailles des Familles Romaines, appellées *Médailles Confulaires*,
font celles qui ont été frappées du temps de la République, ou par les Confuls, par leurs ordres, ou par des Officiers Monnétaires de leurs familles,
qui cherchoient à confacrer & à perpétuer, par ces monumens, leurs noms
avec les actions de leurs Ancêtres.

Les Médailles *Impériales* font celles qui ont été frappées fous les Empereurs, & par leurs ordres. Elles repréfentent ordinairement leurs têtes ou
leurs perfonnes, avec des légendes qui nous ont confervé leurs noms, leurs
titres, leurs qualités, & avec des types qui nous rendent les faits & les
événemens les plus intéreffans de leurs régnes : voilà pourquoi on doit les
envifager comme les preuves & même comme les fources de l'Hiftoire.

Suivant notre fyftême, la fuite des Impériales commence à Jules-Céfar, & ne
finit qu'avec l'Empire Grec, en 1453 : ainfi celles qui ont été frappées après
cette dernière époque doivent être rangées dans la claffe des Modernes.

Il y a des Médailles de *Villes* qui ont été frappées par des Villes Grecques
ou pour les Empereurs, ou pour quelques Hommes Illuftres, pour perpétuer

la mémoire de quelques grands événemens. Les Médailles de *Colonies* & de *Municipes* ont été faites à l'occasion de leur fondation, de leur établissement, ou de quelques bienfaits qui leur ont été accordés par des Empereurs, des Princes, &c.

Il y a aussi des Médailles antiques qui ont été frappées pour des Empereurs, pour des Princes, & pour d'autres Grands Hommes qui se sont distingués par des inventions utiles, ou par l'établissement, la fondation, la réparation, & la restitution de quelques anciens monumens. On les appelle Médailles de Fondateurs, de Réparateurs, d'Hommes Illustres, de Restituteurs, &c. Parmi ces dernières on pourroit ranger les Médailles qu'on appelle *Restituées* : nous donnerons les raisons de cet arrangement dans la Section 7e. de l'Appendice, qui suivra ce Chapitre.

8o. Enfin les Médailles tirent certaines dénominations de leurs perfections & de leurs imperfections. On a des Médailles vraies & autentiques, &c : on en a aussi de contre-faites, de fausses, de moulées, & de retouchées par des faux Monnétaires. Les unes sont bien conservées & à fleur de coin, & d'autres sont frustes en tout ou en partie. Voilà à peu près tout ce qu'on peut dire des différens noms que l'on donne aux Médailles. L'Appendice suivant donnera beaucoup de jour à tout ce qui a été dit jusqu'ici.

APPENDICE POUR SERVIR D'ÉCLAIRCISSEMENS

Et de preuves aux Chapitres précédens.

SECTION PREMIÈRE.

OBSERVATIONS SUR LES MÉDAILLES ANTIQUES données par M. l'Abbé Geinoz, & que l'on trouve au 12e. Tome des Mémoires de l'Académie des Inscriptions.

» SI les hommes qui sont sans Lettres, étoient les seuls qui ne se forment
» pas une assez juste idée de la Science des Médailles, il deviendroit presque-
» inutile de faire connoître les abus qui se sont glissés dans l'étude de cette
» Science, puisqu'alors ce seroit en vain qu'on s'efforceroit d'y remédier ; mais
» M. l'Abbé Geinoz croit, & avec beaucoup de fondement, que la plupart
» de ces abus ont eu pour Auteurs, ou pour protecteurs, des Écrivains
» d'une érudition reconnue.

» C'est sur la foi de ces Écrivains célèbres, qu'on cite chaque jour des Mé-
» dailles qui n'ont peut-être jamais existé, & c'est leur témoignage qui empê-
» che de rejetter des Médailles d'une autre espèce, qui, malgré leur antiquité,
» ne peuvent faire foi dans l'Histoire ; c'est sur leur autorité que sont fondées
» ces interprétations chimériques, qui dégraderoient les monumens les plus
» respectables, en les rendant le jouet de l'imagination de chaque particulier :
» enfin c'est principalement à ces Auteurs qu'il faut imputer tant d'erreurs
» & de fautes de toutes espèces, où tombent tous les jours les Amateurs des
» Médailles, ceux sur-tout qui, sans en connoître le véritable mérite, les
» recueillent uniquement, ou par un goût naturel pour amasser, ou par le
» désir de se faire une sorte de nom dans les Lettres. Ces différens abus, qu'il

» eſt également important de faire ſentir & de prévenir, ont fourni à M.
» l'Abbé Geinoz, le ſujet des Obſervations qu'il a lues à l'Académie, en 1736
» & 1737.

» Chacun ſait, dit M. l'Abbé Geinoz, que dans le Recueil abondant qui
» nous a été donné par Goltzius, on trouve un grand nombre de Médailles
» qui n'exiſtent plus aujourd'hui dans aucun Cabinet connu. Goltzius a-t-il
» imaginé ces Médailles ? L'accuſera-t-on d'avoir voulu, aux dépens de ſa
» réputation, en impoſer à l'Univers entier, par une ſupercherie ſi groſſière
» & qui pourroit être ſi facilement découverte ? Goltzius lui-même auroit-il
» été trompé, ſans le ſavoir, par des perſonnes qu'il auroit mal à propos
» jugées dignes de ſa confiance ? En auroit-on abuſé au point de lui envoyer,
» ſous le nom d'Antiques, des deſſeins de pure invention ? D'un autre côté,
» comment eſt-il poſſible que la plupart des Médailles de Goltzius aient
» diſparu tout-à-coup ? Mais en ſuppoſant même que la terre eût de nouveau
» englouti ces tréſors, pourquoi voit-on ſi peu de Médailles pareilles à celles
» de Goltzius ? Croira-t-on que ſon recueil ne fût principalement compoſé
» que de ces pièces ſingulières & précieuſes, qui ſont uniques dans le Monde ?
» M. l'Abbé Geinoz avoue que ces connoiſſances ne ſuffiſent pas pour démêler
» un fait ſi embrouillé, & qu'il a peine à croire que les Antiquaires les plus
» expérimentés oſent prononcer affirmativement ſi le célèbre Goltzius étoit
» innocent ou coupable.

» Un ſecond abus qui vient d'être obſervé, c'eſt celui qui vient de la
» négligence des Auteurs qui ont fait imprimer des recueils de Médailles.
» Les fautes que le premier a faites, ſont rarement corrigées par le ſecond :
» on ſent même que ſouvent cela n'eſt pas poſſible, parce que les Cabinets
» de Médailles ſont ſujets à changer ſouvent de Poſſeſſeurs. Il arrive de-là
» que les fautes ſe perpétuent ; car chaque Antiquaire copie, avec une exac-
» titude ſcrupuleuſe, les Écrivans qui l'ont précédé ; il n'y a pas même juſ-
» qu'aux fautes d'impreſſion qui ne ſe conſacrent quelquefois, en paſſant
» d'un livre dans un autre. C'eſt ainſi que Vaillant ayant imprimé un
» Médaillon de Valérien, avec cette Inſcription au revers, *Concordiæ*
» *Sæculorum*, nous trouvons aujourd'hui ce Médaillon dans une collection
» fameuſe : il eſt vrai qu'on le cite d'après Vaillant ; mais ſi l'on avoit conſulté
» l'errata du livre de cet Antiquaire, on y auroit vu qu'au lieu de *Sæculorum*,
» il falloit lire *Auguſtorum*.

» Des Médailles ſuppoſées & mal décrites, M. l'Abbé Geinoz paſſe à ces
» ſortes de Médailles qu'il a dit ne mériter aucune foi dans l'Hiſtoire,
» malgré leur antiquité reconnue. Il entend par-là principalement celles
» qu'on appelle fourrées, c'eſt-à-dire les fauſſes Monnoies antiques ; & il
» croit pouvoir placer dans la même claſſe certaines Médailles très-légitimes,
» dont, par la négligence des Monnétaires, les légendes ſont des énigmes,
» à cauſe de quelques lettres ajoutées, omiſes, ou tranſpoſées.

» Rien de plus commun que ces ſortes de pièces, pour qui s'eſt familiariſé
» avec l'Antique, & rien de plus rare qu'un Antiquaire, qui, ſachant réſiſter
» à la vanité de poſſéder une Médaille unique, ne faſſe de celles-ci que
» le cas qu'elles méritent.

» On n'aura pas de peine à croire que les faux Monnoyeurs en tout Pays
» & dans tous les temps, aient fait un des objets principaux de l'attention des
» Gouvernemens policés. De-là ce qu'on appelle fauſſe Monnoie, a été
» toujours un ouvrage de ténèbres : ceux que l'avidité du gain entraînoit

" dans un métier si dangereux , ont ordinairement exercé leur art dans des
" lieux obscurs & retirés, & c'étoient plutôt des gens sans naissance & sans
" éducation , qui exposoient ainsi leur vie pour un léger & vil intérêt , que
" des hommes instruits & capables de travailler avec exactitude & précision.
" Aussi voyons-nous peu de ces Médailles fourrées, sur lesquelles on ne
" remarque des erreurs grossières , soit dans les dates, lorsque le même Con-
" sulat, la même Puissance Tribunitienne sont répétées sur les deux faces
" de la Médaille, ou qu'on y trouve une différence réelle , & quelquefois
" de plusieurs années , soit dans les faits, lorsqu'ils ne conviennent qu'à un
" Prince qui régnoit ou devant, ou après celui dont la tête est représentée
" de l'autre côté de la Médaille.

" Ces fautes doivent être toutes imputées aux fabricateurs de ces fausses
" Monnoies. L'inquiétude inséparable de toute action qui met la vie dans
" un risque perpétuel, ne s'accorde guère avec l'attention nécessaire pour la
" correction d'un ouvrage. Ils frappoient donc leurs fausses Médailles suivant
" que le hazard arrangeoit les différens coins, que ce même hazard avoit
" fait tomber entre leurs mains; ils joignoient à la tête d'un Empereur le
" premier revers qu'ils rencontroient , & ne craignoient point que ce bizarre
" mélange pût empêcher le cours de leurs espèces, parce qu'ils jugeoient des
" autres par eux-mêmes, & que leur ignorance ne leur permettoit pas de
" s'appercevoir de leurs propres fautes.

" De plus de trois cens exemples de fautes que M. Geinoz a remarquées
" sur les Médailles fourrées du Cabinet de M. l'Abbé de Rothelin, il s'est
" contenté d'en rapporter quelques-uns des plus considérables. Il y a vu avec
" étonnement, dans Trajan, son sixième Consulat marqué au revers d'une
" Médaille d'argent, qui , du côté de la tête, ne porte que le cinquième ;
" dans Hadrien, *fortunæ Ræduci*, où *reduci* est écrit avec un *a e* ; dans
" Marc-Aurele, la vingt-quatrième Puissance Tribunitienne d'un côté ,
" pendant que l'autre n'exprime que la dix-huitième ; ici des Consulats &
" des Puissances Tribunitiennes au revers d'une Impératrice ; là des types &
" des légendes qui ne conviennent qu'à des Princesses , au revers de la tête
" d'un Empereur. Dans Gordien , un de ces revers que fit frapper Philippe
" pour les Jeux Séculaires, qui se célébrèrent sous son règne ; quelquefois
" une tête impériale avec le revers d'une Médaille Consulaire ; enfin des
" exemples sans nombres de tout ce que peuvent produire en ce genre la
" négligence, la précipitation & l'ignorance.

" De-là M. l'Abbé Geinoz conclut que d'ajouter foi à ces sortes de Mé-
" dailles, & de vouloir en tirer avantage pour faire naître des problêmes dans
" l'Histoire, c'est amuser & tromper le Public par de frivoles & fausses
" discussions. Il est vrai que tous ceux qui jusqu'à présent nous ont donné
" des catalogues de Médailles , n'ont point eu soin de distinguer ces fausses
" Monnoies d'avec les vraies ; mais c'est un reproche bien fondé que nous
" sommes en droit de leur faire : mêler les Médailles fourrées avec les Mé-
" dailles légitimes, c'est mêler de faux titres avec ceux qui sont vrais ; c'est
" confondre la Fable avec l'Histoire.

" Mais, dira-t-on, pourquoi les Médailles fourrées sont-elles presque
" toujours rares , & même assez souvent uniques ? C'est répond M. l'Abbé
" Geinoz, parce que les fausses Monnoies n'ont jamais été aussi abondantes
" que les vraies ; c'est encore parce que celles-là ont été plus aisément détruites
" par la rouille & les autres accidens, qui font plus d'impression sur le fer &

„ fur le cuivre, que fur l'or & l'argent ; c'eſt enfin parce qu'il eſt aſſez rare
„ que la même faute ſoit ſouvent répétée par des Ouvriers, qui n'ont d'autres
„ conducteurs que le hazard. Ce n'eſt pas, ajoute-t-il, que les Médailles qui
„ ont été frappées par ordre du Prince, & ſous les yeux des Magiſtrats,
„ ſoient toujours exempts de fautes : il s'en trouve dont la légende n'eſt pas
„ correcte ; tantôt quelques lettres ſont omiſes, tantôt il y en a de ſuperflues ;
„ on en voit où les lettres ſont tranſpoſées, & d'autres où le Monnétaire, à
„ la place des lettres véritables, en a ſubſtitué qui ne ſignifient rien, ou dont
„ le ſens ne s'accorde nullement avec le type ; ſur quelques-unes la tête du
„ même Prince eſt gravée en relief des deux côtés, ſouvent avec des Inſcrip-
„ tions qui portent des dates différentes ; ſur quelques autres, que nous
„ nommons *incuſes*, la même tête eſt d'un côté en relief, & de l'autre en
„ creux ; quelquefois le revers d'un Empereur eſt joint à la tête d'une Im-
„ pératrice, ou le revers gravé pour une Impératrice eſt uni à la tête d'un
„ Empereur ; enfin il eſt certaines Médailles qui ont été frappées plus d'une
„ fois, & celles-là nous préſentent ſouvent l'aſſemblage monſtrueux de
„ mots compoſés de deux légendes différentes : quelquefois même les lettres
„ y ſont diſpoſées avec une ſymmétrie ſi régulière, qu'on a peine à croire
„ que ce puiſſe être ſeulement l'ouvrage du hazard.
„ C'eſt ainſi que dans le Cabinet de M. l'Abbé de Rothelin, on lit ſur
„ une Médaille d'Othon *Pax orbis rarum*, au lieu de *Pax orbis terrarum* ;
„ ſur une Médaille de Macrin, *Mecrinus*, au lieu de *Macrinus* ; ſur une
„ autre de Gallien, *Germacus*, au lieu de *Germanicus* ; ſur une Médaille de
„ Julien l'Apoſtat, *Ulianus*, au lieu de *Julianus*. On voit des lettres de trop
„ dans les Médailles ſuivantes ; ſur une Médaille d'Auguſte....... IIIVIR.
„ R. R. P. G. ; ſur une Médaille de Saluſtia Barbia Orbiana, *Concordia*
„ AAGG ; enfin ſur une Médaille de petit bronze du jeune Conſtantin,
„ *Conſtantinus*. I. IVN. COS. II., les lettres ſont tranſpoſées ; & de plus
„ il y en a d'ajoutées dans celle-ci d'argent, qui paroît avoir été frappée pour
„ Valens, D. N. AVLENAVS. P. AVG ; & dans celle auſſi d'argent de
„ *Peſcennius* FR. FR. FRVG., le type, qui repréſente la Déeſſe Cérès,
„ tenant de la main droite des épis, & de la gauche s'appuyant ſur un flam-
„ beau, donne lieu de croire que le deſſein du Monnétaire étoit de graver
„ en abrégé l'Inſcription *Cereri frugiferæ*, Inſcription commune & ordi-
„ naire dans les Médailles de ce temps-là. On peut encore citer ſur les Mé-
„ dailles du même *Peſcennius*, *fortunæ reduci* avec le type de la Félicité,
„ une femme debout tenant de la droite un caducée, & de la gauche une
„ corne d'abondance *Saluti* AVG. avec le type de l'Équité, tenant d'une
„ main une balance, & de l'autre une corne d'abondance.
„ Mais voici une pièce bien plus ſingulière ; c'eſt une Médaille d'argent
„ d'*Etruſcille*, où la confuſion de deux légendes a enfanté cette Inſcription
„ barbare, *Pudirovide*. AVG. La plus ancienne de ces deux légendes *Pro-
„ videntia* AUG. ou *Provid. Deorum* avoit été frappée pour *Elagabala* avec
„ le type ordinaire, qu'on ne diſtingue plus ; la ſeconde *Pudicitia* AVG.,
„ Inſcription très-commune dans *Etruſcille*, fut imprimée ſur cette même
„ Médaille avec le type non confus & très-apparent de la pudicité débout.
„ Les lettres, il eſt vrai, ſont ſi égales entre elles, ſi exactement eſpacées
„ & dans un alignement ſi parfait, qu'on auroit peine à découvrir la véritable
„ cauſe de cette erreur, ſi le côté de la tête de cette Médaille ne dévoiloit
„ tout le myſtère ; car quoique la tête d'Etruſcille y ſoit ſeule & clairement
repréſentée

» repréfentée, quoique la légende de cette Princeffe s'y life en entier, on
» voit cependant diftinctement ces deux mots reftés de l'ancienne légende
» IMP. ANT.

» On connoît en argent *Augufta* au revers d'Antonin-Pie, revers deftiné
» pour fa femme, dans une Médaille de grand bronze du Cabinet de M.
» de Surbeck. On lit *Juno Regina* au revers de Didius Julianus ; & ce revers
» inconnu dans cet Empereur eft le feul que les Médailles nous préfentent
» avec la tête de Manlia Scantilla, femme de Didius Julianus. C'eft ainfi que
» dans d'autres Médailles de grand bronze, le revers *Primi Decennales.* cos.
» III. a paffé de Marc-Auréle à Fauftine, & ceux de Vénus & de *Veneri*
» *Genitrici*, de Fauftine à Marc-Auréle.

» M. l'Abbé Geinoz termine fes obfervations fur les Médailles qui , quoi-
» que véritablement Antiques, ne méritent cependant aucune foi hiftorique,
» par la defcription d'un Quinaire, qui repréfente d'un côté la tête d'Augufte,
» & de l'autre celle de Marc-Antoine ; Quinaire d'autant plus remarquable,
» qu'il eft frappé fur un morceau d'argent , ou fur un flan , pour fe fervir du
» terme ufité aujourd'hui dans nos Monnoies, qui eft du poids & de la gran-
» deur du denier. Or fur ce Quinaire on découvre deux fautes dans les
» légendes. La première, n'eft que dans la ponctuation ; c'eft du côté qui
» repréfente la tête de Marc-Antoine : on y lit M. Anton. Imp. VI. R. R.
» P. C. AVG. La lettre R., la troifième du mot VIR, eft féparée des deux
» premières par un point très-vifible ; cependant elle fait partie du même
» mot, comme une infinité d'autres Médailles du même Marc-Antoine ne
» permettent pas d'en douter. La feconde faute fe trouve dans l'Infcription
» qu'on lit autour de la tête d'Augufte, Cæfar. IMP. PONT. III. VIR. R. C. :
» il eft vifible qu'il falloit R. P. C. , qu'on explique ordinairement *Reipu-*
» *blicæ conftituendæ.* Cependant fi la Médaille étoit reftée avec cette imper-
» fection, il fe feroit fans doute rencontré des Antiquaires qui n'auroient
» pas manqué de raifons pour nous prouver que cette fuppreffion étoit faite
» à deffein. En tout cas, le Monnétaire a levé la difficulté, en ajoutant après
» coup le P. dans l'interligne, comme nous avons coutume de faire , lorfque
» nous voulons fuppléer une lettre omife en écrivant. Ce P. eft d'une plus
» petite forme que les autres lettres de la légende ; il eft auffi plus élévé,
» n'ayant pu trouver place entre l'R. & le C. qui fe touchent.

» M. l'Abbé Geinoz traite enfuite de l'explication des Médailles ,
» article naturellement lié avec le précédent ; car fi les Médailles ne font
» point correctes, ou fi, malgré leur correction, elles font mal lues , il en
» naîtra infailliblement des explications bizarres qui porteront l'erreur & la
» confufion par-tout. Il faut donc dans l'interprétation des Médailles, beau-
» coup de fageffe, de retenue, & d'expérience.

» Tout eft plein d'abréviations dans les marbres & dans les infcriptions
» antiques. Il a fallu , à plus forte raifon, s'en fervir dans les légendes des
» Médailles, qui , fouvent fur un très-petit efpace , expriment un grand
» nombre de chofes. Les Curieux n'ont pas été long-temps à découvrir le
» véritable fens des mots les plus communs de ces légendes , dont ils ont fait,
» pour ainfi-dire, un Alphabet.

» Il ne faut pas cependant fe perfuader, que les Antiquaires qui nous ont
» précédé aient également bien réuffi dans toutes leurs conjectures. Quel-
» ques-uns, par exemple, ont cru devoir toujours lire fur certaines Médailles
» de Domitien, *Cenfor Perpetuus*, parce qu'on y voit, *Cenf. P.* & cependant

» d'autres Médailles de ce même Prince, ou qui n'étoient pas connues pour
» lors, ou qui n'avoient pas été confultées, portent avec le même type & la
» même année de Puiffance Tribunitienne, ces mots en entier, *Cenforia*
» *Poteftate*, qui deviennent l'interprétation naturelle de l'abréviation, *Cenf.*
» *P.*, du moins dans un très-grand nombre de Médailles de Domitien.

  » On a vu de même quelques Antiquaires expliquer ce revers commun,
» dans Gallien *Germanicus* MAXV. par ces mots, *Germanicus Maximus* ;
» mais l'V, qui fe lit après MAX, eft là une lettre numérale, & fignifie que le
» titre de Germanique eft donné à Gallien pour la cinquième fois. C'eft ce
» que femblent prouver deux autres Médailles d'argent, dont l'une a, ainfi
» que cette première, un trophée pour type au revers, avec cette infcription
» entière, *Germanicus Maximus* ; l'autre a pour légende du côté de la tête
» de Gallien, IMP. *Gallienus* P. AVG. GERM. III. & aux revers *Victoria*
» *Germanica*, une Victoire fur un globe avec deux efclaves à fes pieds. En
» effet, la première de ces Médailles nous apprend, que du temps de Gallien,
» on difoit *Maximus*, & non *Maxumus*, & la feconde, que ce Prince étoit
» attentif à faire graver fur fes Monnoies le nombre des victoires qu'il rem-
» portoit fur les Germains ; d'où il eft naturel de conclure que, par *Germa-*
» *nicus* MAX. V. on doit entendre *Germanicus Maximus Quintum*, comme
» on doit lire *Germanicus Tertium* fur la Médaille rapportée ci-deffus.

  » Outre les titres du Prince en l'honneur de qui a été frappée la Médaille
» qu'on veut expliquer, titres dont les abréviations font connues & expliquées
» de la même manière par tous les Savans, il fe trouve fouvent des lettres,
» & même des mots, foit dans le champ, foit dans l'exergue, ou dans la
» légende des Médailles, qui, faute d'avoir un fens complet, ou qui puiffe
» fe lier aifément avec ce qui précède & ce qui fuit, nous forcent de recourir
» à des interprétations arbitraires. C'eft alors qu'on eft, pour ainfi dire, obligé
» de deviner ; & celui-là ordinairement devine le plus jufte, qui approche
» le plus du vraifemblable, & qui donne le moins dans le merveilleux.

  » Dans une Médaille Confulaire de la famille Julia, qui repréfente au
» revers une hache à côté d'un trophée, au pied duquel on lit *Cæfar*, du côté
» de la tête, qui, felon Vaillant, eft celle de la Piété entourée d'une Cou-
» ronne de chêne, on voit ces trois lettres I. IT. qui doivent s'interpréter par
» ces mots, *Imperator Iterum* ; & nous fommes conduits à cette interprétation
» par une autre Médaille de la même famille, qui repréfente auffi un trophée,
» mais différemment orné, avec ces mots, C. CAESAR. C. F. Du côté
» de la tête, qui eft celle de Vénus, on lit IMP. ITER ; ce qui fignifie claire-
» ment *Imperator Iterum*. La lettre I. peut avoir encore le même fens dans
» une Médaille d'Æmilien, au revers de laquelle on lit P. M. TR. P. I. P. P. ;
» car il faut que cette légende fignifie, ou *Pontifex Maximus Tribunitiâ*
» *Poteftate Imperator Pater Patriæ*, ou bien, *Tribunitiâ Poteftate primum*
» *Pater Patriæ*. Mais l'ufage n'a jamais été de dater fur les Médailles la pre-
» mière Puiffance Tribunitienne ; on ne la défigne jamais que par ces mots,
» *Tribunitiâ Poteftate*. Il eft donc très-vraifemblable que l'I de cette légende
» eft une lettre initiale, & fignifie *Imperator*.

  » Il ne feroit pas poffible d'expliquer une Médaille du Cabinet de M.
» l'Abbé de Rothelin, fans recourir aux lettres initiales. C'eft un petit bronze
» de *Probus*, fur lequel on lit du côté de la tête couronnée de laurier, *Bono.*
» IMP. C. M. AVR. *Probus* AVG. & du côté du revers, *Soli invicto,*
» avec le Soleil conduifant fes quatre chevaux de front. Toute la difficulté
» confifte

» confiſte dans le mot *Bono* placé au commencement de la légende , du
» côté de la tête de l'Empereur : ſi au lieu de *Bono*, on liſoit *Bonus*, ou
» qu'au lieu de *Probus*, il y eût *Probo* , malgré la nouveauté de cette Inſcrip-
» tion, il ſeroit aiſé d'en découvrir le ſens ; mais comment conſtruire la
» phraſe telle que nous la voyons écrite ? C'eſt là , ſuivant M. l'Abbé Geinoz,
» un des cas où l'on eſt obligé de recourir aux lettres initiales. Il y auroit trop
» de hardieſſe d'entreprendre de déterminer la vraie ſignification de celle-ci.
» Cependant il croit qu'il doit lui être permis de hazarder ſes conjectures
» dans une circonſtance où il n'eſt queſtion que de conjecturer. Il regarde
» donc ces quatre lettres *Bono* comme les initiales de ces mots *Bono orbis*
» *natus optimus* , qui s'accordent fort bien avec le reſte de la légende , *Impe-*
» *rator Cæſar-Marcus-Aurelius-Probus-Auguſtus.* Cette explication, qu'il
» ne propoſe qu'en attendant qu'on en ait trouvé quelqu'autre qui le ſatisfaſſe
» davantage , ne s'éloigne point du ſtyle des Médailles, puiſque nous en
» connoiſſons dans plus d'un Empereur, avec la légende *Bono Reipublicæ*
» *Natus,* & elle ne contredit point l'Hiſtoire, qui nous repréſente l'Empereur
» *Probus* comme digne de tous les éloges que mérite un Prince qui fait ſa
» principale gloire du bonheur de ſes Sujets.

» Si ces deux raiſons ne ſont pas convaincantes, comme en effet M. Geinoz
» ne les donne pas pour telles, du moins ſe croit-il à l'abri du reproche de
» n'avoir pas recherché le vraiſemblable , & de s'être plus occupé du plaiſir
» de placer ſes idées ſur les Médailles, que de dévoiler celles des Intendans
» des Monnoies qui les ont fait frapper ; car il n'eſt que trop vrai, ou du
» moins que trop apparent, continue-t-il, que tel a été le deſſein de certains
» Auteurs, recommendables d'ailleurs par leur vaſte érudition ; & pour en
» donner un exemple, il choiſit une Médaille d'argent d'Alexandre-Sévère,
» frappée lors de l'adoption de ce Prince, ou peu après, lorſqu'il n'étoit encore
» que Céſar. On y voit d'un côté la tête d'un jeune homme & cette Inſcrip-
» tion au tour, M. AVR. *Alexander Caes. Marcus. Aurelius-Alexander-*
» *Céſar* ; de l'autre une femme vêtue d'une longue robe, qu'elle relève par
» derrière avec la main gauche, en tenant de la main droite une fleur , en
» un mot, le type de l'Eſpérance, mais avec cette Inſcription ſingulière ,
» *Indulgentia* AVG. *Indulgentia Auguſti.*

» La ſingularité de cette Inſcription conſiſte uniquement en ce qu'elle
» ſe trouve jointe avec le type de l'Eſpérance ; car on trouve, ſous la
» plupart des Empereurs, des Médailles avec la légende *Indulgentia Au-*
» *guſti* ; mais alors la Médaille repréſente ordinairement une femme
» aſſiſe , tenant de la main droite une *haſte* aſſez courte, & poſéę en ligne
» tranſverſale.

» C'eſt auſſi l'union de ce type avec cette légende, qui a donné occaſion
» à un de nos plus célèbres Antiquaires de penſer, que les lettres de l'Inſcrip-
» tion étoient preſque toutes des lettres initiales ; en conſéquence de cette
» idée , & de pluſieurs autres qui ne l'abandonnoient jamais dans toutes ſes
» recherches, il a cru découvrir ſous ces deux mots *Indulgentia* AVG. cette
» longue phraſe : *Inſtituti Narbonenſium Decreto Votivi Ludi Genti Juliæ*
» *Auguſtæ.*

» Il eſt d'autant plus ſingulier qu'on ait eu recours à une interprétation ſi
» bizarre, que cette Médaille d'Alexandre-Sévère porte ſon explication avec
» ſoi ; enſorte qu'il ne faut que la conſidérer avec attention pour ne point
» douter de ce qu'elle ſignifie. Elle fut frappée dans le temps de l'adoption

D

» d'Alexandre-Sévère, & deftinée, felon les apparences, à tranfmettre ce
» grand événement à la poftérité ; mais comme on vouloit faire entendre
» que cette adoption étoit un pur effet des bontés de l'Empereur Elagabale
» pour le jeune Alexandre fon coufin, le même monument nous a confervé
» d'un côté le fait hiftorique, de l'autre le motif qui détermina l'Empereur
» à une action fi généreufe. Voici donc comment il faut lire cette Médaille,
» M. AVR. ALEXANDER CAES. *Indulgentia Augufti.* M. *Auréle-Alexandre*
» *Céfar par la générofité, par la bonté de l'Empereur.*

   » Les deux types ne s'accordent pas moins enfemble que les deux légendes,
» puifqu'il étoit vrai que, par fon adoption, le nouveau Céfar devenoit l'efpé-
» rance des Peuples, dont il étoit deftiné à faire un jour le bonheur. Pour peu
» que l'on foit verfé dans les Médailles, on fait que le plus fouvent l'Infcription
» du revers n'eft qu'une fuite de l'Infcription gravée autour de la tête. On
» fait encore qu'il doit régner une parfaite correfpondance entre les deux
» types. Que refte-t-il donc à objecter contre une explication auffi claire que
» facile ? Sera-t-on bleffé de ce que le mot *Indulgentiâ* eft à l'ablatif ? Mais
» il faudra, par la même raifon, s'infcrire en faux contre un nombre infini
» de Médailles, dont le premier mot de la légende du revers fera dans un
» cas oblique. On pourroit en citer qui commencent par toutes fortes de cas,
» & même plufieurs qui font clairement à l'ablatif ; mais outre que cette
» difficulté ne vaut pas la peine de s'y arrêter, M. l'Abbé Geinoz trouve dans
» les Médailles mêmes la confirmation authentique de l'interprétation qu'il
» donne à la légende *Indulgentiâ* AVG. fur la Médaille d'Alexandre-Sévère.
» Il la trouve cette confirmation, dans une autre Médaille du même Prince,
» qui fait partie de la fuperbe collection de moyen bronze du Cabinet du
» Roi. La légende des deux côtés eft abfolument la même dans les deux
» Médailles ; mais à la place du type de l'Efpérance, on remarque au revers
» de celle-ci le jeune Prince debout, en habit militaire, tenant un fceptre
» de la main droite, & un javelot de la gauche, avec deux enfeignes militaires
» derrière lui : en un mot, le même type précifément qui eft ordinairement
» accompagné de ces mots *Principi Juventutis*, & qu'on trouve, ainfi que
» le type de l'Efpérance, au revers de toutes les Médailles frappées pour ceux
» qui étant fait Céfars, acquèroient un droit réel à l'Empire. Or, que peut
» fignifier ce type avec la légende *Indulgentiâ* AVG. finon que le Prince,
» dont la tête eft gravée de l'autre côté, a été fait Prince de la Jeuneffe par
» la bonté de l'Empereur, comme dans la première Médaille le type de
» l'Efpérance, avec les mêmes mots, faire entendre que, par la bonté de
» l'Empereur, il eft devenu l'efpérance des Peuples ? D'où il fuit que cette
» explication eft la plus naturelle & la plus jufte qu'on puiffe donner à ces
» deux Médailles, qui prouvent uniquement, ou qu'Elagabale avoit ordonné
» que tous les monumens deftinés à célébrer la nouvelle dignité du jeune
» Alexandre, marquaffent en même temps qu'il ne devoit cette dignité qu'à
» fon amitié pour lui, ou que le jeune Alexandre a fouhaité que tout ce qui
» annonceroit fa nouvelle dignité, annonçât auffi fa reconnoiffance pour les
» bontés de l'Empereur.

   » Après avoir montré les principaux abus qui fe font gliffés dans la Science
» des Médailles, & indiqué quelques-uns des obftacles que l'on rencontre
» dans l'étude de ces monumens, M. l'Abbé Geinoz propofe les moyens de
» fe garantir de ces abus, & de furmonter ces obftacles. Il les réduit à deux
» principaux.

„ Le premier eft de s'appliquer fans relâche à la connoiffance de l'Antique;
„ ce qui comprend non-feulement le métal, mais encore la gravure des coins,
„ & le poinçonnement des lettres; enforte qu'on acquière, s'il eft poffible,
„ de ces yeux que Cicéron appelle *oculos eruditos*.

„ Le fecond, encore plus important, c'eft d'être continuellement en garde
„ contre le merveilleux, de fe défier de tout ce qu'on montrera de fingulier
„ en ce genre, en un mot, de ne rien admirer qu'après qu'on fe fera con-
„ vaincu par foi-même du mérite réel de la Médaille que l'on préfente.

„ Par rapport aux Médailles, comme par rapport à une infinité d'autres
„ chofes qui font partie de ce qu'on appelle Curiofité, la vanité de poffëder
„ une pièce rare & unique fait fouvent mettre en ufage toutes fortes de rufes
„ & d'artifices pour en impofer. De-là font venus ces Catalogues informes,
„ où des Médailles qui n'ont d'autre mérite que d'avoir été frappées par des
„ fauffaires & par des ignorans, font décrites avec des éloges magnifiques.
„ De-là ces interprétations arbitraires, qui vont quelquefois jufqu'à renverfer
„ les points d'Hiftoire les plus conftans. De-là cette confufion & ce mélange
„ dans les Cabinets & dans les livres, des Médailles fauffes avec les vraies,
„ ou des Modernes avec les Antiques, & enfin mille autres inconvéniens
„ que l'on découvre à chaque inftant dans l'étude & dans la recherche des
„ Médailles; car cette vanité s'étant une fois emparée de l'efprit des Curieux,
„ on ne s'en eft plus tenu au vrai; on a couru après le merveilleux. Chacun
„ a voulu que fa collection fût plus fingulière que celle d'un autre, ou du
„ moins qu'elle paffât pour telle. Pour y parvenir on a tout fait valoir; on
„ a tout loué; on a tout admiré.

„ Il eft donc effentiel à un Amateur de ces Monumens antiques, d'être
„ en état de juger par lui-même du mérite de chaque pièce, & de ne point
„ fe laiffer féduire aux pompeufes defcriptions qu'il entendra faire, foit au
„ nouvel acquèreur d'une Médaille, foit à celui qui cherche à s'en défaire.
„ Souvent après avoir examiné ce qu'on lui vantoit avec tant d'emphafe, il
„ trouvera que c'eft un coin moderne, que la Médaille eft refaite, ou fourrée;
„ enfin fi elle eft Antique & légitime, elle fera peut-être inutile pour l'Hif-
„ toire. Il ceffera donc d'admirer cette Médaille, & ayant ceffé de l'admirer,
„ il ceffera bientôt de rechercher ce qu'il ne défiroit ardemment que faute
„ de le bien connoître; & c'eft encore un nouvel avantage pour le grand
„ nombre de Gens de Lettres, à qui la Nature a donné du goût & de la facilité
„ pour les Sciences, plus que la fortune ne leur a procuré de fecours pour
« les acquèrir.

„ Quant à ces Curieux qui ne joignent au goût qu'ils ont pour les Mé-
„ dailles, ni une certaine connoiffance de l'Hiftoire, ni la lecture des Ouvrages
„ de l'Antiquité, ils n'eftiment communément les Médailles qu'à proportion
„ de leur rareté, & cette rareté, le plus fouvent, dépend, ou du caprice,
„ ou de la mauvaife foi de ceux qui ont fait imprimer ces catalogues de
„ Médailles, quelquefois de la beauté feule & de la confervation de la Mé-
„ daille, & prefque toujours du hazard, qui a permis qu'on ait découvert
„ un tréfor antique plutôt ou plus tard.

„ Au contraire, celui qui n'envifage les Médailles qu'en Homme de Lettres,
„ c'eft-à-dire, qui n'en mefure le prix que fur leur utilité, ne préfére aux
„ autres Médailles que celles qui fervent à découvrir quelque fait nouveau,
„ ou à éclaircir quelque point obfcur de l'Hiftoire. Une Médaille qui porte
„ une date ou qui fixe une époque de quelque conféquence, eft plus

D ij

» précieuse pour lui que les *Cornelia Supera* , les *Tranquillines* & les *Pef-*
» *cennius.*

   » Ce n'est pas que M. l'Abbé Geinoz veuille condamner ceux qui n'épar-
» gnent rien pour recueillir toutes les têtes des Personnages illustres de l'An-
» tiquité. Il avoue que les Médailles ne seroient pas dépouillées de tout mérite,
» quand même elles ne serviroient qu'à nous conserver les portraits des Grands
» Hommes; mais ce n'est point là ce qui doit les faire principalement rechercher
» par un Homme de Lettres. Si une Médaille de *Pescennius* ne porte aucune
» date particulière, si elle n'apprend aucun fait Historique, & qu'elle ne
» nous présente qu'un portrait, il est indifférent à celui qui veut devenir
» savant, que cette pièce rare soit entre ses mains ou dans celles d'un autre.
» Tout le monde convient de l'existence de *Pescennius*; le Curieux qui posséde
» sa Médaille n'en est pas plus assuré qu'un autre; l'Homme de Lettres voudroit
» fixer précisément le temps où ce Prince a vécu ; il voudroit apprendre
» quelque circonstance particulière de sa vie. Si la Médaille ne peut l'instruire
» de ce qu'il cherche, il est presque inutile qu'il l'ait vue. Mais exiger d'un
» Curieux, & d'un Curieux Homme de Lettres, qu'il s'attache toute sa vie
» à démêler la différence de l'Antique & du Moderne, qu'il descende jusqu'au
» détail de la gravure & de la fabrique des Médailles, n'est-ce point, dira-
» t-on, le réduire à la condition d'un simple Artiste ? N'est-ce point même
» lui imposer une obligation qu'il sera hors d'état de remplir, puisque le goût
» qu'il doit avoir pour la lecture, ne peut s'accorder avec la dissipation insé-
» parable de la vie d'un homme, qui s'occupe à parcourir des Cabinets ?

   » M. l'Abbé Geinoz conviendroit de la vérité de cette objection, si la
» connoissance de ce qu'il appelle le matériel de la Médaille, demandoit une
» application sérieuse pendant un long espace de temps, ou s'il n'avoit pas
» supposé un goût particulier pour les Médailles dans celui qui veut acquérir
» cette connoissance. En effet, sans ce goût, ce seroit peut-être faire trop peu
» de cas de son temps que de le consacrer à cette étude; mais il s'agit ici d'un
» Curieux en qui l'amour des Lettres augmente le penchant naturel qu'il se
» sent pour ces précieux restes de l'Antiquité. Il est vrai que si ce travail devoit
» être sans aucun fruit, l'on seroit en droit de se l'épargner ; mais M. l'Abbé
» Geinoz prouve surabondamment, par un exemple que lui fournissent les
» Médailles, que la seule fabrique de ces monumens peut, en certains cas,
» répandre un très-grand jour sur des faits que l'Histoire n'a pas suffisamment
» éclaircis ; & il en résulte que l'Homme de Lettres connoisseur en Médailles,
» les voit d'un œil bien différent de l'Artiste le plus expérimenté.

   » Le nom de Carausius n'est ignoré de personne. On sait que ce Prince,
» sous le règne de Dioclétien & de Maximien, se rendit maître de la Grande
» Bretagne, & qu'il y prit le titre d'Empereur. Il seroit inutile de remarquer
» ici que les Médailles de Carausius nous apprennent plus de circonstances
» de sa vie que nous n'en savons par l'Histoire ; ce point particulier seroit
» la matière d'une ample dissertation. M. Geinoz se borne uniquement à
» parler de deux de ses Médailles, sur lesquelles, du côté de la tête, on lit,
» IMP. Carausius, P. F. AVG. & au revers, Pax AVGGG. avec trois G.
» Le type n'a rien de remarquable ; c'est la Déesse de la Paix debout, qui
» d'une main élève une branche d'olivier , & de l'autre ou s'appuie sur une
» *haste* , ou la tient en ligne transversale; car il y en a dans ces deux attitudes.
» On distingue aussi plusieurs lettres dans le champ & dans l'exergue de ces
» Médailles. La fabrique en paroît plutôt barbare que Romaine ; elle est

» telle, en un mot, que celles de toutes les autres Médailles de Carausius.
» Mais ce qu'on y découvre de plus singulier, ce sont les trois G. qui désignent
» trois Augustes, comme tous les Antiquaires en conviennent. Qui sont-ils,
» en effet, ces trois Augustes qui ont fait la paix avec Carausius, & qui l'ont
» reconnu pour leur Collégue, en l'associant avec eux à l'Empire ? Tous les
» Auteurs gardent un silence profond sur un fait si important, dont nous
» ignorerions encore la vérité, si nous n'avions pas d'autres Médailles exac-
» tement semblables en tout à celles de *Carausius*, excepté qu'elles portent
» le nom, les unes de Dioclétien, les autres de Maximien. La fabrique de
» ces Médailles est si parfaitement la même, qu'il faut démentir ses propres
» yeux, pour douter qu'elles n'aient été frappées dans le même lieu, &
» dans le même temps, & par conséquent destinées à conserver à la postérité
» la mémoire du même événement.

» Nous pouvons donc assurer avec confiance, poursuit M. l'Abbé Geinoz
» (& cette confiance nous la devons à la seule inspection de la fabrique des
» Médailles), que Dioclétien & Maximien ont reconnu Carausius pour
» Empereur. Ils y furent forcés, sans doute, par quelque victoire que ce
» Prince remporta sur eux. Ils aimèrent mieux lui donner la qualité de leur
» Collégue, & consentir qu'il régnât sous ce titre dans la Grande Bretagne
» dont il s'étoit emparé, que d'être forcés de rapprocher en deçà de cette Isle
» les bornes de l'Empire Romain. Cependant, comme dans ce traité tout
» l'honneur & tout l'avantage étoient du côté du nouvel Empereur, les deux
» anciens ne se seront point empressé d'en perpétuer le souvenir, & Carausius
» au contraire, n'aura rien négligé pour le faire. De-là vient que les Médailles
» où cet événement est exprimé, tant celles qui sont avec la tête de Carausius,
» que celles où l'on lit les noms de Dioclétien & de Maximien, n'ont point
» été frappées à Rome, mais ou dans la Grande Bretagne, ou dans quel-
» qu'autres Pays qui favorisoit le parti de Carausius. Il en est de même des
» Médailles suivantes du même Prince, l'une en petit bronze, qui a pour
» légende *lætitia* AVGGG. avec trois G. & deux d'argent, sur la première
» des quelles on lit *Romæ Victrici*, au-tour d'un Temple à huit colonnes,
» dans lequel on voit Rome assise, & sur l'autre, *Romanorum Renova*. Abrégé
» de ces mots, *Romanorum Renovatio*. autour de la louve qui allaite les deux
» jumeaux.

» Au reste, dit encore M. l'Abbé Geinoz, ce seroit avoir une idée peu
» juste des Médailles, que de borner leur utilité à des observations de cette
» espèce. Qu'on lise l'ouvrage du Savant Sphanheim, & l'on conviendra
» aisément que dans une infinité de circonstances les Médailles sont d'un
» très-grand secours. Ne leur faisons pas cependant l'honneur de croire que
» leur étude se puisse séparer de la lecture des Auteurs anciens ; souvent les
» Médailles aident les livres ; elles éclaircissent des passages ; elles suppléent
» des dates ou des noms, & redressent même quelquefois des erreurs ; mais
» pour un service qu'elles rendent à l'Histoire, elles en reçoivent mille des
» Historiens ; & tous d'une si grande conséquence, qu'avec les livres sans les
» Médailles on peut savoir beaucoup, & savoir bien, & qu'avec les Médailles
» sans livres, on saura peu, & l'on saura mal.

Section II.

Réfléxions de M. Mahudel sur le caractère & l'usage des Médaillons antiques, que l'on trouve au VII.ᵉ tome, page 266. & suivantes des Mémoires de l'Académie des Inscriptions.

» Avant que la connoissance des Médailles antiques eût été portée au point
» où elle est aujourd'hui, on y agitoit souvent la question de savoir si elles
» avoient servi de Monnoies ou non ; l'une & l'autre de ces opinions avoit
» ses partisans : mais depuis qu'il est comme décidé que les pièces de grand,
» de moyen & de petit bronze, qui font les modules ordinaires, dont on
» compose différentes suites de Médailles, ont été de vraies Monnoies cou-
» rantes, de même que les Médailles d'or & d'argent, ausquelles elles ressem-
» blent par les types & les légendes, la question n'a plus regardé que les
» Médaillons.

» Ce sont ces sortes de pièces antiques, sur la qualité & l'usage desquelles
» M. Mahudel a communiqué des Observations particulières, qui, quelque
» éloignées qu'elles paroissent de l'opinion commune, ne sont pas néanmoins
» sans fondement. On doit seulement s'étonner que la question n'ait encore
» été traitée à fond par aucun Antiquaire. M. Sphanheim n'en a rien dit
» dans son ouvrage, *de l'utilité des Médailles*. M. Vaillant ne fait presque
» que la proposer dans la Préface qu'il a mise à la tête de sa *description des*
» *Médailles Impériales choisies du grand bronze* ; & M. Buonarotti n'en a
» parlé qu'en passant, dans *ses Observations sur les Médaillons du Cardinal*
» *Carpegna.*

» Ce qui caractérise le vrai Médaillon, dans quelque metal que ce soit,
» c'est la quantité de matière, qui, par son poids, son étendue & sa fabrique,
» excède le volume & la forme du plus grand module des Monnoies antiques
» ordinaires ; la réunion de ces circonstances est le caractère distinctif des
» Médaillons, parce qu'il se trouve des pièces qui peuvent excéder en étendue
» ce qu'on appelle le grand bronze, sans en être différentes par le poids ; ce
» qui est l'effet du plus ou du moins de force employée à frapper les flans.

» Il se trouve de même des pièces d'un poids plus considérable que celui
» du grand module ordinaire, qui, quoique rares, ne font point Médaillons
» proprement dits, parce que la quantité du métal, par où elles excèdent ce
» module, lui étant rélatif en raisons proportionnelles d'un quart, d'un tiers,
» de moitié ou du double, & les types étant les mêmes, c'est seulement une
» raison de présumer qu'elles ont été Monnoies d'une valeur plus considérable
» que les autres : il leur faut, selon M. Mahudel quelque singularité dans
» la fabrique, soit par rapport à la forme, soit par rapport au type ; sans quoi
» elles rentrent toujours dans l'ordre général, & ne perdent jamais le caractère
» de Monnoies.

» Sur ce principe, dès qu'on aura connu la forme des Monnoies d'or &
» d'argent des différentes Monarchies & des Républiques anciennes, il sera
» aisé, à la vue des pièces d'un volume plus considérable, de décider si elles
» font Médaillons ou non. Ainsi les tétradrachmes d'argent de tant de Villes
» autonomes de la grande Grèce, du Péloponnèse, des Isles de l'Archipel,
» des Royaumes de Macédoine, de Syrie, d'Egypte, de Bithynie, du Pont,
» & de tant d'autres Pays, & même leurs pièces onciales d'argent, dont les

types

» types font femblables aux tétradrachmes, ne feront que des Monnoies plus
» ou moins fortes.

» Il faut dire la même chofe des tétradrachmes d'argent des Empereurs,
» que leur rareté a longtemps fait qualifier de Médaillons; mais les découvertes
» multipliées nous prouvent fenfiblement que ce n'eft qu'un module de
» Monnoies différent des autres, & affez communément fabriqué pendant
» les trois premiers fiècles de l'Empire. Les Médailles d'or & d'argent qui
» excéderont ce poids déterminé, font fi rares qu'elles pourront paffer pour
» de vrais Médaillons, ou qu'elles feront fort fufpectes à l'Auteur, qui réduit
» ainfi la queftion aux pièces de bronze marquées véritablement au coin des
» Empereurs, mais diftinguées d'ailleurs par un volume fi confidérable, &
» fi différent de celles du grand module, qu'on ne puiffe leur refufer le nom
» de *Médaillons*, de la fabrication defquels on veut que ces Princes fe fuffent
» réfervé le droit, pour y confacrer plus particuliérement la mémoire de quelque
» faits fignalés, & pour les jetter au Peuple dans des jours de largeffe publique;
» mais M. Mahudel penfe encore que ces pièces ont auffi eu cours comme
» Monnoies, & qu'on ne peut leur attribuer d'autre ufage que par accident,
» & lorfqu'on a fait quelque changement notable à leur forme ordinaire.

» Il fonde fon fentiment fur fix raifons principales.

» La première, que ces pièces n'avoient point d'autre nom que ceux de
» *nummi* ou *numifmata*, dont les Romains fe font toujours fervi, pour
» marquer en général & en particulier la Monnoie, & qu'il y a apparence
» que c'eft de ces pièces, dont Capitolin a parlé dans l'endroit de la vie de L.
» Verus, où il dit que ce Prince, étant jeune, fe divertiffoit à jeter dans
» les Cabarets de très-grandes pièces de Monnoie, avec lefquelles il caffoit
» les verres, *jacebat & nummos in popinas maximos, quibus calices frangeret*;
» & ce qui donne lieu de le croire, c'eft qu'il n'y a guère d'Empereurs fous qui
» on en ait frappé d'un plus gros volume, & en plus grand nombre, que fous
» Marc-Auréle, qui avoit adopté L. Verus.

» La feconde, que ces pièces, à l'augmentation près du volume, font fem-
» blables en tout à celles qui font reconnues pour Monnoies; elles font du
» même métal; elles ont la même forme, les mêmes types, & les mêmes
» légendes que les Médailles de grand, de moyen & de petit bronze.

» La troifième, que fi la figure de la Déeffe révérée fous le nom de
» *Monnoie*, eft une indication naturelle que les pièces fur lefquelles elle
» eft repréfentée, ont eu cours dans le commerce, on doit porter ce jugement
» de celles d'un plus grand volume, puifque dans le haut, comme dans le
» bas Empire, fur-tout depuis Gallien jufqu'aux Conftantins, on y voit la
» figure de cette déité de la même manière que fur les Monnoies de tous
» les métaux, de toutes les formes, & de tous les Empereurs, avec fes
» attributs, tantôt feule, tantôt fous l'image de trois femmes portant chacune
» une balance, pour défigner les fabriques de l'or, de l'argent & du cuivre,
» & être comme autant de cautions de la bonté du titre & de la jufteffe du
» poids; & ces fymboles font accompagnés de légendes qui déterminent cet
» objet. On y lit, *Moneta aug. Æquitas augg.* & dans un Médaillon
» de Crifpus *Moneta Urbis veftræ*.

» La quatrième, que les deux lettres S. C. qu'on trouve ordinairement au
» revers des pièces de grand, de moyen & de petit volume du haut Empire,
» pour exprimer ces deux mots *Senatus Confulto*, fe trouvent également fur
» beaucoup de pièces réputées Médaillons, & qu'il n'y a guère d'Empereurs

» fous lefquelles on ne puiffe indiquer quelqu'unes de ces pièces, depuis le
» poids d'une once jufqu'à trois, marquées S. C. ; d'où réfulte que l'augmen-
» tation du poids & du volume font des caractères équivoques pour difcerner
» les Médaillons, & qu'il faut néceffairement admettre des modules de
» Monnoies au-deffus de celui qu'on appelle communément le grand bronze.

» La cinquième, que fi l'on fuppofe, comme il y a toute apparence, que
» les formules ΕΠΙ ΑΝΘΤΑΤΟΥ ΕΠΙ ΠΡΕΣΒΕΥΤΟΥ, ΗΓΕΜΟΝΟΟ, ΑΡΧΟΝΤΟΟ,
» ΟΤΡΑΤΗΓΟΥ, &c. *fous un tel Proconful, fous un tel Lieutenant, fous
» un tel Préfident, un tel Archonte, un tel Préteur*, marquées dans les légendes
» des Médaillons & des Médailles Grecques Impériales, répondent au S. C. des
» Latins, on en doit conclure qu'il y avoit chez les Grecs foumis à l'Empire
» Romain, une forme de Monnoie d'un module au-deffus du grand bronze,
» & qu'il n'y a pas moins de raifon de croire qu'il en étoit de même à Rome.

» La fixième, que parmi les pièces réputées Médaillons, qui fe découvrent
» tous les jours, la plupart font moins défigurées par l'injure du temps que
» par le frai, qui eft une marque de l'ufage & du maniement continuel,
» qui tombe plus fur des pièces qui ont un cours réglé dans le commerce,
» que fur celles qui ne font deftinées qu'à la gloire & à la curiofité.

» M. Mahudel s'eft fait à lui-même les principales objections qu'il a cru
» qu'on pouvoit lui propofer; & les voici.

» La rareté de ces pièces; fujet de préfumer qu'elles n'étoient point
» Monnoies.

» La difficulté de les faire frapper dans le commerce, augmentée par leur
» poids extraordinaire, & par l'épaiffeur du relief de leurs types.

» L'inégalité de poids & de volume entre celles d'un même Empereur &
» d'un même type, contraire aux régles de la fabrication légitime de pièces
» d'une même efpèce & d'un même prix.

» La néceffité d'admettre, pour des libéralités, un genre de pièces diftingué
» du commun des Monnoies courantes, par un volume extraordinaire, par
» des types plus hiftoriques, par une gravure de coins plus exquife, & par
» une fabrique fingulière.

» Il allégue contre la conféquence de la rareté de ces pièces, l'ufage toujours
» pratiqué dans la fabrication des Monnoies, de beaucoup moins frapper des
» pièces du plus grand volume, que de tous les modules dans lefquels elles
» fe fubdivifent.

» Il oppofe à la difficulté de l'ufage & du frai, auxquels la groffeur du
» relief paroît un obftacle, la Coutume des premiers temps de la République,
» dans lefquels les groffes pièces de Monnoie courante, appellée *pecunia*,
» formées en quarré long, péfoient jufqu'à 4 & 5 livres, & avoient pour
» type l'image d'un bœuf, dont le relief étoit de deux à trois lignes d'épaiffeur;
» ces autres pièces rondes reconnues pour l'*as* Romain, ayant la tête de Janus
» d'un côté, & une pouppe de Vaiffeau de l'autre, & qui péfoient 12 onces,
» & avoient près d'un demi pouce d'épaiffeur.

» Quant à l'inégalité de poids & de volume, obfervée dans plufieurs
» Médaillons d'un même Empereur, il ne croit pas qu'elle puiffe fervir
» d'argument contre l'uniformité qui doit être gardée dans la fabrique des
» Monnoies d'un même module, parce que nous ne pouvons précifément
» favoir toutes les formes & toutes les proportions qui ont pu être dans les
» différentes Monnoies de chaque Empereur; & qu'aulieu que nous ne
» fuppofons que quatre modules, auxquels nous voulons les réduire toutes,

il

» il y en a pu avoir plus de douze ; ce qui eſt ſi vrai, qu'on peut compter
» dans chaque forme trois différences manifeſtes, tant en étendue qu'en
» épaiſſeur & en poids ; ſans quoi il y auroit eu des pièces de cuivre, ſur
» leſquelles les Directeurs des Monnoies auroient donné à leur perte un quart,
» & quelquefois un tiers de matière, que certaines pièces de grand bronze
» très-conſervées ont de plus que d'autres du même type & du même Em-
» pereur ; ce qui ſe remarque encore dans le moyen & dans le petit bronze.
» Il eſt plus naturel de croire que toutes ces différences ont eu entr'elles des pro-
» portions, & qu'elles ne ſont que des ſubdiviſions rélatives à toutes les variétés
» des Monnoies du grand module de chaque Empereur. On a même dans
» Lampridius un exemple de ces proportions en fait de pièces de Monnoie
» de gros volume, qu'il dit qu'Elagabale avoit fait fabriquer, & qu'Alexandre
» Sévère ſon ſucceſſeur, appellé le Reſtaurateur de la Monnoie, décria, pour
» ne pas ſe mettre dans la néceſſité, lorſqu'il voudroit faire des largeſſes, de
» donner trente ou quarante pièces, au lieu de dix qu'il auroit eu deſſein de
» diſtribuer, *formas binarias, ternarias & quaternarias & denarias etiam
» atque ampliùs, uſque ad bilibres quoque & centenarias, quas Heliogabalus
» invenerat, reſolvi præcepit*, &c.

» La néceſſité d'admettre, pour les libéralités, des pièces d'une fabrique
» extraordinaire, dont on ſuppoſe que les Empereurs s'étoient réſervé le droit,
» eſt la plus forte de ces objections, parce qu'on ne peut pas douter d'un uſage,
» dont tant d'Auteurs font mention, & qu'il eſt conſtant que ces largeſſes
» demandoient des Officiers prépoſés pour la fabrication & pour la diſtribution
» de ces ſortes de pièces ; ce qui paroît par la formule du brevet de ces Offi-
» ciers, rapportée par Caſſiodore, parmi celles de pluſieurs autres charges de
» la Maiſon de Théodoric, créées à l'inſtar de celles de la Maiſon des Em-
» pereurs. L'Intendance de ces largeſſes y eſt appellée, *Comitiva Sacrarum
» largitionum* ; & le Prince en détermine ainſi l'objet : *Calendis Januarii 7.
» affatim dona largimur, & lætitia publica militia tua eſt. Verùm hanc libe-
» ralitatem noſtram alio decoras obſequio, ut figura vultûs noſtri metallis uſua-
» libus imprimatur, Monetamque facis de noſtris temporibus futura ſæcula
» commonere.* Ce ſont ſur-tout ces ſortes de pièces que les partiſans des Mé-
» daillons veulent être diſtinguées de la Monnoie courante, par l'omiſſion
» du S. C.

» M. Mahudel répond à cette objection, par l'aveu que les pièces du plus
» grand volume pouvoient bien être ces pièces de libéralités, à cauſe de l'é-
» légance de leur fabrique ; mais qu'elles ne laiſſoient pas d'être de vraies
» Monnoies, & d'avoir cours de même que nos plus groſſes pièces de Varin
» l'ont eu ; que dans la formule même de Caſſiodore elles portent tous les
» caractères, & le nom même de Monnoie ; qu'il n'y a pas plus lieu de croire
» que ces pièces aient ſervi aux libéralités, que celles qui, en or, en argent,
» en grand, en moyen & en petit bronze, ont pour type une diſtribution
» de quelques largeſſes, & pour légendes, *Liberalitas* II. III. IV. V. VI.
» VII. & VIII. ; que les types des plus beaux Médaillons ſe voient égale-
» ment ſur le grand & moyen bronze, & qu'il n'y a pas eu moins d'art à
» repréſenter pluſieurs figures en petit volume ſur les Médailles d'or & d'ar-
» gent, comme celles qui ont pour légendes *Regna adſignata*, ſous Trajan,
» *Puellæ Fauſtinianæ*, ſous Fauſtine la mère, & ſur quantité d'autres de
» moyen bronze, que ſur le volume le plus étendu des grands Médaillons.
» Et pour ce qui eſt du droit qu'on ſuppoſe que les Empereurs s'étoient

E

» réservé, qu'on n'en a que la preuve négative tirée de l'omission du S. C.
» preuve équivoque, puisqu'on trouve plusieurs pièces de grand & de moyen
» bronze, qui, sans cette marque, ne laissoient pas d'être Monnoies; &
» que si le Sénat eût été privé du droit d'ordonner la fabrication des pièces
» de ce volume en bronze, les moindres Villes Grecques, qui en ont tant
» fait frapper, auroient eu plus de prérogatives que le Sénat même.

   » Enfin M. Mahudel ne pouvant se défendre de reconnoître quelques
» pièces singulières de largesses en bronze, juge, que, quoique les Médaillons,
» par le premier motif de leur fabrication, aient (généralement parlant) été
» destinés à être Monnoies, il y en a néanmoins qui, pour différentes raisons,
» ont été convertis en pièces d'un autre usage, par les changemens que l'on
» a fait à leur forme ordinaire, dans le temps même qu'on les a frappés.

   » Telles sont celles qui, dès le temps de leur fabrication, ont été argentées,
» dorées & surdorées; c'étoit un embellissement propre à rehausser le mérite
» des Monnoies les plus belles & les mieux frappées, qu'on appelloit *Nummi*
» *Asperi*.

   » Telles sont celles dont les flans sont composés de deux métaux de diffé-
» rente couleur, parfaitement bien soudés, dont l'un, par exemple, de cuivre
» rouge, sert de bord à un champ de cuivre jaune ou de métal corinthien,
» & où l'on voit les lettres de la légende s'étendre sur les deux extrêmités,
» par lesquelles les deux métaux sont unis.

   » Telles sont encore celles dont les flans ont toute leur grandeur ordinaire;
» mais qui, dans leur circonférence, sont terminées par des cercles ornés de
» moulures qui leur servent de bord, & leur donnent une étendue de volume
» double de celle qu'on remarque à d'autres pièces du même type, qui, n'ayant
» point cet ornement, n'étoient que de simples Monnoies.

   » Ces cercles sont ou du même métal, & continus avec le champ, ou
» d'un métal différent de celui du flan, avec lequel ils ont été soudés
» avant leur application sur les matières, ou sont eux-mêmes enchâssés dans
» un autre cercle, dont le métal est encore différent en couleur de celui du
» premier cercle; ornemens qui marquent tous une singularité ajoutée exprès
» à ces pièces, pour les mettre hors du commerce ordinaire. On en distinguoit
» d'autres, en les perçant au milieu de leur diamètre, ou en y mettant des
» anneaux, pour les pendre aux enseignes militaires, ou les y encaftrer d'espace
» en espace; & c'étoit ces *Images sacrées*, en présence desquelles se prêtoient
» les sermens militaires.

   On voit, par ces réfléxions, que M. Mahudel a cru 1°. que l'on a frappé
des Monnoies & Médailles de plusieurs autres modules que ceux que nous
appellons Médaillons, grand, moyen, & petit bronze, dans ce métal &
Médaillons, Médailles & Quinaires dans l'or & l'argent; 2°. que les Médaillons furent frappés pour servir de Monnoies, comme toutes les pièces des
autres différens modules; 3°. que pour faire des présens ou des largesses, les
Empereurs choisirent les pièces des plus grands modules, qu'ils firent terminer
par des cercles de différent métal, & ornés de moulures.

   Mais que les pièces des plus grands modules aient servi de Monnoies ou
non, rien n'empêche, à ce qu'il semble, qu'on ne continue à leur donner le
nom de Médaillons, & que tout ce qui a été frappé dans le plus grand module,
sous un Empereur, ne retienne ce nom, selon l'usage reçu, lorsque parmi
ses autres Monnoies on en peut trouver trois ou quatre différens modules plus
petits, que l'on pourra appeller grand, moyen & petit bronze, quand il

s'agira du bronze, & Médaille ou Quinaire, quand il fera queſtion d'or ou d'argent, & que la proportion du poids pourra juſtifier la différence de ces modules : nous continuerons donc d'admettre des Médaillons, quoique, dans les premières vues des Princes, ces pièces n'aient été que des Monnoies.

S E C T I O N I I I.

Des Médailles Bractéates.

Les Médailles qu'on appelle Bractéates, ſont des pièces, ou plutôt de ſimples feuilles de métal chargées d'une empreinte groſſière : la rareté de l'argent fut la cauſe du premier de ces défauts ; le mauvais goût du temps & des lieux où l'on en a frappé, celle du ſecond. C'eſt la Suède qui a donné la naiſſance aux monumens de cette eſpèce, ſur la fin du huitième Siècle : le Danemarck & pluſieurs autres Pays d'Allemagne, où l'argent fut très-rare juſqu'à la découverte des riches mines qui étoient cachées ſous ſes terres, en adoptèrent la fabrique, qui ſe faiſoit au marteau, en creux, & le plus ſouvent ſur des coins de bois. On en trouve très-rarement, parce que leur peu de ſolidité les a rendu très-fragiles, & que celles qui n'ont point été renfermées dans des vaſes ſe ſont détruites. Les plus anciennes que l'on ait trouvé juſqu'ici, ſont ou de Biorno I. Roi de Suède, qui mourut au commencement du IXe. Siècle, ou de Harald Roi de Dannemarck, qui vivoit au Xe. Siècle. Les Empereurs, les Princes Eccléſiaſtiques & Séculiers, & les Villes Impériales en ont auſſi frappé, & l'on en a de douze modules différens, dont le plus grand excède celui des Contorniates des Empereurs, & le plus petit eſt égal au petit bronze du bas Empire. La forme en eſt ordinairement ronde, mais d'une rondeur très-imparfaite. Il y en a très-peu d'or ; l'argent eſt le métal qu'on a le plus employé à leur fabrique ; le titre en fut quelquefois tellement altéré, qu'on en a pris quelqu'unes pour des feuilles de bronze. Des pièces ſi minces furent plutôt deſtinées à ſervir de Médailles & de Monumens pour la poſtérité, qu'à former une Monnoie courante, qui ſe fût bientôt coupée & uſée dans le commerce. Quoiqu'elles ſoient toutes d'une empreinte fort groſſière, leurs types ne laiſſent pas que d'être fort intéreſſans pour l'Hiſtoire.

M. Schæpflin, à qui l'on doit beaucoup de recherches & de découvertes ſur les Bractéates, a donné la deſcription de trois de ces pièces à l'Académie des Inſcriptions & Belles-Lettres de Paris, en 1751. Elles ſe trouvent au Tome XXIII. de ſes Mémoires, page 218. La première repréſente Werner, l'un des plus fameux Evêques de Strasbourg, qui jeta les fondemens de la Cathédrale, en 1015, & qui fit conſtruire, pour ſon frere, dans la Bourgogne Transjurane, le célèbre Château de Habsbourg, d'où les Maiſons de Lorraine & d'Autriche ont tiré leur naiſſance. Cette pièce a un revers, ce qui eſt rare ; & ce revers repréſente le frontiſpice d'un édifice, apparemment celui de l'Égliſe qu'il faiſoit bâtir. La ſeconde de ces pièces repréſente Henri Empereur, & Sainte Cunégonde ſa femme ; & la troiſième, l'Empereur Conrad II. Tous les deux ont régné du temps de Werner. Ces deux dernières n'ont point de revers : il étoit preſque impoſſible d'en donner à des Médailles ſi minces. L'on voit par ces trois pièces, que la rondeur de la forme des Bractéates étoit fort imparfaite, auſſi bien que l'empreinte de la gravure des coins, puiſqu'il manque dans les légendes pluſieurs lettres qui ne s'y trouvèrent jamais. Voyez ces pièces à la planche XXXVe. Numero 25. 26. 27. & 28.

E ij

Section IV.

Observations de M. Mahudel sur les Médailles Contorniates ; tirées du Tome V. des Mémoires de l'Académie des Inscriptions, &c. p. 284.

» Faute d'avoir pu ramasser un nombre considérable de Médailles Con-
» torniates, les Antiquaires n'avoient pu jusqu'ici en parler d'une manière
» satisfaisante. M. Mahudel, qui en a fait un assez ample recueil, & qui a
» comparé les types de toutes celles qui sont dans le Cabinet du Roi, s'est
» trouvé en état de parler, avec quelque certitude, du temps, des lieux & des
» motifs de leur fabrication ; & il a communiqué ses observations à l'Académie
» (en 1721).

» On appelle Contorniates, des Médailles de cuivre, terminées dans leur
» circonférence par un cercle d'une ou de deux lignes de largeur, continu
» avec le métal, quoiqu'il semble en être détaché par une rénure assez pro-
» fonde, qui règne à l'extrêmité du champ, de l'un & de l'autre côté de la
» Médaille. Cette sorte particulière de cercle fait aisément distinguer les
» Médailles Contorniates, de celles qui sont enchâssées dans des bordures
» du même, ou d'un différent métal. Quoiqu'on pût dire que le nom de
» Contorniate vient du mot *contornus*, contour, employé dans nos vieux titres,
» comme on voit par le *Glossaire de M. du Cange*, cependant M. Mahudel
» prétend qu'il en faut chercher l'origine en Italie, où ces Médailles sont
» appellées *Medaglioni Contorniati* ; mais tout cela revient au même.

» La première question qui se présente au sujet de cette sorte de Médailles ;
» est de savoir si elles ont servi de Monnoie ; & l'on décide que non. Le cercle
» qui les termine, plus parfait que celui des Médailles qui servoient de Mon-
» noie ; l'éminence de ce cercle, qui rend ces Médailles moins propres à être
» maniées ; la difficulté qu'il y a eu de former la vive arrête qu'on voit des
» deux côtés de ce cercle, & qui demandoit un temps trop considérable ;
» la damasquinure qu'on apperçoit sur plusieurs de ces Médailles, dans le
» champ, du côté de la tête, & sur quelques-unes des figures du revers ,
» ouvrage dont la longueur ne s'accorde pas avec la célérité, & la multiplication
» nécessaires pour la Monnoie courante ; le défaut de subdivisions en moitiés
» & en quarts, nécessaires dans le commerce de la Monnoie pour remplir
» toutes les valeurs, comme on en trouve dans les autres Médailles d'or ,
» d'argent & de cuivre, & celui du décret, ou de l'autorité qui paroît sur
» les Médailles qui servoient de Monnoie, telle qu'étoit la formule de *Senatus*
» *Consulto*, ou le nom du Magistrat qui les faisoit frapper ; tout cela prouve
» que les Contorniates n'ont jamais servi de Monnoie.

» Il est vrai qu'on voit sur plusieurs de ces Médailles des lettres, comme
» PE ; mais M. Mahudel prétend, avec raison, que c'est le monogramme
» ou la marque des Ouvriers qui fabriquoient ces pièces, & qui vouloient
» par-là se faire connoître ; ce qui se pratique encore aujourd'hui par plusieurs
» Monnoyeurs.

» Comme les Contorniates ont souvent des têtes d'Empereurs & d'Hommes
» Illustres très-anciens, on pourroit croire qu'elles sont de leur temps : cepen-
» dant M. Mahudel fixe la première époque de leur fabrication à la fin du
» IIIᵉ. siècle, & leur durée jusqu'au milieu du IVᵉ. (même jusqu'au com-
» mencement du Vᵉ., puisqu'il y en a d'Honorius qui n'a commencé à régner

,, qu'en 395 , & qui est mort en 428). Les raisons qu'il apporte pour prouver
,, son opinion, détruisent celles de M. Sphanheim & de M. du Cange, qui
,, ont cru que ces Médailles étoient du temps des premiers Empereurs, dont
,, les têtes y sont gravées ; mais qu'elles avoient été retouchées sous leurs
,, Successeurs ; c'est ce qu'ils appellent *Nummi revocati , restituti*. Premiérement,
,, pour ce qui regarde les Contorniates qui représentent des têtes d'Hommes
,, Illustres, il est évident qu'elles ne sont pas de leur temps, puisque l'ortho-
,, graphe de leurs noms y est mal observée. Dans celle sur laquelle est la tête
,, d'Homère, son nom est écrit avec a. aulieu d'un o. & dans celle de
,, Salluste, avec une seule L. *Salustius* au lieu de *Sallustius*, comme on le
,, trouve dans les Inscriptions lapidaires de son temps. On y voit aussi le nom
,, d'Auteur écrit *Autor*, au lieu d'*Auctor*, comme Quintilien l'écrit, en parlant
,, de ce même Salluste ; outre qu'à parler exactement, l'emploi de ce terme
,, est contre le bon usage , & que du temps de cet Historien on auroit dit
,, *Historiæ scriptor*, & non pas *Auctor*. 2°. Dans les Contorniates où il y a
,, des têtes Grecques, on trouve des légendes Latines, comme dans celle
,, qui représente Alexandre , dont la légende est *Alexander Magnus*.
,, Quelle apparence que les Grecs de ce temps-là aient employé une langue
,, étrangère ? Enfin une nouvelle preuve que les Contorniates , qui ont la
,, tête des premiers Empereurs, ne sont pas de leur temps, c'est la parfaite
,, ressemblance de ces Médailles avec celles qui représentent les Empereurs
,, des temps postérieurs, soit dans le goût, soit dans la gravure plate &
,, grossière, dans le volume, dans les marques des Ouvriers, dans le style
,, des légendes , & dans la conformation des caractères ; uniformité qu'on ne
,, croira pas s'être soutenue depuis Alexandre jusqu'à Honorius. Ajoutez à
,, cela, que l'on voit également sur les Médailles, qu'on pourroit soupçonner
,, être du haut Empire, & sur celles qui sont d'un temps moins éloigné, les
,, mêmes figures de Rameaux & de Palmes, d'Étoiles, &c ; ce qui suppo-
,, seroit que les mêmes Monnétaires ont vécu plusieurs siècles. Enfin les
,, mêmes types sont répétés dans des Contorniates qui représentent des Princes
,, qui ont régné dans différens temps.

,, On ne doit pas conclure de là que ces Médailles ne sont guère estimables ;
,, car , outre qu'elles peuvent, par leurs légendes, nous apprendre beaucoup
,, de choses d'un siècle éloigné, il est sûr qu'elles seront toujours intéressantes,
,, par le soin qu'on a pris d'y conserver l'Histoire de la Gymnastique ancienne,
,, & des Spectacles païens, qu'on voit par-là avoir durés sous le règne des
,, Empereurs les plus attachés au Christianisme, puisque , sans parler ici de
,, la figure d'Esculape sous la forme d'un serpent, & de celle d'Hygie sa fille,
,, qui nous apprennent que la Gymnastique avoit pour premier objet l'exercice
,, si nécessaire à la santé, on trouve sur le revers de ces Médailles les différentes
,, parties de cet art ; la lutte d'homme à homme, d'un homme avec quel-
,, que bête féroce, d'animaux les uns contre les autres ; la course à pied, à
,, cheval & sur les deux chars, à deux, à quatre, à six & à huit chevaux ; la
,, chasse , la pêche, &c.

,, Outre les noms des fameux Athlètes de la Gréce, qui s'étoient signalés
,, aux jeux Olympiques, noms qui servent souvent de légendes aux revers
,, des Contorniates, on y trouve ceux de plusieurs autres Athlètes, qui , après
,, avoir montré leur adresse dans les jeux du Cirque, se sont distingués par
,, leur valeur, dans les combats : enfin comme si ces Médailles n'avoient eu
,, pour objet que l'Histoire de la Gymnastique, on a affecté d'y représenter

» les Princes qui l'avoient le plus favorifée , tels qu'Augufte , Néron , Vef-
» pafien & Trajan , qui affectoit tant de reffembler à Hercule , qu'il en prenoit
» fur fes Médailles le nom, l'habit & les fymboles.

» Après avoir établi le temps de la fabrication des Contorniates , & avoir
» prouvé qu'elles ne portent point ce caractère d'autorité que donne le décret
» du Prince , ou l'ordre des Magiftrats & des Gouverneurs de Provinces ,
» & qu'ainfi on doit croire qu'elles étoient l'ouvrage de quelques Particuliers ,
» qui, pour fatisfaire la curiofité de ceux qui commençoient en ce temps-là à
» ramaffer les pièces curieufes pour former des Cabinets, fabriquoient celles-
» là , M. Mahudel conclut que c'eft en Italie , & non pas dans la Gréce
» (malgré les légendes Grecques qu'on lit fur quelques-unes de ces Médailles)
» qu'elles ont été faites. Enfin , que c'eft à Rome qu'elles ont été fabriquées ,
» & non pas à Crotone , ainfi que l'a cru Erizzo , qui dit qu'au lieu du nom
» de Contorniates qu'on donne à ces Médailles , il faut dire Crotoniates.
» Cet Auteur eft le feul de fon fentiment , & fa conjecture eft abandonnée
» de tous les Antiquaires ; cependant M. Mahudel ne nie pas qu'on en ait
» pu fabriquer ailleurs qu'à Rome. Voyez ces pièces à la planche XXXVe.
» numero 29. 30. 31. 32. 33. 34. 35. 36. 37. & 38.

Section V.

***Observations* de M. *Mahudel* fur les Contre - marques des Médailles antiques , avec quelques conjectures fur leur ufage , tirées du Tome *XIV*. des Mémoires de l'Académie des Infcriptions , *page 132* & fuivantes.**

» On ne doute plus que la connoiffance des Médailles ne foit d'une
» grande utilité pour l'Hiftoire ancienne ; mais on n'eft peut-être pas encore
» affez perfuadé que les caractères les plus ifolés & les plus petites figures
» hors d'œuvre , que l'on voit fur ces fortes de Monumens , y exprimoient,
» dans le temps , quelques circonftances hiftoriques, dont l'application &
» les rapports nous font échappés , & qu'il ne feroit pas impoffible de décou-
» vrir encore , fi nous voulions fuppléer , par nos recherches , la perte ou le
» filence des Hiftoriens.

» Tels font ces Monogrammes finguliers, que l'on trouve fur une infinité
» de Médailles des Rois de Macédoine , d'Égypte , de Syrie , &c ; ces
» figures bizarres , & fouvent compliquées, que l'on remarque fur la plupart
» des Médailles des Villes Grecques ; ces chiffres ou nombres différens qui
» accompagnent quelquefois le même revers de plufieurs Médailles Confu-
» laires ; enfin ces lettres ou mots abrégés , imprimés après coup fur quelques
» Médailles des Empereurs Romains , & que les Antiquaires appellent com-
» munément des Contre-marques.

» Ce dernier objet , c'eft-à-dire , l'ufage des Contre-marques , a piqué la
» curiofité de M. Mahudel ; & en 1739 il fe détermina d'autant plus volon-
» tiers à communiquer à l'Académie les réfléxions qu'il avoit faites fur ce
» fujet , que jufques-là aucun Auteur ne l'avoit traité *ex Profeffo*, & que le
» P. Joubert étoit le feul qui , dans un ouvrage intitulé *la Science des Mé-*
» *dailles*, en eût parlé légérement , & plutôt en homme qui cherche à placer
» une conjecture, qu'en Savant qui veut inftruire. Il eft vrai que dans le
» temps même que M. Mahudel jetoit fes réfléxions fur le papier , M. le

Baron

» Baron de la Baftie faifoit réimprimer l'Ouvrage du P. Joubert accom-
» pagné d'un ample Commentaire , où l'article des Contre-marques , loin
» d'être oublié , fe trouve amplement difcuté dans une lettre que lui écrivit
» M. de Boze qu'il avoit confulté , & que le favant Éditeur a rendu publique ,
» parce que , felon lui , elle forme à cet égard le feul fyftême qui puiffe
» réfoudre toutes les difficultés.

» Mais outre que M. Mahudel l'ignoroit , il a fuivi d'ailleurs une méthode
» trop différente , pour vouloir priver ceux qui s'appliquent à la connoiffance
» des Médailles , de l'avantage qu'ils pourroient encore retirer de fes réfléxions.
» En voici donc l'extrait , auquel nous joindrons en entier la table , où il
» explique , fuivant l'ordre de l'alphabet , toutes les Contre-marques qu'il à
» obfervées fur les Médailles des Empereurs Romains.

PREMIÈRE OBSERVATION.

» Le méchanifme de l'art de contre-marquer les Médailles , à en juger
» par l'élévation du métal plus ou moins apparente , à l'endroit qui répond
» directement à la Contre-marque fur le côté oppofé , ne demandoit qu'un
» grand coup de marteau fur le nouveau poinçon , que le Monnoyeur pofoit
» fur la pièce ; & comme il étoit effentiel que , par cette opération , les
» lettres de la légende & les figures du champ de la Médaille oppofé à la
» Contre-marque ne fuffent ni applaties ni effacées , on conçoit qu'il falloit
» qu'on plaçât la pièce fur un billot d'un bois qui cédât à la violence du
» coup ; c'eft par ce défaut de réfiftance du bois , qui fervoit de point d'appui ,
» que le métal prêtant fous le marteau formoit une efpèce de boffe. De là
» fe tire la preuve que les Monnoies antiques ne fe contre-marquoient point
» dans le temps qu'on les fabriquoit , mais feulement après qu'elles avoient
» eu cours pendant un certain nombre d'années.

» La forme des poinçons étoit , ou ronde , ou ovale , ou quarrée , de trois
» & de quatre à cinq lignes de diamètre. Ces poinçons étoient gravés en
» creux & à rebours , afin que leur impreffion rendît en relief , & dans le
» fens naturel , les figures & les lettres , dont ils étoient chargés.

SECONDE OBSERVATION.

» L'art & l'ufage de contre-marquer les Monnoies ont pris leur origine
» dans la Gréce. Le nombre de Médailles des Villes Grecques , que l'on
» trouve en argent & en bronze avec des Contre-marques , ne permet pas d'en
» douter ; il y en a cependant moins fur les Médailles des Rois Grecs , que
» fur celles des Villes de la grande Gréce , de l'Afie mineure & des Ifles de
» l'Archipel ; mais de toutes les villes de ces différentes parties de la Gréce ,
» il n'y en a point qui fe foit plus fervi de Contre-marques , que la Ville d'An-
» tioche de Syrie , principalement fur celles de fes Monnoies , qui ont pour
» type d'un côté la tête de Jupiter , & au revers la figure du même Dieu ,
» affife , portant fur fa main droite une petite Victoire , avec la légende
» ΑΝΤΙΟΧΕΩΝ ΜΗΤΡΟΠΟΛΕΩΣ , ou ΑΝΤΙΟΧΕΩΝ ΜΗΤΡΟΠΟΛΕΩΣ ΑΤΤΟΝΟΜΟΥ.
La fabrique de ces Médailles ou Monnoies paroît antérieure aux Empe-
» reurs Romains ; la plupart de ces Villes en ont confervé l'ufage dans le
» temps même qu'elles ont été foumifes à l'Empire ; & il y en a quelques-
» unes qui l'ont confervé depuis Augufte , jufqu'à Gallien inclufivement.

TROISIÈME OBSERVATION.

» Les Romains, du temps de la République, ne se sont point servi de
» Contre-marques sur leurs Monnoies, ni sur celles de bronze, qui ont d'abord
» eu cours à Rome, ni sur celles d'argent ; l'usage n'en a commencé chez
» eux, & sur celles de bronze seulement, que sous Auguste ; & il paroît
» finir à Trajan. On ne trouve point de Contre-marques sur les Médailles
» de Vitellius & de Nerva ; on ne commence à en revoir que sous Justin,
» Justinien & quelques-uns de leurs Successeurs. Sont-ce des Contre-marques
» d'une espèce différente ? Il y en a des deux côtés de la Médaille.

» C'est d'abord la tête d'un nouvel Empereur ajoûtée à la tête de celui
» pour qui elle avoit été frappée originairement, avec un Monogramme,
» formé d'une R. majuscule accompagnée par le bas d'une H. croisée dans
» sa sommité ; ce que M. du Cange explique par CHRISTUS, & au
» revers les lettres SCLˢ fort allongées.

» Quant aux Contre-marques qui se voient sur les Médailles Contorniates,
» M. Mahudel ne s'y arrête pas, parce qu'ayant établi, dans une dissertation
» particulière, que ce ne sont que des pièces de plaisir & de fantaisie, qui
» n'ont jamais été monnoyées, elles forment une classe à part, qui ne tire
» point à conséquence.

QUATRIÈME OBSERVATION.

» La coutume des Grecs & celle des Romains, en fait de Contre-marques,
» ont été différentes. Les premiers n'ont employé sur les Monnoies de leurs
» Rois & de leurs Villes, tant qu'elles se sont gouvernées par leurs propres
» loix, & depuis même qu'elles ont été soumises aux Empereurs, que des
» têtes ou des bustes de leurs Dieux, des figures équestres de leurs Princes
» & de leurs Héros, ou des figures de plantes, de fruits & d'animaux qui
» naissoient dans leurs pays, ou de vases & d'instrumens qui y étoient en
» usage ; & les derniers, sur leur Monnoies, & sur celles de quelques-unes
» de leurs Colonies latines, comme de Nismes, des Empouries & d'autres,
» ne se sont servi pour Contre-marques, que de Monogrammes formés de
» caractères Romains, ou de mots Latins abrégés, qui composent de courtes
» Inscriptions ; en sorte qu'on peut dire, qu'on ne voit ordinairement en
» Contre-marques, sur les Médailles Romaines Impériales, aucune figure,
» ni sur les Grecques Impériales aucune inscription Grecque.

CINQUIÈME OBSERVATION.

» Les Médailles Impériales Latines des trois formes ordinaires, c'est-à-
» dire, de grand, de moyen & de petit bronze, sont les seules sur lesquelles
» on ait mis des contre-marques, au lieu qu'on en trouve sur quelques Mé-
» daillons Grecs ; ce que M. Mahudel prend pour une nouvelle preuve de
» ce qu'il a avancé, dans une autre Dissertation, que les Médaillons Grecs
» étoient de véritables Monnoies, & que les Médaillons Latins n'ont jamais
» eu de cours réglé dans le commerce.

SIXIÈME

Sixième Observation.

» On n'a pas appliqué pour une seule Contre-marque sur les Médailles,
» tant Grecques que Latines ; mais souvent deux, trois, & quelquefois quatre :
» on les y a placées avec si peu de ménagement pour les têtes & pour les
» revers, que de cela seul naissoit une difformité si choquante, qu'elle a
» peut-être suffi pour engager les Successeurs de Trajan à proscrire cet usage,
» qui ne reprit faveur que sous quelques Empereurs du bas Empire, qui
» avoient totalement perdu le goût des Arts.

Septième Observation.

» Les Contre-marques qui sont sur les Médailles Latines d'un même Em-
» pereur & d'un même type, ne sont pas toujours les mêmes : il y en a
» au contraire de toutes semblables sur des pièces de types différens ; ce qui
» marque, selon M. Mahudel, que le décret par lequel il avoit été or-
» donné de contre-marquer, s'est quelquefois étendu généralement sur les
» Monnoies de toutes sortes de types d'un même Empereur.

Huitième Observation.

» Il ne faut pas croire que les Contre-marques qui se voient sur les Médailles
» ou Monnoies antiques, aient été l'ouvrage du caprice des Monnétaires.
» Tout y annonce l'autorité du Ministère Public, soit de la part des Empe-
» reurs, soit de la part du Sénat, conjointement avec le Peuple, soit du seul
» consentement du Peuple représenté, par ses principaux Magistrats dans les
» Villes Grecques, par les Tribuns à Rome, & par les Décurions dans
» les Colonies.
» C'est aussi à l'indication de ces marques de l'autorité publique, que se
» réduisent tous les caractères gravés sur les Médailles Romaines dans ces
» Contre-marques, où l'autorité des Empereurs est annoncée de tant de ma-
» nières différentes, par les mots de *Caesar*, d'*Augustus*, d'*Imperator*, &
» souvent par leurs noms propres accompagnés de tous ces titres ; celle du
» Sénat joint au Peuple, par les lettres initiales S. P. Q. R. ; celles du Peuple
» par les initiales P. R., & par diverses autres, qui composent un assemblage
» de mots consacrés aux formules ordinaires des Monnoies ; celle des premiers
» Magistrats des Colonies par la lettre D redoublée, DD, *Decreto Decu-*
» *rionum* ; ce qui met dans ces formules une si grande variété, que, pour
» porter un jugement plausible sur les Contre-marques, M. Mahudel a cru
» qu'il étoit nécessaire d'en rassembler le plus qu'il lui seroit possible dans une
» table, où étant rangées par ordre alphabétique, on pourroit d'un coup
» d'œil les connoître, les comparer entr'elles, & les expliquer les unes par
» les autres.
» Les Contre-marques Latines, dont cette table est composée, y sont
» accompagnées d'une indication exacte des noms des Empereurs sur les
» Médailles desquels elles se trouvent, & du volume de ces Médailles,
» désigné par ces mots Ær. 1e, 2e, 3e, *formæ*. Pour ce qui est des expli-
» cations que M. Mahudel a jointes à chacune des Inscriptions abrégées qui
» forment ces Contre-marques, il a absolument rejetté celles qui sont absurdes,

F

» & tâché de n'en rapporter que de raisonnables. Telle est, par exemple, la
» Contre-marque suivante, tirée des plus communes NCAPR : quelques
» Antiquaires l'ont expliquée par *Nummus cusus Capreis*, fondés apparem-
» ment sur ce qu'ils ne l'avoient encore observée alors que sur des Médailles
» de Tibère ; mais dès qu'elle se trouve également sur celles de Germanicus,
» d'Agrippine mère de Caligula, sur celles d'Antonia & de Claude, Princes
» & Princesses, dont la vie n'a eu avec l'Isle de Caprée aucun des rapports
» qu'y avoit Tibère, c'est une explication qui doit absolument être proscrite.
　» Torel Saraina, Manuce, Vicus & Angeloni prétendent qu'il faut lire
» *Nobis concessum à Populo Romano*, formule qui, à la vérité, a été quelque-
» fois employée dans des privilèges accordés par les Tribuns du Peuple ;
» mais comme cette lettre N. se trouve encore dans d'autres Inscriptions de
» Contre-marques, avec une partie des mêmes lettres, & avec d'autres encore
» où elle ne pourroit plus signifier *Nobis*, ne vaut-il pas mieux l'interpréter
» par *Nummus* ou *Nota*, qui peuvent l'une & l'autre s'accorder avec toutes,
» & le C. par *Cusus* ou *Cusa*, terme également convenable à l'empreinte
» de la Monnoie & à celle de la Contre-marque ; ce qui feroit *Nummus cusus*
» ou *Nota cusa à Populo Romano*, ou *auctoritate Populi Romani* ? Néan-
» moins, comme la Contre-marque n'est qu'une petite addition à une pièce
» qui avoit reçu originairement toute sa perfection, en ce cas, *Nota* n'ex-
» primeroit-il pas mieux ce qu'on a voulu faire, d'autant plus que *Festus* lui
» donne précisément cette signification, *nota significat signum, ut in pecoribus,*
» *tabulis, libris, litteræ singulæ aut binæ* ?
　» Les principes que M. Mahudel a établis dans ses huit Observations,
» l'ont mis à portée de mieux connoître l'usage politique des Contre-marques,
» & les différens motifs qui les ont introduites.
　» Le premier, dit-il, étoit pour augmenter, dans de certaines occasions
» passagères, la valeur de certaines espèces, sans en augmenter la matière ;
» car de quelqu'importance, ajoute-t-il, que les Politiques veulent qu'il soit
» de ne jamais toucher aux Monnoies dans un État, il se présente néanmoins
» des circonstances, dans lesquelles on est contraint d'avoir recours à cet
» expédient ; & la République Romaine l'a éprouvé plusieurs fois. La pre-
» mière & la seconde Guerre Punique l'obligèrent à augmenter prodigieu-
» sement la valeur de ses Monnoies ; ces augmentations ne se firent que par
» des refontes générales des espèces de cuivre. Pline nous apprend qu'on
» donna à l'*as* de XII. onces, réduit à deux, la même valeur qu'il avoit
» anciennement, & à proportion à toutes les pièces dans lesquelles se sub-
» divisoit cette Monnoie ; & qu'ensuite ce même *as* de deux onces fut encore
» réduit à une, avec la même valeur qu'auparavant : par ce moyen la Ré-
» publique s'acquitta des dettes dont elle étoit accablée ; mais il lui en coûta
» toujours la dépense des refontes & des nouvelles fabrications.
　» L'usage des Contre-marques, sous les premiers Empereurs, produisit
» seul le même avantage ; & il y a grande apparence que depuis Jules-César
» jusqu'à Gallien, on ne fit plus de refonte dans tout l'Empire, puisque les
» Monnoies de tous les Empereurs y avoient également cours, pourvu qu'elles
» eussent conservé leurs premiers poids.
　» Il resteroit seulement à décider si l'usage de ces Contre-marques, pour
» augmenter la valeur des pièces sur lesquelles on les appliquoit, leur a fait
» donner un cours général pour cette valeur, dans toute l'étendue de l'Empire,
» ou si ce cours a été limité. M. Mahudel est pour la seconde alternative ,

„ eu égard au petit nombre de pièces contre-marquées, en comparaifon de
„ celles qui ne le font pas ; & de là il tire deux conféquences, l'une que ces
„ augmentations d'efpèces n'ont eu que des objets paffagers, l'autre qu'elles
„ n'ont été ordonnées que dans les premiers temps de l'Empire & jufques fous
„ Trajan feulement, parce qu'alors il n'y avoit pas encore un fi grand nombre
„ d'efpèces qu'il y en eut fous fes Succeffeurs.

„ Ce ne peut guère être encore que par conjecture qu'on jugera des caufes
„ qui auront occafionné l'ufage des Contre-marques, dans l'opinion même
„ qu'il a été momentané, & des raifons pour lefquelles il y en a qui font
„ plutôt frappées au coin de l'Empereur, qu'à celui du Sénat, & d'autres à
„ celui du Peuple. Toutes ces différences ont pu dépendre de l'intérêt parti-
„ culier qu'une de ces trois Puiffances avoit aux affaires, pour lefquelles il
„ étoit néceffaire d'augmenter la valeur des efpèces ; & il eft aifé de les
„ concevoir.

„ Un fecond motif de l'ufage des Contre-marques a pu être pour tenir lieu
„ d'une fabrication nouvelle, néceffaire à l'avénement de quelque Prince à
„ l'Empire. La Souveraineté n'a point de droit dont les Princes aient jamais
„ été plus jaloux, que de celui de faire frapper des Monnoies à leurs coins ;
„ c'eft un des premiers plaifirs dont ils veulent jouir ; cependant combien y
„ a-t-il d'occafions où ce plaifir eft retardé ? Leurs portraits n'ont pu encore
„ être gravés affez exactement pour paroître, & les Hôtels des Monnoies
„ n'ont pas toujours été difpofés dès les premiers jours, pour une fabrication
„ fubite & imprévue ; des poinçons à Contre-marques y fuppléent : on peut
„ les graver & en faire ufage dans un feul & même jour ; par-là M. Mahudel
„ rend raifon du nom de Tibère imprimé en Contre-marque fur les Médailles
„ d'Augufte, de celui de Claude ajouté aux Médailles de Caligula, & des
„ Infcriptions Latines de Galba & d'Othon, qui font des efpèces de Mono-
„ grammes, par la manière dont font liées & entrelaffées les lettres qui les
„ forment, auffi bien que de celles de Vefpafien appliquées en Contre-
„ marques fur la tête de Néron, dans des Monnoies Grecques de Tripoli
„ de Syrie, où des Gouverneurs zélés n'avoient pas trouvé de voie plus
„ prompte pour marquer leur attachement & leur fidélité.

„ M. Mahudel imagine un troifième motif, qui auroit été de faire honneur
„ à la mémoire de quelque Prince, qui avoit précédé celui fous le nom,
„ ou au fymbole duquel eft la Contre-marque ; cè qui auroit été une efpèce
„ de reftitution, pour fe fervir du terme ufité ; reftitution qui fe feroit faite
„ par choix ou par fentiment de vénération pour la mémoire, ou de con-
„ formité avec les mœurs & les actions de celui à qui on rendoit cette efpèce
„ d'hommage ; & c'eft en ce fens qu'on peut attribuer à Trajan la Contre-
„ marque DACICUS, que l'on voit fur le revers d'une Médaille de moyen
„ bronze de Domitien.

„ Un quatrième motif de l'ufage des Contre-marques feroit encore, fuivant
„ M. Mahudel, leur deftination à des largeffes publiques : il fe fonde princi-
„ palement fur l'explication qu'il donne, après Magnon & Pierre Diacre, à
„ ces lettres SCLˢ, que l'on trouve en Contre-marques fur plufieurs Médailles
„ communes des Empereurs Juftin, Juftinien & Tibère fecond, & qu'il rend
„ par ces mots *Sacræ Largitionis* ou *Sacri Largitoris*, comme on le verra
„ dans la table fuivante, où il explique de même toutes les lettres initiales,
„ les Monogrammes & les mots abrégés qu'il a vus employés en Contre-mar-
„ ques fur les Médailles Latines Impériales. Il fe propofe de donner quelque

» jour une autre table, pour l'intelligence des figures & des Symboles qui se
» trouvent ainsi employés sur les Médailles Grecques de toute espèce. «

On voit deux de ces Médailles contre-marquées aux numeros 39 & 40 de la planche XXXIV.

TABLE ALPHABÉTIQUE

Des Contre-marques les plus ordinaires, qu'on observe sur les Médailles Impériales antiques Latines, de grand, moyen & petit bronze.

» AVG pour *AUGUSTUS* . . dans une
Médaille de la Colonie de Nîmes. . . . *pièce de moyen bronze.*

» ℞. pour *AUGUSTUS PATER* . . dans
Auguste même. . . . . *pièce de moyen bronze.*

» BON pour *BONUS* ou *BONUM* . dans
Drusus. . . . . *pièce de grand bronze.*

» C Æ pour *CÆSAR* . . . . . . dans
Auguste. . . . . *pièce de moyen bronze.*

» C Æ pour *CÆSAR* . dans le même . . . . *moyen bronze.*

» C Æ pour *CÆSAR AUGUSTUS* . dans
Néron . . . . *moyen bronze.*

» DACICUS pour *TRAJANUS* . dans
Domitien . . . . *moyen bronze.*

» DD pour *DECRETO* . . ⎰ des Empouries,
DECURIONUM . . ⎱ de Nîmes & de   *moyen bronze.*
dans les Colonies . . . . Sagonte.

» $\frac{\text{II}}{\text{II}}$ pour *IIII* . . . . . dans Trajan . . . . *moyen bronze.*

» IM pour *IMPERATOR* . ⎰ des Empouries
dans les Colonies . . . . ⎱ & de Nîmes.   *moyen bronze.*

IMP pour *IMPERATOR* . . dans la Colonie
de Nîmes & sur d'autres Médailles d'Auguste . . *moyen bronze.*

» I Ν pour *IMPERATOR AUGUSTUS* . .
dans l'Empereur Claude . . . . *grand bronze.*

» IMP AUG pour *IMPERATOR AUGUS-
TUS* . . . . . dans Auguste . . . *moyen bronze.*

» M GA pour *IMPERATOR GALBA* . .
dans Néron, sur une Médaille Grecque des Tripolitains *moyen bronze.*

» A M pour *IMPERATOR AUGUSTUS* .
Inscription qui est à rebours dans les Médailles
d'Auguste . . . . *moyen bronze.*

» M OTHO pour *IMPERATOR OTHO* . .
dans Néron, sur une Médaille Grecque des Tripolitains . . . . *moyen bronze.*

» MO A pour *MARCUS OTHO AUGUSTUS*
sur une Médaille semblable à la précédente . . . *moyen bronze.*

„ NCAI℞ { pour *NUMMUS CAII AUG IMPERATORIS*, ou *NUMMUS CUSUS AUTORITATE IMPERATORIS*. } dans Germanicus . . *moyen bronze*.

„ NCAPR { pour *NUMMUS CUSUS*, ou *NUMISMA CUSUM*, ou *NOTA CUSA*, ou *NOBIS CONCESSUM A POPULO ROMANO*, ou *AUTORITATE POPULI ROMANI*. } dans Tibère . . *grand bronze*. / dans Agrippine, Claude, Germanicus & Antonia . . *moyen bronze*.

„ PP pour *PATER PATRIÆ*, ou *POPULI PERMISSU* . . . dans Auguste . . . *moyen bronze*.

„ PR pour *POPULUS ROMANUS*, ou *PROBATUM*, en sous-entendant *NUMISMA* . dans Antonia & Néron . . . . *moyen bronze*.

„ PROB { pour *PROBATUS NUMMUS*, ou *PROBATUM NUMISMA*, ou peut-être, *POPULUS ROMANUS OBSIGNAVIT*. } dans Tibère . . *grand bronze*. / dans Antonia & Germanicus . . *moyen bronze*. / dans Claude . . *grand bronze*.

„ PR° pour *PROBATUS* ou *PROBATUM*, &c. comme ci-deſſus, dans Antonia . . . . . *moyen bronze*.

„ RT-RT pour *PATER* ou *AUGUSTUS PATER* . . . . dans Auguste . . . *moyen bronze*.

„ R℃ pour *POPULI ROMANI CONSENSU*, ou *POPULUS ROMANUS CUDIT*. dans Auguste . . . . *moyen bronze*.

„ RM pour *RESTITUTA MONETA*, ou *ROMANORUM MONETA* . dans Tibère . . . . *moyen bronze*.

„ SPR pour *SENATUS POPULUS ROMANUS* . . . . . dans Néron . . *moyen bronze*.

„ SPQR pour *SENATUS POPULUSQUE ROMANUS* . . dans Néron, ſur pluſieurs types différens . . . . *moyen bronze*.

» SCL^s pour *SACRÆ LARGITIONIS*, ou
SACRI LARGITORIS . . . . dans
Juftin, Juftinien & Tibère II. . . . . *grand & moyen bronze.*

» Æ pour *TIBERIUS AUGUSTUS* . . dans
Augufte . . . . *petit bronze.*

» TIB pour *TIBERIUS* . . . . fur plufieurs
Médailles d'Augufte . . . . *moyen bronze.*

» TI Æ] TIB. AVG. pour *TIBERIUS AU-*
GUSTUS . . . . dans Agrippa . . . *moyen bronze.*

» TCA pour *TIBERIUS CÆSAR AUGUS-*
TUS . . . . . dans Agrippa . . . . *moyen bronze.*

» TIB IMP pour *TIBERIUS IMPERATOR*
dans Augufte & dans Tibère . . . . . . *moyen bronze.*

» TCM pour *TIBERIUS CÆSAR IMPE-*
RATOR . . . . dans Augufte . . . *moyen bronze.*

» T.C^LA M^p pour *TIBERIUS-CLAUDIUS*
IMPERATOR . . dans Germanicus . . *moyen bronze.*

» TIC^LA pour *TIBERIUS-CLAUDIUS* .
dans Caligula . . . . *moyen bronze.*

» TIN pour *TIBERII*, ou *TITI NUMMUS*,
ou *NOTA* . dans Agrippa & Germanicus . *moyen bronze.*

*CONTRE-MARQUES portant les Noms des Empereurs mêmes, fur les Médailles
desquels elles fe trouvent.*

» C Æ pour *CÆSAR* . . dans Augufte . . . *moyen bronze.*

» Æ^p pour *AUGUSTUS PATER* . . dans
Augufte . . . . *moyen bronze.*

» TIB. IMP. pour *TIBERIUS IMPERA-*
TOR . . . . . dans Tibère . . . . *moyen bronze.*

*CONTRE-MARQUES portant le nom d'un Empereur qui fuccède à celui fur la
Médaille duquel elles fe trouvent.*

» TIB pour *TIBERIUS* . . . . . fur plufieurs
Médailles d'Augufte . . . . *moyen bronze.*

» TIC^LA pour *TIBERIUS CLAUDIUS* .
dans Caligula . . . . *moyen bronze.*

» T.C. M^p pour *TIBERIUS-CLAUDIUS IM-*
PERATOR . . . dans Caligula . . . *moyen bronze.*

» IM^p G A pour *IMPERATOR GALBA* . .
dans Néron, fur une Médaille des Tripolitains . . *moyen bronze.*

» M^p OT O pour *IMPERATOR OTHO* . .
dans Néron, fur une Médaille des Tripolitains . . *moyen bronze.*

» M.O.A. pour *MARCUS-OTHO AUGUSTUS*,
dans Néron, fur une Médaille des Tripolitains . . *moyen bronze.*

Contre-marques portant le Nom de quelqu'Empereur qui n'a pas succédé immédiatement à celui sur la Médaille duquel elles se trouvent.

» TC^LAMP pour *TIBERIUS - CLAUDIUS
     IMPÉRATOR* . . dans Germanicus . *moyen bronze.*
» XX pour *AULUS-VITELLIUS*, ou *VESPA-
     SIANUS-AUGUSTUS* . dans Néron . *moyen bronze.*
» DACICUS . . . dans Domitien . . . . . *moyen bronze,*

Doubles Contre-marques sur une même Médaille Impériale Latine.

» IMP AVG] TIB AVG . . sur une Médaille
     d'Auguste . . . . *moyen bronze.*
» IMP AVG] TIB . . . . . sur une Médaille
     du même . . . . *moyen bronze.*
» C^SÆ] TIB . sur une autre Médaille du même Empereur . *moyen bronze.*
» AVG] MP . . . sur une Médaille de la Colonie
     de Nîmes du type ordinaire . . . . *moyen bronze.*
» TIAV] TIAV . . sur une Médaille de Drusus . *grand bronze.*
» PR°] IMP . . sur une Médaille d'Antonia . . *moyen bronze.*
» IMP] MP . . . sur une Médaille de Claude, & sur
     une autre Médaille de Claude & d'Agrippine, dont
     les têtes sont accollées . . . . *grand bronze.*

SECTION VI.

Sur les Monnoies Obsidionales. Cette Section est tirée du Tome I. des Mémoires de l'Académie des Inscriptions , *page 282 &* suivantes.

   » Le grand nombre de Villes assiégées où l'on a frappé, pendant la dernière
» Guerre, de ces pièces, qu'on appelle communément Monnoies Obsidio-
» nales, a porté en différens temps plusieurs Particuliers, & même des Mi-
» nistres d'État à consulter l'Académie, pour savoir quelle étoit l'origine de
» ces sortes de Monnoies, & leur véritable destination ; quelle en devoit être
» la forme, & sur-tout s'il étoit permis à un simple Gouverneur ou Com-
» mandant d'y faire graver sa tête.
   » M. de Boze fut chargé en 1710 de répondre à ces différentes questions ;
» & il donna sur les Monnoies Obsidionales un Mémoire, dont voici l'extrait.
   » L'usage de frapper dans les Villes assiégées des Monnoies particulières,
» qui eussent cours pendant le siège, doit être un usage fort ancien, puisque
» c'est la nécessité qui l'a introduit. En effet, ces pièces étant alors reçues dans
» le commerce pour un prix infiniment au-dessus de leur valeur intrinséque,
» c'est une grande ressource pour les Commandans, pour les Magistrats, &
» même pour les Habitans de la Ville assiégée.
   » Ces sortes de Monnoies se sentent ordinairement de la calamité qui les
» a produites ; elles sont d'un mauvais métal, & d'une fabrique grossière.
» On ne laisse pas d'en trouver quelques-unes de bon argent & bien travaillées ;
» mais dans celles-ci, l'ostentation a eu plus de part que le besoin.
   » Leur forme n'est point déterminée. Il y en a de rondes , d'ovales & de

» quarrées ; d'autres en lozange ; d'autres en octogone ; d'autres en triangle, &c.

» Le type & les Inscriptions n'ont pas de règles plus certaines. Les unes
» sont marquées des deux côtés ; & cela est rare : les autres n'ont qu'une seule
» marque. On y trouve souvent les armes de la Ville assiégée, quelquefois
» celles du Souverain, & quelquefois celles du Gouverneur ; mais il est plus
» ordinaire de n'y trouver que le seul nom de la Ville tout au long ou en
» abrégé, le millésime, & d'autres chiffres qui dénotent la valeur de la
» pièce.

» Comme les Curieux ont négligé de ramasser ces sortes de Monnoies, &
» qu'aucun Auteur n'en a écrit, il seroit difficile d'en faire une Histoire bien
» suivie ; mais la diversité de celles que nous connoissons, & les faits ausquels
» elles ont rapport suffisent pour une bonne & agréable Dissertation.

» » Les plus anciennes de ces Monnoies Obsidionales que l'on connoisse,
» ont été frappées au commencement du XVI. Siècle, lorsque François I.
» porta la Guerre en Italie ; & ce fut pendant les sièges de Pavie & de Cré-
» mone, en 1524 & en 1526. Trois ans après on en fit presque de semblables
» à Vienne, en Autriche, lorsqu'elle fut assiégée par Soliman II. Lukius
» en rapporte une fort singulière, frappée par les Vénitiens, à Nicosie, Capi-
» tale de l'Isle de Cypre, pendant le siège que Sélim II. mit devant cette place,
» en 1570.

» » Les premières Guerres de la République de Hollande avec les Espagnols,
» fournissent ensuite un grand nombre de ces sortes de Monnoies. Nous en
» avons de frappées en 1573, dans Middelbourg en Zèlande, dans Harlem
» & dans Alcmaër. La seule Ville de Leyde en fit de trois différens revers,
» pendant le siège qu'elle soutint, en 1574. On en a de Sconhowen de l'année
» suivante ; mais une des plus remarquables fut celle que frappèrent les
» Habitans de Campen, durant le siège de 1558. Elle est marquée des deux
» côtés. On voit dans l'un & dans l'autre les armes de la Ville ; le nom est
» au-dessous, avec le millésime & la note de la valeur. On lit au-dessus ces
» deux mots, *Extremum Subsidium*, dernière ressource ; ce qui revient assez
» au nom que l'on donne en Allemagne à ces sortes de Monnoies. On les
» y appelle ordinairement pièces de nécessité. Celles qui furent frappées à
» Mastricht, en 1579, ne sont pas moins curieuses ; mais ce seroit entrer
» dans un détail ennuyeux par les répétitions, que de parcourir ainsi, dans
» un ordre chronologique, ce qui s'est fait depuis ce temps-là en pareilles
» occasions.

» » Il faut passer à la question, savoir, si ces sortes de Monnoies, pour avoir
» un cours légitime, doivent être marquées de la tête ou des armes du Prince
» de qui dépend la Ville assiégée ; si l'une ou l'autre de ces marques peut être
» remplacée par les seules armes de la Ville, ou par celles du Gouverneur
» qui la défend ; enfin s'il est permis à un Gouverneur de se faire représenter
» lui-même sur ces sortes de Monnoies.

» » Ce qui paroît rendre cette question difficile à décider, c'est qu'il n'y a
» aucune Loi à cet égard, pas même de règle établie par le consentement
» des Nations, & par un usage uniforme. Mais aussi ce défaut de Loi &
» d'usage sur le fait des pièces Obsidionales, nous autorise à dire que ce n'est
» qu'improprement qu'on les appelle Monnoies. Elles en tiennent lieu à la
» vérité pendant quelque temps ; mais au fond on ne les doit regarder que
» comme des espèces de méreaux, des gages publics de la foi & des obliga-
» tions contractées par le Gouverneur, ou par les Magistrats, dans des temps

aussi

„ auſſi difficiles que ceux d'un ſiège. Ainſi il paroît fort indifférent de quelle
„ manière elles ſoient marquées, pourvu qu'elles produiſent les avantages
„ que l'on en eſpère.

„ Il faut cependant avouer qu'il ſeroit plus convenable de mettre le nom
„ du Prince ſur ces ſortes de pièces, comme ſur celles qui furent frappées
„ pendant les deux ſièges d'Aire, en 1641 ; l'une par un Gouverneur Eſpa-
„ gnol, l'autre par un Gouverneur François. La première a cette Inſcription;
„ PHIL. IIII. REX PATER PATRIÆ ARIA OBS. 1641. On lit ſur la ſeconde,
„ LUD. XIII. REX PIUS JUSTUS INVICTUS ARIA UNO Aº. BIS OBSESS.
„ 1641.

„ On ne trouve aucune de ces pièces Obſidionales marquées avec la tête
„ d'un ſimple Gouverneur, avant celle du dernier ſiège de Tournai. On dit
„ d'un ſimple Gouverneur; car nous avons des exemples de Princes défen-
„ dant eux-mêmes des Villes qui leur appartenoient, & qui en ont uſé comme
„ ils l'ont jugé à propos. Un Gouverneur particulier pourroit cependant
„ alléguer en ſa faveur le défaut de Loi contraire, le conſentement des Ma-
„ giſtrats, la confiance du Peuple & des Soldats, & par-deſſus tout cela, le
„ déſir naturel d'acquérir de la gloire, ſans préjudicier aux intérêts de ſon
„ Maître.

„ Au reſte, il ne faut pas confondre ce qu'on appelle Monnoies Obſidio-
„ nales avec les Médailles frappées à l'accaſion d'un ſiège & de ſes divers évè-
„ nemens, ou de la priſe d'une Ville.

SECTION VII.

Des Médailles Reſtituées.

On ne ſe propoſe point ici de traiter à fonds la matière des Médailles
Reſtituées, ni de faire connoître chacune en particuler celles que l'on a
découvertes juſqu'ici. C'eſt ce qu'on pourra exécuter dans un Catalogue
général & Hiſtorique de toutes les Médailles Conſulaires & Impériales ;
mais on ne peut ſe diſpenſer de montrer au Lecteur, 1º. ce que l'on entend
par Médailles Reſtituées ; 2º. de combien de ſortes il y en a, & quelle
eſt la différence des unes avec les autres ; 3º. qui ſont ceux qui en ont fait
frapper ; 4º. pour quels Perſonnages on en a frappé ; 5º. enfin quels furent
les motifs qui engagèrent à en frapper. C'eſt ce qu'on va tâcher de montrer,
autant qu'il eſt poſſible, & cela avec préciſion, en forme de Queſtions & de
Réponſes.

PREMIÈRE QUESTION.

Ce qu'on entend par les Médailles Reſtituées.

Avant de répondre à cette queſtion, il eſt à propos d'obſerver que pluſieurs
Auteurs célèbres ont défini différemment ces ſortes de Médailles, ſuivant
les motifs que chacun d'eux a prêtés aux Empereurs qui les ont fait frapper.
M. de la Baſtie, qui croyoit que ces Princes n'avoient eu d'autres vues, en
reſtituant quelqu'unes des Monnoies de leurs Prédéceſſeurs, ſinon de multiplier
l'eſpèce ſous leurs règnes dans l'étendue de l'Empire, a défini ces Médailles
de cette ſorte : „ on appelle Médailles Reſtituées, celles ſur leſquelles, outre
„ le type & la légende qu'elles ont eu dans leur première fabrication, on voit

G

» encore le nom de l'Empereur qui les a fait frapper une seconde fois, suivi » du mot abrégé, *Reſt.* ou entier *Reſtituit.* » En ſuivant l'idée de M. le Beau, il faudra définir autrement ces pièces, & dire que ce ſont des Médailles dont un Prince régnant a employé les types & les légendes pour conſerver la mémoire des Édifices ou Monumens de ſes Prédéceſſeurs qu'il avoit fait réparer, & que c'eſt ce que ſignifie le mot *Reſtituit*, qui ſe trouve à la fin d'une des deux légendes des Médailles Reſtituées. Si on vouloit conſulter le Père Hardouin, on regarderoit ces pièces comme des Monumens par leſquels les Empereurs, qui les ont fait fabriquer, ſe rendent à eux même témoignage, qu'ils ſont les Imitateurs des vertus (& apparemment auſſi des vices & des défauts) de ceux de leurs Prédéceſſeurs, dont ils ont fait graver les noms ſur les Monnoies. Selon cet Auteur, le mot *Reſtituit* ſignifiera ou *Reddidit*, ou *Repreſentavit* ; enſorte que, contre l'uſage, il faudra ne faire qu'une phraſe & qu'un ſens des deux légendes, & les lire de cette manière ; par exemple, *Imperatorem Nervam Cæſarem - Auguſtum Pontificem Maximum Tribunitiæ Poteſtatis Patrem Patriæ* . . *Imperator-Cæſar-Trajanus-Auguſtus-Germanicus-Dacicus Pater Patriæ Reſtituit.* Selon ce ſentiment, on pourra dire que le même Empereur aura été en même-temps bon & mauvais ; car il en aura reſtitué ou repréſenté des uns & des autres. On ſait que cet Antiquaire s'eſt fait gloire de penſer différemment des autres preſque en toutes choſes, & qu'on ne peut le ſuivre dans ſes paradoxes.

Quant aux ſyſtêmes de Meſſieurs de la Baſtie & le Beau, quoiqu'ils ſemblent entiérement oppoſés, ils pourroient cependant ſe concilier en partie, comme nous le verrons dans la ſuite ; mais il faut avouer que les définitions que l'un & l'autre de ces habiles Auteurs ont données des Médailles Reſtituées paroiſſent pécher par un endroit eſſentiel ; c'eſt qu'elles ſont trop bornées, & ne peuvent s'étendre à toutes les eſpèces de Médailles Reſtituées. Celle de M. de la Baſtie ne pourra être entendue que de ces pièces où le *Reſtituit* ſe trouvera dans une des légendes : celle qui conviendroit au ſyſtême de M. le Beau ne pourroit guère s'appliquer qu'à celles des Monnoies Reſtituées, dont un des types préſente un ancien Monument réparé par les Empereurs qui ont fait frapper ces pièces de reſtitution. Selon le premier ſentiment, on ne pourra prêter aux Princes qu'un motif d'intérêt très-médiocre ; ſelon le ſecond, ils n'auront penſé qu'à ſe faire un mérite & une gloire d'être les Réparateurs ou les Reſtituteurs des Monumens érigés par leurs Prédéceſſeurs. Il ne ſera pas poſſible de leur prêter d'autres vues ; cependant ils en ont encore eu quelqu'autres ; ce qui paroît inconteſtable, comme on la verra bientôt.

Qu'il me ſoit donc permis, malgré tout le reſpect que l'on doit aux deux Antiquaires que nous venons de citer, de faire remarquer, qu'en fait de définition pour les Médailles Reſtituées, il en faut trouver une qui convienne à toutes en général, autant qu'il eſt poſſible : il faut, dis-je, une définition qui ne gêne point quand il s'agira de trouver les différens motifs que les Empereurs ont eu en les faiſant frapper ; une définition qu'on puiſſe appliquer à toutes les eſpèces de Médailles Reſtituées, ou du moins qui n'ait rien de contraire à celles que l'on peut donner de chacune. Voici celle que nous propoſons, & que nous ſoumettons au jugement des Savans. Les Médailles Reſtituées ſont des pièces frappées par quelques Empereurs pour renouveller la mémoire de certaines Familles, de certains Princes ou Perſonnages Illuſtres, dont les noms & les actions ſont exprimés par les types & les légendes. Il me ſemble que cette définition eſt aſſez générale pour convenir à toutes les différentes eſpèces de Médailles Reſtituées que nous connoiſſons.

Seconde Question.

Quelles font ces différentes efpèces de Médailles Reftituées ?

Il paroît qu'on peut en compter de trois fortes principales. Premièrement, il y en a qui, dans une des deux légendes, portent le nom de l'Empereur qui les a fait reftituer, & dans l'autre le nom de celui à la mémoire duquel on a confacré ce monument : à la fin de la feconde de ces légendes on trouve le *Reft.* ou *Reftituit.* Ces pièces ont deux types, qui l'un & l'autre font exactement copiés d'après d'autres Médailles plus anciennes. Telles font les Médailles Confulaires & Impériales, que l'Empereur Trajan a renouvellées ou reftituées, & qui portent le mot *Reftituit.* Nous en donnerons deux exemples ; ils fuffiront pour faire entendre ce que l'on vient de dire.

Nous tirerons le premier d'une des Médailles Reftituées de la Famille *Æmilia* : cette pièce repréfente d'un côté la tête de *Vefta* voilée, avec une Couronne derrière, & un Simpule devant ; au revers eft la Bafilique Emilienne, avec cette légende ; *L. Æmilius*, & au bas, *M. Æmilius* &c. Celle du Reftituteur eft, *Imperator Cæfar-Trajanus-Auguftus-Germanicus-Dacicus Pater Patriæ Reftituit*, en mots abrégés ou en lettres initiales, ainfi qu'il fuit ; *Imp. Cæf. Trajan. Ger. Dac. P. P. Reft.* Les deux types de cette Médaille ont été gravés d'après une Médaille de la Famille *Æmilia*, frappée plus d'un fiècle auparavant, & toute la différence qu'on y remarque d'avec la Reftituée dont il s'agit, eft que la légende annonce que c'eft Trajan qui en eft le Reftituteur, c'eft-à-dire, qu'il l'a fait frapper de nouveau d'après la première.

Le fecond exemple eft tiré d'une des Médailles de Jules - Céfar, que le même Trajan a reftituée fur l'or. Sur l'un des côtés eft la tête nue de Céfar, avec cette légende ; *C. Julius-Cæf. Imp. Cos. III* ; c'eft-à-dire, *Caius Julius-Cæfar Imperator Conful tertiùm* ; fur l'autre côté on voit la Statue de la Déeffe *Vénus* debout, à demi nue, avec le bras gauche appuyé fur une petite colonne, ou un cippe, tenant un javelot d'une main & un cafque de l'autre ; il y a un cafque facé comme un mafque à fes pieds. La légende eft comme celle de la Médaille précédente, *Imp. Cæf. Trajan. Aug. Ger. Dac. P. P. Reft.* Ces deux types ont été tirés & copiés de plufieurs Médailles frappées du vivant de Jules-Céfar.

Secondement, il y a des Médailles qui portent le *Reftituit* à la fin de la légende du Reftituteur ; on y a auffi repréfenté la tête & la légende de l'Empereur prédéceffeur, fous le règne, ou aux ordres duquel on les avoit déja frappées une première fois ; mais au lieu de Divinités, de Statues, d'Autels, de Temples, d'Édifices, d'Aigles, & de Monumens, on ne trouve au revers que le *S. C.* (*Senatus Confulto*) fur le champ de ces pièces. Cette marque ou Infcription iroit à faire entendre que ces pièces, qui font de bronze, auroient été frappées par l'ordre du Sénat, à qui étoit dévolu le droit de faire battre la Monnoie de bronze ; droit qui entraînoit & qui renfermoit celui du choix & des types & des légendes ; cependant avec la marque du Sénat, S. C. : ces pièces ont, dans une des deux légendes, le nom de l'Empereur qui les a reftituées ; par exemple, nous avons plufieurs pièces de moyen bronze qui ont d'un côté la tête de Tibère, avec cette légende, *Ti. Cæfar Divi Augufti F. Auguftus :* fur l'autre face, c'eft le S. C., avec cette autre légende qui donne l'Empereur Tite pour le Reftituteur, puifqu'elle porte, *Imp. T. Cæfar Divi Vef. F.*

Aug. Reſt. Ces ſortes de légendes peuvent du moins nous faire conclure que ces Monnoies de Reſtitution ont été frappées de concert entre les Empereurs & le Sénat, & que les deux Puiſſances en ſont également les Reſtitutrices. Voilà donc déja deux ſortes de Médailles Reſtituées ; les unes par les ſeuls Empereurs ſans le Sénat ; les autres par les Empereurs conjointement avec le Sénat : l'on y trouve les types & légendes dont nous avons parlé.

Mais outre ces Médailles, où le ſens du mot, *Reſtituit*, n'eſt point déterminé, & où l'on ne ſait pas bien au juſte s'il tombe ſur la Monnoie même ou ſur ces types, ou ſur les noms des Conſuls & des Empereurs que l'on y a gravés de nouveau, ou enfin ſur la réparation de quelques Monumens que l'on y a repréſentés, outre ces Médailles, dis-je, il y en a d'une troiſième eſpèce ; ce ſont celles qui ne portent point le *Reſtituit*, mais quelqu'autres mots équivalens & ſynonymes, dont le ſens eſt déterminé par le type, qui, avec la légende, font connoître & le Fondateur & le Réparateur d'un Édifice, ou d'un autre Monument, quel qu'il ſoit. Ces Médailles ont ordinairement, d'un côté, la tête, le nom, les qualités ou titres de l'Empereur régnant qui les a fait frapper : de l'autre elles repréſentent le Monument réparé, à peu-près de même qu'il étoit repréſenté ſur les Monnoies de celui par qui, ou pour qui il avoit été érigé.

Par exemple, lorſqu'Antonin-Pie eut réparé le Temple érigé en l'honneur d'Auguſte, & repréſenté ſur les Médailles frappées après ſa mort pour ſon Apothéoſe, il voulut ſe faire honneur de cette réparation, en faiſant repréſenter ce Temple à huit colonnes ſur ſes Médailles, avec cette légende, *Templum Divi Auguſti reſtitutum* ; c'eſt-à-dïre, *le Temple conſacré à Auguſte réparé* ; en ſouſentendant, ſans doute, *par Antonin-Pie*, dont la tête & la légende ſont de l'autre côté de la Médaille.

On peut mettre au nombre de ces ſortes de Médailles celles que Sévère-Alexandre fit frapper pour faire connoître qu'il avoit réparé l'amphithéâtre de Tite. On repréſenta ſur cette pièce, d'un côté l'édifice, avec cette légende, *munificentia Auguſti*, en ſouſentendant apparemment, *Reſtitutum* : ſur l'autre face on voit la tête d'Alexandre, avec la légende qui lui eſt propre.

Les Médailles que Gallien a fait frapper pour renouveller la mémoire de la conſécration de pluſieurs de ſes Prédéceſſeurs, ſont encore des Médailles de Reſtitution de cette troiſième ſorte. Elles repréſentent leurs têtes d'un côté, avec leurs noms dans la légende : de l'autre eſt un Autel, ou une Aigle les ailes éployées, types par leſquels on avoit repréſenté l'Apothéoſe de ces Princes ſur des Monnoies frappées après leur mort, & que Gallien a fait refrapper, ſous ſon règne, avec les mêmes légendes ; *Divo Auguſto*, *Divo Veſpaſiano*, *Divo Tito*, &c. Nérva, Trajan, Hadrien, Antonin-Pie, Marc-Aurele, Commode, Septime-Sévère & Sévère-Alexandre ont reçu le même honneur de Gallien, qui fit revivre leur conſécration, par le double type de l'Aigle & de l'Autel. On a remarqué juſqu'à préſent peu de différence, ſoit dans les types, ſoit dans les légendes de cette ſorte de Reſtitution. Marc-Auréle y eſt nommé ordinairement *Divo Marco*, & quelquefois, *Divo Marco Antonino*. Il eſt rare d'y trouver le *paludamentum* ; mais les Autels, ſans varier dans leur forme toujours quarrée, laiſſent appercevoir pluſieurs diverſités dans leur table tantôt nue ou chargée de flammes, & tantôt ornée du *Lituus*, ou d'autres marques qui pourroient caractèriſer la différence des Sacrifices offerts aux Dieux.

Une Médaille de Trajan, qui du Cabinet de M. de Pontcarré, a paſſée

Seconde Question.

Quelles sont ces différentes espèces de Médailles Restituées ?

Il paroît qu'on peut en compter de trois sortes principales. Premièrement, il y en a qui, dans une des deux légendes, portent le nom de l'Empereur qui les a fait restituer, & dans l'autre le nom de celui à la mémoire duquel on a consacré ce monument : à la fin de la seconde de ces légendes on trouve le *Rest.* ou *Restituit.* Ces pièces ont deux types, qui l'un & l'autre sont exactement copiés d'après d'autres Médailles plus anciennes. Telles sont les Médailles Consulaires & Impériales, que l'Empereur Trajan a renouvellées ou restituées, & qui portent le mot *Restituit.* Nous en donnerons deux exemples ; ils suffiront pour faire entendre ce que l'on vient de dire.

Nous tirerons le premier d'une des Médailles Restituées de la Famille *Æmilia* : cette pièce représente d'un côté la tête de *Vesta* voilée, avec une Couronne derrière, & un Simpule devant ; au revers est la Basilique Emilienne, avec cette légende ; *L. Æmilius*, & au bas, *M. Æmilius* &c. Celle du Restituteur est, *Imperator Cæsar-Trajanus-Augustus-Germanicus-Dacicus Pater Patriæ Restituit*, en mots abrégés ou en lettres initiales, ainsi qu'il suit ; *Imp. Cæs. Trajan. Ger. Dac. P. P. Rest.* Les deux types de cette Médaille ont été gravés d'après une Médaille de la Famille *Æmilia*, frappée plus d'un siècle auparavant, & toute la différence qu'on y remarque d'avec la Restituée dont il s'agit, est que la légende annonce que c'est Trajan qui en est le Restituteur, c'est-à-dire, qu'il l'a fait frapper de nouveau d'après la première.

Le second exemple est tiré d'une des Médailles de Jules - César, que le même Trajan a restituée sur l'or. Sur l'un des côtés est la tête nue de César, avec cette légende ; *C. Julius-Cæs. Imp. Cos. III* ; c'est-à-dire, *Caius Julius-Cæsar Imperator Consul tertiùm* ; sur l'autre côté on voit la Statue de la Déesse *Vénus* debout, à demi nue, avec le bras gauche appuyé sur une petite colonne, ou un cippe, tenant un javelot d'une main & un casque de l'autre ; il y a un casque facé comme un masque à ses pieds. La légende est comme celle de la Médaille précédente, *Imp. Cæs. Trajan. Aug. Ger. Dac. P. P. Rest.* Ces deux types ont été tirés & copiés de plusieurs Médailles frappées du vivant de Jules-César.

Secondement, il y a des Médailles qui portent le *Restituit* à la fin de la légende du Restituteur ; on y a aussi représenté la tête & la légende de l'Empereur prédécesseur, sous le règne, ou aux ordres duquel on les avoit déja frappées une première fois ; mais au lieu de Divinités, de Statues, d'Autels, de Temples, d'Édifices, d'Aigles, & de Monumens, on ne trouve au revers que le S. C. (*Senatus Consulto*) sur le champ de ces pièces. Cette marque ou Inscription iroit à faire entendre que ces pièces, qui sont de bronze, auroient été frappées par l'ordre du Sénat, à qui étoit dévolu le droit de faire battre la Monnoie de bronze ; droit qui entraînoit & qui renfermoit celui du choix & des types & des légendes ; cependant avec la marque du Sénat, S. C. : ces pièces ont, dans une des deux légendes, le nom de l'Empereur qui les a restituées ; par exemple, nous avons plusieurs pièces de moyen bronze qui ont d'un côté la tête de Tibère, avec cette légende, *Ti. Cæsar Divi Augusti F. Augustus* : sur l'autre face, c'est le S. C., avec cette autre légende qui donne l'Empereur Tite pour le Restituteur, puisqu'elle porte, *Imp. T. Cæsar Divi Ves. F.*

Aug. Reſt. Ces ſortes de légendes peuvent du moins nous faire conclure que ces Monnoies de Reſtitution ont été frappées de concert entre les Empereurs & le Sénat, & que les deux Puiſſances en ſont également les Reſtitutrices. Voilà donc déja deux ſortes de Médailles Reſtituées ; les unes par les ſeuls Empereurs ſans le Sénat ; les autres par les Empereurs conjointement avec le Sénat : l'on y trouve les types & légendes dont nous avons parlé.

Mais outre ces Médailles, où le ſens du mot, *Reſtituit*, n'eſt point déterminé, & où l'on ne ſait pas bien au juſte s'il tombe ſur la Monnoie même ou ſur ces types, ou ſur les noms des Conſuls & des Empereurs que l'on y a gravés de nouveau, ou enfin ſur la réparation de quelques Monumens que l'on y a repréſentés, outre ces Médailles, dis-je, il y en a d'une troiſième eſpèce ; ce ſont celles qui ne portent point le *Reſtituit*, mais quelqu'autres mots équivalens & ſynonymes, dont le ſens eſt déterminé par le type, qui, avec la légende, font connoître & le Fondateur & le Réparateur d'un Édifice, ou d'un autre Monument, quel qu'il ſoit. Ces Médailles ont ordinairement, d'un côté, la tête, le nom, les qualités ou titres de l'Empereur régnant qui les a fait frapper : de l'autre elles repréſentent le Monument réparé, à peu-près de même qu'il étoit repréſenté ſur les Monnoies de celui par qui, ou pour qui il avoit été érigé.

Par exemple, lorſqu'Antonin-Pie eut réparé le Temple érigé en l'honneur d'Auguſte, & repréſenté ſur les Médailles frappées après ſa mort pour ſon Apothéoſe, il voulut ſe faire honneur de cette réparation, en faiſant repré-ſenter ce Temple à huit colonnes ſur ſes Médailles, avec cette légende, *Templum Divi Auguſti reſtitutum* ; c'eſt-à-dire, *le Temple conſacré à Auguſte réparé* ; en ſouſentendant, ſans doute, *par Antonin-Pie*, dont la tête & la légende ſont de l'autre côté de la Médaille.

On peut mettre au nombre de ces ſortes de Médailles celles que Sévère-Alexandre fit frapper pour faire connoître qu'il avoit réparé l'amphithéâtre de Tite. On repréſenta ſur cette pièce, d'un côté l'édifice, avec cette légende, *munificentia Auguſti*, en ſouſentendant apparemment, *Reſtitutum* : ſur l'autre face on voit la tête d'Alexandre, avec la légende qui lui eſt propre.

Les Médailles que Gallien a fait frapper pour renouveller la mémoire de la conſécration de pluſieurs de ſes Prédéceſſeurs, ſont encore des Médailles de Reſtitution de cette troiſième ſorte. Elles repréſentent leurs têtes d'un côté, avec leurs noms dans la légende : de l'autre eſt un Autel, ou une Aigle les ailes éployées, types par leſquels on avoit repréſenté l'Apothéoſe de ces Princes ſur des Monnoies frappées après leur mort, & que Gallien a fait refrapper, ſous ſon règne, avec les mêmes légendes ; *Divo Auguſto*, *Divo Veſpaſiano*, *Divo Tito*, &c. Nérva, Trajan, Hadrien, Antonin-Pie, Marc-Aurele, Commode, Septime-Sévère & Sévère-Alexandre ont reçu le même honneur de Gallien, qui fit revivre leur conſécration, par le double type de l'Aigle & de l'Autel. On a remarqué juſqu'à préſent peu de différence, ſoit dans les types, ſoit dans les légendes de cette ſorte de Reſtitution. Marc-Auréle y eſt nommé ordinairement *Divo Marco*, & quelquefois, *Divo Marco Antonino*. Il eſt rare d'y trouver le *paludamentum* ; mais les Autels, ſans varier dans leur forme toujours quarrée, laiſſent appercevoir pluſieurs diverſités dans leur table tantôt nue ou chargée de flammes, & tantôt ornée du *Lituus*, ou d'autres marques qui pourroient caractèriſer la différence des Sacrifices offerts aux Dieux.

Une Médaille de Trajan, qui du Cabinet de M. de Pontcarré, a paſſée dans celui de M. Michelet d'Ennery, peut encore être comptée pour une Médaille de Restitution de la même espèce. Cette pièce singulière, dont il est parlé dans le premier Mémoire de M. le Beau sur les Médailles Restituées, Tome XXIe. des Mémoires de l'Académie des Inscriptions, mérite bien d'être rendue avec plus d'exactitude qu'elle ne l'a été jusqu'à présent. La fabrique, le module & le titre de cette Médaille ont empêché plusieurs Antiquaires d'y reconnoître la tête de Trajan, & les ont déterminés à la donner à Gordien-Pie, avec d'autant plus de vraisemblance que les surnoms de *Pius* & de *Felix* paroissent ne pouvoir convenir au premier de ces Princes ; mais il n'est pas possible d'y méconnoître les traits de Trajan, pour peu qu'on veuille y faire attention. La légende qu'on lit au tour de sa tête, *Imp. Trajano Pio Fel. Aug. P. P.* prouve seulement qu'il faut ranger ce Monument au nombre des Restitutions. Celle du revers, *Via Trajana*, ne diffère de la Médaille ordinaire que par sa position au contour : on voit dans le type une femme couchée, qui tient un fouet de la main droite, le bras gauche étant appuyé sur une roue. Ne peut-on pas donner en effet avec fondement cette Médaille, jusqu'à présent unique, à l'Empereur Gallien, ainsi que toutes les consécrations qu'on lui attribue ? Cette opinion semble s'accorder assez avec la fabrique, le type & le module de ces sortes de pièces. Plus de difficulté dans les titres de *Pius* & de *Felix* que Gallien a pu donner à Trajan dans sa Restitution.

Une autre Médaille trouvée depuis peu en Bretagne, & déposée dans le beau Cabinet de M. Pellerin, vient à l'appui de cette conjecture : elle est de même titre, module & fabrique que les autres Restitutions de Gallien, & présente, d'un côté la tête d'Auguste rayonnée, avec la légende, *Divo Augusto*, & de l'autre la Déesse *Junon* dans un Temple de forme ronde, avec la légende, *Junoni Martiali*. Cette dernière Médaille prouve évidemment que Gallien, dans ses Restitutions, ne s'est pas borné aux seuls types de l'Aigle & de l'Autel ; mais qu'il a pu renouveller celui de la voie Trajane sur celle de Trajan, comme il a fait frapper un type nouveau sur celle d'Auguste.

Il seroit inutile de relever l'erreur de quelques anciens Antiquaires, qui ont cru voir une Restitution dans la Médaille d'argent du Cabinet du Roi, où, au revers de Galba, on lit REST. NUM. qu'ils expliquoient par *Restitutus Nummus*. Ce sentiment solidement réfuté par Séguin, dans *ses Médailles choisies*, a été bientôt proscrit, quoiqu'on ne pût alors donner une explication satisfaisante de ces mots abrégés. Mais M. l'Abbé Barthelemy, par le rétablissement de la véritable légende qui, au lieu de REST. NUM. porte RESTITUT., & les éclaircissemens qu'il a donnés sur ses remarques, au Tome XXVIe des Mémoires de l'Académie des Inscriptions, ne laisse rien à désirer à ce sujet, d'autant que la légende entière, LIBERTAS RESTITUTA, se lit dans une autre Médaille d'argent à fleur de coin, de la riche Collection de M. d'Ennery.

Nous terminerons cette question par une découverte qui nous a paru d'autant plus essentielle, qu'elle contredit formellement l'opinion où l'on a été jusqu'à présent, que Tite, Domitien, Nerva & Trajan étoient les seuls Princes dont nous ayons des Médailles Restituées. Du nombre de celles rassemblées dans la même Collection, il s'en trouve une qu'Hadrien fit frapper, après la mort de Trajan son prédécesseur, & son père adoptif, pour conserver plus particuliérement la mémoire de son Apothéose. Cette pièce, aussi autentique que rare, représente d'un côté la tête de Trajan couronnée de laurier, avec la légende, *Divus Trajanus Pater Augustus*, & au revers, Hadrien lui-même debout près d'un Autel, sur lequel il offre un Sacrifice : on lit au tour, IMP. HADRIAN.

Divi Ner. Traian. Opt. Fil., & dans l'exergue, Rest. ; d'où il faut nécessairement conclure qu'on doit étendre les bornes de la fabrique des Restitutions au-delà du règne de Trajan.

Le Médaillon d'argent, sur lequel le Père Baldini a cru voir la tête d'Auguste, & qu'il a placé par cette raison au nombre des Médailles de ce Prince, dans sa IIIe Édition *Numismatum Præstantiorum de Vaillant*, au lieu de le donner à l'Empereur Hadrien, à qui il appartient certainement, pourroit bien être un autre Monument de la même espèce que celui dont on vient de parler. Au tour de la tête nue d'Hadrien, dont il n'est pas possible de méconnoître les traits, on lit, Imp. Caesar. Augustus. & au revers Hadrianus Aug. Ren., avec une Figure debout tenant deux épics de la main droite, & ayant la gauche enveloppée de sa robe. Ce Savant Antiquaire n'est tombé dans cette erreur, que pour avoir coupé en deux la légende exprimée sur les deux côtés de ce Médaillon, usage répété fréquemment sous les règnes de Trajan & d'Hadrien. Quoi qu'on ne soit pas d'accord sur la signification du dernier mot abrégé ren., on ne peut sans doute l'interpréter avec plus de vraisemblance que par le mot renovavit, qui présente naturellement l'idée d'une Restitution.

Troisième Question.

Qui sont les Empereurs qui ont fait frapper des Médailles de Restitution?

On n'en comptoit que quatre autrefois ; savoir Tite, Domitien, Nerva & Trajan : nous venons de prouver qu'il faut y joindre Hadrien ; & si l'on veut compter parmi les Empereurs Restituteurs ceux qui, sans exprimer entiérement, ou par abrégé, le mot restituit dans leurs légendes, ont cependant fait frapper des Médailles qui peuvent passer pour de vraies Restitutions, il faudra nécessairement y comprendre Antonin-Pie, Sévère-Alexandre, Gallien & plusieurs autres qui nous sont peut-être encore inconnus, & qui ayant fait frapper des Monnoies avec des types seuls, ou avec des types & les noms de leurs Prédécesseurs, sans le mot *Restituit* ni autres équivalens, n'en doivent pas moins être réputés pour Restituteurs de Monnoies, de types, de Monumens & de légendes de leurs prédécesseurs. Le Sénat même pourra prétendre à la même qualité, puisque l'on trouve sur plusieurs pièces de bronze le *Restituit*, avec la formule du S. C., & que le droit de frapper Monnoie sur le bronze lui étoit dévolu. D'où l'on peut conclure que le Sénat a concouru, au moins en différens temps, à la fabrication des Médailles de bronze qu'on appelle Médailles de Restitution.

Quatrième Question.

Qui sont les Personnages pour qui l'on a Restitué des Médailles?

On ne voit des Restitutions de Médailles que pour des Familles Consulaires & pour des Empereurs. Trajan fut le seul Restituteur des premières : elles sont toutes d'argent, du module ordinaire ; on n'en connoît qu'une pour chacune des Familles *Æmilia, Cæcilia, Cassia, Claudia, Cornuficia, Horatia, Junia, Lucretia, Mamilia, Maria, Memmia, Norbana, Numonia, Sulpitia, Titia & Tullia* : on en a trois de la Famille *Rubria*, & deux de la Famille

Valeria

Valeria. Il y en a donc vingt & une en tout des Confulaires : on n'en connoît pas davantage jufqu'à préfent.

On en compte environ cent dix-neuf des Impériales, tant en or qu'en argent & en bronze, fur lefquelles on lit le *Reftituit*, & plufieurs autres, comme nous l'avons dit, où ce mot ne fe trouve point. Les cent dix-neuf où ce mot eft à la fin d'une des légendes, font, cinq de Jules-Céfar, quarante-fix d'Augufte, trois d'Agrippa, trois de Drufus, douze de Tibère, fix de Drufus fon fils, trois de Germanicus, deux d'Agrippine fa mère, treize de Claude, douze de Galba, trois de Néron, deux d'Hadrien pour Augufte non comprifes dans les quarante-fix que l'on a mifes jufqu'ici dans les Catalogues, & celles du même Empereur pour Trajan. Il y a encore une Médaille de Tite pour Julie fa fille, annoncée par le Père Baldini, dans fa nouvelle Édition *des Médailles choifies de Vaillant*; mais quelques habiles Antiquaires la regardent comme fufpecte.

Il y en a peut-être encore des autres Eempereurs ; mais elles nous font inconnues : elles font ou enfevelies dans le fein de la terre, ou cachées dans quelques Cabinets particuliers dont les poffeffeurs ne les ont point annoncées au Public. On ne peut pas non plus affurer que dans le Catalogue de celles que l'on a publiées, il n'y en ait que de véritables & d'autentiques ; car ceux qui ont fait ces Catalogues n'ont pas vu toutes les pièces qu'ils y ont inférées : ils en auroient peut-être même réformé quelqu'unes, s'ils les euffent eu fous les yeux, pour les examiner de près.

CINQUIÈME QUESTION.

Quels furent les motifs des Empereurs Reftituteurs dans la Fabrique des Médailles Reftituées ?

C'eft ici la plus embarraffante des queftions que l'on peut faire au fujet des Médailles Reftituées. Les plus habiles Antiquaires font partagés de fentimens fur cet article, comme on l'a dit dans la réponfe à la Première Queftion. Qu'il me foit permis de hazarder ici quelques réfléxions qui pourroient peut-être faire entrevoir le moyen de les concilier ; en attendant la décifion des Savans, elles ferviront de réponfe à la Queftion propofée.

Premièrement, eft-ce affez de chercher quelles ont été les vues des Empereurs Reftituteurs, dans la fabrication des Médailles où fe trouve le *Reftituit*? N'eft-il pas également utile de favoir quels ont été leurs deffeins, quand ils ont fait frapper les autres Médailles de Reftitution où ce mot ne fe trouve pas.

Secondement, d'où vient la difficulté de décider fur les vues de ces Reftituteurs ? Ne feroit-ce pas de ce qu'on s'eft borné à la chercher dans la fabrication d'une feule efpèce de Médailles Reftituées, qui eft celle où fe trouve le *Reftituit*? Ne feroit-ce pas encore de ce qu'on s'eft décidé à ne vouloir prêter qu'une feule & même vue à tous ces différens Princes, dans la fabrication des Monnoies Reftituées ?

Troifièmement, la difficulté fur cet article ne deviendroit-t-elle pas moins grande, fi, en étendant la curiofité à toutes les efpèces de Médailles Reftituées, & à toutes les efpèces de Reftitutions, on vouloit bien fuppofer différentes vues dans les mêmes Reftituteurs, lorfqu'en différens temps & en différentes circonftances ils ont fait reftituer les Monnoies, ou les types de Monnoies antérieures à leur règne, ou quelques chofes de leurs types & de leurs légendes, fur leurs propres Monnoies ? Peut-être que l'un des Reftituteurs s'eft propofé un objet, & l'autre un autre ; peut-être que le même a eu plusieurs vues tout à la fois, dans la fabrication de ces pièces. L'intérêt & la gloire ont pu concourir ensemble dans les motifs d'un seul.

Quatrièmement, quoi qu'on ne puisse pas pénétrer dans toutes les vues qu'ont eu les Restituteurs, il semble qu'il n'est pas impossible d'entrevoir au moins quelqu'unes de celles qui ont pu les engager à faire frapper de la Monnoie aux coins de quelqu'uns de leurs Prédécesseurs. Ne peut-on pas dire, par exemple, que Gallien, en multipliant la Monnoie dans l'Empire, a été bien aise de renouveller, par leurs types & légendes, la mémoire de la consécration ou de l'Apothéose de quelqu'uns des Empereurs qui avoient occupé le Trône Impérial avant lui ? Par-là, en faisant voir un certain respect pour eux, il en inspiroit pour lui : c'étoit insinuer adroitement qu'il aspiroit comme eux aux honneurs de la Divinité, qu'il marchoit dans la voie pour y parvenir, &c. Ne peut-on pas dire aussi que Trajan sentit un plaisir flatteur, sans déroger à ses intérêts, dans la fabrication des Médailles de Restitution, & sur-tout de celles qu'il fit restituer pour les familles Consulaires ? Le nombre des Monnoies augmentoit ; & c'étoit le bien de l'Empire ; mais en même temps l'Empereur se faisoit aimer de toutes les premières familles de Rome ; ils les flattoit en resti-tuant, sur ses propres Monnoies, les noms, les monumens & les types des Mé-dailles frappées autrefois pour les Emiles, les Métellus, les Marcellus, &c. En renouvellant par-là la mémoire des belles & grandes actions de ces Hommes Illustres, il montroit publiquement qu'il les admiroit encore lui-même, & qu'il se faisoit gloire d'allier son nom avec les leurs sur les mêmes pièces, d'y substituer leurs monumens aux siens, ou de les y faire reparoître rélevés, réparés & embellis par ses soins. Tite, Domitien, Nerva, Hadrien, Antonin-Pie & Sévère-Alexan-dre peuvent avoir eu les mêmes vues, c'est-à-dire de remettre devant les yeux de leurs Sujets les actions, les monumens, les bienfaits, la gloire, ou même la dure-té, la cruauté, les horreurs de leurs Prédécesseurs, pour ranimer leur reconnois-sance envers les premiers (les bienfaiteurs & les bons), & leur haine, leur horreur envers les seconds (les cruéls & les mauvais). Ils trouvoient leur compte dans cette conduite : les bons Empereurs Restituteurs pouvoient avoir en vue de se faire comparer à ceux de leurs Prédécesseurs qui avoient excellé en bonté ; les mauvais vouloient présenter aux yeux de leurs Sujets des monstres, dont les dé-bauches & la cruauté pussent diminuer l'horreur de leurs propres vices. Parmi des Idolâtres c'étoit encore un sujet de louange pour un Empereur Restituteur, de faire voir sur ses Monnoies qu'il avoit les mêmes Dieux, la même Religion, le même Culte que ses Prédécesseurs, qu'il rélevoit les Temples, qu'il redres-soit les Autels qu'ils leur avoient consacrés & qu'il adoptoit les mêmes Divinités, les mêmes Héros, le même culte, les mêmes cérémonies que ceux qui l'avoient dévancé dans le Gouvernement de l'Empire. Il est donc pour ainsi dire im-possible de ne prêter aux Princes Restituteurs des Médailles qu'un seul point de vue, dans l'exécution des Restitutions ; & il paroît beaucoup plus naturel d'admettre des différences dans leurs motifs, suivant les Personnes, les goûts & les temps.

Pour juger sainement de ces différences, il faudroit entrer dans le détail de toutes les Médailles Restituées & examiner par qui, comment, en quels lieux, dans quelles circonstances de temps & d'affaires elles ont été frappées : il faudroit pouvoir pénétrer dans les plus profonds secrets de l'Histoire de ces temps & de ces Princes : on trouveroit sans doute que tantôt l'orgueil & la vanité, tantôt la politique & la complaisance, tantôt l'admiration, la vénération &

la

la reconnoiſſance, tantôt l'émulation & même la jalouſie ont fait naître le
deſſein de reſtituer des Monnoies ou Médailles, dont on ne pouvoit encore
manquer alors, puiſqu'on en a en une ſi grande quantité de nos jours. Voilà à
quoi nous bornerons nos réfléxions ſur la queſtion propoſée, en attendant
de plus grands éclairciſſemens.

EXPLICATION donnée par M. l'Abbé Barthelemy des vingt-quatre premières Médailles de notre Planche XXXV.

N°. 1. Cette Médaille eſt de la Ville d'Abdère, & repréſente d'un côté un
griffon, & de l'autre une aire en creux, diviſée en quatre parties, par deux
lignes qui ſe coupent perpendiculairement ; elle eſt en argent, dans le Cabinet
de M. Pellerin : le même revers paroît avec quelques légères différences ſur
des Médailles d'Acanthus & de Lesbos.

N°. 2. On voit ſur un côté de cette Médaille une tortue, & au revers une
aire en creux, diviſée en cinq parties; elle eſt en argent : on la trouve non
ſeulement au Cabinet du Roi, mais encore dans d'autres Cabinets : elle y eſt
accompagnée de pluſieurs Médailles ſemblables, ſur leſquelles on voit ce mot
ΑΙΓΙ ; ce qui fait croire aux Antiquaires qu'elles ont été frappées dans la Ville
d'Egium, en Achaïe : ils fondent encore leur opinion ſur le type de la tortue
qui paroît de l'autre côté, & qui, ſuivant Heſychius & Pollux, avoit donné
ſon nom à une ſorte de Monnoie en uſage parmi les Habitans du Péloponnèſe.

N°⁵. 3 & 4. Cette Médaille ſingulière repréſente d'un côté une feuille
d'arbre, & au revers une aire en creux, diviſée en huit parties : comme on n'y
voit aucune légende, il eſt aſſez difficile de déterminer le Pays où elle a été
frappée : le ſymbole qui paroît ſur un côté ne donne pas de grandes lumières
à ce ſujet. Cette feuille ne repréſente fidèlement aucune feuille d'arbre connu ;
cependant comme elle a quelque rapport avec celle du Platane, & que quelques
Anciens, comme Strabon, Pline & Denys Périégète, ont comparé le Péloponnèſe à la feuille de cet arbre, on peut conjecturer que la Médaille a été
frappée dans ce Pays : cette conjecture devient très-vraiſemblable quand on
fait attention que la plus grande partie des Médailles avec des empreintes en
creux, ont été frappées en Gréce, & qu'il n'eſt pas plus étonnant de voir les
Habitans du Péleponnèſe mettre ſur leurs Médailles la feuille d'un arbre à
laquelle leur Pays reſſembloit, que de voir les Villes de Sicile repréſenter ſur
les leurs un ſymbole connu des Antiquaires ſous le nom de *Triquetra*, qui
indique la forme, & ſur-tout les trois Promontoires de cette Iſle. Mais quelqu'explication qu'on donne à ce type, il ſuffit pour mon objet que cette
Médaille ſoit très-ancienne, & qu'elle repréſente une aire en creux ; elle eſt
en argent, de la grandeur du moyen bronze, dans le Cabinet de M. de Gravelles, & n'a été gravée que dans la Collection de Geſſner, qui l'attribue auſſi
au Péloponnèſe. Elle a paſſé depuis, avec les autres Médailles de M. de Gravelles, dans le Cabinet de M. Pellerin.

N°. 5. Cette Médaille eſt en argent, dans le Cabinet du Roi, de la grandeur du petit bronze : elle repréſente d'un côté un bœuf avec ce mot ΚΑΑΧ,
c'eſt-à-dire, ΚΑΑΧΗΔΟΝΙΩΝ, & au revers une aire en creux, telle qu'on la voit
dans la gravure, & telle qu'on la trouve auſſi ſur les Médailles de la Ville de
Pylos.

N°⁵. 6 & 7. Médaillon d'argent, du Cabinet du Roi, & de celui de M. de
Gravelles, frappé à Cnoſſus en Crète, ſur lequel on voit d'un côté le Mino-

H

taure, & au revers le labyrinthe. Il faut obferver que fur quantité de Médailles de différentes Villes on voit un taureau à face humaine, que les Antiquaires ont toujours pris pour le Minotaure ; mais Diodore de Sicile & tous les Mythologues, foit Grecs, foit Latins, repréfentent le Minotaure fous la forme d'un homme qui avoit une tête de taureau ; c'eft fous cette forme qu'il paroît fur un tableau découvert dans les ruines d'Herculanum. La Médaille que je publie confirme le témoignage des Anciens, & fert à rectifier un endroit de Spanheim, où il dit qu'on ne trouve jamais fur les Médailles le Minotaure repréfenté comme il l'eft dans les Auteurs : cette Médaille n'avoit jamais été publiée.

N°. 8. Médaillon d'argent de Syracufe, du Cabinet du Roi, repréfentant d'un côté une figure fur un char, avec le nom de Syracufe, & de l'autre une petite tête avec une aire en creux.

N°s. 9 & 10. Médaille de bronze trop commune pour avoir befoin d'explication.

N°s. 11 & 12. Médaillon d'argent, du Cabinet du Roi : d'un côté on voit un homme à cheval tenant de la main droite deux javelots, & au revers, un quarré divifé en quatre parties & enfermé dans un autre quarré, fur lequel eft ce mot ΑΛΕΖΑΝΔΡΟΥ : la forme des lettres, celle du quarré qui eft creux à moitié, & le poids de la Médaille obligent de l'attribuer à Alexandre I. Roi de Macédoine, qui monta, fur le Trône vers l'an 479. avant l'Ère vulgaire ; comme on connoît des Médailles de ce Prince dont les lettres font mieux formées & le travail d'un meilleur goût, on en doit conclure que le Médaillon que j'ai fait graver a été frappé dans les commencemens de fon règne, & que c'eft la plus ancienne Médaille des Rois de Macédoine qui foit venue jufqu'à nous.

N°. 13. Médaille d'argent, de la grandeur du petit bronze, frappée dans la Ville d'Abdère ; elle eft au Cabinet du Roi, & repréfente de l'autre côté un Sphinx.

N°. 14. Petite Médaille de bronze, du Cabinet du Roi, frappée dans la Ville d'Acanthus en Macédoine, repréfentant de l'autre côté une tête cafquée.

N°. 15. Médaillon d'argent de la même Ville, repréfentant d'un côté un quarré divifé en quatre parties qui s'éléve en forme de petite pyramide, & de l'autre un lion dévorant un taureau : il eft du Cabinet du Roi.

N. 16. Médaillon d'argent, du Cabinet de M. Pellerin, repréfentant de l'autre côté la tête d'Appollon.

N°s. 17, 18, 19, 20. Médailles d'argent, du Cabinet du Roi, à l'exception de celle du n°. 18, qui eft du Cabinet de M. Pellerin : ces quatre Médailles repréfentent de l'autre côté un Sphinx : comme elles ont été toutes frappées dans l'Ifle de Chios, elles indiquent les changemens qu'on y a faits aux aires en creux : en effet cette aire paroît informe & affez profonde fur la première ; elle l'eft moins fur la feconde, & s'y trouve chargée de petits traits ; les lignes qui divifent le champ s'élargiffent fur la troifième, & deviennent de grandes bandes fur la quatrième : les noms d'Hippias & d'Héridianus font des noms de Magiftrats : la première & la quatrième font deux Médaillons ; la deuxième & la troifième font de la grandeur du petit bronze.

N°s. 21 & 22. Deux Médaillons d'argent de Dyrrachium, le premier du Cabinet du Roi, le fecond de celui de M. Pellerin : ils repréfentent l'un & l'autre, de l'autre côté, une vache avec un veau.

N°s. 23 & 24. Médaillons d'argent, du Cabinet du Roi, frappés à Caulonia, dans la grande Gréce.

Continuation de l'Explication des Médailles de la planche XXXVe.

Après les Médailles de la première Antiquité, que l'on a fait graver fur la première partie de cette dernière planche, on a placé quatre faces de Médailles *Bractéates*, dont nous ne donnerons point d'autres explications que celles que l'on a vues, dans la Section troisième de cet article, & celles qui font au-deffous de chacune de ces Médailles, dans la planche même, parce qu'elles font par-là fuffifamment connues. Paffons aux douze faces qui font placées fur la troisième partie, & qui la terminent : elles repréfentent des types de Médailles *Contorniates*.

Le premier de ces types, qui eft fous le numero 29, montre la tête d'Homère, comme la légende Grecque, ΩΜΗΡΟΣ nous l'apprend. Il y a une branche de laurier, ou de quelqu'autre arbriffeau devant lui ; c'eft une marque affez ordinaire dans les Contorniates, & la preuve d'une Victoire remportée par quelqu'un dans les Jeux de la Gréce. La tête d'Homère fe préfente, fur cette pièce, comme un fujet d'illuftration, dont le Pays s'eft toujours fait gloire ; c'eft un nouvel hommage qu'il rend au Prince des Poëtes, en couronnant les Vainqueurs dans les Jeux.

Le type qui eft fous le numero 30, par la figure d'un cheval avec fon Conducteur, nous fait connoître la nature de la victoire : c'eft celle qu'on remportoit à la courfe.

Le type qui eft fous le numero 31, repréfente la tête de Sallufte avec la légende *Salluftius Auctor.* Cette tête n'a aucun rapport aux jeux Olympiques, & nous ne la donnons qu'à caufe de la légende, dont il eft queftion dans le Mémoire de M. Mahudel, fur les Médailles Contorniates, dont nous avons donné l'abrégé à la Section quatrième de cet Article.

On reconnoît aifément Néron au numero 32. Le monogramme ℙ, qui eft devant lui, paffe pour la marque des Monnétaires. La légende eft, *Imperator Nero Cæfar Pontifex Maximus.*

Le type du numero 33 s'explique différemment par les plus habiles Antiquaires. Selon les uns, la figure du milieu, qui femble liée à un Palmier, eft celle de Tiridate, Roi d'Arménie ou de Vologèfe fon frère, Roi des Parthes, tous deux vaincus par Corbulon, fous l'Empereur Néron. En ce cas, les deux figures de femmes repréfenteront les deux Arménies pleurantes & gémiffantes fur le trifte fort de leur Souverain. D'autres croient que la figure liée eft un Parthe qui repréfente les otages de la première diftinction, que Corbulon emmena pour garants de la foumiffion des Vaincus ; dans ce cas, ce font encore les deux Arménies qu'on remarque dans un état de défolation. Si la figure garrottée étoit celle d'une femme, au lieu qu'elle eft celle d'un homme, on pourroit croire, avec M. Havercamps, que c'eft celle ou de la Judée vaincue une première fois fous Néron, par Vefpafien fon Général, ou de la Reine Bonduique qui pleure fon fort, après avoir été battue & défaite par un autre Général du même Empereur, fur lequel elle avoit elle-même remporté une victoire fignalée. Le caractère de Néron, auffi cruel que paffionné pour toutes fortes de jeux, pourroit faire prendre le type de cette Contorniate pour la repréfentation de quelques traits de vengeance, qu'il auroit exercé fur quelque Athlète qui lui auroit trop opiniatrément difputé la victoire.

Le type qui eft fous le numero 34 repréfente *Euthymius*, l'un des plus fameux Athlètes dans les Jeux de la Courfe, où l'on s'exercoit à conduire, avec

H ij

autant d'adreſſe que de vîteſſe, un char à quatre chevaux. Comme Néron avoit la folie de vouloir exceller & l'emporter ſouvent dans cette courſe, on penſe que c'eſt lui-même qu'on a repréſenté ſous le nom & la figure d'*Euthy-mius* ; mais il eſt plus probable que c'eſt cet Athlète lui-même, dont quel-qu'uns des Deſcendans aura voulu repréſenter les victoires, pour s'en faire hon-neur. Néron étant mort depuis long-temps, quand on a commencé à frapper des Contorniates, perſonne n'étoit intéreſſé à renouveller la mémoire de ces ſortes d'événemens, dont cet Empereur s'étoit fait gloire. Le perſonnage qui eſt ici ſur le char, eſt accompagné de toutes les marques qui pouvoient caractériſer ſon emploi & ſes ſuccès ; il en porte même pluſieurs : le fouet qu'il tient, dénote un Cocher ; la couronne qu'il a dans la main droite, la palme qu'il porte de la gauche, celles dont la tête de ſes chevaux eſt ornée, tout publie qu'il a remporté le prix de la courſe ; enfin l'étoile, ſymbole d'Apollon, déſigne ce Dieu pour le guide & le Protecteur d'Euthymius.

Au numero 35 eſt le revers d'une Médaille qui, à la face, repréſente la tête d'Alexandre : comme les Médailles Contorniates ſont des pièces de fan-taiſie, dont les types ont été imaginés ſuivant le goût des Particuliers, il ne faut pas s'étonner que dans des temps déja fort poſtérieurs au règne d'Alexandre, on ſe ſoit fait un honneur de faire revivre ſon nom, ou celui de quelqu'autres Grands Hommes, d'un côté de ces pièces. Il ſe peut même que, pour flatter la vanité d'une famille, on ait fait graver la tête d'Alexandre le Grand, Roi de Macédoine, ſur la première face de cette Contorniate. On vouloit comparer à ce Prince le Perſonnage de cette famille, qui avoit remporté le prix ſoit à la courſe, ſoit à quelqu'autre exercice, où il avoit fallu manier adroitement & domter un cheval fougueux : l'on vouloit ſans doute faire entendre, par l'aſſem-blage des deux types, que comme Alexandre s'étoit glorifié devant Epheſtion & Parménion ſes favoris, d'avoir domté le fameux Bucéphale, de même le Vainqueur, pour qui on frappoit la pièce, pouvoit ſe glorifier d'avoir ſu réduire & manier à ſon gré, dans l'aſſemblée des jeux, un cheval qui paſſoit pour indomtable. Le type dont il s'agit ici fait voir un homme aſſis, derrière lequel il y en a un debout, & un autre devant qui tient un cheval d'une main & une haſte de l'autre. Celui qui tient le cheval peut paſſer pour le Vainqueur, qui demande le prix de ſa victoire à celui qui eſt aſſis, & qui préſidoit aux jeux. Qu'on ait eu en vue de repréſenter celui qui donnoit & celui qui deman-doit le prix, ou la prétendue victoire d'Alexandre ſur le Bucephale, comme quelqu'uns le croient, ou celle de Philippe le fils, ſur un autre cheval auſſi difficile à manier, en préſence de ſon père Philippe, & de ſa mère Olympiade, comme le penſent quelqu'autres ; peu importe : c'eſt toujours un Vainqueur qui demande ou la palme promiſe à de pareilles victoires, ou l'approbation & les éloges qu'il croit avoir mérités par ſon adreſſe & ſa force.

Le type qui eſt ſous le numero 36 repréſente le grand Cirque, avec quel-qu'uns des exercices que l'on y faiſoit ; tels que les combats contre les lions ou d'autres animaux féroces, la courſe à cheval ou ſur des chars attelés de pluſieurs chevaux. On a encore vu ailleurs le même Cirque repréſenté, avec quelques petites différences, ſur d'autres Médailles, comme à la planche XXXIe. n. 24. Voyez le Cirque repréſenté en grand à la planche XXXe.

Les deux types qui ſont ſous les numeros 37 & 38 repréſentent deux chevaux, ſur leſquels certains Athlètes avoient remporté le prix de la Courſe. Leurs Cavaliers ou Conducteurs leur avoient donné, à l'un le nom de Toxxotes, & à l'autre celui d'Amor, ſoit par rapport à quelques bonnes qualités qu'ils leurs connoissoient, soit à cause de l'attachement qu'ils leur portoient. Ces chevaux ont certaines marques propres à les faire reconnoître : on a fait graver une palme devant eux, pour montrer que c'est à leur célérité & à leur docilité que leurs Conducteurs avoient été redevables de la victoire qu'ils avoient remportée dans les jeux du Cirque. Il n'est pas étonnant que dans cette haute Antiquité on ait fait représenter des chevaux victorieux à la course, sur les Médailles, puisqu'aujourd'hui on fait encore peindre & représenter ceux des chiens de chasse qui se sont distingués, soit en forçant quelques cerfs, soit en arrêtant quelques sangliers, &c.

CHAPITRE IV.

De l'Antiquité des Médailles.

CE Chapitre n'aura qu'un seul Article, qui sera aussi sans aucune subdivision en Sections. On se propose d'y faire voir à quelles époques l'on doit rapporter la fabrique des Monnoies ou Médailles des différens métaux.

ARTICLE UNIQUE.

Epoque de la Fabrique des Monnoies & Médailles des différens Métaux.

Il y a eu des Auteurs qui ont prétendu que Tubalcaïn avoit été l'Inventeur de la Monnoie. Ils se fondoient sur ces paroles de la Genèse Chapitre IVe. ỹ. 22. *Il fut habile* (Tubalcaïn) *en toute sorte d'ouvrages d'airain* & *de fer, qui se travaillent au marteau.* Mais on soutient que ce passage de l'Écriture ne doit s'entendre que des socs de charrue, & des outils & instrumens nécessaires au labourage & au ménage.

D'autres ont cru que le Patriarche Abraham acheta des enfans de Heth le droit de sépulture pour sa femme, avec de l'argent marqué, ou de la Monnoie; mais Dom Calmet, & plusieurs autres Commentateurs de l'Écriture Sainte, remarquent que les noms de Sicle ou de Monnoie, dont il est parlé dans le Traité d'Abraham avec ceux de Heth, ne signifient, dans le texte original, qu'un certain poids d'argent, & qu'au lieu des termes de *Pécune*, ou *Pecunia*, ou de *Monnoie légitime, approuvée*, *Moneta probata* que l'on trouve dans nos versions, il y a dans l'Hébreu, de l'*argent pésé*, *de bon alloi*, & *de juste poids*.

Quoi qu'en puissent dire ceux qui font remonter leurs suites de Médailles jusqu'à Adam, il est constant qu'on ne connoît point de pièces antiques, dont la fabrique soit antérieure de neuf cens ans avant l'Ère Chrétienne. Je dis neuf cens ans, & cela en supposant que les deux Médailles dont on va parler, auroient été frappées du vivant de ceux dont elles portent les noms.

La première de ces Médailles, que certains Auteurs donnent pour la plus ancienne de toutes, est celle de Phidon, que l'on fait Roi d'Argos huit cens quatre-vingt quinze ans avant Jesus-Christ, & cent quarante-deux ans avant la fondation de Rome ; mais les Connoisseurs, qui ont examiné cette pièce publiée dans le trésor de Brandebourg par le fameux Antiquaire qui en est l'Auteur, prétendent qu'elle a été fabriquée bien postérieurement à Phidon, que l'on dit néanmoins avoir été l'Inventeur des poids, des mesures & des Monnoies dans la Gréce. Ils croient que les lettres, dont la légende de cette pièce est composée, font trop arrondies pour être d'une si haute Antiquité; que d'ailleurs cette légende est gravée de droite à gauche, contre l'usage du temps; ce qui n'a même commencé à être pratiqué que longtemps après Phidon. Cette Médaille, au reste, représente, d'un côté un bouclier Béotien sans légende, & de l'autre un vase à deux anses, avec une grappe de raisin au-dessous : la légende, *Phido*, est gravée à rebours, c'est-à-dire, de droite à gauche, & en lettres Grecques, ΩΔΙΦ. Cette pièce est à la planche Iᵉ. numero 21. Le Graveur a changé la légende, en posant les lettres de gauche à droite, ΦΙΔΩ, au lieu de ΩΔΙΦ.

Le Père Hardouin en a donné une autre, dans les Mémoires de Trévoux, au mois d'Août 1727. page 1444. On la suppose frappée pour Démonax le Mantinéen, Régent du Royaume de Cyrène, pendant la minorité de Battus IV.; il vivoit du temps de Cyrus, sur la fin du second siècle de Rome. Cette pièce est d'or, & d'un module fort petit. Elle représente d'un côté un homme debout, avec la tête ceinte d'un diadême : cette tête est outre cela rayonnée, & porte une corne de bélier sur l'oreille, ce que le Graveur a oublié de copier. la figure soutient sur sa main droite une petite Victoire, & tient de la gauche une haste ou une pique, si ce n'est un sceptre oblong : elle a un mouton à ses pieds. On lit sur le champ de la pièce ΔΑΙΜΟΝΑΚΤΟΣ qui est le nom de Démonax au génitif Grec. Le Graveur a encore ici manqué une lettre en rendant ΔΑΜΟΝΑΚΤΟΣ pour ΔΑΙΜΟΝΑΚΤΟΣ. Au revers il y a un char à quatre chevaux; la figure qui est sur le char paroît être une Victoire avec des ailes, conduisant les chevaux : au-dessus du char on lit ΚΙΡΑΝΑΙΟΝ ; ce qui signifie que cette Médaille fut frappée par ceux de Cyrène, en l'honneur de Démonax. Il ne s'agit que de savoir si elle a été frappée de son temps; c'est ce que l'on ne peut assurer. La pièce est au numero 23 de la planche Iᵉ.

Avant que l'on eut découvert cette pièce, on n'en connoissoit point de plus ancienne que celle d'Amyntas III. Roi de Macédoine, bisayeul d'Alexandre le Grand : elle peut avoir été frappée vers l'an 370 avant l'Ère Chrétienne.

Il a encore paru depuis peu quelqu'autres Médailles Grecques d'argent, & qui, si elles étoient vraies, feroient remonter l'époque de la fabrique des Médailles bien plus haut que celle des deux pièces de Phidon & de Démonax, dont on vient de parler. Ces Médailles, ou plutôt, ces petits Médaillons font au nombre de cinq ou six; mais nous nous contenterons de parler d'un seul; & ce que nous en dirons suffira pour les faire connoître tous, & décider du peu de cas que l'on doit en faire.

Sur une des faces de celui dont il s'agit, on voit la tête d'un jeune homme couronnée de diadême : la légende est ΠΙΡΡΑΣ ΕΠΙΡ. ΜΕΤ. Ρ. On rend ici lettres pour lettres, avec les fautes ou omissions affectées, pour couvrir la fraude. Le type du revers semble représenter l'Oracle de Dodone ; c'est une espèce de Chaudron renversé, sur lequel il y a une figure de femme couverte d'une robe qui lui descend jusqu'aux talons, avec une ceinture : elle a les bras étendus & un peu penchés vers la terre : devant elle est une autre femme aussi debout, qui, tenant les mains jointes en état de Suppliante, semble lui demander quelque grace. La légende est ΔΟΔΟΝΕ ΤΕΣΠΡΟΤ. ΧΑ. Dans l'exergue il y a ΠΙΡΡΙΔΕΣ.

Il paroît que l'on a voulu représenter, sur cette pièce, le Roi Molosses d'un côté; ce Roi qui donna son nom aux Molossides, Peuple d'une Province qui

devint

devint la principale du Royaume d'Epire. Il régna immédiatement après Pyrrhus, selon quelques Auteurs, & seulement après Helenus successeur immédiat de Pyrrhus, selon d'autres. Or ce Pyrrhus occupa le Trône d'Epire plus de douze cens cinquante ans avant la naissance de Notre Seigneur Jesus-Christ. L'Oracle qui est représenté au revers de la pièce, semble être celui de Jupiter surnommé le Dodonéen, parce qu'il étoit particuliérement adoré de ceux de Dodone, Capitale de la Molosside, où il avoit un Temple.

S'il étoit donc possible de faire remonter la fabrique de ce petit Médaillon jusqu'au règne de Molosses, il se trouveroit de beaucoup antérieur à celle des Médailles de Phidon & Démonax, quand même elles auroient été fabriquée de leur vivant ; mais malheureusement ces pièces sont d'un coin très-moderne. La forme des lettres, les abrégés ou les omissions affectées dans les légendes, les imperfections de la gravure dans les types & les légendes, tout annonce la fraude du Fabricateur, que l'on connoît d'ailleurs.

Il faut donc revenir aux Médailles d'Amyntas III., Roi de Macédoine, pour trouver une époque certaine de la fabrique des premières Médailles. Aussi les Antiquaires les ont ils toujours placées dans leur Cabinet, à la tête de leurs suites. Quand même on supposeroit, pour un moment, que celle de Démonax auroit été frappée de son vivant, vers la fin du second siècle de Rome, comment pouvoir commencer une Collection par cette pièce, l'unique que l'on ait vu jusqu'à présent, suspecte d'ailleurs, par cela seul qu'elle laisseroit entre elle & celles d'Amyntas une interruption, & un vuide de près de deux cens ans, pendant lesquels il faudroit qu'on eût cessé d'en frapper, puisqu'on n'en trouve aucune dans cet intervalle ?

Voilà donc jusqu'où l'on peut faire remonter avec assurance l'époque des premières Médailles Grecques, les plus anciennes de toutes, c'est-à-dire jusqu'au règne d'Amyntas III., Ayeul de Philippe II., Père d'Alexandre le Grand ; à moins qu'on ne l'étende jusqu'à Alexandre I. avec M. l'Abbé Barthelemy : ce Savant Antiquaire attribue à ce Prince, l'un des prédécesseurs d'Amyntas III. une Médaille que nous avons décrite & expliquée d'après lui, à la fin du Chapitre précédent, page 58 : cette Médaille se trouve aux numeros 11 & 12 de la Planche XXXVe. Si cette pièce est véritablement d'Alexandre I., comme on n'en peut douter après son jugement, & si elle a été frappée du vivant de ce Roi, comme on peut le croire en jettant un coup d'œil sur la fabrique, il faudra faire remonter l'époque des premières Monnoies vers l'an 479, ou quelques années postérieures seulement avant l'Ère Chrétienne. Voyons à présent jusqu'où l'on peut faire monter l'époque des Médailles Latines.

On a déja remarqué que les Romains s'étoient servi de cuir & d'autres matières viles pour leur tenir lieu de Monnoies. Numa Pompilius, leur second Roi, introduisit l'usage du bronze : il se prenoit au poids, en échange des marchandises, dans le temps de son règne, & même sous celui de Tullus Hostilius, d'Ancus Marcius, & de Tarquin l'ancien. Servius Tullius fut le premier qui fit imprimer certaines marques sur les pièces de bronze, dont il fixa aussi le prix ou la valeur, pour en faire une Monnoie courante, & plus propre au commerce.

Ces pièces de bronze furent divisées en *As*, en *Triens*, en *Quadrans*, en *Sextans*. L'*As* pesa d'abord une livre, qui étoit alors de douze onces. Après la première guerre Punique il fut réduit à la sixième partie, c'est-à-dire, à deux onces, en conservant toujours la même valeur. Du temps d'Annibal, il fut réduit à une once : la loi *Papiria* lui ôta encore bientôt la moitié de ce poids, sans rien diminuer de son prix extrinséque. Les divisions de l'*As* essuyèrent à proportion les mêmes diminutions.

L'*As* réduit à deux onces, s'appella *As Sextantarius* ou *Sextantilis*. Le *Semis*, ou le demi-*As* fut d'abord de six onces : le *Triens* ou le tiers d'*As*, de quatre onces : le *Quadrans*, ou le quart de l'*As* de trois onces, & le *Sextans*, ou le sixième de l'*As*, de deux onces. On peut juger combien étoient petites les dernières divisions, lorsqu'on en eut diminué le poids à proportion de l'*As* réduit à une demi-once. On trouvera à la planche II. plusieurs sortes d'*As*, avec nombre de divisions, depuis le numero 1 jusqu'au numero 18 inclusivement.

D'abord au numero 1. c'est un *Quadrussis*, du poids de quatre de nos livres ; il porte des deux côtés la figure d'un bœuf.

Aux numeros 2 & 3, c'est un *As* réduit à l'once, ce qui est marqué par **I**. ou par un point (o), comme au numero suivant.

Au numero 4, c'est l'*As* réduit à la demi-once, & en conséquence marqué d'un point (o), pour montrer qu'il a toujours la même valeur d'un *As*.

Aux numeros 5 6 & 8, ce sont des *Demi-As* ou *Semissis* de différens poids, réduits & mis en proportion avec l'*As*, dont ces *Semissis* firent toujours la moitié en valeur, tant intrinséque qu'extrinséque : une S. en est la marque.

Aux numeros 7 & 9, ce sont des *Triens* ou tiers d'*As*, de deux différens poids, selon les réductions qu'on en avoit faites suivant les circonstances du temps : leur marque sont quatre points (o o o o).

Aux numeros 10 & 11, ce sont deux *Quadrans* ou quarts d'*As*, de différens poids, & de divers temps : trois points (o o o) en font la marque.

Aux numeros 12 & 13, ce sont des pièces de cinq onces appellées *Quinquonces*, à cause de leurs poids & valeur ; elles sont marquées de cinq points (o o o o o).

Aux numeros 14 & 15, ce sont des *Sextans*, qui font la sixième partie de l'*As*, suivant deux différentes réductions : ils sont marqués de deux points (o o).

Aux numeros 16, 17 & 18, ce sont trois pièces qui font trois divisions différentes de l'*As* : elles sont sans aucune marque qui en détermine la valeur.

Voici ce qui est représenté sur ces pièces. Au numero 1. on voit un bœuf ; au 2ᵉ. c'est Janus Bifrons, ou à deux faces ; au 3ᵉ. c'est la proue d'un vaisseau ; aux 4ᵉ. 7ᵉ. & 9ᵉ. c'est la tête de Minerve, & encore la proue d'un vaisseau ; aux 6ᵉ. & 8ᵉ. c'est la tête de Jupiter, avec une proue de vaisseau aux revers ; aux 5ᵉ. & 18ᵉ. c'est la tête d'Apollon, à la face, & Jupiter en quadrige sur le premier revers, & un cheval bondissant sur le second ; aux 10ᵉ. & 15ᵉ. c'est la tête de Hercule d'un côté, & la proue d'un vaisseau de l'autre ; au 11ᵉ. c'est la tête de Junon *Sospita*, & au revers un taureau bondissant & un épic ; aux 12ᵉ. & 14ᵉ. c'est la tête de Mercure sur une face, & une proue sur l'autre ; aux 13ᵉ & 17ᵉ. c'est la tête de Rome d'un côté, un cheval sur un des revers, & un Cavalier sur l'autre ; au 16ᵉ c'est la tête de Flore couronnée de tours, & au revers c'est un de ces Cavaliers appellés *Desultores*, qui dans les Jeux publics sautoient adroitement & s'élançoient d'un cheval sur un autre. Les trois autres Médailles, qui sont sous les numeros 19. 20. 21. & 22. sont expliquées ailleurs.

Pour ce qui regarde les Monnoies d'argent Latines, on a cru jusqu'ici que l'on avoit fabriqué les premières sous le Consulat de Q. Ogulnius & de C. Fabius, l'an de Rome 485. Ce ne fut que soixante-deux ans après,

savoir

favoir en 547, fous les Confuls C. Claudius Nero, & M. Livius Salinator, que l'on commença d'en frapper en or. Telle eft l'opinion la plus commune fur ces deux fortes de Monnoies.

Néanmoins M. Chifflet, connu pour un homme fort verfé dans la Science des Médailles, a prétendu faire remonter beaucoup plus haut la fabrique des premières Monnoies fur les trois métaux. Il fonde fon fentiment fur plufieurs raifons. Premiérement, par rapport au bronze, il dit que Pline lui-même a reconnu que la marque des Monnoies de ce métal a précédé l'ufage des anneaux, qu'il affure avoir été établi avant le règne de Numa Pompilius. A l'égard de la Monnoie d'or & d'argent, il foutient qu'il eût été, finon impoffible, du moins très-difficile aux Romains de s'en paffer pendant des fiècles entiers, après que leur commerce eût été lié & bien établi avec les Peuples étrangers, & nommément avec les Grecs. Il ajoute que les Romains s'en fervirent en effet dès les premiers temps de la République ; il en donne pour preuve quelques traits de l'Hiftoire, comme celui de la jeune *Tarpeïa*, qui livra le Capitole aux Sabins, pour prix d'une fomme payable en Monnoie d'or, & celui de la Sibylle, qui demanda à Tarquin l'ancien trois cens Philippiques, pour deux exemplaires des livres Sibyllins. Ces Philippiques étoient des pièces d'or frappées en Macédoine, fous le règne de Philippe. M. Chifflet cite encore plufieurs exemples, qui iroient à prouver que les Romains fe font fervi de Monnoies d'or & d'argent, au moins étrangères, pendant le règne de leurs premiers Rois. Il dit de plus que le Roi Servius-Tullius fit fabriquer & marquer de la Monnoie d'argent pour l'ufage de la Ville, & il s'appuie fur le témoignage de Varron. Enfin il affure qu'il a vu une pièce d'argent de T. Minucius Augurinus, qu'il croit être celui qu'on éleva au Confulat avec Lucius Pofthumius, l'an 448 de Rome, trente fept ans avant le Confulat d'Ogulnius & de Fabius.

A ces preuves on pourroit ajouter que fur la fin du troifième fiècle de Rome, le Sénat fit la fameufe députation des Decem-virs, qu'elle envoya en Gréce, afin d'y apprendre & recueillir les loix les plus fages & les plus utiles pour en former les douze tables, qui devinrent la bafe du droit Romain. Or eft-il croyable que ces Députés aient borné leur attention à rechercher ces loix, & qu'ils aient fermé les yeux fur l'ufage de la Monnoie d'or & d'argent, qui étoit établi depuis quelque temps chez les Grecs ? Un Peuple auffi fage, auffi attentif, auffi vigilant & auffi dévoué pour le bien public que l'étoit alors celui de Rome, auroit-il continué à négliger, pendant l'efpace de plus d'un fiècle après cette députation, l'agrément, la commodité, la gloire & le profit qui réfultent dans un État du droit de frapper Monnoie à un coin qui lui foit propre ?

Voilà ce qu'on peut oppofer au fentiment qui fixe l'époque de la fabrique des Monnoies d'argent au temps du Confulat d'Ogulnius, & celles d'or foixante-deux ans plus tard ; mais il faut avouer que ces raifonnemens, quoique fpécieux, ne font pas fans réplique. On peut répondre fommairement à M. Chifflet, 1°. que la Médaille d'Augurinus, qu'il a pu voir, eft peut-être antique & autentique, fans qu'il foit certain qu'elle ait été frappée de fon vivant ; les exemples de ces fortes de pièces, frappées après la mort de ceux à l'honneur de qui on les a fait graver, ne font pas rares parmi les Confulaires. 2°. N'eft-il pas furprenant que jufqu'ici on n'ait encore trouvé aucune autre pièce de Monnoie que celle d'Augurinus, pour appuyer le fentiment qui fait remonter jufqu'à lui, & même plus haut, l'époque des Monnoies d'or

I

& d'argent ? 3°. Les autorités que M. Chifflet appelle à son secours sont-elles suffisantes pour contrebalancer celles qui appuient le sentiment opposé, le plus suivi sur l'antiquité des Médailles ? Il est aisé de voir que ces autorités, si elles étoient bien discutées, prouveroient tout le contraire de ce qu'il a cru pouvoir en inférer. 4°. Enfin, en convenant que les Romains ont pu sentir toute l'utilité qu'il en revient à une République & à un État, d'user du droit de frapper Monnoie, s'ensuit-il de-là qu'ils aient pu ou voulu changer encore sitôt l'ancien usage où ils étoient de se servir du bronze par voie d'échange, & au poids, dans le commerce ? Rien n'empêchoit peut-être qu'en attendant que la République fût en état, on jugeât à propos d'user du droit de frapper Monnoie, on n'y donnât un libre cours aux Monnoies étrangères qui tenoient suffisamment lieu de toute autre, pendant un certain temps.

Il paroît donc qu'il faut s'en tenir au sentiment le plus unanime sur la fabrique des Médailles Latines, c'est-à-dire qu'il n'y en eut point d'argent, dans la République, avant l'an 485, & point d'or plutôt qu'en 547 de la Fondation de Rome. Celles qu'on montre aujourd'hui, & qui portent les noms de Valerius Publicola & de Marcius Coriolanus, sont de coins modernes, & ont été frappées de nos jours par des faux Monnétaires, pour tromper les jeunes Curieux. Afin de faire connoître ces pièces, & de mettre ceux qui veulent former des Cabinets à l'abri de la surprise & de la fraude, on donne ces deux Médailles à la planche IIe. numeros 19 & 20.

Les Médailles d'or & d'argent que l'on frappa dans la République, & ensuite dans tout l'Empire, furent de trois modules. Il y eut des Médaillons de différentes grandeurs de l'un & de l'autre métal. En argent il y eut des pièces qu'on appella des *Deniers*, & des *Quinaires* : elles étoient beaucoup plus petites. On imita pour l'or les modules des *Deniers* & des *Quinaires*, & l'on frappa dans la suite des temps des pièces de ces deux métaux, & même de bronze, d'un module encore beaucoup plus petit que celui des *Quinaires*. On trouve à peu près tous les différens modules des Médailles d'or, d'argent & de bronze à la planche Ire., dont voici l'explication.

N°. 1. Grand Médaillon d'or, du Cabinet du Roi de France, représentant l'Empereur Justinien.

N°. 2. Autre Médaillon d'or, du même Cabinet, représentant l'Empereur Tetricus : il n'a point de revers. Il y a des Médaillons d'argent & de bronze aussi grands ; il y en a même de plus grands, & de plus petits.

N°. 3. Tête d'Auguste, au revers de Vitulus Voconius ; Médaille d'or du module ordinaire : elle est aussi en argent ; c'est un Denier ordinaire.

N°. 4. Denier ordinaire avec sa marque * on voit au-dessus de la tête de Rome : au revers, Bacchus entre Junon & Minerve. Cette Médaille est aussi en or ; c'est encore ici le module ordinaire du poids de quarante à la livre.

N°s. 5. 6. 7. & 8. Différentes divisions des pièces d'or & même d'argent : la cinquième représente la tête de Rome & les Dioscures au revers : la sixième & la septième portent chacune une tête qui semble être celle de Mars, & la huitième une aigle.

N°s. 9. 10. & 11. Sont les modules ordinaires du grand bronze : Le n°. 9. représente les têtes d'Antoine & de Cléopatre d'un côté, & Bacchus de l'autre, debout sur le vase ou pannier sacré, *Cista sacra*, d'où sortent des serpens. Le n°. 10 présente les têtes de Jules-César & d'Auguste ; le n°. 11 celle d'Auguste, & le S. C. au revers. Les Médailles qui sont un peu plus grandes & plus épaisses que celles-ci, & qui ont environ une demie ligne d'épaisseur, sont des Médaillons.

Nᵒˢ. 12. & 13. sont les modules ordinaires du moyen bronze : la tête d'Auguste est à la face de ces deux Médailles, le S. C. ou revers de la première, & le simpule, instrument propre aux sacrifices, au revers de la seconde. Ce moyen bronze, du haut Empire, passe pour grand bronze dans le bas Empire : le module du grand bronze, dans le haut Empire, est le module le plus ordinaire des Médaillons après les Posthumes.

Nᵒˢ. 14. & 15. sont les deniers d'argent, du module ordinaire : ils représentent, à la face, Junon Monnétaire : l'une a la Victoire en quadrige au revers, & l'autre a Diane avec ses deux torches allumées, sur un char attelé de deux cerfs.

Nᵒ. 16. est un Quinaire représentant Jupiter d'un côté, & la Victoire couronnant un Trophée de l'autre.

Nᵒ. 17. est un Sesterce marqué H S., faisant la quatrième partie du Denier : Rome est à la face, & les Dioscures sont au revers.

Nᵒ. 18. est une pièce valant un peu moins que le Denier : la tête de Jupiter est d'un côté, & une aigle posée sur la foudre de l'autre.

Nᵒ. 19. Quinaire avec la tête d'Antoine d'un côté, & de l'autre une Proue de Vaisseau avec le Triquetra ou les trois cuisses, symboles de la Sicile ou de ses trois promontoires.

Nᵒ. 20. Autre pièce de Monnoie d'argent, de la valeur du Quinaire : elle représente Minerve, & une Proue de Vaisseau.

Les autres sont expliquées dans le corps de l'Ouvrage : nous y apprendrons aussi à connoître mieux les types, que nous n'indiquons ici que superficiellement, & en passant.

CHAPITRE V.

Dans lequel on commence à traiter de ce qui regarde les Types des Médailles.

ON a déja remarqué que les Médailles ont deux côtés, dont l'un s'appelle la *face*, & l'autre le *revers*. Sur chacun de ces côtés sont ordinairement gravés un *Type* & une légende. Je dis ordinairement, parce que l'on trouve, comme on l'a déja vu plus haut, quelques Médailles, dont les unes manquent de type, & les autres de légende de l'un des deux côtés : il y en a même qui ont plusieurs légendes sans Types, ou avec un seul Type.

Les Types doivent être considérés comme faisant le corps de la Médaille ; les légendes en sont l'ame & la langue : ce sont elles qui nous apprennent ce que les Types signifient ; sans elles ils demeureroient souvent muets.

Il y a néanmoins des Types qui n'ont pas besoin de ce secours pour se faire connoître ; il est même fort à propos d'acquérir une telle connoissance de ces Types, qu'on puisse les expliquer, soit lorsque les légendes manquent tout-à-fait, soit lorsqu'elles sont frustes & difficiles à lire, soit enfin lorsqu'elles ne sont composées que de lettres initiales, dont il faut aussi avoir la clef. Dans ces deux derniers cas, les Types & les légendes se prêtent un secours mutuel, & de la connoissance de l'un on parvient à celle de l'autre.

Puisque les Types & les légendes forment ce qu'il y a de plus essentiel dans les Médailles, il faut néceſſairement donner une certaine étendue à ces deux objets, afin d'apprendre à les bien connoître. Pour entrer dans ce détail, nous commencerons par les Types : cette matière eſt aſſez vaſte, pour nous conduire juſqu'au Chapitre XIIe., qui commencera à traiter ce qui regarde les légendes.

Les Types repréſentent beaucoup de ſujets, preſque tous fort intéreſſans, & dignes de la plus noble curioſité. Tantôt ce ſont des Divinités avec leurs habillemens, attributs, ſymboles, Temples, Autels, Sacrifices, Fêtes, & généralement tout ce qui a rapport au Culte & à la Religion des Anciens : tantôt ce ſont des Rois, des Conſuls, des Empereurs, des Princes, des Héros, des Fondateurs, des Légiſlateurs, des Reines, des Impératrices, des Hommes & des Femmes Illuſtres par leur naiſſance, leur rang, leurs mérites, ou les grands événemens auxquels ces Perſonnages ont eu part. On remarque dans les Types juſqu'à leurs habits, les différentes marques de leurs dignités & emplois, leurs coëffures, &c. Ici l'on voit le Ciel avec ſes ſignes, ſes Étoiles, ſes Planetes ; là c'eſt la Terre avec ſes Parties, ſes Empires, ſes Royaumes, ſes Provinces, ſes Villes, ſes édifices, ſes eaux, ſes plantes, ſes animaux, &c. Le temps & les ſaiſons paroiſſent auſſi dans quelqu'uns de ces Types ; dans d'autres ce ſont des batailles de terre & de mer, des victoires, des trophées, des triomphes, & tout ce qui regarde le Militaire. Les jeux, les courſes, les ſpectacles & les chaſſes y ſont repréſentés. Les alliances, les confédérations, les bienfaits, les récompenſes, les punitions mêmes & les diſgraces y ſont dépeints. A peine pourroit-on rendre tout ce que ces reſpectables Monumens offrent à nos yeux. La matière eſt ſi abondante, les Sujets ſont ſi variés, & ils nous fourniſſent tant de lumières & d'inſtructions pour l'Hiſtoire, que l'agrément & l'utilité d'une pareille étude ſe font ſentir d'eux-mêmes.

Je n'entreprendrai pas de développer tous ces avantages avec aſſez d'étendue pour qu'il ne reſte rien à déſirer ; mais j'eſpère au moins que la préciſion ne dérobera rien d'eſſentiel au Lecteur, & qu'elle ne l'empêchera pas de pouvoir parvenir à la connoiſſance des Médailles, objet de cet Ouvrage.

Je diviſerai ce Chapitre en deux Articles ; dans le premier je traiterai des Dieux de la première claſſe ; dans le deuxième, de ceux de la ſeconde. J'ai cru devoir les réduire à deux ; on en ſentira aiſément les raiſons dans la ſuite. Commençons par expoſer quelques réfléxions ſur la naiſſance de ces Dieux & ſur leur Culte en général ; cette connoiſſance de la Mythologie eſt abſolument indiſpenſable.

R É F L É X I O N S   P R É L I M I N A I R E S

Sur l'Idolâtrie, ſur les faux Dieux & ſur toute la Mythologie.

Si la connoiſſance de tout ce qui regarde l'Idolâtrie & les faux Dieux a été autrefois fort néceſſaire aux Pères de l'Égliſe, l'on peut aſſurer qu'elle ne l'eſt pas moins à préſent à ceux qui ſont chargés de l'éducation de la Jeuneſſe, ou qui veulent faire du progrès dans les Sciences divines & humaines. Sans cette connoiſſance, les Apôtres & les Apologiſtes de la Foi auroient-ils pu montrer aux Païens tous les ridicules & toutes les horreurs qui accompagnoient leurs Fêtes, leurs Myſtères & leurs Sacrifices ? Ne leur auroit-il pas également été impoſſible de réfuter & de confondre ceux des Philoſophes qui en étoient les Défenſeurs, & de travailler efficacement à établir la Religion

Chrétienne sur les ruines du Paganisme , comme l'ont fait plusieurs d'entre eux dans leurs doctes écrits ?

Ceux des Ecclésiastiques qui , par état ou par vocation , sont destinés aux Missions étrangères & à porter l'Évangile à ces Nations infortunées , qui sont encore enveloppées dans les ténébres de l'Idolâtrie & livrées aux superstitions les plus ridicules, se trouveroient souvent embarassés , s'ils n'avoient au moins quelque connoissance de la Mythologie ancienne. Les Personnes chargées de l'éducation de la Jeunesse doivent également travailler à l'acquérir, pour la développer & la communiquer à leurs Elèves, soit pour orner leur esprit , soit pour rendre leurs lectures plus aisées & plus utiles. Sans cette connoissance , combien de traits d'ignorance n'échaperont pas à un jeune homme dans les compagnies qu'il fréquente ?

Il faut encore faire sentir aux jeunes gens toute la folie du culte que nos Pères ont rendu à ces faux Dieux ; sans cela il y auroit peut-être du danger à leur présenter les sentimens de respect & de vénération qu'ont eu pour ces étranges Divinités des Peuples entiers, & parmi ces Peuples plusieurs personnages distingués par leur Science & leur sagesse. La gloire dont ces Dieux ont brillé, la puissance, les merveilles qu'on leur a supposées dans les États où ils ont été adorés, pourroient devenir pour eux un écueil funeste ; ils pourroient être tentés de leur prêter une réalité, qu'ils n'ont jamais eue ; s'ils n'en faisoient pas des Dieux véritables, ils seroient au moins tentés d'en faire des Héros, qui, par rapport aux belles & grandes actions que leur attribue une aveugle Antiquité, leur paroîtroient mériter encore quelque estime, & même quelque admiration.

On ne réalise déja que trop ces fausses Divinités dans le langage du monde ; c'est d'après cette fausse idée qu'on croit faire honneur à un Guerrier & à un Général, en les comparant à Hercules, à Mars , à Jupiter même. En partant de la même erreur, imagine-t-on pouvoir flatter plus agréablement & plus sensiblement une femme, qu'en la comparant aux Muses, aux Graces, à Vénus ?

Mais en travaillant ainsi à rectifier les idées de la jeune Noblesse , combien d'autres motifs pour la porter à l'étude & à la connoissance de la Mythologie ? Sans cette connoissance il seroit très-difficile, pour ne pas dire impossible, de bien entendre les Poëtes & les Philosophes ; on ne saura qu'imparfaitement l'Histoire ancienne ; enfin on laissera échapper ce qu'il y a de plus piquant & de plus agréable dans les Tableaux, les Statues, les Monumens & autres productions de l'art, soit antiques, soit modernes, soit l'Allégorie, où la Mythologie se trouve si souvent employée.

Pour prévenir le premier de ces inconvéniens, capable de corrompre l'esprit, il n'y a rien de plus efficace que de montrer aujourd'hui que toutes les prétendues Divinités, auxquelles la Fable & l'Art Numismatique ont fait tant d'honneur, n'ont jamais eu d'autre réalité que les égaremens de l'imagination, l'ignorance, les passions & le vil intérêt de leurs Adorateurs. Si quelque chose est capable d'humilier l'esprit humain, c'est sans doute de lui montrer que, pendant plusieurs siècles, nos Pères ont poussé l'aveuglement jusqu'au point de rendre des honneurs Divins à des Créatures créés pour leurs propres usages, & de chercher jusques dans des Êtres inanimés, dans les animaux les plus grossiers, dans les vices mêmes & les passions dont on ne peut aujourd'hui s'empêcher de rougir, quelque chose qui fût plus digne de leurs hommages de leur amour, & de leur confiance que l'Être suprême.

La connoiſſance de tout ce qu'on appelle Mythologie, Théogonie ou Théologie Païenne, garantira également du ſecond inconvénient, en procurant à la Jeuneſſe les lumières propres à lui ouvrir l'eſprit ſur tous les objets qui pourront s'offrir à ſa vue, & ſur les diſcours qu'on pourra tenir en ſa préſence. Commençons donc par donner à nos Lecteurs quelque idée de la Religion des Anciens, & de leur Théologie pleine de myſtères affreux & de miracles ridicules. Nous définirons d'abord l'une & l'autre : nous apprendrons enſuite ce que c'eſt que la fable, quelles en ſont les différentes eſpèces, & quel eſt l'uſage qu'on en peut faire : nous tâcherons en troiſième lieu de développer l'origine de l'Idolâtrie, de faire connoître quels en étoient les objets, les myſtères, les ſuperſtitions, les Fêtes, les Cérémonies, les Temples, les Autels, les Sacrifices, les Victimes, les Miniſtres, les Inſtrumens, &c. : voilà ce qui fera la matière des réfléxions que nous plaçons ici, & de celles qui ſeront tant à la tête que dans le corps de l'Article ſuivant, & des Sections qui le partageront.

RÉFLÉXION Iere. *Étymologie & Définition de l'Idolâtrie & de la Mythologie.*

Le nom d'Idolâtrie eſt compoſé de deux mots Grecs ; ſavoir d'*Eidos* ou *Eidolon*, qui ſignifie une Image, une repréſentation, la figure d'un corps ſoit en peinture ſoit en ſculpture, & de *Latreio*, qui veut dire le ſervice & le culte que l'on rend à un Être. Ces deux mots réunis, pour n'en faire qu'un, ſignifient donc, ou Idolâtrie ou Idolâtrer ; c'eſt-à-dire, rendre aux Images & aux Créatures l'honneur, le culte, l'adoration que l'homme ne doit & ne peut rendre, ſans crime, qu'au Prototype, à l'Être Suprême, au vrai Dieu.

Le nom de *Mythologie* vient auſſi de deux mots Grecs ; ſavoir de *Mythos*, Fable, & de *Logos*, Diſcours ; enſorte que Mythologie ſignifie la même choſe que, *Diſcours ſur les Fables*. Les Savans étendent ce terme à tout ce qui appartient à la Théologie des Anciens. Priſe dans ce ſens, la Mythologie embraſſe non-ſeulement la connoiſſance de la Fable ; mais encore de tout ce qui appartient à la Religion Païenne, à ſes Divinités, à ſon culte, &c. La Fable eſt donc le premier objet de cette connoiſſance, & la première choſe qu'il faut apprendre à ceux qui doivent ſavoir la Mythologie, & en faire uſage.

RÉFLÉXION IIe. *Des Fables en général.*

Quoiqu'à proprement parler, le mot de Fable ne ſignifie rien autre choſe qu'une fiction, cependant il y a beaucoup de Fables qui ſervent d'enveloppes à des verités & à des choſes réelles, véritables & utiles : on en compte de ſix ſortes dans les Poëtes ; ſavoir les *Hiſtoriques*, les *Philoſophiques*, les *Allégoriques*, les *Morales*, les *Mixtes*, & enfin celles qui ne ſont que de *pures fictions*.

Les Fables Hiſtoriques ſont d'anciennes Hiſtoires mêlées de pluſieurs fictions, qu'on leur a prêtées par forme d'agrément : par exemple, ce que l'on dit de Jaſon eſt Hiſtoire & Fable en même temps. Jaſon fut réellement un Prince & un Héros qui vécut environ ſoixante ans avant l'Ère Chrétienne. Il revendiqua l'île de Colchide, que Pélias avoit uſurpée ſur Eſon ſon père. Pélias, pour éluder la demande de Jaſon, lui propoſa une expédition qu'il entreprit avec pluſieurs jeunes Princes & Soldats : elle s'appelle l'expédition

des

des *Argonautes*, du nom du vaisseau principal que Jason monta, & que l'on nommoit *Argo*. L'objet de l'expédition étoit d'enlever les riches trésors que Phryxus avoit pris à Athamas, Roi de Thèbes, & que Pélias revendiquoit. La navigation se fit, & après avoir échappé à plusieurs dangers, surmonté & vaincu beaucoup d'Ennemis & de difficultés, les Héros arrivèrent en Colchide. L'entreprise réussit & le trésor, quoique bien gardé, fut enlevé, moins par force ouverte que par artifice & & par surprise. On trouva le secret de mettre les enfans de Phryxus de la partie, sur-tout celui qui s'appelloit *Argus*. Mais Médée, fille de Phryxus, concourut plus que tous les autres à dépouiller son père de ses richesses, dans l'intention d'épouser Jason, Chef des Conquérans. Voilà en abrégé le trait de l'Histoire Grecque, que les Poëtes ont embelli de plusieurs fictions. Ils ont fait du trésor de Phryxus la fameuse *Toison d'Or*. Les Dieux & les Oracles, selon la Fable, secondèrent l'entreprise, après l'avoir conseillée ; les Compagnons de Jason furent tous, selon la même Fable, non-seulement des Héros pleins de valeur, mais encore des hommes extraordinaires, qu'elle transforma en autant de Divinités. Les difficultés qu'ils rencontrèrent ne pouvoient être surmontées que par des Dieux & par des prodiges. Les Gardes du trésor n'étoient rien moins que d'horribles monstres, ou des bêtes féroces, qui jettoient feu & flamme. Medée fut une Magicienne & une Enchanteresse, & ce ne fut que par les secrets de son Art que Jason son mari se rendit maître de la Toison d'Or. Voilà une partie des fictions, sous lesquelles les Poëtes travestirent l'Histoire des Argonautes. Nous verrons dans la suite beaucoup d'autres événemens fort simples & fort naturels, déguisés & rendus prodigieux, par le moyen de pareilles fictions.

Les Fables Philosophiques sont des espèces de paraboles que les Anciens ont inventées pour couvrir les mystères de leur Philosophie ; c'est ainsi qu'ils ont dit que l'Océan est le père des Fleuves, & que la Lune, en épousant l'Air, étoit devenue mère de la Rosée.

Les Fables allégoriques étoient aussi des espèces de paraboles, sous lesquels ils cachoient quelque sens mystique, comme dans Platon celle de Porus Dieu des richesses, & de Pénie Déesse de la pauvreté : de leur alliance, dit-on, naquit l'Amour ou Cupidon, enfant dont l'embonpoint & la fraîcheur dénote le père, & dont la nudité fait connoître la mère. Par cette Fable, il semble que l'on ait voulu faire entendre que les richesses & l'abondance portent à la bonne chère & aux plaisirs. A présent Porus se méprend aisément, & ne dédaigne pas de s'allier à Pénie.

Les Fables morales sont celles que l'on a inventées pour débiter quelques préceptes propres à régler les mœurs ; telles sont les Fables d'Ésope. Jupiter envoie des Étoiles sur la terre pendant le jour, pour examiner les actions des hommes, parce que les Étoiles étant alors invisibles, sont bien propres à inspirer de la vigilance & de la sagesse aux mortels.

Les Fables mixtes sont composées d'allégorie & de morale : elles n'ont rien d'Historique ; telle est celle d'*Athée* & de ses sœurs appellées *Lites* ou les Prières, toutes prétendues filles de Jupiter. Athée est sans connoissance & sans crainte de Dieu, comme son nom le signifie : toujours portée au mal, elle parcourt l'Univers avec une diligence extrême, pour satisfaire le plaisir qu'elle trouve à en faire par tout. Ses sœurs Lites, autrement les Prières, qui sont de bonnes filles, la suivent, ou pour arrêter, ou pour corriger l'effet de sa malice ; mais malheureusement elles sont boiteuses, & ne vont pas si vîte que leur aînée. Cela signifie, comme il est aisé de l'entendre, que nous suivons bien plus volontiers & bien plus promptement notre penchant au mal, que les foibles, lentes & tardives impressions que nous sentons, ou que l'on tâche de faire sur nous, pour nous porter au bien.

Les Fables inventées à plaisir sont celles qui n'ont d'autre but que d'instruire, en divertissant. Telle est la Fable de *Psyché*, mot Grec qui signifie l'*Ame*. Cette belle, fille d'un grand Roi, s'attache à Cupidon ou à l'Amour : elle se trouve heureuse dans les premiers momens ; mais en voulant ajouter à son bonheur ce qu'elle croit y manquer, elle tombe de disgraces en disgraces dans les derniers malheurs. C'est ici une fiction toute pure, mais allégorique, par laquelle on a voulu faire sentir la folie & l'imprudence de ceux qui n'ont d'autre but & d'autre occupation que de voler de plaisirs en plaisirs.

M. l'Abbé Banier, apres avoir donné l'idée de toutes ces différentes sortes de Fables, en cherche ensuite l'origine, & il la trouve, 1°. dans la vanité des hommes, qui, peu contens des beautés simples & naturelles de la Vérité, lui ont voulu prêter des ornemens, pour la rendre plus agréable ; 2°. dans le défaut de lettres, qui mit dans la nécessité de confier l'Histoire des Pères & des Ancêtres à la mémoire infidelle des enfans, qui, avec une imagination trop féconde, en ont altéré, amplifié ou multiplié les traits ; ce qui a converti les événemens en Fables : 3°. dans l'envie de plaire, en faisant briller son éloquence ; ce qui a porté les Orateurs, les Poëtes, les Peintres & les Sculpteurs à embellir tout ce qu'ils nous ont donné de vrai, en lui prêtant du faux, & à farder, pour ainsi-dire, les personnages & les faits ; 4°. dans l'amour des Proches, qui a fait chercher par les Descendans & trouver parmi les Ancêtres, des Princes, des Héros, des hauts faits & de grands événemens dans toutes les familles ; 5°. dans l'ignorance de la Philosophie, qui fut cause qu'on anima le Ciel, la Terre, les Mers, les fleuves, les fontaines, les forêts, & qu'on les divinisa : faute de connoissances, la Lune passa pour Diane, & ses éclipses furent attribuées aux visites fréquentes & sécretes que cette Divinité rendoit à *Endymion* son amant : 6°. enfin le même Auteur nous fait encore regarder la pluralité des noms que l'on donnoit à une même Divinité, à un même homme, à un même Héros, comme une des sources de la Fable. L'ignorance des Langues, de la Géographie, de l'Histoire, & même celle de l'Écriture Sainte, que l'on a mal entendue & mal expliquée, tout cela a donné lieu à prendre un Dieu pour un Héros, & un homme pour un autre ; à prêter à celui-ci les qualités, les attributs, les fonctions, les événemens de celui-là ; à multiplier ces Dieux & ces Héros pour leur partager les travaux, les beaux faits & les traits de l'Histoire qui ne convenoient qu'à un seul ; à supposer des lieux qui n'existèrent jamais ; à changer les positions & les noms des Pays, des Villes, des fleuves, des bois, &c, & à confondre l'Histoire avec une infinité de traits fabuleux.

On peut dire la même chose des Métamorphoses : elles ont aussi les mêmes causes & les mêmes sources : la plupart sont fondées sur des faits véritables ; mais ces faits disparoissent presque entiérement, tant ils sont ornés & surchargés de contes surnaturels & métaphoriques. On verra, plus bas, ce que c'étoit que la plupart des Dieux & des Idoles, dans leur origine, & ce que la Fable en a fait dans la suite. Venons à présent à l'Idolâtrie.

RÉFLÉXION IIIe. De l'Idolâtrie.

La Mythologie ne confifte pas feulement dans la connoiffance de la Fable ; mais encore dans celle de tout ce qui regarde la Religion Païenne & l'Idolâtrie. La matière eft d'une vafte étendue, & renferme des connoiffances très-intéreffantes, que nous donnerons dans le plus grand précis qu'il nous fera poffible. Voyons d'abord.

RÉFLÉXION IVe. Quelles furent les caufes de l'Idolâtrie, & jufqu'où l'on en peut faire remonter les commencemens ?

Depuis que le premier homme fouhaita d'être égal à Dieu, fes infortunés Defcendans, héritiers de fes ténébres, mirent trop fouvent, à fon exemple, la Créature à la place du Créateur. L'idée d'un Être fuprême & fouverainement parfait, qu'ils confervèrent, ne fut plus pour la plupart d'entre eux qu'une idée confufe, qui les fit errer dans mille objets différens, à qui ils offrirent leur adoration. Devenus groffiers & charnels, fuivant les paroles mêmes de l'Écriture, ils ne furent plus frappés que de ce qui tombe fous les fens : ils bornèrent leur connoiffance & leur amour à des chofes matérielles, & crurent que c'étoit pour elles que la Nature leur infpiroit les fentimens de refpect, de reconnoiffance, de crainte & de confiance auxquels ils ne pouvoient encore fe refufer. L'amour du bien & la crainte du mal furent les deux principaux mobiles qui les faifoient agir, & qui les déterminoient dans les chofes mêmes de la plus grande importance, & jufque dans le choix d'une Religion ; auffi chacune de ces deux paffions forma la fienne & créa fes Dieux. Tout ce qui parut beau, bon, utile, louable, admirable devint une Divinité pour la première, & mérita l'amour & la confiance de ces aveugles Mortels : au contraire, tout ce qui montroit quelque chofe d'affligeant, de pernicieux, de terrible, devint redoutable à l'homme foible & timide qui craignoit d'être malheureux : ainfi ne remontant plus jufqu'à l'Être fuprême, qui, par fa bonté & fa juftice toute-puiffante, leur envoyoit les biens pour les attirer & les récompenfer, & les maux pour les punir ou les éprouver, ils fixèrent leurs regards fur les inftrumens dont il fe fervoit pour leur faire fentir les effets de fa tendreffe ou de fa colère. Voilà ce qui enfanta tant de Divinités.

Mais en quel temps les hommes commencèrent-ils à s'égarer de la forte dans leurs penfées, & à fe faire des Idoles ? C'eft ce qu'on ne peut marquer au jufte. Cependant voici, felon quelques Auteurs, ce qui pourroit faire croire que l'Idolâtrie prit en quelque forte fa naiffance dans la Famille du premier homme : d'abord le culte imparfait que Caïn rendit à Dieu, fait croire qu'il avoit déja perdu prefqu'entiérement l'idée de fes perfections. Enfuite il eft dit d'Enos, fils de Seth & petit-fils d'Adam, qu'il commença à invoquer le nom du Seigneur ; ce que certains Auteurs ont interprété, d'après le Texte Hébreu & original, comme s'il étoit dit, que ce fut du temps de ce Patriarche que l'on commença à profaner le culte du Seigneur, & à le mêler d'Idolâtrie, ou même à lui fubftituer le culte des faux Dieux. L'éloge que l'Écriture Sainte fait d'Enoch, en difant, qu'il marcha devant le Seigneur ; la diftinction qu'elle met entre les enfans de Dieu & les enfans des hommes, tout cela donne lieu de juger de la différence du culte des uns &

K

des autres , & de croire que ceux qui marchoient avec Dieu & qui l'adoroient comme leur père, étoient ceux que le S. Esprit appelle *les enfans de Dieu*, & qu'au contraire, ceux qui rendoient leur culte aux Idoles, font ceux qui font défignés fous le titre d'*enfans des hommes*. Enfin on ne peut guère douter que l'Idolâtrie n'ait été un crime qui inonda toute la Terre du temps de Noé, & que tous les hommes s'en étoient rendus coupables, excepté la Famille de ce Jufte par excellence , qui fut feule préfervée du déluge, dont Dieu punit tous les autres, pour avoir corrompu leurs voies.

Après le déluge, Cham, un des trois fils de Noé, maudit de fon père, s'éloigna bientôt des fentimens de refpect & de reconnoiffance, que ce Saint Patriarche lui avoit infpirés, & abandonna le Culte du vrai Dieu, qu'il lui avoit enfeigné. L'Idolâtrie, qu'il embraffa, fe perpétua dans fa Famille devant & après la confufion des Langues & la divifion des Peuples. On trouve des Idoles dans la maifon de Laban ; & il y a des Auteurs qui prétendent que ces Idoles étoient celles des Dieux *Lemures*, autrement, les Mumies de fes pères. C'étoit plutôt de petites Images ou Figures, puifque Rachel put aifément les cacher fous ce qui lui fervoit de fiège ; ce qui n'eut point été poffible, fi c'eut été les Mumies de fes Ancêtres On pourroit encore penfer que ces Idoles étoient ces Dieux *Lares* ou Domeftiques que les Idolâtres révéroient, & auxquels ils confacroient des Chapelles & des Autels dans leurs maifons.

Cham s'étant établi dans une des contrées de l'Egypte, après la confufion des Langues à Babël, cette partie s'appella de fon nom la Terre de Chanaam : il y devint le père & le fondateur des Peuples nommés Chananéens, dont il fit du moins pour la plupart les Adorateurs de fes Dieux. De-là l'Idolâtrie fe répandit d'abord dans tout le refte de l'Egypte, d'où elle paffa dans la Gréce, enfuite dans l'Italie, & enfin dans tout le Monde.

Les Dieux de l'Égypte ne paffèrent pas tous enfemble dans la Gréce avec l'Idolâtrie ; ce ne fut que fucceffivement ; car , comme le remarque M. de la Barre, dans les *Mémoires de l'Académie des Infcriptions*, Tome XVI. page 2.
,, Les plus Anciens Habitans de la Gréce uniquement attachés à l'agricul-
,, ture & aux foins de leurs troupeaux, admettoient des Dieux qui gouver-
,, noient le Monde, & qui en maintenoient l'ordre ; ils les invoquoient pour
,, obtenir d'eux la fanté, d'abondantes moiffons & d'autres biens ; mais ils
,, ne les diftinguoient pas les uns des autres : ils n'attribuoient point aux uns
,, des pérogatives que les autres n'euffent pas, contens de les honorer tous,
,, fous le nom commun de Dieux, qui leur paroiffoit convenir à tous, &
,, qui rendoit affez bien ce qu'ils penfoient de la Divinité. Mais cette fim-
,, plicité fut bientôt altérée par les Colonies de l'Égypte, de Phénicie, &
,, peut-être de Thrace : en s'établiffant dans les différens cantons de la Gréce,
,, les Étrangers y introduifirent le culte des principales Divinités des lieux
,, d'où ils étoient partis ; mais comme la Religion n'y étoit bien connue que
,, d'un petit nombre de perfonnes, il eft difficile qu'il ne leur foit pas arrivé
,, quelquefois de fe méprendre dans l'idée qu'ils donnèrent de ces Divinités,
,, & d'en penfer un peu autrement que ne faifoient dans leur Pays ceux qui
,, étoient initiés aux myftères. ,, Ceci eft à remarquer par rapport à ce que nous avons à dire dans la fuite de l'origine de l'Idolâtrie, & des Idoles, d'après M. Pluche ; mais en attendant, continuons à voir ce que d'autres Auteurs Mythologues ont penfé fur ce qui fut l'objet de l'Idolâtrie.

RÉFLÉXION V. Quels furent les Objets de l'Idolâtrie & les Dieux des Peuples Idolâtres.*

Ce n'eſt pas notre deſſein de parler ici de chacun des Dieux qui furent l'objet du culte des différens Peuples du Monde ; ce détail nous meneroit trop loin : nous nous contenterons de rapporter les noms de la plupart de ceux qui furent adorés dans les principales Parties du Monde : nous dirons quelque choſe, mais en général & en paſſant, de leur origine, de leur culte, de leurs figures & de leurs repréſentations. Ce ne ſera que dans les Sections ſuivantes que nous entrerons dans un plus grand détail de tout ce qui regarde ces Divinités, & ſur-tout de celles qui ſont les plus connues dans la Numiſmatique.

On vient de voir que le Culte de la plupart des faux Dieux avoient paſſé de l'Égypte dans les autres parties du Monde ; mais ces Dieux qui avoient déja changé de noms, de formes, de figures, d'attributs & de ſymboles dans leur berceau, continuèrent à ſe métamorphoſer, en voyageant chez les différens Peuples chez qui ils furent reçus, en plus grand nombre chez les uns que chez les aurres.

L'Arabie en adora d'abord deux, qu'elle nomma *Vrotalt* & *Alilat* ou *Alitta*. *Vrotalt* étoit le *Bacchus* des Grecs, & *Alilat* la *Vénus Céleſte*, ou la Lune, & la *Mylitta* des Babyloniens, le *Mytra* des Perſes revenoit auſſi à ce *Bacchus* des Grecs & à ce *Vrotalt* des Arabes.

Les Peuples d'Aſie ſe contentèrent d'un ſeul, qu'ils appellèrent *Jupiter* ; mais ce *Jupiter* étoit un autre que celui des Grecs ; il pouvoit être le *Bel* des Babyloniens.

Les Aſſyriens en eurent auſſi deux, ſous les noms d'*Adad* & d'*Atargatis*. Ils entouroient la tête de ces deux Divinités de pluſieurs rayons ; c'eſt ce qui fit penſer que ſous ces noms ils adoroient le *Soleil* & la *Lune*.

Les Babyloniens eurent auſſi pour Divinités le Roi & la Reine du Ciel, qu'ils appellèrent *Bel* ou *Baal*, & *Mylitta*, ou *Vénus Céleſte*.

C'étoient là auſſi les deux Divinités du commun du Peuple chez les Chaldéens ; mais les plus habiles de la Nation diſoient qu'il y avoit un grand nombre de Dieux qui gouvernoient le Monde : les principaux de ces Dieux, ſelon eux, étoient les douze ſignes du Zodiaque ; au-deſſus d'eux il y avoit les cinq Planètes, le Soleil, Mars, Vénus, Mercure & Jupiter, qu'ils regardoient comme les interprètes des douze autres. Outre cela ils formoient à ces douze Divinités un conſeil de trente Conſtellations, dont quinze avoient le département du Ciel & de la Terre, & les quinze autres celui des lieux ſouterains. Ils mettoient encore vingt autres Conſtellations tant viſibles que cachées au Midi & au Nord, pour juger les morts, pendant que les précédentes jugeoient les vivans.

Il y avoit encore des Chananéens qui adoroient le vrai Dieu, du temps d'Abraham, puiſque nous apprenons de Moyſe, qu'ils l'appelloient le Dieu très-Haut, qui a fait le Ciel & la Terre, que le centre de ſon culte étoit dans la Ville de Salem, où la Prêtriſe étoit unie à la Royauté, & que ce fut entre les mains de ce Prêtre-Roi, appellé Melchiſedech, qu'Abraham offrit à Dieu la dixme du butin qu'il avoit fait ſur cinq Rois. Or il n'eſt pas probable que ces Chananéens, non plus que les Égyptiens & les autres Peuples, aient paſſé ſans milieu du culte du Créateur, qu'ils connoiſſoient, à celui des Créatures, & l'on pourroit aiſément croire que l'Idolâtrie commença

chez eux par des pratiques superstitieuses, & par des symboles indignes de la
Majesté de Dieu : on se fit des Images sensibles de l'Auteur de la Nature ;
chaque Ville, chaque famille eut les siennes ; c'étoit devant ces Images qu'on
se prosternoit, qu'on prioit, qu'on offroit des Sacrifices. La supposition qu'il
y avoit en elles quelque vertu, fit les premiers Idolâtres formels dans le Pays
de Chanaam & chez les Peuples voisins : ce qui acheva de les perdre, ce fut
la pensée de donner une compagne à Dieu ; pensée malheureuse & folle ;
mais qui sembloit autorisée par la tradition, telle que Moyse nous l'a trans-
mise lorsqu'en parlant de la formation de l'homme, il dit, que *Dieu le fit
à sa ressemblance*, & *qu'il le fit mâle & femelle.*

Voilà ce qui a fait que les Chananéens & les différens Peuples compris
sous les noms généraux de Phéniciens, de Syriens & d'Arabes ajoutèrent au
seul Dieu qu'ils avoient adoré d'abord comme Roi du Ciel, ou comme le
Ciel même, sous le nom de *Bel*, ou de *Baal*, ou sous quelqu'autre nom,
une autre Divinité, qu'ils lui donnèrent pour compagne ; ils l'appellèrent
aussi *Baal*, & la regardèrent comme la Reine du Ciel. Ils supposèrent ensuite
que les Planètes & les Astres étoient ou des Parties, ou des Ministres de ces
Divinités : aussi-tôt même qu'on eut donné les noms de ces mêmes Divinités
à plusieurs des corps célestes, ils les regardèrent & les adorèrent tous comme
des Dieux ; ce qui causa l'entière corruption de leur ancienne & première
Religion.

Quant aux Égyptiens, on peut dire que chez eux, comme chez la plupart
des autres Peuples, l'Idolâtrie ne fut qu'une corruption & un abus de la
véritable Religion, & que les faux Dieux qu'ils adorèrent prirent leur naissance dans diverses figures sous lesquelles ils représentèrent ou Dieu lui-même,
ou le Soleil, la Lune, les Astres, la Nature, les Élémens, le Temps, les
Mois, les Saisons, les Signes du Zodiaque, l'Année dans son commencement
ou dans sa fin, les différens Vents, le Labourage, l'abondance, ou la médiocrité des Moissons, les différens Arts & travaux qui devoient occuper les
hommes & les femmes au-dedans ou au-dehors de leurs maisons, les Eaux,
les Vaisseaux, la Navigation, en un mot tout ce que les Peuples avoient à
espérer, à craindre & à faire : les Dieux de chacune des Provinces, des
Villes, des Familles y furent d'abord en petit nombre ; mais ces Provinces,
ces Villes, ces Familles se communiquèrent dans la suite respectivement
leurs Divinités. L'Égypte eut en particulier un Peuple de Dieux que l'on
y distingua en trois classes, ou trois générations, autrement en Langue
Grecque, trois Théogonies. Les premiers & les principaux furent le Soleil,
la Lune, les Planètes, les signes du Zodiaque, Isis, Osiris sa sœur & sa
femme, Horus leur fils, &c. qui furent adorés sous des figures, des formes,
des attributs, des symboles, & par des Sacrifices & des Cérémonies qui varièrent selon l'idée des Prêtres & des Peuples chez qui ils furent reçus. On verra,
dans l'explication des Médailles où la plupart de ces Divinités sont représentées, quelle fut leur origine, de quel Culte on les honora, en combien
de façons ils furent transformés, & ce que l'Idolâtrie & la Fable firent dans
des temps différens.

La Gréce, comme nous l'avons dit, eut d'abord des Dieux qu'elle croyoit
tous égaux, & qu'elle regardoit comme les Gouverneurs du Monde. Elle
reçut encore, dans la suite, tous ceux de l'Égypte, les uns après les autres.
Elle changea les noms & le Culte de la plupart, pour leur donner des noms
& pour leur offrir des victimes, qu'elle crut avoir plus d'analogie avec les idées

qu'elle s'en étoit faites , & avec les fonctions qu'elle leur attribuoit. Les Grecs en firent trois classes ou trois généalogies à l'imitation des Égyptiens ; mais ils changèrent les rangs que les premiers leur avoient donnés : par exemple, Vulcain étoit en Égypte un des plus grands & des premiers Dieux , comme un Dieu dont l'opération maintenoit l'ordre dans toute la Nature ; la Gréce, au contraire, en fit le fils de Jupiter , & ne lui donna que des fonctions subordonnées. Les Égyptiens lui avoient donné Minerve pour femme ; les Grecs lui donnèrent ou Vénus, ou l'une des Graces. L'Osiris des premiers fut le Bacchus ou le Dionysus des seconds ; l'Isis Égyptienne devint la Déméter Grecque ; l'Ammon de ceux-là , fut le Zèn de ceux-ci : Pan fut appellé Mendès ; Oros, Appollon ; Taaut ou Thoot ou Thot , Hermès ou Mercure, & Artemis ou Diane, Bubastis , &c.

On vient de dire que les Grecs avoient fait trois classes , ou trois généalogies de leurs Dieux : il faut ajouter qu'ils en firent comme trois règnes, qui donnèrent lieu à distinguer chez eux trois différentes Religions, qui se succédèrent comme ces règnes , & comme ces Dieux-Rois qu'elles eurent pour objets de leur Culte.

Le premier règne fut celui du Ciel & de la Terre ; ils leur donnèrent pour enfans l'Océan & Thétis, Cœos & Phœbé, Hyperion & Theia, Creios & Eurybie, qui eurent aussi d'autres enfans , mais qu'ils ne prenoient pas pour des Êtres naturels. Ce n'étoit ni le Soleil, ni la Lune, ni les Planètes, ni les Astres , ni aucune chose qui put tomber sous les sens ; c'étoient des Dieux comme Métaphysiques, sortis d'Êtres aussi Métaphysiques, que les Grecs regardoient & qu'ils adoroient comme les Gouverneurs du Soleil, de la Lune , des Planètes , &c. Tels furent les Divinités de la première Religion des Grecs.

Comme la Terre se plaignit · selon la Mythologie Grecque, que le Ciel maltraitoit ses enfans & toute sa Famille, il fut détrôné, & Saturne prit sa place ; c'est ce qui forma l'objet du Culte dans la seconde Religion des Grecs. Avec ce Saturne (qui n'étoit autre que la Planète de ce nom) les Grecs adorèrent alors les Astres & la plupart des Planètes ; savoir le Soleil, la Lune, l'Étoile du matin , &c. Saturne fut reconnu pour leur père & leur Roi, peut-être parce qu'il est lui même la Planète la plus élevée de la Terre.

Mais ce Dieu étoit cruel : il ne vouloit être honoré que par des victimes humaines : on l'accusa de dévorer ses enfans, & on se lassa de lui. On changea donc de Religion en Gréce, pour une troisième fois, & l'on en établit une nouvelle sur les débris des deux autres qui avoient subsisté ensemble en certains endroits , & séparemment l'une de l'autre en d'autres lieux. Il en coûta aux autres Dieux-Rois pour l'élévation de Jupiter , Dieu de la troisième Religion. Saturne fut jetté dans les enfers ; les Titans qui avoient pris son parti partagèrent sa disgrace, après avoir été vaincus dans un combat contre le nouveau Dieu ; mais ceux des Dieux de la seconde Religion qui s'étoient déclarés pour lui continuèrent à régner, & eurent part aux honneurs suprêmes qu'on lui rendit, quand on eut reçu son Culte & renoncé à celui des autres.

Les Divinités qui composèrent la Famille de Jupiter furent en grand nombre : M. de la Barre, dans le Tome XVIIIe. page 26e. des *Mémoires de l'Académie des Inscriptions* , les partage en deux différentes classes ; » les unes, dit-il, sont allégoriques ; ce sont des facultés, des intelligences ; » les autres sont des Êtres subsistans. » Parmi les Divinités de la première classe, on comptoit les Heures, les Graces, Proserpine, Cérès, les Muses , Hébé & Ilithyie, parce que la plupart de ces Divinités ont du rapport à l'esprit , en préſidant à la Juſtice, les unes dans une de ſes parties, & les autres dans une autre : dans la ſeconde claſſe, il ſemble qu'on ait rangé le Soleil, la Lune, ou Appollon & Diane, Minerve, Vulcain, Neptune & Amphitrite, de qui on ſuppoſe que Triton eſt né : outre cela on y mit Mars & Vénus, la Crainte, la Frayeur & l'Harmonie leurs filles, Cadmus qu'on a marié à cette dernière, Mercure, Bacchus, Hercule & pluſieurs encore que la Fable a fait naître les uns des autres, mais dont la généalogie n'eſt établie que ſur la ſucceſſion des temps où leur culte fut reçu.

La Lybie eut auſſi pluſieurs Dieux, dont Neptune fut un des premiers & des plus anciens.

Les Perſes n'avoient ni Temples, ni Statues, ni Autels : ils blâmoient ceux qui en avoient, peut-être parce qu'ils ne croyoient pas, comme les Grecs, que les Dieux fuſſent revêtus de corps ſemblables à ceux des hommes. Ils adorèrent d'abord Jupiter ; ſous ce nom ils entendoient toute l'étendue des Cieux : ils lui offroient des victimes ſur les hauteurs. Le Soleil, la Lune, la Terre, le feu, l'eau, les vents étoient auſſi pour eux autant de Divinités : à celles-là ils ajoutèrent dans la ſuite la Vénus Céleſte, qu'ils nommèrent Mitra.

En Phénicie, on adoroit Baaltide, Aſtarté, Melicarte, Mouth, Chryſor, Jupiter, Demarus, Adod, Dagon, Baal & Moloch : c'étoient les mêmes que l'on adoroit ailleurs ſous les noms de Dioné, d'Aphrodite, de Vénus, d'Hercule, de Pluton, de Vulcain, de Cérès, &c.

Cybèle & Athys ſon amant, autrement le Soleil & la Lune furent les principaux objets de l'adoration des Phrygiens. Avec Baal & Moloch la Syrie reconnut encore Adonis & Décerto pour ſes Dieux. Enfin les Peuples de la Thrace avoient Mars, Bacchus & Diane pour les ſiens, avec le Dieu de la guerre, le Dieu du vin & la Déeſſe de la chaſſe : leurs Rois y ajoutoient Mercure, qu'ils croyoient préſider à leurs Conſeils.

Outre cela il y avoit encore des Dieux inconnus & ſans noms ; des Dieux certains, douteux & incertains ; des Dieux Patriotes, Pénates, Lares, Domeſtiques, & des Dieux Étrangers ; des Dieux Céleſtes, Terreſtres & Infernaux ; des Dieux d'États, de Provinces, de Villes, de Maiſons, de grands Chemins, de Campagne, de Paix & de Guerre, de Concorde & de Diſcorde ; des Dieux utiles & favorables, & des Nuiſibles, Dangereux & Terribles. La crainte d'en offenſer quelqu'un & de s'attirer ſa colère, en négligeant ſon Culte, en fit chercher & trouver par-tout, ſans nombre.

Les Peuples d'Occident eurent auſſi leurs Dieux & leur Religion, ou peut-être eurent-ils les mêmes Dieux, ou du moins une partie, ſous d'autres noms. Les Gaulois, entre autres, honoroient Mercure ſous le nom de *Teutatès* ou *Thot*, Apollon ſous celui de *Belenus*, Mars ſous celui de *Heſus*, Minerve ſous celui de *Beliſana*, Jupiter ou le Soleil ſous celui de *Dolichenius* ou de *Peninus*, la Lune ſous celui de *Mitras*, Bérecynthie, Saturne, Pluton ou Dis, Proſerpine, Bacchus, Cerès, Diane, Iſis, Téleſphore, ſous ces noms ou ſous d'autres, les Parques ſous le titre des Déeſſes mères, &c. Les Germains rendirent un Culte ſuperſtitieux aux Alrunes, (eſpèce de Dieux Lares ou Domeſtiques), à Irminſul, figure Panthée, ſous laquelle ils pouvoient adorer pluſieurs autres Divinités, dont elle portoit les attributs & les ſymboles, & à Néalennie, ſous le nom & la figure de laquelle ils adoroient le Soleil à Iſis & à Tuiſton prétendu fils de la Terre. Les Contrées, les Pays, les Villes, les âges, les paſſions, les actions, les Arts, &c., tout avoit ſes

Dieux

Dieux. Écoutons là-deſſus M. l'Abbé Banier, T. Ier. dans le Chapitre IVe. du livre troiſième de ſa Mythologie. Quoique la diſgreſſion ſoit un peu longue, on ſera ſans doute bien aiſe de la trouver ici.

» Tel eſt, dit-il, le progrès de l'Idolâtrie, qui fut portée enfin aux excès
» que je vais d'écrire. On n'adora d'abord, comme on l'a dit, que les Aſtres,
» le Soleil, & la Lune; enſuite on regarda la Nature elle même, ou le
» Monde, comme une Divinité. Les Aſſyriens l'adorèrent ſous le nom de
» Bélus; les Phéniciens, ſous celui de Moloch; les Égyptiens, ſous celui
» d'Hammon; les Arcadiens, ſous celui de Pan; les Romains, ſous celui
» de Jupiter; & comme ſi le Monde avoit été trop grand pour être gouverné
» par une ſeule Divinité, on en aſſigna chaque partie à un Dieu particulier,
» afin qu'il eût plus de loiſir, & moins de peine à la gouverner; ou pour
» mieux dire, on voulut adorer la Nature en détail, & on fit préſider une
» Divinité à chacune de ſes parties. On adora la Terre, ſous le nom de
» Rhéa, de Tellus, d'Ops, de Cybèle, de Proſerpine, de Maïa, de Flore,
» de Faune, Palès & de Vertumne; le Feu, ſous ceux de Vulcain & de
» Veſta; l'Eau de la mer & des fleuves, ſous ceux de l'Océan, de Neptune,
» de Nerée, des Néréides, des Nymphes, & des Naïades; l'Air & les Vents,
» ſous ceux de Jupiter & d'Eole; le Soleil, ſous ceux d'Apollon, de Titan,
» d'Oſiris, &c; la Lune, ſous ceux de Diane, d'Iſis, &c; Bacchus fut le
» Dieu du vin; Cérès, la Déeſſe du bled: chaque fleuve, comme chaque
» fontaine eut ſa Divinité tutélaire; l'enfer, ſon Pluton; la mer, Neptune
» Thétis; les bois & les montagnes, leurs Nymphes & leurs Satyres.

» Les Colonies de l'Egypte & de la Phénicie, qui vinrent s'établir dans
» la Gréce, y portèrent leur culte Religieux; & ce culte ſe répandit peu
» à peu dans les différentes Provinces qui la compoſoient. C'étoit même
» une des plus grandes marques de conſidération qu'une Ville pût donner
» à ſes Voiſins, d'adopter leur culte Religieux & leurs Cérémonies; car
» chacun avoit des Prêtres & d'autres Miniſtres, qui régloient les choſes
» Divines, ajoutoient & retranchoient au Culte primitif. De tout cela il
» ſe faiſoit un mêlange confus, qui rendoit la Religion des Grecs, de toutes
» les Religions la plus monſtrueuſe & la plus ſuperſtitieuſe. Liſez les voyages
» de Pauſanias, vous trouverez à chaque pas des Temples, des Autels, des
» Statues, des Dieux de différent métal, de différentes formes, & avec des
» noms particuliers, que, ou le lieu, ou quelque prétendu prodige, ou
» quelque vœu public, leur avoient fait donner.

» On aſſigna auſſi des Divinités aux affections & aux paſſions: Vénus &
» Priape préſidèrent à la génération; Morphée au ſommeil; Hébé & Horta
» à la Jeuneſſe; Juturne chez les Latins, & Hygieia chez les Grecs, furent
» les Déeſſes de la ſanté, & Jaſo, de la maladie. On établit une Bellonne
» pour la guerre, une Pomone pour les jardins, des Furies pour les enfers.
» Toutes ces Divinités eurent des Temples, des Autels & des Sacrifices;
» & comme les paſſions ne s'oublient jamais, il n'y eut point de crime qui
» n'eut un Dieu Patron. Les adultères reconnurent Jupiter; les Dames
» galantes, Vénus; les femmes jalouſes, Junon; & les filoux, Mercure &
» la Déeſſe Laverne. Ce n'eſt pas tout: il y avoit des Parques pour règler
» toutes les actions de la vie. Au mariage préſidoient Junon, Hyménée,
» Thalaſſius, Lucine, Jugatinus, Domiducus, & pluſieurs autres, dont
» les emplois infames font rougir les honnêtes gens. Les femmes groſſes ou
» en couche, invoquoient la bonne Déeſſe, Junon, Lucine, Hécate,

» *Sospita*, Mena *Nixii Dei*, *Intercidona*, *Mater Matuta*, *Deverra*;
» *Egeria*, *Fluonia*, *Pertunda*, *Prorja*, *Postverta*, *Rumilia*, Divinités,
» dont les noms, ainsi que ceux des autres Dieux qui présidoient à toutes
» les actions de la vie, désignoient les emplois. Pour les enfans, on invo-
» quoit la Déesse *Nascio*, ou *Natio*, *Opis*, *Rumina*, *Potina*, *Cunina*,
» *Levana*, *Paventia*, *Carnea*, *Edula*, *Ossilago*, *Statilinus*, *Vagitanus*,
» *Fabulinus*, *Juventa*, *Nondina*, *Orbona*; & cette dernière Déesse étoit
» pour les Orphelins, ou pour consoler les pères & les mères de la perte de
» leurs enfans. Lorsqu'on posoit l'enfant à terre, on le recommandoit aux
» Dieux *Pilumnus* & *Picumnus* : de peur même que le Dieu Sylvain ne
» lui nuisît, il y avoit trois autres Dieux qui veilloient aux portes, *Intercido*,
» *Pilumnus* & *Deverra*. Car il est bon de savoir qu'à la naissance d'un enfant,
» on frappoit à la porte avec une hache ou avec un maillet, & ensuite on
» balayoit le vestibule, & on croioit que Sylvain voyant ces trois marques,
» n'osoit entreprendre de nuire aux enfans, qu'il jugeoit par-là être sous la
» protection de ces trois Divinités. Statilinus présidoit à l'éducation de ces
» mêmes enfans; Fabulinus leur apprenoit à parler; Paventia en éloignoit
» les objets de crainte & de frayeur; Nondina présidoit aux noms qu'on
» leur donnoit; Cunina avoit soin du berceau; enfin Rumina conservoit le
» lait à leurs mères. Les Dieux *Epidotes* présidoient à la connoissance des
» enfans, comme leur nom le prouve.
 » S'il y avoit tant de Dieux pour veiller à la naissance, & à la conser-
» vation des enfans, il n'y en avoit pas moins pour les fruits & les moissons.
» Saint Augustin, qui, dans ses livres de la Cité de Dieu, nous a conservé
» les noms de plusieurs Dieux, qu'on chercheroit vainement ailleurs, en
» compte seize qui veilloient aux semailles & aux moissons. Une *Scia* pour
» les bleds nouvellement semés; *Segetia*, qua d ils commençoient à pousser;
» *Tutilina*, pour les conserver dans le grenier; *Proserpine*, quand ils ger-
» moient; *Patelina*, quand ils étoient prêts de pousser l'épi; *Nodotus*,
» quand ils commençoient à nouer, *Patulena*, *Flora*, *Hostilina*, *Lacturtia*,
» *Matuta*, *Rumina* & *Robigus*, & plusieurs autres, à qui on offroit des
» Sacrifices dans les différentes saisons de l'année. On voit encore *Vénus*
» *Libitina*, pour présider à la mort, *Plutus* & *Ops*, pour les richesses; *Janus*,
» *Forculus*, *Cardea*, & *Limentina*, pour avoir soin des portes : *Clusius* &
» *Patuleius* étoient les Dieux qu'on invoquoit en les ouvrant, ou en les
» fermant; *Laterculus* & les Penates pour les foyers; *Jupiter Erceus* pour
» les murailles. Les Déesses, Flore, Pomone & les Dieux Vertumne &
» Priape veilloient à la conservation des vergers, des fleurs, & des fruits,
» comme *Deverrona*, à la récolte. Le Dieu Terme prenoit soin des champs
» & des bornes. On avoit aussi une Hippone, pour les chevaux; Bubone,
» pour les bœufs; Mellone, pour les Abeilles. *Murcea* étoit la Déesse de la
» paresse; *Ossilago* étoit invoquée lorsqu'il s'agissoit de remettre les entorses
» & les ruptures des os. *Agenoria* l'étoit pour donner du courage; Hébé
» présidoit à la jeunesse; *Senuius*, à la vieillesse; *Momus*, à la raillerie; à
» la joie, *Vetula*; aux plaisirs, *Volupta*; à la pauvreté, *Penia*; les grands
» parleurs invoquoient *Aius Locutius*; *Harpocrate* & *Sigalion* étoient les
» Dieux du silence. *Pellonia* étoit établie pour éloigner les ennuis; *Popu-
» lonia*, pour détourner toutes sortes de ravages. On avoit divinisé la Vie,
» sous le nom de *Vitulus*, & la Fièvre avoit aussi ses Autels. On avoit un
» Dieu de l'ordure, nommé *Stercutius*; un pour d'autres besoins, *Crepitus*;
» une Déesse pour les Cloaques, *Cloacina*.   » A

» A la Justice préfidoient Aftrée, Thémis & Dicé ; à la fabrique des
» Monnoies de cuivre, *Æs*, *Æfculanus* & *Æres* ; à toutes fortes d'efpèces,
» *Juno-Moneta*, ou fimplement *Moneta*. Ariftée & Mellonia étoient les
» Dieux des mouches à miel ; *Salacia*, la Déefſe des tempêtes ; Éole le
» Dieu des vents : *Vallonia* & *Epunda* avoient foin des chofes expofées à
» l'air. *Myagrus*, *Muyodes* & *Achor*, étoient les Dieux des mouches.
» *Pavor*, *Timor*, *Pallor*, étoient ceux que la crainte, l'effroi, & la pâleur,
» qui les accompagne, avoient fait inventer. L'imprudence elle-même avoit
» fa Divinité tutelaire, qu'on nommoit *Coalemus*. *Catius* rendoit fpirituel,
» & *Comus* le Dieu des feftins, gai & content. Enfin, il n'y avoit rien
» d'effentiel à la vie & aux plaifirs, qui n'eût une Divinité favorable. Les
» Romains en avoient deux pour l'Amour ; l'une pour les Amours mutuels,
» l'autre pour venger les Amours méprifés : cette paffion étoit la Divinité
» la plus ancienne & la plus univerfellement adorée. Ce même Peuple avoit
» auffi deux Temples de la Pudeur, un dédié à la pudicité des Nobles, &
» l'autre à celle du Peuple. Enfin on en voyoit par-tout d'élevés à la Paix,
» à la Victoire, à la Pauvreté, à la Foi, à la Clémence, à la Piété, à la
» Juftice, à la Liberté, à la Concorde, à la Fortune, à la Difcorde, à
» l'Ambition. On appréhendoit le mal, on fouhaitoit le bien, on vouloit
» fuivre fes penchans fans remords ; & voilà l'origine de toutes ces Divinités
» naturelles & métaphoriques, dont les noms répondent aux emplois, &
» qu'on regardoit comme autant de Génies répandus dans le Monde, qu'on
» croyoit en régler les mouvemens, & qu'on tâcha de fe rendre favorables
» par les vœux & les Sacrifices, parce qu'on les croyoit malfaifans. Les Poëtes
» invoquoient Appollon, Minerve, & les Mufes ; les Orateurs, *Suada* &
» *Pitho* ; les Médecins, Efculape, Meditrina, *Confus*, Hygieia & Telef-
» phore ; les Valets & les Servantes, les Dieux nommés *Anculi* & *Anculæ* ;
» les Bergers, le Dieu *Pan* ; les Bouviers, la Déefſe *Bubona* ; les Cavaliers,
» Caftor & *Hyppona*.

» Comme chaque profeffion avoit fes Dieux, chaque action de la vie
» avoit auffi les fiens ; ainfi préfidoient aux différentes actions, *Volumnus*,
» *Volupia*, *Libentia*, *Horfa*, *Horfilia*, *Stimula*, *Strenua*, *Stata*, *Adeona*,
» *Ageronia*, *Agonis*, *Abeona*, *Feffloria*, *Fugia*, *Pellonia*, *Catius*, *Fidius*,
» ou *Sanclus-Fidius*, *Sanctus*, ou *Dius*, *Murcia*, *Nonia*, *Numerica*,
» *Vacuna*, *Vertumnus*, *Victus*, *Veftitus*, *Vibilia*. On avoit inventé auffi
» des Dieux pour chaque partie du corps ; le Soleil préfidoit au cœur,
» Jupiter à la tête & au foie, Mars aux entrailles, Minerve aux yeux &
» aux doigts, Junon aux fourcils, Pluton au dos, Vénus aux reins,
» Saturne à la rate, Mercure à la langue, Téthis aux pieds, la Lune à
» l'eftomac, le Génie & la Pudeur au front, la Mémoire aux oreilles, la
» bonne Foi à la main droite, la Miféricorde aux genoux. On avoit, comme
» nous l'avons dit ci-devant, divinifé chaque Vertu ; la Clémence, la Con-
» corde, la Juftice, la Miféricorde, la Piété, la Pudeur, la Prudence, la
» Sageffe, l'Honneur, la Vérité, la Paix, la Liberté, & plufieurs autres.

» On ne s'attend pas que je donne une notion plus étendue de ces Divi-
» nités fubalternes ; leurs noms défignent affez leurs emplois, & il fuffit de
» les avoir nommées, pour être au fait des Poëtes & des Mythologues qui
» en parlent. Je remarquerai feulement ; 1°. que prefque toutes ces Divinités
» étoient de l'invention des Romains, comme leurs noms le font affez
» connoître ; & l'on voit par-là combien ces Maîtres du Monde, qui avoient

L

» adopté presque tous les Dieux des Peuples qu'ils avoient vaincus, en avoient
» encore introduits d'inconnus à ces mêmes Peuples ; 2°. que la plupart de
» ces Divinités étoient de l'invention des Peintres & des Sculpteurs ; 3°.
» qu'il y en avoit qui étoient particuliers à quelques Familles , & même
» quelquefois à de simples particuliers ; 4°. que toutes ces Vertus divinifées
» n'étoient que des symboles qui les repréfentoient , ou fur des Médailles ,
» où l'on en trouve un grand nombre , ou fur d'autres Monumens , & dans
» les Infcriptions ; 5°. que leur culte n'étoit ni auffi célèbre , ni auffi étendu
» que celui des grands Dieux ; que cependant il y en avoit un grand nombre
» qui avoient des Autels & des Chapelles , & qu'on invoquoit en certains
» temps , comme avant la récolte , aux vendanges , lorfqu'on cueilloit les
» fruits , dans les maladies des hommes ou des beftiaux , &c.

» Outre ces Dieux , dont le nombre eft déja immenfe , il y en avoit de
» particuliers à chaque Nation ; d'autres qui étoient affectés à certaines Villes ;
» & cela particuliérement chez les Grecs & chez les Romains , foit qu'on crût
» qu'ils étoient nés dans ces Villes , ou qu'ils leur accordaffent une protection
» particulière. En un mot , prefque toute la Terre avoit été partagée entre
» plufieurs Divinités , & à l'exception des grands Dieux , qui étoient recon-
» nus par-tout , quoiqu'honorés plus particuliérement en certains lieux , les
» autres n'étoient adorés que chez quelques Peuples , & dans de certaines
» Contrées. C'eft de là que ces Dieux étoient nommés *Topiques* , ou Po-
» pulaires , & qu'ils ont tiré la plupart de leurs noms , comme on le verra
» dans leur Hiftoire , des différens lieux où ils étoient honorés.

» Ainfi Jupiter l'étoit fpécialement dans l'Ifle de Crète , où l'on croyoit
» qu'il avoit été nourri , à Dicte , au Mont Ida , au Mont Olympe , au Pirée ,
» dans l'Épire , à Dodone ; Junon , à Argos , à Mycènes , à Phalifque , à
» Samos , à Carthage ; Cérès , en Sicile & à Eleufis ; Vefta ou Cybèle , dans
» toute la Phrygie , fur-tout à Bérécynthe , & à Peffinunte ; Minerve à Alal-
» comène , à Athènes , & à Argos ; Appollon , à Chryfa , Ville de Phry-
» gie , à Delphes , à Cylla , à Claros , une des Cyclades , à Cynthe , mon-
» tagne de Délos , à Grynée , à Lesbos , à Milet , à Patare , à Phafelis ,
» montagne de Lycie , à Smynthe , à Rhodes , à Ténédos , à Cyrrha , chez
» les Hypperboréens , & ailleurs ; Diane , à Ephèfe , à Délos , à Mycennes ,
» à Brauron dans l'Attique , à Magnéfie , fur le mont Ménale , à Segefte ,
» &c ; Vénus à Amathonte , en Chypre , à Cythère , à Gnide , à Paphos ,
» à Idalie , fur le mont Eryx , dans la Sicile , fur l'Ida dans la Phrygie ;
» Mars à Rome , chez les Gétes , & d'autres Peuples du Nord , comme les
» Scythes & les Thraces ; Vulcain , dans les Ifles Éoliennes , à Lemnos ,
» auprès du mont Etna , & plus anciennement en Égypte , dont , fuivant les
» meilleurs Auteurs , il étoit la première Divinité ; Mercure , fur l'Hélicon ,
» fur les monts Cylléniens , à Nonacrie , & généralement dans toute l'Ar-
» cadie ; Neptune , dans l'Ifthme de Corinthe , au Ténare , & fur toutes
» les mers ; Nérée , fur les côtes des mers , & par les gens de marine ; Sa-
» turne , dans plufieurs lieux d'Italie ; Pluton , dans tous les Sacrifices qu'on
» offroit aux morts ; Bacchus à Thèbes , à Myfa , à Naxos , &c. ; Efculape ,
» à Epidaure , à Rome & ailleurs ; Pan , fur le Ménale , en Arcadie , &c. ;
» La Fortune , à Antium ; Éole , dans les Ifles qui portoient fon nom. Tels
» étoient les lieux principaux de la Gréce , de l'Afie mineure & de l'Italie ,
» où l'on honoroit les Dieux d'un culte particulier.

» Enfin , pour comble d'abfurdité , on adora les animaux & les reptiles ;

„ & ce n'étoient pas seulement les Particuliers qui leur offroient de l'encens
„ & des Sacrifices, mais les Villes entières où leur culte fut établi : ainsi
„ Memphis & Héliopolis adoroient le Bœuf; Saïs & Thèbes, les Brebis ;
„ Cynopolis, les Chiens ; Mendès, les Chevres & les Boucs ; les Assyriens,
„ les Colombes. Dans quelques Villes on adoroit les Singes : dans d'autres
„ les Crocodiles & les Lésards, les Corbeaux, les Cigognes, l'Aigle, le
„ Lion : ces Villes portoient même souvent le nom des animaux qui étoient
„ l'objet de leur culte, comme Cynopolis, Léontopolis, Mendès, &c. Les
„ Poissons devinrent aussi l'objet d'un culte superstitieux, non seulement
„ parmi les Syriens, qui n'osoient pas même en manger, mais aussi dans
„ plusieurs Villes d'Egypte, de Lydie, & dans d'autres Pays. Les uns plaçoient
„ sur leurs Autels des Anguilles, d'autres des Tortues, & d'autres des
„ Brochets.
„ On n'en demeura pas là : les Insectes, & les Serpens furent aussi adorés
„ en Egypte & dans plusieurs autres Pays. Epidaure & Rome avoient élevé
„ des Temples à la Couleuvre, qu'ils croyoient représenter Esculape. Il n'y
„ eut pas jusqu'aux moindres Insectes qui ne devinssent l'objet de cette folle
„ superstition. Les Thessaliens honoroient les Fourmies, dont ils croyoient
„ tirer leur origine ; les Acarnaniens, les Mouches ; & si les Habitans d'Ac-
„ caron ne les adoroient pas, ils offroient du moins de l'encens au Génie qui
„ les chassoit, & Béelzebut étoit leur grande Divinité. Enfin, les Pierres
„ elles-mêmes furent l'objet d'un culte public, comme celle que Saturne avoit
„ avalée au lieu de Jupiter, & celle qui représentoit parmi les Phrygiens la
„ mère des Dieux, & le Dieu Terme, qui étoit une espèce de Borne ou de
„ Rocher.
„ Que si nous voulons parler maintenant des Héros ou des demi-Dieux,
„ quel prodigieux nombre n'en trouverons nous pas ? Leurs Temples étoient
„ répandus par toute la Terre, & leur culte, quoique moins solemnel que
„ celui des Dieux, faisoit une partie considérable de la Religion Païenne.
„ Enée, surnommé Jupiter-Indigète, avoit une Chapelle érigée en son
„ honneur sur les bords du fleuve Numicus; Janus, Faunus, Picus, Evandre,
„ Fatua ou Carmenta, Acca-Laurentia, ou Flore, Matuta, Portumnus,
„ Mania, Anna-Perrenna, Vertumne, Romulus, & plusieurs autres,
„ étoient honorés dans le Pays Latin. Hercule, Thésée, Castor & Pollux,
„ Helène, Agamemnon, & la plupart des Héros de la Toison d'Or ou du
„ Siège de Troye, eurent des Temples & des Autels dans la plupart des
„ Villes de la Grèce. La Laconie honoroit Hyacinthe, & Timomarchus
„ qui combattit pour les Lacédémoniens contre le Peuple d'Amycles, sans
„ parler d'Agamennon, de Ménélas, de Paris, & de Déiphobe. Les Messé-
„ niens offroient de l'encens & des Sacrifices à Polycaon, à sa femme Mes-
„ sène, à leur fils Triopas, & au Célèbre Machaon fils d'Esculape. Les
„ Arcadiens accordèrent les honneurs divins à Calisto, à son fils Arcas, à
„ Aristée qui avoit quitté l'Isle de Cos où il étoit né, pour venir en Arcadie
„ apprendre à ce Peuple l'art d'élever les Abeilles. Le Peuple d'Argos ho-
„ noroit Persée, Lyncée, Hypermnestre, Io, Apis ; les Arcananiens
„ révéroient Amphiloque & consultoient ses Oracles : le Peuple d'Athènes
„ avoit rempli cette célèbre Ville des Temples de Cécrops, de ses filles
„ Agraule, Herse & Pandrose ; de Céléus & de Triptolème son fils, d'E-
„ rèchteus & de ses filles. On y trouvoit aussi les Temples d'Egée, de Thésée,
„ de Dédale, de Perdix son neveu, d'Androgée, d'Alcmène, d'Eaque,

L ij

» d'Idolaüs, ce fameux Compagnon des travaux d'Hercule, de Codrus &
» d'une infinité d'autres. A Delphes on voyoit celui de Néoptolème, à Mégare,
» celui d'Alcathoüs ; chez les Oropiens, celui d'Amphiaaüs. Thèbes étoit
» célèbre, non seulement par le culte de Bacchus, de Sémélé, de Cadmus,
» d'Hermione, mais aussi de toute cette célèbre Famille ; ainsi Ino &
» Mélicerte y eurent des Temples & leurs Autels, aussi bien qu'Hercule,
» Jolaüs & Amphiaraüs. Dans l'Elide les femmes sacrifioient une fois par an à
» Hippodamie, fille de Pélops. Télesphore étoit honoré à Pergame ; *Damia*
» ou *Lamia* l'étoit à Epidaure ; Méméfis à Rhamnus ; *Sanctus*, ou *Sangus*
» chez les Sabins ; *Adramus* & *Palicus* en Sicile ; Coronis, à Sicyone ;
» Théagène chez les Thasiens ; Borée en Thrace ; *Pater-Curis* chez les
» Volsques ; Tellenus à Aquilée ; Tanaïs en Arménie ; Ferentina, à Fe-
» rentum ; Tagès, en Etrurie, aujourd'hui la Toscane ; Féronia dans
» plusieurs lieux d'Italie ; *Marica*, à Minturne ; les Graces, à Orchomène ;
» les Muses, dans la Pièrie, & à Lesbos ; & Amphiloque, à Oropos. La
» Thessalie sacrifioit à Pélée, à Chiron, à Achille. L'Isle de Ténédos, à
» Ténès ; celle de Chios, à Aristée & à Drimachus ; celle de Samos, à
» Lisandre ; celle de Naxe, à Ariadne ; les Eginètes, à Eaque ; ceux de
» Salamine, au fameux Ajax, fils de Télamon ; l'Isle de Crète, à Europe,
» à Idoménée, à Molon & à Minos. On voyoit en Afrique les Temples
» de plusieurs Rois ; les Maures honoroient Juba ; ceux de Cyrène, Battus ;
» les Chartaginois, Didon, Amilcar, &c ; les Thraces, Orphée, & leur
» Législateur Zamolxis.
  » On ne finiroit pas, si l'on vouloit parcourir tous les autres lieux
» célèbres par le culte de quelque Divinité particulière, puisque toute la
» Terre étoit remplie de Temples & d'Autels, élevés non-seulement aux
» grands Dieux, mais aussi aux Indigètes, & que chaque Peuple & chaque
» Ville, généralement parlant, avoit mis au rang des Dieux & des Héros,
» ses Fondateurs & ses Conquérans. Si l'on croit avoir besoin de preuves,
» pour tout ce que je viens de dire dans ce dernier Article, on n'a qu'à lire
» Pausanias, qui parle des Temples consacrés à tous ces Héros, Strabon,
» & parmi les Modernes, Meursius, dans son excellent Traité des Fêtes de
» la Gréce, le premier livre de Vossius, & Rosin.
  » Enfin, si l'on joint à tant de Dieux les Génies & les Junons, qui étoient
» comme les Anges Gardiens de chaque homme & de chaque femme, on
» n'aura pas de peine à croire ce que dit Pline, que le nombre des Dieux
» excédoit celui des hommes, ni ce que rapporte Varron, qui fait monter
» ce nombre à trente mille ».

RÉFLÉXION VI. *De la Matière de ces Divinités, & de leurs formes.*

Après avoir parlé en général des différentes classes des Dieux, il paroît
que c'est ici le moment de faire voir quelles furent les représentations de
ceux qui furent les plus célèbres en Égypte, en Gréce, en Italie, & en
particulier de ceux qu'on trouve sur les Médailles.

Il faut d'abord remarquer que dans les commencemens la plupart des
Peuples, ou du moins leurs Sages sentirent bien qu'on ne pouvoit ni voir, ni
comprendre, ni définir ce que c'est que la Divinité, & qu'ils crurent, par-conséquent, qu'il étoit impossible de la représenter. Les Égyptiens, par exemple,
ne donnèrent dans les commencemens aucune figure à l'Être suprême qu'ils

adoroient : dès qu'ils voulurent en donner une idée & une image au Peuple grossier, ce fut par une flamme, ou par un cercle qu'ils crurent devoir le représenter ; par une flamme, pour faire entendre que Dieu est tout esprit, & lumière ; par un cercle, pour montrer qu'il n'a ni commencement ni fin, qu'il renferme & comprend tout, & qu'il est impossible de le comprendre ou de le renfermer lui-même. Les Grecs pensèrent à peu-près de même dans les premiers temps. Les Romains, sous le règne de Numa, n'eurent ni Statues, ni Peintures pour représenter leurs Divinités ; ce ne fut que plus d'un siècle & demi après la mort de ce Prince qu'ils commencèrent à les adorer sous des Images & des Figures.

Mais après avoir employé tout ce qui est de moins corporel, comme le Feu & le Soleil pour représenter la Divinité, on se servit successivement de diverses matières, pour en faire des représentations analogues à l'idée qu'on s'étoit faite, soit de la Divinité en général, soit des perfections, des attributs, des qualités, des productions qu'on lui prêtoit, & dont on fit des nouveaux Dieux, aussi bien que de beaucoup d'autres objets, où l'on crut trouver quelque chose de Divin. On se servit d'abord d'argille, comme d'une matière susceptible de toutes sortes de formes : on mit ensuite le bois en usage, & on en fit des Statues des Dieux, en observant de prendre un certain bois pour représenter les uns, & un autre bois pour en représenter d'autres ; car on prétendoit que Priape préféroit celui du figuier, Bacchus celui de la vigne, Minerve celui de l'olivier, &c. Il y avoit de ces Statues de bois dont le visage, les mains & les pieds étoient de marbre : il y en avoit d'autres qui étoient dorées & peintes, avec le visage, les mains, & les pieds incrustés d'ivoire. Le fer, le cuivre, le bronze, le marbre, & enfin l'argent & l'or devinrent bientôt les matières dont on fit des Idoles.

Quant aux formes qu'on leur donna, & dont nous ne parlons encore ici qu'en général, elles furent d'abord fort grossières & fort imparfaites ; on les laissa même toujours telles pour quelques Dieux ; mais on perfectionna celles des autres. Une pierre brute & informe, une épée, un tronc d'arbre, une colonne, une enseigne grossiérement faite, furent en quelque sorte, les véritables & primitives Figures des Dieux. Dédale, qui vivoit un peu avant la guerre de Troye, fut le premier qui sépara dans les masses informes, représentatives des hommes & des Dieux, les bras & les pieds qui étoient auparavant confondus ; ce qui fit dire qu'il les avoit animées. L'Art de la Sculpture se perfectionna de jour en jour, & ce fut d'abord en faveur des Dieux qui s'étoient déja multipliés à l'infini, depuis que l'on ne pouvoit plus penser à eux sans les revêtir d'une forme humaine, & sans supposer qu'après le triomphe des Géants sur eux, ils s'étoient cachés dans les corps de différens animaux.

Le Polythéisme, c'est-à-dire, l'opinion qui admet la pluralité des Dieux, ayant fait des progrès étonnans chez les Grecs, instruits par les Égyptiens, & ensuite chez les Romains, chacun de ces Peuples voulut avoir ses Dieux représentés & caractérisés avec leurs attributs : afin même d'avoir leurs Statues ou Figures plus parfaites, les Romains condamnèrent à une grosse amende ceux des Statuaires, qui, s'étant chargés de les faire, ne se conformoient pas aux règles de l'Art, & trompoient ainsi l'attente de ceux qui les employoient.

Réfléxion VIIe. Que peut-on penser & dire de tous ces Dieux, d'après les sentimens & les discours des Idolâtres les plus éclairés & les plus sages ?

Les Païens ont été les premiers à dégrader leurs Dieux ; c'est même probablement sans y penser, qu'ils ont eux-mêmes donné lieu à les tourner en ridicule autant qu'ils le méritent, en voulant établir leur existence, définir leur nature, peindre leur forme, fixer leur nombre, épouser leurs inclinations & leurs passions, vanter leurs actions, & louer leurs perfections.

Après tout ce qu'ils ont dit de leur existence & de leur nature, on ne sait encore à quoi s'en tenir : l'impossibilité même où l'on se trouve de concilier leurs sentimens montre assez la peine que chacun avoit pris pour s'en choisir un. Si le premier qui a écrit sur cette matière eut pu prévoir ce qu'en ont pensé & dit ceux qui lui ont succédé dans cette sorte de Théologie, peut-être eut-il renoncé à son propre systême, sans savoir auquel des autres il eut dû s'arrêter. Car rien ne peut être soutenable quand on s'écarte du vrai ; tout est ridicule dans le choix & dans la définition d'un Dieu, quand on veut s'en faire de ce qui ne put jamais l'être.

En effet jettons un coup d'œil sur le partage des sentimens entre tous ces Philosophes : on les voit chercher leurs Divinités tantôt dans les airs, & parmi les Astres ; tantôt sur la Terre, parmi les hommes & les animaux ; dans le feu, ou dans les eaux ; dans le nombre de Créatures soit visibles, soit invisibles ; enfin au-dedans d'eux-mêmes, & dans leurs passions soit louables, soit honteuses : ils nous paroîtront tous aussi inquiets & aussi embarassés les uns que les autres sur l'origine & sur la naissance de leurs Dieux : pour les trouver ils puiseront dans le crime & dans les sources les plus infâmes & les plus corrompues. Les uns feront sortir les Néréides du fond de la mer ; les autres feront naître Saturne d'un mariage entre le Ciel & la Terre ; nous verrons ces mêmes Philosophes travailler à leur donner quelque forme, à leur imposer des noms, à leur procurer des Empires, à leur attribuer des goûts, des inclinations, des actions, & tomber en même temps dans les suppositions, les fables, les anachronismes, & dans des ridicules de toute espèce. Celui-ci réduira au féminin la même Divinité, à laquelle celui-là avoit donné le sexe masculin, & louera comme grands, puissans, bons, aimables ceux des Dieux qu'un autre regardoit comme fort petits, fort foibles, fort méchans, & par-conséquent comme des objets de mépris & d'horreur : une partie de ces Sages tremble de respect & de crainte devant des Créatures que l'autre renverse, coupe, brûle, fait cuire & dévore dans ses besoins, sans qu'il lui en arrive autre chose que d'être satisfait, nourri & rassasié. Il y en a qui ont poussé l'aveuglement jusqu'à déifier les Oignons, les Porreaux de leurs jardins, les Rats de leurs maisons, les Serpens de leurs campagnes, les Hibous de leurs forêts, les Poissons de leurs mers, de leurs rivières & de leurs étangs, tandis que d'autres protestoient qu'en tout cela leur culte ne se rapportoit qu'à un seul Être, une seule action, une seule opération, & une seule Divinité, qui savoit se placer dans tous les autres Êtres & se déguiser sous mille & mille figures différentes & même grossières, pour agir d'une manière qui eût quelque rapport avec les actions des hommes ; ensorte que le seul Dieu prétendu qu'ils adoroient, hurle dans un Loup, aboie dans un Chien, est brûlant dans le Feu, rafraîchissant dans l'Eau, salutaire dans le

Serpent

Serpent, meurtrier dans le Crocodile, amer dans une Plante, doux dans une autre, &c.

Quand on voit un simple particulier commander avec menaces à une Divinité, devant laquelle tout un Peuple n'ose paroître que dans l'état d'un humble Suppliant, quand on entend un Eschyle, qui fait parler Prométhée de cette sorte aux nouveaux Dieux de la troisième Religion des Grecs, » » Vous croyez, vous autres nouveaux Dieux, que le Palais où vous faites » maintenant votre séjour, est exempt de chagrins, tandis que j'en ai déja » vu chasser deux Souverains (le Ciel & Saturne), & que je sais que dans » peu de temps le troisième qui y règne aujourd'hui (Jupiter) en sera hon-» teusement chassé à son tour ; » quand on se rappelle que S. Clément d'Alexandrie raconte qu'un certain Diagoras voulant un jour faire cuire quelque chose chez lui, & n'ayant trouvé qu'un Hercule de bois, lui tint ce discours ; « mon cher Hercule, tu rencontre ici un second Eurystée ; » à tes douze travaux il faut ajouter le treizième », & qu'en disant cela il le jeta au feu ; enfin quand on ne peut s'empêcher de se persuader que les plus sages & les plus éclairés des Idolâtres n'ont brûlé que par politique, & avec une secrète dérision pour ces Plantes, ces Herbes, ces Animaux, ces Hommes, ces Figures, ces Statues & tant d'autres choses déifiées, l'encens que les simples leur consacroient par Religion & par habitude, on est bien prêt de s'écrier avec Jérémie, dans Baruch : *Vous verrez dans Babylone des Dieux d'or & d'argent, de pierre, de bois, qu'on porte sur les épaules. .. La langue de ces Idoles a été taillée par les Sculpteurs : celles même qui sont couvertes d'or & d'argent n'ont qu'une fausse apparence ; elles ne peuvent parler. Comme on a fait des ornemens à une fille qui aime à se parer ; ainsi après avoir fait ces Idoles on les pare avec de l'or. . . . . . Ces Dieux ne sauroient se défendre de la rouille ni des vers. Après qu'ils les ont revêtus d'un habit de pourpre, ils leur nettoient le visage, à cause de la grande poussière qui s'élève au lieu où ils sont. L'un porte un Sceptre comme un Homme, comme un Gouverneur de Province ; mais il ne sauroit faire mourir celui qui l'offense ; l'autre a une épée ou une hache à la main ; mais il ne peut s'en servir pendant la guerre, ni s'en défendre contre les Voleurs. S'ils tombent à terre, ils ne se reléveront pas eux-mêmes ; & si on les redresse, ils ne se tiendront pas sur leurs pieds. . . . . . Comment donc peut-on les croire & les appeller des Dieux?*

Tels furent les Dieux dont les Romains sur-tout, & les Empereurs ont paru faire tant de cas ; Dieux auxquels ils se sont efforcés de donner une espèce d'immortalité, & qu'ils représentoient sur le bois, sur la pierre, & sur les métaux ; Dieux avec lesquels ils ont cru s'immortaliser eux-mêmes & s'identifier en empruntant leurs Formes, leurs Figures, leurs Attributs, leurs Symboles, leurs Titres & leurs Noms sur les mêmes Monumens. On leur bâtit des Temples ; on leur éleva des Autels ; on institua des Sacrifices, des Fêtes, des Jeux, des supplications pour les honorer, pour les invoquer, pour les appaiser, pour les remercier, &c. Nous montrerons dans les Chapitres suivans quels furent les Formes, les Usages, & les Cérémonies de ces Institutions arbitraires.

Avant que d'entrer dans le détail de ce qui regarde ces Dieux, & de les montrer tels que l'Idolâtrie se les figure, nous devons faire observer ici plusieurs choses : la première, c'est que nous ne traiterons expressément que des Dieux qui ont été regardés comme les principaux, & qui sont les plus connus par les Médailles. Cette notion ſuffira pour parvenir au but que nous nous propoſons, qui eſt de donner à nos Lecteurs la connoiſſance des Médailles, & par-là celle des Dieux & de la Religion des Anciens : la ſeconde, c'eſt que nous ſeront forcés de répeter quelquefois les mêmes titres & les mêmes noms ; mais on reconnoîtra aiſément que dans la matière que nous traitons, ces répétitions ſont comme inévitables auſſi bien que certaines contrariétés apparentes, parce qu'en ſuivant toujours les mêmes principes, il faut les rappeller ſans ceſſe : d'ailleurs il s'agit d'une fauſſe Théologie, dont les différentes parties ſont ſouvent contraires les unes aux autres. La troiſième choſe à obſerver, c'eſt que pluſieurs habiles Auteurs ont penſé différemment de l'origine, de l'exiſtence, & des actions de tous ces Dieux. On peut néanmoins réduire leurs opinions à deux principales : ceux qui tiennent la première, qui eſt la plus ſuivie, prétendent que tous ces Dieux, ou du moins la plupart, ont exiſté réellement, qu'ils ont été des Héros, des Rois ou des Reines, des hommes ou des femmes qui ont eu la même origine que les autres hommes, qui ont vécu, engendré, agi, fait des guerres & des conquêtes, &c, avouant néanmoins que leur Hiſtoire véritable a été altérée & déguiſée par un grand nombre de faits & d'événemens, plus fabuleux encore que merveilleux, que lui ont prêté les Poëtes & les Philoſophes Païens : ceux qui embraſſent la ſeconde de ces opinions, croient que toutes ces fauſſes Divinités ont pris leurs origines, leurs noms, leurs formes primitives, leurs fonctions, leurs attributs, leurs ſymboles dans des ſignes, des caractères tracés, gravés ou peints, dans les lettres de l'Écriture Hiéroglyfique inventée par les premiers Aſtronomes de l'Égypte. Cette opinion, qui eſt celle de M. Pluche, anéantit, par conſéquent, & regarde comme de pures fables & des fictions ridicules tout ce que les Poëtes & les Philoſophes ont dit des Théogonies, ou de l'origine des guerres, des combats, des victoires, du pouvoir, des actions, des merveilles, des myſtères & des prodiges de tous ces Dieux. Les premiers trouvent l'Hiſtoire & la fable, & les ſeconds ne voient que de pures fables dans ce que les Anciens ont écrit ſur cette matière. La première de ces opinions a l'avantage d'être la plus ancienne, & d'avoir été ſuivie par pluſieurs Mythologues & Auteurs d'un grand mérite & d'un grand poids ; la ſeconde eſt toute nouvelle ; mais elle paroît toute naturelle & toute ſimple : elle donne raiſon de tout : toujours appuyée ſur le principe qu'elle établit, rien ne paroît l'embaraſſer quand il s'agit d'éclaircir, de lever les difficultés & de répondre aux objections.

Comme le choix eſt libre en pareilles matières, chacun peut ſe décider pour celui des deux ſentimens qu'il jugera le meilleur ; c'eſt auſſi pour mettre nos Lecteurs en état d'uſer de cette liberté, que nous montrerons d'abord ſur chacune des Divinités, dont nous allons parler, ce que M. Pluche a penſé, avant de rapporter ce que l'Hiſtoire & la fable en ont dit, quand l'une & l'autre en ont parlé ; enfin nous ferons voir les Divinités, dont nous aurons occaſion de traiter, telles que la Numiſmatique les a repréſentées. Ainſi preſque toutes les Sections de ce Chapitre auront quatre parties, dont la première montrera la Divinité dont il ſera queſtion, ſelon l'Écriture Hiéroglyfique ; la ſeconde la donnera, ſelon l'Hiſtoire ; la troiſième, ſelon la fable ; la quatrième enfin la préſentera telle qu'elle eſt ſur les Médailles. Mais avant que d'entrer dans ce détail, il eſt néceſſaire de faire connoître deux ſyſtêmes ſur l'origine des faux Dieux en général. Nous emprunterons le plan du premier de M. Rollin, & celui du ſecond de M. Pluche.

Premier

Premier Systéme, sur l'Origine des faux Dieux.

M. Rollin nous a donné ce Systême (dans son Traité des Études, Liv. IV. partie IVe. Article premier, page 254 du Tome IV.), avec son éloquence ordinaire, en traitant de l'Origine de la Fable. Comme son but étoit d'édifier la Jeunesse en l'instruisant, nous ne pouvons mieux faire que de le copier dans un Ouvrage, où nous nous proposons les mêmes fins.

» La Fable, dit, ce savant Écrivain, qui est un mêlange & un composé
» de faits réels & de mensonges embellis & ornés, est née de la vérité, c'est-
» à-dire de l'Histoire tant sacrée que profane, dont plusieurs événemens
» ont été altérés en différentes manières, & en différens temps, soit par les
» opinions populaires, soit par les fictions Poétiques.

» Je dis que la Fable est née en partie de l'Histoire Sainte ; & c'est là sa
» première & principale Origine. La Famille de Noé instruite parfaitement
» de la Religion, par ce Saint Patriarche, conserva quelque temps le culte
» du vrai Dieu dans toute sa pureté. Mais lorsqu'après avoir entrepris inuti-
» lement la construction de la Tour de Babel, elle se fût séparée, & qu'elle
» se répandît en différentes Contrées, la diversité de langage & de demeure
» fut bientôt suivie de l'altération du culte. La vérité, qui jusques-là n'avoit
» été confiée qu'au canal seul de la vive voix sujet à mille variations, &
» qui n'étoit point encore fixée par l'Écriture gardienne sûre des faits, la
» vérité, dis-je, s'obscurcit par un nombre infini de Fables, dont les der-
» nières augmentèrent beaucoup les ténébres que les plus anciennes y avoient
» déja répandues.

» La tradition des grands principes & des grands événemens se conserva
» parmi tous les Peuples, non sans quelque mêlange de fictions ; mais avec
» des traces de vérité évidentes & tout-à-fait reconnoissables ; preuve certaine
» que ces Peuples étoient tous sortis de la même origine.

» De là ce sentiment répandu chez tous les Peuples, d'un Dieu Souverain,
» Tout-Puissant, Maître & Créateur de l'Univers ; &, ce qui en est une
» suite, de là nécessité d'un culte extérieur, par des Cérémonies, & des
» Sacrifices. De-là le consentement uniforme & général sur certains faits ;
» la création de l'homme par les mains de Dieu même ; son état de bonheur
» & d'innocence, marqué par le siècle d'or, où la Terre, sans être arrosée
» de ses sueurs, ni cultivée par un pénible travail, lui fournissoit tout en
» abondance ; la chûte du même homme, source de tous ses malheurs,
» suivie d'un déluge de crimes qui attira celui des eaux ; le genre humain
» sauvé par une arche qui s'arrêta sur une montagne ; & ensuite la propaga-
» tion du genre humain par un seul homme & par ses trois fils.

» Mais le détail des actions particulières étant moins important, & par
» cette raison moins connu, fut bientôt altéré par des Fables & des fictions,
» comme on le voit clairement dans la famille de Noé. Comme il fut père
» de trois enfans, & que les Peuples qui en étoient descendus se répandirent
» après le déluge dans les trois différentes parties de la Terre, cette Histoire
» a donné lieu à la Fable de Saturne, dont les enfans, si on en croit les
» Poëtes, partagèrent entre eux l'Empire du Monde.

» *Cham* est le même qu'Ammon, c'est-à-dire Jupiter. *Japhet*, connu
» sous ce nom par les Poëtes, fut aussi adoré sous celui de Neptune, parce
» que les Pays maritimes lui échûrent. La postérité de *Sem*, plus religieuse

M

» dans plufieurs de fes defcendans, a laiffé fon nom dans un oubli qui l'a fait
» prendre pour le Dieu des morts & de l'oubli. Il eft aifé de voir fur quoi
» eft fondée l'Hiftoire fcandaleufe de Saturne, traité injurieufement par
» l'un de fes fils. Il eft auffi aifé de comprendre que la licence des Saturnales
» venoit d'une mémoire peu refpectueufe de l'ivreffe de Saturne, c'eft-à-dire,
» de Noé. La févère punition de celui qui avoit vu la nudité de Noé, a laiffé
» parmi les Païens la mémoire de l'indignation de Saturne, qui, felon Calli-
» maque, fit une Loi irrévocable, que quiconque auroit une pareille témérité
» à l'égard des Dieux, perdroit auffi-tôt la vue.

» Quel rapport ne trouve-t-on point entre Moyfe & Bacchus ; & ainfi
» de beaucoup d'autres ? Voilà donc certainement une des fources de
» la Fable, qui eft l'altération des faits & des événemens de l'Hiftoire
» Sainte.

» Le miniftère des Anges à l'égard des hommes, en a été une autre. Dieu,
» qui avoit affocié les Anges à fa nature fpirituelle, à fon intelligence, à fon
» immortalité, a voulu encore les affocier à fa Providence dans le gouver-
» nement du Monde, foit en ce qui concerne la nature des Élémens, foit
» en ce qui a rapport à la conduite des Peuples. L'Écriture nous parle des
» Anges qui préfident aux eaux, aux vents, aux foudres, aux tonnères, aux
» tremblemens de terre. Elle nous en montre d'autres qui, armés d'une épée
» foudroyante ravagent toute l'Egypte, font périr par là la pefte, dans Jéru-
» falem, un Peuple innombrable, & exterminent l'armée d'un Prince impie.
» Il y eft fait mention d'un Ange, Prince & Protecteur de l'Empire des
» Perfes ; d'un autre, Prince de celui des Grecs ; de l'Archange Michel,
» Prince du Peuple de Dieu. Le miniftère des Anges eft auffi ancien que
» le Monde, comme on le voit par le Cherubin placé à la porte du Paradis
» Terreftre, pour en garder l'entrée.

» Noé & les Patriarches étoient parfaitement inftruits de cette vérité,
» qui les intéreffoit très-vivement ; & ils avoient eu foin, fans doute, d'en
» inftruire leurs familles, qui peu-à-peu perdant les idées plus pures & plus
» fpirituelles d'une Divinité cachée & invifible, ne furent plus attentifs
» qu'aux Miniftres de fes bienfaits & de fes vengeances. Il a pu arriver de-là
» que les hommes fe foient formé l'idée des Dieux, dont les uns préfidoient
» aux fruits de la Terre, d'autres aux fleuves, ceux-là à la guerre, ceux-ci
» à la paix, & ainfi de tout le refte ; des Dieux dont le pouvoir & le mi-
» niftère étoient bornés à certaines Contrées & à certains Peuples ; mais qui
» tous étoient foumis à l'autorité fuprême.

» Un autre principe de Religion, gravé généralement dans l'efprit de
» tous les Peuples, a donné lieu encore à la multiplicité des Divinités
» Païennes ; c'eft la perfuafion où l'on a toujours été que la Providence
» Divine préfide à tous les événemens humains grands ou petits, & qu'aucun,
» fans exception, n'échappe à fon attention ni à fes foins. Mais les hommes
» effrayés du détail immenfe où il falloit que la Divinité defcendît, ont cru
» la devoir foulager, en donnant à chaque Dieu en particulier une fonction
» propre & perfonnelle : *fingulis rebus propria difpertientes officia Numinum.* Le
» foin de la campagne auroit donné trop d'affaires à un Dieu feul ; les terres
» étoient confiées à l'un, les montagnes à l'autre, les collines à un troifième,
» les vallées à un autre. Encore Saint Auguftin compte une douzaine de Divi-
» nités différentes toutes occupées au tour d'un chalumeau de bled, dont
» chacune d'elles, felon fa deftination, prend un foin particulier dans les

„ différens temps , depuis le premier moment que la femence a été jettée en
„ terre , jufqu'à ce que le bled foit parfaitement muri.

„ Outre la foule de Dieux du bas étage deftinés à ces mêmes fonctions,
„ il y en a d'autres, dit Saint Auguftin , plus confidérables , & d'un rang plus
„ élevé , parce qu'apparemment ils ont une plus notable part au gouvernement
„ du Monde.

„ Mais , ajoute le même Père , ce font ces Dieux-là même plus importans
„ & plus renommés que la Fable a plus décriés & diffamés, en leur attribuant
„ les crimes les plus honteux & les défordres les plus déteftables, des meurtres,
„ des adultères, des incestes ; au lieu que par rapport à ces petits Dieux , leur
„ obfcurité & leur baffeffe, en les laiffant dans l'oubli, a mis leur honneur en
„ fûreté. Et ceci a encore été une source féconde de fictions , que la corrup-
„ tion du cœur de l'homme a fournies à la Fable, pour pallier & excufer les
„ défordres les plus affreux, par l'exemple des Dieux-mêmes.

„ Il n'y avoit point d'infamie qui ne fût autorifée & confacrée par le culte
„ qu'on rendoit à certains Dieux. On chantoit dans la folemnité de la Mère
„ des Dieux des chanfons dont la mère d'un Comédien auroit rougi ; &
„ Scipion Nafica, qui fut choifi par le Sénat, comme le plus honnête homme
„ de la République, pour aller recevoir fa Statue, auroit été bien fâché que
„ fa mère eût été Déeffe à ce prix , & eût tenu la place de Cybèle.

„ Les Philofophes blâmoient toutes ces impures Cérémonies, mais timi-
„ dement, à voix baffe, & feulement dans l'enceinte de leurs Écoles. Reli-
„ gieux parmi leurs difciples, ils fuivoient le Peuple dans leurs Temples &
„ aux Théâtres, où ces abominations avoient lieu : & Sénéque, dans un
„ ouvrage que nous avons perdu , où il invectivoit avec la dernière force
„ contre ces fuperftitions facrilèges, déclare pourtant que le Sage s'y confor-
„ mera au dehors, pour fuivre les Loix de l'Etat, quoiqu'il fache bien qu'un
„ tel culte, loin de plaire aux Dieux, n'eft capable que de les irriter. . . .

„ On peut mettre dans ce nombre (par rapport à la Fable , & à la mul-
„ tiplicité des Dieux), le fentiment d'admiration ou de reconnoiffance
„ qui a porté les hommes à attacher l'idée de Divinité à tout ce qui frappoit
„ leur vue, ou qui les touchoit de près, ou qui paroiffoit leur procurer quelque
„ utilité ; tels que font le Soleil, la Lune, les Étoiles ; les pères à l'égard de
„ leurs enfans, & les enfans à l'égard de leurs pères ; les perfonnes qui avoient
„ inventé ou perfectionné les Arts utiles au genre humain ; les Héros qui
„ s'étoient diftingués dans la guerre par un courage extraordinaire, ou qui
„ avoient purgé la Terre des brigands ennemis du repos public ; enfin tous
„ ceux qui, par quelque vertu ou par quelque action éclatante, paroiffoient
„ au-deffus du commun des hommes ; & l'on fent bien, fans que j'en avertiffe,
„ que l'Hiftoire profane, auffi bien que la facrée, a donné lieu à tous ces
„ demi-Dieux, & à ces Héros que la Fable a placés dans le Ciel, en réuniffant
„ fouvent fur la tête & fous le nom d'un feul des actions très-féparées , &
„ pour les temps, & pour les lieux, & pour les perfonnes.

Voilà donc l'Origine des faux Dieux trouvée, par M. Rollin, dans l'Hiftoire
facrée & profane, altérée & déguifée par les fables & les fictions Poétiques.
Paffons à l'autre Syftême, qui eft celui de M. Pluche ; nous le donnerons
auffi d'après cet Auteur.

Second Systéme, *fur l'Origine des faux Dieux.*

La perfuafion intime dans laquelle les hommes reftèrent, malgré leur corruption & leurs ténébres, au fujet de l'exiftence d'un Être fuprême, entraînoit avec foi, comme nous venons de le voir, celle qui dictoit la néceffité & la réfolution de lui rendre un culte de louange & d'adoration, à caufe de fa grandeur & de fes perfections; un culte de reconnoiffance & d'actions de graces, par rapport aux bienfaits qu'on avoit reçus de fa bonté ; un culte d'invocation & de prières, dans la vue d'obtenir les graces ou de prévenir les fleaux & les punitions de fa toute-puiffance & de fa juftice. Toute Religion, vraie ou fauffe ne fe propofa jamais rien autre chofe dans fes Sacrifices & dans fon culte.

On fe perfuada encore facilement qu'il y avoit des temps où les vœux, toujours agréables à la divine Majefté, feroient néanmoins encore mieux reçus & plutôt exaucés que dans d'autres. La Crainte, la Reconnoiffance & l'Efpérance décidèrent fur la néceffité & fur la convenance. La Crainte offrit dans les menaces & les dangers ; la Reconnoiffance après les bienfaits ordinaires ou extraordinaires ; l'Efpérance dans les befoins publics ou particuliers. Les renouvellemens d'Année, de Saifon, de Lune parurent être des temps propres à s'acquiter de ces devoirs par des Prières, des Offrandes, des Libations, des Sacrifices, & par d'autres Cérémonies de Religion qui étoient ordinairement fuivies de repas communs, accompagnés d'Hymnes & de Cantiques que l'on chantoit à la louange de Dieu, & quelquefois des honneurs qu'on rendoit aux morts.

L'intérêt s'étant bientôt joint aux motifs de Religion, on chercha les moyens de faire fervir le fpirituel au temporel, & d'employer pour l'utilité des hommes, des affemblées & des fêtes inftituées pour honorer ou Dieu lui-même, ou ce que d'aveugles mortels prenoient pour un Dieu.

Ce fut fur-tout en Égypte que l'on mit à profit ces affemblées de Religion, par les enfeignemens & les inftructions que l'on y fit trouver au Peuple, & qui avoient deux objets : le premier étoit de lui apprendre ce qu'il devoit à Dieu, & ce qu'il avoit à faire pour l'honorer dans telles & telles circonftances de temps : le fecond étoit pour lui faire favoir ce qu'il avoit à faire pour l'arpentage, le partage & le labourage des Terres, pour les femailles & les moiffons ; ce qu'il avoit à efpérer ou à craindre des vents, des débordemens du Nil ; & ce qu'il avoit à obferver pour fa fanté, pour fa confervation, pour fon repos, pour fon plaifir, & pour fon bien être en toutes manières.

Ces inftructions étoient agréables & courtes : elles attiroient d'ailleurs l'attention, par la fingularité. On les donna par des fymboles, tracés d'abord fort imparfaitement & prefque inintelligibles. Une compagnie d'hommes choifis, qui devint celle des Prêtres, fut bientôt chargée de les rendre plus parfaits, plus fignificatifs, plus aifés à comprendre. Elle y travailla avec fuccès en inventant des caractères & des figures ou des fignes, dont les plus fimples comprirent aifément le rapport avec les chofes qu'on avoit prétendu leur faire fignifier. On expofa ces figures aux yeux du Public tracées, ou gravées, ou peintes fur la pierre, fur le bois, ou fur la toile, dans les places publiques & dans les lieux d'affemblées.

Afin de rendre cette manière d'écrire, de parler aux yeux & d'inftruire, toujours plus claire & plus parfaite, on donna à ces figures des fymboles

& des attributs bien plus significatifs des choses que l'on vouloit enseigner, que les figures mêmes. Les exemples feront comprendre ce que l'on dit ici.

Quand les Égyptiens vouloient faire honorer Dieu comme un Être suprême, dont la puissance & l'action sont sans borne & sans fin, ils représentoient dans les places publiques, ou dans les lieux d'assemblées, un cercle rayonné, comme on nous représente le Soleil, ou même un simple cercle sans rayons. Mais vouloient-ils faire adorer Dieu comme auteur & conservateur de la vie ? Alors ils ajoutoient à ce cercle un des deux symboles, que les Égyptiens & d'autres Peuples étoient accoutumés à prendre pour des signes significatifs de la vie ; tels étoient le feu & le serpent. On affichoit donc & on montroit, pour cette raison, un cercle d'où on faisoit sortir une ou deux flammes, ou bien un ou deux serpens.

Deux ailes de papillons, à cause de la variété de leurs couleurs & de leurs mouvemens perpétuels, servoient à symboliser l'air avec ses vicissitudes de couleurs, ses agitations & ses variations. Comme on les attachoit au cercle, on faisoit voir par-là, que c'est à Dieu, représenté par ce cercle, qu'on doit les benignes & salutaires influences de l'air, & le changement des saisons.

On ajoutoit au cercle ou des épics bien garnis & bien riches, ou des feuilles de quelqu'unes des plantes les plus fécondes, pour faire admirer les richesses & la fécondité de la divine Providence, qui de peu de grains fait sortir des fruits en une telle abondance, qu'ils fournissent la nourriture aux hommes & aux animaux qui les servent. On voit à la planche IIIe. numeros 1. 2. 3. 4. 5. quelqu'uns de ces cercles ou globes, dont on vient de parler. Ceux des numeros 1. & 2. étoient représentatifs de l'Être suprême qui n'a ni commencement ni fin, & dont la puissance & l'action sont sans borne. Ceux des numeros 8. 9. & 10. dont l'un (le 9e.) est avec une flamme, & les deux autres avec un ou deux serpens qui en sortent, servoient à représenter Dieu comme auteur de la vie. Ceux des numeros 11. & 12, garnis de deux ailes de papillons, l'annonçoient comme Maître de l'air & des saisons. Enfin ceux des numeros 3. 4. & 5., qui sont accompagnés d'épics & de feuilles de la plante qu'on appelle Bananier, le faisoient regarder comme le véritable auteur de tous les biens, & comme celui qui seul donne la fécondité à la Terre.

On sait déja qu'un bouquet fait de plusieurs beaux épics est le symbole de l'abondance : on en trouve souvent au revers des Médailles ; ils n'y ont guère d'autres significations que celles qui ont rapport à la fertilité de la Terre en général, ou de quelques Pays en particulier. Mais il est bon de savoir aussi que le Bananier est entore très-propre pour signifier & symboliser la même fertilité. Car il n'y a rien d'égal à la fécondité de cette plante, qui tient du prodige. Elle croît aisément dans les campagnes. Sa tige sort d'un oignon : elle devient fort haute, & acquiert en un an, dans les Pays chauds, un demi pied & plus d'épaisseur. Du milieu de ses feuilles longues de quatre à cinq pieds, souvent plus, & large de près de deux, s'élève un rameau divisé en plusieurs nœuds : il sort de chacun de ces nœuds dix ou douze fruits longs comme de médiocres concombres, & qui contiennent une chair moëlleuse, beurrée, nourrissante, fraîche, & d'un goût agréable. De toutes ces grappes réunies sur une seule branche, il se forme une masse de 150 ou 200 fruits. Après la récolte, on coupe le feuillage énorme & les tiges, dont on nourrit les éléphans, dans l'Inde & en Afrique. Cette plante, qui fait vivre, sans frais, des milliers d'Habitans pendant plusieurs mois, & qui a toujours été la ressource des Peuples de l'Égypte, de l'Éthiopie, & des Indes, méritoit d'être choisie par préférence pour caractériser le symbole de celui, qui, avec la vie, donne les soutiens de la vie. Revenons à d'autres symboles.

Pour annoncer les Vents, les mêmes Égyptiens, ou leurs Prêtres, crurent ne pouvoir choisir rien de plus simple, ni de plus propre que les oiseaux, à cause de leurs ailes, dont l'Écriture Sainte même donne le nom aux Vents ; mais comme il eut été peu utile d'annoncer du vent en général, sans le caractériser, il fallut choisir certains oiseaux parmi les autres, pour faire connoître la qualité du Vent qui devoit règner en Égypte dans tels & tels temps, dans tels & tels mois, dans telle & telle saison, afin que le Peuple pût apprendre par-là ce qu'il avoit à espérer ou à craindre, à faire ou à éviter.

Or parmi les Vents il y en avoit deux sur-tout, dont les Égyptiens étoient fort intéressés à observer le retour ; c'étoit ce retour que leurs Prêtres astronomes s'appliquoient à leur faire connoître, par l'affiche des symboles propres à l'annoncer. L'un de ces Vents étoit le *Vent Etésien* Septentrional : à l'entrée de l'Été ce Vent chasse les Vapeurs vers le Midi : ces vapeurs couvrent l'Éthiopie de nuages épais que ce même Vent résout en pluies, & qui font enfler le Nil plus ou moins, selon qu'elles sont abondantes. On sait de quelle importance étoit le débordement du Nil pour l'Egypte, dont il fertilisoit les terres. Plus les eaux de l'inondation annuelle étoient hautes, plus la récolte étoit abondante, pourvu néanmoins qu'elles ne s'élevassent point au-dessus de seize coudées, ou vingt-quatre pieds ; car alors elles causoient un grand dommage. Le Vent Étésien annonçoit donc ce débordement, mais de loin ; car il commençoit à régner au mois d'Avril ; les pluies qu'il amenoit en Éthiopie y tomboient jusqu'à la fin du mois d'Août : les eaux du Nil sortoient de leur lit dès le mois de Juin ; & sur la fin de ce mois l'inondation étoit à sa plus grande force.

Le second Vent intéressant pour l'Égypte, est le Vent Méridional. C'est celui qui fait retirer les eaux du Nil dans leur lit, qui dessèche les terres & qui fertilise les limons gras & abondans, dont l'inondation les a couvertes. C'étoit après le retour de ce vent que l'on faisoit tous les ans un nouvel arpentage & un nouveau partage des terres, que chacun ensemençoit & cultivoit ensuite.

L'annonce ou la prédiction du premier de ces vents, qui précédoit de quelques mois l'inondation, faisoit sentir au Peuple qu'il étoit temps de préparer tout ce qui étoit nécessaire pour se tenir en repos, & comme en retraite, pendant les trois mois que devoit durer l'inondation. L'annonce du second, l'avertissoit de se tenir prêt aux travaux de la campagne, c'est-à-dire, au labourage, aux semailles, & ensuite aux moissons.

Pour faire connoître le retour de ces deux Vents, les Prêtres choisirent la figure de deux oiseaux les plus propres à en devenir les symboles ; ces oiseaux étoient l'*Epervier* & la *Huppe*. Ces symboles étoient simples, naturels, & fort intelligibles. L'Epervier se plaît au Nord ; mais lorsqu'au Printemps il commence à muer, il s'avance vers le Midi, afin qu'à la faveur des Vents chauds, il puisse plus aisément se renouveller par la chûte de ses vieilles plumes, qui font place aux nouvelles. La Huppe au-contraire, va du Midi au Nord. Elle va en Égypte à la suite du Nil, à mesure que ses eaux se retirent, parce qu'elle trouve sur les terres, que ces eaux abandonnent, une infinité de moucherons, de vermisseaux, & d'autres insectes dont elle vit, & qui naissent aux premiers rayons du Soleil, des œufs que sa chaleur fait éclorre

dans

dans le limon du Nil où ils étoient dépofés. Ainfi dès que les Égyptiens voyoient la figure de l'un ou de l'autre de ces oifeaux expofée à leurs yeux, avec leurs ailes étendues, ils ne doutoient point que celle du premier feroit bientôt fuivie du Vent qui produit les pluies, & celle du fecond de là chaleur qui defféche les eaux ; & en conféquence, ils fe préparoient ou au repos, ou au travail, felon que le fymbole leur faifoit comprendre que le temps de l'un ou de l'autre approchoit.

On ne fe contentoit pas de repréfenter une certaine efpèce d'oifeau pour préfager un certain Vent ; mais on plaçoit encore fur la tête ou dans les pattes de ces oifeaux des fymboles, que M. Pluche appelle des fymboles fubalternes, parce qu'ils étoient fubordonnés aux autres. Les premiers annonçoient de quel côté viendroient les Vents ; les feconds enfeignoient quelles feroient les qualités de ces vents ; favoir, s'ils feroient impétueux, orageux, fecs, pluvieux, froids ou brûlans, &c. On voit à la planche IIIe. numeros 6. & 7. deux de ces oifeaux, qui ont, entre leurs pattes, quelque chofe, qui, à ce que l'on croit, fignifie la qualité du vent que ces oifeaux fymboliques annoncent ; mais on ne peut pas dire au jufte quelle eft cette qualité de Vents que ces fymboles fubalternes pronoftiquent. Il y a un de ces inftrumens plus élevé que l'autre, & il eft terminé par une efpèce de dard. La différence qui eft entre l'un & l'autre marque fûrement celles des Vents, dont ils font les pronoftics.

Un autre fymbole, que l'on expofoit aux yeux du Peuple, pour lui apprendre beaucoup de chofes très-intéreffantes, étoit celui de l'Étoile de la Canicule. Dès que cette Étoile venoit à paroître, & que le Soleil s'avançoit fous le figne du Lion, on étoit certain que le débordement du Nil alloit fuivre de près, & l'on en donnoit auffi-tôt avis au Peuple, en lui en montrant le fymbole, fous la figure d'un corps humain à une ou à deux têtes de chien aboyant. Les fymboles fubalternes qu'on donnoit à cette figure étoient pour faire connoître quelque chofe de plus particulier, que le Peuple avoit à faire dans ce temps-là. Quand il paroiffoit avec deux têtes humaines, l'une de vieillard, & l'autre de jeune homme tournées l'une devant & l'autre derrière, il annonçoit par la première, l'année expirante, & par la feconde, l'année commençante. Si on lui mettoit une clef à la main, c'étoit pour lui donner la fonction d'un portier qui ouvre l'année ; car chez les Égyptiens on comptoit le mois de la Canicule pour le premier de tous. Lorfqu'on lui attachoit une marmite au bras, des ailes aux talons, une plume fur la main, c'étoit pour avertir que le débordement du Nil étant prochain, il falloit fuir & fe retirer dans les maifons avec la légéreté & la vîteffe des oifeaux, & y renfermer avec foi tout ce qui étoit néceffaire à la vie, pour tout le temps que dureroit l'inondation. La figure d'un Lézard, ou celle d'une Tortue, animaux qui fe plaifent & fe nourriffent le long des eaux, annonçoit auffi aux Égyptiens qu'ils alloient être dans la même pofition. Ce fymbole de la Canicule (je veux dire le principal, qui étoit la figure humaine à tête de chien), étoit appellée l'*Aboyeur*, le *Moniteur*, l'*Aftre-chien*, le *Portier*, l'*Aftre qui ouvre & qui ferme l'année* ; & c'eft ce que fignifioit en Langue Égyptienne le nom d'*Anubis*, fous lequel nous connoiffons par les Médailles, & par d'autres Monumens, cette figure que l'Égypte adora. On ne donnera point ici un plus grand nombre d'exemples de ces fymboles principaux & acceffoires. On en trouvera d'autres dans la fuite, quand il s'agira de chacune des principales Divinités.

Commençons à préfent à montrer comment M. Pluche fait naître tous les faux Dieux de ces symboles, & de cette espèce d'Écriture, que les Égyptiens appellèrent l'*Ecriture Symbolique*, ou *Hiéroglyfique* : voici ses propres paroles.

» Après avoir parlé de la plupart de ces symboles, « Nous arrivons, dit-il
» dans le Chapitre II de l'Histoire du Ciel, Tome Ier. page 137, à la nais-
» sance de l'Idolâtrie ; mais est-elle donc l'effet de l'Écriture Symbolique ;
» & une invention innocente a-t-elle perverti le genre humain ? Non assu-
» rément. La cupidité seule a fait tout le mal.

» Un adorateur froid, indifférent pour la Justice, & qui a le cœur plein
» de passions n'est pas un Idolâtre, je l'avoue ; mais il est déja bien loin de
» Dieu, & de nouveaux égaremens peuvent succéder au premier, Dieu
» permettant que les ténébres deviennent la punition des cupidités criminelles.
» Le même attachement aux biens terrestres, la même injustice envers le
» prochain, en un mot la même cupidité qui a fait le Juif & le mauvais
» Chrétien, corrompoient le culte que les premiers hommes rendoient pu-
» bliquement à Dieu. Ils venoient réguliérement faire leur Offrande, &
» plier les genoux devant les Figures instructives, qui les entretenoient de
» Dieu & de leurs devoirs. Leur action étoit bonne, & ils trouvoient dans
» l'appareil de leur Religion une multitude de leçons utiles ; mais le cœur
» ne tenoit qu'à la Terre, & étoit tout livré aux objets de leurs passions.
» L'abondance qu'ils venoient demander, plutôt que la Justice, la longue vie
» qu'ils regardoient avec complaisance comme l'effet & le prix de leur piété,
» en étoient aussi tous le motif. S'ils célébroient certaines fêtes avec plus de
» pompes & de vivacité que d'autres, l'esprit de Religion y avoit peu de
» part ; c'est parce qu'elles les intéressoit par quelques symboles particuliers
» à leur Pays, & sur-tout par la figure de l'animal qui faisoit leur richesse,
» ou qui caractérisoit le temps précis de leur moisson ; au lieu de mesurer
» l'étendue de leur piété par l'étendue de leur amour pour leurs frères, ils
» croyoient avoir tout acquitté, quand ils avoient été fidèles aux rubriques
» d'une dévotion machinale & toute extérieure, dont l'observation coûte
» peu en comparaison de la réforme du cœur ; ils s'attachoient méthodique-
» ment à un cercle de menues pratiques, dans la pensée que le mérite en
» étoit sûr, & les succès bien éprouvés. Ils se persuadoient en conséquence
» que leur prospérité ou leurs petits avantages personnels étoient une justice
» que Dieu leur rendoit, & un payement dont il devoit être occupé par
» préférence. Avec des dispositions si grossières il est peu étonnant que les
» premiers hommes aient aisément perdu de vue leur Créateur, & la véritable
» piété. Ce que les symboles publics leur enseignoient, les avoit peu touchés,
» lorsque le sens en étoit encore entendu. Une telle indifférence ne les con-
» duisoit pas à en chercher le sens lorsqu'il commença à s'oublier.

» Nous pouvons à présent juger des impressions que doivent faire les
» figures symboliques sur l'esprit de nos Adorateurs ignorans ou passionnés.
» Ceux que leur cupidité a corrompus abusent de tout ; & l'Écriture destinée
» à les instruire va, par l'effet de leur indifférence, & en punition de leur
» malignité, les mener de méprise en méprise, & devenir pour eux l'occasion
» des chûtes les plus funestes.

» Parmi ce Peuple qui se présente dans le lieu de l'assemblée, presque
» personne ne sait lire l'écriture vulgaire : on peut bien assurer qu'aucun d'eux
» ne s'est mis en peine d'entendre ce que signifie l'ancienne. Les Assistans se
» trouvent environnés de symboles tracés avec appareil. Ce sont toutes figures
» d'hommes,

» d'hommes, de femmes, & d'animaux parfaitement connus. Il est vrai qu'il
» y en a de bizarres, & qui ne peuvent réveiller en eux aucune idée bien
» distincte ; mais la vue du Soleil qui paroissoit souvent au haut de leurs
» tableaux, & sur la tête des figures, réveilloit en eux l'idée du Soleil. Un
» homme ou un oiseau, dans ces peintures, les faisoit songer à un homme ou
» à un oiseau. Ils se bornoient stupidement à la figure qui étoit devant eux,
» ou au nom du Gouverneur, de l'Epervier, de la Huppe, ou à tel autre
» son dont leur oreille étoit frappée ; & n'allant pas plus loin, ils manquoient
» le sens qui étoit l'objet de ce langage, & l'ame de cette Écriture. Il n'est
» personne qui ne pressente aisément les étranges suites de cette méprise. On
» apperçoit, sans nouvelles preuves, que c'est là la première source des figures
» bizarres & des idées absurdes de l'Idolâtrie universelle ».

Voilà donc quelle fut l'origine de l'Idolâtrie & des Idoles, selon M. Pluche.
La corruption du cœur, l'oubli de Dieu & celui du vrai sens & de la destination primitive des figures & des symboles qu'on exposoit aux yeux des
hommes. L'utilité de ces symboles, la cupidité qu'ils attiroient & qu'ils flattoient, engagèrent les aveugles Mortels, comme par dégré & presque imper-
ceptiblement, d'abord à s'y attacher, ensuite à les regarder comme les Auteurs
& les sources soit des biens qu'ils espéroient & qu'ils demandoient, soit des
maux qu'ils craignoient & qu'ils tâchoient de détourner de dessus leurs têtes ;
enfin à en faire des Dieux par une suite nécessaire de leurs erreurs & de leurs
égaremens. Parlons à présent de chacune de ces Divinités, connues par les
Médailles, & voyons-les sortir ou de l'Écriture Hiéroglyfique, avec M. Pluche,
ou de l'Histoire, avec l'Abbé Banier & Declaustre, ou enveloppées des fictions
de la Fable, par les Poëtes, ou enfin représentées par les Types des Médailles.
Commençons cependant par donner l'explication des figures que l'on voit
su la 3ᵉ., la 4ᵉ., la 5ᵉ., & la 6ᵉ. de nos Planches.

EXPLICATION DES FIGURES

Qui sont représentées sur les 3ᵉ., 4ᵉ., 5ᵉ., & 6ᵉ., Planches.

Planche Troisième.

Numeros 1. & 2. Un cercle, & un globe rayonné, ou sans rayon ; c'est
cette Figure que l'on exposoit en forme d'enseigne aux yeux des Égyptiens,
comme le symbole de Dieu, d'un Être suprême qui n'a ni commencement
ni fin, & dont la puissance & l'action sont sans bornes.

Nᵒˢ. 3. 4. & 5. Cercles ou globes accompagnés d'épics ou de feuilles de
bananier, pour représenter Dieu comme Auteur de tous les biens, & comme
celui qui seul donne la fécondité à la Terre.

Nᵒˢ. 6. & 7. Oiseaux, dont le premier est l'Épervier, & le second la
Poule de Numidie, symboles de deux Vents contraires : les instrumens qu'ils
tiennent dans leurs pattes servoient à marquer la qualité de ces Vents.

Nᵒ. 8. Un globe ou cercle, avec deux Serpens qui en sortent ; nᵒ. 9.
Cercle avec une flamme au milieu ; nᵒ. 10. Cercle avec un seul Serpent ;
tous symboles d'un Dieu Auteur de la vie.

N

N°s. 11. & 12. Cercles ou globes avec des ailes de Papillons, fymboles de Dieu comme Maître de l'Air & des Vents.

N°. 13. Un Ibis, efpèce de Cigogne, fymbole d'un certain Vent; n°. 14. Tête de Huppe, pour annoncer aux Égyptiens le règne prochain du Vent du Sud, comme l'Épervier leur pronoftiquoit celui du Septentrion.

N°. 15. Figure d'un prétendu oifeau appellé Harpie; il a des ailes & un globe fur la tête. Le globe eft le fymbole de Dieu, l'oifeau celui des Vents: cette repréfentation annonçoit une Fête que l'on célébroit, pour obtenir de Dieu certains Vents favorables.

N°s. 16. & 17. Deux fortes de Sphinx, Figures Énigmatiques à tête humaine, fur un corps de Lion couché. La hauteur de ces figures marquoit celle de l'inondation prochaine du Nil: les moiffons étoient bonnes & abondantes, fi l'inondation ne paffoit pas cette hauteur: il n'y en avoit point à efpérer fi elle la paffoit. Le corps de Lion couché fignifioit le repos dont jouiffoient les Égyptiens pendant l'inondation.

N°. 18. Anubis, Figure humaine, avec une tête de Chien, une plume à la main gauche, avec une marmite, & ayant des ailes aux talons. On expofoit ce fymbole, en Égypte, à la naiffance de la Canicule. Tout parloit à ce Peuple dans cette enfeigne. La tête de Chien fignifioit fa fonction, qui étoit celle d'un Chien fidèle, d'un aboyeur qui avertit de ce qui fe paffe: auffi ne l'expofoit-on que pour pronoftiquer le lever ou l'apparition de la Canicule, qui étoit fuivi de près du débordement du Nil; les ailes aux talons étoient pour avertir de prendre vîte la fuite, & de fe retirer promptement des Campagnes à la maifon: la marmite enfeignoit qu'il falloit fe munir de provifions & d'utenfiles néceffaires pour la Cuifine: enfin la grande plume, ou le rofeau, ou le bâton croifé qu'on lui mettoit à la main, étoit une mefure qui indiquoit à combien de coudées fe montoient les eaux du Nil dans le débordement. Quand on montroit Anubis avec deux faces, l'une jeune & l'autre vieille, c'étoit pour annoncer la fin de l'année par l'une, & le commencement de la fuivante par l'autre. Si, au lieu de la plume, on lui donnoit une clef en main, c'étoit pour fignifier la même chofe & annoncer qu'il alloit fermer l'année courante, pour ouvrir la prochaine.

N°s. 19. & 20. Deux Figures d'Ofiris, fymbole du Soleil: celle du n°. 19. eft pofée fur un piedeftal; elle a un globe fur la tête & un fouet en main, avec un bâton croifé par le haut, entre les bras. Le piedeftal marque l'immobilité des Loix qui règlent le mouvement & le cours du Soleil; le Globe Célefte & Terreftre qu'il a fur fa tête, & le fouet qu'il tient font pour montrer que le Soleil eft en quelque forte le Conducteur & le Modérateur des Aftres, l'Ame du Monde, le Gouverneur de la Terre & de la Nature, & que c'eft de lui que l'Être fuprême fe fert pour l'éclairer, l'échauffer & la fertilifer. La perche ou le bâton croifé par le haut eft une de ces mefures, dont on fe fervoit en Égypte, pour indiquer la hauteur des eaux du Nil dans leur inondation. L'Ofiris du n°. 20. eft affis fur une fleur de Lotus, qui lui fert de Trône; c'eft pour faire entendre qu'il la fait naître, par fes influences. Le Sceptre terminé par un fouet, qu'il tient en main, fignifie qu'il gouverne la Nature & qu'il la conduit. Il faut fe fouvenir qu'on a dit que le nom d'Ofiris fignifioit en Égypte le *Gouverneur*, le *Conducteur*, le *Roi*, le *Guide*, le *Modérateur des Aftres & de la Nature.*

Les n°s. 21. 22. & 23. repréfentent des Figures, dont M. Pluche explique ainfi l'ufage & l'utilité. Les Égyptiens intéreffés à connoître la mefure des eaux du Nil, dans leur débordement, inventèrent des marques & des signes qu'ils exposoient aux yeux du Peuple, afin de lui apprendre chaque année un événement naturel, d'où dépendoit la fertilité ou la stérilité de ses Terres : d'abord ce fut par une colonne traversée de deux ou trois lignes, & surmontée d'un cercle ; le cercle étoit le symbole de Dieu, & montroit que c'étoit sa Providence qui régloit cette inondation : les lignes qui traversoient la colonne marquoient les différens dégrés de hauteur. Au lieu d'une colonne ils se servoient aussi très-souvent d'une perche terminée comme un T, ou bárrée, soit par une, soit par deux pièces de travers, en manière de croix. Une perche croisée, ou une croix signifioit peut-être une inondation ordinaire, & deux croix une extraordinaire. La perche que tient la Figure du n°. 21. est surmontée d'une fleur de *Lotus*, commune en Égypte ; cette Figure a une petite croix à la main gauche attachée à un anneau ou à un cercle ; ce cercle est peut-être ici, comme sur la colonne du n°. 22, un symbole de la Providence : la croix est la marque de la hauteur du débordement des eaux du Nil. Il y avoit, apparemmenr sur ces mesures des espèces de chiffres, ou numeros, ou d'autres marques, pour montrer le nombre des coudées de chaque inondation.

N°. 24. Figure du Canope : c'étoit une des mesures dont les Prêtres Égyptiens se servoient & qu'ils exposoient au Peuple, pour lui apprendre quelle étoit la hauteur des eaux du Nil dans le débordement ; ils la faisoient d'une capacité plus ou moins grande, pour indiquer les différens dégrés de la hauteur des eaux. La tête d'homme, dont ils surmontoient le Canope, indiquoit le labourage des Terres qui alloit suivre l'inondation ; la plume qu'on lui mettoit à la main servoit à avertir d'examiner bien les Vents. Quand le Canope étoit surmonté d'une tête de chien, c'étoit pour annoncer l'état du Nil au temps de la Canicule ; quand c'étoit une tête de fille, c'étoit pour apprendre quelle étoit l'enflure de ses eaux sous le Signe de la Vierge, & au temps du desséchement.

N°. 25. Figure d'Osiris, ou d'Atys, c'est-à-dire du Soleil, sous le Signe du Capricorne : on le montroit avec ce Signe, pour annoncer les Fêtes que l'on célébroit annuellement, & les occupations principales dans les jours qui s'écouloient sous ce Signe.

N°s. 26. & 27. Figures de Pluton ; par la première, qui a en main un bout ferré ou un aviron de Batelier, on annonçoit le retour d'une flotte chargée de grains, désignée par le boisseau qui est sur la tête de la Figure : le Chien à trois têtes, appellé Cerbère, indiquoit des Fêtes anniversaires pour les morts. La Figure 27°. avoit à peu près la même signification, & annonçoit, par le Harpon qui est derrière la tête, l'arrivée d'une flotte.

N°s. 28. & 30. Espèces de coëffures faites en forme de Trône, & chargées du Bonnet & du Sceptre d'Osiris ou du Soleil.

N°. 29. Figure de Neptune, avec son Trident, traîné sur les eaux par des chevaux marins, pour annoncer le temps de la navigation, le départ d'une flotte, & autres choses semblables.

N°. 31. Figure de Pluton ou Sérapis, ayant un boisseau sur la tête, environné d'un Serpent, & portant diverses Figures d'animaux sur ses habits. Le boisseau annonçoit l'abondance, ou une distribution de grains, &c. Le Serpent est le symbole de la vie, qui se soutient par la nourriture. On exposoit cette Figure, avec différens Signes du Zodiaque successivement peints sur ses vêtemens, pour annoncer les Fêtes, les Sacrifices & les distributions de grains que l'on faisoit sous chacun de ces Signes.

N ij

N°s. 32. 33. & 38. Trois différentes Figures d'Isis, représentées pour annoncer les Néoménies, & les Fêtes que l'on devoit célébrer dans ce temps. Si l'on chargeoit ces Figures de têtes d'animaux, ou de bandelettes de peau, ou de fleurs, ou de fruits, c'étoit pour inviter les Peuples à benir Dieu de toutes les productions de la Terre, dont elles étoient les symboles, parce que la femme est, comme la Terre, mère & nourrice tout ensemble.

N°. 34. La Gousse ou Calice du Lotus. N°. 35. La fleur du Lotus resserrée sur le soir au tour de sa gousse. N°. 36. La même fleur épanouie. N°s. 39. & 40. La graine tirée de la gousse du Lotus. N°. 37. Le Musa ou le Bananier. N°. 41. Tête Égyptienne avec les feuilles symboliques du Bananier. N°. 42. Branche de Perséa avec son fruit.

Planche Quatrième.

N°. 1. Figure représentant Héricton demi couché, une main en l'air, & l'autre à terre, le bas du corps terminé en Serpent : la Figure d'un enfant emmailloté lui est comme incorporée : elle tient une de ces perches croisées de trois traverses, dont on se servoit pour faire connoître la hauteur des eaux du Nil, dans le temps de leur débordement. La Figure à demi couchée est Héricton, autrement un Horus adolescent qui signifie tantôt l'industrie, tantôt le labourage, ou la subsistance qu'on tire de la Terre par l'influence du Ciel : le petit Horus emmaillotté est le symbole du labourage, dans son enfance & encore imparfait ; il tient une de ces mesures, dont on vient de parler, pour marquer que les fruits du travail & du labourage dépendent du débordement du Nil ; le Serpent, comme on l'a déja dit, signifie la vie qui dépend de l'industrie, du labourage, des moissons, &c.

N°. 2. Une des Figures sous lesquelles on représentoit Isis, autrement la Terre ; celle-ci a une tête de Lion, apparemment pour annoncer les Fêtes, Sacrifices ou Travaux qui se faisoient sous ce Signe du Zodiaque ; elle a sur la tête une Écrevisse ou Cancer de mer, avec un Serpent, symbole de la vie : le Cancer annonçoit les Fêtes qu'on célébroit quand le Soleil entroit sous ce Signe : la perche qu'elle tient est une mesure des eaux du Nil ; la bigarrure & les variétés de son habillement sont, selon toute apparence, les symboles de celles des diverses plantes dont la Terre se couvre pendant le cours de l'année, & sous les différens Signes du Zodiaque.

N°. 3. Autre Figure d'un Horus ; il a une tête d'Épervier & une Croix à la main gauche. La tête d'Épervier étoit pour pronostiquer le règne prochain d'un Vent Septentrional qui, en Égypte, étoit suivi des pluies qui faisoient déborder les eaux du Nil plus ou moins, selon qu'elles étoient abondantes. La Croix que ce Horus tient en main, est une de ces mesures, dont on a déja parlé, & dont on se servoit pour montrer à quel point montoient les eaux du débordement. A la vue de cette Figure le Peuple se disposoit à rentrer dans les maisons, & pensoit à s'y approvisionner pour tout le temps que devoit durer le débordement.

N°. 4. Figure que l'on montroit aux Peuples de l'Egypte, pour lui annoncer des Fêtes destinées à adorer l'Être suprême comme Auteur de toutes choses & de l'industrie nécessaire à bâtir des retraites & des maisons, qui servent aux hommes pour les mettre à l'abri des rigueurs de l'Hiver ; c'est pour cela qu'on la voit couronnée de tours & de crénaux. Quand on la représentoit entourée & comme vêtue de plusieurs bandelettes chargées de Figures de plufieurs fortes d'animaux, c'étoit pour inviter le Peuple à louer Dieu de la création de ces animaux, & de ce qu'il a rendu la Terre féconde en tout ce qui eft néceffaire à leur nourriture.

N°. 5. Autre Ifis ou Figure à tête de Vache : on l'expofoit comme l'annonce d'une Fête où l'on remercioit Dieu de l'abondance des récoltes ; elle tient fon cher petit Horus fur fes genoux, comme le fymbole du travail qui la fertilife ; car Ifis & la Terre font la même chofe : ainfi la Terre nourrit celui qui la cultive, comme une mère nourrit fon enfant dont elle a elle-même befoin du travail ; fecours mutuels & refpectifs, néceffaires pour la fertilité & l'abondance.

N°. 6. Figure qui repréfente une tête d'enfant dans un van : le van fignifie la moiffon, & la tête d'enfant l'induftrie de l'homme, qui fait fructifier la Terre par le labourage, l'engrais & la culture. Ce fymbole étoit deftiné pour élever les cœurs vers le Dieu qui a créé la Terre, & qui donne à l'homme l'induftrie, pour en tirer le néceffaire & même l'agréable.

N°. 7. Coffret myftérieux, dont il fort un Serpent, comme fymbole de la vie.

N°ˢ. 8. 9. 10. Diverfes Figures que l'on explique de cette forte : elles fe montroient au Peuple Egyptien, pour lui faire connoître que le Signe du Lion, fous lequel les moiffons commencent ailleurs, eft pour fes Laboureurs le temps de leur parfait repos, & que ce repos doit durer depuis le lever de la Canicule jufqu'à ce que le Soleil la quitte. C'eft pour cela que le Lion eft changé, dans ces Figures en un lit de repos, fur lequel Horus, fymbole du labourage & du travail, eft ou tout-à-fait endormi, ou lève feulement la tête, pour voir reparoître le Signe qui le fera fortir de fon repos & de fon affoupiffement. Sous les lits font des Canopes, l'un avec la tête de la Canicule (Anubis), l'autre avec la tête de l'Épervier, & le troifième avec celle de la Vierge. La Figure à tête de Chien fervoit à annoncer la retraite & le repos aux Égyptiens, dans l'approche du débordement ; cette Figure eft tournée vers une Ifis qui porte une efpèce de Trône vuide fur fa tête ; & c'eft à elle qu'elle annonce la retraite & le repos.

N°. 11. Plufieurs fymboles réunis, dont voici l'explication & la deftination. En haut eft le Globe du Soleil, élevé fur de grandes ailes de papillons, qui femblent le foutenir de part & d'autre : les ailes font le fymbole de l'Air & des Vents : le Soleil eft celui de l'Être fuprême, qui fertilife les Terres. Les deux croix annoncent une difpofition de l'Air qui fait efpérer une forte inondation, d'où dépendoit l'abondance des moiffons en Egypte ; car la croix, petite ou longue, fignifie toujours ici la mefure de l'inondation, & deux croix en pronoftiquoient une forte. Plus bas, au-deffous des croix, eft Ofiris fur fon Trône ; derrière lui eft Ifis avec la mefure du Nil dans fon débordement ; devant lui eft Horus, non fous la Figure d'un enfant, ou d'un homme couché, mais fous celle d'un homme qui a les reins ceints, la robe retrouffée & fe préparant au travail qui doit fuivre l'inondation. Le tout fervoit à rappeller à l'Égypte le fouvenir de l'Être fupérieur qui feul peut rendre l'Air, le Soleil, la Terre & la mefure de l'inondation favorables aux Travailleurs, & aux plantes qu'ils cultivent.

N°. 12. Figure à trois perfonnages : l'une eft fans tête & repréfentoit Ofiris, c'eft-à-dire le Soleil ; la feconde eft celle d'Ifis, c'eft-à-dire, de la Terre ; la troifième, qui eft entre les deux autres, eft celle de Horus, c'eft-à-dire du travail. Ces trois Figures, préfentées de cette forte, marquoient le concours du

Soleil, de la Terre & du travail, avec l'Air, repréfenté par les ailes qui font fur la tête d'Ifis, pour la production des biens deftinés à la nourriture de l'homme.

N°. 13. Deux Figures, l'une d'Anubis qui eft affife & qui montre un épi à celle d'Horus qui eft la feconde, & dont tout le corps eft celui du Scorpion, excepté la tête & les bras. Horus eft ici, comme prefque par tout, le fymbole du travail; il eft devant Anubis, fymbole de la Canicule: il lui rend graces de l'avoir averti de fuir & de fe tenir en repos à l'approche du débordement: il regarde & admire le fruit naiffant de fes travaux, dans le germe du froment & des autres grains ou plantes qui commencent à fortir de Terre, fous le Signe du Scorpion, au mois de Novembre. Tout cela eft analogue avec le labourage.

N°. 14. Autre fymbole du labourage; mais du labourage triomphant de tout ce qui s'eft oppofé à fes travaux & à fes fuccès; les fleurs, grains & fruits fe montrent ici dans l'état de perfection & de maturité & en état d'être recueillis. L'arbre fans feuilles marque le temps qui fuit les moiffons; l'Hippopotame eft la Figure du Nil, où il fe nourrit: Horus eft devant lui pour le percer de fon dard oblong, & pour montrer que les récoltes ont triomphé de tous les obftacles & de tous les retards qu'il a apporté au labourage, & aux femailles des Campagnes.

N°s. 15. 16. & 17. Trois Figures de Horus changé en Harpocrate. On expofoit ces Figures aux yeux des Égyptiens, après les moiffons, pour annoncer des Fêtes d'actions de graces à caufe de l'abondance des récoltes dont ces Figures portent les marques fur leurs têtes; car l'une (n°. 16.) a le fruit du Perfea avec une corne d'abondance fur fon bras; une autre n°. 17. eft chargée de cruches propres à mettre du vin ou toute autre liqueur; la troifième montre des feuillages & des plantes du Pays. Ces Fêtes prirent le nom de Pamylies, qui fignifie *l'ufage modéré de la Langue* : le gefte de Horus, qui porte le doigt à fa bouche, comme pour y mettre un fceau & la tenir fermée, eft relatif à l'efprit de ces Fêtes, inftituées non-feulement pour rendre graces à Dieu de fes bienfaits, mais encore pour apprendre au Peuple à en ufer dans le repos, le filence & la paix, avantages dont ils ne pouvoient goûter les douceurs que dans l'ufage modéré de la Langue. Auffi Horus (le travail) qui procure les moiffons, eft-il changé ici en Harpocrate, qui fignifie, *le Salut du Peuple*, la règle de la Société.

N°. 18. Figure dont on fe fervoit en Égypte pour repréfenter Dieu comme Auteur & fource du Nil, dont les eaux, par fes limons abondans, fertilifoient les Terres.

N°. 19. Repréfentation de cinq clefs principales de l'Écriture antique Hiéroglyfique, à la manière des Grecs. Ces clefs étoient 1°. un Roi, dont Jupiter eft ici le fymbole; 2°. une Reine, une mère féconde, donnée ici fous la Figure d'Ifis; 3°. un Enfant chéri; c'eft ici le petit Horus placé entre Jupiter & Ifis; 4°. un Meffager; c'eft le Mercure qui eft à la droite de Jupiter, comme fymbole de la Canicule; 5°. un Épervier, fymbole du Vent Étéfien; il eft fous les pieds de Jupiter. Avec ces clefs on entroit dans le fens de toute l'Écriture Hiéroglyfique chez les Grecs, & ces clefs, comme les douze Signes du Zodiaque, qui forment le cercle, font devenues autant de Divinités, encore multipliées fous différens noms.

N°. 20. Les trois clefs de la même Écriture antique, à la manière des Égyptiens. Une femme, Figure fymbolique de la Canicule, avec un pot

à

à la main droite, ouvroit le sens de tout ce qui regardoit l'annonce de tout ce qu'il falloit préparer pour le temps du débordement, vivres & utensiles de Cuisine. Un Horus, ou un enfant avec des ailes, annonçoit les Vents : avec d'autres attributs, il étoit le symbole des différens travaux de la campagne. Une Isis mère, autrement la Terre, montroit les grains & fruits de la Terre dans leur naissance, leur progrès, leur maturité, leur récolte & l'usage que l'on en devoit faire, &c.

Planche Cinquième.

N°. 1. Un Sistre, Instrument de Musique des Égyptiens ; on s'en servoit dans les Fêtes d'Isis, dans les Orgies & Bacchanales. Il est surmonté d'un Chat ; c'étoit une des Divinités de l'Égypte.

N°. 2. Arbre sur lequel on suspendoit les Masques, Tambourins & Instrumens dont on s'étoit servi dans les Fêtes des Orgies & Bacchanales : le Capricorne qui semble vouloir monter sur l'arbre, fait voir que l'on ne montroit cet arbre que pour annoncer la retraite & le repos de l'Hiver.

N°. 3. Figure de Cybèle appellée la grande Reine, représentée sur son char de triomphe traîné par des Lions : elle a un sceptre à la main, comme Reine & mère des Dieux. Comme on ne l'exposoit que pour en faire un symbole & une annonce, tout y est significatif : sa tête couronnée de tours dénote qu'elle représente la Terre qui porte les maisons, les édifices, &c. : sa clef annonçoit l'ouverture de l'année comme celle des moissons : enfin les Lions attelés à son char marquoient qu'en Syrie cette ouverture se faisoit sous le signe du Lion.

N°. 4. Figure de Pallas, où tout est significatif. Elle est armée, parce qu'on l'exposoit ainsi pour annoncer une levée de troupes, ou une expédition militaire. Elle est placée sur un globe, parce que prise dans un autre sens elle indiquoit des Fêtes à l'honneur du Dieu Auteur de tous les biens, & en particulier du lin & des olives, pour des raisons que nous exposerons en parlant des Déesses Pallas & Minerve, &c. La Chouette qui est au bas de la statue, indique les sacrifices du soir. Enfin on lui mettoit sur la tête ou sur la cuirasse une tête qui signifioit la pleine Lune, temps où l'on faisoit apparemment les actions de graces pour la récolte des olives, & pour l'abondance de l'huile qu'on en retiroit. Le nom de *Méduse* est demeuré à cette tête représentative de la pleine Lune ; ce nom ne signifioit primordialement rien autre chose *que le pressurage des olives.*

N°. 5. Coffret mystérieux, dont on se servoit dans les Fêtes des Orgies & des Bacchanales : le serpent qui en sort, étoit, comme on sait, le symbole de la vie.

N°. 6. Autre Figure de Pallas, ou Palès que l'on exposoit avec l'emsuble entre ses bras, pour annoncer à l'entrée de l'Hiver les ouvrages des Tisserands. L'emsuble est une longue pièce de bois, dont les Tisserands se servent pour rouler les fils de la chaîne, ou la lisse de leur toile.

N°. 7. Figure d'une Gorgone, oiseau monstrueux & fabuleux, ayant un visage de fille & un casque, deux fléches ou dards & un bouclier avec la tête de Méduse. Cette Figure fut inventée pour annoncer quelques expéditions militaires ; mais au fond le nom de *Gorgone* est venu de celui de *Golgal* ou *Gorgon*, qui fignifioit la roue dont on fe fervoit pour écrafer les olives, quand la Figure de Palès en avoit annoncé la récolte.

N°. 8. Figure qui a donné naiffance aux Parques. On l'expofoit avec une quenouille à la main, pour annoncer les ouvrages des Fileufes & des Tifferands.

N°. 9. Figure d'où l'on a tiré celles des Furies. Elle étoit expofée, avec divers attributs, pour annoncer plufieurs chofes en même temps. La Figure dans fon enfemble annonçoit le preffurage ; les ferpens étoient le fymbole de la fubfiftance que l'on en tiroit ; la torche indiquoit un facrifice d'actions de graces, ou même un d'une autre efpèce. Les deux Cailles qui font auprès fignifioient l'abondance. Cueillir, preffurer, tirer de la récolte une fubfiftance abondante, en rendre graces par des facrifices, tout cela s'annonçoit par cette feule lettre ou Figure de l'Écriture Hiéroglyfique.

N°. 10. Figure dont on a fait celles des Sirènes. On l'expofoit pour annoncer le repos des mois, pendant lefquels l'inondation du Nil couvroit les Terres de l'Égypte. La Figure eft moitié femme, moitié poiffon, & d'autrefois moitié lézard : elle annonçoit que les Égyptiens alloient demeurer au bord de l'eau pendant l'inondation, comme le lézard ; & que fi l'on vouloit paffer d'un lieu à l'autre, on ne le pouvoit qu'en nageant comme les poiffons, ou par la navigation qui eft en quelque forte une façon de nager fur les eaux. Le Siftre que la Figure tient à la main gauche, peut fignifier que pendant ce temps de repos la Mufique doit fervir à defennuyer les pauvres Tritons de l'Égypte.

N°. 11. Figure d'Horus emmailloté, parce qu'il fort du repos, dont il a joui pendant l'inondation, pour venir annoncer l'arpentage des Terres & les travaux de l'agriculture. Il tient trois chofes entre fes mains ; 1°. la girouette à tête de huppe fignifie la retraite & le deffechement des eaux ; 2°. l'équerre, & 3°. le clairon font les Inftrumens qui fervent à l'arpentage des Terres.

N°. 12. Figure dont on a fait celle d'un animal fabuleux, appellé la Harpie. On expofoit cette Figure pour annoncer aux Egyptiens les Vents orageux d'Avril, Mai & Juin, qui amenoient, du fond de l'Afrique & des bords de la Mer rouge, des hannetons & des fauterelles qui ravageoient & gâtoient tout. La Figure a le vifage feminin & le corps avec les ferres d'un oifeau carnacier.

N°. 13. Un Chien, & une Ifis tenant chacun un caducée qu'ils croifent, & qui font attachés par des ferpens. Le Chien fignifie le lever de la Canicule : Ifis avec l'étoile fur la poitrine annonce les Fêtes qui lui étoient confacrées dans le temps de la Canicule : les ferpens font des fymboles de la vie, & les caducées ceux de la félicité, qu'on fe promettoit pour tout le cours de l'année qui commençoit alors. Le Siftre près du Chien pouvoit annoncer la joie, les louanges, les cantiques & la Mufique qui accompagnoient ces Fêtes.

N°. 14. Suite des repréfentations qui fe faifoient aux Orgies & aux Bacchanales où les Silènes, les Bacchantes & toute la troupe gaillarde conduifoient le principal perfonnage, Bacchus, en triomphe, en fautant, danfant, buvant & faifant mille extravagances dignes de la Fête, & du Dieu de la Fête. Si ce n'eft pas Bacchus ivre & à demi endormi que l'on a eu intention de peindre ici, c'eft du moins un vieillard que l'âge oblige à renoncer à toutes ces cérémonies tumultueufes, bruyantes & accablantes.

N°. 15.

N°. 15. Trois Figures qui annonçoient aux Égyptiens le repos & la retraite des mois d'Avril, Mai & Juin, pendant lesquels duroit l'inondation : tantôt on les représentoit emmaillotées, comme des symboles du repos ; tantôt en les montroit avec quelque attribut du Lézard, pour apprendre que le séjour des Égyptiens ressembleroit, pendant ces trois mois, à celui du Lézard, qui habite le long des eaux, l'inondation devenant la cause de la séparation entre les Villes, les Bourgades & Hameaux, & par-conséquent entre les Habitans qui ne pouvoient plus se voir, sur-tout avant l'invention des chaussées qui s'élevant au-dessus du niveau de l'inondation, communiquoient d'un lieu à l'autre. Ces Figures eurent pour nom, *Cheritout*, qui signifioit, la *Séparation* : comme ce Cheritout est un peu synonyme avec la *Charité*, qui, en Grec, signifie *Bienfaits*, *Graces*, ou *Actions de Graces*, les Grecs, & les Latins ensuite en ont fait les trois Graces, que quelques-uns ont augmentées d'une quatrième.

N°. 16. Figure dont on a fait Mercure, le Dieu des Voyageurs, du Commerce, de l'Éloquence, &c. On l'exposoit aux yeux des Égyptiens pour leur annoncer, vers l'Été, l'ouverture du temps des échanges, & le temps où elles finissoient, sous le Signe du Capricorne, vers l'Hiver ; c'est pourquoi elle est accompagnée de la tête du Capricorne. Le reste de ses attributs est expliqué ailleurs, sous le titre du Dieu Mercure.

N°. 17. Figure dont on a fait beaucoup de Divinités, entr'autres le Dieu Janus à plusieurs faces. Ce ne fut d'abord qu'une enseigne que l'on exposa, pour apprendre aux Égyptiens le lever de la Canicule, qui ouvroit l'année chez ce Peuple. La double face marquoit, l'une, par sa vieillesse, la fin de l'année qui s'écouloit ou qui venoit de s'écouler, l'autre, par sa jeunesse, le commencement de celle où l'on entroit. La clef que la Figure porte annonçoit l'ouverture de cette année. Le Serpent qui forme un cercle en se mordant la queue, étoit le symbole ou de la vie dont on espéroit de jouir pendant son cours, ou du temps & de l'année même qui forment un cercle perpétuel, aussi bien que la révolution des Astres, qui reviennent au point dont ils étoient partis un an auparavant.

N°. 18. Figure moitié Femme & moitié Lézard. Comme le Lézard se tient le long des eaux, cependant sur le terrein un peu plus élevé que leur surface, on exposoit pareilles Figures, pour annoncer aux Égyptiens que le débordement arrivant, ils devoient se retirer dans leurs maisons qui étoient sur des terreins élevés, & s'y approvisionner de tout le nécessaire. Le nom du Lézard étant *Leto*, on n'a pas eu de peine d'en faire celui de Latone, qu'on a donné à ce symbole, quand on en a fait une Divinité.

N°. 19. Autre Figure d'Anubis, ou d'Isis, au bas de laquelle on voit une Tortue : on l'exposoit pour les mêmes fins que la précédente : on sait que la Tortue cherche les rivages des eaux.

Planche Sixième.

N°. 1. Figure symbolique, accompagnée de plusieurs autres symboles. Cette Figure est celle d'Isis qui change souvent de nom & de destination, suivant les attributs dont elle est accompagnée. Ici elle est assise ; & c'est pour annoncer le repos dont on jouissoit en Égypte pendant l'inondation du Nil, dont elle tient la mesure en main. Le Chien, qui est sous son siège, est le symbole de la Canicule, dont souvent Isis pronostiquoit le lever. Elle a sur

O

la tête un Oiseau, comme signe d'un Vent qui va dominer, & deux feuilles de Perséa : enfin deux autres du Lotus sont placées au-dessus de l'Oiseau : ces plantes, comme on l'a déja dit, étoient les symboles de la fertilité & de l'abondance. Le haut de la Figure est terminé par un cercle, au milieu duquel il y a une Figure qui n'est pas bien connue : le cercle est le symbole de Dieu, qui est au-dessus de tout, comme il est la règle de tout mouvement dans le Ciel & les Astres, & la source de tous biens sur la Terre. Ce cercle ou Circ a donné occasion à la Fable de la fameuse Circé.

Nº. 2. Autre Figure d'Isis : elle porte une tête de Cicogne : ne seroit-ce pas pour annoncer quelques exercices de piété, quelques Sacrifices, quelques Fêtes ou actions de graces envers l'Être suprème, représenté comme source de toute abondance & de toute fertilité, par la fleur du Lotus, qui est sur la tête de la Figure ? La Cicogne est, comme on le sait, le symbole de la piété; il est vrai que c'est de la piété des enfans envers leurs Parens ; mais les deux noms sont presque synonymes. Le Lion, qui est sous le siège de la Figure, pourroit marquer que ces Sacrifices se faisoient sous le Signe du Lion. Cette Figure pourroit aussi annoncer quelques solemnités qui demandoient une certaine piété, & de la reconnoissance envers les Parens.

Nº. 3. Osiris à tête de Loup. L'on prétend que cette Figure annonçoit la suite des douze mois de l'année, & cela parce que l'on comparoit ces mois à des Loups, qui, pour passer une rivière vont à la file l'un de l'autre, de façon qu'ils se suivent alternativement en mordant chacun la queue de celui qui précéde.

Nºs. 4. & 5. Sceptres d'Osiris. Nºs. 6. 7. & 8. Autres Sceptres d'Osiris; le premier surmonté d'un œil, le second d'un Serpent & d'un bonnet royal, le troisième d'un Serpent & d'un Trône. Nº. 9. Espèce d'Aviron ou Trident, symbole de la navigation. Nºs. 10. & 11. Autres Avirons ou Crocs, symboles du trépas ou du passage de la Barque à Charon. Nºs. 12. 13. 14. & 15. Ces Figures représentent, sous différentes formes, un bâton pastoral, marque d'un Gouvernement plein de douceur. Nºs. 16. 17. & 18. Trois sortes de fouets que l'on voit souvent à la main d'Osiris, sur les Monumens antiques. Nºs. 19. 20. 21. Diverses clefs d'Osiris. Nº. 22. Équerre ou première lettre de l'Écriture courante, pour marquer les premiers mois de l'année. Nºs. 23. 24. 25. 26. & 27. Différentes sortes de mesures de la profondeur des eaux du Nil, dans l'inondation. Nºs. 28. & 29. Mesures abrégées. Nº. 30. Caducée avec les Serpens, signes de la santé & de la vie. Nºs. 31. & 32. Girouettes pour annoncer les Vents. Nºs. 34. & 35. Ce sont les modèles des deux coins gravés pour former les deux faces de la Monnoie & des Médailles. Nº. 37 Machine inventée en France, en 1685, pour marquer les pièces de Monnoie d'une légende, ou de quelqu'autre chose sur la tranche. Nº. 38. Machine appellée le balancier, dont on se sert pour comprimer le flan d'or, d'argent ou de bronze entre les deux coins gravés, afin de lui en faire recevoir les impressions.

Nº. 33. Figure dont on se servoit pour annoncer le temps d'une navigation prochaine, ou le départ, ou l'arrivée des vivres nécessaires à la Colonie Lycienne, par le moyen de plusieurs barques dont la principale avoit à peu près la même figure que celle-ci : on en a fait la Fable de Bellérophon monté sur le cheval Pégase, pour aller combattre la Chimère, & celle de Persée pour aller au secours d'Andromède.

Nº. 36. Figure dont on se servoit pour annoncer le temps des transports de bled & de vin ; ce temps étoit depuis l'entrée du Soleil au Lion, jusqu'à son entrée au Signe du Capricorne ; aussi la Figure est-elle un composé de celles de ces deux Signes : on en forma, dans la suite, la Fable de la Chimère.

Les Nos. 34. 35. 37. & 38. représentent les instrumens propres à fabriquer la Monnoie, dont on a parlé ailleurs.

SECTION I.

Du Dieu Anubis de l'Écriture Hiéroglyfique.

Nous avons vu, dans nos Réfléxions Préliminaires, que c'est l'Écriture Hiéroglyfique, selon le systême de M. Pluche, qui a donné naissance à cette Divinité particulière à l'Égypte. Cette Écriture, inventée par les Égyptiens, consistoit en Figures d'hommes ou d'animaux, & d'autres objets qu'on traçoit, ou que l'on gravoit sur le bois, sur la pierre, ou sur d'autres matières, pour les exposer dans les Assemblées, afin d'apprendre & d'annoncer au Peuple, par des signes parlans à ses yeux, les événemens les plus importans, & la conduite publique qu'il devoit observer. Ces Figures étoient telles, par elles-mêmes, ou par les attributs, par les symboles, & par les différens objets dont elles étoient accompagnées & ornées, qu'elles avoient un rapport comme naturel avec les choses que l'on désiroit d'enseigner ou d'annoncer au Public. Les noms qu'on leur donnoit, dans la Langue du Pays, étoient, outre cela, propres à exprimer ce qu'on vouloit leur faire signifier, & déterminoient l'intelligence & le sens de ces lettres figurées ; ainsi ils annoncoient facilement la destination, l'office, la fin, le but de la représentation faite par les Figures qui composoient l'Écriture sacrée.

Par exemple, la Figure d'Anubis, qui étoit une lettre de cette Écriture, représentoit le corps d'un homme surmonté de la tête d'un Chien. L'homme, par lui-même, est capable de donner des avertissemens : le Chien est encore un animal dont le propre est d'avertir en aboyant. Cette Figure d'un Homme-Chien, annonçoit donc un donneur d'avis, & le nom d'Anubis, qu'elle portoit, signifie d'ailleurs en Langue Égyptienne, un *Moniteur*, un *Aboyeur*. Dès que cette Figure étoit exposée, le Peuple en prenoit l'idée générale d'une exhortation à recevoir un avis salutaire. Mais quel étoit cet avis ? Le temps où l'on exposoit la Figure, & les symboles qu'on lui mettoit en main, en déterminoient l'espèce & la fin. On exposoit Anubis à l'entrée de la Canicule, Étoile qui emprunte son nom de celui d'un petit Chien, *Caniculus* ; alors le Peuple concevoit que les Prêtres, en lui montrant ce Signe, l'avertissoient que le débordement du Nil étoit prochain, qu'il falloit par-conséquent relever & mettre en état les chaussées qui étoient destinées à garantir les maisons des eaux de l'inondation, & qu'il devoit préparer les choses nécessaires à la vie pendant les mois où les campagnes devoient être couvertes d'eaux. On verra dans la suite à combien d'autres usages on fit servir cette Figure, & avec quels attributs on la destina à d'autres fins.

Les avantages que l'on tiroit de cet important avis, firent prendre le change. On oublia que le Moniteur n'étoit qu'une Figure symbolique, & qu'une lettre de l'Écriture sacrée : on se laissa aller aux inspirations & aux mouvemens d'une reconnoissance aveugle : on attribua la connoissance de l'avenir à Anubis ; & comme cette science n'appartient qu'à Dieu, on mit Anubis à la place du ai Dieu, dans les Assemblées, dans les Temples, dans les tableaux, dans l'efprit, & enfin dans le cœur. Voilà l'origine de fa Divinité, & les dégrés qui lui ont fervi à monter au plus haut point de la fortune.

Anubis de l'Hiftoire.

L'Anubis de l'Hiftoire fut un perfonnage réel & véritable, que les uns ont fait fils d'Ofiris & de Nephté, & les autres, Confeiller d'Ifis, femme d'Ofiris & Reine d'Égypte. Les anciens Auteurs difent qu'il aima la chaffe & les Chiens ; que quand il fuivoit fon père ou fon Roi Ofiris dans fes expéditions, il avoit la Figure d'un Chien gravée ou peinte fur fon bouclier & fur fes étendarts. Quand on fe fut mis dans le goût d'adorer les Hommes Illuftres, Anubis fut placé parmi les grandes Divinités, tant à caufe de la Famille dont il étoit iffu, que pour fon mérite perfonnel. On le repréfenta avec une tête de Chien, afin de marquer par-là ou fon inclination pour la chaffe & les Chiens, ou fa fagacité comme Confeiller d'Ifis, ou fa fidélité comme Général d'Ofiris.

Anubis de la Fable.

La Fable en a fait tantôt un Dieu immortel, tantôt le fils d'une Divinité humaine & paffagère. Elle l'a donné pour l'interprête des Dieux du Ciel & de ceux de l'Enfer, parce qu'elle fuppofoit qu'il faifoit devant eux les mêmes fonctions que les Chiens font dans les maifons en faveur des hommes ; c'eft pourquoi elle le dépeint avec la tête d'un Chien. Selon cette fiction, il eut Ofiris & Sérapis pour frères, & il fut comme eux une des trois grandes Divinités de l'Égypte : elles étoient toutes trois égales en puiffance & en toutes chofes ; ce qui les fit appeller les Dieux *Synthrones*. Anubis, dit encore la Fable, avoit la face tantôt noire & tantôt de couleur d'or : il annonça le premier à Ifis la mort d'Ofiris fon époux, & il fut Garde du corps de tous les deux, &c.

Anubis fur les Médailles.

Les Médailles en font, comme l'Écriture facrée, comme l'Hiftoire & la Fable, un Cynocephale, c'eft-à-dire une Figure humaine à tête de Chien. C'eft fous cette forme qu'il eft gravé au revers de plufieurs Médailles : on lui a donné différens habillemens & divers attributs. Au revers de quelques Monnoies de Conftantius, dont la légende eft, *Vota publica* (Vœux publics), il eft en habit militaire, de même que les Empereurs lorfqu'ils alloient à la guerre. Sur d'autres Médailles on le voit avec une robe affez longue : fa chauffure eft plus ou moins courte, & ne lui vient quelquefois qu'à la moitié de la jambe, & d'autrefois plus haut. Sur certaines Médailles du même Conftantius & de Julien l'Apoftat, il eft repréfenté avec le Siftre Égyptien dans la main droite, & le Caducée de Mercure dans la main gauche ; auffi l'appella-t-on *Hermanubis*, qui, dans la Langue Égyptienne, fignifie *Mercure-Anubis*. Sur d'autres pièces encore de Julien, il tient une bourfe & une pique au lieu du Siftre & du Caducée. Sur un revers de celles de Jovien, Anubis eft debout devant Ifis triomphante & affife fur un char traîné par deux mules, & il femble lui offrir une palme, comme pour la congratuler fur quelque victoire. Le Siftre, le Caducée & la Bourfe, font les attributs ordinaires d'Anubis fur les Médailles, comme on peut le voir à la planche VIIᵉ. nᵒ. 1. où il a les deux premiers de ces fymboles. Nous expliquerons dans la fuite ce que ces trois fymboles , favoir le Siftre , le Caducée & la Bourfe fignifient , & pourquoi ils font les attributs d'Anubis , & de quelques autres Divinités.

SECTION II.

Les Dieux Apis & Mnévis de l'Écriture Hiéroglyfique.

Voici ce que dit M. Pluche , dans fon Hiftoire du Ciel , Tome I. page 366 , de l'origine d'Apis & de Mnévis » Le hazard ayant fait trouver à » Memphis un Veau qui avoit quelques taches d'une figure approchante » d'un Cercle ou d'un Croiffant , Symboles fi refpectés parmi eux ; cette » fingularité , qui n'étoit rien & qui ne mériroit pas plus d'attention que ces » taches blanches qu'on voit au front des Chevaux & ailleurs , ils la prirent » pour le caractère d'Ofiris & d'Ifis empreint fur l'animal que leurs Dieux » chériffoient. Une cervelle hypocondre s'avifa de croire & de perfuader à » d'autres , que c'étoit une apparition du Gouverneur (Ofiris ou le Soleil) , » une vifite que le Protecteur de l'Égypte daignoit leur faire. Ce Veau » miraculeux , après avoir fervi par préférence au Cérémonial ordinaire , fut » logé dans le plus bel endroit de Memphis. Sa demeure devint un Temple. » Tous ces mouvemens furent trouvés prophétiques , & le Peuple y accourut » de toute-part , fon Offrande à la main. On lui donna le beau nom d'*Apis ,* » qui fignifie le fort , le Dieu puiffant.

» Après fa mort on eut grand foin de le remplacer par un autre qui eut » à peu près les mêmes taches. Quand les marques défirées n'étoient pas » nettes & précifes , on les aidoit d'un coup de pinceau. On prévenoit mê- » me à propos , & après un temps marqué , l'indécence de fa mort naturel- » le , en le conduifant en cérémonie dans un lieu où on le plongeoit dans » l'eau , puis on l'enterroit dévotement. Cette fête lugubre étoit accompa- » gnée de bien des pleurs , & fe nommoit avec emphafe , *Sarapis ,* ou *la re-* » *traite d'Apis* , nom qu'on donna dans la fuite à Pluton & à l'Ofiris infer- » nal. Après l'enterrement d'Apis , on lui cherchoit un Succeffeur. Ainfi fe » perpétua cette étonnante dévotion. Un puiffant motif y contribua beau- » coup ; elle étoit lucrative.

» Les Habitans d'Héliopolis , qui faifoient une Dynaftie à part , ou un » Royaume différent de celui de Memphis , fe croyoient affez bien avec le » Soleil , dont leur Ville capitale portoit le nom , pour avoir part à fes vifi- » tes ou à celles de fon Fils. Ils eurent donc bientôt leur Bœuf facré auffi- » bien que ceux de Memphis. On lui donna le nom de Ménavis ou de » Mnévis , qui eft la même chofe que *Ménès le fort* , ou le même que Mé- » nophis ; & en lui choififfant un nom diftingué , on lui fit trouver d'autres » qualités & d'autres fonctions particulières , qui n'attirèrent pas moins la » foule.

» Du moment que l'Égypte eut oublié le feul Être qui foit adorable , & » le Culte fpirituel qu'il demande , pour honorer un vil animal , qui broute » l'herbe des champs , tous les animaux qui paroiffoient fréquemment dans » les Figures Hiéroglyfiques , eurent part à fes refpects. L'Égypte & la Ly- » bie fe profternèrent devant le Bélier. Le Culte du Taureau devint uni- » verfel. Les Boucs , qui donnoient leur nom au troifième Signe du Zodia- » que , eurent un Temple à Mendès & ailleurs. Le Lion , la Chèvre fauva- » ge , les Poiffons , le Loup , tous noms de Conftellations différentes , le

” Serpent si ordinaire dans leur Écriture & dans les cérémonies, l'Hyppopo-
” tame & le Crocodile, quoiqu'ils fussent des Symboles odieux, & n'inspi-
” rassent que la crainte, trouvèrent chacun à part des Adorateurs, même des
” Cantons entiers qui leur étoient dévoués ; & si ces animaux eussent été
” plus traitables, ils auroient fait une aussi belle fortune que le Bélier, le
” Veau, & le Bouc, Divinités naturellement fort accessibles.

Tout ce qui est dit ici de ces différens animaux, dont on a fait des Dieux, aussi-bien que d'Osiris, d'Isis & d'Horus, leur prétendu fils, quoique déja fort aisé à entendre, recevra néanmoins un jour encore plus clair dans les Sections suivantes.

Apis soit de l'Histoire, soit de la Fable.

Outre les taches blanches que devoit avoir le Bœuf Apis, on vouloit encore trouver la Figure d'une Aigle sur son derrière, & celle d'un Escarbot sur sa langue, avec des poils doubles à la queue. Les taches blanches devoient avoir la forme d'un Croissant, selon certains Auteurs ; d'autres les demandoient quarrées : plusieurs Monumens nous les montrent d'une forme triangulaire : enfin il y en a qui prétendent qu'Apis devoit être bigarré. Dans quelques Médailles de l'Empereur Hadrien & d'Antinous, il porte sur le flanc la tache blanche en forme de Croissant.

Si l'on en croit plusieurs Mythologues, ce n'étoit pas le Taureau ou le Bœuf que l'on adoroit dans Apis, mais ce qu'il renfermoit & qu'il représentoit. L'ame d'Osiris, disent quelques-uns, résidoit dans cet Animal, & passoit dans ceux qui succédoient à sa Dignité : selon d'autres, c'étoit Apis fils de Niobé. Cet Apis, disent-ils, s'étant emparé de toute l'Egypte, la gouverna en qualité de Roi, mais avec tant de douceur que les Peuples le regardèrent comme un Dieu. Ils l'adorèrent sous la Figure d'un Taureau, parce que dans le temps de la défaite des Dieux par Jupiter, Apis se cacha & se sauva sous cette forme.

Il y en a encore qui prétendent, & assez vraisemblablement, que c'étoit le Patriarche Joseph que l'on honoroit en Egypte sous cette Figure. En effet, il ne seroit point surprenant que ces Peuples eussent élévé ce grand homme au rang des Dieux, eux qui adoroient tout ce qui leur paroissoit extraordinaire, & merveilleux, & qui prodiguoient leurs hommages & leur encens à des Porreaux, à des Oignons, à des Serpens. Le Bœuf & le Taureau, sous la Figure desquels ils l'eussent adoré, avoient quelque rapport à ces Bœufs gras & maigres que Pharaon avoit vus dans des songes différens, & que Joseph avoit regardés comme des Signes de la grande abondance & de la disette extrème qui devoit lui succéder peu après ces songes & leur interprétation. Au surplus ces Peuples pouvoient avoir différentes vues en adorant Apis, & avoir pour objet de leur culte les uns Joseph, les autres Apis, Roi, & enfin quelques-uns *Osiris* ou le Taureau même.

Quand on eut choisi le Taureau Apis pour l'ériger en Divinité, on crut devoir le faire naître d'une Vache, qui l'avoit conçu de la foudre de Jupiter. L'élection faite, on conduisoit le nouveau Dieu à Memphis, en pompe & en cérémonie : les Prêtres au nombre de cent formoient sa suite, & l'escortoient. Là il avoit deux Temples, ou plutôt deux Étables que l'on appelloit *Thalamos*, c'est-à-dire, Lits à coucher. On lâchoit l'Animal vis-à-vis des deux entrées, & le choix qu'il faisoit de l'une préférablement à l'autre paſſoit pour myſtérieux : on en tiroit un bon ou mauvais augure, auſſi-bien que de ſon appétit : quand il en avoit, on ſe réjouiſſoit comme d'un préſage heureux ; c'étoit le contraire quand il en manquoit. Germanicus ayant un jour préſenté à manger à ce Dieu, l'Animal tourna la tête de l'autre côté, en ſigne de refus ; ce qui fut regardé comme un préſage funeſte de la mort de ce Prince, que Tibère fit empoiſonner peu de jours après.

Apis ſur les Médailles.

Parmi les Médailles de l'Empereur Julien, il y en a beaucoup dont le revers repréſente *Apis*, ſous la forme d'un Taureau. Il a deux étoiles au-deſſus de la tête & quelquefois une Aigle devant lui, poſée ſur une couronne de laurier, avec une ſeconde au bec. Ce Taureau, ſur ces Médailles, peut être ou le Taureau Mnévis conſacré au Soleil, ou bien Apis qui l'étoit à la Lune.

OBSERVATION. Il ne faut pas croire que par-tout où l'on trouve un Bœuf ou un Taureau ſur les Médailles, ce ſoit toujours ou Apis ou Mnévis que l'on ait voulu repréſenter. On voit, par exemple, ſa figure ſur des Médailles Conſulaires, ſur quelques-unes des Empereurs, ſur un grand nombre de celles des Colonies, & enfin ſur les Médailles grecques & latines ; ſur la plus grande partie de ces Pièces, c'eſt préciſément la Figure d'un Bœuf ordinaire, que l'on a voulu montrer : ce Bœuf ſignifie ſur les unes & les autres des choſes bien différentes. Dans la Famille *Voconia* on voit le Bœuf repréſenté ſur deux Monnoies ; mais ce n'eſt que pour faire alluſion aux deux noms du Monnétaire qui les a fait frapper en l'honneur de Jules-Céſar, après ſa mort, ou en honneur d'Auguſte encore vivant. Cet Officier de la Monnoie s'appelloit *Vitulus Voconius*. Le Bœuf des Médailles de Vaſpaſien, repréſenté dans une attitude tranquille & arrêté ſur ſes quatres pieds, eſt un ſymbole de la Paix : celui qui eſt ſur une Médaille d'or de Tite, & qui paroît en furie & frappant du pied, annonce ou une guerre ou la célébration des Jeux. Sur les Médailles des Villes & des Colonies, il ſignifie le Labourage, l'Agriculture, l'Abondance ou la Fondation d'une Colonie. Quand il eſt orné de rubans, de guirlandes ou d'autres attributs pareils, il annonce un Sacrifice : quelques-uns prétendent que ce fut le Dieu Apis que le grand Prêtre Aaron préſenta aux Iſraélites pour objet de leur culte. La conjecture paroît d'autant plus vraiſemblable que c'étoit la Divinité des Égyptiens, qu'ils venoient de quitter. Nous donnons la repréſentation du Bœuf de cinq façons, à la planche VIIe. Nos. 2. 3. 4. 5. & 6.

SECTION III.

Le Dieu Apollon de l'Écriture Hiéroglyfique.

C'eſt encore ici une de ces Divinités que l'ignorance a tirées des Figures de l'Écriture Sacrée ou Hiéroglyfique, & parmi les Symboles & les Figures que l'on affichoit dans les Aſſemblées, en Égypte, pour l'inſtruction des Peuples.

On obſervera d'abord, avec M. Pluche, que les inſtructions que l'on donnoit par les Figures & par les Symboles, avoient rapport à trois choſes principales ; ſavoir, au Soleil, à la Terre & au Labourage. Le Soleil, chez ces Peuples, s'appelloit *Ofiris*, la Terre, *Ifis*, & le Labourage ou le Travail, *Horus*. On repréfenta le premier fous la Figure d'un homme à tête rayonnnée, avec un fouet à la main, ou de quelqu'autre manière qui répondoit à l'idée qu'on en avoit, & qu'on en vouloit donner : c'étoit celles d'un Gouverneur qui animoit, & qui régioit toutes chofes : le nom d'Ofiris exprimoit cette idée, puifqu'il fignifie un Gouverneur. Quant à *Ifis*, ou la Terre, on la repréfentoit fous la forme d'une femme multimammée, c'eft-à-dire, qui avoit grand nombre de mammelles, comme mère & nourrice des hommes & des animaux. Si on la montroit fous quelqu'autre forme, c'étoit toujours d'une manière qui répondoit à cette double idée. *Horus*, c'eft-à-dire, le Travail, étoit repréfenté entre les bras d'Ifis, ou dans une autre pofition, quelquefois petit & quelquefois grand, tantôt dans une attitude & tantôt dans une autre : on varioit auffi fouvent fes attributs que fa forme ; mais on le mettoit toujours de façon propre à annoncer le Labourage, ou quelque chofe qui lui étoit relatif, foit en commençant, foit dans fon plus fort, foit à fa fin, & enfin felon les facilités ou les obftacles que les hommes pouvoient rencontrer dans cette louable & effentielle occupation.

De ces trois Divinités, *Ofiris*, *Ifis* & *Horus* font venus toutes les autres, fous des noms différens, felon les Pays où on les introduifit, & felon les habillemens & les attributs qu'on leur donna. Chaque Pays où on les adoroit, fe difputoit la gloire de leur avoir donné la naiffance. Chacun prétendoit avoir eu Ofiris pour Roi, pour Héros, pour Fondateur & pour Protecteur : chacun prodigua les grands noms & les beaux titres en faveur de ces Divinités : chacun enfin s'étudia à trouver une Vie, une Hiftoire, de beaux Faits, des Guerres & des Conquêtes à fon Gouverneur, à fon Souverain, à fon Dieu.

Apollon eut part, comme les autres, à cette bonne fortune. Ce n'étoit d'abord qu'un *Horus* repréfenté avec des fléches, & tuant le Serpent appellé *Pythien*. Sous cette forme il ne fignifioit que le commencement des travaux qu'il annonçoit aux Égyptiens, auffi-bien que le triomphe qu'on remportoit, en quelque forte, fur le Nil, à la fin du débordement. C'étoit le Serpent Pythien qui étoit le Symbole du débordement du Fleuve. Quand on eut oublié la fignification des Figures de Horus & du Serpent, on prit le premier pour le Soleil qui deffèche les eaux ; plufieurs en firent un Héros, & un Roi qui avoit délivré le Pays des monftres les plus terribles, en les tuant à coups de fléches, qui, en elles-mêmes, n'étoient que le figne du Sagittaire, fous lequel les eaux fe retiroient. On lui donna en Gréce, & fur-tout dans l'Ifle de Délos, le nom d'Apollon, dérivé du verbe *Apolluo*, *difperdo*, *deftruo*, *apolluon*, *vaftator*, *difperdens*, *deftructor*, &c. un deftructeur.

Voilà donc Apollon trouvé avec fes fléches ; c'étoit un Signe, un Symbole qu'on expofoit dans certains temps, par exemple, fous le figne du Sagittaire, avec des fléches, pour fignifier ce que nous venons de rapporter. Dans d'autres mois on le repréfentoit d'une autre façon, toujours fous la forme d'un Horus ; mais avec de nouveaux attributs ou inftrumens, pour annoncer autre chofe que le travail, & former par-là un Symbole différent.

Nous le trouverons encore avec les Mufes ; pour lors il aura une Lyre ou une Guitarre, & ce fera un Danfeur, un Muficien, fans ceffer d'être un Dieu chez les Païens ; mais tantôt un Dieu deftructeur, tantôt un Sauteur & un Danfeur. Voyons à préfent l'Apollon de l'Hiftoire & de la Fable.

Apollon

Apollon de l'Histoire & de la Fable.

Cicéron compte jusqu'à quatre Apollons qui, selon lui, ont été des Personnages réels & véritables. On prétend que des quatre il y en avoit trois Grecs, & un Égyptien ; que celui-ci fut le plus ancien, & qu'il fut le modèle sur lequel on forma les autres. Il fut, dit-on, Fils d'Osiris (Bacchus) & d'Isis, autres Divinités ou Personnages, dont on parlera dans la suite. Son premier nom fut Orus, selon quelques Auteurs ; mais, selon d'autres, Sol, Orus, Apollon furent trois Personnages fort différens, qui régnèrent en Égypte dans des temps assez éloignés les uns des autres. Sa mère Isis, à ce qu'on suppose, lui avoit appris la Médecine ; ce qui le fit regarder, après sa mort, comme l'Inventeur & le Dieu de cet Art. Les Grecs reçurent ce Dieu des Égyptiens ; mais bientôt ils lui en substituèrent trois autres nés parmi eux, & un sur-tout dont ils chargèrent l'Histoire de toutes les actions ou aventures des deux autres. Celui-ci, selon eux, étoit Fils de Jupiter, troisième du nom, qui fut Roi de Crète. Il fut le fruit d'un adultère de ce Jupiter avec Latone, qui en accoucha dans l'Isle de Délos. Les Poëtes, pour embellir l'Histoire de sa naissance & de sa vie, ont eu recours aux fictions & aux merveilles. Parce que l'Isle de *Délos* (nom qui signifie la manifestation) avoit été inconnue jusqu'à la retraite qu'y fit Latone, pour y accoucher d'Appollon & de Diane, ils ont dit que cette Isle avoit paru tout-à-coup sur la mer pour favoriser ses couches. Latone ne s'y étoit retirée que pour se dérober aux poursuites de Typhon, Capitaine d'une troupe de bandits, qui étoit chargé, de la part de la Reine Junon, de la poursuivre & de lui immoler cette rivale. Les mêmes Poëtes ont fait de ce Typhon un monstre à plusieurs têtes ; & cela parce que le nom de Typhon signifie un Serpent. Le jeune Prince Apollon excella dans la Poésie & dans l'Éloquence ; c'est pour cela que les Grecs en ont fait, par une hyperbole de leur goût, l'Inventeur de l'une & l'autre. Parce qu'un autre Apollon, que Cicéron appelle *Nomien*, fut chassé de l'Arcadie, où il régnoit, & obligé de se retirer chez Admète, Roi de Thessalie, qui lui donna généreusement la Souveraineté du Pays qui étoit sur les bords du Fleuve Amphryse, les mêmes Grecs ont dit que leur Apollon avoit été chassé du Ciel, pour avoir refusé d'éclairer le Monde, & qu'ensuite il s'étoit trouvé réduit à garder les troupeaux d'Admète ; c'est ainsi qu'on a métamorphosé l'Histoire d'un seul ou de plusieurs Apollons ; & comme les Égyptiens n'avoient fait de trois de leurs Rois, savoir, le Soleil, Osiris & Apollon, qu'un seul Personnage, un seul Roi & un seul Héros, qu'ils adorèrent sous ces trois noms, les Grecs, & ensuite les Romains les imitèrent, en l'adorant sous plusieurs noms & épithétes : ses principaux noms, titres & épithétes furent tirés des fonctions & des inventions qu'on lui attribua, des formes qu'on lui donna, & des lieux où il fut adoré.

Les noms de fonctions sont ceux de *Phœbus*, Soleil ; d'où lui sont venus les titres de *Soleil Orient*, *Invincible*, *Infatigable*, *Perpétuel*, de *Soleil Compagnon*, de *Soleil Conservateur*, *Défenseur* & autres, qu'on lui trouve sur les anciens Monumens, & en particulier sur les Médailles. Les noms & titres qu'il reçut par rapport aux différentes formes & aux inventions qu'on lui prêta, sont ceux d'*Apollon Musagéte* & *Citarædus*, d'*Opifer*, d'*Acésien*, d'*Alexiaque*, parce qu'on le supposa Inventeur de la Lyre, de la Musique & de la Médecine : ce fut en la même qualité qu'il eut celui de *Salutaire* ; enfin on l'appella *Propugnateur*, parce qu'on suppofa qu'il avoit le premier fait des arcs & des fléches, & Monnétaire, en lui attribuant l'Invention de tous les outils propres à frapper la Monnoie. Il fut nommé *Pythien*, parce qu'il avoit tué le Serpent Python ; *Daphnien* (Daphnæus) parce qu'il rendoit dés Oracles près de la fontaine Daphnée ; *Naval* parce qu'Augufte lui attribua fa victoire près d'Actium ; *Actiaque* (Actiaricus) ; *Capitolien* (Capitolinus) ; *Clochéen* (Clochæus) ; *Clarien* (Clarius) ; *Délien*, ou de Délos (Delius) ; *Delphique* (Delphicus ; *Dydiméen* (Dydimæus) ; *Héliopolitain* (Héliopolitanus), &c. à caufe des lieux où il fut plus particuliérement adoré.

Apollon fur les Médailles.

Les Médailles repréfentent Apollon fous différentes formes & figures, & avec différens habillemens, attributs & fymboles qui ont rapport aux titres qu'on lui donne dans les légendes. Comme Inventeur de la Mufique, *Citaræus*, ou de la Médecine, *Acefius* ou *Aléxiaque*, on l'a repréfenté ou nud & danfant, ou habillé de long ; il tient quelquefois une Guitarre, dont le bas eft appuyé fur un autel, ou fur un rocher, ou fur fon bras, ou fur quelqu'autre chofe ; il porte l'autre main fur fa tête, & tient une branche de laurier ou d'olivier : quelquefois il a une Patère & d'autrefois le *Plectre*, Inftrument dont on fe fert pour faire réfonner la Lyre & la Guitarre. Si au lieu de la branche d'olivier ou de laurier il tient de l'herbe, ou le rameau de quelque arbriffeau, alors c'eft un Médecin, un Botanifte qu'on a voulu repréfenter dans ce Dieu ; auffi eft-ce fur les Médailles qui ont de pareils Types qu'il eft appellé *Confervateur*, *Salutaire*, *Apollini Confervatori*, *Salutari*. Sous les dénominations de *Phæbus*, de Soleil *Compagnon*, *Confervateur*, &c. ce Dieu, prêtant fecours aux Empereurs dans leurs batailles, dans leurs guerres, eft repréfenté, fur les Médailles de Gallien, ou fous la figure d'un Griffon, animal confacré au Soleil, ou avec le corps d'un Lion qui a une tête d'Oifeau & deux ailes, ou fous la figure d'un Centaure, tenant un arc, & tout prêt à en décocher la fléche ; vrai fymbole du Sagittaire. Tantôt, au lieu de la Guitarre, c'eft un gouvernail qu'il tient d'une main, tandis qu'il a un globe fur l'autre : ici il paroît fous la figure d'un homme nud, couronné de rayons, quelquefois en courfe, d'autrefois conduifant un char à quatre chevaux, dont il tient les rênes d'une main, & un fouet, ou un globe de l'autre ; là il fe montre fous la forme d'un cheval, comme un autre Pégafe. Ce n'eft pas feulement fur les Médailles de Gallien, mais encore fur celles de Probus, de Conftantin, d'Aurelien, de Crifpus & de plufieurs autres Empereurs que l'on trouve Apollon repréfenté de la forte, avec les légendes, *Soli Comiti*, *Soli invicto Comiti*, *Soli Confervatori Augufti*.

Comme Inventeur de l'arc, de la fléche & des Arts, Appollon eft repréfenté fur les Médailles avec une tête jeune & fans barbe, couronnée de laurier ; le carquois rempli de fléches eft attaché à fon épaule ; il a devant lui un Aftre qui eft le fymbole du Soleil : la légende eft alors *Apollo Soter*, Apollon Sauveur ; on le trouve de la forte fur une Médaille de Néron. On le voit quelquefois fous la figure d'un jeune homme entiérement nud, ou bien couvert feulement par derrière d'un manteau fort court & voltigeant : il eft dans l'attitude de quelqu'un qui décoche une fléche ; alors la légende eft, *Apollini Propugnatori*, Apollon Propugnateur, Défenfeur, &c. ; c'eft ainfi qu'on le voit fur une Médaille de Licinius-Valerianus. Sur une autre de

Commode, ce Dieu est jeune, nud, accoudé sur un cippe, & portant la main droite sur sa tête ; la légende est, *Apollini Monetali*, Apollon Monétaire. Enfin sur quelques Médailles d'Antonin-Pie, Apollon tient une patère, marque de la Divinité, & dans quelques-unes des légendes il est appellé Auguste, *Apollini Augusto*, & Saint, *Apollini Sancto*.

On consacra le Loup, l'Épervier, la Corneille, la Cigale, & le Corbeau à ce Dieu, aussi bien que le Laurier & l'Olivier ; ensorte que ces arbrisseaux & ces animaux lui servent de symbole sur les Médailles. Un certain trépied, qu'on appelle le trépied d'Apollon, le représente, aussi bien qu'une Guitarre posée sur un cippe. Auguste & Néron se sont fait représenter sous la figure d'Apollon, & avec quelques-uns de ses attributs.

Au surplus Apollon est aisé à reconnoître sur ces Monumens, soit qu'il y soit lui-même ou seulement ses symboles. Quand il y paroît lui-même, c'est une simple tête couronnée de laurier, de rayons, ou d'un diadême, & quelquefois sans couronne, avec une belle frisure, plus souvent les cheveux épars, & presque toujours avec un sceptre, ou une étoile devant ou derrière lui. Lorsqu'il se montre sous une figure humaine, & en statue, il tient un Arc & un Carquois, ou une Guitarre, ou un Rameau, soit d'olivier, soit de laurier, &c. Plusieurs de ces symboles seuls le représentent & indépendamment de sa tête ou de sa statue. Enfin si on le désigne sous des figures extraordinaires, comme celles du Centaure & du Griffon, alors la légende annonce que c'est lui, en donnant son nom avec une adjectif qui a du rapport au symbole sous lequel on a voulu le représenter. On le voit de sept façons, à la planche VIIe. numeros 7. 8. 9. 10. 11. 12. & 13. C'en est assez po ur le reconnoître par tout où l'on puisse le trouver.

Section IV.

Les Déesses Astarté, Atergatis & Aphrodite, & d'abord du Dieu Adonis tirés de l'Écriture Hiéroglyfique.

M. Pluche ne nous donne rien de ce qui regarde l'origine particulière d'Adonis, en qualité de Dieu. Il nous fait seulement entendre, qu'apparemment il aura été adoré sous le nom d'*Adonis* ou d'*Adonaï*, qui signifie, *Seigneur* ; & cela sous la figure ou le symbole du Soleil, que certains Peuples adorèrent sous le nom d'*Osiris*, d'autres sous celui de *Moloch* ou de *Melchom*, ou de *Baal*, qui ont tous à peu près la même signification.

Quant à Astarté, voici ce que cet Auteur en pense. Selon lui Astarté ne différe d'Isis que par le nom. Ces deux Divinités, ainsi que plusieurs autres, puisent leur origine dans la même source. Isis, qui fut appellée la Mère commune des Dieux & la Déesse à mille noms, ne fut d'abord qu'une de ces affiches & de ces figures symboliques de l'Écriture sacrée, qui, ayant passé par divers endroits où elle fut exposée à la vénération des Peuples, avec des ornemens & des attributs fort variés, donna occasion à multiplier les Divinités.

On la montra d'abord comme une femme représentative des productions de la Terre, selon les saisons & les fêtes que ces saisons amenoient. L'on conçoit aisément qu'il fallut pour cet effet la décorer de plusieurs manières : on les expliquera dans la Section XXVIe, où il sera question d'Isis, &c. La figure ne fut regardée, pendant quelque temps, que comme un symbole ;

mais on transforma bientôt ce symbole en une femme réelle, & ensuite en une Divinité que l'on regarda comme productrice de toutes choses. Elle passa pour une femme incomparable, pour une Reine bienfaisante, pour la mère de l'Abondance. On la maria à Osiris, & on lui prodigua tous les titres de son mari : on avoit anciennement coutume de faire sur des éminences, & auprès des grands bois, les sacrifices que l'on offroit soit au vrai Dieu, soit aux Idoles ; ce fut aussi dans la même position que l'on plaça ces nouvelles Divinités ; mais comme ces Figures étoient représentées soit avec des faucilles, soit avec les cornes du Taureau, ou celles du Capricorne, ou quelquefois avec une queue de Poisson, ou enfin avec quelque chose de relatif aux Signes du Zodiaque, suivant les saisons, on se persuada qu'Isis étoit une Déesse qui présidoit à la fécondité des troupeaux, à leur prospérité, à la richesse des moissons, & à l'abondance de la pêche. Cette idée lui acquit d'abord trois noms ; celui d'Astarté, qui veut dire, *Reine des troupeaux* ; celui d'Atergatis, qui signifie, *Reine des poissons* ; & celui d'Aphrodite, c'est-à-dire, la *Reine des bleds.* On réalisa dans la suite ces trois noms & ces trois qualités, d'où naquirent les trois Déesses, dont nous venons de parler. Telle est leur origine, selon M. Pluche : mais on va voir ce que l'Histoire, la Fable, & la Numismatique nous apprennent d'Astarté, qui est la seule qui paroisse sur les Médailles, à moins qu'on ne confonde Aphrodite avec les Néréides, à l'exemple des Grecs. Adonis doit aller avec Astarté.

Adonis & Astarté, selon les anciennes Histoires.

Astarté, selon l'Histoire, naquit à Tyr, en Syrie : elle fut mariée au jeune Adonis : ils régnèrent l'un & l'autre en Syrie : ils firent un si grand bien à leurs Sujets, en leur enseignant l'agriculture, & en réglant l'arpentage, le partage & la culture des terres, par des Loix pleines de prudence & de sagesse, qu'on les mit au rang des Dieux après leur mort. Or, comme l'opinion de ces temps-là étoit que l'ame des Princes, après leur mort, entroit dans quelqu'un des astres pour l'animer, on prétendit que celle d'Adonis & celle d'Astarté avoient choisi le Soleil & la Lune pour leur demeure ; ce qui porta plusieurs à les adorer sous le nom & la figure du Soleil qui fertilise la terre, tandis que d'autres les adorèrent sous la figure d'un Bœuf & d'une Vache, qui sont aussi les symboles du labourage & de la culture des campagnes, dont on suppose qu'ils avoient pris grand soin.

Adonis & Astarté de la Fable.

La Fable n'a pas manqué d'embellir le fond de leur Histoire par plusieurs fictions, qui en firent un tissu de merveilles. Elle a fait naître Adonis du commerce incestueux de Cinyre avec sa fille Myrrha : elle a supposé que Myrrha fuyant la colère de son Père, qu'elle avoit trompé dans le temps qu'il étoit ivre, avoit obtenu d'être changée en un Arbre qui porte la Myrrhe ; que cet Arbre s'étoit ouvert pour donner le jour & la naissance à Adonis ; que ce jeune Prince, plein de graces & doué d'une grande beauté, étant passé à la Cour de Byblos, Vénus (la même qu'Astarté) en étoit devenue amoureuse ; qu'elle avoit quitté la compagnie & le séjour des Dieux pour le suivre dans les forêts du Mont Liban ; que Mars jaloux & irrité de cette préférence, s'en étoit vengé, en portant Diane à envoyer un Sanglier pour attaquer Adonis à la

chaſſe, & le bleſſer à mort ; que l'on avoit lavé la plaie de ce Prince mori‐
bond dans les eaux d'un fleuve qui en avoit rougi, & qui, pour cet effet,
avoit été appellé le fleuve d'Adonis ; qu'Adonis étant mort, & deſcendu
dans le Royaume de Pluton, inſpira des ſentimens de tendreſſe à Proſer‐
pine ; que Vénus en étant devenue jalouſe, préſenta ſa requête à Jupiter
pour obtenir le retour de ſon époux ; que ce Dieu s'étant trouvé embaraſſé
entre la demande de Vénus & les oppoſitions de Proſerpine, avoit nommé
Calliope pour décider l'affaire ; & qu'enfin cette Muſe, pour concilier les
parties litigantes, avoit arrêté qu'Adonis reſteroit la moitié de l'année dans
les Enfers avec Proſerpine, & qu'il viendroit paſſer l'autre moitié ſur la Terre
avec Vénus.

Au moyen de toutes ces fictions & de pluſieurs autres, Adonis fut adoré
& ſa femme Aſtarté partagea les honneurs divins avec lui, ſous les différens
noms de Lune, de Vénus Céleſte, de Vénus de Byblos, de Junon, d'Eu‐
rope, de *Decerto* & d'Atergatis ; noms que lui ont donné les différens
Peuples qui l'adorèrent.

Aſtarté ſur les Médailles.

On la voit ſur les Monnoies de Carthage, ou placée ſur un char à deux
roues, ou aſſiſe ſur un Lion, tenant la foudre de Jupiter d'une main, & un
ſceptre de l'autre. Sur celles de Berytes, de Céſarée, des Sidoniens & de
quelqu'autres Villes, elle eſt debout, quelquefois habillée de long, & plus
ſouvent d'une eſpèce de tunique fort courte. On la repréſente ordinairement,
ſur ces Médailles de Colonies & de Villes, dans le milieu d'un Temple, cou‐
ronnée de créneaux ou de tours, tenant une tête d'homme d'une main,
s'appuyant de l'autre ſur une pique, & foulant d'un pied la figure d'un fleuve ;
ou debout, vis‐à‐vis d'une colonne ſurmontée de la Victoire, qu'elle ſemble
vouloir couronner de laurier ; ſans doute parce qu'étant la Divinité & le Génie
de ces Peuples, qui avoient remporté quelques victoires ſur leurs ennemis,
on vouloit montrer par‐là qu'on lui attribuoit les heureux ſuccès de ſes ado‐
rateurs. Souvent elle tient une tête, & foule un fleuve, ſans être placée
dans un Temple.

On ne la donnera, à la planche VIIe. N°s. 14. & 15. que de deux façons ; 1°.
comme elle eſt repréſentée ſur quelques Médailles des Empereurs, Sévère &
Caracalle, dont la légende eſt, *Indulgentia Auguſtorum in Carthaginenſes* ;
c'eſt‐à‐dire, Indulgence, Clémence, ou Bonté, Bienfait des deux Auguſtes,
en faveur des Carthaginois. On verra dans la ſuite quelles ſont les différentes
ſignifications du mot d'*Indulgence*, ſur les Médailles. Sur la Médaille dont il
s'agit, Aſtarté eſt aſſiſe ſur un Lion en furie, qui la tranſporte avec toute la
vîteſſe poſſible. Elle paroît vêtue d'une robe longue, la foudre & le ſceptre
en main. 2°. la ſeconde la repréſente couronnée de Tours.

SECTION V.
Du Dieu Atys, de l'Écriture Hiéroglyfique.

Atys & Oſiris ſont les mêmes Divinités : leurs noms, dit M. Pluche, ne
différent que par le ſon ou par la manière de les prononcer en Égypte & en
Phrygie ; mais chez ces deux Peuples ils ſignifient l'un & l'autre la même
choſe que *Seigneur*. C'eſt auſſi l'Écriture ſacrée qui a donné la naiſſance à tous

les deux. Leurs figures fervirent de fymbole & d'enfeigne, avant que d'être reputées & adorées pour des Divinités. S'ils ont eu la même origine, on leur a donné auffi la même compagne & la même femme, qui eft Ifis ou Cybèle : il étoit donc plus que jufte de leur attribuer encore les mêmes inclinations, les mêmes défordres & le même fort.

Atys, *felon l'Hiftoire & la Fable.*

La Mythologie nous préfente plufieurs Atys. L'un fut fils d'Hercule & d'Omphale; l'autre prêt à époufer Ifmène, fille d'Œdipe, fut tué par Tydée, avant fes noces. Mais il ne s'agit point de ces deux *Atys* ou *Attis*, dans la Numifmatique, non plus que de quelques autres qui ont porté le même nom. Celui que nous avons fur les Types de quelques Médailles, fut particuliérement adoré par les Phrygiens, qui le prirent pour le Soleil, & lui donnèrent l'épithéte de *Menotyrannos*, mot grec qui fignifie, *le Roi, le Seigneur des mois* & le Maître de l'année; ce qui convient au Soleil.

On lui compofa une Hiftoire, & l'on en fit un jeune Phrygien d'une grande beauté. La Déeffe Rhéa, autrement Cybèle, en devint, dit-on, éperduement amoureufe, & pour le trouver courut les montagnes & les forêts, avec fa Troupe éplorée & gémiffante. Lorfqu'elle eut réuffi dans l'accompliffement de fes défirs, elle en fit fon Prêtre particulier, & lui confia le foin des Sacrifices & des Fêtes qu'elle ordonnoit de faire à fon honneur, en exigeant qu'il garderoit la chafteté; mais ce Favori obferva fort mal la condition qu'il avoit acceptée, & fe laiffa prendre aux appas de la Nymphe Sangaris ou Sangaride. Honteux de fa faute, il fe mit hors d'état d'en jamais commettre de femblables. Cette mutilation le rendit un objet d'horreur pour Cybèle, qui le métamorphofa en Pin.

Depuis fon infortune, Atys s'habilla en femme, & fe comporta comme s'il eût changé de fexe. Plufieurs différens Monumens le repréfentent habillé d'une robe longue & femblable à celles que portoient les femmes; mais on ne le voit qu'en habit court & couvert d'un bonnet Phrygien fur les Médailles. Ce fut, à ce que l'on fuppofe, avec l'habillement de femme qu'il courut le Monde pour établir le culte de Cybèle, & pour en prefcrire la forme : il lui dédia particuliérement un Temple en Syrie.

Atys *fur les Médailles.*

On le trouve fur une Médaille de Fauftine, femme d'Antonin-Pie, & fur une autre de Gordien, avec le bonnet Phrygien & couvert d'un habit court, ouvert en plufieurs endroits. La Déeffe Cybèle eft affife près de lui fur un efpèce de Trône, avec un Lion à fes côtés. Voyez planche VII.e N.o 16. On pourra auffi avoir recours à la Section XIII.e où l'on parlera de Cybèle.

Section VI.

Les Dieux Aufpices de l'Écriture Hiéroglyfique.

Nous avons vu plus haut que les Égyptiens avoient choifi la Figure des Oifeaux, en général, pour fymbole des Vents, & celle des Oifeaux d'une efpèce, pour marquer en particulier certains Vents. Les Prêtres Aftronomes voulant

avertir

avertir le Peuple qu'un tel Vent alloit se lever & dominer, exposoient à cet effet un symbole, sur lequel ils avoient fait tracer, peindre, ou graver la Figure de celui des Oiseaux que l'on ne voyoit dans le Pays qu'au lever de ce même Vent, & quand il régnoit. Ils montroient, par exemple, comme on l'a déja dit, la Figure de l'Epervier pour annoncer le retour du Vent du Midi, & de la Huppe pour annoncer celui du Nord. Si donc quelque Égyptien devoit semer ou planter quelque chose, ou s'il avoit à voyager par terre ou par mer, il regardoit auparavant ces symboles & les consultoit, pour savoir s'il auroit un vent favorable à ses entreprises. Cela s'appelloit consulter les Oiseaux; ce qu'on exprimoit chez les Latins par le mot de *Avispicium*, qui, à proprement parler, signifie regarder aux *Oiseaux*.

Ceux qui suivoient cet usage s'en étant bien trouvés par l'événement, cessèrent bientôt de regarder la Figure de ces Oiseaux comme de simples symboles, & attribuèrent aux Oiseaux mêmes une vertu divine, qui donnoit non-seulement les vents favorables, mais encore le succès aux opérations & aux entreprises qui avoient été les suites de ce regard & de ces consultations. Si l'on n'en fit pas d'abord des Dieux, on les regarda au moins comme leurs Messagers, & l'on crut que les Dieux les envoyoient pour apprendre, par la variété de leur ramage, & par les différentes routes qu'ils tenoient en volant, leur volonté aux hommes, & pour leur faire connoître par ce moyen ce qu'ils devoient ou ne devoient point entreprendre. Peu-à-peu on se persuada qu'ils étoient les signes avant-coureurs de tous les événemens; & pour lors il n'y eut plus qu'un pas à faire pour les mettre au nombre des Dieux. La reconnoissance, l'ignorance & la cupidité ne tardèrent pas d'opérer en leur faveur, comme en celle des astres, des animaux & de beaucoup d'autres choses, le miracle qui les plaça dans le Ciel, avec Jupiter & son nombreux Cortège. Le mot d'*Avispicium*, qui signifie *regard, inspection des Oiseaux, examen du vol des Oiseaux*, fut changé en celui d'*Auspicium*, qui veut dire, *Auspice, Protection*. Comme on demandoit, & à tous les Dieux en général, & à chacun d'eux en particulier, cette protection, on s'accoutuma bientôt à leur donner à tous le titre de *Dieux Auspices, Diis Auspicibus*, & on leur accorda à tous le même encens les mêmes sacrifices & la même confiance. Voilà donc l'origine des *Dieux Auspices*, selon M. Pluche.

Les Dieux Auspices, suivant l'Histoire & la Fable.

Le titre de Dieu Auspice ayant été donné indifféremment à tous les Dieux, en général, & à chacun d'eux en particulier, ce sera dans chacune des Sections, où l'on traite de ces Dieux, que l'on apprendra ce que l'Histoire & la Fable en ont dit. Ainsi il ne nous reste ici qu'à faire connoître ce qu'ils sont dans la Numismatique, & comment ils sont représentés sous ce titre, sur les Médailles.

Les Dieux Auspices des Médailles.

Nous en avons quelques-unes, parmi celles qui ont été frappées à l'honneur de Septime-Sévère, qui portent cette légende au revers, *Diis Auspicibus*, c'est-à-dire, aux Dieux Auspices. Ces Médailles, qui sont de Moyen Bronze, représentent du même côté deux Figures qui sont debout; l'une est d'Hercule, avec la dépouille du Lion sur son bras gauche, & la massue à la main droite; l'autre de Bacchus qui tient sa coupe d'une main, & une pique de l'autre, avec un Tigre à ses pieds. Ceci confirme ce qu'on vient de dire, savoir que les Dieux Auspices ne sont pas des Dieux particuliers, & que tous les Dieux, ou du moins la plupart, ont été invoqués sous le titre d'*Auspices* ; titre que chacun donna à son Dieu favori.

On prétend que Bacchus & Hercule l'ont reçu dans les Médailles de Septime Sévère, parce que ce Prince les regardoit comme ses Protecteurs & ses Auspices contre *Pescennius Niger* & ses Alliés. Bacchus, selon la Fable, avoit triomphé des Indes ; Hercule avoit dompté les monstres, & vaincu plusieurs Tyrans ; c'est pourquoi cet Empereur envisageant Pescennius comme un Tyran, s'étoit mis sous la protection de ces Dieux, avant de partir pour le combattre. Il se fit même représenter au revers des Monnoies, dont il est ici question, sous la figure d'Hercule, & son fils Caracalle sous celle de Bacchus ; & pour montrer la pleine confiance qu'il mettoit dans le secours de ces deux Divinités, il les fit regarder comme ses Dieux Auspices, en faisant graver pour légende sur ces Monnoies, *Diis Auspicibus*. Il seroit inutile de donner ici la Médaille où ces Dieux sont qualifiés d'*Auspices* ; il suffit de l'avoir décrite : d'ailleurs ces Divinités sont assez connues, & la légende ne permet pas de s'y tromper.

S E C T I O N   V I I.

De Bacchus, selon l'Écriture Hiérogysique, & par occasion, des Bacchanales, des Bacchantes, des Faunes, des Silènes, des Satyres, des Sylvains, & de tout ce qui peut y avoir quelque rapport.

Des figures, des symboles, des noms, des mots, des cris, des fêtes bruyantes & des travaux annuels ont donné lieu à la naissance de Bacchus, des Bacchantes, des Bacchanales, des Ménades, des Bassarides, des Satyres, des Faunes, des Silènes, des Sylvains & de toute cette foule de Divinités toujours prêtes à boire, à sauter, à danser & à rire. Voici comme s'en explique M. Pluche, que je suis le plus exactement qu'il m'est possible, dans tout ce qui regarde l'origine des Dieux.

Parmi les Figures de l'Écriture Hiéroglyfique, & les symboles que l'on représentoit, & que l'on montroit aux Peuples pour les instruire sur ce qu'ils avoient à espérer, à craindre, ou à faire, il y avoit celle d'Horus, qui paroissoit souvent. Mais dans ces apparitions, on le montroit quelquefois habillé, orné & accompagné de tout ce qui pouvoit représenter l'état, l'habillement & l'occupation des hommes, avant le Déluge. Dans ces premiers temps, le labourage étoit comme dans son enfance : aussi Horus étoit-il représenté sous la figure d'un Enfant. Dans la représentation symbolique, on le plaçoit ou sur un van propre à vanner des grains, ou dans un pannier, avec un Serpent. Le van & le pannier signifioient ou la Moisson ou la Vendange ; le Serpent étoit le symbole de la santé, du salut, & de la vie, que l'on demandoit au vrai Dieu, immédiatement après le Déluge, dans les Fêtes commémoratives de l'ancien état du genre humain, tel qu'il étoit avant cette révolution. Quand il s'agissoit de représenter les chasses de Nemrod & de quelques autres Chasseurs, alors l'Horus paroissoit en habit & en équipage de chasse, pour annoncer des Fêtes que l'on devoit célébrer par des chasses d'animaux : ces chasses, comme ces animaux, étoient quelquefois réelles ; d'autrefois elles étoient figurées & représentées seulement. Si l'on vouloit apprendre aux hommes, après le

Déluge

Déluge, comment étoient habillés ceux qui l'avoient précédé, lorsque les pluies étoient encore rares & douces, l'air tellement tempéré qu'on pouvoit se passer de maisons, & qu'il suffisoit d'avoir pour habit des peaux fort courtes & préparées à cet usage, alors l'Horus étoit habillé de la même façon, c'est-à-dire avec des peaux de bêtes : les figures qui l'accompagnoient étoient aussi sous le même habillement.

Rappellons notre principe, c'est-à-dire que l'oubli de la signification de ces symboles & de ces représentations symboliques, & par conséquent l'ignorance formèrent les Dieux des Païens, & en peuplèrent le Ciel & la Terre. Au milieu des Assemblées où l'on exposoit ces symboles, on louoit le vrai Dieu, dans les premiers temps, & l'on s'adressoit à lui pour lui faire des Sacrifices, pour lui offrir des vœux, pour lui demander ce dont il est le Maître, l'Auteur & le Principe, c'est-à-dire, la santé, la vie & tout ce qui sert à les entretenir. Les prières que l'on faisoit étoient adressées au Ciel, où est son Trône, au milieu des soupirs, des pleurs & des cris : on crioit à voix haute, *io Bacche, io Bacchot*; ce qui signifie, *Seigneur, voyez nos pleurs* : ou *pleurons devant le Seigneur*. Insensiblement on oublia la signification des symboles que l'on voyoit & que l'on n'avoit exposés que pour inviter à ces Fêtes, & pour apprendre quels en étoient l'objet & le sujet : on s'attacha & on se fixa aux Figures représentées, sans monter plus haut : on transféra le culte & les vœux qui ne sont dus qu'à l'Être suprême, aux Images que l'on avoit sous les yeux. Quand on eut une fois oublié la signification des choses, on ne se souvint bientôt plus du sens des noms & des mots. *Io Bacche* ne signifia plus, *Seigneur*, ou, *Dieu, voyez nos pleurs*; on interpréta ces cris & cette prière comme si on les adressoit à un Dieu qui s'appelloit Bacchus; comme si on disoit, *Seigneur, Dieu Bacchus, voyez nos pleurs*. Ce mot *io* ne passa plus pour un gémissement, pour un soupir, pour une invocation; mais pour un cris de joie, dont on faisoit retentir le lieu de l'Assemblée, en présence du Symbole divinisé. Les Fêtes changèrent d'objet, & bientôt elles répondirent à l'idée qu'on s'étoit faite du nouveau Dieu que l'on adoroit. On ne pensa plus qu'à boire, à sauter, à danser & à rire. La Divinité que l'on venoit de créer, fut représentée dans l'attitude d'un homme qui est de la meilleure humeur. La Vigne, les Raisins, les Pots & les Coupes devinrent ses ornemens, ses attributs & ses symboles. Les Assemblées dégénérèrent en Mascarades où s'introduisirent la débauche, le libertinage & toutes sortes de dissolutions. Après s'être habillé des peaux des animaux, dont on vivoit, on voulut représenter les animaux mêmes; l'un fit la Chèvre, l'autre le Bélier, &c. De-là les Faunes, les Satyres, les Silènes & toutes les autres Divinités enjouées & ridicules, qui forment ordinairement la suite de Bacchus : de-là le Dieu Jardinier ou Vigneron, qu'on nomma Sylvain, peut-être parce qu'il avoit encore soin des bois appellés, *sylvæ*, en latin. L'un se peignit la face avec le jus de la vigne, l'autre avec le sang des animaux. A ce premier fard succédèrent les Masques. Les femmes consacrées à ce culte furent employées, les unes à porter le coffret & les corbeilles sacrées, où l'on mettoit tout ce qui servoit à la représentation & à la fête; les autres à suivre & à accompagner les premières avec des piques de chasse, appellées Thyrses, ou avec des branches de Pin, dont on faisoit des torches pour éclairer la marche & la danse qui se faisoient en criant, en hurlant, & avec des des gestes, des attitudes ridicules, & un enthousiasme Bachique qui tenoit de la furie. Le nom de Bacchantes, que ces femmes avoient d'abord porté, & qui signifioit des pleureuses ou gémissantes, fut changé en ceux de *Mé-*

Q

nades ou *Porteufes d'Affiches* ; de *Thyades*, qui veut dire, *Vagabondes* ; de
Baffarides, qui fignifie *Vendangeufes*. Voilà, felon M. Pluche, d'où l'on
a tiré *Bacchus* & tout fon Cortège.

Bacchus, felon l'Hiftoire & la Fable.

L'Hiftoire & la Fable comptent plufieurs *Bacchus*, qui, pour la plupart,
font peut-être le même, appellé *Ofiris* en Égypte, *Phanace* chez les My-
fiens, *Dyonifius* par les Indiens, ou plutôt par les Grecs, *Liber & Liber
Pater* par les Romains, &c. Qu'il y en ait eu, ou qu'on en ait fuppofé plufieurs ou un feul, cela importe peu pour l'objet que nous nous fommes
propofé, puifque notre intention eft de traiter ici feulement de celui qui
eft connu dans la Numifmatique, & que l'on voit fur une grande quantité
de Médailles grecques & latines.

L'Hiftoire & la Fable le font fils de Jupiter & de Sémélé, Conquérant
des Indes, Voyageur en Égypte, où l'on dit qu'il enfeigna l'agriculture, &
qu'il planta la vigne ; ce qui le fit adorer comme le Dieu du vin.

Bacchus fur les Médailles.

On le trouve fur l'un & l'autre côté des Médailles. A la face des Monnoies,
il eft ordinairement repréfenté par une tête de jeune homme fans barbe, &
d'autrefois par une tête de vieillard avec la barbe. Cette tête eft couronnée de
lierre, ou de pampres & de feuilles de vigne. Au revers, on l'a repréfenté fous
la figure d'un homme ou tout à-fait nud, ou à demi-couvert d'un manteau.
Ses attitudes font fort variées ; mais il eft toujours aifé à reconnoître, parce
qu'il eft dépeint par tout comme un homme d'une humeur & d'un maintien
tout-à-fait Bachiques : ou il eft ivre, ou il boit pour le devenir bientôt.

On a beaucoup multiplié fes attributs. Tantôt il paroît avec un Thyrfe à la
main ; c'eft-à-dire avec un grand bâton terminé au haut par une pomme de
Pin : tantôt il tient des fléches ou une patère, qui eft une efpèce de plat propre à verfer des liqueurs fur un Autel, dans les Sacrifices, ou une grappe de
raifin, ou une coupe, une taffe, un verre propre à boire, ou un vafe propre
à mettre du vin : fouvent il paroît fur un même revers avec plufieurs de ces
attributs ; il eft auffi quelquefois monté fur une Panthère, ou affis fur un
Char de Triomphe attelé de deux Panthères ou de deux Centaures. Il a
d'autrefois la maffue d'Hercule en main & une peau de Chévre fur le corps.
Voilà quels font fes attributs ; la plupart lui font venus des Figures & des Fêtes
fymboliques dont il a tiré fa naiffance.

Quant aux Bacchantes, que l'on appelloit auffi les Ménades & les Thyades,
la Fable en fait les Nourrices & enfuite les Compagnes de Bacchus, dans fon
expédition des Indes. Leurs fonctions auprès de ce Dieu étoient de bien boire,
de bien fauter, de danfer, d'entrer dans une efpèce de fureur Bachique, &
de fe comporter felon que leur dictoit un pareil enthoufiafme. Auffi font-elles
repréfentées dans les Bacchanales & à la compagnie de leur cher Nourriffon,
toutes échévelées, & dans des attitudes qui montrent bien que le vin agit en
elles plus que la raifon. On en voit quelques-unes fur une Panthère, à l'imitation de Bacchus. Ce Dieu eft repréfenté de cinq façons, à la planche VIIe.
Nᵒˢ. 17. 18. 19. 20. & 21. Au Nᵒ. 21. il eft traîné par deux Centaures,
dont l'un eft repréfenté jouant de deux flûtes : Ariadne ou Sérapis eft près de

lui fur le Char, avec le muid fur fa tête. On trouvera *Bacchus* par-tout à peu près comme il eft repréfenté fur ces cinq Médailles. Quant aux Silènes, aux Faunes, aux Satyres & aux Sylvains, on en parlera dans la fuite, felon l'ordre alphabétique, que nous fuivons.

SECTION VIII.

Du Bon Événement ; origine de cette Divinité & de quelques autres
femblables , felon M. Pluche.

La Fortune, le Deftin, *Fatum*, le Sort, *Sors*, & le Bon Événement, *Bonus Eventus*, ont été adorés comme quatre Divinités différentes. Ce fut apparemment de l'Écriture Hiéroglyfique, compofées de figures fymboliques, dont on avoit oublié le fens & la fignification qu'elles tirèrent leur naiffance, comme bien d'autres : l'ignorance fut par-conféquent leur mère commune. Mais de quelle figure Hiéroglyfique font-elles nées ? C'eft ce que nous ne pouvons affurer pofitivement : voici ce qu'on peut conjecturer de plus vrai-femblable. Surpris de certains événemens, bons ou mauvais, mais qui par-roiffoient extraordinaires, les Anciens, loin d'en chercher la caufe dans les décrets d'une Providence qui fait ou qui laiffe agir les caufes fecondes en les dirigeant avec douceur, avec force & avec fageffe à fes fins, aimèrent mieux les attribuer à quelqu'autre Agent inconnu, qui, felon eux, les produifoit au hazard, & par cas fortuit, d'une façon conforme ou oppofée à leurs vues, à leurs défirs & à leurs intérêts.

Cet Agent, & cette Caufe, furent nommés par les uns le Hazard, par les autres le Deftin, & par d'autres enfin, la Fortune ; chacun les repréfenta felon les idées qu'il s'en étoit faites. Ceux qui fe trouvoient bien des effets de cet Être imaginaire, fans pouvoir le définir, lui donnèrent le nom de *Bonus Eventus*, Bon Événement. On regarda cette Caufe, & cet Agent prétendu, comme les Maîtres fouverains & abfolus des bons ou mauvais fuccès, dans les entreprifes, &, par une conféquence prefque néceffaire, on en fit les arbitres du fort des hommes & même des Dieux. On leur offrit des vœux & des facrifices pour obtenir, foit le fuccès dans les entreprifes & les affaires, foit la prudence, la fageffe & la force pour les conduire à une heureufe fin ; d'où naquit le culte divin qu'on leur rendit fous le titre de *Bon Evenement*, & que l'on multiplia, felon toute apparence, autant que les événemens parurent bons & favorables ; car dans ces temps de ténébres chacun devenoit le créateur de fon Dieu ; chacun s'en faifoit à fon gré, & les Dieux qu'on adoroit fous les mêmes noms, n'étoient point adorés fous la même idée par chacun de leurs adorateurs : quelquefois ils changeoient de titres, felon le goût & les intérêts particuliers ; c'eft ainfi que l'Événement adoré fous le titre de Bon par les uns, pouvoit l'être à titre de Mauvais Événement, Génie, de Deftin, de Sort terrible, & de Furie par les autres, fur-tout par ceux qui fe trouvoient mal d'un Événement, dont plufieurs autres fe trou-voient bien.

Le Bon Événement de l'Hiftoire & de la Fable.

Quoi qu'il en foit de l'origine du Bon Événement & des différentes idées qu'ont pu en avoir fes adorateurs, l'Hiftoire & la Fable ne lui donnent ni père ni mère ; mais elles l'ont perſonnifié ſous la figure des deux ſexes : la Numiſmatique les a imitées. Ce Dieu eſt repréſenté ſous l'une & l'autre forme ſur les Médailles Conſulaires & Impériales. On le voit dans la famille Scribonia, avec la tête d'un jeune homme couronné d'une eſpèce de diadême, ou d'une femme portant ſur la tête une coëffure à l'antique, aſſez ordinaire aux Princeſſes du temps, & qui ſe termine en pointe par devant.

Il y a une autre tête du Bon Événement qui a un bandeau orné de perles ſur le front, & qui paroît être également de femme ; peut-être eſt-ce la tête que nous avons priſe pour celle d'un jeune homme ; & alors le bandeau lui ſerviroit de diadême ; ce qui ſuppoſeroit que dans l'une & dans l'autre Médaille on auroit voulu repréſenter une tête de femme.

Le Bon Événement ſur les Médailles.

Sur les Médailles Impériales le Bon Événement eſt gravé ſous la figure d'un homme, & ſous celle d'une femme, de façon à ne pouvoir s'y tromper. Comme homme, il y eſt repréſenté nud avec la tête couverte d'un pétaſe, qui, à la différence de celui de Mercure, eſt ſans ailes. Il tient de la main droite une patère, ſymbole de la Diviñité, & des épics, quelquefois même des pavots de la main gauche ; apparemment parce qu'on lui attribuoit quelque bonne récolte. Comme femme, on l'a repréſenté habillé d'une robe longue, avec un pannier rempli de fruits à la main droite, & des épics à la main gauche. Il y a des Médailles où le Bon Événement paroît faire un ſacrifice ; il y eſt nud, & verſe la liqueur de ſa patère ſur le feu de l'Autel. On verra ſouvent cette Divinité repréſentée de ces différentes manières, ſur les Médailles des Empereurs Galba, Veſpaſien, Tite, Antonin-Pie, Gèta, Sévère, &c. On le montre de trois façons, à la planche VIIe. n°s. 22. 23. & 24.

S E C T I O N I X.

Du Dieu Canope de l'Écriture Hiéroglyfique.

C'eſt encore ici une Affiche Égyptienne, ſymbolique & inſtructive, qui fut changée, par oubli & par ignorance de ſa ſignification, en une Divinité. Une des choſes qu'il importoit beaucoup aux Égyptiens de connoître & d'apprendre par les figures de l'Écriture Hiéroglyfique, que leurs Prêtres expoſoient en public, étoit la meſure des eaux du Nil, dans ſon débordement. De là dépendoient la fertilité des campagnes & l'abondance des moiſſons. On eſpéroit peu quand la hauteur de l'inondation n'alloit pas à douze coudées, & l'on craignoit beaucoup lorſqu'elle paſſoit ſeize. Pour apprendre au Peuple ce qu'il devoit prévoir par les différentes meſures des eaux, on avoit trois ou quatre vaſes ou cruches ſemblables à des outres, de capacités différentes, mais connues. L'une contenoit, par exemple, douze pintes de liqueur, une autre quatorze, une autre ſeize. On expoſoit donc, dans le temps du débordement, celui de ces vaſes qui, par la quantité de pintes qu'il contenoit, répondoit à la hauteur des coudées de l'inondation.

Pour donner en même temps pluſieurs autres inſtructions néceſſaires, par le moyen du même vaſe & du même ſymbole, on le ſurmontoit d'une tête d'homme, pour ſignifier le labourage & l'induſtrie, dont les ſuccès dépendoient du débordement : on enveloppoit auſſi les bras & le corps de la figure, pour faire entendre que le Laboureur n'avoit rien à faire pendant le féjour des eaux fur la plaine. Quelquefois, au lieu d'une tête d'homme, on plaçoit fur le vafe une tête d'Épervier, ou de quelqu'autre Oifeau, pour pronoftiquer le retour prochain de tel & tel Vent, bon ou mauvais, favorable ou contraire à la crue ou au deffèchement des eaux, & par conféquent aux défirs & aux efpérances des Peuples. On varioit enfin & la figure & fes attributs, felon le befoin où l'on fe trouvoit d'annoncer quelque chofe d'intéreffant à ceux pour qui ces fymboles & ces inftructions de l'Écriture Hiéroglyfique étoient mis en vue.

Ces vafes, ces figures & ces fymboles avoient un nom, & un nom capable d'exprimer ce qu'on vouloit leur faire fignifier. Ce nom compofé de deux mots réunis, c'eft-à-dire de *Cane*, qui fignifie une perche, une mefure, une-toife, & une canne propre à mefurer la hauteur des eaux, & d'*Ob*, qui veut dire l'*Ennemi*, le *Dragon*, & (felon l'idée qu'on s'étoit faite de cet Ennemi, de ce Dragon) *le Fleuve enflé*, étoit très-expreffif. On fent affez pourquoi de ces deux mots l'on n'en fit qu'un *Canob*, pour le donner à une vafe qui marquoit la mefure de l'inondation du Nil, que l'on avoit lieu de regarder fouvent comme un ennemi terrible, par rapport à fes eaux, & par rapport à cette multitude de Crocodiles, de Serpens & d'autres animaux vénimeux & dangereux que l'on trouvoit fur fes bords.

L'utilité que l'on tira de l'apparition du Canob, lui acquirent bientôt un haut rang parmi les Dieux d'Égypte. On ceffa de le regarder comme un vafe, & comme une mefure, pour en faire un Être vivant, qui lifoit dans le paffé & dans l'avenir, & qui, outre les connoiffances qu'il en communiquoit, pouvoit encore influer fur la Nature, pour la rendre ou fertile ou ftérile ; bientôt il reçut des facrifices, de l'encens & des vœux, fous le nom de Canob qu'il ne fut pas difficile de changer en celui de Canope, fous lequel il eft plus connu. Voilà ce Dieu venu d'une affiche & d'une enfeigne. Voyons la fortune qu'il a faite dans le Monde, à la faveur de l'Hiftoire & de la Fable.

Le Canope de l'Hiftoire & de la Fable.

On vient de voir que le Dieu Canope ne fut, dans fon origine, qu'un grand vafe ou un grand pot de terre deftiné à l'inftruction des Peuples. On lui donna une tête d'homme ou une tête d'oifeau, & on le chargea de figures Hiéroglyfiques, qui étoient autant de lettres ou de fymboles qui annonçoient ce que l'on avoit à faire ou à éviter, à efpérer ou à craindre.

L'on croit que la plupart des Adorateurs de cette Divinité prétendoient adorer en elle ou l'eau, ou un Dieu qui allant de pair avec Neptune, préfidoit à la mer & aux fleuves. L'Hiftoire, difons mieux, la Fable fuppofe qu'il y eut un procès entre les Égyptiens & les Chaldéens, au fujet du rang que devoient garder le Feu & le Canope : les Égyptiens avoient appa-remment laiffé le culte du Canope aux Chaldéens, pour mettre chez eux le Feu à la place de l'Eau : ils foutenoient que rien ne furpaffant le Feu en vivacité, en voracité, en activité, en fubtilité & en beauté, ce Dieu devoit avoir le premier rang fur les autres Dieux, & fur-tout fur l'Eau, qui eft fort péfante, & qui d'elle-même ne peut avoir aucun mouvement ; les Chal-déens prétendirent le contraire, & propofèrent aux Égyptiens un combat & une efpèce de duel entre les deux Dieux, à condition, & avec promeffe réciproque de donner le premier rang à celui des deux qui triompheroit de l'autre. Le jour étant arrêté pour mettre aux prises les deux prétendues Divinités, devant des arbitres & des témoins, un Prêtre de Canope apporta son pot au milieu du Feu, que les Prêtres Egyptiens avoient préparé dans l'espérance de voir chauffer le pauvre Dieu de Terre, jusqu'à ce qu'il fut réduit en cendres ; mais le Chaldéen avoit percé son Dieu de toutes parts, & après avoir bouché les troux avec de la cire, il l'avoit rempli d'Eau. Quand sa Divinité eut un peu chaud, la cire fondit, & l'Eau qui en sortit abondamment éteignit le Feu. A la vue de ce triomphe naturel d'un élément froid sur un élément chaud, la primauté fut adjugée à l'Eau. Voilà quelles furent, selon la Mythologie, les avantages du Dieu Canope.

Le Canope sur les Médailles.

Quelques Médailles d'Égypte le représentent avec une tête d'homme, au-dessus de laquelle, on a placé la fleur du *Lotus*, commune en Égypte, & réputée pour un des symboles de l'abondance. Au lieu de la fleur de *Lotus*, on lui voit quelquefois deux Lions sur la tête : peut-être que dans le temps où le Canope n'étoit qu'un symbole, on lui avoit mis un double Lion sur la tête, pour annoncer les grandes chaleurs de la Canicule. On pourroit aussi supposer que le Graveur aura pris les feuilles du *Lotus* pour des Lions, faute d'avoir bien examiné le type de ces pièces, qui ne font pas toujours ou bien gravées, ou bien conservées. Quoiqu'il en soit de ces conjectures, on donne le Canope des deux façons à la planche VIIe. numeros 25. & 26.

Avant de finir cette Section, il est bon d'observer deux choses. La première est que la Ville d'Égypte, qu'on nommoit *Canope* ou *Canobus*, du nom du Dieu qu'elle adoroit, fit frapper une Médaille de potin, à l'honneur de Trajan, au revers de laquelle elle fit représenter le Canope avec une tête de femme, & la fleur de Lotus au-dessus ; c'est une des deux Médailles que l'on donne ici. La seconde remarque, c'est que l'on a quelquefois fait de cette Médaille de Trajan une Médaille d'Othon, en retouchant la tête, & en changeant la légende ; & cela pour la vendre plus cher. Les Curieux doivent y prendre garde. Cette pièce de potin est du second module, mais plus épaisse que le moyen bronze.

S e c t i o n X.

De Castor & de Pollux, & en même temps des Dioscures & des Cabires de l'Écriture Hiéroglyfique.

Parlons à présent de plusieurs espèces de Divinités, telles que Castor & Pollux, les Dioscures & les Cabires, que les Romains ont confondues, en ne faisant des Dioscures & des Cabires que deux mêmes Dieux avec Castor & Pollux, quoique, dans leur origine, ils ne fussent point les mêmes. Les Dioscures ont trouvé leur naissance dans les Signes du Zodiaque. Il étoit important, même nécessaire, que les Peuples apprissent quel étoit le cours du Soleil, ou quelle étoit son influence dans chacun des douze mois de l'année, afin de régler leurs devoirs, & leurs travaux. Pour les instruire clairement sur cette matière, les Astronomes partagèrent le Ciel en douze parties, & donnèrent aux douze Signes ou Constellations que le Soleil parcourt dans ces douze parties, durant les douze mois de l'année, des figures & des noms

qui

qui ont du rapport avec ce qui se passe dans la Nature & sur la Terre, pendant les Saisons différentes, & même pendant les temps différens des Saisons. Suivant cette idée, on peignit ou l'on grava une figure humaine portant une cruche sur son épaule droite, dans l'attitude d'en verser l'eau sur la Terre : en exposant cette figure, ou ce Signe, aux yeux du Peuple, on prétendoit lui dire qu'il falloit se précautionner contre l'abondance des pluies de l'Hiver qu'annonçoit ce *Verseau*. Chacun des autres fut aussi destiné à instruire le Peuple de ce qui pouvoit contribuer à son bien & à ses intérêts, & des devoirs de la Religion. Celui des Poissons annonçoit le temps de la pêche ; celui du Bélier, le temps de l'augmentation des troupeaux, par la multiplication des animaux de la même espèce ; celui du Lion, l'approche des chaleurs brûlantes de l'Eté ; car il faut remarquer que dans les Pays où l'on imagina ces symboles, les chaleurs les plus fortes arrivoient au temps qui répond à notre mois d'Avril, & par conséquent sous le Signe du Lion. En Egypte, deux Chevreaux tenoient, parmi les Signes du Zodiaque, la place des Gémeaux, que nous y voyons à présent, & que les Grecs substituèrent aux Chevreaux : ce Signe annonçoit aux Égyptiens le temps où la Chévre dépose ses petits, qui sont presque toujours au nombre de deux, & assez ordinairement mâle & femelle. Quand les Grecs eurent mis deux Gémeaux, ou deux figures humaines parmi les Signes du Zodiaque, à la place des deux Chevreaux, ils donnèrent à ces Gémeaux les noms de Castor & Pollux, & de Dioscures. Il seroit difficile, pour ne pas dire impossible, de rendre raison de ce changement ; au surplus, rien n'est plus indifférent. A l'égard du Signe de l'Écrevisse, quand on le montroit sur l'affiche, comme symbole instructif, comme lettre de l'Écriture Hiéroglyfique, alors on tiroit sa signification d'une qualité qui lui est propre. L'Écrevisse marche en reculant, & par-là on faisoit entendre que le Soleil commençoit à rétrograder. Le Signe de la Vierge tenant une faucille, pronostiquoit la proximité de la moisson ; celui de la Balance, l'égalité des jours & des nuits, ou l'Équinoxe ; le Scorpion avec son dard envenimé, les maladies qui surviennent & qui règnent assez ordinairement en Automne, après la retraite du Soleil ; le Sagittaire ouvroit les Chasses ; le Capricorne ou la Chévre sauvage, qui aime à monter & à grimper sur les hauteurs pour y brouter & paître, étoit le Signe que l'on employoit pour apprendre que le Soleil alloit quitter le point le plus bas de sa course, pour remonter au plus haut. En un mot il en fut des figures de ces Signes, comme de toutes les autres de l'Écriture Hiéroglyfique ; on ne les exposa, & on ne les montra d'abord que pour enseigner, & pour pronostiquer au Peuple quelque chose qui l'intéressoit ou dans le temporel ou dans le spirituel.

L'utilité que l'on retira de ces sortes d'instructions inspira dans la suite de la reconnoissance envers les Figures, d'où on les tiroit. On s'imagina qu'elles n'étoient pas de simples Figures, puisqu'elles parloient en quelque sorte ; on en fit des Êtres animés qui prenoient part aux besoins des hommes, qui veilloient à leurs intérêts, & qui pouvoient leur faire & du bien & du mal, selon leurs mérites ou démérites. Enfin on crut devoir en faire des Dieux. On étoit en usage d'en créer ; aussi chacun voulut-il placer les siens dans la liste. Les Gémeaux furent adorés sous le nom de *Dioscures*, par certains Peuples, & sous celui de *Cabires*, par d'autres. On les personnifia sous les noms de Castor & de Pollux, & on leur composa de belles Histoires ; car assez ordinairement on donnoit l'Héroïsme aux Dieux, & l'Apothéose aux Héros.

A Bérite en Phénicie, dans les différentes Isles de la mer Égée, & en Samothrace, les Cabires étoient autre chofe, & eurent une origine différente. On y avoit porté les trois Figures principales de la Mythologie Égyptienne, favoir, *Ofiris*, *Ifis* & *Horus*. Elles y parurent avec des feuillages, des cornes, des ailes, des globes & avec d'autres différens attributs fignificatifs & inftruétifs à la vérité, mais auffi fort propres à prêter à rire. Les Samothraces loin de concevoir du mépris pour ces Figures, à la vue de leurs ridicules ornemens, furent au contraire pénétrés de refpect & de crainte. Il n'en fallut pas davantage pour les leur faire prendre & adorer pour des Dieux. Ils leurs donnèrent enfuite des noms qui paroiffoient différens, mais qui fignifioient la même chofe que ceux que ces Divinités prétendues avoient reçus en Égypte. Ces noms étoient *Axieros*, *Axiocherfa* & *Axiocherfos*. Voilà quels furent les trois Cabires de Samothrace. Ailleurs, c'étoit Jupiter, Cérès & Bacchus ou Dionyfius, que l'on prenoit pour les Cabries. Il faut obferver que ce fut de ces trois dernières Divinités que l'on forma prefque toutes les autres. Auffi tous ces Dieux, fous différens noms & fexes, furent fi proches Parens les uns des autres, que le même fe trouvoit fouvent être père, fils, mari, & femme d'un autre Dieu ; tant l'homme s'égare quand, livré à fes ténébres, il ne veut plus voir la fimple vérité.

Les Diofcures & les Cabires de l'Hiftoire & de la Fable.

Il n'eft rien de plus ridicule que ce que l'Hiftoire & la Fable nous rapportent de ces Divinités. Selon les récits qu'elles en font, les deux Diofcures, Caftor & Pollux, étoient deux frères qui fortirent de la coque d'un œuf, dont accoucha *Léda*, devenue groffe, fruit de fa complaifance pour Jupiter. C'eft de cette coque d'œuf, partagée en deux, qu'on leur a fait à chacun le bonnet dont ils paroiffent couverts, & qui leur fert quelquefois de fymbole fur les Médailles. Jupiter, dit encore la Fable, ayant donné l'immortalité à Pollux, il la partagea avec fon frère *Caftor*. C'eft pourquoi ils vivoient & mouroient alternativement. Transformés en Aftres, ils furent placés parmi les Signes du Zodiaque, fous la forme & le nom des Gémeaux. Comme ils avoient aidé, à ce que l'on fuppofe, le fameux Jafon à conquérir la Toifon d'Or, & que d'ailleurs ils prêtoient fecours aux Matelots dans les tempêtes, on les repréfenta la pique en main comme des Héros & des Conquérans ; mais on termina cette pique en forme de Trident par le haut, pour faire voir que ces Héros ou ces Dieux faifoient partie de la Cour de Neptune : c'eft ainfi qu'on les voit fur une Médaille de la Famille Pofthumia.

Caftor & Pollux, &c. fur les Médailles.

On les trouve encore ou à la face ou au revers de plufieurs autres Médailles Confulaires. A la face, ce font ordinairement deux têtes accolées, & couvertes d'un bonnet fait comme une demi-coque d'œuf, à peu près femblable à celui de Vulcain & de tous les Dieux de fa fuite. Quelquefois, au lieu de ce bonnet, on leur a donné une couronne de laurier : on remarque prefque toujours une étoile au-deffus de chacune des deux têtes. Au revers des Médailles, ils font repréfentés fous la figure de deux jeunes hommes, tantôt à cheval, tantôt à pied ; ils tiennent quelquefois chacun un cheval par la bride ; fouvent ils font debout & fans chevaux. Ils font ou tout-à-fait nuds ou couverts feulement par derrière d'un manteau flottant & fort court. Leurs têtes alors font couvertes

d'un

d'un bonnet ou d'un casque, quelquefois avec une étoile au-dessus & d'autres fois sans étoile. Ils tiennent chacun une pique à la main. Les bonnets en forme de demi-coque d'œuf leur sont si propres, qu'ils sont devenus leurs symboles ; ensorte que deux bonnets de cette forme, au-dessus de chacun desquels on voit une étoile, signifient les Dioscures, c'est-à-dire Castor & Pollux.

Quant aux Cabires, ils paroissent avoir été distingués des Dioscures en plusieurs endroits, & sur-tout chez les Grecs, qui en comptoient trois sous les noms de Tritopatreus, Eubuleus & Dionysus. Deux Médailles, dont l'une est rapportée à la fin du premier volume, Partie première, de l'*Antiquité expliquée* par Dom Monfaucon, & l'autre dans le *Thesaurus Brandeburgicus* de M. Béger, Tome I. page 483, en font la preuve.

La première de ces Pièces montre, à son revers, deux Figures humaines debout & la pique à la main : elles sont couvertes, seulement par derrière d'un simple manteau fort long. Il n'y a point d'étoiles au-dessus de leurs têtes ; mais on y voit quelque chose qu'on pourroit prendre pour une espèce d'herbe ou pour une branche de quelque arbrisseau, que la petitesse de l'objet ne permet pas de distinguer & de connoître. La légende de cette Pièce Grecque ne laisse pas douter qu'on ait voulu représenter les Cabires ; car elle porte, *Kabeiron Syrion Thessalonikeon* ; c'est-à-dire que la Médaille fut frappée par ceux de Thessalonique, à l'honneur des Cabires Syriens. Il faut néanmoins observer ici que les Cabires sont représentés de même, ou à peu près, sur quelques Monnoies de la Famille *Memmia*. Il y a seulement cette différence que sur les Pièces de la Famille Memmia les deux Cabires tiennent chacun un cheval, & que ce qui est au-dessus de leur tête paroît moins une étoile, qu'une petite flamme. Peut-être est-ce la même chose qu'on a voulu mettre sur la tête des Cabires de Syrie, au revers de la Médaille de Dom Monfaucon, au lieu d'une branche d'arbrisseau.

La seconde Pièce dont nous avons à parler, & qui est aussi de Thessalonique, ne représente qu'un des trois Cabires. Il paroît habillé de deux robes ou tuniques assez courtes, avec une espèce de manteau par-dessus, dont il retrousse & porte les extrémités sur ses bras. Il n'y a ni flamme ni étoile au-dessus de sa tête. Il tient le Capricorne d'une main & un marteau de l'autre. On prétend que le marteau est l'attribut d'un Forgeron ou d'un Ouvrier qui travaille à fondre, à battre, à ciseler & à perfectionner les métaux ; Art auquel on fait présider le Capricorne. Ce Cabire & autres semblables ne seront pas en ce cas les fils de Jupiter & de Léda, mais ceux que la Mythologie suppose avoir été fils de Vulcain. Quoiqu'il n'y ait sur cette dernière Pièce qu'une seule figure de Cabire, la légende qui est, *Kabeiron*, les annonce tous les trois, & suppose que cette Médaille a été frappée en leur honneur. On trouvera & les Dioscures, Castor & Pollux, & les Cabires à la planche VIIe. N°s. 27. 28. 29. 30. & 31. On a d'abord donné les deux têtes accolées de Castor & de Pollux, ensuite leurs Figures nues, avec le casque & la pique, & enfin les mêmes à cheval : ce sont les Cabires de la Médaille tirée de Monfaucon, qu'on a placés les derniers. Ces pièces suffiront pour faire reconnoître ces prétendus Dieux par-tout où l'on puisse les rencontrer.

R

Section XI.

De Cérès, Péréphatta & Perséphone, selon l'Écriture Hiéroglyfique.

Cérès, Péréphatta & Perséphone sont trois mots significatifs d'un certain état de la Nature & du Genre humain, que l'on a voulu représenter par l'Écriture Hiéroglyfique, c'est-à-dire, par des Figures accompagnées de symboles, d'attributs & d'autres choses relatives à ce que l'on vouloit apprendre au Peuple, au sujet de cet état de la Nature & des Hommes.

Dans les premiers temps qui suivirent le Déluge, on s'étoit fait, comme on l'a dit plus haut, un devoir & une religion d'établir des Fêtes commémoratives & représentatives du triste état où se trouva la Terre & toute la Nature, après que les eaux du Déluge furent retirées & desséchées : alors les campagnes bouleversées, les terres refoidies aussi-bien que l'air, & les saisons dérangées avoient diminué considérablement l'abondance des moissons & la qualité des grains, altéré par conséquent la santé des hommes, & mis des obstacles infinis au bon succès du labourage & du travail des hommes. L'esprit des Cérémonies & des Fêtes représentatives de ce malheur étoit de le faire sentir, & de donner en même-temps quelque espérance d'un heureux changement, qui feroit renaître l'abondance, adouciroit le travail, & contribueroit à la santé. Osiris, Isis & Horus servirent encore à ce dessein, & y trouvèrent pour récompense la gloire & l'avantage de devenir encore une fois de nouvelles Divinités, sous d'autres noms.

On représenta, dans les Assemblées, Osiris avec un air abattu, inquiet, éploré & propre à inspirer une tristesse profonde pour un événement aussi malheureux, & pour la destruction presque totale de la Nature & la perte de sa fécondité. Le nom qu'on lui donna, fut expressif ; ce fut celui de *Cérès*, qui signifie fracture, ruine, bouleversement. Osiris transformé, comme nous venons de le dire, voulut bien le recevoir pour le temps de la Fête.

Pour faire naître l'espérance de recouvrer les biens, dont *Osiris-Cérès* déploroit la perte, on imagina de lui donner une fille égarée & fugitive ; mais qu'elle pouvoit retrouver en prenant la peine de courir après, & de la chercher avec beaucoup de soin. Cette fille signifioit l'Abondance, les Bleds perdus, & cachés dans les mauvaises herbes qui donnoient un nouveau travail, en rendant le premier presque inutile sans l'aide du second. *Péréphatta* & *Perséphone* furent les noms significatifs de ces pertes. Voilà la fille que l'on fit chercher à Cérès avec tant d'empressement & à laquelle les Latins donnèrent le nom de *Proserpine*, qu'ils substituèrent à ceux de *Péréphatta* & de *Perséphone*.

Pour perfectionner la représentation expressive des pertes, & nourrir en même-temps l'espérance prochaine de recouvrer les biens que l'on regrettoit, on donna une Compagne consolante à Cérès ; c'étoit la tendre *Baubo* ou *Bécubo*, que l'on représenta venant au devant de Cérès désolée & affamée, lui offrant des rafraîchissemens & des vivres en abondance, pour lui faire concevoir la douce espérance de voir renaître la fertilité de la terre. Le nom de *Baubo* rendoit l'action d'inspirer cette espérance & cette joie. A *Baubo* l'on joignit Célée, Roi d'Éleusis & Triptolême son fils, qui, selon le sens de la représentation, venoient apprendre de Cérès à faire & à enseigner ce que signifie leur nom ; savoir, le premier à faire des vans, des panniers & d'autres inſtrumens propres aux moiſſons ; le ſecond à ouvrir des ſillons , à fendre la terre , à gouverner la charrue. Célée dans le tableau ou ſur l'affiche repréſentative tenoit la place d'Iſis , & Tripolême celle d'Horus. Les pavots , les épics , les panniers pleins de fruits & de vivres , que l'on voit avec ces Figures , & que l'on portoit réellement dans les Fêtes qu'elles annonçoient , enfin l'Enfant & le Serpent , qui ſe trouvent ou dans le van ou dans la corbeille , ſont des ſymboles relatifs , les pavots , les épics & les fruits à l'abondance des moiſſons , les panniers , la charrue & l'enfant Horus aux travaux du labourage , enfin le Serpent à la ſanté & au recouvrement des forces : le tout enſemble marquoit le retour des belles ſaiſons , telles qu'elles pouvoient être avant le Déluge. Les torches , que l'on voit entre les mains de Cérès , nous apprennent qu'après cette funeſte inondation , les hommes , faute d'autre invention , furent obligés de faire des torches & des amas d'écorces de bois réſineux & de ſemblables matières combuſtibles , pour s'éclairer & ſe chauffer.

Les Grecs accoutumées à réaliſer & à perſonnifier les ſymboles , les figures , & même leurs attributs & leurs ornemens , ont trouvé dans ce vaſte champ d'idées & de figures , dont nous venons de parler , une pépinière de toutes ſortes de Divinités , parmi leſquelles ils ont encore fait ou rencontré des Rois , des Reines , des Héros & des Héroïnes , avec des actions , ſinon belles , du moins extraordinaires , myſtérieuſes & ſurprenantes. L'amour de la Fable leur a fourni une ſource intariſſable de pareils Dieux , dont ils ont été les Créateurs. Voyons ce qu'ils ont fait de Cérès , en ſuivant ce goût dépravé.

De Cérès & de Ségétia , ſelon l'Hiſtoire & la Fable.

Cérès , Iſis & Ségétia ſont trois Divinités différentes en elles-mêmes , ſelon la Fable , & les mêmes dans le fond : elles furent connues & adorées ſous différens noms , dans des temps & chez des Peuples différens. Voici ce que l'Hiſtoire ou la Fable nous apprennent de Cérès & Ségétia. On parlera plus loin de la fameuſe Iſis.

Cérès eſt la même qui fut connue , chez les Égyptiens , ſous le nom d'Iſis. Les Grecs en ont fait une Déeſſe particulière , Mère de la Terre , Inventrice des Arts , & qui préſidoit aux Moiſſons : ils lui ont donné des noms & des titres relatifs aux idées qu'ils avoient imaginées. Ils l'appellèrent *Déméter* ou *Géméter* , c'eſt-à-dire , *Mère* de la *Terre* ; *Sito* ou Déeſſe Productrice du froment ; *Frugifera* , pour exprimer l'action de porter , & de donner des fruits : le titre de *Tædifera* , lui eſt venu de ce que , pour chercher ſa prétendue fille Proſerpine , elle prit , dit-on , deux flambeaux allumés : elle eſt ſouvent ainſi repréſentée ſur les Médailles & ſur d'autres Monumens. Elle eut encore pluſieurs autres noms , qu'il ſeroit inutile de rapporter ici.

Cérès & Ségétia ſur les Médailles.

Elle eſt repréſentée de bien des façons ſur les Monnoies antiques. A la face d'un grand nombre de Pièces , c'eſt ordinairement une tête de femme fort jeune , couronnée ou coëffée d'épics , quelquefois entre-mêlée de faucilles. Au revers , elle a ſouvent un grand voile ſur la tête. Elle eſt tantôt debout , tantôt aſſiſe & tantôt placée ſur un Char traîné par deux Serpens ou par deux Lions. On la trouvera rarement ſans épics , ſoit ſur ſa tête , ſoit à la main , ſoit placés auprès d'elle , à moins qu'elle ne ſoit repréſentée comme cherchant Proſerpi-

R ij

ne : alors ce font deux torches allumées qu'on lui fait porter. C'eſt ainſi qu'elle eſt gravée ſur des Monnoies de la Famille *Vibia* : on voit quelquefois une charrue auprès d'elle, pour marquer qu'on la regardoit comme l'Inventrice de l'agriculture. Il y a encore des Médailles où l'on apperçoit une laie à ſes pieds, parce qu'on lui immoloit cet animal pendant la célébration des Jeux appellés de ſon nom *Céréales*. Les Monnoies de Métaponte la montrent couronnée d'épics à la face, & préſentent un épic au revers, avec une charrue, comme ſes attributs & ſes ſymboles. Celles de Syracuſe l'ont couronnée de Poiſſons ; mais cette couronne eſt moins pour Cérès que pour Syracuſe même, à titre de Ville maritime. Sur les Médailles de Domitien, elle eſt debout avec une piqué à la main. Quelque part qu'on la trouve, elle eſt aiſée à reconnoître aux épics, pavots, & faucilles qui lui ſervent de couronne, de bouquets, d'ornemens ou de ſymboles, ainſi que la charrue & les torches allumées.

Quant à Ségétia, que Numa Pompilius éleva au rang des Dieux, quelques-uns la prirent pour une Divinité différente de Cérès, & partagèrent entre l'une & l'autre le ſoin des moiſſons : ils en confièrent le ſoin à Ségétia depuis le temps de la ſemaille & du germe des grains, juſqu'à leur ſortie hors de Terre ; après quoi elle abandonnoit à Cérès celui de les garder & conſerver juſqu'à la récolte.

Ségétia paroît ſur le revers d'une Médaille frappée en l'honneur de Salonique, placée au milieu d'un Temple à quatre colonnes. Elle a une eſpèce de nymbe, ou cercle de gloire au-deſſus de la tête, ſemblable à celui dont on couronne ordinairement les Saints. Au-deſſus du nymbe paroît un croiſſant ſur cette pièce : elle y eſt habillée d'une longue robe, & tient dans ſes mains quelque choſe qui nous eſt inconnue, & qu'elle lève vers le Ciel. On l'a montrée avec quelque légère différence, ſur d'autres pièces. Triſtan l'a fait graver les mains levées, & les bras étendus. Ce Savant Auteur avoit appris d'un autre Antiquaire, qu'elle étoit repréſentée ſur une Médaille, avec une torche allumée dans chaque main. Il regarde l'un de ces flambeaux comme le ſymbole du Soleil, & l'autre comme celui de la Lune, à cauſe que ces planètes ſont les nourrices & les conſervatrices des grains, l'une pendant le jour & l'autre pendant la nuit. Les torches de Cérès ne pourroient-elles pas avoir la même ſigification ? Ou plutôt ne doit-on pas en conclure, avec cet Illuſtre Auteur, que Ségétia, Cérès, Iſis & autres ſemblables Divinités qui préſident aux moiſſons, ſont les mêmes que l'on adora dans pluſieurs Pays, ſous des noms différens, & que cette ſeule Divinité n'eſt autre que la Nature productrice de toutes les moiſſons ? Nous donnons à la planche VIIe. aux numeros 32. 33. 34. 35. 36. & 37. ſix Médailles différentes de Cérès, & une de Ségétia au numero 38 : elle eſt repréſentée ſur ces différentes pièces avec les divers attributs, dont nous venons de parler. On trouvera encore Cérès en beaucoup d'endroits, dans la ſuite de cet Ouvrage. L'Impératrice Fauſtine mère, & pluſieurs autres Princeſſes ont été repréſentées, ſur les Monnoies, ſous le nom, la figure, & les attributs de cette Divinité.

Section XII.

Des Dieux Cupidons, ſelon l'Écriture ſacrée de l'Égypte.

Les Cupidons tirent, comme les autres Dieux, leur origine de l'Écriture Hiéroglyfique & des figures ſymboliques, qui tenoient lieu de caractères, pour avertir le Public. Ces figures symboliques ayant été inventées pour annoncer plusieurs choses différentes aux Peuples, il n'est pas étonnant qu'on ait fait plusieurs Dieux sous le nom de Cupidon. Voici ce qui paroît de plus vraisemblable sur leur origine ; c'est encore M. Pluche qui parle dans l'endroit de son premier Volume de l'Histoire du Ciel, où il traite d'Éros, de l'Amour & de l'Hyménée.

» Personne n'ignore, dit-il, page 269, que c'étoit un usage universel » dans l'Antiquité d'aller le jour des Noces au-devant de l'Époux & de l'É-» pouse, avec des lampes & des flambeaux. Les amis de l'Époux portoient » une torche de bois résineux : les jeunes filles amies de l'Épouse portoient » une lampe. Il n'y a personne qui n'ait lu & admiré la description que » l'Évangile fait de la marche des dernières, & il est inutile de rien citer de » plus. Chacun attendoit le moment auquel l'Époux seroit prêt pour aller » chercher l'Épouse chez ses Parens, & pour l'amener chez lui avec tous » ceux & celles qui devoient l'accompagner, & être admis dans la Salle du » Festin. Dès qu'il paroissoit, les deux chœurs de Jeunes gens s'écrioient en » prenant leurs lampes : *Voilà la Fête, voilà l'Époux*. De même qu'on an-» nonçoit une pompe funèbre en mettant sur la porte de la maison du mort » une parure lugubre, & très-probablement un Chien à trois têtes, pour » marquer les trois adieux des amis, on annonçoit le jour des Noces en or-» nant de fleurs & de feuillages la porte de l'Époux & de l'Épouse, en y » mettant la figure d'un jeune homme portant une lampe ou une torche, » à côté de laquelle étoit une Isis marquant le jour de la Lune auquel la » cérémonie étoit fixée. Ce jeune homme portoit le nom d'Hyménée, qui » signifie, *Voilà la Fête, voilà l'Époux qui vient.*

» Ceci ne paroît d'abord qu'une conjecture. Mais remarquons que l'usage » des annonces gaies ou lugubres, par la diverse parure des portes, a passé » de la plus haute Antiquité jusqu'à nous. Les niches destinées à recevoir cer-» tains symboles ou les marques d'une Fête, soit au coin des carrefours, » soit au-dessus des portes des Particuliers, ont été appliquées parmi nous à » un autre usage ; mais on les retrouve encore. Nous avons pareillement » retenu dans les Provinces quelques restes de la coutume qu'avoient les An-» ciens, de mettre des couronnes & des feuillages sur la porte des maisons » où l'on étoit dans la joie, & de varier ces couronnes à la naissance d'un » enfant mâle ou d'une fille ; d'en mettre d'autres pour annoncer un Mariage » ou d'autres Fêtes. C'étoit en particulier la coutume des Égyptiens de mettre » au haut de leur porte la figure & les feuillages propres de la Fête à laquelle » ils prenoient part. . . .

» Sachant, comme nous le savons, que les Dieux n'étoient originairement » que des Signes, nous pouvons sans hésiter ramener l'Hymen avec sa lampe » ou son flambeau à une affiche toute simple de la cérémonie, ou de la pompe » nuptiale, à laquelle les Parens & les amis étoient invités. L'Isis étant de-» venue dans l'opinion des Peuples une Déesse puissante & la mère des Plaisirs, » l'enfant qui l'accompagnoit partagea les honneurs de la Divinité, & donna » lieu aux plus belles Histoires. On lui prêta des fonctions conformes aux » inclinations de la mère. On le nomma en conséquence *Éros* ou l'*Amour* ; » & ce nom plut si fort, qu'on ne lui en donna plus d'autre. Cet enfant » reparoissoit sans doute, suivant l'ancien usage, tantôt avec les ailes du Vent » Étésien, tantôt avec la massue d'Hercule, quelquefois armé de l'arc & » des flèches d'Apollon ou du Sagittaire, ou bien assis sur un Lion, ou con-

» duifant un Taureau, ou attachant un Bélier, ou tenant dans fes filets un
» grand Poiffon. Ces Signes des différentes parties de l'année donnèrent lieu
» à autant d'Hiftoires. L'Empire d'Éros embraffa le Ciel & la Terre. Qui
» pouvoit douter après cela qu'il ne régnât jufqu'au fond de l'humide Élé-
» ment ? Les marques des travaux de chaque faifon, jointes au flambeau
» nuptial, paffèrent pour les monumens de fes victoires. Il avoit défarmé
» tous les Dieux, & leurs attributs dans fes mains devinrent la matière du
» badinage des Poëtes, puis des profondes réfléxions des Philofophes, mille
» fois plus ridicules là-deffus que les Poëtes.

» Cette coutume de tranfporter proceffionellement des Figures fymboli-
» ques, & de les placer ou fur les portes de ceux qui prenoient part à la fête,
» ou dans le lieu de la ftation, à fait regarder par la fuite l'arrivée des Figures
» portatives comme une vifite des Dieux. De-là les invitations à Cérès de
» vifiter la grange ; à Pan de venir jetter un regard favorable fur les petits
» des troupeaux, ou de s'en aller fans leur nuire ; à Vénus & au jeune Porte-
» flambeau, qui l'accompagne, de fe tranfporter dans telle ou telle maifon.

Il n'eft pas difficile de s'appercevoir, à ce difcours, 1°. que l'Ifis dont il eft
queftion, eft la même qui ailleurs s'appelle *Vénus* ; 2°. que le Compagnon
qu'on lui donna, n'eft autre que ce que nous appellons Cupidon, & ce que
les Anciens appellèrent ou *Hymen*, ou *Éros*, ou, ce qui eft la même chofe,
l'*Amour* ; 3°. que tout venant d'une affiche fymbolique, montrée au Peuple
pour l'inftruire de ce qu'il devoit favoir pendant le cours de l'année, il a fallu
ou en multiplier les Figures, ou donner différens fymboles fubalternes &
fubordonnés à la même Figure, qui étoit le fymbole principal, pour défigner
chaque chofe en particulier, & les différens temps où l'on devoit agir ; 4°. qu'il
a fallu par conféquent montrer ces Figures ; tantôt avec les ailes des Vents,
tantôt avec la fléche du Sagittaire, tantôt montées fur le Taureau, tantôt fur
un Poiffon, tantôt fur un Bélier, tantôt avec un flambeau allumé, tantôt
avec des fleurs, des feuillages ou des raifins, & tantôt avec d'autres attributs
relatifs aux Signes du Zodiaque, aux Saifons de l'année, aux Moiffons, aux
Vendanges, à la Pêche, à la Chaffe, à la Guerre, &c. ; 5°. qu'il n'eft pas
furprenant que les Peuples ayant une fois oublié la fignification de tous ces
objets, & s'étant avifé de prendre les Figures principales & acceffoires pour
des Divinités, on ait fait de ces Figures autant de Dieux, qu'elles avoient de
fymboles différens ; qu'ainfi l'on ait fait le Cupidon, qui portoit la foudre,
fils de Jupiter, celui qui portoit en main des armes défenfives & offenfives,
fils de Mars, &c., & qu'enfin on ait cru que, s'il n'y avoit qu'un Cupidon,
un Éros, un Amour, un Hymen, ce Dieu avoit combattu & vaincu tous
les autres Dieux, dont il portoit les attributs ; qu'il avoit vaincu, dis-je, Apollon puifqu'il avoit fon arc & fes fléches, Jupiter puifqu'il lui avoit enlevé fa
foudre, Bacchus puifqu'il tenoit fes raifins & fa coupe, Hercule puifqu'il
fe fervoit de fa maffue ; ainfi des autres. Ceci recevra encore un plus grand
jour dans la fuite, fur-tout dans la Section où l'on traitera de ce qui regarde
l'origine de Vénus.

Les Dieux Cupidons de l'Hiftoire ou de la Fable.

Si la Fable annonce plufieurs Divinités fous le nom de Cupidon, c'eft
qu'elle les a pris dans leur origine. Cicéron en reconnoiffoit trois. Le premier,
felon lui, étoit fils de Mercure & de Diane première ; le fecond fils de Mars

& de Vénus seconde ; le troisième, qu'il nomme *Anteros*, d'après les Grecs, étoit fils, à ce qu'il croit, de Mercure & de Vénus troisième. Selon Plutarque & Ovide, il y avoit un Cupidon céleste, né de Jupiter & de Vénus : il présidoit au bel Amour ; mais il y en avoit aussi un terrestre, fils de l'Érébe & de la Nuit ; celui-là étoit le Dieu des Amours illégitimes & honteux. On en compteroit beaucoup d'autres, si on vouloit en croire la Mythologie qui leur donne à chacun des pères & mères à son gré. Il s'en trouveroit encore davantage s'il falloit les compter par les différentes formes, figures, attitudes & fonctions, qu'on leur a données, & selon les symboles & les attributs que leur prêtent la Numismatique & plusieurs autres anciens Monumens. Enfin les Médailles de Tarente nous apprennent que la forme, la monture & les attributs de cette Divinité ont passé à quelques Personnages illustres.

Les Cupidons sur les Médailles.

Généralement parlant, le Dieu ou les Dieux qu'on nomme Cupidons, sont représentés sur les Monnoies antiques, ou en Buste, & alors on leur a donné deux ailes, comme dans les Médailles de la Famille *Égnatia* ; ou en Statue, & pour lors ce sont des enfans qui jouent, sautent, badinent, nagent ou se promènent sur les eaux. Tantôt ils sont montés sur une Chèvre ou sur un Bélier, comme dans les Monnoies de la Famille *Fonteia* ; tantôt c'est sur un Dauphin, comme sur celles de la Famille *Cordia* & sur plusieurs autres ; quelquefois ils sont placés derrière la tête de Vénus, & ils lui nouent son collier, comme dans les Pièces de la même Famille *Égnatia* ; d'autres fois ils paroissent traîner le char de leur mère, avec laquelle on les trouve de différentes façons, sur plusieurs autres de ces Monumens. Montés sur un Dauphin, ils secondoient Neptune, le Dieu des Eaux, & c'est dans cette idée qu'on leur a mis un Trident en main. Comme on a consacré des Temples à ces Dieux, on a représenté l'un d'eux à l'entrée ou au milieu d'une Rotonde, sur un Dauphin, au revers de quelques Médailles de Marc-Antoine, frappées dans la Colonie *Julia Laus Corinthus*, &c.

Nous les donnons de quatre façons : voyez la planche VIIe. N°s. 39. 40. & 41. & à la planche VIIIe. N°. 1. Premiérement, c'est un Buste avec deux ailes, un Arc & un Carquois rempli de fléches & attaché au dos ou à l'épaule droite : secondement, c'est un Enfant monté sur une Chèvre ou plutôt sur un Bélier, avec les deux bonnets des Dioscures au-dessus : troisiémement, on le voit, n°. 41, nager au-dessus des eaux, monté sur un Dauphin : quatriémement, deux autres volent à travers les airs, & tirent après eux le char de Vénus, auquel ils sont attelés : on les verra encore dans quelques autres attitudes, lorsque nous parlerons de Vénus.

SECTION XIII.

De la Déesse Cybèle, selon l'Écriture Hiéroglyfique.

Voici encore une Isis. C'est sans doute la même, dont nous avons parlé dans les Sections précédentes ; mais sous un nom différent, elle change d'humeur, de conduite & de mœurs. Pour la connoître il faut remarquer, 1°. qu'on exposoit la figure ou le symbole d'*Isis* en des temps différens, en diverses saisons & pour des Fêtes ou des Cérémonies qui n'étoient pas les mêmes ;

2°. que les ornemens, les attributs, les habillemens & les symboles subordonnés qu'on lui donnoit, varioient nécessairement, selon les saisons & les motifs qui engageoient à l'exposer sur l'affiche publique, & même suivant le goût des Peuples chez qui on l'exposoit pour leur servir d'avertissement & d'instruction. Par exemple, si l'on vouloit annoncer aux Peuples les Fêtes de l'Été, l'ouverture de la Moisson & les Sacrifices, les Actions de graces & les Cérémonies qui servoient à marquer la reconnoissance à l'Être suprême, qui est l'Auteur de tous les biens, que nous recueillons chaque année, alors on représentoit l'Isis sous la figure d'une grande Reine couronnée de tours, assise sur un char de triomphe ou sur une espèce de trône soutenu ou traîné par des Lions, tenant un sceptre & une clef à la main, & ayant auprès d'elle des flûtes, des tambours, &c. En cela tout étoit symbolique & instructif, & servoit à régler les idées des Peuples, & à fixer la manière & le temps de montrer leur gratitude envers Dieu. La Figure principale assise sur le trône ou sur le char de triomphe, couronnée de tours, ayant un sceptre ou une clef à la main droite, étoit le symbole du grand Roi, du grand Gouverneur, & du grand Maître de toutes choses ; la clef annonçoit l'ouverture des Moissons ; les Lions étoient relatifs au Signe du Zodiaque qui en porte le nom, & sous lequel on les commençoit ; les Flûtes & les Tambours invitoient à célébrer avec joie les Fêtes du temps. C'est pourquoi on appella le symbole, *Kabalah*, qui signifie Tradition, Instruction, Règle. Ce nom fut insensiblement ôté à toute la représentation, & restreint à la principale Figure, qui étoit l'*Isis* : il fut changé en celui de *Cybèle* ou *Kubélé* par les Grecs, qui en cela s'écartèrent peu du premier nom *Kabalah*. Quelques Auteurs tirent cette dénomination des Monts Cybèles, en Phrygie, où l'on rendoit à cette Déesse un culte particulier.

On fit bientôt en faveur de la nouvelle Isis devenue Cybèle, ce qu'on avoit déja fait pour d'autres symboles & représentations de l'Écriture Hiéroglyfique ; c'est-à-dire, qu'après avoir oublié ce qu'elle signifioit, on prit le signe pour la chose même : on lui transféra les vœux, les louanges, les actions de graces, la reconnoissance & l'adoration qui n'avoient d'abord appartenus qu'au vrai Dieu. Au reste cette Isis-Cybèle paroît avoir été reconnue pour une Divinité chaste, très-retirée & sage. Il n'en fut pas de même d'une autre Isis, que nous verrons à la Section quatorzième, & qui fut adorée, au moins par les Phrygiens, comme une Divinité très-féconde, comme la Mère, la Femme & la Maîtresse de la plupart des Dieux.

La Déesse Cybèle de l'Histoire & de la Fable.

L'Histoire, ou plutôt la Fable regarde Cybèle comme une Divinité différente d'Isis : elle la fait fille du Ciel & de la Terre, & femme de Saturne. Elle ajoute qu'après sa naissance elle fut exposée aux bêtes sauvages, qui, au lieu de la dévorer, la nourrirent & en prirent un soin particulier. Les Anciens lui donnèrent un grand nombre de noms, sur les Médailles & sur d'autres Monumens ; faut-il s'en étonner, quand on sait que dans son origine elle ne fut qu'une Figure symbolique, dont les attributs & les ornemens formèrent, par leur variation, autant de nouveaux Dieux dans l'idée d'une superstitieuse Antiquité ?

Cybèle

Cybèle fur les Médailles.

Les noms & titres qu'elle a fur les Médailles font les feuls dont nous avons à parler dans cet Ouvrage. Elle y eft appellée, 1°. *Mater Deûm*, la Mère des Dieux ; 2°. la grande Mère, la Mère par excellence, *Matri magnæ* ; 3°. la Mère falutaire des Dieux, *Matri Deûm falutari* ; 4°. la Mère Confervatrice des Dieux, *Matri Deûm Confervatrici* ; 5°. Ops la divine, *Opi divinæ*. Ce nom d'*Ops* lui fut donné par identité avec celui de Richeffes, dont la Terre eft la fource. On lui donna encore le nom de *Rhea* ; & c'eft fous ce nom qu'elle eft connue pour femme de Saturne ; celui d'*Idéenne*, à caufe du Mont-Ida, où elle fut particuliérement adorée ; ceux de *Vefta*, de *Bonne Déeffe*, d'*Indymène*, de *Bérécynthie*, & plufieurs autres.

Nous trouvons cette Déeffe de plufieurs façons, foit à la face, foit au revers des Monnoies antiques ; mais rien de plus aifé que de la reconnoître de l'un & de l'autre côté, pour peu qu'on foit familiarifé avec fes attributs ou fes fymboles. A la face des Médailles elle fe préfente prefque toujours fous la forme d'une femme majeftueufe, la tête couronnée de tours ou de Villes ; cette forte de couronne s'appelle murale. Au revers, c'eft fous la figure d'une femme montée fur un Lion, ou affife, tantôt fur une efpèce de trône, tantôt fur un fimple fiège, entre deux Lions, fouvent avec un fimple Lion devant elle, quelquefois même fans Lions. D'autres Monumens font voir deux ou quatre de ces animaux attelés à fon char ; enfin elle fe trouve auffi debout & habillée d'une robe longue.

On remarque fur ces revers la même couronne murale : cette couronne fignifie que Cybèle étant cenfée une même Déeffe avec la Terre, c'eft elle qui porte & qui nourrit les Villes qui font fur fa furface.

On lui donne pour attributs, tantôt un *Tympanum*, efpèce de tambour, qui, par fa rondeur, défigne le globle de la Terre ; tantôt une corne d'abondance, marque de fes productions ; tantôt une branche de Pin, qui lui eft particuliérement confacré, ou un rameau de quelques autres arbres & arbriffeaux avec leurs fruits, comme enfans de la Terre ; tantôt enfin elle tient la foudre, un fceptre, un globe, ou une pique ; ce font autant d'attributs & de fymboles de fa fouveraine puiffance.

Il fuffiroit prefque de la repréfenter fous une feule forme, pour la reconnoître fous toutes les autres ; mais pour plus d'exactitude on en trouvera trois Types différents à la planche VIIIᵉ. nᵒˢ. 2. 3. & 4. A la première Médaille, Cybèle eft fur un char traîné par deux Lions ; fur la feconde, elle eft affife entre deux de ces animaux, & a le Tympanum, la branche d'arbriffeau & le fceptre ; fur la troifième elle paroît debout, tenant une corne d'abondance & un pannier de fruits : elle y foule aux pieds une figure humaine. C'eft ainfi que quelques revers de la Famille *Volteia*, de *Fauftine* la Mère, & d'*Antonin-Pie* nous dépeignent la Mère des Dieux.

Section XIV.

De la Déeffe Diane, de l'Écriture Hiéroglyfique.

On a déja vu Ifis de plufieurs façons différentes, & de plufieurs Pays : nous en allons voir encore une dont les mœurs font tout-à-fait oppofées à celles

de l'Iſis dont nous venons de parler, ſous le nom de Cybèle. Il faut ſe ſouvenir ici des deux remarques que l'on a faites au commencement de la Section
précédente, & qui ſe réduiſent à dire que l'on expoſoit la figure d'Iſis aux
yeux du Public, dans des temps, par des motifs, & avec des ornemens, &
des attributs différens, mais tous relatifs à ce que l'on vouloit apprendre au
Peuple. L'Iſis-Cybèle ſe montroit avec tout ce qui peut répondre aux fêtes
de l'ouverture des moiſſons : l'*Iſis-Diane* étoit expoſée en forme de figure
inſtructive, pour annoncer la Néoménie ou les fêtes de la nouvelle Lune.
Alors *Iſis-Diane* avoit un Croiſſant de Lune ſur la tête, ou au-deſſus d'un
Siſtre ; mais quand il s'agiſſoit de lui faire marquer la pleine Lune, au lieu
du Croiſſant c'étoit une eſpèce de diſque ou une face toute ronde. Il eſt même
apparent que l'*Iſis-Diane* étoit encore deſtinée à pronoſtiquer le temps que
nous appellons inter-lunaire, & qui s'écoule entre le dernier jour de la vieille
Lune & le premier de la nouvelle, & que c'étoit pour annoncer ce temps
d'abſence & d'une eſpèce de mort, que l'on plaçoit ſur l'affiche, auprès d'elle,
le petit *Horus* couché ſur une table, dans un état de repos, de ſommeil ou de
mort. Nous avons déja vu quelques-uns des ſymboles, des attributs & des ornemens qu'on donnoit à la même figure d'Iſis lorſqu'on vouloit, ſous le nom
de Cybèle, lui faire indiquer l'ouverture des moiſſons. Il faut ajouter ici qu'en
qualité de Mère productrice & nourricière des biens dont les moiſſons nous
enrichiſſent, on la repréſentoit couverte de mamelles & environnée de toutes
ſortes d'animaux.

Or cette variété d'ornemens, d'attributs & de ſymboles que l'on donna
aux figures d'Iſis, qui elles-mêmes n'étoient que des ſymboles, produiſit
toutes les différentes idées qu'on ſe fit d'abord de leur ſignification & enſuite
d'elles-mêmes. Je dis de leur ſignification ; car, comme on vient de le voir,
elles ne furent regardées dans leur origine que comme des ſignes ; j'ajoute,
& enſuite d'elles-mêmes, parce qu'enfin oubliant que ces figures n'étoient que
des ſignes, on les réaliſa, & l'on en fit des perſonnages, & même des
Divinités, auxquelles on donna des noms & des emplois rélatifs à leurs ſymboles, & à ce qu'elles avoient ſignifié dans leur première deſtination. Ainſi
l'Iſis, qui repréſentoit les phaſes de la Lune, fut priſe pour la Lune même, &
adorée comme cette Planète ; & comme telle on la nomma *Echet*, *Hécate*
ou *Achate*, c'eſt-à-dire, l'*Unique*, l'*Excellente* ; ou bien *Diana Lucifera*,
Diane porte-lumière, *Diane qui éclaire*. On lui aſſigna le Ciel pour ſéjour &
pour trône ; peu après on lui attribua la connoiſſance des choſes futures ; ce
qui s'exprima par le beau nom d'*Artémiſe*. Mais pour l'Iſis Multimammée,
productrice de tous les biens, & nourrice des hommes & des animaux, en lui
donnant des ſymboles & des attributs rélatifs à l'idée qu'on s'en étoit faite, on
la décora des noms de *Dei*, de *Deio*, de *Deione*, qui ſignifient l'Abondance;
ou de *Rhoea*, ou *Rhea*, qui veulent dire, Mère de l'Abondance, autrement
la Terre ; ou de *Déméter*, qui marque *la ſuffiſance des pluies* ; ou de *Cérès*, en
Syrie, & en Phénicie, & de *Diane*, à Ephèſe, &c. Il fallut, après l'avoir réa-
liſée, lui créer une origine, & une famille : ſes Adorateurs s'embaraſſèrent
peu de ſe trouver diamétralement oppoſés les uns aux autres, en la faiſant,
tantôt fille de Jupiter & de Deione, tantôt femme & ſœur de ce Dieu, ſous
le même nom : l'extravagance alla juſqu'au point de la nommer Mère de
tous les Dieux, quoique fille, femme ou ſœur de la plupart d'entre eux.

La forme & les ſymboles, ſous leſquels on repréſenta l'Iſis, pour annoncer
l'intervalle d'une Lune à une autre, firent croire que pendant ce temps

elle descendoit aux Enfers, pour donner son coup d'œil & ses ordres dans cet Empire, appellé le séjour d'*Adès*, c'est-à-dire de l'invisible : elle avoit déja la toute-puissance au Ciel & sur la Terre ; il ne lui manquoit que de l'étendre sur les Enfers, dont on lui adjugea encore le sceptre. On ne laissa pas de la faire encore Déesse particulière des Forêts ; ce qui lui donna le surnom d'*Aséroth*, dont on fit peut-être celui d'*Astaroth* : elle fut redevable de cette nouvelle dignité aux feuillages & aux bêtes fauves, dont on l'avoit environné dans d'autres vues, c'est-à-dire en qualité de Mère productrice & nourrice de toutes choses. Le temps où l'on devoit célébrer les fêtes de la Néoménie, quand elle les annonçoit, détermina le choix des oiseaux que l'on devoit faire paroître avec elle, sur le même tableau ; c'est à-dire, que si la Néoménie ou la nouvelle Lune devoit paroître le soir, c'étoit la Chouette, oiseau de nuit, qu'on lui donnoit ; si c'étoit le matin, on substituoit le Coq à la Chouette. Quand on la considéroit comme Déesse des Morts & des Enfers, on célébroit ses fêtes & ses nouvelles apparitions par des cris & des hurlemens. Si on la regardoit comme Déesse des Forêts, on se préparoit aux Sacrifices & aux fêtes par des retraites, par des jeûnes, par des macérations & par la continence, qu'on supposoit être de son goût.

Ainsi s'égarèrent nos Pères dans les ténébres du Paganisme, en adorant dans la même figure, tantôt une Divinité chaste, tantôt une impudique ; ornée des plus belles vertus dans un canton ; coupable des désordres les plus honteux dans un autre, & considérée, par un affreux ridicule, comme fille & femme des mêmes Dieux que d'autres lui donnoient pour enfans. De quoi l'homme n'est-il pas capable, quand il est livré à ses pensées & à ses passions ! Dans quel abyme ne s'enfonce-t-il pas, quand il n'a que sa foible raison pour le conduire !

De la Déesse Diane, selon l'Histoire & la Fable.

Nous n'avons rien à ajouter à ce que nous venons de dire, pour montrer la Diane ou de l'Histoire ou de la Fable. On la reconnoîtra dans son origine : c'est là que ses Adorateurs l'ont prise ; c'est d'après les figures & les tableaux de l'Écriture Hiéroglyfique qu'ils l'ont dépeinte, réalisée, personifiée, & divinisée, sous des titres aussi variés, & aussi opposés que ses ornemens & ses attributs.

Diane sur les Médailles.

La Numismatique a copié & suivi la Fable à l'égard de cette Divinité, comme à l'égard des autres. Elle a même enchéri, en quelque sorte, sur elle, par le grand nombre de noms & de titres qu'elle lui a donnés, & qui ont fait naître l'envie de chercher & de proposer plusieurs Dianes. Quelques-uns de ces noms répondent aux diverses fonctions qu'on lui attribuoit ; d'autres, aux endroits où elle reçut un culte plus particulier ; d'autres enfin, à l'origine que l'Histoire, ou du moins la Fable lui a supposée. Ces noms sont ceux de Diane la Chasseresse, *Diana Venatrix* ; de Diane Lucine, *Diana Lucina* ; de Diane Porte-lumière, *Diana Lucifera* ; de Diane d'Éphèse, *Diana Ephesina* ; de Diane Multimammée ou à plusieurs mamelles, *Diana Multimammea* ; de Diane de Pergée, *Diana Pergea* ou *Pergasia* ; de Diane l'Heureuse, *Diana Felix* ; de Diane la Victorieuse, *Diana Victrix* ; de Diane qui est de retour *Diana Reduci* ; de Diane l'Auguste, *Diana Augusta*, &c.

S ij

Ces noms & ces titres font tous relatifs à fes attributs, ornemens & fymboles, ou défignent les lieux de fon culte. C'eft ainfi que Diane Multimammée
paroît, fur les Médailles, avec un grand nombre de mamelles : Diane la
Chafferefle y eft repréfentée montée ou fur un Cerf ou fur un Char attelé
de deux Cerfs ou de Chevaux, ou debout avec un Cerf ou un Chien près
d'elle, & portant un Carquois, un Arc & des Fléches : Diane Lucine a un
Croiffant fur la tête : Diane Porte-lumière tient un flambeau ou une torche
allumée : Diane Augufte tient une pique à la main ; de forte que l'attribut
& l'épithète s'annoncent réciproquement. Il feroit à fouhaiter que ce rapport
entre le Type & la légende fut auffi marqué fur toutes les Médailles. Le
Cerf feul eft quelquefois un fymbole qui repréfente cette Divinité ; mais
de quelle manière qu'elle paroifle fur les Médailles, en Bufte, en Statue ou
en Symboles, on la reconnoîtra toujours aifément à ce que nous venons de
dire.

On préfente quatre de fes Images, à la planche VIIIe. N°s. 5. 6. 7. & 8.
La première montre fon Bufte avec l'Arc, le Carquois & les Fléches : la feconde la fait voir Chafferefle avec l'Arc & le Chien : la troifième repréfente
Diane Multimammée d'Éphèfe, au milieu de fon Temple : enfin la quatrième fait voir Diane Porte-lumière, avec fon flambeau.

Section XV.

Du Dieu Dis, felon l'Écriture facrée de l'Égypte.

Le Dieu *Dis*, ou *Plutus*, eft redevable de fon origine, comme les autres,
à la peinture d'une Affiche expofée aux yeux du Peuple, afin de lui faire connoître quelque chofe d'intéreffant. Mais parmi ces efpèces d'inftructions, qui
parloient aux yeux plutôt qu'aux oreilles, on en pourroit diftinguer de trois
fortes : les unes étoient purement relatives à la Religion ; les autres aux biens
temporels & à l'ordre civil, politique & militaire ; enfin il y en avoit d'une
troifième efpèce, qu'on pourroit appeller mixtes ; c'eft-à-dire, qu'elles tendoient également au temporel & au fpirituel, & qu'en procurant un bien,
elles enfeignoient quel étoit le cas & l'ufage qu'on en devoit faire.

Il femble que *Dis* doit fon être à cette troifième efpèce d'Affiches ou Inftructions. On voulut apparemment apprendre au Peuple qu'il pouvoit demander les biens de la Fortune, & les richeffes à un certain Être qui en étoit
le diftributeur ; mais on crut qu'il feroit utile en même-temps de lui faire
fentir comment, à qui, en quel temps, & par quels motifs il les accordoit, &
enfin quel compte on pouvoit faire fur ces fortes de biens. La leçon étoit
importante pour modérer l'amour & la paffion des richeffes, & pour augmenter le bonheur des Citoyens, & en diminuant le nombre des avares dans les
Cités. Mais par quelle peinture, par quel tableau pouvoir adroitement infinuer un défintéreffement qui, devenu la vertu des Riches, devoit fervir de
reffource aux Pauvres ? On n'imagina rien de mieux que de faire graver,
ou peindre fur l'Affiche la figure d'un feul homme, qui difoit tout. Cet homme
étoit repréfenté vieux, aveugle, boiteux, laid, même hideux & dégoûtant,
avec la barbe & les cheveux fort épais & mal-peignés. A la vue d'un tel objet
on apprenoit deux chofes importantes touchant les richeffes ; la première regardoit le temps qui en avoit précédé l'acquifition, & la feconde celui qui
devoit la fuivre.

La Figure, dans son langage muet, disoit donc aux Spectateurs curieux & avares ; vous demandez des richesses ; vous soupirez après l'or & l'argent ; vous êtes prêts à tout entreprendre & à tout souffrir pour en acquérir : peut-être en aurez-vous : je les distribue à qui je veux, & il pourra arriver que je prendrai la résolution de vous en faire part ; mais voulez-vous savoir quel cas vous devez en faire, & si leur prix mérite vos empressemens & votre ardeur ? Regardez-moi bien : tout vous parle dans ma figure : tout y est capable de calmer la soif qui vous dévore. En me considérant par parties, vous apprendrez que je suis boiteux ; comme tel je n'irai que fort lentement à vous : je suis aveugle ; par conséquent je n'apperçois ni les talens, ni le mérite des demandeurs : c'est à tâton que je marche ; ma bourse est pour le premier que je rencontre : je suis sans honneur ; il n'y en a point à m'avoir pour ami. D'ailleurs, insensés ! ne voyez-vous pas le croc que j'ai derrière moi ? C'est l'instrument dont je me sers pour entraîner dans le tombeau mes Favoris, lorsqu'ils commencent à peine à jouir de mes faveurs. Enfin je représente un homme, mais je le représente négligé, hideux & dégoûtant ; avares, c'est ce que vous deviendrez, si j'exauce vos vœux. Vous ne serez pas plutôt riches que vos trésors s'identifieront avec vous : vous vous négligerez vous-mêmes pour eux : vous vous réfuserez aux devoirs les plus essentiels : le temps de votre jouissance s'écoulera avec rapidité ; les soins, les inquiétudes ajouteront au nombre de vos années un nouveau poids, & bientôt vous n'emporterez dans le tombeau que des remords & la haine publique.

Telles sont les leçons dont l'utilité acquit à la Figure Hiéroglyfique, qui les donnoit, une reconnoissance & un respect qui la mirent au rang des Dieux. On est obligé de le répéter sans cesse ; les Peuples oublièrent la signification de cette Figure de l'Écriture Hiéroglyfique divinisée sous les noms de *Dis* & de *Plutus*. On verra, dans la suite, accorder le même rang à la Fortune, qui, selon le sentiment de ses Adorateurs, dispensoit aussi les richesses, mais sans apprendre ce que l'on devoit penser de leur tyrannie & de leur fragilité.

Le Dis., selon l'Histoire & la Fable.

L'Histoire & la Fable font *Dis* fils de Cérès & de Jasion, & Ministre de Pluton, Dieu des Enfers. Elles le supposent aveugle & boiteux, pour les mêmes raisons qui avoient fait peindre ou graver anciennement la Figure symbolique, dont nous venons de parler, & d'où ce Dieu a tiré son origine ; c'est-à-dire, que c'étoit à cause de sa lenteur & de son peu de discernement dans la distribution des biens de la Fortune.

Dis sur les Médailles.

La Numismatique le représente, comme l'Écriture Hiéroglyfique, sous la forme d'une tête fort vieille, avec des cheveux & une barbe mal-peignés & un croc derrière elle. C'est ainsi qu'on le trouve sur les Médailles des Familles *Claudia*, *Cornelia* & *Fabia*. On le verra sous cette forme à la planche VIIIᵉ. Nᵒ. 9.

Section XVI.

Du Dieu Efculape, felon l'Écriture Hiéroglyfique.

Voici ce qui donna naiſſance à ce Dieu, felon M. Pluche. L'Anguille & le Serpent, qui fe reſſemblent aſſez, furent regardés par les Égyptiens & par d'autres Peuples comme les ſymboles de la ſanté & de la vie ; l'Anguille, peut-être parce qu'elle a beaucoup de vie, & qu'on ne la lui ôte que difficilement ; le Serpent, non à cauſe qu'il fe rajeunit tous les ans, en fe défaiſant de ſa vieille peau, mais parce que chez la plupart des Orientaux, comme chez les Phéniciens, les Hébreux, les Arabes & autres, avec la langue deſquels celle d'Égypte avoit beaucoup d'affinité, le mot *Hevé* ou *Hava* ſignifie également la vie & un Serpent : auſſi celui d'*Ève* ou de *Hévé* avoit-il été donné à la première femme, pour ſignifier qu'elle étoit la Mère de tous les vivans. Celui d'Efculape d'ailleurs ſignifie, dans les mêmes langues, un homme-chien ou figure humaine qui a une tête de chien.

Or cette Figure ſymbolique, comme on l'a vu, étoit auſſi celle d'*Anubis*, que l'on expoſoit aux yeux des Égyptiens, pour leur annoncer l'arrivée de la Canicule & le débordement du Nil, qui devoit la ſuivre de près. Dans cette occaſion, on lui mettoit à la main une longue baguette que l'on croiſoit par le haut avec une plus petite, en forme de croix, dont les bras marquoient, par la hauteur où ils étoient placés, celle des eaux du débordement. Lorſque l'inondation n'étoit pas ſuffiſante pour entraîner avec elle & laiſſer ſur les terres une quantité aſſez grande de limon pour leur engrais, l'on ne devoit eſpérer qu'une moiſſon très-médiocre ; pour lors on ne repréſentoit qu'un ſeul Serpent entortillé autour de cette baguette, pour pronoſtiquer la médiocrité des productions de la terre, qui ſont néceſſaires à la vie. Mais quand l'inondation promettoit & un fort engrais & une heureuſe fécondité pour les campagnes, on repréſentoit deux Serpens ou deux Anguilles, pour marquer que l'on recueilleroit abondamment de quoi entretenir la vie des Citoyens & des Étrangers, qui avoient coutume de recourir à l'Égypte pour ſe pourvoir des grains dont ils manquoient dans leurs Pays.

On ajoutoit auſſi quelquefois des ailes à cette baguette, pour montrer quels étoient ou quels devoient être les vents dominans, ce qu'on en pouvoit eſpérer, tant pour la crue & le deſſéchement des eaux, que pour le labourage & ſes ſuites. Voilà quelle fut l'origine du prétendu Dieu de la Santé, de la Vie & de la Médecine. Une Figure accompagnée des ſymboles de la Vie, & un mot ſynonyme, qui ſignifie en même-temps un Serpent & la Vie, ont donné lieu à confondre la figure *Humano-canine*, appellée Efculape, avec ces mêmes ſymboles de la vie. Après avoir oublié le ſens & la ſignification de l'Écriture Hiéroglyfique & de ſes ſymboles, on a imaginé que cette figure, entre autres, procuroit les biens dont elle n'étoit que le ſymbole ; enfin on en a fait un Dieu, ſous le nom d'Efculape. Il a fallu enſuite le perſonnifier ; & cela n'a pas été plutôt exécuté, qu'on en a fait un Roi Botaniſte & Médecin, auquel on a forgé, comme à pluſieurs autres ſemblables Dieux & Rois, une Vie, une Hiſtoire, des hauts Faits, des Guériſons, des Inventions, &c. Les ailes, les Serpens ou les Anguilles attachés à ſa baguette croiſée, ont beaucoup aidé à rehauſſer ſa puiſſance & ſa gloire.

Le

Le Dieu Esculape de l'Histoire & de la Fable.

Cicéron a compté plusieurs Esculapes. Le premier, selon lui, fut fils d'A-pollon ; le second de Jupiter, & frère de Mercure ; le troisième, d'Arsippe & d'Arsinoé. Quelques-autres en ajoutent un quatrième, qu'ils supposent avoir été formé dans un œuf de Corneille, dont il sortit, sous la forme d'un Serpent.

La Numismatique paroît n'en connoître qu'un seul, que l'on prétend avoir été fils d'Apollon & de Coronis. Il naquit à Épidaure, eut pour nourrice Trigona, & fut élevé par le Centaure Chiron, qui l'instruisit dans la Méde-cine, dont lui-même exerça l'art, dans la suite, avec beaucoup de succès.

Cet Esculape fut adoré par les Grecs & par les Latins, sous plusieurs symbo-les & sous différentes formes. Les Épidauriens l'adorèrent sous celle d'un grand Serpent ; c'est ainsi qu'on le trouve sur le revers d'une Médaille qu'ils ont fait frapper. Les Mytiléniens l'ont représenté sous celle d'un vieillard assis, qui appuie une de ses mains sur une massue, tandis que de l'autre il donne à manger à un Serpent dans une patère. Sur les Monnoies des Pergaméniens, il est porté par deux Centaures, sans doute comme leurs disciples dans l'art de la Médecine & de la Botanique.

Esculape sur les Médailles.

Nous le donnons de deux façons, à la planche VIIIᵉ. Nᵒˢ. 10. & 11. Le second revers le représente comme un vieillard appuié sur son bâton, avec un Serpent devant lui ; le premier le montre comme un jeune homme qui tient un bâton autour duquel il y a un Serpent entortillé. On le verra encore avec Hygée & Télesphore, dans les endroits où nous parlerons de ces deux autres Divinités, qui sont assez aisées à reconnoître aussi-bien qu'Esculape. On sait que ce dernier, assis, ou debout, se distingue par la massue ou le bâton qu'il tient, & par un Serpent qu'il a auprès de lui, comme symbole de la santé & de la vie, qui se conservent au moyen de la Médecine.

Section XVII.

Des Dieux Fata *, ou du Destin, selon l'Écriture Hiéroglyfique.*

Ces Dieux, connus sous le nom du Destin, peuvent être envisagés de diffé-rentes manières, eu égard à plusieurs événemens dont la chaîne forme ce que les Païens appelloient la Destinée des hommes. Ces événemens avoient rap-port ou à la santé & à la vie, ou aux biens & aux maux, ou à la prospérité & à l'adversité, ou enfin à la mort & à ce qui peut en être la suite. C'est à Cérès, Cybèle ou Isis, que l'on s'adressa pour demander les biens de la terre : aussi représenta-t-on cette Déesse, qu'on reconnoît pour la même, sous cette triple dénomination, avec tous les symboles & attributs convenables à l'idée qu'on s'étoit faite de ce qu'on appelle ordinairement la fortune. Peut-être fit-on choix du sort pour marquer l'acte de détermination, s'il est permis de parler ainsi, par lequel la Fortune prétendue se décidoit pour ou contre quelqu'un : pour obtenir des événemens gracieux & favorables, on s'adressa au Dieu appellé *Bonus Eventus*, le Bon Événement ; ce fut à lui qu'on les demanda & qu'on les rapporta. Tout cela regardoit le cours de la vie des hommes.

Mais il falloit à des Peuples amateurs du myſtérieux & des ſuperſtitions quelques Divinités qui préſidaſſent à leur vie même, pour en prolonger ou couper
le fil à leur gré : il en falloit même d'autres qui ſuiviſſent l'homme après le trépas, pour le récompenſer ou le punir, ſelon ſes mérites : de plus il étoit encore
néceſſaire, pour tenir ces Peuples dans l'ordre & les obliger à vivre ſelon leurs
loix & leur état, de leur montrer dans l'Écriture Hiéroglyfique, & dans les
Figures ſymboliques de leurs Affiches, quelque choſe qui leur apprit ce que
les bons avoient à eſpérer, & les méchans à craindre pour l'autre vie. Pour
parvenir à un but ſi ſalutaire, on expoſa à leurs yeux, en forme d'enſeignes
inſtructives; 1°. les trois Parques, ces terribles fileuſes, l'enſuble ou la quenouille, & le fuſeau à la main, pour montrer qu'elles filoient & formoient la
trame de la vie des hommes ; quelquefois elles avoient des ciſeaux dont elles me-
naçoient d'en couper le fil à leur gré ; 2°. la Barque déſirable, qu'on nommoit
la *Tranquillité*, & ſur laquelle les morts qui apportoient avec eux le témoignage d'une bonne vie, étoient conduits à l'agréable ſéjour du repos & de la
félicité, qu'on appelloit d'un ſeul mot *Élyſout*, autrement les Champs Élyſées ;
3°. les *Furies*, ces redoutables vengereſſes, la tête coëffée de Serpens, avec
des torches allumées dans chaque main.

Or les Parques, par leur figure & leurs ſymboles, étoient propres à inſpirer
de la vigilance & de la conduite ; la Barque de la Tranquillité donnoit de
l'émulation & de l'eſpérance ; ſi les Furies, en imprimant de la terreur, ne
changeoient pas le cœur ni les déſirs, elles arrêtoient au moins le cours des crimes aux yeux du Public.

Le bien qui revenoit de la conſidération de toutes ces Figures allégoriques,
fit paſſer le culte & l'adoration, avec la reconnoiſſance, aux Figures mêmes,
& l'on trouva bientôt des Dieux de toutes ſortes d'eſpèces, de goûts, de fonctions, d'humeur & de noms, qui tous avoient rapport à ce qui arrive aux
hommes pendant la vie, à la mort & pendant l'Éternité. On apprendra à les
connoître dans la ſuite de cet Ouvrage, & l'on ne verra qu'avec étonnement
nos Pères imbécilles donner de l'encens à des Êtres imaginaires, qui n'ont puſe
réaliſer que dans les ténèbres de l'ignorance & dans le ſein de la cupidité. Chacune de ces Divinités trouvera ſa place, ſuivant l'ordre alphabétique que nous
nous ſommes propoſé de garder. Revenons aux Dieux qui portent le nom de
Fata, ou de la *Deſtinée*, & conſidérons ces Divinités par leur rapport & leur
Analogie avec les Parques.

Ces Parques ſont parvenues au rang des Déeſſes par la même voie que les
autres ; c'eſt-à-dire, par celle des repréſentations de l'Écriture Hiéroglyfique
& ſymbolique des Égyptiens. Iſis, comme on le ſait, étoit la Figure qu'on
préſentoit au Peuple, pour lui annoncer chacune des Néoménies des douze mois
de l'année. Mais les différens attributs, ſymboles, ornemens ou inſtrumens
qu'on lui donnoit, apprenoient quelles devoient être les occupations à chaque
Lune & à chaque mois. Or les trois mois qui répondoient à ceux de Janvier,
Février & Mars, étoient deſtinés aux ouvrages des Fileuſes & des Tiſſerands :
pour annoncer la proximité de ces mois, & en même-temps le travail qui leur
convenoit, on imagina une Affiche, un tableau repréſentatif de trois figures
ſymboliques ayant l'enſuble, la quenouille, le fuſeau, les ciſeaux & autres inſtrumens néceſſaires à la fabrique du fil & des toiles. On leur donna
le nom de *Park*, qui, dans la langue du Pays, ſignifioit *Toile*. Ces Images
furent portées en Gréce ; mais comme elles n'y ſignifioient rien, parce qu'on y
travailloit en tout temps aux ouvrages de toile, les Grecs, ſelon leur goût &
leur

leur coutume, voulurent y trouver du myſtérieux : ils crurent donc qu'on les adoroit parce qu'elles avoient un pouvoir ſouverain ſur la vie des hommes, qu'elles filoient, alongeoient ou coupoient à leur gré, comme un fil. Voilà l'idée ſingulière qui ſervit de fondement à la fortune des Parques, & qui donna la naiſſance aux Dieux appellés *Fata*, ces Dieux de la volonté deſquels on laiſſoit dépendre la longueur ou la briéveté de la vie des hommes.

Les Dieux Fata, ſelon l'Hiſtoire & la Fable.

Quoique ces Dieux n'aient point eu d'autre origine que celle dont on vient de parler, néanmoins il ſemble que l'Hiſtoire ou la Fable, & même la Numiſmatique ne leur prêtent pas la même ; car elles les préſentent ſouvent ſous des idées, & avec des ſymboles différens de ceux que l'on remarque dans la gravure & la peinture.

Selon l'Hiſtoire ou la Fable, les Dieux appellés *Fata*, ou Deſtin étoient mâles & femelles ; mâles chez les uns, & femelles chez les autres. Les anciens Monumens ſemblent appuyer ce ſentiment : quelques-uns repréſentent cette Divinité ſous la figure d'une femme, avec un globe à ſes pieds, comme pour montrer ſon ſouverain pouvoir ſur le ſort, la vie & la deſtinée de tous les hommes. Elle porte dans ſa main l'Urne fatale, dans laquelle ſont renfermés les noms d'un chacun, afin qu'il n'en échappe point à l'arrêt de mort qu'elle a prononcé contre tous.

Les mêmes Dieux ſur les Médailles.

Sur le revers de deux Médailles, l'une de Dioclétien, & l'autre de Maximien, on a ſuppoſé que le Deſtin étoit une triple Divinité, & l'on a cru que c'étoient les trois Parques appellées *Clothon*, *Lachéſis* & *Atropos*, filles de l'Enfer & de la Nuit. La Mythologie leur abandonne la vie des hommes ſi deſpotiquement, qu'elles en filent ou coupent la trame à leur gré, ainſi qu'on l'a dit plus haut. Or, comme cette idée conſervoit quelque rapport avec ce que les Païens entendoient par le nom de Fortune, on a habillé, ſur ces Monnoies, les Parques comme la Fortune, & on leur a donné ſes principaux attributs & ſymboles, c'eſt-à-dire, le gouvernail & la corne d'abondance. Ces trois Déeſſes ſont debout ſur ces Monnoies ; elles y tiennent chacune une corne d'Amalthée ſur le bras, & non une torche allumée, comme quelques-uns l'ont penſé. L'on voit un gouvernail de chaque côté de celle qui eſt au milieu : cette Figure, & celle qui eſt à ſa droite, portent chacune une main ſur le gouvernail, qui eſt entre elles deux, tandis que la troiſième, qui eſt à gauche, tient ſeule le ſecond gouvernail. On lit pour légende, au revers de ces deux Médailles, *Fatis victricibus*, c'eſt-à-dire, aux *Deſtinées*, ou aux *Parques victorieuſes*. Ce titre de *Victorieuſes* leur eſt commun avec beaucoup d'autres Divinités ; on ne pouvoit d'ailleurs manquer de le donner à celles-ci, puiſqu'on les ſuppoſoit Maîtreſſes de tous les événemens, heureux ou malheureux. On trouvera ces trois Déeſſes à la planche VIIIe. N°. 12. Elles ſont tirées du Livre intitulé, *les Céſars de l'Empereur Julien*, page 59. M. Liebe les a auſſi données dans ſon *Gotha Nummaria*, page 75.

T

Section XVIII.

Des Dieux Faunes, selon l'Écriture Hiéroglyfique.

Ces Divinités gaies & champêtres ont pris naissance dans les Bacchanales, c'est-à-dire, dans ces Fêtes où l'on représentoit l'état du genre humain avant le Déluge, & pendant lesquelles, par des chasses feintes & figurées, quelquefois même réelles, on célébroit la mémoire de celles que Nemrod & d'autres grands Chasseurs avoient faites de leur temps contre les animaux les plus nuisibles au genre humain.

Pour ce qui regarde Bacchus, on a observé qu'à ces Fêtes représentatives on s'étoit d'abord habillé de peaux de bêtes, à l'imitation des hommes qui vivoient avant le Déluge ; qu'ensuite, lorsqu'au lieu de *Bacchot*, qui signifioit, *Seigneur ayez pitié de nous*, on avoit formé le nom de Bacchus, Dieu des Bacchanales, on ne s'étoit plus contenté de s'habiller de peaux de Chèvres, de Boucs, de Tigres, &c. mais qu'on s'étoit étudié à représenter ces animaux mêmes, en empruntant leur forme, & en alliant la peau de l'un avec les cornes, les pieds, le nez camard & les oreilles pointues des autres, sous les noms de Satyres, de Pan, de Faunes, de Silènes & de Sylvains. On a ajouté, au même endroit, que les uns, comme les Satyres, avoient servi d'attelage au char de triomphe de *Bacchot* ou *Bacchus*, devenu Dieu ; que les autres s'étoient rangés au tour de ce char pour l'accompagner en buvant, sautant, dansant & riant. Chaque personne de cette compagnie portoit ordinairement à la main un arbrisseau entier avec sa racine, ou un pot avec une tasse, souvent dans l'attitude de verser à boire ou de boire : quelquefois on y joignoit des ceps de vignes, ou des grappes de raisin. Par cette espèce de Fêtes, on prétendoit encore célébrer le triomphe du labourage & de la culture de la terre, avec les feuillages & les fruits qui en étoient les marques & les productions ; car ces Fêtes se passoient après les vendanges, temps ordinaire des Bacchanales. Dans la suite, ces feuillages & ces symboles prêtèrent des titres à quelques-uns de ces Dieux, & on leur attribua des fonctions analogues à ce que chacun portoit. Par exemple, Bacchus, avec ses raisins, ou son pot, ou sa coupe, fut regardé comme père de la vigne & des Buveurs ; Sylvain, avec son arbrisseau, comme protecteur du jardinage, &c. Voilà d'où sortit toute la troupe joyeuse, & d'où naquirent la danse, la débauche, & tout ce qui appartient aux Bacchanales.

Des Faunes & autres Dieux semblables, selon l'Histoire, la Fable & la Numismatique.

Pour ne pas tomber dans des répétitions aussi ennuyeuses qu'inutiles, nous renvoyons à la Section XXXVII. ce qui concerne toutes ces Divinités connues sous le nom de Faunes, de Satyres, de Pan & d'autres Dieux champêtres, également adoptés par l'Histoire, la Fable & la Numismatique. Nous dirons seulement ici que l'Histoire fait de Faune le père de tous les autres, & qu'elle le reconnoît pour fils de Mercure & de la Nuit, & pour Roi des Aborigènes en Italie. Elle ajoute que ces Peuples en firent un de leurs Dieux tutelaires, après sa mort. Si on l'a représenté sur les Médailles, on l'a confondu avec les Silènes & les Satyres, dont nous parlerons dans la suite. Ainsi nous ne rapporterons ici aucune Médaille où le Dieu Faune serve de Type.

SECTION XIX.

De la Déesse Féronie, selon l'Écriture Hiéroglyfique.

Il y a apparence que la Déesse Féronie est du même ordre que les autres Divinités. Plusieurs femmes représentoient dans les Fêtes, dont il a été question dans la Section précédente, & quelqu'une d'entre elles y aura paru, ainsi que dans le tableau ou l'enseigne qui annonçoit ces Fêtes, revêtue, couronnée, chargée & ornée de feuillages, de branches d'arbres ou d'arbrisseaux. On aura oublié, dans la suite, la signification de cette Figure, & on en aura fait une Divinité, à laquelle on aura attribué le soin des jardins & des forêts. Telle est vraisemblablement l'origine de Féronie.

Si, à l'exemple de certains Auteurs, on en veut faire une Junon, appellée quelquefois *Feronia* du verbe *fero*, qui signifie apporter, à cause de la multitude des présens qu'on apportoit dans son Temple, ou peut-être des dons qu'elle faisoit à ceux qui avoient recours à sa générosité, nous ne nous y opposerons pas; mais en ce cas il faut convenir qu'on aura aussi sans doute oublié qu'elle n'étoit autre que Junon, & qu'on en aura fait une seconde Divinité aussi peu réelle que la première.

Les bois, les lieux champêtres & agréables où l'on célébroit la plupart de ces fêtes de représentation, auront encore pu fournir des occasions & des motifs, à des Peuples excessivement superstitieux, d'imaginer & de créer des Divinités telles que *Feronia*, *Flore*, & *Pomone*, pour présider aux parterres, aux vergers, aux fleurs & aux fruits.

La Déesse Féronie, de l'Histoire, de la Fable & de la Numismatique.

L'Histoire & la Fable ne nous fournissent pas de grandes instructions sur cette Divinité, & la Numismatique ne nous la montre que rarement. Selon la Fable, elle a reçu le nom de *Feronia*, d'une Ville qui le portoit, & qui étoit située en Italie au pied du mont Soracté, où on lui avoit consacré un bois & un Temple. Le feu ayant pris à ce bois, ses Prêtres voulurent sauver sa Statue de l'incendie; mais en approchant, ils s'apperçurent que le bois dont elle étoit faite, se changeoit en un arbre qui reverdissoit: apparemment que, suivant l'usage, on venoit de la couronner & de la couvrir de quelques feuillages & de quelques fleurs.

Sur certaines Médailles Consulaires de la famille *Petronia*, cette Déesse paroît sous le buste d'une femme, dont le col est orné d'un collier de perles. Elle est couronnée d'une sorte de fleurons, qui forme une espèce de couronne murale. On la donne, au numero 13 de la planche VIIIe. d'après cette Médaille.

SECTION XX.

De la Déesse Flore, selon l'Écriture Hiéroglyfique.

On ne se contentoit pas, dans les premiers temps, de faire de tous les Mois, de toutes les Lunes & de toutes leurs Phases, de tous les Signes du Zo-

T ij

diaque , & de toutes les Saifons, des figures & des repréfentations différentes,
avec des attributs & des fymboles indicatifs de ce qu'on vouloit enfeigner ou
annoncer au Peuple ; mais on faifoit encore la même chofe des influences
des Aftres , & des productions de la Nature pendant ces Mois & ces Saifons,
fous ces Phafes & ces Signes. On a déja dit plus d'une fois que ces repréfentations & ces figures étoient ordinairement celles d'*Ifis*, d'*Ofiris*, ou d'*Horus*,
transformés, habillés & ornés de toutes les différentes façons qui pouvoient
avoir du rapport à l'idée qu'on avoit deffein de communiquer aux Peuples ;
que fous ces différentes formes & fymboles variés à l'infini, ces Divinités
acquirent des noms nouveaux ; & qu'après avoir oublié le fond de la fignification , on fit dans la fuite, de ces noms, des chofes, des Êtres que l'on
perfonnifia , & que l'on divinifa.

C'est fans doute d'une pareille erreur, & du fein de l'ignorance même que
Flore aura tiré fa prétendue exiftence & fa Divinité. Pour annoncer aux Peuples cette belle & charmante faifon, qui rend aux arbres leur verdure, qui
orne fi agréablement les jardins & les parterres, & qui émaille les prairies &
les campagnes d'une infinité de fleurs auffi variées par leurs formes que par
leurs couleurs, on aura repréfenté l'Ifis fous la figure d'une femme couronnée
& ornée de toutes fortes de fleurs. Dans une faifon plus avancée , on lui aura
donné des Poires, des Pommes, des Raifins, des Fruits. De la première de ces
figures ornée de Fleurs, on aura fait la Déeffe Flore , & de la feconde chargée de Fruits, la Déeffe Pomone. Voilà donc encore deux Divinités forties
d'une repréfentation fignificative, ou , fi l'on veut, de deux noms qui avoient
rapport aux fymboles, aux Fleurs & aux Fruits dont elles étoient ornées. Rien
de plus propre à confirmer cette penfée, qu'une figure de *Flora* gravée dans
le livre de l*Antiquité expliquée*, par Dom Monfaucon. Cette figure couronnée de Fleurs, eft pofée fur un piedeftal, fur le devant duquel on voit
plufieurs des Hiéroglyfes qui accompagnoient ordinairement ces repréfentations. On ne peut certainement donner ce Monument à une autre Divinité que Flore.

La Déeffe Flore , de l'Hiftoire & de la Fable.

Flore, dit Lactance, fut une femme de mauvaife vie, qui gagna beaucoup
à fon infâme métier, & qui, à fa mort, fit le Peuple Romain fon héritier,
laiffant en particulier une fomme confidérable pour faire célébrer au jour de
fa naiffance les Jeux appellés de fon nom, *Floralia*, les Jeux Floraux. Le
Sénat qui ne vouloit pas refufer l'héritage, chercha un moyen de l'accepter
avec la condition appofée au Teftament, fans fe dégrader ; car l'opulence
de cette femme provenoit d'un crime honteux, & les fêtes qu'elle avoit inftituées étoient des fêtes de débauche & d'infamie. Ce moyen fut de feindre
que Flore, felon l'étymologie de fon nom, étoit la Déeffe des Fleurs, qu'il
falloit fe rendre propice, afin qu'elle confervât les moiffons, les vignes & les
arbres. Le Poëte Ovide, dans fes *Faftes*, continue Lactance, a donné un
air de vérité à cette Fable, en fuppofant que c'étoit une Nymphe de quelque
diftinction, appellée Chloris, qui s'étant mariée avec le Zéphire, avoit reçu
de fon mari, pour douaire, tout pouvoir fur les Fleurs.

Ce que Lactance dit ici de Flore & de l'inftitution des Jeux Floraux,
ajoute Dom Monfaucon, ne fe trouve dans aucun Ancien ; il y a apparence
qu'il l'avoit puifé dans quelque fource corrompue, puifque le culte de Flore

étoit aussi ancien que Rome. Tatius, selon Varron, sacrifia aux Déesses *Ops & Flora*. En effet, si cette Divinité a tiré son origine, comme tant d'autres, des figures de l'Écriture Hiéroglyfique & des représentations qu'on en donnoit au Peuple pour son instruction, elle aura été honorée en Égypte & en Gréce, même antérieurement à la fondation de Rome.

Quoi qu'il en soit, la Fable en fait la femme & la fille des Zéphirs, ces Vents doux & favorables, dont la salutaire influence contribue à la production des Fleurs destinées par leur variété & leur odeur à flatter nos sens. On dit que les Sabins apportèrent le culte de cette Divinité à Rome, lorsque, sous le Roi *Tatius*, ils furent incorporés avec les Romains.

Flore sur les Médailles.

On la voit sur quelques Médailles des familles Consulaires *Claudia* & *Servilia*. Elle y est couronnée de fleurs, qui ne paroissent pas être les mêmes sur chacune des couronnes. On en peut juger en jettant les yeux sur les n°s. 14.& 15. de la planche VIIIe.

SECTION XXI.

De la Déesse Fortune, de l'Écriture Hiéroglyfique.

La Fortune, le Sort, le Destin, & le Bon-Événement, sont quatre Divinités à qui l'on peut donner la même origine, les mêmes fonctions & les mêmes symboles. Elles doivent leur naissance à l'idée que les premiers hommes ont eu d'une Providence qui connoît, qui régle & qui conduit toutes choses, selon ses vues, & à ses fins. Cette Providence, cet Être suprême, en un mot, ce Dieu qu'ils adoroient & qu'ils prioïent fut représenté, dans leurs assemblées & au milieu de leurs fêtes, sous l'idée & la forme d'un feu qui agit toujours, ou sous celle du Soleil qui, par sa rondeur, est le symbole ordinaire de l'Éternité, celui de la Science, par sa lumière, & celui de la bonté, par les biens que la chaleur de ses rayons répend dans son cours sur toute la Terre. Cette figure du Soleil ne fut d'abord qu'un cercle, qui bientôt se convertit en une simple tête d'homme, d'où l'on fit sortir, dans la suite, des rayons. Ce cercle parut avoir besoin de quelque support d'une certaine hauteur ou élévation, pour être vu de tous, dans les assemblées : on lui forma donc un piedestal d'un corps d'homme ou de femme. Cette figure humaine frappa les Spectateurs, soit par elle-même, soit par les habillemens, les ornemens & les symboles qu'on lui donna, & qui varièrent, selon les temps, les saisons, les jours, les fêtes & les événemens. L'oubli de ce que signifioit ce cercle, ou ce Soleil, placé tantôt pour servir de tête à ce corps humain, & tantôt au-dessus de la tête naturelle de ce corps, laissa attribuer à la figure le pouvoir de celui qu'elle représentoit ; on lui rendit, en conséquence, l'honneur & le respect qu'on avoit donnés auparavant, & à juste titre, à la chose représentée, c'est-à-dire à l'Être suprême & divin que l'on avoit d'abord voulu faire connoître & adorer sous les symboles d'un cercle, d'un globe, d'une tête rayonnée, & d'une flamme. Voilà quelle fut la seconde origine de ces prétendues Divinités : l'oubli, l'ignorance de la signification des choses que l'on voyoit, & enfin la superstition.

Cette erreur fut suivie d'une infinité d'autres. Il fallut donner des noms aux figures déja divinifées & perfonnifiées dans l'imagination : ces noms, au nombre de trois, favoir *Ifis*, *Ofiris* & *Horus*, répondoient, par leur fignification, à l'idée qu'on s'en étoit faite. On fuppofa enfuite un mariage entre *Ofiris* & *Ifis* : comme le mari, dans un ménage, eft de droit le chef & le gouverneur de la femme & de la maifon, fous le nom d'*Ofiris* on défigna le gouverneur de la Terre, & fous celui d'*Ifis*, la Terre même, que le Soleil, le gouverneur, régle & fertilife par le moyen de leur fils prétendu *Horus*, qui fignifiè le travail, & qui fe rapporte au labourage.

On ne fe contenta pas de ces trois Divinités : on en fit pour tous les befoins, & cela avec la plus grande facilité. Les noms d'*Ofiris*, d'*Ifis* & d'*Horus* devinrent des noms génériques, & leurs figures fervirent de canevas, fur lequel on broda toutes fortes de Perfonnages & de Divinités. Par exemple, en ajuftant une tête de Chien fur l'une des trois figures, on en faifoit un *Anubis* : un croiffant de Lune, avec la torche a la main, en changeoit une autre en *Diane* : une clef, un fceptre, une couronne formée de tours lui donnoit le nom de *Cybèle* : il n'en coûtoit que quelques fleurs pour en faire la Déeffe *Flora*, & un pannier de fruits pour la convertir en Pomone.

Il n'aura pas été plus difficile de donner à la figure principale les noms de *Sort*, de *Deftinée*, de *Bon-Événement*, de *Fortune*. Pour approprier le nom de Fortune à *Ofiris*, il n'en aura coûté que quelques coups de marteau, de pinceau, ou de burin. Une baguette à la main, dont l'extrémité touchoit un globe, donnoit à entendre que la figure repréfentative de la Fortune devoit être regardée & adorée comme ayant un pouvoir fouvérain fur toute la Terre, & fur le Monde entier. En ajoutant une roue, c'étoit marquer fon inconftance dans les faveurs qu'elle ne répend que par caprice, & fans acception des perfonnes, des temps, ni des lieux. On peut fe rappeller ce qu'on a dit aux titres de Bon-Événement & de Deftin.

De la Déeffe Fortune, felon l'Hiftoire & la Fable.

La Fable qui érigea la Fortune en Divinité, la regarda moins comme un Être véritable, que comme une bizarrerie du hazard ; ou fi elle en fit un Être fubfiftant, auquel elle attribua tous les biens & les maux qui arrivent, les Événemens bons & mauvais, la profpérité & l'adverfité, elle lui donna en même-temps une humeur capricieufe & inconteftante, fur laquelle il n'étoit pas poffible de compter. Quelques imperfections que cette idée attache à la Fortune, les Païens ne laiffèrent pas de l'admettre au rang des Dieux, & de lui confier le foin & le gouvernement des Royaumes & des Empires. *Ancus-Martius* lui éleva le premier Temple qu'elle eut à Rome, fous le titre de la Fortune courageufe, virile ; *Fortunæ virili*. On la fit, comme plufieurs autres, de l'un & de l'autre fexe. Des idées différentes qu'ils en eurent, font venus les noms, les titres, les épithètes qu'ils lui donnèrent, les figures, les formes, les attitudes fous lefquelles ils la repréfentèrent, & enfin les attributs, & les fymboles que nous remarquons fur leurs Monumens, & en particulier fur les Médailles.

La Fortune fur les Médailles.

Ses noms ordinaires fur les Monnoies antiques font ceux-ci ; la Fortune virile, *Fortuna virilis* ; la Fortune femme, ou féminine, *Fortuna muliebris* ; la Fortune conftante ou permanente, *Fortunæ manenti* ; la Fortune perpétuelle,

tuelle, *Fortuna perpetua* ; la Fortune Augufte ou d'Augufte , *Fortuna Augufta* ou *Augufti* ; la Fortune forte , *Fortunæ forti* ; la Fortune heureufe , *Fortunæ felici* ; la Fortune obligeante , & prête à fe rendre aux vœux de fes Adorateurs , *Fortuna obfequens* ; la Fortune de rètour , *Fortunæ reduci* , ainfi nommée , foit parce qu'elle fenîbloit revenir à fes Adorateurs , après une abfence , & les combler de bienfaits , après leur avoir été contraire , foit par rapport au retour heureux d'un Empereur , ou d'un Prince dont l'abfence avoit caufé quelque dommage ou quelque inquiétude.

Lorfqu'on la repréfente comme Conftante , comme Permanente , ordinairement elle eft affife ; mais quand on lui donne quelque titre qui fuppofe du mouvement & de l'action , on la fait paroître debout & dans l'attitude de de marcher.

Ses attributs répondent aux titres & aux qualités qu'on lui donne fur les revers des Médailles , & ailleurs. On la voit tantôt avec une roue à fes pieds ; tantôt avec un gouvernail ; quelquefois pofée fur un globe : ce même globe à la main , ou une corne d'abondance font du nombre de fes fymboles ordinaires , & ne font pas moins fignificatifs : la roue marque fes caprices & fon inconftance : le gouvernail & le globe annoncent fa prétendue toute-puiffance , comme fi elle difpenfoit les biens & les maux qui arrivent dans le Monde : la corne d'abondance montre qu'on la regardoit comme la Mère & la fource des biens & des fruits. Quelquefois on a raffemblé tous ces attributs fur un même revers : d'autres fois on ne lui en a donné qu'un ou deux. Il y a encore des Médailles où elle tient une patère , dans l'attitude d'en verfer la liqueur fur un Autel : il s'en trouve même d'autres , où elle tient un Autel fur une main , & lève deux Cicognes du bras gauche au-deffus d'une corne d'abondance. On lui voit auffi un globe & le Caducée entre les mains. Enfin il y a une Monnoie Confulaire de la famille *Ruftia* , qui repréfente deux buftes accollés , dont l'un eft fans habillement & avec le cafque fur la tête , & l'autre eft habillé & coëffé comme une femme ; on les regarde comme les figures des deux Fortunes mâle & femelle. La Fortune mafculine à demi nue , avec le cafque fur la tête , étoit nommée la Fortune màrtiale , *Fortuna martialis* : la Fortune féminine , bien vêtue & coëffée , étoit appellée Fortune heureufe , *Fortuna felix*. Elles eurent enfemble un Temple chez les Antiates qui les adorèrent l'une & l'autre particuliérement comme Fortune mafculine & féminine , d'où elles prirent le titre de Fortunes Antiates ou des Antiates , *Fortunæ Antiates* , ou *Antiatum*.

L'on donne quatre différentes Médailles de la Déeffe Fortune , à la planche VIIIᵉ. nᵒˢ. 16. 17. 18. 19. La première eft celle des Antiates mâle & femelle , comme on vient de le dire. La feconde eft d'une famille *Antonia* , avec l'Autel , la corne d'abondance & les Cicognes. Il faut remarquer que ces deux oifeaux n'appartiennent point à la Fortune comme fes attributs ou fes fymboles ; mais on les a mis ici comme fymboles de la piété qu'Antoine affectoit au point de fe faire repréfenter fous fon Image , avec fes ornemens & fon nom. La troifième Médaille , qui eft de Domitien , montre la Fortune avec le gouvernail pofé fur un globe. La quatrième eft d'Augufte : la Déeffe y paroît affife , ayant une roue près de fon fiège & une baguette à la main droite , dont elle touche un gouvernail également pofé fur un globe : elle a auffi une corne d'Amalthée fur le bras gauche.

Section XXII.

Des Dieux appellés Génies, & en même temps des Dieux Lares, Manes & Pénates, de l'Écriture sacrée des Égyptiens.

» Il n'est ni facile ni raisonnable, dit M. Pluche, dans son Histoire du » Ciel Tome I. page 128. de vouloir éclaircir tous les symboles & toutes » les cérémonies de l'Antiquité, pour se convaincre que la plupart des figures » singulières & usitées dans les occasions les plus solemnelles n'étoient, dans » leur origine, que des symboles significatifs ou des cérémonies instructives ». Ajoutons, qu'il n'est pas moins difficile de connoître & de faire connoître les différens symboles dont on a fait des Divinités, & toutes les suites de ces Apothéoses, depuis qu'on en eut oublié la signification primitive, dont le propre & le but étoient d'élever le cœur & l'esprit vers l'Être suprême considéré sous quelqu'un de ses attributs, & sous une partie de ses perfections, soit pour l'adorer, soit pour implorer ses graces & ses bienfaits. Mais on peut se dispenser de cette peine, qui deviendroit inutile : ce que nous en avons rapporté, jusqu'à présent, suffit, à ce qu'il semble, pour prouver que toutes, ou du moins la plupart de ces fausses Divinités, ont eu la même origine, & que les ténébres de l'ignorance répandues sur les hommes, en punition de leur ingratitude envers le vrai Dieu, leur en ont fait chercher d'imaginaires dans les figures & les symboles de l'Écriture Hiéroglyfique ; d'où il faut conclure que si ceux des faux Dieux que l'aveugle Antiquité a réputés pour les plus grands, ont tiré de là leur ridicule origine, ceux qu'elle a regardés comme des petits Dieux, & qu'elle a jugé à propos de subordonner aux autres, ne pourront se glorifier d'en avoir une moins risible & moins méprisable.

N'allons donc pas chercher ailleurs que dans cette Écriture, & dans les figures qui en formoient les caractères, cette foule de Dieux que l'on appelloit les Génies, les Lares, les Manes & les Pénates. Une statue de bois, de pierre, ou de métal, une planche, une écorce avec quelques traits, quelques linéamens, tirés, tournés, ornés & placés de différentes façons, selon les jours, les temps, les saisons où l'on étoit, & selon les vues qu'on se proposoit, voilà ce qui leur a donné l'être, & quels ont été leurs commencemens : si, dans la suite, ils ont été quelque chose de plus, ils ne le doivent qu'à l'imagination déréglée de leurs Adorateurs assez insensés pour ne pouvoir refuser leur culte à leurs propres ouvrages.

N'en doutons point ; dès que les Peuples en général, se furent attribués le pouvoir de créér de grands Dieux pour la République, les particuliers ne tardèrent pas à user de la même liberté. Les uns en formèrent des nouveaux de tout ce qui tomba sous leurs sens, & qui leur paroissoit avoir quelque rapport à leurs besoins : être utile ou instruire, inviter à quelque fête, aux Jeux, aux plaisirs, & à la débauche, promettre des récompenses, menacer de quelques maux, montrer les chemins, garder les portes, pronostiquer les Vents ou les orages sur Terre ou sur Mer, annoncer le passage du Soleil sous quelque Signe du Zodiaque, c'en étoit assez pour des statues, des signes & des enseignes, pour être mis au rang des Dieux, & même pour y avoir un rang distingué. D'autres, peut-être un peu plus scrupuleux ou moins superstitieux, & moins hardis à multiplier les Divinités, firent descendre les plus grandes du Ciel & du Soleil, où la folle imagination de leurs pères les

avoit

avoit placés : après leur avoir donné d'autres vifages , d'autres habits , d'autres attributs, d'autres fonctions, une autre deftination, une autre fignification , & des noms auffi neufs que leur décoration, ils les montrèrent au Public fous une forme jufqu'alors inconnue , pour venir jouer à leurs yeux une nouvelle fcène fur le théâtre de l'Égypte, de la Gréce , de l'Orient & de l'Occident. De peur que ces Dieux n'euffent quelques procès enfemble, & qu'ils ne vinffent à fe faire la guerre, on leur affigna leur rang ; on leur prefcrivit l'ordre qu'ils devoient garder ; on leur diftribua les charges ; enfin l'on apprit à chacun d'eux & fon emploi & fon devoir, fouvent même avec menace de dégra-dation & de banniffement, en cas d'infraction des loix établies, & fous peine d'être jettés dans quelques fombres réduits, ou dans quelques fales égoûts, où tous ces Dieux de bois alloient ordinairement pourrir , lorfqu'on s'en dé-goûtoit. C'eft ainfi que les aveugles Mortels, en croyant adorer plus qu'eux-mêmes, s'élevoient au-deffus même de ce qu'ils adoroient.

En conféquence de l'ordre que l'on mit parmi les Dieux, & de la diftri-bution des charges que l'on fit entre eux, les plus agiles, ceux qui parurent avoir quelque chofe, ou tendre à quelque chofe de plus fpirituel, de plus approchant du Feu, de l'Air du Vent, &c., ceux-là, dis-je, eurent les grandes commiffions : ils furent chargés de préfider aux Empires, aux Royaumes, aux grands États, pour y animer, y régler, & y protéger tout. Jupiter & quelques-uns de fes plus proches parens ou de fes favoris eurent bonne part à ce glorieux emploi , fous le nom de *Génies*. On les appella *Génies de l'Em-pire*, *Génies de l'Empereur*, *Génies des Armées*, *Génies du Peuple Romain*. D'autres les *Lares*, que quelques-uns fuppofoient être fils de Jupiter , mais d'un mariage clandeftin, ou fils de Mercure & de Larunde, comme inférieurs à leurs Pères & Mères, furent prépofés les uns à la garde des Chemins, & on les appella *Viales* ; les autres à celle de Carrefours , & ils furent nommés *Compitales* ; d'autres à la défenfe des Villes, & ils eurent pour titre, *Urbani* ; quelques-uns étoient chargés de défendre de leurs ennemis ceux qui s'étoient mis fous leur protection ; leur furnom étoit *Hoftilii* ; enfin il y en avoit qui avoient ordre de prêter fecours généralement à tous ceux qui en avoient befoin , c'étoient les *Præftites*. A quoi n'employoit-on pas ceux que l'on avoit rélégués dans les demeures particulières, près des foyers & dans tous les re-coins des maifons ? L'on fit des uns des tentateurs qui follicitoient au mal : les autres paffèrent pour auteurs & promoteurs du bien.

On plaça de ces fortes de Divinités jufqu'auprès des morts, & l'on en voulut trouver jufques dans les tombeaux. C'eft de-là que font venus les Dieux *Manes*, qui, à proprement parler, ne peuvent guère avoir été diftingués des *Lares* & des *Pénates* que par leurs noms & leurs fonctions, & peut-être en-core par l'état & la condition de ceux pour qui on les avoit faits. Car à parler conféquemment, c'étoient les mêmes Dieux, qui, felon le fentiment de plu-fieurs Auteurs, aidoient ou tentoient les hommes pendant leur vie, les récom-penfoient ou les tourmentoient après leur mort ; mais pendant la vie leurs Adorateurs appelloient *Dieux Lares*, *Dieux Pénates*, *Dieux Génies* ceux que leurs Parens, Amis & héritiers appelloient *Dieux Manes*, après leur mort.

D'où eft venu ce nom de Manes ? Qu'entendoit-on par les Dieux Manes ? Quelles fonctions pouvoit-on leur attribuer ? M. Pluche nous l'apprend en " ces termes. " Anubis, dit ce Savant Auteur, Tome I. de l'Hiftoire du " Ciel, page 287, étoit réellement, comme Signe, la règle des fêtes & l'*in*-

V

» *troducteur* de toutes les figures symboliques qu'on montroit successivement
» au Peuple durant l'année. Devenu Dieu, il en fut fait l'Inventeur & l'Or-
» donateur. Or ces fêtes se nommoient les Manes, parce que les figures qu'on
» y présentoit aux Assistans étant originairement destinées à régler les travaux
» du Peuple, se nommoient les *Manes*, c'est-à-dire, les *Réglemens*, les
» *Signes*, les *Enseignes*. . . . Les Néoménies de chaque Saison, & les
» fêtes qui prévenoient ou suivoient chaque récolte ayant des noms propres
» qui les distinguoient, le nom général de Manes, d'Enseignes ou d'Images,
» demeura aux assemblées funèbres, qui revenoient fréquemment, & les
» noms de Manes, d'Images, de Simulacres & de Morts, se confondirent.
Voilà d'où est venu le nom de *Manes* : voyons comment & pourquoi il a
été donné aux Dieux dont il s'agit, & ce que l'on entendoit par les *Dieux
Manes*, & quels secours, quels bons offices l'on prétendoit en tirer. C'est
ce que le même Auteur nous a encore expliqué, en traitant de cette partie
de la *Divination*, qu'on appelle *Évocation*. Nous allons le copier mot à mot,
dans l'espérance qu'on nous permettra avec plaisir de nous étendre plus que
de coutume sur un sujet aussi intéressant.

» Il me reste (dit M. Pluche, Histoire du Ciel, Tome I. page 490)
» à chercher l'origine d'un Art bien plus important que tous ceux qui pré-
» cédent. C'est la Nécromanice, l'Art d'évoquer les Morts, & de les faire
» parler. On ne sera pas fâché de trouver ici la clef des Sciences occultes,
» ni de savoir comment on s'y prenoit pour interroger l'Enfer, & pour con-
» verser avec les Démons. Ceci est tout-à-fait curieux. C'est le fin de la
» Magie.

» Le respect pour le corps de l'homme, que l'on savoit être destiné à un
» meilleur avenir, & à sortir un jour de la poussière, portoit les premiers
» Peuples à enterrer les Morts avec bienséance, & à joindre toujours à cette
» triste cérémonie, des souhaits & des prières, qui étoient l'expression &
» la profession de leur attente. Les hommes du commun étoient enterrés
» & pleurés au moins par leurs familles. Les Villes entières venoient répandre
» des larmes sur le tombeau des grands Hommes qui s'étoient distingués,
» ou par un gouvernement sage, ou par la chasse donnée aux bêtes féroces,
» ou par quelque invention utile, ou par d'autres services. Le lieu de la fosse
» étoit marqué par une pierre qu'on y élevoit, suivant l'usage de désigner
» tous les endroits chéris ou illustrés par quelque événement mémorable,
» en y érigeant une colonne, ou simplement une pierre qui attirât les yeux
» par sa situation. Les familles ou les Peuples entiers, selon l'intérêt qu'on
» y pouvoir prendre, s'assembloient auprès de ces pierres, après l'année ré-
» volue, faisoient des libations d'huile ou de vin sur la pierre, sacrifioient
» & mangeoient en commun. Ils commençoient tous leurs sacrifices par
» remercier Dieu, comme nous le faisons encore, de leur avoir donné la
» vie, & de multiplier tous les jours en leur faveur la nourriture nécessaire.
» Ils le louoient ensuite de leur avoir donné des hommes utiles, & des
» exemples à suivre (pratique à laquelle nous sommes demeurés fidèles) :
» ou bien ils glorifioient Dieu de ce qui faisoit l'objet particulier de chaque
» solemnité & du travail de chaque saison. Les assemblées funèbres étoient
» les plus fréquentes, parce qu'on mouroit tous les jours, & qu'on les renou-
» velloit d'année en année. Non-seulement elles étoient les plus ordinaires,
» mais en même temps les plus régulières, parce que la tristesse qui en étoit
» inséparable, en bannissoit la licence qui défigura les autres fêtes, même

» avant l'introduction de l'Idolâtrie. On commença à introduire dans celles-
» ci des embellissemens arbitraires , & sur-tout des représentations propres à
» l'objet de la fête, occasion naturelle de bien des désordres. On en a des
» exemples dans les fêtes d'Osiris , d'Isis & de Saturne.

» Tout étoit simple dans les anciennes fêtes. On s'assembloit sur un lieu
» élevé & remarquable. On y faisoit une petite fosse , pour y consumer
» par le feu les entrailles des victimes. On faisoit couler le sang dans la même
» fosse. Une partie des chairs étoit présentée au Ministre du sacrifice. On
» faisoit cuire & on mangeoit le reste des chairs immolées, en s'asseyant au-
» près du foyer. Peu-à-peu , & sur-tout après l'introduction de l'Idolâtrie ,
» on s'éloigna de cette simplicité. Les symboles qui y avoient donné naissance
» frappant les yeux, ou par la beauté , ou par la singularité de leur figure ,
» on prit goût aux décorations , & on y chercha de jour en jour de nouveaux
» rafinemens. Au lieu de s'asseoir sur l'herbe , on s'assit sur des peaux , sur
» des tapis , & enfin sur des lits élevés, & magnifiquement couverts. Au
» lieu d'un foyer creusé en terre, on éleva une table qu'on nomma autel ,
» ou du moins un grand vase posé sur un magnifique support (un trépied),
» pour recevoir le feu, & une partie de la victime qu'on y jettoit avec une
» poignée d'encens ; ce qui surmontoit la mauvaise odeur du sang & des
» graisses brûlés. Chaque fête eut insensiblement un cérémonial particulier ,
» des représentations propres, un autel d'un caractère déterminé. Cet autel
» étoit environné de feuillages , & les feuillages changèrent bientôt comme
» la forme des autels, ou comme les feuillages significatifs qu'on joignoit
» aux figures. Dans une telle fête , il falloit un couronnement de feuilles de
» chêne ; dans une autre , un tour de branches de myrte. L'autel devoit être
» de pierre, ailleurs de bois, une autre fois de simple gazon , ou d'un mon-
» ceau de terre couronné d'un cordon d'herbes communes. Ce qui avoit été
» goûté dans une occasion importante, passoit ensuite en usage & en loi.
» Le nombre , les caractères, & les histoires des objets que les hommes
» prirent pour des Dieux, donnèrent lieu ensuite à cent variétés qui parurent
» des rits fort importans, & des précautions nécessaires. Qui eût manqué à
» un seul point du cérémonial prescrit, il n'y avoit pas moins que la peste ou
» la famine à craindre. Quand les Dieux irrités n'envoyoient qu'une tempête
» passagère ou quelque bête furieuse, on étoit quitte de sa faute à bon mar-
» ché. Chaque fête ayant son service & ses décorations propres, eut un nom
» particulier. Il n'en fut pas de même des assemblées mortuaires ; rien n'y
» changea. Elles étoient sans joie & sans parures. On continua à y pratiquer
» ce qui s'y étoit toujours fait. Les familles en enterrant leurs morts, étoient
» accoutumées à une rubrique commune, · qui se perpétua. C'est donc sur-
» tout dans le sacrifice des funérailles qu'on peut retrouver le gros des usages
» de la première Antiquité. On continua à y faire une fosse , à y verser du
» vin, de l'huile ou du miel, ou du lait, ou d'autres liqueurs d'usage ; à y
» faire couler ensuite le sang des victimes, à en rôtir les chairs , & à les man-
» ger ensemble, en s'asseyant autour de la fosse ou du foyer, & en s'entre-
» tenant des vertus de celui qu'on regrettoit. Ces assemblées continuèrent à
» porter l'ancien nom qu'on donnoit à toutes les convocations solemnelles.

» Tandis que les autres fêtes, en conséquence de la diversité des cérémo-
» nies, se nommoient Saturnales, Dionysiaques, Palilies, ou autres, les
» assemblées mortuaires se nommèrent simplement les *Manes*, c'est-à-dire,
» la convocation, ou le réglement. Les *Manes* & les *Morts* devinrent aussi

» deux mòts synonymes, ou qu'on prenoit indifféremment l'un pour l'autre,
» & comme ce qui donnoit le nom aux fêtes étoit devenu par-tout l'objet
» d'un culte insensé, les *Manes* ou les *Morts* devinrent aussi l'objet révéré
» dans les cérémonies mortuaires. La facilité étrange avec laquelle on divi-
» nisoit les moindres parties de l'Univers, donne lieu de concevoir comment
» on prit l'habitude d'adresser des prières, des vœux, & un culte religieux,
» à des Morts qu'on avoit aimés, dont on célébroit les louanges, & qu'on
» croyoit jouir des lumières les plus pures, après s'être dépouillés, avec le
» corps, des foiblesses de l'humanité.

» Les anciens sacrifices n'étoient pas seulement Eucharistiques. Dès le
» temps qu'on honoroit encore le Très-Haut, ils étoient regardés comme une
» alliance qu'on faisoit avec lui, & par laquelle on s'engageoit à lui être fidèle.
» Cette idée étoit magnifique, touchante & instructive. Je n'en rapporterai
» ici ni les raisons ; on les sent, ni les exemples ; toute l'Ecriture en est pleine.
» Rien n'étoit plus capable d'ennoblir les fêtes, & de tenir les Peuples dans
» de grands sentimens de respect & d'amour, que la pensée d'aller paroître
» devant le Seigneur, de contracter, & de converser avec lui.

» L'Idolâtrie altéra cette persuasion ; mais elle ne la détruisit pas. Tous
» les Peuples en sacrifiant, soit aux Dieux qu'ils s'étoient faits, soit aux Morts
» dont la mémoire leur étoit chère, croyoient faire alliance avec eux, s'en-
» tretenir avec eux, manger avec eux familièrement. Mais cette familiarité
» les occupoit sur-tout dans les assemblées mortuaires, où ils étoient encore
» pleins du souvenir des personnes qu'ils avoient tendrement aimées, & qu'ils
» croyoient toujours sensibles aux intérêts de leur famille & de leur patrie.

» Nous avons remarqué ci-devant de quelle façon la cupidité & l'ignorance
» ayant rendu tous les hommes indifférens pour la justice, les avoient trompés
» sur l'objet de leur culte, & avoient ensuite converti tout ce qui en faisoit
» partie, en autant de moyens d'être soulagés dans leurs maladies, ou d'être
» instruits & précautionnés pour l'avenir dans tout ce qu'ils entreprenoient.
» Tout leur parloit dans la Nature. Les oiseaux dans le Ciel, les Serpens,
» & les autres animaux sur la Terre, un simple bâton dans la main de leur
» Ministre, & tous les instrumens de la Religion étoient autant d'Oracles,
» ou de Signes Prophétiques. Ils lisoient dans les Astres, & les Dieux leur
» adressoient la parole, ou leur signifioient leur volonté d'un bout de la Na-
» ture à l'autre. Cette Religion avare & grossière, qui n'alloit plus aux Dieux
» que pour les questionner sur des affaires d'intérêt, étoit toute aussi curieuse,
» & croyoit avoir droit d'être encore mieux servie dans les sacrifices funèbres
» que dans tous les autres. On y avoit affaire à des Dieux amis, & qui ne
» pouvoient manquer, par l'intérêt qu'ils prenoient encore à la prospérité de
» leur famille, d'y faire connoître à temps ce qui pouvoit l'aider ou lui faire
» tort. Tout l'appareil des funérailles fut donc encore interprété comme
» celui des autres fêtes, & le tout se convertit en autant de moyens de di-
» vination.

» Les cérémonies des *Manes*, quoiqu'elles ne fussent que la seule pra-
» tique des assemblées des premiers temps, se trouvant, en tout point, diffé-
» rentes de celles qu'on observoit dans les autres fêtes, parurent être autant
» de façons particulières de converser avec les Morts, & d'obtenir d'eux les
» connoissances qu'on désiroit. Hé ! qui pouvoit douter alors que ce ne fût
» pour converser familièrement avec ses anciens amis, qu'on s'asseyoit autour
» de la fosse, où l'on avoit jetté de l'huile, de la farine & le sang de la vic-

» time, après l'avoir égorgée en leur honneur ? Pouvoit-on douter que cette
» fosse, si différente des autels relevés vers le Ciel, ne fût une cérémonie con-
» venable, & particulièrement affectée aux Morts ? Il étoit évident que les
» Morts prenoient plaisir à ces repas, & à ce qu'on versoit spécialement pour
» eux dans la fosse. Ils venoient sans doute consommer le miel, & les li-
» queurs qui y disparoissoient ; & si l'on se contentoit de leur présenter des
» liqueurs, c'est que leur état de Morts ne pouvoit s'accoutumer de nour-
» ritures grossières. On se repaissoit donc de cette idée folle, que les Ombres
» venoient boire ou goûter ces liqueurs à longs traits, tandis que les Parens
» mangeoint le reste du sacrifice sur les bords de la fosse.

» Après le repas pris en commun entre Morts & Vivans, venoit l'inter-
» rogation, ou l'évocation particulière de l'ame pour qui étoit le sacrifice, &
» qui devoit s'expliquer. Chacun sent qu'il y avoit un inconvénient à la
» cérémonie ; c'est que les Ombres ne vinssent en foule prendre part à cette
» effusion dont elles étoient si avides, & ne laissassent rien à l'Ombre chérie
» pour qui étoit la fête. On y remédia. Les Parens faisoient deux fosses ;
» l'une où ils jettoient du vin, du miel, de l'eau & de la farine pour occuper
» le gros des Morts ; l'autre où ils versoient le sang de la victime qu'on vou-
» loit manger en famille. Ils s'asseyoient sur le bord de cette dernière ; &
» ayant leur épée auprès d'eux, ils écartoient par la vue de cet instrument le
» commun des Morts peu sensibles à leurs affaires. Au-contraire ils invitoient
» nommément le Mort qu'on vouloit fêter ou consulter. On le prioit de
» s'approcher. Les Morts ne voyant pas là de sûreté pour eux, s'attroupoient
» par essains autour de la première fosse, dont l'accès étoit libre, & aban-
» donnoient honnêtement l'autre à l'Ame privilégiée, qui avoit droit sur l'o-
» blation, & qui étoit au fait des affaires sur lesquelles devoit rouler la
» consultation.

» Les questions des Vivans étoient distinctes & faciles à entendre. Les ré-
» ponses, quoique très-certaines, n'étoient ni si promptes, ni si aisées à
» démêler. Mais les Prêtres qui avoient appris dans leur labyrinthe à entendre
» la voix des Dieux, les réponses des Planètes, le langage des Oiseaux, des
» Serpens & des Instrumens les plus muets, parvinrent aisément à entendre
» les Morts, & à être leurs interprètes. Ils en firent un Art, dont l'article
» le plus nécessaire, comme le plus conforme à l'état des Morts, étoit le
» silence & les ténébres. Ils se retiroient dans des antres profonds. Ils jeû-
» noient & se couchoient sur des peaux de bêtes immolées. A leur réveil,
» ou après une veille plus propre à leur troubler le cerveau qu'à leur révéler
» les choses cachées, ils donnoient pour réponse la pensée ou le songe qui
» les avoit le plus frappés. Ou bien ils ouvroient certains livres destinés pour
» cet usage ; & les premières paroles qui se présentoient à l'ouverture, étoient
» justement la prédiction attendue. Ou bien le Prêtre, quelquefois le Par-
» ticulier qui venoit consulter, avoit soin, au sortir de l'antre, de prêter l'o-
» reille aux premières paroles qu'il seroit possible d'entendre, de quelque
» part qu'elles vinssent, & elles lui tenoient lieu de réponses. Ces paroles
» assurément n'avoient aucun rapport lié avec l'entreprise dont il étoit ques-
» tion ; mais on les tournoit en tant de façons, & on les violentoit si rude-
» ment, qu'il falloit bien qu'elles se prêtassent quelque peu. Il n'étoit point
» du tout rare qu'il s'y trouvât une apparence de rapport. Souvent au lieu des
» moyens précédens, on employoit les Sorts, c'est-à-dire, nombre de billets
» chargés de mots à l'aventure, ou de vers, soit connus, soit fabriqués nou-

» vellement. Ces billets jettés dans une urne, le tout étoit bien remué, &
» le premier qu'on en tiroit, étoit gravement délivré à la famille affligée,
» comme un moyen de la tranquilliser. Les moyens de divination n'eurent
» point de fin. Presque toute la Religion se convertit en autant de pratiques
» pour connoître l'avenir. Certains endroits s'accréditèrent plus que d'autres,
» & telle est l'origine des Oracles. Cette matière a été suffisamment traitée
» par les Savans. Il est superflu de la reprendre.

» Il est évident, pourra-t-on me dire, que les pratiques dont on vient de
» parler, étoient tout-à-fait propres à répandre par-tout cette folle persua-
» sion, qui s'entretient encore parmi le Peuple, qu'on peut converser avec
» les Morts, & qu'ils viennent souvent nous donner des avis. Mais quelles
» preuves a-t on que ces pratiques si étranges, aient été communes autre-
» fois ?

» Si je puis encore administrer à mes Lecteurs les preuves de cet usage, ou
» plutôt de cet abus si pervers du Cérémonial Funèbre ; j'aurai, ce me semble,
» suffisamment fait voir que les opinions des hommes sur les Dieux, sur les
» Morts, & sur les réponses qu'on peut recevoir des uns & des autres, ne
» sont qu'une interprétation littérale & grossière qu'on a donnée à des signes
» très-simples, & à des cérémonies encore plus simples, qui tendoient à ex-
» primer certaines vérités, ou à acquitter certains devoirs.

» C'est parce que tous les Peuples couroient en foule sur les Hauts Lieux
» pour y verser le sang des victimes dans une fosse, & pour converser avec
» tel ou tel Mort, en éloignant les autres par la vue de l'épée, qu'il est si
» souvent, & si expressément défendu aux Israëlites de *s'assembler sur les*
» *Lieux Hauts* ; ou, ce qui étoit souvent la même chose, *de tenir leur assem-*
» *blée auprès du sang*, ou *de manger au tour d'une fosse arrosée du sang des*
» *victimes.*

» L'usage d'employer l'épée dans ces sacrifices mortuaires, pour se déba-
» rasser des ames que l'on ne vouloit pas évoquer, est attesté dans le reproche
» que le Prophète Ézéchiel fait aux Hébreux, d'avoir *mangé les chairs de*
» *leurs sacrifices auprès du sang qu'ils ont répandu, & d'avoir eu auprès d'eux*
» *leur épée dans ce repas abominable.* (Ezech. 33. 25. & 26. Hebr.).

» Homère, plus ancien qu'Ézéchiel, nous montre les mêmes pratiques
» parmi les Occidentaux, & devient ici le Commentateur de l'Écriture.
» Ulysse voulant interroger sur son retour en Itaque l'ame de Tirésias, qui
» passoit pour être tout autrement illuminée que le reste des Morts, com-
» mence par répandre dans une fosse du miel, du vin, de l'eau, & de la farine,
» en l'honneur du commun des Ombres, afin qu'en s'exerçant à l'écart, elles
» lui laissent le champ libre : puis il fait ailleurs une autre fosse, où il verse
» spécialement en l'honneur de Tirésias le sang d'une victime choisie. *Il*
» *se tient ensuite sur le sang*, ou auprès de ce sang *l'épée à la main. Il dissipe*
» *les Ombres* légères qui en étoient avides, & empêche qu'elles n'en goûtent
» avant qu'il ait consulté Tirésias. Cette ame nommément évoquée arrive
» enfin : elle prie le Héros de s'éloigner de la fosse, & d'ôter son épée dont
» la vue l'épouvante, afin qu'elle puisse boire le sang versé en son honneur,
» & ensuite apprendre à Ulysse la vérité qui l'intéresse.

* Cette divination, comme toutes les autres, étoit donc fondée sur le
» sens pervers qu'on donnoit à d'anciennes cérémonies très-simples, & très-
» innocentes dans leur origine, & qui devinrent autant d'actes d'Idolâtrie,
» ou une occasion prochaine d'Idolâtrie, par la fausse interprétation qu'on

y

» y donna. Ainsi le tour que prirent les cérémonies dans l'esprit des Peuples,
» est une nouvelle preuve de la façon grossière dont ils ont personnifié, ou
» réalisé les symboles mêmes ; & il résulte de tout ce que nous avons vu,
» que l'Idolâtrie, l'Astrologie, les Augures, les Évocations, & la Magie,
» sont toutes pratiques également absurdes, également mensongères, pro-
» duites par la fausse intelligence du cérémonial, occasionnées & entretenues
» par la cupidité des Peuples, accréditées sans examen par un usage universel,
» & aidées par l'avarice des Prêtres. Peut-être ceux-ci étoient-ils persuadés de
» l'excellence de leurs prédictions, qui ne pouvoient guère manquer d'avoir
» quelquefois une apparence d'accomplissement. Il est fort croyable que
» quand l'evenement les démentoit, ils se séduisoient eux-mêmes par l'inter-
» vention de cette foule de Puissances toujours appliquées à tout brouiller
» dans le Monde, & qu'ils estimoient de très-bonne foi un Art qui les mettoit
» à l'aise.
» En réduisant l'Idolâtrie & la Divination, qui ont si étrangement des-
» honnoré la raison, à des pures illusions, causées par la cupidité & par l'igno-
» rance, je suis bien éloigné de penser que les malins esprits n'aient pas
» exercé sur les hommes la mesure de pouvoir que Dieu leur a donnée,
» selon les vues impénétrables, & toujours adorables de sa sagesse. Au-con-
» traire, je suis très-convaincu de leur existence, comme aussi de leurs efforts
» pour notre ruine, & spécialement des vexations qu'il leur a été donné
» d'exercer sur les corps des Énergumènes pour la manifestation de la puis-
» sance de la grace du Sauveur. J'avoue de plus que Dieu a quelquefois permis
» aux Esprits de ténébres de répondre, par quelques apparences équivoques,
» aux désirs de Magiciens & de Peuples séduits. Mais ce qu'il accordoit à des
» cupidités criminelles, en étoit la punition. Tous ces Arts n'en sont pas
» moins trompeurs, moins vuides de réalité, ni moins dépourvus de règle,
» puisqu'ils doivent tous leur naissance à l'oubli du sens des premières insti-
» tutions, qui ont été données aux hommes sur le cours du Soleil & de la
» Lune, sur le Labourage, sur les règles de la Société, & sur la reconnoissance
» due à l'Auteur de tous les biens ».

Voilà une digression longue, mais nécessaire, pour faire connoître la véritable origine des *Manes*, leur nature & l'usage auquel on les appliquoit.
D'ailleurs tout ce que l'on vient de transcrire de M. Pluche à leur sujet,
donnera, dans la suite, du jour à plusieurs réfléxions sur les Oracles, les Augures, &c. & l'on aura occasion d'y renvoyer plus d'une fois le Lecteur.

*Des Génies, Lares, Manes, Pénates, & autres semblables Divinités
Païennes, selon l'Histoire, la Fable, & la Numismatique en même
temps.*

L'Histoire & la Fable n'ont pas ajouté beaucoup à ce que nous venons
de dire sur les Dieux qu'on appelle Génies, Lares, Pénates & Manes, dans
la classe desquels on peut ranger ceux que l'Antiquité nommoit Dieux Génitales, *Dii Genitales* ; Dieux Nourriciers, *Dii Nutritores* ; Dieux de la
Patrie, *Dii Patrii*. La Numismatique paroît n'avoir pas suivi la Fable en
tout point, à l'égard de ceux de ces Dieux qu'elle a représentés, ou dont elle
nous a conservé les noms sur les Médailles. Nous allons rendre en détail ce
que l'une & l'autre nous apprennent sur chacun d'eux, sans nous astreindre
à suivre ici l'ordre alphabétique.

Les Dieux Génies n'ont pas été regardés du même œil chez tous les Peuples. Les uns les mettoient au nombre des grands Dieux, ou plutôt ils donnoient à ceux des Dieux qu'on appelle Grands, les fonctions, & le surnom de Génies : les autres faisoient des Génies un classe de Divinités inférieure à celle des grands Dieux. L'Antiquité les distingua en Génies mâles, & en Génies femelles. Les premiers, disoit-on, étoient préposés à la garde des hommes ; l'on confioit aux seconds celle des femmes : ces dernières Divinités s'appellèrent des *Junons*.

De cette différence dans les idées est venu celle des formes sous lesquelles on les a représentés sur les Monumens, & sur-tout sur les Médailles. Dans la famille *Antonia*, le Dieu Génie est une tête de Vieillard assez semblable à celle de Jupiter : elle est sans couronne ; mais on remarque derrière elle un sceptre, & il sort de son sommet cinq épics de froment. Dans la famille *Cornelia*, la même tête est ceinte d'un diadême, & le même sceptre est derrière elle. Ailleurs, elle est représentée fort jeune, quelquefois rayonnée comme le Soleil, & si ressemblante à celle d'Apollon, qu'il n'y a que la légende qui détermine à la prendre pour celle du Génie. Aussi les Anciens prétendoient-ils que les Grands Dieux, comme Apollon & les autres, faisoient souvent les fonctions des Génies, des Lares, & des Pénates. Voilà de quelle façon on a représenté le Dieu Génie, considéré en général, & sans égard aux personnes, aux Pays, & aux Peuples dont il pouvoit être le Génie.

Au revers des Médailles, les Génies d'un Empereur, d'une Ville, d'un Pays se présentent sous différentes formes, de l'un & l'autre sexe. Comme hommes, les Génies sont ordinairement nuds, ou à demi-couverts d'un simple manteau, ou enfin habillés comme les Sénateurs, & quelquefois comme les Militaires. Les Génies femelles sont vêtus de long, quelquefois sans couronne, & d'autrefois avec une couronne murale sur la tête. Les uns & les autres sont debout ou assis, ou à demi-couchés, & portent pour ornemens & pour attributs un sceptre, une pique, un diadême, ou une couronne murale, comme on vient de le voir. Là, ils ont à la main une patère, une coupe, dans l'attitude d'en verser la liqueur sur un autel : ici, c'est une corne d'abondance, avec une pique qu'on leur voit à la main ou entre les bras. Leurs ornemens & leurs symboles varient sans cesse ; & cela selon les lieux, les fonctions & les titres qu'on leur donne.

Le Génie d'Antioche, par exemple, est une femme habillée de long, assise sur un rocher, ayant le fleuve Oronta à ses pieds, & la couronne murale en tête. Les eaux d'autres fleuves ou rivières coulent devant les Génies d'Edesse & Emiscis. Celui de Rome, couronnant la Syrie, est à demi-nud, debout, tenant ou posant la couronne sur la figure qui représente cette Province, & relevant son manteau d'une main, avec une corne d'abondance sur son bras. Le Génie d'une armée a une enseigne militaire auprès de lui, quelquefois un boisseau sur la tête, & tient une patère avec la corne d'abondance. Celui des Colonies est quelquefois représenté sous la figure d'un enfant monté sur un des deux bœufs, symbole ordinaire des Colonies. Le Génie du *Sénat* est habillé en Sénateur ; on le voit debout avec un sceptre & une branche d'olivier. On ne finiroit point, si on vouloit rapporter toutes les différentes manières dont les Génies sont représentés sur les Médailles. On a vu les titres qu'on leur donnoit un peu plus haut. La planche VIIIe. en offre aux yeux de quatre façons, aux n°s. 20. 21. 22. & 23. D'abord c'est une tête de Vieillard, telle qu'on l'a dépeinte ; ensuite, c'est le Génie du Sénat avec la toge,

&c. ;

&c. ; en troisième lieu, c'est le Génie de Néron sacrifiant sur un autel ; enfin le quatrième est le Génie de l'armée d'Illyrie, avec son enseigne militaire. Venons aux Dieux *Lares*.

Les Dieux *Lares*, selon la Fable, étoient fils de Jupiter, ou de Mercure & de Larunde. Il y en avoit pour le public & pour les particuliers. Ceux du public gardoient les Chemins, les Carrefours, & les Villes ; d'où ils s'appelloient, *Viales, Compitales, Urbani*, comme on l'a dit ci-dessus. Il y en avoit qui étoient chargés de la défense contre les ennemis de l'État ; on les nommoit, *Hostilii* : d'autres enfin étoient chargés de porter du secours à tous ceux qui en avoient besoin ; leur titre étoit, *Præstites*. Les Génies des particuliers étoient connus sous le nom de Lares familiers, *Lares familiares* : on les honoroit dans les maisons & dans les familles particulières. Ces Dieux Lares publics ou particuliers ne paroissent point du tout dans la Numismatique, au moins sous leur nom & sous des figures qui leurs soient propres.

Les *Pénates* étoient aussi des Dieux domestiques : sous ce nom de Pénates on entendoit ceux des Dieux qui prenoient soin des Morts, ou ceux même des Morts qui avoient soin de leurs familles & qui en faisoient prospérer les biens & les affaires. Ces Divinités étoient sans doute les mêmes que les *Lares* & les *Manes*. On croyoit qu'elles présidoient à l'interieur des maisons & tenoient leurs sièges dans les foyers : aussi les y représentoit-on par de petites figures. L'on donne à la planche IXe. deux Médailles des Dieux Pénates aux nos. 12. & 13. La première de ces pièces montre deux têtes accolées, & ceintes d'un diadême, avec la légende *Dei Penates*. Ailleurs ces mêmes têtes sont couronnées de laurier, & la même légende est en lettres initiales D. P. P. La seconde pièce porte pour légende, *Penates P. R.* ; c'est-à-dire *les Pénates du Peuple Romain*. Quoique cette légende annonce ces Dieux au pluriel, le type ne montre néanmoins qu'une figure, qui est celle d'un homme couvert d'un simple manteau par derrière : il tient à la main droite une lampe ardente, & une pique de la gauche. Cette Médaille est de l'Empereur Commode. Nous n'en connoissons point d'autres où il soit fait mention des Dieux Pénates, dans les légendes. Par-conséquent voilà tout ce que la Numismatique nous en apprend.

Quant aux *Manes*, on peut les prendre de trois façons, selon la Mythologie ; 1°. pour les ames des Morts ; 2°. pour les Enfers, ou ces lieux que les Anciens croyoient être communs aux bons & aux méchans après la mort, & d'où, après le Jugement, les premiers passoient aux champs Elisiens, pour y jouir de la béatitude, & les seconds aux antres obscurs appellés *Tartara*, pour y être punis & tourmentés ; 3° pour les Divinités que l'on prétendoit présider aux Tombeaux & aux Enfers. A le bien prendre, il semble que les *Manes* & les *Lares* soient la même chose, & que toute la différence qui peut être entre ces Dieux ne vienne que de leurs fonctions. Les *Lares* gardoient les hommes pendant la vie, & les *Manes* après la mort ; c'est-à-dire que les mêmes Dieux qui étoient les *Lares* pendant la vie de quelques-uns, devenoient leurs *Manes* après leur mort. La Numismatique n'en a fait aucune mention ni dans ses Types, ni dans ses légendes, sous le nom de *Manes*.

Il n'en est pas de même de certains autres Dieux connus sous les noms & les titres de *Dieux Gardiens*, de *Dieux Patriotes*, de *Dieux Génitales*, de *Dieux Nourriciers*, que nous ne connoissons guère, au-contraire, que par la Numismatique. Nous lisons cette légende sur une Médaille de l'Empereur Pertinax, *Diis Custodibus* ; c'est-à-dire, *aux Dieux Custodes* ou *Gardiens* :

X

elle ne montre néanmoins qu'une feule figure, qui eft affez reffemblante à celle de la Fortune ; car elle a une corne d'abondance fur le bras gauche, & de la main droite elle pofe l'extrémité de fa baguette, ou de fon fceptre fur un gouvernail placé fur un globe : c'eft ainfi que l'on voit fouvent la Déeffe Fortune fur les Monnoies antiques. Voyez la planche IXe. n°. 14.

Les Dieux *Patriotes*, les Dieux *Auteurs de la génération*, & les Dieux *Nourriciers* paroiffent être les mêmes que les Grands Dieux auxquels on a donné ces titres. Car nous avons une Médaille de Géta, où l'on a repréfenté Jupiter & Hercule avec leurs attributs ; une autre où l'on voit Hercule & Bacchus ; une troifième enfin où fe trouvent Junon & Hercule : elles font toutes avec la même légende, *Dii Patrii* : *les Dieux Patriotes*, ou *les Dieux de la Patrie*.

Au revers d'une des Médailles de Valérien, fils de Gallien & de Salonine, on a repréfenté Jupiter avec l'Empereur, ayant une petite figure de la Victoire entre eux : la légende porte *Dii Nutritores* ; c'eft-à-dire, les *Dieux Nourriciers*, ou les Dieux qui nous donnent la nourriture.

Enfin il y a une Médaille de Crifpine, qui ne préfente à fon revers qu'un autel allumé, avec la légende, *Diis Genitalibus* : *aux Dieux Génitales*, ou *Auteurs de la génération*. La Numifmatique ne nous donne rien de plus fur ces fortes de Divinités, & nous n'avons pas cru devoir en offrir la repréfentation dans nos planches, parce qu'on verra affez Jupiter, Bacchus, Hercule & Junon fous leurs titres, pour les reconnoître par-tout fur les Médailles.

Section XXIII.
Du Dieu Hercule de l'Écriture Hiéroglyfique.

Voici ce que M. Pluche dit d'Hercule, dans fon Hiftoire du Ciel, Tome I. page 255. & fuivantes, toujours dans le même fyftême vrai, fimple & naturel, qui fait venir tous, ou prefque tous les faux Dieux de l'abus qu'on a fait des figures de l'Écriture Hiéroglyfique.

» Quand les animaux malfaifans fe multiplioient trop, & qu'il y avoit » quelque bête furieufe, ou quelque infigne voleur qui troubloit la Contrée, » alors on mandoit, non une armée entière, ni une nouvelle levée, mais » feulement les plus expérimentés dans le métier de la guerre, ceux qui » avoient acquis les rangs les plus diftingués, ou peut-être *les volontaires*, » ceux qui fe préfentoient fans contrainte pour l'expédition. En ce cas, un » Horus armé d'une maffue, & placé dans l'affemblée publique, réuniffoit » promptement à un certain jour, les plus diftingués d'entre les jeunes guer- » riers. Je juge de l'intention du fymbole par le nom qu'on lui donnoit. On » le nommoit Héracli ou Hercule, c'eft-à-dire, *les Illuftres dans la guerre*, » les Enfans diftingués, ou plus exactement encore, *les Gens d'armes*.

» Ce qui étoit le précis de l'indiction, ce que chacun difoit en voyant » l'Horus armé en courfe, forma le nom de ce fymbole. Mais cet Hercule » qui n'étoit qu'une Enfeigne, devint, comme les autres, un Dieu tout oc- » cupé de la deftruction des monftres, des bêtes, & des larrons qui troubloient » les Habitans.

» Toute l'Antiquité fait naître Hercule dans l'Égypte. Cicéron en trouve » un fecond en Crète, & un troifième en Phénicie, lequel alla jufqu'aux » Colonnes qui portent fon nom, & dont le culte fut longtemps célèbre à » Cadix. Les Grecs fe font attribué le leur. On ne peut guère douter qu'il

» n'en soit d'Hercule comme des autres symboles ; & que les Crétois ou les
» Phéniciens le voyant souvent parmi les Instrumens de leurs indictions,
» & de leur culte, ne l'aient pris pour un Dieu de leur Patrie, & ne lui
» aient fait son Histoire propre. Que si l'on vient à rapprocher & à réunir
» en un corps d'Histoire, les travaux & les merveilleuses expéditions de
» tous ces Hercules locaux, je laisse à penser quel Roman il en résultera.

» Je ne disconviens point qu'il n'y ait eu en Gréce, un peu avant la guerre
» de Troye, un fameux Aventurier, un Défaiseur de forts, un grand As-
» sommeur de brigands, auquel on a fait honneur de tous les traits qu'on
» attribuoit dès auparavant à plusieurs Hercules imaginaires. Il paroît que
» cet Hercule a eu une postérité qui s'est établie à diverses reprises au Pélo-
» ponèse. Mais il en est de la plupart de ses exploits, comme de sa généa-
» logie, qui n'est qu'un pur jeu des Phéniciens. Ils nommoient leur Hercule
» Ben-Alcum, ou Ben-Alcmen, *le Fils Invincible*. Voilà fort vraisembla-
» blement ce qui a fait dire de l'Hercule Grec qu'il étoit fils d'Alcumène
» ou d'Alcmène. Son Histoire est pleine de traits dont toute la merveille
» se réduisant semblablement à l'interprétation équivoque de quelques mots
» Phéniciens, prouve que la plupart de ses aventures n'ont aucun fondement
» dans l'Histoire. Je crois en avoir suffisamment convaincu le Lecteur. Sans
» le charger de menus exemples qui le fatigueroient, contentons-nous de voir
» naître les Dieux l'un après l'autre, & de juger par leur naissance purement
» imaginaire du peu de cas qu'il faut faire des actions qu'on leur attribue.

Du Dieu Hercule de l'Histoire & de la Fable.

Plusieurs Peuples considérables se sont fait une gloire d'avoir chacun leur
Héros sous le nom d'Hercule. Les Égyptiens, entr'autres, & les Grecs
en ont adoré chacun un différent, s'il n'est pas vrai que ceux-ci se sont attribué celui que l'Égypte a regardé comme son patriote & son élève, avant de
l'avoir choisi pour son Dieu. Ce n'est pas la seule Divinité que la Gréce ait
tiré d'un Pays qu'on doit regarder comme le berceau de la plupart des faux
Dieux, & où les maisons, les jardins, les campagnes & les forêts en étoient
remplis. Si tous les autres Peuples qui ont eu pour objet de leur admiration
& de leur culte un Héros & un Dieu sous le nom d'Hercule, ne l'ont pas
emprunté les uns des autres, au moins paroît-il certain que, pour avoir le plus
grand de tous, la Fable n'en a fait qu'un seul, auquel elle a transféré & donné
toutes les grandes actions, & toute la gloire des autres Héros & Dieux qui
ont paru, & qui ont été adorés sous le nom d'Hercule, dans les différentes
parties du Monde.

C'est cet Être composé, cet assemblage de tous les Hercules que l'Antiquité, & sur-tout la Numismatique, nous met si souvent sous les yeux, &
de tant de façons. C'est lui que l'on fait fils de Jupiter & d'Alcmène, femme
d'Amphitryon qui se livra à ce Dieu pendant que son mari faisoit la guerre
à Thèbes. C'est cet Hercule dont les anciens Monumens, & en particulier
les Médailles, ont célébré la bonté, la justice, la force & la valeur. Ses différens travaux & ses exploits y sont également conservés : l'on n'y a enfin
oublié ni ses conquêtes, ni ses victoires, ni ses triomphes. C'est à ce Héros
que l'on prodigua les titres glorieux d'Auguste, de Compagnon, de Conservateur, de Défenseur des Césars, des Empereurs, *Herculi Augusto,*
Comiti, Conservatori, Defensori Cæsarum, Augustorum nostrorum ; ceux

encore de Vainqueur, *Debellatori* ; de Victorieux, *Victori* ; d'Invincible, *Invicto* ; de Pacifique, *Pacifero* ; d'Immortel , *Immortali* ; enfin celui de Très-Saint, *Sanctiffimo.* On lui trouve ce dernier dans une infcription , & il lui fut donné tant à caufe de fes vertus & de fa piété envers les Dieux , fur-tout envers Jupiter fon père , que par rapport aux grandes actions & aux pénibles travaux qu'on lui attribuoit, & qui avoient la plupart pour objet la vengeance & la délivrance des Peuples, où des particuliers en proie aux Tyrans qui les opprimoient , ou aux monftres qui ravagoient leurs campagnes.

Le nombre des titres & des qualités d'Hercule s'accrut beaucoup par l'empreffement des Peuples à lui montrer leur reconnoiffance, en l'honorant d'un culte particulier, par la Religion des Princes qui lui ont été le plus attachés, & qui fe font étudiés à l'imiter, & par la célébrité des lieux où il s'eft diftingué. On l'appelle , par exemple, fur les Médailles, Hercule d'Erimanthe, *Herculi Erimantino*, à caufe de ce fanglier furieux qui défoloit tout le Pays, & qu'il tua fur la montagne d'Arcadie, qui portoit ce nom. On le nomme Hercule de Lybie, *Herculi Lybico*, pour avoir étouffé entre fes bras le Géant Antée, qui s'étoit retiré dans les forêts de la Lybie, où il attendoit, pilloit , & tuoit les voyageurs qui tomboient entre fes mains. Il a le furnom de Gaditain, *Herculi Gaditano*, fur une Médaille d'Adrien, parce que c'eft à Gadès, aujourd'hui Cadix, en Efpagne , où , bornant le cours de fes victoires , il planta les fameufes colonnes, qui depuis fervirent à l'ornement du Temple qu'on bâtit à ce Dieu tutelaire. On lui donne encore les noms de Deufonien, Magufain, Romain, *Herculi Deufonienfi, Magufano, Romano*, & cela fur certains revers de Médailles des Pofthumes, parce qu'il eut des Temples , & qu'il fut particulièrement adoré chez les Romains, que l'on connoît, & chez les Deufoniens & les Magufains dont il ne nous refte rien de certain, ni par rapport à leur pofition , ni par rapport à leurs noms. l'Empereur Commode , qui fe vantoit de defcendre de Jupiter, par Hercule, & d'imiter ce dernier dans fes voyages, entreprifes & conquêtes, prit fon nom, & lui donna le fien, par forme d'adjectif, *Herculi Commodiano* , à Hercule Commode. Il y a auffi un Hercule Mufagète, que l'on voit à la tête des Mufes, fur certains Monumens : on en parlera au titre des Mufes.

Hercule fur les Médailles.

On a repréfenté Hercule, à la face des Médailles , avec une tête, tantôt jeune & fans barbe, tantôt vieille & barbue : quelquefois cette tête eft couverte de la dépouille d'un Lion, qui fe renoue affez fouvent fur la poitrine. On fuppofe qu'il ne prit cet ornement qu'après avoir étouffé entre fes bras le Lion d'une énorme grandeur , qui, depuis quelque temps, fe faifoit redouter dans la forêt de Némée.

Au revers des Médailles, on le repréfente fous une figure humaine, d'une grandeur & d'une groffeur coloffales , avec fa maffue, fon arc, & la dépouille du Lion. De quelque manière qu'il puiffe être gravé fur les Médailles, il eft toujours accompagné de quelques-unes de ces trois marques diftinctives, fouvent de toutes les trois enfemble : une maffue feule , ou un arc & un carquois, lui fervent de fymboles fur plufieurs Monnoies , & fur d'autres Monumens. Nous le donnons de neuf façons à la planche VIIIe. n°s. 24. 25. 26. 27. 28. 29. 30. 31. & 32. : 1°. c'eft fa tête, ou celle de Commode, couverte de la peau du Lion ; 2°. c'eft Hercule aux prifes avec l'Hydre de Lerne ; 3°.

c'eſt Hercule qui terraſſe, & qui prend la fameuſe Biche ou plutôt le Cerf au bois d'or ; 4°. il eſt repréſenté étouffant le Lion de Némée ; 5°. il porte à Euryſthée le furieux Sanglier d'Erimanthe ; 6°. il combat Hippolyte, Reine des Amazones ; 7°. il tire Cerbère de l'Enſer ; 8°. Hercule ſe repoſe de ſes travaux ; 9°. enfin, c'eſt Hercule Muſagète jouant de la Harpe. Après l'avoir vu de tant de façons, on pourra aiſément le reconnoître par-tout où il ſe rencontrera, ſur la toile, ſur les pierres, ſur le bois, ou ſur les métaux.

Section XXIV.

De la Déeſſe Hippone ou Épone, ſelon l'Écriture Hiéroglyfique.

Il y a bien de l'apparence qu'Hippone & Épone ne furent dans l'origine qu'une même Déeſſe, & que, ſi, dans la ſuite, elles en ont fait deux différentes, cette multiplication doit être regardée comme l'effet d'une pieuſe émulation entre les Palefreniers & les Muletiers, qui auront voulu avoir chacun la leur : ſans cette émulation, ces deux prétendues Divinités n'euſſent jamais eu aucune diſpute ſur le rang : du moins pour la juger il eût fallu avoir recours à la date de leur Apothéoſe, & donner la prééminence au droit d'ancienneté, & non à la nobleſſe de leurs fonctions. Toutes les deux furent des Divinités d'étables : Hippone préſidoit à celles des Chevaux, & Épone à celles des Mulets ; mais dans le cas où l'ancienneté ne ſeroit d'aucune conſidération, il paroîtroit aſſez naturel de régler leur rang & leur dignité ſur le mérite & la ſupériorité que peut avoir l'une de ces deux eſpèces d'animaux ſur l'autre.

En remontant à leur origine, & ſuivant les principes que nous avons poſés d'après M. Pluche, nous leur donnerons la même origine qu'aux autres Divinités, & nous les ferons filles d'une Enſeigne, d'un Symbole, de quelques figures & lettres de l'Ecriture Hiéroglyfique, d'une des Clefs pour l'ouverture des Fêtes, d'un Tableau, d'une Gravure enfin expoſée pour ſervir d'annonce ; car tous ces mots ſont ſynonymes. Conformément à cette idée, nous trouverons que quelques figures d'affiches, dont ces deux noms *Hippone & Epone* annonçoient le ſens, auront été perſonnifiées, & qu'elles ſeront entrées enſuite dans le Ciel, où l'ignorance & les beſoins des hommes les auront placées, dans un temps où il étoit ouvert à toutes les productions de l'imagination la plus déréglée.

Les Palefreniers & les Muletiers s'attachent ordinairement aux animaux confiés à leurs ſoins. Pour leur procurer la force & la vigueur, ils ne ſe contentent pas de leur donner la nourriture convenable ; ils veillent encore nuit & jour à leur conſervation ; ce qui les oblige à habiter continuellement les étables, où ils ont beaucoup à ſouffrir de la puanteur qui infecte ordinairement ces ſortes de lieux. C'eſt donc pour trouver quelque ſoulagement à l'inconvénient d'une odeur qu'ils ne ſupportent qu'avec peine, qu'ils penſèrent à choiſir une Déeſſe en même-temps qu'ils en érigèrent une autre, pour lui demander l'abondance des foins & des avoines néceſſaires aux chevaux & aux mulets. Les figures & les lettres de l'Ecriture Hiéroglyfique expoſées pour ſervir d'annonce aux fêtes de la récolte des foins & de la moiſſon, avec celles qui indiquoient les fêtes du Printemps, leur fournirent l'une & l'autre. Iſis, ou Cérès, avec le boiſſeau ſur la tête & quelques épics en main, leur parut propre à former la Déeſſe de l'abondance, à laquelle ils dévoient adreſſer leurs vœux & leurs prières pour obtenir les herbes &

les grains deftinés à la pâture des animaux de charge : une autre figure d'Ifis chargée de fleurs odoriférentes , que l'on expofoit pour l'annonce des Fêtes du Printemps , & dont on avoit déja peut -être fait une Déeffe , fous le nom de Flore, fut celle fur laquelle ils jettèrent les yeux pour corriger la puanteur de leur domicile. Ainfi *Ifis-Flore* , ou Ifis-Printanière , & Ifis-Cérès ou Moiffonneufe , devinrent Ifis-Stabulaire, par le choix des Palefreniers & des Muletiers , fous les noms d'Hippone ou d'Épone , dont le fens étoit fans doute analogue à la fonction qu'on lui confioit, de parfumer les écuries & de nourrir leurs habitans.

La Déeffe Hippone ou Épone , felon l'Hiftoire & la Fable.

La Fable ne nous apprend rien de cette double Divinité. Contre fon ordinaire, elle ne lui a forgé ni généalogie, ni hiftoire. Tout ce qu'on fait à fon fujet, c'eft qu'elle fut élevée au rang des Divinités par les Palefreniers & les Muletiers ; qu'ils placèrent fa Statue dans de petites niches, au milieu ou dans quelques coins des écuries confiées à leur foin ; que , pour faire voir qu'ils l'invoquoient à triple fin , c'eft-à-dire pour obtenir l'abondance des pâtures pour les chevaux & les mulets, pour corriger la mauvaife odeur des étables , & enfin pour benir les foins qu'ils fe donnoient pour la confervation de ces animaux , ils la repréfentoient avec un boiffeau fur la tête , une rofe à la main gauche, & étendant la droite pour donner quelque bénédiction.

Hippone fur les Médailles.

C'eft auffi de cette façon qu'elle eft repréfentée fur le revers d'une Médaille de M. Seguin, qui a pour légende, *Hippone.* Quelques Auteurs ont prétendu que ce nom n'annonçoit pas la Déeffe , mais bien plutôt la Colonie d'Hippone , établie fous le règne de Jules-Céfar. Mais ce fentiment eft contredit par d'autres pièces de Monnoie , frappées par la même Colonie , fur lefquelles au lieu de lire *Hippone* tout court, & fans aucun autre mot ou lettres initiales , on trouve cette légende C. G. J. H. P. A. qui fignifie, *Colonia Gemella Julia Hipponenfis pia Augufta ;* ce qui fuffit pour prouver que fur la pièce dont il s'agit ici, & que nous donnons à la planche VIIIᵉ. Nᵒ. 3 3 , le mot d'*Hippone* annonce la Déeffe des étables.

Section XXV.

Du Dieu Janus , felon l'Écriture Hiéroglyfique.

C'eft ici un Dieu particulier aux Latins , mais que l'on ne peut faire connoître fans parler de plufieurs autres , foit Grecs , foit Étrufques , foit Phéniciens, qui font , comme on va le voir, fes Parens les plus proches. Dans un fens ils s'identifient avec lui , & dans un autre ils en font réellement diftincts. L'Écriture Hiéroglyfique va nous donner la clef de cette énigme.

Nous avons dit plus haut, d'après M. Pluche, qu'il étoit de la dernière importance pour les Égyptiens de connoître le lever de la belle Étoile que nous appellons la Canicule, parce qu'elle annonçoit le débordement du Nil, & la néceffité de fe préparer dans chaque maifon à une retraite de deux à trois mois. Cette Étoile étoit repréfentée fous la figure d'un Chien, que la **Langue**

du

du Pays appelle *Toth*, *Taaut*, ou *Thayaut*; noms fous lefquels l'Égypte adora
ce Dieu, & dont la Vénerie forma un cri de chaffe propre à raffembler les
Chiens. Quand on eut pris la coutume de mettre la tête de ce Chien fymbolique fur les épaules d'une figure humaine, comme de celle d'*Ifis* ou d'*O-
firis*, & d'en faire une Affiche pour avertir les Peuples du lever prochain de
cette Étoile, alors cette ftatue Humaine & Canine fut appellée indifféremment Thot, à caufe de fa tête, & Anubis à caufe de fa deftination à remplir en quelque forte la fonction d'un Chien qui aboie pour avertir.

Voilà donc Anubis devenu le fymbole & l'annonce de la Canicule. Mais
remettons une tête humaine à la place de celle du Chien aboyant : couvrons
cette tête d'un Pétafe, c'eft-à-dire, d'un Chapeau à deux ailes : faifons-lui
deux faces, l'une de vieillard, l'autre de jeune homme : mettons-lui en main
tantôt une clef, tantôt un fceptre, tantôt une bourfe, tantôt une baguette
propre à fonder la profondeur des eaux : plaçons à côté de lui une Chouette,
un Coq, ou un Bélier : croifons la fonde ou la baguette par le haut, ou bien
repréfentons-la avec deux Serpens entortillés autour d'elle, ou avec deux ailes
pour ornemens fymboliques ; toutes ces variations rendront Anubis difficile à
reconnoître : néanmoins ce fera toujours *Anubis*. Sa figure, qui eft la même
que celle d'*Ifis*, d'*Ofiris* ou d'*Horus*, fert comme de fond pour former toutes
fortes d'Enfeignes & d'Annonces pour les Fêtes, les befoins, les entreprifes,
& pour beaucoup d'autres chofes. Il prendra des noms nouveaux à chaque
changement de formes, d'attributs, d'ornemens, de fymboles & de Pays.
Les Phéniciens l'appellèrent Mercure ; les Latins, Janus ; les Étrufques, Camille ; les Grecs, Hermès : peu lui importe, pourvu qu'il reçoive les honneurs
divins. Qu'on le divife pour le multiplier, ou qu'on en raffemble toutes les
parties pour n'en faire qu'un tout fous le titre & le nom d'un feul Dieu, fa
fatisfaction fera toujours également heureufe. Mais qu'annoncera-t-il ? De
qui, & de quoi fera-t-il Dieu, dans fes différentes Métamorphofes ? C'eft
ce qu'il faut voir.

Ifis-Toth-Anubis à une feule face couverte du Pétafe, ou Chapeau à deux
ailes, & avec une bourfe à la main, annoncera l'abondance des récoltes à
tous, particulièrement aux Marchands & aux Négocians, qui, à la vue de
cette bourfe, pleine en apparence, concevront l'efpérance d'un gain confidérable par le tranfport des grains de l'Égypte dans les Pays qui en manquent. En
conféquence de la bonne nouvelle, le *Moniteur* (c'eft la fignification du
nom *Anubis*) deviendra *Mercure*, c'eft-à-dire, l'*Intrigant*, le *Négociant*,
& il fera adoré comme Dieu du commerce, & comme celui qui diftribue
les richeffes, même aux voleurs.

Otons la bourfe à ce nouveau Dieu adoré fous le nom de *Mercure*, &
donnons-lui un fceptre, un bâton d'honneur, de commandement, de dignité ; en Orient, où ces fortes de marques de diftinction, qu'on appelloit
Cadosh ou *Caducée*, annonçoient les gens élevés aux premières places, & leur
fervoient même de paffeport & de lettres de recommandation par-tout le Pays,
on prendra ce Mercure pour le Conducteur & le Dieu des voyageurs, & pour
ce que nous appellons un Intendant des grands chemins, un Grand-Voyer.
Les autres Dieux feront eux-mêmes trompés à la vue de fa baguette, & ils en
feront leur Meffager.

Cette baguette néanmoins, dans l'idée de ceux qui la lui ont mife en main,
n'eft rien moins qu'une marque de diftinction : c'eft une fonde, une perche,
fur laquelle on marquoit, & l'on faifoit connoître aux Égyptiens quelle eft

la profondeur du débordement actuel du Nil, afin de leur apprendre ce qu'ils avoient à espérer de la récolte qui suivoit. C'est pour cela que cette baguette est croisée suivant la hauteur de l'inondation. Un Serpent, symbole de la vie, entortillé autour de cette verge, comme en serpentant, enseigne que l'inondation étoit assez forte pour promettre des récoltes suffisantes pour l'entretien de la vie ; quand il y en avoit deux, c'étoit une marque que la moisson seroit assez abondante pour nourrir non-seulement le Pays, mais encore les Étrangers.

Faisons passer notre Mercure en Gréce, avec tous ses ornemens & ses symboles ; comme on assure en Egypte que ses attributs montrent qu'il annonce & qu'il explique les choses futures & cachées, les Grecs le prendront pour un Interprète sacré, & ils l'honoreront sous le nom d'*Ermès* ou d'*Hermès*, qui signifie ce qu'ils croient qu'il est.

Métamorphosons-le encore une fois, en lui faisant une tête à double face, en lui mettant un sceptre ou un bâton dans une main & une clef dans l'autre, avec un serpent qui, en se mordant la queue, forme un cercle tout rond, dont une extrémité saisit l'autre ; les Latins, en le voyant, le prendront pour un Portier, mais un Portier sacré, un Portier mystérieux, qu'ils appelleront *Janus*, dérivé de *Janua*, la porte, & qui sera employé chez eux à toute autre chose qu'à garder, à ouvrir & fermer une porte ordinaire. Ce serpent qui forme un cercle, sera, selon ces Peuples, le symbole du Temps ou d'une Année, dont la fin est suivie & saisie par le commencement de l'autre. La double face va au même but, selon leurs idées. Celle qui paroît vieille, est le symbole de l'Année qui finit ; la jeune, est celui de l'Année qui va commencer. La clef sert également à fermer le passé, comme à ouvrir le futur : la verge est la marque du souverain pouvoir que Janus a sur le temps.

Tous ces différens Peuples, après avoir changé les Enseignes & les Symboles en autant de Divinités, leur ont cherché à chacune une place honorable : les unes ont été mises dans la Canicule, les autres dans le Ciel. On leur a donné des Trônes, assigné des Empires & des Royaumes. Chaque Peuple leur a donné naissance dans son pays. On a prétendu que la belle *Maïa* avoit été leur mère, sans considérer que le nom de *Maïa* ou *Mæah* est, chez les Orientaux, le nom de la Pléiade ou de cet amas d'Etoiles qui est à la suite du Signe du *Taureau*. On a fait remonter leur naissance presque aussi haut que celle de leur mère : enfin on leur a fait des Vies & des Histoires, que chacun s'est efforcé d'embellir de son mieux, sans s'embarrasser en aucune manière des ridiculités, des contradictions & des horreurs dont elles sont remplies, & qui les font tomber d'elles-mêmes, parce qu'elles en démontrent le faux. Revenons à présent sur nos pas.

Une Statue de figure humaine a donc servi comme de base pour arborer plusieurs Enseignes, avec des Symboles & des attributs différens, dont la nature & la forme avoient un rapport comme essentiel, naturel & évident avec les choses dont on vouloit instruire les Peuples de ce qu'il leur étoit ou important & utile, ou agréable de savoir. Ces symboles ont eu d'abord une signification que l'on a oubliée : bientôt après on n'a plus pensé à la chose signifiée : le Signe significatif en a pris la place, dans l'idée du Peuple : il lui a paru digne de son attention, de sa reconnoissance & de son respect. Ce respect ayant été poussé jusqu'à l'adoration, les signes & les symboles sont tous devenus des Dieux : par ce moyen *Isis*, *Osiris* & *Horus* ont fait le fond, sur lequel on a semé ou arboré toutes les Divinités. En changeant de têtes, d'habits,

de

de fymboles & d'attributs, ces figures ont changé de nom , & font devenues des Divinités différentes. Avec une tête de chien ; c'eft la *Canicule* ou *Anubis :* avec une clef, un ferpent & deux vifages ; c'eft *Janus :* avec une tête de vieillard & un bâton à la main , entouré d'un ferpent ; c'eft Efculape : avec une couronne tourrelée, c'eft Cybèle : avec une torche allumée, un arc & un carquois ; c'eft Diane : avec un boiffeau & des épics ; c'eft Cérès : avec des fleurs & des fruits ; c'eft Flore ou Pomone : avec une jeune tête, couverte du Pétafe à deux ailes, &c. ; c'eft Mercure qui préfide aux chemins , aux voyages, au commerce ; c'eft un Oracle qui eft le Père de l'Eloquence & qui annonce la volonté des Dieux : avec une Guittare ; c'eft l'Inventeur de la Mufique inftrumentale : le Coq que l'on met près de lui , eft le fymbole de fa vigilance, ou cache une autre fignification myftérieufe, quoique dans la fignification primordiale , le Coq ait été feulement mis dans l'Affiche pour pronoftiquer que le lever de la Canicule fe feroit le matin, & comme au chant de cet oifeau : il eft vrai qu'on a mis quelquefois le Bélier avec le Coq, pour repréfenter le figne du Capricorne, & pour faire entendre aux Égyptiens que depuis l'apparition de la Canicule, jufqu'au temps du Capricorne, ils auroient pleine liberté de vendre leurs denrées aux Étrangers. Voilà donc une grande partie des Dieux faits & formés de deux ou trois ftatues, inventées pour plufieurs fins & à plufieurs ufages, expofées & montrées avec des ornemens & des attributs différens.

Le Dieu Janus , felon l'Hiftoire & la Fable.

L'Hiftoire & la Fable font de Janus un Roi d'Italie, qu'elles penfent avoir été fils d'Apollon & d'une Nymphe appellée Creufe. Elles affurent que Saturne étant venu dans fes États, en fut bien reçu ; & qu'en récompenfe ce Dieu lui donna une rare prudence, avec la connoiffance du paffé & de l'avenir , la Science de l'Agriculture , & l'Art de policer les Peuples.

Janus fur les Médailles.

La Numifmatique, qui n'a guère manqué d'adopter les Fables, & qui leur a donné une efpèce de réalité & de relief, par le foin qu'elle a pris d'en repréfenter les fictions fur les Métaux, nous a donné Janus de plufieurs façons fur les Médailles, fans néanmoins y faire paroître fon nom, fi ce n'eft bien rarement. Tantôt on l'a repréfenté par une tête, tantôt par une ftatue ; mais foit tête, foit ftatue, Janus a toujours ou deux, ou trois, ou quatre faces. On fait qu'avec deux faces on lui faifoit fignifier deux temps, favoir le paffé & le futur : par les trois faces, on prétendoit apparemment le faire regarder comme le Souverain des trois Parties du Monde connues par les Anciens, ou bien on lui faifoit regarder le temps préfent avec le paffé & le futur. Enfin fes quatre faces défignoient peut-être les quatre Saifons de l'année , dont il faifoit fucceffivement l'ouverture.

Le nom de *Janus*, qu'on avoit donné dans les premiers temps à la figure repréfentative de la clôture ou de la fin d'une année, & de l'ouverture ou du commencement de la fuivante, & qui fignifioit ce qu'il repréfentoit, changea de fignification quand Janus fut devenu Dieu. Il annonçoit aux Romains que ce Dieu étoit comme la porte qui conduifoit, & qui donnoit l'entrée & l'accès près des autres Divinités ; c'eft pour cela qu'on lui adreffoit les premières

Y

prières, & qu'on lui confacroit les premiers jours des mois & les premières fêtes de l'année. On lui donna auffi le titre de Janus Gardien des portes & des chemins, *Janus Cluvius* : fa double & fa quadruple face le firent auffi appeller *Janus bifrons*, *Janus quadrifrons*. Comme on lui attribuoit l'invention des vaiffeaux, des clefs, des ferrures, les Médailles le repréfentent fouvent avec un aviron ou un gouvernail fur la tête : on trouve encore auffi fouvent une proue ou une moitié de vaiffeau aux revers des pièces qui portent fa tête, à la face. On n'en a point encore rencontré où on lui voie une clef à la main ; mais il ne feroit pas étonnant d'en découvrir quelqu'unes dans la fuite, avec ce Type, puifque l'on trouve cette clef à Janus fur plufieurs autres Monumens, & qu'il l'avoit d'ailleurs fur les Affiches, d'où on l'a tiré pour en faire un Dieu. On le donne, à la planche VIIIe n°s. 34. 35. & 36. de trois façons : elles fuffifent pour le connoître par-tout. 1°. c'eft fa tête à deux faces couronnée de laurier, avec un gouvernail au-deffus ; 2°. c'eft fa ftatue à deux têtes, qui tient une pique à la main ; 3°. c'eft fa figure avec une tête à quatre faces, dont il y en a une de cachée : elle eft tirée d'un revers des Médailles de l'Empereur Hadrien. On en trouve une de Pertinax, dont la légende eft *Jano Confervatori*. Le Type n'a rien de particulier.

Section XXVI.

D'Ifis, Ofiris & Horus, felon l'Écriture Hiéroglyfique.

Origine de ces trois Divinités.

Ce que l'on a dit ci-devant, en bien des endroits, fuffit prefque pour faire connoître ces trois Divinités : on fait déja que leurs figures ont fervi comme de bafes pour placer & arborer prefque toutes les autres, avec leurs fymboles & leurs attributs. La fuite achevera de le prouver de plus en plus. Cela n'empêchera pas que nous n'en parlions encore ici. Nous tirerons tout de M. Pluche, comme nous l'avons annoncé ; mais ce fera en l'abrégeant le plus qu'il nous fera poffible. L'ordre alphabétique que nous nous fommes propofé de fuivre demanderoit que l'on commençât par *Horus* ; mais comme on lui donne *Ofiris* pour Père & *Ifis* pour Mère, nous fuivrons l'ordre de la Nature, en mettant à la tête d'une famille imaginaire des Chefs qui n'ont pas plus de réalité que leurs Defcendans.

Les Égyptiens avoient, comme nous, l'Année Solaire, l'Année Éccléfiaftique, l'Année Civile & l'Année Ruftique. Dans le cours de chacune de ces années, ils avoient des fêtes à célébrer, des remarques à faire, des devoirs à remplir, des mefures à prendre & des travaux à effuyer, felon les temps, les faifons & les mois. Leurs Prêtres chargés des obfervations aftronomiques, l'étoient auffi de leur apprendre tous ces devoirs, par le moyen de l'Écriture Hiéroglyfique, qui étoit compofée de figures fymboliques ; figures qui en étoient les lettres ; figures que l'on expofoit dans un lieu public, comme on l'a dit plus d'une fois. Or il fallut plus d'une bafe, fur lefquelles on put expofer & arborer les fignes ou les fymboles, foit des obfervations aftronomiques, foit des fêtes de faifons & de mois, foit des travaux propres à tous les temps. La figure d'*Ofiris* repréfentant un homme, fut prife pour annoncer tout ce qui pouvoit regarder l'année Solaire ; auffi le nom d'*Ofiris* fignifioit-il Soleil, dans la Langue de ces Peuples. *Ifis* repréfentée fous la figure d'une

femme, fut choifie pour fignifier tout ce qui regardoit l'Année Religieufe ,
Eccléfiaftique & Civile, & tout ce qui pouvoit fe régler felon les Phafes de la
Lune, & fur-tout pour ce qui appartenoit à la culture de la Terre ; la femme,
dans cette Écriture, étant regardée comme propre à fymbolifer & les Phafes
de la Lune, & ce qui a rapport à la fertilité de la Terre & à la Terre même.
Quant à la figure d'*Horus*, comme ce nom fignifie Travail, elle fut deftinée
à faire connoître tout ce qui regarde les travaux du labourage.

Ce n'étoit là que des figures, dont les noms rappelloient à la mémoire
tout ce qu'elles fignifioient. *Ofiris*, qui, en Langue Égyptienne, annonçoit
le Modérateur des Aftres, l'Ame du Monde, le Gouverneur de la Nature,
étoit deftiné pour rappeller à l'idée & le Soleil, qui, comme Caufe feconde,
eft chargé de toutes ces fonctions, & encore bien plutôt Dieu, l'Être fuprême, qui, comme Caufe première & toute puiffante, a créé le Soleil, & règle
fon cours de façon que, fous les ordres & felon les difpofitions de fa fageffe
& de fa Providence, il remplit toujours fes fonctions depuis le commencement jufqu'à la fin des fiècles. On repréfentoit ordinairement la figure
d'*Ofiris* fous celle d'un homme, parce que l'homme eft dans le Monde la
plus noble des Créatures de Dieu, & la plus propre à repréfenter fon Image,
à exercer fa puiffance, & à imiter fa fageffe.

On donnoit à ce Symbole principal d'autres Symboles fubalternes, comme
un fceptre, pour fignifier fa puiffance & fa Royauté ; un fouet, pour marquer qu'il gouverne & conduit tout ; un œil au-deffus du fceptre, pour
repréfenter la fcience par laquelle il voit & connoît tout. Ces Symboles
mêmes, quoique fubalternes, comme le fouet lâché ou retenu, le fceptre
avec un œil, un bonnet royal pofé fur un trône, avec une efpèce de fceptre
fait comme un bâton augural, ou même fans fceptre ; ces fympoles, dis-je,
feuls & fans figure furent deftinés à repréfenter le Soleil, peut-être dans les
différens dégrés de fa courfe, comme au Lever, au Midi, au Coucher, &c.
Je dis peut-être pour le repréfenter dans les dégrés de fa courfe ; car lorfqu'on le repréfente fur un char attelé de plufieurs chevaux, avec un fouet
à la main, dans l'attitude de les animer & de les preffer à la courfe, ne peut-
on pas croire que c'eft pour marquer qu'il eft ou dans le fort de fon ardeur
& au milieu de fa courfe, vers l'Été, pour les Saifons, & vers le Midi, pour
les Jours ? Qu'au contraire, on a voulu fymbolifer la fin de fa courfe, &
l'efpèce de délaffement qu'il femble prendre à notre égard vers l'Hiver, ou
fur le Soir, en le montrant affis fur une fleur de *Lotus*, & retenant comme
en repos le fouet qu'il a dans la main. Voilà ce que l'on ne peut pas affurer
pofitivement ; mais on peut bien être fondé à croire que la multiplicité & les
variations de formes, d'attitudes, de pofitions, de fignes, de fymboles, fous
lefquels & avec lefquels on le montroit, étoient autant des différentes lettres
de l'Écriture Hiéroglyfique, qui fourniffoient fans doute autant de diverfes
inftructions. L'on peut, & l'on doit encore dire qu'à chaque mutation, & à
chacun des évènemens réglés par le cours de l'Année folaire, cette figure du
Soleil paroiffoit avec un Symbole nouveau. On en verra des preuves & des
exemples par la fuite, fur-tout lorfqu'on parlera de Neptune.

Vous voilà donc encore revenu au même point, qui nous a déja fouvent
fervi de bafe, parce que ce point fut comme le berceau dans lequel tous les
Faux-Dieux trouvèrent leur origine. Nous devons par-conféquent répéter
ici que, quand on eut oublié la fignification du Symbole, on prit le Symbole
même pour un homme, pour un Roi, enfin pour un Dieu ; c'eft ainfi que le

mot d'Ofiris, qui déterminoit la fignification du Symbole, devint le nom propre de ce Dieu qui fut redevable, comme les autres, de fa réalité à une imagination dérangée, & fa Divinité, comme fa Royauté, à une ignorance honteufe.

Venons à préfent à *Ifis*, & commençons par dire que fon droit à la Divinité ne fut pas mieux fondé que celui d'*Ofiris*, fon prétendu Mari. Elle fut originairement, comme lui, une figure & une lettre de l'Écriture Hiéroglyfique, dont la forme, les habits, les ornemens & les fymboles furent variés felon les idées & les befoins de ceux qui étoient chargés d'inftruire les Peuples de ce qu'ils avoient à craindre, à efpérer, ou à faire. Quand *Ifis* eut rendu quelque temps des fervices importans en qualité d'Enfeigne ou d'Affiche fymbolique & inftructive, on la perfonnifia, & on en fit une Divinité. Voici comment cela fe fit.

Les Fêtes de Religion faifoient une efpèce de règle pour les affaires civiles, parmi les Egyptiens. C'eft pourquoi ils voulurent faire fervir les mêmes figures à l'annonce des unes & des autres ; c'eft-à-dire à ce qui regardoit l'Année Eccléfiaftique & l'Année Civile en même-temps. Or, à chaque Néoménie, à chaque Phafe de la Lune, il y avoit des Fêtes : les différentes Lunes avoient auffi leurs productions, leurs effets & leurs influences, felon ces Peuples : toutes ces vaines obfervations éxigeoient une nouvelle attention, une nouvelle façon d'agir & de fe conduire. C'eft de quoi il étoit néceffaire d'inftruire les Peuples, & cela par les Affiches chargées des figures de l'Écriture facrée ou Hiéroglyfique. La figure principale que l'on choifit à cet effet, fut celle d'une femme, par la raifon que nous avons rapportée plus haut ; c'eft-à-dire, parce que la femme parut très-propre à devenir le Symbole de la Terre, qui produit tout, & qui, felon les Egyptiens, hâte ou retarde fes productions, à proportion que la Lune lui refufe ou lui accorde fes influences.

Dès que l'on eut trouvé que cette figure de femme étoit propre à fervir de bafe à tout ce que l'on vouloit arborer aux yeux du Peuple, fur les Affiches, pour l'inftruire, on ne fut plus en peine du refte : il n'y eut plus qu'à donner à cette figure des parures, dont le nombre & la variété fi fort du goût général du fexe, pouvoient fervir à toutes fortes d'inftructions. Ainfi on lui donna une couronne tourrelée, c'eft-à-dire compofée de plufieurs tours, pour montrer que la Terre, dont elle étoit le Symbole, porte fur fa face les Villes & les maifons qui fervent de retraite aux hommes. On l'habilla & on l'orna de diverfes bandelettes & fourrures, pour apprendre que c'eft d'elle qu'on tient tout ce qui fert à l'habillement, puifqu'elle nourrit les animaux qui fourniffent les matières propres à leur fabrique : auffi repréfenta-t-on cette figure couverte & environnée de plufieurs animaux. D'autres fois on la montroit toute couverte de mamelles ; c'étoit pour annoncer les moiffons abondantes qu'elle promettoit, & dont on efpéroit qu'elle feroit chargée quand les eaux du débordement du Nil étoient montées à une hauteur fuffifante. Mais fi le contraire étoit arrivé ; fi les eaux n'avoient point amené avec elles & laiffé fur les terres, en fe retirant, un limon affez abondant pour l'engrais des terres, on ne donnoit alors qu'une feule mamelle à Ifis ; & par-là on avertiffoit un chacun de prendre des mefures contre la médiocrité de la récolte fuivante. Quant à la couleur blanche des habits de la figure, elle fignifioit que la Fête, ou la chofe que l'on pronoftiquoit ou que l'on annonçoit, arriveroit ou feroit célébrée de jour ; mais lorfque la couleur étoit noire, la Fête étoit pour la nuit. M. Pluche penfe que le trône qu'on lui voit quelquefois fur la tête, fignifie l'Aurore, ou un facrifice du matin, lorfqu'il paroît vuide & tourné en-devant, fans fceptre & fans bonnet deffus, & que ce même trône annonce le facrifice pour le Crépufcule du foir, quand il eft tourné vers le derrière de la tête. On lui mettoit une faucille à la main, pour annoncer l'approche des moiffons ; une coëffure avec des cornes de Bélier, de Taureau ou de Chevreau, pour pronoftiquer celle du Printemps & de fes parties ; une tête de Geniffe, avec le petit *Horus* fur fes genoux, pour figne de la fin de cette faifon, & la célébration prochaine des Fêtes que l'on avoit coutume de faire, en actions de graces, pour les bonnes récoltes qui étoient le fruit du travail défigné par le petit Horus. Au lieu de tout cela, on donnoit à *Ifis* une tête d'Épervier, pour figne du retour du vent Étéfien ; celle d'un Ibis, pour celui d'un autre vent ; une Écréviffe ou un Cancer marin fur fa tête, pour celui de l'entrée du Soleil dans le Cancer ou le Capricorne ; une fleur de Lotus, des feuilles de Bananier, des cornets de Colocafie, des poires ou une poire du Perféa, les ailes de la Poule de Numidie, de la Huppe, pour fignifier ou l'abondance de différens fruits, ou les vents, ou les fêtes, ou les travaux des diverfes Saifons, ou toute autre chofe qu'il étoit important au Peuple de favoir : les Phafes de la Lune au-deffus de fa tête invitoient aux affemblées de coutume dans ces temps. C'eft ainfi que l'Ifis fervoit aux annonces de tout ce qui regardoit la Religion & la Police. Tous ces différens ornemens, attributs & fymboles faifoient, par rapport aux Egyptiens, ce que font les figures d'un Almanach pour ceux qui en connoiffent la fignification.

Outre les fymboles que l'on expofoit au Peuple, pour lui apprendre & annoncer tout ce qui concernoit l'Année Solaire, l'Année Eccléfiaftique & l'Année Civile, on crut encore devoir lui en repréfenter qui lui enfeignaffent ce qui avoit du rapport à l'Année Ruftique ; c'eft-à-dire, à l'ordre & au réglement des travaux différens de la campagne ; c'eft ce que nous apprend M. » Pluche, dans le Ier Tome de fon Hift. du Ciel, p. 82. » Comme l'induftrie & » le travail de l'homme, & fur-tout le labourage, ne peuvent rien produire » de bon fans le concours d'Ofiris (le Soleil) & d'Ifis (la Terre), dit-il, » après avoir marqué le Soleil fous la figure d'un homme, d'un Gouver- » neur, & celle de la Terre fous celle d'une femme, d'une mère féconde, » les Prêtres Egyptiens défignèrent le travail par la figure d'un enfant, qu'O- » firis & Ifis affectionnent, d'un fils bien-aimé qu'ils fe plaifent à combler » de biens. Enfuite par les différentes formes qu'ils faifoient prendre à cet » enfant, tantôt en le peignant comme un homme fait, ou bien en lui don- » nant les ailes de certains vents, les cornes des animaux céleftes, une maffue, » ou une flèche, & telles autres parures ou inftrumens fignificatifs, ils ex- » primoient ingénieufement la conduite, les opérations fucceffives, les » traverfes & les fuccès du labourage.

» Ils donnoient à cet enfant le nom d'Horès ou d'Horos, qui, apparem- » ment en Egyptien, comme en Hébreu, en Phénicien & en Arabe, figni- » fioit également le Laboureur & l'Artifan, le labourage & l'induftrie, en » un mot, le travail. Ils en abrégeoient fouvent le Symbole, par la fimple » peinture d'une tête humaine, figne naturel de l'intelligence ; & pour » montrer l'importance du travail qui nous procure le fecours de la vie, ils » uniffoient cette tête à la figure d'un ferpent, qui eft le caractère de la vie ; » ou bien ils mettoient enfemble les deux figures entières, le ferpent fym- » bolique & l'enfant chéri du Soleil & de la Terre. Souvent, pour montrer

„ le rapport de ces chofes à l'Agriculture, ils plaçoient les deux figures dont
„ je parle, fur l'inftrument qui fert à nettoyer le bled (un van).

„ Cet enfant chéri d'Ofiris & d'Ifis, & le Serpent qui y étoit joint, paf-
„ fèrent d'Egypte à Athènes, qui étoit une Colonie venue de Saïs, & de-là
„ furent portés bien ailleurs. Telle eft vifiblement l'origine de l'ufage, fi
„ peu fenfé, qu'avoient les Athéniens, faute d'entendre ces chofes, de placer
„ leurs enfans dans un van auffi-tôt après leur naiffance, & de les y coucher
„ fur des ferpens d'or; en quoi ils croyoient procurer un grand bien à ces en-
„ fans, & faire pour eux, difoient-ils, ce que la Nourrice de Jupiter avoit
„ fait pour lui, & ce que Minerve avoit fait pour Ericthonius.

„ Ces figures d'Horus, en paffant par les mains d'un Peuple dans celles
„ d'un autre, furent fans doute diverfifiées, felon les caprices de ceux qui
„ adoptoient ces cérémonies, & donnèrent lieu à bien des fables. Mais le
„ fens en étoit fimple dans la première origine; & c'eft ici ce que nous re-
„ cherchons. La vérité de l'interprétation que nous venons de donner à la
„ figure d'Horus, fe peut juftifier par le détail des diverfes formes qu'on lui
„ faifoit prendre, puifqu'elles tendent toutes à exprimer quelques-unes des
„ opérations annuelles du labourage, ou les obftacles qu'il a à furmonter,
„ ou les faveurs qu'il éprouve.

„ Tantôt nous le voyons enfant fur les genoux de fa mère, parce que
„ l'homme n'eft que foibleffe, & doit tout à la fécondité que la Providence
„ accorde pour lui à la terre; ce qui eft fpécialement caractérifé par le cercle
„ qu'on voit fur la tête de la mère & de l'enfant. Tantôt nous le voyons
„ devenu fort, & armé d'une maffue qu'Ofiris & Ifis lui mettent en main.
„ C'eft le Travail encouragé par le concours du Soleil & de la Terre à fe
„ délivrer des ennemis qui traverfent fes efforts. Peut-être étoit-ce l'ouver-
„ ture d'une chaffe dans un temps convenable & défigné par les attributs
„ des deux autres Symboles. Cet enfant paroît ailleurs avec les ailes des
„ différens Vents qui le favorifent. Quelquefois fes ailes, c'eft-à-dire, les
„ vents Étéfiens lui manquent, & alors on lui voit faire une trifte chûte.
„ Quoique déja grand, on le voit ailleurs les piéds & les mains engagés, &
„ comme emmaillottés, fans pouvoir faire aucun mouvement. Tout ce qu'il
„ peut faire alors, fe réduit à tenir une perche, une équerre, ou un com-
„ pas, & quelquefois une girouette ou un bâton terminé par une huppe,
„ ou par quelqu'autre avance propre à recevoir l'impreffion du vent, pour
„ en défigner le cours. Le Laboureur, en effet, après avoir été fort occupé
„ en Egypte avant le débordement, foit à moiffonner, foit à battre le bled,
„ eft prefque oifif pendant le féjour des eaux fur la plaine. Il eft alors borné
„ à mefurer la profondeur des crues; à obferver le retour du vent Méridio-
„ nal; j'ai prefque dit le vol de la huppe; & à préparer les inftrumens nécef-
„ faires pour mefurer & arpenter promptement les héritages que les dépôts
„ de limon auront rendu méconnoiffables; en forte qu'auffi-tôt ce partage
„ fait en diligence, on puiffe femer & herfer avec la charrue, ou n'employer
„ même pour toute culture que le grouin des pourceaux, lâchés fur ce limon,
„ & ardens à le fouiller, pour trouver quelques racines dans le fol fabloneux
„ qui eft deffous.

„ Souvent la tête d'Horus fe trouve pofée fur le vafe qui repréfente l'état
„ du fleuve, & qu'on nommoit Canope. On voit fes mains fortant du
„ Vaiffeau, mais croifées, immobiles, & embarraffées par l'obftacle que

l'eau

» l'eau lui cause. L'unique affaire qui doive l'occuper dans son loisir forcé,
» est l'étude du cours de l'air, dont la qualité prolongera ou finira plutôt
» son inaction. S'il convenoit de lui mettre en main quelque attribut, ce
» seroit celui du Vent. Aussi une de ses mains tient-elle ordinairement une
» plume d'épervier.

» Mais si nous avons les élémens de l'Ecriture Egyptienne qui ont rap-
» port au labourage, écrivons nous-mêmes. Essayons de peindre dans le
» goût Égyptien. Pour renfermer beaucoup de choses dans un petit espace,
» jouissons du privilège de réunir dans un seul corps quelques-unes des
» parties détachées de plusieurs figures. Le concours de ces pièces pourra
» être aussi significatif que si nous les voyions toutes en entier. L'abbréviation
» en sera commode ; & quoique ces pièces naturellement n'aillent jamais
» de compagnie, cette nouveauté ne sera que plus propre à rendre le Peuple
» attentif sur le sens qu'elle cache.

» Quelle instruction, quelle affiche veut-on montrer à toute la Colonie
» pour la mettre en état de se sauver aux approches de l'inondation, & de
» semer ensuite à temps, pour moissonner au mois de Mars ? Tout le néces-
» saire se réduit à savoir se précautionner pour la retraite au retour du vent
» Septentrional qui grossira bientôt la rivière, & à mesurer la profondeur des
» crues, pour régler le temps & la qualité du labour qui doit suivre l'écoule-
» ment. Mettons sur les épaules d'Horus une tête d'Épervier, & dans sa main
» une croix. Dès-lors tout est dit ; & cette Écriture si courte n'est pas de mon
» invention, mais de la plus haute Antiquité, dans les Monumens de la-
» quelle on la trouve fréquemment.

» Veut-on faire entendre au Peuple Égyptien que le Signe du Lion,
» sous lequel la moisson commence ailleurs, est le temps du plus parfait
» repos pour le Laboureur Égyptien ? Veut-on lui faire entendre que la
» durée de son inaction est depuis le souffle des vents Étésiens, & le lever
» de la Canicule, jusqu'à ce que le Soleil quitte le Signe de la Vierge ?
» Convertissons le Signe du Lion en un lit de repos. Les pieds du lit seront
» des pieds de Lion ; le chevet du lit sera une tête de Lion. Sur ce lit éten-
» dons Horus emmaillotté, engourdi, ou tout-au-plus levant la tête pour
» observer le moment où il faudra se lever. Plaçons sous ce lit trois Canopes,
» l'un terminé par la tête de la Canicule, le second par la tête de l'Épervier,
» le troisième par la tête de la Vierge. Or cette peinture qui répond très-
» bien à la règle que les Égyptiens avoient grand soin d'observer, est précisé-
» ment celle qui se trouve dans les Monumens.

» La même peinture se trouve ailleurs augmentée d'un premier Canope,
» marquant le Vent du Sud-Printanier, qui devance le Vent Étésien, &
» d'une grande figure d'Anubis qui donne à Horus, avec un geste empha-
» tique, l'important avis de la retraite, en se tournant vers Isis, qui porte sur
» sa tête un trône vuide, c'est-à-dire, en se montrant devant l'Aurore à
» l'Orient. On pourroit abréger cette Écriture, & se contenter de peindre
» une Isis à tête d'Épervier, ou la Lune de Juillet ramenant le Vent Étésien
» & annonçant à Horus couché sur un Lion, la durée de son entière inac-
» tion.

» Mais c'est être trop hardi que d'oser davantage écrire en Égyptien,
» lorsque je ne suis pas sûr, à beaucoup près, d'y savoir lire. Affermissons-
» nous seulement dans cette lecture, & essayons encore l'application de nos
» principes sur d'autres Monumens.

» En parcourant quelques-unes des faces des grandes Pyramides, & des
» divers Monumens de l'ancienne Égypte, je trouve fort fréquemment une
» pièce d'Écriture symbolique, dont le sens se présente assez naturellement.
» Vers le haut, se voit le Cercle Solaire, élevé sur de grandes ailes de Pa-
» pillon : au bas est Osiris sur son trône. A côté de lui est Isis avec la mesure
» du Nil, & devant eux est Horus les habits rélevés avec une ceinture pour
» se mettre à l'ouvrage. Il a devant lui un bananier. Il lève ses mains vers
» le Cercle qui domine sur le tout.

» Cette peinture est parlante, & il n'est pas obscur que le Labourage doit
» tout attendre de l'Être supérieur qui seul peut rendre l'Air, le Soleil, la
» Terre, & la Mesure de l'inondation, favorables aux plantes qu'il cultive.
» Mais que veulent dire ici deux petites croix suspendues aux ailes du Pa-
» pillon ? C'est le grand objet des désirs de l'Égypte. La croix, comme nous
» avons vu, soit longue, soit courte & abrégée, marque la mesure de l'inon-
» dation. Étant répétée & suspendue aux ailes du Papillon, elle marque
» une disposition d'Air propre à donner une forte inondation, sans quoi
» l'Égypte n'est point fertile, parce qu'il n'y pleut pas, & que le sol, qui
» en est sabloneux, ne pourroit rien nourrir sans une certaine quantité de
» limon, qui ne devient suffisante qu'à proportion de la profondeur du dé-
» bordement.

» Passons à un autre tableau. En voici un où la tête d'Horus est jointe au
» corps du Scorpion. Horus considère les épics ou la fane des bleds qu'A-
» nubis lui montre. C'est le labourage, qui, sous le Signe du Scorpion,
» c'est-à-dire, dans le mois de Novembre, voit monter les germes du fro-
» ment, & des différens légumes qu'il a semés. Il considère avec complaisance
» le succès de ses soins, dont il est redevable à la Canicule qui l'a averti de
» fuir à temps, & de demeurer oisif jusqu'à l'écoulement des eaux, sans
» prendre d'autre soin que celui d'observer le cours de l'Air, & de mesurer
» la profondeur de l'eau, pour décider ce qu'il faudroit faire ou ne pas faire.

» Dans une autre sculpture je trouve Horus armé d'une flèche, & per-
» çant un Hippopotame tout environné de feuillages & de fruits de Lotus.
» Par ce monstre, qui fait sa résidence dans le Nil, & qui en sort pour rava-
» ger & dévorer ce qu'il rencontre, on ne peut qu'entendre le débordement.
» Le Lotus, qui fructifie au bord de cette rivière, facilite encore cette intel-
» ligence. Horus armé d'une flèche, & vainqueur de ce monstre, ne peut
» être que le Laboureur à qui l'expérience a appris peu-à-peu à régler ses
» opérations, si à propos, qu'il puisse dèsormais, même après l'abaissement
» du Nil, trouver encore le temps d'arpenter & d'ensemencer ses terres ; en
» sorte qu'il ne lui reste plus rien, ni à faire, ni à craindre, quand son
» Hiver est venu, c'est-à-dire, lorsque le Soleil entre dans le Signe du Sa-
» gittaire. C'étoit emporter une victoire complette sur ce Fleuve, auparavant
» si redoutable. Une petite pièce de plus, qui accompagne la figure du
» monstre vaincu, achève de fixer le sens de l'énigme ; c'est un arbre dépouillé
» de sa verdure, qu'on apperçoit à côté d'Horus victorieux. Cette circonstance
» de la chûte des feuilles marque au juste le temps où les Égyptiens ont fini
» leurs travaux, sont sûrs de leurs récoltes, & triomphent enfin des insultes
» du Nil.

» L'Horus ou l'Enfant emmaillotté, & accompagné d'un Serpent d'or
» ou d'autre matière, ajoute notre Auteur, page 112., est le bien-aimé d'O-
» siris & d'Isis : c'est le Labourage ou l'Industrie encore foible, & qui fit *sub-*
sister

» *fifter* les hommes avec des bayes fauvages & des graines recueillies, fan^s
» culture, où l'on en pouvoit trouver ; mais qui apprit peu-à-peu à femer
» à propos des graines d'un meilleur fuc ; à nettoyer le bled à l'aide du
» van ; à faire du pain ; à joindre même quelque délicateffe au fimple
» néceffaire ; à s'affurer toutes fortes de nourritures faines ; à mettre à profit
» le travail des Abeilles ; à mettre en œuvre la laine des Brebis ; & à faire
» valoir toutes les productions de la Nature.

» Le Peuple Égyptien, continue M. Pluche, page 143 , après avoir déja
» pris l'habitude de confondre le Très-Haut avec le Soleil, qui en étoit le
» Signe, prit peu-à-peu le Symbole du Soleil même, l'Ofiris, le Modérateur
» de l'année, ou le *Gouverneur de la Terre*, pour ce qu'il préfentoit à l'œil,
» c'eft-à-dire, pour un homme. Ils prirent de même Ifis pour une femme ;
» & l'enfant qu'elle nourrit auec une tendre affection, ils le prirent pour un
» enfant, pour le fils d'Ofiris & d'Ifis. C'étoit entièrement pervertir l'ufage
» de ces figures. Car un Homme fymbolique n'eft point deftiné à fignifier
» un homme. Ifis n'étoit pas une femme ; & Horus foit enfant, foit homme
» fait, foit qu'il fût armé d'une flèche, ou qu'il portât une cruche de vin,
» étoit tout autre chofe qu'un enfant, ou un homme fait, ou un chaffeur,
» ou un buveur.» Néanmoins ils furent tous les trois perfonnifiés fous ces idées,
& ils ne tardèrent pas à paffer pour des Dieux, dans la Fable , & fur les
Monumens de toute efpèce. Il y auroit beaucoup d'autres chofes à dire fur cès
trois Figures ; mais la première partie de cette Section eft déja affez étendue :
on y connoît fans doute fuffifamment l'origine des trois Divinités dont
il s'agit ici ; & par celle-là, celle de la plupart des autres : la fuite nous les
ramenera d'ailleurs encore plus d'une fois fous d'autres idées & d'autres
noms : paffons à la feconde partie.

Ofiris, Ifis & Horus, felon l'Hiftoire & la Fable.

Ifis, felon l'Hiftoire & la Fable, fut une Reine d'Égypte, qui gouverna
fi fagement fon Peuple, & fe rendit fi utile à d'autres Nations, auxquelles
on fuppofe qu'elle apprit à cultiver la Terre, qu'on la prit pour cette Divinité même qui fertilife les campagnes, ou pour la Terre même que l'on divinifa, par reconnoiffance, à caufe de fes productions & de fa fertilité. On vient
de voir ce qu'il faut penfer de la réalité de cette Princeffe.

Ifis eft la même que les Romains appellèrent la grande Mère, *magna
Mater*, & autrement Cybèle : ils ne furent pas les feuls ; & c'eft de là que
font venus à l'une & à l'autre les mêmes attributs, & les mêmes fymboles fur
les anciens Monumens, & en particulier fur les Médailles.

On a encore pris Ifis l'Égyptienne pour l'*Io* des Grecs ; ce qui n'eft pas
furprenant, puifque l'*Io* Grecque fut auffi réputée pour la Cybèle des Romains. D'ailleurs, fous ces différens noms on entendoit la même chofe, chez
les différens Peuples ; c'eft-à-dire, la Terre , la Nature , & même la Lune.

Le Soleil fertilifant la Terre , par fes influences , fut fuppofé avoir époufé
Ifis , & on lui donna, comme on l'a vû, le nom d'*Ofiris*. De ce mariage de
la Lune, ou de la Terre avec le Soleil ou Ofiris , on fit naître le petit Horus ou *Orus* que l'on identifia avec les Heures, la Diftinction des temps ,
des faifons, des jours, & même le Travail néceffaire pour la culture de la
Terre.

Z

Ces mêmes Divinités sur les Médailles.

On les trouve toutes les trois ensemble sur certains Monumens antiques. Mais sur les Médailles on ne voit qu'Isis & Horus. Isis est quelquefois seule, d'autrefois avec Sérapis, & d'autrefois avec Horus.

Sur les Médailles d'Égypte & de Rome, Isis est représentée, sur certains Types, sous la figure d'une femme habillée d'une robe longue & assise, tenant le petit Horus qu'elle allaite : sur d'autres Types, à l'imitation des mères, elle joue avec son fils pour l'amuser. Elle a ordinairement sur la tête un muid ou boisseau, ou une fleur de Lotus, ou un rameau de l'arbre appellé *Perséa*, qui lui étoit particulièrement consacré, aussi bien que le Lotus. L'*Isis* surnommée *Pharia*, à cause de l'Isle de Phâre, vis-à-vis d'Alexandrie, où elle étoit adorée, est un buste de femme qu'on représente avec une fleur, dans un croissant, sur sa tête, un sistre à la main droite, & portant devant elle de sa main gauche un pannier de fleurs ou de fruits. Dans une Médaille votive de Julien, on a gravé deux Isis très-particulières. Comme les Égyptiens en reconnoissoient quelquefois deux, dont ils faisoient l'une Reine du Ciel, & l'autre Reine de la Terre, on les a représentées ici toutes les deux avec des symboles qui conviennent aux fêtes de l'une & de l'autre. Elles sont habillées de long, & sont opposées l'une à l'autre : elles ont chacune une aile : elles tiennent chacune un couteau à la main, parce que leurs Prêtres s'en servoient dans leurs cérémonies, ou pour se raser, ou même pour se faire Ennuques : on voit sortir un Serpent de chacune de leur tête, & avec chacune une main élevée vers le Ciel elles soutiennent une espèce de compas. Il y a d'autres Monnoies antiques sur lesquelles Isis paroît au-dessus d'un Vaisseau, travaillant à en lâcher & étendre les voiles. Comme Reine d'Égypte, elle paroît faire voile vers les Étrangers, pour leur enseigner l'agriculture, &c. On la trouve encore représentée de quelqu'autres façons sur d'autres Médailles. Julien & Hélène sa femme y paroissent quelquefois sous la figure d'Isis & de Sérapis. Il sera toujours aisé de reconnoître *Isis & Horus* aux symboles & ornemens avec lesquels on le trouve ici, à la planche VIIIe. où l'on donne l'*Isis* de quatre façons, n°s. 37. 38. 39. & 40. ; savoir, 1°. Isis avec Horus : Isis a le boisseau sur la tête & une vase derrière elle ; 2°. Isis donnant le sein à Horus, & portant un rameau de l'arbre *Perséa* ; 3°. Le buste d'Isis-Pharia ; 4°. les deux Isis d'Égypte telles qu'on les vient de décrire, avec les Serpens, les couteaux, &c.

Section XXVII.

De la Déesse Junon, selon l'Écriture Hiéroglyfique.

C'est encore ici une Isis, ou une Figure symbolique de l'Écriture Hiéroglyfique, représentée sous celle d'une femme, que l'on appella *Diane* en Orient, *Vénus* en Syrie, *Junon* à Rome, & à laquelle on fit changer de noms, d'inclinations, & de mœurs, comme d'habits, d'ornemens & de Pays. *Isis-Junon* eut des fonctions, des propriétés & des attributs particuliers, qui la distinguèrent d'*Isis-Diane*, d'*Isis-Vénus*, d'*Isis-Cérès*, &c. Sa figure servit en premier lieu d'Enseigne, comme les autres, pour annoncer des fêtes de reconnoissance envers Dieu, & en particulier celles qu'on avoit établies pour le remercier du don de la fécondité. Dans cette vue, on la représenta telle qu'on la voit fur certaines Médailles ; c'eft-à-dire , avec un enfant fur un de fes bras , & deux à côté d'elle.

Quand on eut perdu de vue la fignification de la figure & de fes fymboles , alors on fit de la Junon fymbolique comme des autres figures , qui avoient eu d'abord une deftination femblable : on la perfonnifia , & bientôt on la divinifa. On prodigua pour lors en fa faveur les titres de Reine , de grande Reine , de Victorieufe , de Lucine , de Martiale , & plufieurs autres. On lui donna Jupiter pour époux , & Ifis pour rivale. On lui compofa une Hiftoire digne d'une telle Reine , d'une telle Divinité , & du goût de fes Sujets , & de fes Adorateurs. Jaloufe de la belle Ifis qui étoit fort aimée de fon prétendu mari , elle la lui enleva & la transforma en une Geniffe , dont elle confia la garde au fameux *Argus* , à qui la Fable donne cent yeux ; mais qui n'a été repréfenté tel que comme un vrai fymbole de la vigilance inquiète qu'infpire la jaloufie. Mercure , dit-on , fut par fes doux concerts , & par les chants agréables de fa voix mélodieufe fermer ces yeux , & endormir Argus : pendant fon fommeil il enleva la charmante *Ifis*. Dans un combat entre les deux Divinités , Mercure fit perdre la vie à *Argus* : Junon prit fes yeux pour en embellir la queue de l'oifeau qu'on appelle Paon , & qui devint l'oifeau chéri , & même le fymbole de fa Bienfactrice. Cette Fable , & beaucoup d'autres femblables , furent l'effet des rêveries d'un Peuple qui naturellement porté à la fuperftition & à l'Idolâtrie , abufa de tout pour feconder fon malheureux penchant. La Fable d'Argus fuffit pour nous en convaincre. M. Pluche , dans fon Hiftoire du Ciel , Tome I. page 328. & fuivantes , croit avoir trouvé l'origine de cette Fable ; & ce qu'il en penfe paroît être ce qu'il y a de plus vraifemblable fur cette matière.

» La Tifferanderie , dit-il , étoit célèbre à Athènes , dans l'Ifle d'Amor-
» gus (de la Mer Egée) , & dans la Colchide , auffi-bien qu'en Égypte ;
» mais le temps de cette fabrique n'étoit point le même dans ces différentes
» Contrées. En Égypte , on étoit fort occupé des travaux publics , comme
» du nettoiement des canaux , de la fénaifon , de la moiffon , & du battage
» des bleds , pendant les mois de Février , Mars , Avril , & Mai. Au-con-
» traire , à Athènes , à Amorgus & en Colchide , on continuoit pendant
» ces mois la fabrique du fil & des toiles commencées dès avant l'Hiver , &
» l'on quittoit la quenouille ou la navette en Juin , pour faucher le foin &
» faire enfuite la moiffon.

» Si les Habitans de la Colchide avoient les mêmes coutumes que les
» Égyptiens , Ifis , le Symbole des fêtes , en annonçant les Néoménies & les
» autres folemnités de l'Hiver & du Printemps , étoit accompagnée d'un
» Horus propre à caractérifer l'efpèce du travail qui duroit fix mois de fuite.
» Cette figure étoit toute couverte d'yeux bien ouverts , pour marquer l'ou-
» vrage qui fe fait particulièrement à la veillée ; & cet Horus marquant le
» befoin de veiller pour diligenter les toiles , on lui donnoit le nom d'*Argus* ,
» qui veut dire , la *Tifferanderie*. L'Ifis , après avoir quitté les cornes de la
» Chèvre fauvage , par lefquelles elle marquoit l'Hiver , prenoit pendant tout
» le Printemps celles d'une Geniffe , parce que c'eft proprement le paffage
» du Soleil fous le figne du Taureau , qui fait , dans la Zone tempérée , la vraie
» beauté de cette faifon. L'Ifis Printanière , la belle Geniffe demeuroit ainfi
» plufieurs mois de fuite fous les yeux d'Argus , ou à côté de l'Horus aux
» yeux ouverts , jufqu'à ce que celui-ci fût fupprimé , & la Geniffe emménée
» par Mercure , c'eft-à-dire , jufqu'à ce que les veillées , le filage & la fabri-

» que dés toiles fuſſent finies par le lever de la Canicule, ou d'Anubis. Le
» Peuple, en badinant ſur ces figures, compoſa la Fable d'Iſis changée en
» Vache, de ſon gardien Argus, & du bel exploit de Mercure qui en fut
» ſurnommé Argiphonte, le meurtrier d'Argus. On trouve dans Piérius que
» les Égyptiens donnoient auſſi le nom d'Argus au Paon placé à côté de
» Junon ou d'Iſis ; & dans les Mythologues, que Junon, après la mort
» d'Argus, prit les yeux qu'il portoit, & qu'elle en embellit la queue de l'oi-
» ſeau qu'on lui avoit conſacré. Ce Paon placé auprès d'Iſis, n'eſt qu'un attri-
» but propre à déſigner le temps des veillées, par une agréable imitation, ou
» du Ciel étoilé, ou plutôt d'une multitude d'yeux toujours ouverts. Le nom
» d'Argus, c'eſt-à-dire, de *Tiſſeranderie*, qu'il portoit alors, en eſt la preuve,
» & montre l'intention de l'Enſeigne. « Paſſons à Junon de la Fable & de
la Numiſmatique : ſon origine eſt aſſez connue.

La Déeſſe Junon, ſelon l'Hiſtoire & la Fable.

L'Hiſtoire & la Fable relèvent Junon plus qu'aucune autre Divinité. Elles
la font fille de Saturne & de Rhéa, ſœur & femme de Jupiter, ſœur auſſi
de Neptune, Pluton, Veſta & Cérès. Il n'eſt pas néceſſaire d'entrer dans tout
ce que la Mythologie en rapporte, dès qu'on connoît ſon origine. Venons
à ce que la Numiſmatique nous en apprend.

Junon ſur les Médailles.

On trouve ſouvent Junon ſur les Médailles, & de pluſieurs façons, ſoit au
revers, ſoit à la face. Elle y a des figures, des habillemens, des ornemens,
des attributs, des ſymboles, des noms & des titres différens. Ils répondent
aux fonctions qu'on a jugé à propos de lui attribuer, aux divers endroits qui
ſe ſont diſputé la gloire de lui avoir donné la naiſſance, au noms & titres des
Villes ou des Peuples qui l'ont adorée plus particulièrement, & qui lui ont
bâti des Temples.

Ceux de Samos l'ont appellée Samienne, *Juno Samia*, parce qu'ils la regardoient comme originaire de leur Ville. La même prétention lui a fait donner le
titre d'Argolique, *Juno Argiva* par ceux d'*Argos*. Les épithètes d'Auguſte,
de Grande Reine, de Lucine, de Soſpite, de Monnétaire, de Martiale, de
Victorieuſe, de Salutaire & de Conſervatrice, lui ont été également données ;
celui d'Auguſte, non-ſeulement à cauſe de ſa naiſſance, qu'elle tiroit des Dieux
ſemblables à elle, mais encore relativement à la vanité de pluſieurs Impératrices & Princeſſes, qui, en prenant ſa forme, lui ont communiqué leurs
titres & leurs qualités ; celui de Reine & de Grande Reine, parce qu'on la
regarda comme Mère des Dieux, & comme Maîtreſſe Souveraine des Royaumes & des Empires ; celui de *Lucine*, parce que l'on croyoit qu'elle préſidoit
aux accouchemens, & qu'elle donnoit le jour aux enfans ; celui de *Monnétaire* ou de *Monète*, parce que, ſelon les uns, elle donnoit les avertiſſe-
mens néceſſaires à ceux qui étoient ménacés de quelque ſurpriſe & de quelque
danger, &, que, ſelon les autres, c'étoit cette Déeſſe qui préſidoit à la Monnoie,
dont elle avoit inventé l'Art ; celui de Martiale, de Victorieuſe, de Conſervatrice & de Salutaire, parce que l'on ſuppoſoit qu'elle aſſiſtoit ſes Adorateurs dans les combats, où elle les protégeoit, & leur donnoit même la vic-

toire. *Juno Augusta*, *Juno Regina*, *Magna Regina*, *Juno Lucina*, *Sospita*, *Juno Moneta*, *Juno Martialis*, *Victrix*, *Salutaris*, *Conservatrix*. Ce font là ses titres, sur les Médailles.

Toutes les représentations qu'on en trouve, répondent & aux idées qu'on s'en étoit faites, & aux titres qu'on lui avoit donnés. Junon Augufte, ou Reine, paroît sur les Monnoies, la Patère, le Palladium, le Sceptre, ou la Pique à la main : elle a auprès d'elle le Paon, son oiseau favori : quelquefois elle eft sur un char fait en forme de nacelle, traîné par deux Paons. Junon appellée *Sospita* tire ce titre de la dépouille de Chèvre dont elle eft coëffée : on lui a donné aussi celui de Salutaire, fous la même coëffure, & on lui a mis en main un bouclier marqué de la foudre, parce que ce font des armes qui la rendent Salutaire à ceux pour lefquels elle s'intéresse dans les combats. Junon Lucine, qui préside aux couches, tient un enfant sur le bras, & en a deux encore à ses côtés. Quelquefois elle eft assise dans une efpèce de fauteuil, avec une pique & un fouét à la main : le fouet marque l'action par laquelle ses Prêtres prétendoient donner la fécondité aux femmes ftériles, à coups de lanières, dans ses Temples. Junon Martiale eft assise & tient une pique : elle a aussi un Paon auprès d'elle ; c'eft ainsi qu'on la voit souvent dans un Temple. Junon Victorieuse tient des trophées de guerre & des signes de paix ; c'eft-à-dire qu'elle a en main la hafte, le bouclier & une branche d'olivier. Junon Confervatrice paroît ou avec une Patère, ou avec une Hafte & un Paon ; quelquefois le Cerf ou la Biche lui servent de symboles. Si elle n'a pas toujours tous ces attributs & tous ces symboles, avec ces titres, elle en a du moins quelqu'uns qui la rendent très-reconnoiffable par-tout, quand meme son nom ne fe trouveroit pas dans les légendes. Il y a une Médaille où elle eft couverte de la peau de Chèvre, dont la légende confifte en ces quatre lettres initiales *J. S. M. R.* qui signifient, *Juno Sospita Magna Regina.* Nous la donnons de trois différentes façons, à la planche IXe. n°s. 1. 2. & 3.; 1°. comme *Sospita Magna Regina* ; 2°. comme Lucine ; 3°. comme Reine.

SECTION XXVIII.

Du Dieu Jupiter, de l'Écriture Hiéroglyfique.

Ce Dieu, le premier, le plus grand, le plus puissant & le plus redoutable de tous les faux Dieux, selon l'idée que s'en étoient faite les Idolâtres, a pris naissance, comme les autres, dans une Affiche symbolique compofée des lettres & des figures de l'Écriture Hiéroglyfique, & déftinée à pronoftiquer ou à annoncer quelque chofe aux Peuples, aux yeux defquels on l'expofoit. On le fait fils de Saturne & de Rhéa, & on lui donna Neptune & Pluton pour frères. Ce n'eft pas fans quelque apparence de raifon que les Idolâtres les ont tous faits si proches Parens ; car Jupiter, Neptune & Pluton ne furent d'abord qu'un même & unique symbole générique, ou principal de l'Année Solaire, que l'on diverfifia par des ornemens & des symboles fubalternes & acceffoires, selon les faifons, les temps & les circonftances. Ce fut cette diverfité & cette variation de symboles qui, dans la fuite, fournit l'idée d'en faire trois Dieux, tous trois fils d'un même Père & d'une même Mère : nous apprendrons bientôt à les connoître, selon l'ordre alphabétique de leurs noms. En attendant, voici, selon M. Pluche l'étymologie du nom de Jupiter ; & en même temps ce qui a donné occasion à en faire la principale des fausses Divinités.

Ce nom vient de *Jehov* qui, dans l'usage primitif, signifioit *le Père de la vie*, l'Être suprême. Les Grecs le rendirent par celui de *Zeus*, ou *Dios*. *Zeus* est dérivé de *Zau* ou *Zao*, qui, en Langue grecque, signifie la vie, ou vivre. La lettre *Z* changée en *D*, a formé le mot grec *Dios*, & le latin *Deus*, Dieu. Tous ces mots, *Jehov*, *Zeus*, *Dios*, *Deus* ont le même sens, & presque le même son, peu varié, selon la prononciation différente des Peuples. On joignoit quelquefois à ces mots celui de Père qui, n'en étoit que l'interprétation. De *Jehov* & de *Pater* l'on fit celui de *Jehov-Piter* ou *Joupiter*, de *Dios* avec *Pater* on forma celui de *Dios-Piter*, qui signifie la même chose. Les respects & les adorations que l'on fit passer en premier lieu du symbole de *Diospiter* ou de *Jehov-Piter* au Père de la Vie, au vrai Dieu, n'étoient que très-louables. Mais on fit dans la suite de ce symbole, comme des autres ; c'est-à-dire, une Personne, une Divinité, & l'on commença pour lors à le prendre ou pour le Soleil, ou pour un Homme, pour un Roi qui avoit été transporté dans le Soleil pour gouverner le genre humain. » L'Ammon, dit M. Pluche, Histoire du Ciel, Tome I. page 149, con-
» fondu par un amour plein de stupidité avec Dieu, & avec Osiris ou l'Astre
» modérateur des saisons, devint le célèbre *Jov-Ammon* ou le *Jupiter-Ammon*,
» & fut toujours en possession des premiers honneurs, après que les autres
» symboles eurent été convertis de même en autant de Personnages célestes
» & de Divinités puissantes. La raison de cette prééminence est fondée sur ce
» qu'ils (les Grecs) attachèrent l'idée de ce Fondateur de leur Colonie au
» plus brillant de tous leurs symboles; je veux dire, à leur Osiris. »

Tous les noms que l'on a donnés à Jupiter, toutes les fonctions qu'on lui a attribuées, comme le pouvoir suprême qu'on lui a supposé, la foudre dont on l'a armé, & que l'on a laissée comme à sa disposition, &c. n'ont donc été que les suites des idées qui avoient donné naissance à cette prétendue Divinité, & qui ont placé son Trône dans le Soleil. On sera encore mieux instruit de l'origine, & de tout ce qui regarde Jupiter, après qu'on aura vu ce que nous dirons, dans la suite, de Neptune & de Pluton.

Jupiter, selon l'Histoire & la Fable.

Quelques Auteurs, entr'autres Varron, ont compté plus de trois cens Jupiter. On en faisoit à mesure qu'on en avoit besoin ; ou plutôt on en donnoit le nom à tous les Rois, les Princes, & les Grands Hommes ou Héros que l'on supposoit avoir succédé au premier Jupiter, & avoir imité ses actions en protégeant leurs États, en faisant de grands biens à leurs Sujets, & en remplissant à leur égard ce qu'exigeoit le nom de Jupiter, qui, dans ces temps, passoit pour être l'abrégé de *Juvans Pater* ; c'est-à-dire, Père Secourable, Protecteur, Bienfaisant, &c. De tous ces prétendus Jupiter on n'en a fait qu'un seul, dans la suite, auquel on a jugé à propos d'attribuer toutes les actions des autres, pour le rendre plus digne de devenir l'objet de l'admiration & du culte de ses Adorateurs. La même aventure est aussi arrivée à Hercule. C'est ainsi que, d'une autre façon, l'on a donné plusieurs noms à une seule Divinité, afin de pouvoir concilier des faits, ou contraires & opposés les uns aux autres, ou trop éloignés d'époques, ou enfin trop multipliés dans un même-temps, & dans divers Pays, ou dans le même.

On

On a encore eu recours à un autre expédient pour concilier tous ces faits éloignés ou contraires. L'on donna l'immortalité à un seul Jupiter. Par-là on réduisit toutes les difficultés à une seule, qui consistoit à prouver l'existence & la réalité de ce personnage immortel, difficulté qu'on éludoit par le moyen de la supposition.

Quoi qu'il en soit de l'unité ou de la pluralité de ce Dieu, puisque le système de n'en reconnoître qu'un seul est établi, nous le suivrons ici, ou plutôt nous le donnerons tel que la Fable l'a imaginé & que la Numismatique l'a adopté. Il étoit fils de Saturne & de Rhéa. On suppose que son père avoit fait un traité avec Titan, son frère, par lequel celui-ci lui céderoit son droit d'ainesse, à condition que son cadet dévoreroit tous ses enfans mâles, pour laisser à ses neveux la Couronne & l'Empire. Rhéa étant accouchée de Jupiter & de Junon, déroba son fils à la connoissance de son père, à qui elle offrit une pierre qu'il dévora, la prenant pour son fils. Jupiter fut élevé & gardé avec soin par les Curètes ou Corybantes, qui l'emportèrent en Crète, où il fut allaité par la chèvre Amalthée. On suppose que lorsqu'il fut grand, il y eut de grands combats entre lui & Saturne, & qu'ils se chassèrent du Ciel tour à tour, & se ravirent l'Empire ; mais la dernière victoire rendit Jupiter Maître souverain du Ciel & de la Terre, des Eaux & de l'Enfer. Dans un partage volontaire il donna les Eaux à Neptune, & les Enfers à Pluton. Ses neveux ayant dans la suite revendiqué leur droit à la Couronne de Titan leur père, Jupiter les foudroya & les écrasa sous les montagnes qu'ils avoient entassées les unes sur les autres pour escalader le Ciel, dont il avoit fait le siège de son Empire. Jupiter, après la défaite de ses ennemis, ne pensa plus qu'à jouir des fruits de sa victoire, dans les plaisirs de la vie. Lorsque ses propositions galantes n'étoient point écoutées, ce Dieu changeoit de forme, & se métamorphosoit de toutes sortes de manières, pour tromper les femmes qu'il avoit envie de séduire ; c'est ainsi qu'il prit la figure d'un Taureau aux yeux d'Europe, d'un Cigne à ceux de Léda, d'un Satyre à ceux d'Anthiope, & d'un Aigle pour enlever Ganymède, fils de Tros. Il paroît que parmi les Idolâtres les crimes ne servoient qu'à illustrer les Dieux ; aussi en a-t-on prêté à Jupiter un si grand nombre, qu'il a fallu l'élever au-dessus de toutes les autres Divinités. Je dis qu'on lui a supposé des crimes ; car, si l'on veut remonter à la source, on trouvera que la plupart de ses prétendus combats, ses métamorphoses & ses concubinages ne font que des idées prises de ce qui se passe dans le Ciel parmi les Astres, les Étoiles, & sur-tout parmi les Signes du Zodiaque, qui se succèdent, passent les uns sous les autres, & semblent quelquefois s'allier & s'unir sous diverses figures, & sous des noms différens. Il seroit trop long d'entrer à ce sujet dans une explication plus étendue, & l'on peut d'autant mieux s'en dispenser que l'idée qu'on en a pu prendre jusqu'ici, & qu'on développera encore sur l'origine, la naissance & les actions des Faux-Dieux, peut suppléer à cette explication. Ce que l'on dira, dans la Section de *Saturne*, donnera beaucoup de jour à ce que l'on vient de rapporter, d'après la Fable, au sujet de ce Dieu & de ses prétendus enfans. Venons à ce que la Numismatique nous a donné de Jupiter.

Jupiter sur les Médailles.

Jupiter unique, par la grace des Mythologues, a paru sur une infinité de Monumens consacrés à son honneur, dans la plus haute & la plus aveugle Antiquité.

Les Médailles feules Grecques ou Latines , foit des Rois , des Confuls & des Empereurs , foit des Peuples , des Colonies & des Villes , le repréfentent de tant de façons , & avec tant de titres , d'attributs & de fymboles , qu'il faudroit un volume entier pour montrer & expliquer tout ce qui le regarde , foit à la face , foit au revers de ces Monnoies. Il faut donc fe borner à donner ici précifément tout ce qui peut le faire reconnoître par-tout où il puiffe fe rencontrer.

Jupiter repréfenté par une fimple tête ou par un bufte , paroît ordinairement comme un vieillard , avec une barbe & des cheveux crépus : on le trouvera de la forte fur beaucoup de pièces de la famille *Cornelia* & autres. Quelquefois il y paroît jeune & fans barbe , comme le Jupiter furnommé *Axur* de la famille *Carifia* , & autres. On voit cette tête tantôt fans couronne , tantôt ceinte d'un diadême , & plus fouvent couronnée de laurier. Jupiter *Axur* eft avec la foudre fur le cou. Jupiter *Ammon* ou *Hammon* a des cornes de bélier.

Jupiter en Statue eft repréfenté quelquefois jeune , & d'autrefois plus âgé : aux revers des Médailles , comme à leur face , il paroît nud ou prefque nud , ou entièrement couvert d'une longue robe : dans fon Temple & fouvent près d'un autel , on le voit fur une Aigle ou fur un Bélier , quelquefois fur un Trône environné du cercle orné des les douze Signes du Zodiaque.

* L'Aigle eft fon oifeau favori & fon fymbole , auffi-bien que la foudre. On remarque prefque toujours cet oifeau fur fa main , fur un autel , ou de quelqu'autre façon , près de lui. Nous l'avons déja vu avec la foudre de plufieurs manières , tantôt dans l'attitude de la lancer , & tantôt dans celle de la retenir. Quelquefois elle eft dépofée devant lui , fur un autel. Mais à ce Symbole , il réunit , fur plufieurs Monumens , une pique , un fceptre , une victoire , le Palladium , la faux , la maffue , la palme & différens autres attributs. Un Bélier fait quelquefois fa monture , & d'autrefois fon fymbole. Une groffe pierre au milieu d'un Temple , & une Aigle pofée deffus , annoncent Jupiter furnommé *Caffius.* On le voit , fur un revers de M. Seguin , affis fur les nues ou fur les pointes de plufieurs rochers , tenant la foudre d'une main & une corne d'abondance de l'autre , dont il verfe en forme de pluie toutes les richeffes fur une figure étendue à fes pieds , comme pour l'en combler ; figure que l'on croit être celle d'Antonin-Pie couronné d'une gloire. On ne finiroit pas , fi on vouloit décrire tout ce que les Médailles nous en apprennent.

Venons à fes tittes , à fes noms & à fes épithètes , que l'on n'a guère moins multipliés que fes formes , attitudes , attributs & fymboles , par une relation néceffaire des uns aux autres. Voici ceux qu'on trouve fur les Médailles antiques : Jupiter Augufte , *Jovi Augufto* ; Jupiter Capitolin , *Capitolinus* ; Jupiter Confervateur , *Confervatori* ; Jupiter Croiffant , *Crefcenti* ; Gardien , Défenfeur , Maître du monde , *Cuftodi , Defenfori , Domitori orbis terrarum* ; Jupiter Exupérateur , Foudroyant , Empereur , Jeune , Invincible , *Exuperatori , Fulgeratori , Imperatori , Juveni , Invicto* ; Jupiter Libérateur , Olympien , *Liberatori , Olympico* ; Jupiter très-bon & très-grand , *Jovi optimo , maximo* ; Jupiter pacifique ou donnant la paix , *Pacifero* ; Jupiter Arbitre fouverain de tout le monde , *Præfecto orbis* ; Jupiter Propugnateur & Vainqueur , *Propugnatori , Victori* ; Jupiter Sofpitateur ou Secourable , *Sofpitatori* ; Jupiter Stateur , ou qui arrête les armées , *Statori* ; Jupiter Garant & Protecteur de la Religion & de la fûreté , felon ce que peuvent fignifier ces mots Latins , *Jovi Sponfori Religionis , fecuritatis* ; ainfi du refte.

Tels

Tels font les titres qu'on lui trouve fur les Médailles antiques qui nous
font connues jufqu'à préfent. Nous en avons fait graver de huit façons différentes, à la planche IXe. N°s. 4, 5, 6, 7, 8, 9, 10 & 11. Il y eft repréfenté
1°. fous la forme d'une tête de vieillard, comme dans les Médailles de la
famille *Cornelia* ; 2°. fous celle d'une tête jeune ; c'eft le *Jupiter Anxur* de
la famille *Carifia* ; 3°. la tête de Jupiter Ammon, aux cornes de bélier, eft
tirée de la famille *Antonia* ; 4°. Jupiter jeune, monté fur une chèvre ou fur
un bélier, fe trouve fur les Médailles de Valérien le jeune ; 5°. Jupiter le
Fulgérateur ou le Foudroyant eft pris des Monnoies de Dioclétien ; 6°. Jupiter
Victorieux, avec une petite Victoire & la Hafte, eft au revers de Domitien ;
7°. c'eft le Jupiter de Commode, avec l'Aigle, la Foudre & la Hafte ; 8°.
enfin en dernier lieu, on a donné le beau revers de la Médaille de M. Seguin,
dont on a parlé ci-deffus.

<h2 style="text-align:center">S E C T I O N   XXIX.</h2>

Du Dieu Lunus.

Tout ce que l'on peut dire de ce Dieu, foit par rapport à fon origine,
foit par rapport aux fuppofitions de la Fable & de la Numifmatique, fe trou-
vera dans la Section IIIe. du Chapitre VIIe. Article Ier., où l'on traitera de ce
qui regarde la Lune & les Étoiles.

<h2 style="text-align:center">S E C T I O N   XXX.</h2>

Du Dieu Mars de l'Écriture Hiéroglyfique.

Apprenons encore de M. Pluche à connoître jufqu'où l'on porta l'erreur,
quand on eut fait de Mars un perfonnage, que fa valeur & fes exploits rendirent
affez fameux pour mériter d'être adoré comme le Dieu de la Guerre, l'Efprit,
l'Ame, le Conducteur & le Protecteur des Armées, quoiqu'il ne fût, dans
fon origine, qu'une figure d'Enfeigne tirée de l'Écriture Hiéroglyfique, &
montrée aux Peuples pour leur annoncer quelque chofe qui avoit rapport à
la guerre.

En Égypte, le Peuple fe partageoit en trois claffes ; favoir, les Prêtres,
les Laboureurs & les Artifans : cette divifion fe communiqua aux Athéniens
& à beaucoup d'autres Peuples. La plus nombreufe & la principale de ces
claffes étoit celle des Laboureurs. Elle étoit chargée de la culture des terres,
du commerce ou des échanges, & de la défenfe des États. Ce dernier Article
la flattoit très-particulièrement. » Les Prêtres, continue M. Pluche, Hift.
» du Ciel, Tome I. page 254, étoient déchargés de la Milice, pour vaquer
» librement à l'étude du Ciel & des Loix. On ne prenoit point de Soldats
» parmi les Artifans ; ce qui contribua à avilir ce Corps, & donna un air
» de diftinction à celui des Laboureurs qui fournffoient feuls les Gardes, ou
» les Milices toujours fubfiftantes, & les levées extraordinaires. Horus &
» Ifis étant les Clefs qui annonçoient les affemblées générales, & les travaux
» communs à toutes les Villes, changeoient de forme, felon l'exigence des
» cas. Nous avons déja une Ifis habillée en guerrière, pour annoncer les
» facrifices qui devoient précéder une expédition. (Cette Ifis guerrière eft
» Pallas, dont on parlera bientôt). Horus de même prenoit le cafque & le

Aa

» bouclier, quand il falloit annoncer une levée ou des recrues. On le nom-
» moit alors *Harits* ; c'eſt-à-dire, *le Fort*, *le Redoutable*. Les Syriens adou-
» ciſſoient ce mot, & prononçoient Hazis : d'autres le prononçoient ſans
» aſpiration, & diſoient Arès ; d'autres avec une aſpiration très-rude, & pro-
» nonçoient Warets. Cette figure d'Horus en guerrier devint le Dieu des
» combats. Il eſt évidemment l'Aſis des habitans d'Edeſſe, l'Hézus des Gau-
» lois, l'Arès des Grecs, le Warts ou le Mars des Sabins & des Latins. Les
» Peuples les plus belliqueux, ſur-tout les Thraces, en firent leur Divinité
» favorite ; & ils prirent de la meilleure foi du monde ce prétendu Guer-
» rier pour un ancien Preux de leur contrée, qui, depuis ſon apothéoſe,
» étant chargé du gouvernement des batailles, ne pouvoit manquer d'en uſer
» honnêtement avec ſes compatriotes, & de mettre en pièces tous leurs
» ennemis. « Voilà donc comment le nombre des faux Dieux a été augmenté
de celui de Mars. Il y en avoit pour tous les beſoins ; il falloit bien qu'on
en trouvât quelqu'un pour ceux de la Guerre.

Le Dieu Mars, ſelon l'Hiſtoire & la Fable.

Il y a peu de Divinités dont l'Hiſtoire ſoit auſſi fabuleuſe que celle de
Mars. Si l'on en croit les Mythologues, il dut ſa naiſſance à Junon qui le
conçut de l'odeur ou de l'influence d'une fleur, ſur laquelle elle s'étoit aſſiſe,
par le conſeil de *Flora*, lorſqu'elle cherchoit à ſe venger de ce que Jupiter
avoit mis au monde Pallas ſans ſa participation. Le concours des deux
Planètes, *Mars* & *Vénus*, a fait encore naître à des Auteurs fabuleux l'idée
d'un adultère entre ces deux fauſſes Divinités, aux dépens de Vulcain, époux
de Vénus. Mars accuſé, dans le conſeil des Dieux, d'avoir tué *Hallirothius*,
fils de Neptune, fut abſout. Il ne lui arriva même qu'un bien de ce crime ;
car il lui acquit la réputation d'un Héros plein de valeur ; & cette réputation ne
fit que s'accroître. Tous les Peuples, & toutes les Nations qui ſe trouvèrent
dans l'obligation de faire la guerre, voulurent avoir un Mars à leur tête. On
en fit chez les Aſſyriens, les Babyloniens, les Grecs & les Latins : chacun
chercha à donner la plus haute idée du ſien ; en ſorte qu'on imagina, pour
n'offenſer perſonne par la multiplicité des Dieux d'un même nom, de
n'en faire qu'un de tous, & de l'élever à la Divinité. On lui attribua, par
une ſuite néceſſaire, tous les exploits des autres, & il devint à leurs dépens
le grand Dieu de la Guerre & des Armées, le Héros auquel les Empereurs
Païens, & même pluſieurs Princes & pluſieurs Généraux Chrétiens n'ont point
rougi de ſe voir comparer.

Mars ſur les Médailles.

La Numiſmatique a emprunté de la Fable les idées de Mars ; & elle l'a
gravé & perpétué ſur les Métaux, avec ſes figures, ſes attitudes, ſes habillemens, ſes ornemens, ſes attributs & ſes titres : elle lui a conſervé tous
ces titres ſur les Médailles, ſoit à la face, ſoit au revers : ils répondent
tous à l'idée qu'on a d'un Guerrier plein de valeur, propre à défendre les
États, à combattre & à vaincre leurs ennemis, à conſerver les Souverains &
leurs Sujets, à ménager, à donner & à maintenir la paix, même entre les
particuliers, en appaiſant leurs querelles, en conciliant leurs intérêts, en
terminant leurs procès. D'auſſi grands biens procurés aux Royaumes & aux

Empires ont mérité à ce Dieu les titres de Père & de Protecteur. Telles furent les idées chimériques qui firent donner à ce Héros Fabuleux ceux qu'on trouve dans les légendes des Monnoies antiques ; *Mars Conservator, Propugnator, Pacifer, Pacificus, Pacator, Stator, Victor, Ultor, Pater,* &c.

Sa tête, sur les Médailles, le représente ordinairement jeune, & à la force de l'âge : elle y est couverte d'un casque : elle varie souvent de forme : elle est quelquefois ornée d'une couronne de laurier, comme sur les Médailles de la famille *Volteia.* Ses figures & ses statues nous en donnent la même idée. Il est ordinairement debout, même lorsqu'il paroît comme victorieux & avec un trophée, sur un char de triomphe attelé de quatre Chevaux, comme sur des Médailles de la famille *Aburia.* Quelquefois on le trouve habillé en Militaire, d'autres fois nud ou presque nud, suivant la différence des expressions qu'on a voulu rendre dans ces Types. Comme *Propugnateur,* il est en habit Militaire, dans l'attitude d'un combattant, le bouclier au bras gauche, & la pique transversale à la main droite : c'est ainsi qu'on le voit sur un revers de l'Empereur Hostilien. En qualité de Pacifique, de Pacificateur, &c. il tient un rameau d'olivier, un bouclier, une pique, ou un sceptre. Il est encore représenté de plusieurs autres façons ; mais il a toujours en cette qualité le symbole de la paix, la branche d'olivier : nous en trouvons des exemples dans les Médailles d'Emilien. Il y en a d'autres sur lesquelles il se présente debout, ou dans l'attitude de marcher, avec un trophée sur l'épaule : pour lors on lui donne le titre de Mars le Vengeur, *Mars Ultor,* ou celui de Mars le Conservateur, *Mars Conservator* : là il va à l'Ennemi ; ici il s'arrête après sa victoire, la pique renversée & le bouclier posé à terre. Par-tout où l'on puisse rencontrer le Dieu de la Guerre, particulièrement sur les Médailles, il est aisé à reconnoître, parce qu'on ne le trouve jamais sans quelqu'une de ces marques distinctives, indépendemment de ses titres & de son nom. On le donne, à la planche IXe. de cinq façons, n°. 15. 16. 17. 18. & 19.

Section XXXI.

Du Dieu Mercure de l'Écriture Hiéroglyfique.

Nous sommes dans la nécessité de rappeller ordinairement le même principe à la tête de chacune de nos Sections, au sujet des fausses Divinités ; mais le Lecteur sentira combien cette répétition est indispensable.

Mercure, comme les autres faux Dieux, ne fut dans son origine qu'un Signe, un Symbole, une Figure de l'Écriture Hiéroglyfique présenté aux Peuples, en certains temps, & pour quelque raison ; mais en quoi consistoit ce Symbole ? Quelle étoit cette Figure ? Que se proposoit-on en l'exposant aux yeux du Public ?

Mercure Symbole ne fut autre chose, dans les premiers temps, que la Canicule représentée sous la forme d'Anubis. Ce n'étoit pas simplement celui qui, portant une tête de Chien, signifioit un Aboyeur, & qui avertissoit de l'inondation prochaine, & du débordement des eaux du Nil. Anubis-Mercure avoit non-seulement le corps, mais la tête d'homme, avec des habillemens & une parure propres à annoncer une grande abondance, & tous les avantages qui en étoient les suites. Son habit etoit court & tel qu'il le faut pour marcher lestement : son chapeau, appellé le *Pétase,* étoit orné de deux ailes : il en avoit encore une à chaque talon : on lui mettoit une bourse dans une main, & dans l'autre une baguette, une toife, une perche, ou plutôt une fonde propre à mefurer la profondeur des eaux : on plaçoit encore affez fouvent un Coq ou un Bélier près de lui. Voilà le fymbole principal déja accompagné de plufieurs autres fubalternes, dont nous allons apprendre la deftination.

On montroit au Peuple un Anubis paré fucceffivement de tous ces ornemens fignificatifs, depuis le lever de la Canicule jufqu'à l'entrée du Soleil fous le figne du Capricorne : chacun de ces ornemens avoit par lui-même un rapport fimple & naturel à la chofe qu'on vouloit défigner ; rapport que fon nom, la langue & les coutumes du Pays faifoient encore fouvent mieux connoître que la figure même avec fes fymboles. Ainfi le Coq annonçoit le lever de la Canicule, & le Bélier, fymbole du Capricorne, en apprenoit la durée & la fin. Les ailes aux talons & au chapeau marquoient & la diligence avec laquelle il falloit fuir l'inondation dont on étoit menacé peu-après le lever de la Canicule, & celle qui étoit néceffaire pour aller, pendant l'Hiver, fous le règne du figne du Capricorne, commercer dans les Pays Étrangers, & faire l'échange des denrées qui abondoient en Égypte, contre d'autres chofes effentielles ou utiles qu'on n'y pouvoit trouver. La verge, ou la fonde qu'Anubis avoit en main, montroit, par la hauteur à laquelle elle étoit croifée, la profondeur des eaux de l'inondation du Nil, & annonçoit en même temps ce que l'on avoit à efpérer de la récolte prochaine. Le Serpent entortillé autour de cette verge étoit le Symbole de la Vie, que l'on tiroit de ces récoltes, & par-conféquent des limons que l'inondation laiffoit après elle fur les campagnes. Les ailes ajoutées quelquefois au haut de la fonde fervoient comme nos girouettes propres à connoître les Vents qui régnoient. Enfin lorfque l'on prévoyoit par la hauteur des eaux du débordement que les récoltes feroient fort abondantes, & qu'on en tireroit un grand profit par le commerce, pour réjouir le Peuple par cette agréable nouvelle, on mettoit dans la main de la figure une bourfe fort enflée, fymbole des richeffes & des tréfors qu'on efpéroit tirer de ces récoltes. Voilà le fimple le naturel ; voici le myftérieux & le fabuleux de toute la figure.

L'on oublia bientôt la fignification des fymboles, & l'on ne s'attacha plus qu'à l'utilité qui en réfultoit. Comme ils fervoient de préfage & de pronoftic pour l'avenir, on en attribua la connoiffance à la figure qui les portoit. Dès qu'on eût fait ce premier pas, le refte ne coûta plus rien : on donna libéralement un efprit, une ame & une vie à cette figure : on en fit même un Perfonnage de conféquence, qui connoiffoit le paffé, le préfent & le futur, comme les Dieux : on le jugea digne d'être rangé parmi eux, même d'être placé au nombre des plus grands ; enfin on fixa fa forme, fa parure & fes attributs, relativement à fes fonctions.

La vîteffe de fa marche en fera le Dieu des Voyageurs : s'il eft même néceffaire, en qualité de Meffager des Dieux, il aura recours à fes ailes pour devancer les Vents afin de porter & faire exécuter leurs ordres : on lui donnera en conféquence le titre de Protecteur, de Gardien des grands Chemins & des Voyageurs ; il deviendra même le Dieu des Voleurs, qui exercent leurs pillages fur ces Chemins : la bourfe qu'il tient à la main fera en ce cas comme un figne de l'approbation qu'il donne au vol & au brigandage. Quand on voudra relever & ennoblir fes fonctions, la même bourfe en fera le Dieu des Marchands. Le Capricorne apprendra que l'Hiver eft le temps le plus propre au commerce, en Égypte, & le Coq montrera que la vigilance eft une qualité néceſſaire pour y réuſſir. La baguette qu'il tient en main ne ſera plus alors une ſonde, ni une meſure du Nil, mais une marque d'honneur, un caducée qui prouvera ſa dignité. Son Hiſtoire s'embellira de façon à ne laiſſer aucun doute ſur ſon eſſence divine, & l'on oubliera juſqu'à l'étymologie du nom de Mercure, qui, en Langue Égyptienne, ne ſignifie que le *Négociant*, l'*Intrigant*, ou même le *Commerce*. Voilà l'origine de cette Divinité.

Du Dieu Mercure, ſelon l'Hiſtoire & la Fable.

Nous venons déja de voir comment la Théologie Païenne a fait un Mercure & un Dieu d'une figure de l'Écriture Hiéroglyſique, qui portoit un chapeau, des ailes, une ſonde, & qui avoit à ſes côtés un Coq & un Bélier. L'Hiſtoire & la Fable ont enchéri ſur cette fiction : celle-ci a d'abord diviſé Mercure en cinq ; ſavoir, le Dieu de la Fable, celui de l'Aſtrologie, celui de l'Hiſtoire, & deux autres Égyptiens. Le Mercure de la Fable fut fils de *Jupiter* & de *Maïa*, fille d'*Atlas*. Étant encore enfant il mit tous les Dieux en garde & en défiance contre lui, à cauſe de ſon inclination & de ſon adreſſe à voler. Leur vigilance n'empêcha pas qu'il ne prît le Trident à Neptune, l'Épée à Mars, l'Arc & les Fléches à Apollon, les Tenailles à Vulcain, la Ceinture à Vénus, & le Ceſte à Cupidon. Si la foudre de Jupiter n'eût été trop chaude & trop peſante, il s'en fût encore emparé ; mais Jupiter n'en fut pas quitte ; car Mercure lui enleva ſon ſceptre. Il n'y eut pas juſqu'à leurs talens qu'il ne chercha à leur dérober, pour ſe les attribuer ; auſſi dit-on qu'il pouſſa l'harmonie & l'éloquence dans ſes diſcours, juſqu'à rendre Apollon jaloux. Mercure regardoit apparemment les Dieux comme de fort mauvaiſes paies, puiſqu'il leur fit tous ces vols pour ſe payer par lui-même des ſervices qu'il leur rendoit, en qualité de Meſſager, de Maître d'Hôtel, & d'Échanſon. Ce Mercure étoit repréſenté, comme nous l'avons dit, avec le Pétaſe, les Ailes, la Bourſe, le Caducée : c'étoient là les différens attributs de ſes charges.

Celui de l'Aſtrologie eſt une Planète qui ne ſe ſépare preſque point du Soleil, & qui étant, pour ainſi dire, comme abſorbée dans ſon feu & dans ſa lumière, devient par-là preſque toujours inviſible. Auſſi la Fable l'a-t-elle confondu avec le Soleil, au point de la regarder comme l'ame & l'intelligence de cet Aſtre, dont les Païens faiſoient, comme de pluſieurs autres, un Être vivant & intelligent : en conſéquence de cette idée l'on enviſageoit le Mercure des Aſtres comme le Maître de la Sageſſe & de l'Eloquence, comme l'Auteur des Sciences & des Arts, & comme un Être dominant avec un ſouverain Empire ſur la raiſon & la parole. En cette qualité, je veux dire, comme l'Ame du Soleil & ſon intelligence, on lui donna les mêmes ornemens & les mêmes attributs qu'au Mercure de la Fable, & l'on prétendoit que les ailes marqueroient l'agilité de ſon eſprit ; que le Caducée ſeroit le ſymbole de la Sageſſe & de l'Eloquence ; que le Coq montreroit qu'il agit jour & nuit ; qu'enfin la Bourſe le feroit regarder comme l'Auteur de tous les biens & de toutes les richeſſes.

Le troiſième Mercure eſt celui de l'Hiſtoire. Il parut d'abord en Phénicie, où il inventa les Lettres. De-là il paſſa en Égypte où il porta ſes admirables & utiles inventions, qui le firent placer au rang des Dieux, & lui firent ériger des autels après ſa mort. Que ce ſoit là le premier des deux Mercures Égyptiens, ou qu'indépendamment de celui-là on en donne encore deux

autres à l'Égypte ; c'est ce qu'il importe peu de savoir. Ce qui est certain,
c'est que la Fable en admet un second au même Pays, en supposant que le
premier mourut peu de temps après le déluge ; que le second, fils de Vulcain,
parut ensuite sous le titre de Trismégiste, c'est-à-dire, trois fois grand ; que
c'est à lui que la découverte des Arts, & l'explication des Écrits que le
premier avoit fait graver sur des colonnes, sont dues ; qu'enfin il fut l'Auteur
des livres qui contenoient toutes les Sciences divines & humaines des Égyptiens, avec les Loix de leur culte & de leurs sacrifices.

Mercure sur les Médailles.

De tous ces Mercures, les Grecs & les Latins en ont formé un seul,
à qui ils ont donné toutes les qualités, les fonctions, les noms & les titres
des autres, comme ils lui ont attribué toutes leurs découvertes, leurs ornemens & leurs attributs. C'est de ce Mercure dont il s'agit ici, par rapport à la
Numismatique ; c'est lui que l'on voit sur les Médailles Grecques & Latines.
Aux qualités de Messager des Dieux, de Dieu du Commerce, de Pacificateur, d'Inventeur des Lettres, des Sciences, & des productions de l'Esprit,
on réunit dans sa personne la connoissance des Métaux, le droit de présider
aux discours d'Éloquence, aux Jeux, à la distribution des Prix, & à tous les
Jugemens dont il prononce lui-même la Sentence : enfin il est chargé de
conduire les Morts aux Enfers, où il doit assister à leur Jugement, & les
tenir sous la clef, aux ordres des Grands Dieux.

Ses attributs sur les Médailles sont les mêmes ornemens qu'il eut dans son
origine, lorsqu'il n'étoit encore qu'une figure de l'Écriture Hiéroglyfique
destinée à marquer quelque chose, ainsi que nous l'avons observé. Les plus
ordinaires sont le Pétase à deux ailes, le Caducée & la bourse, à laquelle
on substitue quelquefois une Patère. On le donne de trois façons différentes, à
la planche IXe. n°s. 20. 21. & 22.; ce qui suffit pour le reconnoître par-tout.

Section XXII.

De la Déesse Minerve, ou Pallas, de l'Écriture Hiéroglyfique.

Minerve, Pallas & la Gorgone sont, dans la Mythologie, trois Personnes
ou trois Divinités réellement distinctes l'une de l'autre. Mais, dans le fond,
ce ne sont que trois noms du même Symbole, que l'aveugle & superstitieuse
Antiquité a personnifiés & divinisés sous différentes formes & ornemens. Ce
Symbole présenté aux Peuples d'Égypte & d'Athènes, & placé sous leurs
yeux comme une Affiche & une Enseigne, étoit destiné à leur faire connoître
la saison propre à travailler, soit à la Fabrique des Toiles de Lin, dont on
s'habilloit dans ces pays, & d'autres ouvrages, soit au Pressurage des Olives
qui faisoient la richesse de quelques contrées, comme de celle de Saïs, dont
le nom même en Langue Phénicienne signifie Olivier : le fond du Symbole
principal étoit une Isis que l'on chargeoit d'autres subalternes, qui faisoient
changer de nom à la première figure : ces noms mêmes exprimoient ce qu'on
vouloit lui faire signifier avec ses nouvelles parures.

Lors donc que le temps des ouvrages des Tisserands, & de tout ce qui pouvoit y avoir rapport, étoit venu ou qu'il approchoit, pour l'annoncer au
Peuple, on exposoit l'Isis avec l'ensuble à la main ; c'est-à-dire avec une
longue

longue pièce de bois , semblable à celle autour de laquelle les Tisserands roulent les fils de la chaîne ou la lisse de leur Toile : comme cet instrument s'appelloit , dans la Langue du pays, *Manor* , *Manevar* ou *Minerva* , il ne faut pas s'étonner que ce nom soit passé à l'Isis , & que, dans la suite , elle ait été transformée en une Personne, en une Divinité, que l'on imagina avoir appris aux hommes à cultiver le Lin , à le filer & à le mettre en usage.

Quand il s'agissoit de faire connoître aux mêmes Peuples les temps propres à la culture & au pressurage des Olives, & de lui annoncer les Fêtes & les Sacrifices qu'on célébroit dans ces occasions , en reconnoissance & en actions de graces d'une récolte abondante , on ôtoit l'ensuble à Isis , & on lui donnoit quelqu'autre instrument propre à écraser les Olives & à en exprimer l'huile. Vraisemblablement on mettoit alors à côté d'elle les deux roues, dont on se servoit pour les écraser : de-là lui vint sans doute le nom de *Gorgone*, qui signifie une roue. Au lieu de l'*Araignée* que l'on mettoit à côté d'Isis , pour marquer la métamorphose de la célèbre Fileuse Arachné, par Pallas , pour avoir eu la témérité de lui disputer l'adresse dans l'art de filer & de broder, une Chouette placée près de cette figure montroit que c'étoit sur le soir, & lorsque cet oiseau sort de sa retraite, que les Fêtes de la Saison devoient être célébrées. Alors ce Symbole faisoit changer de nom à l'*Isis-Minerve* : la figure s'appelloit *Pallas* , nom générique qui signifioit l'*Ordre public*. Aussi la figure symbolique annonçoit-elle l'ordre & la suite de certains ouvrages , & particulièrement l'approche de tout ce qui avoit rapport au pressurage des Olives, avec les Fêtes dont on avoit coutume de faire précéder ou suivre ces ouvrages.

Mais pourquoi faire paroître Pallas ou Minerve un casque en tête, & la pique à la main ? Pourquoi l'habiller en guerrière ? Comment a-t-on pu faire du Symbole des ouvrages des Tisserands & du pressurage des Olives, une Déesse de la Guerre ?

Les Athéniens, Colonie de la basse Égypte, avoient certainement retenu la plupart des Dieux, des Loix, des Coutumes & Usages du pays, dont ils tiroient leur origine ; or on distinguoit chez les Égyptiens trois différens Ordres dans l'État, comme on l'a dit déja plusieurs fois ; l'Ordre des Sénateurs ou des Prêtres ; l'Ordre des Laboureurs, & celui des Artisans. Les Soldats se prenoient parmi les Laboureurs. Est-il donc étonnant qu'une figure symbolique destinée à faire connoître l'ordre que l'on devoit tenir pour la culture du Lin & des Oliviers, & par conséquent une figure particulièrement affectée pour instruire un Ordre de gens, d'où l'on tiroit les Guerriers, ait été présentée à ce Corps de l'État sous une forme & avec des ornemens Militaires ? D'ailleurs l'ensuble de la Fileuse, quand elle est représentée en petit , est facile à confondre avec une pique : peut-être a-t-on prétendu par le bois que l'on met en main de cette figure pouvoit marquer l'un & l'autre, l'ensuble & la pique.

Les Fêtes de Pallas, appellées les *Palilies* , se célébrant toujours à la Néoménie ou à quelqu'une des Phases de la Lune , on voit souvent cette Planète placée sur la tête de Pallas , ou Pallas posée sur une Pleine Lune. Dans l'origine , on chargeoit encore ce Globe de plusieurs Serpens pris alors pour le Symbole de la vie , & par conséquent pour celui de la subsistance que le Peuple tiroit de la récolte des Lins & des Olives. De-là sont venues la Fable de la Méduse, qu'on voit sur le casque & les boucliers de nos Déesses, & celle des Gorgones. On en représente trois, nommées *Méduse* , *Euriale* & *Sthényo* , dont la coëffure de Serpens femble annoncer la cruauté ; mais le fond de cette Mythologie ne vient que de la repréfentation de la Lune environnée de Serpens, comme Symbole de *Pallas*, & du nom de Preffurage, qui, en Langue Égyptienne & Phénicienne, s'exprimoit par celui de Médufe.

Minerve & Pallas, de l'Hifloire & de la Fable.

La Fable a compté jufqu'à cinq Minerves, à chacune defquelles on a donné une naiffance & une patrie différentes. On n'en fera point ici l'énumération : après ce qu'on vient d'en dire, elle deviendroit inutile. D'ailleurs, des cinq, la même Fable n'en a fait qu'une, que l'on adoroit, & que la Numifmatique repréfente tantôt fous le nom de Minerve, & tantôt fous celui de *Pallas*.

On a fuppofé qu'elle étoit l'Inventrice de plufieurs machines & fecrets néceffaires pour cultiver les Arts : ces prétendues découvertes parurent fi utiles, fi néceffaires & fi admirables, qu'on la regarda comme une émanation de la fageffe des Dieux, & comme un fecond principe de toutes chofes, émané du premier. De-là vint l'idée ridicule qu'on fe fit au fujet de fa naiffance. On fuppofa que Jupiter l'avoit conçue dans fon cerveau ; & que tourmenté d'un grand mal de tête pendant qu'il la portoit, il eut recours à Vulcain, qui, en lui fendant le crâne d'un coup de hache, devint fon Accoucheur. Pallas en fortit habillée en Amazone, la pique à la main, le bouclier au bras, & le cafque en tête. Dès-lors on ne douta pas qu'elle ne fût la Déeffe de la Guerre & des Arts. On lui attribua, dans la fuite, la production merveilleufe d'un Olivier forti tout-à-coup de la terre, revêtu de fes feuilles & chargé de fruits, origine du culte qu'on lui rendit fous le titre de Reine de la Paix.

Minerve & Pallas fur les Médailles.

Ce fut de fes fonctions, de fes qualités & de fon habillement que la Numifmatique tira & les titres & les formes qu'elle a donnés à cette Divinité, fur les Médailles, où on l'a repréfentée, comme ailleurs, fous la figure d'une fille d'une taille haute & élégante, avec un cafque fort orné, un bouclier, la pique, le fceptre ou la branche d'Olivier à la main. Quelquefois elle porte un trophée fur l'épaule droite, & l'Égide, autrement le bouclier avec l'empreinte de la Médufe au bras gauche. On lui a mis auffi d'autrefois un Serpent à fes pieds, comme Symbole de la Prudence. Lorfqu'on a voulu la faire regarder comme l'Inventrice des Arts, on a placé auprès d'elle quelques inftrumens de Métaphyfique. Ses titres font ceux d'Augufte, *Augufla* ; de Compagne de l'Augufte, *Comes Augufti* ; de Pacifique ou de Porte Paix, *Pacifica, Pacifera* ; de Victorieufe & de Sainte, *Minerva Victrix, Sancta*.

Nous en donnons trois différentes repréfentations, à la planche IX. Nᵒˢ 23, 24 & 25 : l'une d'après une Médaille de Caracalla ; la feconde d'après un revers de l'Empereur *Albin* ; la troifième tirée de la famille *Clovia*. Sur la première, elle eft appellée Minerve la Victorieufe ; fur la feconde, elle a le titre de Pacifique ; fur la troifième, elle n'a ni titre, ni légende propres ; mais fes habillemens, fon bouclier, & fes javelots l'annoncent pour la Guerrière, fon trophée pour la Victorieufe & pour la Pacifique, & le Serpent pour la Mère de la Sageffe & de la Prudence. Ce font auffi ces dernières qualités que défigne particulièrement la Chouette, un de fes Symboles ordinaires.

Section

Section XXXIII.

De la Déesse Monnoie, de l'origine de cette Divinité, & de ce qu'elle fut, selon l'Histoire & la Fable.

Est-ce ici une Divinité particulière, que l'on aura faite, après l'invention de la Monnoie, par reconnoissance de sa commodité & de son utilité dans le Commerce ? Ou bien, est-ce la même que Junon ? Si c'est Junon, on a vu, à la Section XXVIIe, quelle fut son origine, & nous n'avons rien à ajouter à ce que nous en avons dit. Si c'est une autre Déesse, elle aura trouvé sa naissance dans l'inclination des Peuples livrés aux ténèbres du Paganisme, qui déifioient tout ce qui pouvoit leur être utile, ou flatter leurs passions.

Mais il y a bien de l'apparence que *Monnoie* est la même Divinité que Junon ; du-moins les a-t-on souvent confondues l'une avec l'autre : l'épithète de *Moneta*, donné à Junon, a sans doute fourni l'occasion de chercher, & de faire de la Monnoie, une Divinité particulière sous sa propre dénomination de Monnoie. Quoi qu'il en soit, Junon fut appellée *Monete*, *Moneta*, du verbe *monere*, avertir, parce que l'on a supposé qu'elle avoit souvent averti les Romains des dangers où se trouvoit la République, & des moyens que l'on devoit employer pour les détourner. Ceux qu'elle indiqua contre les Gaulois, furent des sacrifices, singulièrement celui d'une laie prête à mettre bas, qu'elle conseilla d'immoler aux Dieux, pour obtenir leur protection. Contre *Pyrrhus*, elle fit assurer ces mêmes Républicains inquiets sur les ressources dont ils avoient besoin pour soutenir la guerre, que l'argent ne leur manqueroit pas tant qu'ils seroient justes & équitables. La déférence de Rome pour les conseils de la Déesse mérita sa délivrance ; Pyrrhus fut chassé de l'Italie, & le Sénat, par gratitude, fit bâtir & consacrer un Temple à *Junon Monète*. C'est dans ce lieu sacré où la République déposa, dans la suite, ses trésors en argent & en or monnoyés. La confiance des Romains dans la Déesse, les ressources qu'ils crurent avoir trouvées dans ses avis & dans sa protection, enfin l'habitude qu'ils se formèrent de regarder le Temple de cette Divinité comme un trésor public, à la garde duquel elle présidoit, donnèrent lieu à confondre l'idée de Junon avec celle de la Monnoie, & à faire de l'une & de l'autre une même Déesse, que l'on représenta tantôt d'une façon & tantôt d'une autre, toujours avec des attributs qui répondoient aux parures & aux fonctions qu'on lui prêtoit.

La même Déesse sur les Médailles.

On a vu les différentes formes qu'on a données à Junon, sous les titres de Mère, de grande Mère, de Reine, de grande Reine, & d'autres. Voici comme on l'a représentée en qualité de *Junon Monete*, ou plutôt de Junon *Monnoie* ou *Monnétaire*. Quand ce n'est qu'une tête, à la face des Médailles, c'est une tête de femme ornée d'un collier de perles. Lorsque Junon paroît en Statue, au revers de ces Monumens, c'est une Divinité souvent représentée sous la figure de trois femmes, dans la même attitude & avec les mêmes attributs, la balance & la corne d'abondance ; celle-ci pour faire adorer Junon comme une ressource publique ; celle-là non-seulement comme un outil nécessaire à la fabrique des Monnoies, pour leur donner l'égalité du poids, mais encore comme un symbole de la Justice avec laquelle on doit en régler le prix,

B b

la diftribution & l'emploi : peut-être a-t-on eu en vue ces trois objets lorf-qu'on a repréfenté trois figures de la même Déeffe, la balance à la main, l'une pour pefer la matière, & régler l'égalité de l'aloi & du poids ; la feconde pour donner à la valeur extrinféque une jufte proportion avec la valeur in-trinféque ; la troifième pour pefer les travaux, les mérites & les befoins de ceux en faveur de qui on devoit diftribuer les pièces de Monnoies, dont leurs cornes d'abondance paroiffent remplies.

Quelquefois on trouve, fur les Médailles, les inftrumens les plus nécef-faires à la fabrique des Monnoies, comme les coins, l'enclume, le marteau, les pinces, le bonnet de Forgeron, &c. On les a donnés, à la planche VIe. n°s. 34. 35. 37. & 38. On fe contente d'ajouter à la planche IXe. n°s. 26. & 27. la tête de la Monnoie telle qu'on la voit fur quelques Médailles de la famille *Carifia*, & un autre Type où les trois figures de Junon Monnétaire font repréfentées avec leurs attributs. Les titres de cette Déeffe font, *Moneta Augufta* ; *Moneta Sacra* ; *Moneta Sacra Auguftorum & Cæfarum noftrorum*, &c. *Moneta Reftituta* ; c'eft-à-dire, Monnoie Augufte ou d'Augufte ; Mon-noie Sacrée de nos Auguftes & de nos Céfars ; Monnoie Reftituée, rétablie, ou le droit de frapper Monnoie rendu, accordé de nouveau.

Section XXXIV.

Des Mufes & des Graces, de l'Écriture Hiéroglyfique.

Les neuf Mufes & les trois Graces ont été divinifées, comme les autres-fymboles, & par la même voie ; c'eft-à-dire qu'elles furent mifes au nombre des Déeffes après qu'on eut oublié qu'elles n'étoient, dans leur origine, qu'une feule Ifis ou une feule figure, que l'on montroit aux Peuples fous différentes formes, & avec divers attributs propres à leur faire connoître ce qui étoit attaché, & ce qu'il falloit faire à chacun des douze mois de l'An-née. Voyons pourquoi on donna le nom de Mufes à une partie de ces figures ainfi variées, l'ufage qu'on en fit, & comment elles font parvenues à former un chœur de neuf Divinités Savantes & Muficiennes, fous la conduite d'A-pollon : nous parlerons enfuite des trois Déeffes qui préfidoient à la Recon-noiffance & aux Graces.

M. Pluche, à qui nous fommes redevables de ces belles & importantes-découvertes, penfe que le nom de *Mufe* eft un nom générique, qui a été donné aux neuf Divinités dont il s'agit, ou plutôt aux neuf figures de femmes fymboliques que l'on a changées en autant de Divinités, comme le nom le plus propre pour fignifier à quoi elles étoient deftinées. Ce nom de *Mufe*, ou de *Mufée*, eft le même, dans fon étymologie, & a la même fignification que celui de *Mofé* ou de *Moyfe*, qui veut dire *fauvé*, *délivré*, *dégagé des eaux* & de l'*inondation*. Le propre des neuf figures auxquelles on l'a donné, étoit d'an-noncer les fêtes des Néoménies des neuf mois de l'Année, pendant lefquels l'Égypte eft délivrée du débordement des eaux du Nil. Comme elles re-préfentoient ces mois, ce fut avec quelque raifon qu'on leur donna un nom expreffif de leur fignification.

Si l'on fait attention aux fêtes que l'on célébroit, & aux occupations diffé-rentes auxquelles on fe livroit pendant ces neuf mois, on trouvera faci-lement que les inftrumens dont on a fait les attributs de ces neuf figures-repréfentatives du même nombre de mois, répondent parfaitement & à ces fêtes & à ces occupations. Les fêtes se passoient à chanter les louanges de l'Auteur de tous les biens, en actions de graces & en prières toujours accompagnées d'une Musique vocale & instrumentale.

Quand on eut oublié cette louable coutume, & perdu de vue le divin objet de ces louanges, les Assemblées commencèrent à dégénérer de leur première simplicité. On en fit des fêtes de réjouissances, de débauches & de dissolution. Sous prétexte d'y représenter le premier état des hommes habillés de peaux de bêtes, on y prit la figure & la forme de ces animaux, comme on l'a dit ailleurs : on y copia jusqu'à leur instinct & leur penchant : les masques & le déguisement y furent employés. De-là vint que, pour annoncer ces fêtes, on donna à sept de ces figures d'*Isis-Muses*, des Instrumens de Musique, un masque à une autre, & que l'on représenta la neuvième dans l'attitude de chanter. C'est aussi ce qui a fait que, dans la suite, après les avoir personnifiées & divinisées sous des noms propres, & qui avoient peut-être du rapport à ce qu'elles signifioient, on les a cru Inventrices de la Musique & des Instrumens qu'elles portent dans leurs mains, & qu'elles ont formé le Collège de Divinités Musiciennes.

On trouve souvent, sur les anciens Monumens, un Apollon à la tête de ce Collège des neuf Muses : il y paroît, comme sur les Médailles, quelquefois seul, avec une Lyre en main, dans l'attitude d'en toucher, ou dans celle de danser au son de cet Instrument. Quand ce n'est pas Apollon, c'est Hercule que l'on représente avec ces Muses, dans la même attitude, & avec le même Instrument. L'un & l'autre ont alors le titre de Musagète. Ces représentations ont fait regarder Apollon comme l'Auteur & le Dieu de la Musique, & Hercule comme le Gardien des Muses. L'erreur qui leur a prêté ces qualités, ne vient sans doute que de l'oubli de la signification des symboles. Rien au moins de plus vraisemblable pour Apollon.

Ce que l'on a donné ici pour ce Dieu, ne fut d'abord qu'une figure de Horus, comme Symbole du Travail. On l'exposoit pendant les mois de Décembre, Janvier, Juillet, Août & Septembre, ou du moins pendant le temps qui répond à ces mois. On lui ôtoit alors les outils propres à l'arpentage & au labourage de la terre, & ceux qui étoient nécessaires pour la guerre. A leur place on lui mettoit une Lyre en main, pour signifier le repos dont les Égyptiens jouissoient, & les fêtes qu'ils célébroient pendant cet espace de temps ; mais dès qu'il falloit, après l'inondation, célébrer d'autres fêtes dont elle étoit toujours suivie, dès qu'il s'agissoit d'annoncer en même-temps le nouvel arpentage des terres, & le labourage avec tous les travaux qui en étoient inséparables ; alors la figure d'Horus paroissoit comme sortant de l'état d'un enfant emmaillotté, tenant en main une girouette à la tête de Huppe, pour annoncer la retraite & le desséchement des eaux ; on ajoutoit à cette girouette l'équerre & le clairon, pour faire sentir qu'il étoit temps de quitter le repos, de procéder à l'arpentage & à la culture des terres. Ne peut-on pas conjecturer de là qu'Hercule, avec sa Lyre ou sa Musette, aura servi de signal pour annoncer le repos qui suit la Guerre & la Victoire sur les ennemis, les brigands, ou les animaux qui ravagoient l'État.

Venons à présent à ce qui regarde les trois Déesses, qu'on appelle *Graces* en notre langue, *Gratiæ* en Latin, *Charites* en Grec, & *Cheritout* en Égyptien & en Phénicien, terme qui, chez ces deux derniers Peuples, signifie *Divorce*, *Séparation*. Les figures des neuf Muses ayant été, dans leur Institution primordiale, des symboles de neuf mois de l'Année, on imagina

B b ij

trois autres figures, pour repréſenter les trois autres mois, qui étoient ceux de l'inondation. Tout commerce d'une Ville à une autre étant alors interrompu, par le défaut de chemins pratiquables, avant l'Invention de ces chauſſées magnifiques & aſſez élevées pour dominer la ſuperficie des eaux, les figures qui annonçoient cette eſpèce de divorce & de ſéparation occaſionnés par l'inondation, furent nommées *Cheritout*. De ce *Cheritout* les Grecs ont formé les *Charites*, que les Latins ont fort bien rendu par celui de *Gratiæ*, & les François par celui de *Graces*. Ces trois mois étoient des mois de repos, auſſi-bien que de ſéparation; c'eſt pourquoi à côté des Muſes on repréſenta encore les trois figures qui les annonçoient & qui en étoient les ſymboles, tantôt comme emmaillottées, & ne pouvant faire aucun uſage ni des mains ni des pieds, tantôt moitié femme & moitié lézard ou poiſſon, pour ſignifier le repos pris ſur le bord des eaux. Telle fut la deſtination & la repréſentation des trois Iſis ſurnommées *Cheritout* en Égypte, & que les Grecs aimèrent mieux voir repréſentées ſous les figures de trois ſœurs de la figure la plus aimable, ſans attributs & ſans autres occupations que de danſer & de ſauter, en ſe tenant l'une l'autre par la main. Voilà quelle fut l'origine des neuf *Muſes* & des trois *Graces*, & celle d'Apollon & d'Hercule, ſurnommés Muſagètes.

Des Muſes & des Graces, ſelon l'Hiſtoire, la Fable & la Numiſmatique.

La Fable nous a donné neuf Déeſſes ſous le nom de *Muſes*, & trois ſous celui de *Graces*. Elle fait les neuf Muſes filles de Jupiter & de Mné-moſyne: elle attribue à chacune l'Invention d'une Science ou d'un Art: on leur donne Hercule pour Gardien de leurs retraites ſur les monts Parnaſſe, Hélicon, Piérius & Pinde, afin d'écarter, par ſa force & ſa valeur tout ce qui pourroit troubler un repos quelles conſacrent à l'utilité publique. Leurs noms ſont Grecs & répondent, par leur ſignification, aux Sciences & aux Arts dont on leur attribua l'invention, & aux fonctions qu'on leur a ſup-poſées.

Quant aux *Graces*, la même Fable les fait deſcendre de Jupiter & de Vénus, ou d'Eurynome: elle les appelle *Euphroſine*, *Thalie*, & *Aglaïa*: elle en fait les compagnes tantôt de Vénus, tantôt des Muſes, & quelquefois de Mercure.

Les Muſes ſont repréſentées à la face & au revers des Médailles; à la face, par une tête de femme, jeune, les cheveux artiſtement arrangés & couronnée de laurier. Derrière ces têtes on remarque un ſceptre, une couronne, une étoile, une tortue, un ſoc de charrue, ou différentes autres choſes qui n'ont aucun rapport aux Muſes, & qui ne peuvent paſſer que pour des marques de Monnétaires, propres à diſtinguer ou les Hôtels de la Monnoie, ou les coins des différens Graveurs. Au revers, les Muſes ſont repréſentées ſous la figure d'une femme debout, avec des coëffures & des attitudes différentes: on leur a diſtribué à chacune un Inſtrument qui leur ſert de ſymbole, ou d'attri-but relatif à l'Art dont on les ſuppoſe Inventrices, ou à la fonction qu'on leur prête.

Calliope a le pas ſur les autres: elle ſe préſente debout, relevant ſa robe, & tenant un rouleau de papiers, qu'on ſuppoſe contenir des vers Héroïques, dont on lui attribue l'invention: elle eſt accoudée ſur une baſe ou petite colonne. Orphée doit ſa naiſſance à cette Muſe, qu'on fait préſider à l'Har-monie, & aux Chants des Hymnes compoſées en l'honneur des Dieux.

Clio est la seconde : elle porte une Harpe ou une Guitarre à la main, quelle tient posée sur une espèce de Cippe, dans l'attitude d'en jouer. La doit-on regarder comme l'Inventrice de l'Art, ou seulement de l'Instrument, ou même de tous les deux ? C'est ce qu'il importe peu d'approfondir, pourvu qu'on apprenne à la reconnoître à ses attributs. C'est cette même Muse que l'on regarde encore comme la Déesse de la Gloire & de la Renommée.

Le nom d'Uranie, qu'on place au troisième rang, signifie le Ciel, en Langue Grecque ; ce qui lui valut le titre de *Céleste*. D'ailleurs on prétend qu'après s'être entièrement adonnée à l'Astronomie, elle en apprit les règles & les secrets aux hommes. Aussi est-elle représentée debout, tenant une baguette, dont elle pose l'extrémité sur le Globe Céleste, dans l'attitude de donner des instructions sur cette Science.

Érato, quatrième Muse, paroît sur les Médailles sans avoir aucun Instrument, parce que c'est à elle que l'on attribue l'invention de la Musique vocale. Aussi l'a-t-on représentée comme si elle chantoit des Hymnes & des Vers en l'honneur des Dieux. Les charmes de sa voix lui firént donner le titre d'*Agréable* ou d'*Aimable*.

Euterpe, Mère de la Tragédie, est la cinquième. Comme cet Art fut dédié à Hercule, Euterpe est représentée appuyée sur la massue. Son attribut est une tête à deux faces, qu'elle tient sur l'une de ses mains.

Thalie est la sixième : c'est à elle, dit-on, que la Comédie doit son origine ; aussi tient-elle un masque, qui en est le symbole. Son titre fut la *Florissante*.

Melpomène, qu'on compte pour la septième, porte dans sa main gauche un Instrument de Musique, qu'on appelle le *Barbiton*, dans l'attitude de faire résonner les trois cordes dont il est composé.

La huitième, qu'on nomme Terpsicore, inventa différentes sortes de Flûtes, & l'Art d'en multiplier & diversifier agréablement les sons ; c'est ce que marque la Flûte qu'elle appuye de la main droite sur une espèce de base.

Enfin Polymnie, neuvième & dernière Muse, fut ainsi nommée pour avoir trouvé le secret de multiplier les airs d'une Lyre, Instrument qu'on touche avec les doigts, comme il paroît par sa figure.

A la tête des neuf Muses, que l'on donne à la planche IXe. n°s. 29. 30. 31. 32. 33. 34. 35. 36. & 37. on pourroit mettre le revers d'un Médaille de la famille *Pomponius Musa* : il représente Hercule Musagète, ainsi nommé parce qu'en gardant les Muses il se divertissoit à jouer de la Harpe : il y paroît dans l'attitude de jouer & de danser au son de cet Instrument ; mais ce revers est au n°. 32. de la planche précédente, avec d'autres de ce même Dieu. Au n°. 28. de la planche IXe. on a mis la tête d'une des Muses.

Section XXXV.

Des Déesses appellées les Némèses, selon l'Écriture Hiéroglyfique.

En suivant toujours le principe établi par M. Pluche, qui est de chercher l'origine des faux Dieux dans les figures de l'Écriture Hiéroglyfique, & dans l'ignorance ou l'oubli de leur signification, nous trouvons celles de deux Déesses, l'une appellée *Calliope* & l'autre *Némése*. *Calliope* est sans doute une autre Déeſſe que la Muſe *Calliope*, dont on vient de parler. Son nom ſignifie, *le grain préparé*, ou *la proviſion de vivres*. *Némèſe* veut dire le *deſſéchement* ou *la délivrance des eaux*, en Langue Égyptienne & Phénicienne. La figure dont on a fait la Déeſſe Calliope, ſous la forme d'une femme portant une vaſe ſuſpendu au bras, étoit expoſée aux yeux du Peuple, au mois de Juin, avant le débordement des eaux, pour avertir les Égyptiens de faire proviſion de grain rôti ou propre à rôtir, ſuivant leur uſage, & de tous les autres vivres néceſſaires pour la longue durée du débordement.

La figure dont on fit la Déeſſe Némèſe, au contraire, ne ſe montroit qu'au mois d'Octobre, pour annoncer le deſſéchement des eaux, & la fête que l'on célébroit enſuite, par reconnoiſſance envers Dieu, pour ce nouveau bienfait. On lui donna apparemment pour attribut une roue, ou quelque choſe de ſemblable, pour marquer qu'après ce deſſéchement les chemins deviendroient praticables pour les voitures, & que l'on pourroit conduire la charrue dans les champs. On oublia la ſignification de ces deux figures ſymboliques, & leur utilité engagea par reconnoiſſance un Peuple ſuperſtitieux à en faire, ſelon ſa coutume, de nouvelles Divinités. Le rapport du nom de Némèſe, *Nemeſis*, avec celui de la Langue Grecque, qui eſt le même, & qui ſignifie, l'*Emportement*, la *Vengeance*, & la roue que l'on avoit placée près de la figure, firent imaginer aux Grecs que la Némèſe étoit une Déeſſe Vengereſſe, qui préſidoit dans ce Monde & dans l'autre à la punition & au ſupplice des Méchans. Telle eſt l'origine des Némèſes, ſelon M. Pluche.

Les Némèſes, ſelon l'Hiſtoire, la Fable & la Numiſmatique.

Némèſe, ſelon la Fable, fut fille de l'Océan & de la Nuit. Elle fut adorée par les Grecs, ſous le titre d'*Adraſtée*, parce que le Roi Adraſte lui fit bâtir un Temple dans lequel il lui rendoit un culte particulier. On lui donna encore le titre de *Rhamnuſia*, parce que ceux de Rhamnuſe, dans l'Attique, en avoient fait leur Divinité. Quelques Auteurs ont cru qu'il y avoit pluſieurs Déeſſes ſous le nom de Némèſe ; d'autres ſemblent n'en connoître qu'une ſeule. Les Romains en adorèrent tantôt une ſeule, & tantôt pluſieurs, ſans leur donner aucun nom particulier. Ils ſacrifioient à Némèſe, ou aux Némèſes, avant de partir pour la guerre, & à leur retour, lorſqu'ils étoient victorieux. Les ſacrifices qui précédoient le départ étoient pour demander du ſecours contre les Ennemis de la République ; après le retour, ils rendoient des actions de graces de la vengeance qu'ils en avoit tirée.

Némèſe fut regardée par les uns comme la Vengereſſe des crimes & des Méchans, & ſur-tout des orgueilleux : d'autres étendirent beaucoup ſon pouvoir, & prétendirent qu'elle jugeoit les actions des hommes, pour récompenſer les bonnes, & punir les mauvaiſes.

Sur les Médailles, on la repréſente plutôt comme Vengereſſe que comme Rémunératrice. Que les figures qu'on y trouve ſoient d'une ſeule ou de pluſieurs Némèſes, c'eſt toujours une figure de femme debout, habillée d'une robe longue, quelquefois couverte d'un grand voile ſur la tête, & toujours avec une roue à ſes pieds. Cette roue, ſelon quelques-uns, eſt le ſymbole des fonctions des Némèſes, que la Fable faiſoit aller & venir ſans ceſſe pour examiner les actions des hommes, afin de les traiter ſuivant leurs mérites : ſelon d'autres, ces roues ſervoient d'inſtrumens aux ſupplices qu'elles exer-

çoient

çoient fur les Méchans. Dans certaines Médailles de Byfance, la Némèfe tient une efpèce de Rhombe, ou un Inftrument dont on ne connoît ni le nom ni l'ufage. Sur quelqu'autres pièces de Sidète, elle tient une pique ou un bâton, avec une fleur en forme de croix : la roue eft d'un côté à fes pieds, & il y a un Griffon de l'autre. Les Médailles de Smyrne montrent deux Némèfes placées fur un char traîné par deux Griffons. On les voit encore d'une manière différente fur d'autres Monumens des mêmes Peuples. Enfin on prétend trouver quelques têtes de Némèfes fur les Confulaires de M. Morel. On en donne trois différentes repréfentations à la planche IXe. n°s. 38. 39. & 40. Elles font tirées de Dom Monfaucon : elles fuffifent pour les faire reconnoître avec la roue dont ces Déefses font prefque toujours accompagnées.

Section XXXVI.

Du Dieu Neptune, des Néréides, des Tritons & des autres Dieux Marins, felon l'Écriture Hiéroglyfique.

Voici des Divinités Marines, formées, comme les autres, des figures de l'Écriture Hiéroglyfique, & des Enfeignes Symboliques. Nous n'avons rien, dans M. Pluche, qui regarde particulièrement les Néréides & les Tritons ; mais ce qu'on y trouve du Dieu Neptune, du Cheval Pégafe, de Belléro-phon & de Typhon, fuffit pour nous faire entendre que tous ces Dieux ont eu la même origine. Selon ce que nous apprenons de cet Auteur, Neptune ne fut d'abord qu'une Enfeigne propre à faire connoître l'arrivée des Phéni-ciens, ou de quelqu'autres Peuples qui abordoient dans l'Ifle du Phare pour y acheter du lin, des cuirs de bœuf, des huiles de Saïs, des légumes, du bled & des provifions de toute efpèce. Ce Signe Symbolique étoit repré-fenté, par cette raifon, fous la figure d'un Ofiris porté fur un courfier, avec des ailes, Symbole d'un Vaifseau garni de fes voiles, & quelquefois encore par celle d'un autre Ofiris portant à la main un harpon, dont les Bate-liers & les Pêcheurs fe fervent pour piquer & prendre les gros poifsons, ou un aviron, inftrument dont on fe fert pour conduire & gouverner les bateaux. Comme le bled étoit le principal objet qui occafionnoit le retour de ces Flottes Phéniciennes, on plaçoit fouvent un boifseau fur la tête de cette figure, que l'on nomma tantôt *Poféidon*, mot qui fignifie, *la provifion des Pays Mari-times*, & tantôt *Neptune*, qui veut dire, *l'arrivée de la Flotte* : on donna aufsi le même nom aux Côtes Maritimes de l'Égypte où les Vaifseaux abor-doient.

Le Géant Typhon, qu'on fuppofa avoir tenté d'efcalader le Ciel, s'ap-pelloit d'abord *Ob*, enfuite Phyt ou Phyton. Ce monftre ne fut perfonnifié, & regardé comme l'Ennemi juré du Soleil (Ofiris) & de l'Égypte, que par le défir de réalifer tous les Symboles, & d'en faire des Héros ou des Dieux. Cette erreur vint de la fignification du mot, qui veut dire *Déborde-ment*, *Inondation*, & tout ce qui peut avoir rapport à un grand amas d'eaux, & à une Mer : comme le débordement du Nil, en Égypte, déroboit à la Terre l'influence des rayons du Soleil, appellé *Ofiris*, eft-il donc étonnant qu'on en ait fait l'ennemi de cette Divinité & des Égyptiens qui l'adoroient, & qui fe trouvoient fort à la gêne dans leurs maifons, durant le cours de l'inondation ?

Le Cheval *Pégafe* n'acquit de la célébrité, & ne pafsa pour un Cheval merveilleux que quand on eut oublié sa destination, & la fin pour laquelle on exposoit sa figure aux yeux du Peuple. Le nom, en lui-même, signifie *la fin de la Navigation*. On nomma de la sorte la figure d'un coursier à deux ailes, que l'on représentoit près de trois *Graces* ou *Charites*, Symboles des trois mois durant lesquels la Terre d'Égypte étoit inondée. Là il signifioit deux choses ; 1°. le besoin qu'on avoit de barques ou de petits vaisseaux à voiles, espèces d'ailes, pour entretenir la communication des Villes, avant qu'on eût fait des chaussées ; 2°. la fin de l'inondation, qui faisoit cesser ce besoin. Après avoir été le symbole des Vaisseaux, Pégase en est devenu le modèle, & l'on en a fabriqué plusieurs qui présentent à-peu-près la figure d'un Cheval Marin avec deux ailes : aussi ces sortes de Vaisseaux, grands ou petits, retinrent le nom de Cheval chez plusieurs Peuples des Pays Maritimes.

Le Cheval ailé n'ayant donc été, dans les premiers temps, qu'un Symbole de Vaisseau, & ses ailes n'ayant eu de réalité que dans les voiles qu'elles représentoient, rien de plus simple que de regarder aussi comme un Symbole le Cavalier monté sur ce Cheval. Le nom de Bellérophon, qu'on lui donne, en est la preuve, puisque, suivant M. Pluche, il ne signifie autre chose que *des nourritures saines*, ou *des provisions pour rétablir la santé des Habitans* ; de sorte que le Cavalier Bellérophon & le Cheval Pégase, ne furent autre chose que l'annonce d'une barque, ou même, une barque qui apportoit tous les ans à la Colonie de Lycie des rafraîchissemens & des nourritures saines, dont on avoit grand besoin.

Le temps où ces secours venoient en Lycie, étoit celui qui s'écouloit depuis l'entrée du Soleil au signe du Lion, jusqu'à celui de son passage au signe du Capricorne. Pour marquer ce temps, on inventa le Symbole de la Chimère, monstre prétendu, composé d'une tête de Lion, d'un corps de Chèvre sauvage, & de la queue d'un Serpent. Le corps de Chèvre étoit le Symbole du Capricorne ; la tête de Lion celui du Signe du même nom ; la queue du Serpent étoit le Symbole de la Vie.

Chez les Grecs, la Chimère passa pour un Monstre né en Lycie, & Bellérophon pour un Cavalier plein de courage, qui en avoit délivré le pays. Le Cheval Pégase lui avoit servi de monture pour l'attaquer & le combattre. Nous trouverons dans la suite une autre explication littérale, que quelques Auteurs ont donnée à cette Fable. En attendant, revenons à ce Cheval fameux par d'autres expéditions. Pris dans son sens naturel pour un Vaisseau, il lui falloit un Pilote, dont il étoit nécessaire d'accorder le nom avec le Symbole d'un Cheval à deux ailes : celui de Persée, qui, en Langue Égyptienne & Phénicienne, signifie un Coureur & un Chevalier en voyage, parut plus propre qu'aucun autre. Voilà donc de quoi faire un Héros, à qui il faut prêter une expédition aussi heureuse que brillante ; Andromède, fille de Céphée & de Cassiope, condamnée à être dévorée par un Monstre marin, lui en fournira l'objet. Il vole sur Pégase au secours de cette Princesse infortunée ; il attaque le Monstre, lui présente la tête de Méduse, le pétrifie, & le change en rocher.

Développons à présent tout ce merveilleux. Typhon signifioit le débordement ; Cassiobé ou Cassiope en marquoit le terme ou l'étendue, le long de la côte qui est un peu au-dessus de Joppé, jusqu'au mont *Cassius*, d'où est venu à cette côte le nom de Cassiobé ou Cassiope ; Céphée, mot dérivé de *Cepha*, qui signifie une pierre, est aussi relatif à une borne appellée *Cassius*,

qui

qui a donné le nom à une montagne où se bornoit, pour ainsi dire, le débordement du Nil. La grande étendue de la côte, depuis Joppé jusqu'au mont *Cassius*, fut appellée Andromède, qui en effet signifie une longue lisière. Voilà d'où sont venus le père (Cephée), la mère (Cassiope), la fille (Andromède), le Libérateur & le Gendre (Persée), &c. Tout cela ne fut dans sa signification primitive que le Symbole d'un Vaisseau à ailes, ou à voiles, qui longe des côteaux sur les eaux de la Mer, ou sur celles du Nil, pour porter des vivres à la Colonie Lycienne, afin de la délivrer de la disette, de la faim & de l'indigence, dont les maladies & la mort sont souvent des suites inévitables.

Tout ce qu'on vient de dire, semble suffire pour marquer l'origine & la destination tant des Néréides & des Tritons, que de tous les autres Dieux Marins. C'est dans les Symboles qu'ils ont tous pris naissance, & il y a toute apparence que ce n'étoit d'abord que des Barques, ou des Vaisseaux d'une forme différente de celle de Pégase ; peut-être ne furent-ils que de simples ornemens de ces mêmes Vaisseaux, ou des Nageurs & des Plongeurs nécessaires dans une Flotte, pour parer à quantité d'inconvéniens qui surviennent en dehors des Vaisseaux, pendant la navigation. On en aura fait, dans la suite, des Personnages & des Divinités, à qui l'on a supposé des haines, des ennemis, des guerres & des histoires aussi fausses que ridicules.

De Neptune, des Néréides, des Tritons & de tous les Dieux Marins, selon l'Histoire & la Fable.

Les Lybiens, les Phéniciens, les Scythes, les Grecs & les Romains semblent avoir eu chacun leur Neptune, & avoir donné à celui qui leur étoit particulier une origine différente. Mais, soit erreur au sujet de la naissance de chacun d'eux, soit que ces Peuples aient entendu la même chose sous divers noms, soit enfin que, pour concilier des contrariétés, la Fable se soit déterminée à confondre tous les différens Neptunes en un seul, il est certain que, malgré la variété & la multiplicité des actions & des fonctions qu'on leur attribue, on n'en connoît qu'un seul dans la Mythologie & la Numismatique : il paroît toujours sous la même figure, la même forme, & avec les mêmes ornemens, attributs & symboles.

Ce Neptune fabuleux fut fils de Saturne & de Rhéa, frère de Jupiter : dérobé à la fureur & à la cruauté de son père, en naissant, de même que son frère, il fut chassé du Ciel avec Apollon, pour avoir conspiré contre Jupiter. Dans le partage de l'Empire de Saturne entre ses enfans, la Mer, les Fleuves, les Eaux échurent à Neptune, & il fut reconnu pour le Dieu de la Mer. On lui donna *Amphitrite* pour femme, Nérée pour fils, & les Néréides pour petites-filles. On le confondit quelquefois avec l'Océan & le Pont, c'est-à-dire, avec le corps même de l'Eau & de la Mer ; & c'est de-là qu'est venue l'idée de faire descendre de lui cinquante Néréides, qui sont autant de petites Mers, tirant leur source & leur naissance de la grande.

Neptune sur les Médailles.

La tête de Neptune, sur les Médailles, ressemble à celle d'un vieillard à barbe large, épaisse, avec des cheveux longs & frisés. Il est quelquefois couronné de lauriers, & d'autres fois sans couronne : on voit ordinairement un

Trident derrière ou deſſous cette tête, & ſouvent un poiſſon appellé Dauphin. On en montre deux différentes, à la planche Xe. nos· 1 & 2. Parmi les Médailles de Goltzius, de la famille de *Cæcilia*, la tête de Neptune eſt accollée avec celle de Jupiter. Le Trident & le ſceptre, Symboles de ces deux Divinités, ſe croiſent devant leurs faces, ſur celles de la famille *Marcia*, du même Auteur. On voit fréquemment cette tête de Neptune ſur les Médailles Conſulaires & autres : elle y paroît toujours, ou du-moins très-ſouvent, avec le Trident, ou un Dauphin, quelquefois avec l'un & l'autre.

Au revers des Médailles, Neptune paroît debout, ou monté ſur une Chèvre, ou aſſis ſur un Dauphin, ou placé ſur un char fait en forme de coquille, attelé de Chevaux Marins, ou traîné dans un char de triomphe ordinaire à quatre Chevaux, ou porté par deux Tritons, ou appuyé ſur un rocher ; c'eſt ainſi qu'on le voit ſur pluſieurs Médailles Conſulaires, de Colonies & autres. Mais par-tout où l'on puiſſe le rencontrer, on le reconnoîtra à ſes Tritons, à un Dauphin qu'il porte à la main ou qui eſt près de lui, à ſa Patère & à ſon Trident, auquel eſt quelquefois joint un Acroſtile, *Acroſtolium*, ornement de la Pouppe d'un Vaiſſeau : d'autres fois ce même Trident eſt placé ſur un Vaiſſeau, ou ſur un Trophée Marin. Lorſque ce Dieu ne paroît qu'en Symbole, il eſt repréſenté par une Ancre, un Cheval Marin, un Dauphin ou un Trident.

Les titres de Neptune ne ſont pas en grand nombre : il a celui de Conſervateur d'Auguſte, *Neptuno Conſervatori Auguſti*, ſur une Médaille de Gallien, où il ne paroît que ſous le Symbole d'un Cheval Marin : ailleurs on lui a donné celui de Neptune de retour, *Neptuno reduci*. On gravoit des Médailles avec une pareille légende pour les Empereurs, au retour d'une expédition Maritime, quand elle avoit été heureuſe.

Outre les deux têtes que l'on voit à la planche Xe. Nos· 1. & 2. on y trouvera encore Neptune de deux autres façons, Nos· 3. & 4. Il paroît ſur la première Médaille conduiſant un char attelé de deux Chevaux Marins ; ſur la ſeconde, il préſente un Dauphin à Marc-Agrippa, & tient ce Poiſſon ſur ſa main droite, avec un Trident de la gauche.

Les Néréides, comme nous l'avons déja dit, ſont filles de Neptune & de l'Océan : les Tritons ſont auſſi ſes fils ou ſes compagnons : leur nom ne paroît nulle part dans les légendes des Médailles, au lieu que celui de Neptune y eſt preſque toujours. Cela n'empêche pas qu'on ne puiſſe les y reconnoître, quand on les y trouve ; ce qui eſt aſſez rare, ſur-tout pour les Néréides. M. Béger, dans ſon *Theſaurus Brandeburgicus*, prétend trouver la tête ou le buſte d'une des Néréides à la face d'une Médaille de la famille *Creperia*, dont le revers eſt à la planche Xe. nº. 5. En effet, ſes cheveux liſſés & comme collés ſur ſa tête par l'eau qui ſemble en découler, & ſes épaules nues ſemblent annoncer une Divinité Maritime, ſortant de la Mer, & toujours prête à nager.

Quant aux Tritons, on les voit ou aſſis ſur des Dauphins, au revers de quelques Médailles de Colonies frappées à l'honneur d'Élogabale, ou traînant, avec une Néréide, la Déeſſe Vénus placée ſur un Char Maritime, comme ſur les Médailles de la Colonie *Julia Corinthus*, gravées pour Agrippine, fille de Germanicus, où le Triton tient une coquille à ſa main, & la Néréide, qui eſt à ſa droite, une Trompette Marine ; enfin on trouve quelquefois ces Tritons ſeuls, nageant dans les eaux. Ils ſont repréſentés ſous une figure humaine depuis la tête juſqu'aux reins, d'où ils ſe terminent en Poiſſons, à une ou à deux queues. On les montre, sur les Médailles de Taras, passant la Mer sur un Dauphin. Ils ont en main quelqu'un de ces signes, savoir une grappe de Raisin, un Dauphin, un Trident, une petite figure de la Victoire, un Vase, quelqu'autre chose tel que le Cheval Pégase, une Corne d'abondance, un Acrostile ou une branche qui paroît de Pin, avec son fruit. On en trouvera un à deux queues de Poissons, à la planche X.e n°. 6.

SECTION XXXVII.

De Pan, des Satyres & des Sylvains, selon l'Écriture Hiéroglyfique.

On peut recourir aux Sections VIII.e & XVIII.e, pour connoître toutes ces Divinités champêtres dans leur origine : nous en avons parlé assez amplement, en traitant de l'origine de Bacchus, des Bacchantes, des Faunes & d'autres semblables Dieux : nous nous bornerons donc ici à ajouter ce qu'en disent l'Histoire & la Fable, & d'après elles la Numismatique.

Du Dieu Pan, ensemble des Faunes, des Satyres, des Sylènes & Sylvains, selon l'Histoire & la Fable.

La Fable fait tous ces Dieux fils de Mercure ; ce qui n'est pas étonnant, puisque, comme on l'a vu aux Sections VIII.e & XVIII.e, ils eurent tous la même origine, la même destination, les mêmes fonctions, les mêmes inclinations & les mêmes vices : ils ne purent donc paroître différens qu'à des Adorateurs aveugles & insensés, qui leur donnèrent à chacun une forme relative aux idées ridicules qu'ils s'en étoient faites.

On ne leur fit guère plus d'honneur qu'ils n'en méritoient ; car ils furent tous des Dieux de Jardins, de Forêts, de Campagnes & de Troupeaux ; avec cette différence néanmoins que la garde des troupeaux fut particulièrement confiée à Pan ou aux Dieux Pans : c'est à quoi on prétend qu'ils employoient les jours & les nuits, en jouant continuellement du Chalumeau ou d'une Flûte faite de roseau, que quelqu'un d'entr'eux a inventée. Les Faunes eurent les Forêts pour leur département. Sylvain, Dieu des champs & du bétail, comme les autres, semble encore avoir été destiné à prendre soin des jardins, des vergers, des arbres, & des arbrisseaux ; aussi le couronne-t-on ordinairement de branches de Cyprès ou de quelqu'autre arbrisseau. Les Satyres habitoient les montagnes, & leur accordoient une protection spéciale. Voilà tout ce qu'on peut dire de ces demi-Dieux, pour concilier les Auteurs qui en ont parlé, au sujet de leurs différentes fonctions, qui ont donné occasion à les multiplier.

Ces Dieux sauvages & nocturnes se faisoient entendre dans les campagnes, dans les forêts & sur les montagnes, aux Laboureurs & aux Jardiniers, par des cris & des hurlemens qui, au milieu des ténèbres, leur causoient des frayeurs mortelles ; & c'est de-là qu'est venu l'épithète de Panique qu'on donne à la terreur.

Les mêmes Divinités sur les Médailles.

L'Antiquité les a tous repréfentés à peu près fous la même forme. Sur les Médailles, on les voit avec une tête dont la chevelure & la barbe font très-négligées, les oreilles pointues, & l'air en général fort hideux. Quand on les y trouve en Statue, ce font des hommes depuis la tête jufqu'aux reins, qui fe terminent en boucs de la ceinture aux pieds : outre les oreilles, leurs têtes chauves font armées de cornes femblables à celles de cet animal. Pour marquer leur deftination à la garde des champs & des troupeaux, pendant la nuit & le jour, on leur donne tantôt une trompette ou une torche allumée, tantôt un arbre entier ou feulement une branche, & tantôt un bâton recourbé par le haut, en forme de houlette & d'ancienne croffe, ou enfin une outre pleine de vin, parce qu'on les regardoit encore comme des Dieux qui aimoient à boire, à danfer, à fauter, & à fe livrer à la propagation & à la débauche.

Si l'on vouloit, avec certains Auteurs Païens, regarder les Dieux Pan, &c. comme des images de la Nature, tout ce que l'on trouve dans leur figure feroit fymbolique. Le nom de *Pan*, en Grec, fignifieroit *Toutes chofes* : la partie qui repréfente un corps humain, devroit être confidérée comme le Ciel & comme l'intelligence qui gouverne le Monde ; le vifage rouge & enflammé marqueroit la région du feu élémentaire ; les rides & les changemens de phyfionomie indiqueroient les fillons de l'air & les changemens des faifons ; les cheveux feroient les rayons du Soleil ; les cornes celles de la Lune, & fes influences fur la Terre, qui font des effets de celles qu'elle reçoit du Soleil ; la partie du même corps femblable à celle du Bouc, & qui eft toute garnie de poils, feroit le Symbole de la Terre, Productrice des herbes, des plantes, des arbres, &c. ; les jambes feroient la figure des deux Hémifphères ; les pieds de corne, celle de la ftabilité de la Terre ; le ventre enfin repréfenteroit la Mer, les Fleuves, les amas d'Eaux.

Nous donnons ces Divinités champêtres, à la planche X^e. nos. 7. 8. 9. & 11. C'eft d'après Triftan de Saint Amand. Le no. 7. repréfente une tête de Pan ou de Faune. Le n°. 8. eft la figure de Sylène, portant une outre pleine de vin fur fes épaules. Le n°. 9. repréfente un Satyre. Le n°. 11. offre le Dieu Sylvain, avec fes outils de jardinage. Toutes les autres repréfentations de ces Dieux font à-peu-près femblables à celles-ci.

Section XXXVIII.

Du Dieu Pluton, & par occafion, de Caron & de Cerbère, felon l'Écriture Hiéroglyfique.

Nous avons vu plus haut que le Dieu Neptune avoit pris naiffance dans une Enfeigne, ou une figure fymbolique, qui annonçoit l'arrivée d'une Flotte en Égypte, qui venoit charger pour des Étrangers du bled, des huiles & d'autres provifions néceffaires à la vie & à la fanté, & que cette figure étoit un Ofiris armé d'un Trident, ou d'un Harpon, inftrumens de Marine, qui, dans la fuite, font devenus les Symboles de cette fauffe Divinité. Pluton, dont il s'agit à préfent, n'eut point d'autre origine que Neptune, & fa deftination répondit à l'étymologie de fon nom. Dans le commencement, ce fut auſſi un Oſiris ; mais au lieu d'un fouet , qu'on lui mettoit à la main comme Symbole du Soleil, ou du Trident & du Harpon donnés à Neptune pour annoncer le retour des Vaiſſeaux Marchands , on le montroit avec un Aviron , quand il s'agiſſoit d'indiquer aux Peuples de l'Égypte ou à d'autres la célébration d'une cérémonie anniverſaire pour les Morts.

Pour faire comprendre cette Obſervation , & tout ce qui peut lui être relatif , écoutons M. Pluche, & nous y apprendrons le rapport de Pluton avec Caron & Cerbère , le tout qu'ils forment enſemble par leur première deſtination , & enfin la haute fortune qu'ils ont faite , & dont ils ne ſont redevables qu'à l'ignorance & à l'aveugle ſuperſtition.

Les Égyptiens, dans l'Inſtitution de leurs premières cérémonies , avoient pris ſoin de les rendre utiles aux Peuples : celles qu'ils faiſoient à la mort d'un Citoyen, portoient, entre autres , un caractère qui les rendoit fort inſtruc-tives.

» Auprès des Villes de l'Égypte, dit M. Pluche, Hiſtoire du Ciel,
» Tome Ier page 124. & ſuivantes , étoit un lieu conſacré pour être la ſépul-
» ture commune. Diodore de Sicile nous apprend comment ces cimetières
» étoient ordonnés, & ce qu'on y pratiquoit, en nous donnant une Deſcrip-
» tion exacte du cimetière de Memphis , le plus ample & le plus fréquenté
» de tous. La ſépulture commune étoit , ſuivant ſon récit, au-delà d'un lac
» nommé Achéruſie, (qui ſignifie, *La fin dernière de l'Homme* ; *Ultima Ho-*
» *minis conditio*). Le Mort étoit apporté ſur le bord de ce lac, aupied d'un
» Tribunal compoſé de pluſieurs Juges qui informoient de ſes vie & mœurs.
» S'il n'avoit pas payé ſes dettes, on livroit ſon corps à ſes Créanciers dans
» la vue d'obliger ceux de ſa famille à le retirer de leurs mains, en ſe coti-
» ſant pour faire la ſomme due. S'il n'avoit pas été fidèle aux Loix, le corps
» demeuroit privé de ſépulture, & apparemment étoit jetté dans une eſpèce
» de voirie ou de foſſe, qu'on nommoit le Tartare (qui ſignifie, en Chal-
» déen, *Præmonitio* , *Avertiſſement* , *Monition*). Diodore nous apprend
» qu'auprès d'une Ville (Achante) peu diſtante de Memphis, il y avoit un
» tonneau percé, dans lequel on verſoit perpétuellement de l'eau du Nil ;
» ce qui ne pouvoit ſignifier qu'un tourment ou des remords qui ne finiſſent
» point. Et ce ſeul trait nous donne lieu de penſer que le lieu où l'on
» jettoit les corps ſans ſépulture, étoit accompagné de repréſentations ef-
» frayantes, comme d'un homme attaché à une roue qui tourne ſans ceſſe ;
» d'un autre dont le cœur eſt perpétuellement déchiré par un vautour ; d'un
» autre qui pouſſe au haut d'une montagne une lourde pierre, qui retombe
» auſſi-tôt, & qu'il eſt contraint de reporter ſans interruption vers le ſom-
» met.

» S'il ne ſe préſentoit point d'Accuſateur, ou que l'Accuſateur qui dépo-
» ſoit contre le Défunt fût convaincu de faux, alors on ceſſoit de pleurer le
» Mort : on faiſoit ſon éloge. Par exemple, on vantoit ſon excellente éduca-
» tion, ſon reſpect pour la Religion, ſon équité, ſa modération, ſa chaſteté
» & ſes autres vertus. Jamais on ne lui faiſoit un mérite de ſa naiſſance,
» qu'on ſuppoſoit être la même pour tous les hommes. Toute la multitude
» des Aſſiſtans applaudiſſoit à ces éloges, & félicitoit le Mort ſur ce qu'il
» alloit jouir d'un repos éternel, avec les gens de bien.

» Sur le bord du lac étoit un Batelier ſévère & incorruptible, qui recevoit
» le corps mort dans ſa Barque, par l'ordre exprès des Juges, & jamais au-
» trement. Les Rois d'Égypte eux-mêmes étoient traités avec une égale

» rigueur, & n'étoient pas admis dans la Barque fans la permiſſion des Juges,
» qui les privoient quelquefois de la ſépulture. Le Batelier conduiſoit le
» corps au-delà du lac, dans une plaine embellie de prairies, de ruiſſeaux,
» de boſquets, & de tous les agrémens champêtres. Ce lieu ſe nommoit
» Eliſout, ou les Champs-Éliſées, c'eſt-à-dire, *Pleine ſatisfaction*, *ſéjour
» de repos* ou *de joie*. A l'entrée de ce ſéjour étoit une figure de Chien à
» trois gueules, que l'on nommoit Cerbère. Toute la cérémonie finiſſoit par
» jetter trois fois du ſable ſur l'ouverture du caveau où l'on avoit enfermé
» le cadavre, & à lui dire autant de fois adieu.

   » Tous ces termes & ces pratiques, qui ont été copiés preſque par-tout,
» étoient autant d'inſtructions adreſſées au Peuple. On lui faiſoit entendre
» par toutes ces cérémonies, comme par autant de diſcours ou de ſymboles
» très-ſignificatifs, que la mort étoit ſuivie du compte qu'il falloit rendre
» de notre vie à un Tribunal inéxorable ; mais que ce qui étoit à redouter
» pour les Méchans, n'étoit pour l'Homme Juſte qu'un paſſage à un état plus
» doux. C'eſt pourquoi la Mort étoit appellée *la Délivrance*. Nous l'ap-
» pellons *le Trépas*, c'eſt-à-dire le paſſage à une autre vie. La Barque de
» tranſport ſe nommoit *la Tranquillité*, parce qu'elle ne tranſportoit que
» les Juſtes ; & au contraire le Batelier qui refuſoit ſans quartier ceux que les
» Juges n'avoient pas abſous, ſe nommoit *la Colère* ou la Vengeance.

   » Quand à la terre jettée ſur le corps, & aux tendres adieux des Parens,
» c'étoient le devoir naturel & l'expreſſion ſimple de leurs regrets. Mais ils
» ne ſe contentoient pas de rendre en paſſant cet honneur ſur la foſſe : ils
» plaçoient à l'entrée du cimetière, & au-deſſus de la porte du Mort, le Sym-
» bole de l'eſtime & de la tendre affection qu'ils portoient à leur Parent
» mort. Le Chien étant l'animal le plus attaché à l'homme, eſt le Symbole
» naturel de l'amitié & de l'attachement. Pour exprimer les trois cris qu'ils
» avoient pouſſés ſur la foſſe de leur ami, ſuivant l'uſage qui n'accordoit cet
» honneur qu'aux Gens de bien, ils donnoient trois têtes ou trois goſiers
» à la figure du Chien. Ainſi cette figure placée auprès du tombeau, & ſur
» la porte du Mort nouvellement enterré, ſignifioit qu'il avoit été honoré
» des regrets de la famille, & des cris que les amis ne manquoient pas de
» venir pouſſer ſur la foſſe de celui qu'ils avoient eſtimé & chéri pour ſes
» bonnes qualités. Le ſens de ce Symbole n'eſt plus équivoque dès qu'on
» en traduit le nom : ils l'appelloient *Cerbère*, c'eſt-à-dire très-ſimplement
» *les cris de la foſſe.*

   » Nous voyons, dit ailleurs M. Pluche, Hiſtoire du Ciel, Tome I[er.] page
» 73. & ſuivantes, par les funérailles d'Archémore, dans la Thébaïde de
» Stace, par l'anniverſaire d'Anchiſe, dans le cinquième Livre de l'Énéïde,
» & par les lamentations annuelles des Vierges d'Iſraël ſur le ſort de la fille
» de Jephté, que c'étoit un uſage univerſel dans l'Antiquité de pleurer
» & de prier ſur les tombeaux des perſonnes chères à la Patrie, & de renou-
» veller ces Aſſemblées & ces Sacrifices après l'année révolue. L'Oſiris, ou
» le Symbole de la révolution annuelle, pouvoit donc annoncer un Anni-
» verſaire par le changement de ſon attribut. Alors, au lieu du fouet, ou
» du harpon, on lui mettoit en main le bout ferré ou l'Aviron d'un Ba-
» telier ; ou bien on lui mettoit ſur la tête un boiſſeau, une meſure de
» bled qui ſe diſtribuoit à chaque Pauvre dans les Fêtes funèbres, & peut-
» être donnoit-on à cette figure le nom de Pélouta, *la Délivrance*. On entre-
» voit aſſez pourquoi, & nous remarquerons que la Barque de paſſage étoit

le

» le Symbole de la Mort ; que le boiſſeau étoit l'annonce d'une diſtribution
» funèbre ; & que la délivrance du mal étoit l'idée qu'on avoit ancienne-
» ment de la mort des Juſtes. » Il eſt à préſent facile de conclure que le
Dieu Pluton a pris ſon origine dans un Signe & dans une Figure de l'Écriture Hiéroglyfique, & que Caron, ce Batelier myſtèrieux, ainſi que le
Chien à triple tête, ſont auſſi nés dans les caractères de la même Écriture.
Revenons au ſeul Pluton, & voyons ce que la Fable & la Numiſmatique
nous en apprennent.

Du Dieu Pluton, ſelon l'Hiſtoire & la Fable.

Les Phéniciens & les Grecs ont eu chacun leur Pluton. Celui des Phéniciens fut fils de Saturne & de Rhéa. Comme on lui attribuoit l'établiſſe-
ment des cérémonies funèbres, on lui donna un nom qui ſignifioit la Mort,
& en conſéquence on le fit Dieu des Enfers. D'ailleurs la Fable ſuppoſe que
Jupiter lui en avoit donné l'Empire après avoir détrôné Saturne. Pour ſon
propré intérêt, & par état, il devoit déſirer la mort des hommes, afin de
multiplier tous les jours les Sujets de ſon Royaume. Les Grecs ſe firent un
autre Pluton d'un Roi des Moloſſes, nommé *Aidonée* ou *Orcus*. Ce fut à
celui-ci qu'ils attribuèrent l'enlevement de Proſerpine, & qu'ils donnèrent
le Chien Cerbère : ils en firent outre cela le Dieu des Richeſſes.

Pluton ſur les Médailles.

Quoi qu'il en ſoit de la pluralité ou de l'unité de Pluton, on repréſente
ce Dieu, ſur les Médailles, avec une tête de vieillard, dont les cheveux &
la barbe ſont fort négligés. Il y a derrière cette tête un aviron ou un croc,
dont la Fable prétend qu'il ſe ſervoit pour traîner avec lui les hommes dans
les Enfers. Voyez la planche X^e. n°. 12. On le trouve ſous cette forme
dans les Monnoies des familles *Claudia*, *Cornelia*, & *Nonia*. Mais on le
verra autrement, à la même planche n°. 13., ſur un revers où l'on a repréſenté l'enlévement de Proſerpine.

Section XXXIX.

De la Déeſſe Proſerpine, ſelon l'Écriture Hiéroglyfique.

Pour connoître d'où Proſerpine a tiré ſon origine, il n'y a qu'à recourir
à la Section XIe. où il a été parlé d'elle & de Cérès, que la Fable lui donne
pour Mère. Il ſeroit inutile de répéter ici ce qu'on en a déja dit.

De la Déeſſe Proſerpine, ſelon l'Hiſtoire, la Fable & la Numiſmatique.

Proſerpine, ſelon la Fable, fut fille de Jupiter & de Cérès. Pluton, qui
étoit fort laid, ne trouvant pas à ſe marier, réſolut d'enlever une femme.
ayant apperçu Proſerpine qui cueilloit des fleurs dans les belles campagnes
de la Sicile, près de la Ville d'Enna, il l'enleva, & partagea avec elle le
Trône des Enfers. Cérès inconſolable de la perte de ſa fille courut ſur le
mont Etna, où elle alluma les torches, avec leſquelles on la repréſente,
pour chercher Proſerpine.

Sur les Médailles de Cyzique, où la Déesse des Enfers étoit particulièrement adorée, sous le nom de Koré, on la représente avec une tête couronnée de feuillages, de fleurs & d'épics, parce que dans un sens on la
regardoit comme la Terre, d'où sortent ces productions. Nous avons son
enlévement par Pluton, dans le revers d'une Médaille frappée à Lardes, en
l'honneur de Tranquilline, femme de Gordien-Pie. Elle est encore sur un
autre revers de la même Princesse, mais habillée magnifiquement, & portant un muid sur sa tête. On vient de voir que ce dernier attribut, parmi
ces Divinités sépulcrales, signifioit une distribution d'aumônes en grains,
que l'on faisoit à la mort des proches Parens. La Déesse est ici debout, entre
un épic & un pavot, Symboles de son identité avec la Terre. Voyez la
planche X^e. n°. 14.

Section XL.

De Quirinus, Remus & Romulus, selon l'Histoire & la Fable.

Ce sont ici des Divinités Romaines, créées beaucoup de temps après les
autres. Les anciennes ont été filles de l'Écriture Hiéroglyfique, comme on
l'a montré jusqu'ici. Ces Divinités nouvelles doivent leur naissance à un mêlange d'Histoire & de Fable, comme on va le prouver

Quirinus est le surnom de Romulus, Fondateur de Rome. Dans l'enlévement des Sabines, ce Prince jetta les yeux sur Hersilie, fille du Roi
Tatius, & la prit pour sa femme. Ce fut cette alliance qui donna la paix
aux deux Peuples, & qui les réunit en un seul. La Fable le fait fils de Mars &
de *Rhéa-Sylvia* : elle lui donne *Remus* pour jumeau, & suppose que les deux
frères furent allaités par une Louve. Devenus grands, ils formèrent le projet
de régner, rassemblèrent une troupe de brigands, & jettèrent les premiers
fondemens d'un État, qui depuis a formé la République la plus fameuse,
& l'Empire le plus puissant. Mais Romulus las de partager l'autorité avec
son frère, s'en défit bientôt. Ayant donné de la jalousie & de l'ombrage à
ses principaux Sujets, il périt lui-même, mais sécrétement, à cause de l'amour
que le Peuple lui portoit : pour cacher ce crime, ses ennemis répandirent
le bruit que Mars son Père l'avoit enlevé au Ciel, & l'y avoit fait recevoir
au nombre des Dieux. On supposa ensuite qu'après son Apothéose il s'étoit
fait voir à *Junius Proculus*, sous la forme la plus majestueuse, pour lui
annoncer son bonheur & sa gloire, & l'avertir que le Peuple Romain eût
à le reconnoître & l'adorer comme un Dieu, & à lui ériger des Temples &
des Autels, sous le nom de *Quirinus*, nom qu'il aima toujours, parce qu'il
avoit d'abord donné aux Romains celui de *Quirites*.

Quelques Auteurs, que l'on a refutés, ont prétendu que Remus & Romulus étoient nés de *Rhéa-Sylvia*, pendant qu'elle étoit Vestale ; que leur
Mère étoit fille de *Numitor*, détrôné par son frère *Amulius* ; que celui-ci
avoit fait exposer sur le Tibre les deux frères jumeaux, aussi-tôt après leur
naissance ; que *Faustulus*, chef des Bergers du Roi *Amulius*, les avoit trouvés & fait élever par sa femme *Acca-Laurentia*, que ses débauches avoient
fait surnommer la Louve ; d'où est venue la Fable qui les fait trouver &
allaiter par une Louve ; que *Remus* enfin, peu content de son frère, s'en
sépara, & devint le Fondateur de Rheims, comme Romulus le fut de Rome.
Mais tout ce récit est regardé comme un Roman, par certains Critiques, dont
les uns font naître Romulus en Syrie, & les autres en Gréce.

Quirinus

Quirinus, Remus & Romulus sur les Médailles.

Quoi qu'il en soit, il y a eu un Romulus de la Fable & un de l'Histoire ; ou plutôt c'est le même Romulus reconnu par l'Histoire comme Fondateur de Rome, que la Fable a décoré de manière à le rendre l'objet du culte de la superstition. La Numismatique, qui a copié la Fable en ce qui regarde les fausses Divinités, nous le représente d'après elle, sur ses Monumens. Parmi les Médailles de la famille *Memmia*, il y en a une qui offre sa tête à barbe longue & aux cheveux frisés, avec une couronne de laurier : cette tête porte le caractère d'un vieillard vénérable. Il y a une Médaille de l'Empereur Hadrien sur laquelle Romulus est habillé, en Militaire & comme le Dieu Mars, portant un trophée sur l'épaule gauche, & une pique à la main droite : la légende est *Romulo Conditori*. Enfin il y a grand nombre de Monnoies antiques, où l'on trouve Remus & Romulus tettant la Louve, sous le Figuier Ruminal, ainsi nommé, parce que ce fut sous cet arbre que *Faustulus*, père nourricier prétendu des deux Jumeaux, fit un Aruspice ; c'est-à-dire, qu'il consulta le vol des oiseaux sur le sort futur de l'un & de l'autre. Aussi paroît-il sur quelques-unes de ces pièces dans l'attitude d'examiner le vol des oiseaux.

On donne, à la planche X^e. n°s. 15. 16. & 17. trois faces de Médailles. Sur la première on voit la tête de Romulus, sous le nom de *Quirinus* ; sur la seconde, c'est le Romulus Martial d'Hadrien ; sur la troisième, ce sont les deux frères sous la Louve, avec Faustulus & le Figuier.

Section XLI.

De la Déesse Rhæa, ou Rhéa, selon l'Écriture Hiéroglyfique.

Le nom de Rhéa ou Rhæa vient du mot Égyptien ou Phénicien Rohéah, qui, en latin, signifie, *Pascens, Nutrix*, & en françois, une Nourrice. Quand on voulut en Égypte annoncer les fêtes qui suivoient la fénaison & la moisson, on montroit au Peuple une Enseigne sur laquelle étoit la figure d'Isis. Mais afin que cette figure fût, pour ainsi dire, parlante, par son rapport à ce qu'on vouloit lui faire signifier, on la représenta avec beaucoup de mamelles, &, suivant toute apparence, on l'en couvroit d'un nombre plus grand ou plus petit, selon que les récoltes étoient plus ou moins abondantes. Les têtes de plusieurs animaux, qu'on plaçoit autour d'Isis devenue le Symbole de la Terre ou de la Nature, donnoient à entendre que non seulement elle nourrissoit les hommes, mais encore les animaux. Avec ces ornemens symboliques, cette Déesse, à qui d'autres attributs avoient déja fait donner les noms & les fonctions de Cybèle, d'Astarte, & de plusieurs autres Divinités, fut appellée *Rhæa* ou *Rhéa* c'est-à-dire, la Mère nourrice, & prit bientôt, sous cette dénomination, la même voie que les autres figures de l'Écriture Sacrée, pour arriver à la Divinité, où l'ignorance & la superstition la placèrent.

La Déesse Rhéa, selon l'Histoire & la Fable.

On pourroit se dispenser de parler ici de Rhéa, puisqu'on vient de voir que c'est la même Divinité à laquelle on a donné les noms de Cybèle, d'Ops, d'Isis & d'Astarte ; on pourroit y joindre ceux de Vesta, de Dictyne, Dyn-

D d

dimène, d'Idéenne, de Mère des Dieux, de grande Déeſſe, & pluſieurs autres ; car perſonne n'ignore que ce ſont autant de noms différens donnés à la même figure diviniſée, que le grand nombre de ſes fonctions & de ſes ſignifications, & la variété de ſes ornemens & de ſes attributs, ont fait multiplier dans des temps & des Pays différens. Mais puiſque la Numiſmatique a ſuivi la Fable ſur l'article de Rhéa, qu'elle a regardée comme une Divinité réelle & diſtinguée des autres, nous ne nous écarterons pas de cette idée, & nous traiterons en particulier de cètte prétendue Déeſſe.

La Fable la fait femme de Saturne, & Mère de Jupiter. Prête à mettre au jour ce fils, & ſachant que le Père dévoroit tous ſes enfans mâles, dans la crainte d'en être détrôné, elle voulut lui dérober la connoiſſance de ſon accouchement. Pour cela elle convoqua les Corybantes, afin que le bruit de leurs tambours & de leurs armes cachât à Saturne les cris que la douleur pourroit lui arracher, & ceux-même de l'enfant qui, par ce moyen, devoit échapper à la cruauté & à la voracité de ſon père.

Rhéa ſur les Médailles.

Cette Fable eſt repréſentée de différentes façons, ſur trois revers de Médailles, que l'on trouve dans l'ouvrage de Seguin, intitulé *Selecta Numiſmata* &c. Le premier revers eſt d'une Médaille frappée dans l'Iſle de Crète, pour l'Empereur Trajan. On y voit Rhéa qui tient l'enfant dont elle vient d'accoucher, & les Curètes ou Corybantes dans l'attitude de frapper leurs tambours. Le ſecond, eſt d'une Médaille d'Antonin-Pie, où l'accouchement de ſa femme Fauſtine eſt repréſenté ſous l'emblême de Rhéa ; un Corybante éleve entre ſes mains le petit Jupiter emmaillotté ; deux autres, dont l'un ſonne de la trompette & l'autre bat du tambourin, ſont auprès d'eux ; un quatrième paroît dans l'attitude d'un Accoucheur, avec une femme deſtinée à l'aider ; derrière l'Accouchée on voit un Satyre qui porte dans un vaſe quelque liqueur confortative. Le troiſième revers eſt d'une Médaille de Trajan-Dèce, où trois Corybantes frappent de leurs armes, & battent de leurs tambourins près de Rhéa, qui tient au milieu d'eux l'enfant dont elle vient d'accoucher. Ces trois Médailles ſont à la planche Xe. nos. 18. 19. & 20. Voilà tout ce qu'on peut donner de Rhéa en particulier.

Section XLII.

De la Déeſſe Rome ſur les Médailles.

Les Anciens ne ſe ſont pas contentés de perſonnifier les Villes, & de les repréſenter ſous des figures de femmes ; mais ils les ont encore adorées comme des Divinités. Entre ces Villes élevées au rang des Déeſſes, Rome a tenu le premier rang. On la voit repréſentée en cette qualité ſur un grand nombre de Médailles, ſoit à la face, ſoit au revers.

A la face des Médailles, c'eſt une tête de femme toujours repréſentée belle & jeune, pour inſinuer que cette Ville & la République étoient toujours dans la fleur & la vigueur de la Jeuneſſe. Elle a quelquefois une couronne murale ſur la tête ; pluſieurs Monoyeurs y ajoutent un voile. Mais ordinairement on la trouve couverte d'un caſque, dont la forme varie beaucoup. Alors elle reſſemble ſi fort à Minerve ou à Pallas, que, ſans la légende, il feroit affez difficile de la diftinguer de cette Déeffe, fur les pièces qui la repréfentent de la forte.

Au revers des Médailles, Rome paroît fous la forme d'une jeune femme, belle & grande, tantôt affife ou debout fur un char à deux ou à quatre chevaux, tantôt fur un amas de boucliers & d'autres armes, quelquefois fur un fiège ordinaire, fur des rochers, ou à l'entrée d'un Temple. D'autres fois la Déeffe debout reçoit ou couronne un Héros, un Conquérant, un Général victorieux. On la trouve d'une infinité de façons fur les revers des Médailles Confulaires & fur d'autres.

Par-tout où l'on puiffe la rencontrer elle a la tête couverte d'un cafque, ou d'une couronne murale, comme nous l'avons obfervé : elle eft toujours accompagnée des marques de fes Guerres, de fes Conquêtes & de fes Triomphes. Elle tient à la main un fceptre ou une pique, une couronne ou une palme, fouvent une petite figure de la Victoire, ou quelque autre chofe de relatif au titre de Déeffe, de Maîtreffe du Monde, de Guerrière victorieufe & triomphante.

Les titres qu'on lui a donnés répondent aux attributs & aux ornemens avec lefquels on l'a repréfentée : tels font les principaux ; Rome la Déeffe, *Dea Roma* ; Rome Sacrée, *Roma Sacra* ; Rome l'Heureufe, *Roma Felix* ; Rome la Bienheureufe, *Roma Beata* ; Rome l'Éternelle, la Perpétuelle, *Roma Æterna*, *Perpetua* ; Rome la Victorieufe, *Roma Victrix* ; l'Invincible, *Invicta* ; Rome Renaiffante, *Roma Renafcens* ; Rome Reffufcitée ou Reffufcitante, *Roma Refurgens*, &c.

On trouvera la Déeffe Rome de fix façons, à la planche Xᵉ. nᵒˢ. 21. 22. 23. 24. 25. & 26. D'abord ce font deux buftes couverts d'un cafque : enfuite ce font quatre ftatues affifes, dont la première tient une petite Victoire fur fa main droite, & un fceptre dans fa gauche ; la feconde eft fur un amas d'armes, la pique à la main droite, & un bouclier fous fon bras gauche ; la troifième eft victorieufe, & tient une branche d'olivier ou de laurier de la main droite, & appuie l'autre fur un gouvernail, près duquel eft le globe terreftre ; enfin la quatrième eft affife auprès des trophées d'armes ; la Louve allaitant Remus & Romulus eft à fes pieds, & deux oifeaux femblent voler vers la Déeffe, qui paroît attentive à confulter le deftin fur le fort de ces Princes. Rome eft repréfentée de plufieurs autres façons, fur les Médailles ; mais elle y eft toujours très-aifée à reconnoître.

Section XLIII.

Du Dieu Saturne, felon l'Écriture Hiéroglyfique.

On va voir ici jufqu'où la fuperftition a pouffé le ridicule au fujet de Saturne. M. Pluche le fait toucher au doigt : nous le fuivrons, à notre ordinaire, & nous le copierons en l'abrégeant, autant qu'il fera poffible. Il faut dire d'abord que Saturne ne fut dans fon origine qu'une figure fymbolique, comme la plupart des autres faux Dieux. Cette figure étoit celle d'Horus repréfenté quelquefois comme un vieillard, avec une barbe grife & deux ailes, tenant une faux à la main, ou ayant une faucille près de lui : d'autres fois il étoit dépeint arrêté & garrotté comme un prifonnier, ou enfin dégagé de fes liens comme un homme libre. Outre les attitudes & les attributs dont on caractérifa cette figure, on lui donna encore des noms qui achevèrent d'en déterminer la fignification. Ces noms font celui de *Sudec*, qui fignifie le Jufte ; celui de *Crone*, qui fignifie la Gloire, la Dignité, la Majefté, ou la Couronne ; celui de *Chiun* ou *Chéunna*, qui fignifie l'affemblée des Prêtres ; celui de *Soterin*, ou de *Setrun*, qui fignifie les Juges, ou l'exécution des Jugemens.

Mais que vouloit-on annoncer au Peuple par cet Horus à barbe, & à faux, tantôt lié, tantôt libre, & ayant tant de noms ? En voici le dénouement.

Les Égyptiens avoient un Collège nombreux de Prêtres élus ou tirés au fort : il étoit compofé des premiers nés des familles. Ces Prêtres avoient leur demeure dans un endroit nommé le *Labyrinthe*, nom qui fignifie une Tour. Comme leur principale fonction étoit d'étudier le Ciel, & d'en examiner les mouvemens, cette Tour étoit diftribuée en autant d'appartemens qu'il y avoit de mois dans l'Année ; on y plaçoit les figures fignificatives qui avoient rapport aux Signes, Conftellations, Travaux, Occupations, Affaires & Fêtes qui convenoient à ces mois. Là les Anciens montroient aux jeunes Prêtres ces figures avec tous leurs fymboles, attributs & ornemens, pour leur en apprendre la fignification. Ils copioient ces figures, en les peignant, ou en les traçant, ou en les gravant fur des efpèces d'enfeignes, pour les expofer aux yeux du Public, afin de lui annoncer ce qu'il avoit à faire à la vue de ces Signes Symboliques. Une autre fonction de ces Prêtres étoit d'étudier les Loix, & de rendre la Juftice.

Cette étude, avec celle du Ciel & des Symboles, demandoit beaucoup de temps : auffi pour empêcher qu'ils ne fuffent interrompus par le Public, ni tentés eux-mêmes de fortir & de fe diffiper, on les enfermoit dans cette Tour, & ils n'en fortoient qu'à un certain temps de l'Année, qui répondoit à notre mois de Mai, faifon la plus riante & la plus agréable. C'eft alors qu'ils fe partageoient pour rendre alternativement la Juftice ; enforte que les uns veilloient & travailloient à l'examen & à la décifion des affaires, tandis que les autres dormoient & fe repofoient.

Dès que ce temps de rendre la Juftice approchoit, on l'annonçoit au Peuple, en lui montrant la figure dont nous parlons, c'eft-à-dire celle d'un Horus vieux, avec une faux, mais délié & non garrotté. C'étoit là une figure parlante pour quiconque avoit les premières notions de l'Écriture Hiéroglyfique ; car d'abord l'Horus-Saturne préfenté fous la forme d'un homme lié & garrotté, comme on le montroit pendant prefque toute l'Année, marquoit l'état du Collège des Prêtres, qui, attachés à l'étude pendant ce temps, ne pouvoient fortir du labyrinthe où ils étoient retenus. L'Horus-Saturne libre & délié annonçoit enfuite la fortie des Prêtres, & le changement de fonctions auxquelles ils alloient vaquer au dehors, en écoutant le Public, & en jugeant chacun felon la Juftice & les Loix. La faucille ou la faux d'Horus dénotoit le temps auquel ces Miniftres alloient vaquer à ce devoir important ; c'étoit, dans le Pays, le temps de la fénaifon & de la moiffon. L'air vieux qu'on lui donnoit, annonçoit la maturité, la fageffe & la prudence qui conviennent à des Vieillards, à des Juges, à des Prêtres. Si l'on repréfentoit cette figure avec deux yeux ouverts & deux fermés, deux ailes étendues & deux autres abaiffées, c'étoit pour marquer cette alternative de travail & de repos, établie entre les Prêtres qui fe fuccédoient jour & nuit dans l'exercice de la Juftice, pour expédier les affaires du Peuple & de l'État, fans faire languir perfonne par des retardemens toujours ruineux. Voilà Saturne dans fa première deftination, & dans fon origine.

Dès qu'on eut perdu de vue la signification du symbole principal, & de tous ceux qui lui étoient en quelque façon subordonnés, on prit cette figure pour celle d'un Roi, & ensuite pour celle d'un Dieu, auquel on chercha un Père, une Mère & des Enfans : on lui supposa des inclinations, des passions, des actions, un Royaume & des Sujets. Ses attributs furent pris pour des marques de son pouvoir, & pour des instrumens dont il se servoit pour l'exercer à son gré, même contre son Père. Ses noms servirent encore à composer l'Histoire de sa naissance & de sa vie. La plus légère attention suffira pour en être convaincu.

Nous avons dit qu'outre le nom de Saturne on avoit donné à la figure symbolique, dont il s'agit ici, ceux de *Sudec*, de *Crone*, de *Chiun*, ou *Chéunna*, de *Soterin* ou de *Setrun* ; nous avons ajouté que ces noms avoient tous leur signification ; mais la véritable ayant été oubliée, on leur en donna une autre, ainsi qu'aux ornemens & attributs, suivant la variété des idées des Peuples différens qui l'adoptèrent pour leur Dieu.

Les Grecs, par exemple, voyant que le nom de *Crone* avoit quelque rapport avec celui de *Chrone* ou de *Chronos*, qui signifie *le Temps*, dans leur langue, imaginèrent qu'il étoit non seulement le Dieu du Temps, mais le Temps même, & rapportèrent à cette idée l'âge, l'air, & la faux de la figure. Son âge & son air de vieillard, selon eux, convenoient au Temps ; la faux lui étoit donnée pour marquer que le Temps coupe, fauche, détruit tout, jusqu'aux pierres les plus dures ; aussi supposa-t-on que Saturne en avoit détruit en Syrie : de plus, on le représenta sous le symbole d'un Serpent, qui, en se mordant la queue, formoit un cercle, figure du Temps, dont une partie saisit toujours l'autre.

Le nom de Sudec, qui signifie le *Juste*, fit penser à d'autres qu'il étoit ou Noé ou Abraham. Ceux qui crurent qu'il étoit Noé lui donnèrent trois fils qu'ils substituèrent à Sem, Cham & Japhet, & qu'ils nommèrent Jupiter, Neptune & Pluton : ils le firent Inventeur du labourage, de la charrue, des plantations, de la vigne ; & ce fut la raison pour laquelle, au lieu de la faux, on lui mit quelquefois une faucille ou une serpette à la main. C'est de ces différens attributs que sortirent toutes les Fables ridicules qui lui firent mutiler son Père, dévorer ses enfans, partager ses États & tout le Monde entre les trois qu'on vient de nommer, & que Rhéa sa femme avoit dérobés à sa voracité. Ceux qui le regardèrent comme Abraham, que l'Écriture Sainte appelle le Juste par excellence, le crurent amateur des victimes humaines ; & en conséquence ils se firent une loi barbare & une coutume impie de lui immoler tous les ans quelques hommes ou enfans, comme pour imiter le sacrifice que ce Père des Croyans avoit fait à Dieu, de son fils unique, par obéissance, & dans la disposition la plus parfaite à ses ordres.

Le nom de *Soterin* ou de *Setrun*, ou de *Saturne*, qui tous trois signifioient ou l'*Exécution*, ou les Exécuteurs des Jugemens, confirmèrent certains Peuples dans l'idée qu'ils se firent de Saturne comme d'un Dieu vengeur & sanguinaire, à qui les victimes humaines étoient les plus agréables.

Ce fut ainsi qu'en abusant des symboles les plus utiles & des noms qu'on ne leur avoit donnés que pour les faire mieux entendre, on multiplia le nombre des Dieux à qui on prêta des actions & des inclinations totalement opposées les unes aux autres, sans s'embarasser si on ne faisoit pas plutôt des monstres que des Dieux ; car en se livrant à des idées tirées des différens attributs de cette figure, on fit en même temps de Saturne le Père des Dieux,

un Noé Inventeur du labourage, un Abraham, un Juge d'une équité incorruptible, un Roi plein de douceur, un Mangeur d'enfans, enfin un
Monſtre qui ne pouvoit ſe repaître que de victimes humaines, & dont l'humeur ſanguinaire n'épargna ni ſon père, ni ſon fils.

Du Dieu Saturne, ſelon l'Hiſtoire & la Fable.

Saturne, ſelon la Fable, fut fils du Ciel & de la Terre. Père inhumain,
il voulut dévorer tous ſes enfans, comme le Temps, dont il eſt le Symbole,
dévore & engloutit les Années, les Mois & les Jours. Son fils Jupiter échappé
à ſa voracité par les ſoins de ſa Mère, le détrôna dès qu'il fut grand. Saturne craignant qu'il ne le fît mourir, s'enfuit en Italie, où il enſeigna à cultiver la Terre. Quoiqu'il eût pour femme Rhéa, il n'en aima pas moins la
Nymphe Philyre ; il ſe métamorphoſa en Cheval pour en jouir. Chiron
fut le fruit de ce commerce inceſtueux.

Saturne ſur les Médailles.

La Numiſmatique ſemble ne l'avoir regardé que comme le Dieu du
Temps, ou plutôt comme le Temps même ; auſſi le repréſente-t-elle avec
une tête de vieillard, dont la barbe & les cheveux ſont friſés. Cette tête eſt
couronnée de lauriers, ſur quelques Médailles de la famille Calpurnia & ſur
d'autres : au lieu de cette couronne, elle eſt couverte d'un voile, ſur certaines
Monnoies antiques frappées par les Habitans d'Héraclée : pour faire voir
que c'eſt la tête de Saturne, du Dieu & du Maître du Temps, il y a une
faux, ou une faucille auprès d'elle. Sur d'autres Médailles, un aviron nous
apprend qu'il paſſe les hommes d'un Monde à l'autre. Pluſieurs autres lui
donnent un ſablier, dont il ſe ſert pour meſurer les heures & le temps de la
vie des hommes : s'il tient une faux dans l'attitude de couper, c'eſt le fil
de nos jours, auxquels il en veut, qu'il ſe prépare de trancher. Enfin un
Serpent, qui, en ſe mordant la queue, forme un cercle parfait, ſert encore
de ſymbole à Saturne ſur les anciens Monumens. On le donne de trois
façons, à la planche Xᵉ. nᵒˢ. 27. 28. & 29. D'abord c'eſt une tête de vieillard couronnée de laurier ; enſuite c'eſt une figure avec un voile, comme
ſur les Médailles d'Héraclée ; enfin on le montre ſous la forme & dans
l'attitude d'un Faucheur.

Section XLIV.

Du Dieu Sérapis, ſelon l'Écriture Hiéroglyfique.

On peut recourir à la Section ſeconde, qui traite du Dieu Apis ; on y
trouvera l'étymologie du nom de Sérapis, avec l'origine de cette fauſſe Divinité. Nous n'avons rien à ajouter au détail que nous en avons déja fait.

De Sérapis, ſelon l'Hiſtoire & la Fable.

La Fable ne donne ni père, ni mère, ni femme, ni enfans à ce Dieu
pris ſous le nom de *Sérapis* ; mais comme ce mot, & celui de *Sarapis*, ne
ſignifioient autre choſe, en Égyptien, que la retraite ou la mort du Dieu
Apis.

Apis, qui étoit originairement un Bœuf, cet animal aura eu, sans doute, son père, sa mère & sa famille dans les troupeaux de l'Égypte. *Sérapis*, après avoir signifié la *retraite d'Apis*, devint quelque chose de plus qu'une simple signification. On en fit un homme, & à la suite des temps un Dieu, que l'on confondit souvent avec d'autres à qui on donna son nom, comme au Soleil, à Pluton, &c.; nous ne parlerons ici que du Dieu *Sérapis* proprement dit.

Élevé au rang des Divinités de l'Égypte, comme Isis, Osiris, Apis & plusieurs autres, il ne fut cependant, selon quelques Auteurs, qu'un Symbole, sous lequel les Égyptiens honoroient le Patriarche Joseph, & dont on se servoit pour rappeller à la mémoire de ces Peuples la prudence, la sagesse & la bonté de ce grand homme, qui les avoit sauvés de la mort, en leur procurant des grains en abondance, pendant les sept années que leurs terres furent entièrement stériles. C'est pourquoi on représente Sérapis avec un boisseau sur la tête.

Sérapis sur les Médailles.

On le voit parmi les Médailles d'Élogabale, frappées en Égypte, sous la figure d'une tête rayonnée, avec un boisseau sur le sommet, une palme & le caducée devant lui. Celles de Posthume le représentent avec le titre de Sérapis Compagnon d'Auguste ou de l'Empereur, *Serapidi Comiti Augusti*: il tient une toise & le pan de sa robe de la main gauche; la droite est élevée, comme s'il parloit à quelqu'un ou qu'il donnât des ordres. Il est aussi sur plusieurs Monnoies de l'Empereur Commode, tantôt de bout & seul, tantôt avec Isis, & donnant la main au Prince que la Victoire couronne, tandis qu'Isis l'assure de sa conquête, en jurant sur son sistre qu'elle présente au même Prince, au-dessus d'un Autel. On le trouvera de trois façons, à la planche X.ᵉ nᵒˢ· 30. 31. & 32. Il y est en regard, puis accollé avec Isis, & enfin seul avec le muid sur la tête, ayant la toise en main, &c. Sur l'une de ces pièces il a le titre de Dieu, *Deo Sérapidi*.

SECTION XLV.

Du Dieu Soleil, selon l'Écriture Hiéroglyfique.

On a déja parlé plus haut du Soleil; mais pour ne rien laisser à désirer, & pour faire voir comment le Soleil est devenu un Homme & un Dieu, dans l'idée des Peuples Idolâtres, de simple Symbole destiné, dans son origine, à représenter la Divinité sous la figure d'un cercle, d'une tête, ou d'un homme à tête rayonnée, nous allons donner ce que nous en apprend M. Pluche, dans son Histoire du Ciel, premier Volume, page 142. & suivantes, où il démontre comment les idées de Dieu & du Soleil se sont confondues.

» Les Égyptiens, dit-il, voyoient par-tout, & principalement dans le
» lieu des Assemblées religieuses, un cercle, ou la figure du Soleil. Cette
» figure étoit souvent au haut de chaque tableau destiné à les instruire,
» souvent sur la tête des oiseaux, des serpens & des personnages symboli-
» ques les plus distingués. Comme le Soleil étoit le corps de ce Symbole,
» ils le nommoient souvent le Soleil; & l'Être tout-puissant étant l'ame ou
» le sens de la lettre, au lieu de nommer cette figure le Soleil, ils l'appel-

» loient également *l'Être*, *l'Éternel*, *le Père de la vie ; le Fort*, *le Très-haut*.
» C'étoit sur-tout devant cette figure qu'ils se prosternoient dans leurs sacri-
» fices. Ils adressoient leurs remercimens & leurs prières au Très-Haut,
» dont cette Écriture devoit les entretenir. Mais l'œil, l'oreille & l'esprit
» étant toujours occupés du Soleil dans les actions publiques de Religion,
» le Peuple rapporta tous ces grands titres, ses remercimens & son adora-
» tion au Soleil même. Dès que Dieu fut confondu avec son ouvrage, une
» première illusion ouvrit la porte à mille autres extravagances.

» A côté du Soleil qu'on présentoit au Peuple sur la tête des figures
» symboliques, & au haut des peintures sacrées, se voyoient tantôt une ou
» deux Anguilles, caractère de la vie dont Dieu est l'Auteur ; tantôt
» certains feuillages, symboles des libéralités dont il est le Distributeur ;
» tantôt des ailes de Scarabée (ou de Papillons), Symbole des change-
» mens de l'Air, dont Dieu est le Dispensateur. Toutes ces choses tenant
» à l'objet de ses adorations, il conçut une sorte de vénération pour l'An-
» guille ou le Serpent, qu'il voyoit d'ailleurs placé honorablement dans le
» coffret mémoratif de l'état des premiers hommes , & dans d'autres céré-
» monies, dont le sens se perdoit de vue. Il prit de même une idée avan-
» tageuse du Scarabée , du Lotus, & de certaines plantes. Il les honora
» sans y rien comprendre. On chercha ensuite des raisons pour autoriser le
» rang & l'estime qu'on leur accordoit. Les explications allèrent toujours en
» se multipliant ; &, bien entendu, en empirant.

» Le Peuple Égyptien, après avoir déja pris l'habitude de confondre le
» Très-Haut avec le Soleil qui en étoit le signe, prit peu-à-peu le Sym-
» bole du Soleil même, l'Osiris, le Modérateur de l'Année, ou *le Gou-*
» *verneur de la Terre*, pour ce qu'il présentoit à l'œil, c'est-à-dire, pour
» un homme. Ils prirent de même Isis pour une femme ; & l'enfant qu'elle
» nourrit avec une tendre affection, ils le prirent pour un enfant, pour le
» fils d'Osiris & d'Isis. C'étoit entièrement pervertir l'usage de ces figures.
» Car un Homme Symbolique n'est point destiné à signifier un homme.
» Isis n'étoit point une femme ; & Horus, soit Enfant, soit Homme fait,
» soit qu'il fût armé d'une flèche, ou qu'il portât une cruche de vin, étoit
» toute autre chose qu'un Enfant, ou un Homme fait, ou un Chasseur,
» ou un Buveur. Prenant donc ces figures au pied de la lettre, ils les regar-
» dèrent comme des Monumens de leur histoire nationale. Ils ne délibé-
» rèrent pas longtemps sur l'application qu'il en falloit faire. Ils prirent la
» figure la plus distinguée, l'Osiris, le Roi, ou le Modérateur des Saisons,
» pour le Conducteur & le Père de toutes leurs Colonies qui étoit Cham,
» & qu'ils appelloient Ham, Amoun, Hammon, & Thammus, selon les
» diverses prononciations des Provinces.

» Osiris, de Lettre ou de Personnage symbolique qu'il étoit auparavant,
» étant devenu dans l'esprit des Peuples une personne réelle, un homme qui
» avoit autrefois vécu parmi eux, on fit son histoire relativement aux attri-
» buts que portoit la figure. On la mêlangea de quelques traits de la vie de
» Cham : on devina le reste, & on imagina autant de faits qu'il y avoit de
» pièces à expliquer dans le symbole, ou de cérémonies dans les fêtes où
» l'on portoit le caractère du bel Astre, par lequel Dieu nous distribue les
» secours de la vie. Diodore de Sicile & Plutarque, tout judicieux qu'ils
» sont, nous ont conservé ces ennuyeuses légendes. Étant, comme vous
» voyez, venues après coup, & lorsqu'on avoit négligé la signification du

symbole,

» ſymbole, elles ne ſont guère que des contes populaires, & des puérilités
» dont il n'y a aucun profit à tirer. Souvent ce ſont des infamies ſcanda-
» leuſes, & conformes aux inclinations déteſtables de ceux qui les ont
» imaginées.

» Les Égyptiens, qui avoient pris l'habitude d'adorer le Soleil comme
» Dieu, comme l'Auteur de tout bien, & de regarder Oſiris comme leur
» Fondateur, donnèrent dans un troiſième précipice. Ils ſavoient, par un
» ſouvenir confus & par un uſage univerſel, que cette figure d'Oſiris avoit
» rapport au Soleil ; & ce n'étoit en effet rien autre choſe dans ſa première
» Inſtitution. Ils voyoient de plus le cercle, la marque de Dieu, aſſez ſou-
» vent placé ſur le front d'Oſiris. Ils uniſſoient donc perpétuellement l'idée
» d'Ammon avec celle du Soleil, & toutes les deux avec celles de Dieu,
» de l'Être tout-puiſſant & bienfaiſant. Ils n'honorèrent plus ni Dieu, ni
» le Soleil, ſans chanter en même temps les bienfaits d'Oſiris ou d'Ammon.
» L'un tenoit toujours inſéparablement à l'autre ; ce qui leur fit publier
» qu'Ammon ou Oſiris avoit été tranſporté dans le Soleil pour y faire ſa
» réſidence, & que de là il ne ceſſoit de protéger l'Égypte, ſe plaiſant à
» répandre une plus riche abondance ſur le Pays qu'habitoient ſes Deſcen-
» dans, que ſur une autre Contrée de l'Univers. Ainſi, après avoir peu-à-
» peu attribué la Divinité, & offert leurs adorations à ce Roi repréſentatif
» des fonctions du Soleil, par un nouveau ſurcroît d'abſurdité, ils le prirent
» pour leur premier Roi. De là cet aſſemblage étrange de trois idées incom-
» patibles, je veux dire, de Dieu, du Soleil, & d'un Homme mort, qu'il
» eſt cependant certain que les Égyptiens confondoient perpétuellement ».

Le Soleil, autrement l'Oſiris des Égyptiens, conſidéré comme le Guide
de l'Année, des Aſtres & de toute la Nature, fut repréſenté ſous l'idée
d'un Cocher avec le fouet à la main. Sur quoi il faut remarquer, avec
M. Pluche, que cette idée n'avoit rien de bas dans ces temps-là ; c'étoit
au-contraire une fonction très-honorable, dans l'Antiquité, que celle de
gouverner un char : c'étoit l'exercice chéri des Rois & des plus grands
Guerriers. Les Égyptiens crurent donc qu'ils ne dèshonoreroient pas leur
Dieu en le peignant de la ſorte. Mais » les Grecs, ajoute M. Pluche,
» Hiſtoire du Ciel, Tome I. page 178, plus imaginatifs que les autres Peu-
» ples, en adoptant la figure du Soleil, ne ſe contentèrent pas de lui mettre
» un fouet à la main ; mais au fouet qui étoit très-ſuffiſant pour ſignifier la
» conduite de l'Année, dans l'ancienne Écriture (l'Écriture Hiéroglyfique),
» ils ajoutèrent un char, des Chevaux pleins de feu, & un équipage com-
» plet. Ils peignirent leur Dieu Soleil avec une face rayonnante, aſſis ſur
» un char, & gouvernant, le fouet dans une main & les rênes dans l'autre,
» quatre Chevaux ailés. Voilà Oſiris ou Ammon fort embelli. Mais quoi-
» qu'on lui ait ôté ſon air Égyptien, & qu'il acquière de nouveaux orne-
» mens d'un Pays à l'autre, il conſerve le caractère de Gouverneur ; & au
» travers de cette pompe on reconnoît Oſiris. Ce n'eſt toujours que le ſigne
» du Soleil, auquel ils joignent l'idée de la toute-puiſſance. Les Phéniciens
» le nommoient *Helion*, le Très-Haut. Les Grecs le nommèrent *Helios*.
» C'eſt toujours le même nom & le même blaſphême.

» Depuis que les Grecs eurent multiplié leurs Dieux, comme les ſym-
» boles qu'ils laiſſoient introduire chez eux ſans en comprendre le ſens,
» ils donnèrent à chacun de ces prétendus Dieux un équipage à-peu-près

» semblable, pour leur procurer la facilité des transports, & le soutien de
» leur dignité. Ils varièrent leurs ornemens, la livrée & l'attelage, selon
» la bienséance du rang & de l'état.

» Le comble de toutes ces folies, & c'est une folie qui devint universelle,
» étoit non seulement de confondre Dieu avec ce Gouverneur des Astres
» & de la Terre, c'est-à-dire, avec le Soleil, mais même de chercher par-
» mi leurs Héros ou leurs Fondateurs ce Roi devenu le Conducteur de la
» Nature. Ainsi les Égyptiens y trouvèrent leur Ammon, les Syriens leur
» Bélus, les Crétois leur Astérius, les Arcadiens un autre Jupiter ; ou plu-
» tôt ce Jéhov, parce qu'il avoit une forme humaine, passoit pour avoir
» été Roi de tous les Pays où son culte étoit reçu, quoiqu'il n'eût réellement
» vécu nulle part, puisqu'il n'étoit que le signe de la course du Soleil. »
Voilà l'origine de la fausse Divinité dont il s'agit ici. M. Pluche nous a
parfaitement bien découvert par quels dégrés, & par quels moyens le Soleil
est devenu un Dieu pour la plupart des Peuples de la Terre. Passons à ce
qui regarde ce Dieu dans la Fable & dans la Numismatique.

Du Dieu Soleil, selon l'Histoire & la Fable.

Si la Mythologie n'a pas donné le Soleil pour un Dieu universel, adoré
par la plupart des Peuples sous différens noms, elle l'a fait regarder comme
un Dieu duquel tous les autres, ou du moins la plus grande partie, ne furent
que des écoulemens, des émanations, & des symboles sous lesquels on lui
décerna un culte. Apollon, Bacchus, ou *Liber Pater*, Adonis, Sérapis,
Isis, Osiris, Esculape, Mars, Mercure, Mithra, Jupiter même, selon la
Fable, ne sont autre chose, à certains égards, & par rapport à certaines
fonctions, que des Soleils ou des Astres, sur lesquels le Soleil domine, &
qui en reçoivent les influences qu'ils communiquent à la Terre avec lui, ou
dépendamment de lui.

Le Soleil sur les Médailles.

Nous savons à présent l'origine & les raisons du culte que les Anciens ont
jugé à propos de rendre à cet Astre, & de quels symboles ils se sont servi
pour le représenter ; nous l'avons déja vu, dans notre Section IIIe. sous le
titre & la figure d'Apollon. La Numismatique nous en donne encore la
même idée sous la dénomination de Soleil, qu'elle semble avoir emprunté
des Égyptiens & des Grecs ; car sur la plupart des Médailles, le Soleil est
debout, un fouet ou un globe à la main : quelquefois il est placé sur un char
dont il conduit les Chevaux, comme nous l'avons dit dans le commencement de cette Section : il présente aussi toujours l'idée de quelqu'un qui
gouverne. Quelquefois c'est une tête rayonnée dont la lumière se répand de
toutes parts. Sur un revers d'Elogabale, une grosse pierre terminée en cône,
& placée sur un char de triomphe attelé de quatre Chevaux, lui sert de Symbole : la légende lui donne le titre de Saint, *Sancto Deo Soli.* Ailleurs, on
l'appelle Conservateur, Compagnon, Invincible, Seigneur de l'Empire
Romain, Soleil Orient d'Auguste, le Restituteur ou Réparateur de l'Orient,
&c. *Soli Comiti, Soli Conservatori Augusti, Soli Invicto Oriens Augusti,
Sol Dominus Romani Imperii, Restitutor Orientis,* &c. On le donne de

quatre façons, à la planche X_e. n°s. 33. 34. 35. & 36. Avec ces quatre Médailles, & l'explication qu'on vient de donner, il sera aisé à reconnoître sur tous les anciens Monumens.

Section XLVI.

Des Dieux Sorts, ou de la Déesse Sort, selon l'Écriture Hiéroglyfique.

Nous nous sommes assez amplement étendus sur le Sort, les Sorts & autres Divinités semblables, en parlant du Bon Événement & du Destin, pour apprendre aux Lecteurs ce qu'il faut en penser, & ce qui donna lieu à les mettre au rang des Dieux. Qu'il nous soit donc permis d'y renvoyer, pour éviter les répétitions : il en est déja assez d'inévitables dans la matière que je traite.

Du Sort, selon l'Histoire & la Fable.

Soit que les Anciens aient regardé le Sort, qu'ils paroissent avoir iden-tifié avec le Destin, la Fortune & le Hazard & même avec ses effets, comme une Intelligence, ou une Providence, qui présidoit aux Jeux des dés, pour en faire tirer des présages heureux ou funestes, à l'ouverture des Livres pour y faire rencontrer l'avis de ce qu'on avoit à faire, à craindre ou à espérer, & enfin aux Oracles des prétendues Sybilles, pour faire connoître l'avenir ; soit qu'ils en aient eu toute autre idée, il est certain que les Sorts de Préneste, *Sortes Prænestianæ*, & ceux d'Antium, *Sortes Antiates*, ont été dans une haute réputation.

Ces Sorts de Préneste & d'Antium ne pouvoient être que la Fortune même, ou les Fortunes ; à moins qu'on ne veuille les prendre pour la déci-sion, l'avis, ou les promesses que ces Fortunes mâle ou femelle donnoient, ou étoient censées donner, lorsqu'elles étoient consultées ; car l'art & l'arti-fice concouroient à faire mouvoir les statues de ces Divinités, de façon que, par un mouvement de tête, leurs Adorateurs croyoient apprendre ce qu'ils avoient à faire, & quel seroit l'événement & le sort de leurs entreprises.

Du Sort sur les Médailles.

On ne peut nier que le Sort n'ait passé pour une Déesse, & qu'elle n'ait eu ses Temples. Nous trouvons, dans les Médailles de la famille *Plætoria*, le buste de cette Divinité qui est entièrement semblable à celui de la Piété. On peut en juger par la représentation que nous en donnons, à la planche X^e. n°. 37.

Quelques Auteurs ont pris aussi pour la tête de la Déesse *Sort*, celle qui est à la face d'une autre Médaille de la même famille, qui montre, au revers, le frontispice d'un Temple, avec la figure d'un Triton au dedans. Mais il paroît que M. Morel en a jugé plus sainement, en donnant cette tête pour celle de Proserpine, ou d'une des Sybilles que l'on consultoit assez indistinc-tement, pour apprendre quel seroit son Sort. La Médaille que nous donnons ici porte pour légende, *Sors*, mot que le Père Hardouin a lu comme si les quatre lettres qui le composent fussent les initiales d'autant d'autres mots qui dussent signifier toute autre chose que le Sort, ou la Divinité de ce nom.

E e ij

A l'égard du Sort envisagé comme la suite de certains Jeux de dés, & autres de Hazard, nous en parlerons dans l'endroit où il sera question des Jeux des anciens Romains.

Section XLVII.

Du Dieu Tèlesphore & de la Déesse Hygée, selon l'Écriture Hiéroglyfique.

Si l'on a conservé sur les Médailles, comme il y a toute apparence, la plupart des figures symboliques dont on a fait des Dieux, il y a bien lieu de croire que Tèlesphore, dans son origine, ne fut qu'un Horus, fils d'Isis & d'Osiris, & que tous les trois ayant servi de lettres & de figures dans l'Écriture Hiéroglyfique, en tenant une baguette autour de laquelle il y avoit un Serpent entortillé, & peut-être d'autres symboles relatifs à la vie & à la santé, on aura pris de là occasion d'en faire des Médecins, & des Divinités capables de conserver la vie, de rendre la santé, & de conduire les malades à une heureuse convalescence. En ce cas, Esculape aura été Osiris, Hygée Isis, & Tèlesphore Horus. Leur destination & les symboles relatifs à ce qu'ils signifioient, leur aura sans doute occasionné un changement de nom & de fortune. On peut se confirmer dans cette pensée, en jettant un coup d'œil sur ce que nous avons dit plus haut d'Esculape, & en considérant sur les Médailles ce Dieu représenté sous la figure d'un Vieillard, Hygée vis-à-vis de lui, sous celle d'une bonne Matrone, & Tèlesphore sous celle d'un Enfant.

Du Dieu Tèlesphore & de la Déesse Hygée, selon l'Histoire & la Fable.

Il semble que la Mythologie ait voulu faire regarder Hygée comme la Santé, Esculape & Tèlesphore comme des Dieux Médecins, propres à la procurer & à la conserver. Il paroît aussi que Tèlesphore, quoiqu'adoré comme Dieu de la Médecine, a dû l'être encore plus particulièrement comme celui de la Convalescence.

Tèlesphore & Hygée sur les Médailles.

La Numismatique nous montre ce Dieu sous la figure d'un enfant ou d'un homme fort jeune, enveloppé dans un manteau, ayant la tête couverte d'un bonnet en forme de capuchon. C'est ainsi qu'on le voit au n°. 38. de la planche X^e. Cette Médaille est des Péryaméniens. Quant à Hygée, on la voit près d'Esculape, telle qu'on vient de la dépeindre, au n°. 39. de la même planche.

Section XLVIII.

Du Dieu Terme, selon l'Écriture Hiéroglyfique.

Nous croyons ne nous pas écarter du vrai en suivant encore ici, à l'égard du Dieu Terme, le principe que nous avons puisé dans M. Pluche, & que tout ce qui précéde rend incontestable, sur la naissance de la plupart des Dieux. Voici donc ce que l'on peut penser de plus vraisemblable sur l'origine de celui-ci.

Dès que l'écoulement des eaux du Nil & le deſſéchement laiſſoient les campagnes à découvert, & la liberté de viſiter, d'arpenter, & de partager les Terres, on procédoit en forme juridique à ce partage. Il y a apparence qu'on mettoit enſuite quelques bornes à chaque portion, & aux champs d'un chacun, afin de pouvoir les reconnoître, les cultiver & moiſſonner. Ces bornes de pierre, de bois ou de quelqu'autre matière ne manquoient pas de porter une marque, ſoit de l'autorité publique, ſoit du choix & du goût des Particuliers. Peut-être y imprimoit-on quelques têtes des Dieux Génies, & ſur-tout de ceux qu'on appelloit *Viales*, parce qu'ils préſidoient aux Chemins. Ces Génies ſervant de bornes aux Terres pour obvier à toutes conteſtations, parurent fort propres à conſerver la paix & la tranquillité entre les Particuliers & dans l'État, & par conſéquent, fort utiles au bien public. Il n'en falloit pas davantage alors pour être mis au rang des Dieux. Chaque borne fut donc diviniſée, ſous le nom de Terme, *Terminus*.

Le Dieu Terme, ſelon l'Hiſtoire, la Fable & la Numiſmatique.

Le Dieu que les Latins appelloient *Terminus*, les Grecs le nommoient *Hermès*. C'étoit lui qui, ſelon la Mythologie, préſidoit aux bornes & aux limites des champs, auxquels il n'étoit pas permis de toucher ſans ſe rendre coupable d'un crime de lèze-Majeſté divine envers ce Dieu. On l'adoroit ſous la forme d'une pierre, qui avoit la figure d'un homme par le haut, & ſe terminoit en cône par le bas, comme nos bornes ordinaires. Il n'avoit ni bras ni jambes, pour faire voir qu'une borne devoit être immobile. La tête de ce Dieu étoit ornée de pluſieurs ſortes de couronnes. On en voit la figure au nº. 40. de notre Xᵉ. planche; la tête eſt ornée d'un diadême, avec des ailes: au nº. 1. de la planche XIᵉ. la tête de ce Dieu porte une couronne, qui paroît être de laurier: enfin au nº. 2. la couronne eſt formée de rayons.

S E C T I O N XLIX.

De la Terre, ſelon l'Écriture Hiéroglyfique.

Nous avons déja obſervé, dans plus d'un endroit, qu'Iſis, Cérès & Tellus, ou la Terre étoient ſouvent la même choſe; que pour annoncer les fêtes du labourage, des moiſſons & des différentes ſaiſons, on repréſentoit la figure d'Iſis de pluſieurs façons, & toujours avec des ornemens & des attributs nouveaux. Si on vouloit indiquer les fêtes & les travaux du labourage, on la montroit à la ſuite d'une charrue, dont elle tenoit le ſoc. Pour rappeller l'idée des moiſſons & des autres productions de la Terre, la Déeſſe paroiſſoit avec des panniers pleins de toutes ſortes de fruits, entre leſquels on remarquoit de beaux épics, ou l'on en voyoit croître auprès de ces panniers. Dans une autre Saiſon, on la couronnoit de fleurs. On changeoit auſſi ſon nom, ſuivant ſes ornemens & ſymboles. On peut recourir à ce qui a été dit plus haut de Cérès.

La Terre, ſelon l'Hiſtoire, la Fable & la Numiſmatique.

La Mythologie partage la Terre, *Tellus*, en Divinités maſculine & fé-minine. Elle ſuppoſe que *Tellumo* eſt le maſculin de *Tellus*; & c'eſt ce nom qu'elle donne à la Terre, comme Divinité mâle, qui a la vertu de produire les femences. Elle l'appelle *Tellus* quand elle la confidère comme une Divinité féminine qui reçoit les femences, les fait germer, multiplier & mûrir. Les Anciens ont cru devoir des hommages & un culte à la Terre, qu'ils regardoient comme la Mère productrice de tous les biens.

La Numifmatique la repréfente quelquefois fous la figure d'un Laboureur qui tient un foc de charrue d'une main, & une efpèce de rateau de l'autre, avec deux beaux épics qui croiffent à fes pieds, pour nous apprendre que c'eft par le labourage & la culture qu'elle produit conftamment fes fruits, d'années en années, & dans leurs faifons.

C'eft ainfi qu'on la trouve fur le revers d'une Médaille de l'Empereur Hadrien, qui a pour légende, *Tellus Stabilis*, ou *Stabilita*. Sur un autre, elle eft à demi couchée & accoudée fur un pannier de fleurs & de fruits, ayant la main droite pofée fur un globe orné d'étoiles, emblême du globe célefte. Ailleurs il y a près du globe quatre figures, Symboles des Saifons, qui viennent offrir à la Déeffe leurs différentes productions. On trouvera ces trois Médailles à la planche XIe. n°s. 3. 4. & 5.

S e c t i o n L.

D u D i e u T r i u m p h u s.

Son Origine.

La magnificence, la pompe, la gloire du Triomphe, & fes fuites avantageufes non feulement pour le Héros qui en recevoit les honneurs, mais encore pour les Peuples dont il avoit vaincu les ennemis, ont apparemment fervi de motifs aux Romains, pour créer cette nouvelle Divinité, inconnue dans les premiers temps de l'Idolâtrie.

Le même Dieu, felon la Numifmatique.

C'eft fous la forme d'une tête couronnée de laurier, ceinte d'un diadême; ou couverte d'un cafque, que nous trouvons la repréfentation du Triomphe, fur les Médailles Confulaires : cette tête eft fouvent ornée de cheveux artiftement arrangés. On la donne de deux façons, n°s. 6. & 7. de la planche XIe. ; elle y eft d'abord avec la couronne de laurier, à laquelle on a ajouté deux ailes, enfuite avec un fimple diadême.

S e c t i o n L I.

De la Déeffe Vénus, felon l'Écriture Hiéroglyfique.

Rien n'eft plus propre à nous faire connoître l'origine de cette fameufe Divinité, que ce qu'en dit M. Pluche.

» Après avoir paffé par des états fort différens, dit cet Auteur, Hiftoire
» du Ciel, Tome I. page 199, Ifis prit une nouvelle forme; elle devint la
» célefte Vénus. Celle-ci fait dans l'Antiquité, & encore aujourd'hui dans
» le douceureux langage de nos Romans & de nos Théâtres, deux perfon-
» nages fort différens. Tantôt elle eft Vénus la Populaire, la Déeffe des

Sens,

» Sens , & la Mère des Plaifirs ; tantôt elle eft Vénus la Célefte, qui n'inf-
» pire que la fageffe, & qui élève l'efprit aux plus fublimes fpéculations, ou
» aux beautés intellectuelles. Qui peut avoir donné lieu à un contrafte fi
» bizarre ? Trouverons-nous dans notre Ifis l'origine de deux Déeffes auffi
» éloignées l'une de l'autre, par leurs inclinations & par leurs fonctions, que
» le Ciel l'eft de la Terre ? Rappellons - nous les attributs ou les parures
» d'Ifis, & nous y verrons d'abord l'origine de ces brillantes niaiferies.

» Ifis porte fouvent fur fa tête des attributs céleftes, par exemple, un
» Croiffant de Lune, l'Étoile de la Canicule, quelqu'un des Signes du Zo-
» diaque. Voilà Vénus-Uranie. Qui pourra la foupçonner de n'être pas
» occupée de l'étude des Aftres, & de ne pas s'appliquer aux plus hautes
» Sciences ? La chofe étoit évidente ; & à juger de Vénus-Uranie par de
» pareils attributs, toutes fes penfées étoient dans le Ciel.

» Une autre Ifis portoit des attributs terreftres, par exemple, des têtes
» de différens animaux, un grand nombre de mamelles, un enfant fur fes
» genoux. Le Peuple qui n'entendoit plus rien à ce langage, crut le com-
» prendre parfaitement. Il prit cette femme pour une Mère féconde ; & tout
» ce qui l'accompagnoit, ayant rapport à la génération & à la nourriture des
» animaux & des hommes, il prit cette Déeffe pour la Patrone de la Fécon-
» dité, & pour une puiffance toute occupée du foin de porter tous les ani-
» maux aux plaifirs. Quelques Philofophes firent leur cour à la première ;
» mais les Temples de Vénus *la Populaire* ou *la Terreftre* furent tout
» autrement fréquentés. Il n'eft pas concevable combien la Cupidité & la
» Philofophie accumulèrent de fauffes fpiritualités & de défordres honteux
» dans l'interprétation d'une figure, dont l'emploi, dans fon origine, étoit
» d'annoncer les Saifons, & les Fêtes de chaque Saifon.

» Je ne crois pas qu'on puiffe ne pas reconnoître l'origine de ces différens
» emplois de Vénus, dans les caractères des parures d'Ifis, qui tantôt ont
» rapport au Ciel, & tantôt à la Terre. Mais d'où eft forti ce nom de *Vénus*,
» que les Latins ont donné à la prétendue Déeffe de la Fécondité ?

» Les jeunes filles qui, en certains pays, portoient proceffionnellement
» les corbeilles couronnés de fleurs & de fruits, dans lefquelles on renfer-
» moit les Symboles du premier état du genre humain, étoient fpécialement
» attachées à ces cérémonies, & dévouées d'une façon particulière à la Mère
» des Moiffons, à la Nourrice des Animaux & des Hommes. Elles réfidoient
» dans une tente ou dans un grand bois qui lui étoit confacré. Ces filles,
» dans les commencemens, & dès-avant l'introduction de l'Idolâtrie, étoient
» employées à tenir les lieux de l'affemblée, & les ornemens qui fervoient
» aux facrifices, dans une propreté parfaite. On leur donnoit auffi, comme
» nous l'avons vu dans l'Hiftoire d'Éricthonius, des noms & des fonctions
» fymboliques. On voit par-là que tout tendoit à inftruire, & que l'appareil
» de la Religion étoit une vraie Prédication. Quand le fens des fymboles
» & des cérémonies fut perdu, tout fe convertit en myftères, ou en autant
» d'Hiftoires merveilleufes : tout fut interprété d'une façon arbitraire ; &
» l'erreur fut fuivie par-tout de cérémonies fuperftitieufes, ou même de pra-
» tiques infiniment criminelles.

» Les Ciftophores, ou les filles des Temples de Vénus la Célefte, fai-
» foient profeffion d'une chafteté parfaite ; mais celles qui fervoient dans les
» Temples de Vénus la Populaire, prirent des inclinations conformes à
» celles qu'on prêtoit à la Déeffe. On peut voir dans Hérodote, dans Stra-

» bon, & dans la Prophétie de Baruch, en quels excès & en quelle infame
» proftitution l'ancienne Religion avoit dégénéré. Depuis que la cupidité,
» autorifée par la coutume, eût converti les plaifirs les plus déréglés en
» autant d'actes de dévotion, les Temples & les Bois de la Déeffe de la gé-
» nération fe remplirent de filles qui y faifoient leurs réfidences. Ces lieux,
» par cette raifon, furent nommés *les Pavillons des filles.* Les Européens
» ne pouvoient prononcer le mot Phénicien, Vénoth, *les filles*, qu'en difant
» Vénos ou *Vénus* ; & entendant fouvent parler des tentes *de Vénos*, ils
» prirent ce dernier mot pour le nom de la Déeffe même, ou pour le nom
» de la génération.

» C'eft pour exprimer ce dernier fens, que les Syriens donnoient encore
» à la même Ifis les noms de Mylitta, ou d'Illithye, & les Arabes celui d'Alitta
» ou d'Halilat.

» Quand on lit le Poëme féculaire d'Horace, on eft un peu furpris que
» ce Poëte, qui connoiffoit fi parfaitement toutes les bienféances, adreffe à
» Diane des demandes dont l'accompliffement ne paroît guère de la compé-
» tence, ni du caractère de la chafte Déeffe. Il la fupplie d'aider les mères
» dans leurs couches : il l'appelle Illithye & *Déeffe de la génération*, *genita-*
» *lis diva :* il lui recommande fur-tout de faire profpérer, par une fécon-
» dité heureufe, les Loix & les Réglemens que le Sénat venoit de faire,
» pour remettre le Mariage en honneur. C'étoit-là l'emploi de Vénus, ou
» plutôt de Junon. Diane ne préfidoit pas au Mariage ; & elle paffoit pour
» ne pouvoir fouffrir le nom d'Époufe, ni celui de Mère. Comment fe peut-
» il faire qu'il y ait un fi grand fond de reffemblance entre ces Déeffes, qu'on
» puiffe adreffer à l'une les qualités & les fonctions, dont les autres font les
» plus jaloufes ? On ne trouve fans doute que contradictions & qu'embar-
» ras, quand on veut leur affigner à chacune leur jufte département, &
» empêcher les querelles. Mais notre explication, qui les rappelle toutes à
» Ifis, concilie aifément ces démêlés. Elles font différentes, parce qu'elles
» ont changé de pays, d'habit, & de nom ; mais quoiqu'on en ait de même
» diverfifié les hiftoires, les inclinations & les emplois, elles font au fond la
» même chofe. La févère Diane ne veut point perdre à Rome les titres
» d'Illithye, & de Déeffe de la génération qu'on lui donne en Orient. Junon,
» Vénus & Diane ont ainfi les mêmes prétentions, & leurs conflits de juri-
» diction atteftent ici l'unité de leur origine. Toutes font provenues du Sym-
» bole des Fêtes où l'on louoit Dieu des effets de fa fécondité. «

Ce paffage de M. Pluche nous fait fuffifamment connoître de quoi nos
Pères, livrés à leurs ténèbres, fe font fait des Divinités, & quelle a été en particulier l'origine de la Déeffe Vénus.

De la Déeffe Vénus, felon l'Hiftoire, la Fable & la Numifmatique.

On fait déja la diftinction que la Mythologie met entre Vénus la Célefte
& la Populaire. Elle crut devoir multiplier encore cette même Divinité, par
plufieurs raifons ; le grand nombre d'Amans ou de Maris, qu'on jugea à propos
de lui donner, ne fut pas une des moins convenables, afin de lui épargner la
honte & les reproches de fes infidélités.

La Vénus Célefte, ou Uranie, n'infpiroit de l'amour que pour les chofes
céleftes & divines, pour les connoiffances fpirituelles & pour la vertu. La
Fable la fait defcendre du Ciel, & lui donne Saturne pour Époux. La Numifmatique

mifmatique la montre comme une femme qui, enlevée fur un char à deux lions, fe difpofe à fixer fon féjour parmi les Aftres.

La Vénus Populaire, fuivant la Fable & l'Hiftoire, eut des inclinations totalement oppofées. C'eft de l'écume de la Mer qu'on prétend qu'elle fut formée. On plaça à fa fuite les Jeux, les Ris, les Graces & tous les Plaifirs. Eft-il furprenant qu'avec une femblable cour elle eût l'art de charmer, fans qu'on pût s'en défendre ? Les Dieux en firent eux-mêmes l'épreuve dans un voyage qu'elle fit au Ciel ; ils prétendirent tous à l'honneur de l'époufer. Mais Vulcain, quoique laid & boiteux, eut la préférence, pour avoir forgé les foudres dont Jupiter fe fervit fi utilement contre les Géans : au refte, la figure de Vulcain lui attira bien des rivaux ; Mars, Anchife & Adonis furent entre autres favorifés de la Déeffe. Elle eut pour enfans les Cupidons, qu'on voit quelquefois attelés à fon char ; honneur qu'ils cédèrent pourtant, dans certaines occafions, aux Colombes, ou Pigeons, & à d'autres oifeaux.

Les Peuples fe difputèrent à l'envi la gloire de lui donner des Autels, & d'adorer en elle tout ce qui peut flatter les fens. On lui confacra des Temples à Lesbos, à Paphos, à Gnide, à Cythère, à Chypre, à Rome, & dans la plupart des Villes du Monde. Augufte, & plufieurs autres Princes & Héros, crurent ajouter un grand luftre à leur naiffance, en fe faifant defcendre de cette Divinité. Plufieurs Princeffes la prirent pour leur Déeffe tutelaire, & pour leur modèle. Elles fe firent repréfenter avec fes attributs, fes épithètes & fon nom : elles lui prêtèrent auffi leur titre d'Augufte. Delà les légendes des Médailles des Fauftines, des Julies, de Crifpine, de Lucille, d'Etrufcille & d'autres, qui portent, *Veneri Auguftæ*, à Vénus l'Augufte ; *Veneri Felici*, à Vénus l'Heureufe ; *Veneri Genitrici*, à Vénus la Mère, ou à Vénus la Féconde ; *Venus Cœleftis*, Vénus la Célefte. Les Empereurs qui lui ont attribué leurs victoires, l'ont auffi qualifiée, fur leurs Monnoies, de Vénus l'Augufte, ou de Vénus de l'Augufte, & de Vénus la Victorieufe, *Venus Augufti* ; *Veneri Victrici*.

La façon dont on la repréfente fur les Médailles, répond à fes titres. On l'y trouve fous la forme d'une femme belle & jeune, fans couronne, ou couronnée, foit de Myrte, foit de Laurier, & quelquefois nue ou à demi-nue. Sur plufieurs Monumens, Cupidon femble folâtrer autour de fa Mère, ou lui mettre un collier ; tantôt elle eft debout & appuyée fur une colonne, ou fur un cippe ; tantôt elle eft affife fur un fiège, dont la forme varie dans plufieurs revers ; fouvent enfin elle eft montée fur un char traîné par des Cupidons, des oifeaux, ou des lions.

Par-tout elle eft aifée à reconnoître à fes attributs, aux Cupidons qui l'accompagnent, la portent, ou la fervent, à la Colombe fon Oifeau favori, & à la Pomme qu'elle tient, pour montrer la préférence que lui donna Paris fur Junon & Pallas, dans la difpute fur la beauté. Quelquefois elle fe préfente une pique à la main, ou avec une ancre autour de laquelle un Dauphin s'entortille : d'autres fois une petite figure de la Victoire, une palme, ou un bouclier lui fervent d'attributs. Quand les légendes lui donnent l'épithète de Féconde, *Venus Genitrix*, alors elle eft repréfentée avec quelques enfans auprès d'elle : enfin on la voit fouvent fous la figure & avec l'air de quelque Impératrice.

Nous la donnons à la planche XIe. n°s. 8. 9. 10. 11. 12. & 13. de fix façons. 1°. Elle porte fur la tête une couronne de Myrte, au-deffus d'une coëffure que l'on voit souvent aux premières Impératrices. 2°. C'est une autre tête fort belle de Vénus surnommée Érycine. 3°. La même Déesse est montée sur un char attelé de deux Cupidons. 4°. Elle a une pomme d'une main, une palme de l'autre, & s'appuie sur un bouclier chargé de l'empreinte de la Louve allaitant Rémus & Romulus ; Cupidon porte devant elle une boîte à parfums. 5°. Elle est assise, & a un chien devant elle ; on la reconnoît à la pomme, son attribut favori. 6°. Elle est représentée sous la figure de Faustine, avec le titre de Mère féconde ; aussi tient-elle un enfant emmaillotté sur le bras gauche, & la pomme de la main droite.

S E C T I O N   L I I.

De la Déesse Vesta, selon l'Écriture Hiéroglyfique.

Parmi les Symboles que l'on regarda, dans les premiers temps, comme les plus convenables & les plus propres pour représenter la Divinité, on choisit celui d'un Feu que l'on entretenoit perpétuellement dans le lieu de l'Assemblée, comme nous faisons encore aujourd'hui dans nos Temples. » Rien n'étoit plus propre, dit M. Pluche, dans son Histoire du Ciel, » Tome I. page 27°, à donner aux Peuples une idée sensible de la puissance, » de la beauté, de la pureté & de l'éternité de l'Être qu'ils venoient adorer. « On le trouve établi en Orient & en Occident, chez les Grecs & les Latins : Moyse en consacra la pratique dans l'ancienne Loi ; & l'Église a cru devoir l'adopter, en ordonnant, par ses Conciles, que l'on feroit brûler une lampe nuit & jour devant nos Tabernacles, qui contiennent la réalité de celui dont l'Arche d'alliance n'étoit que l'ombre & la figure.

Quand on eut oublié la signification de ce Feu, de Symbole qu'il étoit de la Divinité, il passa lui-même pour un Dieu. On établit chez les Romains un Collège de Vierges, pour veiller à la garde de ce feu, & pour l'entretenir. Ces Vierges devoient être, pour ainsi dire, aussi pures que la flamme dont elles avoient soin. Apparemment que la flamme sacrée avoit déja reçu le nom de Vesta, lorsque l'on établit ce Collège, puisqu'on donna le nom de Vestales aux Vierges qui le composoient. Au reste, l'idée qu'on eut de cette Divinité ne fut pas constante ; car on donna le nom de *Vesta* à Cybèle & à la Terre, aussi-bien qu'au Feu. Peut-être la Terre eut-elle ce titre, parce que sans un certain feu, & sans une certaine chaleur que les rayons du Soleil lui communiquent, elle demeureroit tout-à-fait stérile.

La Déesse Vesta, selon l'Histoire, la Fable & la Numismatique.

Nous venons de dire, d'après M. Pluche, que le nom de *Vesta* avoit été donné à Cybèle & à la Terre aussi-bien qu'au Feu. C'est ce qui a fait naître dans la Mythologie l'idée de deux *Vesta*. Ce fut sous ce nom que la Terre & le Feu personnifiés devinrent l'objet du culte des Anciens, par reconnoissance des grands biens & des puissans secours qu'ils retiroient de ces deux élémens. Des deux *Vesta*, l'une fut regardée comme femme du Ciel, & l'autre comme femme de Saturne ; mais comme l'on confondit Junon & Cybèle, & quelques autres Déesses, avec la Terre & le Feu, du moins à certains égards, on aura pu supposer à ces Divinités plusieurs origines, plusieurs parens, & plufieurs mariages, avec la même facilité qu'on les avoit réalifées. De là eft venu la difficulté de diftinguer toujours ces Divinités prétendues les unes d'avec les autres.

La Numifmatique femble du moins exempte de cette difficulté. *Vefta*, quelque idée qu'on fe forme fous ce nom, y a des marques diftinctives de celles qui caractérifent Junon & Cybèle. Voici quelles font ces diftinctions auxquelles on peut la reconnoître, foit à la face, foit au revers des Médailles. A la face, c'eft une tête de femme remarquable par fon air de pudeur, de prudence & de piété. Elle eft couverte d'un voile affez court, & retrouffé par devant; enforte qu'il forme une efpèce de coëffure. La lampe qui fe trouve fouvent derrière cette tête, marque l'identité de cette Divinité avec le Feu même, & fait voir que la fonction de la Déeffe *Vefta* étoit de nourrir & d'entretenir ce Feu facré. Il y en a qui ont cru que cette lampe étoit le Symbole de la Virginité, à laquelle les Veftales étoient vouées. Quoi qu'il en foit, cette lampe eft une des marques diftinctives, & même un Symbole particulier de *Vefta*.

Au revers des Médailles, c'eft une figure debout ou affife, & prefque toujours voilée: quelquefois elle tient une patère, dans l'attitude d'en verfer la liqueur fur le Feu d'un Autel: d'autres fois, c'eft une lampe qu'elle a dans la main droite: on la voit auffi une petite Victoire à la main, & s'appuyant de la gauche fur une pique, ou tenant un fceptre, & une torche allumée, au lieu de pique. Elle paroît auffi quelquefois à l'entrée, & fouvent au milieu d'un Temple.

Un Édifice facré ou civil, avec une chaife curule, ou le trépied au milieu, annonce encore *Vefta* ou les Veftales, avec leurs dignités & privilèges, dans les Médailles de la famille *Emilia*. On doit penfer la même chofe d'un Autel, fur lequel on voit le Feu facré que ces Vierges entretenoient; ce qui fe trouve au revers de quelques Monnoies frappées pour Fauftine la Mère: il y en a de Lucille, femme de *Lucius Verus*, où elle tient une lampe au-deffus d'un Autel, d'une main, & le *Palladium* de l'autre. Sur un revers de Julie, femme de Septime-Sévère, on la repréfente avec trois autres Veftales & trois Camilles, qui font des petits garçons deftinés à porter les boîtes aux parfums pour les facrifices: toutes ces figures, placées devant un Temple, facrifient fur un Autel au-deffus duquel un Génie femble voltiger fur les têtes des Veftales.

Les titres & les épithètes de *Vefta* font ceux de Sainte, d'Heureufe, d'Éternelle, de Mère des Quirites, du Peuple Romain: *Vefta Sanctæ*, *Vefta Æterna*, *Vefta Felix*, *Vefta Mater*, *Vefta Quiritum*, *Vefta Populi Romani*.

Nous donnons 1°. la tête de *Vefta* coëffée fuivant la defcription que nous venons d'en faire, & avec la lampe derrière elle. 2°. Sa figure avec la Hafte & la Patère, ou bien avec un Sceptre, au lieu de Hafte & de Pique, fous le titre de Vefta la Sainte. 3°. Une autre tête avec une torche allumée devant elle, & la légende, *Vefta P. R. Quiritum*. 4°. Enfin Vefta affife, qui tient le Palladium d'une main, & une Pique de l'autre. On les trouvera à la planche XIe. n°s. 14. 15. 16. & 17. C'en eft affez pour la faire connoître par-tout.

Section LIII.

De Vulcain & des Cyclopes, selon l'Écriture Hiéroglyfique.

Vulcain, selon M. Pluche, n'est ni Tubalcain, comme certains Auteurs l'ont avancé, ni aucun homme qui ait vécu sur la terre ; c'est un mot composé de deux autres, qui signifient l'ouvrage diligenté, *Woll* (*opus*) *can* (*maturatum*). Il est encore connu sous deux autres noms, dont la signification a beaucoup de rapport à celle de Volcan. Ces noms sont *Hephaistos*, qui signifie *le Père du Feu*, & *Mulciber*, qui veut dire le Gouvernement des Forges. Tout cela nous annonce une figure symbolique exposée aux yeux du Peuple, pour faire connoître le temps auquel on travailloit plus particulièrement aux ouvrages pour lesquels on emploie le fer, le feu, les tenailles, le marteau & la diligence, c'est-à-dire la promptitude.

En effet, comme le petit Horus étoit la troisième clef de l'Écriture Hiéroglyfique, & que sa figure annonçoit toujours le travail, de quelque espèce qu'il fût, lorsqu'on l'exposoit & qu'on le faisoit servir d'Enseigne symbolique, on imagina un moyen facile pour lui faire signifier, pendant l'année, tous les différens travaux qui convenoient à chaque saison, & à chaque classe de métier. Ce moyen consistoit à le faire changer d'attributs, d'ornemens, ou d'instrumens & de noms. Ainsi, lorsqu'on vouloit lui faire annoncer aux Laboureurs le repos de l'Hiver & la paix qui devoit régner dans les familles, on l'appelloit *Harpocrate*, nom qui signifie *la Police*, *l'ordre de la Société* ou *des Villes* ; ou bien *Morphée*, qui signifie *le rétablissement des forces*. Alors on lui mettoit en main quelques têtes de Pavots, dont on exprime l'*Opium*, liqueur assoupissante qui aide à calmer le sang & à procurer le sommeil, moyens propres à réparer les forces perdues pendant le cours des travaux de l'Été. Quand on croyoit devoir inviter les forts & les vaillans à la chasse contre des brigands ou des bêtes féroces, on le nommoit *Hercule*, qui signifie *la marche des jeunes gens*, ou *Mélicerte*, qui veut dire la défense des Villes ; alors on le faisoit paroître armé de la massue. De même, s'il s'agissoit d'annoncer le commencement & la durée de certains ouvrages de fer, ou de quelqu'autre métal, ou bien les Fêtes particulières aux Forgerons, ou la vente des outils de fer propres aux ouvrages de chaque saison, on représentoit l'Horus, figure de l'Écriture Hiéroglyfique, avec un bonnet, des tenailles & un marteau de Forgeron ; alors on changeoit son nom propre d'Horus, en celui de Vulcain, pour exprimer ses fonctions. Comme on plaçoit ordinairement l'Horus, tel qu'il fut, près d'Isis (je dis d'*Isis-Vénus*), on s'imagina que cette Déesse étoit sa femme : l'adultère pretendu de Mars avec Vénus n'est même venu que du déplacement de Vulcain, ou plutôt de son changement d'habit, d'attributs & de forme ; car s'il falloit inviter les jeunes gens à la guerre contre les ennemis de l'État, on faisoit paroître l'*Horus* sous l'idée de Mars, armé & prêt à entrer en campagne : il prenoit alors la place de l'*Horus Vulcain* près d'*Isis* ou de la belle *Vénus*.

Telle est l'origine de Vulcain. Dès que l'on a fait de la figure qui annonçoit les ouvrages de fer, un Dieu qui présidoit aux Forges & aux travaux des Forgerons, il ne faut pas chercher la naissance des *Cyclopes* ailleurs que sous son enclume : on les inventa, par une conséquence nécessaire, pour lui former un Empire & une Cour qui l'aidât à soutenir les fatigues du métier.

De Vulcain & des Cyclopes, selon l'Histoire, la Fable & la Numismatique.

On auroit de la peine à trouver une Divinité que l'on n'ait pas multipliée suivant les circonstances & suivant les différentes fonctions dont on vouloit la charger : on en a fait voir plusieurs qui, non-contentes de se reproduire sous le même nom, en empruntoient souvent plusieurs autres. Vulcain est du nombre de ces Dieux qui reparoissoient de différentes façons. Cicéron en reconnoît plusieurs ; l'un d'eux, suivant cet Orateur célèbre, fut fils du Ciel ; un autre fils du Nil ; un troisième, fils de Jupiter & de Junon ; un quatrième enfin fils de Mœnalius. On pourroit en ajouter un cinquième, que la Fable dit avoir été conçu & enfanté de Junon seule. Les Grecs lui donnèrent le nom de *Hephaistos :* on y ajouta celui de *Mulciber* ou de *Mulcifer*, pour signifier quelqu'un qui étoit Feu, ou qui se servoit du feu pour amollir le fer. C'est par cette raison qu'on prend réciproquement Vulcain pour le Feu, & le Feu pour Vulcain ; c'est aussi delà qu'est venu le nom de Volcans aux Feux que vomissent quelques montagnes.

Le Vulcain, dont il s'agit ici & dans le Numismatique, semble être celui qui passa pour le Feu, & que la Fable suppose avoir été mis au monde par Junon prise pour la Terre, parce que la Terre produit & vomit en effet beaucoup de feux & de volcans. C'est ce Vulcain qui parut si difforme à sa naissance, que Jupiter d'un coup de pied le jetta hors du Ciel ; il tomba, dit-on, dans l'Isle de Lemnos, où il établit d'abord ses forges, qu'il transféra ensuite à Lyparos, Isle principale des Éolies, & enfin dans le mont Etna. On ajoute qu'en tombant il se cassa une jambe, & que cet accident le rendit boiteux ; mais on présume qu'il fut toujours représenté avec ce défaut, pour apprendre que la terre, le fer & le feu se prêtent un secours mutuel & si nécessaire, que l'un sans l'autre ne produit rien que d'imparfait ou d'inutile, du moins pour l'ordinaire ; car c'est la Terre qui produit le fer : on se sert du feu pour fondre & pour travailler le fer ; & l'on emploie le fer travaillé au feu pour cultiver la terre & fertiliser les campagnes.

Vulcain avec ses Cyclopes furent occupés à forger les armes du Dieu Mars, & les foudres de Jupiter. Ce dernier, par reconnoissance, lui donna Vénus pour femme. Les Dieux la lui envièrent, & cette jalousie fournit la matière d'une infinité d'Histoires plus ridicules les unes que les autres.

Sur les Médailles, Vulcain est représenté, à la face, par une tête de vieillard, ou par celle d'un jeune homme sans barbe. Cette tête est couverte d'un bonnet de Forgeron, couronné de laurier, & d'une espèce de calotte, ou d'un bonnet applati, sans couronne : derrière cette tête il y a un marteau ou des tenailles. C'est ainsi qu'on le trouve sur les Médailles de la famille *Aurelia.*

Au revers des Médailles, ce Dieu paroît forger un casque, un bouclier, ou d'autres armes ; quelquefois on le trouve assis, & souvent debout : Minerve se trouve sur quelques-unes de ces Monnoies, & Vulcain travaille en sa présence, sur une Médaille frappée par les Thyatiriens. Ses Compagnons, les Cyclopes, sont représentés, sur certaines pièces des Colonies, le marteau & les tenailles à la main : ils y sont ordinairement sans bonnet, & avec un habillement aussi court que celui de leur Maître ; il leur descend à peine jusqu'aux genoux.

On trouve Vulcain de quatre façons, à la planche XIe n.ºs 18. 19. 20.

& 21. 1°. C'est sa tête avec les tenailles derrière, comme dans la famille *Aurelia*. 2°. Sa Statue, forgeant un casque. 3° La même figure assise forge des armes, en présence de Minerve. 4°. Ce Dieu paroît dans un Temple, l'enclume près de lui, le marteau à la main droite, & un foudre de Jupiter à sa gauche : la légende de ce dernier revers est, *Deo Volcano*, au Dieu Volcan. On connoîtra assez les Cyclopes à la Description qu'on vient d'en faire ; il seroit inutile de les montrer ici.

SECTION LIV.

DES DIEUX APPELLÉS LES PANTHÉONS.

Définition, origine & forme de ces Divinités.

Le nom de *Panthéons* est composé de deux mots Grecs, savoir de *Pan*, qui veut dire *Tous*, & de *Théos*, qui signifie *Dieu*. Ainsi, par l'expression *Panthéons*, on veut marquer *Tous les Dieux* ; ou du moins, plusieurs : c'est dans ce dernier sens qu'il est pris dans la Numismatique.

On appelle aussi Panthéon ce Temple fameux de Rome, que Marc-Agrippa fit bâtir à l'honneur de tous les Dieux, selon certains Auteurs, & qu'il fit seulement réparer & embellir, selon d'autres. C'étoit une Rotonde très-belle & très riche, dans l'enceinte de laquelle l'on avoit construit plusieurs niches, pour placer les Statues des principales Divinités. Enfin le mot de Panthéons, ou de Panthées, se prend pour des Statues, ou des figures de l'un & l'autre sexe, qui, par la pluralité de leurs ornemens, de leurs attributs ou de leurs symboles, nous présentent en même-temps l'idée de plusieurs Divinités.

Dans ce sens, les *Panthéons* ou les *Panthées*, appartiennent à la Numismatique, & on doit les faire connoître à ceux qui veulent parvenir à la Science des Médailles. Sans une explication de ces sortes de figures, capable d'en donner au moins une légère idée, on se trouveroit surpris & embarrassé lorsqu'on les rencontreroit sur les Médailles, où leur nom ne paroît jamais dans les légendes. Aussi allons-nous rapporter ce qu'il y a de plus vraisemblable sur ce qui les regarde.

L'origine des Panthées vient de ce que les Peuples, ou même les Particuliers voulurent adorer tout-à-la-fois, & avoir dans leurs Temples & dans leurs maisons plusieurs Idoles & plusieurs Dieux tutelaires. Pour n'en pas multiplier les Figures & les Statues, ce qui eût été peut-être trop dispendieux & trop embarrassant pour des Particuliers, on imagina de les représenter tous sous une seule figure, dont, suivant toute apparence, le fond étoit formé de la Divinité, qui étoit l'objet principal du culte ; mais cette figure étoit ornée & accompagnée des attributs & des symboles de toutes les autres Divinités que l'on adoroit avec elle dans une même maison, & sous un même toît, ou dans une même Ville & un même Temple ; de sorte qu'elle les rappelloit toutes à la mémoire de leurs Adorateurs, lorsqu'ils vouloient implorer leur secours, ou leur rendre les honneurs divins.

De là sont venus les Penthées de différentes espèces ; car on en voit sur les Médailles des masculins, des féminins & des mixtes. J'appelle Panthées masculins les figures qui ne représentoient, par leurs attributs & par leurs symboles d'accompagnement, que des Divinités masculines.

J'appelle

J'appelle Panthées féminins ceux dont la figure principale & ses ornemens symboliques appartenoient à des Divinités féminines. Enfin j'appelle Panthées mixtes ceux qui portoient en même temps les figures & les symboles ou attributs de quelques Divinités de l'un & de l'autre sexe. On remarque dans ce nombre des Empereurs ou des Impératrices divinisés.

Nous avons un Panthéon masculin sur le revers d'une Médaille d'Antonin-Pie, & nous le donnons à la planche XIe. n°. 22. C'est une tête de vieillard, avec une grosse barbe & des cheveux assez longs. Cette tête a deux cornes de Bélier sur les oreilles, le boisseau sur le sommet ; des rayons semblent en sortir, & forment une espèce de couronne radiale : il y a devant elle un Trident, autour duquel est un Serpent entortillé. La figure & les accompagnemens annoncent chacun une Divinité différente. La barbe épaisse représente Pluton ; les cornes de Bélier sont de Jupiter-Ammon ; le boisseau est de Sérapis ; les rayons désignent le Soleil ; le Trident, Neptune ; enfin le Serpent, Esculape.

Nous trouvons des Panthéons féminins sur les Monnoies de la famille *Plætoria*. Ils représentent un buste de femme, avec des cheveux artistement arrangés : cette figure a des ailes, comme la Victoire ; un arc & un carquois, ainsi que Diane ; la couronne de Myrte affectée à Vénus ; un épic, symbole de Cérès ; une corne d'abondance, qui caractérise la Déesse de ce nom. Par-là, ce Panthée féminin représente plusieurs Divinités féminines, au nombre desquelles on pourroit compter la figure principale pour Isis, par la face, & pour Pallas, par le casque & les cheveux : voyez le n°. 23. de la même planche XIe.

Enfin M. l'Abbé Nicaise de Dijon, dans sa Dissertation *De Nummo Pantheo*, nous a donné une Médaille de l'Empereur Hadrien, dont le revers représente un Panthéon mixte, à plusieurs têtes & symboles qui annoncent autant de Divinités, dont les unes sont masculines & les autres féminines.

L'Aigle, symbole de Jupiter, y paroît avec ses ailes éployées. Elle porte sur sa tête Antinous sous la forme d'*Harpocrate*, avec son doigt sur la bouche, & une corne d'abondance sur le bras gauche : sur une des ailes de l'Aigle on a placé Hadrien, sous la figure de Sérapis, avec le muid ou boisseau sur la tête, Symbole de cette Divinité ; sur l'autre aile, l'Impératrice Sabine, sa femme, paroît avec la fleur de Lotus qui appartient à Isis. Voilà donc un Panthée mixte, composé des figures & symboles des Divinités de l'un & de l'autre sexe. On peut voir ce Panthéon mixte à la même planche XIe. n°. 24. C'est par-là que nous terminerons l'Article des Divinités que nous plaçons dans la première classe.

A R T I C L E   I I.

Des Divinités de la seconde classe.

OBSERVATIONS PRÉLIMINAIRES.

Nous venons de voir les faux Dieux enfantés par l'oubli & l'abus de deux choses bonnes & même excellentes en elles-mêmes ; c'est-à-dire, par l'oubli de la signification des Symboles destinés à représenter le vrai Dieu, & à élever l'esprit & le cœur vers cet Être suprême, & par l'abus des figures de l'Écriture Hiéroglyfique inventées originairement pour apprendre aux Peuples, par leur expofition, l'ordre de leurs Fêtes, les temps propres à leurs différens travaux, celui de leur retraite & de leur repos, ce qu'ils avoient à craindre ou à efpérer des faifons, des vents, du débordement du Nil, & du defféchement de fes eaux, enfin ce qu'ils avoient à obferver ou à faire dans le cours de l'année, foit pour le Sacré, foit pour le Civil, foit pour le Militaire.

Voici à préfent une autre forte de Divinités, dont nous avons cru devoir former la feconde claffe, parce qu'enfantées par les premières, elles peuvent être confidérées comme les fuites d'un égarement qui ne pouvoit qu'augmenter avec l'ignorance des Peuples. Les Divinités, dont il s'agit ici, font des vertus morales, civiles ou militaires, des vices, des paffions, des productions, & des qualités bonnes ou mauvaifes, que les Anciens ont perfonnifiés & déifiés.

On rapporte ces Divinités à la feconde claffe, en premier lieu, parce qu'elles font poftérieures aux premières, & qu'elles émanent d'elles en quelque façon; en fecond lieu, parce que fi les Dieux de la première claffe appartiennent plus à la Fable qu'à l'Hiftoire, celles-ci ont plus de rapport à l'Hiftoire qu'à la Fable. Mettons ces deux propofitions dans un plus grand jour.

Rapprochons d'abord quelques Divinités de cette feconde claffe, de celles de la première; par-là il ne fera pas difficile de fe convaincre que celles-là font les productions & les filles de celles-ci. L'abondance, par exemple, la fertilité, l'ubérité, dont les uns ont fait une feule Divinité, & d'autres trois, ne font-elles pas vifiblement les filles d'*Ifis*, femme d'Ofiris & mère d'Horus, cette Déeffe, dont on en a fait tant d'autres, toutes tirées de la variété de fes attributs? C'eft d'elle que font venues Cérès, Cybèle, Rhéa, autrement, la Terre, la Nature, la Mère productrice de tous les biens néceffaires à la vie. Les figures, dont on a fait ces Divinités, avoient été deftinées, dans leur origine, à être montrées aux Peuples principalement pour élever leur efprit & leur cœur vers le vrai Dieu qu'ils devoient adorer, louer & invoquer comme l'Auteur de tous les biens, & pour les inviter à célébrer les Fêtes inftituées pour lui rendre graces. On avoit mis fur leurs têtes, dans leurs mains, ou auprès d'elles des Symboles relatifs à ce qu'on vouloit leur faire fignifier. Ces Symboles étoient des fleurs pour les Fêtes du Printemps; des feuilles, des pavots, des épics pour celles des Moiffons; des paniers de fruits, ou des cornes d'abondance pour celles de l'Automne: d'autres Symboles marquoient d'autres objets. Mais, quoique cette manière d'inftruire fi fimple, fi admirable, fi éloquente, parlât aux yeux & au cœur en même-temps, les hommes perdirent bientôt le fens & la fignification des Figures & des Symboles. Alors, comme s'ils euffent été fatigués de s'élever au-deffus d'eux-mêmes & de pénétrer jufqu'au Ciel par ces fortes de Symboles, ils fe fixèrent fur la terre, & bornèrent leurs penfées, leurs hommages & leur culte aux Figures même qui les portoient vers l'Être fuprême; ils en firent des Divinités. Voilà quel fut le premier dégré de leur aveuglement; ce fut de divinifer tout ce qui leur annonçoit le vrai Dieu, & tout ce qui étoit pour eux le figne de quelque devoir, ou de quelque avantage.

Ce premier pas dans l'erreur fut bientôt fuivi des plus grands égaremens: les Anciens avoient divinifé la figure qui étoit le Symbole principal; leurs defcendans firent le même honneur aux Symboles fubalternes. En voyant des paniers de fruits, des couronnes de fleurs, des cornes d'abondance, des feuillages, des épics fur les têtes, fur les bras, & dans les mains de ces

figures

figures, pour leur servir d'attributs & de symboles, ils crurent que si la figure qui les portoit, avoit été divinisée par leurs Pères, sous les noms de Terre, de Mère qui produit tout, de Mère de l'Abondance, de la Fertilité & de l'Ubérité, ils pouvoient, à leur tour, faire des Divinités de ces trois choses aussi nécessaires à la vie ; & ils les adorèrent sous les noms d'Abondance, de Provision, de Fertilité, d'Ubérité, *Abundantia, Annona, Fertilitas, Ubertas* ou *Uberitas* : elles devinrent donc des Déesses aussi-bien que leurs mères, Cé-Cybèle, *Rhéa, Tellus*, &c. C'est ainsi que deux âges peu éloignés l'un de l'autre virent personnifier & diviniser d'abord les figures & les mères productrices, ensuite les Symboles qu'elles portoient, & même leurs productions. On fit en conséquence des figures nouvelles pour représenter ces secondes Divinités : on les enrichit & on les embellit des Symboles relatifs à la signification de leurs noms. Les fleurs, les épics, les paniers de fruits, & les cornes d'abondance remplies tantôt de fruits, tantôt des Monnoies, servirent d'attributs aux filles, comme à leurs mères.

Si l'on vouloit suivre notre systême à l'égard des autres Divinités, & conférer toutes celles de la seconde classe avec celles de la première, on trouveroit qu'elles sont toutes proches Parentes, & que les secondes ne sont autre choses que les symboles & les attributs des premières, personnifiés & divinisés. Le rameau, par exemple, que Cybèle, Cérès & Isis tiennent quelquefois comme un Symbole de Paix, de Clémence & de Concorde, servit à former de nouvelles Divinités sous ces trois noms : on les représenta ensuite comme des personnes, & on leur donna, pour Symbole, le même rameau, comme si c'étoit un rameau d'Olivier. La *Constance* n'a-t-elle pas le casque, la pique ou la haste de l'Isis-Minerve, & de Pallas ? L'*Équité* & la *Justice*, ces deux autres Déesses du second rang, portent la corne d'abondance, & la balance de Junon la Monnétaire. L'*Éternité* a pour Symboles le Soleil, la Lune & le Globe, emblêmes empruntés des Figures Hiéroglyfiques, & divinisés sous les noms d'Osiris, de Diane &c., à qui on les avoit donnés, dans l'origine, pour signifier l'éternité du vrai Dieu. La *Fécondité* est représentée avec les enfans d'Isis, ou de Vénus la Populaire. La *Pudeur*, la *Prudence*, la *Piété*, la *Sagesse* partagent les Symboles d'Uranie ou de Vénus la Céleste. Le geste du Dieu *Silence*, qui porte le doigt à sa bouche, comme pour y mettre un sceau, est pris de celui d'Harpocrate, autre Divinité de l'Égypte. La *Colère*, la *Fureur*, & la *Vengeance* ne sont que les passions des Furies ; & la représentation des unes & des autres, n'inspire que la crainte & l'horreur. Les Déesses *Salut* & *Santé* paroissent par-tout avec le Serpent d'Esculape, & des Dieux Médecins. Enfin on a pris la massue de Hercule, le casque, le bouclier, la cuirasse & la haste de Mars, pour en faire les attributs de l'*Honneur*, de la *Vertu*, de la *Valeur* & de la *Victoire*, qui sont autant de qualités & d'avantages que l'on a divinisés pour peupler l'Olympe. Les Divinités que nous mettons dans la seconde classe sont donc, au moins pour la plupart, postérieures à celles de la première : ce ne sont, à proprement parler, que leurs Symboles divinisés à titre de vertus, de vices, de passions, de qualités & d'avantages auxquels on a donné de nouveaux Symboles analogues à leurs noms.

Une seconde Observation justifiera la division que nous avons établie entre les Divinités des Anciens, & le systême qui nous engage à placer dans une seconde classe celles dont il s'agit dans cet Article. Les Divinités de la première classe appartiennent plus à la Fable qu'à l'Histoire : celles de la seconde, au

G g

contraire, ont plus de rapport à l'Histoire qu'à la Fable. Ce n'est pas que l'Histoire ne nous assure également du culte que l'on a rendu aux unes & aux autres ; mais, à cela près, tout est fiction dans les premières : ce sont de pures Fables, les unes plus ridicules que les autres. Personne n'ignore que les Anciens, qui avoient jugé à propos de forger pour ces Dieux une origine illustre, de leur prêter les actions les plus brillantes, & de leur composer une Histoire remplie d'évènemens extraordinaires, leur ont en même temps attribué des passions, des vices & des actions si infames, qu'ils l'emportoient sur les hommes les plus méchans & les plus corrompus.

A l'égard des Divinités de la seconde classe, si on ne leur a donné ni sceptre, ni couronne, on ne leur a du moins attribué ni crimes, ni infamies. Les Anciens se sont contentés de les personnifier sur la pierre, le bois, les métaux & autres matières, & de leur prêter de la réalité & de la vie, en les plaçant dans d'autres Êtres véritablement existans, dont ils formoient, selon leurs idées, les passions ou les qualités : les unes furent identifiées avec l'Être suprême, dont plusieurs reconnoissoient toujours l'existence, & les autres dans leurs Dieux tutelaires, ou dans leurs Empereurs, dans leurs Héros, & enfin dans des hommes & des femmes de distinction.

Aussi lisons-nous sur les Médailles le nom de Providence, *Providentia*, tantôt sans épithètes distinctives ; & alors on la regardoit comme cette admirable & secourable perfection, que quelques-uns plaçoient dans l'Être souverainement parfait, mais que d'autres, & presque tous, attribuoient à leurs fausses Divinités, à leurs Empereurs, ou à d'autres hommes & femmes illustres. Tantôt ils ajoutoient à ce mot de Providence une épithète, ou un autre terme qui marquoit à qui l'on devoit attribuer cette perfection si louable & si intéressante ; alors c'étoit, ou *Providentia Deorum*, ou *Opi divinæ*, la *Providence des Dieux*, ou le *secours divin*, qu'on faisoit graver sur les Médailles, comme le fit Helvius-Pertinax, pour montrer que c'étoit à la Providence & au secours de ses Dieux qu'il se croyoit redevable de l'Empire : quelquefois encore on gravoit pour légendes, *Providentia Augusta*, ou *Augusti*, la Providence Auguste, ou de l'Auguste ; ce qui prouvoit que c'étoit à leurs Empereurs qu'ils l'attribuoient. On faisoit la même chose de presque toutes les Divinités de la seconde classe. De-là cette multitude de légendes où l'on trouve tantôt *Abundantia, Concordia, Felicitas, Libertas, Pax, Salus*, &c. *Augusta*, & tantôt *Abundantia, Concordia* &c. *Augusti* ; tantôt c'est *Fæcunditas, Pudicitia*, tout court ; tantôt c'est *Fæcunditas, Pudicitia Augusta*, ou *Augustæ* ; *Virtus Augusta*, ou *Augusti* ; *Virtus, Fides Augusta*, ou *Augusti* ; *Fides Exercitus* ; *Fides Militum* ; *Virtus Equitum* ; *Virtus Populi Romani* &c. ; ce qui fait voir que l'on plaçoit ces vertus & ces qualités indifféremment dans les Dieux ou dans les Hommes.

Ce détail montre qu'on peut regarder ces secondes Divinités comme liées à l'Histoire des Hommes, puisqu'on les plaçoit & qu'on les adoroit en eux, & puisqu'on leur attribuoit ces vertus & ces qualités, tantôt avec vérité, tantôt par flatterie ; mais presque toujours à l'occasion de quelques faits, ou de quelques évènemens où elles avoient éclaté ou dû éclater.

Après ces Observations générales sur les Divinités de la seconde classe, on se dispensera d'en faire des particulières sur chacune, & l'on passera à l'explication de ce qui regarde ces Divinités, sur les Médailles, en suivant toujours l'ordre alphabétique.

S ECTION I.

De l'Abondance & de la Fertilité.

L'Abondance, l'Ubérité, ou la Fertilité font trois mots à-peu-près fyno- nymes. S'il y a quelque différence, elle confifte en ce que les deux dernières produifent la première, l'Abondance étant le fruit de l'Ubérité & de la Fer- tilité. A la vérité, l'Abondance peut régner dans les pays fort ftériles, parce qu'elle y eft portée de ceux qui font fertiles.

Ces biens, l'Abondance & la Fertilité, furent regardés, dans les premiers temps, comme des dons précieux que le vrai Dieu nous procure, foit par les productions de la terre, foit par tels autres moyens que fa Providence juge à propos d'employer. Les Anciens inftituèrent des Signes, des Figures & des Symboles, pour inviter les Peuples à des Fêtes accompagnées de facrifices, foit pour les lui demander, foit pour l'en remercier après les avoir reçus. Les figures deftinées à ces annonces, étoient celles de la Terre, Mère de l'Abon- dance, fous la forme d'une femme, qu'on adora depuis fous les noms d'*Ifis*, de *Rhéa*, de *Cérès*, &c. Les Symboles qu'on avoit donnés à ces figures, pour leur faire fignifier la Fertilité & l'Abondance préfente ou future, étoient des épics, des pavots, des feuillages, des paniers remplis de fruits & des cornes d'Amalthée ou d'Abondance, d'où fortoient toutes fortes de biens. Après que les pères eurent divinifé & perfonnifié les figures, les enfans firent la même chofe des Symboles qu'ils adorèrent fous les titres d'Abondance & de Fertilité, ou d'Ubérité, & auxquels ils donnèrent des attributs fimples & naturels pour les faire connoître indépendemment de leurs noms, c'eft-à- dire, des épics, des fruits, des cornes d'abondance pleines de Monnoies, dans l'attitude de les répandre fur les hommes.

C'eft de là que la Numifmatique a pris la manière de repréfenter l'Abon- dance, la Fertilité ou l'Ubérité, dont elle fait auffi une ou deux Divinités. Sur certaines Médailles d'Alexandre-Sévère, la figure debout femble tirer l'Abondance de fon fein ; fur d'autres de Caracalla, elle tient une corne d'abondance, dont elle diftribue les richeffes fous la forme de Monnoies : quelques-unes de Trajan la repréfentent affife fur un fiège compofé de cornes d'abondance, remplies de toutes fortes de biens. Il y a une Médaille grecque, frappée pour Antonin-Pie, qui montre l'Abondance (*Euthenia*) à demi couchée, tenant un bouquet compofé d'épics & de têtes de pavots, avec une corne d'abondance qu'elle a fur le bras : fa robe eft chargée de toutes fortes de fruits. Un muid, dont il fort des épics & des pavots, fert auffi ordi- nairement de fymbole à cette première Divinité, qu'on reconnoîtra encore aifément, fur les Médailles, aux épics, à la corne d'abondance, aux grains, aux fruits & aux Monnoies qu'elle offre, & qu'elle verfe généreufement fur les hommes.

L'Ubérité ou la Fertilité, *Ubertas* ou *Uberitas*, eft repréfentée debout, avec les mêmes fymboles : elle tient deux cornes d'abondance, dont l'une eft renverfée ; d'autres fois elle a une bourfe avec la corne d'abondance.

Les titres de ces fortes de Divinités font, *Abundantia*, ou *Ubertas*, ou *Uberitas Augufta*, ou *Augufti*, ou *Auguftorum* ; l'Abondance ou l'Ubé- rité Augufte, de l'Augufte, ou des Auguftes. On les donne à la planche **XII**e. nos. 1. 2. 3. 4. & 5.

G g ij

1°. C'est la Déesse Abondance à demi couchée, sur une Médaille grecque tirée du *Specimen rei nummariæ* du Docte Spanheim, Tome II., page 537.; 2°. c'est la même tirée des Monnoies de Trajan, où elle est assise entre deux cornes d'abondance ; 3°. elle est représentée debout, sous le nom d'Ubérité, avec deux cornes d'abondance, dont l'une est renversée ; 4°. on la voit versant les richesses de cette corne d'abondance ; 5°. enfin, elle est représentée en symbole, par une corne d'Amalthée. La première est d'Antonin-Pie, comme on l'a dit ; la seconde de Trajan ; la troisième de Quintilien ; la quatrième de Gallien ; la cinquième de Domitien.

Section II.

De la Déesse Annona.

C'est encore ici une Divinité formée des symboles de Cérès, de Cybèle, de Rhéa, d'Isis, ou de la Terre, comme l'Abondance & la Fertilité ; aussi ne différent-elles pas plus l'une de l'autre dans la signification de leurs noms, & dans leur forme, que dans les attributs ou nouveaux symboles qu'on leur a donnés, & que l'on a empruntés des premières & des plus anciennes Divinités.

D'abord la signification de leurs noms est presque la même, à moins qu'on ne prenne l'Abondance & la Fertilité plus en général, pour désigner la richesse des moissons, des productions d'un Pays, & qu'on ne restraigne l'*Annona* à ce que peut signifier les provisions de pain, de vivres, &c. que l'on fait pour une Armée, pour une Province, ou pour des Maisons particulières.

Dans la représentation, ces Divinités sont encore presque semblables, puisqu'on les trouve toutes trois, sur les Médailles, sous la figure d'une femme tantôt debout, & tantôt assise, avec les mêmes habillemens, attributs & symboles. La Déesse *Annona* vêtue d'une robe longue qu'elle retrousse sur son bras, tient quelquefois des épics au-dessus d'un autel, comme pour les sacrifier en action de graces ; ou bien ces épics sont devant elle sortans d'un panier : six beaux épics liés ensemble lui servent aussi de symbole.

Quand les provisions étoient venues par mer ou par eau, on donnoit à la figure un gouvernail ; si c'étoit de la fertilité du Pays qu'on les avoit tirées, alors on plaçoit derrière la Déesse une espèce de soc de charrue : on lui donnoit pour symboles deux cornes d'abondance, & un panier ou un muid pleins d'épics, de têtes de pavots, & de toutes sortes de fruits.

Lorsqu'un Empereur l'avoit répandue & procurée par sa libéralité, on la représentoit assise & tenant une tablette marquée d'autant de points qu'il l'avoit procurée de fois ; on lui mettoit une pique à la main, peut-être pour montrer que les provisions étoient pour le Militaire.

Les Légendes portent quelquefois *Annona* tout court ; alors il ne s'agit que de la Déesse : d'autres fois on y lit, *Annona Æterna*, *Annona Augusti*, ou *Augustorum*, ou bien *Augusta*, comme pour faire entendre que c'étoit par les soins, & par la générosité des Empereurs que cette Déesse s'étoit rendue favorable, qu'elle avoit répandu ses dons, qu'elle s'étoit pour ainsi dire, unie à ces Princes, pour combler leurs Sujets de ses biens, ou enfin qu'elle étoit en eux, & qu'elle devoit y être adorée. On a oublié de graver sur nos planches les quatre représentations que nous avions dessein de donner de cette Divinité ; mais on peut aisément se passer de ce secours pour reconnoître cette Divinité sur les Médailles, & autres Monumens.

Section III.

De la Clémence.

La Clémence, la Concorde & la Paix ont été adorées comme trois Divinités différentes, quoiqu'elles aient la même origine, & presque les mêmes attributs. Leur origine vient de la figure que l'on présentoit aux Peuples pour signifier la fertilité des terres, & l'abondance des moissons. Cette figure étoit celle de la Terre même, ou de Rhéa, ou plutôt d'*Isis*, dont on fit Rhéa & Cérès. On lui mettoit à la main, ou l'on plaçoit près d'elle, des épics, ou quelque rameau d'arbre ou d'arbrisseau : souvent ce rameau étoit de laurier ou d'olivier. La douceur & les autres qualités de l'huile, qui est une expression de l'olive, se trouvant propres à symboliser l'inclination & les vertus qui portent à la Clémence, à la Concorde & à la Paix, on pensa que le rameau de cet arbre signifioit ces dispositions qui n'eurent pas de peine à passer d'abord pour divines, & ensuite pour des Divinités que l'on adora par-tout où elles se rencontrèrent, mais sur-tout dans les Princes chez qui on les trouva toujours si nécessaires, qu'on les y supposa même lorsqu'ils n'en eurent pas l'ombre, & qu'ils ne se signalèrent que par des excès de dureté & de cruauté. Avant de parler de la Concorde & de la Paix, commençons par la Clémence.

Il en fut de cette Divinité comme de plusieurs autres : dès qu'une fois elle fut reconnue pour telle, on varia ses figures, ses attributs & ses titres, selon les circonstances où l'on se trouva. On la donna à la face des Médailles, tantôt sous la figure d'une tête coëffée d'un voile, & avec l'air d'une femme d'un âge mûr & d'une grande douceur ; tantôt sous celle d'une tête féminine, mais plus jeune & coëffée comme celle des premières Impératrices. Cette dernière tête a devant elle un rameau de laurier ou d'olivier.

Au revers des Médailles, on la voit debout ou assise, & quelquefois appuyée du coude sur une petite colonne. Elle tient sur les unes une haste & un rameau d'olivier, & sur quelques autres, un rameau seulement qu'elle présente à une figure à genoux qui semble implorer son secours, & qui a les mains levées vers le rameau qu'elle regarde. Il y en a où elle tient une Patère & une pique, ou l'une des deux seulement. La Patère étoit un des symboles de la Divinité. Enfin on a des Monnoies de *Probus*, où cet Empereur debout donne la main à une autre figure presque nue, qui est à sa gauche, & qui a une pique à la main. Cette seconde figure paroît être celle d'un homme : entre les deux il y a une autre petite figure qui semble vouloir mettre une couronne de laurier sur la tête de *Probus*. Sur ce revers on ne distingueroit pas la Clémence, qui est toujours représentée comme une femme, si on ne prenoit pour elle la petite figure qui tient une palme & une couronne ; alors on dira que c'est à la bonté, à la douceur & à la clémence des temps qu'on doit attribuer l'action de cette petite figure, qui paroît offrir la couronne à *Probus*. Aussi la légende porte-t-elle *Clementia Temporum*, aussi bien qu'une autre du même Empereur, où la Clémence debout, les jambes croisées, s'appuie sur une colonne, & tient une pique de la main droite. Les autres légendes portent, sur un bouclier, ou *Clementiæ*, à la Clémence, ou *Clementia*, sans épithète, ou *Clementiæ Augustæ*, ou *Clementia Augusti*.

Nous donnons cette Divinité de quatre façons, à la planche XII.e n.os 6.

7. 8. & 9. D'abord c'est sa tête jeune & bien coëffée, telle qu'elle est sur une Médaille de Jules-César. 2°. C'est sa figure assise, avec une autre à genoux à ses pieds, qui a recours à elle, & à qui elle semble vouloir donner son rameau d'Olivier : ce second Type est d'une Médaille de Trajan : le nom de la Clémence n'est pas dans la légende. 3°. Cette Déesse, au lieu du rameau d'Olivier, tient une patère & une pique. 4°. Ce revers est celui de Probus, dont on vient de parler. En voilà assez pour faire connoître la Clémence sur les Médailles & autres Monumens, où elle se trouve représentée. ✦

S e c t i o n   IV.

De la Déesse Concorde.

Nous n'ajouterons rien à ce qu'on vient de dire de la Clémence : ce que nous en avons rapporté est suffisant pour faire connoître l'origine de la Concorde.

Dans la Numismatique, on l'a prise en plusieurs sens : premièrement, pour la bonne intelligence entre plusieurs personnes ; ce que les Grecs ont fort bien exprimé sur leurs Médailles par le mot *Omonoia* : secondement, pour l'union qui règne entre le mari & la femme, ou entre plusieurs personnes d'une même famille, ou entre plusieurs Princes assis sur le même Trône : troisièmement, pour un Traité d'alliance entre les Puissances, les Provinces, les Peuples & les Villes : quatrièmement, pour un Traité de Paix, & tout ce qui peut y avoir rapport.

Nous ne l'envisageons ici que dans les deux premiers sens, parce que, dans la suite, nous serons obligés de traiter en particulier de la Paix & des Alliances de toutes sortes d'espèces.

La Concorde prise pour la bonne intelligence, & l'union entre plusieurs personnes, est représentée sur les Médailles, ou par une tête, ou par une Statue de femme, ou par des Symboles différens.

La tête de cette Divinité paroît sur quelques Médailles Consulaires. On la voit sur celles de la famille *Vinicia*, avec une chevelure bien frisée, couronnée de laurier, & ornée d'un collier de perles. Ce fut pour faire connoître la bonne intelligence qui régnoit entre Auguste & le Sénat, que cette pièce fut frappée avec la tête de la Concorde. Paulus-Lépidus, frère de Lépide le *Trium-Vir*, fit aussi graver la même tête sur une autre Monnoie, pour célébrer l'union qui régnoit entre eux, selon Fulvius : cette seconde tête porte un voile sur sa coëffure, & n'a point de collier.

Marc-Aurèle & Lucius-Vérus furent les deux premiers Princes qui gouvernèrent ensemble l'Empire Romain. Ils s'accordoient si bien, qu'on eut dit qu'une seule ame animoit les deux corps ; c'est ce qui fit représenter la Concorde sur quelques Monnoies de leur temps, sous un emblème dans lequel ces deux frères se donnent mutuellement la main.

L'Union & la Concorde entre le mari & la femme est marquée sur une Médaille de Faustine, par le même emblème, où elle & Antonin-Pie se donnent la main. Sur un autre revers de la même Princesse on a exprimé l'Union de la famille entière, puisqu'au-dessous du même Type on voit leurs enfans, Marc-Aurèle & Faustine la jeune, qui se donnent aussi mutuellement la main.

La Concorde, généralement parlant, est au revers des Médailles, sous la figure d'une femme, souvent sous celle d'une Princesse assise ou debout, dans diverses attitudes & avec des symboles bien variés , mais toujours caractérisés. Quand elle paroît comme une Divinité, & sans rapport à quelqu'évènement qu'elle pourroit signifier par elle-même , ou par ses symboles & attributs, elle tient une patère seulement. Quand on la regarde comme la source des plus grands biens & de la félicité, on la représente non-seulement avec la patère , mais encore avec le caducée, & une ou même deux cornes d'abondance. Si on la prend pour la cause des Victoires, de la conservation, de la puissance & de la force, soit des Empereurs, soit de l'Empire, on la montre sous la forme de la Victoire, avec des ailes, une palme, une couronne, un sceptre & une fleur. Lorsqu'on en fait le lien des familles & des mariages, on la place entre un Empereur & une Impératrice qu'elle semble réunir & tenir entre ses bras étendus ; ou bien, on la voit sous la figure d'une Impératrice donnant la main à l'Empereur son époux ; si on a voulu faire sentir qu'on la regardoit, dans les Armées & dans les Soldats, comme un bien qui élevoit par des vœux & des voix unanimes des Princes au Trône de l'Empire, on lui a mis en main diverses Enseignes militaires : on l'a représentée encore sous le Symbole de quatre de ces Enseignes, ou bien sous celui de deux mains qui se serrent mutuellement, & tiennent ensemble quelquefois l'Aigle Romaine, traversée par la foudre de Jupiter. Trois mains étroitement serrées marquent l'union & la bonne intelligence entre trois Empereurs qui gouvernent ensemble. Un Paon, une Tourterelle, ou une Colombe posés sur une branche d'Olivier , ou quelques semblables oiseaux sont encore sur les Médailles des Symboles de la Concorde , de la bonne intelligence, de l'union des Princes, des États, des Villes, des Armées, des Familles, &c.

Nous donnons cette Divinité de six façons, à la planche XIIᵉ· nᵒˢ· 10. 11. 12. 13. 14. & 15. C'est d'abord une tête de femme couronnée de laurier, avec un collier ; cette Médaille est de la famille *Vinicia* ; ensuite c'est une figure assise, portant une corne d'Abondance sur le bras gauche, & une patère de la main droite ; 3°. c'est une figure debout, ayant deux cornes d'Abondance sur le bras gauche, & tenant une patère au-dessus d'un Autel ; 4°. enfin, nᵒˢ· 13. 14. & 15., ce sont les trois oiseaux qui lui servent de Symboles. On en trouvera encore plusieurs autres Types, dans les Planches & dans les Sections suivantes, où elle reparoîtra sous les noms & les figures de la Paix , & de diverses sortes d'alliances.

Section V.

De la Constance.

La Constance est une qualité & une vertu si rares, qu'elle parut aux Anciens digne d'être mise au nombre des Divinités, & de mériter leur encens. On ne voit pas bien clairement la relation de son origine avec les Dieux de la première classe, ou leurs Symboles ; car on lui a donné, sur les Médailles antiques, des attitudes & des attributs assez variés. On l'y voit sous la figure de Pallas, avec le casque & la pique, & presqu'entièrement habillée à la Militaire ; & alors on pourroit penser qu'elle a emprunté les Symboles de ces Dieux qu'on appelle les Dieux de la Guerre : d'autres fois elle est représentée avec la torche allumée de Diane, & la corne d'Amalthée de Cérès, de Flore, & des Déesses de l'Abondance & des Moissons : enfin on la trouve, au revers de quelques pièces d'Antonia, femme de Drusus, & de quelques-unes de Tibère-Claude, sous la figure d'une femme assise sur une espèce de chaife curule, dans l'attitude de porter l'index de fa main droite à la bouche ; en quoi elle reffembleroit au Dieu du Silence, & à l'Harpocrate des Grecs.

Comme on adoroit la Conftance non feulement en elle-même, mais encore dans les Princes & Princeffes, il n'eft pas étonnant qu'on leur ait donné ces attitudes & ces attributs. Tout cela étoit relatif à l'idée qu'on fe formoit de cette vertu dans les perfonnes où on la trouvoit, ou fuppofoit, & aux différentes circonftances de temps & d'actions où l'on croyoit l'avoir vu briller dans leur conduite.

Nous la donnons de trois façons, à la planche XIIe. nos. 16. 17. & 18. 1°. C'eft fous la figure de Pallas, avec le cafque & la pique. 2°. C'eft fous la forme d'une femme habillée de long, qui a une pique renverfée, dont le haut fert de torche allumée, & une corne d'abondance fur le bras gauche. 3°. Elle eft affife, dans l'attitude de porter le doigt à fa bouche. La première Médaille & la feconde font de Tibère-Claude ; la troifième eft d'Antonia, femme de Drufus. On ne lui trouve d'autre titre que celui de Conftance Augufte, ou de l'Augufte, *Conftantiæ Auguftæ*, ou *Augufti*.

<h2 style="text-align:center">S E C T I O N   V I.</h2>

De l'Équité, de la Juftice, & en même temps de la Monnoie.

Nous avons déja parlé plus haut de la Déeffe Monnoie : on peut fe rappeller ce que nous en avons dit, pour favoir ce que l'on doit penfer de fon origine, & pour connoître comment elle eft repréfentée fur les Médailles. Nous ne la nommons ici que parce qu'elle a quelque rapport avec l'Équité & la Juftice, vertus fi néceffaires à ceux qui ont droit de frapper Monnoie, & dans les Officiers à qui ils confient ce département. Quelqu'analogie qu'il y ait dans le nom de ces vertus, il doit y en avoir encore davantage dans la pratique des devoirs qu'elles prefcrivent, puifque c'eft en mettant une jufte proportion entre la valeur intriféque & le prix ou taux des Monnoies dans leur cours, que les Princes doivent faire paroître leur équité & leur juftice. Il y a tout lieu de préfumer que c'eft l'utilité de la Monnoie, dans le Commerce, qui lui a procuré l'avantage d'être placée au rang des Divinités.

Quant à l'Équité & à la Juftice, les premiers hommes les adorèrent en Dieu, comme des perfections inféparables de cet Être fuprême ; heureux s'ils s'en fuffent tenus à l'accompliffement de ce devoir ! Mais ces perfections leur parurent fi grandes, fi utiles & fi néceffaires dans tous les États & dans toutes les Sociétés, qu'ils les féparèrent, en quelque forte, de l'effence & de la nature divine, pour en former d'autres Divinités, qu'ils adorèrent, & qu'ils prêtèrent, par complaifance ou par flatterie, à ceux mêmes qui n'avoient aucun droit à ces vertus, quelque néceffaires qu'elles leur euffent été. C'eft pour cela, qu'en les attribuant indiftinctement aux Princes bons & mauvais, les Peuples l'ont appellée l'Équité, la Juftice Augufte, ou de l'Augufte, ou des Auguftes, *Æquitas*, ou *Juftitia Augufta*, ou *Augufti*, ou *Auguftorum*.

Quant à la manière de repréfenter l'Équité & la Juftice, furles Médailles, elle n'a guère varié. Dans celles de la famille *Marcia*, il y en a une où l'on voit la Juftice, & par conféquent l'Équité, à la face & au revers. A la face, c'eft une tête de femme, ornée d'une riche coëffure de perles, avec un voile par-deffus ; elle a des pendans d'oreilles & un collier. Au revers, c'eft une femme fur un char à deux chevaux, dont elle tient les rênes. Sur les

Monnoies

Monnoies de Tibère, c'est une tête ornée d'un diadème de perles, avec la légende, *Justitia* ; ce qui s'explique assez. Quelques revers d'Hadrien représentent aussi la Justice assise, tenant la haste & le sceptre de la main gauche, & la patère de la droite, comme une Divinité. D'autres pièces de Vitellius & de Vespasien la montrent, sous le nom d'Équité, tenant une balance de la main droite, & une perche, ou une aune, ou une toise, à ce que l'on croit, de la gauche, comme pour faire sentir que l'Équité doit présider aux poids & à toutes sortes de mesures, &c.

Il y a des Médailles de Sévère, & de quelques autres Empereurs, en grand nombre, où on l'a regardée comme source de l'abondance & des richesses ; c'est pourquoi, outre la balance, on lui a donné une corne d'Amalthée. On pourroit croire que l'on a voulu faire honneur à ces Princes du rétablissement de l'ordre & de l'équité dans la fixation du prix des Monnoies d'or, d'argent & de bronze, parce qu'on a représenté, au revers de quelques-unes de leurs pièces, les trois Déesses Monnoies, sous le nom d'Équité publique, *Æquitati publicæ*, & qu'on leur a même donné quelquefois, sur ces Monumens, le titre de *Restituteurs de la Monnoie*.

On reconnoîtra aussi aisément ces deux Vertus, la Justice & l'Équité, que la Monnoie, sous des ornemens & des attributs qui leur sont communs. On trouvera deux fois la Justice, à la planche XIIe ; savoir 1°. sous la forme d'une tête avec un diadème de perles ; 2°. sous la figure d'une femme assise avec le sceptre & la patère en main. On donne, à la même planche, l'Équité sous la figure d'une femme qui tient une balance ; on l'a représentée enfin par trois figures de femmes, avec chacune une balance & une corne d'abondance. Voyez la même planche XIIe. n°s. 19. 20. 21. 22. & 23.

<h2 style="text-align:center">SECTION VII.</h2>

De l'Espérance.

On a dit, à la Section XXe de l'Article précédent, qu'on annonçoit anciennement l'approche du Printemps par la figure d'une Isis qui portoit des fleurs, & qui en étoit couronnée. Ces attributs faisoient concevoir, dès qu'on appercevoit cette figure, l'espérance de voir bientôt renaître cette belle & charmante Saison, qui émaille les prairies & les jardins de toutes sortes de fleurs. N'aura-t-on pas pris, dans la suite, la figure qui inspiroit une si douce attente, pour l'Espérance même ? Rien de plus propre à le persuader, que le Type ordinaire de l'Espérance, représentée sous la figure d'une femme qui tient une de ces fleurs, gage certain du retour du Printemps.

Quelle que soit l'origine de l'Espérance, les Grecs & les Latins en firent une Divinité ; mais elle eut le même sort que beaucoup d'autres : elle fut prise & adorée en plusieurs sens. D'abord le culte qu'on lui rendit fut pour elle-même, parce qu'on s'étoit fait une loi d'adorer & de prier tout ce qui paroissoit bon. À ce premier dégré d'égarement en succéda bientôt un autre encore plus grand, puisque les Anciens firent passer ce culte aux hommes en qui ils crurent pouvoir mettre leur espérance, & de qui ils attendoient quelques faveurs. Cependant, dès que les ténèbres du Paganisme furent dissipées, les Princes recommencèrent à mettre leur espérance en Dieu, & dans la Religion ; exemple qui fut suivi par leurs sujets, non-seulement du consentement des Empereurs Chrétiens, mais même par leur ordre.

H h

De ces diverses façons de confidérer l'Efpérance, font venues les diffé-rentes manières de la repréfenter fur les Médailles, & fur d'autres Monumens. Nous nous en tiendrons ici à ce qui regarde la Numifmatique.

Pefcennius-Niger la regardant en elle-même, & comme une Divinité attentive à remplir les vœux de ceux qui, comme lui, afpiroient à l'Empire, la fit repréfenter, fur quelques-unes de fes Monnoies, fous la figure d'une femme qui retrouffe fa robe d'une main, & tient de l'autre une fleur. On lui donna, dans la légende, le titre de *Bonne*; *Bonæ Spei*. On la voit de même, ou à-peu-près, au revers de quelques Médailles de l'Empereur Emilien & de plufieurs autres, où tels font fes titres ; Efpérance publique, *Spes publica* ; Efpérance du Peuple Romain, *Spes P. R.* ; Efpérance perpétuelle, *Spes perpetua* ; Efpérance Augufte, de l'Augufte, des Auguftes, *Spes Augufta*, *Augufti*, *Auguftorum*.

D'autres ayant regardé certains Princes comme des objets capables & dignes de fonder l'efpérance du bonheur des Peuples qui étoient déja, ou qui devoient être, dans la fuite, foumis à leur Empire, l'ont adorée dans ces Princes, fous le titre d'Efpérance publique &c. ; quelquefois même pour exprimer leur penfée & déterminer l'objet de leur culte, ils ont repréfenté cette Divinité fous la figure du Prince même en qui ils la mettoient. C'eft l'honneur que l'on fit à Julien l'Apoftat, qui, en habit militaire, & tenant un Globe fur la main droite, paroît au revers d'une de fes Médailles, avec cette légende, *Spes Reipublicæ*, comme fi on eût dit : ce Prince eft l'Efpérance de la République.

Il y a des Monnoies fur lefquelles l'Efpérance tenant une fleur & fa robe, femble parler à trois Soldats repréfentant une armée, les exhorter à combattre avec courage pour l'Empereur Claude, & leur montrer fon attribut, pour gage certain de la victoire qu'elle leur promet. Sur quelques-unes du jeune Arcadius, la Victoire affife fur une cuiraffe grave fur un bouclier votif des vœux de vingt-cinq, puis de trente ans, pour la confervation de cet Empereur, que la légende appelle l'Efpérance nouvelle de la République, *Nova Spes Reipublicæ*.

Quand on attendoit de quelques Impératrices, des Princes fucceffeurs de l'Empire, & bien plus encore lorfqu'elles en avoient déja donné, on les repréfentoit elles - mêmes avec leurs enfans fous ce titre, & avec cette légende, *Spes Reipublicæ*, pour faire entendre qu'elles étoient avec ces mêmes enfans l'efpérance de l'État.

Les Princes Chrétiens, à la tête defquels il faut mettre le grand Conftantin, pour faire reconnoître qu'ils ne mettoient leur efpérance qu'en Dieu, ou dans la Croix, inftrument de la victoire que Jefus-Chrift avoit remportée fur le Démon, ce terrible ennemi du genre humain, firent graver aux revers de leurs Médailles le *Labarum*, avec lequel ils perçoient la figure d'un ferpent ; ou bien, ils fe firent repréfenter eux-mêmes tenant le fceptre ou le globe d'une main, & le *Labarum* (étendard marqué au figne de la Croix) de l'autre : ils montroient par-là qu'ils étoient bien perfuadés qu'ils tenoient de Dieu l'Empire, & qu'ils n'attendoient que de fa fageffe infinie, la prudence, la force & les graces néceffaires pour le bien gouverner. La légende de ces pièces annonce que ce figne facré & falutaire faifoit dès-lors, comme il l'a fait dans la fuite, l'Efpérance de tout le monde ; *Spes publica*.

On fe contente de donner, à la planche XIIe. n°s 24. 25. 26. & 27., quatre

Médailles sous différens Types de l'Espérance. 1°. C'est le Type de Pescennius-Niger, avec la légende, *Bonæ Spei.* 2°. C'est celui de la Médaille où Julien l'Apostat est représenté comme l'objet de l'Espérance de l'Empire. 3°. C'est l'Espérance qui promet la victoire à l'armée de Claude, qui part pour soumettre la Bretagne. 4°. C'est le Type de l'Espérance des Princes Chrétiens.

SECTION VIII.

De l'Éternité.

Nous avons vu, dans les Observations préliminaires sur l'Idolâtrie & dans plusieurs endroits du premier Article de ce Chapitre, que, dans les premiers temps, après le Déluge, & lorsqu'on adoroit encore le vrai Dieu, l'Éternité étoit regardée comme une de ses perfections les plus essentielles. On se servoit, pour représenter cet Être suprême, tantôt d'un feu que l'on avoit soin d'entretenir perpétuellement, pour lui donner par-là une espèce d'Éternité ; tantôt d'un Globe, ou d'un Serpent qui formoit un cercle en se mordant la queue ; tantôt d'un autre cercle rayonné, tel que celui qui représente le Soleil. Ces Globes ou Cercles, qui ne montrent ni commencement ni fin, représentoient l'Éternel d'une manière simple, naturelle & très-convenable. Aussi, pour donner une idée de la fausse Divinité que les Idolâtres adoroient sous le nom de l'Éternité, empruntèrent-ils les mêmes Symboles sous lesquels on avoit, dans les premiers temps, représenté le vrai Dieu, seul Éternel.

Nous voyons qu'on a singulièrement employé, sur les Médailles, les Globes, les Cercles, les têtes du Soleil & de la Lune, pour représenter la Déesse Éternité. De plus, les figures d'hommes, de femmes ou d'animaux qu'on a gravées sur les Monnoies antiques, avec le nom de l'Éternité, sont toujours accompagnées de quelques attributs qui approchent du cercle, ou qui en font partie. C'est donc encore un abus des premiers Symboles du véritable Éternel, qui a donné la naissance à une Divinité chimérique, sous le nom de l'Éternité, dont on a fait une qualité, & une perfection subsistante par elle-même, au lieu qu'elle n'existe réellement que dans le vrai Dieu.

De cette première erreur, les Idolâtres passèrent promptement à plusieurs autres. L'Éternité, cette première émanation qu'ils avoient séparée de l'Être suprême, pour lui donner une existence réellement distincte, fut bientôt divisée en plusieurs portions, dont ils firent autant d'autres Divinités de la même espèce, mais auxquelles ils accordèrent plus ou moins de durée, suivant que les circonstances, ou leurs caprices & leurs passions le dictoient. Delà sont venus plusieurs autres formes, plusieurs autres symboles & attributs qu'ils ont donnés à leurs différentes Éternités. Les unes avoient un commencement, & devoient n'avoir point de fin ; d'autres avoient ou devoient avoir une fin, aussi-bien qu'un commencement ; il y en avoit qui, comme le temps, ne consistoient que dans un passé, un présent, & un avenir indéterminés. Enfin chacun en formoit relativement à sa façon de penser.

La figure d'un jeune homme à tête rayonnée, tenant un globe à la main, & représentant le Soleil, peut bien avoir été le symbole de l'Éternité considérée en elle-même, comme une Divinité, & sans aucun autre rapport. C'est ainsi qu'on la trouve représentée au revers d'une Médaille de Gordien-Pie. Dans d'autres, elle paroît sous la figure d'une femme qui tient une patère & un gouvernail sur un globe, ou le même gouvernail sans globe, ou

H h ij

un fceptre avec le globe, ou le fceptre fans globe & le globe fans fceptre, avec un voile étendu & formant une efpèce de cercle au-deffus. Il y a auffi des Types qui la repréfentent fous l'emblême du Soleil ou de la Lune. La plupart de ces Ty-pes fe trouvent fur les Médailles de Confécration, par lefquelles on célébroit l'entrée prétendue des Empereurs & des Impératrices dans une Éternité bien-heureufe ; ou fur des Médailles votives, par lefquelles on marquoit les vœux que l'on faifoit pour la longue vie des Princes & Princeffes.

On a cru, dans l'Antiquité, que le Phénix renaiffoit de fes cendres ; ce qui l'a fait paffer pour une efpèce d'Oifeau Éternel, terme impropre, puif-que quand même il n'auroit point de fin, il auroit un commencement. Cet Oifeau fur un globe, ou fans globe fur la main d'une Princeffe, au revers de plufieurs Médailles, marque fa confécration, & devient le fymbole de fon Éternité. Le Paon défigne la même chofe.

Les animaux qui vivent longtemps, même l'Éléphant, le Lion & autres, entroient encore dans le nombre des attributs & des fymboles de l'Éternité. On en atteloit au char des Princeffes divinifées après leur mort, comme pour les mener au Ciel. Les Chevaux, qui ont une vie moins longue, leur fervoient auffi quelquefois pour le même voyage ; peut-être étoit-ce pour marquer un mérite & une Éternité d'un rang inférieur.

On a encore fuppofé que la Victoire tenant une torche allumée & portant la jeune Fauftine vers le Ciel, pouvoit fervir d'emblême à l'Éternité glo-rieufe dont on fuppofoit que cette Impératrice alloit jouir après fa mort.

Deux têtes de Princes en regard, comme celles de Géta & de Caracalla, font encore des fymboles d'une forte d'Éternité, dont on congratuloit les Em-pereurs, quand ils donnoient à l'Empire des Succeffeurs, dont il pouvoit attendre une longue profpérité. On faifoit fignifier la même chofe à une figure repréfentative du Soleil perfonnifié, qui avoit une main élevée & tenoit un fouet de l'autre. Caftor & Pollux, fous la forme de deux hommes tenant chacun une pique & un Cheval par la bride, ainfi qu'ils fe trouvent au revers de quelques Médailles de Maxence, femblent indiquer que les vertus Militaires de cet Empereur l'avoient éternifé. Enfin on a érigé des Temples à quelques Princes & Princeffes, pour rendre leur mémoire éternelle, & l'on a repréfenté ces Temples fur les Médailles, comme des fymboles de cette efpèce d'Éternité. Pofthume couronné par Hercule paroît auffi fur une de fes Monnoies, pour marquer par-là le long règne que les vœux & l'efpérance des Peuples lui promettoient.

On peut voir, par ces Types & par d'autres, combien les Anciens multi-plioient leur Éternité. Ses épithètes fe tiroient ordinairement des qualités des perfonnes & des chofes pour lefquelles on faifoit frapper ces Médailles. C'eft pour cela que fur les légendes qui ne portent pas le feul mot *Æternitas*, on lit *Æternitas Augufti*, ou *Auguftæ*, ou *Auguftorum*, ou *Flaviorum*, ou *Imperii*, &c.

Nous donnons à la planche XIIe. n°s. 28. 29. 30. 31. 32. 33. 34. 35. 36. & 37. dix Types différens de l'Éternité : ils fuffiront pour connoître les autres, & cela d'autant plus aifément que la légende emporte prefque tou-jours le nom, foit que l'Éternité foit prife proprement ou improprement fur ces Monumens précieux.

Section IX.

De la Déeſſe Fécondité, &, par occaſion, des Divinités que les Idôlâtres croyoient préſider à la Génération.

La Fécondité fut adorée ſous pluſieurs noms, dans ſes cauſes, en elle-même & dans ſes fruits. Dans ſes cauſes, on en fit une Divinité des deux ſexes, apparemment à cauſe de leur concours mutuel pour la Génération. La Divinité mâle fut *Jupiter Genethlius* : la Mère des Dieux, autrement Cybèle, fut regardée comme la Divinité femelle, & on l'appella, par cette raiſon, *Diva Genitalis*, ou *Genita*, & *Genetyllis* chez les Grecs. Peut-être croyoit-on alors que ces Divinités de différent ſexe étoient néceſſaires pour préſider à la fécondité des hommes & des femmes. Quelques-uns ont penſé que le Génie, la Fortune, l'Amour, & la Néceſſité préſidoient auſſi à la Génération, ou à la Propagation : ſi l'on en croit même certains Auteurs, il y avoit encore d'autres Divinités qui y contribuoient ; mais nous n'en parlerons pas, parce que les fables qu'on a débitées à ce ſujet n'ont rien de commun avec la Numiſmatique.

La Fécondité fut en quelque ſorte adorée dans les Impératrices, lorſqu'elle donnèrent des Succeſſeurs à l'Empire. On l'apppella alors du nom de Fécondité, *Fœcunditas*.

La même Fécondité fut encore honorée même dans ſes fruits, c'eſt-à-dire dans la poſtérité, & ſur-tout dans les Princes qu'elle donnoit à la famille Impériale ; alors on l'appelloit, *Propago Imperii* : pour s'en congratuler on gravoit ſur les Médailles, *Temporum*, ou, *Sæculi Felicitas*.

Il ne convient pas de rapporter tout ce que les Anciens ont adoré ſous le titre de Dieux de la Fécondité, ou de la Génération, & l'on ſe croit diſpenſé de faire voir juſqu'où a été porté l'excès de leur aveuglement à cet égard. Il ſuffit de faire entendre à nos Lecteurs qu'on ne pourroit en parler ſans rougir ; d'ailleurs ce que l'on en diroit ne ſeroit d'aucune utilité pour notre projet.

Comme les Déeſſes de la première claſſe changeoient de nom, en changeant de ſymboles & d'attributs, il n'eſt pas difficile de s'appercevoir que *Junon*, ſurnommée *Lucine*, & *Vénus la Populaire*, autrement *Venus Genitrix*, que l'on repréſentoit ordinairement avec des enfans ſur les bras, à leurs côtés & auprès d'elles, auront donné occaſion à ériger la Fécondité en Divinité.

C'eſt toujours au revers des Médailles des femmes que l'on voit cette Déeſſe. Elle y eſt tantôt aſſiſe, tantôt debout, quelquefois avec une pique, ou une palme à la main, ou avec une corne d'abondance ſur le bras ; mais ſes ſymboles ou ſes attributs les plus ſimples, les plus naturels & qui ont plus d'analogie avec ſon nom, ſont des enfans qui l'accompagnent, qu'elle careſſe, ou qu'elle porte.

Sur un revers de Fauſtine la jeune, elle en tient un ſur la main gauche : ſur un autre de Lucille, elle en a trois, un ſur le bras, & un à chacun de ſes côtés : ſur un troiſième revers, elle en a quatre, un ſur chaque bras, & un à chacun de ſes côtés. La Fécondité qu'on ſe promet d'un mariage eſt repréſentée comme *in-voto*, ſur un revers de Plantille femme de Caracalla, où on les voit tous les deux ſe donnant la main, en ſigne d'Union conjugale. La légende eſt, *Propago Imperii.* Enfin la Fécondité dans ſes fruits, ou dans les Princes qu'elle donnoit à l'Empire, eſt repréſentée, ſur un revers de Fauſtine femme de Marc-Aurèle, ſous le nom & comme la cauſe de la félicité des temps, *temporum felicitas,* par une femme, qui eſt peut-être l'Impératrice même, avec ſix enfans, tant ſur ſes bras qu'à ſes côtés. On les trouvera de la ſorte en quatre revers de Médailles que l'on donne, ſavoir trois aux n°s. 38. 39. & 40. de la planche XIIe. & une au n°. 1. de la planche XIIIe. Il eſt inutile d'en repréſenter davantage pour faire connoître cette Divinité.

S E C T I O N X.

De la Félicité..

La Félicité en elle-même, abſtraction faite de tout ce qui peut en faire le ſujet ou la cauſe, ne pouvoit être, au ſens de ceux qui en ont fait une Divinité, qu'un Bien-Être générique occaſionné par quelqu'autre bien, par quelqu'avantage ou par quelqu'événement heureux. C'eſt pourquoi elle n'a point eu d'image ou de repréſentation qui lui ait été particulière & fixe. Comme on la trouvoit en tout ce qui étoit agréable dans l'Abondance, dans les Victoires, dans la Paix, dans les Alliances, dans les Mariages, dans la Poſtérité ou la Fécondité, dans la Concorde & dans la bonne intelligence des Princes, des Familles, &c., on lui a donné les figures & les ſymboles propres à marquer ce qui en faiſoit le ſujet & la cauſe, quand on a voulu perpétuer par les Monumens, & ſingulièrement par les Médailles, la mémoire & la reconnoiſſance de celle dont on jouiſſoit, lorſqu'on les a fait frapper.

C'eſt ainſi que, pour faire ſentir du temps de l'Empereur Sévère, qu'il avoit rendu l'Empire heureux par la grande abondance de grains & de vivres qu'il avoit procurée à ſes Sujets, on employa pour emblême un bel épic qui s'élève entre deux cornes d'abondance remplies de toutes ſortes de fruits. Si avec l'Abondance on avoit la Paix, une femme debout tenant un rameau d'olivier & une corne d'abondance faiſoit le Symbole de cet heureux état ; ou bien c'étoit une autre femme qui avec la corne d'abondance avoit un Caducée. Pour déſigner une Félicité que l'on commençoit ſeulement à goûter, la figure étoit debout ; mais ſi elle avoit déja duré quelque temps, ou ſi on eſpéroit qu'elle ſeroit durable, la figure étoit aſſiſe, ou elle s'appuyoit ſur une colonne. Quand avec l'Abondance & la Paix on avoit conſervé ou recouvré la ſanté, deux Serpens, Symboles de la Santé, terminoient le Caducée par le haut. Lorſque l'Empire étoit bien gouverné, comme ſous l'Empereur Hadrien, un Vaiſſeau avec le Vent en pouppe, monté par l'Empereur qui en tient le gouvernail, repréſentoit la Félicité du Prince & des Sujets. Si c'étoit une Victoire qui avoit rendu ou rétabli la Félicité, ſoit réellement, ſoit en idée, la reconnoiſſance ou la flatterie faiſoit paroître l'Empereur Victorieux à Terre, ou ſur un Vaiſſeau, avec la Victoire ſur la main ou ſur la proue du Vaiſſeau. La bonne intelligence de l'Empereur Sévère avec ſes deux fils Caracalla & Géta, & celle qu'il avoit recommandée à ces deux Princes de faire régner entre eux, fut marquée du nom de Félicité du ſiècle, *Felicitas ſæculi,* ſur une Médaille qui montre la tête du Père avec une couronne de laurier, & celles des deux Princes ſans couronne. Deux enfans ſortant d'un lit, ou deux autres ſortant chacun d'une corne d'abondance, déſignoient

également

également la félicité des Mariages, dont les fruits donnoient des Successeurs à l'Empire.

On ne finiroit pas si on vouloit faire voir combien on a varié les Types de la Félicité, selon les différentes circonstances où l'on a cru la trouver. Les titres de Félicité Auguste, ou de l'Auguste, *Felicitas Augusti*, ou *Augusta*, de Félicité Publique, de Félicité des Provinces, de Félicité du Siècle, de Félicité des Temps, de Félicité de la République, &c. *Felicitas Publica*, *Provinciarum*, *Sæculi*, *Temporum*, *Reipublicæ*, &c. furent du nombre de ceux qu'on lui donna, & qu'on trouve dans les légendes des Médailles que nous présentons à la planche XIIIe. n°s. 2. 3. 4. 5. 6. 7. 8. 9. & 10. & sur plusieurs autres aisées à reconnoître, parce qu'elles portent presque toutes quelques-unes de ces légendes, ou quelqu'autres analogues.

Section XI.

De la Foi.

La Foi est une autre Divinité de la seconde classe, qui, considérée en elle-même, n'a que très-peu de Types particuliers : comme c'est la même chose que la fidélité promise ou gardée, on ne l'a envisagée le plus souvent que relativement à la qualité, ou à la condition de ceux de qui on l'exigeoit, ou dans qui on la rencontroit. Ainsi on l'a représentée sous des formes différentes, & par des symboles & des attributs qui varioient selon l'état des personnes, & suivant les circonstances des événemens pour lesquels on la demandoit ; car sous le nom de Foi, on doit entendre non-seulement la fidélité, mais encore le serment de fidélité, ou les engagemens contractés sous son sceau.

Lorsqu'on lui a donné une figure particulière, comme à une Divinité femelle, c'étoit sous la forme d'une femme, tantôt assise, & tantôt debout. On y ajoutoit des symboles relatifs à ce qu'on vouloit lui faire signifier. Sur quelques revers de Vespasien, considérée comme un Déesse, elle tient une Patère : la corne d'Abondance qu'elle porte sur le bras, peut aussi marquer que, dans beaucoup d'occasions, elle a procuré l'abondance. Sur un autre revers de Domitien, elle tient deux épics de la main gauche, & sur la main droite, un panier plein de fruit, qu'on avoit coutume d'offrir dans son Temple. Alors on l'appelloit, la Foi publique ; *Fides publica*.

Ailleurs, la Foi a le sceptre, avec une Enseigne militaire, ou même deux Enseignes sans sceptre : souvent elle porte une Corneille, ou une Colombe, Symbole de la fidélité, sur la main droite, avec une Enseigne à la gauche ; il y en a une autre devant elle à sa droite : alors on la nommoit Foi, ou Fidélité d'une Armée ou des Soldats ; *Fides exercitus*, *Fides militum*.

Une Foi d'alliance entre deux Princes qui avoient été, ou que l'on espéroit devoir être fidèles à leur Traité, étoit marquée par un Symbole fort naturel ; c'étoient deux mains qui se serroient mutuellement, avec la légende, *Fides mutua* ; deux autres mains qui tenoient ensemble un caducée & deux épics, servoient d'emblême pour apprendre à la postérité que l'abondance & la félicité avoient été les heureux fruits de la Foi que s'étoient gardé mutuellement l'Empereur Tite, & ses Sujets.

Quant à la Foi considérée comme Foi promise, comme serment de fidélité, elle est représentée par un Empereur qui tient la main d'un Soldat, en préfence de l'Armée, au-deſſus d'un Autel enflammé ; ou par un autre, qui harangue les Soldats ; ou enfin prr un autre, qui les précéde & qui les mène au combat, après en avoir reçu le ſerment. On verra pluſieurs de ces derniers Types quand il s'agira du Militaire, dans la ſuite de cet ouvrage. Pluſieurs Enſeignes militaires, au revers d'une Médaille, dénotent auſſi quelquefois la fidélité, la foi ou promiſe ou gardée par une Armée, *Fides exercitus*. On trouve enfin quelques têtes de la Foi dans les Médailles de Goltzius, où elle eſt couronnée de laurier. On donne cinq Types de cette Divinité, ou de cette Vertu priſe en plus d'un ſens, à la planche XIIIᵉ nᵒˢ 11. 12. 13. 14. & 15. Ils ſuffiront pour faire connoître & entendre les autres.

Section XII.

Des Furies.

Nous mettons ces mauvaiſes Déeſſes dans le nombre de celles de la ſeconde claſſe, quoique, par ce que l'on a dit des Gorgones, de la Méduſe, des Némèſes & des Furies, dans l'Article précédent, il paroiſſe que ce ſont des Divinités d'ancienne création, que la crainte faiſoit adorer, parce qu'on les regardoit comme les Vengereſſes des crimes dans les Enfers. La raiſon qui nous les fait mettre également au ſecond rang, comme au premier, c'eſt qu'elles ſemblent avoir été honorées par les derniers Idolâtres ſous une autre idée que par les premiers.

Ceux-ci, comme on l'a vu, avoient oublié que les trois figures que l'on montroit au Public avec des torches, des roues & d'autres inſtrumens, indiquoient le temps du preſſurage des olives, des pommes, des raiſins, & de ce qui étoit néceſſaire pour braſſer ; après avoir oublié, dis-je, la ſignification de ces images expoſées comme des Enſeignes pour l'inſtruction du Peuple, ils s'imaginèrent que ces figures, avec leurs torches allumées, leurs couteaux propres à couper le raiſin, & leurs roues néceſſaires au preſſurage, ſur-tout des olives & des pommes, n'annonçoient que des Divinités cruelles, qui examinoient, jugeoient ſouverainement, & puniſſoient par le feu, le fer & les torches, les méchans dans l'Enfer ou le Tartare. Ils en firent en conſéquence des Déeſſes formidables, dont la terreur plutôt que l'amour les rendit Adorateurs.

Les Idolâtres poſtérieurs, au contraire, trompés ſans doute par les Fables poétiques, ſe perſuadèrent que ces Déeſſes ſortoient quelquefois de l'Enfer, pour exciter les hommes & les Peuples entiers à la fureur. Voyant d'ailleurs que la fureur a quelque choſe de grand & de terrible, d'effrayant & de reſpectable, ſur-tout quand elle eſt juſte & bien placée, comme dans les Princes, dans les Héros contre les ennemis de l'État, dans les Juges contre les déſordres, &c., ils prirent une autre idée de ces Divinités. Au culte que les Anciens leur rendoient pour elles-mêmes, & comme cauſe de la fureur, les derniers en ont ſubſtitué un convenable à la fureur, & autres paſſions violentes que les Furies excitoient dans les hommes, dans les Guerriers, dans les Potentats & dans les Peuples, parce qu'ils ont confondu les cauſes avec les effets : ils les ont néanmoins repréſentées, comme les Anciens, par trois femmes armées de torches, d'épées, ou de poignards & de roues, & leur ont donné, autant qu'ils ont pu, ſur les Médailles, l'air de méchanceté & de fureur qui accompagne l'eſprit de vengeance, la colère & les emportemens.

Pour

Pour les rendre encore plus terribles , on a ajouté des serpens & des fouets à leurs premiers attributs.

Leurs noms ne se trouvent point sur les Médailles ; mais on les reconnoît assez sans ce secours, ainsi que les Némèses, que l'on a vues, à la planche IXᵉ· nᵒˢ. 39. & 40.

Nous donnons les Furies, d'après une Médaille Grecque frappée sous Gordien le jeune, par ceux de Lyrba : elle représente trois femmes adossées & en fureur, tenant des fouets, des serpens, des poignards, des torches allumées , & ayant deux chiens aboyans au bas à leurs pieds. Elles n'ont point ici de roues comme les Némèses. Voyez planche XIIIᵉ· nᵒ· 16.

Section XIII.

De la Gloire.

C'est ici une qualité, ou pour mieux dire , un avantage que les Idolâtres des seconds temps ont divinisé. Mais on ne voit pas qu'ils l'aient personnifié. Ils l'ont placé par-tout où ils ont trouvé quelqu'évènement qu'ils croyoient devoir les illustrer, & sur-tout dans les grands & dans les bons Empereurs, par justice, & dans les autres, par flatterie. La pratique en est devenue si fréquente sous les derniers Empereurs, que ce titre étoit tourné en légende ordinaire sur les Médailles; *Gloria Romanorum*. Les combats & les victoires des Empereurs, des États, des Armées leur ont paru des sujets de Gloire & d'une Gloire digne non-seulement d'émulation , mais encore de leurs hommages, parce que tout ce qui leur paroissoit grand, fort, puissant, beau, bon , terrible & extraordinaire, passoit chez eux pour digne d'être au rang des Dieux

Les Types de la Gloire ont été aussi variés que les sujets dont on s'est glorifié. Ainsi, tantôt c'est un Empereur de bout, tenant le *Labarum*, Enseigne militaire marquée au signe des Chrétiens, ou une Amazone assise sur une cuirasse enlevée aux ennemis, tenant une haste & une petite Victoire ; tantôt c'est un Empereur terrassant , ou traînant un ennemi vaincu ; ou un autre Empereur avec la Victoire sur un Vaisseau, Symbole d'une Victoire navale. Quelquefois ce sont des Soldats en habit militaire, avec la haste, le bouclier, une enseigne entre deux, ou enfin quelqu'autre symbole semblable, qui servent d'emblême à la prétendue Divinité , sur les Médailles. On y trouve ces légendes, *Gloria novi Sæculi* , *Gloria Romanorum* , *Gloria Exercitus* ; la Gloire du nouveau Siècle , la Gloire des Romains , la Gloire de l'Armée ou des Armées, &c. On en voit cinq Types , à la planche XIIIᵉ· nᵒˢ· 17. 18. 19. 20. & 21.

Section XIV.

Des Graces.

Ces trois Déesses ont été adorées des Idolâtres du premier âge , & du second ; aussi semblent-elles être dans la première & la seconde classe. Ce sont trois figures de femmes toujours disposées à danser & à rire. La pomme qu'on voit dans la main d'une des trois, paroît indiquer que Vénus, Junon & Pallas ont servi de modèle aux Graces, cette pomme ne pouvant être que celle de Paris, qui, selon la Fable, fit tant de plaisir à Vénus, & causa tant

I i

de jaloufie aux autres. On a donné à la planche IXe. n°. 38. le revers d'une Médaille Grecque, tirée des Céfars de Spanheim, page 29, où elles font repréfentées. Elle fuffit pour les faire reconnoître fur les autres Monumens, & fur les Médailles. On peut auffi confulter la Section XXXIVe. de l'Article précédent, fur ces trois Divinités.

S E C T I O N X V.

De l'Honneur & de la Vertu.

Voici deux Déeffes allégoriques, que l'on trouve quelquefois repréfentées enfemble fur l'une & l'autre face des Médailles. Elles eurent chacune un Temple à Rome, bâti par *Caius-Marius* ; ou plutôt elles n'eurent qu'un même Temple, dont la partie antérieure fut confacrée à la Vertu, & la fuivante à l'Honneur ; enforte qu'il falloit paffer par le Temple de la Vertu, pour arriver à celui de l'Honneur. On fent parfaitement le fens de cette allégorie, qui nous apprend que c'eft par la Vertu qu'on parvient à la Gloire, & que l'Honneur fait la récompenfe de la Vertu.

La Vertu prife pour cette qualité de l'ame, qui rend les hommes eftimables, & dont l'Honneur eft la récompenfe, fut perfonnifiée & déifiée fous différentes figures d'hommes : l'Honneur, au contraire, fut adoré fous la figure d'une femme.

On les trouve enfemble, parmi les Médailles de la famille Cornelia, de Galba, de *Vitellius*, &c. Sur celles de la famille Cornelia, ce font deux têtes accolées, dont l'une d'homme couverte d'un cafque, & l'autre de femme couronnée de laurier.

La première marque la Vertu à laquelle le cafque convient, comme fymbole de la conftance, de la fermeté, du courage & de tout ce qui eft grand, fort & mâle dans la Vertu. La couronne de laurier défigne l'Honneur, la Gloire & les récompenfes de la Vertu. Au revers de celles de Galba, l'Honneur, en habit de femme, tient une corne d'abondance de la main gauche, & une pique de la droite. La Vertu, au contraire, eft en habit militaire, couverte du cafque comme un Général d'armée : quelquefois fa main droite eft armée du parazonium, & fa gauche d'une pique : elle a le pied droit pofé fur un cafque. On les voit à peu-près de même fur celles de Vitellius.

L'une ou l'autre de ces deux Divinités fe trouve feule fur d'autres Médailles, la Vertu y étant confidérée tantôt comme une Divinité, tantôt comme une bonne qualité qui porte au bien en général, tantôt enfin comme force, courage & valeur militaires : les formes & les légendes qu'on a données à ces pièces, qui font en affez grand nombre, ont toujours quelque rapport à ce qu'on a voulu leur faire fignifier.

Quand on a repréfenté la Vertu comme Divinité, on s'eft contenté de le faire par une tête, ou par une figure d'homme, couverte du cafque ; car les Romains l'adorèrent comme une Divinité mâle, & la firent graver & peindre ainfi fur plufieurs Monumens. Nous en avons la preuve dans la Médaille de la famille Cornelia, & dans celle de Galba, dont on vient de parler. Il y a encore d'autres Médailles du même Empereur, où l'on voit la Vertu fous la figure d'un jeune homme nu & debout, qui tient le parazonium d'une main, & une pique de l'autre.

Lorfqu'on a voulu la repréfenter comme une bonne qualité digne *de* louange & de récompenses dans les Empereurs, on l'a fait sous la figure d'un homme habillé en Militaire qui donne la main au Prince, comme pour l'inviter à cultiver la Vertu, & le congratuler de ce qu'il l'aime & la met en pratique. Si cette même figure Militaire couronne un autre Empereur, c'est pour le récompenser de sa Vertu.

La Vertu, comme force, courage & valeur, dans les Empereurs, dans les Armées, & dans la République Romaine, est aussi représentée par des figures humaines, symboliques & allégoriques. La figure d'Hercule qui tient la massue & la dépouille d'un Lion, ou qui étouffe cet animal ; celle d'un jeune homme nu ; qui arrête & terrasse un cerf par son bois ; celle d'un Soldat, ainsi que d'une Amazone debout, ou assise sur une cuirasse, couverte d'un casque, avec un bouclier & une pique, ou avec un rameau d'olivier & la pique, quelquefois avec la pique & le parazonium, ou une petite Victoire avec la pique ; ce sont là autant de symboles de la Vertu prise dans ce sens. C'est par la même idée que l'on nous représente la Ville de Rome, ou la République, sous la figure d'une femme assise avec un globe & un sceptre. Un Prince qui, en courant, semble écraser un ennemi vaincu ; deux Empereurs, comme les Philippes, qui, à cheval & en habit militaire, courent au combat sûrs de la victoire ; un autre Empereur qui tient une haste avec une Enseigne Romaine, ou le Labarum, avec le globe & qui foule en même temps au pied un ennemi vaincu par sa valeur & celle de ses Armées ; un trophée enfin entre deux Captifs annoncent aussi la valeur victorieuse d'une Armée, sous le nom de Vertu. *Virtus Exercitus*, *Virtus Romanorum*, *Virtus Augusti*, ou *Augustorum*, *Virtuti Herculis*, ou *Virtus* seulement, ou *Virtus Militum* ; c'est ce qu'on lit dans les légendes.

Quant à l'honneur, nous ne voyons cette Divinité représentée que de trois façons ; savoir, par une tête de femme avec le casque, couronnée de laurier, & seule, comme dans la famille *Volteia* ; ou par une autre tête accolée avec celle de la Vertu, sans casque, mais couronnée de laurier, comme dans les Médailles de la famille *Cornelia* ; & en troisième lieu par la figure d'un jeune homme ou d'un autre qui, habillé de long, sans casque & sans couronne, tient une pique, un rameau d'olivier, ou une branche de laurier d'une main, avec une corne d'abondance de l'autre, comme pour marquer que la Paix, dont l'Olivier est le symbole, & que l'Abondance accompagnent la Vertu & la Valeur aussi bien que l'Honneur & la Gloire, & qu'elles en sont la récompense. Les légendes portent ou *Honos*, l'Honneur, sans rien ajouter ; ou *Honos*, ou *Honori Augusti*, l'Honneur, ou à l'Honneur de l'Auguste ; ou *Honos* & *Virtus*, l'Honneur & la Vertu.

On trouve aussi la légende de la Vertu, au revers de quelques Médailles qui représentent le camp Prétorien, dans lequel quelques Soldats sacrifient, ou une porte de Ville, &c., ainsi que nous le verrons ailleurs. Ici nous donnons, à la planche XIIIe. n°s. 22. 23. 24. 25. 26. 27. 28. 29. 30. 31. 32. 33. 34. & 35. quatorze Médailles différentes de l'Honneur & de la Vertu.

Section XVI.

De la Jeunesse.

Il n'est pas étonnant que la Jeunesse ait été mise au rang des Divinités, dans des temps où l'on prenoit pour un Dieu tout ce qui paroissoit bon, florissant, agréable & avantageux.

On a représenté cette Déesse de plusieurs façons, sur les Médailles, conformément aux idées qu'on s'en étoit faites. Quand on la considéroit en elle-même, abstraction faite des personnes ou des choses dans lesquelles on pouvoit la rencontrer, elle paroissoit sous la figure d'une jeune femme, qui, comme Déesse, tenoit une Patère d'une main, & répandoit de l'autre des parfums ou des grains d'encens sur un autel. Lorsqu'on l'admiroit dans un jeune Empereur, comme dans Marc-Aurèle, on le représentoit lui-même habillé comme Prince de la Jeunesse, ayant une branche de laurier dans la main droite, & un sceptre dans la gauche, avec un trophée derrière lui. Quelquefois on ne donnoit à la figure Impériale qu'une haste & un globe; d'autres fois, pour marquer la force qui accompagnoit la Jeunesse d'un Prince, on faisoit graver un Hercule au revers des Médailles, & on lui mettoit le globe & la dépouille d'un Lion à la main droite, & la massue à la gauche, ou la dépouille sans globe dans une de ses mains, & la massue dans l'autre. Si la vérité ou la flatterie trouvoit que l'Empire avoit acquis une nouvelle force, une nouvelle vigueur, & qu'il étoit comme renouvellé & rajeuni par quelque Victoire, on représentoit l'Empereur, qui l'avoit remportée, sous la figure d'un jeune Prince debout, habillé en Militaire, tenant d'une main la haste pointée à terre, & de l'autre un globe, sur lequel on voit une petite figure de la Victoire. Alors la légende porte, *Juventa Imperii*; la Jeunesse, ou le renouvellement de l'Empire. Sur d'autres Médailles, on ne lit que *Juventus*, ou *Juventas*, sans aucune addition. Ce mot se trouve aussi seul & sans Type, en forme d'inscription, au milieu d'une couronne de laurier, au revers de quelques Médailles.

On donne trois revers différens de cette Divinité, à la planche XIII. n.ºs 36. 37. & 38. C'est la Jeunesse comme Divinité, dans le premier; c'est la Jeunesse dans Marc-Aurèle, sur le second; enfin c'est la Jeunesse comme renouvellement vrai ou prétendu de l'Empire, sous Caracalla, dans le troisième. Les autres revers sont encore plus aisés à reconnoître, & il seroit inutile d'en donner davantage sur nos planches.

Section XVII.

De l'Indulgence.

C'est ici à-peu-près la même Divinité que la Clémence; du moins si c'en est une autre, elle en approche beaucoup. L'Indulgence est représentée, au revers des Médailles, sous plusieurs formes différentes. Sur quelques revers, on la montre comme une Divinité; & elle en a les attributs, abstraction faite des Personnages en qui on la rencontre: sur d'autres, on en fait un Homme, ou une Femme. On lui a donné par-tout des attributs, des

ſymboles & des attitudes relatifs à l'idée qu'on s'étoit faite d'une vertu &
d'une qualité ſi aimable & ſi déſirable, ſur-tout dans les Princes & les Grands :
on a même eu égard aux temps, & aux circonſtances où les Empereurs ont
fait éclater leur Clémence & leur Indulgence.

On la voit ſous la figure de Junon, de Cybèle & de quelqu'autre Divinité, tantôt aſſiſe ſur un Lion, ſur un globe, ou ſur un ſiège, tantôt debout
& tantôt penchée & accoudée ſur une petite colonne. Dans certains Types,
elle tient une Patère, un Sceptre, un Bâton ou la Foudre, une Pique,
une Fleur, un Rameau, & quelquefois une Corne d'Abondance : d'autres
fois, elle lève, ou elle étend une main, & tient une Pique de l'autre. On ſait
que la Patère & le Sceptre ſont les ſymboles des Sacrifices que l'on offre aux
Dieux, & de la puiſſance qu'on leur attribue. La Pique, que l'on a donnée
à l'Indulgence, & la Baguette dont elle tient quelquefois l'extrémité ſur un
globe, déſignent encore ſouvent une Divinité. La Foudre qu'elle ſemble
ſuſpendre, & l'Abondance dont elle tient le ſymbole dans la Corne d'A-
malthée, ne caractériſent pas moins ſon eſſence divine ; auſſi dans la plupart
de ces Types, l'Indulgence a été regardée en elle-même, & comme une
Déeſſe.

Il y a auſſi quelques Types où l'on a conſidéré l'Indulgence comme
une bonne & charmante qualité, dont les Empereurs avoient fait ſentir les
effets, ſoit à tous leurs ſujets, ſoit à quelques-uns d'entr'eux, comme à ceux
d'Italie, ſoit à des ennemis ou à des ſujets rebelles, vaincus ou réduits, comme
à ceux de Carthage : alors les légendes portent, *Indulgentia Auguſti*, ou *Auguſtorum in Italiam*, *in Carthaginem* ; *Indulgentiæ ſecundæ*, &c. Lorſqu'un
Empereur a donné des preuves de douceur & de bonté après une victoire,
l'Indulgence a été repréſentée ſous la figure d'une Victoire, portant une palme
d'une main, & une couronne de lauriers de l'autre.

On a encore marqué l'Indulgence des Princes ſous la figure d'un Empereur habillé à la Militaire, qui tient une eſpèce de pique d'une main, & qui
a derrière lui deux Enſeignes militaires ; c'étoit peut-être pour déſigner leur
Indulgence envers les Soldats & leurs Armées.

L'Empereur Poſthume aſſis & couronné de laurier, tenant le ſceptre de
la main gauche, & tendant la droite à une figure qui, à genoux devant lui,
ſemble implorer ſa clémence, paroît accorder quelque grace à un Peuple, à
une Ville, ou même à un Particulier : la légende l'annonce en ces termes,
Indulgentia pia Poſthumi Aug.

On en trouvera trois Types dans nos planches, dont deux aux nᵒˢ. 39. &
40. de la planche XIII_e. & l'autre à la planche XIV. nᵒ. 1.

<h3 style="text-align:center">S ECTION XVIII.</h3>

De la Joie.

La Joie, adorée par les Anciens ſous les noms Latins, *Hilaritas*, *Lætitia*, *Gaudium*, fut conſidérée, comme pluſieurs autres Divinités, en elle-
même, & ſans égard aux Perſonnes, aux Peuples qui la reſſentoient, & aux
différens ſujets qui la répandoient. Elle eſt repréſentée de pluſieurs façons,
ſur les Médailles, relativement aux idées qu'on en avoit. Voici ſes principaux
ſymboles.

Sous le nom d'*Hilaritas*, on la voit ſur quelques Types comme une femme

qui tient une branche d'arbriſſeau (laurier ou palmier) d'une main, qui porte
une corne d'abondance ſur le bras gauche , & qui a un enfant à chacun de ſes
côtés : c'eſt de cette manière qu'elle eſt le plus ordinairement repréſentée
ſous ce nom , comme ſous celui de *Lætitia* : les enfans même dont elle eſt
accompagnée , marquent peut-être que le ſujet de la Joie qui a donné lieu
à la légende de ces pièces, étoit la naiſſance de quelques Princes ou Princeſſes
de l'Empire.

La Joie , ſous le nom de *Lætitia* , eſt repréſentée d'une infinité de manières.
Souvent, & preſque toujours, une figure de femme fait le fond de la repréſentation ; mais ſes attributs varient à l'infini. Les plus ordinaires ſont une
couronne de fleurs , un bouquet d'épics , une pique , ou une baguette , une
ancre , un gouvernail , un globe. Quelquefois elle a un caducée ; d'autres fois,
une bourſe ou une pomme. La couronne de fleurs , le bouquet d'épics &
la bourſe pouvoient être des Symboles d'une Joie actuelle ou future , à
l'occaſion de l'abondance de la terre ou de la proſpérité du Commerce.
Comme la Joie rend les Peuples heureux , le caducée , qui déſigne la félicité , a pu devenir auſſi un de ſes attributs. La baguette , la pique , l'ancre ,
le gouvernail , paroiſſent annoncer la Joie que procure un bon Gouvernement , & le ſuccès des affaires , ſoit par Terre , ſoit par Mer. La Patère , avec
laquelle on trouve quelquefois la Joie , eſt un attribut ordinaire de la Divinité. Il y a des Médailles où l'on trouve deux femmes avec les épics , le globe,
une pomme en main , & un enfant qui ſemble ſortir de leur ſein.

Il y en a d'autres ſur leſquelles on a repréſenté un Vaiſſeau Prétorien
(appellé Trirème) en pleine Mer , ou un Vaiſſeau entouré de pluſieurs autres,
& de pluſieurs animaux , quelquefois même un Vaiſſeau avec un char & des
animaux : le Vaiſſeau ſeul ne pouvoit-il pas ſignifier que la Joie publique
étoit cauſée par l'abondance des vivres qu'on avoit tirés par Mer ? Les deux
autres Types , où l'on voit pluſieurs autres Vaiſſeaux avec des chars & divers
animaux , annoncent les Jeux & les Spectacles que l'on donnoit aux Peuples
dans le temps des réjouiſſances publiques. Quelquefois , avec un bouquet &
un inſtrument propre à labourer terre , on indiquoit la Joie actuelle , ou l'eſpérance qu'on pouvoit ſe promettre de la culture des terres , comme les autres
Symboles marquoient celle qu'on devoit attendre du ſuccès des armes , de la
navigation , du commerce , & peut-être auſſi les bontés du Prince.

Les légendes de la Joie , ſur les Médailles , ſont *Hilaritas Auguſti* , ou
Auguſtorum , ou *Populi Romani* , ou *Hilaritas Temporum ; Lætitia Auguſti,*
Auguſtorum , *Deorum* , *Fundata* , *Publica* , *Æterna* , *Temporum*; *Gaudium*
Romanorum , *Gaudium Populi Romani* , *Reipublicæ.* Les Types qui ſont avec
ces dernières légendes , ſemblent indiquer plus particulièrement que la Joie
avoit alors pour objet la bonté des Empereurs , ou leurs victoires. Car ces
Types montrent ou des Empereurs tenant le globe , ou des captifs aſſis & liés
au pied du *Labarum* , ou enfin une couronne de laurier avec des exclamations
votives pour la longue vie de ces Princes.

Nous donnons , à la planche XIVᵉ. ſix revers des Médailles de la Joie
aux nᵒˢ. 2. 3. 4. 5. 6. & 7. On en verra d'autres ſous le nom de *Gaudium* ,
dans la ſuite de l'Ouvrage.

Section XIX.

De la Libéralité.

La Libéralité, la même vertu que la Générosité, fut adorée en elle-même, & dans ses effets, ou dans les Princes qui la firent éclater, comme certains Empereurs l'ont fait par la remise des tributs, des impôts, & des charges publiques, & par les autres présens dont ils combloient leurs sujets, leurs amis, & même quelquefois des ennemis vaincus. Nous parlerons, à la fin du Chapitre XIe. Sections VIe. & VIIe. de ces sortes de libéralités ou de bienfaits, & nous expliquerons les Types des Médailles, sous lesquelles on en a voulu perpétuer le souvenir.

Quant à la Libéralité considérée en elle-même & comme une bonne qualité, abstraction faite de ses suites, de ses dons & de ses effets, elle fut déifiée & personnifiée comme l'Abondance & l'Ubérité, c'est-à-dire sous la figure d'une femme qui tient une corne d'abondance, dont elle répand les richesses avec profusion, en la renversant. Il suffira de la donner une fois sous cette forme, à la planche XIVe. n°. 8. pour la faire connoître.

Section XX.

De la Liberté.

La Liberté est un bien si grand, si agréable & si cher, qu'il n'est pas étonnant que des Peuples portés à l'Idolâtrie l'aient déifiée, après l'avoir personnifiée. Mais il en est d'elle comme de plusieurs autres Divinités; c'est-à-dire, qu'on l'a prise en plusieurs sens. On l'a considérée d'abord en elle-même, ensuite dans ceux qui la donnoient, ou dans ceux qui la recouvroient, enfin dans les causes qui l'avoient procurée. En conséquence on en a fait des représentations & des images différentes, & on lui a donné divers attributs.

Quand on l'a regardée en elle-même, & en général, comme un bien, sans aucune rélation à ceux qui en jouissoient, ou aux personnes, & aux événemens qui en faisoient jouir, on l'a représentée, à la face des Médailles, sous une tête de femme, tantôt jeune & bien coëffée, avec un collier & des pendans de perles, tantôt d'un âge mûr, & couverte d'un voile qui lui sert de coëffe. Au revers des Médailles, on l'a encore gravée sous la figure d'une femme, debout sur quelques-uns, & assise sur d'autres. Quand elle est debout, elle tient un bonnet comme suspendu d'une main, & une verge ou une baguette de l'autre; c'est là le symbole de la Liberté le plus simple, le plus naturel & le plus significatif; car pour rendre la Liberté aux Esclaves, on les touchoit d'une baguette, & on leur rendoit le droit de se couvrir d'un bonnet ou d'un chapeau; droit dont tout Esclave étoit privé.

Lorsque quelque Empereur rendoit la Liberté ou à des Peuples subjugés, ou à des Villes, ou à des Particuliers, il étoit alors représenté sur les Médailles, debout ou assis, donnant la main à quelques figures placées devant lui en attitudes Suppliantes, & qui représentoient ceux qui avoient recours à lui pour la recouvrer. Une mère debout, tenant un enfant sur la main droite, & un autre sur le bras gauche, auquel le Prince semble donner la main, est encore un symbole de la Liberté accordée & reçue.

Quand c'étoit une Victoire de terre qui donnoit, ou qui rendoit la Liberté, la figure de la Victoire debout, près d'un trophée, & ayant l'Empereur victorieux vis-à-vis d'elle, en formoit un autre emblême : si c'étoit par une Victoire de mer qu'on l'avoit reçue, la même Victoire debout, sur un Vaisseau, avec une couronne de laurier dans chacune de ses mains, l'annonçoit. La joie que causoit le recouvrement de la Liberté avoit pour symbole un Rameau, que l'on mettoit dans la main droite de la Déesse assise, & qui tenoit une pique de la main gauche.

Les légendes des Médailles de la Liberté portent, *Libertas Augusta* ; *Augusti*, ou *Augustorum* ; *Libertas Restituta* ; *Libertas Publica*, &c. La Liberté Auguste, ou d'Auguste, ou de nos Augustes ; la Liberté Rendue, Restituée, Recouvrée ; la Liberté Publique.

Nous trouvons, sur les Médailles, d'autres symboles que les figures humaines pour caractériser la Liberté. Un Bonnet entre deux poignards est un symbole allégorique qui annonce, sur ces Monumens, que c'est par l'assassinat de Jules-César, que Brutus rendit la Liberté à la République ; mais il n'y a pas d'autres légendes sur ces pièces que l'époque de ce tragique événement, EID. MR.

Nous donnons, à la planche XIVe. n°s. 9. 10. 11. 12. 13. 14. 15. & 16. deux têtes de la Déesse Liberté ; une de ses figures avec le bonnet & la baguette ; une autre assise qui représente un Peuple, une Ville ou un Particulier qui a reçu la Liberté & qui porte un rameau en signe de joie ; un Empereur qui accorde la Liberté à un Suppliant qui est à ses pieds ; une Victoire de Terre avec trophée, & une de Mer exprimée par un Vaisseau ; victoires qui ont rendu ou procuré la Liberté ; enfin le bonnet entre deux poignards, comme symbole de la Liberté procurée par Brutus.

Section XXI.

De la Mémoire.

La Mémoire fut divinisée comme plusieurs autres facultés ou qualités de l'homme, bonnes & heureuses : on la représenta sous la figure d'une femme, comme on la voit dans l'Apothéose d'Homère, avec la Nature, l'Histoire, la Poésie, &c. Les Grecs l'adorèrent sous le nom de *Mnémosyne* ou de Mnémé. La Fable la fait femme de Jupiter & Mère des Muses, dont elle est accompagnée dans la même Apothéose.

Nous ne trouvons pas la Déesse Mémoire, sur les Médailles, quoique plusieurs portent pour légende, *Memoria Augusta*, ou *Augusti Perpetua*, *Memoria Felix*, *Memoriæ Æternæ*, *Memoriæ Agrippinæ*, *Memoria divi Constanti*, &c. Les Types de ces Médailles ne montrent ordinairement qu'un Temple ou un Autel, avec des Aigles, un Lion, ou un char attelé de mules, ou quelques figures qui n'ont aucun rapport avec la Mémoire, considérée comme une faculté de l'ame.

Toutes ces pièces ont été frappées après la mort des Princes ou Princesses, pour leurs Apothéoses ; c'est-à-dire pour leurs consécrations, lorsqu'on les élevoit au rang des Dieux. Le nom de Mémoire ne signifie par-conséquent rien autre chose, sur ces revers, qu'une espèce de déclaration par laquelle on plaçoit leurs exploits, leurs actions, leurs vertus, & leurs beaux faits au Temple de Mémoire : aussi ne donnerons-nous ici aucune de ces Médailles ;

on trouvera quelques figures & repréſentations de cette Divinité, lorſque nous parlerons des Temples & des Apothéoſes des Empereurs.

SECTION XXII.

De la Modération.

S'il y eut dans les Grands de l'Antiquité Païenne quelque choſe digne d'être regardé comme divin, c'eſt ſans doute la Modération, cette qualité ſi rare & ſi eſſentielle à la véritable vertu. Il eſt étonnant que des Peuples adonnés à la ſuperſtition aient tardé auſſi long-temps à la mettre au rang des Divinités ; car il ſemble qu'on n'a commencé à lui décerner les honneurs divins que du temps de Tibère. Cet Empereur cependant ne mit en pratique cette admirable vertu qu'en une ſeule occaſion ; je veux dire lorſqu'il ne voulut jouir que trois fois des honneurs du triomphe, quoiqu'il eût le droit de triompher ſept fois. Auſſi les Romains lui offrirent-ils un bouclier ſur lequel, au milieu d'une couronne de laurier, ils firent graver le buſte d'une femme, avec l'air qui convient à la Modération ; autour de la tête eſt une eſpèce de lymbe, ou de cercle rayonné, comme nous en mettons aux images des Saints. La légende porte, *Moderationi* ; à la Modération, en ſous entendant, de Tibère, à qui l'on donnoit par là un éloge bien flatteur. Nous ne trouvons aucune autre figure de cette Divinité ſur les Médailles. On peut voir la repréſentation de celle-ci, à la planche XIVᵉ. n°. 17.

SECTION XXIII.

De la Nobleſſe.

Soit que la Nobleſſe ait été enviſagée comme une qualité de l'eſprit ou du cœur, ſoit qu'elle ait été regardée comme venant du ſang ou de la fortune, il eſt certain qu'elle a été déifiée : on la trouve perſonnifiée de deux manières, ſur quelques Médailles.

On l'y trouve 1°. ſous la figure d'*Anubis*, Divinité Égyptienne, dont nous avons parlé au commencement du premier Article de ce Chapitre. Elle a la tête d'un Chien ſur le corps d'un Homme, & porte un ſiſtre dans la main droite & un ſceptre dans la gauche. On ne voit pas quelle rélation cette forme peut avoir avec la Nobleſſe, à moins qu'on n'ait voulu faire honneur à la Nobleſſe, en lui prêtant la reſſemblance d'Anubis regardé authentiquement comme un Dieu. La Médaille, qui eſt de l'Empereur Commode, porte pour légende, *Nobilitas Auguſti* ; la Nobleſſe de l'Auguſte ou de l'Empereur.

Le ſecond Type que nous avons de la Nobleſſe, ſe trouve ſur un des revers de Géta : elle y eſt ſous la forme d'une femme debout qui tient une pique de la main droite, & porte ſur la gauche une petite figure, qu'on croit être celle de Minerve, & qui pourroit bien être auſſi la figure de quelques Ancêtres de ce Prince ; car il faut remarquer que, chez les Romains, on prouvoit ſa Nobleſſe en montrant la ſuite des images & des tableaux de ſes Ancêtres. La légende porte ici le nom de la Nobleſſe ſeulement ; *Nobilitas*. Ces deux revers ſont à la planche XIVᵉ. n°ₛ. 18. & 19.

K k

Section XXIV.

De la Nuit, du Sommeil, des Songes & de toutes les Divinités Nocturnes.

La Nuit a ſes avantages & ſes beautés, ſoit qu'on la regarde en elle-même, ſoit qu'on la conſidère dans le repos & la tranquillité qui l'accompagnent. En elle-même, ſes ténébres ne ſont pas ſans lumières : la Lune & les Étoiles l'é_clairent : ces flambeaux, ornemens du globe céleſte, ne ſe découvrent à nos yeux que pendant la Nuit. Il y a d'ailleurs des ſaiſons & des temps où les Nuits ont quelque choſe de ſi charmant, qu'on les préfère quelquefois au Jour. Il n'en falloit pas davantage pour la perſonnifier, & la déifier. Les uns l'ont regardée comme fille du Chaos & la Mère des Dieux & des Hommes ; d'autres l'ont priſe pour Diane Lucifère ou Porte-Flambeau. On en a fait la femme de l'Érèbe, & on lui a donné pour enfans, non-ſeulement l'Amour, mais encore la Douleur, la Crainte, le Travail, l'Envie, le Deſtin, la Vieilleſſe, la Mort, la Miſère, les Ténébres, la Plainte, la Fraude, l'Obſtination, les Parques, les Heſpérides & les Songes affreux : ainſi, dit D. Monfaucon, tout ce qu'il y avoit de fâcheux & de pernicieux dans la vie, paſſoit, ſelon le ſentiment des Anciens, pour un fruit de l'Érèbe, ou de l'Enfer & de la Nuit. En ce ſens, la Nuit avoit quelque choſe de terrible, & capable de cauſer de l'horreur ; autre motif puiſſant pour la diviniſer. D'un autre côté, elle procure la tranquillité, le délaſſement & le repos, & de pareils biens méritoient ſans doute que ſi la ſuperſtition en faiſoit une Déeſſe hideuſe, & la repréſentoit comme Mère des plus grands maux, elle en fît auſſi une Déeſſe agréable à qui l'on étoit redevable de grands biens.

Le Sommeil a ſes avantages ; mais il a auſſi quelque choſe de fâcheux quand il devient involontaire & ſi long qu'il reſſemble à la mort. Les Songes quelquefois agréables, & ſouvent propres à jetter de l'inquiétude & du noir dans l'ame, ont paru à la ſuperſtitieuſe Antiquité également dignes d'adoration : enfin, tout ce qui pouvoit inſpirer aux Mortels de l'ambition, de la crainte & de l'horreur, eſt devenu le ſujet d'une infinité de Fables ſi ridicules qu'elles ne méritent qu'un profond ſilence.

La Nuit eſt ordinairement repréſentée, ſur les Monumens, comme une grande femme vêtue d'un long habillement noir : ſur quelques-uns, elle a une torche allumée dans une de ſes mains, & porte un grand voile parſemé d'é_toiles au-deſſus de ſa tête, comme pour repréſenter le Firmament : ſur quelques-autres, elle n'a point de flambeau, ni d'étoiles ſemées dans ſon voile ; mais il en paroît pluſieurs au-deſſus d'elle.

Le Sommeil eſt ordinairement repréſenté ſous la forme d'un enfant couché & bien endormi. Ce ſymbole, & ceux des autres Divinités Nocturnes, ne paroiſſent point ſur les Médailles connues juſqu'ici ; ainſi nous n'en donnerons aucune. Ce que nous avons dit peut ſervir à faire connoître celles qu'on pourroit découvrir dans la ſuite.

SECTION XXV.

De la Paix.

La Paix eſt un bien ſi grand, & ſi déſirable, qu'il ſeroit étonnant que les Peuples Idolâtres l'euſſent oubliée quand ils ont formé le catalogue de leurs Divinités. Elle eut ſes Temples & ſes Autels, comme on le voit par un grand nombre de Médailles, où l'on en a gravé la repréſentation, avec les légendes *Paci perpetuæ* ; Temple dédié à la Paix perpétuelle ; *Ara Pacis* ; Autel de la Paix.

On voit cette Déeſſe, à la face de quelques Médailles, ſous la figure d'une tête de femme belle & jeune, avec un rameau d'olivier devant elle, comme vrai ſymbole de la Paix, & une corne d'Abondance derrière, pour marquer quels en ſont les fruits.

Au revers des Médailles, on a quelquefois repréſenté la Paix par la figure d'un Empereur qui la donne, ou à qui on la demande : ſur ces Médailles, la branche d'Olivier en eſt ordinairement le ſymbole. La manière la plus ordinaire dont on la trouve ſur ces Monumens, c'eſt ſous la figure d'une femme aſſiſe, ou debout, quelquefois avec des ailes ; elle tient un Caducée, dont elle menace d'écraſer la tête d'un Serpent, ſymbole de la Diſcorde & de la Guerre : on lit pour légende, *Paci Auguſtæ*, ou *Auguſti*. Le Caducée, ſymbole de la Félicité, montre que c'eſt par la Paix qu'on en jouit. D'autres fois cette Déeſſe tient de la main droite une Patère au-deſſus d'un Autel, & une branche d'olivier avec le Caducée de la main gauche. Cette branche d'olivier & le Caducée ſont ſes ornemens ou ſes attributs les plus ordinaires : on a ſubſtitué à l'une & à l'autre, ſur certaines pièces, une corne d'Abondance, une Pique, ou une Torche allumée dont elle ſe ſert pour mettre le feu à un amas de cuiraſſes, de boucliers & d'inſtrumens militaires, &c. Par-tout elle eſt aiſée à reconnoître, parce qu'il eſt rare que ſa forme & ſes ſymboles ne ſoient accompagnés des légendes qui l'annoncent ſous le titre de Paix Auguſte, ou Paix de l'Auguſte ; Paix de l'Univers ; Paix Éternelle ; Paix Perpétuelle, &c. *Pax Auguſta*, ou *Auguſti* ; *Pax Orbis Terrarum* ; *Pax Æterna* ; *Pax Perpetua*. Nous donnons pluſieurs Médailles frappées à ſon honneur, ou à ſon occaſion, à la planche XIVᵉ. nᵒˢ. 20. 21. 22. 23. 24. 25. 26. & 27.

SECTION XXVI.

De la Patience..

Cette belle qualité, cette vertu ſi rare & preſque inconnue aux Païens, méritoit bien d'avoir chez eux un des premiers rangs parmi leurs Divinités ; mais ils ne lui rendirent un culte particulier que vers la fin des derniers ſiècles de l'Idolâtrie ; encore en lui accordant alors de l'encens, ils ne la regardèrent que comme une Divinité peu connue. L'Empereur Hadrien ne donna jamais aucune marque de Patience ni de magnanimité, puiſque pendant ſa vie il fit éclater la vengeance la plus cruelle contre ceux qu'il ſoupçonnoit injuſtement d'être ſes ennemis, & que dans ſa dernière maladie il pouſſa l'impatience & le déſeſpoir juſqu'à vouloir ſe donner la mort. Cependant c'eſt en lui que la flatterie a commencé à trouver cette vertu, à la déifier, & à l'adorer sous le titre de Patience de l'Augufte ; *Patientia Augufti*. On la perfonnifia en fa faveur, pour la faire paroître au revers d'une de fes Médailles d'argent, sous la forme d'une femme affife & tranquille, qui tient la Patère & la Pique, comme marques de la Divinité ; elle ne fit pas grande fortune parmi les Idolâtres ; car on n'en connoît point d'autres repréfentations fur les Médailles.

Section XXVII.

De la Peur & de la Pâleur.

Ce fut *Tullus-Hoftilius* qui éleva la Peur & la Pâleur au rang des Divinités. La Crainte y avoit déja été mife par les Grecs. Il étoit de quelque juftice que la Peur & la Pâleur, fes filles & fes effets, participaffent aux honneurs divins chez des Peuples fuperftitieux, qui ne faifoient aucune difficulté d'en rendre à tout ce qui avoit quelque chofe de frappant & d'extraordinaire.

Nous ne trouvons point d'images de la Crainte, fur les Médailles ; mais nous avons, dans celles de la famille *Hoftilia*, deux têtes (planche XIVe. nos. 29. & 30), dont la première eft celle de la Pâleur, *Pallor*, & la feconde celle de la Peur, *Pavor*. La Pâleur a près d'elle un Inftrument militaire, appellé *Lituus*, qui étoit une efpèce de Trompette dont le fon aigre, clair & fort, furprenoit, & étonnoit jufqu'à faire pâlir & tomber les cheveux: la feconde eft celle de la Peur ; elle a les cheveux hériffés, comme on les a dans un grand péril : il y a un bouclier derrière elle. On prétend que ceux de la famille *Hoftilia*, qui croyoient defcendre du Roi *Tullus-Hoftilius*, ont voulu, par ces fymboles, rappeller & perpétuer la Mémoire de ce qui fe paffa pendant un combat de ce Roi contre les Veïens. On vint avertir *Hoftilius* que les Albains plioient ; ce qui le faifit, & fit pâlir les Romains de peur. La Peur & la Pâleur, auffi bien que les deux Inftrumens militaires, font donc deftinés à marquer ce qui arriva dans cette importante occafion.

Section XXXVIII.

De la Piété.

La Piété eft une grande vertu : elle a Dieu ou les hommes pour objet. La Piété qui fe propofe le culte & l'honneur de Dieu pour objet principal, eft la même chofe que la Religion. Si c'eft envers les hommes qu'on exerce la Piété, alors c'eft la même chofe que l'Humanité, la Compaffion, la Tendreffe, la Bienfaifance, la Générofité, & une certaine Humeur prévenante. Elle eft prife dans ces deux fens, fur les Médailles où fes repréfentations font différentes & analogues à ce qu'on a voulu leur faire fignifier.

A la face, elle eft repréfentée fous l'une & l'autre idée, par une feule tête qui eft plus ou moins ornée, & quelquefois couverte d'une coëffe en forme de voile, d'autres fois fans voile, coëffée de fes cheveux, avec des pendans & un collier de perles, ayant une Cicogne devant elle, fur quelques pièces. Aux revers, les Types font variés felon les différens objets que la Piété fe propofe dans fes exercices, & même lorfqu'on ne la confidère que fous une feule idée, c'eft-à-dire ou comme Religion, ou comme Humanité.

Comme Religion, elle eſt repréſentée par des figures, par des attributs, par des actions ou par quelque Divinité qui faiſoit l'objet particulier du culte & de la Piété d'un Prince.

Les figures qui repréſentent la Piété comme Religion, ſont toutes naturelles & ſimples ; ce ſont des figures de femmes debout ou aſſiſes, toujours coëffées modeſtement & portant un voile ſur leur coëffure. Elles paroiſſent toutes dans l'attitude de prier ou de ſacrifier, ayant les mains élevées vers le Ciel ; lorſque la figure n'en élève qu'une, elle tient de l'autre une patère ſur un autel enflammé : quelquefois ces figures ont la haſte ou un long ſceptre d'une main & la patère de l'autre ; d'autres fois un petit coffre aux parfums tient lieu de la patère. Ce ſont-là les figures principales & les plus ordinaires de la Piété, comme Religion.

Les Symboles ſont tantôt un Temple, avec la légende *Religio Auguſti* ; tantôt un autel, avec la légende, *Pietas Auguſti* ; tantôt les Inſtrumens dont les Pontifes, les Prêtres & les Augures ſe ſervoient pour les ſacrifices, avec la même légende. Si ce ſont des actions de Piété qu'on veut rendre, on la repréſente, comme dans les Médailles des Empereurs Valérien & Gallien, debout, en habits & dans l'attitude des Sacrificateurs, devant un autel, avec la légende, *Pietas Auguſtorum.*

Enfin on a quelquefois chargé les revers des Médailles, des Dieux qui faiſoient les objets particuliers & principaux de la Piété des Empereurs ; & en particulier de celles de la repréſentation de Mercure, avec les ſymboles de la Piété & de la Religion ; alors la légende porte, *Religio Auguſti*, ou *Pietas Auguſtorum*, pour faire voir que ces Princes avoient une grande dévotion envers le Dieu des Chemins & du Commerce.

Il en fut de même de la Piété, comme de la Tendreſſe, de l'Humanité, & de la Compaſſion envers les hommes. On la repréſenta par des figures, des ſymboles & des actions. Sa figure fut auſſi celle d'une femme debout ou aſſiſe. Lorſqu'on voulut lui faire ſignifier une Piété humaine en général, & abſtraction faite de ſes objets, on lui donna une ou deux Cicognes pour ſymbole, parce que ces oiſeaux ſont plus attachés à leurs petits que tous les autres. Le Gouvernail & la corne d'Abondance, qu'on y joignit, doivent être regardés comme des ſymboles d'accompagnemens, qui déſignent les fruits de la Piété. Lorſqu'il s'agiſſoit de marquer la Piété comme Tendreſſe d'une mère envers ſes enfans, ou comme Charité & Généroſité envers les malheureux, une femme aſſiſe ou debout, portant, ou protégeant un ou pluſieurs enfans, ſervoit d'emblême.

Enée emportant ſon père Anchiſe, pour le ſauver des flammes, forme le ſymbole de la Reconnoiſſance & de la Tendreſſe filiale des enfans envers leurs Parens. Voilà ces deux ſortes de Piétés, avec leurs attributs, leurs ſymboles, & leurs figures les plus ordinaires. On en peut voir quelques repréſentations à la planche XIVe. n°s. 31. 32. 33. 34. 35. 36. 37. 38. 39. & 40. & à la planche XVe. n°. 1. 2. 3. 4. & 5. On a peut-être voulu repréſenter l'une & l'autre Piété enſemble, par le revers du n°. 5. La femme tient une lampe de la main droite, & de la gauche une corne d'Abondance, ſur laquelle il y a deux Cicognes : en effet une Lampe ardente eſt le ſymbole de la Religion, comme les Cicognes forment celui de la Tendreſſe.

Section XXIX.

De la Providence.

La Providence doit être regardée ou comme divine, ou comme humaine; c'est-à-dire, pour parler le langage des Idolâtres, on doit la considérer dans les Dieux comme une de leurs vertus, & comme une Divinité, ou bien dans les hommes comme une de leurs bonnes qualités : dans ce dernier sens, c'est cette sage prévoyance qui leur fait prendre de justes mesures pour éviter certains maux, & se procurer quelques biens à soi-même & aux autres.

La Providence considérée comme une Divinité, comme une vertu, & une perfection des Dieux, est représentée par des symboles tirés des choses qu'elle gouverne, ou qui ont été érigées en son honneur.

Nous la trouvons sous la figure d'une femme qui tient une baguette, dont elle montre & touche quelquefois un globe posé devant elle, ou vers lequel, sur certaines pièces, comme sur celles de Pertinax, elle élève les mains : les légendes des Médailles où elle paroît de la sorte portent, la Providence, ou à la Providence des Dieux, *Providentia*, ou bien, *Providentiæ Deorum*. Le globe marque l'Univers ; la baguette dont elle se sert pour le montrer, apprend qu'il est confié à ses soins; la haste est un attribut ordinaire de la Divinité & désigne le souverain pouvoir, comme la corne d'Amalthée indique l'Abondance, dont nous sommes redevables à la Providence. Tels sont ses figures & ses attributs les plus ordinaires.

La Providence emprunte quelquefois la foudre de Jupiter, pour nous faire entendre, par cet attribut du Souverain des Dieux, qu'elle partage avec lui le Gouvernement de l'Univers. La figure du Soleil à tête rayonnée lui sert également de symbole ; mais quand cette figure du Soleil tient un globe d'une main & lève l'autre au-dessus de quelques enseignes militaires, c'est pour montrer que la Providence, qui règle le Monde en général, veille en particulier sur tout ce qui regarde le Militaire. Les légendes sont semblables à celles que nous avons déja rapportées.

Les soins de la Providence ne s'étendent pas seulement sur le Monde en général & sur le Militaire ; elle descend aussi dans le détail, & préside aux Moissons, dont les pavots & les épics qu'on met à la main de la figure ou des deux figures de la Providence, sont le signe. Un Mercure couvert du Pétase, ayant le Caducée d'une main & la Bourse de l'autre, est encore un symbole de la Providence qui influe sur le Commerce, & qui lui procure cette prospérité qui fait la félicité des États. Les Anciens ont consacré des Temples à la Providence, & ont érigé des Autels en son honneur. Les légendes des Médailles où l'on en rencontre, sont, *Providentia*, ou *Providentiæ*, &c.

Lorsqu'on a regardé la Providence comme une vertu, & comme une bonne qualité dans les Empereurs, alors on lui a donné la même forme que celle que nous venons de décrire; c'est-à-dire, qu'on l'a représentée au revers de plusieurs Médailles, sous la figure d'une femme qui tient un globe, une pique, une corne d'Abondance avec le globe, ou une baguette au-dessus du globe, ayant la même corne d'Abondance sur le bras gauche, dont elle s'appuie sur une petite colonne : on lui voit aussi des épics à la main, au-dessus d'un muid, dont il en sort encore quelquefois d'autres : elle a aussi soit la corne d'Abondance, soit une ancre. Quelques fois ce sont deux femmes, sur

un

un même revers, dont l'une a le globe & des pavots, & l'autre des épics. La légende de ces derniers revers porte, *Providentia Deorum ; requies Augustorum ;* & celles des précédens, *Providentia Augusti.* Toutes ces Médailles annoncent la prévoyance & les soins des Princes pour procurer l'Abondance par terre ou par mer à leurs Sujets, & ce qu'ils ont fait pour se procurer à eux-mêmes le repos, & la tranquillité.

Vespasien, en désignant Tite pour son Successeur & lui donnant le Globe, symbole de l'Empire, fut censé pourvoir à la tranquillité & au bien de l'État ; c'est pourquoi on a consacré quelques revers de Médailles à cette espèce de Providence, & ces revers portent, *Providentia Augusti.* Un Sénateur présentant à Nerva le Globe, symbole de l'Empire, paroît sur un autre revers avec la légende, *Providentia Senatus.* Enfin la figure de l'Afrique debout, vis-à-vis de l'Empereur Commode, à qui elle semble offrir des épics, est un emblême qui fait honneur aux soins de ce Prince pour faire venir de l'Afrique des grains en abondance, & pourvoir aux besoins de l'Empire ou de l'Italie, l'une de ses portions essentielles.

On trouve, à la planche XVe. n°s. 6. 7. 8. 9. 10. 11. 12. 13. 14. 15. 16. 17. & 18. des revers de Médailles, avec des Types de la Providence. Il est bon d'avertir qu'il y a quelques Types, au revers de certaines pièces, qui, avec une légende de la Providence, semblent néanmoins n'avoir aucun rapport avec cette Divinité. Telle est la tête de Méduse, sur les Monnoies de Sévère.

SECTION XXX.

De la Prudence.

Nous ne trouvons qu'une seule Médaille, au revers de laquelle il soit question de cette vertu déifiée. Elle y est représentée comme la Providence l'est sur certains revers, dont nous avons parlé ; c'est-à-dire sous la figure d'une femme accoudée du bras gauche sur une petite colonne : elle a sur le même bras une corne d'Abondance, & de la main droite elle tient un sceptre ou un bâton fort court au-dessus d'un globe placé à ses pieds. La légende est, *Prudentia Augusti.* On la voit à la planche XVe. n°. 19. Ce Type est le même dont nous parlerons dans la Section XXXII., sous le titre de la Sagesse : par ce qu'il en sera dit alors, & ce que nous avons rapporté dans la Section précédente de la *Providence*, l'on verra le rapport qu'il y a entre ces trois vertus, ou ces trois Déesses, Providence, Prudence & Sagesse.

SECTION XXXI.

De la Déesse Pudeur.

La Pudeur, *Pudicitia*, a été divinisée & considérée en elle-même comme une belle qualité & une vertu, sans attention aux personnes en qui elle pouvoit se trouver. Elle a aussi été honorée, dans certaines Impératrices, comme une vertu conjugale dont elles étoient, ou devoient être ornées. Lors même qu'on a cru reconnoître cette vertu dans quelques Empereurs, on lui a rendu non-seulement le respect qu'elle mérite, mais encore un culte d'adoration, comme à une Divinité ; c'est ce qui l'a fait représenter sur les Médailles d'Hadrien, de Gordien, de Decius & de Gallien, comme fur celles de Sabine, de Lucille, des Fauftines, de Crifpine, &c.

Sur le revers de ces Médailles, elle eft repréfentée fous la figure d'une femme ou affife ou debout : par-tout elle a l'attitude, l'air, la coëffure, les habillemens & les attributs convenables à ce qu'elle fignifie. On lui voit toujours un voile qu'elle lève un peu fur certains revers, ou qu'elle tient derrière elle avec les deux mains, dans l'attitude de s'en couvrir la tête. Elle a quelquefois des enfans auprès d'elle, pour fignifier une Pudeur, une chafteté conjugale : les légendes font *Pudicitia*, ou *Pudicitia Augufta*, *Auguftæ*, ou *Pudicitia Auguftorum*, &c. Nous en donnons cinq Types, à la planche XVe. n°s. 20. 21. 22. 23. & 24.

Section XXXII.

De la Sageffe.

La Sageffe, la Providence & la Prudence font des vertus néceffaires, furtout aux Souverains. Il en revient de fi grands avantages aux Sujets, qu'il n'eft pas étonnant que les Anciens, fi portés à la fuperftition, en aient fait des Divinités, & qu'ils les aient adorées dans les Princes en qui ils ont pu les admirer. Je ne répéterai pas ce qui a été dit de la Providence & de la Prudence, dans les Sections XXIX. & XXX. : je m'en tiendrai à ce qui regarde la Sageffe, mère des autres Vertus.

Si l'on n'avoit érigé des Monumens qu'à la Sageffe de Conftantin & de quelques autres Princes, après leur converfion, on pourroit croire que l'on s'eft contenté de l'admirer, de la louer & de la refpecter en eux, fans l'adorer; mais on trouve, parmi les Médailles de Trajan, un revers confacré à cette Vertu. Quoiqu'il n'y ait aucune légende, la deftination de ce Type ne fouffrira aucune équivoque à la vue de celui d'une Médaille de Conftantin entièrement femblable, & qui a pour légende, *Sapientia Principis Providentiffimi* ; c'eft-à-dire, la Sageffe du Prince, de l'Empereur qui veut bien pourvoir à tout dans fon Empire. Il femble qu'on peut avec raifon conclure de là, que les Romains ont mis la Sageffe au nombre de leurs Divinités ; ce qui eft d'autant moins furprenant, qu'ils ont déifié jufqu'aux vices & aux plus mauvaifes qualités.

La Médaille de Trajan montre, à fon revers, la fameufe colonne érigée en fon honneur, après fes combats & fes victoires : la Chouette, fymbole de la Sageffe, eft pofée fur fon Chapiteau, comme pour marquer que cette vertu a préfidé à toutes les entreprifes de ce Prince, & qu'il lui eft redevable de fes fuccès.

Le revers de Conftantin femble n'avoir été gravé que pour le féliciter fur fes victoires : la colonne fur laquelle la Chouette eft pofée, n'eft pas nue comme celle de Trajan ; mais elle eft chargée d'un bouclier, d'une pique & d'un cafque, dépouilles & trophées militaires pris fur des Ennemis.

On trouvera les deux revers, dont nous venons de parler, à la planche XVe. n°s 25. & 26. Le premier eft celui de Trajan, avec la légende, *Senatus Populufque Romanus* : le fecond eft celui de Conftantin, avec la légende, *Sapientia Principis Providentiffimi*.

Section

Section XXXIII.

De la Déesse Salut.

Les Païens ont pris le nom de Salut en différentes manières ; ils en ont fait en conséquence plusieurs Divinités. Ils appelloient Salut tout ce qui a rapport à la Santé, à sa conservation ou à son recouvrement. Ils regardoient aussi comme Salut tout ce qui concouroit à les préserver ou à les tirer des dangers, de la disette, de la misère, des incursions des ennemis, & de tous les événemens inséparables d'une guerre malheureuse. Voila la cause de la multitude & de la différence des Types des Médailles qui portent, dans leurs légendes, le nom du Dieu, ou de la Déesse Salut ; *Salus.*

La Piété des Princes Chrétiens & l'usage qui s'est établi dans l'Empire, après la réception de l'Évangile, augmentèrent encore le nombre & la variété de ces Types, parce qu'alors les Empereurs ayant reconnu que le véritable Salut ne pouvoit venir que du vrai Dieu & de la Religion Chrétienne, firent graver au revers de leurs Monnoies différens signes du Christianisme, avec le nom de *Salut*, pour montrer que toute leur confiance étoit dans l'Auteur d'une Religion qu'ils regardoient comme la source de tout Salut.

Il seroit inutile de représenter tous ces Types, d'autant que la plupart sont accompagnés du nom de Salut. Mais il faut apprendre à les distinguer les uns des autres, & à les connoître même sans légende. Commençons par ceux qui regardent le Salut comme Santé.

Ces Types la représentent ou comme Déesse en général, & abstraction faite de ses bons effets dans les secours qu'elle prête à la Santé, ou comme Déesse avec les symboles relatifs à la Santé, ou seulement par ces mêmes symboles.

Les Types de la Déesse *Salut* ou *Santé*, en qualité de Déesse, abstraction faite des vœux qu'on lui faisoit, ou des secours qu'on prétendoit en recevoir pour la Santé, la représentent par une tête de femme avec un tour de perles & une couronne de laurier ; la légende est, *Salutis* ; ou bien sous la figure d'une femme debout ou assise, tenant une patère, quelquefois avec un sceptre, & ayant souvent un Autel devant elle ; les légendes sont, *Salus* ou *Salus Augusti.*

Quand on a voulu graver des Types à l'occasion des vœux que l'on faisoit pour la conservation de la Santé de quelque Empereur, ou des actions de graces rendues pour son rétablissement, alors on a donné à cette figure des symboles analogues à la Santé ; c'étoit un Serpent ou un Dragon entortillé autour d'un autel, qui en sortoit, ou qui étoit placé de quelque autre façon, soit sur les mains, soit entre les bras de la figure, qui est dans l'attitude de lui donner à manger dans une patère. Sur certaines pièces de Marc-Aurèle, on sacrifie à Esculape désigné par le Serpent, qui est placé sur un autel entre la Victoire & une Amazone qui offre des fleurs sous un arbre, pour la conservation de l'Empereur, à l'occasion de quelqu'unes de ses expéditions militaires. Dans d'autres, l'Empereur lui-même sacrifie à ce Dieu enveloppé d'un Serpent : debout devant sa figure il lui présente, dans une patère, des parfums qu'il a tirés d'un vase à deux anses posé sur un autel. Ces deux dernières Médailles n'ont point de légendes ; mais les symboles en sont parlans, ainsi que d'autres où l'on voit un Serpent qui, placé sous un arbre, s'élève vers un autel enflammé, ou bien un trépied facré, efpèce d'autel, duquel fort un Serpent. Ce font-là les figures & les fymboles les plus ordinaires de la Déeffe Salut ou Santé, fur les Médailles. Les légendes que l'on y trouve, portent *Salus Augufti*, ou *Salus Antonini*, & quelquefois, *Princeps Juventis*.

Quant à la Déeffe Salut regardée dans l'autre fens, c'eft-à-dire comme un fecours, comme un événement qui préfervoit de quelque chofe de fâcheux ou procuroit quelque bien, on la repréfenta auffi de plufieurs façons, rélativement aux biens qu'elle procuroit, ou aux caufes qui les produifoient, & qui écartoient en-même temps les maux & les accidens oppofés.

L'Union des Trium-virs repréfentée fur une Médaille fur laquelle Marc-Antoine, en qualité d'Augure, tient le bâton Augural entre Augufte & Lépide, devant un trépied ou un autel fur lequel eft pofé le globe, & aux pieds duquel eft couchée la Déeffe Concorde avec le Caducée & la Corne d'Amalthée; cette Union, dis-je, fut regardée par ces trois Princes, & par leurs Partifans, comme le Salut de l'Empire & du Genre Humain, & l'on grava fur cette Médaille la légende flatteufe, *Salus Generis Humani*. On la répéta encore fur la Médaille où cette union & fes effets falutaires furent repréfentés en fymboles, par trois mains, qui, en fe ferrant mutuellement tiennent enfemble le Faifceau, fymbole de la Juftice, le Caducée, fymbole de la Félicité & le Globe, fymbole de l'Empire.

Quand on regarda la Fécondité de l'Impératrice Faufta, femme du Grand Conftantin, comme une chofe très-avantageufe à l'Empire, on fit graver au revers d'une Médaille l'Image de la Princeffe, & celle de la Fécondité, ou celle de la Déeffe Salut, avec la légende, *Salus Reipublicæ*.

Lorfqu'un Prince fauva, par fes victoires, l'Empire des maux dont il étoit menacé, & lui procura de grands biens, on repréfenta cette idée par un emblème naturel & fort fimple, dont la même légende, *Salus Generis Humani*, déterminoit d'ailleurs le fens; c'étoit une Victoire fur un globe, tenant une palme avec la couronne de laurier, fur certains revers, & une couronne feulement, fur d'autres, où l'on voit auffi un bouclier votif attaché à une colonne, avec ces trois lettres initiales, C L. V. qui fignifient, *Clypeus votivus*. La même légende, *Salus Generis Humani*, en forme d'Infcription au milieu d'une couronne de laurier, eut encore le même objet & la même fignification.

Si les Victoires procuroient l'Abondance, une femme affife montroit deux beaux épics accompagnés de la légende, *Salus Publica*; fi c'étoit fur la mer qu'on avoit combattu, la femme portoit un gouvernail, ou bien cette Victoire étoit repréfentée par un Fleuve, fous la figure d'un vieillard à demi couché près d'un Vaiffeau, ayant un rofeau à la main. Les légendes publioient que ces avantages faifoient le Salut non-feulement de plufieurs Royaumes & Provinces, mais de tout l'Empire, de tout l'Univers; *Salus Provinciarum, Salus Generis Humani*.

Les Princes Chrétiens publièrent hautement qu'ils ne mettoient leur efpérance qu'en celui qu'on devoit regarder comme le commencement & la fin de toutes chofes; ce qu'ils défignoient par l'alpha & l'oméga, & par le figne falutaire de la Croix : ce fut pour la montrer qu'ils firent graver au revers de leurs Monnoies ce figne du Salut dans un bouclier, foutenu par la Victoire, avec les deux lettres ʌ. & ɑ. alpha & omega, & les légendes, *Salus Reipublicæ*, ou *Salus Dominorum noftrorum Auguftorum & Cæfarum*.

Il y a un très-grand nombre de Types & de légendes qui annoncent la Déeffe

Salut, sur les Médailles. Nous nous contentons d'en donner quatorze à la planche XVe. qu'on trouvera aux n°s. 27. 28. 29. 30. 31. 32 33. 34. 35. 36. 37. 38. 39. & 40. & deux aux n°s 1. & 2. de la planche XVIe.; ce qui suffira pour remplir notre objet.

S E C T I O N XXXIV.

Du Dieu Silence.

On a déja vu quelque chose du Dieu Silence, dans le premier Article de ce Chapitre. Il ne paroît pas que son culte ait été fort étendu, sans doute par le peu de disposition que l'on a toujours eu à l'observer. La représentation en est simple : c'est une figure qui porte un doigt sur sa bouche, pour montrer qu'elle met un sceau à ses lèvres, afin de ne point parler. Aux revers de deux Médailles de Pella, frappées, la première en l'honneur d'Alexandre-Sévère, & la seconde pour le jeune Gordien, le Silence est représenté sur l'un comme un jeune homme assis sur un rocher, tenant une palme de la main gauche, & portant un doigt de la droite sur sa bouche, & sur l'autre comme une jeune femme assise sur une chaise, portant aussi sa main droite à la bouche. Il n'y a point de légende qui indique que c'est le Silence que l'on a voulu représenter ; aussi M. Sphanheim a-t-il cru pouvoir prendre également ces figures pour celles de la Constance. Consultez son ouvrage intitulé *les Césars de Julien*, page 145. On les trouvera l'une & l'autre à la planche XVIe. n°s. 3. & 4. On n'a guère que ces deux revers consacrés à cette Divinité.

S E C T I O N XXXV.

De la Sûreté.

La Sûreté fut aussi considérée, ou en elle-même comme une Divinité, sans égard à ceux qui pouvoient la procurer ou en jouir, ou comme un avantage considérable qui affermit l'état des hommes & les flatte infiniment. Dans ce dernier sens, on demandoit la sûreté, ou on l'avoit obtenue : ces différentes idées ont donné lieu à plusieurs représentations dans lesquelles on a cherché à indiquer, autant qu'il a été possible, les divers événemens qui l'avoient procurée, le rang des personnes qui faisoient jouir de cet avantage, & même celui de celles qui l'avoient reçu ; c'est ce que les Médailles nous apprennent par leurs Types & leurs légendes ; car ils se prêtent souvent un secours mutuel pour se faire connoître & entendre réciproquement.

Il semble que l'on ait voulu représenter la Sûreté comme Déesse seule, & abstraction faite de son influence pour la tranquillité & le bien-être des hommes, lorsqu'on l'a gravée sous la figure d'une femme assise ou accoudée, la tête soutenue d'une main devant un autel, la haste à la main, & avec un air qui marque une tranquillité parfaite. Les légendes, *Securitas Augusti* ; la Sûreté d'Auguste ; ou *Securitas Populi Romani* ; la Sûreté du Peuple Romain ; ou *Securitas publica* ; la Sûreté publique, peuvent bien annoncer que c'étoit l'Empereur & le Peuple Romain qui jouissoient de la tranquillité & de la Sûreté ; mais la figure n'a rien de rélatif à la Sûreté considérée dans ceux qui en goûtoient les fruits. Les cornes d'Abondance qu'elle tient ou qu'elle a auprès d'elle, sur certains Types, montrent seulement que l'Abondance l'accompagne ordinairement.

Les vœux du Peuples pour la Sûreté de l'Empereur & de l'État paroissoient sur une Médaille de Jovien, sous un Type bien différent. Ce sont deux figures de femmes, qui représentent Rome l'ancienne, & Rome la nouvelle; la première à droite, avec le casque sur la tête; la seconde avec une couronne murale. Elles tiennent chacune un sceptre d'une main; de l'autre elles soutiennent ensemble un bouclier votif, sur lequel il y a cette Inscription, *Votis quinque*, *multis decem*, qui marque que l'Empire faisoit des vœux à la Sûreté, afin que cet Empereur & la République pussent en jouir pendant plusieurs lustres & plusieurs dixaines d'années. La légende est, *Securitas Reipublicæ*.

Quand on attendoit la Sûreté ou quand on l'avoit reçue de la valeur d'une Armée, & du succès des batailles, alors la Sûreté étoit représentée sous la figure de Pallas couverte de son casque, & armée d'une pique & d'un bouclier; ou bien sous la figure d'un Empereur devant qui plusieurs Soldats, représentans les Légions Romaines avec leurs enseignes, juroient fidélité, en présentant la main au-dessus d'un autel enflammé, & faisant connoître, par la légende, que cette fidelité soutenue avec courage & valeur deviendroit la Sûreté du Peuple Romain, *Securitas Populi Romani*.

Lorsqu'on avoit acquis la Sûreté par le moyen des victoires & des avantages que l'on avoit remportés sur les ennemis, les figures de la Sûreté l'annonçoient par leurs ornemens & symboles. Une branche ou une couronne de laurier, une palme, une haste, ou une corne d'Abondance dans les mains & sur les bras, devenoient les attributs de la Sûreté. Les légendes annonçoient d'ailleurs que c'étoit à ces victoires qu'étoit due la Sûreté de l'Empereur, celle de la République, la Sûreté Publique, ou une Sûreté durable & perpétuelle, *Securitas Reipublicæ*, *Augusti*, *Publica*, *Perpetua*, *Populi Romani*, &c. Si c'étoit tout l'Empire qui en jouissoit, la Sûreté assise & accoudée tranquillement montroit alors & soutenoit de la main droite le Globe, symbole de l'Empire Romain & de l'Univers, avec la légende, *Securitas Imperii*, &c.

Nous en donnons onze Types, à la planche XVIe. nos. 5. 6. 7. 8. 9. 10. 11. 12. 13. 14. & 15. qui mettront à portée de reconnoître tous les autres.

Section XXXVI.

De la Tranquillité.

La Tranquillité est la fille de la Sûreté; aussi ressemble-t-elle beaucoup à sa mère dans les représentations qu'on en a faites sur les Médailles. Elle y paroît sous la figure d'une femme assise ou debout, quelquefois accoudée sur une colonne: la Haste, deux Épics, un Dauphin, le Capricorne & un Gouvernail forment indistinctement les symboles. On voit, sur un revers des Médailles du Grand Constantin, un Autel votif avec cette Inscription, *Votis XX*: sur l'Autel il y a un Globe, & au-dessus du Globe trois Soleils ou trois Astres. L'Autel est le symbole de la Religion, le Globe celui de l'Empire, & les trois Astres désignent les trois fils de cet Empereur: ainsi cette Médaille nous apprend que l'Empire, fondé sur la Religion, jouissoit sous le règne de ce sage Empereur d'une heureuse Tranquillité, que les trois Princes héréditaires, fembloient lui affurer pour long-temps. La légende porte, *Beata Tranquillitas* ; les autres, *Tranquillitas Augufti, Tranquillitas Publica*, &c.

Il y a, fur quelques Médailles, des revers qui portent pour légende, *Quies*, ou *Requies optimorum meritorum*, ou *Quies Augufta*, ou *Providentiâ Deorum Quies Auguftorum*, ou *Quies Auguftorum* ; mais ce Repos, que les Philofophes Païens regardoient comme la récompenfe des mérites dans les bons, après la mort, ne confiftoit alors que dans les éloges ou les fouhaits que la flatterie ou la reconnoiffance donnoient aux Empereurs, après leur mort, fur ces Médailles. Elles ont des Types différens : les uns repréfentent deux figures, celles de la Providence, & celle du Repos ou de la Tranquillité avec leurs attributs, fymboles, & attitudes les plus ordinaires, qui font un rameau dans une main & une hafte dans l'autre, ou un globe, des épics, &c. Leur fituation dénote la Tranquillité & le Repos ; car les figures font affifes ; ou , fi elles font debout, elles paroiffent fans mouvement. S'il y en a quelques-unes qui marquent de l'action en tenant un fceptre d'une main & élevant l'autre, on a prétendu alors marquer l'action de faire des vœux pour le Repos des Morts.

On trouvera quatre Types de la Tranquillité des Vivans, & du Repos pour les Morts, à la planche XVIe. n°s. 16. 17. 18. & 19. On apprendra par ceux-là à connoître les autres.

SECTION XXXVII.

De la Valeur.

Nous n'avons rien à ajouter ici à ce qui a été dit à la Section XVe. de cet Article , où, en traitant de l'Honneur & de la Vertu, nous avons donné en même temps les notions néceffaires pour connoître les figures , les attributs & les fymboles de la Valeur adorée autrefois fous le nom de *Virtus*, de Vertu, & confidérée comme force du corps, fermeté, conftance & courage de l'ame. Il y a un très-grand nombre de Médailles, qui, par leurs Types & leurs légendes, rappellent la Valeur fous l'un & l'autre rapport, outre celles dont nous avons fait graver les revers à la planche XIIIe. On en verra encore plufieurs dans la fuite, quand on donnera celles qui auront quelque relation avec les inftructions de l'Article II. du Chapitre VIII. , où l'on traitera de tout ce qui appartient à l'Art Militaire en habillemens, armes, combats , victoires, trophées, triomphes & récompenfes.

Nous nous flattons que nos Obfervations réunies aux différens Types qui repréfentent la Valeur, fuffiront pour la faire reconnoître par-tout fans légende, & la diftinguer de la Vertu. Ainfi nous paffons à la dernière Section de cet Article.

SECTION XXXVIII.

De la Victoire.

La Victoire ne fera confidérée ici que comme une Divinité à laquelle les Romains , & d'autres Peuples, ont prodigué leur encens, & nous n'en traiterons comme d'un avantage remporté par les Empereurs & par les Généraux d'Armées sur des Peuples ennemis, que dans les dernières Sections du IIe. Article du VIIIe. Chapitre.

La Victoire considérée comme une Déesse, fut représentée plus rarement à la face, qu'aux revers des Médailles : à la face, c'est une tête de femme, ou plutôt un buste de jeune fille coëffée de ses cheveux d'une manière singulière, & ayant des ailes aux épaules ; Symbole auquel on peut la reconnoître partout, même sans légende ; car elle ne paroît nulle part sans ailes, au lieu que ses autres ornemens & attributs varient souvent.

Au revers des Médailles, la Victoire est représentée sous la figure d'une grande femme habillée de long. Elle est quelquefois assise sur une chaise ou sur un globe, & d'autres fois dans un char à deux ou à quatre Chevaux ; au revers de quelques Médailles, on la trouve debout sur un globe, ou sur un bouclier, mais plus ordinairement dans l'action & l'attitude de marcher à grands pas ou de voler. Par-tout elle a des ailes, souvent la couronne & la palme à la main, ou un rameau, un trophée, une croix & quelquefois un bouclier sur lequel on a gravé son nom, ou les Victoires des Empereurs & du Peuple. Elle y consigne aussi les vœux qu'on forme en faveur des Princes : on voit aussi souvent à ses pieds des Captifs. Enfin elle a autant de titres que les Vainqueurs & les Vaincus ont eu de noms & de qualités. Le détail en seroit trop étendu : on les trouvera sur les différentes Médailles qui la représentent : nous nous-contenterons d'en donner quelques-unes, en attendant qu'on trouve, dans la suite, les autres.

Quoique la plupart des Types de la Victoire représentés aux nos. 20. 21. 22. 23. 24. 25. 26. 27. 28. 29. 30. 31. & 32. de la planche XVIe. aient été gravés pour des Victoires d'Empereurs, néanmoins la Victoire s'y trouve particulièrement comme Divinité, puisqu'il n'y paroît aucun des Princes dont les Armes victorieuses ont donné lieu à la fabrique de ces Médailles. Il n'en sera pas de même dans les Types de Victoires, de Trophées & de Triomphes, que nous donnerons ailleurs.

CHAPITRE VI.

Du Culte que les Anciens rendirent aux fausses Divinités, & généralement de tout ce qui regarde la Religion des Idolâtres.

APrès avoir fait connoître les fausses Divinités, il convient de faire voir en quoi consistoit le Culte qu'on leur rendoit, & de faire sentir, autant qu'il est nécessaire pour notre objet, tout ce qui avoit quelque rapport à ce Culte. Les Médailles, entre autres Monumens, nous montrent des Temples, des Autels, des Sacrifices & les Instrumens qui leur étoient propres ; elles nous parlent de Vœux, de Prières, de Supplications, & de plusieurs autres Cérémonies ; nous y trouvons des Pontifes, des Prêtres, des Prêtresses, des Vestales, des Augures, des Flamines, des Duum-virs, des Septem-virs, des Quindecim-virs, des Sibylles, avec les habillemens, les ornemens, les titres & autres attributs convenables à leurs fonctions ; elles font mention non-seulement de tout ce qui appartenoit au Culte des Dieux, mais encore des Apothéoses, Cérémonie qui se pratiquoit quand on créoit de nouvelles Divinités, en élevant à ce rang les Empereurs, les Impératrices, les Hommes Illustres par leurs dignités, & ceux qui s'étoient distingués soit par leurs grandes & belles actions, soit par leurs bienfaits & leurs mérites.

Il est donc très-important d'entrer dans le détail de tous ces objets, & d'en apprendre la signification, puisque sans ces Notions il seroit impossible de parvenir à la connoissance de la Théologie & de la Religion Païennes, des Médailles & autres Monumens ; c'est ce qui va faire la matière des quinze Sections qui partageront l'Article unique de ce Chapitre. Nous parlerons d'abord des Temples, des Chapelles & des Oratoires que l'on a élevés aux fausses Divinités ; ensuite des Autels & des Trépieds sacrés, des Sacrifices & des Instrumens qui leur étoient propres, des Dignités de Souverain Pontife, des Pontifes, des Prêtres & Prêtresses, des Augures, des Flamines, des Septem-virs dits Épulons, des Duum-virs, des Quindecim-virs préposés aux choses sacrées, des Sibylles, des Vestales, des Oracles & des Vœux, des Funérailles & des Sépulchres, des Lampes Sépulchrales, des Épitaphes, &c., enfin des Apothéoses, ou des honneurs rendus aux Empereurs, aux Impératrices, & à plusieurs autres Personnages Illustres, après leur mort. Nous reserverons à traiter, dans la suite, des Fêtes & des Jeux qu'on célébroit pour honorer ces fausses Divinités : en parlant ici des Dignités sacrées, connues chez les Romains, sur-tout par leurs Médailles, nous remettrons à traiter dans une autre occasion de la nature & des noms de ces mêmes Dignités chez les Grecs, qui les avoient reçues des Egyptiens, & transmises aux Romains.

ARTICLE UNIQUE,

SECTION PREMIÈRE.

Des Temples, Chapelles & Oratoires confacrés aux fauffes Divinités.

RÉFLÉXIONS PRÉLIMINAIRES.

NOus n'envifagerons d'abord les Temples qu'en général ; mais dans la fuite nous parlerons en particulier de quelques-uns des principaux, des plus magnifiques & des plus renommés : dans ce détail nous prendrons pour guides M. l'Abbé Banier, dans le premier Tome de fa Mythologie, M Simon, dans les Mémoires de l'Académie des Infcriptions & Belles Lettres 1er. Vol., pag. 199., & quelques autres Auteurs auffi connus.

Pour ce qui regarde les Temples, en général, nous avons à examiner, 1°. en quel temps on commença de les bâtir ; 2°. quelle en étoit la forme ordinaire ; 3°. quelles étoient les formalités requifes pour leur conftruction ; 4°. enfin quelles furent les Cérémonies de leur confécration.

1°. Quant à l'origine des Temples, il paroît que les Idolâtres n'en eurent d'abord d'autres que les bois que l'on appella, *Bois-facrés*, à caufe du culte qu'on y rendoit aux Dieux, & *Luci*, à caufe des lumières dont on les éclairoit pendant la nuit, temps ordinaire où l'on s'y affembloit. Les campagnes fervoient auffi fouvent de Temples ; on y élevoit de fimples Autels de pierres brutes ou de gazon, pour y offrir des louanges, des vœux & des facrifices. Il eft probable que les Égyptiens n'en ont pas eu d'autres jufqu'au temps de Moyfe, puifque ce faint Légiflateur n'en a point parlé dans fes Livres, quoiqu'il en ait eu fouvent occafion. On croit même que le Tabernacle qu'il fit dans le défert, & qui étoit un Temple portatif, fut le premier de tous les Temples : il paroît même, par la forme que l'on donna à la plupart de ceux que l'on conftruifit, dans la fuite, pour les fauffes Divinités, qu'il fut le modèle que l'on fuivit dans leur conftruction, quoiqu'ils ne fuffent point portatifs.

Il y a apparence que les Égyptiens furent les premiers Imitateurs de Moyfe ; mais leur exemple fut bientôt fuivi par la plupart des autres Peuples, qui voulurent auffi élever des Temples. Quelques-uns d'entre eux néanmoins, comme les Perfes, les Indiens, les Gètes & les Daces, s'en tinrent encore long-temps à l'ancien ufage, dans l'idée qu'il ne faut pas renfermer dans l'enceinte des murailles, des Divinités pour lefquelles tout doit être ouvert.

La coutume de bâtir des Temples paffa donc des Ifraélites aux Égyptiens, de l'Égypte en Grèce, & de la Grèce en Italie. Les uns attribuent la fondation des premiers Temples, dans ce dernier pays, à Janus, Divinité par l'invocation de laquelle on commençoit tous les facrifices, & les autres à Faune ; d'où ils firent le nom de *Fanum*, donné aux Temples des faux Dieux ; mais il eft probable que ces Temples n'étoient encore que des bois-facrés, puifqu'au rapport de Varron, les Romains furent cent foixante & dix ans fans avoir de Temples. Ainfi celui de Jupiter le *Férétrien*, & celui de Jupiter *Stator*, n'étoient point apparemment confacrés, & le Temple de Janus ne doit être confidéré que comme un Monument de l'union des Romains & des Sabins,

dont

dont la Statue de ce Dieu étoit le symbole, comme elle étoit celui de la paix & de la guerre, du passé & de l'avenir, & de plusieurs autres choses dont on parlera dans la suite.

2ᵉ. Les formalités requises pour l'établissement d'un Temple, étoient l'autorité des Loix, & l'observation des Auspices. Un Magistrat qui avoit fait vœu de bâtir un Temple, n'engageoit point la République sans son consentement. Quand la construction du Temple avoit été résolue dans le Sénat, il falloit une Loi, ou un *Plébiscite*, pour l'exécution du projet. Sous les Empereurs, leur volonté tenoit lieu de loi.

Ensuite on consultoit les Duum-Virs, c'est-à-dire, les Officiers des Villes, & les Commissaires nommés pour la conduite de l'ouvrage. Ces Officiers commençoient par le choix du terrein : ils avoient égard à la nature & aux fonctions des Dieux auxquels le Temple devoit être consacré. Suivant les observations de Vitruve, les Temples de Jupiter, de Junon & de Minerve devoient être construits sur des hauteurs, parce que ces Divinités avoient inspection sur toutes les affaires de l'Empire, dont elles prenoient un soin particulier. Mercure, Isis & Sérapis, Dieux du Commerce, avoient leurs Temples près des Marchés. Ceux de Mars, de Bellone, de Vulcain & de Vénus étoient hors de la Ville, parce qu'on les regardoit comme des Divinités turbulentes ou dangereuses. Il est vrai que ces convenances n'ont pas toujours été exactement observées. Le choix du terrein une fois fait, les Augures prenoient les Auspices ; s'ils étoient favorables, ils traçoient le plan du Temple ; c'est ce qu'on appelloit *Effari*, ou *Sistere Templum*. On posoit la première pierre avec plus de cérémonie encore. Les Vestales accompagnées de jeunes garçons & de jeunes filles ayant père & mère, arrosoient la place de trois sortes d'eaux : on la purifioit encore par le sacrifice d'un taureau blanc & d'une vache. Le Grand-Prêtre invoquoit les Dieux auxquels le Temple étoit destiné : la pierre sur laquelle étoient gravés les noms du Magistrat & du Souverain Pontife, étoit mise dans la fondation, avec des Médailles d'or & d'argent, & du métal tel qu'il sort de la mine ; cette cérémonie se faisoit aux acclamations de tout le Peuple qui s'empressoit de servir les Prêtres & les Ouvriers.

3°. Lorsque le Temple étoit bâti, on en faisoit la Dédicace. Cette fonction appartenoit, dans les premiers temps, aux grands Magistrats ; mais, à cause des dissentions qui survinrent à cette occasion, on eut recours dans la suite à la puissance du Peuple. Enfin on en laissa la disposition au Sénat, avec l'intervention des Tribuns du Peuple, qui n'y eurent plus de part sous les Empereurs.

Le jour de la Dédicace d'un Temple étoit une Fête solemnelle, accompagnée de réjouissances extraordinaires. On immoloit des victimes sur tous les Autels. On chantoit des Hymnes au son de la Flûte. Le Temple étoit orné de fleurs & de bandelettes. Le Magistrat qui faisoit la cérémonie, mettoit la main sur le jambage de la porte, appellant à haute voix le Souverain Pontife, pour lui aider à s'acquitter de cette fonction, en prononçant devant lui la formule de la Dédicace, qu'il répétoit mot à mot. Ils étoient si scrupuleux sur la prononciation de ces paroles, qu'ils s'imaginoient qu'une seule syllabe oubliée, ou mal articulée, gâtoit tout le mystère. C'est pourquoi le grand Pontife *Metellus*, qui étoit bégue, s'exerça plusieurs mois pour pouvoir prononcer le mot d'*Opiferæ*. Le deuil étoit incompatible avec cette solemnité ; aussi le quittoit-on pour y assister en habits blanc. On rapporte à cette occasion un trait qui fait honneur à Horatius-Pulvillus. Il faisoit la Dédicace du Temple du Capitole lorsque ses ennemis , pour troubler la cérémonie , vinrent lui annoncer la fausse nouvelle de la mort de son fils ; mais il la reçut sans s'émouvoir , & continua ce qu'il avoit commencé.

Un Temple ne pouvoit être consacré sans la Statue du Dieu qui devoit être placée au milieu. Il y avoit au pied un Autel , sur lequel la première offrande qu'on faisoit étoient des légumes cuits dans l'eau , & une espèce de bouillie qu'on distribuoit aux Ouvriers qui l'avoient élevé.

Les noms des Magistrats étoient gravés au frontispice des Temples qu'ils avoient dédiés. Ceux qui les faisoient rebâtir , en y mettant de nouvelles inscriptions , n'en ôtoient pas celles des premiers Fondateurs.

4°. Les Temples étant destinés au culte des Dieux , on avoit égard , dans la structure , à leur nature & à leurs fonctions : ainsi , suivant Vitruve , les Temples de Jupiter Foudroyant , du Ciel , du Soleil , de la Lune & du Dieu *Fidius* , devoient être découverts. On observoit cette même convenance dans les Ordres d'Architecture. Les Temples de Minerve , de Mars & d'Hercule , devoient être d'Ordre *Dorique* , Ordre dont la majesté convenoit à la vertu robuste attribuée à ces Divinités ; on employoit , pour ceux de Vénus , de Flore , de Proserpine & des Naïades , l'Ordre *Corinthien* , parce que l'agrément des feuillages , des fleurs & des volutes , dont il est orné , sympathisoit avec la beauté tendre & délicate de ces Déesses ; l'Ordre *Ionique* , qui tenoit le milieu entre la sévérité du *Dorique* , & la délicatesse du *Corinthien* , étoit mis en œuvre dans ceux de Junon , de Diane & de Bacchus , Divinités dans lesquelles on voyoit un juste mêlange d'agrément & de majesté. Un ouvrage rustique étoit consacré aux Grottes des Dieux champêtres. Tous les ornemens d'Architecture des Temples annonçoient au premier coup-d'œil la Divinité qui y présidoit.

L'aspect des Temples célèbres étoit magnifique. On trouvoit d'abord une grande place accompagnée de Galeries couvertes en forme de Portiques , à l'extrémité de laquelle on voyoit le Temple ordinairement de forme quarrée. Il étoit le plus souvent composé de quatre parties , savoir , d'un porche ou vestibule servant de façade , d'une autre semblable pièce , à la partie opposée , de deux ailes formées de chaque côté par divers rangs de colonnes , & du corps du Temple appellé *Cella* , ou *Naos*. Ces trois premières parties ne se trouvoient pas dans tous les Temples. Ceux qui étoient environnés de colonnes de toutes parts , étoient appellés *Périptères*. On leur donnoit le nom de *Diptères* , quand il y en avoit double rang ; celui de *Pseudo-Diptères* , quand le rang de dedans en étoit retranché , & qu'il n'y avoit que celui qui étoit le plus en dehors ; celui de *Prostyles* , lorsque les colonnes formoient le Portique sans Galerie , & celui d'*Hypéthres* , quand ils avoient en dehors , deux rangs de colonnes , & autant en dedans , tout le milieu étant découvert à-peu-près comme les cloîtres des Religieux. La plupart de ces premières pièces se trouvoient dans les Basiliques , qui étoient des Hôtels publics des Villes & des Communautés , dont on a converti plusieurs en Églises.

Le corps du Temple étoit sans croisées , & ne recevoit de jour que par les portes , ou par le haut , quand il étoit sans toit.

Quoique la partie du Temple , appellée *Cella* , fût destinée au culte de la Religion , on ne laissoit pas d'y traiter d'affaires profanes , après les sacrifices , en tirant des voiles qui couvroient les Statues & les Autels. Elle ne pouvoit être dédiée à plusieurs Divinités, à moins qu'elles ne fussent inséparables, comme *Castor & Pollux* ; mais plusieurs Dieux pouvoient avoir chacun la sienne sous un même toit ; & alors ce Temple s'appelloit *Delubrum*, quoique ce mot soit un terme générique.

La Statue du Dieu y étoit placée ordinairement dans une Niche ou Tabernacle qu'on appelloit *Œdicula* : elle regardoit le Couchant, afin que ceux qui venoient l'adorer, eussent le visage tourné vers l'Orient. Autour étoit le Sanctuaire.

Il y avoit toujours dans les Temples grand nombre de tables, de toutes sortes d'ustensiles & de vases sacrés. On suspendoit les offrandes & les présens à la voûte, nommée *Tholus*. On attachoit aux piliers les dépouilles des ennemis, les tableaux votifs & les armes des Gladiateurs hors de service. Tout ce qui servoit aux Temples, comme les lits sacrés, appellés *Pulvinaria*, & les présens qu'on y avoit offerts, étoit gardé dans une espèce de trésor, appellé *Donarium*, où les Particuliers avoient aussi la liberté de mettre leurs effets en dépôt.

Les Statues des Hommes illustres, leurs images en bas-relief enchassées dans des bordures appellées *Clypei votivi*, & les tableaux représentant leurs belles actions & leurs victoires, faisoient l'ornement des Temples. L'or, le bronze, le marbre & le porphyre y étoient employés avec tant de profusion, que l'on peut dire que la somptuosité de ces Édifices étoit digne de la grandeur & de la magnificence de l'ancienne Rome.

On ne peut rien ajouter au respect que les Idolâtres avoient pour leurs Temples. Si nous en croyons Arrien, il étoit défendu de s'y moucher & d'y cracher ; Dion nous assure même que quelquefois on y montoit à genoux. Ils étoient un lieu d'asyle pour les coupables, & pour les débiteurs. Enfin, dans les calamités publiques, les femmes se prosternoient dans les lieux sacrés, & en balayoient le pavé avec leurs cheveux. Cependant lorsque, malgré ces actes de piété, les malheurs publics ne cessoient pas, le Peuple perdoit quelquefois tout le respect dû aux Temples, & s'emportoit jusqu'à jetter des pierres contre les murailles, pour marquer son mépris & son indignation.

L'entrée des Temples étoit ordinairement ouverte aux hommes & aux femmes ; mais il y en avoit dont la porte étoit défendue aux hommes, comme celui de Diane à Rome, dans la rue nommée *Vicus Patricius*, quoique les autres Temples de cette Déesse leur fussent ouverts : il y avoit aussi des Temples dont l'entrée étoit défendue aux femmes, & d'autres où le Prêtre ou la Prêtresse avoient seuls la liberté d'entrer ; quelquefois même ils n'avoient cette permission qu'une fois l'année : dans quelques autres, les filles seules, & ailleurs les garçons seuls jouissoient de cet avantage.

Voilà ce qu'il étoit à-propos de dire des Temples, en général : à présent nous allons parler en particulier de quelques-uns des principaux, comme de celui de Bélus, de Vulcain, de Diane, d'Apollon, & du Panthéon consacré à tous les Dieux.

Nous ne ferons qu'extraire ce qui est rapporté, sur cette matière, dans le premier Tome de la *Mythologie de M. l'Abbé Banier*, & dans le Volume des *Antiquités de Dom Montfaucon*, & nous nous contenterons d'examiner trois choses ; d'abord quels en furent les Fondateurs ; en second lieu, quelle forme on leur donna ; enfin, quelles en furent les richesses.

Le Temple de Bélus.

Ce Temple passe pour le plus ancien de tous ceux du Paganisme : l'on croit même que ce fut Bélus lui-même qui en fut le Fondateur. Si ce Bélus fut le même que Nemrod, ce Temple ne fut autre que la Tour de Babel ; on sait dans quel temps, & à quel dessein elle fut bâtie. On la convertit en un Temple, où l'on adora Bélus, après sa mort.

La base de cet Édifice formoit un quarré, dont chaque côté avoit un stade de longueur. Le stade en usage du temps d'Hérodote, qui donne la description de ce Temple, étoit de soixante-neuf toises, ou de quatre cens quatorze pieds ou environ : sur cette base il y avoit huit tours bâties l'une sur l'autre ; elles alloient toujours en diminuant. Tout l'ouvrage avoit en tout, selon nos meilleurs Auteurs, autant de hauteur que de longueur, c'est-à-dire, un stade. On montoit au haut de ce bâtiment par un dégré extérieur de forme circulaire : les huit tours composoient comme autant d'étages, où l'on avoit pratiqué plusieurs grandes chambres soutenues par des piliers, & beaucoup de plus petites, où se reposoient ceux qui y montoient. Ces chambres faisoient autant de Chapelles particulières : la plus élevée étoit aussi la plus ornée, & celle pour laquelle on avoit plus de vénération. On y voyoit un lit superbe & une table d'or massif ; mais il n'y avoit point de Statue. Le Roi Nabuchodonosor augmenta ce premier Édifice de plusieurs autres, qu'il fit construire autour : il ferma le tout de murailles : les portes étoient d'airain.

On peut juger des richesses de ce Temple par le rapport qu'en font Hérodote & Diodore de Sicile. Outre ce lit & cette table d'or, dont on vient de parler, il y avoit un grand nombre de vases sacrés, un Autel, un Trône avec son marchepied, & plusieurs Statues aussi d'or massif : entre les Statues, il s'en trouvoit une de même métal, qui, avec sa base, avoit, selon l'Écriture-Sainte, quatre-vingt-dix pieds de hauteur. Le Roi Xerxès, au retour de sa malheureuse expédition dans la Grèce, fit démolir ce Temple, & en emporta tous les trésors.

Le Temple de Vulcain, à Memphis.

Les Égyptiens, suivant Hérodote, ont les premiers construit des Temples en l'honneur des Dieux : nous ne parlerons que de celui de Vulcain & de quelques autres, qui, à cause de leur ancienneté, de leur beauté & de leurs richesses, méritent quelque détail.

Ce Temple de Vulcain, selon le même Auteur, fut bâti par Ménès, le Fondateur de la Monarchie Égyptienne. On n'y voyoit alors régner qu'une noble simplicité ; mais les successeurs de ce premier Roi se firent gloire de l'embellir à l'envi les uns des autres. Mœris y ajouta un superbe Vestibule du côté du Septentrion, & Rhamsinite un autre du côté de l'Occident. Celui-ci fit poser deux Statues Colossales, d'environ trente-huit pieds de hauteur, devant le Vestibule : Amasis fit placer devant le même Temple une Statue de marbre couchée, de soixante & quinze pieds de longueur : à chaque côté de ce grand Colosse étoit une autre Statue de bout, de vingt pieds de hauteur, aussi de marbre. Ce Temple, dans son tout, étoit d'une vaste étendue & de la dernière magnificence. Dans son intérieur, apparemment dans la partie qui avoit été bâtie par Ménès où régnoit encore l'ancienne simplicité, étoit la Statue de Vulcain, avec celles des autres Dieux ; mais ces Statues étoient petites & semblables à des Pygmées : elles y avoient apparemment été placées par quelques-uns des successeurs de ce Fondateur ; car, dans les premiers temps, les Égyptiens ne mettoient aucune Statue dans leurs Temples.

L'Égypte avoit encore un grand nombre d'autres Temples plus riches les uns que les autres ; tels que ceux de Jupiter, à Thèbes ou Diospolis, & à Hermunthis, celui de Prothée, à Memphis, & celui de Minerve, à Saïs. Ce dernier avoit été augmenté & embelli par Amasis, d'un Vestibule qui surpassoit de beaucoup en grandeur & en magnificence tous les Monumens que les Rois ses prédécesseurs avoient laissés. Ce Prince y ajouta des Statues d'une grandeur prodigieuse. Il avoit fait apporter d'Éléphantine une maison, en forme de petit Temple, faite d'une seule pierre, que deux mille hommes ne purent amener qu'en trois ans. Cette maison avoit trente & un pieds & demi de longueur, sur environ vingt & un de largeur, douze de hauteur en dehors, & en dedans environ vingt-sept de long sur sept à huit de haut. Son premier dessein étoit de la placer dans le Temple de Minerve ; mais quelques raisons l'engagèrent à la laisser à la porte.

Le Temple de Diane, à Éphèse.

Diane eut ou successivement, ou en même temps, plusieurs Temples à Éphèse. Le plus ancien de tous étoit moins un Temple qu'une Niche creusée dans un orme, où il y a apparence que l'on plaça d'abord la Statue de cette Divinité. Il y en avoit un autre moins ancien, dont les Amazones furent les Fondatrices, selon Pindare, mais antérieur à ces Guerrières, selon Pausanias. On avoit employé deux cens vingt ans, selon les uns, & quatre cens, selon d'autres, à l'orner & à l'embellir. Il étoit bâti dans un lieu marécageux, sur des peaux de mouton avec leur laine, sous lesquelles on avoit fait un fond de charbon pilé. Cet emplacement avoit été choisi pour garantir l'Édifice des tremblemens de terre, & des ouvertures qui pouvoient s'y faire. Ce Temple avoit quatre cens vingt-cinq pieds de long, sur deux cens de large. Parmi les cent vingt-sept colonnes qui le soutenoient, il y en avoit trente-six de ciselées, & une de la main du célèbre Scopas : elles avoient soixante pieds de haut : elles avoient été données par autant de Rois. On peut juger de la beauté & de la magnificence de cet Édifice par la multitude des Princes qui avoient contribué à le bâtir & à l'orner, & par le temps employé à sa construction & à son embellissement. Rien de plus fameux dans toute l'Asie que ce Temple, tant par la dévotion, que par le concours infini de monde qui abordoit à Éphèse pour adorer la Statue de Diane. Ce que raconte S. Paul de la sédition tramée par les Orfèvres de cette Ville, qui gagnoient leur vie à faire des Statues d'argent de cette Déesse, est bien propre à nous prouver la célébrité de son culte, aussi-bien que la richesse de son Temple.

Il y avoit un autre Temple de Diane, à Éphèse, du temps de Pline : il paroît qu'il avoit été construit par Dinocrate ou Dinocharès, le même qui bâtit la Ville d'Alexandrie, & qui proposa à Alexandre de faire sa Statue du mont Athos. Ce Temple ne le cédoit en rien au précédent, soit pour la beauté, soit pour les richesses : on y admiroit sur-tout des ouvrages des plus habiles Sculpteurs de la Grèce. L'Autel étoit presque tout de la main de Praxitèles : les Éphésiens y avoient placé, par reconnoissance, une Statue d'or en l'honneur d'Artémidore. L'Édifice étoit d'Ordre Ionique, & de la forme des Dyptères ; c'est-à-dire, qu'il régnoit tout à l'entour deux rangs de colonnes en forme d'un double portique. Il avoit foixante & onze toifes de longueur, fur plus de trente-fix de largeur : on y comptoit, comme dans celui de Bélus , cent vingt-fept colonnes de foixante pieds de haut. Ce Temple étoit un afyle des plus célèbres, que Tibère abolit à caufe de l'abus qu'on en faifoit. On n'en voit plus que des ruines. Les Médailles repréfentent ce Temple, avec la figure de Diane au milieu ; mais le frontifpice n'y montre que deux, quatre, fix, ou huit colonnes au plus , parce qu'il n'y a pas affez d'efpace fur ces Monumens pour en repréfenter davantage.

Le Temple de Jupiter Olympien.

La Grèce avoit un fi grand nombre de Temples, de Chapelles & d'Autels, qu'on en trouvoit à chaque pas dans les Villes, dans les Bourgades & dans les campagnes. Pour s'en convaincre, il n'y a qu'à lire les Anciens, & fur-tout Paufanias, qui s'eft particulièrement attaché à les décrire : il en parle prefque à chaque page de fon voyage de la Grèce.

Parmi tant de Temples, Vitruve en admiroit fur-tout quatre, qui étoient bâtis de marbre , & enrichis de fi beaux ornemens, qu'ils faifoient l'admiration des plus habiles Connoiffeurs, & étoient devenus la régle & le modèle des bâtimens dans les trois ordres d'Architecture, le Dorique, l'Ionique & le Corinthien. Le premier de ces beaux ouvrages étoit le Temple de Diane, à Éphèfe, dont on vient de voir la defcription. Le fecond étoit celui d'Apollon, dans la Ville de Milet, l'un & l'autre d'Ordre Ionique. Ce célèbre Architecte mettoit dans le troifième rang le Temple dÉ'leufis , bâti en l'honneur de Cérés & de Proferpine, qu'Ictinus fit d'Ordre Dorique : il étoit d'une fi vafte étendue , qu'il étoit capable de contenir une prodigieufe multitude d'hommes. D'abord, remarque Vitruve, ce Temple étoit fans colonnes au-dehors, pour laiffer plus de place & de liberté aux cérémonies religieufes qui fe pratiquoient dans les facrifices ; mais Philon y ajouta dans la fuite un Portique magnifique. Le quatrième étoit le Temple de Jupiter Olympien , à Athènes : il étoit d'Ordre Corinthien. Il avoit été commencé par les foins de Pififtrate ; mais les troubles qui fuivirent fa mort laiffèrent pendant près de trois cens ans l'ouvrage imparfait, jufqu'à ce qu'enfin Antiochus Épiphanes, Roi de Syrie, fe chargea de faire la dépenfe néceffaire pour achever la Nef, qui étoit fort vafte, & pour les colonnes du Portique. Coffutius, Citoyen Romain, habile Architecte, fut choifi pour exécuter ce grand ouvrage : il y réuffit fi bien , qu'il y eut peu d'Édifices qui l'égalaffent en grandeur & en magnificence.

Pour fuivre le deffein que je me fuis propofé, dans le grand nombre des Temples que la Grèce offre à notre admiration, j'en choifis deux, dont les Anciens nous donnent la plus magnifique idée ; celui de Jupiter Olympien, en Élide, & celui d'Apollon, à Delphes ; ils étoient les plus magnifiques. Le premier, felon Paufanias, ainfi que la Statue de Jupiter qu'on y admiroit, étoient le fruit des dépouilles que les Éléens avoient remportées fur les Pifates & leurs Alliés, lorfqu'ils faccagèrent la Ville de Pife. Ce Temple, dont Libon, originaire du pays, avoit été l'Architecte, étoit d'Ordre Dorique, & tout environné de colonnes en dehors ; enforte que la place où il étoit bâti, formoit un fuperbe Périftile. On avoit employé à cet Édifice des pierres du pays ; mais elles étoient d'une nature & d'une beauté fingulière. La hauteur de ce Temple , depuis le rez-de-chauffée jufqu'à fa couverture, étoit de

foixante

foixante & huit pieds, fa largeur de quatre-vingt-quinze, & fa longueur de deux cens trente. La couverture étoit non de tuiles, mais d'un beau marbre tiré du mont Pentelique. Du milieu de la voûte pendoit une Victoire de bronze doré : au-deſſous de cette Statue étoit un bouclier d'or, fur lequel on voyoit la tête de Méduſe : aux deux extrémités de la même voûte, deux chaudières dorées étoient auſſi fuſpendues. Par dehors, au-deſſus des colonnes, régnoit autour du Temple un cordon, fur lequel vingt & un boucliers dorés, conſacrés à Jupiter par Mumnius, après le ſac de Corinthe, étoient attachés. Sur le fronton de devant étoit repréſenté, avec un art infini, le combat de Pélops avec Œnomaüs. Jupiter étoit au milieu. Œnomaüs & ſa femme Stérope, une des filles d'Atlas, le char à quatre chevaux, & Myrtile, Écuyer de ce Prince, étoient à la droit du Dieu; Pélops, Hippodamie, & l'Écuyer avec ſes chevaux, occupoient la gauche. Toutes ces figures étoient d'un Péonien, originaire de Thrace. Sur le fronton de derrière, ouvrage d'Alcamène, le meilleur Statuaire de ſon temps, après Phidias, étoit repréſenté le combat des Centaures & des Lapithes, à l'occaſion des nôces de Pirithoüs. Une grande partie des travaux d'Hercule étoit ſculptée dans l'intérieur de cet Édifice. Sur les portes, qui étoient toutes d'airain, on remarquoit, entr'autres choſes, la chaſſe du Sanglier d'Érimanthe, & les exploits d'Hercule contre Diomède, Roi de Thrace, contre Géryon, &c. Sans entrer dans un plus grand détail, j'ajouterai qu'il y avoit un double rang de colonnes qui ſoutenoient deux Galeries fort exhauſſées, fous leſquelles on paſſoit pour arriver au Trône de Jupiter.

Ce Trône & la Statue du Dieu étoient le chef-d'œuvre de Phidias ; l'Antiquité n'offroit rien de ſi magnifique, ni d'auſſi parfait. La Statue, d'une immenſe hauteur, étoit d'or & d'ivoire, ſi artiſtement mêlés, qu'on ne pouvoit la regarder ſans être frappé d'étonnement. Ce Dieu portoit fur la tête une couronne qui imitoit parfaitement la feuille d'olivier, & tenoit dans la main droite une Victoire auſſi d'or & d'ivoire, & de la gauche un ſceptre d'une extrême délicateſſe, compoſé de toutes ſortes de métaux, & terminé par une Aigle. La chauſſure & le manteau du Dieu étoient d'or : on avoit gravé fur ſe manteau un nombre infini d'animaux & de fleurs. Le Trône éclatoit d'or & de pierres précieuſes. L'ivoire & l'ébène, avec les animaux qui y étoient repréſentés, & pluſieurs autres ornemens, formoient par leur mêlange une agréable variété. Aux quatre coins de ce Trône étoient placées quatre Victoires, qui ſembloient ſe donner la main pour danſer : il y en avoit encore deux autres aux pieds de Jupiter.

Les pieds du Trône, fur le devant, étoient ornés de Sphinx, qui arrachoient de tendres enfans du ſein des Thébaïdes : au-deſſous, on y voyoit Apollon & Diane qui tuoient à coups de flèches les enfans de Niobé. Quatre traverſes, qui étoient aux pieds du Trône, & qui s'étendoient d'un bout à l'autre, étoient ornées d'une infinité de figures : fur une étoient repréſentés ſept Vainqueurs aux Jeux Olympiques ; on voyoit fur une autre Hercule prêt à combattre les Amazones ; les combattans de part & d'autre étoient au nombre de vingt-neuf. Outre les pieds du Trône, il y avoit encore des colonnes qui le ſoutenoient. Enfin une grande baluſtrade peinte, & ornée de figures, régnoit autour de l'ouvrage. Panenus, habile Peintre de ce temps-là, y avoit repréſenté, avec un art infini, Atlas qui ſoutient le Ciel fur ſes épaules, & Hercule prêt à ſe charger de ce fardeau, Théſée & Pirithoüs, le combat d'Hercule contre le Lion de Némée, l'attentat d'Ajax fur Caſſandre, Hippodamie avec ſa mère, Prométhée enchaîné, & mille autres ſujets de l'Hiſtoire fabuleufe. A l'endroit le plus élévé du Trône , au-deſſus de la tête du Dieu , étoient les Graces & les Heures, les unes & les autres au nombre de trois. Le piedeſtal , qui ſoutenoit cette maſſe, étoit orné à proportion du reſte. Phidias y avoit gravé, ſur or, d'un côté le Soleil conduiſant ſon char ; de l'autre , Jupiter & Junon , les Graces, Mercure & Veſta. Vénus y paroiſſoit ſortant du ſein de la Mer, & reçue par l'Amour, pendant que Pitho, ou la Déeſſe de la Perſuaſion , lui préſentoit une couronne. Apollon & Diane n'avoient pas été oubliés ſur ce bas-relief, non plus que Minerve & Hercule. On remarquoit au bas de ce piedeſtal Amphitrite & Neptune, & enfin Diane ou la Lune, qui paroiſſoit galoper ſur un cheval. Un voile de laine, teint en pourpre .& brodé magnifiquement, préſent du Roi Antiochus, pendoit du haut juſqu'en-bas. Je ne dis rien des autres ornemens de ce ſuperbe Édifice, ni du pavé, qui étoit du plus beau marbre, ni des préſens que pluſieurs Princes y avoient conſacrés , ni du nombre infini de Statues qui y étoient, ainſi qu'aux environs. On peut conſulter ſur cette magnificence Pauſanias, de qui cette Deſcription eſt tirée. J'ajoute ſeulement que pour ſe former une idée de la grandeur de la Statue de Jupiter, ſur laquelle les Anciens ne ſont pas d'accord, il ſuffit d'obſerver que le Trône & la Statue s'étendoient depuis le pavé juſqu'à la voûte, dont j'ai donné plus haut l'élévation. On n'aura pas de peine à avouer qu'un pareil ouvrage, d'une ſi vaſte étendue, d'une élévation ſi conſidérable, où l'or mêlé avec l'ébène & l'ivoire jettoit un grand éclat, où l'on voyoit tant de figures, de bas-reliefs & de peintures, le tout de la main des plus grands Maîtres, devoit faire une grande impreſſion ſur ceux qui entroient dans ce Temple. N'oublions pas de faire remarquer que cet Édifice étoit d'Ordre Dorique, le plus ancien de tous les ordres d'Architecture, & celui en même temps qui convient le mieux aux grands ouvrages.

Le Temple d'Apollon , à Delphes.

Si le Temple d'Apollon, à Delphes, n'étoit pas auſſi magnifique, pour ſa ſtructure, que celui que je viens de décrire, il étoit beaucoup plus riche par les préſens immenſes qu'on y avoit envoyés de toutes parts. Je dis plus riche, ſi toutes fois on peut eſtimer le chef-d'œuvre de Phidias. D'abord le Temple de Delphes fut très-peu conſidérable. Une caverne, d'où ſortoient quelques exhalaiſons , qui donnoient de la vivacité & de l'enthouſiaſme à ceux qui s'en approchoient, ayant fait croire qu'il y avoit quelque choſe de divin, on établit un Oracle en cet endroit, comme je l'expliquerai dans un plus grand détail, en parlant des Oracles. Le concours qu'attira cette prétendue merveille , obligea les habitans du voiſinage à conſacrer ce lieu : on y bâtit d'abord une Chapelle, ou plutôt une Cabane faite de branches de laurier. On dit, ajoute Pauſanias, que les abeilles y élevèrent une ſeconde Chapelle de cire, & qu'Apollon l'envoya aux Hyperboréens. On voit bien que ce n'eſt qu'une fable ; je l'expliquerai dans le Chapitre des Oracles : Pauſanias en a jugé de même. Le troiſième Temple de Delphes fut bâti de cuivre ; ce qui ne doit pas paroître fort étonnant, comme le remarque l'Auteur que je viens de citer, & que je copie preſque mot-à-mot, puiſqu'Acriſius, Roi d'Argos, avoit fait faire une chambre de cuivre, pour y enfermer ſa fille Danaé, & qu'on voyoit encore de ſon temps, à Sparte, le Temple de Minerve Chalcicœcos, ainſi appellé, parce qu'il étoit tout de cuivre. Mais Pauſanias ne croyoit pas que ce Temple eût été bâti par Vulcain, ni qu'il y eût au lam-
bris

bris des Vierges d'or, qui avoient une voix charmante, comme Pindare l'avoit imaginé, sans doute d'après les Sirènes d'Homère. Les Anciens n'étoient pas d'accord sur la manière dont ce troisième Temple avoit été détruit. Les uns disoient que la terre s'étoit entr'ouverte, & l'avoit englouti ; les autres, que le feu y ayant pris, le cuivre dont il étoit fait, se fondit. Quoi qu'il en soit, ce Temple fut bâti une quatrième fois, & il eut pour Architectes Agamède & Trophonius. Pour-lors on n'y employa que la pierre. Cet Édifice fut consumé par les flammes, la première année de la cinquante-huitième Olympiade. Le dernier enfin, qui subsistoit du temps des Pausanias, & qui étoit le plus grand & le plus riche, avoit été construit par les soins des Amphictions, des deniers que les Peuples avoient consacrés à cet usage.

Quoique nous n'ayons pas de Description détaillée de ce dernier Temple, il est aisé de juger de son étendue, & des richesses immenses qu'il renfermoit, par le soin qu'eurent tant de Rois, & des Peuples entiers, d'y envoyer des présens. On n'alloit guère consulter l'Oracle d'Apollon, sans y apporter quelques offrandes : aussi falloit-il que le nombre en fût infini, puisque, quoique ce Temple eût été pillé plusieurs fois, Néron en enleva cinq cens Statues, toutes de bronze, tant des hommes illustres, que des Dieux.

Le Panthéon de Rome.

Rome & l'Italie n'avoient pas moins de Temples que la Grèce. On en trouvoit par-tout : plusieurs même étoient remarquables, ou par leur singularité, ou par leur magnificence. On doit mettre au nombre des plus beaux celui de Jupiter, sur le Capitole, & celui de la Paix : selon Pline, ils étoient au nombre des plus brillans ornemens de Rome. Mais comme je n'en connois pas de plus superbe, ni de plus solidement bâti que le grand Panthéon, nommé vulgairement la Rotonde, puisqu'il subsiste encore aujourd'hui dans son entier, sous le nom de l'Église de tous les Saints à qui il est consacré, comme il l'étoit dans le Paganisme à tous les Dieux, je le choisis préférablement aux autres, pour en donner la Description. On en peut voir le dessein dans le Tome II. de l'*Antiquité expliquée par le P. Dom Montfaucon*, qui l'a pris, pour le plan, dans Serlio, & pour le profil, dans Lafreri.

L'opinion la plus commune est qu'il fut bâti par les soins & aux frais d'Agrippa, gendre d'Auguste : il y a cependant des Auteurs qui soutiennent qu'il étoit plus ancien que lui, & qu'il ne fit que le réparer, en y ajoutant le beau Portique qu'on voit encore. Quoi qu'il en soit, ce superbe Édifice, qui ne prend jour que par un trou placé au milieu de la voûte, si ingénieusement ménagé qu'il en est éclairé suffisamment, est de figure ronde : il semble que l'Architecte ait voulu, comme on le remarque dans un grand nombre d'autres Temples de la première Antiquité, imiter en cela la figure du Monde. C'est du moins le sentiment de Pline ; *Quod forma ejus convexa, fastigiatam cœli similitudinem ostenderet.*

Le Portique, ouvrage d'Agrippa, plus beau & plus surprenant que le Temple même, est composé de seize colonnes de marbre granit, chacune d'une seule pierre. Ces colonnes ont cinq pieds de diamètre, & plus de trente-sept pieds de hauteur, sans y comprendre la base & le chapiteau. De ces seize colonnes, il y en a huit de face, & huit derrière : le tout est d'Ordre Corinthien. Comme on trouva, du temps du Pape Eugène, près de cet

N n

Édifice, une partie de la tête d'Agrippa en bronze, un pied de cheval &
un morceau de roue du même métal, il y a apparence que ce grand homme
étoit représenté lui-même en bronze sur ce Portique, monté sur un char à
quatre chevaux.

Quant à ce que j'ai dit que ce Temple subsistoit aujourd'hui en entier,
on doit l'entendre du corps de l'ouvrage : en effet, il est posé sur de si solides
fondemens, que rien n'a été capable de l'ébranler. Aussi, selon un Architecte Romain, dont le manuscrit étoit entre les mains du P. Dom Montfaucon, ces fondemens sont composés d'une masse qui s'étend non-seulement
sous tout l'Édifice, mais encore bien avant au-delà de ses murailles. Pour les
ouvrages superbes, les Statues, & autres choses précieuses dont il étoit rempli, tout a été dissipé. Les plaques de bronze doré, qui couvroient toute la
voûte, furent enlevées par l'Empereur Constance III. Le Pape Urbain VIII.
se servit des poutres du même métal, pour faire le Baldaquin de Saint Pierre,
& les grosses pièces d'Artillerie qui sont au Château Saint-Ange. Les Statues
des Dieux, qui étoient dans les niches qu'on voit encore dans l'intérieur
du Temple, ont été pillées ou enfouies : il n'y a pas même bien long-temps,
qu'en creusant près de cet Édifice, on trouva un Lion d'un beau marbre
d'Égypte, accompagné d'un autre : ils servirent à orner la Fontaine de Sixte V,
sans parler d'un beau & grand vase de porphyre, qu'on plaça près du Portique. En général, cet Édifice étoit très-magnifique, parfaitement bien bâti,
dans de justes proportions : il fait encore un des plus beaux ornemens de
la Ville de Rome.

Section II.

Des Autels & des Trépieds sacrés.

Nous traiterons à-peu-près des Autels, comme des Temples ; nous parlerons 1°. de leur Antiquité ; 2°. des différens noms qu'on leur a donnés ; 3°.
de leurs différentes formes ; 4°. de leurs divers usages ; 5°. enfin de la place
qu'ils occupoient dans les Temples & ailleurs.

1°. L'Antiquité des Autels a précédé celle des Temples chez les Adorateurs du vrai Dieu & chez les Païens. Les Patriarches en dressèrent avant
Moyse, par-tout où ils se trouvèrent plus particulièrement obligés de solli-
citer ou de reconnoître les bontés du Seigneur : les premiers Idolâtres ne
furent en cela que leurs Imitateurs, quand ils voulurent louer ou invoquer
leurs faux Dieux. Tout étoit simple dans ces premiers temps, comme nous
l'avons déja observé, & ces Autels n'étoient formés que de monceaux de
terre, de gazon, ou de pierres brutes, quelquefois même de bois. Celui de
Jupiter Olympien n'étoit qu'un tas de cendres ; des cornes de bœufs, de
chevreuils ou de différens animaux amoncelées en composoient d'autres.
Mais cette simplicité ne dura que jusqu'à la construction des Temples. Alors
on dressa des Autels de bois, de pierre, de brique, de marbre, de bronze
& d'or même. Il y en avoit peu de bois : ceux de pierre & de marbre étoient
plus communs que ceux de bronze ; mais ceux d'or étoient fort rares. On en
voyoit un dans un Temple de Jupiter, à Babylone. Il étoit sans doute devant
la Statue de ce Dieu, dont la matière étoit d'or, comme celle de son Trône,
de la Table & du Marchepied : le tout pesoit huit cens talens d'or.

2°. Les noms qu'on donna aux Autels exprimoient assez ce que c'étoit,

Les Grecs, par exemple, appelloient un Autel *Bomos*, mot dont l'étymologie signifie une base, un Tribunal : ils nommoient *Tribomos* un triple Autel, ou un Autel à trois faces, dédié à trois Divinités, construit devant leurs Statues, ou trois Autels adossés l'un contre l'autre, comme il y en avoit dans plusieurs Temples. Les Latins ont donné le nom d'*Altare*, à certains Autels, ce qui signifie quelque chose d'élevé au-dessus d'une superficie, & celui d'*Ara* à d'autres Autels qui étoient ou plus bas, ou même creusés dans la terre. Sur les premiers Autels, appellés *Altaria*, on sacrifioit aux Dieux du Ciel, & aux Dieux de la Terre & des Enfers indifféremment ; mais on n'offroit pas de sacrifices aux Dieux Célestes sur les seconds appellés *Aræ*, selon certains Auteurs ; ce qui n'empêche pas que ces deux noms, *Altare* & *Ara* n'aient presque toujours passé pour synonymes. Les Autels de terre ou de gazon s'appelloient *Aræ Cespititiæ* ou *Gramineæ*.

3°. Il y en avoit de forme exactement quarrée ; d'autres étoient des quarrés longs ; d'autres enfin étoient ronds : quelques-uns étoient à plusieurs angles, & d'autres presque triangulaires. On doit compter aussi au nombre des Autels les Trépieds sacrés, sur lesquels on sacrifioit également comme sur les Autels, sur-tout, les liqueurs. Suivant l'étymologie, ces derniers Autels étoient appellés Trépieds, parce qu'ils étoient à trois pieds. Les uns étoient fort hauts, & les autres fort bas ; d'autres étoient à pieds de biche ou de lion : il y en avoit qui étoient posés sur une base ; d'autres sans base paroissoient sortir de la terre ou du pavé de l'Édifice. Leurs formes & leurs ornemens se trouvent fort variés, aussi bien que ceux des autres Autels, sur les Médailles & sur les autres Monumens, comme on le verra par quelques représentations que nous donnerons dans la suite.

Il faut observer que la forme & les ornemens des Autels & des Trépieds étoient rarement arbitraires, & que l'on vouloit pour l'ordinaire qu'à la vue d'un Autel on pût connoître sans peine à quelle Divinité il étoit consacré : c'est ce qui étoit annoncé ou par sa forme, ou par son élévation, & encore mieux par ses bas-reliefs, ses feuillages & ses ornemens. Un Trident & deux Dauphins, par exemple, désignoient un Autel de Neptune ; une Bacchante avec le Thyrse, un feuillage de lierre, ou des pampres de vignes, marquoient un Autel de Bacchus ; un Homme ou un Génie ailé, dont le manteau flotte au gré des Vents, & qui semble jouer du cor avec une longue coquille torse, indiquoit un Autel des Vents que l'on adoroit à Delphes ; un Corbeau sur un Trépied signifioit un Trépied consacré à Apollon ; un Serpent, ou un Trépied, annonçoit un Autel consacré à Esculape & à d'autres Divinités qu'on croyoit présider à la Santé ; une Aigle, ou la foudre, étoit la marque d'un Autel dédié à Jupiter ; des branches ou des feuilles de laurier désignoient les Autels d'Apollon ; celles de myrte, les Autels de Vénus ; les épics de bled, ou bien des pavots, les Autels de Cérès ; le lotus, ceux de Sérapis, &c.

4°. Les Autels ne servoient pas seulement aux sacrifices : le respect que les Païens avoient pour eux les engageoit à y avoir recours comme à des espèces de Divinités, dans les affaires de la plus grande importance. C'étoit devant les Autels, & en les touchant, comme nous faisons le Livre des Évangiles, que les Rois & les Peuples juroient les Traités de paix & d'alliance, les Magistrats la fidélité, les Particuliers leurs réconciliations & leurs mariages. C'étoit encore en présence des Autels qu'ils faisoient des repas publics, croyant apparemment par-là y faire régner plus sûrement & plus efficacement l'ordre, là modeftie, la tempérance, la concorde & la paix ; malheureufement ils n'y réuffiffoient pas toujours.

5°. Quant à la place qu'occupoient les Autels, ce fut d'abord dans les campagnes que l'on en dreffa, & par-tout où l'on fe trouvoit preffé par le befoin ou par la reconnoiffance de quelque grande grace. On chercha enfuite les bois les plus épais, & des lieux obfcurs, & prefque impénétrables au Soleil, pour les y placer au commencement en plein air, mais après dans des Temples & des Chapelles. Il y en avoit ordinairement trois principaux. Le plus confidérable étoit placé au pied de la Statue du Dieu qu'on y adoroit. Celui-là étoit fort élevé, &, par cette raifon, on l'appelloit *Altare*. C'étoit fur cet Autel principal qu'on brûloit l'encens & les parfums, & qu'on faifoit les libations. Le fecond étoit devant la porte du Temple, & fervoit aux facrifices. Le troifième étoit un Autel portatif, nommé *Anclabris*, fur lequel on pofoit les offrandes & les vafes facrés. Dans certains Temples, comme dans celui de Jupiter-Ammon, en Libye, & dans celui de Vénus, à Paphos, il s'en trouvoit jufqu'à cent. Suivant les occafions, on en dreffoit plufieurs pour le même facrifice ; ce qui devenoit néceffaire quand quelqu'un offroit un grand nombre de victimes. L'Empereur Balbin en fit dreffer cent de gazon, pour immoler cent Cochons & autant de Béliers. Outre cela, quoiqu'un Temple fût plus particulièrement confacré à une certaine Divinité, cela n'empêchoit pas qu'on n'y fit conftruire des Chapelles & dreffer des Autels à plufieurs autres. Dans le Temple de Jupiter Capitolin il y avoit trois Chapelles : celle du milieu étoit confacrée à ce Dieu : des deux autres, l'une l'étoit à Junon & l'autre à Minerve. Dans chacune de ces Chapelles on plaçoit ordinairement une Statue de la Divinité à laquelle elle étoit confacrée, & un Autel devant chaque Statue. De plus, les Particuliers avoient encore, pour la plupart, des Oratoires dans l'endroit le plus fecret de leurs maifons, & ils y faifoient conftruire des Autels proportionnés à la grandeur de ces lieux, pour y facrifier quand ils jugeoient à propos.

On a donné plufieurs de ces Autels & de ces Trépieds, de différentes formes, à la planche XXe. depuis le n°. 11. jufqu'au n°. 31. On en trouvera encore aux n°s. 1. 2. 3. 4. 6. 9. & 11. de la planche XVIIe. où ils font repréfentés plus en grand.

S e c t i o n I I I.

Des Sacrifices.

La matière des Sacrifices eft fi étendue, que nous pafferions les bornes que nous nous fommes prefcrites, fi nous voulions l'épuifer. Ce détail eft d'ailleurs peu néceffaire pour parvenir au but que nous nous fommes propofé, qui eft de faire connoître la Religion & le Culte des Idolâtres, & d'acquérir la connoiffance des Médailles qui nous repréfentent la plus grande partie de ce qui peut y avoir quelque rapport. Nous nous contenterons donc de parler en peu de mots, & d'après les plus habiles Mythologues de notre fiècle, 1°. de la matière des Sacrifices dans des temps différens ; 2°. des Loix que l'on devoit obferver dans les Sacrifices ; 3°. des Cérémonies dont ils étoient accompagnés ; 4°. enfin des noms qu'on leur donnoit. Nous verrons dans la fuite ce qui concerne les Miniftres & les Sacrificateurs.

Nous obferverons donc d'abord, avec M. l'Abbé Banier, qu'il y eut prefque toujours un rapport marqué entre la nourriture des hommes & la matière des Sacrifices. C'étoit une loi chez certains Peuples, & une coutume qui tenoit lieu de loi chez la plupart des autres, de réferver une partie des chofes que l'on offroit, foit au vrai Dieu, foit aux fauffes Divinités, pour en compofer les viandes des feftins qui fuivoient ordinairement les Sacrifices : auffi les premiers Idolâtres, chez lefquels tout étoit fimple, préfentoient à leurs Dieux pour Sacrifices & Libations, non de l'encens & des parfums, mais des herbages dont ils fe nourriffoient, & de l'eau dont ils buvoient. Lorfqu'ils eurent commencé à manger du pain & du miel, ils offrirent de la farine & des gâteaux pêtris avec un peu de miel. On y joignit les fruits de la terre, le miel, l'huile & le vin, dès qu'on en eut fait fervir fur les tables : enfin on en vint à immoler des animaux, quand on en fut venu à fe nourrir de leur chair.

Cette coutume de n'offrir aux Dieux que des chofes dont on fe nourriffoit, ne fut point cependant fi générale que l'on n'y ait quelquefois dérogé. Dès le commencement du Monde, Abel tiroit de fes troupeaux les victimes qu'il offroit au vrai Dieu, tandis que Caïn ne lui préfentoit que des fruits de la terre. Il eft à préfumer que chacun de ces deux frères eut des Imitateurs, même dans les premiers temps. Dans la fuite, les différens Peuples, à quelques-uns près qui s'en tinrent à la coutume de n'offrir que des fruits & des chofes inanimées, fe réunirent dans l'ufage de faire des Sacrifices fanglans, quoiqu'ils leur caufaffent une telle horreur, que l'on faifoit, chez quelques-uns d'entre eux, le procès au Victimaire après qu'il avoit affommé la victime ; mais le Victimaire fe déchargeoit fur la hache dont il s'étoit fervi, & quelquefois fur l'Émouleur qui l'avoit aiguifée ; enforte que la procédure ne finiffoit point. On ne laiffa pas d'offrir d'autres Sacrifices, depuis qu'on eut adopté les fanglans, & l'on préfenta toujours à certaines Divinités & dans certaines circonftances, des gâteaux, des pains, du miel, de l'huile, du vin & des fruits de la terre.

Mais on obferva de donner à chaque Dieu fon animal, fon arbre & fa plante. Parmi les animaux, le Lion étoit confacré à Vulcain ; le Loup, à Apollon & à Mars ; le Dragon, à Bacchus & à Minerve ; les Griffons, à Apollon ; les Serpens, à Efculape ; le Cerf, à Hercule ; l'Agneau, à Junon ; le Cheval, à Mars ; la Géniffe, à Ifis. Parmi les oifeaux, l'Aigle étoit à Jupiter ; le Paon, à Junon ; la Chouette, à Minerve ; le Vautour & le Pivert, à Mars ; le Coq, au même Mars, à Efculape, à Apollon & à Minerve ; la Colombe & le Moineau, à Vénus ; les Alcions à Thétis ; le Phénix, au Soleil, & la Cigale, efpèce d'infecte qui vole, à Apollon. Parmi les poiffons, qui appartenoient tous à Neptune, la Conque marine, & le petit poiffon nommé *Apua*, que Feftus dit être produit par la pluie, étoient chers à Vénus, & le Barbeau à Diane. Parmi les arbres & les plantes, le Pin étoit confacré à Cybèle, à caufe d'Atys ; le Hêtre, à Jupiter ; le Chêne & fes différentes efpèces, à Rhéa ; l'Olivier, à Minerve ; le Laurier, à Apollon, après l'avanture de Daphné ; le Rofeau, à Pan, après celle de Syrinx ; le Lotus & le Myrte étoient auffi confacrés à Apollon & à Vénus ; le Cyprès, à Pluton ; le Narciffe & l'Adiante, qu'on appelle auffi le clou de Vénus, à Proferpine ; le Frêne & le Chiendent, à Mars ; le Peuplier, à Mercure ; le Myrte & le Pavot, à Cérès ; la Vigne & le Pampre, à Bacchus ; le Pourpier, à Hercule ; le Dictine & le Pavot, à Lucine ; l'Ail aux Dieux Pénates ; l'Aune , le Cèdre , le Narciſſe & le Genièvre , aux Euménides ; le Palmier, aux Muſes ; le Platane, aux Génies, &c.

C'eſt ici l'occaſion de demander ſi, outre les fruits de la terre & les animaux, on pouſſa la ſuperſtition juſqu'à immoler des hommes ? M. l'Abbé Boiſſy , dans les Mémoires de l'Académie des Inſcriptions, eſt pour l'affirmative : M. Morin, au contraire, ſoutient que cela ne fut jamais ; que s'il eſt dit que les pères immoloient leurs enfans à Baal & à Moloch, cela doit s'entendre d'un ſimple paſſage qu'ils leur faiſoient faire au travers du feu ; que ſi les Païens enſanglantoient quelquefois leurs Autels , c'étoit par une ſimple aſperſion , ſans qu'il en coûtât la vie à perſonne ; qu'enfin ſi l'on a immolé des hommes , dans certaines circonſtances , ce ne fut jamais que des Priſonniers de guerre , ou des Criminels condamnés par la Juſtice. Voyez le Tome XVIIIᵉ des mêmes Mémoires, page 178.

Il faut avouer que ce dernier ſentiment a paru inſoutenable , quoi qu'on ait fait pour l'appuyer : on eſt reſté convaincu de la vérité , & de la réalité des ſacrifices humains chez la plupart des Peuples Idolâtres. Voici comme il en eſt parlé, dans le premier Volume de la Mythologie de M. l'Abbé Banier, p. 451 , & ſuivantes. » Enfin on porta la ſuperſtition juſqu'à immoler
» des victimes humaines. Il eſt aſſez inutile de rechercher quel a été le pre-
» mier Auteur de ces ſacrifices barbares ; mais que ce ſoit Saturne , comme
» on le trouve dans le Fragment de Sanchoniaton, ou Lycaon, comme Pau-
» ſanias ſemble l'inſinuer , ou quelqu'autre plus ancien, comme il paroît
» par pluſieurs textes de l'Écriture Sainte, il eſt ſûr que cette barbare cou-
» tume paſſa chez preſque tous les Peuples connus : les pères eux-mêmes,
» pouſſés par une aveugle fureur , immoloient leurs enfans , & les brûloient
» au lieu d'encens. « Ces horribles ſacrifices, preſcrits mêmes par les Oracles des Dieux , étoient connus dès le temps de Moyſe , & faiſoient partie des abominations que ce ſaint Légiſlateur reproche aux Amorrhéens. Les Moabites immoloient leurs enfans à Moloch , & les faiſoient brûler dans le creux de la Statue de ce Dieu. Selon Denys d'Halicarnaſſe , on ſacrifioit des hommes à Saturne, non-ſeulement à Tyr & à Carthage , mais dans la Grèce même , & dans l'Italie. Les Gaulois , ſi nous en croyons Diodore de Sicile, immoloient à leurs Dieux leurs Priſonniers de guerre , & ceux de la Tauride, tous les Étrangers qui y abordoient. Les habitans de Pella ſacrifioient un homme à Pelée. Ceux de Tenuſe , ainſi que le raconte Pauſanias, offroient tous les ans une fille vierge au Génie d'un des compagnons d'Uliſſe , qu'ils avoient lapidé ; Ariſtomène , Meſſénien , immola pour une ſeule fois trois cens hommes. Strabon parle de ces ſacrifices abominables , offerts par les anciens Germains. Saint Athanaſe dit la même choſe des Phéniciens & des Crétois. Tertulien rapporte les mêmes horreurs des Scythes & des Africains. On voit dans l'Iliade d'Homère, douze Troyens immolés par Achille aux Manes de Patrocle. Enfin , Porphyre fait un long dénombrement de tous les lieux où l'on immoloit autrefois des hommes, entre leſquels il met Rhodes , l'Iſle de Chypre, l'Arabie, Athènes, &c.

De tous ces témoignages joints enſemble , & de pluſieurs autres qu'il eſt inutile de rapporter , il réſulte que les Phéniciens, les Égyptiens, les Arabes, les Chananéens , les habitans de Tyr & de Carthage, ceux d'Athènes & de Lacédémone , les Ioniens, toute la Grèce , les Romains, les Scythes, les Albanois, les Allemans, les Anglois , les Eſpagnols & les Gaulois, étoient également plongés dans cette horrible ſuperſtition.

Les

Les Anciens ouvrirent enfin les yeux sur ces sacrifices inhumains : les événemens que je vais rapporter les firent enfin cesser peu-à-peu. Un Oracle, dit Plutarque, ayant ordonné aux Lacédémoniens affligés de la peste d'immoler une Vierge, & le sort étant tombé sur une jeune fille, nommée Hélène, un Aigle enlèva le couteau sacré, & le posa sur la tête d'une Génisse, qui fut sacrifiée à sa place. Le même Plutarque raconte que Pélopidas, chef des Athéniens, ayant été averti en songe, la veille d'une bataille, d'immoler une Vierge blonde aux Manes des filles de Scedasus, qui avoient été violées & massacrées dans le même lieu, ce Général effrayé tint conseil sur l'inhumanité de cette sorte de sacrifice, qu'il croyoit déplaire aux Dieux, & ayant vu une Cavalle rousse, il l'immola par le conseil du Devin Théocrite, & remporta la victoire. En Égypte, Amasis ordonna qu'au lieu d'hommes, on offrît seulement des figures humaines. Diphilus substitua, dans l'Isle de Chypre, des sacrifices de Bœufs à ceux des hommes. Enfin Hercule étant en Italie offrit des têtes de Cire, nommées *Oscillæ*, au lieu de véritables hommes.

2°. Venons aux Loix qui réglèrent les sacrifices, Loix qui regardoient la qualité des victimes, le temps de les offrir, les cérémonies & autres choses à observer en les offrant.

Les victimes devoient être pures, entières, sans tache, sans défaut, saines, ni boiteuses, ni contrefaites, blanches & en nombre impair pour les Dieux célestes ; noires & en nombre pair pour les Dieux infernaux : enfin elles devoient être choisies parmi les animaux, les plantes, ou les fruits, de telle façon qu'on offrît tout ce qu'il y avoit de meilleur, de plus parfait, & digne d'être agréable aux Dieux à qui on sacrifioit.

Il étoit permis, selon toute apparence, à ceux qui sacrifioient en particulier, & dans leurs Oratoires, à leurs Dieux Lares, ou Pénates, de le faire à telle heure qu'ils jugeoient à-propos ; mais, pour ce qui regarde les sacrifices solemnels & publics, qui se faisoient par les Pontifes, les Prêtres & autres Ministres de la Religion, le jour, le temps & l'heure en étoient prescrits & annoncés : c'étoit toujours le matin pour les Dieux célestes, & le soir, ou la nuit, pour les Dieux terrestres, ou infernaux.

Il est néanmoins à présumer que les besoins publics & particuliers, comme les actions de graces, ayant multiplié & rendu fort communs les sacrifices, on ne put pas toujours observer les temps prescrits pour les offrir, & que dans les grandes Villes, ou dans les Temples les plus renommés, dans ceux sur-tout qui étoient consacrés à plusieurs Dieux, ou à tous les Dieux, comme le Panthéon, on fut obligé de sacrifier à toutes les heures du jour, & peut-être à plusieurs de celles de la nuit. Car c'étoit dans toutes les occasions de la vie qu'on faisoit des sacrifices. Les Empereurs en offroient avant leur départ pour l'armée, pour les voyages, & à leur retour ; les Généraux, avant les batailles ; les Fondateurs des Villes & des Temples, avant de commencer les Édifices ; les Particuliers, avant de se mettre en chemin, avant de se marier, avant de faire des alliances, dans les maladies, dans les affaires de quelque importance, & après quelque songe ; enfin on n'entreprenoit rien de considérable sans avoir auparavant imploré le secours des Dieux, par des sacrifices.

3°. Les cérémonies & les choses principales qu'il falloit observer en sacrifiant & pour sacrifier, regardoient les Victimes, les Sacrificateurs, ou les Assistans.

Les Victimes devoient être vivantes, si on les tiroit des troupeaux ; mais quelquefois, faute de celles-là, on en alloit tuer à la chasse. Les victimes vivantes étoient, pour l'ordinaire, fort ornées de rubans & de bandelettes : on leur doroit les cornes, & l'on mettoit sur leur tête des gâteaux, du fruit & de l'encens mâle.

Cette fonction d'orner les victimes étoit un des devoirs des Sacrificateurs, & on l'appelloit l'Immolation, *Immolatio*. Ensuite venoit la libation ; c'étoit du vin dont on prenoit soi-même, & qu'on faisoit goûter aux Assistans. Cette libation n'étoit faite qu'avec de l'eau dans les temps & dans les pays où le vin n'étoit point en usage. Après la libation, on faisoit une autre cérémonie, qu'on appelloit *Litare* ; c'étoit l'immolation réelle ; car ce que nous venons d'appeler Immolation, n'étoit qu'une offrande antécédente, & une préparation à celle-ci. Alors le Prêtre prenoit quelques poils entre les cornes de la victime, les jettoit dans le feu, &, après s'être tourné du côté de l'Orient, il ordonnoit aux Victimaires d'égorger la victime. A peine étoit-elle morte, que le Prêtre lui enfonçoit dans les entrailles le couteau sacré, pour voir si le sacrifice étoit heureux, & si les Dieux seroient appaisés ; *an perlitatum foret*. C'étoient les Devins, chez les Grecs, & les Aruspices chez les Romains, ou les Flamines avec le Prêtre qui examinoient les entrailles, *Exta*, pour en tirer l'Augure favorable. Le cœur, le foie, le poumon & la rate faisoient les principaux objets de leur attention : c'est de cette inspection des entrailles qu'est venue la manière & le nom de Deviner ou d'Augurer, qu'on appella *Extispicium*.

Quand on avoit tiré l'Augure, alors les Victimaires, les Popes, ceux encore qu'on appelloit *Victimarii, Popæ, Cultrarii*, qui avoient reçu le sang de la victime, le répandoient sur l'Autel : ils mettoient ensuite la victime sur un autre Autel nommé *Anclabris*, pour la découper ; si le sacrifice n'étoit point un holocauste, on en brûloit une petite partie, & l'on partageoit le reste entre les Sacrificateurs, ou les *Popes*, & ceux qui offroient le sacrifice. Les Popes portoient leur part dans leurs maisons, qu'on appelloit *Popinæ*, où ils en vendoient, de même que du vin : on alloit même chez eux boire & manger, comme dans nos Auberges ; c'est de-là que leur est venu le nom de *Popinæ*. Souvent, & même pour l'ordinaire, ceux qui avoient fourni les victimes employoient la part qui leur en venoit en festins auprès des Autels, avec les Prêtres & leurs amis. Ces repas, quoique religieux, étoient accompagnés de joie ; on y chantoit, on y dansoit même au son des instrumens, & sur-tout de la Flûte. Si le sacrifice étoit un holocauste, on consumoit la victime toute entière sur l'Autel :

Pendant le sacrifice, c'est-à-dire, lorsqu'on égorgeoit la victime, & pendant tout le temps qu'elle brûloit sur l'Autel, les Assistans gardoient un profond silence ; mais, dans l'intervalle de ces deux opérations, on pouvoit s'entretenir les uns avec les autres ; ce qui avoit donné naissance au Proverbe, *Inter cæsa & porrecta*.

Lorsque le Prêtre alloit sacrifier, un Héraut crioit devant lui, *Hoc age* ; c'est-à-dire, Soyez uniquement attentif à ce que vous allez faire. En Grèce, lorsqu'il approchoit de l'Autel, il demandoit : *Qui est ici ?* Les Assistans répondoient ; *Plusieurs gens de bien*. Alors le Prêtre prononçoit la formule : *Loin d'ici tout scélérat* ; ce que les Romains rendoient par ces mots : *Procul este profani*. On avoit sur-tout grand soin d'en chasser les voleurs, les meurtriers, & tous les gens de mauvaise vie ; mais cela n'étoit pas général, dans la Grèce, pour tous les sacrifices.

Les

Les Prêtres devoient se préparer au sacrifice, particulièrement par la continence pendant la nuit qui le précédoit, & par l'ablution ; c'est à cause de cette seconde préparation qu'il y avoit de l'eau à l'entrée des Temples, principalement quand il n'y avoit pas quelque fleuve ou quelque fontaine dans le voisinage. Les Prêtres, aussi-bien que ceux qui faisoient offrir le sacrifice, & souvent les Assistans, portoient sur la tête des couronnes de branches ou de feuilles de l'arbre qui étoit spécialement consacré au Dieu en l'honneur de qui étoit le sacrifice : elles étoient de chêne pour Jupiter, de laurier pour Apollon, de pourpier blanc pour Hercule, de pampre pour Bacchus, de cyprès pour Pluton, &c.

4°. Les sacrifices avoient des noms différens : les uns se tiroient du temps & de l'heure où ils se faisoient ; les autres de la qualité ou du nombre des victimes, ou des diverses productions qui en faisoient la matière.

Les noms qu'ils tiroient de l'heure ou du temps étoient relatifs au jour ou à la nuit, au matin ou au soir ; car on offroit aux Dieux célestes en plein jour, & aux Dieux infernaux pendant la nuit. Les sacrifices qu'on offroit la veille d'une Fête s'appelloient *Præcidaneæ hostiæ* ; on nommoit aussi *Præcidanea Porca*, ceux de la Truie que l'on offroit à Cérès avant la moisson : ceux que l'on faisoit comme pour suppléer à ceux de la veille des solemnités, & comme pour expier la faute qu'on avoit commise en y manquant, s'appelloient *Succidaneæ Hostiæ*.

Les noms que les sacrifices ou les victimes tiroient de leur qualité ou de leur nombre, étoient d'abord ceux-ci ; *Eximiæ hostiæ*, dénomination qui leur venoit non de leur excellence, mais de l'action qui les tiroit des troupeaux ; *eximebantur grege*. Quand on immoloit une Brebis avec deux Agneaux, les sacrifices étoient nommés *Ambiguæ hostiæ*. Les victimes dont les entrailles étoient adhérentes, s'appelloient *Harungæ*, ou *Harugæ* ; celles qui étoient consumées, *Prodigæ* ; celles enfin qui avoient les dents plus élevées que les autres, *Bidentes*.

Les sacrifices qui étoient toujours accompagnés de libation, cérémonie par laquelle on répandoit sur l'Autel du vin, ou quelqu'autre liqueur à l'honneur des Dieux, ne se faisoient pas toujours en immolant des animaux : souvent on ne présentoit que des fruits & des plantes, comme à Pomone & à quelqu'autres Divinités ; souvent aussi ce n'étoit que de la farine cuite, ou des gâteaux de farine de bled ou d'orge, comme on l'a déja dit. Les Grecs en offroient dans tous leurs sacrifices, de quelque nature qu'ils fussent. Homère nomme ces gâteaux, *Euchichutas* ; d'autres s'appelloient *Popana*, ou *Prothymiamata* ; ceux-ci étoient principalement offerts à Esculape. Une autre sorte de gâteaux étoit nommée *Bos*, parce qu'on y figuroit les cornes du Bœuf ; ils étoient pour Jupiter céleste, pour Apollon, Diane, Hécate & la Lune. Il y en avoit d'autres qu'on nommoit *Melita*, parce qu'ils étoient pêtris avec du miel ; d'autres étoient appellés *Arisca*, & d'autres *Hygica* : ces derniers tiroient leur dénomination d'Hygée, Déesse de la Santé.

A Rome, c'étoit avec de la farine de bled & du sel que se faisoient ces gâteaux ; on les nommoit *Ador*, & les sacrifices qu'on en faisoit, *Adorea sacrificia*. Suivant la Loi de Romulus, ces gâteaux devoient être cuits au four. Pour cet effet il institua la Fête appellée *Fornacalia* ; d'où vint dans la suite la Déesse Fornax.

Enfin, outre les noms d'holocauste, d'expiation & d'actions de graces, qu'on donnoit aux sacrifices, il y en avoit encore quatre ou cinq autres principaux, qu'ils tiroient du nombre ou des noms des victimes ; savoir, le nom d'*Hécatombes*, de ce qu'après les grandes victoires ou dans quelques calamités publiques on offroit cent Bœufs, ou cent autres animaux, souvent sur cent différens Autels que l'on faisoit dresser à ce dessein. Si on en offroit mille (ce qui étoit rare), le sacrifice se nommoit *Chiliombe*. Le nom de *Su-Ove-Taurilia* est composé des noms de trois animaux que l'on offroit tout ensemble au Dieu Mars ; savoir, un Verrat, *Sus*, une Brebis ou un Bélier, *Ovis*, & un Taureau, *Taurus*. Ce sacrifice se faisoit pour la lustration ou l'expiation des champs, des fonds de terre, des armées, des villes, &c., afin de les sanctifier, les expier, ou les purifier, & pour attirer la bénédiction des Dieux sur ceux pour qui on l'offroit. Les *Su-Ove-Taurilia* étoient distingués en grands & petits ; les petits étoient ceux où l'on immoloit de jeunes animaux ; un jeune Cochon, par exemple, un Agneau, un Veau : les grands étoient ceux qui se faisoient avec des animaux parfaits. Avant les sacrifices on faisoit faire à ces animaux trois fois le tour de ce dont on vouloit faire l'expiation. Le Verrat étoit toujours immolé le premier, comme l'animal qui nuit le plus aux semences & aux moissons ; ensuite le Bélier & le Taureau. Les Romains ne l'offroient qu'au Dieu Mars, & les Grecs à d'autres Divinités.

Il y avoit encore un autre Sacrifice appellé *Taurobole*. Il ne paroît avoir été connu que sous Antonin-Pie, vers l'an 160. de l'Ère Chrétienne. On l'offroit à Cybèle, autrement, la Mère des Dieux, pour la consécration du Grand Prêtre, pour l'expiation des péchés & pour la santé du Prince, ou de ceux qui l'offroient. C'étoit une espèce de Baptême de sang, dans lequel on croyoit trouver une renaissance spirituelle, & dont le rit & les cérémonies étoient différents des autres Sacrifices. Voilà la description qu'en a faite le Poëte Prudence.

» Pour consacrer le Grand-Prêtre, dit-il, c'est-à-dire, pour l'initier au
» Taurobole, on faisoit une grande fosse, dans laquelle il entroit, paré d'un
» habit extraordinaire, & portant une couronne d'or, avec une toge de soie,
» ceinte à la manière des Sabins. Au-dessus de la fosse, il y avoit une espèce
» de plancher, dont les planches mal jointes laissoient plusieurs fentes ;
» outre cela, on les perçoit de plusieurs trous..... On amenoit ensuite un
» grand Taureau couronné de festons, portant sur les épaules des bande-
» lettes couvertes de fleurs, & ayant le front doré. On égorgeoit cette
» Victime, ensorte que le sang couloit tout chaud, & à grands flots sur le
» plancher, qui étant criblé de trous, laissoit tomber dans la fosse comme
» une pluie de sang, que le Prêtre recevoit sur sa tête, sur son corps & sur
» ses habits. Non content de cela, il renversoit aussi la tête pour recevoir ce
» sang sur son visage ; il en faisoit tomber sur l'une & sur l'autre joue, sur
» ses oreilles, sur ses lèvres, sur ses narines : il ouvroit même la bouche,
» pour en arroser sa langue, & en avaler. Lorsque la Victime avoit rendu
» tout son sang, on la retiroit, & le Grand-Prêtre sortoit de la fosse. C'étoit
» un spectacle horrible que de le voir ainsi la tête couverte de sang, la barbe
» chargé de grumeaux, & tous ses habits souillés. Cependant lorsqu'il pa-
» roissoit, tout le monde le saluoit, & l'adoroit même sans oser en appro-
» cher, le regardant comme un homme purifié & sanctifié. «

Ceux qui avoient ainsi reçu le sang du Taurobole, portoient le plus long-temps qu'ils pouvoient leurs habits ainsi souillés, comme une marque sensible de leur régénération.

Ce n'étoit pas toujours pour les Particuliers que l'on offroit le Taurobole : on en faifoit la cérémonie pour les Corps de Ville, pour des Provinces entières, pour la profpérité de l'Empereur, &c. : quelquefois ces régénérations étoient pour vingt ans ; quelquefois enfin l'Archigalle, ou le Grand-Prêtre de Cybèle, l'ordonnoit dans certaines occafions.

Ce Sacrifice de régénération n'exigeoit pas toujours qu'on immolât un Taureau : la Victime étoit quelquefois un Bélier ; alors il fe nommoit *Criobole* : dans d'autres circonftances, c'étoit une Chèvre ; alors il portoit le nom d'*Égibole*, ou *Œgobole*. Plufieurs Savans ne conviennent pas que cette dernière Victime ait été employée dans cette efpèce de Sacrifices, & foutiennent qu'il n'y eut pour l'ordinaire que le Taureau, & quelquefois le Bélier, lorfqu'on vouloit honorer Atys, Favori de Cybèle, à laquelle le Taurobole étoit uniquement confacré. Il y a cependant des Auteurs qui ont cru qu'il s'offroit auffi en l'honneur de Diane.

Il y avoit plufieurs autres Sacrifices, dont il feroit trop long & fans doute inutile de parler. On remarquera feulement, avant de finir cette Section, que les Sacrifices étoient différens felon la qualité des perfonnes. Le Laboureur immoloit un Bœuf ; le Berger, un Agneau ; le Chévrier, une Chèvre : il y en avoit qui n'offroient qu'un fimple gâteau ou de l'encens : le pauvre faifoit fon Sacrifice en baifant fa main droite.

On a repréfenté plufieurs de ces Sacrifices fur les Médailles : on y voit fur des Autels, ou auprès, différens animaux qu'on immole, ou qu'on eft prêt à immoler : quelquefois ce font des épics ou des fruits qui fervent d'hofties ; d'autres fois ce font des liqueurs dont on fait des libations. On peut voir quelques-unes de ces repréfentations fur plufieurs de nos planches, mais fur-tout à la XXe. n°s. 24. 25. 26. 27. 28. 29. 30. 31. 36. 38. 39. 40. & à la planche XXIe. n°s. 1. 2. 3. 4. &c. ; encore mieux dans les deux Vignettes de la planche XIXe., où l'on trouve les Victimes, les Sacrificateurs, les Victimaires, les Chantres ou Muficiens &c. chacun avec les habits & les inftrumens de fon miniftère.

<h2 style="text-align:center">S E C T I O N   I V.</h2>

Des inftrumens dont on fe fervoit pour les Sacrifices.

Pour des Sacrifices tels que ceux dont nous venons de parler, il falloit de plufieurs fortes d'inftrumens. Nous allons donner leurs noms, & montrer l'ufage qu'on en faifoit. On trouvera à la planche XVIIIe. quelle en étoit la forme.

1°. Nous commençons par le Préféricule, *Præfericulum* : c'étoit un vafe de cuivre, ou de quelqu'autre métal, dont on fe fervoit pour offrir du vin ou quelques autres liqueurs, & en faire des Libations aux Dieux. Les uns avoient une anfe, comme on le peut voir au n°. 1. de la planche indiquée ; les autres étoient avec deux oreilles qui leur tenoient lieu d'anfes, comme au n°. 2.

2°. Le Simpule, *Simpulum* ou *Simpuvium*, étoit un petit Vaiffeau de terre ou de métal, dans lequel on verfoit du vin du Préféricule pour faire les premières effufions. n°s. 3. & 4.

3°. D'autres petits vafes appellés Capides, *Capulæ*, *Capedines*, *Capedun-*

culæ ou *Capedunculi*, *Urnulæ ligneæ* & *fictiles*, étoient de différens ufages dans les Sacrifices. Voyez leurs formes aux nᵒˢ. 5. 6. 7. 8. 9. 10. & 11.

4°. Les Patères, *Pateræ* ou *Patellæ*, étoient des inftrumens ronds & un peu creux, avec un manche ou des anfes ; on s'en fervoit pour recevoir le fang des Victimes, & pour verfer du vin ou des liqueurs fur l'Autel : elles étoient de terre, ou d'airain, ou d'argent, &c. ; les unes étoient fimples, & les autres chargées d'ornemens. On en trouve grand nombre de différentes formes dans la première partie du fecond Volume de Dom Montfaucon : nous en avons donné trois aux nᵒˢ. 7. 8. & 10. de la planche XVIIᵉ. On en trouvera encore deux plus petites aux nᵒˢ. 12. & 13. de la planche XVIIIᵉ.

5°. Le vafe appellé *Aquiminarium* ou *Amula*, fervoit à mettre l'eau luf- trale : on le plaçoit à l'entrée des Temples, comme nous plaçons nos benitiers à la porte de nos Églifes, afin que ceux qui entroient puffent en prendre & s'en arrofer. On en voit un au nᵒ. 14.

6°. Le Difque, *Difcus*, étoit fait comme une affiette ou un plat : on y mettoit les entrailles des Victimes, quelquefois du fang ou de la farine, ou de la chair rôtie. Nᵒˢ. 15. & 16.

7°. Le Maillet, *Malleus*, étoit pour affommer les grandes Victimes. Nᵒ. 17.

8°. La Hache, *Securis*, fervoit quelquefois à affommer les Victimes, & toujours à les démembrer. On en verra cinq aux nᵒˢ. 18. 19. 20. 21. & 22.

9°. Le long Couteau appellé *Sæva* ou *Secefpita*, fervoit à égorger les mêmes Victimes, comme le Taureau, le Bélier, le Pourceau. Ces Couteaux avoient ordinairement le manche d'ivoire ; ils étoient auffi ornés de clous & de viroles d'or & d'argent. Nᵒˢ. 23. & 24.

10°. Il y avoit d'autres Couteaux, appellés *Dolabra*, dont on voit la forme aux nᵒˢ. 25. & 26. & d'autres qu'on nommoit *Cultri* ou *Cultelli*, que l'on trouve aux nᵒˢ. 27. 28. & 29. Ceux-là fervoient à difféquer les grandes Victimes, & ceux-ci les petites.

11°. Sur la Table nommée *Enclabris*, on mettoit la Victime pour con- fidérer les entrailles & tirer les Augures. Dom Monfaucon remarque qu'il y avoit divers utenfiles des Sacrifices qui s'appelloient du terme général d'*En- clabria* ou d'*Anclabria*, du mot *Anculare*, c'eft-à-dire *Miniftrare* ; d'où vient *Ancilia*. On en voit la forme au nᵒ. 30.

12°. L'Afperfoir, appellé *Aperforium*, ou *Afpergillum*, ou *Luftrica*, étoit pour s'arrofer foi-même de l'eau luftrale, & pour en jetter fur les Victimes. Voyez le nᵒ. 31.

13°. L'*Acerra*, ou le *Thurarium*, étoit, comme nos navettes, un petit vafe ou un coffret propre à mettre l'encens. Voyez les nᵒˢ. 32. & 33.

14°. L'Encenfoir, *Thuribulum*, fervoit à brûler de l'encens pendant les Sacrifices. On en voit la forme au nᵒ. 34.

15°. Le Chandelier, *Candelabrum*, fervoit à éclairer les Sacrifices : il y en avoit de plufieurs façons & grandeurs : on en a donné un au nᵒ. 35.

16°. L'*Olla*, étoit le pot plus ou moins grand, dans lequel les Prêtres faifoient cuire la portion de viande qu'ils avoient eue de la Victime. Voyez les nᵒˢ. 36. & 37.

17°. La Trompette ou le Cor, ou le Clairon, *Tuba*, dont on fonnoit aux Cérémonies des Hécatombes, fe trouve au nᵒ. 38.

18°. L'Étui, *Vagina*, que le Sacrificateur pendoit à fa ceinture, pour y mettre les différens couteaux propres aux Sacrifices, eft au nᵒ. 39.

19°. Le bâton Augural, *Lituus*, étoit une espèce de crosse que portoient les Augures, avec laquelle ils décrivoient & marquoient les espaces de l'Air pour l'Augure des oiseaux. Voyez le n°. 40. Il y en avoit de plusieurs autres formes.

20°. La Cage pullaire servoit aux Augures : c'étoit-là que l'on jettoit la nourriture aux Poulets, pour examiner s'ils la prenoient avec avidité ou non, afin d'en tirer bon Augure dans le premier cas, & mauvais dans le second. Voyez à la planche XVIIe. le n°. 5.

21°. L'*Apex* & l'*Albogalerus* étoient des espèces de Bonnets, de Mitres ou de Tiares dont les Prêtres, & singulièrement le Souverain Pontife, se servoient dans les Cérémonies attachées à leurs dignités. On en voit deux différens, à la planche XIXe. : ils sont placés entre les deux vignettes qui représentent deux Sacrifices, & sont marqués des n°s. 2. & 3.

S E C T I O N   V.

De la Dignité, des Fonctions, des Droits & des Privilèges du Souverain Pontife.

La première & la principale des Dignités sacrées, chez les Romains, étoit celle du Souverain Pontife. Elle est exprimée, dans les légendes des Médailles, ou par ces lettres initiales P. M., ou par ces mots commencés, PONT. MAX., ou par ces deux mots dans leur entier, PONTIFEX MAXIMUS. Elle est désignée, sur les Types, par les attributs & les ornemens de la Dignité ; c'est-à-dire, par l'Apex, un Vase, un Plat, l'Aspersoir, la Hache, le Simpule, & quelquefois par un Autel, un Trépied, une Victime, ou par une tête qui la désigne. C'étoit-là ce qui servoit non seulement aux Pontifes, mais encore aux Prêtres des Idoles, à l'exception de l'*Apex*, Bonnet en forme de Mitre qui semble avoir été plus particulièrement affecté au Souverain Pontife, qu'aux Prêtres : les seuls Saliens avoient droit de le porter. Nous donnons encore ces instrumens aux n°s. 5. 6. 7. & autres suivans de la planche XVIIIe. : l'Apex est à la planche suivante n°s. 2. & 3. On aura pu les remarquer déja plus d'une fois sur les Médailles qui ont du rapport avec le culte des Dieux.

Le Souverain Pontife avoit chez les Anciens une Jurisdiction fort étendue. 1°. Il présidoit & commandoit non-seulement aux Collèges des autres Pontifes, quel que fût leur nombre, mais encore à tous ceux des Prêtres & Prêtresses, & enfin à toutes les personnes qui, par Charge, Dignité, Fonction ou Intendance, tenoient aux choses sacrées ; 2°. il faisoit, rédigeoit & réformoit les Loix & les Cérémonies qui regardoient la Religion ; 3°. il décidoit souverainemeut toutes les causes & les questions religieuses ; 4°. l'examen, la reception, l'inauguration, le jugement & la punition des Pontifes, des Prêtres, & de tous ceux qui entroient dans les Fonctions sacrées, lui appartenoient de droit ; 5°. c'étoit à lui à convoquer les assemblées du Peuple appellées les Comices (*Comitia*), dans certains cas néanmoins, & pour certaines causes.

Au rapport de Cicéron, on déféroit au Souverain Pontife tout ce qu'il y avoit de considérable dans la République. Les Dignités, le Salut, la Vie, la Liberté, les Temples, les Autels, les Dieux, les Pénates, les Maisons, les Biens, la Fortune des Citoyens & des Peuples lui étoient confiés. Sur les choses les plus importantes, on s'en rapportoit à sa sagesse, à sa prudence & à sa décision.

Les biens & les honneurs dont il jouissoit étoient fort considérables ; ce qui faisoit que dans les repas des Souverains Pontifes on voyoit régner une profusion de tout ce qu'il y avoit de plus rare & de plus cher. Ils étoient toujours précédés d'un ou de deux Licteurs.

Le Souverain Pontife fut d'abord tiré des Collèges des autres Pontifes ; il étoit choisi & créé par les Tribus, dans les Comices. On le prit même, pendant quelque temps, dans les familles Patriciennes ; mais les Honneurs & les Privilèges des Patriciens étant devenus dans la suite communs aux Plébéiens, ces derniers voulurent aussi avoir part au Souverain Pontificat. T. Caruncanus fut le premier d'entre eux qui fut élevé à cette éminente, riche & brillante Dignité. César la reçut ; Lépide l'usurpa ; Auguste en fut revêtu par le Sénat, aussi bien que Jules-César : après lui elle fut comme dévolue à tous les Empereurs, jusqu'à Gratien.

On peut connoître, par les Privilèges & les Droits du Souverain Pontife, que ses fonctions & ses devoirs avoient une grande étendue : son autorité pouvoit être égale à celle des Empereurs & des Souverains. Chez les Romains, il ne pouvoit ni sortir d'Italie, ni regarder un corps mort ; privations qui, sans doute, ne lui causoient pas beaucoup de peine.

S E C T I O N V I.

Des Prêtres & des Prêtresses, de leurs fonctions, Privilèges & habillemens, & comment on les a représentés sur les Médailles.

Chaque Religion, vraie ou fausse, a eu dans tous les temps ses Prêtres, comme ses Victimes & ses Sacrifices. Adam, avant sa chûte, offroit au vrai Dieu des Hosties spirituelles, & des Sacrifices intérieurs d'actions de graces & de louanges. Après son péché, devenu, comme ses Descendans, matériel, & livré à tout ce qui pouvoit frapper les sens, il crut devoir présenter à l'Être Suprême, en expiation & en propitiation, des Victimes matérielles tirées des fruits de la terre ou des troupeaux. Dans les premiers temps, les hommes les présentèrent d'abord au vrai Dieu qu'ils adoroient ; les Justes même, à la différence des autres, y joignirent toujours des Hosties spirituelles, en s'offrant, par la foi & dans l'esprit d'un Christianisme anticipé, avec l'Homme-Dieu qui devoit être un jour & le Sacrifice & le Prêtre en même temps. Adam fut le seul Prêtre du premier état de la Nature Humaine sortie des mains de son Créateur pure & sans tache, & enrichie des dons célestes les plus parfaits, que le Père des lumières avoit versés sur elle avec une merveilleuse abondance. Cain & Abel devinrent ensuite les premiers Prêtres de la Nature Humaine dégradée & dépouillée, par le péché, de sa sainteté & de son innocence. Cain représente ces hommes charnels, dont l'esprit & le cœur n'ayant aucune part à leurs Sacrifices, ne peuvent en rendre les Victimes agréables à Dieu, qui est tout esprit & charité. Abel, au contraire, fut le modèle de ces hommes pieux, qui adorent Dieu en esprit & en vérité, en lui offrant leurs Victimes. Il devint encore la figure du Rédempteur, de la Victime adorable, qui seule devoit donner le prix & le mérite à toutes celles qu'une vraie foi pourroit offrir dans toute la suite des siècles.

La race des Prêtres semblables à Cain s'est retrouvée & perpétuée, après le déluge, dans quelques-uns des enfans de Noé. Celle d'Abel s'est maintenue, avant & après, dans ceux qui ont été les vrais enfans d'Abraham, plutôt

encore

encore selon la foi que selon la chair. Noé la conduisit jusqu'au déluge, & la transmit ensuite, dans la personne de plusieurs Saints Patriarches, jusqu'à Moyse qui rétablit & régla le culte du vrai Dieu, par son ordre & suivant les Loix qu'il en avoit reçues de lui-même. Enfin Jesus-Christ, le Pontife & la Victime de la Loi de grace, est venu élever le Sacerdoce & l'Hostie à leur souveraine perfection.

En attendant la venue du Messie, le culte établi par Moyse & Aaron subsista parmi les Juifs, le seul des Peuples de la Terre que le Seigneur s'étoit réservé pour être son Peuple particulier. Les autres hommes, livrés à leur sens réprouvé, se firent des Dieux selon les passions dont ils étoient affectés, & selon la profondeur des ténébres & des égaremens de leur cœur.

Les faux Dieux qu'on s'étoit fait, du moins pour la plupart, & sur-tout ceux qu'on regardoit comme les plus grands, avoient leurs Temples, leurs Chapelles, leurs Autels, leurs Prêtres ou leurs Prêtresses, enfin un culte & des Cérémonies qui leur étoient particulièrement affectés. Les Temples & les Prêtres de Jupiter étoient différens de ceux de Vulcain ; ceux de Cérès, de Diane, de Proserpine & de Mithras n'avoient rien de commun avec ceux des autres Divinités. Ces Prêtres affectoient même de porter dans leurs couronnes, sur la tête, dans leurs habillemens, &c., des marques distinctives, capables de faire connoître à quelle Divinité ils étoient consacrés.

Ils formoient de nombreux Collèges, qui avoient leurs Supérieurs, leurs Loix, leurs demeures & leurs assemblées. Pour entrer dans ces Collèges & être admis au nombre des Prêtres, il falloit avoir les qualités requises de l'esprit & du corps : on en faisoit le choix avec une attention & un scrupule capables de faire rougir & de confondre la plupart de ceux qui, dans la vraie Religion, sont chargés de donner des Ministres à ses Autels, des Pasteurs à ses brebis, des Pères à ses enfans.

Les honneurs qu'on leur rendoit, & les Privilèges qu'on leur accordoit à tous, singulièrement au Souverain Pontife, étoient, sans doute, grands & distingués ; mais aussi les fonctions & les devoirs qu'ils avoient à remplir étoient pénibles, difficiles : on punissoit avec la dernière sévérité leurs moindres fautes.

On pourroit s'étendre beaucoup sur cette matière ; mais nous nous bornerons au détail que nous venons d'en faire : nous aurons encore occasion d'en parler quand il s'agira des Dignités sacrées des Romains & des Grecs. En attendant, ce que nous avons déja indiqué suffira pour faire trouver à nos Lecteurs quelque agrément à voir & à connoître les Médailles & les Monumens qui ont du rapport à ces différens objets : cependant afin de ne laisser rien d'essentiel à désirer, nous ajouterons quelques observations sur les habillemens & les fonctions des différens Prêtres du Paganisme. On en fera plus d'une fois l'application à la Numismatique.

Il faut d'abord convenir que les fonctions & les habillemens des Prêtres & des Prêtresses ont varié, suivant les temps & les Pays où ils exerçoient leurs fonctions, & même souvent selon les goûts différens que l'on prêtoit aux Divinités qu'ils servoient ; mais on n'a pas représenté toutes ces variétés sur les Médailles, & l'on n'y remarque que ce qui se pratiquoit le plus ordinairement dans les endroits où elles ont été frappées. C'est pour cette raison que nous ne parlerons ici que des fonctions & des habillemens les plus ordinaires, & tels qu'on les trouve sur ces Médailles.

Une seconde observation à faire, c'est qu'il y avoit à la vérité des

Prêtres & des Prêtreffes particulièrement confacrés au culte des Divinités Païennes, & prépofés pour les Sacrifices & les Cérémonies qui en dépendoient; mais cela n'empêchoit pas que très-fouvent des perfonnes de tout rang, & de tout fexe, ne fiffent elles-mêmes des Libations, des Offrandes, des Vœux & des Sacrifices à leurs Divinités, foit publiquement, foit en particulier; & cela fans le miniftère de leurs Prêtres ou Prêtreffes : c'eft ce que les Empereurs, les Princes, les Princeffes, les Généraux, les Armées, les Soldats & plufieurs Particuliers ont fait autant de fois qu'ils l'ont jugé à propos, comme on le voit par les Médailles mêmes. Alors ces Sacrificateurs extraordinaires ne prenoient fouvent d'autres habillemens que ceux qu'ils portoient, & qui convenoient à leur fexe, à leur rang, à leurs charges & à leurs dignités.

Après ces obfervations, on peut dire, en général, & l'on verra par les Types des Médailles, que la fonction des Prêtres & des Prêtreffes dans les Sacrifices d'encens, de liqueurs & de libations, étoient de jetter l'encens, & de verfer les liqueurs fur le feu de l'Autel. Pour verfer les liqueurs ils fe fervoient de la Patère, comme il paroît par les Médailles où ils font repréfentés dans cette fonction. Quant aux Sacrifices fanglans, le devoir de Prêtres, ou Prêtreffes, étoit d'être préfens lorfque les Victimaires affommoient ou égorgeoient la Victime, & qu'ils en découpoient les chairs. On remarque auffi fur les Médailles, & mieux encore fur d'autres Monumens qui repréfentent ces Sacrifices plus en grand, qu'ils recevoient le fang des Victimes dans la Patère, pour le verfer enfuite fur le feu de l'Autel. Pendant que l'on préparoit les Victimes, ils offroient affez ordinairement de l'encens, des parfums & des liqueurs.

L'habillement le plus ordinaire des Prêtres, dans ces Cérémonies, étoit un grand voile dont ils fe couvroient la tête. Quelquefois ils formoient ce voile d'un des pans de leur robe qu'ils retrouffoient. Pour certaines Divinités ils avoient, au lieu de voile, des couronnes de laurier, de fleurs ou de fruits; pour d'autres, ils avoient la tête nue. Ils étoient vêtus d'une robe longue, fouvent même de la toge des Confuls & des Sénateurs, par un Privilège attaché aux Prêtres de quelques-uns des Dieux. Les Prêtreffes, ou les femmes qui facrifioient, retenoient leur habillement ordinaire; mais elles mettoient fouvent un grand voile fur leur tête. On trouvera encore dans la fuite de cet Ouvrage quelques détails que l'on n'a pas jugé à propos de placer ici, pour éviter les redites. Voyez les nᵒˢ. 12. 13. 24. 25. 26. 27. 28. 29. 30. 36. 38. 39. & 40. de la planche XXᵉ., les nᵒˢ. 1. 2. 3. 4. 15. 16. 17. 19. & 20. de la planche XXIᵉ., & enfin les nᵒˢ. 12. & 13. de la XXXIᵉ. planche. Les deux vignettes marquées 1. & 4. de la planche XIXᵉ. montrent auffi quelques Sacrifices, où l'on verra mieux les habillemens & fonctions de plufieurs fortes de Sacrificateurs, Prêtres & Prêtreffes.

SECTION VII.

De la dignité d'Augure, & de tout ce qui la concerne.

Avant que de parler de la dignité des Augures, il eft à-propos de faire connoître ce que l'on doit penfer de l'Art d'Augurer, & du peu de fonds que les Païens mêmes faifoient fur les Augures, les Arufpices & les Oracles. Voici comme M. Pluche s'en explique.

          » Pour

» Pour peu que l'on connoisse l'Histoire ancienne, on peut se rappeller,
» dit cet Auteur (Histoire du Ciel, Tome Ier. page 432.) d'avoir souvent
» vu les Romains, les Sabins, les Étrusques, les Grecs & bien d'autres
» Peuples fort attentifs à ne rien entreprendre d'important, sans avoir
» consulté les Oiseaux, & sans tirer pour l'avenir des conséquences favo-
» rables ou désavantageuses, tantôt du nombre, tantôt de la qualité des
» Oiseaux qui traversoient l'air, ou de l'inspection du côté d'où ils par-
» toient, & de la route qu'ils tenoient. On peut encore se souvenir que,
» pour n'être pas livrés à la longue attente d'un Oiseau trop lent à se pré-
» senter, les Prêtres des faux Dieux avoient introduit l'usage des Poulets
» sacrés, dont on posoit la cage au milieu de l'assemblée des Peuples, &
» dont les Magistrats observoient gravement les façons brusques & les mou-
» vemens les plus fantasques. On avoit réduit en Art, & rappellé à des
» règles constantes, toutes les conséquences qu'il falloit tirer pour l'avenir
» des différentes manières dont ces animaux capricieux laissoient tomber
» ou avaloient la mangeaille qu'on leur avoit présentée. Combien de fois
» n'a-t-on point vu les Prêtres du Paganisme, soit par intérêt, soit par
» entêtement pour ces règles chimériques, troubler ou arrêter les entre-
» prises les plus importantes & les mieux concertées, par la considération
» du caprice d'un Poulet qui avoit refusé de manger ? Auguste, & bien
» d'autres personnages éclairés se sont moqués des Poulets & des Divina-
» tions, sans aucun accident fâcheux. Mais quand les Généraux d'Armées,
» dans les Siècles de la République, manquoient une entreprise, les Prêtres
» & les Peuples en rejettoient la faute sur la négligence avec laquelle on
» avoit consulté, & plus communément encore sur ce que le Général avoit
» préféré ses lumières aux avis des Poulets sacrés. Ce n'est pas sans quelque
» indignation qu'on voit ces dangereuses petitesses subsister dans le plus
» haut crédit chez des Peuples pleins de grandeur d'ame, & les plus beaux
« esprits en faire en apparence des Apologies sérieuses.
» Cicéron nous a conservé (De Naturâ Deorum, L. II.) le bon mot
» de Caton, qui avouoit qu'une de ses surprises étoit de voir un Aruspice
» en regarder un autre sans rire ; & je ne doute pas que quand cet Orateur
» si judicieux faisoit ses fonctions de Prêtre des Augures, il ne fût prêt à
» perdre contenance toutes les fois qu'il se rencontroit vis-à-vis de quel-
» qu'un de ses Collègues, marchant d'un air grave, & haussant le bâton
» Augural pour déterminer les espaces du ciel & de la terre, hors desquels
» les accidens de l'air cessoient d'être prophétiques. Cicéron sentoit par-
» faitement le vuide de ces usages. Après avoir remarqué, dans le second
» Livre de la Divination, que jamais un plus grand intérêt n'avoit remué
» les Romains que la querelle de César & de Pompée, il n'hésite pas à
» confesser que jamais on n'avoit tant consulté les Augures, les Aruspices
» & les Oracles ; mais que les réponses, qui étoient sans nombre, n'avoient
» pas été suivies des évènemens qu'elles promettoient, ou avoient été suivies
» d'évènemens fort contraires. Après cet aveu, qui met en poudre tout
» l'Art des prédictions, Cicéron ne laisse pas, par une fausse prudence, d'en
» maintenir la pratique. Il aimoit mieux laisser le Peuple dans l'erreur, que
» de courir le risque de l'irriter en travaillant à le délivrer d'une superstition
» pernicieuse & criminelle. «

C'est de cette superstition que les Païens avoient fait un Art, & ce fut de
cet Art trompeur que les Romains firent une des principales de leurs Dignités
sacrées ; c'est-à-dire, la Dignité d'Augure.

Pp

La fonction d'un homme revêtu de cette Dignité, étoit de prédire le bien ou le mal qui devoit arriver, en considérant le vol des Oiseaux, ou leur ramage, ou l'avidité des Poulets à manger, ou les entrailles des animaux, & les phénomènes qui paroissoient au Ciel.

Il y avoit deux sortes d'Augures : les uns s'appelloient simplement *Augures* : les autres se nommoient *Haruspices*, ou *Auspices*. Les Haruspices ou Auspices étoient chargés d'examiner, dans le temps des Sacrifices, les entrailles des Victimes, les Autels & la fumée, pour annoncer des Augures bons ou mauvais, & des évènemens heureux ou malheureux, selon la bonne ou mauvaise qualité de ces entrailles, la bonne ou mauvaise situation de ces Autels, & selon que la fumée se dirigeoit à droite ou à gauche.

Outre cette division en Augures & en Auspices, il y en avoit encore une autre des Augures en grands & petits, en publics & particuliers ; car les Empereurs, les Princes & même les Particuliers avoient leurs Augures propres, qui s'ingéroient aussi de pronostiquer l'avenir comme les grands & les publics. Il paroît qu'il n'a jamais été question que de ces derniers sur les Médailles. On y trouve cette Dignité exprimée en entier ou en abrégée, *Augur.* ou *Aug.* Leur office & leurs fonctions sont désignés, dans les Types, par le bâton Augural (bâton recourbé), par un Poulet, ou par une cage où il y a deux Poulets. Il y a une Médaille, au n°. 8. de la planche XXIe., où l'on voit un Poulet & le bâton Augural : il se trouve en plusieurs endroits d'une forme plus ou moins recourbée.

Le nombre des Augures ne fut que de trois, du temps de Romulus. Servius-Tullius en ajouta un quatrième : on en créa encore cinq autres en faveur des Plébéiens : enfin, du temps de Sylla, leur nombre s'accrût jusqu'à quinze ; ce qui forma un Collège. L'Ancien en étoit le Chef ; on l'appelloit le Maître du Collège, *Magister Collegii*. Le choix des Augures appartint tantôt aux Tribus, dans les Comices, tantôt au Collège même. On varia beaucoup au sujet du droit d'élection : il fut enfin attaché à la Dignité de souverain Pontife, aussi-tôt qu'elle fut dévolue aux Empereurs.

Leur autorité étoit si grande, que la Loi des douze Tables défendoit d'entreprendre la moindre chose contre leur conseil. Elle ordonnoit d'approuver tout ce qu'ils jugeoient digne de l'être : leur désobéir étoit un crime capital, qui devoit être puni de mort. *Quæ Augur injusta, nefasta, vitiosa, dira-vè defixerit, irrita, infesta que sunto, olli que obtemperanto. Si quis aliuta faxerit, ipsus Jovi sacer esto.* (*Id est capitali pœnâ afficiatur*).

Le Sénat ne pouvoit s'assembler que dans un lieu qu'ils avoient consacré. S'il venoit à paroître quelque signe de mauvais présage pendant le temps de l'assemblée, ils pouvoient la dissoudre & la renvoyer. Ils avoient aussi le pouvoir d'annuller l'élection des Magistrats, dès qu'il s'y étoit passé quelque chose de contraire à la solemnité des Auspices. Enfin, on ne pouvoit entreprendre ni la guerre, ni autre chose de considérable sans les avoirconsultés.

Le lieu où l'on prenoit l'Augure, étoit élevé & hors de la Ville. Le champ destiné à cette cérémonie s'appelloit *Ager Effatus.* L'Augure, ou le Prêtre qui devoit consulter, se rendoit à cet endroit, revêtu de la robe appellée *Læna*, ou *Trabea*. Il avoit sur sa tête un voile ; ce voile ne lui couvroit point la face qu'il tournoit du côté de l'Orient. Alors prenant en main le bâton Augural, il s'en servoit pour tracer sur la terre une enceinte, ou un cercle qui se nommoit le *Temple*. Il divisoit après cela l'air en quatre parties, avec le même bâton, marquant dans l'air & sur la terre les quatre parties ou régions du Monde ; car il traçoit une première ligne de l'Orient à l'Occident, & une autre du Midi au Septentrion ; celle-ci croisoit la première.

Après cette cérémonie, il sacrifioit aux Dieux, en les suppliant de vouloir donner des signes certains de leur volonté, au sujet de l'affaire sur laquelle on alloit les consulter. Telle étoit la formule de prière dont les Augures se servoient en pareil cas : O grand Dieu Jupiter ! Marquez-nous, s'il vous plaît, par quelques signes certains & évidens, si c'est votre bon plaisir que *Numa Pompilius* (par exemple), dont je tiens la tête, ou sur la tête duquel je tiens les mains, soit Roi de Rome. *Jupiter Pater ! si fas est, hunc Numam Pompilium, cujus ego caput teneo, Regem Romæ esse, ut tua signa nobis certa & clara sint inter eos sines quos feci.*

La prière finie, l'Augure se remettoit sur son siège, attendant que le signe parut, & considérant attentivement de quel côté il viendroit. Si c'étoit au sujet d'une guerre que l'on consultoit, c'étoit au vol & au gazouillement des Oiseaux, ou bien à la manière plus ou moins avide avec laquelle les Poulets sacrés prenoient la mangeaille qu'ils avoient devant eux, qu'on faisoit attention. Si c'étoit pour quelque affaire civile de la République qu'on prenoit l'Augure, c'étoit aux signes du ciel, comme au vent, aux éclairs & au tonnerre qu'on prenoit garde. Quand les Poulets prenoient avec avidité la nourriture qu'on leur jettoit, quand, en trépignant, ils l'écartoient çà & là, alors l'Auspice paroissoit favorable, & l'Augure l'annonçoit de cette sorte, *Id aves addicunt* ; c'est-à-dire, *Les Oiseaux*, ou *les Dieux le veulent, l'approuvent, le permettent* ; *l'Auspice est heureux*, *& il annonce un succès favorable dans l'entreprise.* Si, au contraire, les Poulets refusoient & méprisoient la nourriture, l'Augure disoit alors à ceux qui consultoient, *Id aves abdicunt* ; c'est-à-dire, *Les Oiseaux, les Dieux le désapprouvent, le défendent* ; *l'Auspice est mauvais & funeste.* Si les Oiseaux voloient ou se perchoient d'une manière qui fît croire que l'Auspice étoit favorable ou fâcheux, l'Augure l'annonçoit dans les mêmes termes. Si l'on voyoit des éclairs, si l'on entendoit le tonnerre, on prenoit garde de quel côté venoient ces météores ; quand c'étoit de la gauche à la droite, du Septentrion à l'Orient, le présage paroissoit favorable ; c'étoit le contraire lorsque tout venoit de l'Orient à l'Occident.

On appelloit *Consiliaria*, Conseillers ; les signes qui prévenoient les vœux & les cérémonies des consultations, & *Postularia*, postulés, demandés, ceux qui les suivoient. Quand ces signes ne se manifestoient qu'après une résolution prise, ou après que la chose sur laquelle on avoit consulté étoit faite, on les appelloit *Autoritativa*, c'est-à-dire, confirmatifs. En voilà bien assez pour savoir ce que c'étoit que les Augures, & pour se persuader que ces sortes d'Oracles n'étoient que des illusions, & ceux qui les rendoient, ou plutôt qui les faisoient rendre, des trompeurs qui en imposoient à la crédulité & à la simplicité des Peuples.

SECTION VIII.

De la Dignité des Flamines, & de tout ce qui pouvoit y être attaché.

Les Flamines étoient, chez les Romains, un certain Ordre de Prêtres qui avoit une destination & des fonctions particulières. La création en est attribuée à Romulus par les uns, & à Numa-Pompilius par les autres. Il

n'y en eut d'abord qu'un, & on l'appella, *Flamen Dialis*. Il étoit particulièrement attaché au culte de Jupiter. Peu de temps après, on en créa un
second pour le Dieu Mars ; il se nomma, *Flamen Martialis*. Bien-tôt après,
on en institua un troisième pour le culte de Romulus, sous le titre de *Flamen Quirinalis*. Le nombre en fut bien plus grand dans la suite : chaque
Ville qui jouissoit du Droit Romain, en voulut avoir un : on en donna
encore presque à tous les Dieux, & même à quelques-uns des Empereurs
que l'on avoit divinisés. Les trois que nous venons de nommer, furent toujours considérés comme les *Majeurs* & les Supérieurs de tous les autres qui
étoient censés d'une seconde classe, & que l'on appelloit *Flamines Mineurs*.
C'étoit le Peuple qui en faisoit l'élection, par Curies. Quant à leur inauguration, elle appartenoit au souverain Pontife. Cette inauguration se faisoit
par quelques cérémonies d'Augures ; c'est-à-dire, par un sacrifice & une
consultation de l'Augure. Les fonctions des Flamines étoient de faire les
Sacrifices en l'absence des souverains Pontifes, de les assister, & de les aider
lorsqu'ils sacrifioient eux-mêmes.

Leur habillement étoit la robe appellée *Prétexte*, *Prætexta*, robe bordée
de pourpre, comme celle des grands Magistrats. Ils avoient séance parmi les
Pontifes, & droit à la Chaise Curule, comme les Consuls. Dans les cérémonies, & sans doute par-tout en public, ils avoient la tête entourée d'une
bandelette de fil ou de laine, en Été, & couverte d'une espèce de chapeau fait
en forme de pomme de Pin, quand il faisoit froid.

Chaque Flamine étoit attaché uniquement à un des Dieux : à la différence des autres Prêtres, les Flamines ne pouvoient posséder qu'un seul
Sacerdoce à la fois. Ils étoient perpétuels ; on ne pouvoit les déposer que
pour des fautes. Le *Flamen Dialis* jouissoit de fort grands privilèges : il étoit
même en très-grande considération dans la Ville de Rome ; mais ces avantages lui coûtoient cher. Il ne pouvoit aller à cheval, ni voir une armée
rangée, ni jurer, ni toucher une chèvre, ni de la chair crue, ni des fèves,
ni du lièvre, &c. Quand sa femme venoit à mourir, il perdoit sa Dignité.
Enfin, il étoit assujetti à une infinité de choses très-gênantes & très-onéreuses,
sur-tout pour un Idolâtre. Les deux autres Flamines Majeurs ne pouvoient
sortir des limites de l'Italie.

Nous ne trouvons, à proprement parler, qu'une seule Médaille d'Auguste,
où il soit fait mention de la Dignité dont il s'agit ; encore regarde-t-elle
seulement le Flamine Martial nommé *Lentulus Spinther*. Il y paroît la tête
couverte d'un voile : il porte la main droite vers une Étoile placée au-dessus
d'une figure qui tient le bâton Augural devant lui, & il a la gauche appuyée
sur le bord du disque. Sur un autre revers de la même Médaille, la figure
tient une petite Victoire sur la main au lieu du bâton Augural. On trouve
le premier revers au n°. 9. de la planche XXIe. une autre Médaille de la
famille *Fabia* représente Rome en habit militaire, tenant l'Apex des Flamines d'une main, & la Haste de l'autre : elle a le bras gauche appuyé sur
un bouclier, sur lequel on lit *Quirin.*, que M. Morel croit être l'abrégé de
Quirinalis ; mais le titre de Flamen n'y est pas ; l'Apex d'ailleurs est une
marque de la Dignité des souverains Pontifes & des Saliens. Ainsi il n'est
pas sûr que cette pièce ait été frappée pour montrer que Quintus-Fabius-
Pictor fût le Flamine de Romulus surnommé *Quirinus*, après son Apothéose ;
néanmoins on peut le penser avec M. Morel, & dire que le nom de *Flamen*
est sous entendu dans la légende.

SECTION IX.

De la Dignité des Septem-Virs , dits Épulons.

Les Septem-Virs-Épulons , *Septem-Viri-Epulonum* , étoient encore un autre Ordre de Prêtres Païens , dont les fonctions étoient d'indiquer les jours de Fêtes , de Jeux publiques , des Cérémonies du *Lectisternium*, qui se faisoient en l'honneur de Jupiter & des autres Dieux. Ils présidoient aux Sacrifices & aux repas qui se faisoient ces jour-là ; repas auxquels les Divinités mêmes étoient invitées , & où l'on portoit leurs Statues , ou couchées sur des lits , ou assises sur des sièges. Leur nombre ne fut d'abord que de trois ; ils furent institués par Numa. Sylla en ajouta un quatrième , & César trois autres. L'Élection de ces sortes de Prêtres ne varia pas moins que celle de toutes les autres Dignités sacrées. Elle appartint tantôt au souverain Pontife, tantôt aux Collèges des Ordres différens de ces Prêtres , & enfin aux Tribus assemblées dans les Comices.

Ils avoient part aux Victimes & aux repas qui suivoient les Sacrifices & les Cérémonies des Fêtes ; c'est ce qui les portoit à en indiquer très-souvent, & ce qui leur fit donner le nom de *Parasites de Jupiter*.

Cette Dignité est marquée , dans les légendes des Médailles, de cette sorte *VII-Vir-Epu.* ; ce qui signifie , *Septem-Vir-Epulonum* ; comme qui diroit , Homme, Prêtre , Président aux banquets qui se faisoient en l'honneur des Dieux. Les Types des Médailles la désignent ordinairement par le *Lectisternium*, c'est-à-dire, par une espèce de lit soutenu sur un brancard , & au-haut duquel est placée la Statue d'un Dieu, sur un coussin appellé *Pulvinare*. Les ornemens qui l'accompagnent ne sont pas toujours les mêmes : tantôt ce sont des cuirasses & des espèces de trophées ; tantôt ce sont des branches d'arbres , des fleurs , ou des herbes qui leur servent d'accompagnement.

Les Cérémonies & les Fêtes du *Lectisternium* se faisoient ordinairement dans des temps de misère, de maladies épidémiques & de calamités publiques. On les rendoit des plus solemnelles & des plus pompeuses. Pendant ces jours, on fermoit le Bareau & l'on ouvroit les Prisons. Les Procès , les contestations, les querelles & les inimitiés devoient cesser. On étoit obligé d'exercer l'hospitalité envers tout le monde indifféremment , patriotes, étrangers, connus , inconnus , amis ou ennemis. On la poussoit jusqu'à laisser les maisons ouvertes & les tables servies , afin qu'il fût libre d'y prendre ce dont on avoit besoin. On faisoit des Processions : les Sénateurs y portoient eux-mêmes les brancards du *Lectisternium*, espèce de lit sur lequel les Statues des Divinités étoient assises ou couchées. Le Sénat , les Tribuns, les Pontifes & tous les Ordres des Dignités sacrées & civiles y assistoient. Les hommes & les femmes y portoient des couronnes de fleurs , de verdure, ou des branches de laurier. On offroit des Victimes, & on faisoit de grands repas en présence de ces Divinités. Les Septem-Virs-Épulons y présidoient. Après ces Sacrifices & ces repas , ils enlevoient tout ce qui restoit des uns & des autres. Pendant ces Fêtes , ces Épulons recevoient les offrandes & les legs que les Peuples & les Particuliers faisoient pour fournir à la dépense de ces cérémonies. Ils avoient même droit de contraindre , par voie de saisie du temporel, les héritiers des Donateurs à les acquitter. On trouvera au nº. 10. de la planche XXIe. une Médaille qui représente le *Lectisternium*.

Section X.

*De la Dignité des Duum-Virs, & de celle des Quindecim-Virs préposés
aux choses sacrées.*

Le premier des Tarquins, connu sous le nom de Tarquin l'ancien, Roi
de Rome, institua la Dignité des Duum-Virs. C'étoit un Ordre de
Prêtres établis pour être les Dépositaires & les Gardes des Livres Sibyllins,
dont ils devoient étudier les Oracles, & les faire connoître quand on les consultoit. Ils furent en grand crédit chez les Romains, tant qu'ils les purent
tromper.

Le grand pouvoir & les privilèges dont ils jouissoient firent que les souverains Pontifes ne dédaignèrent pas cet emploi, dont les fonctions étoient, premièrement, de garder soigneusement ces Livres, & de ne les laisser ni lire,
ni transcrire à personne, sous peine d'être cousus & liés dans un sac pour être
précipités dans un fleuve. Secondement, leur devoir étoit de lire ces mêmes
Livres, & de les consulter dans certains cas pressans ; & cela suivant les ordres
du Sénat. Troisièmement, ils devoient rendre la réponse au même Sénat,
en lui apprenant ce qui pouvoit résulter de la consultation de ces Livres
mystérieux, & quel seroit l'évènement de l'affaire sur laquelle on les avoit
consultés.

Ces Prêtres eurent toujours grand soin de rendre des réponses ambigües
& à double sens ; car n'étant pas Prophètes, & leurs Livres n'étant rien
moins que prophétiques, il falloit avoir recours à l'ambiguité pour masquer
leur ignorance & leur supercherie ; ce qui ne pouvoit se faire qu'en compo-
sant les réponses de telle sorte, avant l'évènement, que tel qu'il pût être, il
se trouvât conforme au prétendu sens de l'Oracle.

Ces Prêtres restèrent au nombre de deux, jusqu'à Sylla : il en ajouta huit
aux deux premiers ; ce qui forma l'Ordre ou le Collège des Decem-Virs,
dont on tiroit cinq du Corps des Patriciens, & cinq de celui des Plébéiens.
On en créa encore cinq autres sur la fin de la République. Ils se nommèrent
alors *Quindecim-Virs sacris faciundis* ; c'est-à-dire, les Quinze Prêtres préposés aux choses sacrées. Ces Ministres attachés & dévoués particulièrement
à la conservation, & à la consultation des Livres Sibyllins, furent aussi sensés
être consacrés au culte d'Apollon ; car les Sibylles étant regardées comme
les Interprètes & les Prophétesses d'Apollon, dont elles rendoient les Oracles, il falloit aussi que les *Quindecim-Virs* fussent les Prêtres de toutes ces
prétendues Divinités, c'est-à-dire d'Apollon & des Sibylles en même temps.
C'est pourquoi on leur a donné, sur les Médailles, pour marque de leur
Dignité le Trépied, Symbole favori de ce Dieu. On voit sur ce Trépied
un Globe surmonté d'un Dauphin, & un oiseau dessous. La légende *XV-Vir.
sacr. fac.*, signifie *Quindecim-vir sacris faciundis*. On trouve au revers de
Vitellius, ce Type & cette légende. Voyez le n°. 11. de la planche XXI°.

Section XI.

Des Sibylles & des Livres appellés Sibyllins.

Une tête de femme placée sur des Médailles de la famille *Manlia*, au milieu d'une couronne de laurier, avec ces lettres initiales, Sibyl., représente une des *Sibylles*. Il y a d'autres têtes des mêmes Déesses sur les Monnoies des familles Consulaires *Carisia* & *Valeria* ; mais leur nom n'y est point exprimé, comme sur celle que nous venons de citer. Nous ne rencontrons rien de plus au sujet de ces Divinités, dans la Numismatique ; ce qui n'empêchera pas de parler ici de l'origine des Sibylles, de leur élévation à la qualité de Prophétesses & de Divinités, enfin de ces fameux Livres qui leur ont été si faussement attribués.

Quant à l'origine des Sibylles, elle est à-peu-près la même que celle de plusieurs autres semblables Divinités : nous l'apprenons de M. Pluche. » C'est encore, dit-il (Histoire du Ciel, Tome Ier. page 478.), par un abus » abus sensible de l'Astronomie, ou de l'usage de consulter les Étoiles, que » s'introduisirent les Oracles des Sibylles. La moisson a toujours été le grand » objet des désirs & de l'attention de tous les Peuples. Ainsi, pour régler » l'amendement de leurs terres, leur labour, leurs semailles, & les autres » opérations qui intéressent le Corps de la Société, ils avoient l'œil sur la » Vierge, qui porte l'épi & qui est la marque du temps de la Moisson. « (C'étoit une Enseigne que l'on montroit aux Peuples, vers le temps de la Moisson, & lorsque le Signe de la Vierge alloit paroître, pour leur apprendre » que la Moisson étoit prochaine.) » Ils observoient de combien le Soleil étoit » éloigné ; & l'usage universel, à cet égard, étoit de recourir à la Vierge & de la » consulter ; langage aussi sensé que la pratique même qu'il exprimoit. On » donnoit d'abord à cette Constellation le nom de Shibyl Ergona, *l'Épi* » *rougissant*, parce que c'est la circonstance précise qu'on attend pour faire » la moisson, & que la moisson mûrit lorsque le Soleil s'avance vers cet » amas d'Étoiles.

» Ensuite on lui donna tantôt le nom de Sibylle, tantôt celui d'Érigone. » Ce nom d'Érigone rendu en Grec par celui d'Érytra, qui y répond & » qui signifie *rouge*, donna naissance à la Sibylle Érytréenne. On la consul- » toit, sans doute avec profit, & ses réponses étoient fort justes pour régler » le labourage, tant qu'on la prit pour ce qu'elle étoit, c'est-à-dire, pour » un amas d'Étoiles, sous lequel le Soleil se plaçoit au temps qui faisoit » rougir l'épi, & amenoit la Moisson ; & c'est parce que la Moisson des » Égyptiens n'arrivoit point sous ce Signe, mais sous le Bélier & sous le » Taureau, que l'Égypte couroit aux Oracles d'Ammon ou d'Apis, & » chérissoit si spécialement Isis avec les cornes d'une Génisse, ancienne » annonce de leur Moisson ; au lieu que tout l'Orient consultoit la Sibylle » Érytréenne pour s'assurer d'une bonne récolte. Ce langage donna matière » aux fables. Cette Fille changée de Signe en Prophétesse, avoit eu (selon » ses Adorateurs) la plus parfaite connoissance de l'avenir, puisqu'on la » venoit questionner de toutes parts. L'extrême méchanceté des humains » l'avoit enfin contrainte à quitter leur séjour, pour aller prendre dans le » Ciel la place qui lui étoit due. Bien des pays s'attribuèrent l'honneur » d'avoir donné le jour à la Sibylle, & pour une il seroit aisé d'en trouver

» fept. Par la fuite, toutes les prédictions qui avoient cours, & parmi lef-
» quelles on trouva quelques traits de Prophéties faites au Peuple de Dieu,
» paſsèrent pour être les réponſes de ces Sibylles. «

A Rome, on les regarda avec un œil de reſpect qui leur donna une très-grande autorité, pendant très-long-temps. On leur attribuoit certains Livres compoſés en Vers, qui paſsèrent pour des Livres ſacrés, énigmatiques & prophétiques. Ils étoient conſervés très-ſoigneuſement dans des coffres de pierre ; les *Duum-Virs*, dont on vient de parler dans la Section précédente, en avoient la garde. Dans les affaires douteuſes & importantes, dans les calamités, les malheurs ou les mauvais préſages, le Sénat les faiſoit conſulter. On les regarda comme une règle de conduite juſqu'à ce que, ſous l'Empereur Théodoſe, ils furent brûlés par Stilicon, au moins en bonne partie : le reſte tomba tout-à-fait en diſcrédit. Les Sénateurs étant la plupart devenus Chrétiens, on fit ceſſer toute conſultation d'Oracles ; on abolit tout Sacerdoce, tout Sacrifice, tout culte Idolâtre, & l'on fit ſervir à la conſtruction des Égliſes les Idoles d'or & d'argent, leurs Temples & leurs richeſſes. On peut voir, aux nᵒˢ. 12. & 13. de la planche XXIᵉ., deux têtes de Sibylles peu différentes l'une de l'autre. Les revers de ces Médailles ont pour Type ou le Trépied d'Apollon, ou un Sphinx.

S E C T I O N X I I.

Des Veſtales, de leurs Fonctions, Devoirs & Privilèges.

On a vu la Déeſſe *Veſta*, & ce qui la regarde, à la Section LIIᵉ. de l'Article premier, des Divinités de la première claſſe. Nous avons pour lors indiqué à quels ornemens & à quels attributs on peut la reconnoître ſur les Médailles. Les Veſtales, dont il s'agit ici, ayant été les Prêtreſſes de cette Déeſſe, on leur donna les mêmes habillemens, les mêmes ornemens & les mêmes attributs qu'à la Divinité à laquelle elles étoient conſacrées. Elles ont même porté juſqu'à ſon nom, ſur les Médailles : on les y voit tantôt dans un Temple occupées à garder le Feu ſacré, ou près d'un Autel, ſur lequel elles offrent un Sacrifice à *Veſta*.

Selon Tite-Live, leur inſtitution eſt antérieure à la fondation de Rome. Plutarque, au contraire, prétend qu'elles la doivent à *Numa-Pompilius*. Leur nombre ne fut d'abord que de ſept ; mais on le doubla dans la ſuite ; on l'étendit même encore au-delà.

Leurs fonctions conſiſtoient, 1ᵒ. A garder le Feu ſacré, & à l'entretenir ſans le laiſſer éteindre. 2ᵒ. Elles étoient auſſi chargées de la Garde des Dieux de Samothrace & du Palladium. 3ᵒ. Elles devoient encore recevoir les Teſtamens, & les tenir ſous le ſecret, de même que les papiers d'affaires domeſtiques qu'on leur confioit.

Leurs prérogatives étoient auſſi étendues que brillantes. 1ᵒ. Elles pouvoient teſter du vivant de leur père, & dès l'âge de ſix ans ; car elles entroient à cet âge dans le Collège des Veſtales, & dans la maiſon qui leur étoit deſtinée. 2ᵒ. Quand elles ſortoient de leur Prêtriſe, ou plutôt de leur Office, on leur faiſoit la même penſion qu'on avoit coutume de donner à une mère de trois enfans. 3ᵒ. Elles avoient droit de ſe faire porter au Temple & par la Ville dans le *Carpentum*, qui étoit comme une eſpèce de litière. 4ᵒ. Elles avoient encore celui de ſe faire précéder d'un Huiſſier, qui

portoit

portoit les faisceaux. 5°. Ceux qui se trouvoient sur leur chemin étoient obligés de se détourner, pour leur faire place & leur donner un passage libre : les Sénateurs même devoient baisser leurs faisceaux devant elles. 6°. S'il se trouvoit un criminel allant au supplice sur la route qu'elles tenoient, on devoit lui accorder sa grace. 7°. Elles avoient dans toutes les Assemblées, & dans les Jeux publics, des places de distinction ; enfin, elles étoient très-bien fondées par le Public.

Leurs obligations & leurs charges étoient aussi pesantes que leur dignité étoit relevée. La plus ancienne étoit la première & la supérieure de toutes les autres ; on l'appelloit *Vestalis maxima*. Elles étoient toutes obligées à l'obéissance envers cette Prêtresse suprême. Toutes, sans exception, faisoient vœux de chasteté. Des trente ans qu'elles passoient dans le Vestalat, elles en employoient dix à s'instruire de leurs fonctions, dix à les remplir, & dix ensuite à les enseigner aux autres.

Si elles venoient à commettre quelque faute contre le vœu de chasteté, ou ces fautes étoient légères, ou elles étoient graves. Dans le premier cas, elles étoient punies par les verges ; dans le second, c'est-à-dire lorsque l'inceste étoit prouvé, on les enterroit toutes vives. Pour le Corrupteur, on lui mettoit la tête entre deux branches d'arbre, & on le fouettoit jusqu'à ce qu'il expirât sous les coups. Voilà ce qui regarde les Vestales, dont on donne quelques Médailles à la planche XXIe. n°s. 14. 15. 16. & 17.

Section XIII.

Des Oracles & des Vœux.

Il n'y a encore aucune Médaille connue pour véritablement antique, sur laquelle on ait représenté quelque chose qui ait rapport aux Oracles, & à ceux qui les consultoient ou qui les rendoient. Nous apprenons seulement qu'il y avoit à Delphes un Oracle fameux, que la Pythonisse consultoit. Toute la cérémonie consistoit de la part de cette femme, à se placer au-dessus d'un trépied posé sur une fosse profonde, d'où il sortoit des vapeurs que les Idolâtres appelloient prophétiques : quand ces vapeurs avoient échauffé la tête de la Pythonisse à un certain point, elle annonçoit par des paroles fort ambiguës & à double sens, de peur d'être trompée elle-même, tout ce qu'elle jugeoit à-propos, & souvent ce qu'elle s'étoit préparée d'annoncer à ceux qui la consultoient, long-temps avant que d'entrer dans ses enthousiasmes. Au reste, cette consultation des Oracles n'a pas eu d'autre origine que les fausses Divinités, c'est-à-dire les figures de l'Écriture sacrée. Comme ces figures avoient été établies pour annoncer les Fêtes & les travaux de l'Année, on les regardoit & on les consultoit souvent pour apprendre ce que l'on avoit à faire. Quand ces figures furent divinisées, on leur attribua la connoissance du passé & de l'avenir, comme du présent ; c'est un apanage de la Divinité. On continua à les consulter pour le moins avec autant de confiance qu'auparavant. De-là sont venus les Oracles d'Apollon, de Latone, des Sibylles & autres. On peut juger par tout ce qu'on a dit des Sibylles, du Sort & de plusieurs autres Divinités, quel fond on pouvoit faire sur des Oracles & des réponses rendus par des Dieux de pierre, de bois, d'or, d'argent, qui avoient des yeux sans voir, des oreilles

Q q

fans entendre, des langues fans parler, & dont l'avarice, la fupercherie & le libertinage dictoient les prétendues réponfes.

Un Fauffaire de nos jours a fabriqué quelques Médailles d'argent, & leur a donné un air d'Antiquité & même de Médailles fourrées, en leur communiquant la couleur du bronze. Parmi ces pièces, il y en a une qui repréfente le prétendu fameux Oracle de Dodone ; c'eft une figure pofée fur une efpèce de chaudron ou de timbre renverfé, qui a les bras étendus. Près de cette première figure, à droite, il y en a une autre dans l'attitude de demander quelque chofe à celle qui joue le rôle d'Oracle, & de la confulter. Nous ne donnerons pas cette Médaille, parce qu'elle eft mal gravée, & qu'elle eft fauffe. Il fuffit qu'on foit prévenu fur fa fauffeté, pour la rejetter lorfqu'elle fe préfentera. Venons aux Vœux & aux Médailles qu'on appelle Votives.

Les Idolâtres faifoient fouvent des Vœux à leurs fauffes Divinités : on le voit par une infinité de Monumens antiques, par un grand nombre d'Autels que l'on a trouvés & que l'on trouve encore tous les jours, furtout dant les anciens camps des Romains, fur lefquels les différens vœux font exprimés. Nous n'entrerons pas dans le détail de tous les Vœux & de toutes les fupplications qù'on faifoit dans les calamités, les maladies, les voyages, ou autres entreprifes confidérables ; cette digreffion nous éloigneroit de notre objet. Nous ne parlerons donc que des Vœux qui font exprimés fur les Médailles.

On trouve, fur-tout dans le bas Empire, grand nombre de Pièces qui ont été frappées pour exprimer des Vœux faits, foit pour la fûreté, le falut & la profpérité de la République, foit pour la confervation & la longue vie des Empereurs, ou pour le rétabliffement de leur fanté, foit pour obtenir des victoires en temps de guerre, ou pour reconnoître & remercier les Dieux après la victoire qu'on croyoit devoir à leur protection, foit enfin dans plufieurs autres circonftances de temps & d'affaires. Il y avoit auffi des Vœux que la République faifoit pour fes Princes tous les dix ans, ou tous les cinq ans : pendant les Sacrifices & les cérémonies qui les accompagnoient, on leur fouhaitoit par des acclamations plufieurs luftres, ou dixaines d'années ; c'eft ce qui eft exprimé fur les Médailles, par les légendes & les infcriptions qui s'y trouvent, tantôt au contour ou dans le milieu d'une couronne, & tantôt fur des boucliers foutenus par une ou par deux figures de la Victoire. Toutes ces Pièces font aifées à reconnoître ; on en donne fept à la planche XXIᵉ. fous les nᵒˢ. 18. 19. 20. 21. 22. 23. & 24. On n'explique point ici les légendes de ces Médailles, afin de ne pas nous répéter. Si on eft embarraffé des mots commencés, des mots abrégés, & des lettres initiales qui les compofent, on peut recourir à la troifième Section du Chapitre douzième, où on trouvera la manière de les lire, donnée par ordre alphabétique, à commencer par la première lettre de ces légendes.

S E C T I O N   X I V.

Des Funérailles, Sépulchres, Lampes fépulchrales, Épitaphes, che₂ les Romains & les Peuples Idolâtres.

Cette Section renfermeroit bien des chofes qui la rendroit fort longue, fi on vouloit la traiter à fond ; mais la Numifmatique ne nous donnant &

ne nous montrant rien qui ait rapport aux cérémonies mortuaires, & à tout ce qui en est la suite, nous sortirions des bornes que nous nous sommes prescrites, si nous voulions entrer ici dans un détail trop circonstancié. On a vu, dans la Section XXIIe. du Chapitre V^e. Article premier, où nous avons traité des Dieux Génies, Lares, Manes, &c. que les hommes ont toujours regardé la Sépulture des Morts & leurs Funérailles comme des cérémonies de Religion ; que les Païens ont poussé leur respect & leur soin envers eux jusqu'à la superstion, & même jusqu'à une espèce d'Idolâtrie. On a vu encore de quelle manière ces derniers en faisoient l'évocation, & comment ils croyoient manger & converser avec eux. Les Romains ayant reçu les Dieux des autres Peuples, adoptèrent leurs cérémonies, leur culte, & sur-tout leur affection pour les Morts, & leur croyance sur cet article de la Religion. Ils les ensevelissoient & les inhumoient avec respect ; ils bâtirent même des Tombeaux & des Mausolés superbes, pour y déposer leurs corps entiers ou seulement leurs cendres, après les avoir brûlés ; ils mirent dans ces Tombeaux des Lampes de toute sorte de formes, faites ou de terre, ou de bronze ; Lampes que l'on appella Sépulchrales : on en a trouvé un grand nombre dans ces lieux souterrains : quelques Auteurs ont prétendu, assez légérement, qu'elles avoient été des Lampes perpétuelles. Ils prodiguèrent en faveur des Morts, les Inscriptions, les Épitaphes & les Éloges, & pour perpétuer & éterniser, en quelque sorte, la mémoire de ceux sur-tout qui leur étoient les plus chers, ils firent graver ces Épitaphes sur la pierre, sur le marbre & sur le bronze : enfin, ils allèrent jusqu'à mettre quelques-uns d'entre eux au rang des Dieux, par une cérémonie qu'on appelloit *Apothéose*, ou la Consécration ; nous en parlerons dans la Section suivante : à l'exception de ce qui regarde ces Apothéoses & ces Consécrations, nous ne voyons rien sur les Médailles au sujet des Morts, qui demande d'être expliqué ici, & représenté sur nos planches. Nous nous contenterons donc de ce que nous avons dit à la Section XXIIe. que nous venons de citer, & du peu que nous avons ajouté dans celle-ci ; on trouvera cependant à la planche XXIIe. la représentation d'un Sépulchre ancien, avec des femmes qui vont y pleurer.

SECTION XV.

Des Apothéoses & Consécrations, & des Honneurs rendus aux Empereurs, aux Impératrices, aux Princes & Princesses, &c. après leur mort.

Le mot Grec *Apothéose* signifie une cérémonie, à la faveur de laquelle un homme, ou une femme, passé de cette vie à l'éternité bienheureuse, de mortel devient immortel, & quitte les foiblesses de l'humanité, pour être mis au rang des Dieux. Celui de *Consécration* a rapport aux cérémonies que l'on faisoit après la mort des Empereurs, ou des Impératrices, pour célébrer leur translation de la Terre au Ciel, leur passage de l'Humanité à la Divinité, où par lesquelles on reconnoissoit & l'on déclaroit que ces personnes étoient placées au rang des Dieux.

Ces cérémonies étoient fondées sur la fausse persuasion où étoient la plupart des Idolâtres, que tous ces Grands, comme tous ceux qui, par leurs inventions, sciences, adresse, sagesse, prudence, courage, valeur, victoires &c. , avoient été de quelque grande utilité à la République , mon-toient au Ciel, après leur mort, pour y prendre féance avec les Dieux, & qu'on devoit les adorer & les invoquer.

Dans cette perfuafion , on paffoit bientôt, chez les Romains , après la mort des Princes & Princeffes, du deuil & de la trifteffe à la joie , & les cérémonies funèbres étoient auffi-tôt changées en pompes les plus bril-lantes, les plus glorieufes & les plus réjouiffantes. Les Égyptiens faifoient le Procès aux Morts ; & s'ils approuvoient, louoient & enfeveliffoient avec honneur ceux qu'ils trouvoient avoir fait le bien , ils condamnoient fans miféricorde & fans partialité ceux qu'ils regardoient comme des méchans : Rois & Bergers , Riches & Pauvres étoient en ce cas privés des honneurs de la fépulture , blâmés & punis ; ce qui étoit regardé comme le comble de l'opprobre & de l'ignominie, après la mort. Les Romains, au contraire, élevèrent indifféremment au comble de la gloire , les bons & les mauvais Princes, & rendirent les honneurs fuprêmes de la Divinité aux Grands, indépendemment du mérite. Leurs Apothéofes & leurs Confécrations couvroient les crimes les plus infâmes & les plus atroces , plus fouvent qu'elles n'honoroient la juftice, la bonté, la pudeur & les autres vertus.

Quoi qu'il en foit de leur facilité à changer en un moment des Monftres en Divinités, rien n'étoit plus grand , ni plus pompeux, que les cérémo-nies de l'Apothéofe ou de la Confécration ; rien de plus digne de l'am-bition d'un Mortel. Sans doute qu'en prodiguant moins leurs adorations, ils n'euffent pas vu tant de crimes & tant de fujets d'horreur fur le trône. Dès qu'un Empereur, ou quelqu'autre perfonne, en faveur de qui ils étoient réfolus de célébrer cette pompe fi difpendieufe, étoit mort, on em-baumoit fon corps, ou, ce qui étoit plus ordinaire, on le faifoit brûler, & l'on mettoit les cendres dans une urne de verre, de terre, ou de quelque autre matière , que l'on plaçoit enfuite dans un tombeau, fous des colonnes ou des maufolés de différentes formes. Tout cela fe faifoit avec de grandes folemnités , comme on le verra par le paffage de Dom Montfaucon , & par les Auteurs qu'il cite pour faire connoître en quoi confiftoit l'Apothéofe chez les Grecs, & enfuite chez les Romains. Il ne fera pas difficile de s'apper-cevoir que les derniers n'ont fait dans cette Cérémonie, comme dans bien d'autres occafions, que copier les Grecs.

APOTHÉOSES DES GRECS,

Avec l'explication d'un bas-relief contenant l'Apothéofe d'Homère, tirée du Ve. Volume de l'Antiquité expliquée de Dom Montfaucon, part. Ire. pag. 163. & fuiv.

» L'ufage des Apothéofes avoit paffé des Grecs aux Romains : nous avons » vu, à la fin du premier Tome, plufieurs grands Hommes mis au nombre » des Héros ou des Dieux. L'Héroïfme fe prenoit auffi pour une efpèce de » déification ; nous en avons vu un exemple dans Thucydide. Brafidas , » fameux Capitaine Lacédémonien , ayant été tué près d'Amphipolis, les » Soldats & les Auxiliaires fe tenant fous les armes, l'enfevelirent devant » l'endroit de la Ville où fut depuis le marché. Les Amphipolitains non » contens de cela , firent une enceinte autour de fon tombeau, lui ren-

» dirent les honneurs qu'on rend aux Héros, établirent des Jeux & des
» Sacrifices annuels, & le regardèrent depuis comme le Fondateur de leur
» Colonie.

» Ce que Lucien raconte, dans son Traité contre la calomnie, touchant
» l'Apothéose d'Héphestion ami d'Alexandre le Grand, mérite d'être rap-
» porté ici. Héphestion étant mort, Alexandre qui l'aimoit jusqu'à la folie,
» ne se contentant pas des funérailles magnifiques qu'il lui avoit fait faire,
» le mit au nombre des Dieux. D'abord les Villes lui bâtirent des Temples,
» lui érigèrent des Autels, & lui offrirent des Sacrifices ; on fit des fêtes par-
» tout en l'honneur du nouveau Dieu, & le plus grand de tous les sermens
» étoit par Héphestion. Si quelqu'un eût ri de tout cela, ou eût paru
» n'avoir pas pour le Dieu Héphestion tout le respect qui lui étoit dû, c'eût
» été un crime capital irrémissible. Les flatteurs voyant cette conduite
» puérile & si déraisonnable d'Alexandre, loin de l'en détourner, envisa-
» geant plutôt leur faveur que l'honneur de leur Maître, l'animèrent même
» à en faire davantage : ils feignoient des songes, & des apparitions d'Hé-
» phestion ; ils lui attribuoient des guérisons & des prédictions, & lui sacri-
» fioient comme à un Dieu reçu dans la compagnie des autres Divinités,
» & qui délivroit de toutes sortes de maux. Cela fit plaisir à Alexandre ;
» il le crut ; il s'enfla de vaine gloire, non seulement comme étant le fils
» d'un Dieu, mais aussi comme ayant le pouvoir de faire de nouveaux
» Dieux. Combien n'y eut-il pas en ces temps-là d'amis d'Alexandre qui
» étant accusés de n'avoir pas la vénération due au nouveau Dieu bienfai-
» teur de tous les hommes, tombèrent en la disgrace du Roi. De ce nom-
» bre-là fut Agathocle Samien, célèbre Capitaine, & fort considéré par
» le Roi : étant donc accusé d'avoir pleuré en passant devant le tombeau
» d'Héphestion, peu s'en fallut qu'il ne fût par ordre du Roi renfermé
» avec un Lion furieux ; mais Perdiccas le sauva, en assurant & jurant par
» tous les Dieux, & par Héphestion, qu'étant à la chasse le nouveau Dieu
» lui étoit apparu fort clairement, & lui avoit ordonné de dire à Alexandre
» qu'il pardonnât à Agathocle, parce que s'il avoit pleuré devant sa tombe,
» ce n'étoit pas qu'il regardât Héphestion comme mort, mais c'est qu'il
» s'étoit souvénu de leur ancienne amitié & familiarité.

» L'Empereur Hadrien fit mettre au nombre des Dieux Antinoüs son
» mignon : on lui bâtit des Temples ; on lui attribua des Oracles : on le
» voit dans certaines Inscriptions appellé *Synthrone des Dieux* ; ce qui veut
» dire, participant au même Trône que les Dieux. Le culte d'Antinoüs
» fut encore continué après la mort d'Hadrien.

» L'Apothéose d'Homère, tirée d'un marbre Romain, a été expliquée
» par plusieurs savans Hommes, savoir le P. Kircher, M. Cuper, M. Span-
» heim, M. Fabretti qui n'a donné sur ce Monument que quelques notes,
» mais fort exactes, & enfin M. Schott qui a fait en 1714. une belle dis-
» sertation pour l'expliquer : quelques autres en ont aussi parlé ; mais voilà
» les principaux. Le fond de l'Image est une montagne, que le P. Kircher
» a pris pour le Parnasse ; M. Cuper aime mieux croire que c'est le mont
» Olympe ; l'antre des Muses sembleroit faire pour le premier sentiment ;
» mais la chose est trop peu importante pour s'y arrêter présentement.

» Presque au sommet de la montagne on voit Jupiter assis sur une roche,
» demi-nu, à son ordinaire, tenant de la main droite un sceptre ; l'Aigle
» qui est à ses pieds, est l'oiseau qui l'accompagne ordinairement. Plusieurs

» croient que c'eſt Homère même qui eſt repréſenté en forme de Jupiter ;
» cela eſt fort vraiſemblable : ainſi Homère qui eſt peint au bas de la mon-
» tagne, le ſera auſſi au ſommet. Le milieu eſt occupé par les Muſes ; ce
» qui marque que c'eſt par la route des Muſes qu'Homère eſt parvenu à
» l'immortalité & à la Divinité. Des onze figures de femmes qui ſont au
» ſecond & au troiſième étage, tous conviennent que neuf ſont les Muſes.
» Pour les autres il y a une grande variété de ſentimens : ſans m'arrêter à
» les rapporter tous, je crois que celle qui eſt la plus près d'Homère, & qui
» le regarde, n'eſt point une Muſe, non plus que l'autre qui élève un bras,
» & hauſſe un peu ſa robe pour bien aſſeoir le pied, parce qu'elle va par une
» deſcente : prendre celle-ci pour une danſeuſe, & pour Erato Muſe, comme
» a fait un habile homme, c'eſt ce qui eſt hors de toute apparence. Je ne
» ſais qui repréſentent ces deux Images ; je n'oſerois même hazarder une
» conjecture là-deſſus ; ſi je les exclus du nombre des Muſes, c'eſt
» non ſeulement parce que je trouve les neuf Muſes ſans celles-là ; mais
» auſſi parce qu'elles n'en portent aucune marque. J'en trouve neuf, quatre
» dans cet étage, & cinq dans celui de deſſous. Nous avons déja fait voir
» la difficulté de diſtinguer toutes les Muſes les unes des autres, non ſeule-
» ment par la diverſité des deſcriptions que les Auteurs en font, mais auſſi
» par le peu d'uniformité dont les marbres & les bronzes les repréſentent.
» Ici la difficulté eſt encore plus grande, parce que les maſques qui diſtin-
» guent Euterpe & Thalie des autres, ne s'y trouvent pas. On reconnoît
» ſûrement Uranie par le globe qu'elle touche, & peut-être Terpſichore
» par les flûtes. Quant aux deux qui ſont à la bouche de l'antre, j'y vois
» deux Muſes ſi parfaitement bien exprimées, que je les aurois miſes au
» nombre des Muſes ſans m'arrêter un moment, ſi l'autorité d'un auſſi habile
» homme qu'eſt M. Schott ne m'avoit obligé de peſer ſes raiſons. Il dit que
» celle qui tient une guitarre eſt un Apollon ; il ſe fonde ſur pluſieurs
» Médailles où ce Dieu eſt habillé en femme : il s'en trouve en effet de cette
» manière ; mais ſur l'Image préſente, le ſein de femme eſt ſi marqué, qu'il
» n'y a nul moyen de la prendre pour Apollon : il eſt encore plus marqué
» dans l'eſtampe de Bellori, faite à Rome, où ſe trouve le marbre qui eſt
» l'original. Je m'en tiens donc à ce que j'ai d'abord dit, que les deux qui
» ſe tiennent à l'entrée de l'antre, ſont deux Muſes ; les ſept autres ſont
» ſorties de l'antre. Une eſpèce de machine qui eſt entre ces deux Muſes,
» a la forme d'un bonnet ; & en effet M. Cuper l'a priſe pour le bonnet
» d'Ulyſſe, & dit que cela ſignifie l'Odyſſée d'Homère : il fonde ſa con-
» jecture ſur ce que le bonnet d'Ulyſſe eſt de même forme dans certains
» Monumens : l'arc & le carquois qui ſemblent appuyés ſur ce bonnet,
» marquent, dit-il, l'Iliade qui contient la guerre de Troye ; mais cette
» machine, ſi on la compare avec toutes les têtes de la planche, eſt de
» beaucoup trop grande pour être un bonnet. M. Schott l'a priſe pour un
» Vaiſſeau, qu'il appelle *Cortina*. Il eſt à remarquer que ſur cette machine
» il y a deux bandes ou deux courroies, qui ſe croiſent & qui paroiſſent
» aboutir l'une au carquois & l'autre à l'arc ; enſorte qu'il pourroit bien ſe
» faire que c'étoit une machine où l'on tenoit attachés l'arc & le carquois,
» de peur qu'ils ne traînaſſent à terre.

    » Cet antre appuie le ſentiment du P. Kircher, qui dit que cette mon-
» tagne eſt le Parnaſſe ; mais, dit M. Cuper, celle-ci n'a qu'une pointe, au
» lieu que le Parnaſſe en avoit deux : il vaut donc mieux dire que c'eſt le

» mont

» mont Olympe. La montagne telle que l'a donnée M. Cuper, n'a en effet
» qu'une pointe ; mais dans notre Eſtampe & dans celle que le Bellori a
» donnée à Rome même, il y a deux pointes bien marquées. Il eſt vrai
» que comme celle de devant couvre l'autre, on ne peut pas voir la diſtance
» qui eſt entre les deux ; mais la ſéparation des deux pointes y paroît évi-
» demment.

» Les ſentimens ont été encore plus partagés touchant l'homme qui eſt à
» côté de l'antre, ſur un piedeſtal. On l'a pris pour un Engaſtrimythe, pour
» un Prêtre d'Homère, pour Lin, pour Lycurgue, pour Piſiſtrate, pour le
» Précepteur Égyptien d'Homère. Je m'en tiens à M. Sphanheim qui croit
» que c'eſt Bias de Priène, l'un des ſept Sages de la Gréce. C'eſt Archelaüs
» de Priène, fils d'Apollone, qui a fait ce Monument, comme porte l'Inſ-
» cription : il y a grande apparence qu'il aura voulu faire à ſon Compatriote
» Philoſophe l'honneur de le mettre en une compagnie ſi célèbre ; il a en
» effet tout l'air d'un Philoſophe : ce qui ſemble encore déterminer à le
» croire, c'eſt qu'il a derrière lui un grand Trépied ; car c'en eſt un véri-
» tablement, comme on peut voir en le comparant aux Trépieds que nous
» avons donnés (à la planche XVIIe.) ; or tout le Monde ſait que le Trépied
» que l'Oracle avoit ordonné de préſenter au plus Sage de la Gréce, fut
» déféré à Bias de Priène..

» On a moins de difficulté à expliquer les figures qui occupent tout le
» bas de ce Monument, parce que chacune a ſon Inſcription. Il y avoit
» erreur dans les deux premiers mots, où on avoit lu ΕΥΜΕΛΙΑ & ΚΙΡΟΝΟΣ ;
» c'eſt ainſi qu'ont lu M. Cuper & d'autres, qui ſe ſont donné la torture
» à expliquer le mot ευμελία, qui n'y fut jamais. M. Fabretti, qui a vu &
» examiné ce marbre, a rétabli la véritable leçon ; le premier mot eſt
» ΚΟΤΜΕΝΗ ; deux lettres ſautées avec une pièce du marbre faiſoient ΟΙΚΟΤΜΕΝΗ,
» qui veut dire, le Monde, ou la Terre, & le ſecond ΧΡΟΝΟΣ, le Temps.
» La Terre & le Temps ſont côte-à-côte ; la première en forme de Cybèle,
» qui eſt la même que Tellus ou la Terre, à ſur la tête une haute tour ;
» elle met ſur la tête d'Homère aſſis devant elle, une couronne de laurier :
» cela veut dire que toute la Terre habitable couronne Homère comme le
» Prince des Poëtes. Le Temps peint en homme a des ailes à ſon ordinaire ;
» il tient, ce ſemble, un rouleau qui d'un côté ſe termine en demi cercle :
» le Temps marque qu'Homère eſt le plus ancien des Poëtes, ou qu'il a
» écrit l'hiſtoire des anciens Temps, ou que ſes ouvrages dureront tous les
» Temps, & qu'ils ſont conſacrés à l'immortalité. Homère eſt aſſis entre
» deux jeunes filles, qui ſont l'Iliade & l'Odyſſée ; cela eſt marqué par l'Inſ-
» cription qui a ΙΛΙΑΣ, ΟΔΥΣΣΕΙΑ, ΟΜΗΡΟΣ ; l'Iliade & l'Odyſſée ont un genou
» à terre : l'Iliade tient une eſpèce d'épée, marque qu'elle a décrit la
» guerre de Troye ; l'Odyſſée tient l'ornement d'une pouppe de Navire,
» qu'on appelloit *Apluſtre*, parce qu'elle décrit la navigation d'Ulyſſe. Au
» bas de la chaiſe, ſur le côté, ſont deux Rats, qui marquent apparemment
» la *Batrachomyomachia*, ou le combat des Rats & des Grenouilles décrit
» par Homère. D'autres diſent que c'eſt Zoïle & ſes ſemblables qui ont
» voulu ronger la réputation d'Homère. Ce grand Poëte, qui eſt aſſis ſur
» un trône, tient un ſceptre & de l'autre main un rouleau : ſa tête eſt
» ornée d'un diadême ; ce qui ſe trouve dans d'autres Images d'Homère.
» Après cela vient un Sacrifice qui ſe fait ſur un Autel rond, derrière le-
» quel eſt un Taureau qui va être immolé. Les perſonnes qui concourent

» principalement à faire le Sacrifice, font la Fable, l'Histoire & la Poéfie,
» indiquées par ces mots Grecs ΜΥΘΟΣ, ΙΣΤΟΡΙΑ, ΠΟΙΗΣΙΣ *Mythos* mafculin
» en Grec, eft exprimé par un jeune garçon qui fert de Camille, & qui
» tient d'une main une *préféricule*, & de l'autre une efpèce de patère : l'Hif-
» toire repréfentée en femme, facrifie en jettant quelque chofe fur l'Autel,
» & tenant de l'autre main un livre ; d'autres veulent que ce foit une boîte,
» ou peut-être un *Acerra*. La Poéfie repréfentée auffi en femme, tient deux
» torches allumées, qu'elle élève en haut, comme on faifoit aux Sacrifices.
» Il y a peut-être de l'allégorie ici ; mais ces allégories fe tournent comme
» on veut : nous les laiffons à développer à d'autres. Puis viennent la Tra-
» gédie & la Comédie, qui ont auffi leurs Infcriptions ΤΡΑΓΩΔΙΑ, ΚΩΜΩΔΙΑ ;
» elles affiftent au Sacrifice : l'une & l'autre ont puifé dans Homère. La
» Tragédie eft voilée ; enforte que le voile fait une pointe fur le devant :
» elle eft vêtue avec plus de dignité que la Comédie, parce que fes per-
» fonnages font des Héros & des gens de la première qualité. La bande
» eft terminée par cinq figures mifes enfemble & indiquées par ces mots
» ΦΥΣΙΣ, ΑΡΕΤΗ, ΜΝΗΜΗ, ΠΙΣΤΙΣ, ΣΟΦΙΑ ; la Nature, la Vertu, la Mémoire, la Foi,
» la Sageffe : tout cela va en la compagnie d'Homère ; ces qualités font le
» mérite de fes ouvrages. La Nature eft repréfentée par un petit enfant
» qui tend la main à la Foi ; la Vertu élève fa main en haut ; la Mémoire
» eft la plus reculée de toutes ; la Foi tient le doigt fur la bouche, & la Sa-
» geffe porte la main fous le menton. On peut faire fur tout cela mille belles
» réfléxions ». (Voyez cette pièce au n°. 1. de la planche XXIIe).

APOTHÉOSES DES ROMAINS,

Ou Consécrations des Empereurs, &c. après leur mort, tirées du même Tome Ve. de Montfaucon, *page* 151. & *fuiv., avec l'explication d'une Agathe de la Sainte-Chapelle de Paris, qui repréfente l'Apothéofe d'Auguste.*

» Les Apothéofes ou les Confécrations étoient fort en ufage chez les
» Romains : ils confacroient leurs Empereurs morts & les mettoient au
» nombre des Dieux, pour les honorer comme tels. Voici comme parle
» Hérodien des cérémonies de la Confécration. Les Romains ont accou-
» tumé de déifier ceux de leurs Empereurs qui laiffent des enfans pour leur
» fuccéder ; & cette confécration eft appellée chez eux Apothéofe. Cette
» fête, qui eft un mélange de deuil, de joie & de culte, eft célébrée par
» toute la Ville. On enfevelit le corps du mort en la manière ordinaire avec
» une grande pompe, & l'on fait une Image de cire tout-à-fait femblable à
» celui qui vient de mourir, qu'on met à l'entrée du Palais Impérial, fur
» un lit d'ivoire grand & élevé, couvert de tapis brochés d'or. Cette Image
» repréfente l'Empereur malade & pâle : à gauche de ce lit eft, durant une
» grande partie du jour, tout le Sénat vêtu de deuil, & au côté droit les
» femmes de qualité ; elles ne portent ni or ni colliers, mais des habits blancs
» tout fimples ; en un mot, elles font auffi en habit de deuil. Cette cérémo-
» nie fe fait pendant fept jours : des Médecins viennent tous les jours, appro-
» chent du lit, & après avoir vifité le prétendu malade, ils difent toujours
» qu'il fe porte de plus mal en plus mal. Lorfqu'ils fuppofent qu'il eft mort,
» des jeunes gens choifis entre les Chevaliers & des Sénateurs le portent fur
» leurs épaules, par la Voie facrée, jufqu'à l'ancien marché, où les Magif-

» trats Romains quittent leur Magiſtrature. Il y a, aux deux côtés, des
» dégrés mis en forme d'eſcaliers ; à l'un des côtés ſe tiennent des jeunes
» garçons des familles nobles, & à l'autre des femmes de qualité. Les uns
» & les autres chantent en l'honneur du défunt des chañts graves & lugubres.
» Après cela ils emportent le lit hors de la Ville, au lieu appellé le Champ
» de Mars, où eſt dreſſé un Catafalque quarré, qui a les côtés égaux ,
» & où il n'y a que la ſeule charpente de grandes pièces de bois qui
» forment une eſpèce de maiſon. Tout le dedans eſt plein de matières les
» plus combuſtibles, & le dehors eſt couvert de tapis brochés d'or, d'Ima-
» ges d'ivoire & de belles peintures. Au-deſſus de ce Catafalque il y a un
» autre étage plus petit & orné de même, qui a des portes ouvertes : ſur
» celui-là il y en a un autre, & encore un autre ; c'eſt-à-dire, juſqu'à trois
» ou quatre, dont les plus hauts diminuent toujours & ſont de moindre
» enceinte que les plus bas ; de ſorte que le plus élevé eſt le plus petit de
» tous. Tout le Catafalque eſt ſemblable à ces tours qu'on met aux Ports
» & qu'on appelle Phares, où l'on met des feux pour éclairer les Vaiſſeaux,
» & leur donner moyen de ſe retirer en lieu ſûr. Ils mettent le lit dans le
» ſecond étage, où l'on met auſſi des aromates, des parfums & tout ce que
» la Terre produit ; ils font des tas de fruits , d'herbes & de ſucs de tout
» ce qui peut exhaler une bonne odeur. Il n'y a point de Nation , ni de
» Ville, ni d'Homme conſtitué en dignité, qui n'envoie ſes derniers préſens
» pour faire honneur au Prince. Après qu'on a fait une grande pile de ces
» aromates, & que la Cavalerie eſt arrivée, tous les Cavaliers courent avec
» un certain ordre, en faiſant des voltes, & gardant une certaine cadence,
» comme dans la danſe Pyrrique. Les chariots y courent auſſi avec le même
» ordre, dans leſquels ſont des gens vêtus de la Prétexte ou d'habits bordés
» de pourpre : autour de ceux-là ſont des figures de Romains qui ont brillé
» ou dans la Guerre, ou dans le Gouvernement de l'Empire. Après que ces
» cérémonies ſont achevées, celui qui doit ſuccéder à l'Empire prend une
» torche, & met le feu à la machine ; les autres l'y mettent auſſi de tous
» côtés : le feu prend aiſément à tous ces aromates & à toutes ces mâtières
» combuſtibles. Alors on fait ſortir du haut du plus petit appartement, qui
» eſt comme le faîte de la machine, un Aigle qui monte en haut avec le
» feu, & qui porte au Ciel, dit-on, l'ame du Prince ; & depuis ce temps-
» là on lui rend le même culte qu'aux autres Dieux.
» Il y a quelque endroit (ſuivant D. Montfaucon) dans le Texte Grec
» d'Hérodien qui paroît corrompu. Ce qu'il dit que ceux qui laiſſoient des
» enfans pour leur ſuccéder étoient mis au nombre des Dieux, eſt vrai ;
» mais il ne faut pas reſtreindre la coutume à ceux-là ſeulement, y ayant
» eu pluſieurs Empereurs qui ont mis leurs Prédéceſſeurs au nombre des
» Dieux, quoiqu'ils ne fuſſent ni leurs pères , ni leurs parens.
» Voici ce que dit Pline le jeune ſur ces Apothéoſes : Tibère a conſacré
» au Ciel Auguſte, pour l'élever à la dignité d'un Dieu ; Néron a auſſi
» conſacré Claude, mais pour ſe moquer de lui. Tite conſacra Veſpaſien ,
» & Domitien déifia Tite ; mais le premier le fit pour paroître fils , & le
» ſecond pour paroître frère d'un Dieu. Pour vous (il parle à Trajan), ſi
» vous avez déifié votre père, vous n'avez pas eu en vue d'inſpirer la crainte
» au Peuple, ni de faire injure aux Dieux, ni de vous faire honneur à
» vous-même ; mais vous l'avez fait parce que vous le croyez Dieu. . .
» Venons à l'incomparable Agate de la Sainte-Chapelle , que nous

R r

„ donnons (à la planche **XXIII**ᵉ.) dans toute sa grandeur, qui est d'un pied
„ moins quelques lignes dans sa plus grande longueur, & d'environ dix pouces
„ en sa plus grande largeur. Elle est de figure ovale ; ensorte pourtant qu'elle
„ est un peu plus large par le bas que par le haut. Celui qui l'apporta fut,
„ dit-on, l'Empereur Baudouin II, qui, pour recouvrer l'Empire de Con-
„ stantinople vint l'an 1244. demander du secours aux Princes Chrétiens, &
„ sur-tout à Saint Louis, à qui il vendit cette Agate. L'ignorance profonde
„ de ces temps-là faisoit que l'on prenoit cette Image pour une Histoire
„ Sainte : il y en avoit qui croyoient que c'étoit l'Histoire de Joseph : on
„ l'appelloit *le Triomphe de Joseph*, quoique dans tout ce grand nombre de
„ figures, il n'y en ait pas une qui puisse avoir le moindre rapport à cette
„ Histoire. Un morceau d'Antiquité si rare ne pouvoit manquer d'exercer
„ les habiles gens de ces derniers siècles, où l'étude de l'Antiquité a été si
„ perfectionnée. Tristan de Saint-Amand, Antiquaire célèbre & des plus
„ Savans du siècle passé, a fait, dans ses *Commentaires historiques*, une assez
„ longue dissertation sur cette Agate, où l'on peut dire qu'il a très-bien
„ rencontré en certaines choses, mais qu'il en a mal expliqué d'autres. Dès
„ que son livre parut, il en fit présent à M. de Peiresc, qui lui témoigna
„ dit-il, dans plusieurs lettres la grande estime qu'il en faisoit. Cependant
„ M. de Peiresc étant mort, M. Gassendi son ami, qui écrivit sa vie, &
„ qui la publia, rapporte le sentiment de M. de Peiresc touchant cette
„ Agate, fort différent dans la plupart des choses de celui de Saint-Amand.
„ Celui-ci, dans une seconde édition de son Livre, rapporte le sentiment de
„ M. Peiresc, prétendant que ce grand homme n'avoit jamais pensé comme
„ cela ; qu'on le faisoit parler, ou qu'on avoit mal pris sa pensée ; & il ré-
„ fute au long ses sentimens, qu'il prétend absurdes & capables de faire
„ tort à la mémoire de M. Peiresc, s'ils étoient véritablement de lui. Ce-
„ pendant Albert Rubens, qui a fait depuis ce temps-là une dissertation
„ sur la même pierre, assure que les sentimens de M. de Peiresc sur cette
„ belle Agate étoient tels que M. Gassendi les a rapportés ; qu'il s'en
„ est expliqué de la même manière dans plusieurs lettres écrites à Pierre-
„ Paul Rubens son père. Il prétend même que le sentiment de M. Peiresc
„ est préférable en bien des choses à celui de Tristan : il convient, dans sa
„ dissertation, tantôt avec l'un, tantôt avec l'autre ; & il réfute l'un & l'autre
„ en bien des endroits. Après tous ceux-là, M. Jacques le Roi fit une nou-
„ velle dissertation, imprimée à Amsterdam en 1683, où il rapporte tous
„ les sentimens précédens, sans en adopter aucun ; il explique toutes les
„ parties de cette pierre, en suivant tantôt l'un, tantôt l'autre, & propo-
„ sant en certains endroits des sentimens nouveaux sur quelques Person-
„ nages contenus dans la pierre.

„ Quoique tant d'habiles gens aient parlé sur le même sujet, la matière
„ ne me paroît pas encore bien éclaircie. Il y a peu de choses dans lesquelles
„ tous conviennent : dans les autres, la diversité de sentimens ne sert qu'à
„ jetter de l'obscurité dans le sujet. Je vais tâcher à mon tour d'expliquer
„ en peu de mots toutes les parties de cette pierre. J'avoue qu'il y a quelques
„ endroits, même des principaux, où je ne conviens avec aucun de ceux
„ qui ont parlé avant moi ; dans les autres, je prends d'entre les sentimens
„ proposés celui qui me paroît le plus plausible.

„ L'Image est divisée en trois parties ; la plus haute, la moyenne & la
„ basse : la plus haute représente, à mon avis, l'Apothéose d'Auguste ; *la*

» moyenne l'Empereur Tibère qui reçoit Germanicus revenant de Germanie
» chargé de lauriers ; la plus basse contient des Captifs & des marques de
» Victoire.

» Je crois être obligé d'avertir que les ressemblances ni dans l'Image ni
» dans l'Agate même ne sont pas dans la dernière perfection. Je remarquai
» cela il y a quelques années sur la pierre même. Dans les Estampes, les
» têtes s'éloignent encore plus de la ressemblance avec les têtes des mêmes
» Personnages que l'on voit sur les Médailles. Les Graveurs mettent des
» prunelles aux yeux qui n'en ont pas ; & quelque diligence qu'ils puissent
» y apporter, ils font toujours quelques petits changemens qui ne laissent
» pas d'altérer les ressemblances.

» Dans la première & plus haute partie, qui contient cinq personnages,
» il n'y en a pas un sur lequel les quatre Auteurs ci-devant nommés con-
» viennent ; jusque-là que Jacques le Roi croit que le petit Cupidon ailé
» qui mène le Cheval Pegase par la bride, est le fils de Germanicus peint
» en Cupidon. La principale figure, qui est celle du milieu, a été un sujet
» de contestation : elle porte une couronne radiale ; derrière les premières
» pointes de la couronne est un voile qui lui descend sur les épaules, & elle
» tient de la main gauche un sceptre. Tristan dit que c'est Jupiter ; les trois
» autres sont contre lui, & avec raison : on n'a jamais vu de Jupiter de cette
» forme ; & quoiqu'il y ait eu des Jupiters sans barbe, les exemples en
» sont rares ; c'étoient quelques Jupiters particuliers ou locaux : en un mot,
» cela ne doit point faire exemple, d'autant plus qu'il n'y a ici aucun des
» symboles propres à Jupiter. Les trois qui ont rejetté le sentiment de
» Tristan, prétendent que c'est Auguste. Je ne puis adopter leur sentiment ;
» je ne vois rien ici qui me puisse persuader que c'est véritablement Auguste ;
» il n'en a nullement l'air : la couronne radiale ne se voit jamais sur la tête
» de cet Empereur, ou du moins puis-je répondre que je ne l'y ai jamais
» vue : de plus, cette figure a la robe d'une femme, comme il est aisé de
» voir en la comparant avec toutes les femmes qui sont dessous, dans le
» second rang, hors Agrippine, qui, comme nous dirons plus bas, porte
» la chlamyde. Je crois donc que c'est une Déesse, & à mon avis Vénus la
» Reine, ou Vénus *Genitrice*, avec son fils Énée, qui paroît être sur son
» sein, & de l'autre côté Jules-César descendant d'Énée, à ce qu'il disoit,
» & à ce que les autres disoient après lui ; Virgile entre-autres qui dit
» que le nom Julius descend du grand Julus, qui étoit Ascanius fils d'Énée.

» Au côté droit de la Déesse est Cupidon son autre fils, menant par la
» bride le Cheval Pegase qui porte Auguste couronné de laurier. Cupidon
» présente Auguste à sa mère, pour l'associer à toute sa famille déifiée. Énée
» présente à Auguste un globe, apparemment le globe céleste, pour lui
» marquer qu'il va régner dans le Ciel comme il a régné sur la Terre. Voilà
» ma pensée, ou, pour mieux dire, ma conjecture. Vénus avec tous les
» principaux de sa famille reçoit ainsi Auguste dans la troupe céleste. Cette
» Déesse couronnée tient un sceptre, marque qu'elle règne dans le Ciel
» avec ses enfans & ses descendans. Les Dieux se voient souvent avec ces
» couronnes radiales, comme Jupiter, Junon, Vesta, Hercule & d'autres.
» Sur toutes les autres figures de ce rang, je conviens avec quelqu'un ou
» plusieurs de ceux qui ont expliqué cette pierre. Énée porte, comme il doit,
» l'habit Phrygien. Ce ne peut être Rome, comme M. de Peiresc l'a cru ;
» on n'a jamais peint le Ville de Rome en cette manière. Il est vrai pour-

R r ij

» tant qu'il y a une Médaille Confulaire où elle porte la tiare Phrygienne,
» ou un cafque qui en a la forme : ici tout l'habit eft Phrygien. Je conviens
» fur ce point avec Triftan & Rubens. Je conviens auffi avec M. de Pei-
» refc & Jacques le Roi fur Jules-Céfar, qui paroît derrière Énée, tenant
» un bouclier & couronné de laurier ; fa tête a affez l'air de Jules-Céfar
» que nous voyons fur les Médailles : Triftan a prétendu que c'eft *Nero-*
» *Claudius-Drufus-Germanicus.* Celui qui va au Ciel monté fur Pégafe me
» paroit être Augufte, & non pas *Nero-Drufus* ni *Marcellus* : je fuis en
» cela du fentiment de Triftan ; tout le deffein de la pierre même femble
» le perfuader. C'eft Tibère qui occupe le milieu de la pierre avec fa troupe,
» & qui règne fur la Terre tandis que fon Prédéceffeur eft reçu dans le Ciel
» pour y régner, comme marque le globe célefte que lui préfente Énée.
» Cette Apothéofe dans une Image où Tibère paroît fur fon Trône,
» convient mieux à un Empereur fon Prédéceffeur qu'à tout autre. On a
» beau dire qu'Augufte paroît trop jeune ; il paroît de même dans les Mé-
» dailles, avec lefquelles cette tête a affez de rapport.
   » La partie du milieu, qui fait comme un autre tableau, eft bien plus
» aifée à expliquer que la précédente. L'Empereur Tibère eft affis fur fon
» Trône, couronné de laurier, tenant un fceptre de la main droite, & un
» bâton augural de la gauche : il eft nu jufqu'à la ceinture, & couvert de
» la ceinture en bas d'une égide environnée de Serpens : Triftan a nié que
» c'en fût une ; mais il eft rejetté de tous les autres. A la droite de Tibère
» eft affife Livie, que Triftan a mal prife pour Antonia. Livie couronnée
» de laurier tient des pavots comme la Déeffe Cérès. On voit fi fouvent
» dans les Médailles les Impératrices porter les fymboles des Déeffes, que
» cela ne peut faire aucune peine.
   » L'Empereur Tibère parle à Germanicus, qui fe tient devant lui armé
» de pied en cap, & qui porte la main fur fon cafque, tandis qu'Antonia
» fa mère, qui eft à côté de lui, couronnée de laurier, lui paffe le bras derrière
» le cou, comme pour l'embraffer. Triftan a pris mal-à-propos Antonia
» pour Livia. Germanicus fe préfente à L'Empereur après fon expédition
» de Germanie, felon Triftan, dont le fentiment paroît fort plaufible ;
» de là vient, à ce que je crois, qu'après les Victoires qu'il a remportées fur les
» Germains, tant l'Empereur qui en devoit avoir l'honneur, que Livie &
» Antonia, font couronnés de laurier. Antonia qui embraffe fon fils femble
» auffi favorifer ce fentiment. Tous les autres, hors Triftan, croient que
» Germanicus reçoit les ordres de l'Empereur Tibère pour l'expédition en
» Orient. Derrière Germanicus eft fa femme Agrippine affife, qui porte
» une chlamyde & tient un rouleau entre fes mains. Devant elle, eft le petit
» Caius Caligula, fon fils armé d'une cuiraffe & d'un bouclier, & portant
» une chlamyde ; il fe tient fur un tas d'armes, marques des Victoires que
» fon père vient de remporter. Germanicus & Caligula portent une efpèce
» de chauffure qui n'eft ni la *caliga* ni le *campagus* ordinaires ; mais c'eft
» ou ce qu'on appelloit *pero*, ou une efpèce de bottines qu'on portoit dans
» les Pays froids & dans les terreins bourbeux ; c'eft une efpèce d'*ocrea* qui
» fe trouve ailleurs dans les anciens Monumens. Trajan, dans fa guerre
» contre les Daces repréfentée fur la colonne, en porte quelquefois d'affez
» femblables à celles-ci.
   » De l'autre côté, on voit un Arménien captif, affis, qui repréfente
» l'Arménie réduite en la puiffance des Romains par Tibère. Le timon qui

» est auprès marque que c'est une Région transmarine. Quant à l'homme
» armé qui vient après, qui regarde la troupe d'en haut, & qui tout
» attentif à ce qui s'y passe, tend une main vers Énée, & tient de l'autre
» main un trophée ; peut-être présente-t-il à la troupe déifiée les trophées
» qu'Auguste a érigés en cette vie. Tristan a cru que c'est *Numerius-Atticus*,
» Sénateur, qui avoit été Préteur, & qui assura & jura avoir vu Auguste élevé
» au Ciel, & fut bien récompensé par Livie d'avoir rendu ce témoignage ;
» mais son témoignage est rejetté avec raison par tous les autres qui croient que
» c'est Drusus fils de Tibère : je ne vois pas qu'on puisse rien opposer à ce sen-
» timent. Il tient, disent-ils, un trophée, marque de la Victoire qu'il a
» remportée lui-même. Je ne m'opposerai pas non plus à cela, pourvu qu'on
» puisse prouver que Drusus, fils de Tibère avoit déja remporté des vic-
» toires lorsque Germanicus revint de ses expéditions de la Germanie ; car
» je penche fort à croire que cette pierre a été gravée au retour de Germa-
» nicus de la Germanie. La femme assise sur un siège orné de sphinx, est,
» à ce que je crois, Liville, sœur de Germanicus, femme de Drusus, fils
» de Tibère. Tristan l'a prise pour Julie, femme de Tibère ; mais outre
» qu'elle avoit depuis long-temps été chassée & bannie de la Cour Impériale,
» elle étoit morte assez long-temps avant que Germanicus revînt de ses expé-
» ditions de la Germanie.

» Le troisième rang de figures mises au plus bas étage, avec une sépa-
» ration ou un bord assez large qui avance hors de la pierre, contient des
» images de Captifs & de Provinces domtées. Rubens croit que ce sont
» des prisonniers Germains ménés en triomphe par Germanicus, nommés,
» par Strabon, Ségimond Prince des Chérusces, fils de Ségeste, & Thusnelde
» sœur de Ségimond, & femme d'Arminius, avec son fils Thumélicus âgé
» de trois ans, qui se voit représenté, dit-il, avec sa mère sur cette pierre.
» Les autres sont, Sésithiacus, fils de Ségimer, autre Prince des Chérusces,
» sa femme Ramis, fille de Veromer Prince des Cattes ; Deudorix Sicambre,
» fils de Bætoris, Libys Prêtre des Cattes.

» Jacques le Roi prétend que ces Captifs ne sont point Germains ; il n'y
» reconnoît ni les habits, ni les armes de cette Nation. Il aime mieux croire
» que ce sont des Arméniens & des Parthes vaincus par Tibère : il y a plus
» d'apparence, dit-il, qu'on aura marqué ici les victoires du principal Per-
» sonnage représenté dans la pierre, qui est Tibère : or il prétend que la plus
» grande action de ce Prince est celle dont parle Suétone en ces termes :
» *Ayant amené une Armée en Orient, il rétablit Tigranes dans son Royaume*
» *d'Arménie, & lui mit le diadême, étant assis sur son Tribunal. Il se fit*
» *rendre aussi les Signes militaires, que les Parthes avoient pris sur Marcus-*
» *Crassus.*

» Il est vrai, comme dit le Roi, qu'on a peine à reconnoître ici des Ger-
» mains captifs ; ce qui fait la difficulté n'étant pas tant l'habit, que les
» boucliers qui ressemblent à des peltes plutôt qu'à des boucliers Germains,
» hors un qui est ovale : les boucliers Germains étoient hexagones ou ovales.
» Mais je reconnois encore moins ici les Arméniens & les Parthes ; il n'y a
» qu'à regarder l'Arménien assis au-dessus, auprès du Trône, du côté de
» Livie, & les Images que nous voyons sur un grand nombre de Médailles
» & de Monumens. Pour ce qui est des Germains, leurs habits & leurs
» armes varioient beaucoup. Plusieurs alloient à demi nus, comme trois ou
» quatre que nous voyons ici ; un grand nombre alloient la tête nue ; on

» en voit encore trois ou quatre ici qui n'ont rien ni pour la couvrir ni pour
» l'orner. Nous y voyons un carquois ; & delà M. le Roi prend occasion
» de dire que ce sont des Arméniens ; mais les Germains se servoient assu-
» rément d'arcs & de flèches. Ce que M. le Roi dit que ce Monument doit
» plutôt marquer les victoires du principal Personnage, n'a aucune force
» ici, où il s'agit d'une victoire présente. Caligula encore enfant est debout
» sur un tas d'armes, qui est une marque ordinaire de victoire, & sans
» doute des victoires que son père venoit de remporter en Germanie. Il n'y
» a donc que la forme des boucliers qui embarasse un peu ; on n'y en voit
» qu'un ovale ; les autres sont échancrés par le haut, comme une pelte ;
» mais, comme nous avons remarqué, au Tome IV., de grandes variétés sur
» les armes des Germains, & qu'apparemment les marbres ne les montrent
» pas toutes, il se peut faire que celle-ci s'y trouvoit aussi, quoiqu'on n'ait
» eu occasion de la mettre que dans ce Monument. Ainsi, tout bien con-
» sidéré, j'aimerois encore mieux dire que ces Captifs sont des Germains,
» que des Arméniens ou des Parthes, quoique je n'ose rien assurer. »

Voilà ce qu'il étoit nécessaire d'apprendre au sujet des funérailles, des Apothéoses ou des Consécrations des Morts, sur-tout des Empereurs, des Impératrices, des Héros & des Hommes Illustres, chez les Grecs & les Romains. On pourroit ajouter que les cérémonies des funérailles, sans Consécrations cependant, étoient renouvellées tous les ans : on venoit pleurer au Sépulchre ; on y offroit des Sacrifices, & l'on y faisoit des repas funèbres. Dom Montfaucon croit que c'est pour cela que les gens riches faisoient dans leurs mausolées des chambres, des salles & des appartemens. C'étoit-là où l'on immoloit des Victimes, où l'on versoit du vin, du lait, des liqueurs & de l'eau, & où l'on faisoit quelquefois des fosses pour y recevoir ces liqueurs. On regarde le n°. 2. de la planche XXIIᵉ. comme une représentation de la cérémonie anniversaire des funérailles faites par une femme qui vient en pleurant au tombeau de son mari, au jour anniversaire de sa mort, accompagnée de ses filles ou de ses proches, & peut-être de quelques affranchies, &c.

Au reste, les Consécrations & les Apothéoses sont représentées de plusieurs façons sur les Médailles. Tantôt c'est un bûcher, ou un des édifices à plusieurs étages, dont on a parlé, & dont on voit sortir l'ame du Prince sur un char de triomphe : on en voit deux à la planche XXIᵉ. n°ˢ. 25. & 26. ; tantôt c'est une Aigle sur une base, ou sur un globe ou sur la foudre, avec ses ailes éployées & dans l'attitude de s'envoler vers le Ciel avec l'image du Prince qu'elle a quelquefois sur le dos ; tantôt c'est un Paon qui fait la roue avec le plumage de sa queue, ou qui avec ses ailes éployées porte au Ciel l'ame d'un Empereur ou d'une Impératrice, dont il a l'image entre les ailes ; tantôt c'est un Phénix, symbole de l'Immortalité ; tantôt un Autel ; tantôt enfin, un *Carpentum*, espèce de char attelé ou de chevaux ou d'éléphans, qui servent à signifier les Consécrations, c'est-à-dire l'entrée triomphante des Princes & des Princesses dans le Ciel, au nombre des Dieux ; aussi voit-on leurs figures sur ces chars. Les légendes consistent dans le mot, *Consecratio.* On voit ces sortes de représentations aux n°ˢ. 27. 28. 29. 30. 31. 32. 33. 34. 35. 36. & 37. de la planche XXIᵉ. D'autres Consécrations sont représentées par un croissant de Lune environné de sept étoiles, avec la même légende. Quelquefois c'est une Impératrice représentée avec un croissant de Lune sur le dos & une torche à la main, comme Diane Porte-
Lumière

Lumière (*Lucifera*), avec laquelle on la croit déja dans le Ciel au rang des Divinités ; ou bien cette Princesse montée sur un char à deux Chevaux est enlevée dans les nues ; alors la légende est *Sideribus recepta*, parce qu'on suppose qu'elle est reçue dans les Cieux. Enfin les Médailles représentent encore ces cérémonies sous l'emblême d'un char à quatre Chevaux, ou d'une victoire qui emporte dans le Ciel l'ame de celui ou de celle pour qui est la Consécration ; ce qui est annoncé par la légende *Æternitas*. Il y a un de ces revers qui montre Constantin enlevé sur un char à quatre Chevaux, & une main qui sort des nues, comme pour le recevoir dans le Ciel ; il n'y a point de légende sur cette pièce ; mais on voit seulement quelques lettres qui marquent l'endroit où elle a été frappée. Voyez à la même planche les nos. 38. 39. 40. 41. & 42. Il y a encore plusieurs autres façons de représenter ces Apothéoses ou Consécrations, sur-tout avec la légende *Æternitas* ; mais ce qu'on en dit ici est suffisant pour reconnoître ces sortes de cérémonies sur les Médailles.

Aux Apothéoses & aux Consécrations près, nous ne trouvons rien sur les Médailles qui regarde la sépulture, les Sépulchres, les lampes sépulchrales, &c.; c'est pourquoi nous n'en parlons qu'en passant, & par occasion, sans en donner aucune représentation sur nos planches. Ceux qui voudront s'instruire sur ces sortes de cérémonies, pourront se satisfaire par la lecture de ce qu'en a dit Dom Montfaucon, dans la première & la seconde partie du Volume Vᵉ. de l'*Antiquité expliquée*, & dans le Volume Vᵉ. du Supplément.

Ce seroit ici le lieu de dire quelque chose des Dignités sacrées des Peuples Grecs ; mais nous renvoyons cette matière aux Chapitres XIIIᵉ. & XIVᵉ., où nous traiterons de tout ce qui regarde les Dignités civiles chez les Romains, & en même temps des Dignités sacrées & civiles des Grecs. Nous aurions remis à donner dans les mêmes Chapitres ce que nous venons de dire sur les Dignités sacrées des Romains, si nous n'avions pas cru qu'après avoir parlé de leurs Dieux, il falloit montrer quels étoient & le culte qu'ils leur rendoient, & les cérémonies qui l'accompagnoient. Passons à ce qui a rapport aux deux Globes, sur les Médailles.

CHAPITRE VII.

Des Globes Célefte & Terreftre, fur les Médailles.

ON ne remarque prefque rien dans les deux Globes qui n'ait fervi d'objet au culte des Idolâtres, ou d'emblême pour marquer les différens événemens qui ont illuftré le règne des Empereurs : c'eft ainfi que tout ce qui a rapport au Globe Célefte, comme le Soleil, la Lune, les Étoiles, les Signes du Zodiaque, le Temps, les Saifons, le Jour, la Nuit, &c. fut changé en Divinités & en Symboles, ou du moins fut employé pour fignifier quelque chofe de grand & digne d'attention.

Il en fut de même de ce qui appartient au Globe Terreftre. La Terre, les Eaux, le Feu, les Plantes, les Herbes, &c., devinrent les objets de la vénération des aveugles Mortels, le fujet de leur divertiffement, de leur admiration, ou l'image & le figne de quelques faits dignes de paffer à la Poftérité : il n'eft donc pas étonnant que l'on rencontre toutes ces chofes gravées fur les Médailles. Apprenons à connoître, par ces refpectables Monumens, l'ufage & les abus qu'en a fait l'Antiquité. Nous commencerons par le Globe Célefte ; nous parlerons enfuite du Terreftre : c'eft ce qui fera la matière des deux Articles de ce Chapitre, dont le premier fera divifé en cinq, & le fecond en quarante-fept Sections.

ARTICLE PREMIER.

Du Globe Célefte, & de tout ce qui lui appartient, fur les Médailles antiques.

LE Globe Célefte eft aujourd'hui fi connu qu'il ne paroît pas néceffaire d'entrer dans le détail de toutes fes parties ; ainfi, pour nous renfermer dans les véritables bornes d'un ouvrage Numifmatique, nous n'en parlerons qu'autant qu'il appartient à la Science des Médailles. Les objets que ces Monumens préfentent fe réduifent au Globe, au Zodiaque, au Soleil, à la Lune, aux Étoiles, aux Temps, aux Saifons & à quelques Oifeaux : voilà ce dont nous allons traiter ici.

SECTION I.

Du Globe Célefte, tel qu'il eft repréfenté fur les Médailles.

Nous trouvons peu de Médailles où l'on ait repréfenté le Globe Célefte ; encore ne l'a-t-on fait que fort imparfaitement, & par occafion. Deux des principales font des revers de Domitien & de fa femme. L'on y voit Domitius-Céfar, fils de cet Empereur, qui mourut fort jeune, affis fur la Sphère Célefte, environné de fept étoiles, ayant les bras étendus & les mains levées au Ciel, où il paroît aller prendre place parmi les Dieux. La légende porte, *Divus Cæfar Imperatoris Domitiani filius.* Cette pièce, qui montre à la face la tête de *Domitia*, fut frappée à l'occafion de l'Apothéofe de ce jeune Prince.   Nous

Nous trouvons également le Globe Célefte fur le revers d'un beau Médaillon de l'Empereur Commode, où une femme couchée fous un arbre s'appuie du bras gauche fur un vafe avec une double corne d'Abondance, & pofe la main droite fur le Globe Célefte, qui ne paroît qu'à demi, mais orné d'étoiles. Quatre jeunes filles marchant à côté du Globe, viennent apporter à la femme couchée, qui eft le fymbole de la Terre, quelque chofe qui convient à celle des quatre Saifons que chacune repréfente, l'une des fleurs, une autre des fruits, la troifième d'autres productions de la Terre, & la quatrième certains animaux : par ces dons on a voulu marquer que c'eft par l'influence du Ciel, que la Terre produit & nourrit tous les Êtres qu'elle renferme. La légende eft *Tellus Stabilis*, ou *Stabilita*, ou *Temporum Felicitas*, &c. Cet emblême fait auffi fentir que, par la Paix que Commode avoit donnée à l'Empire, le Laboureur fe trouvoit dans l'heureufe fituation de pouvoir cultiver fes champs, d'attendre que les bénignes influences du Ciel en fiffent fructifier les femences, pour en recueillir dans chaque faifon les différentes productions.

Des deux revers qui repréfentent ce Globe, nous avons donné au nº. 4. de la planche XIᵉ. celui de l'Empereur Commode. On trouvera celui de Domitien au nº. 1. de la planche XXIVᵉ. ; ce qui fuffira pour faire connoître ceux que l'on pourroit rencontrer avec les mêmes Types, ou d'autres qui leur feroient analogues.

S E C T I O N   I I.
Du Zodiaque & de fes Signes.

Nous avons plufieurs objets dans ce qui regarde le Zodiaque & fes Signes. Il en faut d'abord montrer l'invention & l'origine, enfuite l'ufage qu'on en a fait, enfin comment on l'a repréfenté fur les Médailles. Quant à l'invention du Zodiaque, nous la donnerons mot à mot d'après M. Pluche, Hiftoire du Ciel, Tome I. page 17. & fuivantes.

» Un des plus favans hommes de l'Antiquité (*Macrobe, Saturnal,*
» *Lib. I. Cap. 17.*), en nous faifant appercevoir les raifons naturelles qui
» ont fait donner aux Conftellations de l'Écreviffe & du Capricorne les
» noms qu'elles portent, nous a dévoilé, fans y penfer, les vraies raifons
» qui ont réglé le choix des noms qu'on a donnés aux autres.

» Voici, dit-il, les motifs qui ont fait donner aux deux Signes, que
» nous appellons les portes ou les barrières de la courfe du Soleil, les noms
» d'Écreviffe & de Chèvre fauvage. *L'Écreviffe eft un animal qui marche*
» *à reculons & obliquement : de même le Soleil parvenu dans ce Signe,*
» *commence à rétrograder & à defcendre obliquement. Quant à la Chèvre,*
» *fa méthode de paître eft de monter toujours, & de gagner les hauteurs*
» *tout en broutant : de même le Soleil arrivé au Capricorne, commence à*
» *quitter le point le plus bas de fa courfe, pour revenir au plus élevé.*

» Si les deux Conftellations fous lefquelles le Soleil fe trouve aux deux
» Solftices, n'ont reçu ces noms que pour défigner, par un mot ou par un
» rapport de reffemblance, ce qui fe paffe alors dans la Nature, on eft
» raifonnablement porté à croire que les autres Signes du Zodiaque ont
» reçu des noms également propres à caractérifer de mois en mois ce qui
» arrive fur la terre, dans les divers déplacemens du Soleil, le long de l'année.
» Commençons par ceux du Printemps.

S f

» Les Orientaux, suivant la Remarque de M. Hyde dans son Traité de
» la Religion des Perses, n'ont point connu les Gémeaux, ou les deux frères
» Castor & Pollux, dont les Grecs ont fait le troisième Signe du Zodiaque.
» Ce qui est confirmé par le rapport d'Hérodote, qui nous apprend que
» les Égyptiens ne connoissoient pas les Dioscures, ou les noms de ces deux
» frères. C'étoient deux Chevreaux qui occupoient cette place dans l'an-
» cienne Sphère, ou dans le Zodiaque des premiers temps. Pourquoi donc
» donna-t-on les noms du Bélier, du Taureau, & des deux Chevreaux aux
» trois Astérismes que le Soleil parcourt au Printemps?

» C'est un trait de la profonde Sagesse qui veille sur les besoins des
» l'homme, que, pour faciliter la multiplication des troupeaux dont il
» tire sa principale subsistance, les mères se trouvent communèment pleines
» sur la fin de l'Automne. Par cette précaution, le repos de l'Hiver est
» utile à la mère & au petit. Si elle met bas durant la froide saison, le
» petit se tient chaudement sous sa mère. Il se dénoue ensuite à l'aide du
» Printemps, & ses membres délicats se fortifient contre les chaleurs. Les
» premiers venus sont les Agneaux. Ensuite naissent les Veaux. Les Che-
» vreaux viennent assez ordinairement les derniers. Par ce moyen, les
» Agneaux déja forts peuvent suivre le Bélier aux champs dès le commen-
» cement des beaux jours. Les Veaux & les Chevreaux prennent l'air à
» leur tour, & grossissent le troupeau. On s'apperçoit sans peine que
» l'Antiquité a désigné le passage du Soleil sous les trois Constellations
» du Printemps, en leur donnant les noms des trois animaux, dont il paroît
» successivement de nouvelles troupes tout le long du Printemps ; & qui
» pouvant se trafiquer, commencent à faire les richesses de la société. Si
» on a mis deux Chevreaux au lieu d'un, parmi les Signes Printanniers,
» c'est parce que la Chèvre produit communèment deux petits plutôt
» qu'un, & a reçu pour suffire à leur nourriture une abondance de lait
» proportionnée à sa fécondité.

» La furie du Lion pouvoit assez bien marquer celle du Soleil, lorsqu'il
» abandonne le Cancer. La Fille (ou la Vierge) qui paroît à la suite
» du Lion, portant une poignée d'épis, exprime fort naturellement la
» coupe des Moissons qu'on achève alors de mettre bas. Il n'étoit pas pos-
» sible de mieux marquer l'égalité des jours & des nuits qu'amène le
» Soleil parvenu à l'Équinoxe, qu'en donnant aux Étoiles sous lesquelles
» il se trouve alors, le nom de la Balance. Dans la Sphère des Grecs,
» c'étoient les pattes ou les pinces du Scorpion qui donnoient leur nom
» à cette partie du Ciel que nous appellons Balance. Il est croyable que
» l'Occident, sous les premiers Empereurs Romains, prit la coutume de
» donner le nom de Balance à l'Équinoxe d'Automne, pour se conformer
» à la pratique des Orientaux, dans les anciens Monumens desquels la
» Balance se trouve aussi fréquemment que les autres Signes du Zo-
» diaque.

» Les maladies d'Automne, lors de la retraite du Soleil, ont été carac-
» térisées par le Scorpion, qui traîne après lui son dard & son vénin. La
» chasse que les Anciens donnoient aux bêtes féroces à la chûte des feuilles,
» ne pouvoit être mieux marquée que par un homme armé d'une flèche ou
» d'une massue. Le Verseau a un rapport sensible aux pluies de l'Hiver : &
» les Poissons liés ou pris au filet, marquoient la pêche qui est excellente
» aux approches du Printemps.

» Seroit-il possible, après cette explication si simple de l'origine des douze
» Signes Célestes, de conjecturer vers quel temps l'usage de ces noms a
» commencé ? L'ordre que nous venons de voir dans ce qui se passe sur la
» Terre durant le cours de l'année, se trouve assez de même dans tout le
» cœur de la Zone tempérée ; mais il change totalement vers les Tropiques,
» ou sur les bords de la Torride. En Égypte, par exemple, les semailles
» & la récolte se font tout autrement, & dans d'autres temps qu'il n'est
» d'usage dans les climats tempérés. Au lieu de semer en Septembre ou en
» Octobre après avoir donné plusieurs labours pénibles aux terres qu'on
» doit ensemencer, dans l'Égypte on se contente en Novembre de jetter le
» bled sur le limon que le Nil a laissé dans les plaines, & de le couvrir,
» *en y traçant un sillon sans profondeur avec une charrue très-legère*. Au
» lieu que le bled, presque par-tout ailleurs, est sur terre neuf & dix
» mois, quelquefois onze, avant que d'être moissonné, en Égypte il ne
» faut *que quatre ou cinq mois pour receuillir sans frais & sans travail la*
» *moisson la plus parfaite & la plus abondante*. Tout est engrangé dans la
» haute Égypte dès le mois de Mars ou au commencement d'Avril, & un
» peu plus tard dans l'Égypte inférieure. Or le Signe de la Vierge ou de
» l'épi rougissant, qui caractérise la moisson, se rapporte aux mois d'Août
» & de Septembre : l'Août & la moisson, dans bien des Provinces, signifient
» la même chose. Ce n'est donc pas en Égypte que les noms du Zodiaque
» ont été inventés, puisqu'ils expriment un ordre qui n'est pas celui de cette
» contrée. On en trouve une nouvelle preuve dans le Verseau qui désigne
» les pluies & la tristesse de l'Hiver, au lieu que l'Égypte ne connoît presque
» point de pluies, & n'a pas une plus belle saison que l'Hiver. Cependant
» les Égyptiens, même les plus anciens, ont connu les Signes du Zodiaque.
» Leurs Monumens, qu'on sait être de la plus haute Antiquité, sont tout
» couverts de figures, parmi lesquelles on trouve fréquemment l'Écrevisse
» & la Chèvre sauvage ; celles de la Balance & du Scorpion ; celles du Bélier,
» du Taureau, du Chevreau, du Lion, de la Vierge, & les autres. Ils fai-
» soient donc usage des noms qui avoient été inventés avant que leur Co-
» lonie fût établie sur les bords du Nil ; & cette réflèxion nous conduit
» comme par la main jusques dans les plaines de Sennaar, d'où sont sortis
» les Égyptiens & toutes les familles qui ont repeuplé la Terre. C'est parmi
» les enfans de Noé réunis autour de Babel, qu'il faut chercher le premier
» usage de la dénomination des Signes Célestes ; & rien en effet n'étoit ni
» plus nécessaire ni mieux imaginé.

» Les travaux & la vie des hommes, lorsqu'ils se furent extrêmement
» multipliés, ne purent se régler que par l'exacte connoissance du cours
» du Soleil, & par la facilité des annonces de ses divers déplacemens. On
» partagea pour cet effet les Étoiles, sous lesquelles on le voyoit passer &
» repasser, en douze portions égales, parce qu'on avoit observé qu'il les
» parcouroit une fois pendant que la Lune en faisoit environ douze fois le
» tour. Ainsi toute la suite des préparatifs & des opérations qui devoient
» occuper la Société dans le cours d'une année entière, fut exprimée par
» douze mots. Et si l'usage de ces douze mots & des douze portions de
» l'année qui y répondent a passé à la plupart des Peuples, c'est une nou-
» velle preuve qu'il provient comme eux tous, de la source commune du
» genre humain.

Voilà donc l'époque, les motifs, les Auteurs & l'utilité de l'invention du Zodiaque , & en même temps l'origine des noms de ses douze Signes. Voyons à présent l'usage qu'on en a fait dans la Numismatique , ce qu'il signifie, & comment il est représenté sur les Médailles.

Nous trouvons le Zodiaque représenté de différentes façons sur les Monnoies antiques. Il y paroît en partie sur un Médaillon d'Antonin-Pie , & tout entier sur un Médaillon d'Alexandre-Sévère, sur une Médaille d'Élagabale , & sur un Médaillon de Tranquilline , femme de Gordien-Pie ; le Médaillon d'Antonin-Pie , qui se trouve à la planche XVIIIe. du *Museum Pisanum*, ne montre qu'une partie du Zodiaque ; mais il représente le Soleil personnifié & de bout sur un char à quatre chevaux , qu'il anime & qu'il conduit sur les nues en parcourant tous les Signes. Un Cupidon le précède , ayant son arc bandé & prêt à décocher la flèche : au-bas, la Paix à demi couchée tient quelques épis d'une main, & une corne d'abondance de l'autre. Cette pièce fut frappée pour faire honneur à la bonté & à la générosité d'Antonin, qui, dans une famine, employa les trésors qu'il avoit amassés pendant la paix pour procurer l'abondance à ses sujets. C'est pourquoi on le compare ici au Soleil , qui, en passant sous les Signes du Printemps & de l'Été , fertilise la terre , & lui fait produire des moissons & des récoltes abondantes.

Sur la Médaille d'Élagabale , frappée par la Colonie de Ptolémaïs , le Zodiaque est représenté dans son entier, avec Diane la Chasseresse au centre ; ce qui signifie, selon M. Vaillant , dans sa seconde Partie *des Médailles de Colonies* , page 124 , que ceux de Ptolémaïde adoroient particulièrement cette Déesse , & qu'ils étoient fort adonnés à l'Astronomie, dont le Zodiaque est ici le Symbole.

Dans le Médaillon d'Alexandre-Sévère, on voit le Zodiaque tout entier; & Jupiter assis au milieu : il pose la main droite sur une Aigle qui est à côté de lui, & tient un long sceptre de la gauche ; le char du Soleil & celui de la Lune sont au-dessus de sa tête : à ses pieds sont deux figures couchées , symboles de la Terre & de l'Eau. Cette pièce, frappée par les Périnthiens, comme la légende grecque le fait voir, a été fabriquée pour flatter cet Empereur, à ce que croit Ozelius, & pour honorer la sagesse avec laquelle il régloit l'Empire, comme le Soleil, ou Jupiter règle le cours des Astres & des Constellations.

Le Médaillon de Tranquilline représente aussi le Zodiaque en entier ; mais Jupiter est seul au milieu, assis sur une chaise , tenant le sceptre ou une pique de la gauche , & soutenant une petite Victoire de la droite. M. Vaillant , dans le *Selectiora Numismata è Museo D. D. de Camps* , *pag. 94.* , prétend que Jupiter est ici comme principale Divinité des Sardiniens (de ceux de Sardes), qui ont fait frapper ce Médaillon ; qu'on le montre dans le milieu du Zodiaque habité par les Dieux , dont il passoit pour le premier , le plus grand & le plus puissant ; qu'enfin on lui a mis une figure de la Victoire sur la main , pour montrer qu'il la donnoit ou promettoit à Gordien , mari de Tranquilline.

Il y a une Médaille où le Zodiaque est double , avec les têtes d'Isis & d'Osiris au milieu : cette pièce est rangée au nombre des Grecques d'Antonin-Pie, dans le Cabinet de la Reine Christine. Nous donnons trois de ces revers à la planche XXIVe. n°s. 3. 4. & 5.; savoir, ceux d'Antonin-Pie , d'Élagabale & d'Alexandre-Sévère.

S E C T I O N   I I I.

Du Soleil, de la Lune, des Étoiles, &, par occasion, du Dieu appellé
Lunus.

Nous avons suffisamment parlé du Soleil, dans la Section XLVᵉ. du Chapitre V. Ainsi nous nous contenterons de traiter ici de la Lune, &, à son occasion, du petit Dieu *Lunus* & des Étoiles.

La Lune fut adorée par les Grecs, les Romains & plusieurs autres Peuples. Le culte qu'on lui rendit peut bien avoir eu son origine, comme celui de plusieurs autres Divinités, dans les figures de l'Écriture Hiéroglyfique, & dans ces Enseignes ou Tableaux que l'on montroit aux Peuples, dans les premiers temps, pour leur apprendre ce qu'ils avoient à célébrer, à faire, à craindre ou à espérer. On préfentoit fur ces Enseignes la Lune dans ses différentes phafes, pour distinguer les Fêtes que l'on devoit célébrer en l'honneur du vrai Dieu. L'utilité de ces images réalisa bientôt ce qu'elles représentoient, & plaça la Lune au rang des Divinités. Les Peuples de Carres, par une idée bizarre, en firent une Divinité mâle & femelle. Celle-ci fut adorée, chez les Latins, fous le nom de Lune, & chez les Grecs fous celui de *Séléné* : on donna le nom de Lunus à la Divinité mâle. Ces Peuples croyoient que tous ceux qui adoroient la Lune comme une Divinité femelle, étoient assujettis à leurs femmes & maîtrisés par elles ; mais que le contraire arrivoit à ceux qui la révéroient comme mâle.

La Lune fut donc personnifié sous la figure d'un homme, qui porte un bonnet Phrygien, c'est-à-dire, terminé en pointe & recourbé par-devant, & fous celle d'une femme qui a un croissant fur la tête. Ce Dieu & cette Déesse, ainsi que les Étoiles, paroissent fur plusieurs Médailles. *Lunus* y est, comme on vient de les dire, avec le bonnet Phrygien, tantôt à cheval, comme dans une Médaille de la Colonie *Olba*, donnée par M. Vaillant, Partie IIᵉ. *de ses Colonies, page 210.*, & frappée en l'honneur de Gordien-Pie ; tantôt de bout & tenant une pique, comme dans un Médaillon d'Antonin-Pie, que l'on trouve fous le nº. 3. de la planche LXXXI. de Dom Montfaucon, au premier Volume de son Supplément de *l'Antiquité expliquée.* Sur ce Médaillon, la Lune est représentée fous la figure de Diane Chasseresse, avec l'arc en main. La Lune paroît encore de plusieurs autres façons fur les Monnoies antiques ; quelquefois fous la forme d'un croissant, comme dans plusieurs Médailles de Confécrations ; & pour lors elle a ou cinq ou fept Étoiles avec elle ; quelquefois fous la forme de Diane Porte-lumière, montée fur un char à deux chevaux, avec le croissant en tête, & le titre de *Luna-Lucifera*, ou debout & marchant un flambeau allumé dans les deux mains, fous le titre de *Diana Lucifera ;* d'autres fois c'est une tête avec le croissant, qu'une femme, représentant l'Éternité, tient fur fa main gauche vis-à-vis celle du Soleil, qu'elle a fur fa main droite ; c'est ainsi qu'on la voit fur le revers d'une Médaille d'Hadrien.

Comme toutes ces variations font aisées à reconnoître fur les Médailles, singulièrement la Lune fous la forme d'un croissant, & les Étoiles fous leur forme ordinaire, nous ne donnons que quatre revers de Médailles, qui les représentent ; savoir, une du Dieu Lunus à cheval, dont nous venons de parler ; une de la Lune fur un char à deux chevaux ; une de la même Lune

avec le Soleil , fur les mains de l'Éternité ; enfin la quatrième eft un
croiffant de Lune avec fept Étoiles. On les trouvera à la planche XXIVe.
nos. 6. 7. 8. & 9.

Section IV.

Du Temps & des quatre Saifons de l'Année.

On a vu , dans la Section XLIII. du premier Article , Chapitre Ve., où
nous avons parlé de Saturne , quelle a été l'origine de ce Dieu , & comment
il ne fut d'abord deftiné qu'à repréfenter le Temps : tout ce qui a rapport à
ce Dieu , comme fa forme , fes attributs , &c. a été expliqué. On a encore vu
ailleurs que le Temps , & même l'Éternité étoient défignés par une efpèce
de cercle que forme un ferpent en fe mordant la queue. Janus à deux faces,
fignifiant le paffé & l'avenir , devint un autre fymbole du Temps. On fait
auffi qu'on a donné une faux pour arme & pour attribut à Saturne , & quelquefois un fablier ou un aviron pour marquer la viciffitude des jours &
des heures. Tout ce qui a rapport à ces différentes formes , & tout ce que
la Numifmatique nous en a donné , a été repréfenté , autant qu'il a été
néceffaire , dans les planches qui répondent aux inftructions fur cette matière. Il ne refte plus qu'à parler des quatre Saifons de l'Année , & à faire
voir comment elles font exprimées fur les Médailles.

Nous avons déja vu ces quatre Saifons , au n°. 4. de la planche XIe.,
repréfentées par quatre jeunes filles qui s'avancent fur le Zodiaque , pour
aller préfenter à *Rhea*, autrement la Terre , demi-couchée , des fruits ou les
animaux propres à chacune des Saifons qu'elles repréfentent. Les Médailles
nous en fourniffent une autre repréfentation allégorique dans quatre enfans
qui , par leurs attributs , leurs vêtemens ou attitudes , défignent clairement
la propriété de chaque Saifon. Le Printemps nu tient les mains fur fa tête ,
ou porte un panier rempli de fleurs. L'Été auffi nu fe préfente la faucille
à la main , inftrument des Moiffons : quelquefois une double faucille en
marque l'abondance. On reconnoît l'Automne au lièvre qu'elle tient
de la main droite , & au panier plein de raifins & de fruits qu'elle foutient
de la gauche. Les habits dont l'Hiver eft couvert marquent la rigueur du
temps ; on voit d'ailleurs dans fes mains ou une branche d'arbre fec , ou
quelques oifeaux propres à la Saifon. C'eft ce qu'il ne fera pas difficile
de diftinguer , foit dans les Médailles des Enfans de Septime-Sévère , foit
dans celles de Conftantin le Grand , qui toutes ont pour légendes , *Felicia
Tempora* ; termes expreffifs du bonheur dont jouiffoit l'Empire fous le
règne de ces Princes. Nous nous contentons de donner un de ces revers :
voyez la planche XXIVe. n°. 10.

Section V.

*Des Volatiles qui habitent le Ciel , & dont il eft fait mention fur les
Médailles.*

On a vu , au Chapitre Ve., que les oifeaux ou leurs figures ont été
employés dans dans les premiers temps , chez les Égyptiens , pour annoncer
les vents & leur qualité ; que l'Épervier marquoit le vent Étéfien Septentrional

trional , la Huppe celui du Midi , & par conféquent le débordement du Nil , ou la retraite de fes eaux ; circonftances effentielles à annoncer à ces Peuples , par les raifons que l'on trouve en plufieurs endroits du même Chapitre ; que d'autres oifeaux , comme le Corbeau , l'Ibis , la Poule de Numidie , fervoient auffi à faire connoître quelques vents ; que l'utilité que l'on tiroit de la vue de leurs figures , quand on les expofoit au Public , pour apprendre ce qu'on avoit à craindre , à efpérer & à faire , les avoit fait confidérer , après un certain temps , comme des Divinités ; qu'enfin , par une fuite du culte qu'on leur rendoit , on les avoit repréfentés fur un grand nombre de Monumens qui ont paffé jufqu'à nous.

Dans le nombre de ces Monumens , on peut compter les Médailles ; car , quoiqu'on n'y voie pas l'Épervier , la Huppe & quelqu'autres animaux , plufieurs de ces pièces fe trouvent cependant chargées d'oifeaux qui font peut-être deftinés à l'annonce des vents & de leurs effets , & qui ont leur fignification particulière. Tels font l'Aigle , la Colombe , la Chouette , le Coq , les Poulets , l'Ibis , le Phénix , le Paon , & même jufqu'aux Abeilles , qu'on voit fur nos Monnoies antiques , & qui forment autant d'attributs ou fymboles de quelques Divinités , de quelques parties du Monde , de quelques Empires , Royaumes , Provinces & Villes.

Il y a des revers où ils paroiffent comme victimes , dans les Sacrifices : ils fervent encore aux Augures , aux Apothéofes ou Confécrations. Voici ceux qu'on a repréfentés le plus ordinairement fur les Médailles : nous ajouterons une courte explication de ce qu'ils y fignifient.

L'Aigle.

Cet oifeau marque en général plufieurs chofes fur les Médailles. C'eft un fymbole & un attribut ordinaire de la Divinité : il le devient en particulier de Jupiter , fur-tout lorfqu'il eft repréfenté avec la foudre. La Providence , la fouveraine Puiffance , & fingulièrement l'Empire Romain , font caractérifés par le même fymbole. Si l'Aigle fe préfente les ailes éployées , la tête levée , & les regards fixés vers le Ciel , il fert alors à marquer l'Apothéofe des Princes. Nous le trouvons fréquemment fur les Médailles des Rois & des Princes qui ont adoré Jupiter d'une manière plus particulière que les autres. Les Grecs ont adopté ce Symbole auffi fréquemment que les Latins , comme il eft aifé de s'en convaincre par le nombre des Monnoies qui nous reftent des Rois d'Égypte , de Syrie & autres , chargées du même Symbole.

La Chouette.

La Chouette fut l'oifeau favori de Minerve : elle étoit auffi le fymbole de la Sageffe & d'Athènes. On la voit fur un Autel , dans les Médailles de Néron , comme fymbole de cette Déeffe : elle eft feule fur un revers de Conftantin le Grand , comme fymbole de la Sageffe & de la Prudence de ce Prince : c'eft enfin par le même fymbole que les Médailles défignent la Ville d'Athènes & les Colonies qui en font forties. Comme c'eft un oifeau de nuit , les Anciens en plaçoient la figure près de celles des Néomenies , quand elles arrivoient le foir , pour montrer que les Sacrifices que l'on faifoit dans ces fêtes feroient célébrés la nuit.

La Colombe.

La Colombe est l'oiseau favori de Vénus : il lui fut consacré & donné pour symbole à cause de son penchant naturel à l'Amour & à la multiplication. Elle est aussi, comme la Corneille & la Tourterelle, le symbole de la Fidélité conjugale. C'est un de ces oiseaux que l'on a fait frapper au revers de quelques Médailles d'Impératrices, comme de Faustine, &c, pour représenter l'Union & la Fidélité conjugales. La Colombe se trouve sur plusieurs pièces, avec la tête de Vénus. On peut en voir quelques-unes à la planche XIIe., sous le titre de la Concorde.

La Corneille, le Coq, les Poulets & les Abeilles.

Ces oiseaux & volatiles se rencontrent aussi sur les Types de quelques Médailles : la Corneille, le Coq & les Poulets servent aux Augures ; les Abeilles, comme symboles des Colonies, sont particulièrement sur les Médailles d'Éphèse. On voit la Corneille sur le trépied d'Apollon, & quelquefois dessous. Le Coq, sur certaines pièces, figure parmi les Instrumens Pontificaux, & marque sa destination au Sacrifice ; sur d'autres, il signifie la Vigilance. Les Anciens en exposoient aussi la figure pour annoncer les Sacrifices du matin. Les Poulets étoient représentés dans une cage où on les nourrissoit, & dans laquelle on les examinoit pour savoir s'ils mangeoient avec avidité ou non ; car dans le premier cas l'Augure étoit réputé pour heureux, & pour sinistre dans le second.

L'Ibis.

Cet oiseau, dont la figure approche de celle de la Cicogne, se trouve sur certaines Médailles de l'Empereur Hadrien, aux pieds de l'Égypte, sous la forme d'une femme couchée, parce que c'étoit un oiseau sacré, & même une Divinité adorée par les Égyptiens.

Le Paon.

Le Paon, chéri de Junon, lui sert d'attribut & de symbole sur les Médailles : sur un revers de celle de l'Isle de *Cos*, deux Paons, attelés à un char fait en forme de nacelle, traînent cette Déesse. Le même oiseau, sur les Médailles des Apothéoses ou des Consécrations, paroît porter au Ciel l'ame des Princes & Princesses. On l'y trouve encore de plusieurs autres façons.

Le Phénix.

Le Phénix, que la Fable a supposé renaître de ses cendres, est représenté sur les Médailles, selon cette idée, pour être le symbole de l'Éternité, ou d'une longue durée de vie, de temps, de prospérité d'un Empire & d'un règne, & du changement ou renouvellement heureux d'un État sous certains règnes. On le voit, sur-tout dans quelques Types des Médailles de Constantin, posé sur un Globe semé d'étoiles, ou sur un autre Globe que cet Empereur soutient de la main. Il a toujours la tête rayonnée, parce qu'il passoit chez les Anciens pour une espèce de Divinité.

On

On trouve ces oiseaux dans plusieurs endroits de nos planches ; ce qui suffit pour nous dispenser de les donner ici exprès. On en connoît la figure, & ce que nous venons de rappeller à la mémoire montre assez clairement de quelles Divinités, de quelle Ville, &c. ils sont les symboles, & quelle est leur signification sur les Médailles. Au surplus, on peut recourir au n°. 13. de la planche IIIe. pour y voir l'Ibis : l'Aigle & le Paon sont parmi les Médailles des Apothéoses, à la planche XXIe. : la Colombe, la Corneille & le Phénix se trouvent à la planche XIIe., sous les Types de la Concorde & de l'Éternité. Quant aux Abeilles, on en connoît la forme, & l'on sait qu'elles sont le symbole des Colonies ; c'est tout ce qu'on en peut savoir. Passons à l'Article II. : il sera étendu, curieux & instructif ; on y trouvera tout ce qui regarde le Globe Terrestre sur les Médailles.

A R T I C L E   I I.

Du Globe Terrestre, & de ses Parties ; c'est-à-dire, des Mers, des Fleuves, des Rivières, des Plantes, des Animaux, & de tout ce qui concerne ce Globe sur les Médailles antiques.

LE titre de cet Article annonce un objet très-vaste ; aussi sera-t-il divisé en quarante-sept Sections ; nous éviterons cependant la longueur autant qu'il sera possible.

S E C T I O N   I.

Du Globe Terrestre en général, & de ce qu'il signifie sur les Médailles.

Le Globe Terrestre, symbole de toute la Terre, paroît souvent sur les Médailles antiques, où il a différentes significations. Sur certaines Médailles de Jules-César, on le voit avec ses cercles, & sur d'autres avec le Gouvernail, le Caducée, la corne d'Abondance & l'Apex, ou le Bonnet Pontifical. Là il a sa signification naturelle, & représente la Terre & ses parties : c'est ainsi qu'on le trouve à la planche XXIVe. n°. 11. Le Globe nu & sans cercles, ou même avec ses cercles, se rencontre encore souvent sous les pieds des Divinités ou de leurs symboles, comme, par exemple, aux pieds de la Fortune, de la Victoire, & sous l'Aigle, dans les Consécrations, &c. Rien de plus ordinaire que le Globe à la main des Empereurs, sur leurs Monnoies. Il sert aussi comme de siège à plusieurs femmes qui représentent l'Italie ou quelqu'autre Partie du Monde. Enfin on le rencontre placé de plusieurs autres façons sur les Médailles, & il y a presque par-tout des significations différentes, dans le détail desquelles on n'entrera qu'à mesure qu'il se présentera des Médailles à expliquer. En général, le Globe Terrestre, sur une bonne partie des revers où il se trouve, est le symbole de l'Univers : entre les mains des Empereurs, il signifie la souveraine puissance sur l'Empire, ou l'Empire même. On peut le voir entre les mains de l'Empereur Constance, à la planche XXIVe. n°. 12.

Tt

Section II.

Des trois Parties du Monde connues par les Anciens.

Trois Globes rassemblés & réunis en triangle, sur une Médaille de la famille *Cocceia*, que nous donnons à la planche XXIVᵉ. nᵒ. 13. représentent l'Asie, l'Europe & l'Afrique : on y voit cette légende *Asi. Eur. Afr.*; ce sont les noms latins de ces trois Parties. C'étoient les seuls qui fussent connues dans ces temps éloignés ; car l'Amérique, qui est la quatrième Partie, n'a été découverte qu'en 1491. par Christophe Colomb. L'assemblage de ces trois Globes, au revers de cette Médaille qui porte la tête d'Auguste à la face, donne à entendre que du temps de cet Empereur l'Asie, l'Europe & l'Afrique étoient réunies sous l'Empire Romain.

Section III.

De l'Achaïe.

Je n'entreprendrai pas de décrire les différentes Provinces des trois Parties de la Terre ; ce dessein nous meneroit trop loin : d'ailleurs ce n'est pas ici un ouvrage de Géographie. Nous nous contenterons de rapporter, par ordre alphabétique, celles dont il est mention sur les Médailles, pour les faire connoître par leurs symboles & leurs propriétés distinctives sur ces Monumens. Commençons par l'Achaïe.

L'Achaïe, sur un revers de l'Empereur Hadrien, est représentée sous la figure d'une femme qui a un genou en terre devant ce Prince qui lui tend la main, comme pour la relever. Elle paroît lui rendre hommage, le féliciter sur son arrivée dans cette Province de la Gréce Péloponoise, & lui rendre de justes actions de graces pour tous les bienfaits dont il l'a comblée. Aussi lui donnet-elle dans la légende le titre glorieux de Restaurateur de l'Achaïe, *Restitutori Achaiæ*.

Entre la figure de l'Empereur & celle de la femme, il y a un vase duquel il sort une plante à feuilles longues & pointues, & dont la tige porte une fleur assez semblable à celle d'un Lis fermé. Sans doute que cette plante, dont les Auteurs ne nous apprennent pas le nom, étoit propre au Pays, & qu'elle étoit précieuse & rare, puisque la Médaille suppose que l'Achaïe la présente à l'Empereur comme une chose digne de lui. Cette fleur, si on la connoissoit, pourroit passer pour le symbole de la Province qui la produit, & qui la présente. Voyez-là au nᵒ. 14. de la planche XXIVᵉ.

Section IV.

De l'Afrique.

Une femme tantôt droite, tantôt assise, ou à demi couchée, mais toujours coëffée d'une tête d'Éléphant armée de sa trompe, représente l'Afrique. Ses symboles sont un Cheval avec deux ailes, ou un Scorpion auprès d'un Cheval, quelquefois au-dessus du même animal, & prêt à franchir un fossé ; alors le Cheval est sans ailes. On apperçoit aisément l'analogie de ces attributs avec l'Afrique, qu'on fait être très-fertile en bons Élephans & en Scorpions. Comme les Lions qu'elle nourrit dans fon fein font plus forts que dans toute autre partie du Monde, on la défigne auffi fouvent par un de ces animaux placé à côté d'elle. Enfin la fertilité de plufieurs de fes Contrées lui a fait donner encore pour fymboles des paniers & des bouquets d'épis. Nous nous bornerons à trois Médailles, nᵒˢ, 15. 16. & 17. de la planche XXIVᵉ., pour la faire connoître.

SECTION V.

De l'Allemagne.

L'Allemagne, une des grande partie de l'Europe, eft repréfentée fur les Médailles fous la forme d'une femme debout, qui tient une pique de la main droite, & qui appuie la gauche fur un bouclier. Subjuguée par les Romains, elle eft repréfentée affife à terre, trifte & pleurante au pied d'un trophée militaire, ou bien à genoux aux pieds du Vainqueur, avec un bouclier de forme oblongue & quarrée, mais plus large au milieu qu'aux deux extrémités. Cette efpèce de bouclier femble être fon fymbole ordinaire. Soit que l'Allemagne paroiffe fous la figure d'une femme, ou fous celle d'un homme, dans l'attitude des Peuples vaincus & des Prifonniers de guerre, on la trouve prefque toujours avec ce bouclier oblong, & l'on diftingue parfaitement fa forme parmi les dépouilles militaires Germaniques, dont on a compofé des trophées après les Victoires remportées fur les Germains. Nous en donnons trois repréfentations aux nᵒˢ. 18. 19. & 20. de la planche XXIVᵉ.

SECTION VI.

D'Alexandrie d'Égypte.

On fait qu'il y a eu plufieurs Villes qui ont porté le nom d'Alexandrie. Celle dont il s'agit ici fut bâtie par Alexandre, à l'une des embouchures du Nil, près de la mer Méditerranée : c'eft celle-ci qu'on voit repréfentée fur les Médailles, no -feulementfous la figure d'une tête de femme couronnée de tours, ou portant une couronne murale, comme toutes les autres Villes qu'on a fait graver fur ces Monumens, mais encore avec des caractères diftinctifs, qui marquent fa pofition dans l'Égypte, & la fertilité de fes terres tant en grains qu'en vins, fur-tout à caufe de ce vin fameux appellé *vinum mareo-licum*, que l'on recueilloit dans fon voifinage, près de la fontaine *Marea*. Auffi a-t-on repréfenté cette Alexandrie & fon territoire, tantôt fous la figure d'une femme qui porte d'une main le Siftre, l'un des fymboles de l'Égypte, & de l'autre une petite barque, pour montrer fa fituation près d'un fleuve navigable, tantôt fous celle d'une femme à demi couchée, qui a dans fes mains & devant elle des bouquets d'épis : cette femme s'accoude fur un vafe d'où il fort une vigne & du raifin, ou porte fur le bras gauche une corne d'Amalthée remplie de fruits de la terre.

Nous la donnons de trois façons aux nᵒˢ. 21. 22. & 23. de la planche XXIVᵉ. Nous y ajoutons encore, au nᵒ. 24., un revers où Alexandrie fe trouve fous la figure d'un palmier chargé de fruits, à caufe de la quantité d'arbres de cette efpèce qui croît en Égypte.

Tt ij

S e c t i o n   V I I.

De l'Arabie.

L'Arabie, qui forme un Pays des plus confidérable de l'Afie, fe divife en trois parties, dont l'une s'appelle l'*Arabie Pétrée*, dénomination qu'elle tire de *Pétra* fa capitale ; la feconde l'*Arabie déferte*, parce qu'elle eft entre-coupée de montagnes & de fables ftériles & deferts ; la troifième l'*Arabie heureufe*, à caufe de fa grande fertilité. Elle eft repréfentée fous la figure d'une femme à longue robe, qui tient un rofeau aromatique d'une main, & de l'autre une branche d'arbriffeau, ou d'une plante balfamique. Elle a auprès d'elle un Chameau ou une Autruche. Ces animaux & les aromates y font fi communs, qu'ils deviennent fes fymboles. On voit encore l'Arabie & l'Adiabène repréfentées par deux Captifs affis à terre & attachés à un trophée ; mais c'eft moins l'Arabie, que fa captivité, que l'on a gravée après fa réduction fous la puiffance de l'Empire Romain.

Nous donnons deux revers de cette Province d'Afie aux nᵒˢ. 25. & 26. de la planche XXIVᵉ.

S e c t i o n   V I I I.

De l'Arménie.

L'Arménie eft un des plus beaux & des plus fertiles Pays de l'Afie. Elle eft repréfentée tantôt par une figure humaine, tantôt par des inftrumens de Guerriers & de Chaffeurs. Ses fymboles font l'Arc dans fon étui, avec des Carquois de différentes formes, pleins de flèches. Pour la repréfenter fous la figure humaine, on a choifi celle d'un homme habillé de long, comme fes Habitans, qui a la tête couverte d'un bonnet quelquefois pointu & recourbé, d'autres fois crénelé par le haut. Comme Guerrier & Chaffeur, il eft armé d'une pique & d'un arc, & fe préfente debout ; mais pour marquer la réduction de cette Province fous la puiffance des Romains, ce même Guerrier paroît affis à terre, au pied de quelque trophée, où il verfe des pleurs fur fes propres armes.

Nous donnons un revers des fymboles de cette Province, & trois autres qui repréfentent un Arménien dans trois différentes attitudes. Voyez la planche XXIVᵉ. nᵒˢ. 27. 28. 29. & 30.

S e c t i o n   I X.

De l'Afie.

L'Afie eft une des trois parties du Monde connues par les Anciens. Elle fe divife en Afie majeure & en Afie mineure ; mais cette divifion eft étrangère à ce Traité. L'Afie, en général, eft repréfentée fur les Médailles fous la figure d'une femme qui tient un Serpent d'une main & un gouvernail de l'autre ; elle a une couronne crénelée, fur certains revers ; elle porte fur d'autres un diadême ou une forte de coëffure dont on ignore le nom. Le gouvernail & la pouppe de Vaiffeau, qu'on remarque au nombre de fes attributs

ordinaires, marquent la navigation & le commerce maritimes qui ont toujours fleuri dans cette feconde partie de l'Univers : fi l'on prête à l'Afie le
Serpent pour fymbole, c'eft qu'il s'y en trouve beaucoup. Il ne faut pas
chercher d'autre explication à quelques Médailles qu'on a fait frapper pour
Augufte & pour Antoine, au fujet des victoires qu'ils avoient remportées fur
l'Afie, & que le premier a réduit en Province de l'Empire. On y a repréfenté
la Victoire avec deux ailes, un palme & une couronne de laurier, placée
debout fur une bafe, entre deux Serpens ; ce qui a donné lieu à bien des
conjectures plus myftérieufes que naturelles. Nous donnons trois revers de
l'Afie à la planche XXIVe. n°s. 31. 32. & 33.

S E C T I O N X.

Augsbourg, ou Ausbourg, & fon Pays.

Aufbourg, appellée en latin *Augufta Vendelicorum*, capitale de la Franconie, l'une des plus confidérable & des plus ancienne Ville de l'Allemagne,
eft connue fur les Médailles d'Augufte & de Tibère-Claude, auffi bien que
la Rhétie dans les Alpes, qui en faifoit la principale partie, puifque, dans le
partage des Provinces de l'Empire, après que ces deux Empereurs eurent
fubjugué ces Peuples, & que le premier y eut établi une Colonie, on appella
la Rhétie proprement dite, *Rhétie première*, & la Vindelicie, ou le Pays
d'Ausbourg, *Rhétie feconde*.

Ausbourg & fon Pays font repréfentés fur un revers d'Augufte fous la
figure d'une femme habillée, avec une couronne tourelée fur la tête. Elle
a une pomme de pin dans la main droite, & tient fur le bras gauche une
corne d'Abondance, dont il fort de pareils fruits. Ce font les armes & le
fymbole de cette Ville, à caufe de la quantité de pins & de fapins qui fe
trouvent dans fon territoire. La Rhétie a le même fymbole fur les Médailles
de Tibère-Claude, où l'on voit une Pomme de Pin fur un char de triomphe, à
l'un des revers, & au fecond une autre Pomme pofée fur une bafe. Confultez
ces trois Médailles aux n°s. 34. 35. & 36. de la planche XXIVe.

S E C T I O N X I.

De la Bithynie.

La Bithynie, appellée auparavant la Bébrycie, eft placée au Septentrion
de l'Afie mineure. Cette Province eft repréfentée fous la figure d'une femme
habillée d'une robe fort longue & fort ample, avec une couronne murale
en tête. C'eft ainfi qu'elle fe préfente fur une Médaille d'Hadrien, où, mettant
un genou à terre, elle femble le reconnoître pour fon Reftaurateur & le remercier de fes bienfaits. On remarque dans la main de cette figure un Étendard d'une forme particulière ; il lui fert de fymbole. La légende porte,
Reftitutori Bithyniæ. Ses Villes principales renverfées par un tremblement
de terre & rétablies par l'Empereur, dont les libéralités contribuèrent beaucoup à leur rendre leur première fplendeur, ont fans doute fourni l'occafion
de graver un Monument fi digne de paffer à la Poftérité. Cette pièce manque
dans nos planches ; mais on peut aifément s'en paffer après la defcription
que nous venons d'en donner.

Section XII.

De la Bretagne.

La Bretagne confidérée foit dans la prefqu'Ifle de l'Océan, qui eft fous la domination de la France, & qui fait une de fes principales Provinces, fous le nom fimple de la Bretagne, foit dans l'Ifle qui comprend les Royaumes d'Écoffe & d'Angleterre, fous le nom de Grande Bretagne, ne faifoit qu'un tout fous la domination des Empereurs Romains ; ce qui n'empêche pas cependant que les Romains ne l'aient repréfentée fur leurs Médailles de plufieurs façons, relativement à la fituation ou de fon tout ou de fes différentes parties. On remarque, dans un revers d'Antonin-Pie, un jeune homme prefque nu & affis fur un globe flottant fur la furface de la mer, & l'on préfume avec quelque apparence qu'il repréfente l'Angleterre ou la Grande Bretagne, qui femble offrir un nouveau Monde forti de la mer & flottant fur fes ondes.

Un autre jeune homme affis fur des rochers, ou fur les dunes, au bord de la mer, paroît défigner quelqu'autre partie d'une des deux Bretagnes. Une femme debout, qui tient un gouvernail avec la proue ou la pouppe d'un Vaiffeau à fes pieds, au revers de l'Empereur Claude, annonce ou fa fituation au milieu des eaux que l'on ne peut traverfer fans Vaiffeau, ou fon riche commerce par le moyen de la navigation.

Enfin l'on connoît trois autres revers qu'on donne à la Bretagne : le premier repréfente un Cheval ; le fecond un bel Épi ; le troifième un Anglois nu combattant contre un Romain. Deux de ces Types peuvent bien marquer qu'une partie de la Bretagne donne un grand nombre de bons Chevaux, & qu'une autre abonde en grains ; le dernier fait connoître que fes Habitans avoient l'humeur guerrière, & féroce dans les temps où l'on a frappé ces Médailles ; caractère dont les Anglois, tout éclairés qu'ils font par les Lettres & par la Philofophie, ont bien de la peine à fe défaire : on fait que c'eft le dernier des Peuples de l'Europe & du Monde entier, qui a confervé les combats des Gladiateurs, & qui s'en eft fait un jeu. Il n'y a pas long-temps qu'ils y font défendus. De ces revers, l'un a pour légende *Duno ;* c'eft l'abrégé de *Dunobilius ;* le fecond porte *Camu ;* c'eft l'abrégé de *Camelodunum* (Dunkefter) ; le dernier n'a point de légende. On remarque fur ces pièces que les Bretons ou les Anglois avoient pour arme un Étendard fort court, dont la forme a varié, un Poignard & un Bouclier ovale ; ce qui peut, avec les Rochers & les Dunes, ou Côtes de la mer, paffer pour fes fymboles.

On donne fept de ces revers ; favoir quatre aux nᵒˢ. 37. 38. 39. & 40. de la planche XXIVᵉ. & trois aux nᵒˢ. 1. 2. & 3. de la planche XXVᵉ.

Section XIII.

De la Cappadoce.

La Cappadoce, généralement parlant & sans avoir égard à sa division en première & seconde, en grande & en pontique, est une portion considérable de l'Asie, partagée en dix ou onze Gouvernemens, sous les Empereurs Romains qui la conquirent. On la représente sous une figure, qu'on prendroit pour celle d'une femme à son air & à sa couronne murale, ornement de tête ordinaire des Villes & des Provinces, & pour un homme à son habillement formé d'une tunique & d'un manteau fort courts, avec la dépouille d'un Lion ou d'une Autruche, autour du col ; ce qu'on ne remarque à aucune autre femme, sur les Médailles.

Quoi qu'il en soit du sexe, cette figure, outre sa couronne murale, porte un étendard à la main gauche, & sur la droite des montagnes accumulées les unes sur les autres, en forme de pyramides : tous ces ornemens sont symboliques : la couronne murale ou tourelée est pour faire entendre qu'elle renferme beaucoup de Villes dans son sein ; l'étendard apprend que ses habitans étoient de vaillans Guerriers ; la peau de Lion ou d'Autruche marque la quantité de ces animaux qui se trouvoient dans le pays ; les montagnes entassées sur la main font connoître, suivant quelques Auteurs, qu'il est environné de plusieurs montagnes, qui lui servent comme de limites. Cette pièce a été oubliée dans nos planches, par les Graveurs.

Section XIV.

De la Dace.

La Dace, ou Dacie, est représentée de plusieurs façons sur les Médailles ; quelquefois par la figure d'un homme debout, ou bien assis sur des boucliers & autres dépouilles militaires ; ou bien, il est couché sur un grand bouclier, au pied d'un trophée, dans l'attitude d'un captif ; mais alors il représente moins, sur ces revers, la Dace avec ses attributs & ses symboles, que la Dace subjuguée & devenue Province de l'Empire, par le sort des armes.

La Dace elle-même est représentée, sur les Monnoies antiques, par une femme tantôt de bout, tenant une pique au haut de laquelle on remarque une tête semblable à celle d'une chèvre, tantôt assise sur des montagnes, avec deux enfans, dont l'un lui présente une palme & l'autre une espèce masque ou tête, dont nous ne connoissons pas la signification : elle a près d'elle un muid ou une autre mesure à l'usage des grains : enfin on trouve cette même femme assise sur une cuirasse, ayant une palme à la main gauche & un étendard dans la droite. Les montagnes sur lesquelles elle est assise, désignent la situation de la Dace, qui est dans un pays montueux. La palme qu'elle tient, ou qu'un enfant lui présente, peut marquer l'état de liberté dans lequel elle rentra sous l'Empereur Hadrien. Si les étendards qu'on lui voit en main, n'étoient pas de différentes formes, on les regarderoit comme des Symboles ; mais cette qualité semble ne convenir qu'à celui qui eſt ſurmonté d'une tête de chèvre, preuve de la quantité de ces animaux qu'on trouve dans le pays.

Nous donnons la Dace de quatre façons différentes, à la planche XXVe. no. 4. 5. 6. & 7.

S E C T I O N   X V.

De la Dardanie.

La Dardanie a pris ſon nom de la Ville de Dardanne, ſa Capitale, dans la Troade. Elle eſt repréſentée, ſur les Médailles, par une femme habillée de long & coëffée à la mode du pays & du temps. Elle eſt debout, & relève le pan de ſa robe d'une main, tandis qu'elle tient de l'autre une branche d'olivier. Lorſque Trajan paſſa en Dace, pour la ſoumettre, & longer la Mer, les Dardaniens le reçurent avec des ſentimens de paix, & de grandes démonſtrations de joie; c'eſt ce qui ſe trouve exprimé ſur le revers de la Médaille que nous donnons à la même planche XXVe. no. 8.

S E C T I O N   X V I.

De l'Égypte.

L'Égypte eſt repréſentée, ſur les Médailles, ou par des Symboles ſeulement, ou par une figure humaine accompagnée de ces Symboles. La figure eſt celle d'une femme à demi couchée, & appuyée du bras gauche ſur un panier rempli d'épis, par allégorie à la fertilité du terroir : elle tient un ſiſtre; l'Ibis eſt à ſes pieds. Ce ſiſtre & cet oiſeau, auſſi-bien que le Crocodile, & le Sphinx (eſpèce d'animal à tête de femme & à griffes de Lion, & purement chimérique, que les Arts ont employé ſur tous les Monumens Égyptiens), enſemble ou ſéparément ſont autant d'autres Symboles de l'Égypte. On donne trois revers qui repréſentent ce pays autrefois ſi célèbre, ou en figure, ou en ſymboles : voyez la planche XXVe. nos. 9. 10. & 11.

S E C T I O N   X X V I I.

De l'Eſpagne.

L'Eſpagne eſt repréſentée à la face, & au revers des Médailles. A la face, c'eſt une tête de femme coëffée de ſes cheveux : elle a auprès d'elle un petit bouclier traverſé de deux javelines; c'eſt-là une des marques auxquelles on la reconnoît. Le Lapin, ſi commun en Eſpagne, en eſt une autre. Un bouquet mêlé d'épis & de pavots, eſt le ſymbole de la fertilité de ſes terres & de l'abondance de ſes moiſſons. Auſſi voit-on tous ces différens attributs au revers des Monnoies, où l'Eſpagne eſt repréſentée ſous la figure d'une femme habillée de long, ſuivant ſon ſexe, ou de la tunique militaire à l'uſage du pays.

Sur une Médaille de l'Empereur Hadrien, elle tient un rameau d'olivier, pour marquer les huiles que l'Italie en tiroit annuellement : les rochers ſur leſquels elle paroît accoudée, indiquent la nature de certaines de ſes contrées

pierreuſes

pierreuſes & montagneuſes. On lui voit ailleurs le Palladium ſur la main, & une corne d'abondance entre les bras. Elle eſt encore repréſentée aux pieds du même Empereur, qui lui tend la main pour la relever. Enfin trois boucliers gravés l'un ſur l'autre, avec une pique, la lame d'un ſabre, ou bien un trophée formé d'un tas de boucliers, de javelines & d'armes faites à la manière des Eſpagnols, montrent, ſur certains revers de l'Empereur Auguſte, que l'Eſpagne étoit célèbre par l'humeur guerrière, & par les faits d'armes de ſes habitans. Six Médailles que nous donnons à la planche XXVe. n°s. 12. 13. 14. 15. 16. & 17. ſuffiront pour faire connoître les autres.

SECTION XVIII.

De la France ou Franconie.

On trouve des Médailles de Galba avec la légende, *Gallia Hiſpania*, & d'autres avec celle de *Gallia* ſeulement. Quelques-unes de Conſtantin le Grand portent le nom de *Francia*; il y en a auſſi de Gallien ſur leſquelles on lit; *Reſtitutori Galliæ*, & *Adventui Auguſti Galliæ*. Par le mot *Gallia*, il eſt vraiſemblable que l'on entendoit les Gaules, ou la partie de l'Europe qui forme aujourd'hui une partie du Royaume de France; mais par le mot *Francia*, on doit entendre le pays des Francs, c'eſt-à-dire, la Franconie.

Nous ne remarquons ſur ces Médailles aucune marque diſtinctive entre les figures qui repréſentent la France & l'Eſpagne; par-tout c'eſt une femme qui ſacrifie ſur un Autel, à l'occaſion de l'arrivée de l'Empereur, ou qui met un genou à terre pour lui rendre, avec ſes hommages, des actions de graces de ſes bienfaits, comme à un Reſtaurateur magnifique.

Il eſt vrai que ſur un revers de Galba l'Eſpagne & la France ſont repréſentées autrement que ſur les précédens : ce ſont deux figures militaires, dont la première tient le caſque avec les deux javelots, ſymboles de l'Eſpagne, & la ſeconde, une pique ſeulement; mais ſur cette première Médaille on a voulu repréſenter Galba & Julius-Vindex ſe donnant la main, & jurant enſemble de dépouiller Néron, l'un de l'Eſpagne, & l'autre de la Gaule ou de la France.

Quant à la Franconie, *Francia*, c'eſt auſſi une figure de femme repréſentée au pied d'un trophée comme captive, & ſubjuguée par Conſtantin. Nous donnons cette repréſentation au n°. 18. avec deux de la France aux n°s. 19. & 20. de la planche XXVe.

Section XIX.

Des trois Gaules.

Les trois Gaules, *Tres Galliæ ;* favoir, la Gaule Celtique, la Belgique & l'Aquitaine, font repréfentées fur une Médaille de l'Empereur Galba, & non d'un de fes Ancêtres, comme certains Auteurs l'ont penfé. Ce font trois têtes, dont l'une porte les cheveux en groffes boucles ; une autre, les cheveux courts & frifés ; la troifième enfin, un cafque. Une partie des revers de cette Médaille a un épi de bled entre chaque tête ; fur l'autre, il y a un globe au lieu d'épis. Le premier de ces fymboles indique la qualité des terres propres aux grains ; le fecond, la fouveraine puiffance de l'Empereur. Nous donnons cette pièce au n°. 21. de la planche XXVe.

Section XX.

D'Ilerda ou Lérida.

Ilerda, aujourd'hui Lérida, Ville de la Catalogne, eft repréfentée, fur une Médaille de l'Empereur Augufte, par un Loup, avec la légende *Ilerda.* Ce fymbole lui a, fans doute, été donné à caufe de la grande quantité de Loups qui fe trouvoient dans un vallon qui en étoit près. On donne cette Médaille au n°. 25. de la même planche.

Section XXI.

De l'Illyrie.

L'Illyrie eft une contrée de l'Europe : on lui a affigné diverfes bornes, felon les temps. Si on la divife en trois Diocèfes, le premier comprenoit l'Ilyrie propre ou Occidentale ; la Ville de Sirmich en étoit la Capitale : le fecond avoit Sardique pour Capitale, & s'étendoit dans les pays fitués entre la Macédoine & le Danube : enfin la troifième, qui étoit l'Orientale, renfermoit toute la Grèce ; elle avoit Theffalonique pour Métropole.

Quoi qu'il en foit de fes bornes & de fon contenu, nous avons déja vu, à la planche VIIIe. n°. 23., un revers de Trajan-Dèce, où le Génie de l'Armée d'Illyrie, *Genius Illyrici,* eft repréfenté avec le muid fur la tête, une Patère à la main droite, & une Enfeigne Romaine derrière lui.

Il y a deux Médailles, l'une de Maximien, & l'autre de Valère-Conftance, qui repréfentent fur chaque revers un de ces Empereurs à cheval fur un Trirème, avec la légende, *Virtus Exercitus Illyrici.* Peut-être ce Type a-t-il rapport à quelque victoire navale remportée par chacun de ces Empereurs, fur les ennemis de l'Empire. Nous donnons ce revers à la planche XXVe. n°. 22.

Section XXII.

De l'Italie.

L'Italie est représentée, à la face de quelques Médailles dont l'Antiquité est incertaine, par une tête couronnée de laurier, avec la légende *Italia*. Au revers est une femme couronnée d'une couronne murale, sur certaines pièces, & sans couronne sur d'autres. Quand elle paroît comme Maîtresse du Monde, sous les Empereurs, elle est assise sur un Globe, ou elle le porte à la main : elle tient encore une corne d'abondance. Le Globe marque son Empire souverain, & la corne d'abondance sa fertilité. Voilà ce qu'il y a d'essentiel pour connoître l'Italie. Sur certaines Monnoies, on la voit offrir des Sacrifices pour l'arrivée de l'Empereur ; sur d'autres de Nerva, elle paroît, sous la figure d'un enfant, implorer la protection du Prince, & se mettre sous sa tutéle ; mais ce sont plutôt des événemens que des symboles qui sont consacrés sur ces revers. On la donne de deux façons aux n°s. 23. & 24. de la planche XXVe.

Section XXIII.

De la Judée.

La Judée, en général, a, depuis sa captivité, un palmier pour symbole. On la représente tantôt sous la figure d'une femme debout, ou assise au pied de cet arbre, & quelquefois d'un trophée, tantôt sous celle d'un homme & d'une femme en même temps, pour montrer la captivité de l'un & l'autre sexe, après la réduction de la Judée sous les Empereurs Vespasien & Tite. L'attitude de toutes ces figures marque leur consternation. Dans une Médaille d'Hadrien, on voit cette Province debout vis-à-vis de l'Empereur, près d'un Autel sur lequel elle offre un Sacrifice pour son heureuse arrivée dans le pays. Elle est aussi à genou devant ce Prince, sur un autre revers, où elle semble lui demander quelque grace pour elle, & pour ses habitans représentés par trois enfans nus, qui lèvent les mains vers celui dont ils attendent un sort heureux. On a quelquefois représenté, par dérision, la Judée errante çà-&-là avec ses Peuples, sous le symbole d'une laie qui erre avec ses petits pour chercher à vivre. Une des Médailles qui font tant d'honneur à la bonté de Nerva, nous laisse un Monument de la reconnoissance de cette Province envers cet Empereur : la légende en explique le sujet, dont on parlera plus amplement dans la suite, *Fisci Judaici calumnia* Nous donnons six de ces revers à la planche XXVe. n°s. 27. 28. 29. 30. 31. & 32.

S e c t i o n XXIV.

De Lyon.

La Ville de Lyon, bâtie par Marc-Antoine & ſes Collègues, avoit pour ſymbole un Lion paſſant & agitant ſa queue, comme s'il étoit en furie. Elle a encore aujourd'hui pour armes ce Lion analogue à ſon nom. Le Génie de cette Ville ſe préſente au revers d'une Médaille d'Albin, couronné d'une couronne murale, tenant la pique d'une main, & la corne d'abondance de l'autre, avec une Aigle à ſes pieds. La légende *Gen. Lug.* (au Génie de Lyon), ne laiſſe aucune équivoque. Vaillant penſe, d'après Hérodien, que ce Monument a été frappé à l'occaſion de la marche d'Albin contre Septime-Sévère dans les Gaules. Nous donnons les armes parlantes de Lyon dans un revers qui ſe trouve à la planche XXVᵉ. nᵒ. 26. Celui de la Médaille d'Albin a été déplacé & mis au nᵒ 2. de la planche précédente.

S e c t i o n XXV.

De la Macédoine.

La Macédoine ſe glorifioit d'avoir des chevaux excellens, ſur-tout pour le trait, & vantoit l'adreſſe de ſes Cochers ; auſſi eſt-elle repréſentée aux pieds de l'Empereur Hadrien, ſous la figure d'un Cocher, le fouet à la main, & couvert d'un bonnet ſemblable au Pétaſe de Mercure. Voyez le nᵒ. 33. de la planche XXVᵉ.

S e c t i o n XXVI.

De la Mauritanie.

La Mauritanie, l'une des Provinces de l'Afrique, eſt également repréſentée ſous la figure d'un homme & ſous celle d'une femme. Dans une Médaille de l'Empereur Hadrien, cette femme eſt coëffée d'une trompe d'Éléphant, & ſacrifie à l'Empereur ſur un Autel dreſſé entr'elle & ce Prince ; il paroît que c'eſt un Porc qu'elle va immoler. La petite tête, qui eſt au-bas de l'Autel, repréſente Carthage, ſelon Oiſelius, qui prétend que la tête de cette Ville ſemble être placée ici avec l'Afrique toute entière, pour concourir au Sacrifice d'actions de graces qu'elle va faire à ſon bienfaiteur. Comme la Mauritanie eſt remplie d'Éléphans & de Chevaux, la tête féminine de cette Province eſt ſurmontée d'une trompe qui lui ſert de ſymbole.

A l'égard des figures maſculines qui la repréſentent, elles ſont, ſur les Médailles, dans l'attitude de dreſſer ou de conduire des chevaux. Ces dernières ont une pique à la main, & la féminine un étendard. Nous en donnons quatre repréſentations à la planche XXVᵉ. nᵒˢ. 34. 35. 36. & 37.

SECTION XXVII.

De la Pannonie.

La Pannonie eft un pays très-vafte de l'Europe, fitué entre les monts appellés *Cethi*, le Danube & l'Illyrie. On la divifoit anciennement en Pannonie fupérieure ou première, & en Pannonie inférieure ou feconde. C'eft pourquoi on la trouve, fur les Médailles, repréfentée tantôt par une feule femme, tantôt par deux. La figure unique femble la repréfenter dans fon tout ; les deux en montrent les deux parties.

La Pannonie, en général, eft couronnée de tours, comme la plupart des Villes & des Provinces ; elle tient un étendard de la main droite, & s'enveloppe de la gauche dans une pièce de drap dont elle n'eft qu'à demi-couverte.

Les deux Pannonies font repréfentées par deux femmes habillées d'une tunique courte fur une robe fort longue, & couvertes d'un voile au-deffus d'une autre coëffure. Dans un revers de Trajan-Dèce, elles fe regardent mutuellement, & tiennent enfemble un figne militaire prefque femblable à ceux des Légions Romaines. Sur un autre revers, elles tournent la tête & regardent chacune d'un côté oppofé. On remarque diftinctement un étendard dans la main d'une de ces figures : quelques Auteurs croient voir dans celle de l'autre une maffue d'Hercule ; à fa figure cependant on pourroit le prendre pour un fecond figne militaire. On a fait graver ces trois revers à la planche XXVe. n°s. 38. 39. & 40.

SECTION XXVIII.

De la Parthie.

La Parthe, ou Parthie, ou Parthienne, Province de Perfe, dans l'Afie, formoit autrefois un Royaume confidérable, qui a donné une longue fuite de Rois, avant Jefus-Chrift, & un plus grand nombre encore depuis l'Ère Chrétienne.

Elle eft repréfentée, fur les Médailles, en figures, & par des fymboles. En figures, c'eft un homme couvert d'un bonnet Phrygien, qui porte un étendard attaché à un figne militaire à la Romaine, ou plutôt un étendard Phrygien réuni à un Romain. On le voit en pofture de fuppliant, & dans l'attitude d'un vaincu qui préfente ces étendards à l'Empereur Augufte fon vainqueur.

Sur un revers de Trajan, la Parthe fubjuguée eft repréfentée par deux figures humaines, l'une d'homme & l'autre de femme, qui font affifes auprès d'un trophée compofé de dépouilles Phrygiennes. La Tiare dont les Rois du pays fe couvroient la tête, avec un arc, une flèche & un carquois, au revers d'une Médaille, fervent de fymboles à la Parthe. Nous donnons trois de ces revers à la planche XXVIe. n°s. 1. 2. & 3.

S E C T I O N   XXIX.

De la Phrygie.

La Phrygie, Province de l'Afie mineure, eft repréfentée fous la figure d'un homme aux pieds de l'Empereur Hadrien fon Bienfaiteur & fon Reftaurateur, pour lui marquer fa reconnoiffance. C'eft un homme qu'on reconnoît au bonnet Phrygien, dont la pointe fe recourbe un peu fur le devant. Il s'enveloppe, à la mode du temps & du pays, dans une pièce de toile ou de drap, qui ne le couvre qu'en partie : on lui voit une efpèce de couronne à la main gauche : il femble la préfenter à ce Prince, qui de fon côté lui marque fa fatisfaction, en le relevant de la droite. Voyez le n°. 4. de la planche XXVIe.

S E C T I O N   X X X.

De la Sarmatie.

Les Sarmates, autrefois appellés Sauromates, habitoient un vafte pays fitué partie en Afie, partie en Europe ; d'où on l'a divifé en Sarmatie Afiatique, & en Sarmatie Européenne. Nous avons quelques Médailles de Domitien, de Conftantin & d'autres Empereurs, où il eft queftion de la Sarmatie, mais comme vaincue & fubjuguée par ces Princes. Un Sarmate à genou, dans l'attitude de préfenter aux victorieux deux Enfeignes militaires, la repréfente fur une Médaille de Domitien. Une autre figure dans l'abattement paroît affife fur un long bouclier, & repréfente encore la Sarmatie vaincue, fur un revers du même Empereur. Un troifième Sarmate eft dans la même fituation aux pieds de la Victoire, fur un revers de Conftantin. Enfin d'autres revers montrent un amas de dépouilles militaires prifes fur les Sarmates par les armes de différens Empereurs. Les légendes annoncent la Sarmatie vaincue, & contrainte de remettre fes étendards. Mais on ne voit rien qui foit particulier à ce pays, & qui puiffe lui fervir de fymbole diftinctif ; car fes cuiraffes, boucliers & étendards fe trouvent de même forme fur les Médailles de plufieurs autres pays.

Nous ne laiffons pas de donner les revers des quatre Médailles dont nous venons de parler ; on les trouvera à la planche XXVIe. nos. 5. 6. 7. & 8. Il y a une autre Médaille d'un Roi des Sauromates, frappée par l'Empereur Sévère, & donnée par M. Spanheim, dans fon excellent Ouvrage, *De Præftantiâ & ufu Numifmatum antiquorum*, Tome II. page 576 ; mais elle ne préfente rien de particulier qui puiffe paffer pour fymbole de la Sarmatie.

Section XXXI.

De la Sicile.

La Sicile, à cause de ses trois Promontoires qui la rendent angulaire & qui l'ont fait appeller anciennement *Trinacria*, est représentée par une tête humaine, d'où sortent trois cuisses & trois jambes en forme de triangle. Entre ces jambes, il y a trois beaux épis de bled, pour marquer l'abondance de ce pays que les Romains ont toujours regardé comme un des greniers de l'Italie. Voilà quel est le principal symbole de la Sicile.

On la voit, au revers de quelques Médailles, sous la figure de Diane la Chasseresse, avec l'arc, le carquois, & quelquefois une pique & un chien : le croissant de Lune, qui est sur la tête de la figure, annonce cette Déesse. On a, sans doute, représenté la Sicile sous cette forme, parce que Diane étoit une des principales Divinités du pays. Nous trouvons encore d'autres Types de la Sicile ; mais nous ne croyons pas nécessaire d'entrer dans un plus grand détail, parce qu'ils n'ont rien de particulier qui puisse arrêter un Curieux.

A l'égard du revers qui la montre sous la figure d'un Monstre marin & fabuleux, moitié femme & moitié poisson, ou plutôt sous la forme d'une femme qui se termine par trois demi-corps de chiens ; c'est une production de la Fable, que nous verrons ailleurs. En attendant, nous ne donnons ici la Sicile que sous le symbole de la tête à trois cuisses, & sous la figure de Diane Chasseresse. Voyez nᵒˢ. 9. 10. & 11. de la planche XXVIᵉ.

AVERTISSEMENT.

Il seroit inutile de nous étendre davantage sur les pays des trois Parties du Monde connues aux Anciens ; & cela par deux raisons ; la première, parce que s'il y en a dont il soit fait mention dans la Numismatique, les Types des Médailles ne les représentent point, ou ne s'expriment que par des figures & par des symboles qui n'ont rien de particulier, & qui n'exigent aucun éclaircissement ; en second lieu, parce que la plupart des Types de ces Médailles, quelque rapport qu'ils aient à ces pays ou Provinces, ne les représentent pas en général, comme ceux que nous venons d'expliquer ; ils n'en montrent que certaines Villes, ou des petites Contrées renfermées dans leur étendue ; ce qui n'appartient pas proprement à cet Ouvrage, mais à un autre auquel on pourroit donner la forme d'un Catalogue Historique, avec une Explication des Médailles frappées par ces Villes Grecques ou Latines, & par les Colonies. On a déja bien des secours pour connoître ces Médailles : cet Ouvrage ne seroit donc pas susceptible d'autant de difficultés qu'on pourroit le croire. Nous passons à présent aux autres objets qui regardent le Globe terrestre, & dont il est fait mention sur les Médailles.

Section XXXII.

Des Fleuves & Rivières dont il eſt fait mention ſur les Médailles.

Il s'en faut bien que les Médailles repréſentent tous les Fleuves & toutes les Rivières qui arroſent la terre. Nous ne voyons guère ſur leurs Types que le Baleus, le Cydne, le Danube, l'Euphrate, l'Érigon avec le Rhædius, le Méandre, le Nil, l'Oronte, le Rhin, le Tibre, le Tigre, & quelques autres en petit nombre. Comme on les repréſente preſque tous par des figures & des ſymboles à-peu-près ſemblables, nous nous contenterons d'en donner & d'en expliquer quatre ; ils ſuffiront pour faire connoître les autres : ceux que nous choiſiſſons ſont le Danube, le Nil, le Rhin & le Tibre.

Du Danube.

Le Danube, qui ſort des montagnes de la Forêt-Noire, près de Zunberg, après avoir arroſé la Suabe, la Bavière, l'Autriche, la Hongrie, la Servie, la Bulgarie & la Moldavie, par un cours de plus de ſept cens lieues de l'Occident à l'Orient, ſe jette dans la Mer-Noire : il eſt repréſenté, ſur pluſieurs revers de Médailles, ſous la figure d'un vieillard à barbe crépue, couronné de joncs ou de roſeaux ; il paroît nu, ſur d'autres. Il fait paſſer au-deſſus de ſa tête une pièce d'étoffe en forme de voûte, & s'accoude ſur une urne renverſée, d'où l'on voit couler un ſource d'eau abondante. Sur une Médaille de Conſtantin, ce Fleuve ſe préſente couché près d'un beau pont, ſur lequel on voit cet Empereur précédé de la Victoire, avec une figure à ſes pieds, qui, ſans doute, repréſente quelque Peuple vaincu par ce Prince : il y en a une autre où le vieillard tient ſa main ſur la proue d'un Vaiſſeau. Voyez la planche XXVIᵉ. nᵒˢ. 12. & 13.

Du Nil.

Le Nil eſt un Fleuve qui prend ſa ſource dans les montagnes de l'Abiſſinie, d'où il roule ſes eaux, par la Nubie & l'Égypte, juſques dans la Mer Méditerrannée, où il ſe jette par pluſieurs embouchures. Ce Fleuve eſt repréſenté, ſur une Médaille de l'Empereur Hadrien, par un vieillard couronné de joncs, & aſſis le long d'une eau coulante. Il paroît s'accouder ſur des bancs de ſable qu'il forme dans ſes débordemens : il tient dans une de ſes mains une plante nommé *Papyrus* ; c'eſt elle qui a donné le nom au Papier, parce que les Anciens en tiroient des larges feuilles dont ils ſe ſervoient pour écrire. La figure du Nil ſoutient ordinairement de ſa main gauche une corne d'abondance remplie de toutes ſortes de fruits, ſymbole de la fertilité des terres que ce Fleuve arroſe & féconde par ſon limon. Le Crocodile dans l'eau, & l'Hippopotame près de ſa figure, marquent la quantité de ces animaux qui ſe trouve ſur les bords de ce Fleuve. Voyez les nᵒˢ. 14. & 15. de la planche XXVIᵉ.

Je crois devoir ajouter que dans un grand bronze du même Empereur, on diſtingue pluſieurs petits enfans qui ſemblent ſe jouer avec la figure de ce Fleuve. Vaillant en compte quatre, & les regarde allégoriquement

comme

comme les quatre Saisons de l'Année. C'est sans doute cette Médaille qui a fourni l'idée de la belle figure Colossale du Nil, en marbre, qu'on voit au Jardin Royal des Tuileries, à Paris.

Du Rhin.

Le Rhin est un des grands Fleuves de l'Europe : il prend sa source au mont Saint-Gothard, autrefois *Adula*, dans le pays des Grisons. Il traverse une partie de l'Allemagne & des Pays-Bas, & se perd en grande partie dans les sables de l'Océan, au-dessous de Leyde. La partie qui reste prend le nom de Leck & de Rhin-Meuse, parce qu'elle mêle ses eaux avec celles de ces deux Rivières.

On le représente, comme la plupart des autres Fleuves, sous la figure d'un vieillard à grosse barbe, la tête couronnée de roseaux. Il paroît à demi-couché sur des montagnes, non-seulement parce qu'il en sort, mais encore parce que dans son cours il arrose le pied de plusieurs autres. Il s'accoude tantôt du bras droit, & tantôt du gauche sur une urne renversée, d'où coulent des eaux abondantes. Sur un revers de Jules-César, il a la main gauche appuyée sur la poupe d'un bateau, pour montrer que ce Fleuve est navigable ; sur un autre de Drusus, il a un roseau a la main droite ; enfin, sur un de Domitien, cet Empereur le foule aux pieds, comme s'il avoit vaincu les Germains, dont ce Fleuve arrose les terres, tandis qu'étant allé pour les subjuguer il s'en retourna, & eut la vanité d'en triompher sans même les avoir combattus ni rencontrés. Ce Fleuve est sur trois revers que nous donnons aux nᵒˢ. 16. 17. & 18. de la planche XXVIᵉ.

Le Tibre.

Le Tibre est un Fleuve d'Italie : il prend sa source dans l'Apennin, dans la partie Orientale du Florentin, vers les confins de la Romagne : il se jette dans la Mer de Toscane, à Ostie. On l'a représenté de différentes manières, sur les Médailles. C'est toujours un vieillard à demi-couché, & couronné de roseaux. Sur un revers d'Hadrien, il est accoudé près d'un tronc d'arbre, à l'ombre de son feuillage, & tient en main un fouet de cocher. Sur un revers d'Antonin-Pie, il est couché de même, mais accoudé sur des élévations, que l'on croit être les sept montagnes de Rome, par où il passe ; il a un roseau dans la main gauche, & pose sa droite sur une nacelle, ou un bateau. Voyez la planche XXVIᵉ. nᵒˢ. 19. 20. & 21.

Les autres Fleuves sont représentés à-peu-près de même, sur les Médailles & autres Monumens : c'est toujours un homme à demi-couché ou assis près des eaux, nageant ou sortant des flots ; & c'est souvent de son urne renversée qu'on voit couler ses eaux : il est ordinairement couronné de roseaux & appuyé sur des bancs de sable, sur des montagnes, ou sur une proue de bateau. On joint quelquefois au Type ordinaire les symboles du pays où il prend sa source, ou de ceux qu'il traverse dans son cours.

Le Nil doit être excepté, puisque sur une Médaille Grecque de l'Empereur Tite il est représenté par une tête de vieillard, avec une barbe courte. Cette tête est couronnée d'une couronne radiale ; la fleur du Lotus est auprès d'elle. Sur une autre Médaille de Septime-Sévère, frappée par la Colonie de Ptolémaïs, il est encore représenté par une tête à trois cornes assez semblable à celle du Dieu Pan ; on voit à côté une corne d'abondance. On prétend que le Nil est ainsi représenté sur ces deux revers, parce que les Égyptiens l'adoroient sous le nom de Jupiter l'Égyptien ; en quoi ils étoient imités par ceux de Ptolémaïde. Les cornes aux figures des Fleuves, marquent leur embouchure dans la Mer. Au surplus, cette dernière façon de représenter les Fleuves n'est point ordinaire.

Section XXXIII.

Des Arbres, Arbrisseaux, Plantes & Herbes de la terre, qui sont représentés sur les Médailles.

Les Arbres, les Arbrisseaux, les Fruits, les Herbes & les autres productions de la terre, du moins les plus connues & les plus utiles, dans certains pays, ont aussi trouvé leur place sur les Médailles. Ces dons précieux de la Nature y paroissent en une infinité de manières, tantôt parce qu'ils étoient consacrés aux Dieux que les Médailles représentoient en figures ou en symboles, comme le Laurier au Dieu Apollon, le Myrte à Vénus, &c., tantôt parce qu'ils devoient être présentés aux Empereurs & aux Princes victorieux, bienfaiteurs, Restaurateurs ou Protecteurs, &c., les Peuples croyant ne pouvoir mieux leur témoigner leur joie, leur respect & leur reconnoissance à leur arrivée dans leurs pays, qu'en leur offrant les Fleurs, les Plantes & les Fruits qui leur étoient propres. Quelquefois c'étoit par allusion aux noms des personnes représentées sur les Médailles, lorsque ces noms avoient quelque analogie avec ceux des Plantes ou Arbres qu'on y faisoit graver ; c'est ainsi que les Arbres appellés *Larices*, par leur analogie avec le nom de *Lariscolus*, ont été représentés sur les Médailles de la famille *Accoleia*, à laquelle Publius Lariscolus appartenoit.

Les Arbres & les Plantes qui paroissent le plus souvent sur les Médailles, sont, 1°. les Larices, dont on vient de parler ; 2°. les Palmiers de plusieurs espèces, avec leurs fruits : on les voit sur des Médailles d'Égypte, de Crète, de Phénicie &c. : une branche de ces Arbres sert de symbole à la Victoire ; aussi en voit-on ordinairement entre les mains des figures qui la représentent ; 3°. l'Olivier, dont les rameaux paroissent sur une infinité de revers, sur-tout quand il est question de la paix, dont il fut toujours le symbole ; 4°. le Laurier consacré à Apollon ; 5°. le Myrte, qui l'est à Vénus : ils se trouvent l'un & l'autre sur les Médailles de ces Divinités ; 6°. le Baume ; 7°. la Canne odoriférante ; 8°. le Dictame ; 9°. le Roseau ; 10°. la Vigne ; 11°. le Silphium ou Laserpium, espèce de Persil ; 12°. le Lotus, fleur commune en Égypte, & qui se trouve souvent sur la tête des Divinités du pays ; 13°. la Rose ou le Balaustium, autre espèce de fleur qu'on voit sur les Médailles des Rhodiens, & qui croît sur le Grenadier sauvage ; 14°. le Strobilium, ou la Pomme de Pin, gravé aux revers d'Auguste, de Mamertius, & de Syracuse ; 15°. les épis de Bled, & les Pavots, qui se trouvent souvent unis pour former des bouquets & des symboles à Cérès, à l'Abondance, & à d'autres Déesses semblables ; 16°. les Raisins, si communs au revers des Monumens représentatifs des Fêtes de Bacchus ; 17°. les Pommes dans la main de Vénus, & mêlées, dans les cornes d'Amalthée, avec toutes sortes de fruits.

Il fuffit d'avoir indiqué ces Arbres & ces Arbriffeaux, ces Plantes & ces Herbes, fans qu'il foit befoin d'entrer ici dans un détail plus particulier, ni de les repréfenter fur nos planches, non-feulement parce qu'on ne les rencontre fur les Médailles qu'à l'occafion de leur analogie avec les fujets qui y font repréfentés, mais encore parce qu'on les trouve pour la plupart fur les Médailles des Divinités qu'on a données, & fur d'autres qui fe rencontreront encore dans la fuite de cet Ouvrage. D'ailleurs, ces fortes d'Arbres & d'Herbes font gravés fi fort en petit fur nos Médailles, qu'il n'eft pas fouvent poffible de diftinguer la forme des feuillages des uns d'avec celle des autres : ce feroit par conféquent en pure perte qu'on voudroit les donner chacun en particulier. Paffons à ce qui regarde les Animaux ; nous y verrons des objets plus diftincts, plus clairs & plus dignes de la curiofité & de l'attention de nos Lecteurs.

SECTION XXXIV.

Des Animaux qui font repréfentés fur les Médailles.

C'eft quelque chofe d'admirable de voir la multiplicité & la variété des Animaux, des Reptiles & des Monftres fabuleux que l'on a repréfentés fur les Médailles, & à combien d'ufages l'Antiquité les a fait fervir. On va donner ici les principaux, avec un précis de leur fignification fur ces Monumens, & de leur ufage chez les Païens. Nous verrons d'abord les Animaux terreftres, foit domeftiques, foit fauvages, foit reptiles, &c. ; nous pafferons enfuite aux Monftres, enfans de la Fable.

DES ANIMAUX DOMESTIQUES, ET AUTRES.

De l'Éléphant.

Nous commençons par l'Éléphant, Animal d'une force & d'une grandeur extraordinaires. Il paroît fur nombre de Médailles, où il peut être confidéré fous trois regards différens ; d'abord comme bête de charge & de trait ; enfuite comme animal propre à étaler la magnificence des Empereurs, des Rois & des Princes ; enfin comme fymbole de quelque objet.

L'Éléphant, comme bête de charge, fervoit aux Empereurs pour la guerre, & leur étoit d'une grande utilité. On chargeoit ces Animaux de vivres & de butin ; quelquefois on les bardoit & on les cuiraffoit en quelque forte, pour les animer, & les forcer à fe jetter à travers des bataillons ennemis, avec une fureur qui les mettoit fouvent en défordre. Comme bêtes de trait, les Éléphans s'atteloient aux voitures, fingulièrement aux chars de triomphes des Empereurs & des Héros victorieux.

Quand les Empereurs vouloient faire voir plus de grandeur & de générofité dans la célébration des Jeux publics, ils y faifoient paroître, entre autres Animaux rares, plufieurs Éléphans bardés avec une grande magnificence.

On s'en eft fervi pour fymbole de plufieurs objets. Sur certaines Médailles de Jules-Céfar, il l'eft de l'Afrique ; fur d'autres, il marque l'Éternité, ou la longue durée d'un règne. Ce n'eft guère qu'en examinant une nombreuse suite de Médailles, qu'on peut déterminer les différentes significations que les Anciens ont voulu prêter à cet Animal.

Nous donnons l'Éléphant à la planche XXVIe. 1°. Comme symbole de l'Afrique, ou plutôt de César, par allusion de ce nom, en Langue Punique, avec celui de cet Empereur; il représente ce Prince victorieux de l'Afrique, qu'il foule aux pieds, sous la figure d'un Serpent, autre symbole de cette Partie du Monde : 2°. l'Éléphant paroît comme bête de trait, servant au char de triomphe de l'Empereur Auguste ; 3°. comme symbole de l'Éternité & de la longueur du règne des Empereurs , ou de leurs Apothéofes : 4°. enfin , nous le donnons bardé pour les jeux & les combats Voyez les n°s. 22. 23. 24. & 25.

De l'Hippopotame.

L'Hippopotame, selon l'étymologie de son nom grec , signifie un Cheval de rivière ou de fleuve. Il se trouve ordinairement près du Nil, ou dans l'*Indus* : il sert par terre quoiqu'il se retire & qu'il vive dans les eaux. Cet animal est de la hauteur du Chameau. On le voit sur quelques Médailles de Philippe & d'Otacille sa femme , parce que cet Empereur en fit paroître quelques-uns dans les Jeux séculaires , qu'il fit célébrer la seconde année de son règne.

Les Anciens ont fait de l'Hippopotame non-seulement un symbole , mais une Idole ; Caron l'adora à Pépremis. Comme symbole, les Hermopolitains en firent celui de Typhon, le mauvais principe des Égyptiens , appellé autrement *Alogos* ; c'est-à-dire , *sans raison*. On en donne la figure à la planche XXVIe. n°. 26.

Des Chameaux.

Il y a des Chameaux de deux espèces, & de deux différens Pays. Les uns, qui n'ont qu'une bosse sur le dos, sont communs dans les parties Occidentales de l'Asie ; savoir dans la Syrie & dans l'Arabie. Les autres, que certains Auteurs appellent Dromadaires, ont deux bosses , & sont plus grands que les premiers ; on les trouve dans les parties Orientales de l'Asie , sur-tout dans la Médie.

On en voit de la première espèce sur quelques Monnoies de la famille *Æmilia*, & même sur certaines Médailles de Trajan, & de Caracalla. Nous donnons à la planche XXVIe., n°s. 27. & 28., deux revers, l'un de Trajan & l'autre de la famille *Æmilia*. Sur le premier, le Chameau , symbole de l'Arabie que cet Empereur avoit réduite en Province Romaine , paroît derrière une femme qui tient d'une main un rameau de l'arbrisseau qui produit l'encens, & de l'autre une canne odoriférante. Sur le second revers, Arétas , Roi d'Arabie , tenant un chameau d'une main & une branche d'olivier de l'autre, fléchit le genou devant M. Scaurus, Édile Curule de Rome, son Vainqueur, afin d'implorer sa clémence pour lui, & pour ses Sujets vaincus.

Du Rhinocéros.

Le Rhinocéros est un des animaux les plus singuliers qui soient au Monde ; aussi quelques Auteurs l'ont-ils regardé comme un Être d'imagination ; mais aujourd'hui personne ne doute plus de son existence. D'autres l'ont confondu avec le Narwal, amphibie connu sous le nom de Monocéros, & plus communèment sous celui de Licorne. Sa longueur approche de celle de l'Éléphant ; mais il a les jambes plus courtes & les ongles des pieds fendus. Son corps paroît naturellement bardé, à cause des plis que forme sa peau, & cuirassé par d'épaisses & larges écailles de couleur noirâtre, d'une dureté extraordinaire. Ses jambes se trouvent engagées dans des espèces de bottes, & sa tête enveloppée par derrière d'un capuchon applati. Son museau allongé est armé d'une corne, qui le rend redoutable aux animaux les plus féroces. Enfin le Rhinocéros est marqué au coin de la singularité dans toutes ses parties. Il sert quelquefois de symbole à l'Afrique, sur-tout à la Province de Numidie où il est plus commun. L'Empereur Domitien en fit paroître à Rome, dans les Jeux qu'il donna au Peuple ; aussi cet animal est-il représenté sur les Médailles d'or & d'argent de ce Prince. Voyez le n°. 29. de la planche XXVIe.

De l'Alce.

Ce que nous appellons Alce, les Allemands l'appellent Élan. C'est un animal qui tient du Cheval par le corps & la croupe, de la Chèvre par la tête, & du Cerf par les jambes & le ventre. On prétend qu'il y en avoit dans la forêt-Noire ou Hercinée. Capitolin rapporte que dans le nombre des bêtes que Gordien fit venir à Rome, on en comptoit dix de cette espèce, & que Philippe s'en servit dans les Jeux Séculaires qu'il fit célébrer à Rome. On en trouvera la représentation dans une Médaille de son fils : nous la donnons à la planche XXVIe. n°. 30.

Le Bélier.

Le Bélier ne paroît guère sur les Médailles, que quand on y a représenté des Sacrifices. Jupiter-Ammon est souvent représenté avec des cornes de Bélier sur la tête. Les Médailles nous font connoître que ce symbole a été emprunté par plusieurs Princes, sur-tout chez les Grecs. On distingue parfaitement la figure du Bélier sur une Monnoie de la famille *Pomponia*, où l'on a représenté un Sacrifice. Cet animal, ainsi que la Brebis, se trouve encore sur plusieurs autres Médailles. Voyez la planche XXVIe. n°. 31.

Le Bouc, la Chèvre, & tout ce qui appartient à cette espèce, soit domestique soit sauvage.

Le Bouc, la Chèvre, le Bouc-Cerf (*Hirco Cervus*), & autres animaux qui tiennent de cette espèce, se trouvent en grand nombre sur les Médailles. Il y en a de domestiques, de sauvages & de différens Pays. Les Médailles des deux Philippes, celles de Gallien, ainsi que plusieurs de Villes & de Peuples, en représentent quelques-uns. Le Bouc, entre-autres, se trouve sur une Médaille de la famille *Pomponia*, entre les mains de celui qui va l'immoler à Bacchus. La Chèvre domestique & la sauvage, celle d'Afrique & autres se voient sur les revers des Philippes & de Gallien : Le Bouc sauvage, l'Ibex, la Gazelle, la Capra-Lybica, l'Hirco-Cervus, le Tragelaphus, & une autre espèce de Chèvre & de Bouc qui ne diffère de ce dernier que par les cornes, & qu'on appelle en latin *Trepsicerota*, se voient encore sur les Types des Médailles, où ces Empereurs ont eu soin de faire représenter les animaux des Jeux séculaires & des Spectacles qu'ils donnoient au Peuple. On trouvera ces animaux à la planche XXVIe. : ils sont gravés d'après M. Spanheim, dans cet ordre ; le Bouc, no. 31. ; la Gazelle, 32. ; la Chèvre sauvage ou de Lybie, 33. ; le Bouc sauvage, 34. ; l'Ibex ou l'Hirco-Cervus, 35. ; deux autres animaux presque semblables, mais sans barbe, 36. & 37. ; le Tragelaphus, 38. ; une autre espèce de Bouc sauvage, 39. ; enfin une Biche qui porte deux cornes, ou deux bois comme le Daim, 40.

Le Cerf.

On voit un Cerf paissant au revers des Médailles de Mithridate-Eupator, Roi de Pont. L'Empereur Philippe en fit aussi paroître dans les Jeux Séculaires. Comme cet animal étoit particulièrement consacré à la Déesse Diane, il n'est pas surprenant que plusieurs de ses Médailles portent l'empreinte d'un Cerf, d'une Biche, ou d'un Faon. Quoique le Cerf soit assez connu, on en a représenté un au no. 1. de la planche XXVIIe. & un *Trepsicerota*, espèce de Cerf, au no. 2. : nous ajoutons au no. 3. un autre Animal que quelques Auteurs croient être le Tragelaphus, & qu'on peut ranger dans la même espèce.

Les Dragons.

Il y a plusieurs sortes de Dragons. Sur une Médaille des Nicéens, on voit la Déesse Diane sur un char traîné par deux Dragons à deux ailes, avec une espèce de couronne sur la tête. Les Dragons diffèrent très-peu des Serpens, dont on parlera dans la suite. Nous nous contentons de dire ici que c'est à l'Antiquité que l'on doit la fiction d'une espèce de Serpens extrêmement longs & à plusieurs replis. Certains Peuples, anciennement appellés les Abonotéichites, dans la Paplagonie, prêtoient à ces Monstres une tête singulière & très-ressemblante à celle d'un vieillard. Ils en firent une Divinité, lui prêtèrent des Oracles, & lui attribuèrent une infinité de secrets dont on peut voir le détail dans Spanheim. C'est la figure de ce Dragon qu'on trouve sur quelques revers d'Antonin-Pie, de Caracalla, d'Alexandre-Sévère, &c. :

ils

ils furent frappés les uns par les Abonotéichites ou Jonopolites, & les autres
à Nicomédie, à Tarfes & dans d'autres Villes. On en donne trois à la
planche XXVIIe. n°s. 4. 5. & 6.

Le Lion.

Le Lion eft repréfenté fur un grand nombre de Médailles de Marc-
Antoine, qu'on prétend avoir donné le nom à la Ville de Lyon : cet animal en eft le fymbole & en fait les armes. Tantôt il fert d'attelage à Cybèle,
à Fauftine & à plufieurs autres ; tantôt c'eft la force invincible d'Hercule
dont il défigne les travaux ; enfin, fans rappeller tous les Types où le Lion
eft employé pour attribut & pour fymbole, j'ajouterai qu'il y en a où il paroît
dans les Spectacles cruels que l'on donnoit à Rome, dans lefquels les hommes
étoient obligés de le combattre, comme on peut le voir dans les Médailles
de la famille *Livineia*. Nous donnons trois de ces Types à la planche
XXVIIe. n°s. 7. 8. & 9. ; favoir celui de la Ville de Lyon ; un autre
où Fauftine paroît fur fon char avec la légende *Æternitas* ; enfin, celui de
la famille *Livineia*, qui repréfente un de ces combats dont nous venons de
parler.

Le Léopard.

L'Empereur Philippe, père, pour étaler plus de magnificence dans la
célébration des Jeux féculaires, qu'il donna à l'occafion de la millième année
de la Fondation de Rome, y montra trente Léopards. Ce qu'on y admira
le plus, c'eft qu'ils étoient tous apprivoifés & auffi doux que des animaux
domeftiques. Auffi, dans les Médailles qu'on frappa pour conferver la mémoire de ces fêtes, on eut foin de faire graver un Léopard fur un des
revers, comme il paroît à la planche XXVIIe. n°. 10.

Le Loup & la Louve.

Le Loup fe trouve fur un revers des Phocéens, où il femble dévorer
le poiffon qu'on appelle Dauphin. On voit auffi la Louve allaitant Rémus
& Romulus, fur une infinité de Médailles, fingulièrement fur celles des
Colonies : elle y fert de preuve que la Colonie à laquelle appartient la
Médaille, a été tirée de Rome. La Louve fut du nombre des animaux qui
parurent aux Jeux féculaires donnés par Philippe. On connoît affez cet
animal ; auffi fe contentera-t-on de le montrer une fois, n°. 11. de la
planche XXVIIe.

Le Mulet & la Mule.

Cette efpèce d'animal, fur-tout les Mules, paroît fouvent fur les Médailles. Deux Mulets qu'on laiffe paître librement & fans charge, marquent
un des bienfaits dont l'Empereur Nerva combla l'Italie, en lui remettant la
Véhiculation (forte d'Impôt) dont les Particuliers étoient chargés, & qu'il
rejetta fur le Fifc pour foulager le Peuple (*Vehiculatione Italiæ remiffâ*).
Les Mules fervent auffi de bêtes d'attelages, dans cette efpèce de char de
triomphe, appellé *Carpentum*, qu'on accordoit aux Impératrices, après leur
mort, lorfqu'on les avoit mifes au rang des Divinités. On en voit dans les
revers de Vefpafien, pour Domitille, & dans ceux d'Agrippine. Nous en
donnons trois revers à la planche XXVIIe. nᵒˢ. 12. 13. & 14.

La Panthère & l'Hyène.

La Panthère & l'Hyène fe reffemblent fi fort, fur les Médailles, qu'elles
paroiffent être de la même efpèce. L'une & l'autre étoient particulièrement
confacrées à Bacchus, fous la légende *Libero Patri Confervatori Augufti*. La
Panthère n'étoit pas moins chère au Dieu Pan, dont on prétend qu'elle tire
fon nom des mots grecs qui fignifient tête de Pan. L'Empereur Philippe
fit encore paroître ces deux fortes d'animaux dans fes Jeux Séculaires ;
nous en avons la repréfentation fur fes Médailles. Gallien, après lui, en fit
repréfenter fur les fiennes. Il y a une Panthère au nᵒ. 15. & une Hyène au
nᵒ 16. de la planche XXVIIe.

Le Tigre.

Le Tigre, felon Spanheim, a été confondu mal-à-propos avec la Panthère & le Léopard, par la plupart des Antiquaires. Sa figure approche fort
de celle du Chat ; mais il eft beaucoup plus grand, & les taches de fa peau
font plus longues que celles du Léopard & de la Panthère. Le poil de ce
dernier animal eft même plus ras, comme on peut le voir en comparant
la Panthère du nᵒ. 15., avec la repréfentation du Tigre, tirée d'une
Médaille de l'Empereur Hadrien, frappée en Égypte ; nous la donnons au
nᵒ. 17. de la planche XXVIIe.

Pline nous affure que le premier Tigre qui parut à Rome, fut donné en
fpectacle par Augufte, à la dédicace du beau Théâtre de Marcellus, l'an 742.
de la fondation de cette Capitale du Monde. A l'égard du Léopard, on en
a quelquefois fait une production du Lion & de la Panthère, ou du mâle
de la Panthère & d'une Lionne ; c'eft ce que Claudien exprime dans ce
vers :

Hi maculis Patrem referunt & robore Matrem.

Plufieurs enfin regardent le Léopard comme le mâle de la Panthère ;
mais les plus Savans Naturaliftes foutiennent avec raifon que ce font des
animaux de différentes efpèces.

Le

Le Bœuf & la Vache.

Le Bœuf est représenté, sur les Médailles, quelquefois comme une Divinité, d'autres fois comme une Victime qu'on immoloit aux autres Dieux. On le prend aussi pour symbole de la Guerre, de la Paix, de l'Abondance, des Colonies, &c. Le Bœuf, le Veau, la Vache & le Taureau étant de la même espèce, on ne fait aucune distinction entre eux.

Personne n'ignore la célébrité du culte qu'on rendoit en Égypte au Dieu Apis, comme on l'a dit ailleurs. Le Bœuf destiné aux Sacrifices se voit orné de bandelettes, près d'un Autel, dans certains revers de Jules-César. Sur les Médailles des Colonies, le Bœuf ou le Taureau & la Vache sont attelés à une charrue, sous la conduite d'un Prêtre qui trace, par un sillon, l'enceinte d'une Ville destinée à devenir la Capitale de la Colonie qu'on se propose de fonder. Le mâle de l'espèce est alors attelé en dehors, & la femelle en dedans de l'enceinte, pour marquer que le mari dans chaque famille doit être plus particulièrement voué aux affaires du dehors, & la femme au-contraire à celles du dedans. Quand le Taureau paroît bondir & frapper du pied, c'est la guerre qu'il annonce ; lorsqu'au contraire il paroît paisible & tranquille, c'est la paix qu'il promet. On donne cet animal des deux façons à la planche XXVIIe. n°s. 18. & 19. : on trouvera au n°. 20. le Taureau & la Vache des Colonies.

Le Cheval.

Le Cheval paroît aussi sur les Médailles des Villes, des Peuples & des Empereurs. Sur celles de Carthage, une tête de Cheval doit rappeler la mémoire de celle qui se trouva dans les fondemens de ses murs, lorsqu'on les creusa pour la fonder. Plusieurs autres Médailles de Carthage, d'Afrique & de Macédoine représentent un Cheval entier, comme symbole de ces pays, parce qu'ils en fournissent grand nombre & d'excellente race. Le même animal fut particulièrement consacré au Soleil : c'est pourquoi, sur quelques revers d'Empereurs, le char de cet Astre est attelé de plusieurs Chevaux. Enfin il a servi & de monture & d'attelage à ces Princes dans les courses solemnelles, & aux Jeux du Cirque. On donne trois revers qui représentent le Cheval, à la planche XXVIIe. n°s. 21. 22. & 23.

Y y

Le Porc & le Sanglier.

On a gravé sur les Médailles jusqu'au Sanglier ; c'est le Porc sauvage. Les Empereurs faisoient repréfenter quelquefois des Forêts & des Chaffes, dans le grand Cirque, afin de donner plus de plaifir au Peuple Romain. Dans ces forêts figurées on lâchoit toutes fortes d'animaux, qu'on y chaffoit dans toutes les règles : on y tuoit, fur-tout entre autres, des Sangliers. On voit ces Chaffes repréfentées fur un revers de la famille *Hofidia*, fur un autre d'Augufte, avec le nom du Monnétaire *M. Durmius*, & fur une Médaille de Néron, où le Sanglier paroît percé d'un dard ou d'une pique.

La Laie avec fes petits fe trouve auffi fur quelques revers des Médailles de Vefpafien, de Tite & d'Hadrien : elles furent frappées par mépris & en haine des Juifs. On en trouvera trois revers, aux n°s. 24. 25. & 26. de la planche XXVIIe. ; le premier repréfente une Laie ; le fecond, un Porc ; le troifième, un Sanglier.

Il y a beaucoup d'autres animaux domeftiques & fauvages repréfentés fur les Médailles, que l'on ne donne point ici, parce qu'ils ne nous font pas encore affez connus pour en parler avec quelque certitude. On pourra dans la fuite les voir & les connoître dans la defcription de toutes les Médailles, dont on fe propofe de donner un Catalogue général & hiftorique : on y entrera dans un détail plus particulier des raifons qui ont engagé les Anciens à y repréfenter ces animaux.

Paffons à des animaux qui n'eurent jamais de réalité : ils doivent leur origine à la Mythologie des Païens qui en ont adoré quelques-uns, fait fervir d'autres à différens ufages auffi imaginaires que les animaux mêmes, & attribué à tous certaines propriétés, certaines vertus rélatives à leurs nature, forme, figure, deftination, & propriétés dictées par le caprice & par l'imagination.

Section XXXV.

Des Animaux Monftrueux & Fabuleux, que l'on a repréfentés fur les Médailles.

Ces animaux font, le Capricorne, les Sphinx, les Sirènes, les Néréides, les Tritons, les Chevaux-marins, les Stimphalides, les Harpies, la Scylla, la Chimère, le Chien Cerbère, l'Hydre, le Cheval Pégafe, les Griffons, le Centaure, le Minotaure, &c. ; nous allons en parler plus en détail.

Du Capricorne.

Le Capricorne étoit le Dieu Pan, selon les Mythologues. Ils supposent que ce Dieu craignant le Géant Typhon, se transforma en un Bouc que Jupiter plaça au nombre des douze Signes du Zodiaque. On le représente par-tout sous la figure d'un animal moitié Chèvre & moitié Poisson, qu'on nomme Ægypan : l'on y ajoute quelquefois, sur les Médailles, un Globe avec un Gouvernail, & d'autres fois une corne d'abondance. C'est ainsi qu'on le voit sur celles d'Auguste. Ce Prince né, suivant les uns, & conçu, suivant les autres, sous ce Signe, se fit un plaisir de prendre le Capricorne pour symbole, comme un Signe d'heureux augure. Le Globe accompagné du Gouvernail désignoit son pouvoir souverain sur le Monde entier, & la corne d'Abondance, le bonheur dont les Peuples devoient jouir sous son Empire. Quelques Poëtes placent la Chèvre Amalthée au Signe du Capricorne, & prétendent que Jupiter en fit une Constellation, pour la récompenser du bon office qu'elle lui avoit rendu en le nourrissant de son lait. Un double Capricorne est destiné à présager le bonheur de plusieurs Princes, comme dans les Médailles de Vespasien & de ses enfans. Enfin c'est un symbole qui n'annonce rien que d'heureux pour les Villes, les Provinces & l'Empire. On en donne deux à la planche XXVIIe. nos. 27. & 28.

Des Sphinx.

Le Phinx, ou la Sphinge, n'a point été oublié sur les Médailles. Ce Monstre fabuleux, que les Poëtes ont feint avoir été engendré par Typhon, & que Junon fit naître pour se venger des Thébains, avoit la tête de Femme, des ailes d'Oiseau, des griffes de Lion, & le reste du corps en forme de Chien. Sans entrer dans le détail de tout ce que l'Antiquité a débité sur ce Monstre, je me restraindrai à observer que la figure des Sphinx servoit beaucoup aux Palais des Rois d'Égypte, & qu'elle entre encore souvent dans les ornemens de notre architecture. On en trouvera un au nº. 29. de la planche XXVIIe.

Des Sirènes.

Homère ne reconnoît que deux Sirènes, qu'il fait filles de l'Océan & d'Amphitrite. Quelques Auteurs en comptent trois, Parthénope, Ligée & Leucosie, & les font filles du fleuve Achéloüs. Enfin d'autres en font monter le nombre jusqu'à cinq. La Fable en a fait des Monstres marins à visage de femme, & à queue de poisson. Elle leur donne quelquefois des ailes & des pieds d'oiseaux, avec un plumage varié des plus belles & des plus tendres couleurs ; elle leur prête aussi une voix des plus mélodieuse. On place leur habitation sur les bords de la Mer, près des bancs de sable & des écueils : elles y sont pour attirer les Vaisseaux par le charme de leur voix, & des instrumens dont on prétend qu'elles touchoient par excellence ; voilà, selon la Fable, la source de tant de fameux naufrages. Ce n'est qu'en se bouchant les oreilles qu'Ulysse se garantit de leurs enchantemens. Orphée & les Muses seules pouvoient le disputer à ces Monstres séduisans : on les a quelquefois confondus avec les Néréides.

Une Médaille d'Augufte, frappée à Cumes, par le Monnétaire *P. Petronius Turpilianus*, repréfente une Sirène fonnant de la trompette, qu'elle porte à fa bouche de la main droite ; de la gauche elle en tient une autre. La partie inférieure de fon corps eft entièrement femblable à celle d'un Oifeau. C'eft la Sirène Parthénope, à laquelle Cumes fe vantoit d'avoir fourni la fépulture : on trouvera cette Médaille au nº. 30. de la planche XXVIIᵉ.

Des Néréides.

Les Mythologues fuppofent que Nérée, Dieu Marin, fils de l'Océan & de Thétis, époufa fa fœur Doris, & qu'il en eut cinquante filles, qu'on appella les Néréides. Ce font des Monftres Marins que les Médailles de la famille *Valeria* nous repréfentent fous la figure de filles, qui, depuis les reins, fe partagent en une double queue de Poiffons. Dans un revers de Pompée, il y a entre chaque queue de Poiffons trois têtes de Chiens, qui femblent fortir des entrailles de la Néréide. On regarde cette Figure & ces Monftres comme les fymboles de la Sicile. Nous en avons déja vu d'autres de ce pays, dans l'Article où l'on a parlé des Parties du Monde : nous avons donné un de ces Monftres au nº. 6. de la Xᵉ. planche ; nous en ajoutons un autre au nº. 31. de la XXVII.

Des Tritons.

La Mythologie ne s'accorde pas plus fur le nombre & la qualité des Tritons, que fur leur origine. On ne donna d'abord ce nom qu'à un Dieu Marin, que l'opinion la plus commune faifoit defcendre de Neptune & de la Nymphe Salacia, & qui, par état, étoit deftiné à porter fur Mer les mandemens du Dieu fon père. Dans la fuite on jugea à propos de groffir la Cour de Neptune d'un nombre infini de demi-Dieux, qui, fous le même nom, lui fervoient de Trompettes. On les voit la Conque à la main, fous la figure humaine jufqu'au nombril, d'où la partie inférieure fe termine en Poiffon. La conformation de leurs oreilles ou nageoires met une différence effentielle entre eux & les Néréides.

Héfiode dans fa Théologie, Hygin dans fa Préface, Peumélius dans fon Livre de *Pifcationibus*, Lycophron, Claudien & plufieurs autres Auteurs font tous de fentimens différens fur l'origine de cette efpèce de Divinités. On n'en trouve que fur les Médailles des Maffiliens. Nous en donnons un à la planche XXVIIᵉ. nº. 35. A peine le diftingue-t-on d'un autre Monftre appellé Scylla, dont nous parlerons bientôt.

Des Chevaux-Marins.

Les Chevaux-Marins, que l'on rencontre aussi sur les Médailles, sont encore des Monstres à qui la Fable prête la forme de Cheval dans la partie antérieure, & celle de Poisson dans la postérieure. On peut en prendre l'idée sur un revers de la famille *Ælia*, que nous donnons au n°. 32. de la planche XXVIIe. où Neptune est représenté sur un char attelé de deux Chevaux Marins. On l'a déja vu au n°. 3. de la planche X^e.

De la Stimphalide & la Harpie.

La Stimphalide est un oiseau fabuleux, qu'on feignoit être d'une grosseur extraordinaire, & ne vivre que de chair humaine. C'est sa représentation qu'on croit voir sur le revers d'une Médaille de la famille *Valeria*. Cette figure a une tête de femme couverte d'un casque ; le reste du corps est en oiseau : elle tient une pique & un bouclier sur son aile gauche. J'appelle cet animal monstrueux une Stimphalide, après M. Spanheim : Antoine Augustin l'a pris pour une Harpie, & Fulvius Ursinus pour une Sirène. Quoi qu'en pensent des Auteurs aussi respectables, il semble que le sentiment le plus généralement reçu sur la Stimphalide, caractérise cet animal fabuleux par le bec & les ongles de fer qu'on lui donne. C'est sous cette forme qu'on les fait combattre par Hercule, dans un de ses douze travaux, & qu'il les chassa de l'Arcadie, par l'entremise de Minerve. Il ne paroît pas qu'on en ait distingué de cette dernière espèce sur les Médailles.

Dans cette supposition, l'animal qu'on vient de décrire seroit une Harpie, à moins qu'on ne veuille prendre le casque, dont il a la tête couverte, pour la marque distinctive d'une Stimphalide d'avec une Harpie. On montre l'une & l'autre aux n°s. 33. & 34. de la planche XXVIIe.

De la Scylla.

La Fable nous apprend que Glaucus s'étant attaché à Scylla, fille de Phocrys, & ne pouvant la rendre sensible à sa passion, s'adressa à l'Enchanteresse Circé, pour la prier de toucher par ses charmes le cœur de sa Maîtresse ; mais Circé éprise elle-même d'amour pour Glaucus, au lieu de déférer à sa prière, empoisonna la fontaine ou Scylla avoit coutume de se baigner ; de sorte qu'en s'y lavant elle se vit tout-à-coup transformée en un Monstre effroyable, tel qu'il est représenté sur quelques Médailles de Pompée : elle ne conserva de son ancienne forme que la partie supérieure jusqu'au nombril : l'inférieure prit diverses formes de chiens & d'autres animaux ; métamorphose qui causa tant d'horreur à Scylla qu'elle courut se précipiter dans le golfe de Messine, où elle fut changée en rocher, vis-à-vis de celui de Carybde.

On sent assez ce qui peut avoir donné lieu à cette Fable : ce n'est rien autre chose qu'un rocher du même nom, placé dans le détroit de Messine, écueil fameux par un grand nombre de naufrages. Les eaux qui se dégorgent des cavernes de ce rocher, rendent un bruit épouvantable & pareil à celui d'une multitude de chiens qui aboyent. M. Spanheim nous a donné la

repréſentation de ce Monſtre , d'après une Médaille de Tharſe , frappée
ſous l'Empereur Pupien ; il y paroît emboucher un Inſtrument ſemblable
à une Trompe ou un Cornet : on le trouvera au nº. 35. de la planche
XXVIIᵉ.

De la Chimère.

La Chimère eſt un autre Monſtre à tête de Lion, à corps de Chèvre,
& à queuë de Serpent. Les Poëtes prétendent que Bellérophon monté ſur
le Pégaſe vainquit ce Monſtre, & en délivra la Lycie qu'il ravageoit. La
montagne de Garanto, ou Chimère, ſituée dans cette Province, a donné la
naiſſance à cette Fable, parce que ſon ſommet aride & déſert n'eſt habité
que par des Lions ; que le milieu fournit d'abondans pâturages aux Chèvres ;
que le bas enfin marécageux ne peut ſervir que de repaire aux Serpens. C'eſt
Bellérophon qui entreprit de rendre cette montagne habitable ; de-là ſa
prétendue Victoire ſur le Monſtre. On peut, au reſte, en prendre une idée
ſur la Médaille que nous donnons au nº. 36. de la planche XXVIIᵉ.

Du Chien Cerbère.

C'eſt ici un autre Monſtre, à qui les Poëtes ont jugé à propos de confier
la garde des Enfers. Ils le font naître du Géant Typhon & d'Échidna : ils
lui donnent trois têtes : Héſiode en porte le nombre à cinquante, & Horace
juſqu'à cent. Ce Chien fabuleux entre dans la compoſition des Types de
pluſieurs revers de Caracalla, de Plantille, de Gordien-Pie & d'autres
Princes. Tantôt c'eſt aux pieds de Sérapis ou de Pluton qu'on le voit ;
tantôt il ſuccombe ſous la maſſue d'Hercule, qui l'enchaîne & s'en fait ſuivre.
Ces Médailles ſont du nombre de celles que les Peuples ont fait frapper
pour les Empereurs & Impératrices. Voyez le nº. 37. de la planche XXVIIᵉ.

De l'Hydre.

La Fable prête à l'Hydre de Lerne la figure d'un Serpent ou Dragon à
ſept têtes ; il n'eſt pas même ſurprenant que certains Auteurs en multiplient
le nombre au-delà, puiſque, ſuivant la Mythologie, pour une coupée il
devoit en renaître deux. Cet animal fut encore un des objets des travaux
d'Hercule, qui ne le domta qu'en faiſant appliquer le feu à meſure qu'il
en coupoit une tête. Le ſens littéral de cette Fable ſe préſente de lui-même
à ceux qui ont la plus légère connoiſſance de l'Hiſtoire ancienne. Lerne
étoit un fameux marais du Royaume d'Argos, dans le Peloponèſe. Il en
ſortoit pluſieurs ruiſſeaux qui infectoient tout le Pays ; d'où les Poëtes en
firent un Monſtre à pluſieurs têtes. Hercule trouva moyen de deſſécher le
marais & les ruiſſeaux ; voilà ſon triomphe, & le ſujet de l'Allégorie. Voyez
le nº. 38. de la même planche XXVIIᵉ.

Du Griffon.

On débite du Griffon des chofes fi extraordinaires , & les Auteurs en parlent fi diverfement , qu'on peut encore placer cet animal au rang des plus fabuleux. On le repréfente avec des ailes & quatre pieds : le devant du corps eft femblable à celui d'un Aigle , & le derrière à celui d'un Lion. C'eft ainfi qu'on le voit fur les Médailles d'Antinous & de Smyrne. Vous le trouverez au nᵒ. 39. de la même planche.

Du Cheval Pégafe.

Le Pégafe , Cheval ailé , naquit , fuivant quelques Poëtes , du fang de Médufe , lorfque Perfée coupa la tête à cette Gorgone : fuivant d'autres , il dut fa naiffance à Neptune , qui le fit fortir de la terre d'un coup de Trident , lors de fon différent avec Minerve. Quoi qu'il en foit , on le peint toujours de la même façon , à l'exception de quelques revers de Corinthe , où on le trouve fans ailes. Dans certaines Médailles d'Augufte , il repréfente l'Afrique , fur-tout lorfqu'on voit auprès de lui un Scorpion ; dans d'autres de l'Empereur Gallien , il devient le fymbole du Soleil. C'eft ce Cheval célèbre qui d'un coup de pied fit fortir de terre l'Hippocrène , fontaine fi vantée par les Poëtes. Il ne put être domté que par Bellérophon , qui le monta pour combattre la Chimère. Voyez le nᵒ· 40. de la planche XXVIIᵉ. & le nᵒ. 1. de la XXVIIIᵉ.

Des Centaures.

Les Centaures , Monftres moitié hommes & moitié chevaux , étoient , dans la Mythologie ancienne , fils d'Ixion & de la Nue. Invités aux nôces de Pirithoüs & d'Hippodamie ils maltraitèrent les Lapithes , avec lefquels ils avoient pris querelle ; mais dans la fuite ils furent vaincus & chaffés de Theffalie par Hercule. Souvent ils font attelés aux chars des Divinités , & en particulier de Jupiter fur les Médailles de Pergame , de Bacchus fur une de Julie , &c. Quelquefois ils portent des flambeaux & des torches allumés ; d'autres fois ils jouent de la flûte ou de quelqu'autre inftrument. On leur voit auffi en main une Victoire , une Palme ou un Trident. Nous donnons les Centaures fur deux revers , l'un de Gallien , & l'autre de Julie , femme de Sévère ; ce dernier repréfente un triomphe de Bacchus : il eft tiré de M. Seguin. Voyez les nᵒˢ. 2. & 3. de la planche XXVIIIᵉ.

Le Minotaure.

La Fable donne pour mère au Minotaure Pasiphaé, femme de Minos, Roi de Crète, & le regarde comme le fruit abominable de la passion qu'elle conçut pour un Taureau ; aussi le représente-t-on en partie Homme, & en partie Taureau. Comme ce Monstre ravageoit tout, & ne se rassasioit que de chair humaine, Minos fit faire par Dédale un labyrinthe, où il l'enferma, & où dans la suite il devint l'instrument de la vengeance éclatante que ce Roi voulut tirer de la mort de son fils Androgée, que les Athéniens avoient tué. Le Prince son père les combattit, & leur imposa à main armée un Tribut annuel de sept jeunes hommes & de sept jeunes filles, pour être dévorés par le Minotaure. Mais Thesée délivra les Athéniens de ce cruel Tribut, en tuant le Monstre : il sortit heureusement du labyrinthe, par le moyen d'un peloton de fil qu'Ariane, propre fille de Minos, lui donna, touchée de la bonne mine de ce Guerrier. Le Minotaure est représenté tantôt en entier, & tantôt par la moitié antérieure seulement, dans les Médailles de Syracuse, de Sélinonte, de Hiéron, &c. Il n'est pas nécessaire de présenter ces figures sur nos planches ; elles sont assez connues.

Voilà ceux des Monstres fabuleux, dont les Médailles nous fournissent ordinairement la figure, & que l'on a supposés habiter la terre ou les eaux. Passons à présent aux Poissons, & autres Animaux réels purement aquatiques.

S E C T I O N X X X V I.

Des Poissons & Animaux aquatiques, qui sont représentés sur les Médailles.

D E S D A U P H I N S.

Les Poissons & Animaux aquatiques ont été aussi représentés sur les Médailles, & même en assez grand nombre. On les a fait servir aux Sacrifices, & à la *Véhiculation :* on en a même formé des attributs & des symboles. C'est ainsi que les Dauphins ont été particulièrement consacrés à Neptune, à Apollon & à Vénus. Consacrés à Neptune, on les voit entre les mains de ce Dieu, dans quelques Médailles de Sexte - Pompée. Dédiés à Apollon, on les trouve sur le Trépied sacré des Quindecimvirs, Officiers préposés aux choses sacrées, &c. Rien de plus naturel que leur Consécration à Vénus, Déesse née de l'écume de la mer.

Les mêmes Dauphins, que les Grecs appellent *Philandropes* (amis des hommes), paroissent sur plusieurs revers jouer avec des enfans, & leur servir de monture. Un de ces Poissons entre les mains de Neptune, qui a le pied sur la proue d'un Vaisseau avec un Trident derrière-lui, marque, sur les Médailles d'Agrippa, l'Empire de la mer, ou la place de grand Amiral que l'Empereur Auguste avoit confiée à ce Prince.

L'explication détaillée des différens revers qui se présentent sur les Médailles, sera la matière d'un Catalogue général, historique & raisonné, qu'on se propose de donner dans la suite. A présent, pour ne point nous écarter du plan de notre Ouvrage, nous nous contenterons d'apprendre à connoître les objets qui sont représentés sur ces revers, aux n°s. 4. 5. & 6. de la planche XXVIIIe : on les a déja vus, & on les trouvera encore dans la suite.

Le

Le Homard, le Polype, la Séche & le Pompile.

Le Homard, en latin *Commarus* ; le Polype, *Polypus* ; la Séche ou la Tante, *Sepia* ; le Pompile ou le Nautique, *Nauticus*, sont représentés sur le revers d'une Médaille de Néron. On les donne à la planche XXVIII⁰. n°. 7., d'après M. Spanheim.

Le Thon.

On trouve ce gros Poisson sur quelques revers de Plantille, de Lucille & de Crispine. Il y en a deux sur un revers de *Lucius-Verus*, frappé à Nicomédie, & deux autres sur un revers de Lucille sa femme, frappé à Byzance : il y a sur ce dernier un Dauphin entre deux. Voyez les n°s. 8. & 9. de la même planche.

Le Veau Marin.

Cette espèce de Poisson, appellé en latin *Phoca*, ou *Phocæna*, approche assez du Dauphin : il y a apparence qu'il tire son nom de celui des Peuples qui en faisoient le plus grand commerce ; c'est-à-dire des Phocéens. Ils nous en ont conservé la figure, sur une de leurs Médailles frappée sous l'Empereur Sévère. On voit sur le Poisson un Animal qui ressemble beaucoup au Loup, & qui paroît prêt à le dévorer. On le trouvera au n°. 10. de la planche XXVIII⁰.

Le Porc Poisson, la Raie, l'Écrevisse, ou le Cancer, le Crabe, le Pélamys,
ou la Pélamyde.

Le Porc Poisson, en latin, *Aprinus*, se trouve (selon M. Spanheim, Tome Iᵉʳ. pag. 231.) au revers d'une Médaille frappée sous l'Empereur Sévère, par les Peuples d'une Isle d'Afrique appellés *Lopadussæ*. Cet Animal, auquel certains Auteurs ont donné d'autres noms, semble être armé de dents recourbées comme un Sanglier, & d'arrêtes sur le dos beaucoup plus fortes & plus terribles que celles de la Perche. Voyez le n°. 11 de la planche XXVIII⁰.

La Raie se trouve sur une Médaille de la famille *Proculeia* ; voyez le n°. 12. de la même planche.

Le Crabe est une espèce d'Écrevisse : il se trouve sur un revers de la famille *Durmia* : il prend avec ses pinces un Papillon au vol, & tient, sur un autre revers de la famille *Servitia*, un *Acrostolium*, ornement de Vaisseau. Voyez l'un & l'autre aux n°s. 13. & 14. de la même planche.

Le Pélamys, ou la Pélamyde, approche beaucoup du Thon, si ce n'est pas le même Poisson. On le voit à la même planche, n°. 15.

Voilà quels sont les Animaux aquatiques qui se trouvent ordinairement représentés sur les Médailles. S'il s'en rencontre quelques autres, dont le détail nous soit échappé, on les verra dans la suite de cet Ouvrage, ou dans les Catalogues qu'on se propose d'y ajouter.

Z z

S E C T I O N XXXVII.

Où l'on commence à parler des Édifices qui servent d'ornemens à la Terre ; premièrement des Villes, & des Portes de Villes, représentées sur les Médailles.

On a représenté, sur les Médailles, non-seulement le Monde & ses parties, les Royaumes, les Provinces, les Animaux & les Plantes, mais encore les Édifices qui servent d'ornemens à la Terre, & d'habitations aux hommes. Entre ces Édifices, on trouve des Villes, des Portes, des Fontaines, des Aqueducs, des Amphithéâtres, des Cirques, des Hippodromes & des Places publiques ; on y compte également des Labyrinthes, des Palais, des Basiliques, des Bâtimens & des Places propres à tenir les Comices ou les Assemblées, des Boucheries, des Colonnes, des Pyramides & des Obélisques ; enfin nous y voyons des grands chemins avec des Cippes, des Thermes & des Bains, des Tours, des Ponts, des Vaisseaux, des Ports, des Phares & une infinité d'autres choses. Nous avons parlé ailleurs des Temples, des Autels & des Édifices sacrés, & nous en avons montré les formes différentes, autant qu'il a été possible & nécessaire : nous allons faire la même chose des autres Édifices, & de tout ce qui est relatif à ces Monumens publics : nous nous bornerons cependant à ce qui rgarde simplement les Médailles. Commençons par les Villes & leurs Portes.

Il ne se trouve aucun plan des Villes, sur les Médailles. Quand on en a voulu représenter quelques-unes, comme Rome, Constantinople & autres, on l'a toujours fait sous la forme d'une figure ou d'une tête de femme. On a vu celle de Rome au nombre des Divinités : on eut pu y placer encore celle de Constantinople sous le même titre & avec les mêmes ornemens, attributs & symboles ; mais ce n'eut été qu'une répétition inutile : si, à cette première idée, on réunit celles de plusieurs têtes de Villes & de Provinces, que nous avons déja représentées avec la couronne murale ou tourelée, & avec leurs attributs particuliers, il ne nous restera, sur les Médailles, que deux Portes, l'une de Nicopolis, & l'autre de Trajanopolis, qui puissent avoir rapport aux Villes, quant à l'Édifice, au Plan, ou à la Topographie.

Ces deux Portes, qu'on a représentées comme une des parties principales de ces deux Villes Grecques, n'ont rien d'extraordinaire ni de bien remarquable. Celle de Nicopolis, Ville d'Épire, est bâtie entre deux tours à deux rangs d'Arcades ; celle de Trajanoplis, Ville de Thrace, est composée de trois tours, & n'a rien que de fort simple. On les a données à la planche XXVIIIe. nos. 16. & 17., d'après les deux Médailles que Dom Montfaucon a fait graver à la planche XCVIIIe. de la première Partie du troisième Tome de ses *Antiquités*.

SECTION XXXVIII.

Des Fontaines & des Aqueducs repréſentés ſur les Médailles.

Nous trouvons ſur un revers de la famille *Marcia* la légende, *Aqua Marcia*, dont les lettres initiales ſont gravées entre les arches d'un Aqueduc. Cette Médaille fut frappée par *L. Marcius Philippus*, un des deſcendans du Roi *Ancus-Marcius*, pendant ſa Queſture, à laquelle il fut élevé l'an de Rome 644. Son deſſein étoit de rappeller à la Mémoire des Romains le ſouvenir d'un bienfait qu'ils avoient reçu de ce Prince, qui fit conſtruire l'Aqueduc repréſenté au revers de cette pièce, pour porter dans la Ville les eaux d'une Fontaine voiſine ; projet dont l'exécution fit tant de plaiſir au Peuple, que, pour marquer ſa reconnoiſſance à *Ancus-Marcius*, il donna ſon nom aux eaux & à l'Aqueduc, comme il paroît par la légende de cette Médaille.

La Statue équeſtre, qui eſt placé ſur cet Aqueduc, eſt un ouvrage poſtérieur, qui n'a rien de relatif au premier Monument. Au lieu du chien qui eſt deſſous le cheval, c'eſt un arbriſſeau qu'on y doit mettre, ſelon M. d'Havercamp, dans ſon Édition des Familles Romaines de M. Morel, imprimée à Amſterdam en 1734. pages *261*. & *262*.

L'Empereur Trajan détourna dans la ſuite une partie des eaux de cette Fontaine, pour la faire paſſer au mont Aventin ; c'eſt ce qui fournit l'occaſion de frapper en ſon honneur une Médaille, au revers de laquelle on voit, ſous une arche, la figure d'une Fontaine, qui, à l'imitation des fleuves, tient une corne d'où découlent des eaux en abondance. Cette figure eſt accoudée de la gauche ſur une baſe, & porte à la main droite un roſeau ou une branche de quelqu'arbriſſeau ; la légende, *Aqua Trajana*, qui ſe lit dans l'exergue, ne laiſſe aucun doute ſur l'explication de ce Type. Nous nous contentons de donner les deux revers dont on vient de parler, à la planche XXVIIIe. n°s. 18. & 19., parce que nous ne voyons pas qu'il y ait d'autres Fontaines, ou Aqueducs, dont il ſoit fait mention ſur les Médailles.

S E C T I O N XXXIX.

Des Amphithéâtres.

Le nom d'Amphithéâtre, mot Grec, signifie deux Théâtres joints ensemble, ou un Théâtre formé par la réunion de deux autres. A Rome, ces Édifices, qui d'abord n'étoient que de bois, furent dans la suite construits de belles pierres, & ornés avec une grande magnificence. L'Empereur Vespasien en fit bâtir à Rome un qui pouvoit contenir jusqu'à quatre-vingt mille Spectateurs : la Dédicace en fut réservée à Tite ; aussi est-ce sur ses Médailles que nous en trouvons la forme. Quoiqu'il y en ait eu quantité d'autres dans l'Italie, & dans différens pays, nous ne voyons que celui de Vespasien dans la Numismatique.

On sera sans doute curieux de trouver ici une Description abrégée de ce Monument, dont les vestiges subsistent encore, & d'apprendre en même temps quelle étoit la destination des Amphithéâtres, & ce qui pouvoit y avoir du rapport ; car, sans cette connoissance, l'idée qu'on pourroit en prendre sur une Médaille, où la représentation se trouve si fort en raccourci, serviroit à peu de chose. Nous allons donc emprunter le langage de Dom Montfaucon, dans la seconde Partie du Tome IIIe. de ses *Antiquités expliquées* ; nous l'abrégerons autant qu'il sera possible.

On donnoit, dans l'origine, à ces Édifices deux autres noms que celui d'Amphithéâtre ; celui de *Cavea*, & celui d'*Arena*. Le premier venoit de ce que ce lieu destiné aux Spectacles étant ovale ou rond, il restoit un creux au-dedans, lorsque les Spectateurs étoient rangés & assis tout autour. Le second lui fut donné à cause du sable ou des matières pulvérisées qu'on répandoit dans l'aire.

On divisoit tout l'Édifice en plusieurs parties ; chacune avoit un nom propre : il y avoit les Arènes, *Arena* ; les Loges, *Caveæ* ; le *Podium* ; les *Précinctions*, ou *Baltei* ; les *Vomitoria* ; les *Cunei*, &c.

Les *Arènes* étoient le plus bas lieu de l'intérieur de la place. Tout autour des Arènes il y avoit des Voûtes ou des Loges, *Caveæ*, dans lesquelles on mettoit les animaux qui devoient servir aux Spectacles : tout cela formoit le plein-pied de l'Édifice. Ces Arènes étoient ceintes tout-au-tour d'une muraille, sur laquelle étoit le *Podium*. La partie ainsi appellée, étoit une avance de mur, en forme de Quai, ornée de petites colonnes & de balustrades ; c'étoit-là la place des Sénateurs, pour le Spectacle : les Magistrats s'y mettoient aussi sur leurs sièges curules ; ils étoient accompagnés de leurs Licteurs & autres Ministres publics. On y plaçoit une espèce de trône couvert, pour l'Empereur. L'Éditeur, ou celui qui donnoit le Spectacle & les Jeux, y avoit son Tribunal. Enfin les *Vestales* avoient également le privilège du *Podium*. Quoique ce *Podium* fut élevé de douze ou quinze pieds, les Sénateurs n'auroient pas été en sûreté contre les insultes des Éléphans, des Lions, des Léopards, des Panthères & autres bêtes féroces, qui se battoient sur les Arènes, si l'on n'y avoit mis tout autour des treillis qui garantissoient les Spectateurs, sans cependant les empêcher de voir. Il y avoit aussi sur le bord du *Podium* de gros troncs de bois ronds & versatiles, qui tournoient quand les bêtes vouloient faire quelques efforts pour y monter ; ce qui ne les empêchoit pas en certaines occaſions de cauſer quelques déſordres dans les rangs des Spectateurs. On tâcha d'y remédier en faiſant des euripes ou canaux tout autour, pour les en écarter.

Au-deſſus du *Podium* étoient les dégrés diſpoſés à-peu-près de la même manière que dans tous les autres Théâtres. Les uns, deſtinés pour s'aſſeoir, étoient plus hauts & plus larges, & régnoient dans tout le contour de l'Amphithéâtre ; les autres, plus bas & plus étroits, s'étendoient de haut en bas, en ligne droite, à travers des ſièges, à la manière de ceux des Théâtres, avec cette différence pourtant que ceux des Amphithéâtres, du moins de celui de Veſpaſien, ne traverſoient point tous les dégrés, ni toutes les *Précinctions*, mais ſe prolongeoient ſeulement du milieu d'une précinction au milieu de l'autre ; précaution ſage, ſans doute, pour éviter la confuſion & l'embarras qui auroient pu s'y trouver ſi ces dégrés, qui étoient fort étroits, euſſent pris ſimplement du haut en bas. Les dégrés propres à s'aſſeoir de l'Amphithéâtre de Veſpaſien avoient un pied deux pouces de hauteur, & deux pieds & demi de largeur. On leur donnoit cette largeur, pour laiſſer le paſſage libre entre deux à ceux qui venoient après les autres, comme à ceux qui vouloient ſe retirer pour quelque néceſſité. Il faut ajouter que cette largeur étoit auſſi néceſſaire, parce que les pieds de ceux qui étoient aſſis au rang ſupérieur, devoient trouver place ſur le dégré inférieur. Les *Précinctions* étoient comme des ceintures faites de dégrés plus hauts & plus larges que les autres, & qui diſtinguoient les ſièges plus hauts des plus bas, pour faciliter le paſſage à la foule des Spectateurs qui accouroient au Spectacle. Ces Précinctions s'appelloient auſſi *Baltei* (des Baudriers), comme qui diroit de larges ceintures qui règnoient autour des Amphithéâtres. On en remarque quatre dans celui de Veſpaſien, en comptant la plus élevée auprès du Portique.

On appelloit *Vomitoria* les avenues, ou les portes placées au haut de chaque eſcalier, dans l'Amphithéâtre de Veſpaſien, où l'on arrivoit par des voûtes couvertes & cachées ; la quantité de monde qui entroit par ces portes, faiſoit qu'on les appelloit *Vomitoria*, parce qu'elles ſembloient vomir une foule de gens qu'on n'avoit point apperçue auparavant. Il y avoit quelques dégrés pratiqués pour paſſer aux ſièges, & pour ſervir à l'écoulement des eaux ; ce que ſemblent marquer certaines crénelures, qui ne pouvoient guère avoir d'autres uſages.

On appelloit *Cunei*, ce qui ſe trouvoit enfermé entre les Précinctions & les Eſcaliers ; c'étoient des places diviſées en certaines claſſes ; car les places des Théâtres étoient ſéparées, ſelon la qualité des perſonnes, par la Loi *Roſcia*. La même choſe ſe pratiqua dans des temps poſtérieurs pour les Amphithéâtres & les Cirques, où, dans l'origine, on aſſiſtoit confuſément & ſans diſtinction de qualités. On a vu que les Sénateurs avoient leurs places au *Podium* : celles des Chevaliers étoient immédiatement après, juſqu'à la première *Précinction* ; il y avoit ordinairement quatorze rangs de ſièges deſtinés pour eux. Les gens de la campagne, les pauvres & tout le bas Peuple vêtu de couleur brune, étoient aux rangs les plus hauts & les moins honorables. Quelques Spectacles extraordinaires occaſionnoient des concours ſi grands, que les rangs ne pouvoient y être obſervés.

Il y avoit dans différens endroits du Théâtre des tuyaux qui ſervoient à répandre des liqueurs odoriférantes, pour procurer une odeur agréable. Ces liqueurs étoient ordinairement de safran infusé dans le vin. On tendoit d'abord des voiles de toile simple, ensuite de plus riches de soie, & quelquefois même de pourpre brochés d'or, pour garantir les Spectateurs des ardeurs du Soleil. Quand les voiles n'étoient pas tendus, les Particuliers prévenoient les incommodités de cet Astre par des bonnets de Thessalie, par des pétases, ou des parasols, s'il est permis d'expliquer l'*Umbella* des Anciens par ce mot, & dans le sens du parasol d'aujourd'hui, & si l'*Umbella* ne se portoit pas sur la tête.

Les *Pegmata*, qui étoient au milieu de la rue & auprès du colisée, étoient des machines théâtrales à plusieurs étages, qui haussoient & baissoient par ressort, & où les Gladiateurs & autres Bateleurs donnoient des représentations extraordinaires. Il y a apparence que ce sont ces machines qu'on voit près de l'Amphithéâtre de Vespasien, sur la Médaille que nous donnons au n°. 7. de la planche XXIXe. Passons à ce qui regarde les Cirques, &c.

S E C T I O N X L.

Des Cirques & des Hippodromes.

Les Grecs appelloient Hippodrome ce que les Romains nommoient Cirque. L'un & l'autre reviennent au même, & signifient un Édifice destiné aux courses, aux combats & aux Jeux publics. Il ne suffit pas d'en montrer sur les Médailles, pour en donner une entière connoissance ; c'est pourquoi nous allons encore suivre Dom Montfaucon dans le détail de l'origine des Cirques ou Hippodromes en général : nous y joindrons une courte Description du grand Cirque de Rome, & nous donnerons les trois Médailles qui le représentent ; on le trouvera au bas du Dessein de cet Édifice, à la planche XXXe.

Les opinions ont varié sur l'origine des Hippodromes ; les uns l'attribuent à Œnomaüs, Roi d'Élide ; d'autres veulent que ce soit Hercule qui le premier ait institué des courses de chevaux dans la Grèce, comme Romulus à Rome. Ces courses se firent d'abord en pleine campagne, & ensuite dans de grandes enceintes construites en bois. Tarquin l'Ancien fit enfin bâtir le grand Cirque, dans la vallée *Murcia*, entre les monts Palatin & Aventin ; c'est le même que Trajan & plusieurs autres Empereurs ont fait dans la suite rétablir, agrandir & orner.

Ce Cirque est un Édifice très-vaste & très-beau. Les uns lui donnent 2187. pieds de long, sur 960. de large. Il pouvoit contenir au moins cent cinquante mille Spectateurs. C'étoit le plus grand bâtiment de Rome. La façade du dehors avoit deux rangs de colonnes, & un troisième plus petit par-dessus. Il se terminoit en demi-cercle à un des bouts, & en ligne droite ou un peu circulaire à l'autre. A l'extrémité ronde, il y avoit trois tours quarrées, & deux à l'autre. Le bas du Cirque, en dehors, étoit un rang de Boutiques de Marchands, ménagées dans les plus basses arcades. Du petit côté, vers le Tibre, étoit ce qu'on appelloit *Carceres*, les prisons : c'étoit-là où l'on tenoit les chevaux qui devoient courir. Il y avoit de ce côté-là douze portes en-dedans, par où on les faisoit sortir : ces portes se levoient toutes à la fois, par le moyen de certaines machines. Le Roi Théodoric, dans Cassiodore, dit que ces douze portes marquoient les douze Signes du Zodiaque.

La

La première chofe que l'on trouvoit, en entrant de ce côté-là, étoit le petit Temple, qu'on appelloit *Ædes Murciæ*. Auprès de ce Temple étoit l'Autel du Dieu *Confus* : il touchoit prefque les trois pyramides rangées en ligne droite, qu'on appelloit *Metæ*, qui veut dire bornes ; il y en avoit autant à l'autre bout. Ces fix bornes n'en faifoient réellement que deux ; l'entre-deux de ces bornes étoit occupé par un maffif élevé au-deffus du terrein. On trouvoit d'abord fur ce maffif l'Autel des *Lares* ; de l'autre côté étoit celui qu'on appelloit *Ara Potentium*, l'Autel des Dieux Puiffans. On voyoit enfuite deux colonnes ornées d'un fronton ; c'étoit comme le frontifpice d'un Temple. Une autre efpèce de frontifpice, à peu-près femblable, étoit à quelque diftance : ce dernier Édifice étoit dédié à Tuteline ; il y avoit un Autel à côté : un peu après étoit une colonne qui foutenoit la Statue de la Victoire. Un quarré long, formé par quatre colonnes ornées d'Architrave, de Frife, de Corniche avec Entablement, foutenoit plufieurs Dauphins ; c'étoit une efpèce de Temple confacré à Neptune. Cybèle, Mère des Dieux, affife fur un Lion, étoit au pied du grand Obélifque, qui occupoit le milieu, & marquoit le centre du Cirque. Auprès de l'Obélifque étoit le Temple du Soleil, que Tertulien place au milieu du Cirque ; mais cette expreffion ne fe prend pas géométriquement, fur-tout dans un lieu auffi vafte : un Trépied placé à côté de ce Temple, étoit le fymbole d'Apollon, que les anciens diftinguoient ordinairement du Soleil. Auprès du Trépied, une colonne foutenoit une figure de la Fortune : à côté étoit un bâtiment à colonnes, couronné de certaines pierres en forme d'œufs ; d'où on les nommoit *Ova curriculorum*, les Œufs des courfes. On voyoit enfuite une Statue de la Victoire fur une colonne. L'Autel des grands Dieux étoit fur la même ligne, & n'étoit pas éloigné d'un Obélifque confacré à la Lune : celui-ci étoit plus petit que le précédent. Les bornes à trois petites pyramides, auffi appellés *Metæ*, terminoient le tout de même qu'à l'autre bout. Ceux qui couroient fur des chevaux, ou fur des chars, faifoient fept fois le tour de ce maffif. Autour du Cirque, près du mur, couloit un grand ruiffeau de dix pieds de large, qu'on appelloit Euripe. Sur ce mur, qui bordoit l'intérieur du Cirque, il y avoit d'abord, comme aux Amphithéâtres, le *Podium*, où étoient les places des Sénateurs, au-deffus defquelles il y avoit plufieurs dégrés, dont les plus bas étoient fans doute pour les Chevaliers Romains. Sur ces dégrés régnoit une grande Galerie tout autour du Cirque, au-deffus de laquelle les dégrés étoient continués jufqu'au haut du mur. L'aire du Cirque étoit ordinairement fablé ; quelques Empereurs la firent couvrir de chryfocolle & de cinabre broyés. Le petit Temple du Soleil, placé au milieu de ce fuperbe bâtiment, marquoit qu'il étoit dédié à cette Divinité : d'autres parties du Cirque avoient rapport au même culte. Il eft aifé de reconnoître cet Édifice fur le Deffein de la planche XXXe. comme fur les Médailles qui l'accompagnent.

Section XLI.

Des Palais, des Baſiliques, des Édifices deſtinés pour les Comices, des Boucheries & des Labyrinthes.

Les Rois, les Princes, & ſingulièrement les Empereurs Romains avoient des Palais dans les Villes où ils faiſoient leur réſidence ordinaire. Celui de Cyrus paſſa pour une des ſept Merveilles du Monde. On voit encore à Rome les ruines de celui des Empereurs. Outre ces vaſtes & ſomptueux Édifices de la Ville principale, d'autres Palais bâtis dans des Villes moins conſidérables, ou dans des campagnes éloignées, leur ſervoient de retraites pour y prendre le plaiſir de la chaſſe ou quelqu'autre divertiſſement, & ſur-tout pour changer d'air, quand leur ſanté l'exigeoit. Ces Palais de campagne avoient un nom relatif à ce changement ; on les appelloit *Mutatoria ;* ce qui marquoit qu'ils étoient deſtinés à changer d'occupation & d'air.

Les Médailles connues juſqu'ici ne nous ont donné aucun de ces Palais, dans leurs Types. Nous en avons, à la vérité, deux, dont les légendes ſemblent indiquer qu'on a voulu repréſenter quelques-uns de ces Édifices ; mais cette idée ne peut ſe ſoutenir vis-à-vis de ces pièces, qui ſont l'une d'Antonin-Pie, & l'autre de ſa femme Fauſtine. La première repréſente un Édifice à huit rangs de colonnes, avec la légende, *Ædes Divi Auguſti reſtituta* ; la ſeconde en montre un autre à ſix colonnes, avec ces la légende, *Ædes Divæ Fauſtinæ.* Il ne s'agit donc ſur l'une & l'autre de ces Médailles que de deux Temples conſacrés l'un à l'honneur d'un Empereur, & l'autre d'une Impératrice, après leur mort, & après qu'ils avoient été mis au rang des Dieux, par leur Apothéoſe. Ainſi nous ne pouvons donner rien en détail au ſujet de ces ſortes d'Édifices, & nos planches n'en peuvent offrir la repréſentation.

Quant aux Édifices que l'on appelloit Baſiliques, nous en trouvons, ſur les Médailles, avec leur nom exprimé ou ſous-entendu. Ces Baſiliques étoient des Édifices publics, & très-ſouvent d'une grande magnificence. Leur deſtination étoit à peu-près la même que celle de nos Hôtels de Villes. Les Juges y tenoient leurs ſéances pour entendre plaider les Cauſes des Parties, & pour juger les procès. Ce n'étoit pas ſeulement le Tribunal des Centum-Virs & celui des autres Juges établis pour décider des différens ſurvenus entre les Particuliers ; les Tribuns du Peuple s'y aſſembloient auſſi pour régler les plus grandes affaires.

Ces Édifices étoient ordinairement vaſtes, de forme oblongue, ornés de colonnades & de portiques. La Salle du centre, qui s'appelloit *Pluteus,* étoit auſſi ſoutenue par des colonnes, & bâtie de telle ſorte qu'on voyoit de cette Salle tout ce qui ſe paſſoit ſous les Portiques & dans les Galeries. Ces Baſiliques étoient bâties à Rome, & ailleurs, ſur les Places publiques, & avoient des entrées de tous les côtés. Dans Rome, on en comptoit environ vingt ; de ce nombre, il n'en paroît que deux ſur les Médailles ; ſavoir, la Baſilique *Æmilia,* & la Baſilique *Ulpia.* La première fut élevée par L. *Æmilius Paulus Conſul,* l'an de Rome ſept cent huit. M. Lepidus la fit rétablir trente-cinq ans après ; car elle étoit déja ruinée, apparemment par quelque accident ; c'eſt pourquoi la légende porte, *M. Lepidus refecit :* *Æmilia Baſilica* eſt ſous-entendu. Jules-Céſar avoit fourni quinze cens

talens

talens pour cet Édifice , quand *Emilius Paulus* le fit conftruire ; ce fut le Sénat qui fournit les deniers néceffaires pour le réparer ou le rétablir.

La feconde Bafilique fut l'ouvrage de Trajan. On peut voir le deffein de ces deux Édifices à la planche XXVIIIe. nos. 20. & 21. Ils n'y font que fort imparfaitement ; mais il n'eft pas néceffaire d'en avoir des deffeins plus parfaits pour notre projet , qui confifte feulement à apprendre à connoître les Médailles par ce qu'elles repréfentent.

On trouve , fur une Médaille de Néron , une autre forte d'Édifice public , qui paroît ne pas le céder aux autres pour la magnificence. C'étoit un bâtiment fort beau & fort vafte , deftiné à la vente non-feulement de la viande , mais encore du poiffon & de toutes fortes de victuailles. Néron, qui le fit bâtir , lui donna le nom de *Macellum Augufli* , la Boucherie , ou les Boucheries de l'Augufte , ou de l'Empereur. Ces deux mots abrégés , *Mac. Aug.* , forment la légende du revers de la Médaille que nous donnons au no. 22. de la même planche XXVIIIe.

Il y a auffi quelques Médailles qui repréfentent un Labyrinthe. On en trouve un derrière la tête de Marc-Antoine , fur une Médaille confulaire ; on en voit un autre fur un revers d'Augufte , frappée par la Colonie de Carthage : ces deux Monumens font de forme quarrée. Patin nous en a donné un de forme ronde , parmi fes Médailles.

Que ce foit le Labyrinthe que Dédale bâtit en Crète , par l'ordre de Minos , pour y renfermer le Minotaure , ou quelqu'autre , qu'on ait voulu repré-fenter fur ces Médailles ; c'eft ce qu'il importe peu de favoir ; mais comme cette expreffion ne préfente ordinairement que l'idée d'un affemblage de plufieurs allées d'arbres qui fe coupent l'une l'autre , de façon à ne pas s'y reconnoître aifément , & à en rendre la fortie difficile , il eft à-propos de dire ici quelque chofe des anciens Labyrinthes , pour faire voir qu'en fait d'Édifices on n'a rien repréfenté que de grand fur les Médailles.

L'Antiquité nous parle de quatre Labyrinthes ; les Auteurs qui en ont fait la Defcription les mettoient au rang des plus illuftres Monumens. Ces quatre Édifices font celui de Crète , celui du Lac de Mœris , en Égypte , celui d'Italie , qui fervit de tombeau à Porfenna , Roi d'Hétrurie , & enfin celui de Lemnos. De ce nombre , nous choifirons celui d'Égypte pour en donner une idée d'après Hérodote. Voici comme Dom Montfaucon s'explique à la page 174e. du IIIe. Tome, Partie Iere. de fon *Antiquité* , &c.

» Ce Monument , dit Hérodote , fut fait par les douze Rois qui régnèrent
» enfemble en Égypte. Ils firent ce Labyrinthe un peu au-deffus du Lac
» de Mœris , auprès de la Ville qu'on appelloit des Crocodiles. Je l'ai vu ,
» & je l'ai trouvé plus merveilleux que je ne puis l'exprimer. Si quelqu'un
» vouloit bien le confidérer & le comparer aux plus beaux ouvrages des
» Grecs , même aux Temples d'Éphèfe & de Samos , il les trouveroit , foit
» pour le travail , foit pour la dépenfe , fort inférieurs à ce Labyrinthe.
» Les Pyramides même furpaffent ces ouvrages des Grecs , & une feule
» d'entre elles eft comparable à ce qu'il y a de plus merveilleux dans la
» Grèce. Or ce Labyrinthe l'emporte beaucoup au-deffus des Pyramides.
» Il y a , dans ce merveilleux ouvrage , douze grandes Salles couvertes ,
» dont les portes font oppofées les unes aux autres : fix de ces Salles font
» du côté du Midi , fur le même rang ; fix du côté du Septentrion , en
» même fituation : le même mur les environne par-dehors. Il y a trois
» mille chambres , dont la moitié font fous terre , & l'autre moitié fur

Aa a

» celles-ci. J'ai vu celles du deſſus, & je les ai parcourues. Pour ce qui
» eſt de celles du deſſous, je n'en ſai que ce que j'en ai pu apprendre par
» le récit des autres ; car les Gouverneurs du lieu ne voulurent jamais
» nous y mener, nous aſſurant qu'on y voyoit les ſépulchres des Rois
» qui avoient bâti ce Labyrinthe, & ceux des Crocodiles ſacrés qu'il ne
» leur étoit pas permis d'expoſer à nos yeux. . . . . . Tous ces bâtimens
» ont des toits de pierre : les murailles ſont auſſi de pierre, & toutes
» ornées d'ouvrages en ſculptures, faits ſur les murs mêmes. Chaque
» Salle eſt bordée d'une colonnade de belle pierre blanche. A un angle du
» Labyrinthe, il y a un Obéliſque de quarante toiſes, orné de grandes
» figures d'animaux ; on y va par un chemin ſouterrein, &c. «

Voilà ce qu'on entendoit par le nom de Labyrinthe. Il s'en falloit beaucoup que les autres fuſſent auſſi vaſtes, & auſſi ſomptueux ; car celui de
Crète, ſelon Pline, ne faiſoit que la centième partie de celui d'Égypte.
Cependant l'étendue & la magnificence de ces Édifices les égaloient aux
plus grands Palais. Celui de Mœris étoit peut-être le ſeul dans lequel on
n'oſoit s'engager ſans guide, dans la crainte de ſe perdre. Nous donnons le
plan du Labyrinthe de Crète, à la planche XXVIIIᵉ. nᵒ. 23.

S E C T I O N   X L I I.

Des Colonnes, des Pyramides & des Obéliſques repréſentés ſur les
Médailles.

On trouve ſur les Médailles pluſieurs ſortes de Colonnes : les unes,
deſtinées à ſoutenir, orner & enrichir les Palais, les Baſiliques, les Cirques
& autres grands Édifices publics, étoient dans les proportions néceſſaires à
de pareils bâtimens. Nous en avons vu de pluſieurs Ordres ſur le revers des
Médailles, où l'on a donné le deſſein de ces différens Édifices ; ainſi il ne
ſera plus ici queſtion de cette eſpèce de Colonnes : nous traiterons ſeulement de celles que l'on élevoit pour marquer certains événemens & pour
en perpétuer la mémoire. Il y en avoit de deux ou trois ſortes. Les unes
n'étoient pas plus hautes que les Cippes des grands chemins, dont nous
parlerons dans la Section ſuivante ; d'autres s'élevoient à une très-grande
hauteur, comme celle de Trajan, & celle d'Antonin-Pie ; enfin l'on
conſtruiſoit des *Colonnes roſtrales*, appellées de ce nom parce qu'il en ſortoit
des proues de vaiſſeau, qui leur ſervoient d'ornemens. Les Médailles d'Auguſte & de quelques-uns de ſes ſucceſſeurs nous en fourniſſent pluſieurs
modèles.

Les Colonnes les plus baſſes, qui reſſembloient à des Cippes, ſervoient
à marquer le nom des Empereurs, & autres perſonnes qui avoient fait
célébrer les Jeux ſéculaires ou millenaires, avec l'époque du temps auquel
on les avoit donnés, en comptant par les Conſulats des Éditeurs. On parlera
de ces Jeux dans la ſuite ; en attendant, nous donnons, à la planche XXVIIIᵉ.
nᵒ. 24, une Médaille de l'Empereur Domitien, au revers de laquelle on
trouve un de ces Cippes, ou une de ces petites Colonnes, qu'on érigea en
l'honneur de ce Prince. On lit ſur une des faces cette Inſcription, *Lud.*
Sæc. fec., & aux côtés, *Cos XIIII.*; *Ludos ſæculares fecit Conſul XIIII.*;
c'eſt-à-dire, l'Empereur Domitien a fait célébrer, ou bien ſous l'Empire
de Domitien, & pendant ſon quatorzième Conſulat, on a célébré les Jeux

féculaires. On voit plufieurs autres de ces Cippes fur les Médailles ; mais il fuffit d'en avoir donné un, pour les faire connoître tous.

Il y avoit une autre forte de Colonnes beaucoup plus hautes : elles étoient ornées de bas-reliefs. C'eft cette feconde efpèce qu'on doit regarder comme des Monumens érigés pour perpétuer la mémoire des conquêtes, des victoires & des grands faits d'armes de certains Empereurs. Celle de Trajan, qu'on voit encore à Rome, a cent vingt-huit pieds de hauteur, non compris la Statue Coloffale qui la termine, & à laquelle elle fert de bafe ou de piedeftal. Le Sénat la lui confacra lorfqu'il faifoit la guerre en Afie, pour lui fervir de trophée à l'occafion des avantages & des victoires qu'il avoit remportés fur les Daces. On y lit cette Infcription.

Senatus Populus que Romanus
Imperatori Cæsari Divi Nervæ Filii, Nervæ Trajano
Augusto, Germanico,
Dacico, Pontifici Maximo, Tribunitiæ Potestatis XVII.
Imperatori VI.
Consuli VI. Patri Patriæ. Ad declarandum quantæ altitudini
mons et locus tantis ex operibus sit egestus.

Il feroit certainement auffi utile qu'agréable de donner cette Colonne dans fon entier, & d'entrer dans le détail de tous fes ornemens ; mais l'exécution de ce projet nous feroit fortir des bornes que nous nous fommes prefcrites. D'ailleurs, fi l'on eft curieux d'en voir le deffein avec fon explication, on peut confulter plufieurs Auteurs qui ont donné l'un & l'autre. Nous nous contentons d'obferver que quelques Écrivains penfent que ce ne fut qu'au retour de Trajan à Rome, après fa double victoire fur Décebale, Roi des Daces, & la réduction de fon pays en Province Romaine, que cet Empereur commença à faire élever cette fuperbe Colonne, qui ne fut achevée que fept ans après, & qui a toujours paffé pour un des plus grands efforts de l'Architecture. Sixte V. la fit relever fous fon Pontificat, & fit mettre au-deffus la Statue de S. Pierre. On trouvera la repréfentation de cette Colonne fur le revers d'une Médaille de Trajan, à la planche XXVIIIe. n°. 25.

La Colonne d'Antonin-Pie lui fut confacrée, après fa mort, par Marc-Aurèle fon fils adoptif, fon gendre & fon fucceffeur. Il la fit orner de bas-reliefs, qui forment l'Hiftoire des guerres de cet Empereur, & de fes heureufes expéditions contre les Quades, les Marcomans & autres Peuples Germaniques. Cette Colonne, plus haute de quarante pieds que celle de Trajan, fervoit de bafe à la Statue Coloffale d'Antonin-Pie. Elle avoit beaucoup fouffert de l'injure des temps, lorfque, dans le XVIe. fiècle, le même Pape Sixte V. la fit redreffer, & plaça deffus la Statue de S. Paul. Nous donnons la Colonne Antonine à la même planche, n°. 26e.

Quant aux Colonnes roftrales, dont nous avons parlé, elle fervoient de Monumens à l'occafion des exploits militaires, & des avantages remportés dans quelque combat naval. Celle que nous donnons au n°. 27. de la planche XXVIIIe., fut érigée en l'honneur d'Augufte, après qu'il eut triomphé de Pompée fur la Mer de Sicile.

On fait affez ce que c'eft que des Pyramides & des Obélifques. L'Égypte a furpaffé tous les autres pays par la grandeur, la folidité & la beauté de

A a a ij

ces fortes de Monumens : on fe rappelle fans doute qu'elles ont paffé pour des merveilles. Plufieurs Voyageurs en ont donné & les Deffeins & la Defcription : on peut même les voir dans les Tomes IIIe. & Ve. de Montfaucon. Nous ne nous arrêterons point à copier ici cet Auteur, parce qu'il s'en préfente peu fur les Médailles. Il y a, à la vérité, un Obélifque au revers d'une Médaille de Marc-Aurèle, frappée par la Colonie *Laus Julia Corinthus* ; il y a auffi quelques Obélifques & Pyramides fur celles qui repréfentent le Cirque : on peut les voir à la planche XXXe. nos. 3. & 4. Mais ces ouvrages paroiffent fi fimples, & les ornemens qu'on y remarque font gravés fi fort en petit, qu'il eft prefque impoffible de les diftinguer. D'ailleurs, c'étoient des ouvrages d'accompagnement & d'ornement ; ils n'avoient prefque rien de la magnificence des Pyramides & des Obélifques d'Égypte. Le Lecteur nous permettra donc de le renvoyer à la même planche, pour y voir en petit les Deffeins & la forme de ces fortes de Monumens.

S E C T I O N   XLIII.

Des grands Chemins & des Cippes qu'on y pofoit de diftance en diftance, &, par occafion, de la Véhiculation & des Convois, enfin de l'affranchiffement & de la remife qu'en ont fait les Empereurs ; le tout relativement à la Numifmatique.

Nous embraffons, dans cette Section, quatre objets qu'il eft néceffaire de connoître, par l'utilité dont ils peuvent encore être de nos jours. Ces objets font, premièrement ce qui regarde les grands Chemins ; en fecond lieu, ce qui appartient aux Cippes placés fur les routes publiques ; troifièmement, leur ufage, c'eft-à-dire, la Véhiculation, tant libre & particulière, que forcée & publique ; enfin la grace que certains Empereurs firent quelquefois aux Peuples, en les affranchiffant des Convois & de la Vehiculation qu'ils leur avoient impofés. La Numifmatique nous fournit des Monumens de ces différens objets.

Voyons d'abord ce qui concerne les grands Chemins. Lorfque les Empereurs, attentifs au bien Public, ont pris le foin de les faire conftruire ou de les réparer, & de rendre ceux qui étoient déja faits plus droits, plus courts, plus fûrs, plus doux, ou plus aifés, la reconnoiffance du Sénat & des Peuples n'a pas manqué d'éternifer ces fortes de bienfaits par des Monumens qu'ils nous ont fait paffer, par le moyen des Médailles, fur lefquelles ils ont repréfenté & les bienfaiteurs & leurs ouvrages. L'Empereur Augufte, par exemple, ayant reconnu que les Chemins près de Rome étoient devenus impraticables, ordonna aux Particuliers de les réparer vis-à-vis de leurs maifons, campagnes ou héritages : il fit faire le refte à fes dépens. En reconnoiffance de cette attention & de fa libéralité, on fit ériger à fon honneur deux arcs femblables à ceux de triomphe. L'un fur le Tibre ; l'autre fur le Pont d'Arimini, à préfent Rimini, Ville de l'État Eccléfiaftique : on lui en éleva encore un troifième ailleurs, avec cette infcription qui fert de légende aux Médailles qui les repréfentent ; *Quod viæ munitæ fint ;* ce qui montre que cet Empereur ne s'eft pas contenté de rendre les Chemins plus pratiquables, mais qu'il a encore pourvu à leur fûreté. On voit des chars & des Cavaliers courans fur la plate-forme de ces Édifices. Il y a auffi des Trophées militaires. La Statue du Prince qui a consacré à l'utilité publique les tréfors, fruit de fes victoires, paroît fur un des trois arcs, dans un char de triomphe traîné par des Éléphans : la Victoire debout derrière lui, eft dans l'attitude de le couronner. On trouvera ces trois revers aux n.os. 28. 29. & 30. de la planche XXVIIIe.

Aux Monumens de la reconnoiffance publique envers les Princes qui ont donné leurs foins à la commodité & fûreté des grands Chemins, on a voulu ajouter la repréfentation des Chemins mêmes qu'ils avoient faits conftruire ou réparer ; c'eft ce que nous voyons fur un des revers de Trajan. Ce Prince porta beaucoup plus loin que l'Empereur Augufte fon attention au fujet des grands Chemins : c'eft par fes ordres qu'on vit dans toute l'Italie combler les fonds, applanir les hauteurs, deffécher les marais, adoucir les pentes, établir des ponts & des chauffées pour faciliter le paffage & l'écoulement des eaux, élever enfin des Forts & des Édifices pour la fûreté des Voyageurs & du Commerce.

De pareils avantages exigeoient fans doute de Rome des marques de fa reconnoiffance ; auffi fit-elle frapper une Médaille, fur le revers de laquelle on voit une femme demie-couchée, qui, d'un air ferein & tranquille tient un rofeau d'une main, & de l'autre une roue, fymbole, dans cette occafion, des grands Chemins, comme dans d'autres elle l'eft de la fortune. La légende, *Senatus Populufque Romanus Optimo Principi*, qui fe lit autour de ce revers, & celle de l'exergue, *Via Trajana*, préfentent ce Monument comme une marque de la gratitude du Sénat & du Peuple Romain, à l'égard de cet excellent Prince, pour la conftruction ou réparation des Chemins, qu'on appella dans la fuite de fon nom, Voie Trajane. On trouve cette Médaille au n°. 31. de la planche XXVIIIe.

A l'égard des Cippes que l'on plaçoit de diftance en diftance fur ces Chemins, c'étoient des efpèces de colonnes peu élevées & plus femblables à des bafes de colonnes, qu'à des colonnes mêmes. On les appelloit *Colonnes milliaires*, parce qu'elles fervoient à marquer chaque diftance de mille pas, fur les Chemins qui conduifoient de Rome à d'autres Villes. Le premier Cippe étoit placé au Marché de Rome ; les autres étoient pofés enfuite de mille en mille pas ; enforte que l'infcription de ces pierres indiquoit aux Voyageurs la diftance du lieu d'où ils étoient partis à celui où ils alloient. Ils étoient marqués des nombres II. III. IV. V. &c. ; ce qui fignifioit, *ad fecundum, ad tertium, ad quartum, ad quintum ab urbe lapidem* ; à mille, à deux, à trois, à quatre mille de Rome, &c. Nous n'avons trouvé jufqu'à préfent aucun Cippe repréfenté fur les Médailles avec ces marques milliaires ; mais il peut s'en trouver dans la fuite.

Outre les Cippes, fur lefquels fe trouve marquée l'époque des Jeux féculaires, dont nous avons parlé plus haut, il y en eut encore qui furent érigés par la reconnoiffance du Sénat & du Peuple, à l'honneur des Princes qui avoient conftruit ou réparé les Chemins. On en voit un fur les Médailles d'Augufte, à l'occafion des Chemins qu'il avoit rendus & meilleurs & plus fûrs, aux environs de Rome. L'infcription de ce Cippe eft prefqu'entièrement compofée de lettres initiales s. P. Q. R. IMP. CÆ. QOD. V. M. S. EX EA P. Q. IS AD Æ DE : en voici le développement : *Senatus Populufque Romanus. Imperatori Cæfari. Quod viæ munitæ fint ex eâ pecuniâ quam is ad ærarium detulit ;* c'eft-à-dire, Monument illuftre de la reconnoiffance du Sénat & du Peuple Romain envers l'Empereur Céfar Augufte, pour avoir réparé les grands Chemins, & contribué à la fûreté publique, à fes dépens, en faisant porter au trésor public l'argent qui est le fruit de ses victoires, & des avantages qu'il a remportés sur les ennemis de l'État. Nous donnons la représentation de ce dernier Cippe, à la planche XXVIIIe. nº. 32.

Quant à la Véhiculation & aux Convois, dont les Empereurs chargeoient souvent, & déchargeoient quelquefois leurs Sujets, on auroit pu renvoyer ce que nous avons à en dire à la sixième Section du Chapitre onzième de cet Ouvrage, parce qu'il ne paroît rien sur les Médailles qui concerne la Véhiculation & les Convois en eux-mêmes, mais seulement la remise de ces sortes de charges publiques, que certains Empereurs ont bien voulu accorder : il sembleroit donc naturel de réunir cet objet à ce qui regarde les autres bienfaits de ces Princes envers leurs Peuples : nous observerons cependant que la Véhiculation, avec ce qui peut y être relatif, se trouve si intimement lié au sujet que nous venons de traiter, que nous croyons devoir placer ce que nous avons à en dire à la suite des grands Chemins.

On voit sur les Médailles plusieurs sortes de voitures attelées de Chevaux, de Mules, ou d'Éléphans ; ce qui nous indique l'usage qu'on faisoit des grands Chemins pour la Véhiculation & les Convois auxquels les Sujets de l'Empire étoient tenus, soit par les Loix & les Ordonnances des Princes, soit par la nécessité des transports des grains & des marchandises nécessaires aux Particuliers, & au Commerce de l'État. On a déja vu, & l'on verra encore dans la suite, quelques Médailles sur lesquelles on a représenté la Véhiculation. Il n'est donc plus question que de faire connoître ici la manière dont on a exprimé la remise de ces sortes de charges publiques.

Les Empereurs n'exigeoient ordinairement de ces Convois que pour les ouvrages publics, ou, dans des temps de guerre, pour les transports des vivres & munitions nécessaires aux Armées. Il sembloit donc naturel de les en décharger lorsque les besoins publics venoient à cesser, ou par la paix, ou par la perfection des ouvrages. Mais il arrivoit quelquefois qu'avant la fin de la guerre & des entreprises, les Peuples surchargés ou épuisés par ces Convois avoient recours à la bonté des Empereurs pour en obtenir la décharge ; ils la leur accordoient lorsqu'ils le jugeoient à propos. L'Empereur Nerva, entre autres, fit cette grace à l'Italie, qui, en reconnoissance, fit frapper une Médaille où l'on représenta deux Mules, qui, abandonnées à leur liberté & sans charge, paissent tranquillement, comme on peut le remarquer dans le revers que nous donnons au nº. 33. de la planche XXVIIIe. La légende, *Véhiculatione Italiæ remissâ*, exprime le bienfait, & présente ce Monument comme une marque de la reconnoissance de l'Italie envers l'Empereur, pour la décharge des Convois qu'il a bien voulu lui accorder.

Section XLIV.

Des Thermes & des Bains.

Les Thermes & les Bains fignifient à-peu-près la même chofe. C'étoient anciennement des lieux où fe trouvoient des fources d'eaux chaudes, pro- pres à fe laver & à prendre les Bains. Quelquefois on empruntoit le fecours du feu , pour donner à des eaux froides par elles-mêmes le dégré de chaleur qu'on défiroit. Toute la différence qu'il y avoit entre les Bains & les Thermes anciens, c'eft que ces derniers Édifices étoient bien plus vaftes & plus magnifiques que les premiers ; car , dans les Thermes , il y avoit de grands efpaces de terrein à découvert, des Salles à manger , d'autres à exercer & à inftruire la jeuneffe ; mais leur principale deftination étoit pour les Bains. Il y en avoit de particuliers & de publics. Dom Montfaucon, au commencement de la IIᵉ. Partie du IIIᵉ. Volume de l'*Antiquité expli- quée*, a donné quelques-uns de ces fuperbes bâtimens, avec leur Defcription : on pourra le confulter , fur-tout page 159. & fuivantes du IIIᵉ. Volume de fon Supplément. Mʳ. Patin nous a donné une Médaille , fur le revers de laquelle il a cru voir la repréfentation d'un de ces Édifices. Elle eft au nº. 34. de la planche XXVIIIᵉ.

Section XLV.

Des Places ou Marchés publics , & de ce qu'on appelle Forum Trajani, fur les Médailles.

Il y avoit à Rome beaucoup de Places publiques ; mais nous ne trouvons fur les Médailles que celles qui étoient diftinguées des autres , par les fomptueux Édifices que les Empereurs ou le Sénat y firent conftruire , foit pour des ufages publics , comme la Place où étoit la Boucherie de Néron, *Macellum Augufti* , & celles de l'Amphithéâtre & du Cirque , foit pour perpétuer le mémoire de quelques victoires. Il paroît que celle où le Sénat fit ériger la fameufe Colonne Trajane, dont nous avons parlé à la Section XLIIᵉ. , fut ornée depuis par un vafte & fuperbe bâtiment , dont cette Colonne fe trouva environnée. On appella cette Place *Forum Tra- jani* , parce que cet Empereur la fit bâtir & orner du prix des dépouilles qu'il avoit remportées fur les Daces & fur les Sarmates. Cet Édifice compofé de plufieurs arcs de triomphe , & décoré d'un grand nombre de Colonnes , de Trophées , & de Statues, avec quelques Pyramides , faifoit un fujet d'admiration pour tous les Connoiffeurs & pour tous les Curieux. On en a repréfenté la façade fur un revers des Médailles de Trajan , & tout le plan , fort en petit , fur un autre. Nous les donnons tous deux à la planche XXVIIIᵉ. nᵒˢ. 35. & 36.

Section XLVI.

Des Ponts & des Vaiffeaux que l'on voit fur les Médailles antiques.

On a repréfenté deux fortes de Ponts fur les Médailles ; les uns de bois ou de pierre, & les autres de bateaux. L'Empereur Hadrien en fit conftruire un de pierre fur le Tibre, qui s'appella, d'un de fes noms, *Pons Elius* : c'eft aujourd'hui le Pont Saint-Ange ; ou du moins celui-ci eft dans le même emplacement où étoit l'autre, qui a été détruit. Ce Pont étoit à fept arches, comme il paroît par les Médailles : une baluftrade régnoit de chaque côté, avec quatre bafes ou colonnes de diftance en diftance, fur lefquelles étoient pofées des Statues. C'eft auprès de ce Pont que fut bâti le Sépulchre où cet Empereur fut enterré. Nous en donnons la repréfentation au n°. 37. de la planche XXVIII°.

Quant aux Ponts de bateaux, les Médailles nous en font connoître deux, dont les Empereurs Marc-Aurèle & Gordien-Pie fe fervirent, l'un pour traverfer l'Euphrate, & l'autre le Danube, avec leurs armées : on les voit aux n°ˢ. 39. & 40. de la planche XXVIII°.

A l'égard des autres chofes qui peuvent concerner les Bateaux, les Navires, les Vaiffeaux & généralement tout ce qui regarde la Marine, nous n'entrerons dans ce détail qu'à l'occafion des combats de mer : cependant en attendant nous obferverons qu'on diftingue parfaitement, aux revers de quelques Médailles, des Vaiffeaux trirèmes avec tous leurs agrêts, & d'autres fans voiles & fans mats, comme on peut le voir à la même planche XXVIII°. n°. 38.

Section XLVII.

Des Ports & des Phares que l'on voit fur les Médailles antiques.

Perfonne n'ignore ni le nom ni l'ufage des Ports. La Nature feule a formé les uns ; les autres doivent leur conftruction à l'Art. Il étoit non-feulement effentiel, mais néceffaire de trouver ou de former aux bords de la mer, des fleuves & des ruiffeaux, des endroirs propres à mettre les Vaiffeaux à l'abri, foit pour le mouillage & le repos, foit pour les réparations, foit enfin pour le chargement.

Le Port d'Oftie, conftruit par l'Empereur Claude, orné par Néron & par Trajan, fe trouve repréfenté différemment au revers de quelques Médailles de ces deux derniers Empereurs. Dans celle de Néron, il y a fept Vaiffeaux dans le fein du Port : de plus on y voit au milieu une colonne roftrale, furmontée de la ftatue de ce Prince, avec la figure de Neptune couchée au pied de la colonne. Sur le revers de la Médaille de Trajan, il n'y a que trois Vaiffeaux, fans colonnes & fans ftatues. Le Port d'Ancone, *Portus Anconiatus*, que le même Trajan fit conftruire près de la mer Adriatique, fe trouve auffi repréfenté fur une autre Médaille. Ils font tous trois aux n°ˢ. 1. 2. & 3. de la planche XXXI°.

Les Phares placés dans des lieux naturellement élevés, ou fur des tours & d'autres ouvrages d'une grande élévation, font des feux allumés pendant la nuit, pour guider les Vaiffeaux dans l'abordage, & leur indiquer l'entrée

d'un

d'un Port. La dénomination de Phare vient de la Tour d'Alexandrie, qui servoit à cet usage, & qui s'appelloit *Pharos*, du nom de l'Isle près de laquelle elle étoit située.

Des objets d'une utilité si grande n'ont point été oubliés sur les Types des Médailles. Les Phares qu'on y a représentés sont des Tours fort élevées & construites dans les Ports. Le feu qu'on remarque au haut de ces ouvrages, indique l'usage auquel ils étoient destinés. On le plaçoit dans une espèce de chambre qui terminoit l'édifice : il s'y trouvoit renfermé comme dans une lanterne qui éclairoit de loin, à proportion de la hauteur de la Tour.

M. Baudelot a prétendu trouver un de ces Phares au revers d'un Médaillon d'Apamée en Bithynie, frappé pour Gordien-Pie : Dom Montfaucon n'y a pu découvrir ce Phare, par le peu de conservation de cette pièce qui peut à peine le laisser soupçonner. Nous le donnons néanmoins au n°. 4. de la planche XXXIe., tel qu'il se trouve dans Monfaucon, Tome IV. planche L^e. du Supplément.

Il faut avouer que la Tour qui sert de Type à ce Médaillon ressemble assez, à un étage près, au Phare représenté dans un Port, au revers d'un autre de Commode. Il y a apparence que c'est dans le Cabinet de M. le Maréchal d'Estrées que Dom Montfaucon a vu ce dernier, dont il ne nous a donné que la Tour sur la même planche L^e. Elle étoit ronde, & à quatre étages : le second étoit moins large que le premier, & ainsi des autres. La Tour du Médaillon de M. Baudelot n'a que trois étages, qui diminuent également de largeur en proportion.

M. Tristan croit voir dans un autre Médaillon de Gordien-Pie, frappé par la même Colonie d'Apamée, une Diane Porte-Phare, au lieu de la Diane-Lucifère, ou Porte-Lumière, placée entre les fleuves Marsyas & Méandre, & entre deux Nymphes. Elle porte sur sa tête une lanterne, ou une chambre semblable à celles qui servoient de Phares au-dessus des Tours. Cet Auteur prétend que ce Phare, ou cette lanterne, n'est placée sur la tête de Diane que pour montrer qu'elle est la mère du Feu, comme de la Terre, de l'Air, de l'Eau & de la Nature.

Quoi qu'il en soit de cette pensée, nous donnons ce beau revers au n°. 5. de la planche XXXIe., non comme un Phare, mais comme très-propre à rendre, par la lanterne qui est sur la tête de la Déesse, l'idée de celles qui formoient les Phares au-dessus des Tours destinées à les porter. Voyez Tristan, Tome II. pag. 526. de son *Commentaire historique*, &c., édition de Paris 1644.

CHAPITRE VIII.

Des Jeux, des Spectacles, des Danses, des Guerres, des Combats, des Victoires, des Trophées, des Triomphes, des Couronnes & des Récompenses chez les Romains ; le tout par rapport à la Science des Médailles.

CE Chapitre sera partagé en deux Articles. Dans le premier on fera voir le nombre d'exercices corporels dont il est fait mention sur les Médailles, & leur qualité. Dans le second on traitera de ce qui peut avoir rapport à la Guerre, sur les mêmes Monumens.

ARTICLE PREMIER.

Des Exercices corporels dont il est fait mention sur les Médailles.

CET Article aura VIII Sections, dans lesquelles nous entrerons dans le détail de ces différens Exercices.

SECTION I.

Des Fêtes & des Jeux consacrés aux Divinités.

On célébroit chez les Païens des Fêtes en l'honneur des Dieux : comme la multitude en étoit grande & ne permettoit pas de rendre ce culte à chacun en particulier, on le rendoit du moins aux principaux, relativement à l'opinion de leurs Adorateurs, qui souvent plaçoient au premier rang leur Divinité favorite.

Nous avons déja vu dans les endroits où nous avons parlé des différens Dieux des Anciens, plusieurs choses qui ont rapport aux Fêtes & aux Jeux par lesquels ils croyoient les honorer. Il faudroit à présent entrer dans un détail plus particulier de ces Fêtes, des cérémonies dont elles étoient accompagnées & des Jeux qu'on y célébroit ; mais la Numismatique ne nous fournit à cet égard que des notions générales : ainsi, dans cette première Section, nous nous contenterons d'éclaircir trois objets qui paroissent liés à notre dessein ; on verra le reste dans les Sections suivantes, afin qu'on n'ignore rien de ce qui est nécessaire pour s'initier dans la Science des Médailles.

Les Fêtes dont il s'agit avoient d'abord leurs préparatifs, dans l'annonce qu'on en faisoit à tout le Peuple ; elles avoient ensuite leurs cérémonies religieuses, dans les Sacrifices dont elles étoient accompagnées ; enfin les Repas, les Jeux & les Monumens qui servoient à faire connoître à la Postérité l'époque de leur célébration, en étoient les suites. Ces différens objets sont exprimés sur les Médailles.

Les préparatifs de ces Fêtes consistoient en trois choses. 1°. On les faisoit annoncer au Peuple par des Hérauts ou Crieurs publics. 2°. Après cette annonce, on distribuoit tout ce qui étoit nécessaire pour la célébration de la

Fête. 3°. On faisoit enfin des expiations pour les fautes & les crimes qui auroient pu irriter les Dieux, objets du culte.

Sans faire attention à la différence des temps auxquels ces Fêtes se célébroient, je prendrai pour règle ce qui se pratiquoit dans les Fêtes séculaires ou millénaires. Quand le temps de leur célébration approchoit, on envoyoit par toute l'Italie un Héraut, pour les annoncer avec les Jeux qui devoient suivre. Par son habillement & les différens attributs qu'il portoit, il sembloit faire connoître les Dieux en l'honneur de qui on alloit les célébrer, & le Temple où la cérémonie devoit se faire.

Il est incertain si les Hérauts étoient des Officiers que l'on nommoit exprès pour remplir cette fonction, ou si on les tiroit du nombre des Prêtres. On croit voir un de ces Hérauts sur une Médaille d'Auguste, & sur une autre de Domitien. Le premier a sur la tête un Pétase, & tient le Caducée de Mercure de la main droite : il a au bras gauche un bouclier qui montre le symbole du Soleil. Ces attributs réunis à la légende, qui annonce les Jeux séculaires, pourroient faire penser que les Fêtes devoient être célébrées en l'honneur du Soleil & de Mercure. Voyez ce revers au n°. 6. de la planche XXXIe.

Le revers de la Médaille de Domitien nous présente une figure qu'on pourroit prendre aussi pour un de ces Hérauts. Son casque orné d'une double aigrette, & son bouclier chargé de la tête du Dieu Mars, annoncent un des Ministres de ce Dieu, dont on rapporte l'institution à Numa-Pompilius. Leur Collège étoit composé de douze Prêtres, qu'on appelloit Saliens, du mot de *Saliendo*, parce qu'une de leurs principales fonctions étoit de danser par la Ville, & de frapper en cadence leurs boucliers d'airain d'un petit javelot qu'ils portoient à la main gauche, comme on peut le voir au n°. 7. de la même planche XXXIe.

Quand le Peuple étoit arrivé de toutes parts & assemblé pour certaines Fêtes, l'Empereur faisoit distribuer en sa présence des flambeaux, du soufre & du bitume, choses qui, sans doute, devoient servir ou aux Sacrifices, ou aux Jeux ; peut-être aux uns & aux autres. On voit, sur un revers de Domitien, cet Empereur qui distribue lui-même du soufre ou du bitume, & autres drogues qui devoient servir à la lustration ou purification du Peuple, & à l'expiation des crimes qui auroient pu déplaire aux Dieux de la Fête ; car il y en avoit certains de nature à ne pas revolter ces Divinités. Voyez ce revers au n°. 8. de la planche XXXIe.

La légende ne permet pas de douter de ce que nous avons avancé : on y lit en mots abrégés, *Ludos Sæculares* (*fecit* est sous-entendu) ; c'est-à-dire, l'Empereur Domitien a fait célébrer les Jeux séculaires ; plus bas il y a, *S. P. Q. R. Suf. P. D.* : ce sont des lettres initiales que l'on rend par ces expressions latines, *Senatus Populusque Romanus, suffimenta Populo data* ; & en françois, *l'Empereur de concert avec le Sénat & le Peuple Romain a fait la distribution ordinaire* (en sous entendant *des choses nécessaires aux Fêtes séculaires*). Deux grands vases qu'on voit aux pieds de l'Empereur, qui est assis, contenoient apparemment ce qui étoit l'objet de ses libéralités. Souvent c'étoit du froment, de l'orge & des fèves ; cette distribution n'empêchoit pas toujours l'autre.

Ces alimens ne se distribuant que la veille des Fêtes, il y a apparence que c'étoit pour soulager les Peuples, ou du moins les pauvres qui venoient de loin, & qui auroient pu sans cela manquer de subsistance pendant les

Fêtes & les Jeux. Aussi le revers du n°. 9. de la planche XXXI°. a pour légende, *Fruges acceptæ*, avec, *Ludos sæculares fecit*.

Sur une autre Médaille, le même Empereur se présente devant un Temple ; le Peuple est à genoux, couvert d'un voile, & porte la main droite sur la tête, pour faire connoître au Prince, & l'assurer que l'expiation est faite : cette Médaille a encore la même légende, *Ludos sæculares fecit*. Voyez le n°. 10. de la même planche.

Après tous ces actes préliminaires de Religion, qui se faisoient avant les Fêtes, venoient les cérémonies religieuses : elles consistoient en Sacrifices, en Vœux, en Prières & en Louanges mêlées de chants & accompagnées d'instrumens. Le Peuple, suivant le goût des différentes Divinités, se transportoit ou le matin ou le soir dans leurs Temples, avec les Victimes qui pouvoient leur être plus agréables, suivant l'usage ; car un Dieu vouloit un Bœuf ; un autre se contentoit d'un Mouton ou d'un Agneau : à telle Divinité il falloit des épis ou des fruits : Flore aimoit particulièrement les fleurs. L'Empereur, comme Souverain Pontife, se mettoit à la tête du Peuple, & se faisoit accompagner des Princes ses fils jusqu'au Temple, où, revêtu des habits Pontificaux, il offroit, en présence des Prêtres & des Victimaires, le Sacrifice, au son des trompettes & d'autres instrumens : c'est ce que l'on voit sur deux revers de l'Empereur Sévère, qui ont pour légende, *Sæcularia Sacra ;* sur l'un cet Empereur n'a que ses deux fils avec lui ; sur l'autre on voit deux Joueurs d'instrumens. Dans une Médaille de Domitien, paroît un Bœuf avec le Victimaire la masse levée prêt à assommer la Victime. Voyez ces trois revers n°s. 11. 12. & 13. de la même planche XXXI°.

Ces Sacrifices étoient toujours suivis de repas, dans lesquels régnoient souvent la débauche & la dissolution ; mais les Médailles ne nous fournissent aucunes instructions sur cet Article. En parlant des Divinités, nous avons vu que ces repas se faisoient aussi sur les tombeaux des Morts, avec ce qui se pratiquoit dans ces sortes de cérémonies.

Les Jeux & les Spectacles, dont nous parlerons dans la Section suivante, étoient encore les suites de ces Sacrifices. Quoiqu'ils accompagnassent les Fêtes de Religion & qu'ils fissent une partie de leur solemnité, nous les envisagerons moins comme des choses essentielles au culte des Dieux, que comme des exercices corporels qui méritent un détail particulier.

La célébration de ces Fêtes étoit regardée comme un objet trop important, pour ne pas en perpétuer la mémoire, par quelques Monumens. On faisoit donc ériger des cippes ou des petites colonnes, sur lesquelles on gravoit l'époque de cette célébration, sur-tout dans les Fêtes séculaires & millénaires. Nous en donnons le modèle à la même planche XXXI°. n°s. 14. & 15.

Il faut remarquer que sur l'or, l'argent & le bronze on ne se contentoit pas d'en graver l'époque ; mais qu'on y représentoit les Jeux mêmes, & que la petitesse du Volume n'empêchoit pas qu'on ne pût en reconnoître l'espèce ; c'est ce que nous verrons dans les Sections suivantes. Nous terminerons celle-ci par les témoignages publics de reconnoissance qu'on a cru devoir aux Instituteurs des Fêtes & des Jeux, témoignages consignés dans les Monumens les plus durables. Nous connoissons trois Médailles de cette espèce. Sur la première, on a voulu perpétuer la mémoire de l'institution des Jeux du Cirque, que *C. Memmius* fit le premier célébrer, pendant son Édilité, en l'honneur de Cérès. On a fait le même honneur, sur la seconde, à l'Instituteur des Jeux de Flore. Sur le revers de la troisième on a marqué la gratitude du Peuple à l'égard de Néron, pour l'établissement des Jeux ou des Combats quinquennaux fondés sous son règne. Nous donnons ces trois revers à la même planche XXXIe. n°s. 16. 17. & 18. Entrons à présent dans le détail des Jeux les plus célèbres & les plus connus.

SECTION II.

Des Jeux ou Exercices appellés Gymniques, en général.

Les Jeux Gymniques furent ainsi nommés d'un mot grec qui veut dire nu. Quelquefois on les célébroit dans les campagnes, ou dans des Cirques particuliers ; mais ils se donnoient dans le grand Cirque, comme beaucoup d'autres, quand ils étoient pour le Public : alors on les appelloit, *grands Jeux*, parce que la pompe en étoit plus magnifique & la dépense beaucoup plus considérable. Ces Jeux consistoient en certains Exercices très-propres à entretenir la vigueur & l'agilité du corps. Les Combats à coups de poings, la Lutte, la Course & la Danse faisoient partie de ces Exercices, où les Acteurs étoient presque nus. L'énumération de chaque espèce nous conduira naturellement à en donner quelques-uns, que l'on a représentés sur les Médailles.

SECTION III.

Du Pugilat, de la Lutte, du Disque, de la Danse & de la Course.

Il y avoit une sorte d'Athlètes nommés Pugiles (à *Pugno*), parce qu'ils se battoient à coups de poings. Quelquefois c'étoit à poings nus seulement ; souvent aussi les poings étoient armés d'une pierre, d'une balle de plomb, ou de quelqu'autre instrument encore plus meurtrier ; alors le Spectacle ne pouvoit durer long-temps, parce qu'avec de pareilles armes l'un ou l'autre des Athlètes étoit bientôt mis hors de combat. Cet Exercice n'est pas représenté sur les Médailles connues jusqu'à présent ; mais il l'est sur plusieurs autres Monumens : d'ailleurs il est aisé de s'en former une idée.

La Lutte étoit un autre Exercice aussi ordinaire chez les Grecs que chez les Romains. Il avoit ses maîtres & ses loix. D'abord les Lutteurs furent habillés ; mais bientôt après ils se présentèrent nus au Combat, & se firent oindre depuis la tête jusqu'aux pieds. Peu de Médailles nous montrent des Athlètes aux prises dans cette espèce d'Exercice. Nous en donnons une des Laodicéens, n°. 19. de la planche XXXIe.

Le Jeu de Disque étoit une espèce de Jeu de palet. La forme du Disque étoit ronde & plate ; la matière en étoit de pierre de fer, ou de plomb. Les Athlètes s'exerçoient à le jetter ou plus haut, ou plus loin. Nous n'en trouvons aucun vestige sur les Médailles.

Il n'en paroît pas davantage du Jeu de la Danse ou du Saut, qui étoit un des cinq Jeux Gymniques. Le prix étoit dû à celui qui sautoit le plus loin, en plein champ, ou d'un lieu bas à un lieu élevé, ou d'un endroit élevé à un bas. On assure qu'un certain Phayllus sauta cinquante six pieds ; ce qui semble incroyable. Nous donnerons à la Section V^e. ce qui regarde la Course, après que nous aurons parlé des Combats d'Homme à Homme, ou d'Hommes contre des Animaux.

Section IV.

Des Combats d'Homme à Homme , & de ceux d'Hommes contre des Animaux.

Dans le nombre des Médailles Consulaires nous en trouvons une de la famille *Minutia* , deux de la famille *Servilia* , & une de la famille *Visellia* , aux revers desquelles on voit bien deux Hommes qui sont aux prises ensemble ; mais la différence des habits qu'on remarque dans les Combattans , présente moins l'idée des Jeux d'Exercices & de Spectacles , que d'un Combat sérieux , dans lequel deux Peuples ou deux Armées , représentés par ces deux Hommes , se disputent , l'épée à la main , la Victoire. Nous avons placé un de ces revers au n°. 20. de la planche XXXIe.

Les Combats qui se donnoient au Cirque , dans les Jeux & les Spectacles , étoient tout autre chose : c'étoient des Combats d'Hommes contre des Lions , des Léopards , des Ours , des Sangliers & d'autres animaux les plus furieux. La Numismatique nous en fournit un exemple dans le revers d'une Médaille de la famille *Livineia* , que l'on trouvera au n°. 9. de la planche XXVIIe. On y voit deux de ces Combats , l'un contre un Lion , l'autre contre un Léopard. Sur certains revers , on distingue un Ours ; sur d'autres un Taureau.

A cette espèce d'exercice on doit joindre celui des Gladiateurs ; mais il n'y avoit guère que les Esclaves qui parussent dans l'un & dans l'autre , & l'on peut regarder la proscription de ces cruels Spectacles comme le premier fruit de la conversion des Empereurs au Christianisme. Il est étonnant que l'Angleterre ait été aussi long-temps à abolir les Combats des Gladiateurs , dont l'idée seule fait frémir l'humanité.

Section V.

Des Courses d'Hommes à Cheval ou sur d'autres Animaux , & sur des chars à deux , à quatre ou à six Chevaux.

Outre les Courses à Cheval représentées sur les Médailles , on y trouve des Hommes montés sur des Éléphans , des Lions , des Béliers , des Chèvres & d'autres Animaux ; mais ils ne paroissent pas avoir de rapport aux Courses que l'on donnoit dans le Cirque , soit pour divertir le Peuple , soit pour exercer les Hommes & les Chevaux.

Ces Courses ou Exercices peuvent se réduire à trois sortes : dans l'une , l'Homme couroit à Cheval ; dans l'autre il sautoit d'un Cheval sur un autre ; dans la troisième il conduisoit un char attelé de deux , de quatre ou de six Chevaux.

Le premier de ces exercices s'appelloit *Decursio* ; ce sont les Médailles elles-mêmes qui nous l'apprennent. Il consistoit en ce que deux , ou plusieurs Cavaliers bien montés se disputoient à l'envi le prix proposé à celui qui , en partant ensemble d'un même but , arrivoit le premier à l'endroit marqué pour le terme de la Course , après un certain nombre de tours faits dans le Cirque.

Nous avons deux Médailles de Néron , où cet Empereur jaloux à l'excès

de

de ces sortes d'Exercices , ne rougit point d'entrer en lice avec un simple Athlète. Voyez les nᵒˢ. 21. & 22. de la planche XXXIᵉ.

Dans le second de ces exercices , le Cavalier couroit à toutes brides avec deux Chevaux, & sautoit, en courant, de l'un sur l'autre avec une légéreté & une adresse merveilleuses. Ces Hommes s'appelloient *Desultores.* Les Médailles d'Auguste & de Marc-Antoine nous fournissent le Type de cet Exercice. Voyez le nᵒ. 23. de la même planche.

Le troisième étoit formé des Courses de chars attelés de deux, de quatre ou de six Chevaux, qui partoient d'un but pour arriver à un autre, après plusieurs tours que les Conducteurs étoient obligés de faire dans le Cirque. On distribuoit des prix à ceux des Cochers qui les premiers atteignoient au but de la Course. Ces prix consistoient en palmes, en couronnes de hache ou de laurier, & en plusieurs autres choses à-peu-près de même espèce désignées par le Prince ou par celui qui donnoit le Spectacle. Le nᵒ. 24. de la même planche XXXIᵉ. représente ces Courses en chariots : on voit aux nᵒˢ. 25. & 26. les Vainqueurs Eutymius & Philocomus les palmes à la main : leurs Chevaux mêmes sont décorés de ce prix *honorifique* de la Victoire ; je dis *honorifique* ; car il y en avoit d'utiles , mais dont il n'est fait aucune mention sur les Médailles.

SECTION VI.

Des Courses de Chevaux & d'autres Animaux que les Empereurs faisoient paroître dans le Cirque.

On voit aux revers de plusieurs Médailles , singulièrement sur ceux de la famille *Marcia* , un Cheval qui court seul ventre à terre , & l'on regarde la petite colonne qui est au-dessus de lui comme celle qui, dans le Cirque, servoit de but , soit à la Course des Hommes , soit à celle des Animaux. Souvent même au lieu de cette petite colonne on remarque une palme & des couronnes. L'explication de ces Types nous apprend que certains Chevaux, dressés par leurs Maîtres, couroient sans Cavaliers pour le prix que l'on adjugeoit dans ces Exercices à celui à qui appartenoit le Cheval Vainqueur. On donne deux de ces revers aux nᵒˢ. 27. & 28. de la planche XXXIᵉ.

Il y avoit une autre sorte de Spectacle que les Empereurs se plaisoient à donner au Peuple, parce que rien n'étoit plus propre à étaler leur magnificence, & à leur attirer l'affection publique. Ce Spectacle consistoit à faire paroître dans le Cirque les Animaux les plus rares, qui de furieux & indomtables étoient devenus doux & familiers, & aussi aisés à monter, à atteler, à animer, à retenir & à conduire que des animaux domestiques. C'est dans ce genre de Spectacles que les Empereurs Philippe & Gallien semblent avoir voulu l'emporter sur tous leurs Prédécesseurs. Les Lions, les Cerfs, les Éléphans, les Chèvres sauvages, les Tigres, les Léopards, les Panthères, le Rhinocéros & autres Animaux les plus singuliers y parurent en grand nombre. Les Médailles que nous avons rapportées à la fin de la planche XXVIᵉ. & au commencement de la suivante, en sont une preuve. On y trouvera la plupart de ces Animaux, sur-tout aux revers des Médailles qui portent la légende , *Sæculares Augusti.*

Section VII.

*De la Chaſſe des hommes contre les animaux, & de celle des animaux
les uns contre les autres.*

Quelques Empereurs pouſſèrent la magnificence juſqu'au point de faire
planter le Cirque de grands arbres, pour en former une Forêt, dans laquelle ils faiſoient lâcher pluſieurs eſpèces d'animaux, afin de donner au
Peuple le plaiſir de deux ſortes de Chaſſes, l'une des hommes contre les
animaux, l'autre des animaux les uns contre les autres.

La première de ces Chaſſes eſt repréſentée ſur deux revers de Médailles,
l'une de la famille *Hoſidia*, & l'autre de Néron. Sur ce dernier, un Chaſ-
ſeur, le dard à la main, près des arbres dont le Cirque ſe trouve planté,
attend un Sanglier coëffé par un Chien ; ſur le premier revers, le Sanglier
percé d'un dard, veut fuir un Chien qui l'arrête.

La ſeconde ſorte de Chaſſe d'animaux les uns contre les autres, eſt
exprimée ſur un revers d'Auguſte, où l'on voit un Lion qui dévore un
Cerf. On trouvera ces trois Médailles aux nᵒˢ. 29. 30. & 31. de la planche
XXXI.

Section VIII.

De quelques autres Spectacles, comme la Comédie & la Danſe.

On ſait que les Anciens mettoient la Comédie, la Tragédie, les Danſes
& autres amuſemens ſemblables au nombre de leurs Jeux & de leurs
Spectacles ; mais nous ne trouvons rien ſur les Médailles qui ait un
rapport direct avec ces exercices, ou qui puiſſe indiquer que certains Princes
en aient gratifié le Peuple. On voit à la vérité au revers de quelques Médailles les trois Graces, dans des attitudes propres à la Danſe ; mais ſi elles
y ſont ainſi repréſentées, c'eſt moins par rapport à la Danſe même, que
pour exprimer la grace de leur maintien.

Quant à la Comédie & à la Tragédie, on en attribue l'invention à
deux des Muſes ; ſavoir, la Comédie à Euterpe, à qui les Poëtes & les
Médailles mettent un maſque à la main, pour attribut diſtinctif ; la
Tragédie à Thalie, que l'on repréſente avec une tête à deux faces, ſigne
allégorique de cette invention ; mais on ne trouve rien ſur nos Monnoies
antiques qui annonce que tel Empereur ait favoriſé le Peuple de ces ſortes
de Spectacles, quoiqu'on ne puiſſe ignorer qu'une partie des Édifices publics
qu'ils firent conſtruire ait été deſtinée à ces ſortes de repréſentations. Nous
n'avons donc point d'autres Médailles à montrer à ce ſujet, que celles des
trois Graces & des deux Muſes Euterpe & Thalie, qu'on a vues ; ſavoir,
la première au nᵒ. 38., & les deux dernières aux nᵒˢ. 33. & 34. de la
planche IX.

ARTICLE

ARTICLE II.

De tout ce qui appartient à l'Art Militaire , sur les Médailles.

Dans cet Article, on traitera des habillemens, de l'armure & des armes des Généraux & Soldats, des allocutions des Empereurs aux troupes, de leurs départs & de leurs arrivées, des combats, des triomphes, des trophées, des couronnes, des prix, des récompenses & autres objets rélatifs à l'Art Militaire : aussi le diviserons-nous en dix Sections.

SECTION I.

Des différens habillemens militaires des Empereurs , des Officiers & des Soldats , représentés sur les Médailles.

Rien n'est plus ordinaire que de voir les Empereurs représentés en habit militaire , au revers de leurs Médailles. Tantôt ils y paroissent à pied, comme dans leurs allocutions ou harangues aux Soldats ; tantôt c'est à cheval, comme sur les Types où l'on a représenté leurs départs pour l'armée , & leurs arrivées au camp ; tantôt enfin ils y sont dans l'attitude de combattre à cheval, & de terrasser leurs ennemis.

Cet habillement, comme il est aisé de le voir sur quelques-unes de ces Médailles , dont nous donnons les revers à la planche XXXIe. & à la suivante, consistoit dans une cotte-d'armes sur le *Paludamentum*, ou la *Clamys*, espèce de tunique qui ne leur descendoit qu'aux genoux. Les Généraux, les Préteurs, les Tribuns & autres Officiers avoient le même habillement ; mais il ne faut pas douter que celui des Empereurs, & même des Généraux, n'ait été distingué par la couleur, la richesse & quelquefois par la longueur. D'ailleurs, on reconnoissoit encore les Empereurs à la couronne de laurier , ou à la forme & à la beauté du casque. Outre ces marques distinctives, ils avoient à la main une espèce d'épée fort courte, appellée le *Parazonium*, ou bien un sceptre : enfin une pique plus longue ou plus courte que les autres, selon le goût, les temps & les lieux, servoit aussi à les faire reconnoître.

A l'egard de l'habillement des Soldats, c'étoit une espèce de tunique assez courte, sur laquelle ils mettoient la cuirasse. Ces sortes d'habillemens varioient beaucoup, suivant les Nations & les Pays , comme il est aisé de s'en convaincre sur les Médailles. On y distingue aussi facilement les Empereurs , les Généraux & les grands Officiers, du simple Soldat. Les Sections suivantes nous en fourniront des preuves : en attendant, on peut remarquer ces différences aux n°s. 32. 33. & 34. de la planche XXXIe.

Section II.

Des différentes armes des Officiers & des Soldats, sur les Médailles.

L'armure des Soldats & des Officiers a varié dans la forme, comme leur habillement, selon les pays, les temps & les différens Corps d'armées ; mais leurs armes ont toujours été ou offensives ou défensives. Ces dernières étoient la cotte-d'armes, ou la cuirasse & le bouclier ; les autres étoient la pique & l'épée.

On connoît des boucliers ronds, & d'autres quarrés oblongs : il y en a de figure ovale, octogone, &c. : quelquefois ils font simples ; d'autres fois ils font chargés d'ornemens. Leur matière étoit souvent fort différente. Les casques prirent aussi diverses formes. On a déja pu en remarquer plusieurs dans cet Ouvrage : on en reconnoîtra encore beaucoup d'autres dans la suite, sur-tout à la fin de la planche XXXIᵉ. & dans une partie de la suivante.

Les armes offensives, telles que la pique & l'épée, étoient aussi plus ou moins longues, selon les lieux, les corps & les temps. On peut prendre aux nᵒˢ. 35. 36. & 37. de la planche XXXI. une idée de ces piques, de ces épées, de ces casques & de ces boucliers : ils y font représentés de plus d'une façon. On voit sur les deux premiers revers la Vertu, ou la Valeur, le casque en tête, avec le bouclier & la pique en main. Sur le troisième, on apperçoit des épées courtes, des casques & des boucliers d'une autre forme.

Section III.

Des différens Boucliers & Casques, qui paroissent sur les Médailles.

Quoique l'on vienne de parler des Boucliers, il est à propos d'entrer à leur sujet dans un plus grand détail, sans sortir néanmoins des bornes que nous nous sommes prescrites.

Les Soldats de différentes Nations, & ceux-même de divers Corps dans lesquels un même Peuple se trouvoit quelquefois partagé, devoient se reconnoître à certaines marques distinctives. C'étoit sur-tout à la différence des Boucliers que chaque Soldat reconnoissoit son Corps & sa Nation.

Dom Montfaucon admet quatre sortes principales de Boucliers ; il les nomme, *Scutum*, *Clypeus*, *Parma* & *Pelta*. Il faut dire un mot de la matière & de la forme de chacun en particulier.

Ce que l'on appelloit *Scutum*, étoit un Bouclier assez grand pour couvrir l'homme depuis les épaules jusqu'aux pieds. On y employa le bois dans certaines occasions, & le cuivre dans d'autres. Ceux des Macédoniens étoient de cette dernière matière ; mais ils en avoient d'argent pour un de leurs Corps militaires, qu'on appelloit à cause de cela *Argyraspides*. Alcibiade, suivant Athénée, en avoit fait faire un d'or & d'ivoire. Leur forme soumise au caprice des temps & des goûts, éprouva plus d'un changement ; souvent même on changeoit la forme & la matière des anciens, & l'on prenoit ceux des Nations vaincues, quand on les trouvoit plus beaux & plus commodes.

Les uns étoient longs & creux ; d'autres étoient de figure ovale, ronde, quarrée ou héxagone. Les Romains empruntèrent cette dernière forme des Daces, des Germains & des Gaulois. On en voit de toutes les façons à la fin de la planche XXXIe. & sur la XXXIIe.

On distingue le *Clypeus* du *Scutum* ; mais la différence n'en paroît pas fort sensible, si ce n'est par la largeur & la longueur ; car, pour la forme, il y a toute apparence qu'elle étoit aussi indéterminée que celle du *Scutum* ; c'est-à-dire, ronde, quarrée, oblongue, ovale, ou héxagone : c'est le sentiment de plusieurs Auteurs, qui font consister la différence du *Clypeus* d'avec le *Scutum*, en ce que le premier étoit moins large & moins long que le dernier.

Ce que l'on appelloit *Parma*, étoit ordinairement un petit Bouclier rond, dont cependant on augmentoit quelquefois le diamètre jusqu'à trois pieds. Il y en avoit de cuir & d'autres matières que nos Auteurs font varier autant que la forme.

Ce que l'on appelloit *Pelta*, ou autrement *Cetra*, étoit un Bouclier échancré en demi-lune, & formé en demi-cercle. Cette espèce de Bouclier étoit propre aux Amazones ; les Afriquains s'en servirent long-temps.

Nous ne pouvons nous dispenser de faire connoître ici ce que les Romains appelloient *Ancilia*, ces Boucliers fameux dont Numa-Pompilius feignit d'avoir reçu le modèle des Dieux mêmes. Il le fit envisager comme le salut de la Ville, & après en avoir fait faire onze pareils pour être regardés comme salutaires & sacrés, il établit le Collège des Prêtres Saliens, à qui il en confia la garde.

On institua en leur honneur une Fête annuelle de trente jours : elle commençoit aux Calendes de Mars. Pendant toute cette Fête il n'étoit permis ni de se marier, ni de voyager, ni d'entreprendre quelque chose de conséquence. Les Saliens portoient alors solemnellement ces Boucliers par la Ville, en sautant & dansant, & en chantant des Vers analogues à la cérémonie. On peut voir la forme de ces Boucliers sacrés au n°. 38. de la planche XXXIe., & celle de quelqu'autres aux n°s. 39. & 40. de la même planche, & au n°. 1. de la planche suivante. On a déja vu ailleurs des Boucliers votifs.

Ce que nous avons dit des Boucliers, peut également s'appliquer aux Casques. La forme, la matière & les ornemens de ces sortes d'armes défensives ont varié, non-seulement selon la différence des Peuples, des Corps, du rang des Officiers & de celui des Soldats, mais encore selon les goûts & les temps : aussi en a-t-on vu jusqu'ici, & en vera-t-on encore sur nos planches, de plus ou moins hauts, de plus ou moins ornés, de plus ou moins riches. Il n'est pas besoin d'en retracer de nouveau la figure pour en faire connoître la variété. Il suffira de jetter les yeux sur les représentations que nous avons données de Mars, de Pallas, de Minerve, de Rome, de la Valeur, de la Victoire &c. pour s'appercevoir de combien de façons on en trouve sur les Médailles seules. La fin de notre planche XXXIe. & presque toute la XXXIIe. fournissent des exemples de cette variété.

Section IV.

Du départ d'un Empereur pour l'Armée.

Les Empereurs Romains, en temps de guerre, se mettoient ordinairement à la tête de leurs Armées, non-seulement pour maintenir le bon ordre, & juger eux-mêmes de l'utilité & de la nécessité des batailles, mais encore pour animer le Soldat par leurs exhortations, leur vigilance, leur générosité, par la valeur dont ils leur donnoient l'exemple, pour remplir, en un mot, tous les devoirs d'un bon Général.

Il arrivoit quelquefois qu'ils ne quittoient le lieu de leur résidence, pour passer au camp, que quand toute l'Armée étoit rassemblée, & qu'on étoit prêt d'en venir à quelque combat, ou qu'il s'agissoit de former quelque entreprise d'importance. Leur départ réveilloit alors l'attention & l'espérance des Peuples, & l'on comptoit beaucoup sur la fidélité & la valeur des Officiers & des Soldats, quand on savoit que le Souverain même étoit à leur tête, qu'il dirigeoit les opérations & décidoit des expéditions militaires. Aussi ces départs & ces expéditions étoient-ils aussi-tôt représentés sur l'or, l'argent & le bronze, pour en faire passer la mémoire à la postérité, par les Médailles, comme des preuves & des Monumens glorieux du zèle & de la bonté des Princes envers leurs Peuples qu'ils alloient ainsi protéger & défendre, souvent même au péril de leur vie.

Ces sortes de départs & d'événemens s'expriment de plusieurs manières dans la Numismatique. Ici, c'est par un emblême où le Prince paroît sous le symbole du Soleil dans sa course; là, l'Empereur même en habit militaire se présente à cheval, accompagné de ses Soldats, dont les uns le précèdent, & les autres le suivent. Il y a des Types où il est à pied, comme sur les Médailles de Caracalla. Il a près de lui quelques Enseignes militaires, & il semble donner des ordres, le sceptre à la main, dans celles d'Hadrien. Dans d'autres Types, l'on voit un Soldat qui vient au-devant du Prince, comme pour lui présenter la figure & les vœux de la Victoire. Dans une entreprise de conséquence ou une expédition que l'on veut représenter, l'Empereur paroît à cheval, avec le sceptre ou le bâton de commandement, quelquefois même sans l'un ni l'autre, mais ayant la main levée & dans l'attitude de commander. Nous donnons quatre revers, à la planche XXXIIe n.ºs 2. 3. 4. & 5., dont trois ont été frappés au sujet du départ des Empereurs pour l'Armée, avec la légende, *Profectio Augusti*, gravée ou sous-entendue; le quatrième a pour légende, *Expeditio Augusti*.

Section V.

*De l'arrivée des Empereurs à l'Armée ou dans les Provinces de l'Empire ;
de la réception qu'on leur faisoit à leur passage ; & en même temps de leur
retour & de leur réception à Rome, après quelques heureuses expéditions.*

Les revers des Médailles où l'on a représenté les arrivées des Empereurs,
sont bien plus variés que ceux frappés au sujet de leurs départs. La raison
en est simple ; les Médailles, sous ce dernier titre, *Profectio Augusti*, ne
nous annoncent que le départ de ces Princes de la Capitale, ou du lieu de
leur résidence, pour se rendre à l'Armée ou au camp ; mais sous le titre
de leur arrivée, *Adventus Augusti*, ou *Trajectus Augusti*, &c., ces mêmes
revers comprennent un grand nombre d'événemens qui ont précédé ou
suivi l'arrivée des Empereurs, soit à la tête de leurs Armées, ou dans les
différentes Provinces de l'Empire, soit à Rome, au retour des expéditions
& des entreprises dont le succès favorable avoit répondu aux vœux du Peuple.
Nous suivons dans ce détail la route que nous ouvre la Numismatique.

Parlons d'abord de l'arrivée d'un Empereur à l'Armée ou au camp Prétorien : différens objets pouvoient les y conduire. Othon fut porté au camp
Prétorien du vivant même de Galba ; & ce fut pour y être proclamé
César & Auguste par les Soldats : aussi la Médaille frappée au sujet de
cet événement n'a pas pour légende, *Adventus Augusti*, parce qu'il n'en
avoit pas encore la qualité lorsqu'il y arriva, mais seulement celle de
Concordia Prœtorianorum, pour faire sentir que c'est au consentement
unanime des Soldats, & sur-tout du camp Prétorien, que l'élévation d'Othon
à l'Empire est due. Voyez cette pièce au nº. 6. de la planche XXXII°.

Dans les Médailles de Claude, il y a un revers qui représente le camp
Prétorien en petit, dans un Édifice rond, construit de pierres quatrées :
la légende, *Imperator receptus*, fait connoître que cette pièce fut frappée
à l'occasion de l'élévation de Claude au Trône Impérial, après la mort de
Caligula. On sait que les Soldats entrèrent tumultuairement au Palais,
dans la vue de le piller ; qu'ils y trouvèrent ce Prince timide caché dans
un endroit obscur, d'où ils le tirèrent pour le porter au camp Prétorien,
& le mettre en sûreté jusqu'à ce que le tumulte étant appaisé, il fût
reconnu & salué Empereur par l'Armée & par le Peuple Romain. Ce revers
est au nº. 7. de la planche XXXII.

D'autres revers fort multipliés nous représentent l'arrivée de plusieurs
Empereurs dans les différentes Provinces de l'Empire. Il seroit trop long
de décrire chacune de ces Médailles, dont le détail peut fournir matière à
un Ouvrage particulier. Mais on peut dire, en général, que ces sortes de
Pièces sont aisées à reconnoître, pour deux raisons. La première aux Types
composés ordinairement de deux figures qui se donnent la main, ou qui
sacrifient ensemble ; c'est ordinairement l'Empereur & le Génie de la Province ; quelquefois ce Génie, sous l'habillement du pays & accompagné de
ses symboles, présente au Prince arrivant des fruits, des arbrisseaux ou
d'autres choses propres au terroir : il y a même des Médailles où le fleuve
le plus considérable de l'endroit, & quelques animaux singuliers, font partie
de ces Types qui varient à l'infini. On ne peut, en second lieu, se tromper

à caufe des légendes qui marquent non-feulement l'arrivée de l'Empereur, mais encore le pays où il arrive; nous en trouvons des preuves dans les Mé-dailles d'Hadrien & de quelques autres, où on lit, *Adventus*, ou *Adventui Augufti Achaiæ*, *Africæ*, *Afiæ*, *Siciliæ*, *Galliæ*, *Hifpaniæ*, &c. Arrivée de l'Empereur en Achaïe, en Afrique, en Afie, en Silicie, dans les Gaules, en Efpagne, &c. Nous avons donné deux revers de ces Médailles aux nᵒˢ. 31. & 34. de la planche XXVᵉ.

Il faut obferver que quand le départ des Empereurs fe faifoit par Mer, ou par Eau, alors la légende des Médailles ne portoit point, *Profectio*, mais *Trajectus*; c'étoit alors un Vaiffeau trirème rempli des Rameurs & des Soldats, qui repréfentoit la Navigation. De même, lorfque les Empereurs arrivoient par eau, c'étoit encore par un trirème que l'on marquoit cet événement; mais avec la légende, *Adventus Augufti*, ou *Auguftorum*. On en donne trois revers aux nᵒˢ. 8. 9. & 10. de la planche XXXIIᵉ.

Enfin les Empereurs, après leurs expéditions, revenoient à Rome: quand elles avoient été heureufes, ils y étoient reçus en triomphe. On a repréfenté quelquefois ces entrées d'une manière fimple, par la figure équeftre ou pédeftre de l'Empereur, que Rome s'empreffe de recevoir en tendant la main: d'autres fois, c'eft une figure qui le précède, en tenant la bride de fon cheval: quelques Types expriment ces entrées par la repré-fentation d'un ennemi terraffé fous le cheval du Vainqueur: enfin ces fortes de triomphes font défignés encore plus clairement fur certaines Médailles, où Rome, revêtue à la militaire, & affife fur des boucliers & des cuiraffes, reçoit le Prince victorieux. Nous avons dans Trebonius-Gallus, & Volufien, un exemple fingulier d'un pareil événement. Ces deux Empereurs, malgré la paix honteufe qu'ils venoient de faire avec les Scythes, ne laifsèrent pas d'entrer à Rome en triomphe, & d'en vouloir conferver la mémoire par des Médailles où ils fe firent repréfenter à cheval, précédés de la Victoire, la palme à la main, & fuivis des Légions Romaines défignées par deux Soldats. Nous donnons ces revers aux nᵒˢ. 11. & 12. de la même planche XXXIIᵉ.

SECTION VI.

Des Allocutions, ou Harangues, des Empereurs & des Généraux, aux Soldats.

Avant de marcher au Combat ou de monter à l'affaut, les Empereurs, ou les Généraux en leur abfence, avoient coutume de paffer de rang en rang pour haranguer les Soldats. Ils les exhortoient à donner des preuves de fidélité & de courage qui puffent leur mériter les titres de Protecteurs & de Libérateurs de la Patrie : lorfque l'Armée s'étoit diftinguée par fa conduite dans des Combats ou des Expéditions importantes, ceux qui la commandoient ne manquoient jamais de rendre à la valeur un jufte hommage, en comblant les Soldats de louanges, & en leur accordant des récompenfes dont nous parlerons dans la fuite.

Ce font ces exhortations & ces louanges que les Médailles nous donnent, fous le titre d'Allocutions, *Adlocutio Augufti* : ou *Adlocutio Cohortium*. L'Empereur y eft repréfenté élevé fur une efpèce de tribunal, ou fur une éminence qui étoit fouvent formée de gazon : il y paroît quelquefois feul, habillé de la Toge ; d'autres fois il eft accompagné de quelques-uns de fes Officiers, & habillé à la Militaire, toujours dans l'attitude de parler à un certain nombre de Soldats qui font debout devant lui, & qui repréfentent l'Armée. Nous donnons à la planche XXXIIᵉ. nᵒˢ. 13. & 14., deux de ces revers : ils fuffiront pour avoir l'intelligence de tous les autres.

SECTION VII.

Des Promeffes & Sermens de Fidélité faits aux Empereurs, ou aux Généraux, par les Soldats.

Quand les Empereurs, ou leurs Généraux, étoient arrivés à l'Armée, ils recevoient ordinairement le Serment de Fidélité des Soldats. Ces fortes de Cérémonies militaires font repréfentées de plufieurs manières fur les Médailles. Tantôt c'eft un Soldat qui, au nom de toute l'Armée, donne la main à l'Empereur, en figne de Promeffe de Fidélité ; tantôt c'eft l'Empereur qui précède fes Soldats, ou qui en eft fuivi, pour marque de leur Fidélité : fur d'autres revers, l'Empereur & les Soldats fe donnent la main au-deffus d'un Autel fumant, & offrent enfemble le Sacrifice qui accompagnoit ordinairement le Serment de Fidélité : quelquefois c'eft devant la porte d'un Temple que ce Serment fe prête par les Soldats, en levant la main vers le Général ou l'Empereur. Une femme qui tient une ou deux Enfeignes militaires, indique également la Fidélité jurée par les Légions ; on trouve fouvent auffi les mêmes Enfeignes feules au nombre de deux, de trois, ou de quatre, pour marquer la même chofe. On a déja vu quelques Médailles, à la planche XIIIᵉ. nᵒˢ. 14. & 15. avec la légende, *Fides Militum* ; la Foi ou la Fidélité des Soldats : de plus, on en a dû remarquer une au nᵒ. 37. de la planche XXXIᵉ., avec cette autre légende, *Fides Exercitûs*: nous allons en donner encore deux à la planche XXXIIᵉ. nᵒˢ. 15. & 16. Il fera aifé après cela de reconnoître les autres, puifqu'ils portent toujours pour légende, *Fides Militum*, *Fides Exercitûs*, *Fides Legionum*, *Fides Cohortium*.

Section VIII.

Des Combats de Terre ou de Mer repréfentés fur les Médailles.

On ne trouve des Combats de Terre, fur les Médailles, qu'en raccourci ; c'eft ordinairement une figure en habit militaire, foit à pied, foit à cheval, qui foule un Captif repréfentant l'Armée ennemie & vaincue : le même fujet eft défigné par d'autres Captifs attachés à des Trophées ou à des Enfeignes militaires, avec la légende *Virtus Exercitûs*, *Virtus Militum*, *Virtus Augufti*. Mais ces Symboles préfentent moins l'idée d'un Combat, que celle de fes fuites. On peut voir quelques-uns de ces revers à la planche XIIIᵉ. nᵒˢ. 31. 32. 33. 34. & 35. ceux qu'on pourroit y ajouter n'auroient aucunes différences effenticlles.

Quant aux Combats de Mer, nous en avons deux repréfentés aux revers de deux Médailles grecques ; mais le premier ne fut qu'un Combat naval fimulé, dont l'Empereur Claude voulut donner le Spectacle à l'Impératrice : le fecond eft un autre Spectacle donné par l'Empereur Domitien au Peuple Romain. On les trouvera aux nᵒˢ. 17. & 18. de la planche XXXIIᵉ.

Section IX.

Des Victoires & de leurs fuites ; c'eft-à-dire, des Triomphes, des Trophées & de tout ce qui avoit rapport à la Victoire.

Si les Médailles ne nous repréfentent pas la Fureur, l'Acharnement & les Horreurs des Combats de Terre & de Mer, elles nous montrent, fous plufieurs formes, les Avantages, la Gloire, la Joie & les différentes Récompenfes qui fuivoient les Victoires remportées fur l'un & fur l'autre Élément. Les Types gravés pour en perpétuer la mémoire caractérifent & diftinguent la plupart de ces Victoires, ou par les figures & habillemens des Peuples vaincus qu'ils repréfentent, ou par les attributs & les ornemens qu'ils donnent à ces figures, ou par la forme des dépouilles militaires, dont les Trophées qu'ils montrent, font compofés, ou enfin par les noms de ces mêmes Victoires confignés dans les légendes.

Nous avons vu, lorfque nous avons parlé de la Victoire comme d'une Divinité, qu'on la repréfentoit de différentes façons, fous la figure d'une femme à deux ailes, affife ou debout, dans l'attitude de marcher, ou de monter fur un char à deux & quelquefois à quatre Chevaux, tantôt avec une Couronnë & une Palme, tantôt avec une Croix, un Bouclier ou un Trophée, & fouvent un Captif à fes pieds. Nous avons donné treize de ces repréfentations à la planche XVIᵉ. depuis le nᵒ. 20. jufqu'au 32ᵉ. inclufivement.

Quoiqu'on ait pu confidérer fur ces Types la Victoire fous un autre regard que fous celui d'une Divinité, c'eft-à-dire, comme un avantage remporté fur des Ennemis dans des Batailles, il y a néanmoins d'autres Types où elle eft repréfentée tout-à-fait rélativement à cette feconde idée, & où l'on a eu foin de la montrer précifément comme fruit de la valeur & des vertus militaires. Par exemple, fi la Victoire avoit été remportée par Terre, on la repréfentoit affife fur un Globe, ou fimplement le pied fur ce même

Globe,

Globe ; alors on lui donnoit dans la légende le nom des Peuples vaincus ; *Victoria Arabica*, *Dacica*, *Gothica*, *Judaica*, &c. Quand la Victoire avoit été remportée dans un Combat naval, la figure de la Victoire étoit alors posée sur la poupe d'un Vaisseau. On l'a vue sur un Globe aux nᵒˢ. 21. & 24. de la planche XVIᵉ. On la donne de la seconde façon, posée sur un Vaisseau, au nᵒ. 19. de la planche XXXIIᵉ. sous le titre de Victoire Judaïque ; *Victoria Judaica*. On peut quelquefois distinguer, sans le secours des légendes, à la forme seule des boucliers ou des armes, & même aux figures qui accompagnent la Victoire, quels étoient les Peuples sur lesquels on l'avoit remportée ; mais un détail plus étendu à cet égard formeroit plutôt un Catalogue historique des Médailles, qu'une Introduction à la Science ou à la Connoissance de ces Monumens : ainsi sans en dire davantage sur les formes, attributs & ornemens de la Victoire, toujours aisée à reconnoître, nous passerons à ses suites.

Les Triomphes.

Le Vainqueur, soit qu'il fût Consul, Proconsul, ou Dictateur, tiroit du côté de la gloire les premiers fruits de sa Victoire, du temps de la République. Il informoit d'abord le Sénat du succès de ses entreprises, & ne tardoit pas ensuite à postuler les honneurs du Triomphe ; mais dès que les Empereurs se furent emparé de la Souveraine Puissance, ils se le décernèrent eux-mêmes ou se le firent décerner par le Sénat, tant que le Senatus-Consulte fut un décret de nécessité ou de cérémonie, de la part de ce Tribunal, pour triompher publiquement.

Une entrée solemnelle formoit la pompe du Triomphe. On y voyoit le Vainqueur élevé sur un char, couronné de laurier, une branche d'olivier ou de quelque autre arbrisseau à la main, quelquefois avec un sceptre, surmonté de l'Aigle romaine : il étoit précédé du Sénat, & suivi des Rois vaincus ; ses propres Troupes l'accompagnoient en chantant des vers à sa louange, & traversoient Rome chargées des dépouilles, des raretés & de toutes les richesses prises sur les Ennemis : dans cet ordre on se rendoit au Temple que le Vainqueur avoit choisi, pour rendre des actions de graces à celui des Dieux à qui il faisoit hommage de ses Victoires.

Il faut remarquer qu'il y avoit deux sortes de Triomphes ; le grand & le petit. Le grand, plus solemnel & plus pompeux, ne s'accordoit que pour des Victoires suivies de la Conquête de quelque Royaume, ou de quelque Province. On l'appelloit *Curule*, parce qu'on donnoit la chaise curule au Triomphateur, s'il ne l'avoit pas déja. Le petit, dont la solemnité étoit moins grande, se décernoit pour des Victoires d'une moindre importance, & dont les suites n'avoient procuré que des avantages peu considérables. On nommoit cette espèce de Triomphe, Ovation ; *Ovatio*.

Ces pompeuses Cérémonies représentées en grand, sur plusieurs Monumens que l'on peut voir dans l'*Antiquité expliquée* de Dom Montfaucon & ailleurs, ne se montrent qu'en raccourci sur les Médailles, & beaucoup plus sur les Consulaires que sur les Impériales. C'est ordinairement par un char attelé de quatre Chevaux, que le Triomphateur conduit lui-même, ou de quatre Éléphans montés par autant de Conducteurs qui ont la palme à la main, qu'on a représenté ces sortes de Triomphes sur les Monnoies. On trouve quelquefois sur le char, à la place du Triomphateur, une Fleur

D d d

ou une pomme de Pin, symboles des Pays vaincus & subjugués. Nous donnons deux de ces chars de Triomphe, de différente forme, aux nᵒˢ. 20. & 21. de la planche XXXIIᵉ.

On ne s'est pas contenté de représenter les Triomphes par ces chars de formes & d'attelages différens : on a encore fait graver sur les Médailles plusieurs choses qui servoient d'ornemens & d'accompagnemens dans les Triomphes, soit au Triomphateur, soit à ses Soldats. On distribuoit une espèce de robe ou tunique d'écarlate, quelquefois même de pourpre, brodée en or, & représentant des palmes ou autres sujets analogues à la Victoire ; on ornoit la façade de la Maison ou du Palais du Vainqueur, d'arbrisseaux, & sur-tout de lauriers, où l'on attachoit des Couronnes de chêne, connues sous le nom de Couronnes civiques, & l'on y ajoutoit des Aigles : on donnoit aux Soldats des bracelets d'or, faits en forme de fer à cheval, ou de serpens entrelacés par la queue ; or tout cela se trouve consigné sur les Médailles, jusqu'aux cris de joie *Io*, *Io* ; Triomphe. Voyez la Tunique, avec l'Aigle & la Couronne civique, au nᵒ. 22. : les Lauriers & les Couronnes dont on ornoit les dehors du Palais du Prince victorieux sont aux nᵒˢ. 23. 24. & 25., avec les cris de Joie sur un de ces trois revers : enfin, la Forme des Bracelets donnés aux Soldats se trouve au nᵒ. 26. de la planche XXXIIᵉ.

Des Trophées.

Les Trophées étoient des Monumens que l'on érigeoit, tant en mémoire de la Victoire même, que pour la gloire du Général & des Soldats victorieux. Souvent les Soldats en dressoient de simples immédiatement après la Bataille, & sur le Champ mêmes : ces Trophées consistoient alors dans un amas de Cuirasses, de Boucliers, de Piques, de Casques & de Flèches qu'ils attachoient à une colonne ou à un tronc d'arbre. Quand c'étoit le Sénat & le Peuple qui en faisoient dresser après le Triomphe du Vainqueur, ils étoient plus ornés : on y ajoutoit une ou deux statues, nues, liées, garrotées & assises au pied du Trophée, pour y représenter les Peuples vaincus & subjugués ; mais ils étoient toujours composés des dépouilles militaires & des Armes prises sur l'Ennemi.

Nous en avons déja donné deux aux nᵒˢ. 39. & 40. de la planche XXXIᵉ. & un autre au nᵒ. 1. de la planche suivante. On voit même différentes espèces de Trophées, à la planche XIIIᵉ, sous les légendes *Gloria Romanorum*, nᵒˢ. 17. 18. 19. & 20. & aux nᵒˢ. 28. 31. 32. 33. 34. & 35., avec les légendes, *Virtus* ou *Virtuti Augusti*, *Exercitûs*, &c. Il y en a une autre espèce à la planche XIVᵉ., nᵒ. 14., avec la légende, & sous le titre de la Victoire. Nous en ajoutons encore six à la planche XXXIIᵉ. nᵒˢ. 27. 28. 29. 30. 31. & 32. : ils suffiront pour en donner l'idée, & pour les reconnoître par-tout. L'Ancre & le Gouvernail qui composent le Trophée dressé sur un Vaisseau représenté au nᵒ. 28., n'a pas besoin d'explication pour annoncer une Victoire remportée dans un Combat naval.

Des Arcs de Triomphe.

Outre ces Monumens peu folides, on en érigeoit quelquefois d'autrés beaucoup plus durables, pour perpétuer la mémoire des Victoires & dés avantages qu'elles avoient procurés ; ces derniers Monumens étoient des arcs de Triomphe bâtis avec autant de magnificence que de folidité : les Médailles nous en ont confervé l'idée & la forme, en petit ; mais on peut juger de leur grandeur par les veftiges qui nous en reftent.

On ne laiffe pas d'en admirer, fur les Médailles mêmes, l'architecture, les bas reliefs, ainfi que les ftatues équeftres & coloffales, avec les chars de Triomphe qui en terminent ordinairement la partie fupérieure. Nous en donnons quatre aux n°s. 33. 34. 35. 36. de la planche XXXIIe. : elles fuffiront pour faire connoître les autres.

S E C T I O N   X.

Des Couronnes, des Prix, & des différentes Récompenfes que les Empereurs
& les Généraux accordoient à leurs Soldats, après la Victoire.

Lorfque les Combats, les Affauts & autres Expéditions militaires étoient fuivis d'un heureux fuccès, les Empereurs, & avant eux les Confuls, les Dictateurs & les Généraux d'Armées, ne fe contentoient pas de louer publiquement les Officiers fubalternes & leurs Soldats, mais ils diftribuoient encore des Prix & des Récompenfes, foit aux Légions & aux Cohortes en général, foit en particulier à ceux qui s'étoient le plus diftingué par des traits de prudence & de valeur. Ces Récompenfes étoient ordinairement de deux fortes ; les unes utiles, & les autres honorifiques. Les premières confiftoient dans la conceffion du butin fait fur l'Ennemi, ou dans de groffes fommes d'argent à partager, ou dans une augmentation de paie, ou enfin dans des terres dont on leur abandonnoit la jouiffance pendant un certain temps, & quelquefois même la propriété. Différentes efpèces de Couronnes formoient les Récompenfes honorifiques. La Civique, compofée de chêne, étoit le prix du falut d'un Citoyen ; la Murale, ornée de Tours, défignoit une Ville défendue ou prife d'affaut ; la Roftrale, par fes pouppes de Vaiffeau, marquoit une Victoire navale : d'autres, comme la Graminée, fe formoient des feuilles d'arbres, ou des herbages qui fe trouvoient fur le Champ de bataille, pour couronner le Libérateur d'une Place, ou d'une Armée affiégée dans fes retranchemens.

On peut remarquer ces diftinctions dans les Types des Médailles que nous avons fait graver à la XXXIIe. planche, n°s. 19. 20. 21. 22. 23. 24. 25. 26. & fuivans, qui préfentent les Palmes, les Couronnes, les Lauriers, les Bracelets qu'on diftribuoit pour prix honoraires de la valeur, & qui expriment, par les légendes, *Virtus Exercitûs*, & autres femblables, les Éloges gravés à l'occafion des Victoires remportées.

On voit fur la même planche, depuis le n°. 8. jufqu'au 16. inclufivement, les différens Étendards, & les Enfeignes militaires dont les Romains fe fervoient à la Guerre.

Quant à ce qui regarde la levée des Milices, nous ne trouvons rien dans la Numifmatique qui nous mette en état d'en parler ici. Nous avons à

D d d ij

la vérité quelques Médailles de l'Empereur Hadrien & d'Antonin-Pie, dont les légendes nous annoncent la Discipline militaire ; *Disciplina* ou *Disciplina Augusti* ; mais il semble que ces légendes soient bien moins relatives aux Exercices militaires qui servoient à former les Soldats, qu'à l'ordre que les Empereurs faisoient tenir dans la marche des Troupes, dans les Attaques & les combats. Aussi les types d'Hadrien ne représentent cet Empereur que comme un Général marchant à la tête de son Armée ; ceux d'Antonin le montrent seul, marchant armé de pied-en-cap, sans aucun Soldat à sa suite.

CHAPITRE IX.

De tous les Ornemens de Tête qui servent, soit aux Dieux, soit aux Hommes, sur les Médailles.

ARTICLE UNIQUE.

CE Chapitre ne sera composé que d'un seul Article, que nous diviserons en plusieurs Sections, pour nous conformer à l'ordre établi par le Père Jobert, qui observe, 1°. que les Personnages représentés sur les Médailles, sont ou des simples Têtes, ou des Bustes, ou des demi-Corps.

2°. Que ces Têtes représentent une ou plusieurs Divinités, des Rois, des Empereurs ou des Impératrices, des Princes ou des Princesses, des Pontifes, des Sacrificateurs, des Héros & des Vainqueurs.

3°. Que ces différences établissent nécessairement une variété de Couronnes, & d'Ornemens de Tête ; variété que la succession des temps, & la différence des conditions ont introduite.

SECTION I.

Des Ornemens de Tête, des Attributs & des Symboles des Divinités, sur les Médailles.

Nous avons déja vu que les Païens adoroient des Divinités mâles & femelles, & qu'ils avoient souvent arboré sur une seule Tête, ou sur une seule Idole, les Attributs & les Symboles de plusieurs autres, afin d'abréger les cérémonies & la dépense, en sacrifiant à plusieurs Divinités dans une seule figure qui portoit le nom de Panthée, pour marquer tous les Dieux, ou du moins ceux qu'elle représentoit par ses différens Attributs & Symboles. Chaque figure avoit ordinairement un Ornement de Tête qui lui étoit particulier, & qui pouvoit être regardé comme une marque distinctive : c'est ce que nous allons expliquer plus en détail sur chacune des Divinités dont nous parlerons, en suivant l'ordre alphabétique.

Anubis, Divinité Égyptienne, étant représenté avec la tête d'un Chien sur un corps humain, n'avoit pas besoin d'autre Ornement pour se faire connoître sur les Médailles. On lui voit un Sistre & un Caducée à la main, sur quelques revers de Julien, & un Sceptre au lieu du Caducée, sur quelques autres de l'Empereur Commode. Sa figure est au n°. 1. de la planche VIIe.

Apis, sous la forme d'un Bœuf, n'a ordinairement sur la Tête qu'une ou deux Étoiles, comme il paroît au n°. 2. de la même planche ; mais on le trouve dans plusieurs Monumens avec un triangle au front, & quelquefois avec une troisième corne qui lui sort du milieu de la Tête.

Apollon paroît souvent sans Ornement de Tête : la Couronne de laurier lui est cependant particulièrement consacrée depuis que poursuivant Daphné, sans pouvoir l'atteindre, il la changea en laurier : on lui voit aussi, sur plufieurs Médailles, un Diadême, ou une Couronne rayonnée. Confultez la planche VIIe. n°. 7. jufqu'au 13.

On reconnoît Aftarte à fa Couronne de Tours ou de créneaux : quelquefois fa Tête eft couverte d'un voile. Au furplus, comme on l'a prife tantôt pour *Dercetto*, tantôt pour Junon & pour Vénus, il n'eft pas furprenant que fes Ornemens aient varié comme fes noms. Elle eft fur un Lion, avec le Voile, au n°. 14.

Atys porte un Bonnet recourbé à la Phrygienne; on le voit avec Cybèle, au n°. 16.

Bacchus, fur les Médailles, eft couronné de Lierre, de Pampres de Vignes, ou de quelques autres feuillages. On croit que celles de la famille Titia, où l'on trouve une Tête à longue barbe, ceinte d'un Diadême avec deux ailes, doivent également lui appartenir. Nous les donnons de plufieurs façons aux n°s. 17. 18. 19. 20. 21.

Bonus Eventus, le Bon Événement, eft repréfenté comme Homme & comme Femme : fon Ornement de Tête eft fingulier, & peut fe prendre pour une Coëffure, un Bonnet, ou un Bandeau. Voyez les n°s. 22. 23. & 24.

Le Dieu Canope, fi célèbre en Égypte, n'a que la Fleur du Lotus pour Ornement de Tête : confultez les n°s. 25. & 26.

Caftor & Pollux, autrement les Diofcures, fe reconnoiffent à leurs Bonnets faits fouvent en forme de coques d'œufs, & quelquefois comme un cafque plus allongé. On voit ordinairement une Étoile au-deffus de chaque Bonnet. On les trouvera aux n°s. 27. 28. & 29.

Les Cabires n'ont point d'Ornemens de Tête, fur certaines Médailles; mais fur d'autres ils ont un Bonnet femblable à ceux de Caftor & de Pollux : fur le revers d'une Médaille tirée du Cabinet de feu M. de Boze, on remarque au-deffus de leurs Têtes une Branche d'Arbriffeau, ou quelque chofe qu'on ne peut définir. Voyez les n°s. 30. & 31.

Cérès a pour l'ordinaire une Couronne d'épis : elle eft quelquefois entremêlée de faucilles. Elle a auffi des Poiffons fur certains revers, & un Voile fur d'autres. C'eft le goût des Peuples, qui, à fon égard, comme à celui de plufieurs Divinités, a décidé de fa Coëffure. On la trouvera de fix façons différentes au n°. 32. jufqu'au 37.

La Déeffe Ségétia, qui préfide aux Moiffons, eft une Cérès transformée: elle fe voit au n°. 38. fans attribut particulier.

Les Cupidons à Têtes nues n'ont d'autres Ornemens de Tête que des Cheveux bien frifés : quelquefois ils ont fur le fommet de la Tête un petit Cordon enrichi de perles. Voyez les n°s. 39. 40. de la même planche, & le n°. 1. de la VIIIe.

Les Tours qui couronnent la Déeffe Cybèle, marquent qu'on la prenoit pour la Terre qui porte les Villes & tous les Édifices. Voyez les n°s. 2. 3. & 4. de la planche VIIIe.

Diane fe préfente les Cheveux relevés, avec un Croiffant fur le fommet de la Tête. On donnoit grand nombre de Mammelles à celle d'Éphèfe, pour la diftinguer des autres. Voyez les n°s. 5. 6. 7. 8.

Le Dieu Dis eft fans Ornement de Tête; mais on le diftingue au Croc qui paroît derrière lui, n°. 9.

Les Médailles ne donnent à Efculape aucun Ornement de Tête particulier. Voyez les n°s. 10. & 11.

Les

Les Dieux, ou plutôt les Déesses qu'on appelloit *Fata*, autrement les *Destins*, n'ont pour coëffure que leurs Cheveux, comme on les voit au n°. 12. de la planche VIIIe.

Les Déesses Féronie & Flore sont couronnées de Fleurs, mais avec quelques différences que l'on remarquera aisément aux n°s 13. 14. & 15. de la même planche.

La Fortune a plusieurs Ornemens de Têtes, sur certains Monumens ; mais sur les Médailles on la voit ordinairement coëffée de ses Cheveux, & quelquefois avec un petit Cercle en forme de Diadême. Les Antiates reconnoissoient cette Divinité sous les deux sexes, & la représentoient sous une double figure, avec un Bonnet retroussé par le haut sur la Tête. Voyez les n°s. 16. 17. 18. & 19.

Les Génies, qui, suivant les Anciens étoient aussi des deux sexes, paroissoient sur les Médailles avec différens Ornemens de Tête ; celui de Rome, avec un Diadême ; celui de l'Armée d'Illyrie, avec un Muid : on distingue celui d'Antioche, qui étoit féminin, à la Couronne murale : d'autres portoient une Couronne radiale : enfin il y en avoit qui par le Casque s'annonçoient pour Militaires. On en voit une Tête avec le Diadême, au n°. 20. & une autre au n°. 23.

Hercule, quelquefois couronné d'un Diadême, se couvre souvent de la Dépouille d'un Lion. Voyez depuis le n°. 24. jusqu'au 32.

La Déesse Hippone paroît avec un Boisseau en Tête, & une Fleur à la main. Voyez le n°. 33.

Janus est à la face des Médailles & au revers. A la face, c'est une double Tête couronnée ou de Laurier ou d'une Couronne Radiale, ou de plusieurs Boisseaux. Quelquefois il a un Croissant de Lune ; d'autres fois un Aviron. Au revers, c'est une Statue aussi à double, & même à triple face, mais sans Ornement de Tête. On l'a donné à double & à triple face aux n°s. 34. 35. 36. On ne lui voit que la Couronne de Laurier au n°. 34.

Isis, Osiris & Horus sont trois Divinités Égyptiennes : le dernier, qu'on suppose Enfant des deux autres, en a la forme, sans Ornement de Tête. On voit sur celle d'Isis un Muid, ou une branche de l'Arbre appellé *Perséa*, ou une espèce de Fleur dans un Croissant de Lune. Les deux Isis reconnues par les Égyptiens, portent un Serpent qui paroît sortir de chaque Tête : d'une main elles tiennent un Couteau & de l'autre une espèce de double Compas élevé. Voyez les n°s. 37. 38. 39. & 40.

Junon a ordinairement la Tête voilée ou couverte de la dépouille d'une Chèvre. Il est rare qu'on lui donne le Croissant, quoiqu'il ne soit pas sans exemple. Consultez les n°s. 1. 2. & 3. de la planche IXe.

Jupiter a plusieurs Ornemens de Tête : le plus ordinaire est la Couronne de Laurier, parce que cet Arbre lui étoit particulièrement consacré, aussi bien qu'à Apollon : on le voit quelquefois avec un Diadême. Comme Jupiter-Ammon, on le reconnoît à ses Cornes de Bélier : souvent il a la Tête nue. On trouve la Couronne de Laurier aux n°s. 4. & 5. de la même planche, & les Cornes de Bélier au n°. 6. : les cinq revers suivans sont sans Ornemens.

Les Dieux Lares, Manes, Pénates, Custodes & autres semblables ont un Diadême, ou une Couronne de Laurier ; quelquefois ils n'ont aucune Coëffure. On les a avec le Diadême au n°. 12., & sans Couronne aux n°s. 13. & 14.

Mars, Dieu de la Guerre, paroît toujours le Casque en Tête. On en voit de différentes formes sur les Médailles que nous en donnons aux n°s. 15. 16. 17. 18. & 19. de la planche IXe.

Mercure a ordinairement le Pétase, Bonnet à deux ailes ; c'est son Ornement de Tête favori. Voyez les n°s. 20. 21. & 22.

Minerve, Divinité guerrière, a la Tête couverte d'un Casque, plus ou moins richement orné. Consultez les n°s. 23. 24. & 25.

Les Déesses Monnoies sont coëffées de leurs Cheveux, & quelquefois d'un Bonnet qui forme une espèce de Bourrelet autour de la Tête. N°s. 26. & 27.

Les Muses, que l'on trouve à la planche VIIe. depuis le n°. 29. jusqu'au 37. inclusivement, ont chacune un Ornement de Tête différent ; mais nous n'en connoissons point le nom. Il y a une Muse, au n°. 28., couronnée de Laurier.

Les Némèses, Déesses des Vengeances, sont toujours coëffées de leurs Cheveux, ou voilées. On en remarque une sur un revers des Médailles de Byfance, avec un Boisseau ou un Vase sur le sommet de la Tête. Voyez les n°s. 39. & 40.

Les Graces, que nous plaçons ici hors de l'ordre alphabétique pour suivre celui des Sections, sont nues & sans autre Ornement de Tête que l'arrangement & la frisure de leurs Cheveux. Voyez le n°. 38. de la même planche IXe.

On a donné quelquefois à Neptune la Couronne de Laurier, sans doute comme au Souverain des Eaux, & au Chef des Néréides & des Dieux Marins ; mais ces Divinités subalternes n'ont aucun Ornement de Tête particulier. Voyez les six premiers revers de la planche X^e.

Pan, les Faunes & les Satyres ne se distinguent qu'à leurs grandes Oreilles, leurs Cheveux mal peignés & leurs figures hideuses. On trouve cependant une Tête du Dieu Pan avec une espèce d'Ornement de perles. Voyez les n°s. 7. 8. & 9.

Il semble qu'on ait voulu donner au Dieu Sylvain, qui est au n°. 11., quelque chose de plus que ses Cheveux ; mais cet Ornement n'est point affez exprimé pour le définir.

Pluton & Proserpine, Divinités des Enfers, sont ordinairementre préfentés ensemble : le premier l'est avec un Diadême sur la Tête, & quelquefois fans autre Ornement que ses Cheveux, comme au n°. 12.

Proserpine porte une Couronne de fleurs ou un Voile : alors elle est couverte d'une robe ou d'une autre espèce d'habillement, & a un Muid sur la Tête. Voyez les n°s. 13. & 14.

Le Dieu Quirinus ou Romulus est désigné quelquefois par une Tête couronnée de Laurier ; d'autres fois il a le Casque en Tête & la Pique avec un Trophée à la main. On le voit aussi, avec son frère Rémus, sous la forme de deux Enfans allaités par une Louve. Consultez les n°s. 15. 16. & 17.

Rhéa ou Rhœa semble n'avoir aucun Ornement de Tête qui lui soit particulièrement affecté. Voyez les n°s. 18. 19. & 20.

La Déesse Rome a ordinairement la Tête couverte d'un Casque plus ou moins orné. Voyez-la aux n°s. 21. 22. 23. 24. 25. & 26.

La Couronne de Laurier, un Voile, & quelquefois même de simples Cheveux forment la coëffure du Temps, autrement Saturne. Voyez les n°s. 27. 28. & 29. de la même planche X^e.

Sérapis,

Sérapis, Divinité Égyptienne, porte sur la Tête un Muid. L'autre Divinité avec laquelle il est accolé, ou en regard, est Isis : elle se reconnoît à la Fleur du Lotus. Voyez les nᵒˢ. 30. 31. & 32. de la planche Xᵉ.

Le Soleil est caractérisé par les rayons dont sa Tête est environnée, ou par la Couronne radiale. Voyez les nᵒˢ. 33. 34. 35. & 36.

La Déesse ou le Dieu Sort n'a point de Couronne, sur les Médailles nᵒ. 37.

Le petit Télesphore, l'un des Dieux de la Médecine, paroît enveloppé d'un manteau, & couvert d'un Bonnet. nᵒˢ. 38. & 39.

Le Dieu Terme est couronné d'un Cercle, ou Diadême ailé. nᵒ. 40. de la planche Xᵉ. On le voit quelquefois la Tête rayonnée, ou sans aucun Ornement de Tête. nᵒˢ. 1. & 2. de la planche XIᵉ.

Tellus, ou la Terre, partage avec Cybèle sa Couronne tourelée, pour marquer les Édifices qu'elle soutient. Voyez Cybèle. On la trouve aussi sans Couronne aux nᵒˢ. 3. 4. & 5.

Le Dieu Triumphus, ou Triomphe, est couronné de Laurier, & a deux ailes sur certaines pièces, & un Cercle orné de Fleurs sur d'autres. nᵒˢ. 6. & 7.

Vénus paroît souvent la Tête voilée : plus souvent encore elle est couronnée de Laurier & de Myrte : on la voit aussi coëffée en entier de ses Cheveux. nᵒˢ. 8. 9. 10. 11. 12. & 13.

Un Voile plus ou moins long est l'Ornement de Tête propre aux Vestales. nᵒˢ. 14. 15. 16. & 17.

Vulcain & les Cyclopes ont un Bonnet en forme de Calotte ; mais celui de Vulcain est entouré d'une Couronne de Laurier. nᵒˢ. 18. 19. 20. & 21.

Outre ces Divinités, il y en a qu'on appelle Panthées, parce qu'elles portent les Symboles & les Attributs de plusieurs autres : on en compte de trois sortes ; les unes masculines, parce qu'elles ont les attributs de plusieurs Dieux ; les autres féminines, parce que la figure principale est du sexe féminin, & qu'elle porte les symboles de plusieurs Déesses ; enfin d'autres sont mixtes, c'est-à-dire masculines & féminines, parce qu'elles réunissent les attributs des deux sexes.

C'est ainsi qu'on voit au nᵒ. 22. une Tête, qui, par sa barbe épaisse, représente Pluton ; aux Cornes de Bélier on reconnoît Jupiter-Ammon ; le Boisseau appartient à Sérapis ; ses rayons annoncent le Soleil ; le Trident qu'on remarque devant elle est le Symbole de Neptune, & le Serpent celui d'Esculape.

Au nᵒ. 23. de la même planche, il y a un Panthéon féminin : c'est une Tête de Femme, qui emprunte de Vénus la Couronne de myrte ; de Diane, le Carquois & l'Arc ; de Cérès, un Épi au-dessus de la Tête ; de l'Abondance la Corne d'Amalthée.

Voilà quels sont les Ornemens de Tête les plus ordinaires des Divinités que nous avons rangées dans la première classe. A l'égard des Divinités de la seconde, qui sont les Vertus, les Vices & les Passions, on peut dire, en général, que dans la représentation de ces Divinités subalternes on a cherché à les caractériser par les Attributs des Dieux supérieurs, qui pouvoient être relatifs au sujet. Le Casque de Mars est la marque de la Valeur ; la Peau de Lion d'Hercule, celle de la Force ; la Couronne de Jupiter, celle de la Souveraine Puissance ; ainsi du reste. Lorsque ces Divinités sont représentées

E e e

fous la forme d'une Femme, on leur donne les Coëffures & les Ornemens de Tête propres à leur fexe, ou ceux des Femmes & Princeffes qui fe font fait repréfenter très-fouvent fous le nom des Vertus, & avec leurs Attributs.

Section II.

Des Ornemens de Tête des Empereurs, des Rois, des Princes & autres Perfonnages, fur les Médailles.

Notre projet n'eft pas de rechercher ici l'origine des Couronnes, d'entrer dans le détail de leur variété, & d'expliquer leur fignification : il faudroit, pour remplir ce plan, fortir des bornes que nous nous fommes prefcrites : ainfi nous ne parlerons de ces Ornemens de Tête qu'autant qu'ils appartiennent à la Numifmatique, & qu'ils paroiffent fur les Médailles.

On peut d'abord remarquer qu'il y eut parmi les Anciens, & fur-tout parmi les Romains, trois fortes de Couronnes ; c'eft ce que nous appellons Ornemens de Tête pour les Hommes. Les unes furent des marques de Dignité & de Puiffance ; d'autres fervirent de prix à la Valeur & à la Vertu ; enfin on en donna à l'Adreffe & à l'Habileté.

Les Couronnes de Dignité & de Puiffance étoient celles des Rois, des Empereurs & des Pontifes. Les Couronnes accordées à la Valeur & à la Vertu étoient celles des Militaires qui s'étoient diftingués par quelques belles actions à la Guerre. Les Couronnes de l'Adreffe & de l'Habileté étoient la récompenfe de ceux qui triomphoient dans les Jeux Gymniques & autres qui fe donnoient au Peuple. Les Médailles nous montrent les deux premières fortes de Couronnes : on les y trouve même fort variées.

Les Souverains Pontifes, avant que les Empereurs euffent ambitionné cette Dignité, femblent n'avoir point varié dans leurs Couronnes ou Ornemens de Tête : c'étoit l'*Albogalerus*, dont on fait voir la forme au n°. 2. de la planche XIXe. & au n°. 35. de la planche XXe., parmi les inftrumens Pontificaux. Outre cette efpèce de Bonnet, qui reffembloit plus à la Tiare des Papes qu'à la Mitre des Evêques, il y avoit une certaine Couronne affectée au Souverain Pontife ; mais on doit la regarder comme un Symbole plus honorable & plus figuratif que brillant & utile, puifque, par fa compofition & fa forme, il ne paroît pas qu'elle ait jamais pu fervir d'Ornement de Tête. Cette Couronne étoit compofée des Crânes de Bœufs que l'on offroit en Sacrifices, des Plats dans lefquels on recevoit les Entrailles, & des Rubans dont on ornoit les Victimes : on fent aifément le rapport intime de cet Ornement fymbolique avec les fonctions Pontificales. Ceux d'Antioche préfentèrent une pareille Couronne à l'Empereur Augufte, dès qu'il fut déclaré Souverain Pontife. Les Grecs appelloient cette Couronne, *Archieraticon* ; nom qu'on lui trouve dans la légende d'une Médaille de ce Prince, frappée à Antioche. Nous donnons une autre pareille Couronne du même Empereur, au n°. 37. de la planche XXXIIe. Elle paroît fufpendue à une efpèce de candelabre, qui peut être encore une marque du Souverain Pontificat.

Les autres Couronnes de Dignité & de Puiffance font celles des Rois, des Empereurs, des Céfars & Princes du Sang. Si l'on met au nombre des Couronnes les différens Ornemens de Têtes qui leur ont été fubftitués, on en trouvera beaucoup : on peut les réduire à deux claffes ; celle des Couronnes ordinaires, particulièrement affectées à la Dignité & à la Puissance Souveraine, & celle des Couronnes & Ornemens de Tête extraordinaires, de goût & de fantaisie, adoptés par ceux qui avoient été élevés au Trône.

Les Couronnes ordinaires affectées à la Dignité Royale & Impériale ont varié dans leur forme, suivant les Peuples & les Temps. Les Rois, plus anciens que les Empereurs en Grèce & à Rome, semblent avoir eu d'abord le Diadême pour Ornement de Tête; c'étoit un Cercle d'or, ou un Ruban qui servoit à retrousser & à lier les cheveux. Cet Ornement simple d'abord fut bientôt enrichi de perles & de pierreries; on y ajouta ensuite quelques branches ou fleurons qui remontoient au sommet de la Tête, & qui la couvroient en partie. Enfin le goût y apporta différens changemens. On vit de Rois prendre pour Couronne ou Ornement de Tête des Dépouilles d'Animaux : Lysimaque choisit les Cornes d'un Bœuf; Philippe, la Dépouille du Lion; d'autres, celle de Licorne : quelqes-uns avoient un Diadême, une Couronne radiale ou même de Laurier : plusieurs portoient des espèces de Bonnets, dont la forme varioit chez les Peuples différens. La Mitre des Rois d'Arménie & de Syrie se distingue aisément de la Tiare des Perses & des Parthes, & ne ressemble pas au Bonnet Phrygien.

Le Sénat ayant décerné la Couronne de Laurier à Jules-César, ses Successeurs s'approprièrent d'abord cet Ornement; mais depuis que la politique ou la flatterie eurent placé les premiers Empereurs au rang des Dieux, & qu'on leur eut accordé la Couronne radiale, propre à la Divinité, on vit des Princes qui de leur vivant voulurent la porter sur leurs Médailles. Ces deux sortes d'Ornemens de Tête ne suffirent pas long-temps au caprice & à la vanité des Empereurs : bientôt, à l'imitation des Rois, ils en cherchèrent de toutes les espèces : l'un prit les Cornes de Jupiter-Ammon; l'autre, la Dépouille du Lion, & la Massue d'Hercule; quelques-uns se firent rayonner la Tête comme le Soleil : il y en eut qui s'adaptèrent la Couronne, l'Attribut le Symbole & les Ornemens de certaines Divinités auxquelles ils prétendoient ressembler. Depuis Constantin le Diadême fut fort en usage, avec quelques différences seulement dans la forme, dans la largeur & dans la richesse. L'Empereur Julien fut le premier qui prit une Couronne fermée. Cette nouvelle espèce d'Ornement de Tête varia encore beaucoup jusqu'au plus bas Empire, comme on le verra par les Médailles que nous donnerons pour fixer les idées que présentent ces instructions.

Les Couronnes de la seconde sorte furent le prix de la Valeur, de la Vertu & des Exploits militaires : on en distingue sept principales; savoir celle du grand Triomphe, celle du petit ou de l'Ovation, la Civique, la Murale, la Navale, l'Obsidionale & la Vallaire ou Castrale. La première, du grand Triomphe, *Triumphalis*, étoit de laurier entremêlée de fils & de feuilles d'or. Celle du petit Triomphe, ou de l'Ovation, étoit de myrte. La Civique, *Corona Civica*, étoit de chêne : on la donnoit à celui qui avoit sauvé un Citoyen : il n'y en avoit point de plus honorable à Rome : on pouvoit la porter en tous temps : lorsque celui qui l'avoit reçue alloit aux Jeux publics, le Sénat & le Peuple Romain devoient se lever à son arrivée : il assistoit aux Spectacles parmi les Sénateurs : il avoit même l'exemption des charges publiques; privilège qui s'étendoit à son Père & son Ayeul Paternel : par cet honneur, la République faisoit voir, dit Dom Montfaucon, combien elle avoit à cœur le salut & la conservation de ses Citoyens. La Couronne Murale étoit d'or : elle se donnoit à ceux qui les premiers avoient franchi les murs d'une Ville affiégée. La Navale, qu'on appelloit *Roftrata*, parce qu'elle étoit ornée de proues de Vaifleaux, étoit accordée à celui, qui, dans un Combat naval, fautoit le premier dans un Vaifleau Ennemi. La Couronne Obfidionale ou Graminée étoit pour ceux qui avoient délivré les Citoyens de quelque Siège : elle fe formoit de la première herbe qui fe trouvoit fur le lieu où s'étoit paflé l'action. Enfin la Couronne Vallaire ou Caftrale, *Vallaris* ou *Caftrenfis*, étoit d'or auffi bien que la Murale : elle étoit le partage de ceux qui avoient les premiers forcé le Camp des Ennemis : auffi paroît-elle hériflée de palifades, comme un Camp.

La troifième forte de Couronnes étoit pour ceux qui remportoient le prix dans les Jeux publics. On en donnoit une d'*Apium*, c'eft-à-dire, de Perfil ou d'Ache, à ceux qui avoient vaincu dans les Jeux Néméens ; une d'Olivier, à ceux qui avoient eu le même avantage dans les Jeux Olympiques ; une de rameaux de Pin, aux Vainqueurs des Jeux Ifthmiques. On a peu de Médailles frappées à l'occafion des Prix remportés dans ces Jeux : on ne voit pas d'ailleurs de Couronnes fur leurs Types, & quand même il y en auroit, il feroit difficile de diftinguer la matière dont elles ont été formées, par le peu de relief de la gravure. On compte encore plufieurs autres efpèces de Couronnes pour les Jeux, les Arts, les Feftins, les Fêtes, &c. ; mais on n'en trouve aucune fur les Médailles. Au refte, elles étoient compofées de fleurs, d'herbages, de branches d'arbrifleaux, de laine, ou d'or, & leur forme n'avoit rien de particulier : ainfi nous n'en parlerons point dans cet Ouvrage.

Les bornes que nous nous fommes prefcrites ne nous permettant pas de rendre dans nos planches toutes les différences des Couronnes, nous nous contenterons d'en faire voir les principales : nous donnons d'abord celles des Rois, enfuite celles des Empereurs, & enfin celles qui étoient le prix de la Valeur. Voici l'ordre des Médailles fur lefquelles on voit ces Couronnes.

A la planche XXXIIᵉ. on trouvera au nº. 38. une Couronne des Rois de Syrie, & aux nᵒˢ. 39. & 40. deux des Rois Parthes.

A la planche XXXIIIᵉ. on trouve la Couronne de Laurier, nº. 1. ; la Radiale, nº. 2. ; le Diadême de différente forme, nᵒˢ. 3. 4. & 5. ; quelqu'autres Couronnes d'Empereurs, nᵒˢ. 6. 7. & 8. & 9. ; la Civique, nº. 10. ; la Murale, nº. 11. ; la Roftrale ou Navale, nº. 12. ; une autre compofée des deux précédentes, c'eft-à-dire Murale & Roftrale tout enfemble, nº. 13. ; la Vallaire nº. 14. ; & l'Obfidionale ou Graminée, nº. 15. : à l'égard de celle de Myrte, nous l'avons donnée plufieurs fois, & fingulièrement à la planche XIᵉ., où l'on a repréfenté Vénus avec cette Couronne qui lui eft particulièrement affectée : voila ce qu'on peut remarquer de plus effentiel dans la Numifmatique au fujet des Couronnes ou Ornemens de Tête des Hommes : on a fans doute déja trouvé quelques traits fur cet objet, dans plufieurs endroits de cet Ouvrage, fur-tout dans ceux où il a été queftion des différentes Parties du Monde. On peut encore voir à la planche XXIVᵉ. quelques-uns de ces Ornemens de Tête.

Section III.

Des Ornemens de Tête des Impératrices & Princeſſes, ſur les Médailles.

Les Femmes, à l'imitation des Hommes, ſe ſont d'abord fait peindre, graver & repréſenter ſous la forme des Divinités : elles en ont emprunté enſuite les Attributs, les Symboles, les Ornemens & juſqu'aux noms. A ces premiers Ornemens de Tête elles en ont ajouté de Dignité, de Goût, de Choix & de Mode. Mais il eſt plus aiſé de repréſenter ces derniers, que de les définir & de les expliquer. Ainſi nous nous contentons de faire voir, à la planche XXXIIIᵉ., depuis le n°. 16. juſqu'au 32. incluſivement, les principaux de ces Ornemens ſur les Têtes mêmes des Princeſſes. On peut rapporter tous les autres à ceux que nous donnons ici, par leur reſſemblance, même celle de Cléopatre, Reine d'Égypte : quelques variés qu'ils ſoient, on y remarque preſque toujours une eſpèce de Diadême. De ce que nous venons de dire, on peut conclure qu'il faut compter au nombre des Ornemens de Tête une bonne partie de ceux des Déeſſes que l'on voit aux planches VIIᵉ., VIIIᵉ., IXᵉ, Xᵉ., XIᵉ., XIIᵉ., XIIIᵉ., XIVᵉ., XVᵉ. & XVIᵉ. ; ces Princeſſes les ayant preſque tous adoptés.

Section IV.

De pluſieurs autres Ornemens qui ſe trouvent ſur les Médailles des Empereurs, & quelle peut en être la ſignification.

On voit aſſez ordinairement, ſoit à la face, ſoit au revers des Médailles, un Globe ſimple, quelquefois ſurmonté de la Victoire, entre les mains des Figures, & ſouvent près de leurs Têtes ou de leurs Buſtes : on y remarque auſſi une Férule, un Sceptre ou un Javelot : ſur d'autres on trouve un Rouleau, que pluſieurs Antiquaires ont pris pour une eſpèce de Serviette, l'Acacia, le Labarum ou une Croix : le détail de tous ces objets ne peut être indifférent ; auſſi allons-nous le donner dans cette Section.

Le Globe à la main d'un Empereur ſignifie la Puiſſance Souveraine, que Dieu lui a confiée pour gouverner l'Empire & les États qui lui ſont ſoumis. Quand ce Globe eſt ſurmonté d'une petite Victoire, il marque les Exploits militaires du Prince, qui ont tourné à l'avantage de l'Empire, dont le Globe eſt auſſi très-ſouvent le Symbole.

Le Sceptre ſurmonté d'une Aigle poſée ſur un Globe peut avoir une double ſignification, ſuivant quelques Auteurs qui croient y reconnoître non-ſeulement la Souveraine Puiſſance des Princes auxquels on le donne, mais encore le Gouvernement de leurs États par eux-mêmes. Il ſemble qu'il vaut mieux reſtreindre ces idées à la première ſignification. On voit ſouvent cette eſpèce de Sceptre entre les mains des Empereurs de Conſtantinople, qui ſont repréſentés en buſte ſur les Médailles.

Le Javelot, que les Empereurs tiennent ſur l'épaule quand ils ſont repréſentés armés de toutes pièces, a ſans doute la même ſignification que celle du Glaive, & marque la Valeur du Prince toujours armé pour la défenſe de ſes États : il ſignifie encore le droit de vie & de mort ſur leurs Sujets ; droit dont ils doivent uſer avec prudence, ſageſſe & équité.

La Férule , appellée *Nartex* par les Grecs , chez lefquels elle étoit en ufage , a fait donner aux Empereurs qui l'ont portée le furnom de *Nartécophores* , c'eft-à-dire, Porte-Férules : cet Inftrument étoit une efpèce de Sceptre arrondi par le bas , & quarré par le haut : il fignifioit la Puiffance Souveraine.

Depuis l'Empereur Anaftafe on voit entre les mains de fes Succeffeurs un certain Rouleau , que quelques Auteurs ont cru de papier , mais que les plus habiles Antiquaires de nos jours prennent pour une efpèce de Serviette , que l'Empereur, ou celui qui préfidoit aux Jeux , jettoit aux Acteurs pour leur donner l'ordre de commencer.

On fubftitua , dans la fuite , à ce Rouleau un Sachet d'Acacia. Ce Sachet étoit une efpèce de boëte de la forme d'un Livre , dans laquelle on renfermoit de la cendre , du bois , ou des feuilles de l'Arbriffeau nommé *Acakia* en Égypte , & communèment Acacia. On mettoit cette boëte entre les mains de l'Empereur , pendant la cérémonie de fon Sacre , pour lui annoncer qu'un jour la mort le réduiroit en pouffière , & pour l'engager par-là à vivre & à gouverner felon les Loix de la fageffe & de l'équité.

L'Empereur Phocas fut le premier qui arbora la Croix pour Sceptre : plufieurs de fes Succeffeurs fe font fait gloire de porter à la main ce même Signe de la Religion qu'ils profeffoient.

Le Labarum, qu'on voit fur les Médailles de quelques Empereurs , & particulièrement fur celles de la famille des Conftantins, étoit une efpèce d'Enfeigne ou d'Étendard compofé d'une Pique , au haut de laquelle étoit attaché un morceau d'étoffe d'environ un pied en quarré , fur laquelle on avoit formé le Monogramme de Jefus-Chrift ☧ avec l'A. & l'ω. première & dernière lettres de l'alphabet , pour marquer que ce divin Sauveur eft le commencement & la fin de toutes chofes.

On montre, à la planche XXXIIIᵉ. , quelques Médailles fur lefquelles on voit la plupart de ces marques de Puiffance , de Dignité & de Religion , auprès des Empereurs , ou entre leurs mains. Voyez les nᵒˢ. 33. 34. 35. 36. 37. & 38.

CHAPITRE

CHAPITRE X.

De quelques autres Obfervations fur les Têtes gravées dans la Numifmatique.

CE Chapitre fera compofé de trois Articles, qui n'auront aucune divifion

ARTICLE PREMIER.

Du Temps auquel on a commencé à repréfenter des Têtes d'Hommes fur les Médailles.

LEs Médailles antiques font pour la plupart grecques ou latines. Il paroît que l'on a repréfenté les Têtes des Rois, fur les Médailles grecques, dès qu'on a commencé à en frapper dans la Grèce ; car prefque toutes celles que l'on voit dans les Cabinets portent les Têtes des Princes & des Princeffes qui les ont fait frapper. Il n'en eft pas de même des Médailles latines ou Romaines. Du temps que la République fut en vigueur, on ne vit fur les Métaux que les Têtes & les Figures des Divinités. Ainfi celles des Dictateurs, des Proconfuls, des Confuls & autres Magiftrats ou Hommes Illuftres n'ont été gravées que long-temps après leur mort, par quelques-uns de leurs Succeffeurs, vraifemblablement leurs Héritiers ou Parens. Jules-Céfar fut le premier en faveur duquel on s'écarta de l'ufage & de la loi qui défendoit de repréfenter aucun Perfonnage fur les Monnoies ; événement qu'il faut par-conféquent placer vers la fin du feptième fiècle de Rome, temps auquel la Républipue affoiblie fe trouvoit forcée de plier fous les ordres de ce Prince. A l'égard des Têtes de Brutus, que l'on trouve fur quelques Médailles, on doit préfumer quelles n'ont été frappées qu'à l'imitation de ce Prince dont il étoit contemporain, par des Monnétaires qui auront fuivi ce Général, lorfqu'il quitta Rome, pour paffer en Afie.

Ce ne fut que quelque temps après qu'on eut commencé à graver des Têtes d'Hommes fur les Médailles, qu'on y repréfenta celles des Femmes, avec leurs noms : nous voyons même que Livie, femme d'Augufte, n'y parut pendant fa vie que fous l'image & le nom d'une Vertu.

Article II.

*Du nombre des Têtes ou des Perſonnages qui ſe trouvent ſur les Médailles,
& du prix que la pluralité des Têtes ou des Figures leur donne.*

IL ne s'agit point ici de ſavoir combien les Médailles, en général, repréſentent de Têtes ou de Figures, mais ſeulement d'apprendre combien il y
en a ordinairement ſur chaque Médaille, & ſi la pluralité de ces Figures &
de ces Têtes en augmente le prix.

On peut obſerver d'abord qu'il y a beaucoup de Médailles qui ne préſentent qu'une Tête, un Buſte ou une Figure, ſoit à la face, ſoit au
revers : on remarquera enſuite qu'il ſe trouve des Médailles qui ont une
Tête ou un Buſte ſur chacune des deux faces, & d'autres où c'eſt une
Figure qui remplace la Tête de chaque côté. Troiſièmement, il y a des
Médailles où l'on ne voit d'un côté qu'une Tête, ou une Figure : de
l'autre ce ſont des Autels, des Temples, dés Cirques, des Portiques, des
Arcs de Triomphes & autres Édifices, des Vaiſſeaux, des Inſtrumens,
des Vaſes Sacrés, & différens objets appartenans à la Religion, à l'Art
Militaire, à l'Agriculture ; ainſi du reſte : on y trouve auſſi des Animaux, des
Plantes, des Arbres, le Soleil, la Lune, les Étoiles & une infinité d'autres
ſujets. Il y a même des Médailles qui ne préſentent ni Têtes ni Figures
humaines, mais ſeulement des Inſcriptions ou quelques-unes des choſes que
nous venons d'indiquer. Enfin, ſur pluſieurs de ces Monumens on trouve
deux & juſqu'à trois Têtes d'un côté, & nombre de Figures de l'autre. Les
revers des Médailles qui repréſentent des Allocutions, des Preſtations de
Sermens de Fidélité, des Départs, ou des Retours d'Empereurs ſont ordinairement chargés de pluſieurs Figures.

On peut dire, en général, que le prix des Médailles augmente à proportion du nombre des Têtes, & de celui des Perſonnages qu'elles repréſentent. Cette règle générale n'ôte cependant rien au mérite de ces Médailles
uniques, ou très-rares, qui n'ont qu'une Tête à la face, & une Figure
ſoit de Divinité ou d'Homme, ſoit de Femme ou de quelqu'autre objet,
au revers, & dont le prix ſurpaſſe de beaucoup celui d'autres pièces où ſe
trouveroient pluſieurs Têtes ou Figures. Par exemple, une Médaille d'Othon,
de grand ou de moyen bronze, comme une de Peſcennius Niger, quel qu'en
ſoit le métal, ſera toujours beaucoup plus eſtimée, avec une ſeule Tête
à la face & une Figure au revers, qu'une Médaille de Trajan chargée de
pluſieurs Têtes ou Figures.

Voilà ce qu'on peut dire, en général, du prix que les Médailles tirent
de la pluralité des Têtes ou des Perſonnages qu'elles repréſentent. A l'égard
de la valeur de chaque Médaille, en particulier, il ſeroit difficile, pour ne
pas dire impoſſible, d'avancer quelque choſe de certain ſur un objet dont
le prix doit néceſſairement varier ſuivant le dégré de conſervation, la ſingularité, les temps, les lieux ; car telle Médaille eſt rare dans un Pays, qui ſe
trouve commune dans un autre. Les découvertes que l'on fait journelle-
ment de tréſors enfouis peuvent d'un autre côté multiplier des Médailles
rares juſqu'alors : enfin, une Médaille à fleur de coin l'emporte de beaucoup
ſur une de conſervation ordinaire. C'eſt la pratique & le grand uſage qu'on
doit regarder comme la règle la plus ſûre pour nous apprendre à apprécier
au juſte ces ſortes de Monumens.

Article

ARTICLE III.

Des différentes positions des Têtes, soit des Dieux, soit des Hommes, sur les Médailles.

ON ne parle ici que des Têtes qui sont à la face des Médailles, & non de ces Figures qui se trouvent au revers, & qui répondent par leur position aux idées que nous en donnent les légendes. Le Lecteur est vraisemblablement au fait de ces différentes positions, qu'il aura remarquées sur grand nombre des revers qui ont passé sous ses yeux.

Quant à la position des Têtes à la face des Médailles, on pourroit se dispenser d'en parler, parce qu'elle se fait assez sentir d'elle-même au premier coup d'œil. Il est cependant bon d'avertir qu'ordinairement les Têtes sont tournées de gauche à droite : quelquefois aussi elles le sont de droite à gauche ; & cette dernière position en augmente assez souvent le prix.

Il y a des Médailles sur lesquelles on voit deux Têtes posées en regard ; ce qui s'appelle, *Capita adversa* : on trouve sur d'autres deux ou trois Têtes accollées & posées l'une sur l'autre, de façon qu'on ne voit qu'une partie de chacune ; ce qui s'appelle *Capita jugata* : enfin dans une troisième espèce on remarque deux Têtes accollées & une troisième en regard vis-à-vis d'elles. Les Têtes qui forment des regards, ou qui sont accollées sont aussi plus chères que les Médailles à une seule Tête, à moins que cette seule Tête ne soit fort rare. On ne peut parler qu'en général sur le prix des Médailles, comme nous l'avons déja observé.

CHAPITRE XI.

De tout ce qui regarde les Adoptions, les Alliances des Princes & des Princeſſes, les Confédérations des Peuples & les Bienfaits des Empereurs, ſur les Médailles.

CE Chapitre, comme le précédent, n'aura qu'un ſeul Article; mais il ſera d'un détail plus long, parce qu'on y traitera de pluſieurs objets intéreſſans. On y parlera de tout ce qui regarde les Adoptions & les Alliances des Princes & des Princeſſes, les Alliances des Peuples & des Villes, les Dons & les Libéralités des Empereurs, les Remiſes d'impôts & de dettes faites à leurs Sujets, les Congiaires, les Rois laiſſés ou accordés aux vœux de certains Peuples, & autres Bienfaits de toutes eſpèces de ces mêmes Princes : nous diviſerons donc ce Chapitre, ou pour mieux dire cet Article, en pluſieurs Sections, dans leſquelles on ne donnera que ce qu'il eſt néceſſaire de ſavoir relativement à la Numiſmatique & au plan que nous nous ſommes propoſé, en indiquant, à la fin de chaque Section, les revers des Médailles qui ſe trouvent dans nos planches, & qui ont rapport à la matière qu'on y aura traitée.

ARTICLE UNIQUE.

Section I.

Des Adoptions, par le moyen deſquelles les Empereurs ſe donnoient des Enfans, des Héritiers & des Succeſſeurs.

L'Adoption étoit un acte ſolemnel par lequel un Homme qui manquoit de poſtérité, s'en formoit une de choix dans une autre maiſon, par le conſentement qu'il en obtenoit du Chef, d'en tirer un tel pour être ſon Fils, ſon Succeſſeur & ſon Héritier.

L'Adoption ne pouvoit avoir ſon effet qu'autant qu'elle étoit valide & juridique; ce qui exigeoit pluſieurs conditions tant de la part de celui qui ſe propoſoit d'adopter, que de celui qui devoit l'être; la première étoit que celui qui adoptoit pût être Père; car s'il étoit Eunuque, la Loi ne lui permettoit pas d'adopter : la ſeconde étoit que l'Adoptant fût plus âgé de dix-huit ans que l'Adoptif. Ces deux premières conditions venoient ſans doute de ce que l'Adoption eſt une imitation de la Nature : la troiſième conſiſtoit en ce que l'Adoption devoit ſe faire ſolemnellement devant le Préteur, ſi elle étoit demandée par un Particulier & en faveur d'un Particulier; ce qui s'appelloit *Arrogation*; peut-être, parce que l'Adoptant s'arrogeoit le Fils d'un Père naturel qui déclaroit publiquement conſentir à ce que ſon Enfant paſsât dans la famille & ſous la puiſſance d'un autre, par voie d'Adoption. Lorſque c'étoit un Empereur qui adoptoit un Prince par Teſtament ou autrement, le Peuple devoit confirmer cette Adoption pour la rendre valide. Par la quatrième condition, l'Adopté étoit obligé de changer de nom, ou du moins d'ajouter au sien ceux de l'Adoptant, comme le prénom, le nom & le surnom, même les noms qui étoient des Titres acquis par des Exploits, des Victoires ou des Conquêtes.

C'est ainsi qu'Hadrien adopté par Trajan, prit, sur ses Médailles, les Noms & les Titres de son Père adoptif; *Imperator Cæsar Trajanus-Hadrianus, Optimus, Pius, Felix, Augustus, Germanicus, Dacicus, Parthicus*; c'est-à-dire l'Empereur César Trajan-Hadrien, très-Bon, Pieux, Heureux, Germanique, Dacique, Partique; noms & Titres qui tous appartenoient à l'Empereur Trajan, à l'exception de celui d'Hadrien.

Un Fils Adoptif acquéroit le droit de succéder à tous les biens, actions & titres de son nouveau Père, même à l'Empire, s'il avoit été adopté par un Empereur; & il ne pouvoit en être privé que par une exhérédation formelle de l'Adoptant, soit par Testament, soit par quelqu'autre Acte solemnel postérieur à celui de son Adoption.

Nous avons deux Médailles de Trajan, & deux d'Hadrien, dont les revers semblent indiquer de quelle manière l'Empereur adoptoit un Prince pour son Fils & son Successeur. Sur ces quatre Médailles, on voit deux Figures debout qui se donnent la main : toute la différence qu'il y a entre celles de Trajan & celles d'Hadrien, c'est que dans les deux premières, Nerva adoptant est représenté avec une robe longue, que les Romains appelloient la Toge, & Trajan Adoptif en habit militaire; & que dans les deux dernières, les deux Princes (Trajan qui adopte & Hadrien qui est adopté) sont l'un & l'autre habillés de la Toge. La légende *Adoptio*, qu'on lit dans l'Exergue d'une de ces dernières, ne laisse aucune équivoque sur le sujet qui a fait frapper cette Médaille. La représentation de deux de ces revers, qu'on trouvera à la planche XXXIIIe. n°s. 39. & 40., suffira pour faire entendre ce que l'on vient de dire.

S E C T I O N   I I.

D'une autre sorte d'Adoption, par laquelle les Empereurs & les Impératrices adoptoient certains Pays ou certaines Villes, en les prenant sous leur protection.

C'est ici une autre espèce d'Adoption, qu'on ne peut envisager que comme une marque de bonté & de prédilection de quelques Princes & Princesses pour certaines Provinces ou certaines Villes, qu'ils honoroient d'une protection particulière & auxquelles ils accordoient plusieurs Privilèges & Titres qui les distinguoient des autres. Nous croyons devoir renvoyer cette matière aux Sections VIe. & VIIe. où l'on parlera des différens Bienfaits que les Empereurs accordoient à leurs Sujets.

Section III.

De l'Alliance prise pour la bonne Intelligence des Princes & des Princesses,
représentée sur les Médailles.

La Concorde étant nécessaire pour former & cimenter les Alliances, il
ne faut pas s'étonner que nous ayons un grand nombre de Médailles qui
ont été frappées sous le nom générique de la Concorde, *Concordia* ; terme
exprimé dans leurs légendes, soit à la face, soit au revers.

Mais la signification de ce mot, qui est ordinairement déterminée par le
Type de la Médaille, est souvent bien différente dans les unes & les autres :
sur les unes, la Concorde signifie la bonne Intelligence des Soldats & des
Armées ; nous en avons déja parlé dans l'endroit où l'on a traité des Vertus
divinisées & de ce qui regarde le Militaire : sur d'autres, le même Terme
désigne une Adoption, & dans ce sens il est étranger à cette Section. Il y a
des Types où la Concorde annonce une Alliance ou l'Union conjugale ;
mais nous remettons à en parler dans la Section suivante, où il sera traité
des Alliances comme Mariages.

Sur plusieurs Médailles, les Types & les Légendes de la Concorde
marquent non-seulement l'Union & la bonne Intelligence qui régnoient
dans la famille Impériale, mais encore les Traités d'Alliance faits entre
plusieurs Empereurs ou Princes pour partager entre eux la Souveraine
Puissance. C'est dans ces deux dernières significations que nous envisageons
ici le mot de Concorde & d'Alliance.

Pour marquer la Concorde & la bonne Intelligence de la famille Impériale sur un des revers de Faustine Mère, on l'a représentée debout vis-
à-vis de l'Empereur Antonin-Pie, son mari ; ils se donnent mutuellement la
main : au-dessous de leurs bras, sous la forme de deux petites figures,
paroissent Marc-Aurèle adopté par Antonin pour son Fils, & Faustine la
jeune sa Femme, Fille d'Antonin & de Faustine ; ces deux dernières Figures
se donnent aussi la main, à l'exemple de leurs Père & Mère. Voyez le n°.
1. de la planche XXXIVe.

On pourroit encore rapporter quelques autres Types qui désignent cette
Union des Pères & Mères avec leurs Enfans, & la bonne Intelligence de
la famille Impériale ; mais cette matière nous jetteroit dans un détail trop
vaste pour les bornes que nous nous sommes prescrites : d'ailleurs ce que
nous venons d'en dire suffira pour l'intelligence de ce sujet.

Section IV.

Des Alliances des Empereurs & des Princes, confidérées comme Mariages.

Nous avons plufieurs Médailles fur lefquelles on a voulu éternifer la mémoire des Alliances conjugales entre les Empereurs & les Impératrices, les Princes & les Princeffes de l'Empire Romain. Les unes célébrent l'Alliance & le Mariage même de ces Princes & Princeffes : les autres en marquent les fuites heureufes, telles que la Paix, la Concorde & la bonne Intelligence : plufieurs enfin en annoncent les fruits dans la Fécondité des Impératrices, dont les Enfans fembloient affurer la tranquillité & le bonheur de l'Empire. Toutes ces idées fe trouvent exprimées fous différens noms & Types, fur les Médailles, comme on a pu le remarquer dans les endroits où nous avons parlé de la Fécondité, de la Félicité & de la Joie. On a même déja donné, dans nos planches, certains revers de Médailles qui ont été gravés au fujet de ces Mariages & de leurs fuites. Voyez la planche XIIe. n°s. 38. 39. & 40., où la Fécondité des Impératrices s'annonce dans les légendes analogues aux Types. Voyez encore les n°s. 1. 2. 8. 9. 10. de la planche XIIIe.; vous y découvrirez le Mariage même défigné fous le titre de *Propago Imperii* (n°. 1.), & exprimé par un Type où l'Époux & l'Époufe fe donnent la main, & par d'autres Types où les Enfans venus de ces Alliances fe préfentent comme les fujets de la joie & de la félicité publique. Vous trouverez la même chofe à la planche XIVe. n°. 2., fous le titre de la Joie, *Hilaritas.* Au refte ces fortes d'Alliances & leurs fuites fe trouvent encore exprimées de plufieurs autres façons, fur différens revers.

L'Alliance des Princes & Princeffes, comme Mariage, eft repréfentée de plus d'une manière. Sur une Médaille de Marc-Aurèle, qui eft au n°. 2. de la planche XXXIVe., ce Prince debout, fans couronne, mais revêtu de la Toge, tient dans fa main gauche un rouleau de papier, qui défigne peut-être fon Contrat de Mariage, & donne la droite à Fauftine qui lui tend la même main. Cette Princeffe eft auffi debout ; mais elle a la droite fur Marc-Aurèle, peut-être * parce qu'elle étoit Princeffe du Sang, étant propre fille de l'Empereur Antonin-Pie & de l'Impératrice Fauftine, au-lieu que fon Époux n'étoit que leur fils Adoptif. La Concorde debout, derrière, au milieu des deux Contractans, étend fes bras fur l'un & fur l'autre, & femble les embraffer & les unir pour toujours. La légende, *Vota publica*, indique ce Mariage comme l'objet des Vœux publics.

Enfin, la Concorde & la bonne Intelligence, fuites heureufes de ces Alliances Conjugales, font auffi repréfentées aux revers des Médailles de Domitia, Époufe de Domitien, & de Fauftine la jeune, Époufe de Marc-Aurèle, fous les fymboles d'une Tourterelle, d'une Corneille, ou d'un Paon. Une Médaille d'argent du Cabinet de M. d'Ennery porte la même légende de la Concorde, autour d'un Autel, au revers de Lucille, Femme de l'Empereur Lucius-Verus. Dans les revers des Médailles de Salluftia-Barbia-Orbiana, femme d'Alexandre-Sévère, & de Tranquilline, femme de Gordien-Pie, fous le même titre de la Concorde, on trouve l'Empereur à gauche & l'Im-

* Dans de pareilles Médailles il y a beaucoup d'autres Princeffes qui ont auffi la droite fur les Princes.

pératrice à droite, se donnant mutuellement la main. Nous donnons deux de ces revers à la planche XXXIVe. n°s. 3. & 4. ; ce qui suffira pour faire connoître les Médailles frappées au sujet de ces Alliances Conjugales.

S E C T I O N V.

Des Alliances & Confédérations des Peuples, des Villes & Princes, sur les Médailles.

Quelquefois deux & même trois Princes gouvernoient ensemble l'Empire, ou le partageoient entr'eux : alors, pour consacrer & perpétuer la mémoire d'un Événement heureux, qui, en établissant l'union & la paix entre plusieurs Compétiteurs, rendoit ou conservoit la tranquillité à l'État, on frappoit des Médailles dont le Type représentoit souvent deux mains qui se serroient mutuellement, quand le Traité n'étoit fait qu'entre deux Princes, & trois mains, quand il étoit passé entre trois. Voyez le n°. 5. de la planche XXXIVe. : on y a placé le revers frappé à l'occasion du Traité fait entre Valérien, Gallien & Valérien le jeune. Ces sortes d'Alliances & de partages de la Souveraineté sont encore marqués de plusieurs autres façons, aux revers des Monnoies antiques. Quelquefois ce sont les deux Princes Contractans qui se donnent la main droite, & qui tiennent de la gauche chacun un rouleau, qui paroît être le Traité même qu'ils ont fait ensemble ; comme on le voit dans Marc-Aurèle & Lucius-Verus, les deux premiers Princes qui ont gouverné l'Empire de concert, avec la même autorité, & sous le titre d'Auguste. Ce revers est au n°. 6. de la même planche. Dans un autre, la nouvelle Rome (Constantinople)assise, ayant une proue de Vaisseau à ses pieds, une Pique & le Globe en main, paroît approuver la bonne Intelligence de Gratien, Valentinien & Théodose qui régnèrent ensemble près de cinq ans. Ce Type est représenté au n°. 7 de la même planche, avec la légende, *CONCORDIA AUG GG.*: les trois GGG. signifient les trois Empereurs. Voilà ce qu'on peut rapporter dans cet Ouvrage de plus intéressant sur ces sortes d'Alliances & de Traités entre les Princes, exprimés sur les Médailles.

Quant aux Traités d'Alliance & de Confédération entre les Peuples & les Villes, il y a plusieurs choses à dire & à remarquer à leur sujet. D'abord, il faut distinguer entre ceux que les Peuples & les Villes de la Grèce faisoient ensemble, & ceux que les Romains formoient avec d'autres Villes & d'autres Peuples.

Les Alliances & les Traités de Confédération, de Communion, ou de Communauté entre les Villes grecques, sont représentés par des Types & sous des noms différens. Sur certaines Médailles expliquées dans les savans Ouvrages de M. Spanheim, Jupiter paroît comme le Dieu qui préside aux Traités & aux Alliances, comme la Caution des Sermens en usage pour assurer leur garantie & leur exécution, & enfin comme le Vengeur des crimes que l'on commet en les violant. C'est ainsi qu'il se trouve à la face d'une Médaille des Locriens, où la Déesse Rome pose la main sur une figure militaire, qui représente le Peuple des Locriens, & qui lui prête Serment de 'Fidélité, suivant la légende ΡΩΜΗ ΠΙΣΤΙΣ ΛΟΚΡΩΝ ; ce qui signifie, la Foi, ou la Fidélité jurée ou promise aux Romains par les Locriens. Une Médaille des Peuples d'Amorium, dans la Phrygie, nous a conservé un autre

Type de l'Alliance de ces Peuples avec les Romains. A la face on voit la Déesse Rome, & au revers deux mains qui se serrent mutuellement. On trouve parmi les Médailles d'Antonin-Pie & de Marc-Antoine deux revers d'Alliances, l'une des Miléfiens avec ceux de Smyrne, & l'autre de ces derniers avec les Laodicéens. Le premier revers porte deux figures qui représentent les Miléfiens & les Smyrniens qui contractent Alliance, adoptent réciproquement leurs Dieux, leurs Temples & leurs Autels, & se promettent des secours & assistances dans les armes & le commerce, en présence du Génie ou de la Divinité Tutélaire de ces lieux, représenté sous une troisième figure. Sur le second revers, on reconnoît à ses attributs Cybèle assise devant Jupiter debout, deux Divinités tutelaires, l'une de Smyrne, & l'autre de Laodicée : nous donnons ces deux derniers revers aux nos. 8. & 9. de la planche XXXIVe.

Les trois mots dont on s'est servi dans les légendes, pour signifier ces sortes de Traités d'Alliance & de Confédération des Villes grecques entre elles, ou avec les Romains, sont ΠΙΣΤΙΣ, qui signifie la Foi ou la Fidélité, ΟΜΟΝΟΙΑ, qui signifie la bonne Intelligence, & ΚΟΙΝΩΝΙΑ ou ΚΟΙΝΟΝ, qui signifie la Communion, la Communauté ou le Commun. Mais ces mots ne sont pas synonymes, quoiqu'ils paroissent employés pour signifier à-peu-près la même chose. Celui de *Pistis*, de Foi ou de Fidélité annonce la Foi & a Fidélité jurée & promise par un Peuple à un autre Peuple ; ce qui forme une espèce d'Alliance. *Omonoia*, l'Union, la bonne Intelligence, outre l'Alliance d'un Peuple avec un autre, annonce l'Union & la bonne Intelligence qui régnoit en toutes choses entre les deux Peuples confédérés. Enfin le terme de *Koinonia* ou de *Koinon*, *Communitas* ou *Commune*, ne signifie la Communauté que pour certaines choses, ainsi que l'Union & la bonne Intelligence à certains égards, & non pour tout. Cette remarque est de M. Spanheim.

A l'égard des Alliances que les Romains ont contractées avec d'autres Peuples, nous trouvons dans les Médailles de la famille *Antistia*, & dans celles de l'Empereur Auguste, deux revers qui représentent, à-peu-près de la même manière, l'Alliance faite entre les Romains & les Gabiens ; Alliance confirmée, suivant la coutume du temps, par le Sacrifice d'un Porc. Sur ces deux revers on voit deux Prêtres debout, avec un voile sur la tête : l'un tient un Porc par les pieds de devant, & l'autre par ceux de derrière, au-dessus d'un Autel qui est entr'eux, & sur lequel ils paroissent prêts à l'immoler. Toute la légende rassemblée porte, *C. Antistius-Vetus. Fœdus Populi Romani cum Gabinis.* La première partie de cette légende marque que la pièce a été frappée par le Monnétaire Caius-Antistius descendu de la branche de cette famille surnommée Vetus : par la seconde partie, & par le Type, on a voulu renouveller la mémoire du Traité fait entre les Romains & les Gabins ou Gabiens, après la bataille d'*Actium*. Nous donnons un de ces revers à la planche XXXIVe. no. 10.

L'Alliance d'une Province avec une autre, comme de l'Espagne avec la France, qui étoient l'une & l'autre Provinces Romaines, est représentée, sur une Médaille de Néron, par une Femme assise, qui tient une patère pour offrir le Sacrifice ordinaire en pareille occasion. Quand on a voulu marquer les fruits de ces sortes d'Alliances, ou de la Concorde & de la bonne Intelligence entre plusieurs Provinces, *Concordia Provinciarum*, on a ajouté deux cornes d'Abondance sur le bras de cette figure, qui semble être celle de la Déeſſe Concorde. Voyez un de ces Types au nº. 11. de la même planche. Il y a encore un autre Type, nº. 38. de la planche XXXIVᵉ, ſur lequel la bonne Intelligence ou la Concorde entre pluſieurs Peuples ou Provinces eſt marquée par le mot grec OMONOIA.

SECTION VI.

Des Bienfaits de certains Empereurs envers leurs Sujets, dont il eſt fait mention ſur les Médailles.

Perſonne n'ignore juſqu'où les Empereurs Romains ont porté la magnificence dans leurs Largeſſes, ſoit ordinaires, ſoit extraordinaires : les unes ſe faiſoient à tout le Peuple ; d'autres aux Soldats ; pluſieurs enfin à certains Particuliers ſeulement. Ces Largeſſes ſe faiſoient dans les plus grandes Solemnités, à l'occaſion de leur Adoption, de leur Élection ou Élévation au Trône Impérial, d'un Triomphe, ou à la ſuite d'une Victoire & d'une Conquête importante, ou de quelques autres Exploits éclatans, & du jour & anniverſaire de leur naiſſance : on les renouvelloit auſſi l'Année cinquième, & même la dixième, quinzième, &c. de leur règne.

Ces ſortes de Largeſſes & de Bienfaits ont pluſieurs noms, & ſont repréſentées ſous différens Types, aux revers des Médailles. Les noms ſont analogues à la matière des dons : les Symboles ou Types répondent auſſi parfaitement à ce que les noms ſignifient, & à l'eſpèce particulière de ces Largeſſes.

Les noms de ces Bienfaits des Empereurs envers leurs propres Sujets, ſont le Congiaire, *Congiarium* ; les Libéralités, *Liberalitas* ; la Liberté rendue, *Libertas reſtituta* ; la Remiſe des Impôts, des Dettes ou Arrérages, *Remiſſa quadrageſima*, &c. ; la décharge des Convois, des Charrois, de la Véhiculation, *Vehiculatione Italiæ remiſsâ* ; les Récompenſes militaires ; les Vivres & Alimens diſtribués en temps de diſette, *Plebei Urbanæ Frumento Conſtituto* ; *Alimenta Italiæ* ; le Pardon ou la Grace accordés à des Coupables, *Clementia, Indulgentia, Pietas Auguſti* ; *Indulgentia pia Poſthumi*, &c. Voilà ce que les Médailles nous annoncent des différens dons de ces Princes aux Peuples, & des Titres glorieux que ces Bienfaits leur procurèrent. Entrons à préſent dans le détail des Types dont la Numiſmatique s'eſt ſervi pour conſerver à la Poſtérité la mémoire de ces mêmes Bienfaits.

Les Congiaires.

Dans les premiers temps, les Empereurs firent au Peuple Romain des Largeſſes en vin & en huile. Ces matières liquides ſe donnoient par meſure : cette meſure s'appelloit *Conges ;* c'eſt ce qui fit nommer ces ſortes de Bienfaits Congiaires, auſſi bien que les Médailles frappées à cette occaſion. Le revers repréſente un Empereur élevé & aſſis ſur ſon Trône, au milieu de pluſieurs figures, dont les unes paroiſſent publier, d'autres diſtribuer, d'autres enfin recevoir le Bienfait. La légende eſt, *Congiarium datum Populo.* Quand le Prince jugeoit à propos d'en accorder un ſecond, ou un troiſième, on liſoit alors ſur la Médaille, *Congiarium ſecundum, Congiarium tertium.* Un de ces Monumens, qui ſe trouve au n°. 12. de la planche XXXIVᵉ., ſuffira pour faire connoître les autres.

Les Libéralités.

Les choſes qui faiſoient d'abord la matière des Congiaires, ne parurent dans la ſuite ni commodes ni convenables aux dons des Empereurs. Ils y ſubſtituèrent de l'argent & des grains, pour faire ſentir plus utilement & plus facilement à leurs Sujets les effets de leur bonté, de leur généroſité & de leur magnificence : alors on changea ſur les Médailles le terme & le nom de Congiaires en celui de Libéralités ; *Liberalitas Auguſti,* ou *Auguſtorum IIᵃ.,* ou *IIIᵃ.,* ou *IVᵃ.,* ou *Vᵃ.* Les revers de ces Médailles repréſentent ordinairement la Libéralité ſous le ſymbole d'une Femme qui tient une Tablette & une corne d'Abondance : la Tablette marquoit le nombre des Libéralités faites par le même Empereur à ſon Peuple ; s'il y avoit deux, trois ou quatre points ſur cette Tablette, cela ſignifioit que c'étoit la deuxième, la troiſième ou la quatrième fois qu'il faiſoit des dons à ſes Sujets : ce que l'on voit gravé dans la corne d'Abondance pouvoit déſigner la qualité ou la matière de ces dons, à moins qu'on ne l'enviſage en général comme le ſymbole de l'Abondance & des Richeſſes. Pluſieurs de ces Médailles repréſentent un ou deux Empereurs aſſis ſur une chaiſe curule, le Sceptre à la main gauche, & la droite étendue & ouverte, dans l'attitude de donner. Sur quelqu'autres de ces Monumens on trouve trois, quatre, cinq & juſqu'à ſix figures, parmi leſquelles on remarque un ou pluſieurs Empereurs aſſis au milieu de ceux qui diſtribuent ou qui reçoivent leurs Bienfaits, & la Libéralité, ſous la figure d'une Femme, ayant une Tablette d'une main, & ordinairement la corne d'Abondance ſur le bras. Voilà quels ſont les principaux Types repréſentatifs des Bienfaits des Empereurs, ſous le titre de *Libéralités.* Nous en donnons deux aux nᵒˢ. 13. & 14. de la planche XXXIIIᵉ.

Ggg

La Liberté rendue.

La Liberté est de tous les biens le plus précieux ; aussi n'a-t-on jamais pu rien faire de plus agréable pour les Peuples, & sur-tout pour les Romains, que de la leur conserver quand ils en jouissoient, ou de la leur rendre quand ils l'avoient perdue. Les Empereurs en connoissoient si bien tout l'avantage qu'ils ont presque tous embitionné les titres glorieux de Restituteurs, de Réparateurs, de Vengeurs & d'Asserteurs de la Liberté publique : on peut même dire que plusieurs d'entre-eux les ont usurpés sans les mériter. Auguste, sur ses Médailles, se fit donner le titre de Vengeur de la Liberté, *Libertatis Populi Romani Vindex*, tandis que ce Prince ne pensoit & ne travailloit qu'à la captiver. Vespasien mérita à tous égards celui d'Asserteur de la Liberté publique, *Adsertori Libertatis publicæ*, par les soins & le zèle infatigable qu'il apporta pour réparer tous les maux dont Rome avoit été accablée sous *Vitellius* : on vit alors renaître & comme resusciter cette Ville, ainsi qu'elle le témoigne elle-même par la légende & le Type d'une Médaille qu'elle fit frapper en reconnoissance de ce Bienfait : on y remarque cette Capitale du Monde aux pieds de son Libérateur, qui la relève : la légende exprime ce que le symbole & les figures annoncent, *Roma resurges*. Voyez ce Type nº. 15. de la planche XXXIVᵉ.

On peut distinguer en quatre classes les Empereurs qui ont été décorés de ce glorieux titre de Libérateurs ; premiérement ceux qui le méritèrent, en rendant une véritable Liberté au Peuple, comme Vespasien ; en second lieu ceux qui, comme Auguste, procurèrent une apparence de Liberté, tandis qu'ils ne cherchoient réellement que l'occasion & les moyens de l'opprimer ; troisièmement ceux qui l'opprimèrent en effet, comme Vitellius & Galba, pour le premier desquels on ne laissa pas de frapper une Médaille avec la légende, *Libertas restituta*, & pour le second une autre Médaille avec la légende, *Roma renascens*, comme si en effet il avoit fait renaître cette Ville & ses Citoyens, en leur rendant la Liberté que Néron leur avoit ôtée : voyez ces deux revers nº. 16. & 17. de la même planche : enfin on a donné le titre de Restituteur de la Liberté à ceux des Empereurs qui, par leurs Exploits & leurs Victoires, avoient travaillé à conserver, ou à rendre en quelque sorte la Liberté aux Romains, en les délivrant du joug de leurs Ennemis. Vous trouverez à la planche XIVᵉ. nᵒˢ. 13. 14. & 15. trois de ces Types, avec des légendes qui attribuent le recouvrement de la Liberté de Rome aux Victoires de Terre & de Mer, entr'autres celui de Magnence, nᵒ 14., où cet Empereur est debout vis-à-vis de la Victoire : il y a un Trophée entre deux, avec cette légende, *Victoria Augusti Libertas Romanorum* ; c'est-à-dire, la Victoire de l'Empereur qui a rendu la Liberté aux Romains.

Remise des Impôts.

Les Empereurs Romains furchargeoient fouvent leurs États de tant d'Impôts différens, que les Peuples fe trouvoient dans l'impoffibilité d'y fatisfaire ; enforte qu'accablés de dettes envers le Fifc, ils cherchoient quelquefois à s'en décharger par la révolte, le plus funefte & le plus déteftable de tous les moyens. La même chofe étoit arrivée plufieurs fois du temps de la République ; c'eft ce qui avoit fait dire à Tacite, en voyant l'Angleterre déja révoltée, *trucidare, rapere, falfis nominibus Imperium, atque ubi folitudinem faciunt, Pacem appellant :* c'eft-à-dire, piller, égorger les Peuples, voilà ce que les Romains appellent gouverner, & réduire les Provinces en folitude à force de Charges & d'Impôts, c'eft ce qu'ils veulent leur faire regarder comme une Paix.

La Dalmatie s'étant révoltée, l'Empereur Tibère manda Batton, Roi de cette Province, pour s'informer du fujet de la révolte. Ce Prince le lui fit connoître en ces termes ; *C'eft que vous envoyez des loups & des animaux voraces au lieu de Pafteurs & de chiens, pour garder vos Troupeaux.* On fe plaignoit également dans les autres Royaumes qui avoient été réduits en Provinces de l'Empire ; qu'au lieu de leurs anciens Rois, qui épargnoient le fang & ménageoint les biens de leurs Sujets, les Empereurs leur avoient envoyé des Gouverneurs cruels & infatiables de fang, & des Intendans qui ne penfoient qu'à s'enrichir aux dépens de leurs Sujets. *Pro fingulis Regibus, nunc binos imponi, ex quibus Legatus in fanguinem, Procurator in bona fæviret.*

Les Empereurs crurent devoir quelquefois céder à des remontrances vives & touchantes. Les bons Princes le firent par tendreffe ; les autres par politique ou par crainte : alors, par des motifs différens, non-feulement on remettoit aux Peuples une partie des Impôts qui auroient pu les porter à la révolte, mais on les déchargeoit encore de tous les arrérages dont ils étoient redevables au Fifc. Quelques Princes, par de pareilles Remifes, ont voulu confacrer la mémoire de certains Événemens auffi glorieux à leur règne qu'avantageux à leurs Sujets.

Ce font ces Remifes d'Impôts & de Dettes que nous trouvons exprimées de plus d'une manière, par les légendes, & fur les Types des Médailles. Les légendes portent en lettres initiales *X L. R.* ; ce qui fignifie, *quadragefima Remiffa,* ou *quadragefimæ Remiffæ. Reliqua vetera HS novies millies abolita.* Les Types des Médailles de Galba préfentent tantôt des Arcs de Triomphe, avec des Figures, des Chars & des Victoires au-deffus, tantôt la Ville de Rome en habit militaire, avec le Globe & l'Aigle des Légions en main, ou une autre Figure militaire appuyée fur un Homme chargé des dépouilles de l'Ennemi. Dans les Médailles d'Hadrien, on trouve des revers où cet Empereur, debout fur les uns, & avec trois Figures fur d'autres, eft dans l'attitude de brûler les Actes des anciennes redevances ; c'eft à quoi fe rapporte la dernière Médaille dont nous venons de parler. Nous donnons un de ces Types au n°. 18. de la planche XXXIV°., & un autre au n°. 19. : celle-ci regarde particulièrement la Remife faite aux Juifs d'un Impôt fort onéreux qui leur avoit été impofé par Tite, après la prife de Jérufalem : ce Prince les avoit obligé de payer à Jupiter Capitolin le même Tribut qu'ils payoient à leur Temple, avant fa deftruction : ce n'étoit qu'à cette condition que l'obfervation de leur Loi & l'exercice de leur Religion leur étoient permis.

L'Empereur Nerva les affranchit de cet Impôt : c'eft pour configner ce bienfait à la Poftérité, qu'on fit frapper en fon honneur une Médaille au revers de laquelle s'élève un Palmier, fymbole de la Judée, avec la légende *Fifci Judaici calumniâ fublatâ* ; termes bien propres à exprimer combien ce joug paroiffoit odieux à cette Nation.

· La Décharge des Convois & de la Véhiculation.

Par une Loi & par l'Ufage reçus dans l'Empire Romain, les Provinces étoient obligées de bâtir & d'entretenir cinq, & jufqu'à huit Hôtelleries dans l'efpace d'une journée de chemin, fur toutes les grandes routes. Chacune de ces Hôtelleries devoit contenir quarante Chevaux, & des bêtes de charge à proportion, avec tout ce qui étoit néceffaire pour les nourrir & équiper, & de plus des Efclaves pour en avoir foin : il falloit auffi fournir ces Hôtelleries de chariots, en nombre fuffifant, pour le tranfport de ceux qui devoient paffer fur ces routes avec le droit de s'en fervir, comme les Confuls, les Légats & autres Officiers commis par les Empereurs ou par le Sénat pour aller dans les Provinces, foit pour y faire la guerre, foit pour y exécuter les ordres de l'un ou de l'autre. Outre les commodités néceffaires au paffage & au tranfport de leurs perfonnes & de leur fuite, ils devoient encore être logés & entretenus gratis dans ces Hôtelleries ; enforte que leurs voyages ne coûtoient rien ni à eux-mêmes, ni à ceux qui les envoyoient.

Ces fortes d'impofitions étoient extrêmement à charge aux Provinces : d'ailleurs les Magiftrats & les Officiers abufant très-fouvent de leur droit, faifoient tourner à leur profit particulier, ou fervir à leurs plaifirs, des établiffemens qui dans l'origine n'avoient été formés que pour le bien public. Ces confidérations portèrent quelques Empereurs à décharger en certaines occafions les Provinces de ce pefant fardeau. Nerva, entr'autres, donna cette marque de bonté à l'Italie : c'eft la Remife de cette efpèce d'Impôt qui eft marquée au revers d'une de fes Médailles, où l'on voit deux Mules qui, débaraffées de leurs charges, paiffent tranquillement le long d'un chemin. La légende eft, *Vehiculatione Italiæ Remiffâ.* Voyez ce revers au n°. 12. de la planche XXVIIᵉ., ou au n°. 33. de la **XXVIII**ᵉ.

Les Récompenses Militaires.

Nous n'avons rien à ajouter ici à ce que nous avons dit, dans la Section Xᵉ, Article II. du Chap. VIIIᵉ., qui a pour titre, *des Couronnes, des Prix, & des différentes Récompenses que les Empereurs & les Généraux accordoient à leurs Soldats, après la Victoire.*

Les Grains & Vivres distribués au Peuple, en temps de disette, par les Empereurs.

Les Empereurs ont fait faire au Peuple des distributions d'argent, de pain, de vin, d'huile & de grains : les unes étoient ordinaires ; les autres extraordinaires. Les premières se faisoient à Rome tous les mois : l'Empereur Nerva la trouva établie, & la continua. Ce fut à l'occasion de cette Largesse de coutume, ou peut-être de quelqu'autre qu'il jugea à propos d'établir, que l'on fit graver sur un revers de ses Médailles un Muid rempli de beaux épis, avec cette légende *Plebei Urbanæ frumento constituto.* Voyez cette Médaille au nº. 20. de la planche XXXIVᵉ.

Il se faisoit aussi des distributions extraordinaires, de la part des Empereurs, en temps de disette & de famine, dans les différentes Provinces de l'Empire. Les Médailles ont perpétué la mémoire de ces Actes de justice & de générosité, par plusieurs sortes de Types, que l'on voit à leurs revers, avec les légendes, *Annona Augusti*, ou *Alimentà Italiæ.* Nous en avons, entre autres, deux de Trajan très-expressifs : ils célèbrent les secours extraordinaires qu'il fit distribuer dans toute l'Italie aux Chefs de famille indigens, pour les mettre en état d'entretenir & de nourrir ceux qui étoient confiés à leurs soins. Sur l'un, c'est lui-même, & sur l'autre, c'est une Femme qui distribue aux Enfans des vivres, sous le symbole de quelques beaux Épis. Voyez ces deux Médailles aux nᵒˢ. 21. & 22. de la même planche.

L'Empereur Hadrien fit faire aussi une de ces Distributions & de ces Largesses extraordinaires dans un temps où la famine, la peste & les tremblemens de terre avoient porté par-tout la désolation. Il fit donner de l'argent pour réparer les Édifices, des remédes pour soulager les Malades, & des vivres pour nourrir les Pauvres. Cette dernière sorte de Largesses est marquée, sur les Médailles, par un Muid plein d'épis, avec la légende *Annona Augusti.* Voyez le nº. 23. de la même planche. Il y a encore un autre revers, au nº. 24., par lequel on a voulu publier la générosité de Vespasien, en pareil cas, & un autre, au nº. 25., de Trébonien Galla, qui représente une Femme avec un Gouvernail, parce que ce Prince fit venir par mer les alimens qu'il fit distribuer : enfin il y en a un dernier, au nº. 26., de Nerva, qui peut bien, par son Muid plein d'épis, marquer, ainsi que nous l'avons déja observé, la distribution de vivres qu'il faisoit chaque mois à l'exemple de ses Prédécesseurs. Les revers qui ont pour légende *Annona*, *Abundantia*, *Ubertas*, *Largitio*, *Liberalitas*, *Congiarium*, ont été la plupart gravés à l'occasion de ces sortes de bienfaits.

Les Graces accordées aux uns, & le Pardon donné aux autres, par les Empereurs.

Parmi les Bienfaits des Empereurs, que les Médailles célèbrent, il ne faut pas oublier certaines Graces particulières qu'ils accordoi ent, ou àceux qui s'étoient diftingués par leur attachement, leur zèle & leurs fervices, ou à ceux qui s'étoient rendus coupables foit envers eux, foit envers l'État, foit même envers des Particuliers. Ce fut apparemment pour faire connoître ces Graces de Juftice, de Clémence, d'Indulgence, ou de Piété, que l'on fit frapper plufieurs Médailles avec ces légendes, *Clementia, Indulgentia, Pietas Augufti*, &c., avec des Types analogues aux fujets.

Mais il femble qu'entre les revers de ces Médailles, celui qui a pour légende, *Indulgentia pia Pofthumi*, c'eft-à-dire, la pieufe Indulgence de l'Empereur Pofthume, ait été frappée à l'occafion d'un Pardon & d'une Grace que ce Prince auroit ccordés à quelque Criminel. L'Empereur affis fur une Chaife curule, couronné de laurier, tenant le Sceptre de la main gauche, femble, par un gefte de la main droite, accorder la Grace à un Homme qui eft à fes pieds, dans l'attitude d'un Criminel qui la demande. Voyez ce revers au n°. 1. de la planche XIVᵉ.: les autres revers font au n°. 40. de la XIIIᵉ. Planche, &, avec la Clémence, aux nᵒˢ. 6. 7. 8. & 9. de la XIIᵉ. Planche.

Les Titres glorieux que les Bienfaits firent donner aux Empereurs.

Les Bienfaits des Empereurs leur acquirent, avec le cœur de leurs Sujets, beaucoup de gloire, & les Titres les plus flatteurs. Ces Titres de reconnoiffance furent ceux de *Reftaurateurs* & de *Locupletateurs* (s'il eft permis de parler ainfi pour rendre d'une façon plus précife l'idée des Médailles d'Hadrien, qui portent *Locupletatori orbis Terrarum*, Médailles frappées à la gloire d'un Prince qui, par fa générofité, enrichit tout l'Univers) ; *Reftitutori Achaiæ, Africæ*, &c. *Italiæ, Illyrici*, & autres de même nature ; mais comme le Chapitre XVIIᵉ. eft entièrement deftiné à faire connoître & à expliquer tous les différens Titres des Empereurs & des Impératrices, des Princes & des Princeffes, fur les Médailles, nous croyons devoir y renvoyer tout ce qui refte à dire fur cette matière.

SECTION VII.

Des Bienfaits des Empereurs Romains envers les Rois & les Peuples vaincus & subjugués , des Rois & des Royaumes accordés , &c. , relativement à ce que nous en apprend la Numismatique.

Lorsque les Empereurs Romains avoient conquis quelques Royaumes ou subjugué quelques Provinces, pour s'attirer l'amitié des Rois & se concilier l'affection des Vaincus, ils laissoient régner ces Rois sur les mêmes Pays qu'ils venoient de soumettre par leurs armes, ou ils en nommoient de nouveaux qui devenoient leurs Tributaires.

Une des Médailles de Trajan nous apprend, par son Type & sa légende, que ce Prince donna un Roi aux Parthes dont il venoit de triompher par ses Victoires. Le Type le représente couronné de laurier , assis sur son Trône , & accompagné de deux de ses Officiers : le Roi de ce Peuple est devant lui : ce Roi paroît dans l'attitude d'un Prince subjugué, qui , le genou en terre, demande grace à son Vainqueur : la légende , *Rex Parthis datus* , fait connoître que cette Grace lui fut accordée par la restitution de ses États. Voyez cette Médaille au nº. 27. de la planche XXXIVᵉ.

C'est ainsi que le même Empereur, en recevant dans son amitié & sous sa protection les Rois des Albaniens , des Ibériens , des Sauromates , du Bosphore , des Arabes , des Osdréniens & des Colchides , leur confirma le Titre de Rois & l'exercice de la Souveraineté , ou plutôt les créa, de nouveau , Rois de leurs États , en leur imposant seulement un Tribut annuel. C'est sans doute cet Événement qu'une autre Médaille célèbre par un Type & une légende à peu-près semblables à la précédente : on y voit trois Rois debout devant ce Prince , des mains duquel ils reçoivent la Couronne : le premier étend la main vers l'Empereur qui semble vouloir lui donner la sienne, pour marque de la grace qu'il lui accorde : la légende est, *Regna adsignata* ; c'est-à-dire , Royaumes accordés ou assignés : celui-là a déja la Couronne sur la tête : les deux autres n'ont que le Casque, en attendant la même grace ; mais comme cette Couronne est murale , ne pourroit-on pas regarder cette première figure comme simplement représentative des Royaumes subjugués , qui viendroit , en ce cas , accompagnée de deux Officiers, implorer la clémence du Vainqueur , & le prier de rétablir leurs Rois aux conditions qu'il lui plairoit d'imposer ? Ce revers est au nº. 28. de la planche XXXIVᵉ.

On pourroit rapporter quelques autres revers, soit d'Antonin-Pie, soit de Lucius-Verus , avec les légendes *Rex Quadis datus* , *Rex Armeniæ* ou *Armenis datus* ; mais il y a si peu de différence entre ces Types & ceux dont on vient de parler , que l'on peut aisément connoître ceux-ci par les autres.

Quant à ce qui regarde les Peuples subjugués, les Empereurs ajoutoient quelquefois plusieurs autres Graces à celle du rétablissement de leurs Rois , comme nous le verrons au Chapitre XVI. , Article II. , où il sera traité des Rois & des Royaumes subjugués , & de leurs différentes conditions , sous les Empereurs Conquérans.

CHAPITRE XII.

De tout ce qui regarde les Légendes des Médailles.

ARTICLE UNIQUE,

Divifé en trois Sections.

SECTION I.

Des Langues différentes dont on s'eft fervi pour les Légendes des Médailles.

ON a déja vu, dans l'Article II. du Chapitre IIIᵉ. de cet Ouvrage, que les Médailles ont tiré plufieurs noms des Langues différentes dont on s'eft fervi pour en former les Légendes, & que par-conféquent il y avoit des Médailles *Hébraïques*, *Puniques*, *Phéniciennes*, *Arabefques*, *Samaritaines*, *Gothiques*, *Germaniques* ou *Allemandes*, *Françoifes*, *Grecques* & *Latines*; dénominations qu'elles ont empruntées des idiômes & des caractères des différens Peuples qui les ont fait frapper. Il nous refte donc à obferver que nous nous bornerons dans cet Ouvrage aux Médailles Grecques & Latines, comme à celles dont il eft plus important d'étudier les Types & de connoître les Légendes : à l'égard des autres, qu'on peut regarder comme étrangères & peu inftruêtives, nous nous contenterons d'en parler par occafion.

SECTION II.

Du nombre & de la pofition des Légendes, fur les Médailles.

La plupart des Médailles n'ont qu'une Légende fur chacune des deux faces : cette Légende eft ordinairement placée au contour du grénetis, dont fouvent elle n'occupe que la partie fupérieure : cependant il y en a qui ont deux Légendes fur le contour, & une troifième fur le champ, ou bien dans l'exergue, au bas de la pièce. Quelques-unes n'ont qu'une Légende, à la face, ou au revers. Sur d'autres, la Légende eft au milieu du champ, en forme d'Infcription : on en trouve qui font placées comme en pal & en fautoir : celles-ci font placées fur un bouclier, ou au frontifpice de quelque édifice ; celles-là font gravées de droite à gauche, contre l'ufage ; ce qui eft rare : enfin il y a apparence qu'il a dépendu des Graveurs ou des Officiers Monnétaires de placer les Légendes à leur fantaifie, & fuivant leur goût, puifqu'on les voit pofées tantôt d'une façon & tantôt d'une autre, quelquefois même d'une manière fort bizarre. On trouve auffi des Légendes partie Grecques & partie Latines, fur les Médailles du bas Empire, jufqu'à l'époque de la deftruction de l'Empire d'Orient; temps où nous conduifons la connoiffance des Médailles antiques.

Il n'eft pas befoin de montrer, fur nos planches, des Médailles qui juftifient ce que nous venons de dire fur les différentes pofitions des Légendes : on en a déja vu affez pour en avoir la preuve.

SECTION

Section III.

De la manière de lire & d'expliquer les Légendes abrégées des Médailles, avec l'explication des principales.

Il y a deux chofes importantes au fujet des Légendes : 1°. c'eft de favoir lire celles qui ne font compofées que de lettres iniriales & de mots abrégés ; 2°. de les entendre, quoique gravées dans une Langue étrangère à ceux qui les lifent. On fent bien qu'il n'eft pas poffible de rapporter ici les Légendes de toutes les Médailles connues, avec leur explication : ce détail exigeroit feul plus d'un Volume, & nous écarteroit du plan que nous nous fommes propofé ; ainfi nous le renverrons au Catalogue général & hiftorique que nous nous propofons de donner à la fuite de cet Ouvrage qui lui fervira pour ainfi dire d'introduction ; mais on ne peut fe difpenfer de former une Table des lettres initiales, & des principales abréviations qui jettent de la difficulté dans la lecture des Légendes : ce fera une efpèce de clef fort utile pour toutes les autres que l'on rencontrera dans les différens Cabinets, ou dans les acquifitions qu'on pourroit faire.

Cette Table alphabétique, que je préfente comme une clef, devient d'autant plus néceffaire que l'on y apprendra non-feulement à déchiffrer les lettres initiales & les abréviations, mais encore à en connoître le fens ; auffi fera-t-elle partagée en trois colonnes : fur la première on trouvera les lettres initiales, ou les noms & les mots abrégés : fur la feconde ces mêmes lettres, noms & mots feront rendus dans leur entier : enfin fur la troifième ils feront traduits & même expliqués avec précifion, en Langue françoife. Pour ne pas nous écarter en vaines conjectures, nous ne croyons pas pouvoir mieux faire que de fuivre le Père Biel, Savant Antiquaire de Vienne, & plufieurs autres des meilleurs Auteurs, dans l'explication qu'ils nous ont donnée des lettresinitiales & des mots abrégés des Légendes, dont il s'agit ici de trouverle vrai fens.

Lettres Initiales.	Leur fignification en latin.	*Verfion françoife.*
A	**A**	**A**
A	*Aulus.*	Aulus; nom d'Homme.
A. ou AN	*Annus, Anno,* ou *Annos.*	L'An, les Années.
A. A	*Apollini Augufto.*	L'Apollon Augufte, ou d'Augufte, ou à l'Augufte Apollon.
AA. ou AAA	*Duo Augufti, tres Augufti vel Imperatores.*	Deux, trois Auguftes ou Empereurs.
A. AA. FF	*Auro, Argento, Æræ, Flando, Feriundo.*	Trium-Virs Monnétaires prépofés pour la fabrique des Monnoies d'or, d'argent & de bronze.

Hhh

ABN.	*Abnepos.*	Arrière-Neveu, petit Neveu.
ACCI.	*Accitana Colonia.*	Colonie Accitaine ; à présent Guadix, Ville du Royaume de Grenade.
ACT.	*Actiacus, Actia, Actium.*	Actiatique ou Actium, Ville de l'Épire ; aujourd'hui Prévenza.
ACT. A.	*Actiacus Apollo.* . .	Apollon l'Actiatique.
AD. FRV. EMV. . . .	*Ad fruges emundas, vel emendas.*	Officier préposé, envoyé pour acheter & amener des vivres à la Ville, aux Armées, &c.
ADI.	*Adjutrix (Legio scilicet).*	Légion surnommée *Adjutrix*, ou Secourante.
ADIAB.	*Adiabenicus, vel Adiabene*	Adiabenien ou Adiabène ; c'est ainsi que l'Assyrie fut nommée autrefois.
ADOP.	*Adoptatus.*	Adopté.
ADV. *vel* ADVENT. AVG.	*Adventus, vel Adventui Augusti.*	L'Arrivée, ou consacré en mémoire de l'Arrivée de l'Auguste, de l'Empereur, dans une Province, une Ville, au Camp, &c.
AED.	*Ædes, Ædificia, vel Ædilis.*	Édifices ou Édile.
AED. CVR.	*Ædilis Curulis.*	Édile, Édile Curule.
AED. DIVI. AVG. REST.	*Ædes Divi Augusti, vel Divæ Augustæ restitutæ.*	L'Hôtel, le Temple, les Édifices de l'Auguste, de l'Empereur ou de l'Impératrice, rétablis, réparés, rebâtis.
AED. P.	*Ædilitia potestas, vel Ædilitiâ potestate.*	La Puissance Édile, ou qui est Édile.
AED. PL.	*Ædilis Plebis.* . . .	Qui est Édile du Peuple.
AED. S.	*Ædes sacræ, vel Ædibus sacris.*	Édifices sacrés, ou Temples, &c.
AEL. MVN. COEL. .	*Municipium Ælium Cæla.*	Municipe de Cæla, Ville située au midi de Sestos, sur le détroit de l'Helles-

		pont, avec un Port célèbre dans l'Antiquité, mais à présent ruinée.
AEM. vel AIMIL. . . .	Æmilius, vel Æmilia & Aimilia.	Æmilius, ou Émile ; nom d'homme, ou la famille Consulaire appellée Æmilia.
AET.	Æternitas.	L'Éternité.
A. F.	Auli Filius. . . .	Le Fils d'Aulus.
A. N.	Auli Nepos. . . .	Le Neveu d'Aulus.
AFR.	Africanus. . . .	L'Africain.
AGRIP. F.	Agrippæ Filius. .	Le Fils d'Agrippa. On peut trouver une Médaille de Colonie, qui est d'Agrippa César, Fils du premier Agrippa.
ALB.	Albinus.	Albinus ou Albin ; nom d'homme.
ALE.	Alexandria, &c.	Alexandrie, &c.
ALIM. ITAL.	Alimenta Italiæ. .	Alimens, vivres, bleds & ressources fournis à l'Italie, par un tel Empereur.
ALVIT.	Alvitius.	Alvitius ; nom d'homme.
A. M. B.	Antiochensis Moneta, Officinæ secundæ.	Monnoie de la Fabrique seconde, ou du second Hôtel des Monnoies d'Antioche.
AN. B.	Idem. . . , . . .	La même chose que dessus.
A. N. F. F.	Annum novum, felicem, faustum.	Souhait d'une nouvelle & heureuse Année, fait à l'Empereur.
ANIC.	Anicius.	Anicius ; nom d'homme.
ANN. DCCCLXXIIII. NAT. VRB. P. CIR. CON.	Anno octingentesimo septuagesimo quarto, natali Urbis, Populo Circenses (Ludi scilicet) constituti, &c.	L'An huit cens soixante & quatorze, au jour anniversaire de la Ville, les Jeux du Cirque ont été institués, ou donnés, célébrés par un tel, &c. Ainsi lisent

Hhh ij

		les meilleurs Auteurs.
ANT· *vel* A	*Antiochia Pisidiæ.*	Antioche de Pisidie, dans l'Asie mineure.
ANT. AVG.	*Antonius Augur.* .	Antoine Augur.
ANTON. *vel* AN·. . .	*Antonius.*	Antoine.
AP.	*Appius.*	Appius ; prénom & nom d'homme.
A. P. F.	*Argento vel Auro publico feriundo ; vel Argentum primus , vel primùm flavit.*	Officier Monnétaire préposé pour faire frapper l'or , ou l'argent, d'un aloi approuvé par les Magistrats : ou, si l'on veut, un tel a le premier fait frapper de l'or ou de l'argent ; ce qui ne s'interprète que rarement de cette seconde façon.
A. P. LVG. *vel* LC.	*Pecunia , vel Moneta percussâ Lugduni , vel Lucduni , Officinâ primâ.*	Monnoie frappée à Lyon, dans le premier Hôtel de la Monnoie. L'A vaut 1. le B 2., en fait de lettres numérales.
APOL. CONS. A. ⁚ ⁚	*Apollini Confervatori Augufti.*	Au Dieu Apollon Conservateur de l'Auguste, de l'Empereur.
APOL. MON.	*Apollo Monetalis.*	Apollon le Monnétaire , ou Dieu de la Monnoie.
APOL. PAL.	*Apollini Palatino.*	Au Dieu Apollon, dit le Palatin.
A. POP. FRVG. AC.	*A Populo fruges acceptæ.*	Le Peuple a reçu des alimens, des vivres de la bonté, de la libéralité d'un tel , &c.
AQ. *vel* AQL.	*Aquilia, vel Aquilius.*	Aquilée, Ville ; ou Aquilius ; nom d'homme.
AQ. O. B. F.	*Aquileiæ in Officinâ fecundâ flatum, vel in Officinâ fecundâ fabricatum.*	Frappée à Aquilée , dans le second Hôtel des Monnoies.

AQV. P. S.	*Aquileæ pecunia signata.*	Monnoie frappée à Aquilée.
AQVA. M. *vel* MR . . .	*Aqua Marcia.* . .	Eau donnée, ou amenée à la Ville, &c. par les soins & la libéralité de Marcius.
AR. *vel* ARL.	*Arelate.*	Arles.
ARAB. ADQVI. . . .	*Arabia acquisita.* .	L'Arabie conquise.
ARMEN. CAP.	*Armenia capta.* . .	L'Arménie prise ou subjuguée.
ARA. PAC.	*Ara Pacis.*	L'Autel de la Paix.
ARR.	*Arrius.*	Arrius ; nom d'homme.
ASI.	*Asia.*	L'Asie.
A. SISC.	*Officina prima Sisciæ.*	Frappée dans le premier Hôtel des Monnoies de Siscie.
AST.	*Astigitana.*	Astigitaine ; à présent Ecise Ville d'Andalousie.
AVG.	*Augur, Augustus, vel Augusta, Augustalis.*	Augur, Auguste ou d'Auguste.
AVGG. AVGGG. . . .	*Duorum, vel trium Augustorum.* . .	Deux GG. après AV. marquent deux Empereurs; trois GGG. en annoncent trois règnans ensemble.
AVG. D. F.	*Augustus Divi filius.*	Auguste, fils du Divin ; c'est-à-dire, Auguste fils de Jules-César.

B   **B**   **B**

B.	*Berythus, Bono, Braccara, vel Officina secunda.*	Berythe, Ville d'Asie, dans la Phénicie ; ou pour le Bien; ou Braccara Augustalis ; à présent Brague Ville de Portugal : ou enfin cette lettre est numerale, & vaut le n°. 2.
B. A.	*Braccara Augusta.*	Brague.
BÆBI.	*Bæbius, vel Bæbia.*	Bæbius ; nom d'homme ; ou Bæbia ; nom d'une famille Consulaire.
BALB.	*Balbus.*	Balbus;nom d'homme

BARB.	*Barbatus, vel Barbula.*	Barbatus, ou Barbula ; noms d'homme.
BARBAT.	*Barbatus.*	Le même, Barbatus.
B. R. P. N. Sur quelques pièces il y a un A au-lieu de l'R ; ce qui s'est fait par l'inadvertence du Graveur.	*Bono Reipublicæ nato.*	Né pour le bien de la République ; ainsi expliquée par d'habiles Antiquaires.
BON. EVENT.	*Bonus Eventus, vel Bono Eventui.*	Le Bon, ou au Bon Événement.
BRIT.	*Britannicus.* . . .	Le Britannique, ou qui est de Bretagne.
BROC.	*Brocchus.*	Brocchus ; nom d'homme.
BRVN.	*Brundusium.* . . .	Brindes, ou Bronduze, Ville du Royaume de Naples.
B. SIRM.	*Officinâ Monetariâ secundâ Sirmii.*	Frappée à Sirmium, dans le second Hôtel de la Monnoie ; c'est Sirmich, en Sclavonie.
B. S. LC.	*Officinâ secundâ signata Moneta Lugduni.*	Monnoie frappée à Lyon, dans le second Hôtel de la Monnoie.
B. T.	*Beata Tranquillitas.*	L'heureuse Tranquillité.
BVTHR.	*Buthroum.*	Butrinto, Ville d'Épire, près de Corcyre : elle est à présent sous la domination des Turcs.

C   C   C

C. *vel* CÆS. *vel* CAESS. *vel.* CAESSS.	*Caius, vel Cæsar, vel Cæsares.*	Le C. seul signifie quelquefois Caius, & d'autres fois César ; CÆSS., avec les deux SS., marque deux Césars ; avec trois SSS. ce sont trois Césars.
C.	*1°. Carthago ; 2°. Censor ; 3°. Centum ; 4°. Civis ; 5°. Clypeus ; 6°. Cohors ; 7°. Colonia ; 8°. Con-*	C. seul peut encore signifier, 1°. Carthage ; 2°. Censeur ; 3°. Cent ; 4°. Citoyen ; 5°. Bouclier ; 6°. Cohorte ; 7°. Colonie

	fultum ; *9°. Cornelius.*	Colonie ; 8°. Décret; 9°. Cornelius.
C. A.	*Cæfarea Antiochia.*	Céfarée d'Antioche.
C. A. A. P. *vel* PATR.	*Colonia Augufta Aroe Patrenfis; vel Colonia prima Augufta Patrenfis ; vel potiùs Colonia Agrippina, Augufta Patrenfis.*	Colonie Augufte Aroë de Patras ; ou Colonie première & Augufte de Patras. Les meilleurs Auteurs lifent Colonie Agrippine & Augufte de Patras.
CABE.	*Cabellio.*	Cavaillon , Ville de France, au Comtat Venaiffin.
C. A. BVT.	*Colonia Augufta Buthrotum.*	Colonie Augufte des Buthriens , ou de Buthrinto , Ville d'Épire, en Turquie.
C. A. C.	*Colonia Augufta Cæfarea.*	Colonie Augufte de Céfarée.
CAE. *vel* CAES., *vel* CA.	*Cæfarea.*	Céfarée, Antioche de Pifidie.
CAE. *vel* COE.	*Cælius.*	Cælius ; nom d'homme.
C. A. I. ou C. I. A. . .	*Colonia Augufta Julia.*	Colonie Julienne & Augufte de Cadix , en Efpagne.
CAE.	*Cæcina.*	Cécina ; nom d'homme.
C. A. E.	*Colonia Augufta , Emerita.*	Colonie Augufte d'Émerite, ou Émérite ; à préfent Mérida , en Efpagne.
CÆ.	*Calpurnius.* . . .	Calpurnius ; nom d'homme.
CAL.	*Calaguris, vel Calidius , vel Calidia.*	Calaguris, Ville d'Efpagne ; à préfent Calahorra ; ou Calidius ; nom d'homme ; ou Calidia ; nom de famille Confulaire.
CAM.	*Camillus.*	Camille ; nom donné à un enfant qui portoit la caffette aux parfums , pour les Sacrifices.
C. A. O. A. F.	*Colonia Antoniniana Oca, Augufta , felix.*	Colonie d'Antonin ou Antoninienne de la Ville d'Oca , Au-

		guſte & Heureuſe. Oca eſt la même que Bandrand ou Tripoli, en Afrique.
CAP.	*Cipito, vel Capitolina.*	Capito ; nom d'homme ; ou Capitolin.
C. A. PI. MET. SID. .	*Colonia Aurelia, Pia Metropolis Sidon.*	Colonie Aurelia, pieuſe, de la Métropole de Sidon, Ville de Phénicie : Elle eſt à préſent aux Turcs.
C. A. R.	*Colonia Auguſta Rauracorum; vel Colonia Aſta Regia.*	Colonie Auguſte de Rauracum ; à préſent Augſt Village de la Suiſſe ; ou bien Colonie d'Aſt, autrefois grande Ville de l'Andalouſie, dont on voit encore les ruines près de Xérès de la Frontéra.
CARTH.	*Carthago.*	Carthage d'Afrique ; ou Carthagéne, en Eſpagne.
CC.	*Numerales litteræ, ducenteſimum ſignificantes.*	CC. Deux lettres numérales, qui ſignifient deux cens.
CC. A.	*Colonia Cæſarea Auguſta.*	Colonie de Saragoce, En Eſpagne.
C. C. COL. LUG. . .	*Claudia Copia Colonia Lugdunenſis.*	Colonie Claudia Copia de Lyon.
C. C. I. B.	*Colonia Campeſtris Julia Babba.*	Colonie Julia champêtre de Babba, en Mauritanie.
C. C. I. B. D. D. . . .	*Colonia Campeſtris, Julia Babba, decreto Decurionum.*	La Colonie champêtre Julia de Babba, par le décret des Décurions.
C. C. I. H. P. A.	*Colonia Concordia Julia, Hadrumetina, Pia, Auguſta.*	Colonie Concordia Julia, Pieuſe, Auguſte, d'Hadrumète, ou d'*Hadrumetum :* Concordia eſt en Italie, & la Colonie Concordia d'Hadrumète eſt en Afrique.

Couronne

C. CIV. *vel* C. *Simplex*, *vel* CIB. *pro* CIV. D. D.P.	*Corona Civica data Decreto Publico.* Le B. se trouve souvent mis pour l'V. dans les Inscriptions & les Légendes.	Couronne Civique, accordée à un tel, par le décret public.
C.C.N.A.	*Colonia Carthago nova, Augusta.*	Colonie Auguste de la nouvelle Carthage, ou de Carthagêne, en Espagne.
C.C.N.C.D. D. . . .	*Colonia Concordia Norba-Cæsareanea, Decreto Decurionum.*	Colonie Concordia de Norba-Cæsarea, par le décret des Décurions. Norba-Cæsarea est une Ville de Lusitanie.
C. COR.	*Colonia Corinthus.*	Colonie de Corinthe.
CC. R.	*Ducentesimâ remissâ : vel Circenses restituti ; Ludi scilicet.*	La deux centième partie des Impôts remise, abolie ; ou plutôt, le Tribut ou l'Impôt du deux-centième remis au Peuple ; ou bien, les Jeux du Cirque rétablis.
C. C. S.	*Colonia Claudia Sabaria.*	Colonie de l'Empereur Claude, ou Colonie Claudia de Sabarie, Ville de Hongrie; c'est peut-être à présent Sarwar.
C. CVP.	*Caius Cupiennius.*	Caius Cupiennius ; prénom & nom d'un même homme.
CEN. . . . :	*Censor.*	Censeur.
CENS. PER.	*Censor perpetuus, vel Censoris permissu.*	Censeur perpétuel ; ou par autorité du Censeur.
CER. SACR. PER. OECVME. ISELA.	*Certamina sacra, periodica, œcumenica, Iselastica.*	Combats sacrés, périodiques, œcuméniques, appellés Isélastiques ; les Jeux, les Spectacles nommés Isélastiques.
CERT. QVIN. *vel* QVINQ. ROM. CON.	*Certamina quinquennalia Romæ constituta.*	Les Combats, ou Jeux Quinquennaux, établis à Rome.

CERT. SAC.	*Certamina sacra.*	Les Combats, les Jeux sacrés.
C. E. S.	*Cum Exercitu suo.*	Avec son Armée.
CEST.	*Cestius, vel Cestia.*	Cestius, nom d'homm; ou Cestia ; nom de famille Consulaire.
C. F.	*Caius Fabius.*	Caius Fabius ; nom & prénom d'homme.
C. F. C. N.	*Caii filius, vel Caii Nepos.*	Fils de Caius, ou Neveu de Caius.
C. F. P. D.	*Colonia Flavia Pacensis Develtum.*	Colonie Flavia de Pax-Augusta, ou Pazaugusta, de Develtum, Ville de Thrace. Pax-Augusta, Ville de Lusitanie; *Develtum*, est Develto, en Turquie.
C. G. I. H. P. A.	*Colonia Gemella, Julia, Hadriana, Pariana, Augusta.*	Colonie Gemella Julia, Hadrienne, Auguste, de Parium : Parium est une Ville située en Mysie sur la Propontide.
C. I. C. A.	*Colonia Julia Concordia Apamea.*	Colonie Julienne , surnommée Concordia d'Apamée.
C. I. A. D.	*Colonia Julia Augusta Dertona.*	Colonie Julia Augusta Dertona. De Tortone , dans le Duché de Milan.
C. I. AV.	*Colonia Julia, Augusta.*	Colonie Julia Augusta, de Cadix , en Espagne.
C. I. AVG. F. SIN.	*Colonia Julia Augusta, felix, Sinope.*	Colonie Julia Augusta, heureuse, de Sinopé, à présent Sinope, Ville de Natolie Asie.
C. I. B.	*Colonia Julia Balba.*	Colonie Julia Balba ; dans la Mauritanie Tingitaine.
C. I. C. A. P. A.	*Colonia Julia Carthago Augusta, antiqua, pia ; vel Colonia Julia Corinthus, Augusta, pia, Antoniniana.*	Colonie Julia Carthago Augusta, ancienne & pieuse, ville franche, en Espagne; ou bien, Colonie Julia Corinthus ou de Corinthe auguste, pieuse, Antoninienne.

C. I. CAES.	*Caius-Julius-Cæsar.*	Caius-Jules-César, premier Empereur.
C. I. CAL.	*Colonia Julia Calpe.*	Colonie Julia de Calpe ; à préfent Gibraltar, Port de Mer.
C. I. F.	*Colonia Julia Felix.*	Colonie Julia l'heureufe.
C. I. G. A.	*Colonia Julia Gemella, Augufta.*	Colonie Julienne, Gémelle, Augufte ; ainfi nommée pour avoir été tirée de deux autres.
ACC. L. III.	*Accitana, Legio tertia.*	Accitane, Légion troifième : ou Légion troifième d'Acci ; à préfent Guadix, au Roiaume de Grenade.
C I. I. A.	*Colonia Immunis Illice Augufta.*	Colonie Franche Julienne Augufte d'Illicé ; c'eft à préfent Elche en Efpagne.
C. I. N.C	*Colonia Julia Norba-Cæfariana.*	Colonie Julienne de Norba - Cæfarea. Norba-Cæfarea eft une Ville de Lufitanie ; à préfent Alcantara, ou qui a peut-être été bâtie près de fes ruines.
C. I. N.C.	*Colonia Julia-nova Carthago.*	Colonie Julienne de la nouvelle Carthage, ou Carthagène.
CIR. CON.	*Circenfes (Ludi) conftituti, vel Circenfes conceffit, aut conceffi.*	Les Jeux du Cirque établis, ou accordés
C. I. V.	*Colonia Julia Valentia.*	Colonie Julienne de Valence, en Efpagne.
CIVIB. ET SIGN. MILIT. A. PARTH. RECUP.	*Civibus & fignis militaribus à Parthis recuperatis, alibi receptis.*	Monnoie ou Médaille frappée en l'honneur d'un tel, pour avoir délivré nos Citoyens prifonniers chez les Parthes, & pour avoir repris fur ces Ennemis nos drapeaux & nos enfeignes militaires.

CL.	*Claudius, Claudia, Clypeus.*	Claude ; nom d'homme ; ou Claudia ; nom de famille Confulaire ; ou Bouclier.
CLA.	*Eadem fignificat.*	Ces trois lettres fignifient les mêmes chofes que les deux premières.
CLASS. PR.	*Claffis Præfectus.*	La flotte du Préfet, ou Prétorienne.
C. L. AVG. F. . . .	*Caius-Lucius Augufti filius.*	Caius-Lucius fils d'Augufte.
C. L. CAESS.	*Caius & Lucius Cæfares.*	Caius & Lucius, les deux Céfars.
C. V. T.	*Colonia Victrix Taraco.*	La Colonie Victorieufe de Taraco. Taraco eft Tarragone, en Efpagne.
C. L. I. COR.	*Colonia Laus Julia Corinthus.*	La Colonie Laus Julienne de Corinthe. Laus eft la même Ville que Lodi, en Lucanie.
C. L. I. N. AVG. . . .	*Colonia Laus Julia, nova, Augufta.*	Colonie Julienne de Lodi, nouvelle & augufte. Lodi eft une Ville d'Italie.
C. MALL.	*Caius-Malleolus.*	Caius-Malleolus ; prénom & nom d'homme.
C. M. L.	*Colonia-Metropolis Laodicea.*	Colonie de Laodicée, Métropole dans la Cæléfirie.
CN. DOM. AMP. . . .	*Cnæus-Domitius-Amplus.*	Cneus-Domitius-Amplus ; nom, prénom & furnom d'un Romain.
CN. F. . , ...	*Cnæi filius. . . . .*	Fils de Cneus.
CN. MAG. IMP. . . .	*Cnæus Magnus Imperator.*	Cneus-Magnus, Empereur. C'eft Cneus Pompée, fils de Q. Pompée.
C. Θ.	*Conftantinopoli, Officinâ nonâ.*	Monnoie ou Médaille frappée à Conftantinople, dans le neuvième Hôtel des Monnoies. Cette lettre θ eft la neuvième de l'alphabet

		grec, & vaut le nombre 9.
CO. DAM. METRO.	*Colonia Damafcus Metropolis.*	Colonie de Damas, Métropole de Syrie.
COHH. PRET. VII. P. VI. F.	*Cohortes Prætorianæ feptimùm piæ, fextùm fideles.*	Les Cohortes Prétoriennes devenues pieüfes pour la feptième fois, & fidèles pour la fixième ; manière de louer les Soldats.
COH. I. CR.	*Cohortis primæ Cretenfis.*	De la première Cohorte de Crète, dans l'Ifle de Candie.
COH. PRAT. PHIL. .	*Cohors Prætoriana Philippenfium.*	Cohorte Prétorienne des Philippiens, ou de la Macedoine, en Thrace.
COL. AEL. A. H. MET.	*Colonia Ælia Augufta Hadrumetina Metropolis.*	Colonie Élienne Augufte d'Hadrumète, Métropole ; ou plutôt, Colonie Élia, c'eft-à-dire d'Hadrien qui avoit le prénom d'Élius. Élia eft à préfent Zama : Hadrumète eft auffi une Ville d'Afrique.
COL. AEL. CAP. COMM. P. F.	*Colonia Ælia Capitolina, Commodiana, pia, felix.*	Colonie Elienne, Capitoline, de l'Empereur Commode, pieufe & heureufe. Élia Capitolina eft la même que Jérufalem.
COL. ALEX. TROAS.	*Colonia Alexandriana Troas.*	Colonie Alexandrienne, ou d'Alexandrie, de Troade, ou Troas ; c'eft la nouvelle Troye, appellée Carafia par les Turcs : elle eft dans la Phrygie.
COL. AMAS. *vel* AMS.	*Colonia Amaftrianorum, vel Amftrianorum.*	Colonie d'Amaftris ou des Amaftriens, dans la Paphlagonie ; à préfent Amaftro, aux Turcs.

COL. ANT. *vel* ANTI.	*Colonia Antiochia.*	Colonie d'Antioche, de Pisidie.
COL. ARELAT. SEX-TAN.	*Colonia Arelate Sextanorum.*	Colonie d'Arles ou d'Arelate-Sequani ; c'est Arles, dans la Gaule Narbonnoise.
COL. AST. AVG. . . .	*Colonia Astigitana Augusta.*	Colonie d'Astigi, ou Astigitaine, Auguste ; c'est Exija, en Espagne.
COL. AVG. FEL. BER.	*Colonia Augusta, felix, Berytus.*	Colonie auguste & heureuse de Beryte ; à présent Béroot.
COL. AVG. FIR. . . .	*Colonia Augusta, firma.*	Colonie auguste & ferme ; c'étoit la Colonie Astigitaine ou d'Astigi ; à présent Exija ou Ecija, en Espagne.
COL. AVG. IVL. PHILIP.	*Colonia Augusta, Julia Philippensis.*	Colonie auguste Julienne de Philippe, en Thrace.
COL. AVG. PAT. TREVIR.	*Colonia Augusta, Paterna Trevirorum.*	Colonie auguste Paternum, de Trèves. Cette Colonie s'appelloit ainsi peut-être parce qu'elle étoit tirée de Paternum, en Italie, & qu'elle fut ensuite envoyée à Trèves.
COL. AVG. TROA. *vel* TROAD.	*Colonia Augusta Troadensis.*	Colonie auguste de Troye ; c'est la Ville rebâtie sous les ruines de Troye, & appellée Carasia par les Turcs.
COL. AVR. KAR. COMM. P. F.	*Colonia Aurelia Karrhæ, Commodiana, pia, felix; vel Colonia Aurelia Carneatum, Commagena, pia, felix.*	Colonie Aurelienne de Carrhes, de Commode, pieuse & heureuse ; c'est Carrhes, Ville d'Asie ; ou bien Colonie Aurelienne des Carneates de Commagènes, pieuse & heureuse ; Carnes & Commagènes sont deux anciennes Villes d'Italie.

Colonie

COL. AVR. ANTONI. AVG. TROA.	*Colonia Aurelia, Antoniania, Augusta, Troadensis.*	Colonie Aurelienne, Antoninienne, auguste, de Troade ou de Troye.
COL. AVR. P. M. SIDON.	*Colonia Aurelia, pia, Metropolis Sidon.*	Colonie Aurelienne, pieuse, de la Métropole Sidon ; aujourd'hui Seid, ou Sayde, en Syrie, aux Turcs.
COL. B. A.	*Colonia Braccara Augusta.*	Colonie de Braccara-Augusta ; c'est Brague, en Lusitanie, ou Portugal.
COL. BERYT. L. V. VIII.	*Colonia Berythus, Legio quinta, vel Legio octava.*	Colonie de Beryte, Légion cinquième ou huitième. Beryte est à présent Beroot, en Phénicie, aux Turcs.
COL. CABE.	*Colonia Cabellio.*	Colonie de Cavaillon, en France, au Comtat Venaissin.
COL. CAES. AVG. . .	*Colonia Cæsarea-Augusta.*	Colonie de Céfarée-auguste, en Palestine.
COL. CAMALODVN.	*Colonia Camalodunum.*	Colonie de Camalodunum ; c'est Colchester, selon les uns, & Maldon, selon d'autres, dans la grande Bretagne.
COL. CASILIN.	*Colonia Casilinum.*	Colonie de Casilinum ; c'est Capoue, selon les uns, & Castellazzo, selon d'autres.
COL. CL. PTOL. . . .	*Colonia Claudia Ptolemaïs.*	Colonie Claudienne de Ptolémaïde ; à présent Acre, en Phénicie, aux Turcs.
COL. DAMAS. METRO.	*Colonia Damasus, Metropolis.*	Colonie de Damas, Métropole de Syrie.
COL. F. I. A. P. BARCIN.	*Colonia Flavia, Julia, Augusta, pia, Barcino.*	Colonie Flavie Julienne, auguste, pieuse, de Barcino ; c'est Barcelone, en Espagne.
COL. FL. PAC.	*Colonia Flavia Pa·*	Colonie Flavienne Pax·

DEVLT.	*censis Deultum.*	Auguste de Develtus, ou Develtum ; Paz - Auguste de Develto est Zagara ou Zagoria, Ville de Thrace, dans la Turquie Européenne.
COL. HA. ME. T. . .	*Colonia Hadriana Mercurialis Thænitana.*	Colonie Hadrienne, Mercuriale des Thænites ou de Thènes ; Mercuriale est Fermo, Ville d'Italie, & Thènes est une Ville d'Afrique.
COL. H. *vel* HEL. LEG. H.	*Colonia Heliopolis; vel Legio Heliopolis ; vel Legio octava, si littera H. sit littera græca numeralis.*	Colonie d'Héliopolis ; Légion d'Héliopolis ; ou bien Légion huitième, si la Médaille est gréque.
COL. HEL. I. O. M. H.	*Colonia Heliopolis, Jovi optimo maximo Heliopolitano.*	Colonie d'Héliopolis, à Jupiter très-bon & très-grand, surnommée l'Héliopolitain.
COMOB. *vel* CONOB.	*Constantinopolis Moneta Officinæ secundæ : vel potiùs, Conflatura, vel Conflatores Monetæ, Obrisi.*	Monnoie frappée dans le second Hôtel des Monnoies de Constantinople ; ou plutôt, les Officiers, (*Conflatores*) de la Monnoie d'or, (*Obrisi*).
COL. IVL. AVG. C. I. F. COMAN.	*Colonia Julia, Augusta, Concordia invicta, felix, Comanorum.*	Colonie Julienne, auguste, de Concorde, l'invincible, l'heureuse, des Comaniens. Cette Colonie fut apparemment tirée, de Concorde, en Italie, & envoyée à Comane, en Cappadoce, surnommée Pontica.
COL. IVL. AVG. FEL. CREMNA.	*Colonia Julia, Augusta, felx, Cremna.*	Colonie Julienne, auguste, heureuse, des Crémniens ; c'est Crémna, dans la Pamphylie.

Colonie

COL. IVL. CER. SAC. AVG. FEL. CAP. OECVM. ISE. HEL.	*Colonia Julia; Certamen sacrum, augustum, felix, capitolinum, æcumenicum, iselaticum, Heliopolitanum.*	Colonie Julienne ; Combat sacré, capitolin , æcumenique , iselastique , héliopolitain ; Combats & Jeux donnés apparemment par cette Colonie Julienne d'Héliopolis, de Syrie.
COL. IVL. CONC. APAM. AVG. D. D.	*Colonia Julia, Concordia Apamea, Augusta, decreto Decurionum.*	Colonie Julienne de Concorde, ou Concorde d'Apamée , auguste, par le décret des Décurions ; ou Colonie tirée de Concorde , en Italie , envoyée à Apamée.
COL. IVL. PATER. NAR.	*Colonia Julia Paterna Narbonensis.*	Colonie Julienne tirée de Paternum, en Italie , & envoyée à Narbonne, dans les Gaules.
COL. NEM.	*Colonia Nemausus vel Nemausensis.*	Colonie de Nismes , en France.
COL. NICEPH. COND.	*Colonia Nicephorium condita.*	Colonie faite, créée, établie à Nicéphorium , en Mésopotamie , sur l'Euphrate.
COL. PATR.	*Colonia Patrensis, vel Patricia.*	Colonie d'Aroe ou Patras ; deux noms de la même Ville : le premier est l'ancien ; le second est le plus moderne ; ou bien Colonie de Patricia, autrement Cordoue , en Espagne.
COL. P. F. AVG. F. CAES. MET.	*Colonia prima Flavia , Augusta , felix, Cæsarea Metropolis.*	Colonie première Flavienne , auguste , heureuse , de Césarée la Métropole, en Palestine.
COL. P. FL. AVG. CAES. METROP. P. S. P.	*Idem quod supra. Tres litteræ P. S. P. significant , Provinciæ Syriæ Palestinæ.*	Comme on vient de dire. P. S. P. à la fin signifient de la Province de Syrie , en Palestine.

COL. PR. F. A. CAESAR.	*Colonia prima Flavia, Augusta Cæsarea.*	Colonie première Flavienne, auguste, de Céfarée, en Paleftine.
COL. R. F. AVG· FL. C. METROP.	*Colonia Romana, felix, Augusta, Flavia Cæsarea Metropolis.*	Colonie Romaine, heureuse, augufte, Flavienne de Céfarée la Métropole; ou Colonie tirée de Rome, pour Céfarée.
COL. ROM.	*Colonia Romulenfis.*	Colonie de Romula; c'eft Séville en Efpagne.
COL. ROM. LVGD. .	*Colonia Romanorum Lugdunum.*	Colonie de Romains, à Lyon.
COL. RVS. LEG. VI.	*Colonia Rufcino; Legio fexta.*	Colonie de Rufcino; Légion fixième; c'eft le Rouffillon, en France.
COL. SABAR. . · . . .	*Colonia Sabariæ.* .	Colonie de Sabaria ou de Sabarie, dans la Pannonie; aujourd'hui Sarwar, en Hongrie.
COL. SEBAS.	*Colonia Sebaste.* .	Colonie de Sebaste, en Paleftine.
COL. SER. G. NEAPOL.	*Colonia Servii-Galbæ, Neapolis.*	Colonie de Servius-Galba, à Néapolis; c'eft Naploufe, en Paleftine.
COL. V. I. CELSA. *vel* COL. VIC. IVL. CELSA.	*Colonia victrix Julia Celfa.*	Colonie victorieufe, Julienne de Celfa; peut-être Kelfa, en Efpagne.
COL. VIC. IVL. LEP.	*Colonia victrix Julia Leptis.*	Colonie victorieufe, Julienne, de Leptis la grande, en Afrique, pour la diftinguer de Leptis la petite; aujourd'hui Lebeda ou Lepeda, ou Lebida, ou Lepte.
COL. VIM. AN. I. . .	*Colonia Viminacium, Anno primo.*	Colonie de Viminacium, l'Année première; c'eft Widin, dans la Servie.
COL. VLP. TRA. . . .	*Colonia Vlpia Trajana.*	Colonie Vlpienne, ou Vlpia-Trajane, ou

		fimplement, Colonie de Trajan ; VIpie eft aujourd'hui Kellen ou Varhel, en Tranfilvanie.
COM. ASI. ROM. ET. AVG.	*Commune Afiæ Romæ & Augufto.*	Le Commun de l'Afie confacre, voue à Rome & à Augufte.
COM. IMP. AVG. . . .	*Comes Imperatoris Augufti.*	Le Compagnon de l'Empereur ; ou qui accompagne l'Empereur, l'Augufte.
COMM.	*Commodus (Imperator); vel Commodiana (Colonia).*	L'Empereur Commode ; ou bien Colonie de l'Empereur Commode.
CON. *vel* CONS. *vel* CONST.	*Conftantinopolis. .*	Conftantinople.
CONC.	*Concordia. . . . .*	La Concorde, la bonne Intelligence ; ou Concorde, Ville.
CONC. APAM.	*Concordia - Apamea.*	Concorde d'Apamée, Ville de Bithynie.
CONG. DAT. POP. . .	*Congiarium datum Populo.*	Congiaire donné au Peuple.
CONG. P. R.	*Congiarium Populo Romano ; vel Congiarium primum.*	Congiaire donné au Peuple Romain ; ou Congiaire premier.
CONG. TER. P. R. IMP. MAX. DAT.	*Congiarium tertium Populo Romano impenfis maximis datum.*	Congiaire troifième donné au Peuple Romain, à grands frais.
CONS. O. A.	*Conftantinopoli Officinâ primâ.*	Monnoie frappée à Conftantinople, dans le premier Hôtel des Monnoies.
CONS. P. A. *vel* CON. O. B.	*Conftantinopoli percuffa Officinâ primâ, vel Officinâ fecundâ.*	Monnoie frappée à Conftantinople : A. marque le premier, & B. le fecond Hôtel des Monnoies.
CONS. SVO.	*Confervatori fuo. .*	A fon Confervateur ; titre donné à quelques Empereurs.
CONSTANTINO. P. AVG. B. M. V. N. P. R. CI. M. S. P. L. C.	*Conftantino pio, Augufto, bonæ memoriæ, Urbis noftræ perpetuo*	A Conftantin le pieux, l'Augufte ; &c. Le Père Hardouin a conjecturé autre-

	Rectori , Cives municipi suo primæ Lugdunenses Civitates ; vel Constantino pio, Augusto, beatissimo , vel benignissimo , munisicentissimo Respublica , vel Beanti muneribus Rempublicam.	ment que le Père Biel : il croît que la Légende de cette Médaille qu'il a vue, & qu'on ne trouve plus , mais qui peut se trouver encore , signifie , à Constantin, pieux, Auguste, très-heureux, ou benin , très-généreux, ou, magnifique envers la République qu'il a rendue heureuse par ses dons, ou par sa bonté , ou par sa magnificence : les interprétations de cette Légende ne font que des conjectures.
COAPT.	*Coaptatus.*	Associé , agrégé.
CO. P. F. COE. METRO.	*Colonia prima Flavia Cæsarea Metropolis.*	Colonie première Flavienne de Césarée la Métropole.
C. O. P. I. A.	*Colonia Octavanorum , Pacensis , Julia , Augusta.*	Colonie des Octaviens, Pacifique , ou de Paz-Auguste , Julienne & auguste. On prétend que cette Colonie fut tirée de Fréjus, pour être incorporée parmi les Soldats d'Auguste , appellé autrement Octave, & que de là lui est venu le nom de Colonie des Octaviens; mais il y a en cela beaucoup de conjectures.
CO. R. N. B.	*Constantinopoli , Romæ novæ , in Officinâ secundâ.*	Monnoie frappée à Constantinople, la nouvelle Rome , dans l'Hôtel second des Monnoies.
COSS.	*Consules, vel Consulibus.*	Consuls, ou aux Consuls.
COS. ITER. ET. TER.	*Consul iterùm &*	Désigné Consul pour

DESIG.	*tertiùm designatus.*	la seconde & troisième fois ; ou plutôt, Consul pour la seconde fois, & désigné encore pour le troisième Consulat.
C. OVAL. HOSTIL. COINTUS.	*Caius-Valens-Hostilianus - Quintus.*	Caius-Valens-Hostilianus - Quintus ; prénoms, noms, ou surnoms d'hommes. OVAL. est mis pour VAL. qui signifie Valens ou Valence ; COINTUS est mis pour Quintus.
C. PAET.	*Caius-Pætus. . . .*	Caius - Pætus ; nom d'homme.
C. P. FL. AVG. F. G. CAES. METR. P. S. P.	*Colonia prima Flavia , Augusta, felix , germanica, Cæsarea, Metropolis Provinciæ Syriæ , Palestinæ.*	Colonie première Flavienne , auguste , heureuse , germanique de Césarée , Métropole de la Province de Syrie , en Palestine ; conjecture.
C. R.	*Claritas Reipublicæ.*	La République illustrée, ou l'illustration , l'honneur , la gloire de la République.
CRAS.	*Crassus. . . . . . .*	Crassus ; nom d'homme.
C. R. I. F. S.	*Colonia Romana Julia, felix, Sinope.*	Colonie Romaine , Julienne, heureuse, de Sinope.
C. SACR. FAC.	*Censor sacris faciundis.*	Censeur préposé aux choses sacrées.
C. T. T.	*Colonia Togata , Taraco.*	Colonie de Taraco, ou Tarragone, en Espagne , surnommée *Togata* , parce que les Soldats y portoient l'habit à la Romaine. Il y avoit une Comédie à Rome appellée *Togata* , par la même raison.
C. V.	*Clypeus votius. . .*	Bouclier votif.
C. VAL. HOST. M.	*Caius-Valens-Hos-*	Caius-Valens - Hosti-

QVINTVS.	*tilianus - Mef-cius-Quintus.*	lianus - Mefcius-Quintus ; noms d'homme.
C. VET. LANG. . . .	*Caio-Vettio-Languido.*	A Caius-Vettius-Languidus ; noms d'homme.
C. VI. CEL.	*Caius-Vibius-Celfus.*	Caius-Vibius-Celfus; noms d'homme.
C. V. IL.	*Colonia Victrix Illice.*	Colonie Victorieufe d'Illice ; à préfent Elche, en Efpagne.
COS. *vel* C. V. P. P. . .	*Conful quintùm, Pater Patriæ.*	Conful pour la cinquième fois, Père de la Patrie.
CVR. X. F.	*Curator Denariorum Flandorum, &c.*	Officier qui eft chargé de faire frapper les deniers de la Monnoie ; l'X. fignifie un denier Romain.
D	**D**	**D**
D. A.	*Divus Auguftus.* .	Le Divin Augufte.
DAC.	*Dacia , vel Dacicus.*	La Dace, ou le Dacien.
DAC. CAP.	*Daciâ captâ.* . . .	La Dace prife, ou la Dace étant fubjuguée.
DAMA.	*Damafcus.*	Damas, en Syrie.
D. C. A.	*Divus Cæfar Auguftus.*	Le Divin Céfar, Augufte.
D. C. C. N. C.	*Decuriones Coloniæ Concordiæ Norbæ - Cæfarianæ.*	Les Décurions de la Colonie Concorde de Norba-Céfarée ; c'eft Alcantara.
D. C. L. SEPT. ALBIN.	*Decimus-Claudius-feptimus - Albinus.*	Decimus - Claudius-Septimus-Albinus ; noms d'homme.
D. C. S.	*De Confulum Sententiâ ; (fortè).*	Par la Sentence , ou par le Décret des Confuls ; conjecture.
DD. NN.	*Domini noftri , vel Dominorum noftrorum.*	Nos Seigneurs. Deux NN. fignifient deux, & trois NNN. trois Seigneurs, ou Empereurs.
DD. PP.	*Decuriones pofuerunt ; (fortè).*	Les Décurions ont fait pofer & graver cette &c. ; conjecture.

Au

DEBELLATORI. GENTT. BARBAR.	*Debellatori Gentium Barbararum.*	Aux Vainqueurs des Nations barbares.
DEC.	*Decius ; Decennalia , &c.*	Decius ; nom d'homme ; ou les Jeux Decennaux.
DEO. NEM.	*Deo Nemaufo. . .*	Au Dieu Nemaufus , ou de Nifmes.
DIC. *vel* DICT. PER. .	*Dictatori perpetuo, vel Dictator perpetuus.*	Dictateur perpétuel.
DERT.	*Dertofa. . . . . .*	Dertofe , Tortofe , dans la Catalogne.
D. F. D. N.	*Decimi filius, Decimi Nepos.*	Fils ou Neveu de Decimus.
DIANA. PERG.	*Diana Pergenfis.*	Diane de Perge, dans la Pamphilie.
D. I. M. S.	*Deo invicto Mithræ facrum.*	L'Autel ou le Temple confacré à Mithras , Dieu invincible.
DOM. *vel* DOMIT. . .	*Domitius, vel Domitianus.*	Domitius; nom d'homme ; Domitien ; de même.
D. P. *vel* D. PP.	*Divus Pius ; vel Dii Penates.*	Le Divin Pie ou Antonin ; ou bien les Dieux Pénates.
DR. CAES. Q. PR. . .	*Drufus - Cæfar , quinquennalis Præfectus.*	Drufus-Céfar , Préfet quinquennal.
D. S. I. M.	*Deo Soli invicto Mithræ.*	Au Dieu Mithras, Soleil invincible.

E

E.	*Eft , vel ejus &c.*	Eft ; ou de lui.
EGN. GAL. AVG. . .	*Egnatius - Gallienus Auguftus.*	Egnatius-Gallien Augufte , ou Empereur.
EID. MART.	*Eidibus , vel Idibus Martii.*	Aux Ides de Mars.
E. Q. COH.	*Equeftris vel Equites Cohortis.*	Les Chevaliers d'une telle Cohorte ; ou la Cohorte à Cheval ; Cavalerie.
EQ. M.	*Equitum Magifter.*	Le Maître , l'Officier Commandant de la Cavalerie.
EQ. ORDIN. *vel* ORD.	*Equitum Ordini , vel Equitum Ordo, vel Equeftri Ordini.*	L'Ordre des Chevaliers.

ETR.	*Etruscus.*	Etrurien ; ou Toscan.
EVR.	*Europa.*	L'Europe.
EX. AR. P. *vel* EX. A. P.	*Ex argento puro, probato, Publico.*	Monnoie faite d'argent de bon aloi, d'argent dont les Officiers publics ont fait l'essai, & qui est approuvé.
EX. CONS.	*Exconsensu.* . . .	Fait du consentement de &c.
EX. D. D.	*Ex decreto Decurionum.*	Par le décret des Décurions.
EX. EA. P. Q. I. S. AD. A. D. E.	*Ex eâ pecuniâ quæ jussu Senatûs ad ærarium delata est.*	Chemin fait, ou réparé, avec l'argent qui a été remis au trésor public, par le décret ou l'ordre du Sénat.
EXERC. PERS.	*Exercitus Persicus.*	L'Armée des Perses ou de Perse.
EX. S. C.	*Ex Senatûs Consulto.*	Par un décret du Sénat ; ou par un Senatus-Consulte.
EX. S. D.	*Ex Senatûs decreto.*	Par décret du Sénat ; expression & Légende bien moins ordinaires que S.C., mais qui signifient à-peu-près la même chose.

F   **F**   **F**

F.	*Fabius ; vel faciundum ; vel fecit ; vel felix ; vel filius ; vel Finnicus ; vel Flamen ; vel flavit ; vel fortuna ; vel frumentum ,&c.*	Cette lettre initiale signifie, Fabius ; ou fait, ou à faire ; ou heureux, heureuse ; ou fils , ou filles ; ou Finnicius ; ou Fabricateur , Officier des Monnoies ; ou fortune ; ou froment, &c.
FAB.	*Fabius.*	Fabius ; nom d'homme.
FABRI. FABRIC. . . .	*Fabricius.*	Fabricius ; nom d'homme.
FAD.	*Fadius.*	Fadius ; nom d'homme.
FAECUND.	*Fœcunditas , &c.*	La Fécondité, &c.

Famille

FAN.	*Fannia.*	Fannia ; nom d'une Famille Romaine.
FANE.	*Fanetris (fortè).*	Faneſtre ; à préſent Fano ; conjecture. Il y a eu une Colonie appellée Julia Faneſtris.
F. B.	*Felicitas Beata.* .	La Bienheureuſe Félicité.
F. C.	*Faciundum curavit ; vel frumento covehendo.*	Si le Type de la Médaille montre les inſtrumens de la Monnoie, ces deux lettres F. C. ſignifient qu'un tel a fait frapper la Pièce ; s'il y a des épis ou des voitures, ces mêmes lettres annoncent un Officier prépoſé à la fourniture & à la traite des grains.
FEL. PR.	*Felicitas Provinciarum.*	La Félicité des Provinces.
FEL. TEMP. REP. ; *vel breviùs* F. T. R.	*Felix temporum reparatio.*	Le rétabliſſement heureux des bons temps, des ſiècles d'or.
FEN.	*Feneſtella ; vel Fennius.*	Feneſtella ; nom d'homme ; ou Fennius ; auſſi nom d'homme.
FER.	*Feronia (Dea).* . .	La Déeſſe Feronie.
FID. EXERC.	*Fides Exercitûs.* . .	La fidélité, ou le ſerment de fidélité de l'Armée.
FL.	*Flamen, vel Flavius.*	Flamine ; nom d'une Dignité ſacrée ; ou Flavius ; nom d'homme.
FLAM.	*Flaminius.*	Flaminius ; nom d'homme.
FLAM. DIAL.	*Flamen Dialis.* . .	Flamine, ou Prêtre de Jupiter.
FLAM. MART.	*Flamen Martialis.*	Flamine du Dieu Mars.
FLAM. D.	*Flamen Divi.* . .	Flamine du Divin (Auguſte), ou d'un Empereur.
FL. FEL.	*Flaviæ felicis.* . .	(De la Légion) Flavienne, heureuſe.

FOR. *vel* FORT. RED.	*Fortuna redux ; vel Fortunæ reduci.*	La fortune , ou à la fortune de retour.
FORT. P. R.	*Fortuna, vel fortitudo Populi Romani.*	La fortune , ou la force du Peuple Romain.
FORT. PRIM.	*Fortunæ Primigeniæ.*	C'eſt comme ſi on diſoit , à la fortune Mère des premiers nés.
FOVR.	*Fourius.*	Fourius ; nom d'homme.
FRVG. AC.	*Fruges acceptæ.* . .	Les grains , les vivres arrivés ou reçus.
FVL.	*Fulvius.*	Fulvius ; nom d'homme.
FVLG.	*Fulgerator.*	Le foudroyant (Jupiter).
FVLM.	*Fulminator.* . . .	Le fulminant (Jupiter).

G

G.	*Galindicus ; vel Gaudium ; vel Gemina ; vel Genius ; vel Germanus ; vel Gnæa.*	Cette lettre ſignifie Galindicus; ſurnom de Voluſien ; ou la Joie ; ou la Gemelle ; ou le Génie ; ou Germanus ; ou Gnæa ; tous noms de Divinité, d'hommes, de femmes, &c.
GADIT.	*Gaditanus , vel Gaditana.*	Gaditain , ou Gaditaine.
GAL.	*Galerius ; vel Galindicus.*	Galerius ; ou Galindicus ; noms & ſurnoms d'hommes.
G. *vel* GEN. AVG. . .	*Genio Auguſti.* . .	Au Génie d'Auguſte , de l'Empereur.
G. COR. SVPER. . . .	*Gnæa Cornelia ſupera.*	Gnæa Cornelia Supera ; noms d'une Impératrice.
G. D.	*Germanicus , Dacicus , &c.*	Le Germanique , le Dacique. Titres donnés à quelques Empereurs à cauſe de leurs Conquêtes ſur les Germains , ſur les Daces , &c.

GEM. L.	*Gemina, vel Gemella Legio.*	Légion double, ou Légion Gemelle, ou de Tucci.
GEN. COL. COR. . .	*Genio Coloniæ Corinthi.*	Au Génie de la Colonie de Corinthe.
GENIO. *vel* GEN. COL. NER. PATR.	*Genio Coloniæ Neronianæ Patrenfis.*	Au Génie de la Colonie Néronienne de Patras, ou de Néron à Patras.
GENET. ORB.	*Genitrix, vel Genitrici orbis.*	A la Mère du Monde, à celle qui a engendré l'Univers ; titre de Déeffe & d'Impératrice.
GEN. ILLY.	*Genius, vel Genio Illyrici.*	Le Génie, ou au Génie d'Illyrie.
GER. P.	*Germanica Provincia ; vel Germaniæ Populus.*	La Germanie, Province ; ou le Peuple de Germanie.
GL. E. R.	*Gloria Exercitus Romani.*	La Gloire de l'Armée Romaine.
GL. P. R.	*Gloria Populi Romani.*	La Gloire du Peuple Romain.
GL. R.	*Gloria Romanorum.*	La Gloire des Romains.
G. L. S.	*Genio loci facrum.*	Dédié, confacré au Génie du lieu.
G. M. V.	*Gemina Minervia victrix.*	La Colonie victorieufe de Minervium, en Italie.
GOTH.	*Gothicus. . . . .*	Le Gothique ; titre d'Empereur.
G. P.	*Græciâ peragratâ, vel Græciæ Populus.*	Ayant parcouru, vifité la Grèce ; ou bien le Peuple de la Grèce.
G. P. R.	*Genio Populi Romani.*	Au Génie du Peuple Romain.
GRA. *vel* GRAC. . . .	*Gracchus. . . . .*	Gracchus; nom d'homme.
G. T. A.	*Genius tutelaris Ægypti, vel Geminæ Tutator Africæ.*	Génie tutélaire de l'Égypte, ou Protecteur, Défenfeur des deux Afriques.
G. T. Æ.	*Genius Tutelaris Ægypti.*	Le Génie Tutelaire de l'Égypte.

H	H	H
H.	*Haſtati.*	Soldats Romains les plus diſtingués, les premiers Soldats de la tête, armés de toutes pièces, d'une haſte, d'une épée, d'une lance, &c.
HADR.	*Hadrianus.* . . .	Hadrien, ou Adrien ; nom d'homme ; l'Empereur Hadrien.
HEL.	*Heliopolis*	Heliopole, ou Ville du Soleil, en Égypte.
HEL. *vel* HELV. . . .	*Helvius.*	Helvius ; prénom ou nom d'un Empereur.
HER.	*Hercules ; vel Herennius.*	Hercule ; nom d'un Dieu ; ou Herennius ; nom d'homme.
HERAC. . . . . . . : :	*Heraclitus.*	Heraclite; nom d'homme.
HERC. GADIT. . . .	*Herculi Gaditano.*	A Hercule le Gaditain, ou de Cadix.
HERC. ROM.	*Herculi Romano.*	A Hercule le Romain.
HIP.	*Hippius.*	Hippius ; nom d'homme.
HIS. *vel* HISP.	*Hiſpalis ; vel Hiſpania ; vel Hiſpalus.*	Hiſpalis, Ville d'Eſpagne ; ou bien l'Eſpagne même ; ou Hiſpalus ; nom d'homme.
HO.	*Honos.*	L'Honneur, Divinité.
HA. P. *vel* H. P. . . .	*Haſtatorum & Principum.*	Ce ſont les Soldats de la tête d'une Armée ; les premiers & les Princes ; les premières Cohortes ou Légions.
HS.	*Seſtertium.*	Seſterce, Monnoie Romaine.

I	I	I
I.	Imperator ; vel Jovi ; vel Julius ; vel Juno ; vel Juffu ; vel primus ; vel primo unus.	Cette lettre feule figni-fie l'Empereur ; ou Jupiter ; ou Jules ; ou Junon ; ou par le commandement, par l'ordre de &c. ; ou un ; ou premier, première, &c.
I. A.	Imperator Auguf-tus ; vel Indul-gentiâ Augufti, &c.	L'Empereur Augufte ; ou par l'indul-gence d'Augufte, de l'Empereur, &c.
I. C.	Imperator Cæfar, vel Julius-Cæfar.	Empereur Céfar ; ou Jules-Céfar.
II. IMM. CC. FFILIP-PIS. AVGG.	Duobus Imperato-ribus Cæfaribus Philippis Au-guftis.	Aux deux Philippe Empereurs, Céfars, Auguftes.
I. IT.	Imperator iterùm.	Empereur pour la fe-conde fois, Général des Troupes.
II-VIR. QVINQ. III-VIR. vel IIII-VIR.	Duum-vir quin-quennalis ; Tri-um-vir ; vel Quartum-vir.	Duum-vir quinquen-nal ; ou Trium-vir ; ou Quartum-vir ; charges ou dignités Romaines.
IMP. CAES. AVG. COMM. CONS.	Imperator Cæfar Auguftus, com-muni confenfu.	Empereur & Céfar Augufte, créé d'un confentement una-nime.
IMP. CAES. G. M. Q.	Imperator Cæfar Gnæus-Meffius-Quintus.	L'Empereur Céfar Gneus - Meffius-Quintus.
IMP. C. C. VA. F. GAL. VEND. VOLVSIA-NO. AVG.	Imperatori Cæfari Caio, vel Car-pico, Vandalico, Finnico, Galin-dico, Vandalico, Volufiano Au-gufto.	A l'Empereur Cé-far, Caius Volu-fien, le Carpique, le Vandale, ou le Vandalique, le Fin-nique, le Galindi-que, le Vendéni-que ou Vénédique, Augufte ; titres que cet Empereur mérita par fes Conquêtes.
IMP. CAES. vel M. C. CASS. LAT. POS-TVMVS.	Imperator Cæfar Marcus-Caffius-Latienus - Pof-tumus.	L'Empereur Céfar-Marcus-Caffius-La-tienus-Poftume.

IO. CANTAB......	*Jovi Cantabrico.* .	A Jupiter le Cantabre : il eſt appellé de ce nom peut-être par les Cantabres qui l'adoroient particulièrement ; peut-être auſſi qu'on lui donna ce nom , parce que la Fable ſuppoſe que ſa foudre tomba dans le Lac de ce nom.
I. O. M. D.	*Jovi optimo , maximo dicatum.*	Dédié à Jupiter très-bon & très-grand.
I. O. M. H.	*Jovi optimo , maximo Heliopolitano.*	A Jupiter très-bon & très-grand d'Héliopolis, ou l'Héliopolitain.
I. O. M. S.	*Jovi optimo , maximo ſacrum.*	Conſacré à Jupiter très-bon & très-grand.
I. O. M. SPONS. SECVRIT. AVG.	*Jovi optimo , maximo, Sponſori ſecuritatis Auguſti.*	A Jupiter très-bon & très-grand, Garant ou Protecteur de la ſûreté de l'Empereur, ou veillant à la ſûreté, à la tranquillité de l'Auguſte.
I. O. M. S. P. Q. R. V. S· PR. S. IMP. CAES. QVOD. PER. EV. R. P. IN. AMP. ATQ. TRAN. S. E.	*Jovi optimo , maximo Senatus Populuſque Romanus vota ſuſcepta pro ſalute Imperatoris Cæſaris , quod per eum Reſpublica in ampliori atque tranquilliori ſtatu eſt.*	Le Sénat & le Peuple Romain a fait des vœux à Jupiter très - bon & très-grand, pour la conſervation de l'Empereur Céſar , en reconnoiſſance de ce qu'il a rétabli la République dans un état meilleur ; plus riche, plus heureux & plus tranquille.
I. O. M. V. C.	*Jovi optimo , maximo, Victrici , Conſervatori.*	A Jupiter très-bon & très-grand , le Victorieux , le Conſervateur.
IOV. OLYM.	*Jovi Olympio.* ..	A Jupiter l'Olympien.
IOV. TON.	*Jovi Tonanti.* ..	A Jupiter le Tonnant.
ISEL. OECVM.	*Iſelaſtica Œcumenica (Certamina).*	Les Combats , les Jeux Iſélaſtiques , Œcumeniques.

Junon

I. S. M. R.	*Juno Sospita, magna Regina, vel Mater Romanorum.*	Junon Sospita, la grande Reine ; ou bien Junon la Mère des Romains.
I Æ.	*Italia.*	L'Italie.
ITAL. MVN.	*Italicum Municipium.*	Municipe d'Italie.
I. IV.	*Imperator quartùm.*	Empereur pour la quatrième fois.
IVL.	*Julius ; vel Julia ; vel Julianus.*	Jules ; ou Julie ; ou Julien.
IVL. V. MAXIMVS. C.	*Julius-Verus-Maximus, Cæsar.*	Julius-Verus-Maxime, César.
IVN.	*Junior ; vel Junius ; vel Juno.*	Le Jeune ; ou Junius ; nom d'homme ; ou Junon, Déesse.

K   K   K

K.	*Kæso.*	Kæso ; prénom.
KAN.	*Kaninius.*	Kaninius.
KAP.	*Kapitolina.*	Kapitolins , Capitolins.
KAR.	*Carthago.*	Carthage.
KAR. O.	*Carthaginensis Officina.*	Hôtel des Monnoies de Carthage.
KART. *vel* KRT. E. .	*Carthago Officinâ quintâ.*	Frappée à Carthage , dans le cinquième Hôtel des Monnoies ; c'est ainsi que plusieurs Antiquaires expliquent ces lettres initiales.
KON. *vel* KONST. . .	*Constantinopolis.*	Constantinople.

L   L   L

L.	*Laus ; vel Legatus ; vel Legio ; vel Lucius ; vel Ludi.*	Cette lettre signifie la Colonie appellée Laus , ou Julia-Laus : elle signifie aussi Légion ; ou Lucius ; ou les Jeux.
L. *vel* LC.	*Lugdunum.*	Lyon ; Ville de France.
LVC. AEL.	*Lucius-Ælius.* . .	Lucius - Élius ; nom d'homme.
LAPHR.	*Laphria.*	Diane , surnommée Laphria.
L. CAN.	*Lucius-Caninius.* . .	Lucius - Caninius ; noms d'homme.

L. COE. *vel* CAE. . .	*Lucius-Cælius.* . .	Lucius-Cælius; noms d'homme.
LEG. AVG. PR. PR. .	*Legatus Augufti, pro Prætore.*	Légat de l'Empereur, pour le Préteur.
LEG.	*Legio.*	Légion ; Corps militaire dont on trouve dans Marc-Antoine le nombre porté jufqu'à 24.
LEG. GEM. PAC. *vel* PARTH. *vel* NE P. *vel* VLP.	*Legio Gemina, Pacifica ; vel Parthica ; vel Neptunia ; vel Vlpia.*	Légion double , ou Gemelle , Pacifique ; ou Parthique ; ou Neptunienne ; ou Vlpienne ; titres de plufieurs Légions.
LEG. I. ADI. P. E. . .	*Legio prima, adjutrix , pia , fidelis.*	Légion première , fecourante , pieufe & fidelle.
L. I. MIN.	*Legio prima Minervia , vel Minervium.*	Légion première Minervienne , ou de Minervium , en Italie.
LEG. II. PART. V. P. V. E.	*Legio fecunda Parthica , quintùm pia , quintùm fidelis.*	Légion feconde , Parthique , qui a donné des preuves de fon zèle & de fa fidélité pour la cinquième fois.
LEG. II. TRO. *vel* TR. FOR.	*Legio fecunda Trojana, vel Trajana fortis.*	Légion feconde de Troye , ou Trajane , furnommée la Forte.
LEG. IIII. FL. VI. P. VI. F.	*Legio quarta fextùm pia , fextùm fidelis.*	Légion quatrième qui a prouvé fon zèle & fa fidélité pour la fixième fois.
LEG. V. M. P. C. . . .	*Legio quinta , Macedonica , pia , conftans.*	Légion cinquième , Macédonienne , pieufe & conftante.
LEG. VII. CL. GEM. P. FIDEL.	*Legio feptima , Claudia, Gemina , pia , fidelis.*	Légion feptième , Claudienne , double , pieufe & fidelle.
LEG. XI. CLAVDIA. .	*Legio undecima , Claudia.*	Légion onzième , Claudienne.
LEG. XVI. FR. . . , .	*Legio decima-fexta, Fregellæ , vel Fregenæ.*	Légion feizième , de Fregelles , autrefois Ville du Latium ; ou bien il faut lire, Légion feizième de Frégène ; Frégene étoit

		étoit une ancienne Ville de Toſcane.
LEG. M. XX.	*Legio Macedonica vigeſima.*	Légion Macédonienne, la vingtième.
LEG. XXX. NEP. VI. F.	*Legio trigeſima, Neptuniana, ſextùm fidelis.*	Légion trentième, Neptunienne, qui a donné des preuves de ſa fidélité pour la ſixième fois.
LENT. CVR. X. F. . .	*Lentulus Curator Denariorum Flandorum, vel curavit Denarium Flandum.*	Lentulus prépoſé pour faire frapper la Monnoie, ou qui a fait frapper ces Monnoies.
LEP.	*Lepidus ; vel Leptis.*	Lépide ; nom d'homme ; ou Leptis ; nom de Ville.
L. Ñ. L. F.	*Luccii Nepos ; Lucii Filius.*	Fils, ou Neveu de Lucius.
L. H. T.	*Lucius – Hoſtilius – Tubero.*	Lucius-Hoſtilius-Tubero ; noms d'homme.
LIB. P. *vel* LIBERO. P.	*Libero Patri. . . .*	A Liber le Père ; c'eſt Bacchus.
LIB. II. *vel* III., &c. . .	*Liberalitas ſecunda, vel tertia, &c*	Libéralité ſeconde, troiſième, &c.
LIB. PVB.	*Liberalitas publica.*	Libéralité publique, ou faite au Public.
LIC. COR. SAL. VALER. N. CAES.	*Licinius-Cornelius-Saloninus-Valerianus, nobilis Cæſar.*	Licinius-Cornelius-Saloninus – Valérien, noble Céſar.
LIC. LICIN.	*Licinius, vel Licinianus.*	Licinius, ou Licinianus ; noms d'Empereur.
L. MAN.	*Lucius-Manlius.*	Lucius-Manlius ; noms d'homme.
LON.	*Longus. . . . .*	Longus ; nom d'homme.
L. P. S.	*Lugduni percuſſa, vel Moneta, vel pecunia.*	Monnoie frappée à Lyon ; ou Monnoie de Lyon.
L. P. D. Æ. P.	*Lucius – Papirius deſignatus Edilis Plebis.*	Lucius-Papirius déſigné Edile du Peuple.
L. R.	*Lucius – Rubrius, vel Roſcius.*	Lucius-Rubrius, ou Lucius – Roſcius ; noms d'homme.
L. S. DEN.	*Lucius – Seſcinus – Dentatus.*	Lucius-Seſcinus-Dentatus ; trois noms

M m m

		du même homme.
L. VAL.	*Lucius-Valerius.*	Lucius - Valerius ; noms d'homme.
LVC.	*Lucanus , vel Lucrio.*	Lucanus , ou Lucrio ; noms d'homme.
LVC. P. S. *vel* M. . . .	*Lugduni pecunia signata , vel Moneta.*	Monnoie frappée à Lyon.
LVP.	*Lupercus. . . . .*	Lupercus ; nom d'homme.
LV. PC. S.	*Lugduni pecunia signata.*	Monnoie frappée à Lyon.

M   M   M

M.	*Mæsia ; vel Marcus ; vel Memmius ; vel Mensis ; vel Minervia ; vel Moneta ; vel Municeps ; vel Municipium; vel Munitæ , &c.*	Cette lettre signifie la Mésie , Province ; ou Marcus ; ou Memmius ; noms d'hommes; ou Mensis ; le Dieu Lunus ; ou Minervium, Ville; ou Monnoie ; ou Municipal ; ou Municipe ; ou fortifiées, gardées (Villes ou Voies fortifiées).
MA.	*Manius. . . . . .*	Manius ; nom d'homme.
M. A.	*Marcus-Aurelius.*	Marc-Aurèle.
M. A. C. AVG. *vel* MAC. AVG.	*Magna Ædes Cæsaris Augusti ; vel potiùs Macellum Augusti.*	Le grand Édifice , le principal Hôtel de César-Auguste ; ou plutôt, la Boucherie d'Auguste ; ou l'Édifice bâti par Néron pour servir aux Boucheries de Rome.
M. AEM.	*Marcus-Æmilius.*	Marc - Émile ; noms d'homme.
MA. CANI. . . . . . :	*Manius-Caninius.*	Manius-Caninius , ou Kaninius ; noms d'homme.
MAG. DECENT. . . :	*Magnentius - Decentius.*	Magnence , ou Magnentius-Decentius; noms d'homme.
MAG. PIVS.	*Magnus , Pius. :*	Grand & pieux ; noms & titres de Cneïus Pompée.

M. ANN.	*Marcus-Annius.*	Marcus-Annius; noms d'homme.
MAR. *vel* Mᴿ *vel* MARC.	*Marcia; vel Marcus; vel Marcius.*	Marcius, ou Marcus; noms d'homme; ou bien Marcia; Épithète donnée aux eaux d'une Fontaine appellée *Aqua Marcia*.
MAR. PROP.	*Mars Propugnator.*	Mars le Défenseur, le Vainqueur, le Guerrier.
MAR. VLT.	*Marti Vltori.* . .	A Mars le Vengeur.
MATER. AVGG. MAT. SEN. MAT. *vel* M. PAT.	*Mater Augustorum; Mater Senatûs; Mater Patriæ.*	Mère de nos Augustes; Mère du Sénat; Mère de la Patrie.
M. AVF. *vel* AF.	*Marcus-Aufidius.*	Marcus, ou Marc-Aufidius; noms d'homme.
M. AVR. *vel* AR. . . .	*Marcus-Aurelius.*	Marc-Aurèle; noms d'homme.
M. AVR. ANTON. .	*Marcus-Aurelius-Antoninus.*	Marc-Aurèle-Antonin; noms d'homme.
MAX.	*Maximus.*	Maximus, ou Maxime; nom d'Empereur.
M. C. I.	*Municipium Calaguris, Julia.*	Municipe de Calaguris, Julienne; à présent Lahorre, en Espagne.
M. D. M. I.	*Magnæ Deûm Matri Ideæ.*	A Cybèle Idéenne, la grande Mère des Dieux.
MET.	*Metropolis.*	Métropole; Ville Métropole.
MES.	*Messius.*	Messius; nom d'homme.
MET. DEL.	*Metallum Dalmaticum (e, pro a).*	Métal de Dalmatie.
METALL. VLPIAN. PAN.	*Metallum Vlpianum, Pannonicum.*	Métal Ulpien & Pannonique, ou de Pannonie.
MET. NOR.	*Metallum Noricum.*	Métal de Norique.
METŒ.	*Metœcus.*	Métecus; nom d'homme.
M. F. M. N.	*Marci Filius; Marci Nepos.*	Fils de Marc, ou Marcus; Neveu de Marcus.

M. H. ILLERGAVO-NIA. DERT.	*Municipium Hibe-ra-Illergavonia-Dertofa.*	Municipe d'Hibera-Il-lergavonia-Dertofa; c'eft Tortofe, en Catalogne.
MINAT.	*Minatius. . . . .*	Minatius; nom d'hom-me.
MINER. VICT.	*Minervæ Vifltrici.*	A Minerve la Victo-rieufe.
M. K. V. T. . - . . .	*Moneta Carthagi-nienfis Urbis, Officinæ tertiæ (fortè).*	Monnoie de la Ville de Carthage, frap-pée dans le troi-fième Hôtel des Monnoies ; con-jecture.
M. L.	*Moneta Lugdunen-fis.*	Monnoie de Lyon.
M. LEP. C. REG. INST.	*Marcus - Lepidus Civitatem Regi-nenfium inflau-ravit.*	Marcus-Lépidus a re-bâti ou réparé la Ville de Regina ou des Réginiens, Ville d'Efpagne, dans la Bætique, dont les Habitans s'appel-loient *Reginenfes.*
M. MAR.	*Marcus - Marcel-lus.*	Marc-Marcelle; noms d'homme.
M. M. I. V.	*Municipes Muni-cipii Julii Uti-cenfis.*	Ceux du Municipe de Julius, ou Julien d'Urique; à préfent Biferte, en Afrique.
M. N.	*Moneta Narbo-nenfis.*	Monnoie de Narbon-ne.
MON.	*Moneta. . . . . .*	Monnoie; Déeffe; ou Argent.
M. POP.	*Marcus - Popilius.*	Marc-Popilius; noms d'homme.
M. R.	*Municipium Ra-vennatium.*	Municipe de Ravenne; Ville d'Italie.
M. S.	*Mœfiæ fuperioris.*	De la Méfie fupérieu-re.
M. S. TR.	*Moneta fignata Treviris.*	Monnoie frappée à Trèves.
MV.	*Mutius, vel Mu-natius.*	Mutius ou Munatius; noms d'homme.
MVL. FEL.	*Multa felicia. . .*	Vœux qu'on faifoit pour les Empereurs, en leur fouhaitant la profpérité & tou-tes chofes heureufes.
MVL. XX. MVLT.	*Multis Vicennali-*	Autres fortes de vœux

XXX. | *bus ; multis tricennalibus.* | & d'acclamations, par lesquels on souhaitoit de longues années, comme plusieurs vingtaines d'années, plusieurs fois vingt, ou trente ans.

MVN. CAL. IVL. : : :	*Municipium Calaguris, Julia.*	Municipe de Calaguris, Julienne.
MVN. CLVN.	*Municipium Clunia.*	Municipe de Clunia, ancienne Ville d'Espagne ; à présent Crunna.
MVN. FANE. AEL. . .	*Municipium Faneſtre-Ælium.*	Municipe de Faneſtre, Ælien, ou d'Ælius; peut-être eſt-ce Fano, en Italie.
MVN. STOB. *vel* **STOBENS.** *vel* **STOBENSIVM.**	*Municipium Stobenſe.*	Municipe de Stobi, en Macédoine.
MVN. IVL. VTICEN. DD. PP.	*Municipii Uticenſis Decuriones poſuére.*	Municipe d'Utique ; ou les Décurions du Municipe d'Utique ont poſé, &c. ; c'eſt Biſerte, Ville d'Afrique.
MVN. TVR. *vel* **MV. TV.**	*Municipium Turiaſſo.*	Municipe de Turiaſſo, Ville d'Eſpagne.

N   **N**   **N**

N.	*Natali ; vel Nepos ; vel Nobilis ; vel Noſtræ ; vel Numini ; vel Numen ; vel Nummus.*	Cette lettre ſignifie, Naiſſance ; ou Neveu ; ou Noble; ou Nôtre ; ou la Divinité ; ou une Médaille, une Pièce de Monnoie, &c.
NAT.	*Natali ; vel natus.*	Naiſſance ; ou né.
NAT. VRB. CIRC. CON.	*Natali Urbis Circenſes conſtituti.*	Jeux du Cirque, ou Combats inſtitués au jour anniverſaire de la fondation de la Ville.
N. C.	*Nero-Cæſar ; vel Nobilis Cæſar.*	Néron-Céſar ; ou Noble Céſar.
N. C. A. P. R.	*Nummus cuſus à Populo Romano, vel autori-*	Pièce, argent frappé par ordre du Peuple Romain ; conjec-

	taté Populi Romani (forté).	ture.
NEP. RED.	*Neptuno reduci.* .	A Neptune de retour.
NEP. S.	*Neptuno sacrum.* .	Dédié , consacré à Neptune.
NEPT. *vel* NEPTVN.	*Neptunalia.* . . .	Fêtes en l'honneur de Neptune.
NER.	*Nero ; vel Nerva.*	Néron ; ou Nerva.
NER. I. Q. VRB. . . .	*Nerva primus Quæstor Urbis.*	Nerva premier Questeur de la Ville.
N. F. N. N.	*Numerii Filius , Numerii Nepos.*	Fils ou Neveu de Numerius.
NICEPH.	*Nicephorium.* . . .	Colonie de Nicephorium , en Mésopotamie.
NICER.	*Nicereus.*	Nicereus ; nom d'homme.
NIG.	*Niger.*	Niger ; surnom , ou nom d'homme.
NOB. C.	*Nobilis , vel Nobilissimus Cæsar.*	Noble ou très-Noble César.
N. T. M.	*Numini Tutelari.*	Au Dieu Tutelaire.
N. TR. ALEXAN-DRIANÆ. COL. BOSTR.	*Nerviæ , Trajanæ, Alexandrianæ Coloniæ Bostræ, vel Bostrensis.*	A la Colonie , ou de la Colonie Nervienne , Trajanne , Alexandrienne de Bostra , Ville de la Palestine.
NV.	*Numa.*	Numa (Pompilius).

O   O   O

O.	*Ob ; vel Officina ; vel Ogulnius ; vel optimo , &c.*	Cette lettre seule signifie *ob* , à cause ; ou Hôtel des Monnoies ; ou Ogulnus ; nom d'homme ; ou très-bon , Épithète donnée souvent à Jupiter , &c.
OB. C. S. *vel* OB. CI-VIS. SER.	*Ob Cives Servatos.*	Monnoie frappée , ou couronne consacrée & donnée à un tel , pour avoir été le Conservateur , le Salut des Citoyens.
OEC.	*Œcumenica.* . . .	Jeux , Combats œcuméniques , ou donnés pour le Public.
OFF. III. CONST. . .	*Officinæ tertiæ*	Frappée dans le troisième

	Conſtantinopoli.	ſième Hôtel des Monnoies de Conſtantinople.
OGVL·	*Ogulnius.*	Ogulnius; nom d'homme.
OLY.	*Olympius.*	Olympe, ou Olympique.
O. M. T.	*Optimo, maximo, tonanti.*	(A Jupiter) le très-bon, très-grand & tonnant.
OP. *vel* OPT. PRIN. *vel* PR.	*Optimo Principi.* .	Au très-bon Prince; Épithète donnée à Trajan.
OPEI. . . . :	*Opeimius vel Opimius.*	Opimius; nom d'homme.
OPEL.	*Opelius.*	Opelius; nom d'homme.
ORB. TER.	*Orbis Terrarum.* . .	Du Monde, de l'Univers.
OT. *vel* OTACIL. . .	*Otacilia, vel Otacilius.*	Otacille; nom d'une Impératrice; ou Otacilius; nom d'homme.

P   **P**   **P**

P. : . : : . : . : . .	*Pater; vel Patriæ; vel per; vel percuſſa; vel perpetuus; vel pius; vel Pontifex; vel Populus; vel poſuit; vel Præfectus; vel primus; vel Princeps; vel Provinciæ; vel Publius, &c.*	Cette lettre ſeule ſignifie Père; ou Patrie; ou par; ou frappée; ou perpétuel; ou Pie, pieux; ou Pontife; ou Peuple; ou a poſé; ou Préfet; ou premier; ou Prince; ou de la Province; ou Publius, &c.
P. A. : . . : : . : . .	*Pietas Auguſti, vel Auguſta.*	La piété, la bonté, la clémence Auguſte, ou d'Auguſte.
PAC. *vel* PACI. . . .	*Pacifero.*	Au Pacifique (Mars).
PÆT. *vel* PÆ.	*Pœtus.*	Pætus; nom d'homme.
PAPI. : : : : : . :	*Papirius.*	Papirius; nom d'homme.
PAR. AR. AD.	*Parthicus, Arabicus, Adiabenicus.*	Partique, Arabique, Adiabenique; noms & titres donnés à des Empereurs pour

		avoir conquis ces Pays.
P. ARL.	*Pecunia Arelatenſis , vel percuſſa Arelate.*	Argent, ou Monnoie, frappé à Arles.
PART.	*Parthicus. . . .*	Le Parthique.
PART. MAX.	*Parthicus maximus.*	Le Parthique , très-grand , très-haut , &c.
PAT. PAT.	*Pater Patriæ. . .*	Père de la Patrie
P. C. CAES.	*Pater Caii-Cæfaris.*	Père de Caïus-Céfar.
P. C. L. VALERIA-NUS.	*Publius-Cornelius-Licinius - Valerianus.*	Publius - Cornelius - Licinius-Valerien ; noms d'homme , d'Empereur.
P. D.	*Populo datum. . .*	Donné au Peuple.
PELAG.	*Pelagia. . . . .*	Titre donné à Vénus.
PER.	*Permiſſü. . . .*	Par la permiſſion, &c.
PER. A. *vel* PERPET. AVG.	*Perpetuus Auguſtus.*	Auguſte , Empereur perpétuel.
PERT.	*Pertinax. . . . . .*	Pertinax ; nom d'homme , d'Empereur.
PESCEN.	*Peſcennius. . . .*	Peſcennius ; nom d'homme, d'Empereur.
P. F.	*Pius , felix ; vel pia , fidelis ; vel primus fecit.*	Pieux , heureux ; ou pieuſe & fidelle ; ou bien il a fait telle choſe le premier.
P. F. P. N.	*Publii Filius , vel Publii Nepos ; vel Pii Filia.*	Fils , ou Neveu de Publius ; ou bien fille de Pie (d'Antonin -Pie).
P. F. T. R.	*Pius, felix, Triumphator , Auguſtus (fortè).*	Pieux, heureux, Triomphateur , Auguſte ; conjecture.
P. H. C.	*Provinciæ Hiſpaniæ citerioris (fortè).*	De la Province d'Eſpagne citérieure ; conjecture.
PH. COND.	*Philippi condita ; vel fortè , Philippus Conditor , &c.*	Bâti par Philippe ; ou Philippe Fondateur , &c.
P. I. *vel* PRIN. IVEN.	*Principi, vel Princeps Juventutis.*	Prince de la Jeuneſſe.
PIV. *vel* PIVES.	*Piveſvius. . . .*	Piveſvius; nom d'homme.
PLAN.	*Plancus. . . . . .*	Plancus ; nom d'homme.

Plétorius-

PLÆ. TRAN.	*Plætorius Tranquillus.*	Plétorius-Tranquillus ; noms d'homme.
P. L. COR. SAL. . . .	*Publius - Licinius-Cornelius - Saloninus.*	Publius-Licinius-Cornelius - Salonin ; noms d'homme.
P. L. O. N.	*Percuffa Lugduni, in Officinâ novâ, vel nonâ (forté).*	Pièce de Monnoie frappée à Lyon, dans l'Hôtel neuf, ou neuvième de la Monnoie ; conjecture.
P. M.	*Pontifex Maximus.*	Grand Pontife, Souverain Pontife.
P. M. S. COL. VIM. .	*Provinciæ Mæfiæ fuperioris Colonia Viminiacum, vel Viminacium.*	Colonie de Viminiacium, de la Province de la Méfie fupérieure ; c'eft Widin, dans la Servie.
POL.	*Pollio. . . . . . .*	Pollion ; nom d'homme.
POM·	*Pompeïus. . . . .*	Pompée ; nom d'homme.
PORT. OST.	*Portus Oflienfis. .*	Le Port d'Oftie.
P. P. *vel* P. P. AVG. .	*Pater Patriæ ; vel perpetnus Auguftus.*	Père de la Patrie ; ou Augufte perpétuel.
P. R.	*Percuffa Romæ. .*	Frappée à Rome.
PRAEF. GERM. . . .	*Præfectus Germanorum.*	Préfet des Germains.
PRAEF. CLAS. ET. ORÆ. MARIT.	*Præfectus Claffis & Oræ Maritimæ.*	Préfet de la Flotte & des Côtes maritimes, ou Grand Amiral.
PRAES.	*Præfens. . . . .*	Préfens ; nom d'homme.
PR. COS.	*Pro Confule. . .*	A la place du Conful, pour le Conful.
PROC.	*Proconful. . . .*	Proconful.
PROB.	*Probus. . . . . .*	Probus ; nom d'homme.
PROF.	*Profectio Augufti.*	Départ de l'Augufte, de l'Empereur.
PRON.	*Pronepos. . . . .*	Arrière-Neveu, petit Neveu.
PRO. P. *vel* PR. *vel* PROP.	*Pro Prætore ; vel Proprætor.*	Pour le Préteur ; ou Propréteur.
PR. S. P.	*Provinciæ Syriæ, Paleftinæ.*	De la Province de Syrie, en Paleftine.
PROV. *vel* PROVID.	*Providentia, vel*	La Providence, ou à

Nnn

DEOR.	*Providentiæ.*	la Providence des Dieux.
PR. VRB.	*Præfectus Urbis ; vel Prætor Urbanus.*	Préfet de la Ville ; ou bien Préteur de la Ville.
PROQ. *vel* PR. Q. . .	*Proquæstor; vel pro Quæstore.*	Proquesteur, ou pour le Questeur.
P. T.	*Percussa Treviris.*	Monnoie frappée à Trèves.
PVDIC.	*Pudicitia.*	La Pudeur.
PVPIE.	*Pupienus.*	Pupien ; nom d'un Empereur.

Q   Q   Q

Q.	*Quæstor ; vel Quinarius ; vel Quintus ; vel Quintus ; vel Quinquennalis ; vel Quod.*	Cette lettre seule signifie Questeur ; ou Quinaire (pièce de Monnoie) ; ou Quintus ; nom d'homme ; ou cinquième ; ou quinquennal ; ou que, de ce que, à cause.
Q. ARL.	*In Officinâ quintâ Arelatensis (fortè).*	Frappée dans le cinquième Hôtel des Monnoies, à Arles ; conjecture.
Q. CAS.	*Quintus-Cassius.* .	Quintus-Cassius;noms d'homme.
Q. C. M. P. I.	*Quintus – Cecilius- Metellus, Pius Imperator.*	Quintus-Cecilius-Metellus, Pieux Commandant ; tous prénom, nom, surnom & qualités ou titres de Quintus-Metellus, Consul.
Q. C. V. I. N. C. . .	*Quinquennales; vel quinta Colonia Victrix, Julia, novæ Carthaginis, vel nova Carthago.*	Les Combats quinquennaux ; ou la cinquième Colonie Julienne, Victorieuse de Carthage la neuve, ou la nouvelle ; c'est Carthagêne, en Espagne.
Q. DES.	*Quæstor designatus.*	Désigné Questeur.
Q. M.	*Quintus-Marcius.*	Quintus – Marcius ; noms d'homme.

Q. O. C. FAB.	*Quinto-Ogulnio, & Caio-Fabio.*	A Quintus-Ogulnius, & à Caius-Fabius.
Q. P.	*Quæstor Prætoris.*	Questeur du Préteur.
Q. PAPIR. CAR. Q. TER. MON.	*Quinto-Papirio-Carbone, & Quinto-Terentio-Montano.*	A Quintus-Papirius-Carbon, & à Quintus-Terentius-Montanus.
Q. PR.	*Quæstor Provinciæ.*	Questeur de la Province.
Q. PRO. C. *vel* COS.	*Quæstor pro Consule, vel Proconsulis.*	Questeur du Proconsul.
QVAD.	*Quadratus . . . .*	Quadratus; nom d'homme.
QVADRAG. REM. . .	*Quadragesima remissa.*	Remise d'un Impôt appellé le Quarantième; ou du quarantième des Impôts.
QVIN. ITER.	*Quinquennalis iterùm.*	Quinquennal pour la seconde fois.
Q. V. *vel* QVOD. V. M. S. &c.	*Quod viæ munitæ sint, vel sunt, &c.*	A cause qu'il a rendu les chemins sûrs, commodes, &c.

R   R   R

R.	*Remissa; vel restituit; vel Roma; vel Romanus, &c.*	Remise; ou il a rétabli, réparé, restitué; ou Rome; ou Romain, &c.
R. C.	*Romana Civitas.*	La Cité, la Ville de Rome.
R. CC.	*Remissa ducentissima.*	Remise de la deuxcentième partie des Impôts.
RECEPT.	*Recepta. . . . . .*	Reçus.
REF.	*Refecta. . . . . .*	Rebâtie, refaite, réparée.
R. M. *vel* REI. MIL.	*Rei militaris, &c.*	D'affaire Militaire, &c.
RES.	*Restitutus; vel Restius.*	Restitutus, ou Restius; noms d'homme.
REST. NVM.	*Restituta Numidia; vel restituit Nummum; vel Restitutor (Exercitûs).*	La Numidie restituée, ou rétablie; ou Monnoie, Médaille d'un Empereur mort, restituée ou frappée de nouveau par un Successeur;

		ou Reftaurateur, Réparateur (de l'Armée).
ROC. I. L. C. Renverfez les lettres.	*Colonia Laus-Julia Corinthus.*	Colonia appellée Laus-Julia de Corinthe.
ROM. COL.	*Romulea Colonia.*	Colonie de Romulea.
R. P. C.	*Reipublicæ conftituendæ.*	Manière d'exprimer l'emploi de celui qui étoit chargé d'établir ou de rétablir la République de Rome, & de la remettre dans fon premier état, dans un meilleur état.
R. V.	*Roma Victrix.* . .	Rome la Victorieufe.
R. XL.	*Remiffa quadragefima.*	Le Quarantième aboli ou remis au Peuple.

S   S   S

S.	*Sacerdos ; vel Sacra ; vel Sæculi ; vel Semiffes ; vel Senatus ; vel Senator ; vel Senior ; vel fextus ; vel Soli ; vel fpes ; vel ftatu ; vel fufcepto.*	Cette lettre feule fignifie Prêtre, Pontife, confacré aux Dieux; ou chofes facrées, Sacrifices; ou *Semis*, *Semiffès*, la moitié d'un Denier Romain; ou Sénateur; ou le Sénat; ou l'Ancien; ou Sextus; nom d'homme; ou au Soleil; ou l'efpérance; ou en état, par l'état; ou ayant reçu, ayant accepté, &c.
SA.	*Salus.*	La Déeffe Salut; ou la Santé.
SACERD. COOP. IN. OMN. COLL. SVPRA. NVM.	*Sacerdos cooptatus in omnia Collegia fupra Numerum (fortè).*	Prêtre adopté dans tous les Collèges, & admis comme Surnuméraire ; conjecture.
SAC. F.	*Sacris faciundis, vel facra faciens.*	Prépofé pour vaquer, ou vacant aux chofes facrées.
SACR. PER.	*Sacra periodica,*	Sacrifices, vœux pé-

	vel perpetua.	riodiques, ou perpétuels.
SAG.	*Saguntum.*	Sagunte, ancienne Ville d'Espagne.
SAL.	*Salduba ; vel Saloninus ; vel Salonina ; vel Salus.*	Salduba, ancienne Ville d'Espagne ; ou Salonin ; ou Salonine ; ou Salut.
SALL. BARB.	*Sallustia - Barbia (Orbiana).*	Salustia-Barbia (Orbiana) ; noms d'une Impératrice.
SALM.	*Salmantica.*	Salamanque, Ville d'Espagne.
S. ARL.	*Signata (Moneta) Arelate.*	Monnoie frappée à Arles.
SARM.	*Sarmaticus.* . . .	Sarmatique ; titre donné à un Empereur, à cause de ses Conquêtes sur les Sarmates.
SAVF. *vel* SAF.	*Sauffeïa ; vel Sauffeïus*	Sauffeïa ; famille Consulaire ; ou Sauffeïus ; nom d'homme.
S. C.	*Senatûs Consulto.* . .	On mettoit ces deux lettres S. C. sur les Médailles, pour faire voir que c'étoit par décret ou par ordre du Sénat qu'elles étoient frappées.
SCI. AF.	*Scipio Africanus.*	Scipion l'Afriquain.
SCIP. ASIA.	*Scipio Asiagenes, vel Asiaticus.*	Scipion l'Asiatique
SCIS.	*Siscia.*	Siscia, Ville de Croatie ; à présent Sisseg.
S. CONST.	*Signata (Moneta) Constantinopoli.*	Monnoie frappée à Constantinople.
SCR.	*Scribonia; vel Scribonius.*	Scribonia ; nom d'une famille Romaine ; ou Scribonius ; nom d'homme.
SEC. *vel* SAEC.	*Securitas ; vel sæculum.*	La sécurité ; ou le siècle.
SEC. ORB.	*Securitas Orbis.* .	La sûreté, la tranquillité de l'Univers.
SEMP.	*Sempronius ; vel Sempronia.*	Sempronia ; nom de famille ; Sempro-

		nius ; nom d'homme.
SEN.	*Senior.*	L'Ancien ; titre donné à un Empereur.
SENTI.	*Sentia.*	Sentia ; nom d'une famille Romaine.
SEP. COL. LAVD. .	*Septimia Colonia Laudicea , pro Laodicea.*	Colonie Septimiènne de Laudicée ; c'eft Laodicée.
SEPT. SEV.	*Septimus - Severus.*	Septime-Sévère.
SEPT. TVR. MET. . .	*Septimia Tyrus Metropolis.*	Colonie Septimia de Tyr , Métropole , en Phénicie.
SER.	*Servius.*	Servius ; nom d'homme.
SEREN.	*Serenus.*	Serenus ; nom d'homme.
SERVILI.	*Servilia.*	Servilia ; nom d'une famille Romaine.
SEV.	*Severus.*	Sévère ; nom d'homme.
SEX. F.	*Sexti filius.* . . .	Fils de Sextus.
S. F.	*Sæculi feliciias.* . .	La félicité de notre fiècle.
SICIL.	*Sicilia.*	La Sicile.
SIG. RECEP.	*Signis receptis.* . .	Ayant reçu , ou pour avoir repris les Enfeignes Romaines fur les &c.
SIL.	*Silius.*	Silius ; nom d'homme.
S. I. M.	*Soli invicto Mithræ.*	A Mithras, Soleil invincible.
SIR. *vel* SIRM	*Sirmii.*	A Sirmium ; à préfent Sirmich en Sclavonie.
S. M. A.	*Signata, vel facra Moneta Antiochiæ.*	Monnoie frappée à Antioche ; ou Monnoie facrée d'Antioche.
S. M. AQ. P.	*Sacra Moneta Aquileæ percuffa.*	Monnoie facrée , frappée à Aquilée.
S. M. HER.	*Signata Moneta Heracleæ.*	Monnoie frappée à Héraclée.
S. M. K. B.	*Signata Moneta Carthagine, Officinâ fecundâ.*	Pièce frappée à Carthage , dans le fecond Hôtel des Monnoies.
S. M. N.	*Sacra , vel fignata Moneta Narbonæ ; vel Nicò-*	Monnoie facrée de Narbonne , ou de Nicodémie ; ou Monnoie

		mediæ.	noie frappée à Narbonne, &c.
S. M. R.	*Signata Moneta Romæ.*	Monnoie frappée à Rome.
SP.	*Spurius.*	Spurius ; nom d'homme.
S. P. Q. R.	*Senatus Populufque Romanus.*	Le Sénat & le Peuple Romain.
S. P. Q. R. V. S. PRO. R. CAES.	*Senatus Populufque Romanus vota folvunt pro reditu Cæfaris.*	Le Sénat & le Peuple Romain s'acquittent de leurs vœux pour l'heureux retour de César, de l'Empereur.
S. R.	*Senatus Romanus ; vel falus Romanorum ; vel fpes Reipublicæ.*	Le Sénat Romain ; ou le falut des Romains ; ou l'efpérance de la République.
S. T.	*Signata Treviris ; vel fecuritas temporum.*	Monnoie frappée à Trèves ; ou la fécurité des temps.
STABIL.	*Stabilita (Tellus).*	La Terre, ou plutôt, l'État affermi, devenu ftable.
SVLL.	*Sulla, vel Sylla.*	Sulla ou Sylla ; nom d'homme.
SS.	*Seftertium.*	Sefterce ; pièce de Monnoie valant deux As & demi. Elle fe marquoit encore de plufieurs manières.

T   T   T

T.	*Titus ; vel Treviris ; vel Tribunus ; vel Tutelaris, &c.*	Tite ; nom d'homme ; ou Trèves ; Ville ; ou Tribun ; emploi ; ou Tutélaire ; titre, &c.
T. AR.	*Tertiâ (Officinâ fignavit) arelate (fortè).*	Frappée à Arles, dans le troifième Hôtel des Monnoies ; conjecture.
TER.	*Terentius.*	Terence, ou Terentius ; nom d'homme.
TERT. *vel* ER. . . .	*Tertium.*	La troifième fois.
TES. *vel* TESS. . . .	*Teffalonicæ.* . . .	De Theffalonique.
T. F.	*Titi filius ; vel tem-*	Fils de Titus ; ou la

	porum felicitas.	félicité des temps, de nos jours.
T. FL.	*Titus-Flavius.* . .	Titus-Flavius ; noms d'homme.
T. G. A.	*Tutelaris Genius Ægypti (for-tè).*	Le Génie tutélaire de l'Égypte ; conjec-ture.
THEOPO. *vel* TEVP. *vel* THEAP.	*Theupolis.*	Teupolis ; c'est le nom qu'on donnoit à la Ville d'Antioche de Syrie, sous l'Empe-reur Justinien.
TI.	*Tiberius.*	Tibère.
TI. F. TI. N.	*Tiberii filius ; Ti-berii Nepos.*	Fils, ou Neveu de Ti-bère.
T. M. AP. CL.	*Titus-Manlius, & Appius - Clau-dius.*	Titus-Manlius, & Ap-pius - Claudius ; noms de deux hom-mes.
T. P. *vel* TR. POT. *vel* TRIB. POT.	*Tribunitiæ Potef-tatis.*	Tribun ; ou Puissance, autorité Tribuni-tienne.
TRAI. *vel* TRAI. . . .	*Trajanus.*	Trajan.
TRAN.	*Tranquillus.* . . .	Tranquillus ; nom d'homme.
TRANQ.	*Tranquillitas.* . . .	La Tranquillité.
TREBAN.	*Trebanius.*	Trebanius ; nom d'homme.
TREB. *vel* TREBON.	*Trebonianus.* . . .	Trébonien ; nom d'homme.
TRA. *vel* TR. F.	*Trajana fortis.* . .	Légion Trajane forte, pleine de valeur.
TRIVMPH.	*Triumphator.* . . .	Triomphateur.
TR. LEG. II.	*Tribunus Legionis secundæ.*	Tribun de la Légion seconde.
TR. PL. D.	*Tribunus, vel Tri-buni Plebis de-signati.*	Désignés Tribuns du Peuple.
TR. V. MON.	*Trium-Viri Mone-tales.*	Trium - Virs Monné-taires, ou préposés à la fabrique des Monnoies.
TVL. H. *vel* HOST. . . .	*Tullus-Hostilius.*	Tullus-Hostilius ; nom d'un des Rois de Rome, avant le temps de la Répu-blique.

V	V	V
V.	Quinarius ; vel quinque ; vel quintum ; vel Verus ; vel Victrix ; vel vir ; vel virtus ; vel voto ; vel votivus ; vel Urbs, &c.	Cette lettre seule signifie Quinaire ; ou cinq ; ou cinq fois ; ou Verus ; nom d'homme ; ou Victorieuse ; ou homme ; ou vertu ; ou par vœu ; ou votif (en supposant bouclier) ; ou Ville, &c.
V. AET.	Virtus æterna. . .	Vertu constante, perpétuelle, éternelle.
VAL. vel VALER. . .	Valerius, Valens, vel Valerianus.	Valerius, Valens, ou Valerianus ; noms d'hommes.
VAR. RVF.	Varius-Rufus. . .	Varius - Rufus ; nom d'homme.
VENT.	Ventidius.	Ventidius; nom d'homme.
VESP.	Vespasianus. . . .	Vespasien, Empereur.
VETER.	Veteranorum. . . .	Colonie des Vétérans.
VET. LANG.	Vettius - Languidus.	Vettius - Languidus ; nom d'homme.
V. I.	Vota Imperii ; fortè.	Les vœux de l'Empire ; conjecture.
VIB.	Vibius.	Vibius ; nom d'homme.
VIC. AVG.	Victoria Augusti.	La victoire d'Auguste, de l'Empereur.
VIC. GERM.	Victoria Germanica.	Victoire Germanique.
VIC. PAR. M.	Victoria Parthica maxima.	Victoire Parthique & très-grande ; c'est-à-dire, remportée sur les Parthes.
VIC. S.	Victoria Sicula. .	Victoire Sicilienne.
VICT. P. GAL. AVG.	Victoria Parthica Gallieni Augusti.	Victoire de l'Empereur Gallien, sur les Parthes.
VIII.	In Argenteo nummo, hæc nota VIII. denotat octo asses.	Ce chiffre signifie huit sols Romains, sur une pièce d'argent.
VII-VIR. vel VII. VR. .	Septem-Viri Epu-	Septem-Virs Épulons ;

EPV.	lorum	dignité sacrée chez les Romains.
VIR.	Virtus.	La vertu, le courage, la valeur, &c.
VI. VIR. AVG.	Sevir Augustus, vel Augustalis.	Sevir Augustal, &c.; dignité Romaine.
VL. vel VLP.	Ulpius.	Ulpius; nom d'homme.
V. N. M. R.	Urbis Nicomediensis Moneta restituta.	Monnoie, ou plutôt, le droit, le pouvoir de frapper Monnoie rendu à la Ville de Nicomédie.
VOL.	Volusius.	Volusius; nom d'homme.
VOLER.	Volero.	Volero; nom d'homme.
VOT. DECEN. SVSC.	Vota decennalia suscepta.	Vœux décennaux, Fêtes décennales; elles se faisoient tous les dix ans.

X	X	X
X.	Decem; vel Decennalia; vel Denarius.	Cette lettre seule signifie dix; ou Fêtes, Vœux décennaux; ou un Denier Romain.
X. F.	Denarium faciundum.	Cette expression est dite d'un Officier Monnétaire préposé à la fabrique des Deniers; c'est-à-dire, de l'argent.
XV.	Quindecim Denarios indicat in nummo aureo.	Quinze Deniers; valeur d'une pièce d'or des Romains.
XVI.	Sexdecim asses; valor Denarii post aliquod tempus.	Ce qui ne valoit que dix sols à Rome, monta dans la suite à la valeur de seize, & fut marqué XVI.
XV. VIR. SAC. FAC.	Quindecim-Vir Sacris faciundis, vel faciendis.	Du nombre des Quinze ou Quindecim-Virs préposés aux Sacrifices, aux choses sacrées.
XX. V.	Vicennalia Vota. .	Vœux de la vingtième année.

EXPLICATION
DES LETTRES GRECQUES
PRISES ARITHMÉTIQUEMENT.

Première Classe, des UNITÉS.			*Seconde Classe,* des DIZAINES.			*Troisième Classe,* des CENTAINES.		
Grec.	Lat.	vaut	Grec.	Lat.	vaut	Grec.	Lat.	vaut
A. ou ά.	A.	1.	I. ou ί.	I.	10.	P. ou ρ'.	R.	100.
B. ou β'.	B.	2.	K. ou κ'.	K.	20.	Σ. ou σ'.	S.	200.
Γ. ou γ'.	G.	3.	Λ. ou λ'.	L.	30.	T. ou τ'.	T.	300.
Δ. ou δ'.	D.	4.	M. ou μ'.	M.	40.	Υ. ou ύ.	V.	400.
E. ou έ.	E.	5.	N. ou ν'.	N.	50.	Φ. ou φ'.	Ph.	500.
Ϛ. ou ϛ'.	ft.	6.	Ξ. ou ξ'.	X.	60.	X. ou χ'.	Ch	600.
Z. ou ζ'.	Z.	7.	O. ou ό.	O.	70.	Ψ. ou ψ'.	Ps.	700.
H. ou ή.	H.	8.	Π. ou π'.	P.	80.	Ω. ou ω'.	O.	800.
Θ. ou θ'.	Th.	9.	ϟ. ou ϟ'.	G.	90.	ϡ. ou ϡ.	ϡ.	900.

COMBINAISON DES LETTRES NUMÉRALES
De l'Alphabet Grec.

ι΄. *Vaut*	ια΄.	ιβ΄.	ιγ΄.	ιδ΄.	ιε΄.	ιϛ΄.	ιζ΄.	ιη΄.	ιθ΄.
10.	11.	12.	13.	14.	15.	16.	17.	18.	19.
κ΄.	κα΄.	κβ΄.	κγ΄.	κδ΄.	κε΄.	κϛ΄.	κζ΄.	κη΄.	κθ΄.
20.	21.	22.	23.	24.	25.	26.	27.	28.	29.
λ΄.	λα΄.	λβ΄.	λγ΄.	λδ΄.	λε΄.	λϛ΄.	λζ΄.	λη΄.	λθ΄.
30.	31.	32.	33.	34.	35.	36.	37.	38.	39.
μ΄.	μα΄.	μβ΄.	μγ΄.	μδ΄.	με΄.	μϛ΄.	μζ΄.	μη΄.	μθ΄.
40.	41.	42.	43.	44.	45.	46.	47.	48.	49.
ν΄.	να΄.	νβ΄.	νγ΄.	νδ΄.	νε΄.	νϛ΄.	νζ΄.	νη΄.	νθ΄.
50.	51.	52.	53.	54.	55.	56.	57.	58.	59.
ξ΄.	ξα΄.	ξβ΄.	ξγ΄.	ξδ΄.	ξε΄.	ξϛ΄.	ξζ΄.	ξη΄.	ξϛ΄.
60.	61.	62.	63.	64.	65.	66.	67.	68.	69.
ο΄.	οα΄.	οβ΄.	ογ΄.	οδ΄.	οε΄.	οϛ΄.	οζ΄.	οη΄.	οθ΄.
70.	71.	72.	73.	74.	75.	76.	77.	78.	79.
π΄.	πα΄.	πβ΄.	πγ΄.	πδ΄.	πε΄.	πϛ΄.	πζ΄.	πη΄.	πθ΄.
80.	81.	82.	83.	84.	85.	86.	87.	88.	89.
ϟ΄.	ϟα΄.	ϟβ΄.	ϟγ΄.	ϟδ΄.	ϟε΄.	ϟϛ΄.	ϟζ΄.	ϟη΄.	ϟθ΄.
90.	91.	92.	93.	94.	95.	96.	97.	98.	99.
ρ΄.	σ΄.	τ΄.	υ΄.	φ΄.	χ΄.	ψ΄.	ω΄.	ϡ.	α.
100.	200.	300.	400.	500.	600.	700.	800.	900.	1000.

REMARQUES.

IL faut bien prendre garde à la manière dont les Accens sont placés sur les Lettres numérales Grecques ; car c'est delà que se tire leur valeur. Par exemple, la lettre numérale ά, avec l'accent au-dessus, ne vaut qu'un, & la même lettre avec l'accent dessous α, vaut mille : de même, la lettre β΄, avec l'accent dessus, ne vaut que deux, & si l'accent est dessous, elle vaut deux mille : γ, trois mille ; δ, quatre mille ; ε, cinq mille ; ϛ, six mille ; ζ, sept mille ; η, huit mille ; θ, neuf mille ; ι, dix mille ; κ, vingt mille ; λ, trente mille ; ainsi du reste.

On se dispense souvent de mettre des accens sur ces mêmes lettres numérales : on se contente d'en poser seulement au-dessous de celles qui sont destinées à marquer les milles.

Il n'eſt pas moins à propos de remarquer qu'il y a encore une autre manière de compter en Grec ; c'eſt-à-dire par le moyen de ſix lettres majuſcules ; ſavoir, I. Π. Δ. H. X. M. auxquelles on faiſoit ſignifier le nombre dont elles commencent le nom. Par exemple, I. vaut un, parce qu'il commence l'*α*, qu'on employoit ſouvent au lieu de *μία*, pour marquer une unité : Π. vaut cinq, étant la première lettre de *πέντε*, qui ſignifie cinq : Δ. vaut dix, étant la lettre première de *δέκα*, qui ſignifie le même nombre : H. vaut cent, étant la première lettre de *ηκατὸν* pour *εκατὸν*, qui veut dire cent : X. vaut mille, parce que cette lettre commence le nom de nombre *χίλια*, qui ſignifie mille ; enfin M. vaut dix mille, parce qu'elle eſt la première lettre de *μύρια*, qui ſignifie dix mille.

Une obſervation auſſi néceſſaire que les précédentes, c'eſt que les quatre dernières de ces lettres numérales, Δ. H. X. M. ſe trouvent quelquefois placées entre les deux jambes du Π. majuſcule : alors chacune de ces lettres vaut cinq fois autant qu'elle vaudroit hors du Π., parce que le Π marque d'abord *πέντε*, qui veut dire, cinq ; ce qui ſignifie qu'il faut compter cinq fois la valeur de la lettre qu'il renferme : ainſi Δ̄, vaut cinq fois dix ; H̄, vaut cinq cens ; X̄, vaut cinq mille, & M̄, vaut cinquante mille. De plus, en combinant ces lettres, Δ̄ı. vaut 51. Δ̄ⁿ. vaut 55 ; ainſi des autres.

Le reſte de ce qui ſe trouve gravé en grec, ſur les Médailles, peut aiſément être lu & entendu par les notions que nous donnerons dans la ſuite ſur les Noms, Titres, Dignités & Charges de cette Nation, connus par les Légendes.

CHAPITRE XIII.

Dans lequel on se propose d'expliquer ce qu'il y a de plus essentiel dans les Légendes des Médailles.

CE Chapitre sera divisé en quatre Articles : le premier traitera des noms différens que les Romains ont pris sur les Médailles : dans le second, on donnera la division & l'explication de leurs Dignités civiles, & de celles qui étoient tout ensemble civiles & militaires : dans le troisième on parlera des Dignités qu'on peut appeller extraordinaires : enfin dans le quatrième, on expliquera celles qui étoient purement militaires. Ces Articles seront divisés en plusieurs Sections.

ARTICLE PREMIER.

Des différens Noms en usage chez les Romains, & sur-tout de ceux que l'on trouve sur les Médailles.

LEs Romains prenoient ordinairement trois noms, & souvent jusqu'à quatre ; savoir le Prénom, *Prænomen* ; le Nom, *Nomen* ; le Surnom, *Cognomen* ; le nom adjectif, *Agnomen*. Scipion l'Afriquain nous en fournit un exemple : il s'appelloit, *Publius-Cornelius-Scipio-Africanus*. Le premier nom, *Publius*, étoit son prénom ; le second, *Cornelius*, son nom ; le troisième, *Scipio*, son surnom ; enfin le quatrième, *Africanus*, son nom adjectif. Nous examinerons dans les quatre Sections suivantes l'origine de ces différens noms.

SECTION I.

Du Prénom.

Le Prénom servoit autrefois, comme il sert encore aujourd'hui, à distinguer les particuliers d'une même famille : *Publius*, par exemple, prénom donné à Scipion quelques jours après sa naissance, servoit à le distinguer de son frère qui s'appelloit *Lucius-Cornelius-Scipion*. C'est ainsi que par les différens noms de Pierre, Jean & autres, qu'on donne au Baptême, on distingue parmi nous les enfans d'un même père.

SECTION II.

Du Nom.

Le Nom fervoit chez les Romains à diftinguer les familles, & à faire connoître leurs fouches. Par exemple, le nom *Cornelius* faifoit voir que *Publius-Scipion*, & *Lucius* fon frère, tous deux fils de *Publius-Scipion*, defcendoient de l'ancienne famille *Cornelia*. Il en eft de même du nom de Lorraine donné aux Princes Clément, François & Charles, fils de Léopold, qui prouve que tous ces Princes font de l'ancienne & illuftre Maifon de Lorraine.

SECTION III.

Du Surnom.

Les Romains ajoutoient ordinairement aux deux premiers Noms un troifième, qu'ils appelloient furnom : il fervoit à diftinguer les différentes branches d'une même famille ou Maifon, & à faire connoître de quelle branche on étoit. Par exemple, Scipion, dont nous venons de parler, s'appelloit ainfi pour le diftinguer par ce furnom de plufieurs autres branches de la famille *Cornelia*, fouche commune des *Maluginiens*, des *Scitriens*, des *Rufins* & des *Lentules*, dont chaque branche a formé depuis dans Rome une autre Famille ou Maifon de la première diftinction. C'eft ainfi que dans l'illuftre Maifon de Lorraine on diftingue, par des furnoms les branches d'avec la tige ou la fouche, les Princes de la ligne directe ne retenant que le nom de la fouche avec le prénom ou nom de Baptême, fans y ajouter de furnom, à la différence des Princes iffus de quelques-unes des branches de cette augufte Maifon, qui ajoutent un furnom à leurs noms & prénoms. On dit des Princes de la ligne directe; François de Lorraine, Charles de Lorraine; & de ceux des branches collatérales, François de Lorraine Vaudémont, Henri de Lorraine Elbœuf. On appelle encore d'autres branches de la Maifon de Lorraine collatérale, Lorraine Guife, Lorraine Harcourt, Lorraine Armagnac, &c. Le fecond de ces noms fert en ce cas de furnom aux Princes des branches collatérales.

Section IV.

Du Nom Adjectif.

Le Nom adjectif, *Agnomen*, avoit été ainsi appellé par les Romains, parce qu'il s'ajoutoit aux trois autres. Quelquefois il s'adoptoit par la perfonne même : fouvent on le lui donnoit auffi à caufe de quelque qualité de corps ou d'efprit, de quelque Victoire ou Conquête importante, enfin de quelque événement perfonnel : c'eft la prife de Carthage, les Exploits fameux, & les Victoires de Scipion en Afrique qui firent ajouter le glorieux nom d'Afriquain à ceux de *Publius-Cornelius-Scipio.* Nous avons vu depuis donner les titres de Bon, de Vaillant, de Jufte, de Grand, de *Bien-Aimé*, & d'autres honorables aux Princes qui les ont mérités par leur bonté, leurs actions & leurs vertus.

Avant de finir cet Article, qu'il me foit permis de faire fur les Méailles antiques quelques obfervations effentielles à l'intelligence des Légendes. La première, c'eft que les noms adjectifs fe font fouvent multipliés en faveur de la même perfonne, fur-tout des Empereurs : dans le nombre de ces Princes il s'en trouve qui en ont eu prefqu'autant qu'ils ont domté de Nations, ou fait briller d'éminentes qualités. Trajan fera le feul exemple que nous donnerons : fa douceur, fa bonté & fes autres vertus le firent nommer très-bon Prince, *optimo Principi*, comme fes grandes Victoires & fes Conquêtes fur les Germains, les Daces & les Parthes lui acquirent les titres de Germanique, de Dacique & de Parthique, *Germanico, Dacico, Parthico*, &c. Il mérita auffi ceux de Père & de Confervateur de la Patrie : enfin les bienfaits particuliers dont il combla l'Italie le firent nommer fon Reftaurateur.

La feconde obfervation regarde l'ordre dans lequel les différens noms, c'eft-à-dire le prénom, le nom, le furnom & le nom adjectif fe trouvent placés fur les Médailles. Ordinairement le prénom, comme *Publius*, eft le premier ; le nom, *Cornelius*, eft le fecond ; le furnom, *Scipio*, eft le troifième ; les noms ajoutés ou adjectifs, *Africanus*, font les derniers ; mais cet ordre n'eft pas toujours fuivi dans les Légendes, où le premier nom eft quelquefois le fecond, & où même on en a affez ordinairement foufentendu un ou deux.

La troifième obfervation, c'eft que les Impératrices qui n'avoient d'abord qu'un nom, fur les Médailles, avec l'Épithète *Augufta*, ou le nom de leurs Maris, *Julia Augufta, Julia Titi, Plotina Trajani*, en ont eu dans la fuite deux, trois, quatre & jufqu'à fix, comme, *Galeria-Fauftina ; Jufta-Fulvia-Plautilla ; Julia-Cornelia-Paula ; Gneia-Seia-Herennia-Saluftia-Barbia-Orbiana.* Cette dernière, qui en avoit fix, étoit femme de l'Empereur Alexandre.

A R T I C L E   I I.

Des Dignités, en général, chez les Romains, & en premier lieu de celles qui étoient purement Civiles, ou Civiles & Militaires en même temps.

ON fait que chez les Romains il y avoit beaucoup de Dignités & de Charges dans le Sacré, le Civil & le Militaire. Nous avons parlé des premières, à l'occafion des Divinités & de leur culte, parce qu'en traitant de la Religion Païenne, il étoit dans l'ordre de rapporter ce qui pouvoit concerner le Souverain Pontife & les autres Miniftres de cette Religion. Il nous refte donc à donner une idée des autres Dignités. Les unes étoient purement civiles, les autres purement militaires, & les autres civiles & militaires en même temps : il y en avoit auffi qu'on pouvoit regarder comme ordinaires, & d'autres comme extraordinaires ; cet Article & les deux fuivans en expliqueront la différence, & faciliteront la lecture & l'intelligence des Légendes où fe trouvent les noms de toutes ces Dignités. Nous commencerons par celles qui étoient purement civiles, ou civiles & militaires en même temps ; ce qui nous fournira la matière de treize Sections.

S E C T I O N   I.

Quelles furent les Dignités purement Civiles, ou Civiles & Militaires, chez les Romains.

Nous venons de dire qu'on pouvoit envifager ces fortes de Dignités comme ordinaires ou extraordinaires : nous remettrons à parler de ces dernières dans l'Article III., & nous ne traiterons dans celui-ci que des Dignités ordinaires. Ces Dignités font celles des Rois, des Confuls, des Sénateurs, des Préteurs, des Édiles, des Quefteurs, des différens Trium-Virs, des Préfets, des Cenfeurs, & des autres Magiftrats ou Officiers prépofés au Gouvernement & à l'adminiftration de la République. Les unes, commé celles des Sénateurs, des Trium - Virs de la Santé & de la Monnoie, étoient purement civiles ; d'autres, comme celles des Rois, des Confuls, des Préteurs, participoient également du civil & du militaire.

Section II.

Des Rois de Rome.

Une des premières & des plus anciennes Dignités que les Romains ont connnu, est celle de Roi : on sait que Rome en eut sept avant les Consuls ; que Romulus, Fondateur de la Ville, fut le premier, & qu'il régna seul pendant quelques années ; qu'il s'associa ensuite T. Tatius-Sabinus, Roi des Sabins, avec lequel il partagea le Sceptre pendant cinq ans ; qu'après la mort de Tatius il en régna encore vingt-quatre, & fut enfin tué, & déifié par les Sénateurs,. sous le nom de *Quirinus.* Ce Prince eut pour Successeurs *Numa-Pompilius, Tullus-Hostilius, Ancus-Marcius, Tarquin l'Ancien, Servilius-Tullius,* & *Tarquin le Superbe.*

La qualité de Roi ne donnoit alors, chez les Romains, qu'une Puissance bornée : son autorité se trouvoit modérée par le Conseil des Patriciens & des Sénateurs. La Monnoie ne se frappoit ni au coin ni à l'effigie de ces Rois ; ainsi, si quelques pièces présentent l'empreinte de Romulus ou de quelqu'autres Rois de Rome, on doit croire, comme on l'a dit au commencement de cet Ouvrage, qu'elles ont été frappées par des Monnétaires qui, à titre de Descendans de ces Rois, ont voulu se faire gloire sur ces Monumens d'une origine aussi ancienne.

Ces Médailles n'ont rien de particulier : du côté des Têtes, les unes y sont nues & les autres couronnées d'un diadême : le nom se trouve ordinairement dans les Légendes. Celui de Numa est sur son badeau. On ne leur a donné aucuns des attributs affectés à la Royauté : ceux qu'on y remarque, sont propres à leurs personnes : on en connoîtra aisément la signification.

Section III.

Des Consuls & du Consulat.

Il n'y a rien de plus ordinaire que de trouver le titre de Consul & les Consulats annoncés sur les Médailles. Cette Dignité a commencé l'an deux cens quarante-quatre de Rome, à l'expulsion de Tarquin le Superbe, dernier Roi, & n'a fini que dans la personne de Justin II., mort l'an treize cens vingt de Rome, & cinq cens soixante & dix-huit de l'Ère Chrétienne. Les Empereurs l'ont presque tous porté, soit qu'ils l'aient reçu, soit qu'ils l'aient usurpé. Il est donc à propos de connoître cette Dignité, dont nous allons expliquer les attributs, le pouvoir, les fonctions, les droits, les honneurs, & les privilèges.

La Dignité de Consul est presque toujours marquée dans les Légendes par ces trois lettres COS., & désignée dans les Types par différens attributs. La chaise d'ivoire, appellée Curule, sur laquelle les Consuls se faisoient porter au Sénat, & qui leur servoit de siège sur les chars de Triomphe, forme un de ces attributs. Une ou deux haches liées avec les faisceaux, auxquels sont quelquefois attachées des Couronnes de laurier, en forme un autre : dans certains revers, on voit le Consul précédé & suivi des Licteurs qui portoient ces faisceaux. Il est rare de trouver tous ces attributs rassemblés dans un même Type ; mais ils sont si faciles à reconnoître, qu'il est inutile d'en donner la représentation dans nos planches.

On doit observer que les Édiles, les Censeurs & quelques autres Magistrats avoient aussi la Chaise curule pour marque de leur Dignité, ainsi qu'il paroît par leurs Médailles ; mais comme on trouve toujours les noms de ces Dignités gravées dans les Légendes, il n'est pas possible de s'y tromper.

Pour prendre une idée juste de la Dignité Consulaire, il faut distinguer deux époques ; le temps de la République & celui de la Monarchie, sous les Empereurs.

Dans la première, où la République Romaine étoit si florissante, les Consuls ne différoient des Rois que par le partage de la Puissance entre deux Collègues qui l'exerçoient tour-à-tour, & par mois, lorsqu'ils étoient à Rome, par l'impossibilité de quitter l'Armée ou les Provinces auxquelles ils avoient été destinés, sans une permission expresse du Sénat, & par la courte durée de leur Magistrature qui ne n'étoit ordinairement que d'un an, après lequel temps on pouvoit les accuser devant le Peuple.

Au reste, le pouvoir de ces Magistrats étoit si grand, qu'ils ne reconnoissoient point de Supérieurs : tout leur étoit soumis : ils commandoient en chef les Armées : ils portoient la robe Prétexte bordée de pourpre : ils avoient toujours à la main un bâton d'ivoire, en forme de sceptre, surmonté de l'aigle, comme les Rois. La Chaise curule leur servoit de siège. Celui qui étoit de mois, étoit précédé de douze Licteurs qui portoient les haches & les faisceaux : l'autre n'avoit à sa suite qu'un Huissier avec deux Licteurs sans haches.

Au commencement de la République, le Peuple assemblé par Centuries, dans le champ de Mars, faisoit le choix & l'élection des Consuls : alors ils étoient choisis tous deux dans le Corps des Patriciens ; mais vers la fin du quatrième siècle, on en tira un du nombre des Plébéiens ; ce qui continua dans la suite.

C'est à cette funeste époque qu'on peut fixer la décadence de l'autorité des Consuls. Le Peuple voulut la partager avec eux, & prétendit entrer dans la connoissance, l'examen & le jugement de toutes les affaires de la République. Le mal empira encore sous le règne des Empereurs, qui, en usurpant toute l'autorité, ne laissèrent à ces Magistrats que le nom & les marques de leur Dignité, avec le droit de convoquer le Sénat & de rendre la justice aux Particuliers. Après avoir parlé du Consulat, il est de l'ordre de traiter de ce qui regarde le Sénat, & les Sénateurs qui formoient le Conseil des Consuls.

Section IV.

Du Sénat & des Sénateurs.

On trouve fur le champ d'une infinité de Médailles de bronze, & fur quelques-unes d'or & d'argent, ces deux lettres initiales S. C., qui fignifient, *Senatûs Confulto*, ou celles-ci, *EX S. C.*, c'eft-à-dire *ex Senatûs Confulto;* formules dont il eft à propos de donner l'explication.

Le Sénat étoit à Rome un Corps compofé de plufieurs hommes choifis pour former un Confeil d'État, & fervir de Confeillers aux Magiftrats, c'eft-à-dire, aux Confuls, pendant la République, & aux Empereurs quand le Gouvernement Républicain eut cédé au Monarchique.

Les Anciens ou Vieillards qui compofoient ce Confeil, s'appelloient *Patres Confcripti.* Romulus fon Inftituteur en fixa d'abord le nombre à cent ; mais après l'Alliance faite avec les Sabins, ce Prince en ajouta cent autres. Le Roi Servius porta les membres de cet illuftre corps à trois cens : ils doublèrent encore du temps de Gracchus : enfin Jules Céfar, par une augmentation de quatre cens Sénateurs, en fit monter le nombre à mille.

Les membres de ce corps refpectable furent d'abord choifis par les Rois, enfuite par les Confuls, ou pour mieux dire par les Cenfeurs, qui, dans les revues ou les cens, qu'ils faifoient tous les cinq ans, avoient foin de remplacer ceux qui étoient morts ou dégradés. Dès que les Empereurs fe furent rendus les maîtres abfolus de la République, ils s'arrogèrent le droit de créer non feulement les Sénateurs, mais encore les Confuls & autres Magiftrats.

Dans les commencemens, on n'élevoit à cette Dignité que des Citoyens Romains, ou ceux qui étoient reconnus tels, parce qu'on leur avoit accordé le droit de Cité ou de Bourgeoifie. Il falloit avoir de la naiffance, de bonnes mœurs & de la fortune pour y parvenir ; conditions fur lefquelles on fe relâcha beaucoup dans la fuite.

Le Sénat délibéroit fur la guerre & la paix. Il donnoit la première audience aux Ambaffadeurs. C'étoit lui qui, pendant un certain temps, affignoit aux Confuls les Provinces qu'ils devoient gouverner. Ces Généraux rendoient compte à cette augufte Affemblée des bons & des mauvais événemens de la guerre, & les Victorieux ne pouvoient prétendre aux honneurs du triomphe fans un décret du Sénat..

Une puiffance & une autorité auffi grande fe trouvoit néanmoins bornée & modérée par celle du Peuple, dont un feul Tribun, par fon oppofition, pouvoit rendre inutile les décrets du Sénat. Les Empereurs établirent dans la fuite un Confeil Privé, auquel ils attribuèrent la connoiffance des affaires les plus importantes de l'État, & ne laiffèrent au Sénat que celles de moindre importance.

Les Confuls, les Dictateurs, les Tribuns & le Gouverneur de Rome avoient tous droit d'affembler le Sénat, & d'indiquer le lieu de l'affemblée. On commençoit par offrir aux Dieux un Sacrifice, qui d'abord fe fit en commun, & enfuite par chacun en particulier. Après cet acte de Religion, les Sénateurs faifoient ferment de juger fuivant les loix & l'équité. Le Conful, ou celui qui préfidoit, propofoit les affaires publiques & particulières, en cette forme. *Referimus ad vos , Patres Conscripti, quod sæpè retulimus. Imperator est seligendus . . . . Quare agite , Patres Conscripti, & Principem dicite.* Après avoir recueilli les voix, le Consul prononçoit & annonçoit au Peuple l'Arrêt du Sénat, qui pouvoit être contredit, & dont on pouvoit appeller au Peuple. Pendant long-temps, les Tribuns attendoient à la porte du Sénat la décision des affaires dont on traitoit ; mais après quelques siècles d'exclusion ils s'y firent accorder séance.

On voit par l'autorité & les prérogatives du Sénat , quelle étoit la dignité des Sénateurs. Elle donnoit droit à la Chaise curule, à porter pour habillement une tunique de pourpre à bordure fort large, qu'on appelloit *Laticlavium , Lati-Clavium.* Les Sénateurs avoient une place de distinction aux Jeux , aux Spectacles & dans les repas sacrés.

Il reste à examiner de quelle nature étoit le pouvoir du Sénat sur la Monnoie , & pourquoi sur les Médailles de bronze, qu'on appelle à présent Impériales, & sur quelques-unes d'or & d'argent qui ont été frappées avec l'effigie & le nom des Empereurs, on trouve ces mots *Ex Senatûs Consulto*, ou *Senatûs Consulto* : S. C. ; mots qui se trouvent aussi gravés sur certaines Médailles grecques, du moins en termes équivalens.

Les sentimens de la plupart des Auteurs se trouvent partagés sur cette matière ; mais pour la traiter avec ordre, il faut distinguer les temps , les métaux, & même les modules des Monnoies ou Médailles.

Les temps qu'il faut distinguer sont ceux des Rois, ceux de la République, enfin ceux du haut & ceux du bas Empire ; les métaux sont l'or, l'argent & le cuivre, que l'on décore du nom de bronze : on divise ce dernier métal en grand, moyen & petit bronze : on distingue encore les Médaillons d'avec le module ordinaire. Du temps des Rois Romains , ces Princes furent seuls maîtres de la Monnoie qui ne consistoit qu'en morceaux de cuivre ou de bronze, suivant l'opinion la plus commune. Sous le Gouvernement Républicain, ou Aristo-Démocratique, il paroît que le Sénat eut seul tout droit sur la Monnoie : on lui proposoit ce qui la regardoit , le métal, le Module, les Types, les Légendes, le poids & le prix. Après une mûre délibération, cette compagnie donnoit son décret appellé Senatus-Consulte, *Senatûs Consultum.*

Il n'en étoit pas de ces sortes de décrets comme de ceux qui concernoient les autres affaires de la République. Ces derniers n'étoient point irrévocables & décisifs, puisqu'on pouvoit en appeller au Peuple. Un Empereur même élu par un décret du Sénat , pouvoit-être rejetté par les Armées qui en choisissoient quelquefois un autre, par une espèce de droit peut-être usurpé , mais reconnu & avoué par le Sénat : *agite , Patres Conscripti , & Principem dicite : aut accipiet Exercitus quem elegeritis ; aut si refutaverit, alterum faciet.* A l'égard des Monnoies, on ne voit pas dans l'histoire que l'on ait appellé à quelqu'autre Tribunal des décrets du Sénat ; & le *S. C. Senatûs Consulto* , paroît constamment marqué sur les Médailles frappées du temps de la République.

Cette formule S. C. , gravée sur ces Médailles, est donc la preuve & la marque d'un décret d'approbation de la part du Sénat, pour le titre du métal, pour les Types & Légendes de l'une & de l'autre face de ces pièces antiques, de leur poids & de leur prix. Aussi, comme le Sénat représentoit la République dans ces sortes de décrets monnétaires , la première face des Monnoies repréſentoit ou la Ville de Rome, ou quelques-unes de ſes Divinités : ce ne fut qu'à la décadence de la République, & lorſque le Sénat commença à perdre de ſon autorité, qu'on vit paroître ſur les Monnoies le nom & l'effigie de quelques perſonnes conſtituées en Dignité.

Dans les premiers temps, le Sénat créoit trois Officiers pour la fabrique des Monnoies d'or, d'argent & de bronze : ces Officiers s'appelloient, les Trium-Virs Monnétaires : leur office fut ainſi déſigné ſur les Médailles, *III-Vir A. A. A. f. f.* ; *Trium-Vir auro, argento, ære, flando, feriundo :* Jules-Céſar en ajouta un quatrième, que ſon Succeſſeur, Auguſte, ſupprima. Quelques Auteurs penſent que ces Officiers furent dans la ſuite prépoſés en même temps à la fabrique de la Monnoie réſervée aux Empereurs, & à celle qui reſta au pouvoir du Sénat, ſur laquelle on vit toujours ſa marque, S. C. ; car depuis même que les Empereurs eurent ſubjugué la République, le Sénat conſerva encore pendant quelques ſiècles beaucoup d'autorité ſur la fabrique de la Monnoie : il partagea avec ces Princes le droit d'en faire frapper ſur certains métaux. L'or & l'argent furent entièrement réſervés aux Empereurs : alors le S. C. n'y parut plus : s'il ſe trouve ſur quelques pièces, c'eſt une ſingularité dont les Antiquaires n'ont encore pu rendre aucune raiſon ſatisfaiſante, & qu'on ne doit vraiſemblablement attribuer qu'à l'inattention des Monnétaires. Le Sénat demeura en poſſeſſion de faire frapper la Monnoie de bronze, dans les trois modules que nous appellons, grand, moyen & petit : le S. C. y fut toujours marqué.

Quant aux Médaillons, on peut les conſidérer ſous deux aſpects différens, ou comme des Monumens par leſquels on vouloit faire paſſer à la Poſtérité quelques événemens intéreſſans & quelques belles actions des Empereurs, ou comme des pièces deſtinées à marquer leur magnificence dans les Fêtes & les Jeux publics, par des préſens faits aux Princes étrangers, aux Ambaſſadeurs, aux Officiers de leur Cour, & même au Peuple : ces ſortes de pièces s'appelloient, par cette raiſon, *Miſſilia* : après avoir rempli leur première deſtination, elles rentroient dans le commerce, où on leur donnoit cours comme Monnoie, à proportion de leur valeur intrinſèque.

On a obſervé qu'il ſe trouve ſi peu de Médaillons d'or, qu'il n'a pas été poſſible d'en former aucune ſuite : à l'égard des Médaillons d'argent, quoiqu'ils ſoient moins rares, on y inſère ordinairement ceux de potin pour rendre les ſuites plus complettes ; on y réunit même le grec au latin.

Les Médaillons de bronze ſont plus nombreux. C'eſt une partie que le choix des Sujets, l'élégance de la compoſition, la force & la beauté du travail rendent également intéreſſante, dans les Cabinets. Il paroît que c'eſt aux Empereurs ſeuls qu'étoit réſervé le droit de faire frapper ces pièces extraordinaires, dans toutes ſortes de métaux. On trouve cependant ſur quelques Médaillons de bronze la marque du Senatus-Conſulte ; mais le nombre en eſt fort petit, & il y a lieu de croire que ſi ces pièces ont été frappées par ordre du *Sénat*, ainſi que la formule, S. C., ſemble l'indiquer, ce n'eſt qu'après en avoir obtenu une permiſſion expreſſe des Empereurs, dans certaines occaſions où cette Compagnie aura voulu ſignaler ſon zèle.

Quoique les Empereurs euſſent abandonné au Sénat le droit de faire frapper ſeul la Monnoie de bronze, cet arrangement regardoit particulièrement Rome & l'Italie, & n'empêchoient pas qu'ils n'accordaſſent, auſſibien que le Sénat, le pouvoir aux Colonies, aux Villes Municipales & autres

de

de l'Empire de faire battre Monnoie dans les cas de besoin. Chacun sans doute accordoit cette permission aux Provinces & Villes qui lui étoient échues par le partage qui en avoit été fait entre l'Empereur & le Sénat. C'est par cette raison qu'on trouve sur certaines Médailles de Colonies , *Permissu Augusti ; Indulgentiâ Augusti* ; & sur d'autres , S. C. ou S. R. , *Senatûs Rescripto.*

SECTION V.

Des Censeurs & du Cens.

La Dignité de Censeur se trouve marquée , dans les Légendes , par le mot CENSOR , ou par les syllabes initiales CENS. PER. ; c'est-à-dire , *Censor Perpetuus ;* mais on ne trouve dans les Types aucun symbole particulier pour désigner cette Dignité , à moins qu'on ne regarde comme tel la Chaise curule sur laquelle on voit un Censeur assis , au revers d'une , & même de plusieurs Médailles , où une figure de Chevalier tenant un Cheval devant lui semble passer en revue sous ses yeux. Dans d'autres revers , plusieurs figures devant le même Censeur paroissent indiquer l'exercice du Cens lustrale , dans lequel ce Magistrat faisoit , de cinq en cinq ans , la revue générale des trois Ordres , des Sénateurs , des Chevaliers & du Peuple. On peut voir trois de ces Médailles aux nos. 29. 30. & 31. de la planche XXXIVe.

Pour prendre une idée juste de la Censure & des Censeurs , il faut entrer dans le détail de ce qui concerne cette Magistrature , & en examiner l'époque, les devoirs , les droits , les privilèges & le temps auquel on a cessé de la conférer.

Ce fut le Roi Servius-Tullius qui le premier ordonna le Cens Romain , c'est-à-dire la revue lustrale & générale des trois Ordres , pour connoître combien la République pouvoit avoir de Combattans. Il y a apparence que cette revue se faisoit , sous les Rois , par des Officiers ou Commissaires préposés pour cette fonction , & que , depuis l'établissement de la République , les Consuls en furent chargés pendant l'espace de plus d'un siècle ; car on ne trouve aucune dénomination de Censeur avant l'an trois cens onze de la fondation de Rome.

Le nombre des Citoyens s'augmentant considérablement de jour en jour , les Consuls se trouvèrent si surchargés d'affaires , qu'il ne leur fut plus possible de remplir toutes leurs fonctions , avec la même exactitude. Le Sénat, pour les soulager , créa alors des Censeurs , auxquels on confia un partie des Charges du Consulat.

Il y en eut pour la Ville , & d'autres pour les Colonies : ils étoient tous destinés à remplir les mêmes fonctions. Leur élection se faisoit , comme celle des Consuls , dans les Assemblées des États appellées *Comitia Centuriata.* On les tira du nombre des Nobles , pendant plus d'un siècle ; mais cette Magistrature fut dans la suite partagée , ainsi que plusieurs autres , entre les Patriciens & les Plébéiens. On prit même quelques fois les deux Censeurs dans la classe de ces derniers.

Au commencement de l'institution de la Censure , il n'étoit pas nécessaire d'avoir passé par d'autres Dignités pour y parvenir ; mais bientôt après il ne fut pas permis d'y afpiter fans avoir paffé par d'autres Charges ; auffi la vit-on s'élever à un tel dégré d'autorité & d'éminence , qu'elle fut confidérée comme le plus haut point de puiffance & d'illuftration auquel un Citoyen Romain pouvoit atteindre. Les Empereurs même fe firent gloire de porter le titre de Cenfeurs. Ce fut-dans leur perfonne que cette Dignité réunie à celles de Souverain Pontife, de Conful, de Tribun, trouva fa fin avec les autres, en s'anéantiffant toutes fous le Trône même où elles avoient brillé avec le plus d'éclat.

Les Cenfeurs jouiffoient, comme nous l'avons déja obfervé, du droit de la Chaife curule, ainfi que les Confuls. Leurs fonctions étoient des plus importantes & des plus honorables : tous les cinq ans ils faifoient le dénombrement du Peuple : chacun des Citoyens étoit obligé de paroître devant eux pour donner une déclaration exacte de fes enfans, de fes efclaves, de fes affranchis & de fes biens : les Cenfeurs en tenoient régiftre. Ils faifoient auffi la révifion du Sénat & des Chevaliers. Dans le dénombrement des Sénateurs, ils rayoient les noms de ceux qu'ils jugeoient à propos de dépofer à caufe de la dépravation de leurs mœurs & de leur mauvaife conduite : ils avoient auffi le droit de les remplacer. Ils en ufoient de même dans la revue & le dénombrement des Chevaliers, à qui ils ôtoient le Cheval, pour marquer qu'ils les dégradoient & les réduifoient à l'état de Plébéiens.

Ils étoient chargés de fixer la dépenfe des Sacrifices, de nourrir les Oies facrées du Capitole, de veiller à la levée des Impôts, de fournir l'eau au Peuple, de pourvoir à fes befoins, de faire réparer les chemins publics, de maintenir l'ordre & la police dans la Ville, de réformer les abus, de régler les mœurs : pour punir un Citoyen de quelque faute, ils pouvoient le faire paffer d'une Tribu plus haute & plus honorable dans une inférieure, le priver du droit de fuffrage & le mettre à la taille.

Il étoit de la prudence des Romains, & du bien public, de mettre quelques bornes à une puiffance auffi étendue, fur-tout après que l'expérience eut fait connoître que les Cenfeurs, fans égard au ferment qu'ils étoient obligé de prêter au Capitole avant d'entrer en fonctions, de n'agir ni par haine ni par faveur, pouvoient abufer de leur pouvoir en dégradant des Sénateurs, des Chevaliers & des Citoyens qui ne méritoient pas de l'être. Ce fut par ce motif intéreffant qu'on les força à rendre compte de leur conduite aux Tribuns & aux Grands Édiles, qui, en cas de prévarication, les puniffoient de prifon ou de quelques autres peines : on reftreingnit enfuite à dix-huit mois le temps de cette Magiftrature, dont l'exercice étoit d'abord de cinq ans. Il fut enfin ordonné qu'on ne pourroit être élevé à cette Dignité qu'une feule fois dans la vie, & que lorfqu'un des deux Cenfeurs viendroit à mourir ou à renoncer à fa Charge, fon Collègue feroit tenu d'abdiquer fur le champ.

Voilà à-peu-près tout ce qu'il eft à propos de favoir fur cette Dignité, qui devint perpetuelle dans les Empereurs : quelques-uns même prirent le titre de Cenfeur perpétuel ; *Cenfor perpetuus.*

Section VI.

Des Préteurs & de la Préture.

La Dignité de Préteur se trouve consignée sur les Médailles aussi-bien que les autres Dignités des Romains, soit dans les Légendes qui nous en ont conservé le titre, soit dans les Types où l'on en distingue les attributs & les marques d'honneur. Il faut donc en connoître les fonctions, les privilèges & l'institution.

Les Préteurs, destinés à remplacer les Consuls dans leur absence, avoient à-peu-près le même rang, & jouissoient de la plupart de leurs honneurs & privilèges : ils avoient comme eux la Chaise curule & les faisceaux : à ces marques d'honneur on ajouta une balance, sur les Médailles où leur titre étoit gravé dans les Légendes par ces deux lettres PR., qui signifient *Prætor*.

On doit observer qu'il se trouve des Médailles où l'on n'a donné que deux faisceaux sans hache aux Préteurs, & qu'il y en a d'autres où ils en ont six avec leurs haches ; différence qu'on ne peut attribuer qu'à la distinction que l'on fit des Préteurs de la Ville d'avec ceux des Provinces. Ceux de la Ville n'eurent d'abord que deux Licteurs avec leurs faisceaux sans hache, sans doute pour ne les pas égaler tout-à-fait aux deux Consuls, dont l'un en exercice avoit six Licteurs & par-conséquent six faisceaux avec les six haches, tandis que l'autre n'avoit que deux Licteurs, deux faisceaux & deux haches. Les Préteurs des Provinces où il n'y avoit pas de Consul prirent au-contraire le même nombre de Licteurs, de faisceaux & de haches que les Magistrats qu'ils représentoient, & dont ils remplissoient les fonctions. Les Préteurs de la Ville adoptèrent dans la suite cet usage, même en présence des Consuls, dont on les regarda comme les Collègues.

C'est à l'accroissement de la République & à la multitude des affaires que la Préture dut sa naissance : on créa cette Dignité pour décharger les Censeurs d'une partie du poids de leur charge, comme on avoit déja établi la Censure pour adoucir celle du Consulat. En 388 le Peuple ayant demandé qu'un des deux Consuls fût tiré du Tiers-Ordre, le Sénat ne voulut se prêter à cette demande qu'à condition de créer un Préteur, & de le prendre dans la seule classe des Patriciens : ce ne fut qu'en 416. qu'on commença à choisir ce Magistrat parmi les Plébéiens. Environ un siècle après on en créa un second, d'un rang inférieur à l'autre. Le premier, qu'on appella *Prætor Urbanus*, étoit destiné à rendre la justice entre les Citoyens Romains ; le second, qui fut nommé *Prætor Peregrinus*, ne jugeoit que les Causes d'entre les Citoyens & les Étrangers.

La Sicile, la Sardaigne, l'Espagne & plusieurs autres Royaumes ayant été réduits en Provinces Romaines, on leur donna aussi un Préteur. Dans la suite, les Consuls & les Tribuns en créèrent à l'envi les uns des autres ; ensorte que le nombre se trouva monter jusqu'à soixante. L'Empereur Auguste les réduisit à douze, auxquels on ajouta trois autres ; mais vers la fin de la République il n'y en eut plus que trois.

Cette Dignité étoit annuelle. Dans les commencemens, le choix ou l'élection des Préteurs se faisoit comme celle des Consuls : les troubles excités par les Tribuns du Peuple changèrent cet usage ; & tandis que

Q q q

Sylla, Conful, en créoit quelques-uns de fon côté, ces Magiftrats en faifoi en auffi du leur, & en grand nombre.

On les envoyoit dans les Provinces comme Gouverneurs & comme Intendans de Juftice ; auffi a-t-on mis la balance au nombre de leurs attributs. Ils avoient la Surintendance des Troupes, & en certains cas ils pouvoient déclarer & faire la guerre.

Dans la Ville de Rome, les Préteurs, avoient trois fonctions principales : comme Intendans de la Juftice, ils jugeoient non-feulement les procès, mais ils pouvoient même abroger les Loix & en faire de nouvelles : en fecond lieu, ils préfidoient aux Jeux, & donnoient le fignal pour les faire commencer : enfin, c'étoit à eux d'ordonner le temps des Sacrifices & de prefcrire la qualité des Cérémonies.

On voit par là quelle étoit l'autorité & le rang des Préteurs, dont la Dignité fut regardée dans la fuite comme la feconde Magiftrature de Rome, par le nombre & l'éminence de leurs privilèges. Leur élection alloit de pair avec celle des Confuls : ils portoient la robe Prétexte, comme les Sénateurs, &c. : ils avoient, comme on l'a déja obfervé, la Chaife curule, les Licteurs, les faifceaux & les haches : l'autorité fuprême dans la Ville leur étoit confiée, dans l'abfence des Confuls, à l'exception néanmoins des *Féries latines* ; temps auquel cette autorité étoit dévolue au Préfet de Rome : ils pouvoient convoquer le Sénat, les Comices & les Centuries, dans des cas imprévus & preffans, & quelquefois même créer des Confuls dans ces affemblées ; mais en cas de malverfation, on les obligeoit à abdiquer la Magiftrature.

S e c t i o n V I I.

Des Édiles & de l'Édilité.

Les Tribuns du Peuple ne furent pas plutôt créés qu'ils fe trouvèrent accablés d'affaires, & qu'ils demandèrent des Édiles avec lefquels ils puffent les partager. L'autorité que ce partage donna aux Édiles alla au point d'exciter la jaloufie & les murmures des premiers Magiftrats, & de tout l'Ordre des Patriciens : ils demandèrent, pour faire ceffer tout fujet de plaintes, qu'on en créât auffi deux de leur Corps ; ce qu'ils obtinrent en 388. Ces Édiles Patriciens prirent bientôt le deffus, & acquirent de grands avantages fur les deux Plébéiens ; ce qui fe fit avec d'autant plus de facilité que peu de temps après leur création on leur donna deux nouveaux Collègues du même Ordre, dont les fonctions particulières ne pouvoient qu'être fort agréables au Peuple, quand elles étoient bien remplies ; c'étoit de former & d'entretenir de grands magafins de grains pour la fubfiftance des Citoyens. On établit encore dans la fuite plufieurs autres Édiles pour les Villes & les Municipes.

Par ce que nous venons d'expofer, on voit qu'il y avoit à Rome trois fortes d'Édiles ; ceux qu'on appelloit Curules, ceux du Peuple, & les Céréales. On les créoit dans les mêmes Affemblées que les Tribuns & autres Magiftrats convoquoient : leur Dignité étoit annuelle comme les autres.

Ces trois fortes d'Édilités fe diftinguent fur les Médailles, où la Curule eft marquée par ces deux mots abrégés ; ÆD. CVR., *Ædilis Curulis* ; celle du Peuple, par ces deux autres ; ÆD. PL., *Ædilis Plebis* : à l'égard des Édiles Céréales, ainsi appellés à cause de leur principale fonction qui étoit de former des magasins de froment consacrés à Cérès, ils sont clairement désignés par les Types qui présentent des Muids, des Épis, ou quelqu'autre attribut relatif à l'amas des grains : quelquefois on y joint des Vaisseaux, pour marquer la manière dont on a pourvu aux besoins de l'État. Au reste, quoique ce ne fût pas la fonction principale des Édiles du Peuple, il y a eu des cas où ils ont été également chargés de pourvoir à la subsistance publique ; c'est pourquoi on remarque aussi au nombre de leurs attributs des Muids & des Épis, & ils paroissent assis, comme les autres, entre ces symboles ; mais ils n'avoient pas la Chaise curule affectée aux seuls Patriciens.

Les fonctions des Édiles, en général, étoient d'avoir soin des édifices civiles & sacrés, publics & particuliers, de veiller à ce que l'alignement & la symmétrie fussent observés dans ces derniers, d'entretenir la propreté dans les rues, de faire réparer les chemins, les ponts & les chaussées, néttoyer les aqueducs & les égouts, former tous les réglemens nécessaires à ces objets, & tenir la main à leur exécution. Ils avoient inspection sur les poids & les mesures, & droit d'amendes & de confiscation contre les contrevenans : ils visitoient & taxoient les choses nécessaires tant à la Ville qu'à l'Armée : tout ce qui appartenoit au commerce étoit de leur ressort : les monopoles, les débauches & les désordres des Cabarets, & le libertinage des femmes étoient aussi de leur inspection & de leur police : on confioit à leur vigilance l'examen des Comédies que l'on devoit jouer, des Livres que l'on vouloit transcrire ou vendre, & de tout ce qui regardoit la doctrine & le culte : enfin ils étoient chargés de réprimer & de punir tous ceux qui vouloient introduire des nouveautés, causer des désordres & troubler le repos public.

Outre ces fonctions générales & communes à tous ces Magistrats, les Édiles Curules étoient particulièrement chargés de la célébration des grands Jeux Romains, de donner des Spectacles & des Comédies, souvent même à leurs frais : ce ne fut même que sur le refus des Édiles du Peuple d'en faire la dépense, qu'ils furent créés sur les offres qu'ils firent de les faire célébrer à leurs dépens. Par le détail des fonctions de cette Magistrature, on peut juger que son autorité, ses droits & ses privilèges étoient trèsconsidérables. Elle avoit encore l'avantage de conduire à toutes les autres Dignités, même au Consulat : elle donnoit la robe Prétexte & la Chaise curule à ceux qui en étoient honorés. Aussi les Édiles succédoient souvent aux Consuls & aux Préteurs. Il seroit inutile de donner ici des Médailles d'Édiles : on les reconnoîtra facilement à la description que nous venons de faire de leurs Types ordinaires & de leurs symboles. On parlera, dans l'Article suivant, des Chaises curules, en traitant des Dictateurs.

Section VIII.

Des Quefteurs & de la Quefture.

La Quefture femble n'avoir aucuns attributs ni fymboles particuliers, dans la Numifmatique. On voit à la vérité fur quelques revers une Chaife curule, en forme de pliant, & fur d'autres l'Aigle des Légions entre deux Signes militaires : quelques-uns repréfentent une Victoire fur un char attelé de trois ou de quatre Chevaux : il y en a encore où l'on remarque une figure nue, portant un petit fac ou une bourfe : enfin, il s'en trouve avec le feul nom de *Quefteur*, en forme d'Infcription, au milieu d'une Couronne de laurier : ces dernières Médailles font grecques, & le nom de Quefteur y eft exprimé par le mot TAMIOS ; mais ces différens Types ne font pas particuliers à cette Magiftratute.

Dans les Légendes des Médailles latines, le mot de Quefteur eft marqué en lettres initiales, Q. VRB. ; c'eft-à-dire, *Quæftor Urbanus* ; Quefteur de la Ville : Q. HISP. ; *Quæftor Hifpaniæ ;* Quefteur de l'Efpagne.

Par ces Types & ces Légendes on voit qu'il y avoit plufieurs Quefteurs, dont les fonctions étoient peu différentes. Les Rois en créèrent d'abord deux à Rome, pour les affaires de la Ville, & enfuite deux autres pour celles de l'Armée : ces Magiftrats ne pouvant fuffire à tous les devoirs de leurs Charges, on fut obligé d'en établir d'autres pour les Provinces : leur nombre augmenta à proportion des Conquêtes : enfin, cette Dignité fe multiplia fuivant les befoins de l'État, & même fuivant le goût & la fantaifie de ceux qui étoient en droit d'en établir.

Dans fon origine, elle fut à la difpofition des Rois de Rome. Les Confuls en créèrent dans la fuite. Le Peuple voulut auffi jouir de ce droit : enfin les Empereurs conférèrent cette place quelquefois au mérite, & plus fouvent (ce qui arrive encore tous les jours fous nos yeux) à la faveur & à la fortune.

Il y avoit trois fortes de Quefteurs ; ceux de la Ville ; ceux des Provinces ; ceux des Armées. Ces Officiers faifoient par-tout les fonctions de Tréforiers, de Caiffiers & de Commiffaires des Guerres. Dans la Ville, ils recevoient les Tributs & les Impofitions. Ils alloient au-devant des Rois, des Princes & de leurs Ambaffadeurs, pour payer leur dépenfe en route. C'étoit fur eux qu'on fe déchargeoit du foin de leur faire préparer des logemens dans la Ville, & de les y recevoir. Du temps des Empereurs, ils eurent féance dans tous les Confeils : ils répondoient les Requêtes qui leur étoient préfentées : ils haranguoient le Sénat, & lui portoient la parole de la part du Prince. Enfin, leurs fonctions étoient affez analogues à celles des Chanceliers de nos Souverains.

Les Quefteurs militaires, deftinés par état à fuivre les Armées, accompagnoient les Confuls, les Préteurs & les Généraux, à la guerre : ils recevoient les Tributs & Péages des Provinces par où ils paffoient : on leur remettoit auffi les dépouilles des Ennemis, dont ils tenoient régiftre : ils diftribuoient la paie aux Soldats.

Les Quefteurs des Provinces rempliffoient dans leurs départemens les mêmes fonctions que ceux de Rome, & même des Quefteurs militaires, du moins en partie ; c'eft-à-dire, qu'ils recevoient les Tributs & Péages des Provinces, & payoient les Troupes : ces Officiers eurent, depuis Augufte jufqu'à Néron, la garde des titres, traités, régiftres & autres actes publics, qui compofoient les Archives.

La dépenfe des Jeux des Gladiateurs fut auffi long-temps à leur charge. On pouvoit leur faire rendre compte de tout ce qui paffoit par leurs mains.

Ils n'avoient ni Licteurs, ni faifceaux, ni Chaife curule, & ne portoient point la robe Prétexte.

SECTION IX.

Des Trium-Virs en général, & de combien de fortes il y en avoit.

On connoiffoit plufieurs fortes de Trium-Virs, chez les Romains : les uns étoient prépofés à la réparation des édifices facrés, & à l'emploi des legs pieux qui y étoient deftinés ; d'autres étoient chargés de l'arpentage des terres, & avoient foin de faire répartir à chacun ce qui devoit lui appartenir. Il y en avoit dont les fonctions étoient analogues à celles de nos grands Prévôts, & de nos Lieutenans Civils & Criminels : on en mettoit à la tête des Colonies, pour les conduire aux lieux de leur deftination, & faire le partage des Terres : le dénombrement & la levée de la Jeuneffe propre à porter les armes étoient du département des Trium-Virs : ils étoient chargés également du foin des repas facrés : nous avons déja parlé, dans le Chapitre des Dignités facrées, de cette dernière fonction, à laquelle le titre d'Épulon étoit attaché. L'Élection des Sénateurs & l'arrangement de ce Corps augufte appartenoient à ces mêmes Officiers : plufieurs étoient auffi chargés de veiller à ce qui pouvoit contribuer à la confervation de la fanté : quelques-uns préfidoient à la fabrication des Monnoies ; *Trium-Vir, auro, argento, ære flando, feriundo* : d'autres avoient l'adminiftration de tout ce qui pouvoit concourir au bien du Gouvernement & à la conftitution de l'État ; *Trium-Vir Reipublicæ conftituendæ.* Sans parler de tous les Trium-Virs dont il n'eft fait aucune mention fur les Médailles, nous nous bornerons à quelques remarques fur ces trois dernières efpèces.

Section X.

Des Trium-Virs de la Santé.

Plusieurs Auteurs ont prétendu qu'il y avoit eu à Rome, quoique fort tard, des Trium-Virs préposés non-seulement au soin des édifices destinés au soulagement des malades, mais encore pour arrêter les progrès de l'épidémie, dans les maladies populaires. Ils se sont fondés sur une Médaille de la famille *Acilia*, qui a pour Type, d'un côté, la Déesse *Salus* couronnée de aurier, avec la Légende, *Salutis*, & au revers une figure de femme accoudée sur une colonne, tenant à la main un Serpent qui semble prêt à entrer dans sa bouche, avec la Légende, *Manius-Acilius Trium-Vir Valetu.*

Ceux qui rapportent cette Légende aux Trium-Virs de la Santé, l'interprétent ainsi ; *Manius-Acilius Trium-Vir de la Santé, ou préposé à tout ce qui regarde la conservation de la Santé du Public.* Delà ils ont conclu qu'il y avoit à Rome un Trium-Virat uniquement destiné à cet objet : ils avouent cependant qu'il n'en est fait aucune mention chez les Anciens.

Plusieurs Savans Historiens & Antiquaires, sans vouloir adopter l'explicationqu'on a prêtée à cette Légende, ont prétendu qu'elle avoit été frappée du temps d'Auguste, à l'occasion d'une maladie pendant laquelle on offrit des Sacrifices à Hygée, Déesse de la Santé, représéntée debout au revers de cette Médaille. Selon ces Auteurs, *M. Acilius* étoit un Trium-Vir Monnétaire, & ce fut lui qui la fit frapper avec la tête de la Déesse *Salus* d'un côté, & la Déesse Hygée de l'autre : la Légende n'exprime que la qualité de Trium-Vir, qui autorisoit *Acilius* à faire frapper cette Monnoie, & le mot abrégé *Valetu.* n'a aucun rapport à la qualité de Trium-Vir ; c'est le substantif détaché de tout ce qui précéde, & qui ne peut être rendu que par le mot *Valetudo*, synonyme d'Hygea ; ensorte que pour expliquer la Médaille, il n'est pas besoin de créer une Charge qui n'exista jamais : tels sont les deux sentimens sur cette matière. On ne peut disputer l'avantage de la simplicité au dernier, qui se fortifie d'ailleurs à l'inspection de plusieurs autres Médailles frappées sous le même règne d'Auguste, pour exprimer les désirs & les vœux que tout l'Empire formoit pour le retour d'une Santé qui lui étoit si chère. En adoptant ce sentiment, on peut se dispenser d'admettre à Rome cette espèce de Trium-Virat.

Section XI.

Des Trium-Virs Monnétaires.

Les Trium-Virs Monnétaires furent créés, à Rome, peu de temps après qu'on eut frappé de la Monnoie sur les trois métaux. L'or n'ayant été frappé que sur la fin du sixième siècle de cette Ville, selon l'opinion la plus commune, ce ne fut qu'après la fabrication de ce dernier métal que l'on institua des Officiers pour maintenir l'ordre dans les Hôtels des Monnoies & dans les affaires qui pouvoient y avoir quelque rapport.

Le nombre en fut d'abord fixé à trois; d'où ils tirèrent leur dénomination; mais Jules-César les ayant portés à quatre, ils s'appellèrent Quartum-Virs, jusqu'à ce qu'ils furent réduits à leur premier nombre, par Auguste. Leur emploi étoit de présider à la fabrication de la Monnoie : c'est ce qu'on trouve consigné dans les Légendes des Médailles, par des mots abrégés & des lettres initiales; *III-Vir, A. A. A. f. f.*, ou bien *IIII-Vir A. P. f.*, ou bien *IIII-Vir P. f.* La première Légende signifie, *Trium-Vir auro, argento, ære flando, feriundo*; la seconde, *Quartum-Vir auro*, ou *argento publico*, ou *probato feriundo*; la troisième, *Quartum-Vir primus flavit*, ou *publicè flavit*.

Quant aux Types propres à désigner ces Charges, il n'y en a point de particuliers, sur la plupart des Médailles où les Trium-Virs Monnétaires ont fait graver leurs noms & leur qualité. Mais il y a quelques-unes de ces pièces où ils ont fait graver des coins, un marteau, des pinces, tous instrumens propres à la fabrication des Monnoies.

On peut voir ce que nous avons dit, au commencement de ce Traité, sur tout ce qui concerne la Monnoie & les différens Officiers qui y étoient employés.

Avant la création des Trium-Virs Monnétaires il y avoit un Officier préposé à la fabrication de la Monnoie, sous le titre de *Curator Denariorum flandorum* : c'est ce qu'on voit par le revers d'une Médaille Consulaire de la famille *Cornelia*, où *Lentulus* prend cette qualité : on lit au bas, LEN. CVR. X FL.; ce qui signifie, *Lentulus Curator Denariorum flandorum.* On trouve dans les Médailles Consulaires beaucoup de Types & de Légendes qui appartiennent à ces sortes d'Officiers Monnétaires. On peut consulter quelques-unes de ces Médailles sur nos premières planches.

S E C T I O N   X I I.

Des Trium-Virs préposés au Gouvernement de la République, & appellés Reipublicæ conftituendæ.

Ces Trium-Virs ne furent établis que dans les derniers temps de la République, l'an fept cens dix de Rome, à l'occafion du meurtre de Jules-Céfar. Augufte, alors Conful, voulant punir les affaffins de fon père adoptif, & prévenir pour la fuite des événemens auffi funeftes, fit la paix avec Marc-Antoine & Lépide. Ces trois Princes partagèrent l'Empire: l'Afrique, la Sardaigne & les deux Siciles appatinrent à Augufte; l'Efpagne & la Gaule Narbonnoife, à Lépide; le refte des Gaules, à Marc-Antoine. Après ce partage, ils fe regardèrent comme Souverains de tout l'Empire divifé, firent plufieurs Loix, ordonnèrent cette profcription fameufe, & entreprirent de réformer les abus, de rétablir la paix, de maintenir & de gouverner la République fous la dénomination de *Trium-Vir Reipublicæ conftituendæ* ; mais ces Princes s'étant enfuite brouillés jufqu'à fe faire la guerre, Lépide fut défait, & Augufte renonça bientôt au Trium-Virat, qui par-conféquent dura peu.

S E C T I O N   X I I I.

Du Préfet & de la Préfecture de la Ville.

Peu de Médailles font marquées au coin de cette Dignité. Nous en avons néanmoins une Confulaire de Régulus, où il en eft fait mention & dans le Type & dans la Légende. Le Type eft formé d'une Chaife curule, avec trois faifceaux de chaque côté; attributs ordinaires de la Préfecture. La Légende porte, *REGVLVS F. PRAEF. VR. ; Regulus filius Præfectus Urbis.*

Cette Magiftrature fut créée par Augufte, pour reftreindre & borner l'autorité des Préteurs dans l'exercice de leur Charge. Le Préfet devint le Gouverneur de Rome, & fa Jurifdiction s'étendit à un mille hors de la Ville. On le regardoit comme le Prince du Sénat, dont il affembloit, jugeoit & défendoit les Membres, fuivant les circonftances : la Puiffance des Confuls lui étoit dévolue pendant leur abfence : l'Intendance de la Police des vivres, des bâtimens & de la navigation lui appartenoit également : c'étoit à lui qu'on déféroit l'honneur de préfenter les dons de la République, au premier jour de l'an. La Médaille dont on vient de parler nous apprend qu'on avoit artaché à cette place l'honneur de la Chaife curule, avec fix Licteurs & fix faifceaux.

Après avoir traité des Dignités Civiles & ordinaires chez les Romains, relativement à celles dont il eft fait mention fur les Médailles, nous allons entrer dans quelques détails fur celles qui furent créées par ce même Peuple, dans les occafions extraordinaires

ARTICLE III.

Des Dignités extraordinaires, chez les Romains.

Outre les Dignités ordinaires, purement civiles ou civiles & militaires en même temps, il y en avoit d'autres également ordinaires & purement militaires, dont nous traiterons dans l'Article IVe., après avoir parlé des Charges & Dignités que l'on appelloit extraordinaires, chez les Romains, parce qu'on ne les créoit que dans certaines circonstances, & qu'elles ne duroient qu'autant que l'exigeoient les besoins extraordinaires pour lesquels on les établissoit ; telles étoient celles de Dictateurs, de Proconsuls & de Propréteurs, celles de Légats de ces deux derniers, & celles des Tribuns. Comme il n'est fait mention que de ces Dignités sur les Médailles, nous nous bornerons à ne parler que de celles-là, dans les quatre Sections suivantes.

SECTION I.

Des Dictateurs & de la Dictature.

L'an deux cens cinquante-six de la fondation de Rome, peu de temps après l'expulsion des Rois, dans la personne de Tarquin le Superbe, les Romains commencèrent à se donner de nouveaux Chefs, sous le nom de Dictateurs. Ce fut à l'occasion d'une sédition qui s'étoit élevée dans la République, que l'on créa cette éminente Dignité. Le Consul alors en place en nomma un, pour terminer tous les différens des Partis qui s'étoient formés, & pour rétablir l'ordre & la paix dans Rome. Dans la suite, la Dictature continua d'être à la nomination du Consul ; soit de vive voix, soit par écrit. Il en fut de cette Souveraine Dignité comme des autres plus rélevées : les Patriciens en furent d'abord revêtus, à l'exclusion des Plébéiens ; mais ceux-ci ne furent pas long-temps sans prétendre y avoir part.

La Dictature duroit ordinairement six mois, & quelquefois un an. Elle fut rendue perpétuelle dans la personne d'Auguste, & confondue avec la Dignité Impériale.

Quoique l'on compte plus de soixante Dictateurs, depuis leur Institution jusqu'à Auguste, on ne commence à distinguer clairement les marques de cette Dignité que sur les Médailles de Jules-César, tant dans les Types que dans les Légendes.

Les attributs représentés dans ces Types sont la Couronne sur la Chaise curule, & deux faisceaux avec leurs haches ; ce qui marque que le Dictateur avoit droit de porter la robe Prétexte, d'avoir la Chaise curule & des Licteurs qui marchoient devant lui, au nombre de vingt-quatre, & qui portoient chacun un faisceau au dessus duquel il y avoit une ou deux haches attachées, pour faire voir que le Dictateur avoit la puissance de vie & de mort sur les Citoyens.

Dans les Légendes, cette Dignité est ainsi exprimée ; *Cæsar Dictator ;* ou *Dictator iterùm ; Cæsar Dictator tertiò ; Dictator quartò ; Dictator perpetuus ;* ou *Dictatori perpetuo :* César Dictateur pour la seconde, pour la troisième, pour la quatrième fois ; ou Dictateur perpétuel.

R r r

Quoique le Dictateur n'eût été d'abord établi que pour appaiser une sédition, on en créa dans la suite pour différens sujets ; comme pour attacher le clou d'airain, pour convoquer les grands Comices, pour former un nouveau Sénat, pour commander les Armées en qualité de Généralissime, dans les guerres importantes & difficiles, enfin pour secourir la République dans des dangers pressans, & dans des affaires de la dernière conséquence.

Toute l'autorité & toute la puissance des Consuls résidoient en lui éminemment. Il commandoit les Troupes, & avoit droit de se choisir un Collègue qui s'appelloit, *Magister Equitum* ; c'est-à-dire, Général de la Cavalerie. Il traitoit avec les Ennemis, & gouvernoit en Souverain. Il n'y avoit qu'un seul objet sur lequel sa puissance étoit limitée ; c'est qu'il ne pouvoit tirer aucuns deniers du trésor public, que pour la guerre, après en avoir obtenu la permission du Sénat, qu'il avoit droit d'assembler lorsqu'il le jugeoit nécessaire. L'Élection d'un Dictateur faisoit vaquer toutes les autres Charges, à l'exception de celle de Tribun du Peuple : le reste des Magistrats venoit lui faire hommage de son autorité, en la déposant entre ses mains.

Sylla fut le premier qui abusa de l'autorité presque sans bornes de la Dictature : Jules-César, son successeur immédiat, suivit cet exemple pernicieux ; ensorte qu'ils rendirent cette Dignité presque aussi odieuse que la Royauté l'avoit été sous les Tarquins. On l'offrit encore à Auguste ; mais il aima mieux user du pouvoir qu'elle donnoit, que d'en vouloir accepter le nom.

Il paroît nécessaire d'expliquer ici quelle étoit la cérémonie du clou d'airain, dont nous venons de parler, & pour laquelle on créoit un Dictateur ; c'est-à-dire, un Magistrat dont le pouvoir approchoit de celui des Rois.

Cette cérémonie purement civile dans son origine, consistoit à envoyer quelqu'un au Capitole pour enfoncer un clou d'airain derrière la Chapelle de Minerve, afin de pouvoir compter, par le nombre de ces clous, combien il s'étoit écoulé d'années depuis une telle époque jusqu'à une telle autre : elle se faisoit d'abord au troisième de Septembre de chaque année ; mais dans un temps de peste qui ravageoit la Ville, ce fleau s'étant appaisé vers le temps où cette cérémonie avoit coutume de se faire, on en attribua la cessation à la cérémonie même. Cette opinion s'accrédita bientôt dans l'esprit du Peuple toujours porté à la superstition, & forma une tradition si constante, que dans les circonstances d'un pareil malheur on ne manquoit pas de créer un Dictateur pour renouveller la cérémonie : elle étoit apparemment accompagnée de sacrifices & de vœux pour appaiser les Dieux en couroux ; ainsi ce qui n'avoit été d'abord qu'une cérémonie civile, assez indifférente en soi, se changea dans la suite en une cérémonie sacrée, qui passa pour une des plus importantes de la Religion.

C'est sans doute de cet usage d'enfoncer le clou d'airain, que la coutume s'est introduite d'attacher aux robes des Sénateurs la figure de plusieurs clous assez larges ; ce qui faisoit appeller leur robe, *Laticlavium*, & les Sénateurs *Lati-Clavios*. Les Chevaliers portoient aussi de ces clous à leurs robes ; mais ils étoient moins larges ; ce qui les fit nommer, *Angusti-Clavios*, & leur habillement, *Angusti-Clavium*.

Section II.

Des Proconsuls, & du Proconsulat.

Le nom de Proconsul se trouve gravé, en abrégé, sur plusieurs Médailles, de cette sorte ; PRO-COS, ou PROCOS, ou PROC. On y ajouta quelquefois le nom de la Province ou de la Ville pour laquelle il avoit été créé. PROC. SIC. ; c'est-à-dire, *Proconsul Siciliæ.*

Quant aux Types de ces Médailles, on les trouve variés : il n'y a même rien qui puisse être particulièrement affecté à cette Dignité. Ceux qui en étoient honorés avoient néanmoins droit à la robe Prétexte, à la Chaise curule, & se faisoient accompagner de six Licteurs avec les faisceaux & les haches.

Il faut remarquer qu'il y eut encore, chez les Romains, quatre autres sortes de Proconsuls, ou d'Officiers qui en ont porté le nom : d'abord on le donna à ceux des Consuls qui, n'étant créés que pour un an, étoient continués dans leur Dignité pour une seconde année, quand la République le jugeoit nécessaire : on décora aussi de cette qualité celui qui, tiré d'une condition privée, étoit envoyé dans quelques Provinces pour y faire la guerre, comme P. Cornelius Scipion : ceux qui, en sortant du Consulat, étoient envoyés par le Sénat dans les Provinces pour les gouverner au nom de la République, furent encore appellés Proconsuls : enfin on donnoit peut-être ce nom à ceux qui ayant fini l'année de leur Proconsulat dans les Provinces, continuoient à en exercer les fonctions en qualité de Légats des nouveaux Proconsuls créés pour les remplacer, mais retenus à Rome par leurs affaires ou par celles de la République, avec l'agrément du Sénat.

Le pouvoir des Proconsuls égaloit celui des Consuls dans les Provinces où ils en exercoient les fonctions : ils avoient droit de Justice & de commandement ; de Justice, pour la rendre par eux-mêmes ou par les Lieutenans qu'ils se choisissoient ; de commandement, sur les Troupes, soit en personne, soit par les Officiers qui étoient à leur nomination. Tout ce qui concernoit les vivres, les magasins, les munitions, les ponts & chaussées, les tributs, les impositions & les levées des Troupes, étoit de leur ressort.

Le Sénat avoit seul le droit de créer les Proconsuls : c'étoit de ce Corps respectable qu'ils recevoient leur mission & leur pouvoir. Quelquefois le Peuple s'ingéra de vouloir en nommer ; mais ces cas furent extraordinaires & très-rares.

Dès qu'ils étoient élus, ils montoient solemnellement au Capitole, revêtus de la cuirasse, ornés de toutes les marques de leur Dignité, & accompagnés de leurs amis & d'une foule de monde de tout rang & de tout sexe. Après y avoir fait des sacrifices & des vœux pour la prospérité de la République, ils étoient conduits jusqu'aux portes, précédés de douze Licteurs avec les faisceaux & les haches. Avant de partir pour le lieu de leur destination, ils recevoient de la part de la République ce qu'on appelloit le *Viatique* ; c'est-à-dire un anneau d'or, des charriots, des chevaux, des mulets, des tentes, des pavillons, de l'argent & tout ce qui leur étoit nécessaire pour le voyage.

Section III.

Des Propréteurs.

Nous ne voyons rien dans les Types des Médailles qu'on puisse regarder comme un attribut distinctif de la Dignité de Propréteur : les Légendes seules nous l'annoncent par ces expressions, PRO. P. ou PRO. PR.; *Proprætor.*

Il en est des Propréteurs à-peu-près comme des Proconsuls ; on en peut compter de trois sortes : les uns ont eu ce titre parce qu'étant Préteurs des Provinces pour un an, on les a continués au-delà du terme fixé par la Loi : d'autres ont portés ce nom pour avoir été envoyés exprès dans les Provinces, non pour les gouverner, mais pour y faire la guerre, sans avoir encore passé par aucun dégré de Magistrature : enfin cette Dignité, à proprement parler, est celle que l'on donnoit ordinairement aux Préfets de Rome, lorsqu'à la fin de leur Préfecture on les envoyoit dans quelques Provinces de moindre étendue & de moindre considération, pour y remplir les mêmes fonctions, & pour y jouir des mêmes droits & privilèges que les Proconsuls.

Les uns & les autres étoient rappellés ordinairement au bout d'un an ; quelquefois cependant plus tard ; mais fort rarement. A leur retour, ils rendoient compte de leur conduite & de l'administration des Finances. En cas de péculat, de transgression ou de prévarication, on les punissoit de prison, &c. Il y a deux revers, à la planche XXXIVe. nos. 32. & 33., sur lesquels on lit les titres de Propréteurs & de Préfets ou grand Amiral ; PRO. PR. PRÆF. CLASS.

Section IV.

Des Légats de Proconsuls, de Propréteurs, & en même temps de ceux des Empereurs.

La Dignité de Légat s'annonce dans les Légendes de plusieurs Médailles qui portent ; LEG.; c'est-à-dire, *Legatus* ; LEG. PRO-COS.; c'est-à-dire, *Legatus Pro-consule* ; LEG. PRO. PR.; c'est-à-dire, *Legatus Pro Prætore* ; LEG. AVG.; c'est-à-dire, *Legatus Augusti* ; LEG. A. P.; c'est-à-dire, *Legatus Armeniæ Provinciæ* ; Légat de la Province d'Arménie.

Les Types frappés pour quelques-uns de ces Magistrats varient beaucoup, & n'ont souvent rien de rélatif à leur Dignité : on remarque cependant sur plusieurs la Chaise curule, avec une Balance & une corne d'Abondance ; ce qui montre que les Légats avoient ordinairement la même Jurisdiction & les mêmes honneurs que ceux qu'ils représentoient.

Nous voyons, par ces Légendes, qu'il y eut en différens temps plusieurs sortes de Légats, chez les Romains ; c'est-à-dire, des Légats de Proconsuls, de Propréteurs, & de l'Auguste ou de l'Empereur : à l'égard des Légats de Province, on ne doit pas en faire une classe séparée, parce qu'à proprement parler, ils l'étoient tous par état.

Pour apprécier au juste la qualité de ces Officiers, il faut distinguer les temps de la République libre, de ceux de cette même République subjuguée & dominée par les Empereurs. Dans la première époque, le Sénat instituoit

& envoyoit des Proconfuls & des Propréteurs dans les Provinces , pour les gouverner : fouvent on leur donnoit, & quelquefois ils fe choififfoient eux-mêmes des Adjoints, pour leur fervir de Lieutenans dans les Pays de leur délégation : c'eft à ces derniers à qui on donna le titre de Légats : on les prit d'abord parmi les hommes les plus verfés dans les affaires , & les plus expérimentés dans l'art de la guerre ; mais bientôt après on eut moins d'égards, dans ce choix, au mérite qu'à la brigue & aux follicitations.

Quand la République changea de nom , & que, fous fes nouveaux Maî-tres , elle eut pris le titre d'Empire Romain , alors les Provinces furent partagées entre l'Empereur & le Sénat : dès le temps d'Augufte, l'Afrique & l'Afie demeurèrent foumifes, avec dix autres Provinces, au Peuple Ro-main ; les premières, fous le titre de Proconfulaires ; les fecondes , fous celui de Proprétoriennes. Les Provinces, au contraire, qui formèrent le partage de l'Empereur, furent appellées ou Confulaires ou Prétoriennes. Les Légats que les Empereurs envoyèrent dans les premières, fe nommèrent en conféquence Légats Confulaires , parce que ces Princes voulurent qu'ils fuffent Confuls, ou du moins qu'ils en euffent les droits & les privilèges. A l'égard des Légats des Provinces Prétoriennes, ils eurent auffi le titre de Légats de l'Augufte ; c'eft-à-dire , de Légats de l'Empereur ; mais après Conftantin, les Empereurs n'eurent plus que des Légats Confulaires.

Les Légats du Sénat jouiffoient des mêmes droits & privilèges que ceux de l'Empereur. Ils avoient également la Chaife curule, des Licteurs & des faifceaux : lorfque les Proconfuls ou les Propréteurs étoient obligés de quitter leurs Provinces avant que leurs Succeffeurs fuffent arrivés, alors leurs Lé-gats jouiffoient de tout leur pouvoir, droits, honneurs & privilèges : quel-quefois même on leur donnoit, pendant la vacance, le nom de Proconfuls ou de Propréteurs ; mais lorfque que ces Officiers en titre étoient fur les lieux , leurs Légats ne jugeoient que des caufes entre les Particuliers : ils rapportoient celles du Public & de l'État à leurs Supérieurs, qui ne pou-voient même en commettre la décifion à d'autres, à moins qu'elles ne fuffent dans l'exception de la Loi : quoique le droit de vie & de mort fût réfervé aux Proconfuls & aux Propréteurs , celui du fouet ou de quelque autre punition légère étoit confié à leurs Légats.

S e c t i o n V.

Des Tribuns & du Tribunat, ou de la Puissance appellée Tribunitienne.

Pendant tout le temps que cette Dignité ne fut déférée qu'à des Particuliers, on n'en fit aucune mention sur les Médailles : ce n'est que dans les Légendes des Impériales qu'elle se trouve exprimée par ces lettres initiales , T. P. , & par ces mots abrégés , TR. P. ou TRIB. POT., qui signifient , *Tribunitiâ Potestate.*

Cette Magistrature fut d'abord annuelle ; mais elle devint perpétuelle dans les Empereurs qui , pour la forme, la déposoient de cinq ans en cinq ans , & la reprenoient en même temps. C'est pour ne pas déroger entièrement à l'ancien usage, qu'ils comptoient par années le temps de leur Puissance Tribunitienne ; ce qu'il est aisé de voir par les différens chiffres qui se trouvent sur leurs Médailles, après l'expression de leur Tribunat, depuis le nombre II. jusqu'à celui de XXXV. , pour faire connoître combien ils ont joui de cette Dignité.

On doit observer à ce sujet qu'il ne faut pas compter les années du règne d'un Empereur par celles de sa Puissance Tribunitienne, que l'on trouve marquées sur ses Médailles , parce qu'un Prince étoit souvent Tribun avant d'être Empereur. Par exemple , Jules - César , en adoptant Auguste, l'associa à sa Puissance Tribunitienne, sans partager avec lui la Dignité Impériale : Auguste pouvoit donc compter les années de son Tribunat du jour de son association à cette Dignité , dont il jouit pendant la vie de César, & cependant il ne pouvoit compter celles de son Empire que du jour de la mort de son père adoptif. Il en est de même des années Consulaires : plusieurs Princes pouvoient avoir été Consuls, même plus d'une fois, avant de parvenir à l'Empire , & compter les années de leurs Consulats par la première, souvent fort antérieure à celle de leur élévation au Trône.

On ne remarque sur les Médailles aucun attribut particulièrement affecté au Tribunat. Celles où il est fait mention de cette Dignité, étant toutes Impériales , on n'y a représenté que les Dieux , les Vertus, les Actions ou les Victoires de ces Princes. D'ailleurs , les Tribuns n'avoient aucun droit ni à la Chaise curule, ni à la robe Prétexte. Ils étoient seulement précédés d'un Huissier : ce ne fut même que vers l'an 678 , temps de la décadence la République, qu'ils obtinrent des Licteurs & des faisceaux.

Voyons à présent quels furent l'époque & les motifs de la création des Tribuns, & quels ont été leurs pouvoirs & leurs privilèges jusqu'à la fin cette Dignité.

Le Peuple Romain s'étant plaint plusieurs fois, sans être écouté, de l'injustice & de l'oppression des Grands, se souleva & se retira tout armé à trois mille de Rome, bien résolu de se faire droit par le sort des armes. L'éloquence de Menenius-Agrippa l'appaisa ; mais pour le désarmer & le faire rentrer , il fallut lui accorder deux Magistrats tirés du Corps des Plébéiens, sous le nom de Tribuns du Peuple, auxquels on donna assez de pouvoir & d'autorité pour contrebalancer la puissance du Sénat & des Consuls.

Ces deux Magistrats choisis par le Peuple, & tirés de son Corps, s'en associèrent peu après trois, & ensuite cinq autres ; mais quoique dans ce

nombre

nombre de dix Tribuns, on en eut admis quelques-uns de l'ordre des Patriciens, ceux du Peuple l'emportèrent toujours sur eux, & furent tenir les choses dans une telle fermentation, que les deux premiers Ordres ne furent constamment d'accord, que quand la puissance des uns & des autres fut absorbée par les Empereurs.

Par le Traité conclu dans le temps de cette émeute Populaire, on convint que la Montagne où le Peuple s'étoit retiré, le Traité, ses Loix mêmes & jusqu'aux personnes, des Tribuns seroient tous sacrés, & qu'ils en porteroient le nom ; terrible avantage contre les Grands, qui fut bientôt suivi de plusieurs autres, qui rendirent bientôt les Tribuns & le Peuple redoutables aux deux premiers Corps de la Ville. Ces nouveaux Officiers eurent d'abord leurs sièges à la porte du Sénat : dans la suite, on leur accorda des places en dedans. Un des premiers Sénateurs leur apportoit les décrets du Sénat, dont ils devenoient en quelque sorte les Juges, puisqu'ils pouvoient les approuver ou les désapprouver, les recevoir ou les rejetter, sans être obligés de rendre compte de leur conduite à cet égard.

La Loi *Cornelia* ne leur accorda pas seulement le droit d'entrer au Sénat, mais encore celui d'y donner leur avis : en outre, il leur fut permis de faire des Loix, d'assembler & de haranguer le Peuple ; mais ces derniers avantages leur furent ôtés & rendus, selon qu'ils se trouvèrent plus ou moins en crédit. Quand on avoit créé un Dictateur, les Tribuns du Peuple étoient les seuls Magistrats qui restoient en exercice de leurs Charges. Ils avoient encore le pouvoir de condamner à l'exil & à la prison.

Lorsque les Dictateurs & les Consuls sortoient de leurs Emplois, les Tribuns avoient le pouvoir de les appeller en Jugement devant le Peuple : ils en firent usage plusieurs fois. Si un Tribun s'opposoit à quelque ordre, même à un décret, il n'y avoit aucune autorité qui pût le faire exécuter dans Rome & à mille pas de distance : tous les Magistrats, sans distinction, pouvoient être cités devant le Peuple, par ces Officiers de la Puissance Tribunitienne. Leur pouvoir énorme s'étendit ensuite jusques dans les Provinces éloignées ; mais Sylla, ennemi juré de cette Magistrature, la restreignit dans des bornes fort étroites.

Ce qui pouvoit leur être fort à charge, c'est qu'ils étoient obligés de laisser leurs maisons ouvertes jour & nuit, afin que le Peuple, dont ils étoient les Protecteurs & les Défenseurs, pût y entrer quand il le jugeoit à propos, pour porter ses plaintes.

L'étendue des privilèges de cette Dignité la fit ambitionner par Jules-César qui se fit admettre au nombre des Tribuns : Auguste, son successeur, voulut l'avoir seul : les autres Empereurs, ou presque tous jusqu'à Constantin le Grand, se l'approprièrent : ils se firent même gloire de ce titre sur les Médailles & autres Monumens. Il est vrai que l'on continua de créer des Tribuns du Peuple ; mais ils n'en eurent que le nom : la Dignité Impériale s'empara de toute leur puissance.

A R T I C L E   I V.

Des Dignités purement Militaires, chez les Romains, dont il est fait mention sur les Médailles.

LES Charges ou Dignités dont il s'agit dans cet Article, & dont il est fait mention sur les Médailles, sont en fort petit nombre, puisque nous ne trouvons dans cette classe que celle d'Empereur, regardé comme Généralissime des Troupes, & celle de Préfet de la Flotte ou Grand Amiral : nous traiterons de ces deux objets dans autant de Sections.

S E C T I O N   I.

De l'Empereur, regardé comme Généralissime des Troupes.

Nous ne considérons ici la Dignité d'Empereur que comme Militaire, nous réservant à en parler dans la suite sous l'autre rapport.

Ce titre d'Empereur, dans le sens sous lequel nous l'envisageons, se trouve dans les Légendes de plusieurs Médailles Consulaires & Impériales. Sur les unes, il est gravé dans son entier ; IMPERATOR ; sur d'autres, par les premières lettres ; IMP. : dans les Médailles grecques, le terme AUTOCRATOR, signifie la même chose. On trouve souvent un nombre ajouté à ce titre, ou en chiffres, ou en lettres ; IMP. ITER. ; IMPERA- TOR QUARTUM, ou IMPERATOR VI. ; c'est-à-dire, Empereur pour la seconde, pour la quatrième, pour la sixième fois, &c. Les Types de ces Médailles ne nous présentent point d'attributs particulièrement affectés à cette Dignité. Ils nous montrent ou des Trophées ou des Victoires plus relatifs aux actions qu'à la Dignité d'Empereur : ce seroit se tromper, que de prendre pour marque de cette Dignité une espèce de sceptre ou de bâton de commandement que l'on voit quelquefois dans la main de ceux qui la possédoient, puisque cet attribut leur est commun avec plusieurs autres ; d'où il faut conclure qu'ils n'ont rien de distinctif sur nos Médailles.

Le nom d'Empereur vient du mot *Imperare*, commander : il ne signifie qu'un Général d'Armée : du temps de la République, les Romains don- nèrent ce nom tantôt comme un titre pour agir, & tantôt comme une récompense de la prudence & de la valeur qu'on avoit montrées dans quelque action ; car il arrivoit souvent qu'un Consul, ou un Proconsul, ou un Dictateur recevoit ce titre, après une Victoire, soit par les acclamations des Soldats, soit par un décret du Sénat. Le Sénat le donnoit aussi à tous ceux à qui il jugeoit à propos de confier le commandement de l'Armée ; c'est pour- quoi un même Général pouvoit recevoir ce titre plusieurs fois ; c'est-à-dire toutes les fois qu'on lui décernoit l'honneur du commandement : c'est ce qui se pratiqua encore du temps des Empereurs, & même en leur faveur. Ils recurent volontiers ce titre dans le sens qu'on le prend ici, & ils le virent donner sans jalousie & sans peine à des Officiers militaires qui l'avoient mérité comme eux, par de belles actions & par des Victoires sur les ennemis de l'Empire. On ne pouvoit aspirer à ce titre, au moins du temps de la République, que par quelque action d'éclat : pour y parvenir, il falloit avoir défait dix mille ennemis, ou avoir fait des Conquêtes d'importance, ou enfin avoir pris quelque place considérable.

Section

Section II.

Du Préfet de la Flotte, ou Grand Amiral.

Dès que les Romains se virent dans la nécessité de faire la guerre par mer, & d'équiper des Flottes, ils en donnèrent le commandement à des Consuls. Cornelius-Scipion commanda, l'an de Rome quatre cens quatre-vingt-treize, la première de toutes : elle étoit destinée contre Carthage. On créa plusieurs Officiers de marine d'un grade inférieur : il y eut des Duum-Virs & des Tribuns pour partager le commandement des Troupes navales ; mais il ne paroît pas qu'il ait été fait mention, sur les Médailles, de ces Officiers subalternes : on y voit à la vérité, parmi les Trophées, des Vaisseaux birêmes & trirêmes, & même des proues de Vaisseaux ; mais il n'y a point d'autres noms d'Officiers que celui du Préfet de la Flotte.

On distingue deux sortes de Préfets ; les uns pour garder les Côtes ; les autres pour agir offensivement, & pour porter la guerre au loin. Le grand Pompée fut le premier qui réunit dans sa personne ces deux Emplois, sous le titre de Préfet de la Flotte & des Côtes ou bords maritimes ; *Præfectus Classis & Oræ maritimæ* ; ce qui est énoncé dans les Légendes de ses Médailles, où on lit d'un côté, MAG. PIVS IMP. ITER., & de l'autre, PRÆF. CLAS. ET ORÆ MARIT. EX S. C.

Nous donnons, à la planche XXXIVe. quelques Types des Médailles qui regardent les deux sortes d'Amiraux de la République Romaine : les uns sont de la famille *Oppia*, dans les Légendes desquelles M. Oppius-Capito n'a que le titre de Préfet de la Flotte, PRÆF. CLAS. : les autres sont de la famille *Pompeia*, où Pompée a le titre de Préfet de la Flotte & des Côtes maritimes, *Præfectus Classis & Oræ maritimæ* ; titre qui équivaut à celui de grand Amiral. Les Types de ces pièces représentent des Vaisseaux, des Monstres marins, ou Neptune, Dieu de la Mer, avec son Trident, &c. ; toutes marques relatives à cette Dignité. n°s. 32. 33. 34. 35. 36. & 37. de la planche XXXIVe.

CHAPITRE XIV.

Des Titres & Dignités dont il est fait mention sur les Médailles Grecques.

NOUS partagerons ce Chapitre en deux Articles, qui seront subdivisés en plusieurs Sections. Dans le premier Article on traitera, relativement à ce qui regarde les Médailles, des Dignités sacrées chez les Grecs ; dans le second, de leurs Dignités civiles, militaires & mixtes, c'est-à-dire, partie civiles & partie militaires. Nous nous dispenserons de donner les Types de ces pièces dans nos planches, parce qu'ils sont assez analogues à ceux qu'on a déja vus, & qu'on peut par-conséquent les connoître aisément : nous en présenterons cependant les Légendes en caractères grecs, avec l'explication en françois.

ARTICLE PREMIER.

Des Dignités sacrées chez les Peuples Grecs.

SECTION I.

De la Dignité de Souverain Pontife chez les Grecs.

LES Médailles grecques, dans leurs Légendes, nous donnent ce titre par des mots abrégés que l'on rend en entier de cette sorte ΑΡΧΙΕΡΕΥΣ ΜΕΓΑΣ ; ce qui signifie la même chose que *Summus Pontifex*, en latin, & Souverain Pontife, en françois. Les Types de ces Médailles représentent des Divinités, des Temples ou des choses relatives à la Religion, & les Têtes, les Images ou Statues de ceux qui ont été honorés de cette grande Dignité : à l'égard des devoirs, fonctions, droits & privilèges qui lui étoient attachés, ils étoient à-peu-près les mêmes chez les Grecs, les Latins & tous les autres Peuples ; ainsi nous n'avons rien à ajouter ici à ce que nous en avons dit dans le Chapitre VIe.

SECTION II.

De la Dignité de Prêtre.

Nous ne trouvons aucune expression particulière de cette Dignité, dans les Légendes des Médailles grecques. Les fonctions & les privilèges des Prêtres étoient sans doute les mêmes chez les Grecs, que chez les Latins ; ainsi ce que nous en avons dit, dans le Chapitre que nous venons de citer, doit suffire pour l'intelligence de ces Médailles.

SECTION III.

Du Titre & de la Dignité de Néocore.

Le Titre de *Néocore* fut compté chez les Grecs au nombre des Dignités sacrées ; aussi appartenoit-il en quelque sorte à la Religion. On le donna aux Particuliers & aux Villes entières. Dans un Particulier, cette Dignité ne désignoit que le Portier d'un Temple, chargé d'en ouvrir & d'en fermer les portes, & de veiller à ce que tout y fût tenu dans l'ordre & la propreté convenables : on peut regarder un Néocore comme un de nos Sacristains, Marguilliers ou Portiers Ecclésiastiques.

La Néocorie que les Empereurs vouloient bien accorder aux instances des Villes & Peuples Grecs, étoit très-différente. Elle consistoit dans la permission que ces Princes leur donnoient de bâtir un ou plusieurs Temples, & dans celle de fournir les choses nécessaires à leur entretien, & au culte des Divinités qu'on y adoroit, permissions qui s'accordoient successivement ; ce qui a fait compter ces Néocories, sur les Médailles, comme autant de titres d'honneur : le terme ΝΕΩΚΟΡΩΝ, sans nombre, marque la première permission, soit pour bâtir un Temple, soit pour y fournir les choses nécessaires ; mais la seconde, la troisième, ou la quatrième permission se trouve marquée par un nombre, ou lettre numérale : Β. ou ΔΙϹ, signifie la seconde Néocorie : Γ. ou ΤΡΙϹ. exprime la troisième ; ainsi des autres. Les Types de ces Médailles représentent pour la plupart des Temples & des Divinités.

ARTICLE II.

Des Dignités Civiles, Militaires & Mixtes, chez les Grecs.

CES Dignités, dont on trouve les noms sur les Médailles grecques, étoient celles d'Archonte, de Synarchonte, de Stratége, de Pritane, de Proëdres, d'Épistate, de Grammateus, de Polyarche, de Panègyriste, de Prodicos, d'Agonotète, de Parochos & d'Éphores. Nous allons donner en peu de mots, dans les Sections suivantes, une idée de ces Dignités, Charges ou Offices.

S e c t i o n   I.

De la Dignité d'Archonte.

Les Villes grecques, après avoir été subjuguées & soumises à la Puissance Romaine, eurent deux Magistrats principaux : l'un étoit Romain & supérieur à tous les autres : on le nommoit ΗΓΕΜΟΝΟΣ, sur certaines Médailles; titre qui signifioit également Duc, Président, Proconsul, ou Propréteur. L'autre étoit Grec : il étoit à la tête de la Nation, & portoit le titre d'Archonte. ΑΡΧΟΝΤΟΣ. Comme ce nom signifie Premier ou Président, il fut aussi donné par les Grecs aux Officiers ou Magistrats Romains qui présidoient chez eux, comme synonime de celui d'*Egemonos*.

Chez les Athéniens, le titre ou nom d'Archonte étoit donné non-seulement au Chef ou Président de leur Conseil, mais aussi aux neuf Membres dont il étoit composé ; ce qui fait voir qu'il avoit un sens plus ou moins étendu. Dans le Magistrat Romain, il avoit toute son étendue : dans le premier des Magistrats Grecs, il en avoit moins : il se trouvoit encore plus limité dans les Conseillers inférieurs au Président. Ce titre se trouve exprimé dans différentes Légendes, par les lettres initiales ΑΡ. ou ΑΡΧ.

S e c t i o n   I I.

De la Dignité de Synarchonte.

Le mot de Synarchonte ΣΥΝΑΡΧΟΝΤΟΣ, que l'on trouve sur quelques Médailles grecques, est composé de deux mots, ΣΥΝ & ΑΡΧΟΝΤΟΣ, qui signifient un Associé à l'Archonte, un second Prépofé pour commander, gouverner ou juger avec lui, un Collègue, ou Adjoint au même Tribunal, à la même Magistrature, pour décider conjointement des affaires du Gouvernement: ainsi tous les Membres du Conseil d'Athènes, qui avoient le titre d'Archonte, pouvoient se regarder comme Synarchontes, même vis-à-vis de leur Chef, quoique celui-ci eût une plus grande autorité & de plus grands privilèges. Voilà tout ce que l'on peut dire de plus positif sur cette Dignité, qui paroît avoir été purement civile.

Section III.

De la Dignité de Stratége.

Cette Dignité, qui se trouve exprimée, dans les Médailles grecques, par les premières lettres ϹΤΡΑ, étoit civile & militaire en même temps. L'emploi du Stratége ou des Stratéges, dont le nombre fut porté jusqu'à quatre, dans certaines Villes, étoit à-peu-près semblable à celui des Préfets, chez les Romains. Il y en avoit pour le civil seul ; d'autres pour le militaire ; d'autres enfin pour le civil & le militaire tout ensemble. Il y a même apparence que les mêmes étoient souvent pour l'un & pour l'autre. Les Types de leurs Médailles ne représentent que des Divinités & des Sujets si connus qu'il paroît inutile d'en donner la représentation.

Section IV.

De la Dignité de Pritane.

Ce n'est ici qu'un changement de nom, dans une Dignité qui fut en effet la même que celle de l'Archonte. Le titre de Pritanes se donna d'abord, chez les Athéniens, à ceux qui composoient un certain Conseil d'Etat, au nombre de cinquante en exercice, & de cinquante autres désignés pour remplacer les premiers, en cas de mort, de cassation ou de révocation. Ils étoient tirés des Tribus Athéniennes : ils ne servoient que dix à la fois ; ensorte qu'en changeant tous les sept jours par dizaine, chaque Tribu étoit censée gouverner successivement, & tour à tour, cinq semaines par année. D'Athènes, ce titre passa avec ses fonctions & prérogatives, dans les autres Villes de la Gréce, ou du moins dans la plupart des voisines, où le nom de Pritane, en grec ΠΡΙΤΑΝΕΙϹ, signifia la même chose qu'Archonte. On a des Médailles qui font mention de cette Dignité ; mais elles n'ont point de Types particuliers.

Section V.

Des Dignités de Proëdres & d'Épistate.

Nous venons de dire que de cinquante Pritanes nommés pour gouverner, il n'y en avoit que dix par semaine en exercice : celui qui présidoit à ce nombre s'appelloit *Épistate*, ΕΠΙϹΤΑΤΗϹ : les neuf autres avoient le titre de Proëdres. On ne pouvoit gérer la Magistrature d'*Épistate* qu'une fois pendant la vie. Le corps de l'Épistate & des Proëdres tenoit les clefs des Temples & du Trésor public, dont il avoit l'administration. On trouve ces titres exprimés, dans les Légendes des Médailles, en mots abrégés, avec celui d'Épimelète, synonime de celui d'Épistate ; ΠΡΟΕΔΡΟϹ, ΕΠΙΜΕΛΗΤΗϹ. Les Types sont communs & aisés à connoître.

Section VI.

De la Dignité de Grammateus.

Le mot Grammateus, ΓΡΑΜΜΑΤΕΙΣ, en grec, signifie un Scribe ou un Secrétaire. Chaque Tribu, chez les Athéniens, chaque Consul, chaque Magistrat du premier rang, chez les Romains & autres Peuples, en avoient un ; mais ce n'est pas de ces sortes de Secrétaires qu'il est question sur les Médailles, où ce titre se trouve en abrégé. Le *Grammateus*, dans Éphèse, Magnèse, Tralles & autres Villes de l'Asie, sur les Médailles desquelles nous en trouvons le nom, étoit un Magistrat de la première distinction & dans certains endroits, le premier, ou même l'unique : aussi avoit-il seul le droit d'approuver & de signer les régistres & les actes publics, comme de faire graver son nom, & ses titres sur les Médailles.

Section VII.

Des Titres de Polyarche, de Panègyriste, de Prodicos, d'Agonotète, de Parochos & d'Éphores, pris par les Grecs sur leurs Médailles.

Le nom de Sophistes, en grec ΣΟΦΙΣΤΑΙ, qui se trouve sur les Médailles, signifie des Maîtres d'éloquence qui composoient & déclamoient, & qui enseignoient à composer & à déclamer des discours éloquens. La plupart de ces Maîtres parcouroient les Villes de la Grèce, pour exercer leur Art & former des Disciples.

Comme il y avoit parmi eux plusieurs personnes de mérite, les Empereurs en élevoient souvent aux premières Magistratures. Les uns devinrent Consuls, Légats ou Ambassadeurs : d'autres furent établis Recteurs, Préfets, ou Proconsuls. Les Villes où les plus distingués d'entre eux avoient pris naissance, se firent gloire de leur conférer les Charges de Stratéges & d'Archontes. On trouve le nom de quelques-uns sur les Médailles de Smyrne, avec le titre de Sophiste, en entier, ou en abrégé. Les Types de ces Médailles sont formés de Divinités, de Temples ou d'autres objets fort connus.

Les autres titres qui se trouvent encore sur les Médailles grecques, mais plus rarement, sont ceux de Polyarche, en grec ΠΟΛΙΑΡΧΟΣ, qui signifie Préfet d'une Ville ; de Panégyriste, ΠΑΝΗΓΥΡΙΣΤΗΣ, homme préposé pour faire l'éloge des Dieux ; de Prodicos, ΠΡΟΔΙΚΟΣ, un Curateur, un Avocat, un Défenseur, un Procureur ; de Parochos, ΠΑΡΟΧΟΣ, qui désigne un homme préposé, chargé de fournir l'hospice aux Romains qui voyageoient en Grèce ; enfin d'Éphores, ΕΦΟΡΟΣ, qui répond à la qualité de Tribun du Peuple. On ne trouve sur les Médailles que les noms abrégés de ces Dignités : il n'y a nul attribut & nul symbole qui leur soient propres : les Types ne représentent que les Divinités ou les Temples des Villes qui ont fait frapper ces pièces.

CHAPITRE XV.

Des différens Titres que les Villes grecques ont pris sur leurs Médailles.

ARTICLE UNIQUE.

DÈS que la Gréce fut soumise aux Romains, les Villes principales eurent recours à leurs nouveaux Maîtres, pour se faire confirmer dans leurs anciens Titres & en obtenir d'autres. Lorsqu'elles avoient reçu ces graces, elles ne manquoient pas de faire graver sur les Médailles les Titres qui leur avoient été accordés, sur-tout les plus flateurs ; tels étoient ceux de Nauarchide, de Ville sacrée & d'asyle, de Néocore avec le nombre de fois dont elles en avoient été honorées, de Métropole & de première Métropole : elles avoient même le soin d'y ajouter ce qui pouvoit faire connoître leur Concorde & leurs Alliances réciproques. Ce sont là les Dignités & les Titres dont elles se glorifioient le plus : nous en partagerons le détail dans les cinq Sections suivantes.

SECTION I.

Du Titre de Nauarchide.

Les Villes de Tyr, de Sidon, de Dore, d'Égée, de Nicopolis, de Sébaste & autres, ont pris dans les Légendes de leurs Médailles, ce Titre, en vertu duquel elles avoient une sorte de pouvoir & d'intendance sur la Marine, avec droit de visite & d'inspection sur les Flottes & les Vaisseaux qui passoient dans leurs Mers, & qui faisoient station dans leur Port. Ce Titre s'exprime ordinairement en abrégé, dans les Légendes, par ΝΑΥΑΡΧ, ou un peu plus au long. Les Types de ces pièces ne présentent que des choses connues. Ce sont des Temples ou des Divinités, comme dans celles dont on parlera dans les trois Sections suivantes.

S e c t i o n   I I.

Des Titres des Ville sacrée & d'asyle.

Ces deux Titres se trouvent souvent réunis sur les mêmes Médailles, sur lesquelles on lit, ΙΕΡΑΣ ΚΑΙ ΑΣΥΛΟΥ ; Ville sacrée & d'asyle, ou inviolable. Ils tiroient leur origine des Temples les plus célèbres qui étoient consacrés aux principales Divinités de ces Villes ou du Pays. Ces superbes Édifices avoient, pour l'ordinaire, des vestibules, des portiques, des jardins, des bois & des vignes dans le vaste enclos où ils étoient renfermés : on en regardoit l'enceinte comme sacrée, mais non pas comme toujours inviolable, parce que le droit d'asyle n'étoit pas attaché également à tous. Il n'étoit accordé qu'à quelques-uns, souvent même pour certaine partie de l'enclos, & pour certains crimes seulement : ce n'étoit pas il est vrai pour les plus énormes, ni par tout pour les mêmes. Il y avoit divers asyles pour les crimes de différente espèce : on leur ôtoit même à volonté ce droit, comme on le leur rendoit.

S e c t i o n   I I I.

Du Titre de Néocore, deux, trois fois, &c.

Nous n'avons rien à ajouter à l'explication que nous avons donnée sur ce Titre dans la Section IIIe., à laquelle le Lecteur nous permettra de le renvoyer.

S e c t i o n   I V.

Des Titres de Métropole & de Première, donnés à quelques Villes Grecques.

Le Titre de Métropole se trouve très-souvent dans les Légendes des Médailles grecques, ΜΕΤΡΟΠΟΛΕΩΣ : on y a quelquefois ajouté les expressions numérales ΠΡΩΤΗΣ, ou ΔΕΥΤΕΡΑΣ, première, ou seconde ; ce qui forme encore un second Titre, dont il est aisé de développer la signification.

Il faut d'abord distinguer dans ces temps reculés deux sortes de Métropoles ; savoir celles des Provinces & celles des Colonies : elles avoient des droits différens les unes des autres. Les Métropoles des Provinces étoient les premières & les Chefs des autres Villes de la même Province : on y voyoit ordinairement résider les Préfets ou autres grands Magistrats que le Sénat ou les Empereurs envoyoient pour y présider & commander de leur part. Elles recevoient les rescrits, les décrets & les ordres de Rome : on y tenoit les Assemblées & les Conseils de toute la Province. C'étoit aussi dans ces Métropoles que se célébroient les jeux, les fêtes & les sacrifices solemnels : les autres Villes étoient obligées de fournir à ces dépenses, comme à celles qui étoient nécessaires pour la construction des ponts, des chemins & des édifices publics.

Les Métropoles des Colonies avoient des droits encore plus étendus, puisqu'aux privilèges des Métropoles de Provinces, elles réunissoient celui

de

de donner aux Villes qui leur étoient foumifes leurs Dieux, de prefcrire
la forme de leurs Temples & de leur Culte, d'élire leurs Pontifes & leurs
Prêtres, d'ordonner les fêtes, de créer des loix & de nommer les Magiftrats. Tout ce qui concernoit le militaire étoit également du reffort de
ces grandes Métropoles : la nomination des Généraux, le choix des enfeignes, des étendards & des fymboles, les armes & les habillemens leur
étoient dévolus : elles régloient les coutumes, la langue & les mœurs :
elles étendoient même leur pouvoir jufques fur les Chefs des nouvelles
Colonies qu'elles pouvoient former dans la fuite.

On doit obferver qu'il y avoit plufieurs Villes qui portoient le Titre
de Métropole dans une feule Province, & que les unes prétendoient le
tirer de leur primauté ou de l'époque de leur fondation, & les autres
d'une conceffion de privilège, à caufe de quelque Temple fameux ou de
quelque autre raifon de Dignité : fouvent la jaloufie devenoit entr'elles le
germe de difputes férieufes & d'une entière diffention.

Ce fut à l'occafion de ces petites guerres que l'on donna à quelques-
unes le titre de première Métropole, & à d'autres celui de feconde. Il
y a apparence que c'eft à l'illuftration & à l'ancienneté d'origine qu'on
accorda la primauté, & qu'on régla le rang des autres fur le même plan,
en leur donnant les Titres de feconde ou troifième, fuivant le dégré
de diftinction qu'elles méritoient, ou par le rang de leurs Divinités & par
la célébrité de leurs Temples, ou par la Nobleffe & les fervices de leurs
Citoyens. Les obfervations que nous venons de faire feront fans doute
fuffifantes pour donner une idée de tous ces Titres confervés fur les Médailles : au refte, fi l'on veut s'en inftruire plus à fond, c'eft dans l'hiftoire
qu'il faut en puifer des éclairciffemens plus détaillés.

S E C T I O N   V.

De la Concorde & des Alliances entre les Villes grecques.

La difcorde & les guerres enfantées par la jaloufie des Villes grecques,
fur la primauté, la dignité des Dieux, des Temples, des Titres & fur la
Nobleffe, furent terminées par des Traités de Paix & d'Alliance qui réta-
bliffoient entre elles la bonne Intelligence & l'Union. C'eft cette Concorde
fi défirable, & cette bonne Intelligence qui font marquées fur plufieurs
Médailles de ces Villes, par le terme ΟΜΟΝΟΙΑ. Les Types mêmes repréfentent quelquefois ces Villes fous des figures qui femblent traiter enfemble de leurs différents & de leurs intérêts, en préfence des Dieux
qu'elles prennent à témoins de leur ferment.

Il ne faut pas confondre ce terme ΟΜΟΝΟΙΑ, avec celui de ΚΟΙΝΟΝΙΑ, qui
fe trouve auffi dans les Légendes des Médailles de quelques Villes grecques. Le premier, comme nous l'avons obfervé, fignifie la Concorde &
la bonne Intelligence des Villes les unes avec les autres, fruit des Traités
de Paix ou d'Alliance qu'elles venoient de conclure : le fecond marque
une communauté ou une communication de terreins, de biens, de privilèges, de Dieux & de Temples, que certaines Villes avoient avec les
plus voifines ; communauté formée par quelques accords ou Traités anté-
rieurs, & qui pouvoit fubfifter malgré les diffentions & les guerres furve-

T t t

nues entre elles pour d'autres sujets. Vous trouverez à la planche XXXIVe.,
n°. 38. , le revers d'une Médaille des Mytiléniens, où il y a cinq Villes
qui , représentées chacune par la Divinité qui y préfidoit , femblent tenir
Conseil & traiter enfemble de Concorde & de bonne Intelligence : Cybèle eft au milieu ; Efculape avec fon ferpent , & Ifis avec fon fiftre font
à droite ; Diane d'Ephèfe ou Multimammée , & Nemèfe avec fa roue
font à gauche : la Légende eft ΟΜΟΝΟΙΑ ΜΥΤΙΛΗΝΑΙΩΝ ; c'eft-à-dire, la bonne Intelligence , la Concorde , ou l'Alliance des Villes des Mytiléniens.
Cette pièce eft tirée du Cabinet de M. l'Abbé Séguin , & de fon Livre
intitulé *Selecta Numifmata* , &c. , page 24e. de l'édition de 1684. On
fe contente de donner ce Type, parce que les autres font aifés à connoître par les Légendes qui en déterminent la fignification.

CHAPITRE XVI.

Des Colonies, des Municipes & de ce qui les regarde, & en même temps des Royaumes, Provinces & Villes conquifes par les Romains.

ARTICLE UNIQUE.

CET Article fera divifé en douze Sections, dans lefquelles on donnera un Précis de tout ce qu'annonce le titre du Chapitre, relativement à la connoiffance des Médailles.

SECTION I.

Obfervations préliminaires fur ces différens objets.

La matière que nous embraffons dans ce Chapitre, eft vafte, intéreffante & très-néceffaire pour l'intelligence des Médailles grecques & latines. Il s'agit d'abord d'examiner la façon dont les Romains ont fait connoître, fur les Médailles, les moyens dont ils fe font fervi pour étendre leur Empire, foit par des Conquêtes, foit par des Colonies & des Municipes, quelle différence il y avoit entre ces Colonies & ces Municipes, de quelle manière ils fe formoient, quels étoient leurs devoirs, leurs droits & leurs privilèges, & quels étoient les Types & les Légendes de leurs Médailles : nous rechercherons en fecond lieu par quelle autre voie Rome acquit des Royaumes & des Provinces : nous pafferons en troifième lieu aux différentes formes de Gouvernemens qu'elle établit ou permit dans les Pays réunis à fon Empire : nous jetterons enfuite un coup d'œil fur le fort des Rois fubjugués ou alliés, & de ceux établis ou continués par les Romains, fur la condition des Peuples domtés & des Confédérés, fur l'état des Villes appellées Libres & Autonomes, & fur les privilèges de celles qui obtenoient le droit de Cité : enfin nous tâcherons de donner une idée des révolutions fréquentes & des changemens auxquels étoient expofés les Princes, les Villes & les Nations que les Vainqueurs avoient foumis. Tels font les objets que nous allons traiter dans les Sections fuivantes ; ce que nous ferons avec précifion, nous bornant uniquement à ce qui peut être de plus effentiel pour l'intelligence des Types & des Légendes des Médailles.

SECTION II.

Des Colonies & des Municipes, & de la différence qu'il y a entre les uns & les autres.

Les Puiffances Souveraines ne peuvent ordinairement étendre leur Empire que par deux moyens ; celui de Conquête, & celui de Colonie & de Municipe ; encore ce dernier fuppofe-t-il fouvent le premier, puifqu'il faut avoir acquis des Terres pour y établir des Colonies & des Municipes.

Nous avons déja fait connoître le premier moyen, en parlant de la guerre & de ce qui regardoit le militaire chez les Romains. Il nous reste donc à expliquer ce que c'étoit que les Colonies & les Municipes, dont ils se servoient pour étendre leur Empire & pour augmenter leur Puissance.

Les Colonies & les Municipes jouissoient, en général, des mêmes avantages : ils leur étoient accordés par le Sénat, dans le temps de la République, & depuis par les Empereurs : leur origine faisoit seule toute leur différence.

Les Colonies étoient formées des Citoyens Romains que l'on envoyoit dans les Pays étrangers pour s'y établir, les cultiver & y bâtir des Villes. Les Municipes, au contraire, étoient composés d'Étrangers : les Bourgs, les Villes & les Nations que les Romains adoptoient, ou même les Peuples entiers à qui ils accordoient le droit de Citoyens Romains, jouissoient de ce Titre de Municipe ; Titre qui donnoit droit aux Charges & aux Dignités de la République, avec plusieurs privilèges.

SECTION III.

De quelle manière se formoient les Colonies & les Municipes.

La République s'étant beaucoup étendue par ses Conquêtes, se vit successivement maîtresse de plusieurs Provinces, Villes, Bourgades & Terres désertes ou peu peuplées, tandis que la Ville de Rome se trouvoit au contraire surchargée de pauvres & de Soldats vétérans.

Pour remédier à ce double inconvénient, on formoit le plan d'une Colonie, que l'on faisoit publier dans toutes les places & les rues : on indiquoit le Pays du nouvel établissement, & le nombre des Citoyens & des Soldats dont il devoit être composé, la quantité d'arpens de terre qu'on devoit distribuer à chacun des Colons, & les droits & privilèges qui leur seroient accordés : enfin l'on assignoit à ceux qui vouloient se faire admettre pour la Colonie, le lieu & le temps auxquels ils devoient se faire inscrire, & la personne à laquelle il falloit s'adresser. C'est après ces formalités remplies, que le Sénat donnoit son décret, & faisoit une loi définitive.

On établissoit ensuite des Trium-Virs & autres Officiers capables de conduire & de former la Colonie : leur nombre étoit ordinairement de trois : il se portoit quelquefois à cinq, dix & jusqu'à vingt, suivant qu'il paroissoit nécessaire ; d'où ils furent appellés *Trium-Viri, Quinque-Viri, Decem-Viri, Viginti-Viri Coloniæ deducendæ*. On nommoit aussi d'autres Officiers sacrés & civils, des Pontifes & des Prêtres pour ce qui concernoit la Religion, & des Procureurs pour fournir tout ce qui pouvoit être nécessaire aux Habitans de la nouvelle Colonie. On se préparoit ensuite au voyage, par des sacrifices & des auspices : on partoit enfin en forme d'Armée, sous les signes militaires, & sur-tout sous l'Aigle de la République Romaine.

A l'égard des Municipes, nous avons déja observé qu'il y avoit des Peuples qu'on ne faisoit qu'adopter, & à qui on acccordoit certains privilèges, en leur donnant cependant en même temps des loix & des Officiers pour les gouverner.

S E C T I O N   I V.

Des Droits, Privilèges & Obligations des Colonies & des Municipes.

Lorsque les Habitans destinés à former les Colonies étoient parvenus à leur destination, on distribuoit à chacun des Chefs de famille, dont elle étoit composée, la quantité d'arpens de terre qu'il devoit avoir. Un Prêtre conduisant une charrue attelée d'un bœuf & d'une vache, traçoit une ou plusieurs enceintes, qui marquoient l'espace des Villes qu'on vouloit bâtir.

Pour ôter aux Colons tous sujets de regrets, on leurs donnoit les mêmes Divinités qu'à Rome, les mêmes Prêtres & le même Culte. Point de différence dans les Temples, & autres Édifices sacrés & civils. Les Jeux, les Fêtes & les Cérémonies s'y célébroient avec autant de solemnité. Il n'y avoit pas jusqu'aux montagnes & aux rivières à qui l'on ne donnât les mêmes noms qu'à celles de l'ancienne Patrie.

On laissoit aux Colonies le choix de vivre selon les Loix Romaines, ou de s'en faire de nouvelles. Dès qu'elles avoient fait leur option, les Duum-Virs, les Censeurs, les Questeurs & autres Magistrats qui se trouvoient à leur tête, veilloient à les faire observer & à maintenir la police, tandis que les Pontifes & les Prêtres, de leur côté, avoient soin de tout ce qui pouvoit appartenir à la Religion.

Sans entrer dans un nombre de difficultés qui partagent les Savans sur les droits & prérogatives des Colonies, & des Municipes, il suffira, pour remplir ce qu'on s'est ici proposé à cet égard, d'observer que les Colonies devenoient quelquefois Municipes, & que réciproquement les Municipes se changeoient quelquefois en Colonies ; que les droits & privilèges des uns & des autres varioient, suivant les Peuples, les lieux, les temps & les personnes qui les formoient ; que dans toutes les Colonies tirées de Rome ou de la République, on jouissoit indistinctement du même droit que les Citoyens Romains, tandis qu'on n'accordoit aux établissemens formés à la suite de quelques Conquêtes ou adoptés par des Traités d'Alliance, que des privilèges plus ou moins étendus, suivant les vues politiques du Sénat ou des Empereurs. Il résulte de ces observations que plusieurs de ces nouveaux Sujets jouissoient de tous les privilèges des Ci-toyens, & que les autres n'en avoient qu'une partie seulement ; mais parmi ces derniers, les Particuliers pouvoient prétendre par plusieurs moyens au droit de Citoyens, & par-conséquent à la jouissance de tous les privilèges attachés à ce titre, soit en se signalant par quelque exploit militaire, soit en dénonçant & traduisant en Justice un Romain coupable de malversation dans les Finances, soit enfin en quittant avec toute sa famille le lieu de son établissement pour venir s'établir à Rome. Je terminerai cette Section par une remarque essentielle sur les Colonies & les Municipes où l'on avoit droit de Citoyen Romain ; c'est que pour voter dans les Élections ou dans les affaires publiques, il étoit nécessaire de le faire conjointement avec une de ces Tribus Romaines qu'on donnoit ou qu'on tiroit au sort pour y inscrire la nouvelle Colonie ou le nouveau Municipe.

Section V.

Des Types & Légendes gravés sur les Médailles des Colonies & des Municipes.

Les Types des Médailles que nous appellons de Colonies & de Municipes, varient beaucoup tant à la face qu'au revers : cette face repréfente fouvent les têtes de la Divinité la plus célèbre, ou de la Ville principale de la Colonie ou du Municipe qui a fait frapper la Médaille : quelquefois on y trouve celles des Princes fous le règne defquels ces établiffemens avoient été formés ; car on ne manquoit jamais de leur faire hommage, dans ces fortes de Monumens, des bienfaits qu'on en recevoit.

Il n'y a pas moins de variété dans les revers que fur la face de ces Médailles : quelques-unes ne portent qu'une Légende, dans une Couronne, en forme d'Infcription : fur d'autres on voit un Bœuf, une Figure équeftre ou un Homme qui femble manier un Cheval ailé ; mais de tous les Types le plus commun eft celui qui repréfente un Prêtre voilé, conduifant une charrue attelée d'un Bœuf & d'une Vache, pour tracer un fillon & former l'enceinte de la Ville que la nouvelle Colonie alloit fonder.

Ces Médailles, foit latines, foit grecques, font fi faciles à connoître, tant par les Types que par les Légendes qui portent les titres & noms des Colonies ou des Municipes où elles ont été frappées, qu'il feroit inutile d'en donner ici la repréfentation.

Section VI.

Des Moyens extraordinaires qui ont contribué à étendre l'Empire Romain.

Aux deux moyens ordinaires dont les Romains fe fervirent pour étendre leur Empire, les armes & l'établiffement des Colonies & Municipes dont nous venons de parler, on doit en ajouter une troifième, dont il y a eu depuis fort peu d'exemple ; c'eft celui de la donation. Nicomède, Roi de Bithynie, laiffa ainfi fon Royaume à la République. Polémon, Roi de Pont, que Caligula avoit confirmé dans les États de fon père, ou plutôt à qui il les avoit rendus après en avoir fait la Conquête, confentit qu'à fa mort ils fuffent réduits en Province Romaine, à condition néanmoins qu'il les gouverneroit avec titre de Roi pendant le refte de fa vie ; ce qui fut exécuté.

Les Romains ayant augmenté leur puiffance par tous ces moyens, fe rendirent néceffaires à quelques Peuples, & redoutables aux autres ; enforte que plufieurs Rois recherchèrent leur protection, ou fe foumirent à leurs loix. Des Villes libres & des Peuples entiers fe donnèrent à eux par voie d'alliance & de confédération. Tout fembloit contribuer à leur grandeur : la gloire de leurs armes, la fageffe de leurs loix, la prudence de leur politique & la modération de leur gouvernement excitoient la crainte dans ceux qu'ils ne pouvoient s'attacher par amour ; deux moyens qu'ils favoient mettre à profit pour s'élever fur la ruine de leurs ennemis.

SECTION VII.

Des différentes sortes de Gouvernemens que les Romains établirent dans les Pays réunis à leur domination.

Les Romains formèrent de toutes leurs acquisitions trois sortes de Gouvernemens : il y eut d'abord des États donnés ou rendus à certains Rois; ensuite des Villes qui demeurèrent libres, ayant le droit de se gouverner suivant leurs loix; enfin des Provinces qui furent soumises & régies par les loix Romaines, selon leurs propres loix, mais sous l'autorité des Consuls, des Proconsuls, des Préfets ou d'autres Magistrats. Examinons à présent les raisons de cette différence, & de celle que les Romains jugèrent à propos de mettre dans les conditions imposées aux Rois, aux Villes & aux Peuples qui leur étoient soumis.

SECTION VIII.

Des différentes Conditions des Rois subjugués par les Romains, & de ceux qu'ils regardoient comme leurs Alliés & leurs Amis.

Ce titre annonce qu'il faut distinguer ces Princes en trois classes : la première est celle des Rois subjugués par la voie des armes; la seconde, de ceux qui étoient Alliés ou Confédérés par le moyen des Traités; la troisième, de ceux à qui l'on donnoit ou à qui l'on rendoit la Couronne, après la Victoire.

Les Rois qui, pouvant s'opposer aux entreprises des Romains & défendre leurs États & leur liberté, prenoient les armes, devenoient Captifs lorsqu'ils avoient le malheur d'être vaincus & servoient d'ornemens au triomphe du Vainqueur : dans ce cas, leurs États étoient envahis : le Sénat dans les premiers temps, & les Empereurs dans la suite en disposoient entièrement, leur rendoient la liberté ou les en privoient, & changeoient à leur gré leurs Loix & leurs Magistrats.

Ceux des Rois qui, au lieu d'entrer en guerre avec les Romains ou de prêter du secours à leurs Ennemis, se mettoient, au-contraire, sous leur protection, recherchoient leur alliance & leur amitié, & leur fournissoient des secours dans leurs entreprises, avoient un sort tout différent : on les traitoit avec beaucoup de modération & de douceur : on en usoit avec eux en amis : on leur laissoit même ordinairement la liberté de gouverner leurs États avec une puissance souveraine & selon leurs propres loix. Tout ce que l'on exigeoit d'eux, étoit l'attachement & la fidélité, & quelquefois de légères sommes, par formes de Tribut, mais sur-tout du secours en cas de guerre, à charge de réciprocité.

Les Romains faisoient aussi un sort avantageux & fort honorable aux Rois qu'ils avoient établis dans leurs Conquêtes, & à ceux à qui ils avoient jugé à propos de rendre la Couronne par générosité ou par des vues d'intérêt & de politique : ils les traitoient à l'égal de leurs amis, & de leurs alliés, n'exigeant d'eux que la fidélité & les secours tant pour la guerre que pour les besoins de la République ou de l'Empire.

Section IX.

Des Conditions différentes des Peuples subjugués ou Alliés & Amis des Romains.

Les Romains en usoient envers les Peuples, comme envers les Rois dont nous venons de parler : ceux qu'ils étoient obligés de subjuguer les armes à la main, étoient réduits à recevoir des Loix & des Magistrats de la part du Sénat ou des Empereurs : ceux au contraire qui recherchoient leur alliance & leur amitié par les voies de la conciliation ou de la soumission, conservoient leurs Loix, leurs Magistrats & souvent leurs Rois.

Ce fut à ces deux sortes de gouvernemens & d'administrations que l'Empereur Auguste réduisit les Royaumes, les Provinces, les Villes & les Peuples conquis : *Augustus . . . . . subjectos ex Romanarum Legum prescripto composuit, fœderatos autem uti perpetuò patriis institutis permisit. Neque quidquam vel illis adimere, vel bello acquirere, sed plenissimè contentos esse partis, statuit.* On ôtoit tout aux premiers ; on rendoit tout aux seconds ; & l'on vouloit à Rome que ceux-ci fussent aussi contens de leur sort que les autres l'étoient peu : on ne leur laissoit pas le pouvoir de s'étendre par les armes ou par d'autres moyens. Cependant il faut observer que les circonstances firent éprouver à ces Rois & à ces Peuples plusieurs variations dans leur sort ; car il arrivoit souvent que les Romains contens de ceux qu'ils traitoient comme ennemis subjugués, & mécontens des autres, changeoient leur sort, en transférant le joug des malheureux sur les anciens Alliés ou Amis, & en donnant au contraire à ceux-là les privilèges des autres. Le Sénat n'en agissoit ordinairement ainsi que par des considérations d'équité & des raisons d'État ; mais il y eut des Empereurs qui ne se conduisirent que par humeur dans ces différens changemens. On peut à ce sujet consulter l'Ouvrage de M. Spanheim, intitulé, *Orbis Romanus* (Exercit. 1.), qui se trouve dans le 12ᵉ. Vol. des Antiquités Romaines de Gronovius.

Section X.

Des Villes qui conservoient leurs Loix, leur Liberté & leurs Privilèges, sous les Romains.

Ce que l'on a dit des Rois & des Peuples doit s'entendre également des Villes qui passèrent sous la puissance des Romains, par la force, ou qui entrèrent dans leur Alliance. Les Villes conquises ne conservoient ni leurs Loix, ni leurs Magistrats, pas même leur liberté, tandis que l'on accordoit aux autres non seulement la liberté, mais encore l'autonomie dont elles se sont fait tant de gloire sur les Médailles ; que nous croyons devoir en donner une notion.

Plusieurs Légendes donnent à ces Villes, en termes abrégés ou entiers, les titres d'ΕΛΕΥΘΕΡΑΣ, qui veut dire, Libre, & d'ΑΥΤΟΝΟΜΟΣ, pour marquer la liberté de se gouverner selon ses propres Loix. Ces deux titres s'y trouvent souvent rassemblés ; mais quelquefois l'un y est sans l'autre ; d'où il est à présumer qu'il y avoit quelque différence entre la liberté & l'autonomie, quoique la plupart des Villes décorées de ces titres aient joui des mêmes

pérogatives,

prérogatives ; ce qui a fait prendre fort souvent ces termes pour synonymes.

Il faut cependant observer qu'on accordoit deux sortes de privilèges différens aux Villes grecques & autres soumises & comme incorporées à l'Empire Romain. Les premiers étoient des plus étendus : non seulement ils procuroient aux Villes le droit de se gouverner selon leurs propres Loix, & de créer leurs Magistrats, mais encore de ne payer aucuns Tributs, & de ne reconnoître, pour ainsi dire, d'autres Maîtres & d'autres Souverains que les Dieux, sous la protection de la République. La seconde espèce de privilèges avoit bien moins d'étendue : elle donnoit à la vérité aux Villes le droit d'avoir ses propres Loix & d'élire ses Magistrats ; mais elle n'affranchissoit pas des Tributs & des Charges de l'État. Elle n'excluoit pas même une certaine prédomination de quelques Loix supérieures, dont on étoit obligé de respecter l'autorité dans une infinité d'occasions.

Peu de Villes ont joui de la première espèce de privilèges, qui consistoit dans cette liberté majeure, qui étoit une véritable Démocratie. Sous l'Empereur Claude, les Achéens & les Rhodiens en furent gratifiés ; du moins est-il certain que la liberté que ce Prince leur accorda procuroit l'exemption de payer des Tributs.

Cette classe de privilèges renfermoit le triple droit de l'*Autodikie*, l'*Autonomie*, & l'*Autotélie* ; c'est-à-dire, de créer ses Magistrats, de conserver ses Loix & d'être exempt de Tributs ; mais le Sénat, & les Empereurs ensuite, ne l'accordèrent qu'à très-peu de Villes, & seulement à celles qu'un attachement reconnu dans les occasions importantes avoit distinguées. On sent aisément que l'immunité des Tributs ne pouvoit se multiplier sans que les Finances de la République ou des Empereurs n'en souffrissent ; ce qui empêchoit de l'accorder souvent.

Les Auteurs qui ont regardé comme synonymes les titres de Libres & d'Autonomes, qui se rencontrent sur plusieurs Médailles de Villes grecques, expliquent ces termes par cette sorte de Liberté & d'Autonomie du second Ordre, que l'on peut appeller mineure. Cette Liberté leur donnoit les mêmes privilèges que la première, par rapport à leurs Loix & à leurs Magistrats ; mais elle ne les exemptoit pas, comme nous l'avons observé, de payer les Tributs, & n'empêchoit pas que les Préfets ou les Préteurs de Rome n'eussent une certaine juridiction, & une supériorité sur les Magistrats, & par conséquent sur les Citoyens de ces Villes libres & Autonomes.

Non seulement ces Officiers supérieurs présidoient aux Jeux qu'on donnoit dans ces Villes pour la santé des Empereurs, mais ils avoient encore soin de les contenir dans leur devoir envers les Romains, de prévenir & d'étouffer les séditions, d'empêcher les Alliances préjudiciables à la République ou à l'Empire, de régler tout ce qui concernoit le militaire, de préposer & enfin de faire exécuter les *Senatûs Consultes*, les rescrits, les décrets du Sénat ou des Empereurs sur l'ordre, l'ornement, la sûreté, la santé, & le bien public des Provinces & des Peuples. Ils avoient également le droit de faire des Ordonnances & de les publier, & de juger suivant les Loix Romaines les différens survenus entre ces Villes. Quelquefois on limitoit bien davantage les privilèges de ces Villes libres & Autonomes, soit en les assujettissant à une partie des Loix de l'État, soit en donnant plus d'étendue aux pouvoirs des Magistrats Romains : dans ces cas extraordinaires, il y avoit beaucoup de différence entre la liberté & l'autonomie ; c'est pour cela que certaines Villes n'ont pris que le titre de Libres, & non celui d'Autonomes. Il ne faut pas croire néanmoins que toutes les Villes qui n'ont pris que le titre de Libres, l'aient eu seul. C'est dans un Catalogue particulier de ces Médailles, que l'on se propose de faire connoître, autant qu'il sera possible, celles des Villes qui jouissoient des deux privilèges, afin de les distinguer d'avec les autres.

Section XI.

Du Droit de Cité accordé par les Romains à quelques Villes & à quelques Peuples.

La matière que nous allons traiter ici est trop intimement liée avec la Numismatique pour la passer sous silence : ce sont en effet les Médailles qui ont donné lieu aux questions agitées entre les Savans sur la différence qui se trouve dans les droits accordés à certains Pays, à certaines Villes, à certaines Colonies & à certains Municipes : ces droits sont, celui de Citoyen, *Civitas* ; celui du Pays Latin, *jus Latii* ; celui qu'on nommoit Italique, *jus Italicum*. La connoissance exacte de ces droits conduit naturellement à celles des Médailles de Villes, de Peuples, de Colonies & de Municipes ; aussi allons-nous donner sur cet objet quelques éclaircissemens tirés du Savant Auteur des Remarques sur *la Science des Médailles du P. Jobert*.

Après avoir défini ces trois sortes de droits, nous examinerons d'abord en quoi ils consistoient, & ensuite quelles règles ont été suivies pour les accorder ou pour les retirer dans certains temps & dans certaines circonstances.

Le Droit de Citoyen.

Le Droit de Citoyen, *Civitas*, consistoit, chez les Romains, à pouvoir donner sa voix dans les Assemblées des Comices, Curies, Centuries & Tribus, à voter dans l'Élection des Consuls & des autres Magistrats Romains, à prétendre aux Charges & Dignités, soit sacrées, civiles ou militaires, soit mixtes, c'est-à-dire partie civiles & partie militaires, à concourir à l'acceptation & à l'abrogation des Loix, à délibérer décisivement dans les affaires publiques, & en particulier dans celles qui concernoient la guerre ou la paix & qui se décidoient à la pluralité des voix, enfin à être exempt d'Impôts, & de Milice, du moins en certains temps, & sur-tout après que la République eût affermi sa puissance & étendu ses limites

Le Droit du Pays Latin.

Ce Droit, que les Romains appelloient *Jus Latii*, étoit différent de celui de Citoyen & de l'Italique : il consistoit d'abord à pouvoir donner son suffrage dans les Comices, lorsqu'on se trouvoit à Rome & qu'on y étoit invité par les Magistrats ; mais comme il falloit voter par Tribus, les Latins invités à ces Assemblées étoient incorporés dans une des Tribus Romaines, afin de donner leur voix. Les Latins pouvoient en second lieu acquérir le droit de Bourgeoisie, & même parvenir aux Dignités de Rome, par plusieurs moyens : le premier étoit d'exercer chez eux mêmes quelque Charge annuelle, comme celle de Duum-Virs, d'Édiles, de Questeurs :

le fecond étoit de venir s'établir à Rome avec toute leur famille, & de ne laiffer ailleurs perfonne de leur poftérité : le troifième étoit de dénoncer & de faire condamner un Citoyen Romain coupable de malverfation dans le maniement des Finances. Le droit Latin renfermoit encore l'exemption de certains Tributs qu'on impofoit fur les Provinces, pour la paie des Soldats, & qu'on appelloit Tributs ftipendiaires ; mais on ne laiffoit pas de cotifer ceux qui en jouiffoient à une certaine fomme proportionnelle, fuivant un tarif arrêté *ex formulâ* : ils étoient même obligés de fournir un nombre de Gens de guerre foudoyés à leurs dépens. Les Soldats qu'ils fourniffoient formoient des Corps particuliers commandés par des Officiers de leur Nation. On ne les incorporoit point dans les Légions Romaines ; mais ils obéiffoient aux Généraux : ils portoient le titre de *Socii Latini*, ou de *Socii Latini nominis*.

Le Droit Italique.

Le Droit Italique, appellé *Jus Italicum*, ne commença à être accordé qu'après l'incorporation de toute l'Italie dans l'Empire Romain ; incorporation faite par les Loix Juliennes. Il ne fut donné qu'à des Villes qui avoient déja le droit de Bourgeoifie : cependant quand elles ne l'avoient pas encore, on leur accordoit l'un & l'autre en même temps ; car il n'y avoit point de différence entre les Peuples qui jouiffoient du droit Italique & ceux qui jouiffoient du droit de Bourgeoifie. Voyons à préfent comment s'accordoient ces trois fortes de droits, à qui & en quel temps on les a donnés.

Le droit de Citoyen, du temps des Rois de Rome, renfermoit bien à la vérité le droit de donner fon fuffrage dans les Affemblées ou Comices, de délibérer dans les affaires publiques, fur-tout dans celles de la guerre ou de la paix, & d'avoir voix active & paffive dans l'Élection de toutes les Dignités facrées, civiles & militaires ; mais ce droit étoit dévolu à l'Ordre des Chevaliers, ou à ceux qu'on appelloit les Pères. Il n'étoit pas poffible, dans ces commencemens, que ceux qui jouiffoient de ce droit fuffent exempts des Tailles, Milices & Charges, parce que la Ville & fon Territoire étoient d'une fi petite étendue, que chacun devoit néceffairement concourir aux Charges indifpenfables de l'État, & à toutes les dépenfes des entreprifes formées pour fa défenfe & fon agrandiffement.

Peu de temps après l'expulfion des Rois, tous ces privilèges furent communiqués aux Plébéiens qui fe foulevèrent pour y avoir part, & qui fe firent peu à peu admettre à toutes les Dignités, excepté à la Dictature.

L'accroiffement immenfe de la République, par la Conquête des Villes & des Provinces entières, fit rentrer au Fifc des Tributs fuffifans pour fournir aux dépenfes de l'État : alors on exempta les Citoyens de Rome, & ceux de fon Territoire de toute Taille & de tous Tributs.

Les Latins qui habitoient au-delà des Alpes, jaloux d'un tel privilège, voulurent le partager. Ils jouiffoient déja du droit du Pays Latin ; mais peu contens de leur fort, fous le Confulat de *P. Decius* & de *T. Manlius*, ils demandèrent de ne former qu'un feul Corps de Nation avec les Romains, de participer à tous leurs privilèges, & d'être admis aux Dignités & aux Magiftratures ; enforte qu'à l'avenir il y eut un Conful Romain & un Latin, & que le Sénat fut formé d'un nombre égal de Sénateurs de l'une & l'autre Nation. Cette demande rejettée avec hauteur occafionna une guerre fanglante entre les deux Peuples. L. *Camille* la termina : après avoir foumis toutes les places du Pays , les unes par force & les autres par compofition, il propofa au Sénat ou d'exterminer entièrement les Latins , ou de leur accorder à tous le droit de Bourgeoifie , en faifant fentir néanmoins qu'il inclinoit pour le dernier parti.

Le Sénat, avant de ftatuer fur le fort de la Nation en général , voulut fe faire rendre compte de ce qui concernoit chaque Ville en particulier, pour régler fur leur conduite le traitement qu'on devoit leur faire , & quoiqu'il accordât à toutes le droit de Cité ou de Bourgeoifie, il y en eut plufieurs dont il reftreignit les privilèges. Le *Latium*, ou le Pays Latin , ne s'étendoit alors que depuis le Tibre jufqu'à *Circeii* : on y ajouta tout ce qui va jufqu'à *Sinueffe*, & l'on appella ce Pays *Latium novum*, le nouveau Pays Latin : on donna à ceux qui l'habitoient le droit du Pays Latin feulement. Dans la fuite on l'accorda également aux Campaniens , aux Samnites, aux Péligniens & aux autres Peuples voifins de l'Apennin.

Mais ces Peuples & les autres Alliés des Romains, peu contens de ce droit, effayèrent plufieurs fois de fe procurer celui de Bourgeoifie Romaine : ils prirent même les armes pour foutenir leurs prétentions. Cette guerre, connue fous le nom de *guerre fociale* ou *marfique*, commença l'an de Rome 664., & ne fe termina que par la conceffion du droit de Bourgeoifie accordé à toute l'Italie qui eft en deçà du Pô, par rapport à Rome. Les Peuples qui étoient au-delà de ce Fleuve témoignèrent leur mécontentement de cette diftinction : ce fut pour appaifer leurs murmures que C. Pompeïus , père du grand Pompée , établit dans l'Italie tranfpadane des Colonies Latines , l'an de Rome 705. Jules-Céfar leur accorda enfuite le droit de Bourgeoifie, fous fa première Dictature. Par-là toute l'Italie ne fit plus qu'un feul Peuple foumis aux mêmes Magiftrats & fous un même Gouvernement.

Quant aux Colonies & aux Municipes, on ne leur voulut accorder que le droit du Pays Latin , tel que ce Pays en jouiffoit avant d'être incorporé avec celui de Rome. Ce droit accordé aux Colonies & aux Municipes s'appella, par cette raifon, *Jus Latii veteris ;* droit de l'ancien *Latium*, ou Pays Latin. C'eft ainfi que, fans trop multiplier le nombre des Citoyens Romains, on fourniffoit cependant aux principaux Habitans des Colonies & des Municipes les moyens de le devenir, puifqu'il fuffifoit à ceux qui n'avoient que le droit Latin, d'avoir été élevés chez eux à quelqu'unes des Magiftratures, pour parvenir à celui de Bourgeoifie.

Par rapport aux deux efpèces de Colonies, les unes Romaines, les autres Latines , il faut obferver que les premières, compofées de Citoyens Romains, jouirént à la vérité du droit de Bourgeoifie, mais que ce ne fut pas dans toute fon étendue, parce que les revenus de l'Etat auroient fouffert une trop grande diminution fi on les eut difpenfé de contribuer à fes charges : on les obligea feulement à payer ce que nous appellons aujourd'hui la Capitation & la Taille réelle ; efpèces de Tributs impofés fur les perfonnes & fur leurs biens : du refte on leur accorda la jouiffance de tous les autres privilèges attachés au droit de Cité ou de Bourgeoifie.

Il faut encore remarquer qu'il y eut quelques Colonies & Municipes privilégiés à qui on donna ce droit dans toute fon étendue ; mais le nombre ne peut en avoir été confidérable, puifque les Jurifconfultes n'ont connu qu'environ trente Villes qui en aient joui.

Le Père Hardouin & le Père Jobert prétendent que l'on peut diftinguer les Médailles des Colonies & des Municipes qui ont joui du droit de Cité dans son entier, de celles des autres qui ne l'ont reçu qu'avec restrictions : ils pensent même que la Louve allaitant Remus & Romulus en est le Type distinctif ; mais le Savant Auteur des remarques sur le Livre du Père Jobert a trouvé cette assertion hazardée & même détruite par des faits. Il fait voir que ces Colonies, Municipes & Villes privilégiés ont souvent d'autres Types sur leurs Médailles, & qu'au contraire celles qui n'avoient pas le droit de Cité en plein, ou qui n'avoient que le droit ancien du Pays Latin, *Jus Latii veteris*, portent souvent dans leurs Médailles le Type de la Louve avec Remus & Romulus. Il cite des exemples qui appuient son sentiment, & il conclut contre celui du Père Jobert, que si son assertion étoit vraie, il n'y auroit eu qu'onze Villes qui eussent joui en plein du droit de Cité, puisqu'on ne connoît qu'un pareil nombre de Villes, de Colonies ou de Municipes qui représentent le Type de la Louve sur leurs Médailles. Voilà ce que nous pouvons dire sur cette matière, pour ne pas sortir des bornes que nous nous sommes prescrites

Section XII.

Des Variations fréquentes dans le sort que les Romains faisoient aux Rois & aux Peuples subjugués.

Nous avons peu de choses à ajouter à ce qu'on a déja observé sur les changemens qu'éprouvèrent les Rois & les Peuples soumis aux Romains. Leur sort dépendoit & de leurs Maîtres & d'eux-mêmes. Une légère infidélité irritoit le Sénat ou les Empereurs : alors on retiroit les graces en tout ou en partie ; c'est ainsi que l'on ôtoit par punition ce que l'on avoit accordé pour récompense. Les Empereurs en montant sur le Trône ne succédoient pas toujours à la bienveillance, à la générosité & à la justice de leurs Prédécesseurs. Les besoins réels ou imaginaires de l'État, les dépenses excessives de l'ambition & de la volupté ne fournissoient que trop de motifs ou de prétextes pour retrancher ou diminuer les bienfaits, & finir un bonheur que l'on croyoit fondé sur la bonté & sur l'équité des Princes nés avec d'heureuses dispositions : tout changeoit alors dans la condition des Peuples & des Rois soumis au joug du caprice, de l'avarice, ou des besoins de Rome : l'Histoire ne nous fournit malheureusement que trop d'exemples de ces funestes révolutions.

CHAPITRE XVII.

Des différens Titres que les Empereurs, les Impératrices, les Rois, les Princes, les Princesses &. autres Personnages Illustres ont pris sur les Médailles.

CE Chapitre n'aura qu'un Article : il sera divisé en vingt & une Sections, dans lesquelles on traitera de différens objets tous propres à contribuer à l'intelligence des Médailles.

ARTICLE UNIQUE.

Section I.

Des Noms &. du nombre de ces Titres.

SI la justice & la reconnoissance ont quelquefois donné des Titres glorieux aux personnes élevées en dignité, la flatterie leur en a souvent prodigué sans aucun droit, comme l'ambition leur en a fait prendre de fastueux, jusqu'à usurper les noms, les qualités, l'honneur & l'encens qui n'étoit dus qu'aux Dieux : les Médailles nous fournissent des preuves incontestables de cette usurpation sacrilège. On a déja parlé des titres de Pontife, de Souverain Pontife, d'Augur, de Tribun, de Consul, de Proconsul, de Censeur, d'Empereur & de plusieurs autres que les Princes avoient mérités, ou qu'ils s'étoient attribués : ainsi il nous reste à traiter de ceux de Dieu, de Divin, de Sauveur, d'Épiphanes & d'autres qui sembloient devoir être réservés à la Divinité seule, mais que l'on donna cependant à quelques-uns de ces Princes & à leurs femmes : nous considérerons aussi l'Empereur sous un point de vue différent de ce qu'il signifie dans le militaire, & nous parlerons des titres de Roi, d'Auguste, de César, de Noble & de très-Noble, de Seigneur, de Père de la Patrie, de Père du Sénat & des Armées, des surnoms de Pieux, d'Heureux & très-Heureux, de très-Grand, de très-Bon, de Recteur du Monde, de Restituteur, de Réparateur, d'Exupérateur & d'autres semblables, dont quelques-uns leur étoient donnés à juste titre, soit à cause de leur dignité, soit à cause de leurs actions & bonnes qualités ; mais dont la plupart n'étoit enfantée que par l'ambition, l'intérêt & la flatterie. On doit prendre la même idée des différens titres que les Princesses ont empruntés des Divinités & des Astres, ou qu'on leur a donnés par les mêmes motifs qui ont fait à multiplier ceux des Princes qu'elles avoient épousés. Les Types des Médailles où ces titres & qualités sont exprimés sur les Légendes, n'ont rien de particulier, & qui ne soit ou connu ou très-aisé à connoître ; aussi nous dispenserons-nous d'en donner la représentation sur nos planches.

Section II.

Du Titre de Dieu, en général, pris par les Empereurs & les Rois, sur les Médailles.

Les premiers Grecs n'eurent sur les Médailles qu'un nom, & ensuite qu'un titre : si ce fut par modestie, elle ne dura pas long-temps, comme le remarque le Docte Spanheim. Alexandre, qui n'avoit d'abord que ce nom auquel on avoit peu après ajouté celui de Roi, prit ensuite ou souffrit qu'on lui donnât celui de *Grand*. Ses Successeurs & d'autres Rois prétendirent tirer leur origine des Dieux, ou du moins leur ressembler en quelque chose, & se crurent en conséquence autorisés à prendre le titre de Dieu, en général. Les Antiochus IV. VI. XII., le Démétrius I. & II., quelques-uns des Ptolémées eurent en cela pour Imitateurs Drusus, Germanicus, Caligula & quelques autres Empereurs ou Princes : si nous lisons sur les Médailles grecques le titre ΘΕΟΣ, qui signifie, Dieu, un Roi Dieu, nous trouvons également sur les latines, *Deus*, ou *Deo*, titre donné à quelques Empereurs.

Section III.

Des Noms de quelques Dieux en particulier, que les Empereurs & les Princes ont affecté de prendre sur les Médailles.

Deux motifs paroissent avoir déterminé les Rois Grecs & ensuite quelques Empereurs à s'approprier ou à recevoir sur leurs Médailles les noms & les titres de quelques Dieux, soit parce qu'ils leur rendoient un culte plus particulier qu'aux autres, soit parce qu'ils se flattoient de leur ressembler en quelque chose. Antiochus VI. mit le titre de ΔΙΟΝΥΣΟΥ ou *Dionysos* sur ses Médailles : Démétrius Philométor prit celui de ΚΑΛΛΙΝΙΚΟΥ, *Callinicus*, parce que Bacchus surnommé Dionysius étoit le Dieu favori d'Antiochus, comme Hercule le Callinique, l'étoit de Démétrius. Auguste, Antonin, Commode & quelques autres Empereurs mêloient leurs noms à ceux des Dieux qu'ils usurpoient sous prétexte de quelque ressemblance avec ces mêmes Divinités : c'est par cette raison qu'on lit sur leurs Médailles, *Herculi Commodiano* ; *Romulo Augusto* ; *Jovio Galerio*, &c.

Section IV.

Du Titre de Divin pris ou souffert par les Empereurs, sur leurs Médailles.

A juger des Rois & des Empereurs par l'idée qu'ils s'étoient faite sur leur origine, qu'ils prétendoient tirer des Dieux, & sur leur ressemblance avec eux, est-il étonnant qu'ils aient pris ou qu'il aient permis qu'on leur donnât le titre de Divins : on ne se contentoit pas au reste de le leur accorder de leur vivant ; on le leur confirmoit après leur mort, par les cérémonies de l'Apothéose, espèce de consécration qui les plaçoit au rang des Dieux : nous en trouvons la représentation sur un grand nombre de Médailles Impériales.

Section V.

Des Qualités Divines que les Empereurs & les Rois ont pris sur leurs Médailles.

Séduits par l'orgueil jusqu'au point de s'attribuer la Divinité, les Rois & les Princes ne pouvoient manquer de s'approprier encore leurs actions & leurs qualités ; c'est ce qui leur fit donner ou prendre le titre d'Épiphanes, ΕΠΙΦΑΝΟΥ, que nous voyons sur leurs Médailles ; titre par lequel ils prétendoient se comparer à cette espèce de Dieux qui, par leur présence ou leurs apparitions, faisoient, selon leurs Adorateurs, quelque chose de grand envers les hommes.

Le même esprit d'ambition, empêcha les Princes de rejetter les titres de Sauveur, ΣΩΤΗΡΟΣ, & de *Salut*, que la flatterie fit graver sur leurs Médailles : nous lisons dans celles des Empereurs Commode, Caracalle, Galba, Trajan, Posthume, Macrin, Pupien, &c. *Salus Generis Humani* ; *Salus Provinciarum* ; *Salus Publica*, &c. ; & sur celles d'Émilien, de Valérien, de Gallien, de Trébonien-Galle, &c. *Apollo Salutaris* ; *Conservator* ; *Herculi Conservatori* ; *Jupiter Conservator, Liberator*, &c., *Marti Conservatori*, &c ; *Esculapio Servatori*, &c. Ces Empereurs prenoient la figure avec les attributs de leurs Dieux, dans les Types, comme ils s'attribuoient dans les Légendes leurs noms avec leurs qualités.

Section VI.

Du Titre d'Empereur pris dans un autre sens de ce qu'il signifie dans le Militaire.

Nous avons déja remarqué que ce titre se donnoit aux Généraux d'Armées, ou par le Sénat & le Peuple, ou par les Soldats, devant & après leurs expéditions : alors il étoit purement militaire ; mais si on l'envisage comme une dignité qui donnoit l'autorité & la puissance nécessaires pour gouverner l'Empire dans le civil, & pour en commander le militaire, on peut l'appeller mixte.

Jules-César fut le premier qui prit ce titre : Auguste l'imita : leurs Successeurs suivirent sans crainte l'exemple que ces deux premiers leur avoient tracé ; aussi lit-on sur leurs Médailles, *Imperator Cæsar Augustus* ; *Imperatori Cæsari Nervæ-Trajano* ; *Cæsar Imperator* ; *Sergius-Galba Imperator*, &c. : c'est ainsi que les Princes commencèrent à désigner la Souveraine Puissance. La République, qui avoit en horreur tout ce qui pouvoit sentir la Monarchie & le Despotisme, eut beaucoup de peine à s'y accoutumer. Elle avoit cru au commencement de la révolution qu'elle éprouva sous César & sous Auguste, que cette Puissance Impériale seroit toujours retenue & modérée par celle du Sénat ; mais elle ne tarda pas à s'appercevoir de son erreur, & à reconnoître dans la personne des Chefs & des Gouverneurs qu'elle s'étoit choisis, des Maîtres absolus & disposés à user de tout leur pouvoir contre ce qui tendoit à restreindre leur Souveraineté. Enfin ce titre, qui d'abord ne s'étoit présenté que sous l'idée d'une simple dénomination, devint bientôt absolu, & se réalisa dans toute son étendue.

Section

SECTION VII.

Du Titre de Roi donné aux Princes, sur les Médailles.

Que les Rois de la Gréce & autres aient pris ou reçu ce Titre fur leurs Médailles, pour marquer leur Souveraine Puiſſance, il n'y a rien en cela de ſurprenant : il ſembloit leur appartenir par ſucceſſion : ſi les premiers l'avoient uſurpé, l'uſage & le conſentement des Peuples le rendoient légitime dans les derniers. Le mot ΒΑΣΙΛΕΥΣ, venant du Verbe grec ΒΑΣΙΛΕΥΕΙΝ, qui ſignifie régner, il eſt évident que ce titre n'exprimoit que leur rang & leur puiſſance ; mais quelques-uns de ces Princes, pour en donner une plus haute idée, uſurpèrent un nouveau titre qui paroiſſoit ne convenir qu'à Dieu ſeul ; c'eſt celui de ΒΑΣΙΛΕΩΣ ΒΑΣΙΛΕΩΝ, Roi des Rois, que nous liſons ſur les Médailles d'Arſaces, & de Vologèſe, Rois des Parthes. Si ces Princes euſſent régné ſur d'autres Rois, ces expreſſions auroient pu paroître celle de la vérité ; mais on ne doit la regarder que comme une production de l'orgueil qui les portoit à s'égaler aux Dieux, & à leur diſputer leurs titres.

L'horreur que les Romains avoient conçu pour le titre de Roi, depuis Tarquin le Superbe, empêcha ſans doute les premiers Empereurs de le prendre, & leur fit préférer celui d'Empereur, que Rome étoit accoutumée de voir donner aux Généraux d'Armée ; mais ce titre devenu perpétuel dans la perſonne du Prince, équivalut bientôt à celui de Roi : on n'y apperçut plus même dans la ſuite aucune différence.

SECTION VIII.

Du Titre d'Auguſte pris par les Empereurs, ſur leurs Médailles.

Ce Titre ΣΕΒΑΣΤΟΣ en grec, & *Auguſtus* en latin, ſe trouve ſur la plûpart des Médailles Impériales grecques & latines. Dans l'une & l'autre Langue c'eſt un titre de Majeſté que l'on donna aux Empereurs, moins comme Succeſſeurs d'Auguſte, que pour faire ſentir tout le reſpect qui leur étoit dû, non ſeulement par politique & par crainte, mais par une eſpèce de piété & de vénération pour une puiſſance & une dignité émanées des Dieux, à qui les Médailles donnent auſſi quelquefois ce titre ; *Jovi, Apollini, Mercurio Auguſto*, &c. Ce titre étoit conſervé à ces Princes, même après leur mort & leur conſécration : alors on y ajoutoit celui de Divin ; *Divus Auguſtus ; Divus Claudius Auguſtus ; Divus Veſpaſianus Auguſtus*, &c.

Quand le ſceptre étoit partagé entre deux ou pluſieurs Princes régnans enſemble avec une égale autorité, on exprimoit alors le nombre de ces Princes par celui des G. que l'on trouvoit après la première ſyllabe du mot *Auguſtus* ; enſorte qu'on mettoit ſur les Médailles, AVG., quand il n'y en avoit qu'un ; AVGG., quand il y en avoit deux ; AVGGG., quand il y en avoit trois.

Une Médaille de Gratien avoit fait naître à quelques Auteurs l'idée que ce Prince avoit pris le titre d'*Auguſte des Auguſtes*, non dans le ſens de ces Rois dont nous avons parlé, mais parce qu'il avoit partagé l'Empire

X x x

avec un ou deux autres Princes, en se réservant une autorité supérieure à la leur ; mais ce sentiment n'a pas été adopté par le plus grand nombre des Antiquaires qui pensent que c'est par l'inadvertence du Graveur qu'on voit sur cette Médaille, AVGG., AVG. : on se persuaderoit difficilement qu'un Prince Chrétien eût usurpé un titre si fastueux, qu'aucun de ses Prédécesseurs, dans le sein même du Paganisme, n'auroit osé le prendre.

Au titre d'Auguste se trouve souvent réuni par forme d'épithète celui de Perpetuel ou un équivalent ; *Perpetuus Augustus ; semper Augustus*, &c. : c'étoit une espèce de vœu que l'on formoit pour le long règne de ces Princes, ou une basse flatterie qui leur attribuoit l'immortalité.

Section IX.

Des Titres de César, de Noble & de très-Noble César, que l'on trouve sur les Médailles.

Les Titres de César, de Noble & de très-Noble César se trouvent sur un grand nombre de Médailles Impériales, où on lit *Cæsar, Nobilis Cæsar, Nobilissimi Cæsares*, en lettres initiales, ou en mots abrégés, & même en entier sur quelques-unes : celui de *Nobilitas Augusti*, que nous avons déja vu sur d'autres Médailles, se rapporte encore à ces titres. Après les avoir énoncés, il convient d'examiner ici l'origine de ces titres, les personnes à qui on les donnoit, & leur signification.

Le titre de César vient de la famille *Julia*, à laquelle on prétend qu'il fut transmis par l'Aïeul de Jules, surnommé César pour avoir tué un Éléphant qui portoit le même nom en Langue punique. Quelques Auteurs pensent que ce fut à cause que le premier de cette famille vint au Monde avec une grosse chevelure, & d'autres parce qu'il sortit du sein de sa mère par le moyen de l'opération que l'on appella depuis *Césarienne*.

Quoi qu'il en soit de l'origine de ce nom, il est certain que Jules-César fut le premier qui le porta, & que les Empereurs & Princes de sa famille le retinrent après lui : leurs actions & leurs vertus donnèrent tant d'illustration à ce nom, qu'il fut adopté comme le titre le plus glorieux par les Princes mêmes qui ne descendoient pas de la famille. Il devint insensiblement un titre de Dignité & de Majesté presque synonyme avec celui d'Auguste : les Empereurs le conservèrent long-temps dans leurs titres.

Des Empereurs il passa au Prince héréditaire de l'Empire, dont il devint le titre distinctif. *Caïus & Lucius*, fils de M. Agrippa, adoptés par Auguste, le portèrent en qualité de Princes héréditaires, comme nous l'apprennent leurs Médailles. Sous le grand Constantin, le même titre fut donné non seulement au Prince fils aîné de cet Empereur, mais encore à tous ses frères & même à tous les Princes du sang Impérial.

On doit observer que ce titre est ordinairement placé dans les Médailles des Empereurs avant leurs noms & autres titres, comme dans celle de Trajan, *Cæsar Nerva-Trajanus Augustus*, &c., au lieu qu'il est mis après les noms & qualités sur celles des Princes héréditaires ; *Caïus & Lucius Cæsares ; P. Sept. Geta Cæsar*, &c.

Quant aux titres de Noble & de très-Noble, on les voit sur les Médailles depuis Gordien jusqu'à Jovien, & ensuite sur celles des familles Byzantines. Il est donné aux Pères, aux Fils & aux autres Princes indiftinctement. L'Empereur Commode s'étoit déja fait gloire de sa Noblesse, puisqu'on lit sur ses Médailles, *Nobilitas Augusti.* Ces Princes tiroient-ils cette gloire de leur haute naissance, ou de leurs bonnes qualités ?

SECTION X.

Du Titre de Seigneur pris, sur les Médailles, par quelques Empereurs.

Le Titre de Seigneur fut méprisé par Auguste & par plusieurs de ses Successeurs, qui prétendirent qu'il ne convenoit qu'à un Particulier vis-à-vis de ses Esclaves. L'Empereur Aurélien fut le premier qui le prit ou qui le souffrit sur ses Médailles, dont quelques Légendes portent ; *Deo & Domino nostro Aureliano.* De cet Empereur il passa à la plupart de ses Successeurs : ce fut sur-tout dans le bas Empire où les Empereurs en furent jaloux ; aussi n'oublièrent-ils pas de le faire mettre sur leurs Médailles.

Ce titre, qui s'exprime en latin par le mot *Dominus*, & en grec par ΚΥΡΙΟΣ, ou ΔΕΣΠΟΤΗΣ, signifioit sur leurs Médailles la même chose qu'Empereur, Roi ou Souverain.

SECTION XI.

Du Titre de Père de la Patrie.

Ce Titre se trouve aussi très-souvent dans les Légendes, soit en lettres initiales, comme P. P., soit en entier, *Pater Patriæ*, ou *Parens Patriæ.*

Cicéron fut le premier à qui on le donna. Production de l'amour & de la reconnoissance des Sujets envers des Souverains justes & bienfaisans, ce titre devint bientôt la proie de l'ambition : la flatterie le prodigua dans la suite aux plus mauvais Princes. Auguste avoit sans doute droit d'y prétendre : Trajan le mérita encore mieux : Néron l'arracha à la terreur, ou le reçut de la bassesse de ses Courtisans. Enfin ce titre se donna également à ceux qui le méritèrent, comme à ceux qui s'en rendirent manifestement indignes.

SECTION XII.

Du Titre de Père du Sénat & de Père des Armées.

Il en fut de ces Titres, comme de celui de Père de la Patrie & de plusieurs autres : la justice & la reconnoissance les donnèrent à quelques Princes qui les méritèrent : l'usage & la flatterie les accordèrent à d'autres. Celui de Père du Sénat se lit sur quelques Médailles de Commode, de Balbin, de Pupien ; *Pater* ou *Patres Senatûs* : celui de Père des Armées ou des Camps, *Patres Exercitûs*, ou *Castrorum*, se trouve sur d'autres. Tous les Empereurs à la vérité auroient dû par état devenir les Pères de leurs Sujets ; mais il y en eut peu qui méritèrent ce titre par leur équité, leurs soins & leur affection ; ainsi ce qui fut éloge pour le petit nombre, ne fut qu'un vain titre, ou pour mieux dire une satyre, pour la plus grande partie.

X x x ij

SECTION XIII.

Du Titre de Pieux, fur les Médailles Impériales.

Le Titre de Pieux, exprimé en grec par le mot ΕΥΣΕΒΟΣ, & en latin par celui de *Pius*, fe trouve fur plufieurs Médailles. Il fut d'abord réfervé aux Rois de Syrie & d'Afie. Le grand Pompée le prit : Antonin fut le premier Empereur à qui on le donna. C'eft à fon extrême bonté qu'il dut un titre fi glorieux, que fes Succeffeurs, leurs Femmes & le Sénat même affectèrent de s'en parer par la fuite.

Parmi ces Princes, les uns le reçurent à caufe de leur piété envers les Dieux ; d'autres à caufe de leur affection pour leurs Parens ; quelques-uns par rapport à leur bonté envers leurs Sujets ; quelques-autres enfin en confidération de leur heureufe inclination pour la paix ; mais combien y en eut-il, pour qui ce ne fut qu'un titre fans réalité?

SECTION XIV.

Du Titre d'Heureux & de très-Heureux, fur les Médailles.

Le Titre d'Heureux fut donné par le Sénat à l'Empereur Commode, à l'occafion de la peine de mort dont il punit *Perennis*, Préfet du Prétoire & Miniftre d'État, pour avoir cruellement abufé de fon autorité. Plufieurs de fes Succeffeurs voulurent conferver ce titre, qui fembloit annoncer dans les bons Princes la douce fatisfaction qu'ils goûtoient en faifant le bien, & dans les Mauvais le cruel plaifir qu'ils avoient à écrafer & à tourmenter leurs Sujets. Le Sénat voulut auffi y avoir part ; mais on en abufa bientôt. Les Peuples accablés fous le poids des charges publiques, fe faifoient un bonheur imaginaire & cherchoient à flatter les Princes fous lefquels ils vivoient, comme s'ils leur euffent en effet procuré une félicité réelle.

Telle eft l'origine de ces Légendes flatteufes, *Felix Auguftus ; Feliciffimi ; Beatiffimi*, &c. ; *Felix Senatus ; Felix Berytus ; Felix Carthago*, &c. ; *Felicia Tempora ; Felicitas Augufti, Publica, Imperii, Temporum, Orbis, Sæculi*, &c.

SECTION XV.

Des Titres de très-Grand & de très-Bon, pris par plufieurs Princes.

Les Empereurs, les Rois & les Princes qui fe croyoient en droit de prétendre aux honneurs divins, ne pouvoient manquer de prendre fur les Monumens publics les titres de Bons, de très-Bons & de Bienfaifans. Les Arfacides ont fur leurs Médailles ceux de Grands & de Bienfaifans. L'Empereur Trajan reçut celui de très-Bon, que la reconnoiffance & l'amour de fes Sujets lui donnèrent : plufieurs qualités éminentes paroiffent avoir juftement acquis à Conftantin celui de très-Grand ; mais il faut avouer que dans le nombre de ceux qui fe font parés eux-mêmes, ou que l'on a décorés des beaux titres de Grand, de très-Grand & de très-Bon, il y en a eu beaucoup qui ne les ont jamais mérités.

S E C T I O N   XVI.

Du Titre de Recteur du Monde.

Presque tout le Monde connu étoit soumis aux Empereurs : ce qui forme aujourd'hui des Empires, des Royaumes, des Républiques & autres États gouvernés par des Souverains différens, ne faisoit que les parties des Provinces de l'Empire Romain. Il ne faut donc point être surpris de trouver sur les Médailles de Didius-Julianus, de Caracalla & d'Elogabale, le titre de Recteur du Monde, *Rector Orbis*. Ces Princes se regardoient comme les Souverains & les Maîtres du Monde entier, puisqu'ils ne mettoient aucunes bornes à leur Empire.

S E C T I O N   XVII.

Des Titres de Restituteur & de Réparateur des Provinces.

On trouve sur quelques Médailles les Légendes, *Reparatio Reipublicæ*; *Restitutor Achaiæ, Africæ, Daciæ, Exercitûs, Orientis, Orbis, Urbis*, &c. Ce sont de nouvelles expressions que la justice & la flatterie employèrent tour-à-tour; car s'il y eut des Empereurs qui acquirent ce titre à grands frais, il y en a beaucoup d'autres à qui on le donna pour ainsi dire *gratis*. Trajan, par exemple, qui fit rebâtir douze Villes de l'Asie mineure, renversées par un tremblement de terre, pouvoit bien être regardé comme le Restituteur & le Réparateur de l'Asie, *Restitutor Asiæ* : Probus d'un autre côté n'avoit-il pas bien mérité le titre de Réparateur de l'Armée, *Reparator Exercitûs*, qu'on trouve sur ses Médailles, par le rétablissement de la discipline militaire ? Mais peut-on penser de même sur celui de Réparateur ou Restituteur de la Ville, donné à Sévère, pour avoir réparé à peu de frais quelques Édifices ?

S E C T I O N   XVIII.

De plusieurs autres Titres flatteurs pris ou reçus par les Empereurs, sur leurs Médailles.

Ces titres sont, celui de Sauveur, ou Libérateur du Monde & du Genre humain, de Vainqueur des Nations Barbares & de toutes les Nations : ils sont exprimés par les Légendes, *Salus Generis humani; Liberatori Orbis; Exuperator omnium Gentium; Debellatori Gentium Barbararum*, que nous trouvons dans Galba, Trajan, Constantin & plusieurs de leurs Successeurs, dont les Titres présentent le même sens sous différentes formes. On peut ranger dans cette classe la Légende d'Hadrien, *Locupletatori Orbis*; celle de *Reparatio Temporum*, pour Magnence; celles de *Victor omnium Gentium; Restitutor Urbis, Libertatis; Fundatori Quietis*, & une infinité d'autres données à différens Princes, &c.

On ne se propose pas d'examiner ici quels sont ceux qui ont mérité des titres aussi glorieux, & par quelles actions ils ont pu les acquérir : c'est un détail qui appartient moins à la Numismatique qu'à l'Histoire ; mais on peut dire de ces titres, ce que nous avons déja dit de plufieurs autres : la juftice & la reconnoiffance les donnèrent aux uns ; la crainte & la flatterie aux autres.

S E C T I O N   X I X.

Des Titres donnés aux Fils des Empereurs & aux Princes du Sang, fur les Médailles.

Nous avons vu plus haut que le terme de Céfar fut d'abord un nom de famille ; qu'enfuite il devint un titre de dignité pris par les Empereurs, & donné indiftinctement à tous leurs fils ; qu'il fut enfin pendant quelques temps le titre de l'Ainé feul ou de l'Héritier.

Les Empereurs donnèrent non feulement à leurs enfans naturels & adoptifs, mais encore aux Princes du fang les titres de Princes de la Jeuneffe, *Princeps*, ou *Principes Juventutis* ; ceux de Nobles & de très-Nobles Céfars, *Nobilis Cæfar*, ou *Nobiliffimi Cæfares* ; celui même d'Augufte : au refte, on ne peut pas dire que ces titres aient conftamment appartenu au même rang & aux mêmes perfonnes, puifque dans certains temps ils furent le partage de l'Empereur, de l'Héritier préfomptif & de fes Collègues, à l'exclufion des autres Princes du fang, & que dans la fuite on les communiqua à tous ces Princes, comme on le voit par un grand nombre de Médailles. Celles des Tyriens nous apprennent que l'Empereur Hadrien donna à L. Verus le titre de *Veriffimus Cæfar*.

S E C T I O N   X X.

Des Titres donnés aux Impératrices, aux Reines & à d'autres Princeffes, fur les Médailles.

Les Impératrices, les Reines & les autres Princeffes ne montrèrent pas moins d'ambition que les Princes qu'elles avoient époufés : elles n'eurent d'abord qu'un nom, auquel elles ajoutèrent bientôt un prénom & un furnom, avec des titres auffi vains que faftueux. Perfuadées qu'elles reffembloient autant aux Déeffes que les Princes aux Dieux, elles voulurent tenir le même rang dans les Divinités, & fe firent repréfenter fous la forme de celles qu'elles honoroient d'un culte plus particulier : elles en prirent même les noms, les titres, les attributs & les fymboles, fur leurs Médailles.

L'une s'appella Cérès ; une autre Diane ; celle-ci Junon ; celle-la Luna-Lucifera ; mais peu contentes d'avoir enlevé à ces Déeffes leurs titres & leurs qualités, elles voulurent s'ériger elles-mêmes en Divinités, comme il paroît par les Légendes ; *Dea*, *Divina* ou *Diva* ; *Matri Deûm* ; *Matri Caftrorum* ; *Matri Senatûs* ; *Augufta* ; *Regina* ; *Regina Regum* ; *Salutaris* ; *Salus Reipublicæ* ; *Genitrix Orbis* ; *Pia* ; *Felix* ; *Cereri Frugiferæ* ; *Diana Augufta* ; *Juno Regina*, &c. Ces titres ont été donnés aux unes pendant leur vie, & aux autres après leur mort : il y en a cependant plufieurs qui en ont été décorées dans l'un & l'autre temps.

Section

S e c t i o n XXI.

Du Titre de Fondateur , fur les Médailles.

Il y a deux remarques à faire fur les Légendes de quelques Médailles grecques ; la première que l'on y trouve les noms des Fondateurs de certaines Villes, avec le titre même de *Fondateur*, en grec ΚΤΙΣΤΗΣ, fouvent en abrégé, & quelquefois fous entendu ; la feconde, que plufieurs de ces Médailles portent les noms de deux Villes, ou donnent deux noms à une feule Ville, dans les mêmes Légendes , l'un au nominatif & le fecond au génitif, comme ΑΡΟΕ ΠΑΤΡΕΩΝ , qui fignifie *Aroé de Patras :* alors le premier, ou celui qui eft au nominatif, comme Aroé, eft l'ancien nom de la Ville & paroît tiré de celui de fon premier Fondateur : le fecond , ou celui qui eft au génitif, eft le nouveau nom de la même Ville, qui vient vraifemblablement de *Patras* qui l'avoit rébâtie & augmentée, ou réparée & embellie fi confidérablement qu'il en fut regardé comme le fecond Fondateur, & qu'on joignit fon nom à celui du premier, pour n'en compofer qu'un des deux, pour nommer la même Ville. Ces Médailles ont ordinairement la tête & le nom de la Ville d'un côté , & ceux du Fondateur de l'autre : quelquefois on y trouve la figure d'une Divinité , ou un autre fymbole connu.

CHAPITRE XVIII.

Des Légendes, Lettres & Chiffres qui se trouvent sur le Champ ou dans l'Exergue des Médailles.

NOUS renfermerons l'objet de ce Chapitre en un seul Article qui sera partagé en deux Sections, l'une pour ce qui regarde le Champ, & l'autre l'Exergue des Médailles.

ARTICLE UNIQUE.

SECTION I.

Des Légendes, Inscriptions, Lettres & Chiffres qui se trouvent sur le Champ des Médailles.

Nous avons déja parlé des Types & des Légendes gravés sur ce fond, & nous avons observé que celles de ces Légendes, qui, au lieu d'être placées au contour, se trouvoient sur le Champ ou dans le milieu, à la place des Types, s'appellent Inscriptions ; mais outre les Types, les Légendes & les Inscriptions, on trouve encore sur le champ de ces Monnoies des Lettres initiales grecques ou latines, des Chiffres Romains & des Lettres numérales grecques, qui pourroient embarasser les jeunes Antiquaires & ceux qui voudroient se livrer à l'étude de la Numismatique, si on ne leur en donnoit la clef.

Les Lettres initiales qui se trouvent le plus ordinairement sur le Champ des Médailles latines, font, S. C., S. R., ou EX S. C., qui répondent aux mots entiers *Senatûs Consulto ; Senatus Romanus ; ex Senatûs Consulto.* A la place de ces Lettres initiales, on lit, sur d'autres Médailles, des mots abrégés qui dans leur entier font, *Permissu Augusti ; Indulgentiâ Augusti ; Permissu Tiberii Cæsaris ; Permissu L. Apronii,* & autres semblables. Au lieu de la formule S. C., *Senatûs Consulto,* on trouve sur le Champ de la plupart des Médailles grecques les lettres ΔE, qui, suivant les réflexions de M. Oudinet, signifient ΔΟΓΜΑΤΙ ΕΠΑΡΧΙΑΣ, dont le sens revient à celui du *Senatûs Consulto.*

Les Chiffres ou nombres latins se remarquent particulièrement sur le Champ des Médailles du bas Empire, depuis le règne de Justin jusqu'à celui de Michel Rhangabé, c'est-à-dire dans l'intervalle de 518. à 811. ; temps auquel les mêmes Légendes se trouvent partie grecques & partie latines. Il y a aussi très-souvent des Lettres majuscules latines sur les mêmes Champs, entre le mot *Anno,* & les nombres I. II. III., &c. : elles doivent être réputées numérales, & de la valeur des numérales grecques qui leur répondent. On en trouvera la forme & la valeur à la fin de la Section III. du Chap. XII.

Sur le Champ d'un grand nombre de Médailles grecques, on verra les Lettres initiales L ou Λ suivies de quelques autres numérales, où ces dernières feront précédées du mot grec ΕΤΟΥΣ, mis en entier ou en abrégé ; sur
quoi

quoi il eſt bon de remarquer que les Lettres ʟ ou ᴧ & le mot ᴇᴛᴏᴨ
répondent aux termes, *Anno*, latin, & Année, françois.

Examinons à préſent ce que toutes ces Légendes, ces Lettres & ces
Chiffres ſignifient ſur le champ des Médailles grecques & latines.

Sans entrer dans un détail qui nous écarteroit de la préciſion que nous
nous ſommes propoſée dans le cours de cet Ouvrage, nous croyons pouvoir
obſerver que les ſentimens des plus habiles Antiquaires ſont partagés ſur
la ſignification des Lettres & des nombres qui ſe trouvent ſur le champ
des Médailles, & qu'ils n'ont oſé décider la plupart des queſtions qui les
regardent.

Nous ajouterons à ce que nous avons dit ailleurs ſur la formule S. C.,
Senatûs Conſulto, que le P. Jobert, dans *la Science des Médailles*, en
fait une grande différence d'avec l'EX S. C. : il penſe que la première
formule a rapport au poids, au titre & au prix de la Monnoie en général,
& que la dernière n'eſt relative qu'aux Types & aux Légendes ; mais ſon
Savant Commentateur, en diſtinguant les métaux, penſe que les deux
formules S. C. & EX S. C., qui ſe trouvent ſur quelques Médailles Impériales d'or & d'argent, doivent ſe rapporter également aux Types & non
au métal dans lequel l'eſpèce eſt frappée, au lieu que dans les Médailles
de bronze la formule S. C. paroît déſigner conſtamment l'autorité du
Sénat, depuis le partage fait entre les Empereurs & ce Corps pour la fabrication des eſpèces.

On doit ſe rappeller ici qu'à l'occaſion des Médailles & autres pièces de
bronze frappées hors de Rome, on a déja remarqué que le droit de les
faire frapper appartenoit à l'Empereur, depuis le partage, excepté dans les
Villes ou Provinces ſoumiſes au Sénat & au Peuple ; enſorte que l'Empereur permettoit ſeul cette ſorte de fabrique dans ſes Provinces, & le
Sénat dans les ſiennes. Voilà pourquoi on trouve ſur les unes, *Permiſſu
Auguſti ; Permiſſu Tiberii Cæſaris ; Indulgentiâ Auguſti Moneta Impetrata*,
&c. ; & ſur d'autres, *Senatus Romanus ; Conſenſu Senatûs ; Juſſu Populi*.
Les Conſuls ou Proconſuls, ſoit de l'Empereur, ſoit du Sénat, donnoient
même dans les Provinces de leur département la permiſſion ou le droit
de frapper Monnoie, comme on le voit par ces Légendes, *Permiſſu
Dolabellæ Proconſulis ; Permiſſu Aproni Procos III*.

A l'égard des lettres grecques ᴧ ᴇ, que nous avons dit avec le P. Jobert
revenir au ſens de la formule S. C., on avoit d'abord penſé qu'elles ne
marquoient que la Puiſſance Tribunitienne, comme initiales des mots
ᴅʜᴍᴀᴩxɪᴋʜᴤ ᴇᴣᴏʏᴤɪᴀᴤ : c'eſt M. Oudinet qui a découvert qu'on devoit les
interpréter par ᴅᴏᴦᴍᴀᴛɪ ᴇᴨᴀᴩxɪᴀᴤ, ſur-tout dans les Médailles où ces deux
lettres ᴧ ᴇ ſe trouvoient ſur le champ, avec ᴅʜᴍᴀᴩxɪᴋʜᴤ ᴇᴣᴏʏᴤɪᴀᴤ, en Légende.

Au reſte, l'explication que l'Auteur de *la Science des Médailles* avoit
donnée aux termes ᴅᴏᴦᴍᴀᴛɪ ᴇᴨᴀᴩxɪᴀᴤ, a été juſtement relevée par ſon Commentateur, parce qu'ils doivent ſe rendre par l'ordre des États de la Province & non de la Ville.

Nous avons déja obſervé que depuis Juſtin juſqu'à Michel Rhangabe,
il ſe trouve dans le champ des Médailles des chiffres & des nombres qui
ſont quelquefois entre-mêlés de lettres majuſcules, qui alors deviennent
numérales. Ces chiffres & lettres ſont ordinairement accompagnés de la
première ſyllabe, ou du mot entier *Anno*, & par conſéquent les nombres

I. II. III. ou X. XX. XXX., signifient *Anno primo*, *secundo*, *tertio*, ou *decimo*, *vigesimo*, *trigesimo* ; ainsi du reste. On ne peut douter que ces expressions ne marquent les années du règne des Princes que ces Médailles représentent, ou bien celles de la fondation de la Ville, de l'établissement de la Colonie, ou du Municipe dont la Légende porte le nom : il faut donc regarder ces chiffres comme autant d'époques.

Mais il y a une distinction à faire sur les lettres majuscules qu'il faut, comme nous l'avons dit, considérer comme numérales : en effet outre celles qui servent d'époques, il y en a qui sont uniquement destinées à marquer la valeur de la pièce, où on les trouve entre le mot ANNO d'un côté, & les chiffres romains de l'autre, dans la disposition suivante

ANNO **I** X III.   ANNO **K** X.   ANNO **M** XX.

Ceci sera facile à comprendre si l'on fait attention que dans le temps dont nous parlons, on avoit fait frapper du petit bronze de différent module, pour servir de division à l'*As* & au *Semissis* ; que les dernières divisions formoient des pièces si petites qu'elles échappoient des mains ; que pour obvier à cet inconvénient, on fit frapper d'autres pièces de bronze dont les unes valoient dix, les autres vingt, les autres quarante de ces petites pièces ; que pour en faire connoître la valeur au premier coup d'œil, on crut devoir les marquer de lettres majuscules répondantes aux lettres numérales des Grecs ; qu'enfin on plaça ces majuscules sur le champ de ces Monnoies, entre le mot *Anno* & les chiffres romains qui montroient l'époque ; d'où il résulte que celles des pièces qui étoient marquées d'un I. majuscule, valoient dix de ces petites pièces ; celles qui étoient marquées de la lettre K., en valoient vingt ; celles qui avoient un M., en valoient quarante, parce qu'en effet ces lettres grecques, quand elles servent de nombre ou de chiffres, ont cette valeur, c'est-à-dire, l'I. dix, le K. vingt, l'L. trente, l'M. quarante, &c.

A la place de ces majuscules, on a gravé sur quelques-unes de ces Monnoies des chiffres plus petits que ceux qui marquent l'époque : alors ce sont ces petits chiffres qui indiquent combien la pièce qui les porte vaut des plus petites divisions.

Il y a encore des pièces de bronze qui sont marquées de deux lettres majuscules au lieu de chiffres : ces lettres sont posées l'une sur l'autre ; plus bas l'on voit quelque syllabe, comme dans l'exemple suivant.

M.

E.

CON.

Alors la lettre du dessus, M., marque la valeur de la pièce, & montre qu'elle a le même prix que quarante des plus petites : celle du dessous, qu'on doit regarder comme numérale, est la cinquième de l'alphabet grec, sert d'époque, & marque la cinquième année d'un règne, ou d'un établissement, ou d'un événement, &c. : les trois lettres CON., signifient Constantinople, où cette Monnoie a été frappée. On y trouve également les noms abrégés des autres Villes qui avoient le même droit ; ROM., pour Rome ; KYZ., pour Cysique ; ainsi des autres.

Enfin il se trouve des Médailles de Colonies, de Municipes, de Villes ou de Peuples où l'on a mêlé des lettres avec des chiffres sur le champ de la piè ce , ou dans l'exergue ; comme SIS. XX. II. ou VI. XX. T. L'explication n'en est pas aisée : ce qui a paru jusqu'à présent de plus vraisemblable est d'interpréter la syllabe SIS. par le mot SISCIA , nom du lieu où l'on présume que la pièce a été frappée : XX. en marque la valeur, en désignant la vingtième partie de l'*As* : le nombre II. indique le second Hôtel des Monnoies de la même Ville où la pièce doit avoir été frappée. Dans le second exemple, VI. marque le sixième Hôtel des Monnoies de Trèves , que l'on croit marquée par la lettre T. : le nombre XX. en montre la valeur. Tel est le précis des conjectures qui nous ont paru les mieux fondées sur cette matière.

A l'égard des Médailles grecques , sur lesquelles est gravée la lettre L. avec une ou deux autres lettres à côté, & quelquefois en dedans de la première, comme L^A. L^IA. L^IB. ou L^Δ, il faut regarder la première lettre L. comme l'initiale du mot grec *Lubacantos*, qui veut dire *Anno*, & les autres comme des numérales grecques qui marquent différentes époques ; ainsi L^A. doit se rendre par *Anno primo* ; L^IA., *Anno undecimo* ; L^B., *Anno secundo* ; L^IB., *Anno duodecimo* ; L^Δ. *Anno quarto* ; l'An premier, l'An onze, l'An second, l'An douze, l'An quatre. Si au lieu de L. , le mot ετοτς se trouve sur les Médailles , en entier ou seulement marqué par les premières lettres, il équivaut à celui de *Lubacantos*, & signifie l'Année : les chiffres ou les lettres numérales qui sont ensuite marquent l'époque, comme ετοτς. ια ; *Anno undecimo* ; l'An onze ; ετοις. ιη ; *Anno decimo octavo* ; l'An dix-huit, &c. On peut ici consulter l'Alphabet grec que nous avons placé à la suite de la Table des mots abrégés, Ch. XII.

Avant de finir cette Section, il est à propos de remarquer que très-souvent les chiffres ou les lettres numérales qui ont le plus de valeur & qui devroient être posés les premières, ne le sont qu'à la suite des chiffres & des lettres qui ont le moins de valeur, & par conséquent les derniers, comme sur certaines pièces où se trouve Δ I au lieu de I Δ ; quatorze ; B. M. au lieu de M. B., quarante-deux ; ainsi du reste.

<h2 style="text-align:center">S E C T I O N   I I.</h2>

Des Légendes , Chiffres & Lettres qui se trouvent dans l'Exergue des Médailles.

On sait que l'Exergue est l'espace qui se trouve au bas d'une Médaille , & qui est ordinairement séparé du champ par une ligne tirée de droite à gauche. On y voit des Légendes entières ou des mots qui n'en sont qu'une partie, des noms de Villes, des lettres numérales & d'autres signes qui servent de marques distinctives des Villes où on les a frappées. Il faut tâcher de rendre raison de toutes ces différences.

Les mots que l'on trouve en entier ou en abrégé , & quelquefois même en lettres initiales, dans l'exergue des Médailles Consulaires & de celles du haut Empire, sont pour la plupart des noms de Divinités, ou de Vertus divinisées, d'Hommes ou de Femmes, d'Animaux, de Provinces ou de Villes : on y voit aussi des titres & des qualités. S'ils sont en entier, on en connoît assez la signification ; s'ils sont en abrégé ou en lettres initiales, on en trouvera l'explication à la fin du Chapitre XII. , dont il suffira de consulter la Table, en suivant l'ordre alphabétique.

Y y y ij

Quelques Médailles du même âge portent dans l'Exergue certains mots qui font partie de la Légende de la pièce : quand on s'apperçoit que le tout ne forme qu'un fens, il faut alors réunir ce qui eft dehors de l'Exergue avec ce qui eft dedans, pour rendre la Légende complette : par exemple, on trouve au haut d'une Médaille, *Armenia*, & au bas dans l'Exergue, *Capta* ; il faut joindre les deux mots pour n'en former qu'une feule Légende qui annonce la prife de l'Arménie. Il en eft de même d'une autre Médaille fur laquelle on lit, dans la partie fupérieure, *Debellatori Gentium*, hors de l'Exergue, & *Barbararum*, dans l'Exergue : il faut également rapprocher les deux portions de cette Légende pour en avoir le vrai fens, qui annonce que la Médaille fut frappée à l'honneur d'un Prince Vainqueur des Nations Barbares.

Dans des temps poftérieurs à ceux dont nous venons de parler, c'eft-à-dire dans celui qu'on appelle communèment du bas Empire, on trouve ordinairement dans l'Exergue des lettres initiales ou des mots commencés, comme P. T. ou CON. : ces lettres & ces demi-mots marquent les noms des Villes où ont été fabriquées ces Monnoies : par exemple, P. T. fignifie, *Percuffa Treviris*, en fouf-entendant *Moneta* ; Monnoie frappée à Trèves. Nous avons déja dit que ces trois lettres, CON., fignifient Conftantinople ; ainfi du refte.

Il y a auffi dans l'Exergue de plufieurs Médailles des lettres numérales placées après celles qui marquent les noms des Villes, &c. : par exemple, après CON, on trouve OB. ; or comme il n'y a point de ponctuation après les trois premières lettres, & qu'elles font toutes à diftance égale, elles forment CONOB. ; d'où l'on feroit tenté de prendre ces cinq lettres pour les premières d'un nom d'Homme, de Ville, ou de Pays inconnu ; mais il n'y a qu'à recourir à la même Table du Chap. XII., & on reconnoîtra que les trois premières lettres font celles du nom de Conftantinople, que l'O. fignifie *Officina*, & que le B., feconde lettre de l'alphabet, exprime ici le nombre deux ; ainfi ces abrégés feront en latin, *Conftantinopoli, Officinâ fecundâ*, & en françois, Pièce frappée à Conftantinople, dans le fecond Hôtel des Monnoies.

Enfin l'on préfume que chacune des Villes où l'on frappoit anciennement Monnoie, avoit, comme celles d'aujourd'hui, une lettre de l'alphabet qu'elle faifoit graver fur les pièces de fa fabrique ; ce qui les diftinguoit les unes des autres ; mais comme nous n'avons pas encore la clef de cet alphabet, il n'eft pas étonnant que nous ne puiffions pas expliquer ce que fignifient quelques-unes de ces lettres, ou les Villes qu'elles indiquent.

C H A P I T R E   XIX.

De quelle utilité peuvent être l'Étude & la Science des Médailles.

A PRÈS avoir traité des différens objets qui doivent entrer dans l'étude des Médailles, il est à propos de les rapprocher pour ainsi dire sous un même point de vue, pour faire connoître tous les avantages de cette Science.

La description du Ciel & de la Terre, l'Histoire des Dieux & des Hommes, le Prophane & le Sacré, le Civil & le Militaire, les Arts, les Sciences, les Vertus & les Récompenses sont également de son domaine : c'est elle qui les réalise, & qui, par des Images sensibles, les fait parler aux yeux, à l'esprit & au cœur.

Qu'il nous soit permis de retourner pour un instant sur nos pas, & de parcourir sommairement quelques parties de cet Ouvrage : nous y reconnoîtrons sans peine que l'étude de la Numismatique nous conduit à des connoissances aussi vastes qu'utiles & agréables.

Pour commencer par ce qui regarde la Religion, les Médailles ne nous ont-elles pas conservé tous les noms & toutes les formes des Divinités ? N'y trouvons-nous pas ces Temples si célèbres où la belle Antiquité a déployé toutes les richesses des différens Ordres d'Architecture, & ces Autels si variés des libations, des sacrifices & des vœux ? N'y distingue-t-on pas les Pontifes, les Prêtres & les Prêtresses, par leurs habillemens & par leurs attributs ?

Avec quelle facilité ne peut-on pas juger par les Vases & les Instrumens Pontificaux, qui se trouvent représentés sur ces Monumens précieux, de la nature du culte qu'on rendoit aux Dieux, des cérémonies qui y étoient attachées, & même de l'objet de ce culte !

C'est dans la Numismatique que nous apprenons, outre les noms de la plus grande partie des Divinités, la distinction, la subordination, les querelles & les guerres que la Mythologie a introduites entre les grands & les petits Dieux.

Ce sont les Médailles qui nous prouvent que les Grecs & les Romains, non contens d'avoir multiplié ces Divinités, crurent devoir encore élever au même rang les vertus & les vices, les bonnes & les mauvaises qualités, & jusqu'aux choses les plus viles & les plus honteuses ; qu'ils consultoient en tout ces Divinités ; qu'ils honoroient leurs Ministres ; qu'ils poussoient enfin la superstition jusqu'à remplir avec la dernière exactitude les devoirs les plus gênans du culte auquel ils s'étoient asservis.

Si nous descendons des Dieux aux hommes, quelles ressources ne tirons-nous pas de la Numismatique pour en connoître les traits, les noms, l'esprit & le caractère, les dignités, les emplois, les actions, les vertus, & enfin tous les événemens qui regardent ceux qui ont joué un certain rôle dans l'Antiquité ? C'est elle qui peint à nos yeux les Rois, les Consuls, les Empereurs, les Héros, & la plupart de ces Hommes dont les talens, un mérite supérieur, des postes éminens ou les événemens auxquels ils ont eu part, ont illustré la mémoire : leurs Médailles forment des suites qui comprennent l'espace de plus de deux mille ans, & qui deviennent des Monumens d'autant plus précieux qu'elles nous ont conservé non seulement la ressemblance, mais encore les prénoms, noms & surnoms de toutes ces Têtes intéressantes, dont plusieurs sans ce secours nous seroient inconnues.

Nous y retrouvons également leur caractère & leurs qualités. C'est d'après les Médailles que nous donnons le titre de Grand à Alexandre & à Pompée; celui de Pieux à Antonin; celui de très-Bon à Trajan. Elles rendent le témoignage le plus authentique à la justice, à la clémence, à la libéralité des uns, & à la sagesse, à la prudence, à la valeur des autres: la naissance, les progrès & la chûte des Empires, consignés dans ces Monumens, nous apprennent les différens moyens dont les Héros se font servis pour s'élever au dessus du reste des hommes, & nous développent les talens & les vertus qui les ont conduits au Temple de la Gloire.

Les Empereurs y paroissent au pied des Autels, soit pour offrir des sacrifices ou consulter les Oracles, soit pour former des vœux ou rendre des actions de graces: on les voit à la tête des Armées recevoir le serment de fidélité, haranguer les Soldats & les accoutumer au joug de la discipline. Sur quelques Médailles, le Prince à cheval semble combattre l'Ennemi, le terrasser & le fouler aux pieds: sur d'autres, élevé sur un char de triomphe il est précédé, suivi ou environné des Rois & des Peuples vaincus: les productions de leur Pays les plus rares & les plus précieuses y paroissent pour former autant de trophées élevés à la gloire du Vainqueur.

Les Combats de terre & de mer, les différentes Conquêtes, les Traités & les Alliances n'ont point été oubliés dans la Numismatique: on y trouve des colonnes & des arcs de triomphe érigés à l'honneur de plusieurs Princes: on y distingue même jusqu'au nombre & à la qualité des couronnes, des prix, des récompenses distribués aux Officiers ou aux Soldats, & des largesses faites aux Peuples.

Les Médailles aident beaucoup au Costume, dans la partie des habillemens dont la forme varie suivant les temps, les conditions, les rangs, les dignités, les emplois & les actions.

Nous y retrouvons l'idée des Fêtes, des Jeux & des Spectacles, dans la représentation des courses de la lutte, de la danse, de la comédie & des masques que nous offrent les différens Types: enfin il faut convenir qu'on a également consigné dans ces Monumens presque tout ce qui a servi à l'amusement & aux plaisirs, comme ce qui a fait l'objet des occupations les plus sérieuses & les plus intéressantes.

Quels secours ne tire-t-on pas des Médailles pour la Cosmographie? Nous y apprenons que c'est des Anciens que nous avons emprunté l'image & la description du Zodiaque avec ses signes, du Soleil, de la Lune, des Étoiles & de tout ce qui appartient au Globe céleste: nous leur devons aussi la distinction des temps & des saisons, le calcul des heures, des jours, des semaines, des mois & des années: c'est encore à ces précieux Monumens que nous sommes redevables de la fixation des époques.

Rien de plus essentiel que les Médailles à l'étude de la Géographie ancienne: on y reconnoît au premier coup d'œil que l'Asie, l'Afrique & l'Europe étoient alors les seules Parties du Monde connues, & que la découverte de l'Amérique n'a été faite que depuis quelques siècles. La Numismatique nous a conservé le nom des Empires, des Royaumes, des Républiques & autres États de ces trois premières Parties du Monde; celui

des

des Villes principales & des perſonnes qui en avoient le gouvernement , ſous les différens titres de Rois , d'Empereurs , de Sénateurs, Conſuls , Dictateurs , Préfets , Archontes & autres , dont nous avons parlé.

Aux noms de ces Villes, les Médailles ajoutent ceux des Provinces, ſans oublier de faire connoître leur fertilité , leurs richeſſes & leur commerce. Les époques de leurs fondations , & les noms de leurs Fondateurs y ſont marqués avec les Colonies qui les ont peuplées, les droits, les privilèges & les prééminences dont elles ont joui. On y trouve auſſi des veſtiges de leur union & de leur diſcorde , de leurs guerres & de leurs paix. Sans le ſecours des Médailles quelle connoiſſance aurions-nous de leur naiſſance , de leur progrès & de leur décadence ?

Il y a deux ſortes d'animaux dont les Légendes nous apprennent les noms, & dont les Types nous ont conſervé la figure : la première eſpèce eſt de ces animaux extraordinaires qu'on a trouvés dans les forêts , dans les déſerts & dans les eaux des différentes Provinces de l'Empire : la ſeconde eſt celle de ces monſtres que la Fable a inventés. Nous y découvrons également le nom & la figure de pluſieurs arbres , plantes & fleurs rares , propres à chaque Pays.

Ces précieux reſtes de l'Antiquité n'ont pas moins contribué que les autres Monumens au bon goût de l'Architecture, puiſqu'ils nous ont conſervé l'idée de ces différens Ordres que l'on voit dans nos Palais & dans tant d'autres Édifices, avec cette variété charmante d'ornemens riches & ſages qu'on ne ſe laſſe point d'admirer. C'eſt la Numiſmatique qui fournit encore des modèles à nos Ingénieurs, à nos Architectes, à nos Peintres, à nos Sculpteurs , à nos Graveurs, & à preſque tous nos Artiſtes : ces colonnes, ces pyramides , ces ſphinx, ces buſtes , ces ſtatues & ces bas-reliefs qu'on emprunte des Médailles pour ſervir à l'ornement des Édifices publics, en ſont autant de preuves.

Nous avons déja obſervé que les Médailles , par leurs Types & leurs Légendes , réuniſſent le double avantage de parler tout à la fois aux yeux & à l'eſprit. Outre ce grand nombre d'objets différens dont nous venons de faire l'énumération , qui peut nier que les Légendes en particulier ne contribuent beaucoup à diſcerner non ſeulement les Divinités entre elles , mais encore une ſeule Divinité d'avec elle-même. C'eſt par les Légendes que nous diſtinguons Jupiter appellé *Caſius* , repréſenté par une Montagne , d'avec le Tonnant ou le Fulgérateur, déſigné par la Foudre ; Mars le Vainqueur , le Propugnateur , le Vengeur , d'avec Mars le Pacifique ; Apollon d'*Actium* ou Actiatique, d'avec le Monnétaire, l'Invincible , le Salutaire , &c.

C'eſt par elles que nous apprenons à reconnoître les Empereurs d'un même nom, ſoit par ceux qui leur étoient propres ou de famille , ſoit par ceux de dignité ou d'événémens , ſoit enfin par leurs qualités , leurs titres , leurs Dieux, leurs victoires & leurs conquêtes : elles caractériſent , par exemple, le premier des Antonins par le titre de Pieux ; Marc-Aurèle, le ſecond, par ceux d'Arménien, de Parthique , de très-Grand ; Caracalle, le troiſième , par le titre d'*Imperatori deſtinato* ; Élagabale, le quatrième , par la qualité de Prêtre Invincible , de Prêtre du Soleil ; *Invictus Sacerdos ; Sacerdos Dei Solis Elagabali* , &c.

Les Légendes, en nous annonçant les Victoires & les Conquêtes des Princes, nous apprennent en même temps les lieux où ils les ont remporrées, les Peuples dont ils ont triomphé, & les Royaumes ou les Provinces qu'ils ont subjugués : delà les titres de Britannique, de Carpique, de Germanique, de Judaïque, de Parthique, de Sarmatique, & tant d'autres donnés à leurs victoires : delà ces expreſſions *de Britannis*, *de Caldeis*, *de Germanis*, *de Judeis*, *de Parthis*, *de Sarmatis*, qui annoncent la défaite des Caldéens, des Bretons, des Germains, des Juifs, des Parthes & des Sarmates. La Légende, *Arabia adquiſita*, marque la Conquête de l'Arabie ſous le cinquième Conſulat de Trajan ; celle d'*Armenia & Meſopotamia in poteſtate Populi Romani redactæ*, prouve la réduction de l'Arménie & de la Méſopotamie ſous le ſixième Conſulat du même Empereur ; celle de *Judea capta* ou *devicta*, indique la priſe de Jéruſalem, & l'entière défaite des Juifs, ſous le quatrième Conſulat de Veſpaſien, & le premier de Tite ; ainſi d'une infinité d'autres.

On diſtingue dans les Légendes, comme dans les Types, la nature des ſpectacles & des fêtes, les chemins, les aqueducs, les remiſes d'Impôts & les autres bienfaits de toutes eſpèces dont les Princes ont bien voulu gratifier leurs Sujets. Ce ſont encore les Médailles, comme nous l'avons remarqué, qui nous apprennent à fixer les époques : quelquefois les mêmes Légendes nous en indiquent pluſieurs qu'il faut étudier pour diſtinguer celles des Empires, des Villes, des Colonies & des Peuples, d'avec celles des Règnes, des Vies & des Événemens les plus conſidérables & les plus intéreſſans. C'eſt auſſi aux Légendes de ces mêmes Monumens que nous ſommes redevables de la connoiſſance des différentes Dignités, Charges, Magiſtratures des Peuples Grecs & Latins, dans le Sacré, le Civil & le Militaire. Elles nous indiquent juſqu'aux Villes qui avoient le droit de faire fabriquer la Monnoie, & le nombre d'Hôtels deſtinés à cet uſage.

Il faudroit s'écarter des bornes que nous nous ſommes preſcrites dans cet Ouvrage, ſi l'on vouloit entrer dans un plus long détail de toutes les reſſources & de tous les avantages que les Sciences & les Arts peuvent tirer de la Numiſmatique : le tableau quoiqu'à peine eſquiſſé que nous venons d'en offrir eſt capable d'en convaincre ceux qui n'oſeroient entrer dans cette noble carrière. Pour ceux qui apporteront dans cette étude des diſpoſitions & du goût, avec quelles délices ne verront-ils pas leurs travaux couronnés ?

CHAPITRE

CHAPITRE XX.

ARTICLE UNIQUE.

Des moyens employés pour tromper les Curieux en Médailles, & de la manière de les découvrir & de se mettre à l'abri de toutes sortes de fraudes.

IL est d'autant plus nécessaire de terminer cet Ouvrage par l'objet qui fait la matière de ce Chapitre, que les Médailles ne peuvent servir de point d'appui à aucune Science, qu'autant qu'elles annoncent le vrai ; & elles ne peuvent l'annoncer si elles sont elles-mêmes marquées au coin de la fausseté : elles perdent alors tout le mérite & toute l'utilité que nous venons de leur attribuer : rien n'est donc plus essentiel que de pouvoir distinguer les Médailles vraies d'avec les fausses, afin de n'en placer que d'authentiques dans les Cabinets qu'on se proposera de former.

C'est sans doute une des premières connoissances qu'on devroit donner aux Curieux ; mais, malheureusement quelques règles qu'on puisse prescrire à ce sujet, elle est une des dernières qui s'acquiert ordinairement dans ce genre d'étude, où l'expérience seule & une pratique suivie peuvent mettre un nouvel Amateur à l'abri de toutes les fraudes que l'avidité du gain fait employer pour tromper. L'œil se fait à l'Antique, & l'habitude donne des lumières préférables à toutes sortes de règles. Il y en a cependant quelques-unes qui peuvent aider à reconnoître les différentes manières de frauder en fait de Médailles : nous en ferons l'analyse dans les Sections suivantes.

SECTION I.

Combien de manières on met en usage pour frauder en fait de Médailles.

Nous emprunterons ici les termes d'un savant Prélat, qui a donné à cette matière tout le jour qu'on pouvoit désirer : il compte huit espèces principales de fraudes en Médailles ; en voici le détail.

La première manière de frauder, c'est de frapper des Médailles nouvelles dans des coins nouveaux, à l'imitation des antiques : c'est ce qu'ont fait ces grands Faussaires d'Italie qui nous ont donné ces belles Médailles contre-faites, que nous connoissons sous les noms du *Padouan* & du *Parmesan*. Le fameux Carteron & quelqu'autres Graveurs de Hollande les ont imités dans leur fourberie, & ne leur ont cédé ni pour l'Art ni pour l'adresse.

La seconde est de donner le faux pour le vrai, en moulant des Médailles modernes sur d'autres qui sont aussi de coins modernes.

La troisième est de mouler des modernes sur les antiques.

La quatrième est de retoucher des Médailles véritablement antiques, en changeant la face & les Types.

La cinquième est de donner un revers nouveau à une Tête ou Face antique.

La sixième est d'imiter les fentes & les autres défauts qui se trouvent dans les Médailles antiques.

Zzz

La feptième confifte à contrefaire celles des Antiques qui font fourrées ou incufes.

Enfin la huitième eft de fabriquer des Médailles qui n'ont jamais eu d'exiftence.

Mais comment découvrir toutes ces fraudes, & par quels moyens s'en garantir ?

S E C T I O N   I I.

Des Médailles imitées, & des moyens de les connoître.

La première efpèce de fraude qu'on emploie en fait des Médailles, confifte dans l'imitation : voici comment on s'y prend. On fait de nouveaux coins des Médailles antiques qu'on fe propofe d'imiter, & l'on apporte le plus grand foin pour que la copie approche autant qu'il eft poffible de l'original : pour cet effet on n'oublie rien pour rendre avec exactitude les Types, les lettres des Légendes, les notes & le vernis femblables au modèle.

Cependant quelqu'attention que le Fabricateur donne à fon Ouvrage & quelqu'exactitude qu'il y emploie, il ne peut empêcher que la fraude & le faux n'y paroiffent toujours avec évidence.

1°. Ces Médailles contrefaites font ordinairement d'un flan moins épais que les antiques. 2°. Elles ne font ni ufées, ni rongées. Rien de ce qui paroît vif & tranchant dans une Médaille qui fort du coin, n'eft encore adouci par le maniement & le trit de la pièce ; car quoiqu'il y ait des Médailles antiques d'une fi belle confervation qu'on les appelle à fleur de coin, elles ont toujours un coup d'œil différent de ces Médailles contrefaites. 3°. Les lettres y font neuves & modernes. Je dis, *neuves*, parce qu'elles n'ont rien perdu de la carrure, de l'élévation, des traits & des lignes qui les forment : je dis, *modernes*, parce qu'elles ont la même forme que les lettres des Médailles fabriquées de nos jours. 4°. Le vernis ne fort point du métal & du fond de la pièce : il ne s'y eft point formé par couches : il y a été appliqué tout à la fois, comme un corps étranger, rejetté pour ainfi dire par le métal qui lui fert de fond : par conféquent il n'a pu fe durcir, & n'a pas eu le temps de travailler avec le bronze pour contracter cette dureté, cette folidité, & cette couleur naturelle & luifante qu'on voit & qu'on admire fur l'Antique : c'eft un vernis noir, fale, gras & tendre, qu'on enlève aifément avec la pointe d'une éguille. 5°. Les bords des Médailles modernes, au lieu d'être inégaux & même fouvent éclatés, comme dans l'Antique, font ordinairement limés. Il eft vrai qu'il y a des Antiques qui le font auffi, parce qu'on a voulu les enchâffer dans des cercles, pour les attacher à quelques vafes ou les appliquer à quelques autres ufages ; mais en ce cas le champ juftifie les bords. 6°. Les Médailles contrefaites font toujours fort rondes, au lieu que les antiques ne le font jamais fi régulièrement, fur-tout depuis le règne de Trajan, excepté dans le bas Empire. Telles font, en général, les marques auxquelles on peut reconnoître les Médailles de coins modernes.

Section III.

Des Médailles moulées fur les modernes , & des moyens de les reconnoître.

La feconde manière de contrefaire des Médailles , c'eft de les mouler fur d'autres imitées ou fuppofées , & qui fortent de coins modernes.

On fent bien que ces Médailles modernes font beaucoup plus propres que les antiques pour commettre cette fraude , parce que la plupart de celles-ci ont perdu quelque chofe de leur beauté & de leur perfection , foit dans le Type foit dans la Légende , fouvent dans l'une & l'autre , à moins que ce ne foit des Médailles d'or qui , pour l'ordinaire , font à fleur de coin. Les Médailles nouvellement fabriquées , au contraire , étant encore dans leur intégrité , peuvent rendre leur l'empreinte avec facilité , & fe copier exactement par la voie du moule.

Il eft vrai qu'il refte toujours à ces Médailles moulées de petites cavités dans le Champ , des imperfections dans les Types & dans les Lettres : mais on répare aifément ces défauts , en retouchant le tout avec le burin. On remplit les cavités avec un maftic que l'on couvre enfuite de vernis. Pour mieux colorer la fraude & imiter les Antiques de plus près , on leur donne la même épaiffeur : de plus , par le moyen de la cire dont on recouvre les bords qu'on pique en plufieurs endroits avec une éguille , pour infinuer dans les trous de l'eau-forte qui mange & ruine ces bords , on rend ces pièces moulées affez femblables aux antiques.

Il n'eft pas difficile de démafquer ces fortes de pièces , & d'en découvrir la fraude. 1°. Le maftic & le faux vernis peuvent être éprouvés avec une éguille , comme fur les précédentes. 2°. Si on examine bien les Lettres & les Types , la nouveauté n'échappera pas aux yeux d'un vrai Connoiffeur. 3°. Ceux qui n'ont point encore acquis cette facilité des anciens Antiquaires , qui leur fait porter au premier coup d'œil un jugement fain fur la vérité d'une Médaille , ont une dernière reffource pour faire le difcernement d'une pièce moderne d'avec une antique ; c'eft de les pefer : en cas d'égalité de volume , d'épaiffeur & de module dans le même métal , l'antique pefera toujours beaucoup plus que la moderne , parce que le métal antique s'eft ferré & condenfé fous les coups de marteau , dont les Anciens fe fervoient pour fabriquer la Monnoie avant l'invention du balancier , au lieu que le métal moderne s'eft raréfié par le feu , & qu'il s'y eft formé plufieurs cavités , dont les unes font intérieures & les autres paroiffent à la fuperficie ; ce qui rend la nouvelle pièce plus légère.

Section IV.

Des Médailles moulées fur les antiques , & de la manière de découvrir cette fraude.

La troifième manière de frauder en fait de Médailles , confifte à mouler non fur le Moderne , mais fur l'Antique. Cette fraude peut fe faire dans tous les métaux : on peut même l'employer plus heureufement que la plupart des autres ; 1°. parce que la pièce qui fort d'un moule formé fur l'antique , prend tout le goût , tout l'air , & même tous les défauts ou

Zzz ij

imperfections survenues à l'antique par l'âge, le trit & autres accidens; 2°. parce qu'on emploie souvent pour cette fraude le même métal qui a servi à la fabrique de l'Antique, en faisant fondre des Médailles communes d'un Empereur, pour en mouler de rares; 3°. parce qu'on répare les imperfections des Types & des Légendes avec le burin, & celles du champ avec le mastic, sur les Médailles de bronze.

Cette fraude est la plus dangereuse, sur-tout en fait de Médailles Impériales d'argent : on en a fabriqué une grande quantité, dont plusieurs Curieux ont été les dupes. Pour les reconnoître, il faut examiner cinq choses communes à la plupart des autres Médailles moulées & contrefaites. 1°. Les Types ne saillissent ni aussi nettement ni aussi fortement que ceux des véritables Antiques. 2°. Les Lettres sont inégales, ou ne sortent pas toutes également bien du champ : si elles sont retouchées, les marques du burin paroissent aisément sur l'or & sur l'argent, même sur le bronze, quand il n'y a point de vernis. 3°. Le champ est parsemé de cavités qui décèlent toute la fraude sur les deux premiers métaux. 4°. Si ces cavités sont remplies par le mastic, & si les imperfections sont cachées sous le vernis du bronze, ce mastic & ce vernis seule suffisent pour rendre la fraude sensible. 5°. Enfin les Médailles moulées seront toujours moins pesantes que les autres sur lesquelles on les a moulées.

<h2 align="center">S E C T I O N   V.</h2>

Des Médailles refaites dont on change les Têtes, & des moyens de les reconnoître.

La quatrième manière de frauder, c'est de faire d'une Médaille antique une autre antique, de changer une Tête commune en une autre Tête rare, & de même d'un Type ou d'une Légende.

Pour pratiquer cette fourberie en fait de Têtes, on choisit un Empereur dont l'âge, le temps & le lieu se puissent rapporter avec celui qu'on veut y substituer. Par exemple, pour faire d'un Marc-Aurèle de bronze un Pertinax, on épaissit la barbe du premier & on lui grossit le nez : c'est ainsi qu'on transforme les Têtes. Quant aux Types des revers, on les refait en partie avec le burin, quand ils sont imparfaits ou quand ils ne sont pas tels qu'on veut qu'ils soient. Quelquefois on creuse un revers de façon qu'on en ôte le Type tout-à-fait, & l'on attache dans le creux un mastic fort & solide, dont on a soin que la couleur ressemble à celle du métal sur lequel on l'applique : ensuite on y grave un revers nouveau, & convenable à l'Empereur qu'on veut donner au Public. A l'égard des Légendes, on en examine bien les lettres : on ôte avec adresse celles qui nuisent au dessein qu'on s'est formé, & on grave à la place celles qui doivent y répondre. Presque tous les Antiquaires ont vu de ces Légendes falsifiées de façon à s'y tromper. Par exemple, la Médaille du jeune Gordien sert à faire un Gordien d'Afrique : on en épaissit la barbe, & aux deux lettres P. F. on substitua AFR. en faisant du P. un A., & ajoutant R après l'F.

Quelqu'habile que soit le Faussaire, la fraude peut encore être démasquée en examinant de près les Types, les Légendes & le vernis. Les Types ne peuvent être si bien changés qu'on n'apperçoive les vestiges du burin dont on s'eſt ſervi pour opérer ce changement : il reſte toujours quelques traits du premier Empereur qui ſont étrangers au ſecond , & qui rendent pour ainſi dire l'un & l'autre méconnoiſſables. Les lettres, le vernis , le maſtic ſont toujours ſujets aux mêmes défauts dont nous avons parlé : on peut donc reconnoître la ſuppoſition & la ſubſtitution ſur les Médailles dont il s'agit comme ſur toutes les autres contrefaites. D'ailleurs ces Types refaits ou ſuppoſés , ces letttes retouchées ou remplacées ont toujours très-peu de relief , & ſont aiſées à diſtinguer des autres. Enfin dès qu'on ſoupçonne la fraude , il n'y a qu'à employer le burin ; le maſtic n'y réſiſtera pas , & l'on découvrira la tromperie , d'autant plus aiſément qu'en examinant bien toutes les parties des Médailles ainſi réparées , on verra qu'elles ne répondent point au reſte , & que celles qui ſont falſifiées & dont le Type eſt retouché , ne forment point un tout uniforme comme celles qui ſont ſorties de deſſus le coin.

Section VI.

Des Revers nouveaux formés ſur des Médailles antiques dont on ne retouche pas les Têtes , & des moyens de s'en appercevoir.

La cinquième manière de frauder en fait de Médailles , conſiſte à enlever entièrement le revers d'une Pièce véritablement antique & bien conſervée , pour lui en ſubſtituer un autre ; ce qui ſe fait de trois façons. La première en mettant le côté préparé dans un coin nouveau , pour lui donner un revers étranger , tel que celui d'une Plotine à une Médaille d'Antonin , ou quelque autre revers qu'on n'a jamais vu à cet Empereur ; ainſi du reſte. Les faux Monnétaires qui n'ont point de balancier frappent ces revers à coup de marteau , en poſant pluſieurs cartons du côté de la Tête ſur laquelle on frappe ; ce qui l'empêche de s'applatir du moins d'une manière bien ſenſible. Ces ſortes de Médailles s'appellent *martelées :* on en voit beaucoup en argent & en bronze.

Le ſecond moyen qu'on emploie pour ſubſtituer un revers nouveau & rare à une Médaille antique & commune , eſt l'encaſtillement : pour cet effet on creuſe un revers de façon qu'on laiſſe le grénetis , & on le remplit de la tête ou du revers d'une autre Médaille antique qu'on a enlevé , ou d'un revers ſuppoſé & préparé à cet effet : on rabaiſſe enſuite le grénetis ſur la jonction de deux Types étrangers l'un à l'autre , afin de couvrir cette fraude.

Enfin la troiſième méthode qu'on met en uſage pour donner de la rareté aux Médailles communes , en leur ſubſtituant des revers qui ne leur appartiennent pas , eſt de ſcier des Médailles en deux par la tranche , d'en ſéparer les morceaux , & d'appliquer , par le moyen d'un bon maſtic , le revers d'une de ces têtes à l'autre tête ; enſorte qu'un Antonin aura un revers de Marc-Aurèle qu'il n'avoit pas auparavant , & Marc-Aurèle en aura un de Pertinax , &c. Pour bien maſquer ces ſortes d'échanges , il faut que le bronze du revers ſoit bien ſemblable à celui de la tête.

Pour découvrir la fraude dans les Médailles martelées , il faut examiner avec attention le revers nouveau qu'on a ſubſtitué à l'ancien , le comparer avec la tête qui eſt antique : on trouvera toujours une grande différence entre les deux gravures. Il eſt impoſſible qu'un nouveau revers approche du goût de l'antique. D'ailleurs cette Médaille antique d'un côté & mo .

derne de l'autre, fera fûrement moins épaiffe qu'elle ne doit l'être, parce qu'après avoir limé l'ancien Type, on prend le nouveau fur l'épaiffeur de la Médaille déja diminuée par l'enlevement de l'ancien.

Quand aux Médailles encaftillées, il eft plus difficile de s'appercevoir de la fraude, fur-tout fi le revers que l'on a enchâffé dans le creux de la Médaille encaftillée eft antique; mais comme il eft rare que le grénetis de ces fortes de Médailles recouvre par tout affez parfaitement les veftiges & les traces de l'encaftillement pour qu'on ne les découvre pas à quelques endroits, il n'eft pas impoffible de fe garantir de cette fraude.

Les Médailles compofées d'une tête & d'un revers réunis par le maftic, font aifés à connoître. Il fuffit de jetter un coup d'œil fur le contour de la pièce & d'en examiner fcrupuleufement les bords : on les trouvera limés, & l'on appercevra les veftiges de l'union des deux Types : le maftic qui les unit ne pouvant conferver long-temps la couleur de bronze ou d'argent qu'on lui a donnée, laiffe voir une efpèce de raie tracée fur tout le contour de la Médaille.

Section VII.

De la manière d'imiter les fentes & les défauts des Médailles antiques, & des moyens de découvrir cette fraude.

Les Médailles de bronze, fur-tout du grand, fe trouvent quelques fois fendues fur les bords : c'eft un défaut qui vient de l'ufage où l'on étoit anciennement de fabriquer la Monnoie à coups de marteau. Ces Pièces, dont le volume eft affez grand, fe font éclatées fous des coups redoublés; ce qui n'arrive pas quand elles font frappées au balancier, parce que d'un feul coup elles reçoivent l'empreinte des deux coins.

Les Fauffaires ont cherché à imiter jufqu'à cette efpèce de défaut; mais il eft aifé de faire le difcernement des éclats naturels d'avec ceux qui font contrefaits. Qu'on fe donne la peine d'examiner la Pièce des deux côtés; fi la fente n'eft point artificielle, on la trouvera égale de part & d'autre : elle paroîtra même ferpenter & finir par des filamens qui s'apperçoivent à peine à la vue; effet naturel d'un effort fur une pièce de métal ferrée & condenfée fous les coups. Si au contraire la fente eft contrefaite, fon ouverture fera large, & au lieu de ferpenter & de finir par des filamens, on remarquera qu'elle eft droite & plus arrondie que pointue vers fa fin; ce qui dévoilera aifément l'ouvrage de la lime & l'effet de l'Art.

Section VIII.

De l'imitation des Médailles fourrées & incufes, & des moyens de découvrir ces fraudes.

On fait que les Médailles fourrées font l'ouvrage des faux Monnoyeurs. Pour fabriquer ces fortes de Médailles ou Monnoies, on enveloppe un morceau de fer ou de bronze d'une feuille d'or ou d'argent, & on met le tout enfemble entre les deux coins de la face & du revers pour les frapper, & les faire paffer enfuite pour des pièces d'or ou d'argent. Cette efpèce de fraude obligeoit les faux Monnoyeurs à imiter en tout la Monnoie légi-

time

time : les Types & les Légendes de ces pièces contrefaites devoient être les mêmes que ceux des pièces véritables & approuvées ; mais comme l'on s'est toujours persuadé que les Faussaires modernes ne pouvoient que très-difficilement imiter cette fraude, on a regardé jusqu'à présent les Médailles fourrées comme des Médailles indubitables.

Il est vrai qu'il est impossible de les retoucher, de les réparer, de les encastiller, & de les limer pour en faire de nouvelles par l'application d'un revers supposé à une tête ; ensorte qu'une Médaille fourrée passe pour véritablement antique, & comme devant faire preuve dans l'Histoire.

Mais ces principes adoptés par la plupart des Amateurs ne devroient être reçus qu'avec précaution, puisqu'il est certain que des Faussaires modernes ont eu l'art de frapper des Médailles fourrées à l'imitation de l'Antique : un écu de Varin & plusieurs autres pièces qui se trouvent dans le Cabinet de M. d'Ennery en font la preuve la plus complette.

D'ailleurs on a trouvé moyen de donner à une Médaille d'argent moderne & rare par ses Types, une air, une apparence de fourrure : en insinuant dans le trou d'une Médaille percée exprès une pointe d'éguille rougie au feu, la chaleur fait noircir toute la pièce en dedans, & cette couleur noire, avec la pointe limée de l'éguille qui paroît des deux côtés de la Médaille à fleur du champ, la fait croire fourrée & assure le succès de la fraude.

Ce dernier moyen dont se servent les Faussaires pour contrefaire la fourure des Médailles, n'est pas si difficile à découvrir que le premier ; car il suffit d'examiner de près la pièce : si elle ne paroît noire que dans le centre ou dans ce petit point de l'éguille qu'on y a pour ainsi dire incrustée, il faudra piquer quelque autre endroit, & l'on démasquera sur le champ la fourberie.

S E C T I O N   IX.

Des Médailles qui sont supposées, & des moyens de les reconnoître.

J'appelle Médailles supposées non-seulement celles qui sont modernes & prêtées à quelque Prince ou autre Personnage Illustre, mais encore celles qui sont nouvelles en tout, & sur lesquelles on forme des têtes imitées, ou qu'on ne vit jamais ; c'est-à-dire de ces pièces aux revers desquelles on représente des choses qui ont, ou qu'on suppose avoir quelque relation avec l'histoire des Héros dont les têtes sont gravées à la face. On n'oublie rien pour faire ressembler ces Médailles aux antiques, dans les Types & les Légendes : on tâche de les faire paroître vieilles, usées, frustes, extraordinaires, & souvent semblables aux Médailles fourrées, afin de tromper & de séduire plus sûrement. Nous en avons vu deux à la fin du Chapitre IV. de cet Ouvrage ; l'une de Valérius Publicola, & l'autre de Coriolan : on pourroit en rapporter encore quelques autres ; mais celles-ci suffisent pour empêcher qu'on ne s'y laisse tromper.

Dans le cas où l'on auroit cherché à donner à des pièces supposées l'air de Médailles fourrées, on démasqueroit aisément cette fraude en les jettant pour quelques heures dans du bon vinaigre : elles y perdront la couleur qu'on leur avoit donnée, de quelque façon que ce soit, pour les faire paroître fourrées.

Tout Type extraordinaire, comme ceux dont nous venons de parler,

& dans lequel on repréfentera des faits fuppofés, inconnus, ou contraires à l'Hiftoire & à la Chronologie, doit être fufpect : lorfqu'il fe préfente des Médailles de cette efpèce, il eft néceffaire de confulter quelqu'habile Antiquaire avant d'en faire l'emplette. On peut encore, pour juger fainement de ces pièces, employer une partie des moyens que nous avons détaillés dans les premières Sections de ce Chapitre. On doit enfin éprouver le titre de l'or & de l'argent de ces Médailles nouvelles & extraordinaires, & en faire la comparaifon avec celui d'autres pièces d'or & d'argent antiques du temps & du lieu où l'on fuppofe que ces pièces à vendre ont été frappées ; c'eft un bon moyen de fe garantir de la plus grande partie des fraudes que l'on emploie pour faire acheter bien cher ce qui n'eft d'aucune valeur.

S E C T I O N   X.

Dans laquelle on raffemble plufieurs Obfervations fur les Médailles imitées, contrefaites, fuppofées, &c.

Avant de finir ce Chapitre, il ne fera pas inutile de placer ici quelques obfervations générales au fujet des Médailles fuppofées, refaites, imitées, & autres artificielles enfantées par l'avidité du gain.

Premièrement, les marques de fauffeté dont on a parlé dans la Section II., concernent particulièrement le grand bronze : cependant elles peuvent auffi s'appliquer aux Médaillons, & à tout ce qui eft contrefait, en quelque métal que ce foit.

Secondement, on n'a ordinairement altéré ou contrefait que les Médailles & Médaillons les plus rares & les plus eftimés ; auffi trouve-t-on peu de Médailles Confulaires contrefaites. Celles de bronze des douze premiers Empereurs, le Tibère fur-tout, enfuite l'Othon, le Vitellius, le Pertinax, les Gordiens d'Afrique, l'Agrippine de Claude, la Domitia, les trois femmes de la famille de Trajan, favoir Plotine fa femme, Marciane fa fœur, Matidie fa nièce, fille de Marciane, l'Annia Fauftina, la Tranquilline, & autres Têtes rares ont été fouvent imitées ou contrefaites : c'eft donc fpécialement de ces Médailles dont il faut que les Curieux fe défient quand on leur en propofe à acheter.

Troifièmement, quoique les Médailles imitées ou contrefaites, comme celles du Padouan & autres d'un auffi beau burin, ne doivent point être placées parmi les antiques, il ne faut pas les rejetter entièrement : on peut en former de très-belles fuites. Toutes les Médailles moulées ne doivent point être également méprifées, parce qu'il y en a qui font véritablement antiques, & qui méritent d'entrer dans tous les Cabinets : telles font d'abord ces pièces d'un volume énorme, qui ont anciennement fervi de poids & qui repréfentent la Tête de Rome ou des Ptolémées, Rois d'Égypte : telles font auffi, du moins pour la plûpart, ces Médailles de potin qui ont été moulées fous les Empereurs : ces dernières font grecques, de la fabrique d'Antioche ou de quelques autres Colonies. Une partie des Médailles de grand & de moyen bronze des deux Pofthumes font encore dans le même cas. Ces pièces moulées confervent & annoncent un goût antique qui raffure d'abord, & qui les empêche de les confondre avec les

modernes,

modernes, pour peu qu'on soit accoutumé à voir des Médailles, & qu'on les examine avec attention.

Quatrièmement, les règles générales qu'on a données dans la Section III. pour discerner les Médailles moulées modernes, ne doivent pas s'appliquer à toutes les pièces, par plusieurs raisons : la première parce qu'il peut se trouver de ces Médailles qui, quoique moulées, péseront autant qu'une pièce antique frappée, qui dans sa circonférence ou son épaisseur aura un peu moins de volume que la moderne : en second lieu, il y a des Médailles antiques si bien conservées, qu'on les prendroit pour des modernes, comme il y en a de ces dernières qui ont tout l'air des antiques : en troisième lieu il se trouve des vraies pièces antiques limées, repolies ou retouchées par des personnes qui n'aimoient pas sans doute le vernis de l'Antique, ou qui vouloient découvrir avec plus de facilité les Types & les Légendes, ou enfin qui désiroient de les enchâsser dans différens ouvrages : on ne peut par conséquent appliquer à une seule pièce toutes les règles que l'on avance pour discerner les Médailles antiques d'avec les modernes ; mais il y a peu de ces modernes qu'on ne puisse découvrir au moins par quelques-unes de ces mêmes règles : il suffit qu'on puisse remarquer dans les Médailles un seul des défauts dont on a parlé, pour les chasser de la classe des antiques, & les reléguer parmi les modernes.

Cinquièmement, les Médailles incuses & les Contorniates peuvent être rarement suspectes, par la raison qu'elles ne sont ni assez intéressantes ni assez estimées pour chercher à les contrefaire : d'ailleurs le procédé en seroit fort difficile ; ce qui est plus que suffisant pour écarter la tentation.

Sixièmement, les Médailles contre-marquées ne peuvent être imitées que par l'ancastillement, contre lequel on peut se précautionner comme on l'a marqué ci-devant. On sait que les Romains ont eu recours à la Contre-marque lorsqu'ils ont eu besoin de changer le prix que les Monnoies avoient eu d'abord, pour leur en donner un plus haut. Ces Contre-marques représentent quelquefois un Cavalier, d'autres fois une Tête d'Empereur, de Prince ou de Princesse : souvent ce ne sont que des lettres initiales ou des mots commencés, comme on peut le voir dans nos Planches. On prétend que les Faussaires n'ont pas encore essayé d'imiter les Contre-marques : aussi les regarde-t-on comme une preuve indubitable d'antiquité.

Enfin, quoiqu'on doive se défier des Médailles qui n'ont point encore paru, il faut cependant examiner avec soin celles qui se présentent, & ne les pas rejetter ou fondre avec trop de précipitation. On découvre tous les jours quelque partie des trésors que la Terre renferme dans son sein : ce n'est même que depuis peu de temps qu'on a vu entrer dans plusieurs Cabinets des Pescennius d'or, des Othons de bronze & des Vetranio d'or & d'argent ; Médailles extraordinaires & inconnues jusqu'à présent : les riches collections de M. Pelerin & de M. d'Ennety pourroient nous en fournir plusieurs autres exemples. Ce dernier vient encore d'acquérir une Médaille d'or de Vitalianus, Tyran peu connu, qui, après avoir pris la Pourpre sous le règne d'Anastase, remporta plusieurs victoires sur les Généraux de cet Empereur, s'empara de la Thrace où il étoit né, de la Mœsie & d'autres Provinces voisines, & se soutint sur le Trône contre toutes les forces de l'Empire, jusqu'à ce que l'Empereur Justin le fit assassiner dans son Palais, où il l'avoit attiré sous prétexte d'amitié.

Aaaa

Au surplus nous avons parlé ailleurs de ces pièces nouvellement découvertes : elles sont d'autant plus intéressantes qu'elles peuvent fournir des lumières pour l'Histoire , la Chronologie la Géographie & plusieurs autres Sciences ; ce qui doit déterminer à ne rien rejetter sans l'avoir bien examiné.

Voilà à-peu-près ce que l'on peut rassembler des Auteurs qui ont travaillé avec le plus de succès sur les Antiques & sur la Numismatique , pour donner quelque connoissance des Médailles , & pour inspirer le goût d'une Science aussi utile à tous égards. Ceux qui voudront approfondir davantage la matière , pourront consulter les habiles Antiquaires que nous avons suivis , & même assez souvent copiés dans le cours de cet Ouvrage. Je souhaite qu'il puisse être de quelque secours à ceux qui voudront se livrer à une étude , dont les fleurs sont capables de dédommager bien amplement des épines qu'elle présente à ceux qui ne sont pas encore initiés dans ses mystères.

F I N.

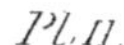

1
2
3
ROMA
4
ROMA
5
ROMA
6
ROMA
7
ROMA
8
ROMA
9
ROMA
10
ROMA
RO
MA
11
ROMA
12
ROMA
13
ADINOD
14
ROMA
15
ROMA
16
ROMA
17
ROMA
18
ROMA
19
PVLVERIVS·VALE·PVBLICO
LITT·ROMA·LIBERI
20
CORIOLANVS·MA·AL·GAI·ROMA·PA
ROMA·RESTI
COS
21
IIII·VIR·MESSALLA·AERONIVS
22
SALVTARIS

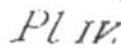

Pl. IV.

Pl. V.

Pl. VI.

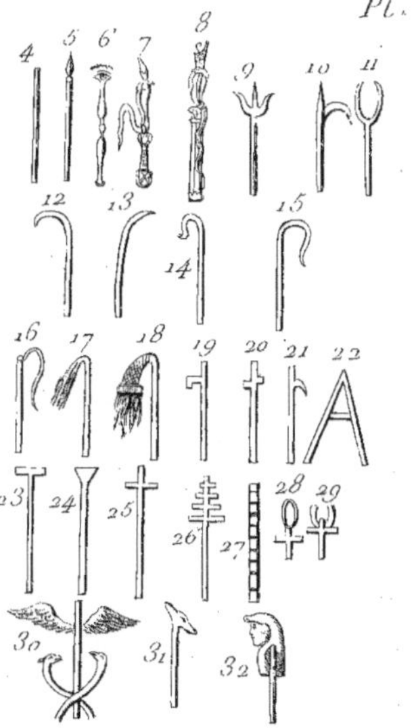

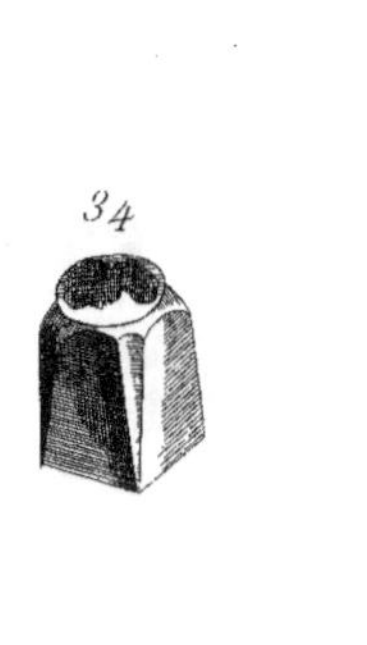

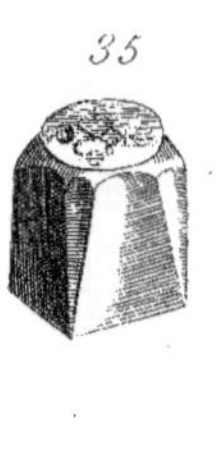

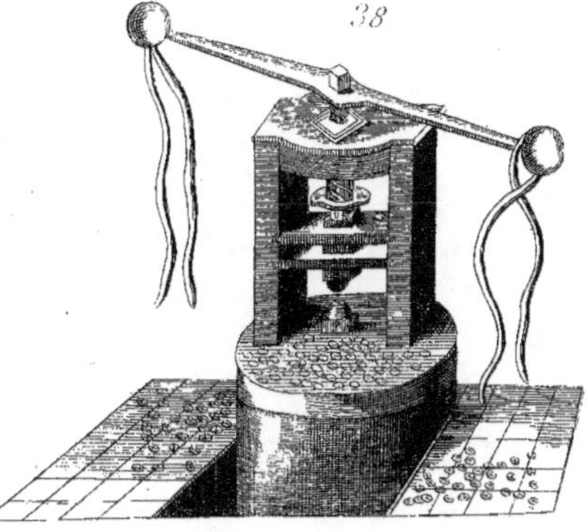

Pl. VII.

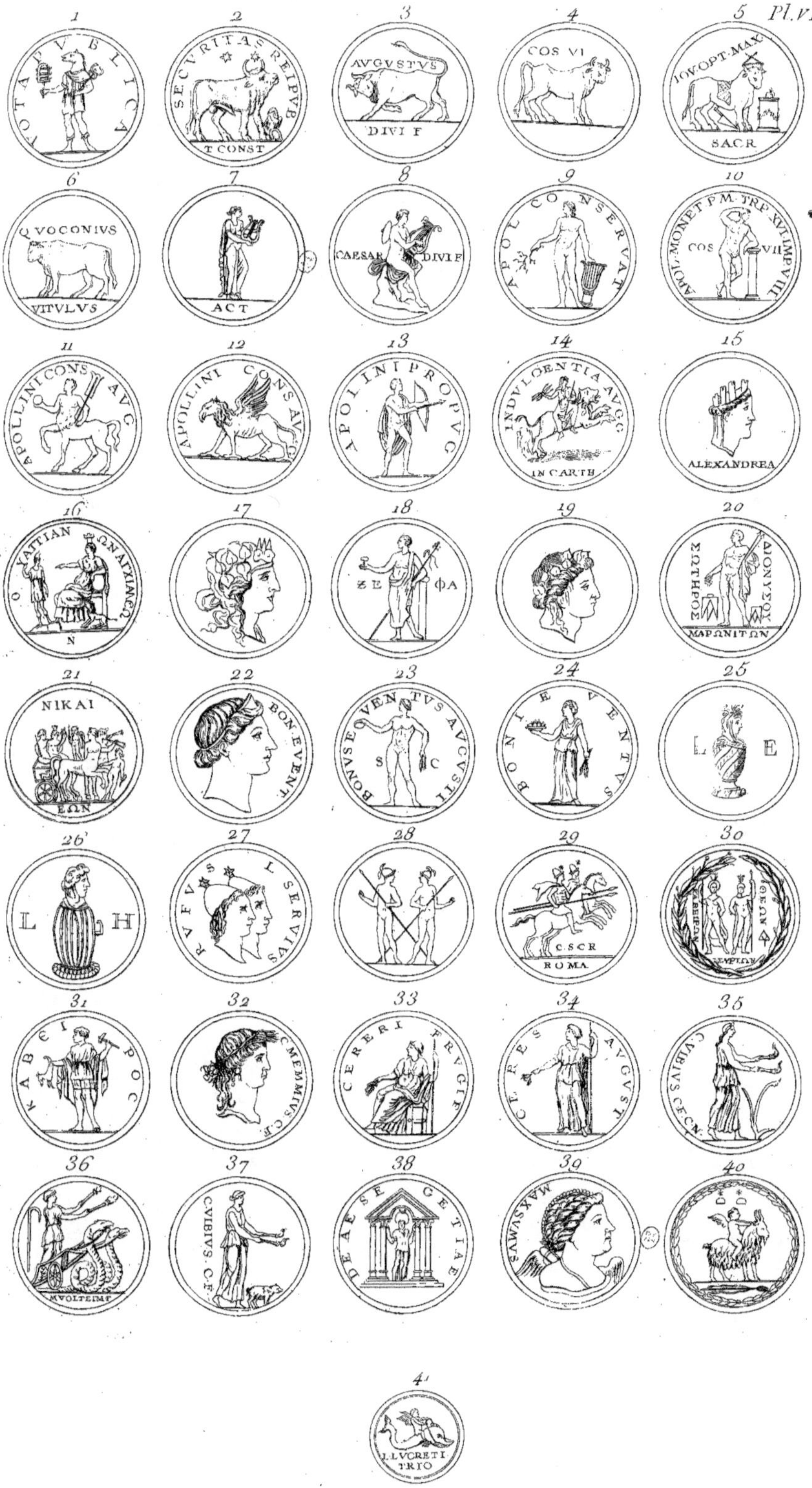
1
VOTA PVBLICA
2
SECVRITAS REIPVB
T CONST
3
AVGVSTVS
DIVI F
4
COS VI
5
IOV OPT MAX
SACR
6
Q VOCONIVS
VITVLVS
7
ACT
8
CAESAR DIVI F
9
APOL CONSERVAT
10
APOL MONET P M TRP XVI IMP VIII
COS VII
11
APOLLINI CONS AVG
12
APOLLINI CONS AVG
13
APOLLINI PROPVG
14
INDVLGENTIA AVGG
IN CARTH
15
ALEXANDREA
16
N
17
18
19
20
ΜΑΡΩΝΙΤΩΝ
21
NIKAI
ΕΩΝ
22
BON EVENT
23
BONVS EVENTVS AVGVSTI
S C
24
BONI EVENTVS
25
L E
26
L H
27
RVFVS L SERVIVS
28
29
C SCR
ROMA
30
31
32
C MEMMIVS C F
33
CERERI FRVGIF
34
CERES AVGVST
35
C VIBIVS C F C N
36
37
C VIBIVS C F
38
DEAE SEGETIAE
39
MAXSVMAS
40
41
L LVCRETI TRIO

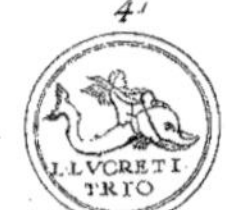

Pl. VIII

Pl. X.

Pl XI.

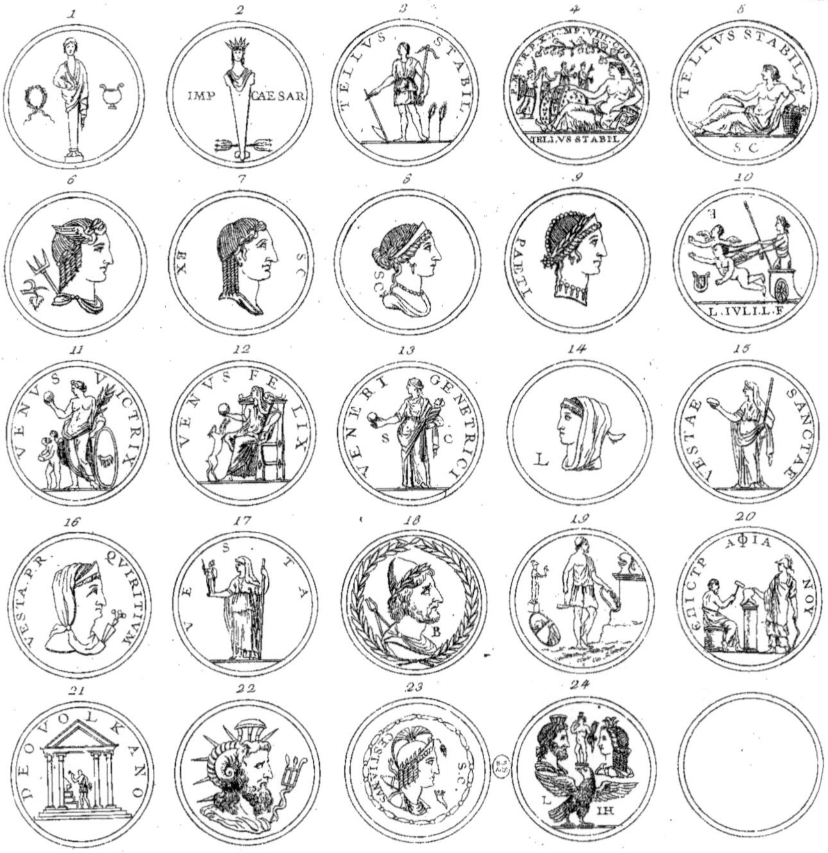

IMP CAESAR
TELLVS STABIL
TELLVS STABIL
TELLVS STABIL
S C
EX SC
SCS
PAETI
L.IVLI.L.F
VENVS VICTRIX
VENVS FELIX
VENERI GENETRICI
S C
L
VESTAE SANCTAE
VESTA.P.R. QVIRITIVM
VESTA
ΕΠΙΣΤΡ ΑΦΙΑ ΝΟΥ
DEOVOLKANO
S.C.
L IH

Pl. XII.

ΕΥΘΗΝΙΑ
L H
S C
ABVNDANTIA
VBERTAS AVG
VBERITAS AVG
COS IIII
CLEMENTIA L BVCA
SPQR OPTIMO PRINCIPI
S C
COS III PP CLEMENTIA AVG
S C
CLEMENTIA TEMP
A
XXI
CONCORDIA
CONCORDIA AVGVSTA
CONCORDIA
CONCORDIA
S C
CONCORDIA AVGVST
CONSTANTIAE AVGVSTI
S C
CONSTANTIAE AVGVSTI
CONSTANTIAE AVGVSTI
IVSTITIA
P M TR P COS II
IVSTITIA
AEQVITAS AVGVSTI
S C
AEQVITAT I AVGG
AEQVITATI PVBLICAE
S C
BONAE SPEI
SPES REI PVBLICE
ASIS
SPES AVGVSTA
SPES PVBLIC
A
CONS
AETERNITAS
AETERNITAS
AETERNITAS
AETERNITAS
S C
AETERNITAS
AETERNITAS
AETERNITAS
AETERNIT AVG
S C
AETERNITAS
AETERNITAS
FECVNDITAS
FECVNDITAS
S C
FECVND AVGVSTAE
S C

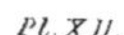

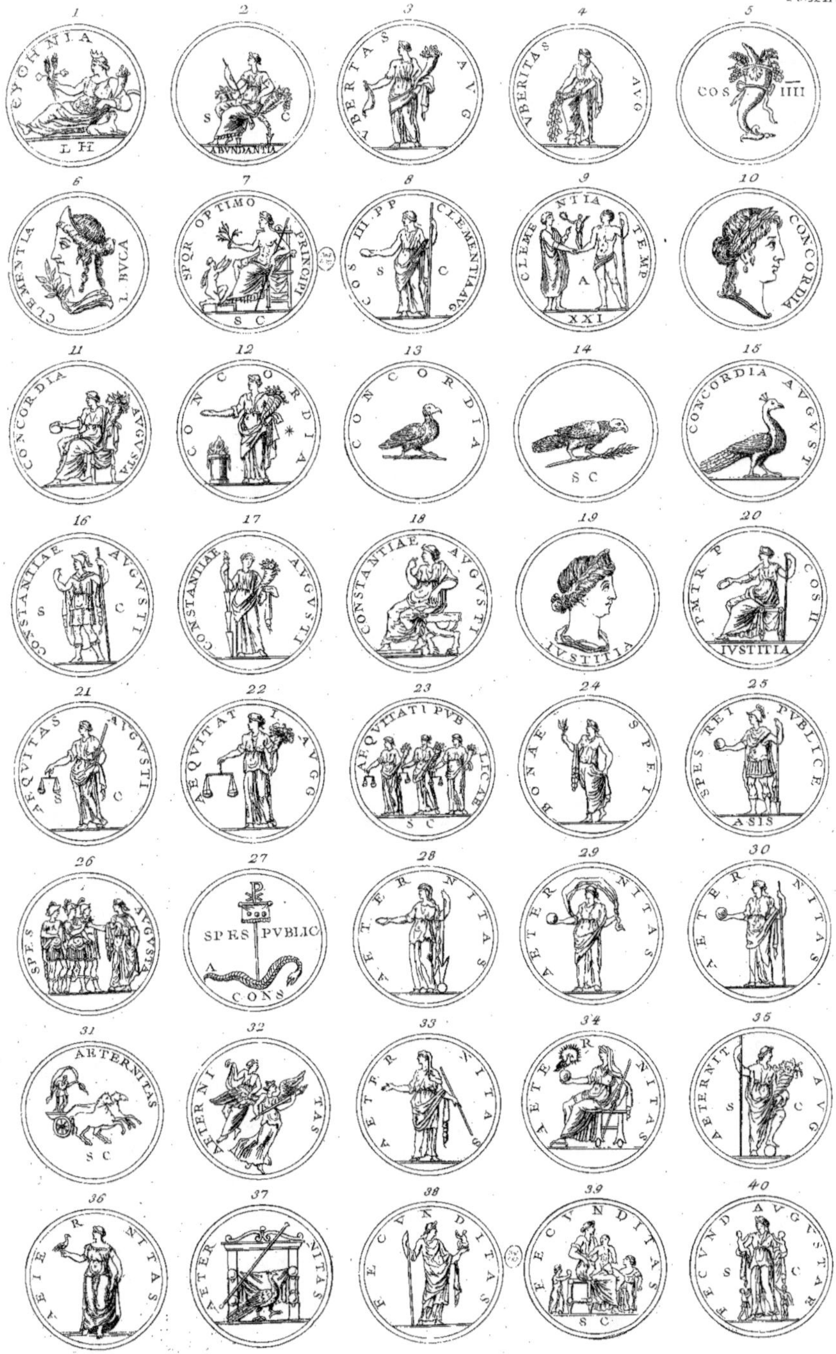

Pl. XV.

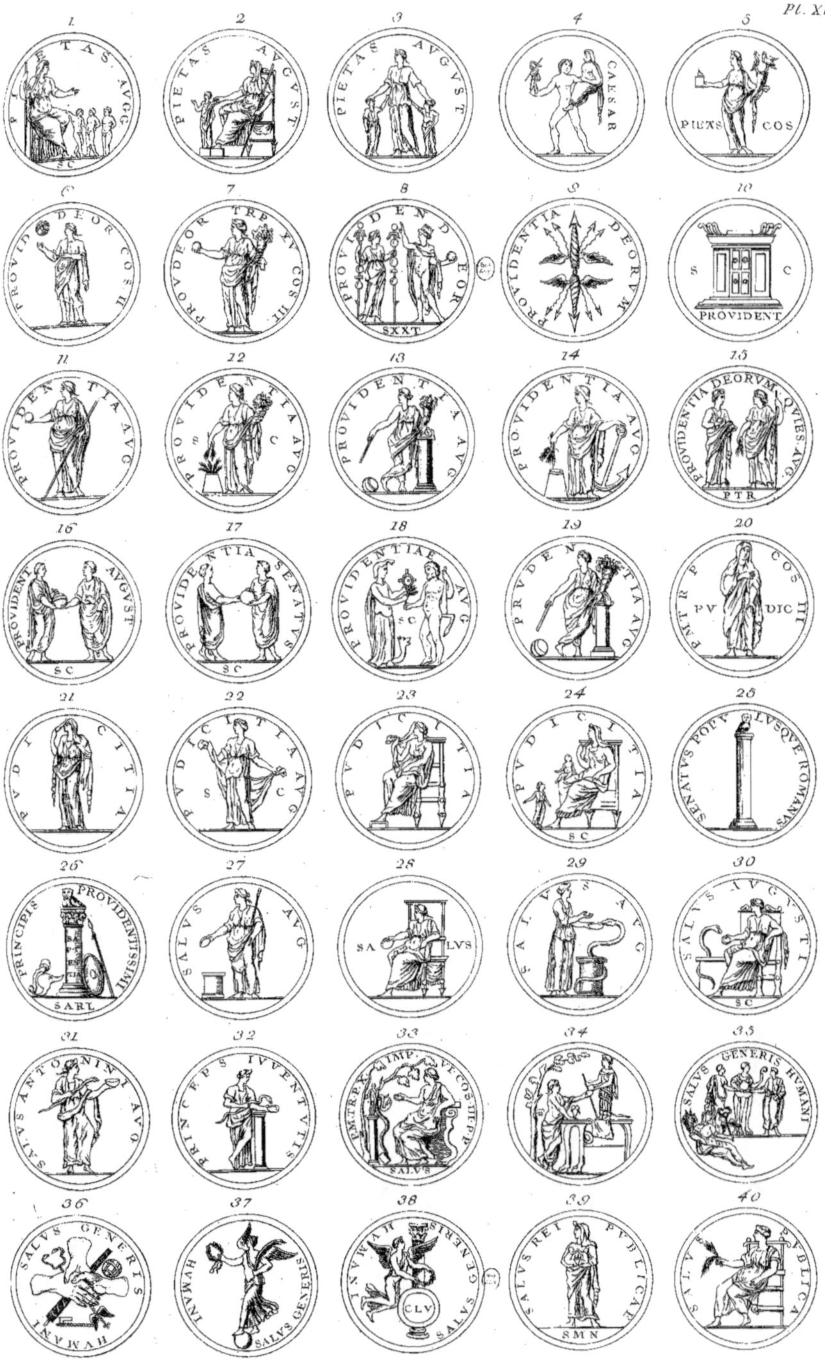
PIETAS AVGG
SC
PIETAS AVGVST
PIETAS AVGVST
CAESAR
PIETAS COS
PROVID DEOR COS II
PROV DEOR TRP XV COS III
PROVID DEN D EOR
SXXT
PROVIDENTIA DEORVM
S C
PROVIDENT
PROVIDENTIA AVG
PROVIDENTIA AVG
S C
PROVIDENTIA AVG
PROVIDENTIA AVG
PROVIDENTIA DEORVM QVIES AVG
PTR
PROVIDENT AVGVST
SC
PROVIDENTIA SENATVS
SC
PROVIDENTIAE AVG
SC
PRVDENTIA AVG
PMTRP COS III
PV DIC
PVDICITIA
PVDICITIA AVG
S C
PVDICITIA
PVDICITIA
SC
SENATVS POPVLVSQVE ROMANVS
PRINCIPIS PROVIDENTISSIMI
SARL
SALVS AVG
SA LVS
SALVS AVG
SALVS AVGVSTI
SC
SALVS ANTONINI AVG
PRINCEPS IVVENTVTIS
PMTRPX IMP VI COS III PP
SALVS
SALVS GENERIS HVMANI
SALVS GENERIS HVMANI
HVMANI SALVS GENERIS
HVMANI SALVS GENERIS
CLV
SALVS REI PVBLICAE
SMN
SALVS PVBLICA

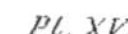

Pl. XVII.
NYMPHIS
QVAE SVB COLLE
SVNT ARVLAM
MVMIA CANTERIA
NVMINI
ADIVT DEVOT
CVM STATVA
ISIS
ET TABVLATO
D D

Pl. XVIII

1
2
3
4
5
6
7
8
9
10
11
12
13
14
15
16
17
18
19
20
21
22
23
24
25
26
27
28
29
30
31
32
33
34
35
36
37
38
39
40

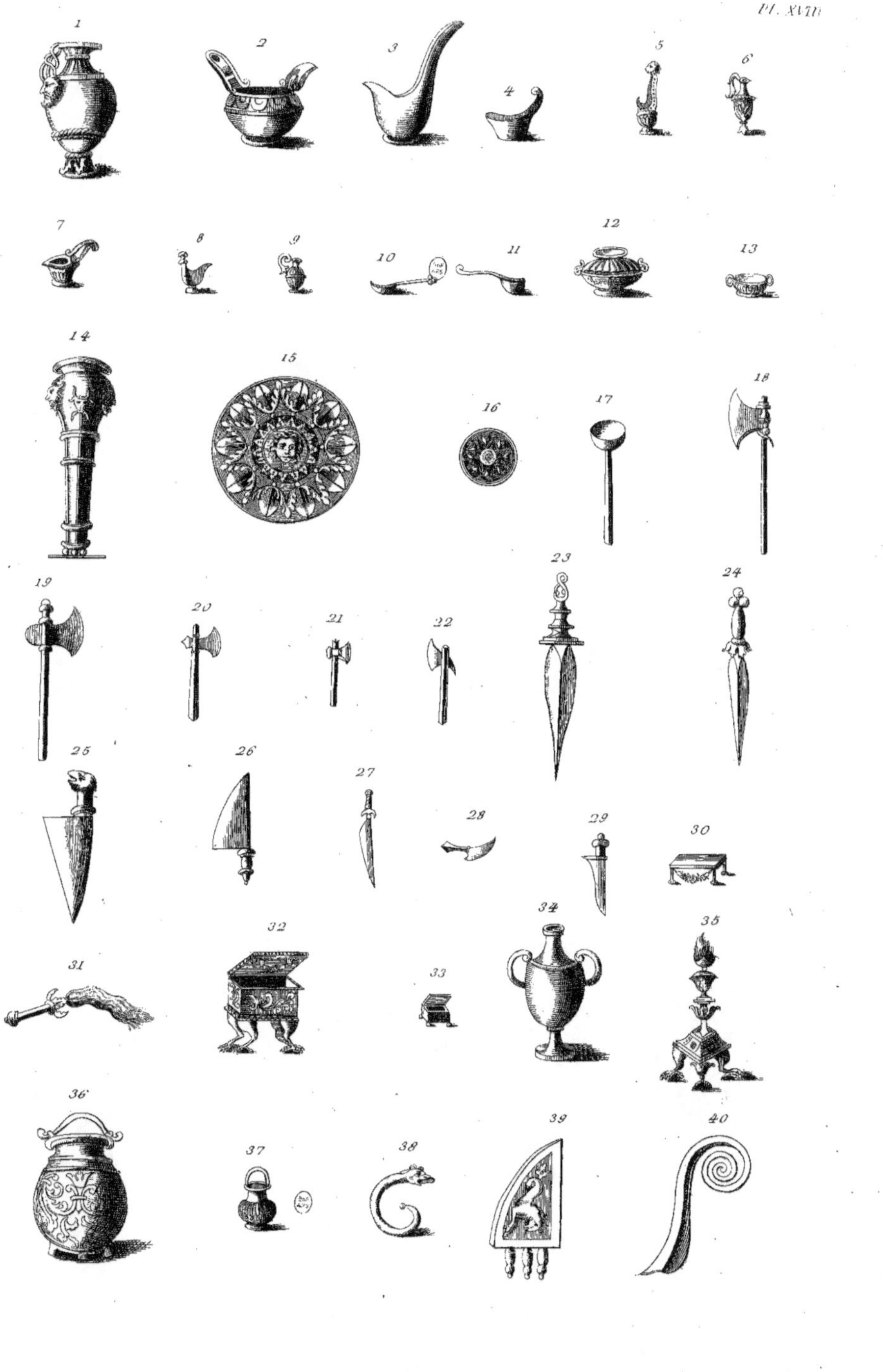

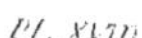

1

2

3

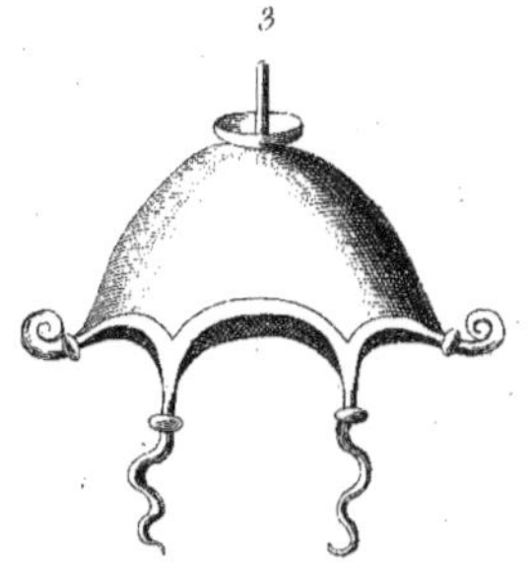

4

Pl. XX.

1 ROMETAVG COM ASI
2 DIAN EPHE
3 IMP VI COS III S C RELIGAVG
4 C CAESAR PA RENS PATRIAE EX SC
5 ROMETAVG COM ASIAE
6 TEMPLDIVI AVG REST COS IIII
7 SPQR OPTIMO PRINCIPI S C
8 AED DIV FAVSTINAE
9 S P Q R
10
11 Q CAEPIO BRVTVS PRO COS
12 IVVENTAS
13 TR POT XI COS II
14 SALVTI AVG COS III
15 PRINCEPS IVVENTVTIS
16 CONSECRATIO S C
17 S C AR PAC
18 S C ARA PACIS
19 M ANTON M F M N AVG IMP TER
20 M COCCEIVS NERVA IIIVIR
21 PONT COS ITER ET TER DESIGN IIIVIR R P C
22 EX S C
23 PONT MAX TR POT AVGVR
24 PIETAS AVG
25 TR POT COS II PIETAS
26 P M TR POT COS DES II
27 ANNONA AVGVST
28 COS XIIII LVD SAEC FEC S C
29 S C
30 M ACER SAVLVS PSEPVLVIS
31 IOVIS CVSTOS
32 AVGVR PON COS ITER ET TER DES
33 A HIRTIVS PR
34 SACERD COOPT IN OMN CONL SVPRA NVM EX SC
35 LEPID IMP
36 A HIRTI A F
37 PR P CLODIVS M F
38 S C
39 TR POT COS II PIE TAS
40 PIETAS

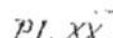

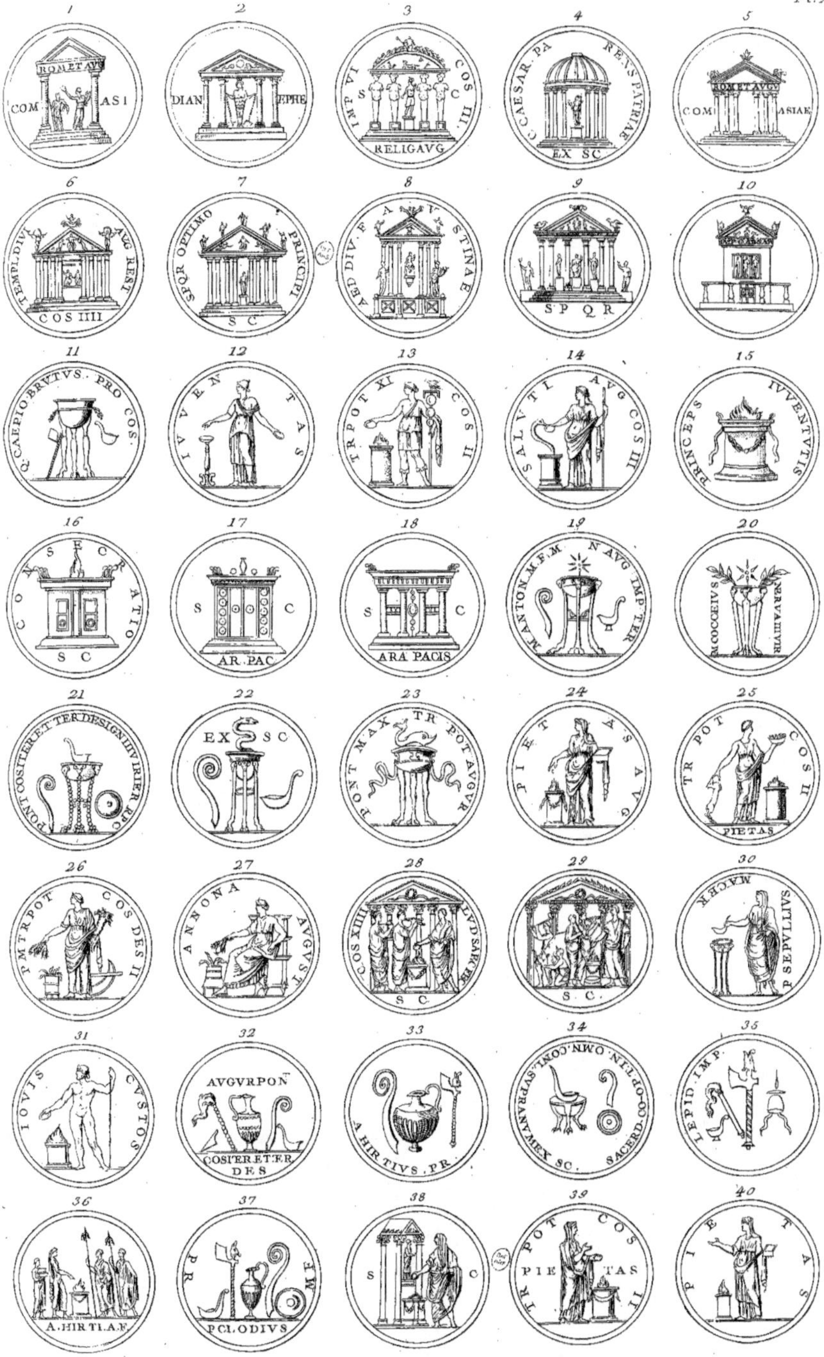

Apotheose d'Homere

Deuil au Sepulcre.

Agate de la Sainte Chapelle.

1
SAECVLARES AVGG
2
SAECVLARES AVGG
SC
3
SAECVLARES AVGG
VI
4
ΔΗΜΗΤΡ
ΘΕΑ
NEIKAIEIC
5
ΓΛΥΚΩΝ
6
ΓΛΥΚΩΝ
7
LVGV
A
XL
DVNI
8
AETERNITAS
9
L. REGVLVS
10
SAECVLARES AVGG
X
11
SAECVLARES AVGG
12
VEHICVLATIONE ITALIAE REMISSA
S C
13
14
MEMORIAE
SPQR
S C
15
LIBERO P. CONS AVG
16
SAECVLARES AVGG
X
17
LIA
18
IMP X
19
COS V
20
II. VIR IER
21
22
M. LEPID. IMP.
PROCOS
23
24
IMP XIX
25
M. DVRMIVS
III . VIR
26
27
28
AVGVSTVS
29
30
TVRPILIANVS III VIR
31
32
Q. TVBERO
33
34
35
ΜΗΤΡΟΠΟΛΕΩΣ
ΤΑΡΣΟΥ
36
37
ΠΕΡΙΝΘΙΩΝ ΔΙΣ ΝΕΩΚΟΡΩΝ
38
39
APOLLINI CONS AVG
40
C. MARIVS
AFR

ΑΙΣΧΥΛΠΙΟΙ
ΚΑΦΙΣΟΔΟΡΟΣ
ΕΥΤΥΧΙ ΜΑΡΚΕ ΛΛΕ
ΕΙΡΗΝΗ
C F

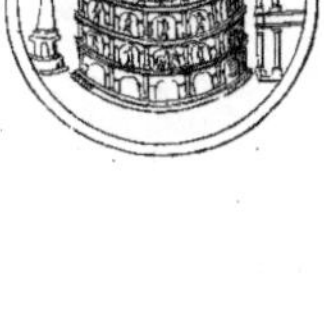

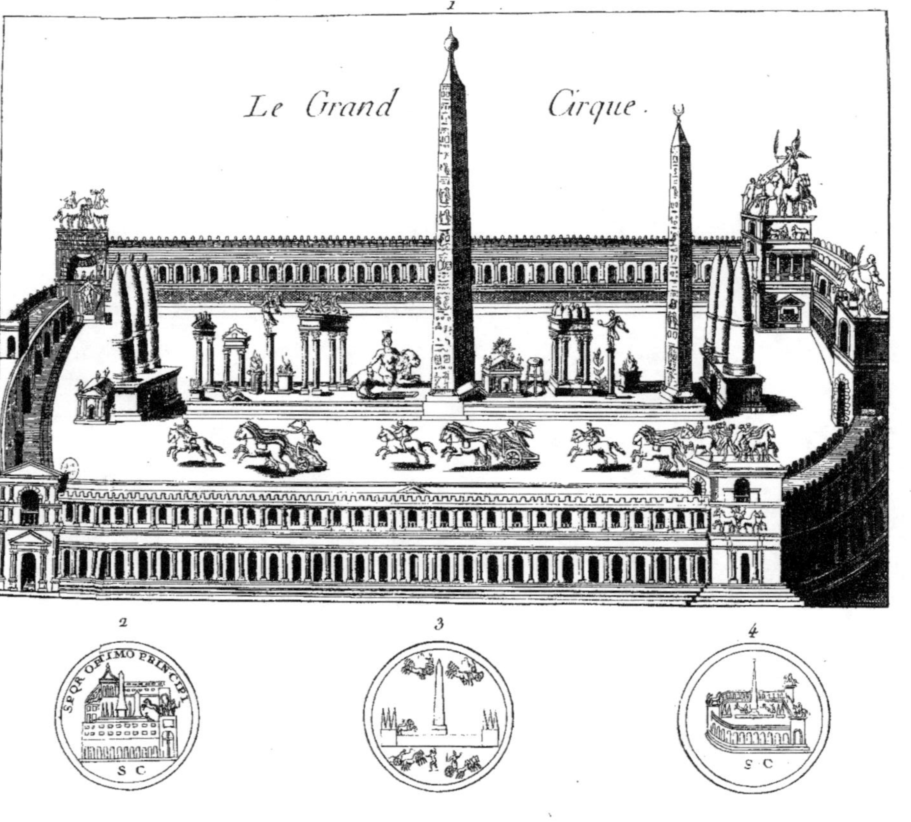
Le Grand Cirque.
1
2
SPQR OPTIMO PRINCIPI
S C
3
4
S C

1. DE GER

2. PROFECTIO AVG TR P II / COS II

3. PROFECTIO AVG / S C

4.

5. COS / S C / EXPED AVG

6. CONCORDIA PRAETORIAN / S C

7. IMPER RECEPS

8. TRAIECTVS AVG

9. ADVENTVS / AVGVSTOR

10. ADVENTVS / G.P / AVGVSTI

11. PONT MAX TR POT COS / ADVENTVS AVG / S C

12. ADVENTVS AVGG

13. S C / ADLOCVT

14. ADLOC COH

15. FIDES EXERCITVS / S C

16. FIDES EXERC / S C

17.

18.

19. VICTORIA IVDAICA / S C

20. COS V PP SPQR OPTIMO PRIN

21. SPQR / IMP IX

22. SPQR PAREN / CONS SVO

23. CAESAR / AVGVSTVS

24. AVGVSTVS / S C

25. TRI IMP / IO IO

26.

27. VIRTVS EXERCIT ESIS / VOT / S F / X

28. IMP CAESAR

29. IMP CAESAR

30. SENATVS POPVLVSQVE ROMANVS / S C

31. INVICTO IMP

32. CAESAR / DIC ITER

33. S C

34. NERO CLAVDIVS DRVSVS GERMAN IMP / S C

35. S C

36. SPQR OPTIMO PRINCIPI / S C

37. AVGVST

38.

39. B

40.

1
CONCORDIAE P
2
VOTA PVBLICA
3
CONCORDIA AVGVSTORVM
S.C.
4
CONCORDIAE
5
CONCORDIA AVGG
6
CONCORDIAE AVGVSTOR TR P XV
COS III
7
CONCORDIA AVGGG
8
9
CMYP ΛΛΟ
10
GABINIS CAN TIST VRIVS
FOE DVS
QVM
11
CONCOR DIA PR
S.C.
12
CONG II DAT POP
SC
13
LIBERALITAS AVG
14
LIB AVGG
SC
15
ROMA RESVRGES
S.C.
16
LIBERTAS RESTITVTA
S C
17
RENASC ROMA
18
RELIQVA VETERA HS NOVIES MILL ABOLITA
SC
19
FISCI IVDAICI CALVMNIA SVBLATA
S C
20
PLEBEI VRBANAE FRVMENTO CONSTITVTO
S C
21
COS VP PS PQR OPTIMO PRINC
ALIM ITAL
22
S PQR OPTIMO PRINCIPI
S
ALIM ITAL
23
ANNONA AVG
24
ANNONA AVGVSTI
25
ANNONA AVGG
26
ANNONA AVGVST
27
REX PARTHIS DATVS
28
SIGNIS A PARTHIS RECEPTIS
SC
29
T CAES IMP AVG F TR P COS VI CENSOR
30
L VITELLIVS CENSOR II
31
CENSOR
32
M OPPIVS CAPITO PRO PR PRAEF CLASS F C
HS
33
M OPPIVS CAPITO PRO PR PRAEF CLASS F
34
MAG PIVS IMP ITER
35
PRAEF CLAS ET ORAE MARIT EX SC
PP ÆF
36
PRAEF ORAE MARIT ET CLASS SC
37
MAG PIVS IMP ITER
38
OMONOIA
39
IV GVS PONT MAX
40
CAESAR AVG

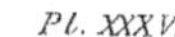

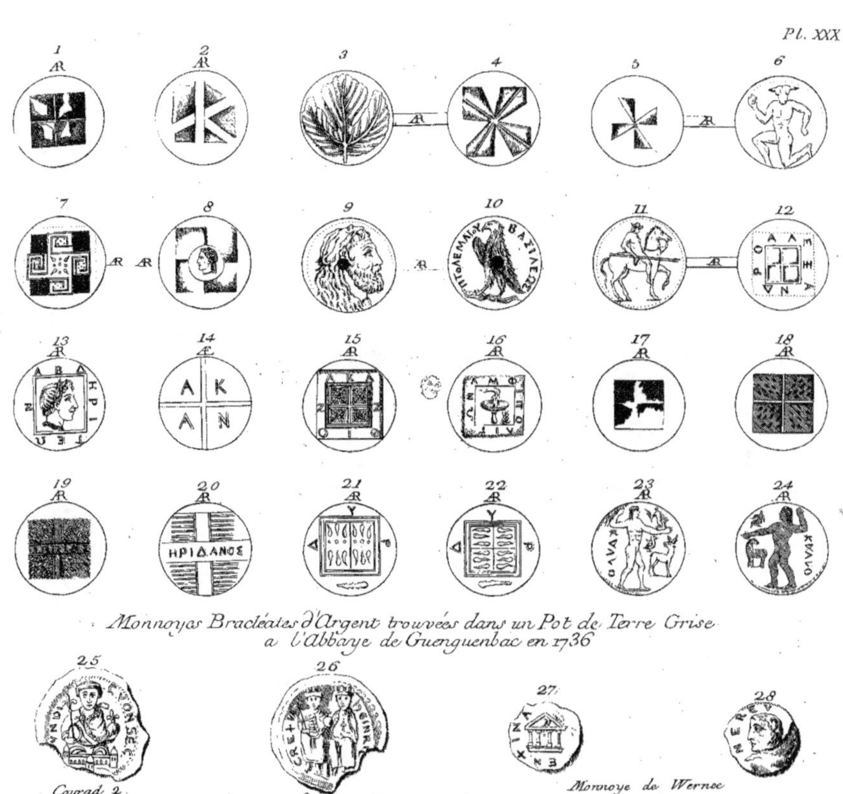

Monnoyes Bractéates d'Argent trouvées dans un Pot de Terre Grise
a l'Abbaye de Guenguenbac en 1736

Conrad 2
l'Emp.

S. Henry et
S. Cunigonde

Monnoye de Wernce

TABLE
GÉNÉRALE ET RAISONNÉE
DES MATIÈRES

A

B

C

D.

E

ENCLABRIS;

ENCLABRIS; nom de la table sur laquelle on mettoit la victime. 292.

ENNERY (M. Michelet d') possède dans son riche Cabinet une Médaille de restitution singulière. 53. Un écu de Varin fourré, & plusieurs autres pièces modernes 551. Des Médailles uniques & inconnues. 553. Il vient même d'acquérir depuis peu une Médaille d'or de Vitalianus, qu'on ne connoissoit pas jusqu'à présent. 553.

ÉPÉE; arme offensive des Officiers & Soldats. 386.

ÉPERVIER; oiseau qui se plaît au Nord, & qui servoit à annoncer le Vent Étésien. 94. 97. 98. 100. 102.

ÉPHORE; titre grec qui signifie Tribun du Peuple. 510.

ÉPIS en bouquet, sur les Médailles, signifient l'abondance. 93. Épis de bled sur les mêmes Monumens. 346. Ornement de tête de Cérès. 401.

ÉPISTATE; dignité chez les Grecs, qui donnoit le droit de présider dans le Conseil des Archontes. 509. Ses fonctions. Ibid.

ÉPITAPHES (les) étoient prodigués à Rome sur les tombeaux. 306. & suiv.

ÉPONE; voyez Hippone.

ÉPOQUE (l') de la fabrique des Monnoies & Médailles de différens métaux, remonte au plus à 900. ans avant l'Ère Chrétienne. 61 & suiv. La première époque des Médailles grecques remonte à Amyntas. III. 63. M. l'Abbé Barthelemy la fait remonter à Alexandre I. Ibid. Les Romains se servirent d'abord de Monnoie de cuir. Ibid. Numa-Pompilius introduisit l'usage du bronze. Ibid. Servius-Tullius en fit une Monnoie courante. Ibid. Époque des premières Monnoies d'or & d'argent chez les Romains. 64 & suiv. M. Chifflet fait remonter plus haut l'époque des Monnoies des trois Métaux chez les Romains. 65 & suiv. Époque jusqu'à laquelle nous conduisons la connoissance des Médailles antiques. 424.

ÉQUERRE; première lettre de l'écriture courante. 106.

ÉQUITÉ (l') adorée d'abord en Dieu. 240. Les aveugles Mortels en firent ensuite une Divinité particulière. Ibid. Comment on la représente sur les Médailles. 240 & suiv.

ERATO; la quatrième Muse. 197.

ESCHYLE fait parler Prométhée avec impudence aux nouveaux Dieux. 87.

ESCULAPE n'étoit autre chose que la figure d'Anubis avec un ou deux Serpens, symboles de la Vie. 141. La Fable en compte plusieurs 143. Comment il est représenté sur les Médailles. Ibid. Il n'a aucun ornement de tête particulier. 398.

ESPAGNE (l'), sur les Médailles. 336 & suiv.

ESPÉRANCE (l') doit sans doute sa naissance aux attributs d'Isis. 241. Les Grecs & les Latins en firent une Divinité qu'ils attribuèrent même à certains Hommes Illustres. Ibid. Comment on la représente sur les Médailles. 241 & suiv.

EUPHROSINE; une des Graces. 196.

EUROPE (l'), sur les Médailles. 330.

EUTERPE; la cinquième des Muses. 197.

EUTHYMIUS, fameux Athlète, sur les Médailles. 59 & suiv.

ÉTERNITÉ (l') doit sa naissance aux symboles de la Divinité, sur-tout au Cercle. 243. Comment on l'a représentée sur les Médailles. Ib. & s.

ÉTÉSIEN (le Vent) étoit favorable au débordement du Nil. 99. Annoncé par le symbole de l'Épervier. Ibid.

ÉTOILES (une ou deux); ornement de tête d'Apis. 397.

ÉTUDE des Médailles (l') pleine d'agrément & d'utilité. 541 & suiv.

ÉTUI du Sacrificateur. 292.

EXERCICES du corps (les), sur les Médailles. 378 & suiv.

EXERGUE des Médailles (l'). 3. Il y a quelquefois une troisième Légende sur l'exergue. 424. Légendes, Chiffres & Lettres qui s'y trouvent. 539 & suiv.

EXPLICATION des Lettres grecques prises arithmétiquement. 475 & suiv.

EXPLICATION des Lettres initiales & des abrégés qui se trouvent dans les Légendes des Médailles. 425 & suiv.

EXPLICATION des vingt-quatre premières Médailles de la Planche XXXVe., donnée par M. l'Abbé Barthelemy. 57 & suiv. Continuation de l'explication des Médailles de la même Planche. 59.

EXPLICATION des figures hiéroglyfiques représentées sur quelques-unes de nos Planches. 97 & s.

EX. S. C.; différence de cette formule, d'avec le S. C, 537.

F

FABLE; ce que signifie ce mot. 70. Combien il y a de sortes de fables. Ib. & suiv. Leur origine, selon M. l'Abbé Banier. 71. Selon M. Rollin, la fable est née de l'histoire. 89 & suiv. Sources des fables. Ibid. Les Divinités différentes de la fable telles qu'Anubis, Apis, Apollon, &c. 108 & suiv. Les Divinités de la première classe appartiennent plus à la fable qu'à l'histoire. 233 & suiv.

FACE des Médailles (la). 3. 67. Quelques Médailles n'ont qu'une Légende sur leur face. 424.

FAISCEAUX (les) portés devant les Consuls. 482. Les Préteurs. 489 & suiv. Les Préfets. 496. Les Légats des Proconsuls, des Propréteurs & de l'Empereur. 501.

FATA (les Dieux) n'étoient autre chose que des figures symboliques qui avoient du rapport avec les divers événemens de la vie. 143 & suiv. La fable leur prête une autre origine. 145. Comment on les a représentés sur les Médailles. Ibid. Ils n'ont que leurs cheveux pour coëffure. 399.

FAUNES (les Dieux). 120 & suiv. ont pris naissance dans les Bacchanales. 146. Quelle origine leur donne la fable. Ibid. Ils sont confondus dans la Numismatique avec les Silènes & les Satyres. 146 & suiv. Quels sont leurs ornemens de tête. 400.

FAUSSAIRES d'Italie (les) nous ont donné des Médailles fausses connues sous les noms du *Padouan* & du *Parmésan*. 545. Malgré leur habileté, leurs fraudes peuvent être démasquées. 548. Ils ont cherché à imiter les fentes du grand bronze. 550. Leur supercherie facile à découvrir. Ibid. Ils n'ont pas encore essayé d'imiter les Contre-marques. 553.

FAUSTINA (les Médailles d'Annia) ont été souvent imitées ou contrefaites. 552.

FAUX MONNOYEURS (les) frappoient la Monnoie sur différens Métaux, même sur le fer. 12.

Couloient les Médailles fur le fable, & mêloient beaucoup d'alliage. *Ibid.* Se multiplièrent confidérablement vers le règne de Septime-Sévère. *Ibid.* Ont toujours été des gens fans naiffance, fans éducation & des ignorans. 　　20 & fuiv.

FÉCONDITÉ (la) doit fon origine, comme Divinité, à Junon-Lucine & à Vénus la Populaire. 245. On l'adora en elle-même, dans fes caufes (les Impératrices) & dans fes fruits (les entans qui en naiffoient). *Ibid.* Comment on l'a repréfentée fur les Médailles. 　　245 & fuiv.

FÉLICITÉ (la), comme Divinité. 246. Sous quels fymboles on l'a repréfentée fur les Médailles. 　　248 & fuiv.

FEMMES des Empereurs (les) prirent le titre de Pieufes. 532. Quels autres titres elles ont fur les Médailles. 　　534 & fuiv.

FÉRONIE (la Déeffe); figure fymbolique qui annonçoit les fêtes. 147. Son nom lui vient de la Ville *Feronia*. *Ibid.* Comment on l'a repréfentée fur les Médailles. 　　147.

FERTILITÉ (la), comme Divinité; *voyez* Abondance.

FÉRULE (la); efpèce de fceptre arrondi qui marque la Toute Puiffance. 　　45 & fuiv.

FÊTES confacrées aux principales Divinités. 378. Leurs préparatifs. *Ibid.* & fuiv. Diftributions qui s'y faifoient. 379. & fuiv. Cérémonies religieufes qui en faifoient la principale partie. 380. Les Repas & Jeux qui les accompagnoient. 381. Comment on les a repréfentées fur les Médailles. 　　378 & fuiv.

FEU (le) divinifé fous le nom de Vefta. 126.

FIGURE couronnée de Tours & de Creneaux; fymbole de l'hommage dû à l'Être Suprême. 100 & fuiv. Autre figure qui fervoit à repréfenter Dieu comme Auteur du Nil. 　　102.

FIGURES fymboliques; *voyez* Ecriture Hiéroglyphique.

FILS (les) des Empereurs ont eu plufieurs titres fur les Médailles. 　　534.

FLAMINES (les) examinoient les entrailles des Victimes. 288. Étoient un certain ordre de Prêtres. 299. Leur inftitution & les noms qu'on leur donna. *Ibid.* & fuiv. Leurs fonctions & leurs habillemens. 300. Chaque Flamine étoit attaché à un feul Dieu. *Ibid.* Les Privilèges des Flamines étoient grands, mais ils leur coûtoient cher. *Ibid.* Comment repréfentés fur les Médailles. 　　300.

FLAN, ou Flaon, des Médailles. 2. Comment il reçoit une double empreinte fous le balancier. *Ibid.* On ne frappa d'abord des Types & des Légendes que fur une des deux faces. *Ibid.* Le flan des Médailles contrefaites eft ordinairement moins épais que celui des Antiques. 　　546.

FLATTERIE (la) a fouvent prodigué des titres glorieux aux Empereurs & aux Rois. 　　534.

FLEUR dans un croiffant (une) fert d'ornement de tête à Ifis. 　　399.

FLEUR de coins (Médailles à). 　　549.

FLEURS (les) dont il eft fait mention fur les Médailles. 　　344 & fuiv.

FLORE; la tête de cette Divinité fur un poids romain. 64. Figure fymbolique qui annonçoit le Printemps. 147 & fuiv. Suivant Lactance, c'étoit une femme de mauvaife vie. 148. Suivant la Fable, elle étoit fille & femme des Zéphirs. 149. Comment on l'a repréfentée fur les Médailles. 　　*Ibid.*

FOI (la) n'eft autre chofe que la fidélité promife ou gardée. 247. Comme Divinité, on lui a donné plufieurs attributs. *Ibid.* Comment on l'a repréfentée fur les Médailles. 　　247 & fuiv.

FONDATEUR; titre de ceux qui ont bâti une Ville, exprimé fur les Médailles grecques. 535. Deux noms fur ces mêmes Médailles défignent les noms du Fondateur & du Réparateur. 　　535.

FONTAINES (les), fur les Médailles. 　　535.

FORME (la) des Médailles. 　　363.

FORMES des Dieux du Paganifme. 　　15.

FORTUNE (la Déeffe); figure fymbolique qui annonçoit les événemens heureux. 149 & fuiv. La Fable la regarda comme une bizarrerie du hazard, & lui érigea cependant des Temples. 150. Comment elle eft repréfentée fur les Médailles. *Ib.* & fuiv. Ses ornemens de tête. 　　399.

FOURRÉES (Médailles). 16. Elles furent l'ouvrage des faux Monnoyeurs. 20. Exemples tirés du Cabinet de M. de Rothelin. 21 & fuiv. Pourquoi elles font fi rares. 21 & fuiv. Comment elles fe font. 550 & fuiv. Elles ne peuvent être retouchées. 551. Elles font imitées par les Fauffaires. *Ib.* Moyens de découvrir cette fraude. 551.

FOUETS entre les mains d'Ofiris. 　　106.

FRAI des Médailles (le) eft une marque de leur ufage & du maniement des mains. 　　32.

FRANCE (la) ou la Franconie, fur les Médailles. 　　337.

FRÉHER; fon opinion fur les moules des Monnoies. 　　10.

FRONTISPICES de certains édifices, fur les Médailles. 　　424.

FUNÉRAILLES (les) chez les Romains. 306 & f.

FURIES (les) tirent leur origine des figures fymboliques des Égyptiens. 104. Elles appartiennent également à la première claffe des Divinités & à la feconde. 248. Comment elles font repréfentées fur les Médailles. 　　*Ibid* & fuiv.

G

GALBA opprime la liberté. 418. Prend fur les Médailles le titre de Sauveur. 　　528. 533.

GALLIEN fit frapper des Médailles Reftituées. 52 & fuiv. 54. Par quels motifs. 56. Il prend fur fes Médailles le titre de Salut. 　　528.

GAULES (les trois), fur les Médailles. 　　338.

GAULOIS (les) honoroient les faux Dieux. 78.

GEINOZ (M. l'Abbé); fes obfervations fur les Médailles antiques. 　　19.

GÉNÉRAUX Romains (les) avoient à-peu-près le même habillement que les Empereurs. 385. Leurs Allocutions aux Soldats. 391. Les promeffes ou fermens qu'ils recevoient des Soldats. *Ibid.* Les prix & les récompenfes qu'ils diftribuoient après la Victoire. 　　395 & fuiv.

GÉNIES (les); efpèces de Divinités tutelaires. 84. Ils n'étoient d'abord que des figures fymboliques. 152 & fuiv. L'hiftoire & la fable leur donnent à-peu-près la même origine. 159. Comment on les repréfente fur les Médailles. 159 & fuiv. Leurs ornemens de tête. 　　399.

GÉOGRAPHIE (la) tire de grands avantages de l'étude des Médailles. 542. & fuiv. En particulier de celles qui font nouvellement découvertes. 　　554.

GERMAINS (les) ont honoré les faux Dieux. 78.

GIROUETTES pour annoncer les Vents. 　　106.

H

Sénat à l'Empereur Commode, & pris par plufieurs de fes fucceffeurs, & même par le Sénat. 332.

HIPPODROMES (les) étoient chez les Grecs ce qu'étoient les Cirques chez les Romains. 366 & fuiv. Leur origine. *Ibid.*

HIPPONE (la Déeffe); figure fymbolique qui annonçoit l'ouverture de certaines fêtes. 165 & & fuiv. La fable ne lui affigne aucune origine. 166. Comment elle eft repréfentée fur les Médailles. *Ibid.* Ses ornemens de tête & fes fymboles. 399.

HIPPOPOTAME; fymbole du Nil. 102. Comment il eft repréfenté fur les Médailles. 348.

HISTOIRE (l') tire beaucoup de lumières de la connoiffance des types des Médailles. 68. Son altération donne naiffance à la fable. 89 & fuiv. Les Dieux de l'Hiftoire, tels qu'Anubis, Apis, Apollon, &c. 108 & fuiv. Les Divinités de la feconde claffe appartiennent plus à l'hiftoire qu'à la fable. 233 & fuiv. Avantages que l'hiftoire tire de l'étude des Médailles 541 & f. Sur-tout de celles qui font nouvellement découvertes. 554.

HOLOCAUSTE; facrifice où l'on brûloit la victime. 285.

HOMARD (le), fur les Médailles. 361.

HOMÈRE; fa tête fur une Médaille Contorniate. 59. Son Apothéofe tirée d'un bas-relief. 308 & fuiv. Ce Poëte ne reconnoît que deux Sirènes. 355.

HONNEUR (l') Divinifé comme la récompenfe de la vertu. 250. Comment on l'a repréfentée fur les Médailles. *Ibid.* & fuiv.

HORACE confond, dans fon poëme féculaire, la chafte Diane avec Vénus qui préfide à la génération. 224.

HORUS; figure fymbolique de l'Écriture hiéroglyphique, avec différens attributs fubalternes. 100 & fuiv. 111. 170 & fuiv. La fable le fait fils d'Ifis & d'Ofiris. 177. Comment on le repréfente fur les Médailles. 178. Il n'a aucun ornement de tête. 399.

HÔTELLERIES bâties & entretenues par les Provinces, pour loger, &c. les Officiers Romains. 420.

HUILE diftribuée au Peuple par les Empereurs. 417. 421.

HUPE; oifeau qui va du midi au nord, & qui annonçoit le vent Méridional. 94. & fuiv. 98.

HYDRE (l'), fur les Médailles. 358.

HYÈNE (l'), fur les Médailles. 352.

HYGÉE; Déeffe de la fanté; *voyez* Télefphore. Cette Divinité repréfentée fur une Médaille frappée du temps d'Augufte. 494.

I

JANUS Bifrons, fur un poids romain. 64. Figure fymbolique accompagnée de fymboles fubalternes. 105. On en varioit les attributs, felon les circonftances. 168. & fuiv. On le fait Roi d'Italie. 169. Comment il eft repréfenté fur les Médailles. 169. & fuiv. Ses ornemens de tête. 399.

JAPHET adoré fous le nom de Neptune. 89.

JAVELOT (un) fur l'épaule des Empereurs, dans les Médailles, marque leur valeur & leur droit de vie & de mort. 405 & fuiv.

IBIS: efpèce de Cicogne; fymbole d'un certain vent. 97. Ibis, fur les Médailles. 328.

IDIÔMES (les) dont on s'eft fervi pour les légendes des Médailles, leur ont fait donner différentes dénominations.

IDOLÂTRIE (l') en général 68. Étymologie de ce mot. 70. Origine & caufes de l'Idolâtrie. 73 & fuiv. Cham, fils de Noé, embraffa ouvertement l'Idolâtrie. 74. Ses progrès dans la famille de Cham. *Ibid.* Des Chananéens elle paffe en Égypte, delà en Grèce, en Italie & dans tout le monde. *Ibid.* Objets de l'Idolâtrie. 75 & f. Les Dieux divifés en trois Théogonies, chez les Egyptiens. 76. La Grèce partage fes Dieux en trois claffes, d'où naquirent trois efpèces de Religions. 77. & fuiv. Les Perfes, fans temples & fans Statues, adoroient cependant de faux Dieux. *Ibid.* Les Dieux des Phéniciens & des Phygiens. *Ibid.* Les Dieux inconnus, &c. *Ibid.* Ceux des Peuples d'Occident, tels que les Gaulois, les Germains, &c. 78 & fuiv. Progrès de l'Idolâtrie, fuivant l'Abbé Banier. 79 & fuiv. On adora d'abord les Aftres. 79. Enfuite la Nature ou le Monde. *Ibid.* Mélange des différentes Religions. *Ibid.* Ample énumération des Dieux. 79 & fuiv. On adora les animaux. 81. On fit des demi-Dieux des Héros. 83. & fuiv. Dans les commencemens, on ne donna aucune figure à la Divinité. 84 & fuiv. On fit enfuite les Dieux d'Argille, de bois, de pierre, d'or, d'argent, &c. 85. Leurs formes d'abord groffières fe perfectionnèrent avec les Arts. *Ibid.* Les Payens eux-mêmes ont été les premiers à dégrader leurs Dieux. 86 & fuiv. Nous ne parlerons que des Dieux connus fur les Médailles. 87 & fuiv. Les fentimens différens des Auteurs fur l'origine, l'exiftence & les actions des Dieux peuvent fe réduire à deux. 88. Liberté du choix. *Ibid.* M. Rollin, Auteur du premier fentiment, trouve cette origine dans l'Hiftoire altérée par les fables des Poëtes 89 & fuiv. M. Pluche, Auteur du fecond, fait naître tous les Dieux des figures fymboliques de l'Écriture hiéroglyphique des Égyptiens 91 & fuiv. En général, le même Écrivain les fait prefque tous fortir d'Ofiris, d'Ifis & d'Horus. 111. Culte que les Idolâtres rendirent aux fauffes Divinités. 171 & fuiv.

IDOLES d'argille, de bois, de pierre & de différens métaux. 85.

JÉRÉMIE; fon difcours fur l'Idolâtrie. 87.

JEUNESSE (la) divinifée dans les temps où l'on accordoit cet honneur à tout ce qui paroiffoit bon ou agréable. 252. Comment repréfentée fur les Médailles. *Ibid.*

JEUX, ou exercices appellés Gymniques. 381 & fuiv.

JEUX qui accompagnoient les fêtes. 378 & fuiv.

JLERDA, ou Lérida, fur les Médailles. 338.

ILLYRIE (l'), fur les Médailles. *Ibid.*

IMPÉRATRICES; leurs ornemens de tête, fur les Médailles. 405. Elles doptoient quelquefois certaines Provinces ou Villes. 411. Leurs alliances conjugales. 413 & fuiv. Elles n'avoient d'abord qu'un nom fur les Médailles. 480. Plufieurs d'entre elles prirent les titres & les noms des Déeffes. 534.

IMPÔTS (les) engageoient fouvent le Peuple Romain à fe révolter. 419. Quelques Empereurs l'en déchargèrent. *Ibid.* Les remifes d'impôts fur les Médailles. 419 & fuiv.

INCUSES (les Médailles) ne doivent qu'au hazard & à l'inadvertence des Monnétaires leurs fingularités. 2 & fuiv. Il ne faut pas les confondre avec celles dont parle M. l'Abbé Barthelemy, & qui ont un Type en relief & un en creux. 8. Ce que

L

MITRE (la); ornement de tête des Rois d'Arménie. 403.
MNÉVIS; voyez Apis.
MODÉRATION (la) ne fut divinisée que du temps
de Tibère. 257. Comment on l'a représentée
sur les Médailles. Ibid.
MODULE (le) des Médailles. 5. Toutes les Pièces,
tant Médaillons que Médailles, réduites à quatre
modules, quoiqu'il y en ait plus de douze. 31
& suiv. Les Médaillons d'or & d'argent, qu'on
frappa dans la République & dans l'Empire, furent de trois modules. 66. Exemples des différens modules sur tous les Métaux. 66 & suiv.
Il y eut peu de pièces d'or & d'argent, & même
de bronze plus petites que les Quinaires. 66.
MONDE (le) connu des Anciens, sur les Médailles. 330.
MONNÉTAIRE (le) étoit appellé Suppostor, chez
les Romains. 4. Les premiers n'ont pas connu
l'usage de la virole. 5. Moyens qu'ils employoient
en place de la virole. 6. Ils frappoient les Médailles au marteau. Ibid. Leurs différens noms.
11. La position des Légendes a souvent dépendu de leur fantaisie. 424.
MONNÉTAIRES (les faux) fabriquent des Médailles
martelées. 549. Moyens de découvrir leur fraude. Ibid. & suiv.
MONNOIE (la Déesse), selon l'histoire & la fable,
étoit la même que Junon. 193. Comment elle
est représentée sur les Médailles. 31. 193 & suiv.
240 & suiv. Ses ornemens de tête. 400.
MONNOIE (consultez aussi le mot Médaille, sur
lequel nous nous sommes beaucoup plus étendus
dans cette Table, & qui a, à peu de choses près, le
même sens que Monnoie); définition de ce mot.
1. Comment on a fabriqué les Monnoies depuis qu'on leur a donné deux faces. Ibid. Les
premières étoient des morceaux de métal informes, sans Types & sans Légendes. 4 Jusqu'à
l'invention du balancier elles ne furent frappées
qu'au marteau. 6. Ce que c'est que la Monnoie
fourrée. 11 & suiv. Monnoies avec un seul
Type. 12. Elles eurent ensuite deux faces ornées de Types & de Légendes. Ibid. Monnoies
d'or, d'argent, de cuivre, de bronze, de potin,
de fer, de plomb, de cuir, de carton, de terre,
de bois, de coquilles & d'amandes. 13 & suiv.
Leurs forme, module & noms. 15 & suiv.
Les Médaillons ont servi de Monnoies. 30 &
suiv. Monnoies Obsidionales. 47 & suiv. Antiquité des Monnoies. 61 & suiv. Époque de
leur fabrique. 61 & suiv. Monnoie de cuir,
chez les Romains. 63. Numa-Pompilius introduisit celle de bronze. Ibid. Servius-Tullius en
fixa le prix & la valeur. Ibid. Divisions des
Monnoies de bronze, chez les Romains. Ibid. &
suiv. Époque de la Monnoie latine, d'argent
& d'or. 64. Sentiment de M. Chifflet sur l'o-
rigine de la fabrique des Monnoies sur les trois
Métaux. 65 & suiv. La Monnoie ne se frappoit
pas à Rome à l'effigie des Rois, pendant leur
règne. 482. Quel étoit le pouvoir du Sénat sur
la Monnoie. 485 & suiv.
MONTFAUCON (le Père Dom); son sentiment
sur les Temples des Païens. 275 & suiv. Son
explication d'un bas relief qui contient l'Apothéose d'Homère. 309 & suiv. Autre explication
d'une Agate de la Sainte Chapelle de Paris qui
représente l'Apothéose d'Auguste. 312 & suiv.
MORIN (M.) prétend que les hommes n'ont ja-

mais offert de sacrifices humains. 286.
MORTS; origine de leur évocation, suivant M.
Pluche. 154 & suiv. Jugement des Morts, leur
inhumation, & les honneurs qu'on leur rendoit. 205 & suiv. 318.
MOULÉES (les Médailles) ne doivent pas être toutes
indistinctement rejettées, puisqu'il y en a parmi
elles de véritablement antiques. 552 & suiv. Il
y a des Médailles modernes moulées qui pèsent
autant que des antiques. 553.
MOULES; observations de M. Mahudel sur quelques moules de Monnoies romaines antiques,
découvertes à Lyon. 9 & suiv. Ces moules
d'argile ont été fabriqués sous Septime-Sévère,
& servoient à jetter en sable des Monnoies
d'argent. 9. Les moules formés sur les antiques
en prennent tout l'air, le goût & les défauts.
547 & suiv.
MOYENS ordinaires qui ont servi aux Romains
pour augmenter leur puissance. 515 & suiv.
Moyens extraordinaires. 518.
MOYENS de reconnoître les Médailles imitées.
546. Celles qui sont moulées sur les modernes.
547. Celles qui le sont sur les antiques. Ibid.
& suiv. Celles qui sont refaites & dont on
change les têtes. 548 & suiv. Celles dont les
revers nouveaux sont formés sur les Médailles
antiques, dont on ne retouche pas les têtes. 549
& suiv. Celles sur lesquelles on a imité les
fentes & d'autres défauts, d'après les antiques.
550. Les fourrées imitées. Ibid. & suiv. Enfin
les supposées. 551 & suiv.
MOYSE, selon M. Rollin, a beaucoup de rapport
avec Bacchus. 90. Son Tabernacle a été le premier Temple. 272.
MUID; ornement de tête du Génie d'Illyrie. 399.
D'Isis. Ibid. De Sérapis. 401.
MUID (un) rempli de beaux épis sur une Médaille de Néron. 421.
MULET (le) & la Mule, sur les Médailles. 352.
MUNICIPE; voyez Colonies.
MUSÉA; voyez Bananier.
MUSES (les) n'étoient dans leur origine que des
figures symboliques. 194 & suiv. On leur attri-
bue l'invention des Sciences & des Arts. 196.
Comment on les représente sur les Médailles.
196 & suiv. Leurs ornemens de tête. 400.
MYRTE (le), sur les Médailles. 346.
MYTHOLOGIE (la), en général. 68 & suiv. Né-
cessité de cette connoissance. Ibid. Étymologie
du mot Mythologie. 70. En quoi consiste cette
Science. 73 & suiv. Quelle utilité elle tire de
l'étude des Médailles. 541. 543.

N

NARTÉCOPHORES; Empereurs qui portoient la férule appellée Nartex. 406.
NARTEX; férule ou espèce de sceptre arrondi que
plusieurs Empereurs portent sur les Médailles.
406.
NATURE (la) adorée par les Païens. 79.
NAUARCHIDE; titre qui donnoit à certaines Villes
grecques l'Intendance sur la Marine. 511.
NÉCROMANCIE (la), est l'Art d'évoquer les Morts.
154. Son origine, selon M. Rollin. Ibid. & s.
NÉMÈSES (les Déesses) étoient des figures symboliques qui annonçoient certaines fêtes. 197
& suiv. On les fais présider à la vengeance cé-

O

PHILIPPE

Q

R

V

Z

Fin de la Table des Matières.

APPROBATION.

J'AI lû par ordre de Monseigneur le Chancelier, un Manuscrit intitulé, *INTRODUCTION A LA SCIENCE DES MÉDAILLES*, par DOM MANGEART, & je n'y ai rien trouvé qui puisse en empêcher l'impression. A Paris ce 26 Juin 1763. *Signé* GRIMOD.

PRIVILEGE DU ROI.

LOUIS, PAR LA GRACE DE DIEU, ROI DE FRANCE ET DE NAVARRE : à nos amés & féaux Conseillers les Gens tenans nos Cours de Parlemens, Maîtres des Requêtes ordinaires de notre Hôtel, Grand Conseil, Prevôt de Paris, Baillifs, Sénéchaux, leurs Lieutenans Civils, & autres nos Justiciers qu'il appartiendra, SALUT ; notre amé LAURENT-CHARLES D'HOURY, Imprimeur & Libraire à Paris, nous a fait exposer qu'il desireroit faire imprimer & donner au Public un Ouvrage qui a pour titre, INTRODUCTION A LA SCIENCE DES MÉDAILLES, s'il nous plaisoit lui accorder nos Lettres de Privilége pour ce nécessaires. A CES CAUSES, voulant favorablement traiter l'Exposant, nous lui avons permis & permettons par ces Présentes de faire imprimer ledit Ouvrage autant de fois que bon lui semblera, & de le vendre, faire vendre & débiter par tout notre Royaume pendant le tems de quinze années consécutives, à compter du jour de la date des Présentes ; faisons défenses à tous Imprimeurs ; Libraires & autres personnes de quelque qualité & condition qu'elles soient d'en introduire d'impression étrangere dans aucun lieu de notre obéissance ; comme aussi d'imprimer ou faire imprimer, vendre, faire vendre, débiter ni contrefaire ledit Ouvrage, ni d'en faire aucun extrait sous quelque prétexte que ce puisse être, sans la permission expresse & par écrit dudit Exposant, ou de ceux qui auront droit de lui, à peine de confiscation des exemplaires contrefaits, de trois mille livres d'amende contre chacun des contrevenans, dont un tiers à Nous, un tiers à l'Hôtel-Dieu de Paris, & l'autre tiers audit Exposant, ou à celui qui aura droit de lui, & de tous dépens, dommages & intérêts ; à la charge que ces Présentes seront enregistrées tout au long sur le Registre de la Communauté des Imprimeurs & Libraires de Paris dans trois mois de la date d'icelles ; que l'impression dudit

Ouvrage sera faite dans notre Royaume & non ailleurs en bon papier & beaux caracteres, conformément à la feuille imprimée attachée pour modéle sous le contre-scel des Presentes ; que l'Impétrant se conformera en tout aux Réglemens de la Librairie, & notamment à celui du 10 Avril 1725 ; qu'avant de l'exposer en vente, le Manuscrit qui aura servi de copie à l'impression dudit Ouvrage sera remis dans le même état où l'approbation y aura été donnée ès mains de notre très-cher & féal Chevalier, Chancelier de France le sieur de Lamoignon ; qu'il en sera ensuite remis deux Exemplaires dans notre Bibliothéque publique, un dans celle de notre Château du Louvre, un dans celle du sieur de Lamoignon, & un dans celle de notre très-cher & féal Chevalier, Garde des Sceaux de France le sieur Freydeau de Brou, le tout à peine de nullité des Présentes, du contenu desquelles vous mandons & enjoignons de faire jouir ledit Exposant & ses ayans causes pleinement & paisiblement sans souffrir qu'il leur soit fait aucun trouble ou empêchement ; voulons que la copie des Presentes qui sera imprimée tout au long au commencement ou à la fin dudit Ouvrage, soit tenue pour duëment signifiée, & qu'aux copies collationnées par l'un de nos amés & féaux Conseillers-Secrétaires, foi soit ajoutée comme à l'original : Commandons au premier notre Huissier ou Sergent sur ce requis de faire pour l'exécution d'icelles tous actes requis & nécessaires, sans demander autre permission, & nonobstant clameur de Haro, charte Normande & Lettres à ce contraires : car tel est notre plaisir. Donné à Paris le troisième jour du mois d'Août, l'an de Grace mil sept cent soixante-trois, & de notre Regne le quarante-huitième. Par le Roi en son Conseil. *Signé*, LEBEGUE.

Je reconnois que le présent Privilège appartient aux RR. PP. Prieur & Religieux Bénédictins de l'Abbaie de Saint Léopold de Nancy, Congrégation de Saint Vanne. A Paris ce 9 Août 1763. *Signé*, D'HOURY.

Regiſtré le préſent Privil'ge ; enſemble la reconnoiſſance, ſur le Regiſtre XV. de la Chambre Royale & Syndicale des Libraires & Imprimeurs de Paris, Num. 636 ; fol. 453, conformément au Réglement de 1723. A Paris ce 9 Août 1763. LE BRETON, Syndic.